LES PLUS BELLES AVENTURES D'ARSÈNE LUPIN

Maurice Leblanc est né en 1864 à Rouen. Après des études de droit, il se lance dans le journalisme. En 1907 paraît son premier ouvrage « policier » : *Arsène Lupin, gentleman cambrioleur*. Le personnage devient immédiatement populaire et Leblanc en fait le héros d'une longue série d'aventures. Au total trente récits, parmi lesquels *Arsène Lupin contre Herlock Sholmès* (1908), *L'Aiguille creuse* (1909), *Le Bouchon de cristal* (1912), *Les Huit Coups de l'horloge* (1921), *La Cagliostro se venge* (1935)... Maurice Leblanc est mort en 1941 à Perpignan.

Paru au Livre de Poche :

813 : LA DOUBLE VIE D'ARSÈNE LUPIN

813 : LES TROIS CRIMES D'ARSÈNE LUPIN

L'AGENCE BARNETT ET CIE

L'AIGUILLE CREUSE

L'ARRESTATION D'ARSÈNE LUPIN

ARSÈNE LUPIN CONTRE HERLOCK SHOLMÈS

ARSÈNE LUPIN, GENTLEMAN CAMBRIOLEUR

LA BARRE-Y-VA

LE BOUCHON DE CRISTAL

LE CABOCHON D'ÉMERAUDE *précédé de*
L'HOMME À LA PEAU DE BIQUE

LA CAGLIOSTRO SE VENGE

LA COMTESSE DE CAGLIOSTRO

LES CONFIDENCES D'ARSÈNE LUPIN

LA DEMEURE MYSTÉRIEUSE

LA DEMOISELLE AUX YEUX VERTS

LES DENTS DU TIGRE

LE DERNIER AMOUR D'ARSÈNE LUPIN

DOROTHÉE, DANSEUSE DE CORDE

L'ÉCLAT D'OBUS

LA FEMME AUX DEUX SOURIRES

LE FORMIDABLE ÉVÉNEMENT

LES HUIT COUPS DE L'HORLOGE

L'ÎLE AUX TRENTE CERCUEILS

LE TRIANGLE D'OR

LES TROIS YEUX

VICTOR, DE LA BRIGADE MONDAINE

LA VIE EXTRAVAGANTE DE BALTHAZAR

MAURICE LEBLANC

Les Plus Belles Aventures d'Arsène Lupin

Préface de Michel Zink

LE LIVRE DE POCHE

ISBN : 978-2-253-10903-7 – 1re publication LGF

Préface

Arsène Lupin, gentleman cambrioleur : c'est le titre sous lequel, en 1907, ont été réunies ses premières aventures, publiées depuis 1905 dans le magazine *Je sais tout*. Gentleman cambrioleur, qu'est-ce à dire? Un gentleman qui s'adonne au cambriolage comme il pratiquerait un sport? Un cambrioleur déguisé en gentleman? Quel est le vrai Lupin? Le gentleman ou le cambrioleur? L'apparence du gentleman dissimule-t-elle le cambrioleur? Le masque du cambrioleur cache-t-il le gentleman?

Quel masque? Arsène Lupin ne cesse de tomber le masque. Il se dissimule en s'affichant. C'est même son comportement le plus constant. C'est sa méthode, reprise de *La lettre volée* d'Edgar Poe, à laquelle lui-même en une occasion se réfère.

Le nom d'Arsène Lupin est aujourd'hui plus connu que celui de son créateur, Maurice Leblanc. Le masque-t-il? Leblanc se cache-t-il sous le masque de Lupin? Ou Lupin est-il la vérité de Leblanc et, sous le masque de Leblanc, trouve-t-on Lupin?

S'il faut confronter Lupin à Leblanc, commençons par Leblanc, puisque le créateur précède sa créature. L'exacte et minutieuse biographie que lui a consacrée Jacques Derouard facilite la tâche et son titre fournit une réponse : *Maurice Leblanc, Arsène Lupin malgré lui*[1]. Arsène Lupin a fait la gloire et la fortune de Maurice Leblanc, mais l'ambition de Maurice Leblanc n'était nullement d'être le père d'Arsène Lupin, pire : d'être effacé par lui. C'était un écrivain sérieux, parti pour faire une carrière d'écrivain sérieux, que le succès d'Arsène Lupin est venu déranger.

1. Paris, Librairie Séguier, 1989.

Maurice Leblanc naît le 11 décembre 1864 à Rouen dans une famille de négociants aisés. Il restera toujours attaché à sa ville natale, au lycée de Rouen où il fait ses études, à la Normandie. Tous les amateurs d'Arsène Lupin le savent : c'est le trait de lui-même qu'il révèle le plus ouvertement à travers les aventures de son personnage. Si Maurice Leblanc est fidèle à son enracinement normand, les valeurs et les conventions de son milieu, le catholicisme scrupuleux de son éducation lui pèsent. Il s'en échappe en venant à Paris, en se mariant une première fois fort jeune, en se lançant dans la littérature, tandis que sa jeune sœur Georgette, dont il sera toujours très proche, fait une carrière d'actrice et de chanteuse. Elle sera pendant de longues années la compagne du poète Maurice Maeterlinck.

Pour autant, Maurice Leblanc n'a rien d'un révolté. Une union libre, comme on disait alors, un mariage précoce, vite suivi d'une rupture et d'un divorce, une seconde union, qui devra attendre pour devenir un second mariage le divorce de sa seconde femme, elle-même mariée, un anticléricalisme convaincu, mais modéré : au tournant du XIXe et du XXe siècle, au moment de la séparation de l'Église et de l'État, voilà qui ne suffit certes pas à mettre au ban de la société, et surtout de la société littéraire, un auteur aux opinions peu affichées, mais plutôt dans l'air du temps et, hors la question religieuse, plutôt conservatrices : antidreyfusard d'abord, dreyfusard plus tard, extrêmement patriote, convaincu de la supériorité française, professant lors de la première guerre mondiale une haine entière de l'Allemagne et des Allemands, dont ses romans témoignent.

Introduit dans le Tout-Paris des lettres et des arts d'abord par Georgette et Maeterlinck, mais bientôt grâce à ses propres succès littéraires, Maurice Leblanc, tout en étant de caractère discret et modeste, mène assez vite la vie d'un notable de la littérature, lié aux écrivains les plus connus, membre actif de la Société des gens de lettres, gloire de l'association des anciens élèves du lycée de Rouen, modèle, par ses exploits de cycliste, de l'écrivain sportif, un rien dandy. Une vie confortable et plus tard, Arsène Lupin aidant, un train de vie impressionnant. Une vie mondaine, certes, mais aussi la vie rangée d'un homme raisonnable, attaché à sa famille et de santé plutôt fragile. Hôtel particulier à Paris, villégiature en Normandie, au château de Tancarville, propriété de sa sœur aînée Jehanne, à l'abbaye de Saint-Wandrille, que louent Maeterlinck et Georgette après l'interdiction des congrégations religieuses et le départ forcé des moines, à Étretat, où il achète en 1919 une maison qu'il baptise « Le Clos Lupin ».

Et Arsène Lupin, justement, dans tout cela ? Le jeune Maurice Leblanc rêvait d'une grande carrière littéraire et voulait mettre ses pas dans ceux de ses illustres devanciers normands : Flaubert, dont, lycéen, il allait observer depuis la Seine la maison de Croisset et dont le frère, le docteur Achille Flaubert, l'avait mis au monde, comme il le rappelait volontiers ; Maupassant, auquel il dédie son premier livre, un recueil de contes qui lui doivent beaucoup. Suivent des romans psychologiques, dans l'esprit de ses maîtres et dans celui du temps, qui lui valent un peu plus qu'un succès d'estime. Il a une chronique au *Gil Blas* et jouit d'une certaine notoriété.

En 1905, le jeune patron de presse Pierre Lafitte lui demande d'écrire une nouvelle d'aventures pour le magazine *Je sais tout* qu'il s'apprête à lancer. Elle paraît en juillet 1905 : c'est *L'arrestation d'Arsène Lupin*. Le succès est considérable. Pierre Lafitte lui demande d'en écrire d'autres. Voilà le sort de Maurice Leblanc lié à celui d'Arsène Lupin. Bien vite, il se débat pour lui échapper. Il souffre d'être désormais catalogué comme romancier populaire. La renommée qu'il y gagne, il la juge de mauvais aloi. Il craint la condescendance des écrivains sérieux. Plus de critiques, sinon brèves et parfois sévères : les aventures d'Arsène Lupin « n'élèvent point l'esprit, touchent rarement le cœur et n'ont aucune beauté véritable », tranche en septembre 1908, dans les *Annales politiques et littéraires*, un éditorialiste qui signe « Bonhomme Chrysale »[1], du nom du personnage au bon sens terre à terre qui cherche à ramener à la raison les femmes savantes dans la pièce éponyme de Molière. Un héros cambrioleur, s'indignent d'autres, est une incitation au crime !

1. Cité par Jacques Derouard, *Maurice Leblanc, Arsène Lupin malgré lui*, p. 300.

Mais les efforts du malheureux auteur victime de sa réussite restent vains. Ses tentatives pour revenir au roman psychologique se heurtent à l'indifférence. Hors des aventures d'Arsène Lupin, il ne connaît plus de véritable succès qu'avec des romans d'une veine analogue. Il finit par se résigner à la prison dorée où l'a enfermé le gentleman cambrioleur. Son dernier roman, auquel sa santé, dégradée depuis 1937, ne lui permet pas de mettre la dernière main avant sa mort en 1941 et qui, resté inédit, a été retrouvé par sa petite-fille, Florence Boespflug-Leblanc, et récemment publié – ce roman est un Arsène Lupin, *Le dernier amour d'Arsène Lupin.*

Maurice Leblanc, première victime d'Arsène Lupin, qui l'aurait dépouillé de l'œuvre plus ambitieuse qu'il portait en lui ? Lupin lui-même, qu'a-t-il à en dire ?

Il est artificiel, dira-t-on, d'interroger un personnage fictif. Soit, mais pour ses lecteurs passionnés, Arsène Lupin appartient à peine à la fiction. Ils le traitent comme un être réel. À partir des *membra disjecta* de sa biographie glanés dans les romans, certains ont pris la peine de reconstituer une chronologie de sa vie et de ses faits et gestes presque d'année en année, parfois de mois en mois, depuis sa naissance en 1874 jusqu'en 1929, époque de son « dernier amour » : on la trouve sur Wikipédia.

Arsène Lupin est un personnage qui a des traits communs avec son créateur mais qui ne lui ressemble pas du tout ; un personnage qui, d'une aventure à l'autre, change, non seulement bien sûr d'apparence et d'identité, mais aussi de caractère, et qui pourtant reste toujours le même. Contradictions qui laissent soupçonner en lui, au-delà du tourbillon des aventures et de l'insolente gaieté du succès, soit une profondeur soit une fragilité qui soutiennent secrètement l'intérêt du lecteur, alors même qu'il croit n'être attaché qu'à suivre les rebondissements palpitants de l'action.

Arsène Lupin, on l'a dit, partage avec Maurice Leblanc une enfance et un enracinement normands, et plus précisément cauchois, à l'intérieur d'un triangle qui suit la basse vallée de la Seine et son estuaire de Jumièges au Havre et remonte la côte jusqu'à Étretat.

Il partage avec lui le mépris des conventions et le respect des usages : mépris des contraintes mesquines, qui l'autorise à être cambrioleur, respect des règles de la civilité et de l'urbanité, qui fait de lui un gentleman.

Il partage avec lui un patriotisme poussé jusqu'au chauvinisme, qui triomphe dans sa rivalité avec Herlock Sholmès et plus tard dans sa lutte contre Guillaume II.

Il partage avec lui le goût de la vie de château, des sociétés choisies, de l'élégance et du raffinement.

Il partage avec lui le goût du sport et de la modernité. Comme Maurice Leblanc, Arsène Lupin est un cycliste, un automobiliste, un passager des rapides et des transatlantiques, un utilisateur des moyens de communication les plus sophistiqués, comme le téléphone et le télégraphe sans fil.

Or rien ne vieillit plus vite que la modernité. Celle d'Arsène Lupin ravissait ses contemporains. Elle ravit toujours ses lecteurs d'aujourd'hui, mais parce qu'elle est devenue désuète. Arsène Lupin gagne ainsi sur tous les tableaux, comme on peut l'attendre de lui. Il séduit parce qu'il est moderne et parce que sa modernité est celle de la Belle époque et des Années folles. D'un paquebot traversant l'Atlantique en une semaine, il passe à un train rapide qui relie directement à toute vapeur Paris à Rouen en brûlant la gare de Vernon, puis il saute dans une automobile de 24 chevaux plus rapide qu'une locomotive. Il vit à quarante à l'heure. Mais ses aventures sont à la fois haletantes et paresseuses. Il change d'apparence en un tournemain, court d'un lieu à l'autre, surgit là où on ne l'attendait pas, n'a besoin que d'un instant pour escamoter bijoux et meubles, mais il occupe à flirter les lentes journées en mer ou passe dans un château de longues soirées à deviser en fumant le cigare et en buvant une bénédictine. C'est une vie que la technique accélère, mais modérément encore, et où l'on prend le temps de se mettre en habit avant d'aller dîner. Le récit est enlevé, souvent bref, mais la vie qu'il peint, tumultueuse, joyeuse, gouailleuse, multipliée par les masques et les identités d'emprunt, paraît une vie sans fin. L'effet est euphorisant.

Mais ce ne sont pas seulement l'écoulement du temps et le changement des mœurs qui créent ce contraste. Il ne tient pas seulement à l'impression rétrospective du lecteur d'aujourd'hui. La fissure de la modernité marque le lieu où Arsène Lupin se sépare de Maurice

Leblanc. La modernité, ce n'est pas seulement la vitesse. C'est aussi la publicité et ce qu'on appellerait aujourd'hui la résonance médiatique. Maurice Leblanc, homme lui-même essentiellement modeste et discret, en fait à la fois l'arme caractéristique d'Arsène Lupin et le trait caractéristique de sa propre façon d'en conter les aventures, la marque de son style et de sa manière.

Remarquablement extraverti pour un cambrioleur, dont l'activité exige le secret, Arsène Lupin se dissimule en s'affichant, disions-nous. Il s'ingénie à faire parler de lui. L'instrument de la modernité qu'il utilise de la manière la plus constante et la plus décisive est la presse. Il l'utilise dans sa dimension la plus moderne en en faisant un instrument de publicité. Il s'assure l'attention du public et souvent sa sympathie amusée par des lettres aux journaux, par des petites annonces, par des commentaires et des rectificatifs qui entretiennent le suspens sur l'affaire en cours et attirent tous les regards sur elle, celui du public comme celui de la police et celui de sa victime elle-même, mais en les concentrant sur le point qu'il souhaite et en les détournant de ce qui doit passer inaperçu. Comme un prestidigitateur, il agit au grand jour et mystifie grâce à sa capacité à attirer et à détourner son attention.

Cette méthode, le jeune adversaire et admirateur de Lupin qu'est Isidore Beautrelet la commente dans *L'Aiguille creuse* :

> C'était une étude approfondie de chacune des aventures de Lupin, où les procédés de l'illustre cambrioleur nous apparaissaient avec un relief extraordinaire, où l'on montrait le mécanisme même de ses façons d'agir, sa tactique toute spéciale, ses lettres aux journaux, ses menaces, l'annonce de ses vols, bref l'ensemble des trucs qu'il employait pour « cuisiner » la victime choisie et la mettre dans un état d'esprit tel, qu'elle s'offrait presque au coup machiné contre elle et que tout s'effectuait pour ainsi dire de son propre consentement[1].

L'analyse que Maurice Leblanc place dans la bouche de Beautrelet est un hommage qu'il se rend à lui-même en attirant l'attention du lecteur sur ses propres procédés. Rien d'étonnant : la méthode du

1. Voir p. 463.

personnage Arsène Lupin est celle de l'écrivain Maurice Leblanc. Elle modèle son style et sa manière. Le récit rapide, le rythme haletant donnent l'impression de se concentrer sur l'action, de dédaigner l'ornement, la description inutile à la compréhension des faits eux-mêmes, le commentaire, le retour réflexif sur lui-même. Mais ce récit, en apparence si pressé, prend le temps de s'interroger sur les mystères impénétrables qu'il expose, de s'extasier sur les prouesses de Lupin, d'exprimer à la place du lecteur la perplexité ou l'admiration qui doivent être les siennes, de faire entendre les commentaires d'un chœur constitué par la presse et l'opinion. Il souligne d'un trait insistant la violence des sentiments que les événements suscitent, l'exagération des gestes, des propos, des jeux de physionomie qui les expriment, le déchaînement de la curiosité du public qui les suit avec passion, comme autant de preuves de leur caractère surprenant et passionnant. De même que Lupin fait de la réclame, comme on disait alors, le moteur du mécanisme qui entraîne ses entreprises vers le succès, le récit de Leblanc en fait le moteur de son propre succès. Il ne cesse de se faire de la réclame en applaudissant l'ingéniosité de ses propres inventions.

Il le fait d'autant plus aisément que l'histoire est souvent contée par un narrateur anonyme qui est l'ami et le confident d'Arsène Lupin, comme Watson l'est de Sherlock Holmes, à ceci près qu'il ne peut être son collaborateur, puisqu'il s'agit des exploits d'un cambrioleur et non d'un détective. Ce narrateur ne connaît donc des aventures de Lupin que ce que celui-ci veut bien lui en livrer. Il fait le récit d'un récit et peut donc y mêler tout naturellement ses propres réactions de surprise, d'incompréhension, d'admiration au fur et à mesure que les rebondissements s'accumulent et que les fausses pistes se multiplient.

Les rebondissements s'accumulent et les fausses pistes se multiplient, car le domaine d'Arsène Lupin est l'illusion. Illusion des apparences et des identités d'emprunt, bien entendu, illusion du prestidigitateur qui exhibe et dissimule à sa guise, mais plus profondément illusion d'une vérité inaccessible, qui paraît ne pas exister hors de l'empilement des illusions et n'être que la somme des mystifications. Le monde d'Arsène Lupin est tout entier couvert par le voile de Maya.

C'est pourquoi ce monde est un monde de doubles. Non pas seulement un monde d'identités dédoublées ou brouillées, qui ont, par exemple, pour effet que le narrateur peut fréquenter Arsène Lupin sans l'identifier, être à la fois mystifié et éclairé par lui et être ainsi entraîné dans son univers tout en lui restant extérieur (*Le sept de cœur*). Mais aussi un monde d'adversaires qui se ressemblent comme des doubles antagonistes.

La Cagliostro (*La Comtesse de Cagliostro*) a la même audace et la même imagination que Lupin dans la conception d'un projet, le même sang-froid et la même décision dans sa réalisation, la même capacité dans la mise en œuvre et l'organisation de moyens importants pour y parvenir, le même art de brouiller les pistes. Ils se ressemblent. Ils sont unis par une intimité troublante. Ils pourraient être complices. Elle le hait, non parce qu'ils sont rivaux, mais parce qu'il ne veut pas l'aimer.

L'infâme député Daubercq (*Le Bouchon de cristal*) mystifie ses adversaires par des procédés analogues à ceux de Lupin. C'est à son propos que celui-ci mentionne *La lettre volée*, dont le principe est celui de sa propre méthode.

Enfin le pire de tous, Vorski (*L'Île aux trente cercueils*), fonde toute sa machination sur l'illusion des doubles.

Ces personnages sont tous trois des méchants dans des aventures où Arsène Lupin vole au secours des innocents et des honnêtes gens. On ne s'étonne donc guère qu'ils partagent quelques traits avec Arsène Lupin, qui n'est pas un méchant, mais dont l'activité habituelle échappe à la légalité.

Du côté de la loi, ses adversaires sn'ont en général rien de commun avec lui et l'effet de réduplication n'existe pas. Ganimard est borné. Herlock Sholmès ? Maurice Leblanc avait ouvert les hostilités en empruntant à Conan Doyle son Sherlock Holmes pour l'opposer à Arsène Lupin. Devant les protestations de Conan Doyle, il s'était contenté, avec une désinvolture toute lupinienne, de modifier légèrement son nom par une métathèse absurde. Bien qu'il soit explicitement placé vis-à-vis d'Arsène Lupin dans une situation de symétrie et de rivalité, Herlock Sholmès n'est pas son double, mais son contraire. Certes, c'est un adversaire de taille, mais un esprit rigide, systématique, dépourvu d'intuition et de tact (*La lampe juive*), sans rien de l'imagination, de l'audace désinvolte, du goût de la provocation calculée, mais aussi de la délicatesse, qui font le charme et l'efficacité de Lupin. Non, il n'est en aucune façon le double d'Arsène Lupin.

Lupin a cependant bien un double dans le camp des honnêtes gens, et même un double particulièrement troublant, en la personne d'Isidore Beautrelet. Beautrelet est un jeune Lupin resté sur le sentier de la vertu. Il a toutes les qualités de Lupin tout en étant du côté des gendarmes et contre les voleurs. Non seulement il est fasciné par Lupin, non seulement il perce à jour, on l'a vu, sa méthode, mais il est capable de l'appliquer. Lupin, certes, le manœuvre sans qu'il s'en doute et finit par l'emporter au bénéfice de l'âge et de l'expérience. Le jeune lycéen n'était pas encore mûr pour affronter un tel adversaire. Mais pendant une bonne partie du roman, c'est à Beautrelet que va la sympathie du lecteur, qui souffre de sa défaite et, pour une fois, n'est pas pleinement satisfait de la victoire du héros.

Beautrelet pose ainsi la question de la moralité d'Arsène Lupin. Curieuse question, dira-t-on. On ne lit pas Arsène Lupin pour la morale. Voire. Lupin, d'une aventure à l'autre, ne change pas seulement de masque, mais aussi de caractère. Le seul socle immuable de ce caractère est qu'il ne s'attaque jamais aux faibles, aux petits, aux sans défense, mais toujours à des riches, certes parce que c'est plus rentable pour un cambrioleur, mais avec le plus souvent la motivation supplémentaire et la circonstance atténuante que ce sont des mauvais riches. Excuse à nos yeux pire que la faute, quand ces mauvais riches sont présentés comme des juifs ploutocrates et grossiers : les meubles du baron Schormann sont des copies (*L'arrestation d'Arsène Lupin*), la fortune faite en bourse par le baron Nathan Cahorn est suspecte, puisqu'elle lui procure le château du Malaquis (*Arsène Lupin en prison*), et le baron Repstein pousse la cupidité jusqu'au crime le plus infâme (*Les jeux du soleil*). Mais Maurice Leblanc ne le voyait sans doute pas ainsi. Il voulait que son Arsène Lupin volât des riches qui méritaient à ses yeux d'être volés. D'ailleurs, il ne vole même pas le baron Repstein, parce que les bijoux, enfermés dans le coffre avec les restes de la baronne, « sentaient trop mauvais ».

Pour le reste, Lupin paraît tantôt mû par l'appât du gain, tantôt généreux et désintéressé ; tantôt cynique et ricanant, tantôt délicat et chevaleresque ; tantôt séducteur et sujet à de légers coups de foudre successifs, tantôt sentimental et profondément épris.

Mais il est difficile de préserver l'ambiguïté d'un personnage d'aventure en aventure au fil d'une œuvre très longue. Fatalement, l'équilibre se rompt et il finit par tomber du côté où il penche. Arsène Lupin est un cambrioleur sympathique. Dès qu'il paraît, le lecteur ne peut faire autrement que de s'identifier à lui, puisqu'il est, masqué, le narrateur de sa toute première aventure (*L'arrestation d'Arsène Lupin*). Il met les rieurs de son côté et son créateur, en montrant comment il met les rieurs de son côté, met le lecteur de son côté. Il ne peut être foncièrement mauvais. Aussi devient-il, non seulement de plus en plus sympathique, mais encore de plus en plus vertueux. Dans *Le Bouchon de cristal* et surtout dans *L'Île aux trente cercueils*, où il ne joue d'ailleurs presque aucun rôle et n'intervient qu'au dernier moment, il est le pur défenseur de l'innocence menacée. Et dans l'ultime roman récemment retrouvé, il s'est transformé, sous le nom de Capitaine Cocorico, en éducateur de la jeunesse des banlieues.

Affadissement ? Non, car cette métamorphose n'est ni homogène ni systématique. Non surtout, car un trait présent dans tous les romans de Maurice Leblanc est toujours là pour donner aux aventures d'Arsène Lupin une certaine âpreté. Boileau et Narcejac ont su le voir : « Le ressort caché des romans de Maurice Leblanc, écrivent-ils, est l'humiliation[1]. »

L'affirmation paraît excessive, arbitraire. Elle est juste. Arsène Lupin ne fait pas couler le sang. Son triomphe n'est pas celui de la violence mais, au moment où il abat ses cartes et où son piège se referme, celui de la supériorité affichée, incontestable sur un adversaire floué, qui croyait mener le jeu et découvre qu'il a été son instrument. Le triomphe de Lupin est dans l'humiliation de son adversaire. Inversement il ne supporte pas les blessures d'amour-propre et y réagit violemment.

1. *Le roman policier*, Paris, Payot, 1964.

La preuve ? Le ton d'Arsène Lupin. Il est aussi varié que les personnages qu'il assume. Mais lorsque le vrai Lupin se dévoile, il ne connaît, face à ses adversaires, que deux registres. Soit la courtoisie pointilleuse, soit la gouaille canaille, l'une et l'autre insultantes. Au reste, ses ennemis ne sont pas plus discrets dans leurs victoires momentanées. Comment en serait-il autrement, puisque l'art de Maurice Leblanc est dans l'orchestration et le commentaire des événements et des retournements de son récit ?

Cette humiliation, le lecteur comprend qu'elle est le véritable enjeu de la lutte, Arsène Lupin ne redoutant rien d'autre. Elle est la seule façon par laquelle le héros peut manifester ses succès, un cambrioleur ne pouvant espérer de récompense officielle. Mais par instants elle laisse percer son inquiétante perversité. Beautrelet est humilié d'abord publiquement lors du banquet qui devait consacrer son succès et sa gloire avant de l'être définitivement lors de son face-à-face avec Lupin dans le repaire de l'aiguille creuse. Le lecteur souffre avec lui, parce qu'il l'a suivi un moment comme il aurait suivi Lupin et parce qu'il mesure l'humiliation de Beautrelet à l'aune de ce que pourrait être celle du héros.

Les débuts de l'œuvre montrent volontiers Lupin en situation d'échec, mais aussi triomphant au cœur de l'échec (*L'arrestation d'Arsène Lupin, Arsène Lupin en prison, L'évasion d'Arsène Lupin*). Lui-même raconte au narrateur confident un échec, entier celui-là, qu'il a subi, mais qu'il a subi tout jeune, avant d'être Arsène Lupin, et dont il a précisément tiré la leçon pour devenir ce qu'il est (*Le coffre-fort de Madame Imbert*). Puis il devient invincible comme il devient vertueux. Mais les retournements de fortune sont chaque fois soulignés par les mots dont use le vainqueur pour humilier le vaincu. Et la violence de l'humiliation rôde à tous les coins de l'œuvre jusqu'à ce qu'elle envahisse comme un insupportable cauchemar l'étrange roman qu'est *L'Île aux trente cercueils*.

Arsène Lupin est l'enfant moqueur, insolent, insouciant d'un romancier au caractère tout différent. L'ombre de ce caractère devient son ombre, qui donne soudain un relief inattendu à la lumière joyeuse de ses aventures.

Ce contraste a-t-il contribué à leur succès prodigieux, un succès qui éclate en 1905 et qui plus d'un siècle plus tard ne s'est pas atténué, mais au contraire étendu au monde entier, comme en témoigne, par exemple, la popularité d'Arsène Lupin au Japon ?

Certes, il faut d'abord chercher les ingrédients de ce succès sur le versant ensoleillé de l'œuvre : les intrigues enchevêtrées, les surprises, les rebondissements, les retournements, les énigmes d'apparence insoluble, la rapidité de l'action, l'angoisse des situations désespérées, le soulagement lorsqu'elles trouvent une issue favorable, la satisfaction de voir Guignol rosser le gendarme jointe à celle de voir la morale, ou une certaine morale, triompher. Et puis tout ce qui, on l'a vu, fait la patte de Maurice Leblanc. Le mélange de gouaille, de cynisme et de sentimentalité qui constitue son héros, la naïveté roublarde avec laquelle le récit sait vanter ses propres mérites en s'extasiant sur ceux d'Arsène Lupin.

Mais il y a dans les romans de Maurice Leblanc un autre mélange : celui de l'audace et de l'inquiétude.

Audace du personnage, bien entendu, mais plus encore audace de l'invention romanesque. Audace de faire intervenir un héros fictif dans des événements récents et connus de tous. Audace d'inventer un envers de l'histoire de France tout entière et d'affirmer que le vrai est faux et que le fictif est vrai, comme dans *L'Aiguille creuse*, où Lupin garde cachées la vraie Joconde et la vraie tiare de Saïtapharnès (cette tiare avait été achetée par le Louvre avant qu'un membre de l'Académie des Inscriptions et Belles-Lettres ne montre qu'il s'agissait d'un faux exceptionnellement érudit et habile, ce qui avait, quelques années plus tôt, agité de façon très lupinienne la presse et l'opinion). Audace de supposer creuse l'aiguille d'Étretat, connue de tous, visible de tout côté, émergeant de la mer à une encablure du rivage – et audace réussie, puisque aujourd'hui encore des lecteurs d'Arsène Lupin, dit-on, viennent du monde entier à Étretat dans l'espoir de trouver le fameux passage souterrain qui conduit à l'aiguille creuse. Audace que certains romans de Maurice Leblanc, où Lupin n'apparaît pas, poussent jusqu'à une sorte de délire en contraignant le lecteur à entrer dans le jeu d'un récit relatant des événements de nature à bouleverser l'ordre du monde, qu'il ne situe pas prudemment dans le futur, mais qu'il prétend avoir eu lieu tout récemment : captage de signaux en provenance de Vénus (*Les Trois Yeux*), tremblement de terre ayant eu pour effet l'assèchement momentané de la Manche et l'apparition d'une large bande de terre reliant l'Angleterre à la France (*Le Formidable Événement*).

C'est plus que de l'audace. C'est de l'aplomb.

Mais à cette audace et à cet aplomb, qui sont les traits dominants du caractère d'Arsène Lupin, se mêle une inquiétude. Inquiétude devant l'humiliation qui menace l'audacieux et celle qu'il inflige à ses victimes. Inquiétude devant un monde du masque qui n'est jamais ce qu'il prétend être mais qui affiche et impose la sombre menace de sa dissimulation. Inquiétude devant la menace de voir surgir Arsène Lupin. Inquiétude devant la menace de ne pas voir surgir Arsène Lupin. Inquiétude devant le triomphe du mal, toujours imminent, et face auquel le seul rempart est dans la figure ambiguë et solitaire d'un cambrioleur, fût-il un gentleman.

C'est l'inquiétude de l'écrivain rangé, imaginant le monde menaçant où vit dangereusement son héros menaçant et menacé.

C'est la jouissance du lecteur qui le soir, à l'abri de sa chambre, se plonge dans les aventures d'Arsène Lupin.

Michel ZINK

ARSÈNE LUPIN,
GENTLEMAN CAMBRIOLEUR

L'ARRESTATION D'ARSÈNE LUPIN

L'étrange voyage ! Il avait si bien commencé cependant ! Pour ma part, je n'en fis jamais qui s'annonçât sous de plus heureux auspices. La *Provence* est un transatlantique rapide, confortable, commandé par le plus affable des hommes. La société la plus choisie s'y trouvait réunie. Des relations se formaient, des divertissements s'organisaient. Nous avions cette impression exquise d'être séparés du monde, réduits à nous-mêmes comme sur une île inconnue, obligés, par conséquent, de nous rapprocher les uns des autres.

Et nous nous rapprochions…

Avez-vous jamais songé à ce qu'il y a d'original et d'imprévu dans ce groupement d'êtres qui, la veille encore, ne se connaissaient pas, et qui, durant quelques jours, entre le ciel infini et la mer immense, vont vivre la vie la plus intime, ensemble vont défier les colères de l'Océan, l'assaut terrifiant des vagues et le calme sournois de l'eau endormie ?

C'est, au fond, vécue en une sorte de raccourci tragique, la vie elle-même, avec ses orages et ses grandeurs, sa monotonie et sa diversité, et voilà pourquoi, peut-être, on goûte avec une hâte fiévreuse et une volupté d'autant plus intense ce court voyage dont on aperçoit la fin du moment même où il commence.

Mais, depuis plusieurs années, quelque chose se passe qui ajoute singulièrement aux émotions de la traversée. La petite île flottante dépend encore de ce monde dont on se croyait affranchi. Un lien subsiste, qui se dénoue peu à peu, en plein Océan, et peu à peu, en plein Océan, se renoue. Le télégraphe sans fil ! appels d'un autre univers d'où l'on recevrait des nouvelles de la façon la plus mystérieuse qui soit ! L'imagination n'a plus la ressource d'évoquer des fils de fer au creux desquels glisse l'invisible message. Le mystère est plus insondable encore, plus poétique aussi, et c'est aux ailes du vent qu'il faut recourir pour expliquer ce nouveau miracle.

Ainsi, les premières heures, nous sentîmes-nous suivis, escortés, précédés même par cette voix lointaine qui, de temps en temps, chuchotait à l'un de nous quelques paroles de là-bas. Deux amis me parlèrent. Dix autres, vingt autres nous envoyèrent à tous, à travers l'espace, leurs adieux attristés ou souriants.

Or, le second jour, à cinq cents milles des côtes françaises, par un après-midi orageux, le télégraphe sans fil nous transmettait une dépêche dont voici la teneur :

ARSÈNE LUPIN À VOTRE BORD, PREMIÈRE CLASSE, CHEVEUX BLONDS, BLESSURE AVANT-BRAS DROIT, VOYAGE SEUL, SOUS LE NOM DE R...

À ce moment précis, un coup de tonnerre violent éclata dans le ciel sombre. Les ondes électriques furent interrompues. Le reste de la dépêche ne nous parvint pas. Du nom sous lequel se cachait Arsène Lupin, on ne sut que l'initiale.

S'il se fût agi de toute autre nouvelle, je ne doute point que le secret en eût été scrupuleusement gardé par les employés du poste télégraphique, ainsi que par le commissaire du bord et par le commandant. Mais il est de ces événements qui semblent forcer la discrétion la plus rigoureuse. Le jour même, sans qu'on pût dire comment la chose avait été ébruitée, nous savions tous que le fameux Arsène Lupin se cachait parmi nous.

Arsène Lupin parmi nous ! l'insaisissable cambrioleur dont on racontait les prouesses dans tous les journaux depuis des mois ! l'énigmatique personnage avec qui le vieux Ganimard, notre meilleur policier, avait engagé ce duel à mort dont les péripéties se déroulaient de façon si pittoresque ! Arsène Lupin, le fantaisiste gentleman qui n'opère que dans les châteaux et les salons, et qui, une nuit, où il avait pénétré chez le baron Schormann, en était parti les mains vides et avait laissé sa carte ornée de cette formule : « *Arsène Lupin, gentleman cambrioleur, reviendra quand les meubles seront authentiques.* » Arsène Lupin, l'homme aux mille déguisements, tour à tour chauffeur, ténor, bookmaker, fils de famille, adolescent, vieillard, commis voyageur marseillais, médecin russe, torero espagnol !

Qu'on se rende bien compte de ceci : Arsène Lupin allant et venant dans le cadre relativement restreint d'un transatlantique, que dis-je ! dans ce petit coin des premières où l'on se retrouvait à tout instant, dans cette salle à manger, dans ce salon, dans ce fumoir ! Arsène Lupin, c'était peut-être ce monsieur… ou celui-là… mon voisin de table… mon compagnon de cabine…

« Et cela va durer encore cinq fois vingt-quatre heures ! s'écria le lendemain Miss Nelly Underdown, mais c'est intolérable ! J'espère bien qu'on va l'arrêter. »

Et s'adressant à moi :

« Voyons, vous, monsieur d'Andrézy, qui êtes déjà au mieux avec le commandant, vous ne savez rien ? »

J'aurais bien voulu savoir quelque chose pour plaire à Miss Nelly ! C'était une de ces magnifiques créatures qui, partout où elles sont, occupent aussitôt la place la plus en vue. Leur beauté autant que leur fortune éblouit. Elles ont une cour, des fervents, des enthousiastes.

Élevée à Paris par une mère française, elle rejoignait son père, le richissime Underdown, de Chicago. Une de ses amies, Lady Jerland, l'accompagnait.

Dès la première heure, j'avais posé ma candidature de flirt. Mais, dans l'intimité rapide du voyage, tout de suite son charme m'avait troublé, et je me sentais un peu trop ému pour un flirt quand ses grands yeux noirs rencontraient les miens. Cependant, elle accueillait mes hommages avec une certaine faveur. Elle daignait rire de mes bons mots et s'intéresser à mes anecdotes. Une vague sympathie semblait répondre à l'empressement que je lui témoignais.

Un seul rival peut-être m'eût inquiété, un assez beau garçon, élégant, réservé, dont elle paraissait quelquefois préférer l'humeur taciturne à mes façons plus « en dehors » de Parisien.

Il faisait justement partie du groupe d'admirateurs qui entourait Miss Nelly, lorsqu'elle m'interrogea. Nous étions sur le pont, agréablement installés dans des rocking-chairs. L'orage de la veille avait éclairci le ciel. L'heure était délicieuse.

« Je ne sais rien de précis, mademoiselle, lui répondis-je, mais est-il impossible de conduire nous-mêmes notre enquête, tout aussi bien que le ferait le vieux Ganimard, l'ennemi personnel d'Arsène Lupin ?

— Oh ! oh ! vous vous avancez beaucoup !

— En quoi donc ? Le problème est-il si compliqué ?

— Très compliqué.

— C'est que vous oubliez les éléments que nous avons pour le résoudre.

— Quels éléments ?

— 1° Lupin se fait appeler monsieur R…

— Signalement un peu vague.

— 2° Il voyage seul.

— Si cette particularité vous suffit !

— 3° Il est blond.

— Et alors ?

— Alors nous n'avons plus qu'à consulter la liste des passagers et à procéder par élimination. »

J'avais cette liste dans ma poche. Je la pris et la parcourus.

« Je note d'abord qu'il n'y a que treize personnes que leur initiale désigne à notre attention.

— Treize seulement ?

— En première classe, oui. Sur ces treize messieurs R…, comme vous pouvez vous en assurer, neuf sont accompagnés de femmes, d'enfants ou de domestiques. Restent quatre personnages isolés : le marquis de Raverdan…

— Secrétaire d'ambassade, interrompit Miss Nelly, je le connais.

— Le major Rawson…

— C'est mon oncle, dit quelqu'un.

— M. Rivolta…

— Présent », s'écria l'un de nous, un Italien dont la figure disparaissait sous une barbe du plus beau noir.

Miss Nelly éclata de rire.

« Monsieur n'est pas précisément blond.

— Alors, repris-je, nous sommes obligés de conclure que le coupable est le dernier de la liste.

— C'est-à-dire ?

— C'est-à-dire M. Rozaine. Quelqu'un connaît-il M. Rozaine ? »

On se tut. Mais Miss Nelly, interpellant le jeune homme taciturne dont l'assiduité près d'elle me tourmentait, lui dit :

« Eh bien, monsieur Rozaine, vous ne répondez pas ? »

On tourna les yeux vers lui. Il était blond.

Avouons-le, je sentis comme un petit choc au fond de moi. Et le silence gêné qui pesa sur nous m'indiqua que les autres assistants éprouvaient aussi cette sorte de suffocation. C'était absurde d'ailleurs, car enfin rien dans les allures de ce monsieur ne permettait qu'on le suspectât.

« Pourquoi je ne réponds pas ? dit-il, mais parce que, vu mon nom, ma qualité de voyageur isolé et la couleur de mes cheveux, j'ai déjà procédé à une enquête analogue et que je suis arrivé au même résultat. Je suis donc d'avis qu'on m'arrête. »

Il avait un drôle d'air, en prononçant ces paroles. Ses lèvres minces comme deux traits inflexibles s'amincirent encore et pâlirent. Des filets de sang strièrent ses yeux.

Certes, il plaisantait. Pourtant sa physionomie, son attitude nous impressionnèrent. Naïvement, Miss Nelly demanda :

« Mais vous n'avez pas de blessure ?

— Il est vrai, dit-il, la blessure manque. »

D'un geste nerveux il releva sa manchette et découvrit son bras. Mais aussitôt une idée me frappa. Mes yeux croisèrent ceux de Miss Nelly : il avait montré le bras gauche.

Et, ma foi, j'allais en faire nettement la remarque, quand un incident détourna notre attention. Lady Jerland, l'amie de Miss Nelly, arrivait en courant.

Elle était bouleversée. On s'empressa autour d'elle, et ce n'est qu'après bien des efforts qu'elle réussit à balbutier :

« Mes bijoux, mes perles !... on a tout pris !... »

Non, on n'avait pas tout pris, comme nous le sûmes par la suite ; chose bien plus curieuse : on avait choisi !

De l'étoile en diamants, du pendentif en cabochons de rubis, des colliers et des bracelets brisés, on avait enlevé, non point les pierres les plus grosses, mais les plus fines, les plus précieuses, celles, aurait-on dit, qui avaient le plus de valeur en tenant le moins de place. Les montures gisaient là, sur la table. Je les vis, tous nous les vîmes, dépouillées de leurs joyaux comme des fleurs dont on eût arraché les beaux pétales étincelants et colorés.

Et pour exécuter ce travail, il avait fallu, pendant l'heure où Lady Jerland prenait le thé, il avait fallu, en plein jour, et dans un couloir fréquenté, fracturer la porte de la cabine, trouver un petit sac dissimulé à dessein au fond d'un carton à chapeau, l'ouvrir et choisir !

Il n'y eut qu'un cri parmi nous. Il n'y eut qu'une opinion parmi tous les passagers, lorsque le vol fut connu : C'est Arsène Lupin. Et, de fait, c'était bien sa manière compliquée, mystérieuse, inconcevable… et logique cependant, car, s'il était difficile de receler la masse encombrante qu'eût formée l'ensemble des bijoux, combien moindre était l'embarras avec de petites choses indépendantes les unes des autres, perles, émeraudes et saphirs !

Et, au dîner, il se passa ceci : à droite et à gauche de Rozaine, les deux places restèrent vides. Et le soir on sut qu'il avait été convoqué par le commandant.

Son arrestation, que personne ne mit en doute, causa un véritable soulagement. On respirait enfin. Ce soir-là on joua aux petits jeux. On dansa. Miss Nelly, surtout, montra une gaieté étourdissante qui me fit voir que si les hommages de Rozaine avaient pu lui agréer au début, elle ne s'en souvenait guère. Sa grâce acheva de me conquérir. Vers minuit, à la clarté sereine de la lune, je lui affirmai mon dévouement avec une émotion qui ne parut pas lui déplaire.

Mais le lendemain, à la stupeur générale, on apprit que, les charges relevées contre lui n'étant pas suffisantes, Rozaine était libre.

Fils d'un négociant considérable de Bordeaux, il avait exhibé des papiers parfaitement en règle. En outre, ses bras n'offraient pas la moindre trace de blessure.

« Des papiers ! des actes de naissance ! s'écrièrent les ennemis de Rozaine, mais Arsène Lupin vous en fournira tant que vous voudrez ! Quant à la blessure, c'est qu'il n'en a pas reçu… ou qu'il en a effacé la trace ! »

On leur objectait qu'à l'heure du vol, Rozaine – c'était démontré – se promenait sur le pont. À quoi ils ripostaient :

« Est-ce qu'un homme de la trempe d'Arsène Lupin a besoin d'assister au vol qu'il commet ? »

Et puis, en dehors de toute considération étrangère, il y avait un point sur lequel les plus sceptiques ne pouvaient épiloguer. Qui, sauf Rozaine, voyageait seul, était blond, et portait un nom commençant par R ? Qui le télégramme désignait-il, si ce n'était Rozaine ?

Et quand Rozaine, quelques minutes avant le déjeuner, se dirigea audacieusement vers notre groupe, Miss Nelly et Lady Jerland se levèrent et s'éloignèrent.

C'était bel et bien de la peur.

Une heure plus tard, une circulaire manuscrite passait de main en main parmi les employés du bord, les matelots, les voyageurs de toutes classes : M. Louis Rozaine promettait une somme de dix mille francs à qui démasquerait Arsène Lupin, ou trouverait le possesseur des pierres dérobées.

« Et si personne ne me vient en aide contre ce bandit, déclara Rozaine au commandant, moi, je lui ferai son affaire. »

Rozaine contre Arsène Lupin, ou plutôt, selon le mot qui courut, Arsène Lupin lui-même contre Arsène Lupin, la lutte ne manquait pas d'intérêt !

Elle se prolongea durant deux journées.

On vit Rozaine errer de droite et de gauche, se mêler au personnel, interroger, fureter. On aperçut son ombre, la nuit, qui rôdait.

De son côté, le commandant déploya l'énergie la plus active. Du haut en bas, en tous les coins, la *Provence* fut fouillée. On perquisitionna dans toutes les cabines, sans exception, sous le prétexte fort juste que les objets étaient cachés dans n'importe quel endroit, sauf dans la cabine du coupable.

« On finira bien par découvrir quelque chose, n'est-ce pas ? me demandait Miss Nelly. Tout sorcier qu'il soit, il ne peut faire que des diamants et des perles deviennent invisibles.

— Mais si, lui répondis-je, ou alors il faudrait explorer la coiffe de nos chapeaux, la doublure de nos vestes, et tout ce que nous nous portons sur nous. »

Et lui montrant mon Kodak, un 9 x 12 avec lequel je ne me lassais pas de la photographier dans les attitudes les plus diverses :

« Rien que dans un appareil pas plus grand que celui-ci, ne pensez-vous pas qu'il y aurait place pour toutes les pierres précieuses de Lady Jerland ? On affecte de prendre des vues et le tour est joué.

— Mais cependant j'ai entendu dire qu'il n'y a point de voleur qui ne laisse derrière lui un indice quelconque.

— Il y en a un : Arsène Lupin.

— Pourquoi ?

— Pourquoi ? parce qu'il ne pense pas seulement au vol qu'il commet, mais à toutes les circonstances qui pourraient le dénoncer.

— Au début, vous étiez plus confiant.

— Mais depuis je l'ai vu à l'œuvre.

— Et alors, selon vous ?

— Selon moi, on perd son temps. »

Et de fait, les investigations ne donnaient aucun résultat, ou du moins, celui qu'elles donnèrent ne correspondait pas à l'effort général : la montre du commandant lui fut volée.

Furieux, il redoubla d'ardeur et surveilla de plus près encore Rozaine avec qui il avait eu plusieurs entrevues. Le lendemain, ironie charmante, on retrouvait la montre parmi les faux cols du commandant en second.

Tout cela avait un air de prodige, et dénonçait bien la manière humoristique d'Arsène Lupin, cambrioleur, soit, mais dilettante aussi. Il travaillait par goût et par vocation, certes, mais par amusement aussi. Il donnait l'impression du monsieur qui se divertit à la pièce qu'il fait jouer, et qui, dans la coulisse, rit à gorge déployée de ses traits d'esprit, et des situations qu'il imagina.

Décidément, c'était un artiste en son genre, et quand j'observais Rozaine, sombre et opiniâtre, et que je songeais au double rôle que tenait sans doute ce curieux personnage, je ne pouvais en parler sans une certaine admiration.

Or, l'avant-dernière nuit, l'officier de quart entendit des gémissements à l'endroit le plus obscur du pont. Il s'approcha. Un homme était étendu, la tête enveloppée dans une écharpe grise très épaisse, les poignets ficelés à l'aide d'une fine cordelette.

On le délivra de ses liens. On le releva, des soins lui furent prodigués.

Cet homme, c'était Rozaine.

C'était Rozaine assailli au cours d'une de ses expéditions, terrassé et dépouillé. Une carte de visite fixée par une épingle à son vêtement portait ces mots :

Arsène Lupin accepte avec reconnaissance les dix mille francs de M. Rozaine.

En réalité, le portefeuille dérobé contenait vingt billets de mille.

Naturellement, on accusa le malheureux d'avoir simulé cette attaque contre lui-même. Mais, outre qu'il lui eût été impossible de se lier de cette façon, il fut établi que l'écriture de la carte différait absolument de l'écriture de Rozaine, et ressemblait au contraire, à s'y méprendre, à celle d'Arsène Lupin, telle que la reproduisait un ancien journal trouvé à bord.

Ainsi donc, Rozaine n'était plus Arsène Lupin. Rozaine était Rozaine, fils d'un négociant de Bordeaux ! Et la présence d'Arsène Lupin s'affirmait une fois de plus, et par quel acte redoutable !

Ce fut la terreur. On n'osa plus rester seul dans sa cabine, et pas davantage s'aventurer aux endroits trop écartés. Prudemment on se groupait entre gens sûrs les uns des autres. Et encore, une défiance instinctive divisait les plus intimes. C'est que la menace ne provenait pas d'un individu isolé, et par là même moins dangereux. Arsène Lupin maintenant c'était... c'était tout le monde. Notre imagination surexcitée lui attribuait un pouvoir miraculeux et illimité. On le supposait capable de prendre les déguisements les plus inattendus, d'être tour à tour le respectable major Rawson ou le noble marquis de Raverdan, ou même, car on ne s'arrêtait plus à l'initiale accusatrice, ou même telle ou telle personne connue de tous, ayant femme, enfants, domestiques.

Les premières dépêches sans fil n'apportèrent aucune nouvelle. Du moins le commandant ne nous en fit point part, et un tel silence n'était pas pour nous rassurer.

Aussi, le dernier jour parut-il interminable. On vivait dans l'attente anxieuse d'un malheur. Cette fois, ce ne serait plus un vol, ce ne serait plus une simple agression, ce serait le crime, le meurtre. On n'admettait pas qu'Arsène Lupin s'en tînt à ces deux larcins insignifiants. Maître absolu du navire, les autorités réduites à l'impuissance, il n'avait qu'à vouloir, tout lui était permis, il disposait des biens et des existences.

Heures délicieuses pour moi, je l'avoue, car elles me valurent la confiance de Miss Nelly. Impressionnée par tant d'événements, de nature déjà inquiète, elle chercha spontanément à mes côtés une protection, une sécurité que j'étais heureux de lui offrir.

Au fond, je bénissais Arsène Lupin. N'était-ce pas lui qui nous rapprochait ? N'était-ce pas grâce à lui que j'avais le droit de m'abandonner aux plus beaux rêves ? Rêves d'amour et rêves moins chimériques, pourquoi ne pas le confesser ? Les Andrézy sont de bonne souche poitevine, mais leur blason est quelque peu dédoré, et il ne me paraît pas indigne d'un gentilhomme de songer à rendre à son nom le lustre perdu.

Et ces rêves, je le sentais, n'offusquaient point Nelly. Ses yeux souriants m'autorisaient à les faire. La douceur de sa voix me disait d'espérer.

Et jusqu'au dernier moment, accoudés au bastingage, nous restâmes l'un près de l'autre, tandis que la ligne des côtes américaines voguait au-devant de nous.

On avait interrompu les perquisitions. On attendait. Depuis les premières jusqu'à l'entrepont où grouillaient les émigrants, on attendait la minute suprême où s'expliquerait enfin l'insoluble énigme. Qui était Arsène Lupin ? Sous quel nom, sous quel masque se cachait le fameux Arsène Lupin ?

Et cette minute suprême arriva. Dussé-je vivre cent ans, je n'en oublierais pas le plus infime détail.

« Comme vous êtes pâle, Miss Nelly, dis-je à ma compagne qui s'appuyait à mon bras, toute défaillante.

— Et vous ! me répondit-elle, ah ! vous êtes si changé !

— Songez donc ! cette minute est passionnante, et je suis heureux de la vivre auprès de vous, Miss Nelly. Il me semble que votre souvenir s'attardera quelquefois… »

Elle n'écoutait pas, haletante et fiévreuse. La passerelle s'abattit. Mais avant que nous eussions la liberté de la franchir, des gens montèrent à bord, des douaniers, des hommes en uniforme, des facteurs.

Miss Nelly balbutia :

« On s'apercevrait qu'Arsène Lupin s'est échappé pendant la traversée que je n'en serais pas surprise.

— Il a peut-être préféré la mort au déshonneur, et plongé dans l'Atlantique plutôt que d'être arrêté.

— Ne riez pas », fit-elle agacée.

Soudain, je tressaillis, et, comme elle me questionnait, je lui dis :

« Vous voyez ce vieux petit homme debout à l'extrémité de la passerelle...

— Avec un parapluie et une redingote vert olive ?

— C'est Ganimard.

— Ganimard ?

— Oui, le célèbre policier, celui qui a juré qu'Arsène Lupin serait arrêté de sa propre main. Ah ! je comprends que l'on n'ait pas eu de renseignements de ce côté de l'Océan. Ganimard était là. Il aime bien que personne ne s'occupe de ses petites affaires.

— Alors Arsène Lupin est sûr d'être pris ?

— Qui sait ? Ganimard ne l'a jamais vu, paraît-il, que grimé et déguisé. À moins qu'il ne connaisse son nom d'emprunt...

— Ah ! dit-elle, avec cette curiosité un peu cruelle de la femme, si je pouvais assister à l'arrestation !

— Patientons. Certainement Arsène Lupin a déjà remarqué la présence de son ennemi. Il préférera sortir parmi les derniers, quand l'œil du vieux sera fatigué. »

Le débarquement commença. Appuyé sur son parapluie, l'air indifférent, Ganimard ne semblait pas prêter attention à la foule qui se pressait entre les deux balustrades. Je notai qu'un officier du bord, posté derrière lui, le renseignait de temps à autre.

Le marquis de Raverdan, le major Rawson, l'italien Rivolta défilèrent, et d'autres, et beaucoup d'autres... Et j'aperçus Rozaine qui s'approchait.

Pauvre Rozaine ! Il ne paraissait pas remis de ses mésaventures !

« C'est peut-être lui tout de même, me dit Miss Nelly… Qu'en pensez-vous ?

— Je pense qu'il serait fort intéressant d'avoir sur une même photographie Ganimard et Rozaine. Prenez donc mon appareil, je suis si chargé. »

Je le lui donnai, mais trop tard pour qu'elle s'en servît. Rozaine passait. L'officier se pencha à l'oreille de Ganimard, celui-ci haussa légèrement les épaules, et Rozaine passa.

Mais alors, mon Dieu, qui était Arsène Lupin ?

« Oui, fit-elle à haute voix, qui est-ce ? »

Il n'y avait plus qu'une vingtaine de personnes. Elle les observait tour à tour avec la crainte confuse qu'il ne fût pas, lui, au nombre de ces vingt personnes.

Je lui dis :

« Nous ne pouvons attendre plus longtemps. »

Elle s'avança. Je la suivis. Mais nous n'avions pas fait dix pas que Ganimard nous barra le passage.

« Eh bien, quoi ? m'écriai-je.

— Un instant, monsieur, qui vous presse ?

— J'accompagne mademoiselle.

— Un instant », répéta-t-il d'une voix plus impérieuse.

Il me dévisageait profondément, puis il me dit, les yeux dans les yeux :

« Arsène Lupin, n'est-ce pas ? »

Je me mis à rire.

« Non, Bernard d'Andrézy, tout simplement.

— Bernard d'Andrézy est mort il y a trois ans en Macédoine.

— Si Bernard d'Andrézy était mort, je ne serais plus de ce monde. Et ce n'est pas le cas. Voici mes papiers.

— Ce sont les siens. Comment les avez-vous, c'est ce que j'aurai le plaisir de vous expliquer.

— Mais vous êtes fou ! Arsène Lupin s'est embarqué sous le nom de R…

— Oui, encore un truc de vous, une fausse piste sur laquelle vous les avez lancés, là-bas ! Ah ! vous êtes d'une jolie force, mon gaillard. Mais cette fois, la chance a tourné. Voyons, Lupin, montre-toi beau joueur. »

J'hésitai une seconde. D'un coup sec il me frappa sur l'avant-bras droit. Je poussai un cri de douleur. Il avait frappé sur la blessure encore mal fermée que signalait le télégramme.

Allons, il fallait se résigner. Je me tournai vers Miss Nelly. Elle écoutait, livide, chancelante.

Son regard rencontra le mien, puis s'abaissa sur le Kodak que je lui avais remis. Elle fit un geste brusque, et j'eus l'impression, j'eus la certitude qu'elle comprenait tout à coup. Oui, c'était là, entre les parois étroites de chagrin noir, au creux du petit objet que j'avais eu la précaution de déposer entre ses mains avant que Ganimard ne m'arrêtât, c'était bien là que se trouvaient les vingt mille francs de Rozaine, les perles et les diamants de Lady Jerland.

Ah ! je le jure, à ce moment solennel, alors que Ganimard et deux de ses acolytes m'entouraient, tout me fut indifférent, mon arrestation, l'hostilité des gens, tout, hors ceci, la résolution qu'allait prendre Miss Nelly au sujet de ce que je lui avais confié.

Que l'on eût contre moi cette preuve matérielle et décisive, je ne songeais même pas à le redouter, mais cette preuve, Miss Nelly se déciderait-elle à la fournir ?

Serais-je trahi par elle ? perdu par elle ? Agirait-elle en ennemie qui ne pardonne pas, ou bien en femme qui se souvient et dont le mépris s'adoucit d'un peu d'indulgence, d'un peu de sympathie involontaire ?

Elle passa devant moi. Je la saluai très bas, sans un mot. Mêlée aux autres voyageurs, elle se dirigea vers la passerelle, mon Kodak à la main.

Sans doute, pensai-je, elle n'ose pas, en public. C'est dans une heure, dans un instant, qu'elle le donnera.

Mais, arrivée au milieu de la passerelle, par un mouvement de maladresse simulée, elle le laissa tomber dans l'eau, entre le mur du quai et le flanc du navire.

Puis je la vis s'éloigner.

Sa jolie silhouette se perdit dans la foule, m'apparut de nouveau et disparut. C'était fini, fini pour jamais.

Un instant, je restai immobile, triste à la fois et pénétré d'un doux attendrissement, puis je soupirai, au grand étonnement de Ganimard :

« Dommage, tout de même, de ne pas être un honnête homme... »

C'est ainsi qu'un soir d'hiver, Arsène Lupin me raconta l'histoire de son arrestation. Le hasard d'incidents dont j'écrirai quelque jour le récit avait noué entre nous des liens... dirais-je d'amitié ? Oui, j'ose croire qu'Arsène Lupin m'honore de quelque amitié, et que c'est par amitié qu'il arrive parfois chez moi à l'improviste, apportant, dans le silence de mon cabinet de travail, sa gaieté juvénile, le rayonnement de sa vie ardente, sa belle humeur d'homme pour qui la destinée n'a que faveurs et sourires.

Son portrait ? Comment pourrais-je le faire ? Vingt fois j'ai vu Arsène Lupin, et vingt fois c'est un être différent qui m'est apparu... ou plutôt, le même être dont vingt miroirs m'auraient renvoyé autant d'images déformées, chacune ayant ses yeux particuliers, sa forme spéciale de figure, son geste propre, sa silhouette et son caractère.

« Moi-même, me dit-il, je ne sais plus bien qui je suis. Dans une glace je ne me reconnais plus. »s

Boutade, certes, et paradoxe, mais vérité à l'égard de ceux qui le rencontrent et qui ignorent ses ressources infinies, sa patience, son art du maquillage, sa prodigieuse faculté de transformer jusqu'aux proportions de son visage, et d'altérer le rapport même de ses traits entre eux.

« Pourquoi, dit-il encore, aurais-je une apparence définie ? Pourquoi ne pas éviter ce danger d'une personnalité toujours identique ? Mes actes me désignent suffisamment. »

Et il précise, avec une pointe d'orgueil :

« Tant mieux si l'on ne peut jamais dire en toute certitude : Voici Arsène Lupin. L'essentiel est qu'on dise sans crainte d'erreur : Arsène Lupin a fait cela. »

Ce sont quelques-uns de ces actes, quelques-unes de ces aventures que j'essaie de reconstituer, d'après les confidences dont il eut la bonne grâce de me favoriser, certains soirs d'hiver, dans le silence de mon cabinet de travail...

ARSÈNE LUPIN EN PRISON

Il n'est point de touriste digne de ce nom qui ne connaisse les bords de la Seine, et qui n'ait remarqué, en allant des ruines de Jumièges aux ruines de Saint-Wandrille, l'étrange petit château féodal du Malaquis, si fièrement campé sur sa roche, en pleine rivière. L'arche d'un pont le relie à la route. La base de ses tourelles sombres se confond avec le granit qui le supporte, bloc énorme détaché d'on ne sait quelle montagne et jeté là par quelque formidable convulsion. Tout autour, l'eau calme du grand fleuve joue parmi les roseaux, et des bergeronnettes tremblent sur la crête humide des cailloux.

L'histoire du Malaquis est rude comme son nom, revêche comme sa silhouette. Ce ne furent que combats, sièges, assauts, rapines et massacres. Aux veillées du pays de Caux, on évoque en frissonnant les crimes qui s'y commirent. On raconte de mystérieuses légendes. On parle du fameux souterrain qui conduisait jadis à l'abbaye de Jumièges et au manoir d'Agnès Sorel, la belle amie de Charles VII.

Dans cet ancien repaire de héros et de brigands, habite le baron Nathan Cahorn, le baron Satan, comme on l'appelait jadis à la Bourse où il s'est enrichi un peu trop brusquement. Les seigneurs du Malaquis, ruinés, ont dû lui vendre, pour un morceau de pain, la demeure de leurs ancêtres. Il y a installé ses admirables collections de meubles et de tableaux, de faïences et de bois sculptés. Il y vit seul avec trois vieux domestiques. Nul n'y pénètre jamais. Nul n'a jamais contemplé dans le décor de ces salles antiques les trois Rubens qu'il possède, ses deux Watteau, sa chaire de Jean Goujon, et tant d'autres merveilles arrachées à coups de billets de banque aux plus riches habitués des ventes publiques.

Le baron Satan a peur. Il a peur non point pour lui, mais pour les trésors accumulés avec une passion si tenace et la perspicacité d'un amateur que les plus madrés des marchands ne peuvent se vanter d'avoir induit en erreur. Il les aime. Il les aime âprement, comme un avare ; jalousement, comme un amoureux.

Chaque jour, au coucher du soleil, les quatre portes bardées de fer, qui commandent les deux extrémités du pont et l'entrée de la cour d'honneur, sont fermées et verrouillées. Au moindre choc des sonneries électriques vibreraient dans le silence. Du côté de la Seine, rien à craindre : le roc s'y dresse à pic.

Or, un vendredi de septembre, le facteur se présenta comme d'ordinaire à la tête du pont. Et, selon la règle quotidienne, ce fut le baron qui entrebâilla le lourd battant.

Il examina l'homme aussi minutieusement que s'il ne connaissait pas déjà, depuis des années, cette bonne face réjouie et ces yeux narquois de paysan, et l'homme lui dit en riant :

« C'est toujours moi, monsieur le baron. Je ne suis pas un autre qui aurait pris ma blouse et ma casquette.

— Sait-on jamais ? » murmura Cahorn.

Le facteur lui remit une pile de journaux. Puis il ajouta :

« Et maintenant, monsieur le baron, il y a du nouveau.

— Du nouveau ?

— Une lettre… et recommandée, encore. »

Isolé, sans ami ni personne qui s'intéressât à lui, jamais le baron ne recevait de lettre, et tout de suite cela lui parut un événement de mauvais augure dont il y avait lieu de s'inquiéter. Quel était ce mystérieux correspondant qui venait le relancer dans sa retraite ?

« Il faut signer, monsieur le baron. »

Il signa en maugréant. Puis il prit la lettre, attendit que le facteur eût disparu au tournant de la route, et après avoir fait quelques pas de long en large, il s'appuya contre le parapet du pont et déchira l'enveloppe. Elle portait une feuille de papier quadrillé avec cet en-tête manuscrit : *Prison de la Santé, Paris.* Il regarda la signature : *Arsène Lupin.* Stupéfait, il lut :

Monsieur le baron,

Il y a, dans la galerie qui réunit vos deux salons, un tableau de Philippe de Champaigne d'excellente facture et qui me plaît infiniment. Vos Rubens sont aussi de mon goût, ainsi que votre plus petit Watteau. Dans le salon de droite, je note la crédence Louis XIII, les tapisseries de Beauvais, le guéridon Empire signé Jacob et le bahut Renaissance. Dans celui de gauche, toute la vitrine des bijoux et des miniatures.

Pour cette fois, je me contenterai de ces objets qui seront, je crois, d'un écoulement facile. Je vous prie donc de les faire emballer convenablement et de les expédier à mon nom (port payé), en gare des Batignolles, avant huit jours... faute de quoi, je ferai procéder moi-même à leur déménagement dans la nuit du mercredi 27 au jeudi 28 septembre. Et, comme de juste, je ne me contenterai pas des objets sus-indiqués.

Veuillez excuser le petit dérangement que je vous cause, et accepter l'expression de mes sentiments de respectueuse considération.

Arsène Lupin.

P. S. – Surtout ne pas m'envoyer le plus grand des Watteau. Quoique vous l'ayez payé trente mille francs à l'Hôtel des Ventes, ce n'est qu'une copie, l'original ayant été brûlé, sous le Directoire, par Barras, un soir d'orgie. Consulter les Mémoires inédits de Garat.

Je ne tiens pas non plus à la châtelaine Louis XV dont l'authenticité me semble douteuse.

Cette lettre bouleversa le baron Cahorn. Signée de tout autre, elle l'eût déjà considérablement alarmé, mais signée d'Arsène Lupin !

Lecteur assidu des journaux, au courant de tout ce qui se passait dans le monde en fait de vol et de crime, il n'ignorait rien des exploits de l'infernal cambrioleur. Certes, il savait que Lupin, arrêté en Amérique par son ennemi Ganimard, était bel et bien incarcéré, que l'on instruisait son procès – avec quelle peine ! Mais il savait aussi que l'on pouvait s'attendre à tout de sa part. D'ailleurs, cette connaissance exacte du château, de la disposition des tableaux et des meubles, était un indice des plus redoutables. Qui l'avait renseigné sur des choses que nul n'avait vues ?

Le baron leva les yeux et contempla la silhouette farouche du Malaquis, son piédestal abrupt, l'eau profonde qui l'entoure, et haussa les épaules. Non, décidément, il n'y avait point de danger. Personne au monde ne pouvait pénétrer jusqu'au sanctuaire inviolable de ses collections.

Personne, soit, mais Arsène Lupin ? Pour Arsène Lupin, est-ce qu'il existe des portes, des ponts-levis, des murailles ? À quoi servent les obstacles les mieux imaginés, les précautions les plus habiles, si Arsène Lupin a décidé d'atteindre le but ?

Le soir même, il écrivit au procureur de la République de Rouen. Il envoyait la lettre de menaces et réclamait aide et protection.

La réponse ne tarda point, le nommé Arsène Lupin étant actuellement détenu à la Santé, surveillé de près, et dans l'impossibilité d'écrire, la lettre ne pouvait être que l'œuvre d'un mystificateur. Tout le démontrait, la logique et le bon sens, comme la réalité des faits. Toutefois, et par excès de prudence, on avait commis un expert à l'examen de l'écriture, et l'expert déclarait que, malgré certaines analogies, cette écriture n'était pas celle du détenu.

« *Malgré certaines analogies* », le baron ne retint que ces trois mots effarants, où il voyait l'aveu d'un doute qui, à lui seul, aurait dû suffire pour que la justice intervînt. Ses craintes s'exaspérèrent. Il ne cessait de relire la lettre. « *Je ferai procéder moi-même à leur déménagement.* » Et cette date précise, la nuit du mercredi 27 au jeudi 28 septembre !…

Soupçonneux et taciturne, il n'avait pas osé se confier à ses domestiques, dont le dévouement ne lui paraissait pas à l'abri de toute épreuve. Cependant, pour la première fois depuis des années, il éprouvait le besoin de parler, de prendre conseil. Abandonné par la justice de son pays, il n'espérait plus se défendre avec ses propres ressources, et il fut sur le point d'aller jusqu'à Paris et d'implorer l'assistance de quelque ancien policier.

Deux jours s'écoulèrent. Le troisième, en lisant ses journaux, il tressaillit de joie. *Le Réveil de Caudebec* publiait cet entrefilet :

Nous avons le plaisir de posséder dans nos murs, depuis bientôt trois semaines, l'inspecteur principal Ganimard, un des vétérans du service de la Sûreté. M. Ganimard, à qui l'arrestation d'Arsène Lupin, sa dernière prouesse, a valu une réputation européenne, se repose de ses longues fatigues en taquinant le goujon et l'ablette.

Ganimard ! voilà bien l'auxiliaire que cherchait le baron Cahorn ! Qui mieux que le retors et patient Ganimard saurait déjouer les projets de Lupin ?

Le baron n'hésita pas. Six kilomètres séparent le château de la petite ville de Caudebec. Il les franchit d'un pas allègre, en homme que surexcite l'espoir du salut.

Après plusieurs tentatives infructueuses pour connaître l'adresse de l'inspecteur principal, il se dirigea vers les bureaux du *Réveil*, situés au milieu du quai. Il y trouva le rédacteur de l'entrefilet, qui, s'approchant de la fenêtre, s'écria :

« Ganimard ? mais vous êtes sûr de le rencontrer le long du quai, la ligne à la main. C'est là que nous avons lié connaissance, et que j'ai lu par hasard son nom gravé sur sa canne à pêche. Tenez, le petit vieux que l'on aperçoit là-bas, sous les arbres de la promenade.

— En redingote et en chapeau de paille ?

— Justement ! Ah ! un drôle de type pas causeur et plutôt bourru. »

Cinq minutes après, le baron abordait le célèbre Ganimard, se présentait et tâchait d'entrer en conversation. N'y parvenant point, il aborda franchement la question et exposa son cas.

L'autre écouta, immobile, sans perdre de vue le poisson qu'il guettait, puis il tourna la tête vers lui, le toisa des pieds à la tête d'un air de profonde pitié, et prononça :

« Monsieur, ce n'est guère l'habitude de prévenir les gens que l'on veut dépouiller. Arsène Lupin, en particulier, ne commet pas de pareilles bourdes.

— Cependant…

— Monsieur, si j'avais le moindre doute, croyez bien que le plaisir de fourrer encore dedans ce cher Lupin l'emporterait sur toute autre considération. Par malheur, ce jeune homme est sous les verrous.

— S'il s'échappe ?...

— On ne s'échappe pas de la Santé.

— Mais lui...

— Lui pas plus qu'un autre.

— Cependant...

— Eh bien, s'il s'échappe, tant mieux, je le repincerai. En attendant, dormez sur vos deux oreilles, et n'effarouchez pas davantage cette ablette. »

La conversation était finie. Le baron retourna chez lui, un peu rassuré par l'insouciance de Ganimard. Il vérifia les serrures, espionna les domestiques, et quarante-huit heures se passèrent pendant lesquelles il arriva presque à se persuader que, somme toute, ses craintes étaient chimériques. Non, décidément, comme l'avait dit Ganimard, on ne prévient pas les gens que l'on veut dépouiller.

La date approchait. Le matin du mardi, veille du 27, rien de particulier. Mais à trois heures, un gamin sonna. Il apportait une dépêche.

AUCUN COLIS EN GARE DES BATIGNOLLES. PRÉPAREZ TOUT POUR DEMAIN SOIR.

ARSÈNE.

De nouveau, ce fut l'affolement, à tel point qu'il se demanda s'il ne céderait pas aux exigences d'Arsène Lupin.

Il courut à Caudebec. Ganimard pêchait à la même place, assis sur un pliant. Sans un mot, il lui tendit le télégramme.

« Et après ? fit l'inspecteur.

— Après ? mais c'est pour demain !

— Quoi ?

— Le cambriolage ! le pillage de mes collections ! »

Ganimard déposa sa ligne, se tourna vers lui, et, les deux bras croisés sur sa poitrine, s'écria d'un ton d'impatience :

« Ah çà, est-ce que vous vous imaginez que je vais m'occuper d'une histoire aussi stupide !

— Quelle indemnité demandez-vous pour passer au château la nuit du 27 au 28 septembre ?

— Pas un sou, fichez-moi la paix.

— Fixez votre prix, je suis riche, extrêmement riche. »

La brutalité de l'offre déconcerta Ganimard qui reprit, plus calme :

« Je suis ici en congé et je n'ai pas le droit de me mêler…

— Personne ne le saura. Je m'engage, quoi qu'il arrive, à garder le silence.

— Oh ! il n'arrivera rien.

— Eh bien, voyons, trois mille francs, est-ce assez ? »

L'inspecteur huma une prise de tabac, réfléchit, et laissa tomber :

« Soit. Seulement, je dois vous déclarer loyalement que c'est de l'argent jeté par la fenêtre.

— Ça m'est égal.

— En ce cas… Et puis, après tout, est-ce qu'on sait, avec ce diable de Lupin ! Il doit avoir à ses ordres toute une bande… êtes-vous sûr de vos domestiques ?

— Ma foi…

— Alors, ne comptons pas sur eux. Je vais prévenir par dépêche deux gaillards de mes amis qui nous donneront plus de sécurité… Et maintenant, filez, qu'on ne nous voie pas ensemble. À demain, vers les neuf heures. »

Le lendemain, date fixée par Arsène Lupin, le baron Cahorn décrocha sa panoplie, fourbit ses armes, et se promena aux alentours du Malaquis. Rien d'équivoque ne le frappa.

Le soir, à huit heures et demie, il congédia ses domestiques. Ils habitaient une aile en façade sur la route, mais un peu en retrait, et tout au bout du château. Une fois seul, il ouvrit doucement les quatre portes. Après un moment, il entendit des pas qui s'approchaient.

Ganimard présenta ses deux auxiliaires, grands gars solides, au cou de taureau et aux mains puissantes, puis demanda certaines explications. S'étant rendu compte de la disposition des lieux, il ferma soigneusement et barricada toutes les issues par où l'on pouvait pénétrer dans les salles menacées. Il inspecta les murs, souleva les tapisseries, puis enfin il installa ses agents dans la galerie centrale.

« Pas de bêtises, hein ? On n'est pas ici pour dormir. À la moindre alerte, ouvrez les fenêtres de la cour et appelez-moi. Attention aussi du côté de l'eau. Dix mètres de falaise droite, des diables de leur calibre, ça ne les effraie pas. »

Il les enferma, emporta les clefs, et dit au baron :

« Et maintenant, à notre poste. »

Il avait choisi, pour y passer la nuit, une petite pièce pratiquée dans l'épaisseur des murailles d'enceinte, entre les deux portes principales, et qui était, jadis, le réduit du veilleur. Un judas s'ouvrait sur le pont, un autre sur la cour. Dans un coin on apercevait comme l'orifice d'un puits.

« Vous m'avez bien dit, monsieur le baron, que ce puits était l'unique entrée des souterrains, et que, de mémoire d'homme, elle est bouchée ?

— Oui.

— Donc, à moins qu'il n'existe une autre issue ignorée de tous, sauf d'Arsène Lupin, ce qui semble un peu problématique, nous sommes tranquilles. »

Il aligna trois chaises, s'étendit confortablement, alluma sa pipe et soupira :

« Vraiment, monsieur le baron, il faut que j'aie rudement envie d'ajouter un étage à la maisonnette où je dois finir mes jours, pour accepter une besogne aussi élémentaire. Je raconterai l'histoire à l'ami Lupin, il se tiendra les côtes de rire. »

Le baron ne riait pas. L'oreille aux écoutes, il interrogeait le silence avec une inquiétude croissante. De temps en temps il se penchait sur le puits et plongeait dans le trou béant un œil anxieux.

Onze heures, minuit, une heure sonnèrent.

Soudain, il saisit le bras de Ganimard qui se réveilla en sursaut.

« Vous entendez ?

— Oui.

— Qu'est-ce que c'est ?

— C'est moi qui ronfle !

— Mais non, écoutez…

— Ah ! parfaitement, c'est la corne d'une automobile.

— Eh bien ?

— Eh bien, il est peu probable que Lupin se serve d'une automobile comme d'un bélier pour démolir votre château. Aussi, monsieur le baron, à votre place, je dormirais… comme je vais avoir l'honneur de le faire à nouveau. Bonsoir. »

Ce fut la seule alerte. Ganimard put reprendre son somme interrompu, et le baron n'entendit plus que son ronflement sonore et régulier.

Au petit jour, ils sortirent de leur cellule. Une grande paix sereine, la paix du matin au bord de l'eau fraîche, enveloppait le château. Cahorn radieux de joie, Ganimard toujours paisible, ils montèrent l'escalier. Aucun bruit. Rien de suspect.

« Que vous avais-je dit, monsieur le baron ? Au fond, je n'aurais pas dû accepter… Je suis honteux… »

Il prit les clefs et entra dans la galerie.

Sur deux chaises, courbés, les bras ballants, les deux agents dormaient.

« Tonnerre de nom d'un chien ! » grogna l'inspecteur.

Au même moment, le baron poussait un cri :

« Les tableaux !… la crédence !… »

Il balbutiait, suffoquait, la main tendue vers les places vides, vers les murs dénudés où pointaient les clous, où pendaient les cordes inutiles. Le Watteau, disparu ! Les Rubens, enlevés ! Les tapisseries, décrochées ! Les vitrines, vidées de leurs bijoux !

« Et mes candélabres Louis XVI !… et le chandelier du Régent !… et ma Vierge du douzième !… »

Il courait d'un endroit à l'autre, effaré, désespéré. Il rappelait ses prix d'achat, additionnait les pertes subies, accumulait des chiffres, tout cela pêle-mêle, en mots indistincts, en phrases inachevées. Il trépignait, il se convulsait, fou de rage et de douleur. On aurait dit un homme ruiné qui n'a plus qu'à se brûler la cervelle.

Si quelque chose eût pu le consoler, c'eût été de voir la stupeur de Ganimard. Contrairement au baron, l'inspecteur ne bougeait pas, lui. Il semblait pétrifié, et d'un œil vague, il examinait les choses. Les fenêtres ? fermées. Les serrures des portes ? intactes. Pas de brèche au plafond. Pas de trou au plancher. L'ordre était parfait. Tout cela avait dû s'effectuer méthodiquement, d'après un plan inexorable et logique.

« Arsène Lupin… Arsène Lupin », murmura-t-il, effondré.

Soudain, il bondit sur les deux agents, comme si la colère enfin le secouait, et il les bouscula furieusement et les injuria. Ils ne se réveillèrent point !

« Diable, fit-il, est-ce que par hasard ?… »

Il se pencha sur eux, et, tour à tour, les observa avec attention : ils dormaient, mais d'un sommeil qui n'était pas naturel.

Il dit au baron :

« On les a endormis.

— Mais qui ?

— Eh ! lui, parbleu !… ou sa bande, mais dirigée par lui. C'est un coup de sa façon. La griffe y est bien.

— En ce cas, je suis perdu, rien à faire.

— Rien à faire.

— Mais c'est abominable, c'est monstrueux.

— Déposez une plainte.

— À quoi bon ?

— Dame ! essayez toujours… la justice a des ressources…

— La justice ! mais vous voyez bien par vous-même… Tenez, en ce moment, où vous pourriez chercher un indice, découvrir quelque chose, vous ne bougez même pas.

— Découvrir quelque chose, avec Arsène Lupin ! Mais, mon cher monsieur, Arsène Lupin ne laisse jamais rien derrière lui ! Il n'y a pas de hasard avec Arsène Lupin ! J'en suis à me demander si ce n'est pas volontairement qu'il s'est fait arrêter par moi, en Amérique !

— Alors, je dois renoncer à mes tableaux, à tout ! Mais ce sont les perles de ma collection qu'il m'a dérobées. Je donnerais une fortune pour les retrouver. Si on ne peut rien contre lui, qu'il dise son prix ! »

Ganimard le regarda fixement.

« Ça, c'est une parole sensée. Vous ne la retirez pas ?

— Non, non, non. Mais pourquoi ?

— Une idée que j'ai.

— Quelle idée ?

— Nous en reparlerons si l'enquête n'aboutit pas… Seulement, pas un mot de moi, si vous voulez que je réussisse. »

Il ajouta entre ses dents :

« Et puis, vrai, je n'ai pas de quoi me vanter. »

Les deux agents reprenaient peu à peu connaissance, avec cet air hébété de ceux qui sortent du sommeil hypnotique. Ils ouvraient des yeux étonnés, ils cherchaient à comprendre. Quand Ganimard les interrogea, ils ne se souvenaient de rien.

« Cependant, vous avez dû voir quelqu'un ?

— Non.

— Rappelez-vous ?

— Non, non.

— Et vous n'avez pas bu ? »

Ils réfléchirent, et l'un d'eux répondit :

« Si, moi j'ai bu un peu d'eau.

— De l'eau de cette carafe ?

— Oui.

— Moi aussi », déclara le second.

Ganimard la sentit, la goûta. Elle n'avait aucun goût spécial, aucune odeur.

« Allons, fit-il, nous perdons notre temps. Ce n'est pas en cinq minutes que l'on résout les problèmes posés par Arsène Lupin. Mais, morbleu, je jure bien que je le repincerai. Il gagne la seconde manche. À moi la belle ! »

Le jour même, une plainte en vol qualifié était déposée par le baron Cahorn contre Arsène Lupin, détenu à la Santé !

Cette plainte, le baron la regretta souvent quand il vit le Malaquis livré aux gendarmes, au procureur, au juge d'instruction, aux journalistes, à tous les curieux qui s'insinuent partout où ils ne devraient pas être.

L'affaire passionnait déjà l'opinion. Elle se produisait dans des conditions si particulières, le nom d'Arsène Lupin excitait à tel point les imaginations, que les histoires les plus fantaisistes remplissaient les colonnes des journaux et trouvaient créance auprès du public.

Mais la lettre initiale d'Arsène Lupin, que publia *L'Écho de France* (et nul ne sut jamais qui en avait communiqué le texte), cette lettre où le baron Cahorn était effrontément prévenu de ce qui le menaçait, causa une émotion considérable. Aussitôt des explications fabuleuses furent proposées. On rappela l'existence des fameux souterrains. Et le Parquet, influencé, poussa ses recherches dans ce sens.

On fouilla le château du haut en bas. On questionna chacune des pierres. On étudia les boiseries et les cheminées, les cadres des glaces et les poutres des plafonds. À la lueur des torches on examina les caves immenses où les seigneurs du Malaquis entassaient jadis leurs munitions et leurs provisions. On sonda les entrailles du rocher. Ce fut vainement. On ne découvrit pas le moindre vestige de souterrain. Il n'existait point de passage secret.

Soit, répondait-on de tous côtés, mais des meubles et des tableaux ne s'évanouissent pas comme des fantômes. Cela s'en va par des portes et par des fenêtres, et les gens qui s'en emparent s'introduisent et s'en vont également par des portes et des fenêtres. Quels sont ces gens ? Comment se sont-ils introduits ? Et comment s'en sont-ils allés ?

Le parquet de Rouen, convaincu de son impuissance, sollicita le secours d'agents parisiens. M. Dudouis, le chef de la Sûreté, envoya ses meilleurs limiers de la brigade de fer. Lui-même fit un séjour de quarante-huit heures au Malaquis. Il ne réussit pas davantage.

C'est alors qu'il manda l'inspecteur Ganimard dont il avait eu si souvent l'occasion d'apprécier les services.

Ganimard écouta silencieusement les instructions de son supérieur, puis, hochant la tête, il prononça :

« Je crois que l'on fait fausse route en s'obstinant à fouiller le château. La solution est ailleurs.

— Et où donc ?

— Auprès d'Arsène Lupin.

— Auprès d'Arsène Lupin ! Supposer cela, c'est admettre son intervention.

— Je l'admets. Bien plus, je la considère comme certaine.

— Voyons, Ganimard, c'est absurde. Arsène Lupin est en prison.

— Arsène Lupin est en prison, soit. Il est surveillé, je vous l'accorde. Mais il aurait les fers aux pieds, les cordes aux poignets et un bâillon sur la bouche, que je ne changerais pas d'avis.

— Et pourquoi cette obstination ?

— Parce que, seul, Arsène Lupin est de taille à combiner une machine de cette envergure, et à la combiner de telle façon qu'elle réussisse… comme elle a réussi.

— Des mots, Ganimard.

— Qui sont des réalités. Mais voilà, qu'on ne cherche pas de souterrain, de pierres tournant sur un pivot, et autres balivernes de ce calibre. Notre individu n'emploie pas des procédés aussi vieux jeu. Il est d'aujourd'hui, ou plutôt de demain.

— Et vous concluez ?

— Je conclus en vous demandant nettement l'autorisation de passer une heure avec lui.

— Dans sa cellule ?

— Oui. Au retour d'Amérique nous avons entretenu, pendant la traversée, d'excellents rapports, et j'ose dire qu'il a quelque sympathie pour celui qui a su l'arrêter. S'il peut me renseigner sans se compromettre, il n'hésitera pas à m'éviter un voyage inutile. »

Il était un peu plus de midi lorsque Ganimard fut introduit dans la cellule d'Arsène Lupin. Celui-ci, étendu sur son lit, leva la tête et poussa un cri de joie.

« Ah ! çà, c'est une vraie surprise. Ce cher Ganimard, ici !

— Lui-même.

— Je désirais bien des choses dans la retraite que j'ai choisie… mais aucune plus passionnément que de t'y recevoir.

— Trop aimable.

— Mais non, mais non, je professe pour toi la plus vive estime.

— J'en suis fier.

— Je l'ai toujours prétendu : Ganimard est notre meilleur détective. Il vaut presque – tu vois que je suis franc –, il vaut presque Sherlock Holmes. Mais, en vérité, je suis désolé de n'avoir à t'offrir que cet escabeau. Et pas un rafraîchissement ! pas un verre de bière. Excuse-moi, je suis là de passage. »

Ganimard s'assit en souriant, et le prisonnier reprit, heureux de parler :

« Mon Dieu, que je suis content de reposer mes yeux sur la figure d'un honnête homme. J'en ai assez de toutes ces faces d'espions et de mouchards qui passent dix fois par jour la revue de mes poches et de ma modeste cellule, pour s'assurer que je ne prépare pas une évasion. Fichtre, ce que le gouvernement tient à moi !...

— Il a raison...

— Mais non ! je serais si heureux qu'on me laissât vivre dans mon petit coin !

— Avec les rentes des autres.

— N'est-ce pas ? Ce serait si simple ! Mais je bavarde, je dis des bêtises, et tu es peut-être pressé. Allons au fait, Ganimard ! Qu'est-ce qui me vaut l'honneur d'une visite ?

— L'affaire Cahorn, déclara Ganimard, sans détour.

— Halte-là ! une seconde... C'est que j'en ai tant, d'affaires ! Que je trouve d'abord dans mon cerveau le dossier de l'affaire Cahorn... Ah ! voilà, j'y suis. Affaire Cahorn, château du Malaquis, Seine-Inférieure. Deux Rubens, un Watteau, et quelques menus objets.

— Menus !

— Oh ! ma foi, tout cela est de médiocre importance. Il y a mieux ! Mais il suffit que l'affaire t'intéresse... Parle donc, Ganimard.

— Dois-je t'expliquer où nous en sommes de l'instruction ?

— Inutile. J'ai lu les journaux de ce matin. Je me permettrai même de te dire que vous n'avancez pas vite.

— C'est précisément la raison pour laquelle je m'adresse à ton obligeance.

— Entièrement à tes ordres.

— Tout d'abord ceci : l'affaire a bien été conduite par toi ?

— Depuis A jusqu'à Z.

— La lettre d'avis ? le télégramme ?

— Sont de ton serviteur. Je dois même en avoir quelque part les récépissés. »

Arsène ouvrit le tiroir d'une petite table en bois blanc qui composait, avec le lit et l'escabeau, tout le mobilier de la cellule, y prit deux chiffons de papier et les tendit à Ganimard.

« Ah çà, mais, s'écria celui-ci, je te croyais gardé à vue et fouillé pour un oui ou pour un non. Or, tu lis les journaux, tu collectionnes les reçus de la poste...

— Bah ! ces gens sont si bêtes ! Ils décousent la doublure de ma veste, ils explorent les semelles de mes bottines, ils auscultent les murs de cette pièce, mais pas un n'aurait l'idée qu'Arsène Lupin soit assez niais pour choisir une cachette aussi facile. C'est bien là-dessus que j'ai compté. »

Ganimard, amusé, s'exclama :

« Quel drôle de garçon ! Tu me déconcertes. Allons, raconte-moi l'aventure.

— Oh ! oh ! comme tu y vas ! T'initier à tous mes secrets... te dévoiler mes petits trucs... C'est bien grave.

— Ai-je eu tort de compter sur ta complaisance ?

— Non, Ganimard, et puisque tu insistes... »

Arsène Lupin arpenta deux ou trois fois sa chambre, puis s'arrêtant :

« Que penses-tu de ma lettre au baron ?

— Je pense que tu as voulu te divertir, épater un peu la galerie.

— Ah ! voilà, épater la galerie ! Eh bien, je t'assure, Ganimard, que je te croyais plus fort. Est-ce que je m'attarde à ces puérilités, moi, Arsène Lupin ! Est-ce que j'aurais écrit cette lettre, si j'avais pu dévaliser le baron sans lui écrire ? Mais comprends donc, toi et les autres, que cette lettre est le point de départ indispensable, le ressort qui a mis toute la machine en branle. Voyons, procédons par ordre, et préparons ensemble, si tu veux, le cambriolage du Malaquis.

— Je t'écoute.

— Donc, supposons un château rigoureusement fermé, barricadé, comme l'était celui du baron Cahorn. Vais-je abandonner la partie et renoncer à des trésors que je convoite, sous prétexte que le château qui les contient est inaccessible ?

— Évidemment non.

— Vais-je tenter l'assaut comme autrefois, à la tête d'une troupe d'aventuriers ?

— Enfantin !

— Vais-je m'y introduire sournoisement ?

— Impossible.

— Reste un moyen, l'unique à mon avis, c'est de me faire inviter par le propriétaire dudit château.

— Le moyen est original.

— Et combien facile ! Supposons qu'un jour, ledit propriétaire reçoive une lettre, l'avertissant de ce que trame contre lui un nommé Arsène Lupin, cambrioleur réputé. Que fera-t-il ?

— Il enverra la lettre au procureur.

— Qui se moquera de lui, *puisque ledit Lupin est actuellement sous les verrous.* Donc, affolement du bonhomme, lequel est tout prêt à demander secours au premier venu, n'est-il pas vrai ?

— Cela est hors de doute.

— Et s'il lui arrive de lire dans une feuille de chou qu'un policier célèbre est en villégiature dans la localité voisine…

— Il ira s'adresser à ce policier.

— Tu l'as dit. Mais, d'autre part, admettons qu'en prévision de cette démarche inévitable, Arsène Lupin ait prié l'un de ses amis les plus habiles de s'installer à Caudebec, d'entrer en relations avec un rédacteur du *Réveil*, journal auquel est abonné le baron, de laisser entendre qu'il est un tel, le policier célèbre, qu'adviendra-t-il ?

— Que le rédacteur annoncera dans *Le Réveil* la présence à Caudebec dudit policier.

— Parfait, et de deux choses l'une : ou bien le poisson – je veux dire Cahorn – ne mord pas à l'hameçon, et alors rien ne se passe. Ou bien, et c'est l'hypothèse la plus vraisemblable, il accourt, tout frétillant. Et voilà donc mon Cahorn implorant contre moi l'assistance de l'un de mes amis !

— De plus en plus original.

— Bien entendu, le pseudo-policier refuse d'abord son concours. Là-dessus, dépêche d'Arsène Lupin. Épouvante du baron qui supplie de nouveau mon ami, et lui offre tant pour veiller à son salut. Ledit ami accepte, amène deux gaillards de notre bande, qui, la nuit, pendant que Cahorn est gardé à vue par son protecteur, déménagent par la fenêtre un certain nombre d'objets et les laissent glisser, à l'aide de cordes, dans une bonne petite chaloupe affrétée *ad hoc.* C'est simple comme Lupin.

— Et c'est tout bêtement merveilleux, s'écria Ganimard, et je ne saurais trop louer la hardiesse de la conception et l'ingéniosité des détails. Mais je ne vois guère de policier assez illustre pour que son nom ait pu attirer, suggestionner le baron à ce point.

— Il y en a un, et il n'y en a qu'un.

— Lequel ?

— Celui du plus illustre, de l'ennemi personnel d'Arsène Lupin, bref, de l'inspecteur Ganimard.

— Moi !

— Toi-même, Ganimard. Et voilà ce qu'il y a de délicieux : si tu vas là-bas et que le baron se décide à causer, tu finiras par découvrir que ton devoir est de t'arrêter toi-même, comme tu m'as arrêté en Amérique. Hein ! la revanche est comique, je fais arrêter Ganimard par Ganimard ! »

Arsène Lupin riait de bon cœur. L'inspecteur, assez vexé, se mordait les lèvres. La plaisanterie ne lui semblait pas mériter de tels accès de joie.

L'arrivée d'un gardien lui donna le loisir de se remettre. L'homme apportait le repas qu'Arsène Lupin, par faveur spéciale, faisait venir du restaurant voisin. Ayant déposé le plateau sur la table, il se retira. Arsène s'installa, rompit son pain, en mangea deux ou trois bouchées et reprit :

« Mais sois tranquille, mon cher Ganimard, tu n'iras pas là-bas. Je vais te révéler une chose qui te stupéfiera : l'affaire Cahorn est sur le point d'être classée.

— Hein ?

— Sur le point d'être classée, te dis-je.

— Allons donc, je quitte à l'instant le chef de la Sûreté.

— Et après ? Est-ce que M. Dudouis en sait plus long que moi sur ce qui me concerne ? Tu apprendras que Ganimard – excuse-moi – que le pseudo-Ganimard est resté en fort bons termes avec le baron. Celui-ci, et c'est la raison principale pour laquelle il n'a rien avoué, l'a chargé de la très délicate mission de négocier avec moi une transaction, et à l'heure présente, moyennant une certaine somme, il est probable que le baron est rentré en possession de ses chers bibelots. En retour de quoi, il retirera sa plainte. Donc, plus de vol. Donc, il faudra bien que le parquet abandonne… »

Ganimard considéra le détenu d'un air stupéfait.

« Et comment sais-tu tout cela ?

— Je viens de recevoir la dépêche que j'attendais.

— Tu viens de recevoir une dépêche ?

— À l'instant, cher ami. Par politesse, je n'ai pas voulu la lire en ta présence. Mais si tu m'y autorises…

— Tu te moques de moi, Lupin.

— Veuille, mon cher ami, décapiter doucement cet œuf à la coque. Tu constateras par toi-même que je ne me moque pas de toi. »

Machinalement, Ganimard obéit, et cassa l'œuf avec la lame d'un couteau. Un cri de surprise lui échappa. La coque vide contenait une feuille de papier bleu. Sur la prière d'Arsène, il la déplia. C'était un télégramme, ou plutôt une partie de télégramme auquel on avait arraché les indications de la poste. Il lut :

ACCORD CONCLU. CENT MILLE BALLES LIVRÉES. TOUT VA BIEN.

« Cent mille balles ? fit-il.

— Oui, cent mille francs ! C'est peu, mais enfin les temps sont durs… Et j'ai des frais généraux si lourds ! Si tu connaissais mon budget… un budget de grande ville ! »

Ganimard se leva. Sa mauvaise humeur s'était dissipée. Il réfléchit quelques secondes, embrassa d'un coup d'œil toute l'affaire, pour tâcher d'en découvrir le point faible. Puis il prononça d'un ton où il laissait franchement percer son admiration de connaisseur :

« Par bonheur, il n'en existe pas des douzaines comme toi, sans quoi il n'y aurait qu'à fermer boutique. »

Arsène Lupin prit un air modeste et répondit :

« Bah ! il fallait bien se distraire, occuper ses loisirs… d'autant que le coup ne pouvait réussir que si j'étais en prison.

— Comment ! s'exclama Ganimard, ton procès, ta défense, l'instruction, tout cela ne te suffit donc pas pour te distraire ?

— Non, car j'ai résolu de ne pas assister à mon procès.

— Oh ! oh ! »

Arsène Lupin répéta posément :

« Je n'assisterai pas à mon procès.

— En vérité !

— Ah çà, mon cher, t'imagines-tu que je vais pourrir sur la paille humide ? Tu m'outrages. Arsène Lupin ne reste en prison que le temps qu'il lui plaît, et pas une minute de plus.

— Il eût peut-être été plus prudent de commencer par ne pas y entrer, objecta l'inspecteur d'un ton ironique.

— Ah ! monsieur raille ? monsieur se souvient qu'il a eu l'honneur de procéder à mon arrestation ? Sache, mon respectable ami, que personne, pas plus toi qu'un autre, n'eût pu mettre la main sur moi, si un intérêt beaucoup plus considérable ne m'avait sollicité à ce moment critique.

— Tu m'étonnes.

— Une femme me regardait, Ganimard, et je l'aimais. Comprends-tu tout ce qu'il y a dans ce fait d'être regardé par une femme que l'on aime ? Le reste m'importait peu, je te jure. Et c'est pourquoi je suis ici.

— Depuis bien longtemps, permets-moi de le remarquer.

— Je voulais oublier d'abord. Ne ris pas : l'aventure avait été charmante, et j'en ai gardé encore le souvenir attendri... Et puis, je suis quelque peu neurasthénique ! La vie est si fiévreuse, de nos jours ! Il faut savoir, à certains moments, faire ce que l'on appelle une cure d'isolement. Cet endroit est souverain pour les régimes de ce genre. On y pratique la cure de la Santé dans toute sa rigueur.

— Arsène Lupin, observa Ganimard, tu te paies ma tête.

— Ganimard, affirma Lupin, nous sommes aujourd'hui vendredi. Mercredi prochain, j'irai fumer mon cigare chez toi, rue Pergolèse, à quatre heures de l'après-midi.

— Arsène Lupin, je t'attends. »

Ils se serrèrent la main comme deux bons amis qui s'estiment à leur juste valeur, et le vieux policier se dirigea vers la porte.

« Ganimard ! »

Celui-ci se retourna.

« Qu'y a-t-il ?

— Ganimard, tu oublies ta montre.

— Ma montre ?

— Oui, elle s'est égarée dans ma poche. »

Il la rendit en s'excusant.

« Pardonne-moi... une mauvaise habitude... Mais ce n'est pas une raison parce qu'ils m'ont pris la mienne pour que je te prive de la tienne. D'autant que j'ai là un chronomètre dont je n'ai pas à me plaindre et qui satisfait pleinement à mes besoins. »

Il sortit du tiroir une large montre en or, épaisse et confortable, ornée d'une lourde chaîne.

« Et celle-ci, de quelle poche vient-elle ? » demanda Ganimard.

Arsène Lupin examina négligemment les initiales.

« J.B… Qui diable cela peut-il bien être ?… Ah ! oui, je me souviens, Jules Bouvier, mon juge d'instruction, un homme charmant… »

L'ÉVASION D'ARSÈNE LUPIN

Au moment où Arsène Lupin, son repas achevé, tirait de sa poche un beau cigare bagué d'or et l'examinait avec complaisance, la porte de la cellule s'ouvrit. Il n'eut que le temps de le jeter dans le tiroir et de s'éloigner de la table. Le gardien entra, c'était l'heure de la promenade.

« Je t'attendais, mon cher ami », s'écria Lupin, toujours de bonne humeur.

Ils sortirent. Ils avaient à peine disparu à l'angle du couloir, que deux hommes à leur tour pénétrèrent dans la cellule et en commencèrent l'examen minutieux. L'un était l'inspecteur Dieuzy, l'autre l'inspecteur Folenfant.

On voulait en finir. Il n'y avait point de doute : Arsène Lupin conservait des intelligences avec le dehors et communiquait avec ses affiliés. La veille encore, *Le Grand Journal* publiait ces lignes adressées à son collaborateur judiciaire :

Monsieur,

Dans un article paru ces jours-ci, vous vous êtes exprimé sur moi en des termes que rien ne saurait justifier. Quelques jours avant l'ouverture de mon procès, j'irai vous en demander compte.

Salutations distinguées,

Arsène Lupin.

L'écriture était bien d'Arsène Lupin. Donc il envoyait des lettres. Donc il en recevait. Donc il était certain qu'il préparait cette évasion annoncée par lui d'une façon si arrogante.

La situation devenait intolérable. D'accord avec le juge d'instruction, le chef de la Sûreté, M. Dudouis, se rendit lui-même à la Santé pour exposer au directeur de la prison les mesures qu'il convenait de prendre. Et, dès son arrivée, il envoya deux hommes dans la cellule du détenu.

Ils levèrent chacune des dalles, démontèrent le lit, firent tout ce qu'il est habituel de faire en pareil cas, et finalement ne découvrirent rien. Ils allaient renoncer à leurs investigations, lorsque le gardien accourut en toute hâte et leur dit :

« Le tiroir… regardez le tiroir de la table. Quand je suis entré, il m'a semblé qu'il le repoussait. »

Ils regardèrent, et Dieuzy s'écria :

« Pour Dieu, cette fois nous le tenons, le client. »

Folenfant l'arrêta.

« Halte-là, mon petit, le chef fera l'inventaire.

— Pourtant, ce cigare de luxe…

— Laisse le havane et prévenons le chef. »

Deux minutes après, M. Dudouis explorait le tiroir. Il y trouva d'abord une liasse d'articles de journaux découpés par l'*Argus de la Presse* et qui concernaient Arsène Lupin, puis une blague à tabac, une pipe, du papier dit pelure d'oignon, et enfin deux livres.

Il en regarda le titre. C'était le *Culte des héros*, de Carlyle, édition anglaise, et un elzévir charmant, à reliure du temps, le *Manuel d'Epictète*, traduction allemande publiée à Leyde en 1634. Les ayant feuilletés, il constata que toutes les pages étaient balafrées, soulignées, annotées. Était-ce là signes conventionnels ou bien de ces marques qui montrent la ferveur que l'on a pour un livre ?

« Nous verrons cela en détail », dit M. Dudouis.

Il explora la blague à tabac, la pipe. Puis, saisissant le fameux cigare bagué d'or :

« Fichtre, il se met bien, notre ami, s'écria-t-il, un Henri Clay ! »

D'un geste machinal de fumeur, il le porta près de son oreille et le fit craquer. Et aussitôt une exclamation lui échappa. Le cigare avait molli sous la pression de ses doigts. Il l'examina avec plus d'attention et ne tarda pas à distinguer quelque chose de blanc entre les feuilles de tabac. Et délicatement, à l'aide d'une épingle, il attirait un rouleau de papier très fin, à peine gros comme un cure-dent. C'était un billet. Il le déroula et lut ces mots, d'une menue écriture de femme :

Le panier a pris la place de l'autre. Huit sur dix sont préparés. En appuyant du pied extérieur, la plaque se soulève de haut en bas. De douze à seize tous les jours, H-P attendra. Mais où ? Réponse immédiate. Soyez tranquille, votre amie veille sur vous.

M. Dudouis réfléchit un instant et dit :

« C'est suffisamment clair… le panier… les huit cases… De douze à seize, c'est-à-dire de midi à quatre heures…

— Mais ce H-P, qui attendra ?

— H-P, en l'occurrence, doit signifier automobile, H-P, *horse power*, n'est-ce pas ainsi qu'en langage sportif on désigne la force d'un moteur ? Une vingt-quatre H-P, c'est une automobile de vingt-quatre chevaux. »

Il se leva et demanda :

« Le détenu finissait de déjeuner ?

— Oui.

— Et comme il n'a pas encore lu ce message, ainsi que le prouve l'état du cigare, il est probable qu'il venait de le recevoir.

— Comment ?

— Dans ses aliments, au milieu de son pain ou d'une pomme de terre, que sais-je ?

— Impossible, on ne l'a autorisé à faire venir sa nourriture que pour le prendre au piège, et nous n'avons rien trouvé.

— Nous chercherons ce soir la réponse de Lupin. Pour le moment, retenez-le hors de sa cellule. Je vais porter ceci à monsieur le juge d'instruction. S'il est de mon avis, nous ferons immédiatement photographier la lettre, et dans une heure vous pourrez remettre dans le tiroir, outre ces objets, un cigare identique, contenant le message original lui-même. Il faut que le détenu ne se doute de rien. »

Ce n'est pas sans une certaine curiosité que M. Dudouis s'en retourna le soir au greffe de la Santé en compagnie de l'inspecteur Dieuzy. Dans un coin, sur le poêle, trois assiettes s'étalaient.

« Il a mangé ?

— Oui, répondit le directeur.

— Dieuzy, veuillez couper en morceaux très minces ces quelques brins de macaroni et ouvrir cette boulette de pain… Rien ?

— Non, chef. »

M. Dudouis examina les assiettes, la fourchette, la cuiller, enfin le couteau, un couteau réglementaire à lame ronde. Il en fit tourner le manche à gauche, puis à droite. À droite le manche céda et se dévissa. Le couteau était creux et servait d'étui à une feuille de papier.

« Peuh ! fit-il, ce n'est pas bien malin pour un homme comme Arsène. Mais ne perdons pas de temps. Vous, Dieuzy, allez donc faire une enquête dans ce restaurant. »

Puis il lut :

Je m'en remets à vous, H-P suivra de loin, chaque jour. J'irai au-devant. À bientôt, chère et admirable amie.

« Enfin, s'écria M. Dudouis, en se frottant les mains, je crois que l'affaire est en bonne voie. Un petit coup de pouce de notre part, et l'évasion réussit… assez du moins pour nous permettre de pincer les complices.

— Et si Arsène Lupin vous glisse entre les doigts ? objecta le directeur.

— Nous emploierons le nombre d'hommes nécessaire. Si cependant il y mettait trop d'habileté… ma foi, tant pis pour lui ! Quant à la bande, puisque le chef refuse de parler, les autres parleront. »

Et, de fait, il ne parlait pas beaucoup, Arsène Lupin. Depuis des mois, M. Jules Bouvier, le juge d'instruction, s'y évertuait vainement. Les interrogatoires se réduisaient à des colloques dépourvus d'intérêt entre le juge et l'avocat, maître Danval, un des princes du barreau, lequel d'ailleurs en savait sur l'inculpé à peu près autant que le premier venu.

De temps à autre, par politesse, Arsène Lupin laissait tomber :

« Mais oui, monsieur le juge, nous sommes d'accord, le vol du Crédit Lyonnais, le vol de la rue de Babylone, l'émission des faux billets de banque, l'affaire des polices d'assurance, le cambriolage des châteaux d'Armesnil, de Gouret, d'Imblevain, des Groselliers, du Malaquis, tout cela, c'est de votre serviteur.

— Alors, pourriez-vous m'expliquer…

— Inutile, j'avoue tout en bloc, tout, et même dix fois plus que vous n'en supposez. »

De guerre lasse, le juge avait suspendu ces interrogatoires fastidieux. Après avoir eu connaissance des deux billets interceptés, il les reprit. Et, régulièrement, à midi, Arsène Lupin fut amené de la Santé au Dépôt, dans la voiture pénitentiaire, avec un certain nombre de détenus. Ils en repartaient vers trois ou quatre heures.

Or, un après-midi, ce retour s'effectua dans des conditions particulières. Les autres détenus de la Santé n'ayant pas encore été questionnés, on décida de reconduire d'abord Arsène Lupin. Il monta donc seul dans la voiture.

Ces voitures pénitentiaires, vulgairement appelées « paniers à salade », sont divisées, dans leur longueur, par un couloir central, sur lequel s'ouvrent dix cases : cinq à droite et cinq à gauche. Chacune de ces cases est disposée de telle façon que l'on doit s'y tenir assis, et que les cinq prisonniers, outre qu'ils ne disposent chacun que d'une place fort étroite, sont séparés les uns des autres par des cloisons parallèles. Un garde municipal, placé à l'extrémité, surveille le couloir.

Arsène fut introduit dans la troisième cellule de droite, et la lourde voiture s'ébranla. Il se rendit compte que l'on quittait le quai de l'Horloge et que l'on passait devant le Palais de Justice. Alors, vers le milieu du pont Saint-Michel, il appuya du pied droit, ainsi qu'il le faisait chaque fois, sur la plaque de tôle qui fermait sa cellule. Tout de suite, quelque chose se déclencha, la plaque de tôle s'écarta insensiblement. Il put constater qu'il se trouvait juste entre les deux roues.

Il attendit, l'œil aux aguets. La voiture monta au pas le boulevard Saint-Michel. Au carrefour Saint-Germain, elle s'arrêta. Le cheval d'un camion s'était abattu. La circulation étant interrompue, très vite, ce fut un encombrement de fiacres et d'omnibus.

Arsène Lupin passa la tête. Une autre voiture pénitentiaire stationnait le long de celle qu'il occupait. Il souleva davantage la tête, mit le pied sur un des rayons de la grande roue et sauta à terre.

Un cocher le vit, s'esclaffa de rire, puis voulut appeler. Mais sa voix se perdit dans le fracas des véhicules, qui s'écoulaient de nouveau. D'ailleurs, Arsène Lupin était loin déjà.

Il avait fait quelques pas en courant, mais, sur le trottoir de gauche, il se retourna, jeta un regard circulaire, sembla prendre le vent, comme quelqu'un qui ne sait encore trop quelle direction il va suivre. Puis, résolu, il mit les mains dans ses poches, et, de l'air insouciant d'un promeneur qui flâne, il continua de monter le boulevard.

Le temps était doux, un temps heureux et léger d'automne. Les cafés étaient pleins. Il s'assit à la terrasse de l'un d'eux.

Il commanda un bock et un paquet de cigarettes. Il vida son verre à petites gorgées, fuma tranquillement une cigarette, en alluma une seconde. Enfin, s'étant levé, il pria le garçon de faire venir le gérant.

Le gérant vint, et Arsène Lupin lui dit, assez haut pour être entendu de tous :

« Je suis désolé, monsieur ; j'ai oublié mon porte-monnaie. Peut-être mon nom vous est-il assez connu pour que vous me consentiez un crédit de quelques jours : Arsène Lupin. »

Le gérant le regarda, croyant à une plaisanterie. Mais Arsène répéta :

« Lupin, détenu à la Santé, actuellement en état d'évasion. J'ose croire que ce nom vous inspire toute confiance. »

Et il s'éloigna au milieu des rires, sans que l'autre songeât à réclamer.

Il traversa la rue Soufflot en biais et prit la rue Saint-Jacques. Il la suivit paisiblement, s'arrêtant aux vitrines et fumant des cigarettes. Boulevard de Port-Royal, il s'orienta, se renseigna, et marcha droit vers la rue de la Santé. Les hauts murs moroses de la prison se dressèrent bientôt. Les ayant longés, il arriva près du garde municipal qui montait la faction, et, retirant son chapeau :

« C'est bien ici la prison de la Santé ?
— Oui.
— Je désirerais regagner ma cellule. La voiture m'a laissé en route, et je ne voudrais pas abuser… »

Le garçon grogna…

« Dites donc, l'homme, passez votre chemin, et plus vite que ça !

— Pardon, pardon ! C'est que mon chemin passe par cette porte. Et si vous empêchez Arsène Lupin de la franchir, cela pourrait vous coûter gros, mon ami !

— Arsène Lupin ! Qu'est-ce que vous me chantez là ?

— Je regrette de n'avoir pas ma carte », dit Arsène, affectant de fouiller ses poches.

Le garde le toisa des pieds à la tête, abasourdi. Puis, sans un mot, comme malgré lui, il tira une sonnette. La porte de fer s'entrebâilla.

Quelques minutes après, le directeur accourut jusqu'au greffe, gesticulant et feignant une colère violente. Arsène sourit :

« Allons, monsieur le directeur, ne jouez pas au plus fin avec moi. Comment ! On a la précaution de me ramener seul dans la voiture, on prépare un bon petit encombrement, et l'on s'imagine que je vais prendre mes jambes à mon cou pour rejoindre mes amis ! Eh bien, et les vingt agents de la Sûreté, qui nous escortaient à pied, en fiacre et à bicyclette ? Non, ce qu'ils m'auraient arrangé ! Je n'en serais pas sorti vivant. Dites donc, monsieur le directeur, c'est peut-être là-dessus que l'on comptait ? »

Il haussa les épaules et ajouta :

« Je vous en prie, monsieur le directeur, qu'on ne s'occupe pas de moi. Le jour où je voudrai m'échapper, je n'aurai besoin de personne. »

Le surlendemain, *L'Écho de France*, qui, décidément, devenait le moniteur officiel des exploits d'Arsène Lupin – on disait qu'il en était un des principaux commanditaires –, *L'Écho de France* publiait les détails les plus complets sur cette tentative d'évasion. Le texte même des billets échangés entre le détenu et sa mystérieuse amie, les moyens employés pour cette correspondance, la complicité de la police, la promenade du boulevard Saint-Michel, l'incident du café Soufflot, tout était dévoilé. On savait que les recherches de l'inspecteur Dieuzy auprès des garçons de restaurant n'avaient donné aucun résultat. Et l'on apprenait, en outre, cette chose stupéfiante, qui montrait l'infinie variété des ressources dont cet homme disposait, la voiture pénitentiaire, dans laquelle on l'avait transporté, était une voiture entièrement truquée, que sa bande avait substituée à l'une des six voitures habituelles qui composent le service des prisons.

L'évasion prochaine d'Arsène Lupin ne fit plus de doute pour personne. Lui-même, d'ailleurs, l'annonçait en termes catégoriques, comme le prouva sa réponse à M. Bouvier, au lendemain de l'incident. Le juge raillant son échec, il le regarda et lui dit froidement :

« Écoutez bien ceci, monsieur, et croyez-m'en sur parole, cette tentative d'évasion faisait partie de mon plan d'évasion.

— Je ne comprends pas, ricana le juge.

— Il est inutile que vous compreniez. »

Et comme le juge, au cours de cet interrogatoire, qui parut tout au long dans les colonnes de *L'Écho de France*, comme le juge revenait à son instruction, il s'écria, d'un air de lassitude :

« Mon Dieu, mon Dieu, à quoi bon ! toutes ces questions n'ont aucune importance.

— Comment, aucune importance ?

— Mais non, puisque je n'assisterai pas à mon procès.

— Vous n'assisterez pas…

— Non, c'est une idée fixe, une décision irrévocable. Rien ne me fera transiger. »

Une telle assurance, les indiscrétions inexplicables qui se commettaient chaque jour, agaçaient et déconcertaient la justice. Il y avait là des secrets qu'Arsène Lupin était seul à connaître, et dont la divulgation, par conséquent, ne pouvait provenir que de lui. Mais dans quel but les dévoilait-il ? et comment ?

On changea Arsène Lupin de cellule. Un soir, il descendit à l'étage inférieur. De son côté, le juge boucla son instruction et renvoya l'affaire à la chambre des mises en accusation.

Ce fut le silence. Il dura deux mois. Arsène les passa étendu sur son lit, le visage presque toujours tourné contre le mur. Ce changement de cellule semblait l'avoir abattu. Il refusa de recevoir son avocat. À peine échangeait-il quelques mots avec ses gardiens.

Dans la quinzaine qui précéda son procès, il parut se ranimer. Il se plaignit du manque d'air. On le fit sortir dans la cour, le matin, de très bonne heure, flanqué de deux hommes.

La curiosité publique, cependant, ne s'était pas affaiblie. Chaque jour on avait attendu la nouvelle de son évasion. On la souhaitait presque, tellement le personnage plaisait à la foule avec sa verve, sa gaieté, sa diversité, son génie d'invention et le mystère de sa vie. Arsène Lupin devait s'évader. C'était inévitable, fatal. On s'étonnait même que cela tardât si longtemps. Tous les matins, le préfet de police demandait à son secrétaire :

« Eh bien, il n'est pas encore parti ?

— Non, monsieur le préfet.

— Ce sera donc pour demain. »

Et, la veille du procès, un monsieur se présenta dans les bureaux du *Grand Journal*, demanda le collaborateur judiciaire, lui jeta sa carte au visage, et s'éloigna rapidement. Sur la carte, ces mots étaient inscrits : « *Arsène Lupin tient toujours ses promesses.* »

C'est dans ces conditions que les débats s'ouvrirent.

L'affluence y fut énorme. Personne qui ne voulût voir le fameux Arsène Lupin et ne savourât d'avance la façon dont il se jouerait du président. Avocats et magistrats, chroniqueurs et mondains, artistes et femmes du monde, le Tout-Paris se pressa sur les bancs de l'audience.

Il pleuvait, dehors le jour était sombre, on vit mal Arsène Lupin lorsque les gardes l'eurent introduit. Cependant son attitude lourde, la manière dont il se laissa tomber à sa place, son immobilité indifférente et passive ne prévinrent pas en sa faveur. Plusieurs fois son avocat – un des secrétaires de Me Danval, celui-ci ayant jugé indigne de lui le rôle auquel il était réduit –, plusieurs fois son avocat lui adressa la parole. Il hochait la tête et se taisait.

Le greffier lut l'acte d'accusation, puis le président prononça :

« Accusé, levez-vous. Votre nom, prénom, âge et profession ? »

Ne recevant pas de réponse, il répéta :

« Votre nom ? Je vous demande votre nom. »

Une voix épaisse et fatiguée articula :

« Baudru, Désiré. »

Il y eut des murmures. Mais le président repartit :

« Baudru Désiré ? Ah ! bien, un nouvel avatar ! Comme c'est à peu près le huitième nom auquel vous prétendez, et qu'il est sans doute aussi imaginaire que les autres, nous nous en tiendrons, si vous le voulez bien, à celui d'Arsène Lupin, sous lequel vous êtes plus avantageusement connu. »

Le président consulta ses notes et reprit :

« Car, malgré toutes les recherches, il a été impossible de reconstituer votre identité. Vous présentez ce cas assez original dans notre société moderne, de n'avoir point de passé. Nous ne savons qui vous êtes, d'où vous venez, où s'est écoulée votre enfance, bref, rien. Vous jaillissez tout d'un coup, il y a trois ans, on ne sait au juste de quel milieu, pour vous révéler tout d'un coup Arsène Lupin, c'est-à-dire un composé bizarre d'intelligence et de perversion, d'immoralité et de générosité. Les données que nous avons sur vous avant cette époque sont plutôt des suppositions. Il est probable que le nommé Rostat qui travailla, il y a huit ans, aux côtés du prestidigitateur Dickson n'était autre qu'Arsène Lupin. Il est probable que l'étudiant russe qui fréquenta, il y a six ans, le laboratoire du docteur Altier, à l'hôpital Saint-Louis, et qui souvent surprit le maître par l'ingéniosité de ses hypothèses sur la bactériologie et la hardiesse de ses expériences dans les maladies de la peau, n'était autre qu'Arsène Lupin. Arsène Lupin, également, le professeur de lutte japonaise qui s'établit à Paris bien avant qu'on y parlât de jiu-jitsu. Arsène Lupin, croyons-nous, le coureur cycliste qui gagna le Grand Prix de l'Exposition, toucha ses 10 000 francs et ne reparut plus. Arsène Lupin peut-être aussi celui qui sauva tant de gens par la petite lucarne du Bazar de la Charité… et les dévalisa. »

Et, après une pause, le président conclut :

« Telle est cette époque, qui semble n'avoir été qu'une préparation minutieuse à la lutte que vous avez entreprise contre la société, un apprentissage méthodique où vous portiez au plus haut point votre force, votre énergie et votre adresse. Reconnaissez-vous l'exactitude de ces faits ? »

Pendant ce discours, l'accusé s'était balancé d'une jambe sur l'autre, le dos rond, les bras inertes. Sous la lumière plus vive, on remarqua son extrême maigreur, ses joues creuses, ses pommettes étrangement saillantes, son visage couleur de terre, marbré de petites plaques rouges, et encadré d'une barbe inégale et rare. La prison l'avait considérablement vieilli et flétri. On ne reconnaissait plus la silhouette élégante et le jeune visage dont les journaux avaient si souvent publié le portrait sympathique.

On eût dit qu'il n'avait pas entendu la question qu'on lui posait. Deux fois elle lui fut répétée. Alors il leva les yeux, parut réfléchir, puis, faisant un effort violent, murmura :

« Baudru, Désiré. »

Le président se mit à rire.

« Je ne me rends pas un compte exact du système de défense que vous avez adopté, Arsène Lupin. Si c'est de jouer les imbéciles et les irresponsables, libre à vous. Quant à moi, j'irai droit au but sans me soucier de vos fantaisies. »

Et il entra dans le détail des vols, escroqueries et faux reprochés à Lupin. Parfois il interrogeait l'accusé. Celui-ci poussait un grognement ou ne répondait pas.

Le défilé des témoins commença. Il y eut plusieurs dépositions insignifiantes, d'autres plus sérieuses, qui toutes avaient ce caractère commun de se contredire les unes les autres. Une obscurité troublante enveloppait les débats, mais l'inspecteur principal Ganimard fut introduit, et l'intérêt se réveilla.

Dès le début, toutefois, le vieux policier causa une certaine déception. Il avait l'air, non pas intimidé – il en avait vu bien d'autres – mais inquiet, mal à l'aise. Plusieurs fois, il tourna les yeux vers l'accusé avec une gêne visible. Cependant, les deux mains appuyées à la barre, il racontait les incidents auxquels il avait été mêlé, sa poursuite à travers l'Europe, son arrivée en Amérique. Et on l'écoutait avec avidité, comme on écouterait le récit des plus passionnantes aventures. Mais, vers la fin, ayant fait allusion à ses entretiens avec Arsène Lupin, à deux reprises il s'arrêta, distrait, indécis.

Il était clair qu'une autre pensée l'obsédait. Le président lui dit :

« Si vous êtes souffrant, il vaudrait mieux interrompre votre témoignage.

— Non, non, seulement… »

Il se tut, regarda l'accusé longuement, profondément, puis il dit :

« Je demande l'autorisation d'examiner l'accusé de plus près, il y a là un mystère qu'il faut que j'éclaircisse. »

Il s'approcha, le considéra plus longuement encore, de toute son attention concentrée, puis il retourna à la barre. Et là, d'un ton un peu solennel, il prononça :

« Monsieur le président, j'affirme que l'homme qui est ici, en face de moi, n'est pas Arsène Lupin. »

Un grand silence accueillit ces paroles. Le président, interloqué, d'abord, s'écria :

« Ah çà, que dites-vous ! vous êtes fou ! »

L'inspecteur affirma posément :

« À première vue, on peut se laisser prendre à une ressemblance, qui existe, en effet, je l'avoue, mais il suffit d'une seconde d'attention. Le nez, la bouche, les cheveux, la couleur de la peau… enfin, quoi : ce n'est pas Arsène Lupin. Et les yeux donc ! a-t-il jamais eu ces yeux d'alcoolique ?

— Voyons, voyons, expliquez-vous. Que prétendez-vous, témoin ?

— Est-ce que je sais ! Il aura mis en son lieu et place un pauvre diable que l'on allait condamner. À moins que ce ne soit un complice. »

Des cris, des rires, des exclamations partaient de tous côtés, dans la salle qu'agitait ce coup de théâtre inattendu. Le président fit mander le juge d'instruction, le directeur de la Santé, les gardiens, et suspendit l'audience.

À la reprise, M. Bouvier et le directeur, mis en présence de l'accusé, déclarèrent qu'il n'y avait entre Arsène Lupin et cet homme qu'une très vague similitude de traits.

« Mais alors, s'écria le président, quel est cet homme ? D'où vient-il ? Comment se trouve-t-il entre les mains de la justice ? »

On introduisit les deux gardiens de la Santé. Contradiction stupéfiante, ils reconnurent le détenu dont ils avaient la surveillance à tour de rôle !

Le président respira.

Mais l'un des gardiens reprit :

« Oui, oui, je crois bien que c'est lui.

— Comment, vous croyez ?

— Dame, je l'ai à peine vu. On me l'a livré le soir, et, depuis deux mois, il reste toujours couché contre le mur.

— Mais avant ces deux mois ?

— Ah ! avant il n'occupait pas la cellule 24. »

Le directeur de la prison précisa ce point :

« Nous avons changé le détenu de cellule après sa tentative d'évasion.

— Mais vous, monsieur le directeur, vous l'avez vu depuis deux mois ?

— Je n'ai pas eu l'occasion de le voir… il se tenait tranquille.

— Et cet homme-là n'est pas le détenu qui vous a été remis ?

— Non.

— Alors, qui est-il ?

— Je ne le saurais dire.

— Nous sommes donc en présence d'une substitution qui se serait effectuée il y a deux mois. Comment l'expliquez-vous ?

— C'est impossible.

— Alors ? »

En désespoir de cause, le président se tourna vers l'accusé, et, d'une voix engageante :

« Voyons, accusé, pourriez-vous m'expliquer comment et depuis quand vous êtes entre les mains de la justice ? »

On eût dit que ce ton bienveillant désarmait la méfiance ou stimulait l'entendement de l'homme. Il essaya de répondre. Enfin, habilement et doucement interrogé, il réussit à rassembler quelques phrases, d'où il ressortait ceci : deux mois auparavant, il avait été amené au Dépôt. Il y avait passé une nuit et une matinée. Possesseur d'une somme de soixante-quinze centimes, il avait été relâché. Mais, comme il traversait la cour, deux gardes le prenaient par le bras et le conduisaient jusqu'à la voiture pénitentiaire. Depuis, il vivait dans la cellule 24, pas malheureux… on y mange bien… on n'y dort pas mal… Aussi n'avait-il pas protesté…

Tout cela paraissait vraisemblable. Au milieu des rires et d'une grande effervescence, le président renvoya l'affaire à une autre session pour supplément d'enquête.

L'enquête, tout de suite, établit ce fait consigné sur le registre d'écrou : huit semaines auparavant, un nommé Baudru Désiré avait couché au Dépôt. Libéré le lendemain, il quittait le Dépôt à deux heures de l'après-midi. Or, ce jour-là, à deux heures, interrogé pour la dernière fois, Arsène Lupin sortait de l'instruction et repartait en voiture pénitentiaire.

Les gardiens avaient-ils commis une erreur? Trompés par la ressemblance, avaient-ils eux-mêmes, dans une minute d'inattention, substitué cet homme à leur prisonnier? Il eût fallu vraiment qu'ils y missent une complaisance que leurs états de service ne permettaient pas de supposer.

La substitution était-elle combinée d'avance? Outre que la disposition des lieux rendait la chose presque irréalisable, il eût été nécessaire en ce cas que Baudru fût un complice et qu'il se fût fait arrêter dans le but précis de prendre la place d'Arsène Lupin. Mais alors, par quel miracle un tel plan, uniquement fondé sur une série de chances invraisemblables, de rencontres fortuites et d'erreurs fabuleuses, avait-il pu réussir?

On fit passer Désiré Baudru au service anthropométrique : il n'y avait pas de fiche correspondant à son signalement. Du reste on retrouva aisément ses traces. À Courbevoie, à Asnières, à Levallois, il était connu. Il vivait d'aumônes et couchait dans une de ces cahutes de chiffonniers qui s'entassent près de la barrière des Ternes. Depuis un an, cependant, il avait disparu.

Avait-il été embauché par Arsène Lupin? Rien n'autorisait à le croire. Et quand cela eût été, on n'en eût pas su davantage sur la fuite du prisonnier. Le prodige demeurait le même. Des vingt hypothèses qui tentaient de l'expliquer, aucune n'était satisfaisante. L'évasion seule ne faisait pas de doute, et une évasion incompréhensible, impressionnante, où le public, de même que la justice, sentait l'effort d'une longue préparation, un ensemble d'actes merveilleusement enchevêtrés les uns dans les autres, et dont le dénouement justifiait l'orgueilleuse prédiction d'Arsène Lupin. « Je n'assisterai pas à mon procès. »

Au bout d'un mois de recherches minutieuses, l'énigme se présentait avec le même caractère indéchiffrable. On ne pouvait cependant pas garder indéfiniment ce pauvre diable de Baudru. Son procès eût été ridicule : quelles charges avait-on contre lui ? Sa mise en liberté fut signée par le juge d'instruction. Mais le chef de la Sûreté résolut d'établir autour de lui une surveillance active.

L'idée provenait de Ganimard. À son point de vue, il n'y avait ni complicité ni hasard. Baudru était un instrument dont Arsène Lupin avait joué avec son extraordinaire habileté. Baudru libre, par lui on remonterait jusqu'à Arsène Lupin ou du moins jusqu'à quelqu'un de sa bande.

On adjoignit à Ganimard les deux inspecteurs Folenfant et Dieuzy, et, un matin de janvier, par un temps brumeux, les portes de la prison s'ouvrirent devant Baudru Désiré.

Il parut d'abord embarrassé, et marcha comme un homme qui n'a pas d'idées bien précises sur l'emploi de son temps. Il suivit la rue de la Santé et la rue Saint-Jacques. Devant la boutique d'un fripier, il enleva sa veste et son gilet, vendit son gilet moyennant quelques sous, et, remettant sa veste, s'en alla.

Il traversa la Seine. Au Châtelet un omnibus le dépassa. Il voulut y monter. Il n'y avait pas de place. Le contrôleur lui conseillant de prendre un numéro, il entra dans la salle d'attente.

À ce moment, Ganimard appela ses deux hommes près de lui, et, sans quitter de vue le bureau, il leur dit en hâte :

« Arrêtez une voiture… non, deux, c'est plus prudent. J'irai avec l'un de vous et nous le suivrons. »

Les hommes obéirent. Baudru cependant ne paraissait pas. Ganimard s'avança : il n'y avait personne dans la salle.

« Idiot que je suis, murmura-t-il, j'oubliais la seconde issue. »

Le bureau communique, en effet, par un couloir intérieur, avec celui de la rue Saint-Martin. Ganimard s'élança. Il arriva juste à temps pour apercevoir Baudru sur l'impériale du Batignolles-Jardin des plantes qui tournait au coin de la rue de Rivoli. Il courut et rattrapa l'omnibus. Mais il avait perdu ses deux agents. Il était seul à continuer la poursuite.

Dans sa fureur, il fut sur le point de le prendre au collet sans plus de formalités. N'était-ce pas avec préméditation et par une ruse ingénieuse que ce soi-disant imbécile l'avait séparé de ses auxiliaires ?

Il regarda Baudru. Il somnolait sur la banquette et sa tête ballottait de droite et de gauche. La bouche un peu entrouverte, son visage avait une incroyable expression de bêtise. Non, ce n'était pas là un adversaire capable de rouler le vieux Ganimard. Le hasard l'avait servi, voilà tout.

Au carrefour des Galeries Lafayette l'homme sauta de l'omnibus dans le tramway de la Muette. On suivit le boulevard Haussmann, l'avenue Victor-Hugo. Baudru ne descendit que devant la station de la Muette. Et d'un pas nonchalant, il s'enfonça dans le bois de Boulogne.

Il passait d'une allée à l'autre, revenait sur ses pas, s'éloignait. Que cherchait-il ? Avait-il un but ?

Après une heure de ce manège, il semblait harassé de fatigue. De fait, avisant un banc, il s'assit. L'endroit, situé non loin d'Auteuil, au bord d'un petit lac caché parmi les arbres, était absolument désert. Une demi-heure s'écoula. Impatienté, Ganimard résolut d'entrer en conversation.

Il s'approcha donc et prit place au côté de Baudru. Il alluma une cigarette, traça des ronds sur le sable du bout de sa canne, et dit :

« Il ne fait pas chaud. »

Un silence. Et soudain, dans ce silence, un éclat de rire retentit, mais un rire joyeux, heureux, le rire d'un enfant pris de fou rire et qui ne peut s'empêcher de rire. Nettement, réellement, Ganimard sentit ses cheveux se hérisser sur le cuir soulevé de son crâne. Ce rire, ce rire infernal qu'il connaissait si bien !...

D'un geste brusque, il saisit l'homme par les parements de sa veste et le regarda, profondément, violemment, mieux encore qu'il ne l'avait regardé aux assises, et en vérité ce ne fut plus l'homme qu'il vit. C'était l'homme, mais c'était en même temps l'autre, le vrai.

Aidé par une volonté complice, il retrouvait la vie ardente des yeux, il complétait le masque amaigri, il apercevait la chair réelle sous l'épiderme abîmé, la bouche réelle à travers le rictus qui la déformait. Et c'étaient les yeux de l'autre, la bouche de l'autre, c'était surtout son expression aiguë, vivante, moqueuse, spirituelle, si claire et si jeune !

« Arsène Lupin, Arsène Lupin », balbutia-t-il.

Et subitement, pris de rage, lui serrant la gorge, il tenta de le renverser. Malgré ses cinquante ans, il était encore d'une vigueur peu commune, tandis que son adversaire semblait en assez mauvaise condition. Et puis, quel coup de maître s'il parvenait à le ramener !

La lutte fut courte. Arsène Lupin se défendit à peine, et, aussi promptement qu'il avait attaqué, Ganimard lâcha prise. Son bras droit pendait, inerte, engourdi.

« Si l'on vous apprenait le jiu-jitsu au quai des Orfèvres, déclara Lupin, tu saurais que ce coup s'appelle udi-shi-ghi en japonais. »

Et il ajouta froidement :

« Une seconde de plus, je te cassais le bras, et tu n'aurais eu que ce que tu mérites. Comment, toi, un vieil ami que j'estime, devant qui je dévoile spontanément mon incognito, tu abuses de ma confiance ! C'est mal... Eh bien quoi, qu'as-tu ? »

Ganimard se taisait. Cette évasion dont il se jugeait responsable – n'était-ce pas lui qui, par sa déposition sensationnelle, avait induit la justice en erreur ? –, cette évasion lui semblait la honte de sa carrière. Une larme roula vers sa moustache grise.

« Eh ! mon Dieu, Ganimard, ne te fais pas de bile, si tu n'avais pas parlé, je me serais arrangé pour qu'un autre parlât. Voyons, pouvais-je admettre que l'on condamnât Baudru Désiré ?

— Alors, murmura Ganimard, c'était toi qui étais là-bas ? C'est toi qui es ici !

— Moi, toujours moi, uniquement moi.

— Est-ce possible ?

— Oh ! point n'est besoin d'être sorcier. Il suffit, comme l'a dit ce brave président, de se préparer pendant une dizaine d'années pour être prêt à toutes les éventualités.

— Mais ton visage ? Tes yeux ?

— Tu comprends bien que, si j'ai travaillé dix-huit mois à Saint-Louis avec le docteur Altier, ce n'est pas par amour de l'art. J'ai pensé que celui qui aurait un jour l'honneur de s'appeler Arsène Lupin devait se soustraire aux lois ordinaires de l'apparence et de l'identité. L'apparence ? Mais on la modifie à son gré. Telle injection hypodermique de paraffine vous boursoufle la peau, juste à l'endroit choisi. L'acide pyrogallique vous transforme en mohican. Le suc de la grande chélidoine vous orne de dartres et de tumeurs du plus heureux effet. Tel procédé chimique agit sur la pousse de votre barbe et de vos cheveux, tel autre sur le son de votre voix. Joins à cela deux mois de diète dans la cellule n° 24, des exercices mille fois répétés pour ouvrir ma bouche selon ce rictus, pour porter ma tête selon cette inclinaison et mon dos selon cette courbe. Enfin cinq gouttes d'atropine dans les yeux pour les rendre hagards et fuyants, et le tour est joué.

— Je ne conçois pas que les gardiens…

— La métamorphose a été progressive. Ils n'ont pu remarquer l'évolution quotidienne.

— Mais Baudru Désiré ?

— Baudru existe. C'est un pauvre innocent que j'ai rencontré l'an dernier, et qui vraiment n'est pas sans offrir avec moi une certaine analogie de traits. En prévision d'une arrestation toujours possible, je l'ai mis en sûreté, et je me suis appliqué à discerner dès l'abord les points de dissemblance qui nous séparaient, pour les atténuer en moi autant que cela se pouvait. Mes amis lui ont fait passer une nuit au Dépôt, de manière qu'il en sortît à peu près à la même heure que moi, et que la coïncidence fût facile à constater. Car, note-le, il fallait qu'on retrouvât la trace de son passage, sans quoi la justice se fût demandé qui j'étais. Tandis qu'en lui offrant cet excellent Baudru, il était inévitable, tu entends, inévitable qu'elle sauterait sur lui, et que malgré les difficultés insurmontables d'une substitution, elle préférerait croire à la substitution plutôt que d'avouer son ignorance.

— Oui, oui, en effet, murmura Ganimard.

— Et puis, s'écria Arsène Lupin, j'avais entre les mains un atout formidable, une carte machinée par moi dès le début : l'attente où tout le monde était de mon évasion. Et voilà bien l'erreur grossière où vous êtes tombés, toi et les autres, dans cette partie passionnante que la justice et moi nous avions engagée, et dont l'enjeu était ma liberté : vous avez supposé encore une fois que j'agissais par fanfaronnade, que j'étais grisé par mes succès ainsi qu'un blanc-bec. Moi, Arsène Lupin, une telle faiblesse ! Et, pas plus que dans l'affaire Cahorn, vous ne vous êtes dit : "Du moment qu'Arsène Lupin crie sur les toits qu'il s'évadera, c'est qu'il a des raisons qui l'obligent à le crier." Mais, sapristi, comprends donc que, pour m'évader... sans m'évader, il fallait que l'on crût d'avance à cette évasion, que ce fût un article de foi, une conviction absolue, une vérité éclatante comme le soleil. Et ce fut cela, de par ma volonté. Arsène Lupin s'évaderait, Arsène Lupin n'assisterait pas à son procès. Et quand tu t'es levé pour dire : "Cet homme n'est pas Arsène Lupin", il eût été surnaturel que tout le monde ne crût pas immédiatement que je n'étais pas Arsène Lupin. Qu'une seule personne doutât, qu'une seule émît cette simple restriction "Et si c'était Arsène Lupin ?" à la minute même j'étais perdu. Il suffisait de se pencher vers moi, non pas avec l'idée que je n'étais pas Arsène Lupin, comme tu l'as fait, toi et les autres, mais avec l'idée que je pouvais être Arsène Lupin, et malgré toutes mes précautions, on me reconnaissait. Mais j'étais tranquille. Logiquement, psychologiquement, personne ne pouvait avoir cette simple petite idée. »

Il saisit tout à coup la main de Ganimard.

« Voyons, Ganimard, avoue que huit jours après notre entrevue dans la prison de la Santé, tu m'as attendu à quatre heures, chez toi, comme je t'en avais prié.

— Et ta voiture pénitentiaire ? dit Ganimard évitant de répondre.

— Du bluff ! Ce sont mes amis qui ont rafistolé et substitué cette ancienne voiture hors d'usage et qui voulaient tenter le coup. Mais je le savais impraticable sans un concours de circonstances exceptionnelles. Seulement, j'ai trouvé utile de parachever cette tentative d'évasion et de lui donner la plus grande publicité. Une première évasion audacieusement combinée donnait à la seconde la valeur d'une évasion réalisée d'avance.

— De sorte que le cigare...

— Creusé par moi ainsi que le couteau.

— Et les billets ?

— Écrits par moi.

— Et la mystérieuse correspondante ?

— Elle et moi nous ne faisons qu'un. J'ai toutes les écritures à volonté. »

Ganimard réfléchit un instant et objecta :

« Comment se peut-il qu'au service d'anthropométrie, quand on a pris la fiche de Baudru, on ne se soit pas aperçu qu'elle coïncidait avec celle d'Arsène Lupin ?

— La fiche d'Arsène Lupin n'existe pas.

— Allons donc !

— Ou du moins elle est fausse. C'est une question que j'ai beaucoup étudiée. Le système Bertillon comporte d'abord le signalement visuel – et tu vois qu'il n'est pas infaillible – et ensuite le signalement par mesures, mesure de la tête, des doigts, des oreilles, etc. Là contre rien à faire.

— Alors ?

— Alors il a fallu payer. Avant même mon retour d'Amérique, un des employés du service acceptait tant pour inscrire une fausse mesure au début de ma mensuration. C'est suffisant pour que tout le système dévie, et qu'une fiche s'oriente vers une case diamétralement opposée à la case où elle devait aboutir. La fiche Baudru ne devait donc pas coïncider avec la fiche Arsène Lupin. »

Il y eut encore un silence, puis Ganimard demanda :

« Et maintenant que vas-tu faire ?

— Maintenant, s'exclama Lupin, je vais me reposer, suivre un régime de suralimentation et peu à peu redevenir moi. C'est très bien d'être Baudru ou tel autre, de changer de personnalité comme de chemise et de choisir son apparence, sa voix, son regard, son écriture. Mais il arrive que l'on ne s'y reconnaît plus dans tout cela et que c'est fort triste. Actuellement, j'éprouve ce que devait éprouver l'homme qui a perdu son ombre. Je vais me rechercher… et me retrouver. »

Il se promena de long en large. Un peu d'obscurité se mêlait à la lueur du jour. Il s'arrêta devant Ganimard.

« Nous n'avons plus rien à nous dire, je crois ?

— Si, répondit l'inspecteur, je voudrais savoir si tu révéleras la vérité sur ton évasion… L'erreur que j'ai commise…

— Oh ! personne ne saura jamais que c'est Arsène Lupin qui a été relâché. J'ai trop d'intérêt à accumuler autour de moi les ténèbres les plus mystérieuses pour ne pas laisser à cette évasion son caractère presque miraculeux. Aussi, ne crains rien, mon bon ami, et adieu. Je dîne en ville ce soir, et je n'ai que le temps de m'habiller.

— Je te croyais si désireux de repos !

— Hélas ! il y a des obligations mondaines auxquelles on ne peut se soustraire. Le repos commencera demain.

— Et où dînes-tu donc ?

— À l'ambassade d'Angleterre. »

LE MYSTÉRIEUX VOYAGEUR

La veille, j'avais renvoyé mon automobile à Rouen par la route. Je devais l'y rejoindre en chemin de fer, et, de là, me rendre chez des amis qui habitent les bords de la Seine.

Or, à Paris, quelques minutes avant le départ, sept messieurs envahirent mon compartiment ; cinq d'entre eux fumaient. Si court que soit le trajet en rapide, la perspective de l'effectuer en une telle compagnie me fut désagréable, d'autant que le wagon, d'ancien modèle, n'avait pas de couloir. Je pris donc mon pardessus, mes journaux, mon indicateur, et me réfugiai dans un des compartiments voisins.

Une dame s'y trouvait. À ma vue, elle eut un geste de contrariété qui ne m'échappa point, et elle se pencha vers un monsieur planté sur le marchepied, son mari, sans doute, qui l'avait accompagnée à la gare. Le monsieur m'observa, et l'examen se termina probablement à mon avantage, car il parla bas à sa femme, en souriant, de l'air dont on rassure un enfant qui a peur. Elle sourit à son tour, et me glissa un œil amical, comme si elle comprenait tout à coup que j'étais un de ces galants hommes avec qui une femme peut rester enfermée deux heures durant, dans une petite boîte de six pieds carrés, sans avoir rien à craindre.

Son mari lui dit :

« Tu ne m'en voudras pas, ma chérie, mais j'ai un rendez-vous urgent, et je ne puis attendre. »

Il l'embrassa affectueusement, et s'en alla. Sa femme lui envoya par la fenêtre de petits baisers discrets et agita son mouchoir.

Mais un coup de sifflet retentit. Le train s'ébranla.

À ce moment précis, et malgré les protestations des employés, la porte s'ouvrit et un homme surgit dans notre compartiment. Ma compagne, qui était debout alors et rangeait ses affaires le long du filet, poussa un cri de terreur et tomba sur la banquette.

Je ne suis pas poltron, loin de là, mais j'avoue que ces irruptions de la dernière heure sont toujours pénibles. Elles semblent équivoques, peu naturelles. Il doit y avoir quelque chose là-dessous, sans quoi…

L'aspect du nouveau venu cependant et son attitude eussent plutôt atténué la mauvaise impression produite par son acte. De la correction, de l'élégance presque, une cravate de bon goût, des gants propres, un visage énergique… Mais, au fait, où diable avais-je vu ce visage ? Car le doute n'était point possible, je l'avais vu. Du moins, plus exactement, je retrouvais en moi la sorte de souvenir que laisse la vision d'un portrait plusieurs fois aperçu et dont on n'a jamais contemplé l'original. Et, en même temps, je sentais l'inutilité de tout effort de mémoire, tellement ce souvenir était inconsistant et vague.

Mais, ayant reporté mon attention sur la dame, je fus stupéfait de sa pâleur et du bouleversement de ses traits. Elle regardait son voisin – ils étaient assis du même côté – avec une expression de réel effroi, et je constatai qu'une de ses mains, toute tremblante, se glissait vers un petit sac de voyage posé sur la banquette à vingt centimètres de ses genoux. Elle finit par le saisir et nerveusement l'attira contre elle.

Nos yeux se rencontrèrent, et je lus dans les siens tant de malaise et d'anxiété, que je ne pus m'empêcher de lui dire :

« Vous n'êtes pas souffrante, madame ?… Dois-je ouvrir cette fenêtre ? »

Sans me répondre, elle me désigna d'un geste craintif l'individu. Je souris comme avait fait son mari, haussai les épaules et lui expliquai par signes qu'elle n'avait rien à redouter, que j'étais là, et d'ailleurs que ce monsieur semblait bien inoffensif.

À cet instant, il se tourna vers nous l'un après l'autre, nous considéra des pieds à la tête, puis se renfonça dans son coin et ne bougea plus.

Il y eut un silence, mais la dame, comme si elle avait ramassé toute son énergie pour accomplir un acte désespéré, me dit d'une voix à peine intelligible :

« Vous savez qu'il est dans notre train ?

— Qui ?

— Mais lui… lui… je vous assure.

— Qui, lui ?

— Arsène Lupin. »

Elle n'avait pas quitté des yeux le voyageur et c'était à lui plutôt qu'à moi qu'elle lança les syllabes de ce nom inquiétant.

Il baissa son chapeau sur son nez. Était-ce pour masquer son trouble, ou simplement, se préparait-il à dormir ?

Je fis cette objection :

« Arsène Lupin a été condamné hier, par contumace, à vingt ans de travaux forcés. Il est donc peu probable qu'il commette aujourd'hui l'imprudence de se montrer en public. En outre, les journaux n'ont-ils pas signalé sa présence en Turquie, cet hiver, depuis sa fameuse évasion de la Santé ?

— Il se trouve dans ce train, répéta la dame, avec l'intention de plus en plus marquée d'être entendue de notre compagnon, mon mari est sous-directeur aux services pénitentiaires, et c'est le commissaire de la gare lui-même qui nous a dit qu'on cherchait Arsène Lupin.

— Ce n'est pas une raison…

— On l'a rencontré dans la salle des Pas-Perdus. Il a pris un billet de première classe pour Rouen.

— Il était facile de mettre la main sur lui.

— Il a disparu. Le contrôleur, à l'entrée des salles d'attente, ne l'a pas vu, mais on supposait qu'il avait passé par les quais de banlieue, et qu'il était monté dans l'express qui part dix minutes après nous.

— En ce cas, on l'y aura pincé.

— Et si, au dernier moment, il a sauté de cet express pour venir ici, dans notre train… comme c'est probable… comme c'est certain ?

— En ce cas, c'est ici qu'il sera pincé. Car les employés et les agents n'auront pas manqué de voir ce passage d'un train dans l'autre, et, lorsque nous arriverons à Rouen, on le cueillera bien proprement.

— Lui, jamais ! il trouvera le moyen de s'échapper encore.

— En ce cas, je lui souhaite bon voyage.

— Mais d'ici là, tout ce qu'il peut faire !

— Quoi ?

— Est-ce que je sais ? Il faut s'attendre à tout ! »

Elle était très agitée, et de fait la situation justifiait jusqu'à un certain point cette surexcitation nerveuse.

Presque malgré moi, je lui dis :

« Il y a en effet des coïncidences curieuses... Mais tranquillisez-vous. En admettant qu'Arsène Lupin soit dans un de ces wagons, il s'y tiendra bien sage, et, plutôt que de s'attirer de nouveaux ennuis, il n'aura pas d'autre idée que d'éviter le péril qui le menace. »

Mes paroles ne la rassurèrent point. Cependant elle se tut, craignant sans doute d'être indiscrète.

Moi, je dépliai mes journaux et lus les comptes rendus du procès d'Arsène Lupin. Comme ils ne contenaient rien que l'on ne connût déjà, ils ne m'intéressèrent que médiocrement. En outre, j'étais fatigué, j'avais mal dormi, je sentis mes paupières s'alourdir et ma tête s'incliner.

« Mais, monsieur, vous n'allez pas dormir. »

La dame m'arrachait mes journaux et me regardait avec indignation.

« Évidemment non, répondis-je, je n'en ai aucune envie.

— Ce serait de la dernière imprudence, me dit-elle.

— De la dernière », répétai-je.

Et je luttai énergiquement, m'accrochant au paysage, aux nuées qui rayaient le ciel. Et bientôt tout cela se brouilla dans l'espace, l'image de la dame agitée et du monsieur assoupi s'effaça dans mon esprit, et ce fut en moi le grand, le profond silence du sommeil.

Des rêves inconsistants et légers bientôt l'agrémentèrent, un être qui jouait le rôle et portait le nom d'Arsène Lupin y tenait une certaine place. Il évoluait à l'horizon, le dos chargé d'objets précieux, traversait des murs et démeublait les châteaux.

Mais la silhouette de cet être, qui n'était d'ailleurs plus Arsène Lupin, se précisa. Il venait vers moi, devenait de plus en plus grand, sautait dans le wagon avec une incroyable agilité et retombait en plein sur ma poitrine.

Une vive douleur… un cri déchirant. Je me réveillai. L'homme, le voyageur, un genou sur ma poitrine, me serrait à la gorge.

Je vis cela très vaguement, car mes yeux étaient injectés de sang. Je vis aussi la dame qui se convulsait dans un coin, en proie à une attaque de nerfs. Je n'essayai même pas de résister. D'ailleurs, je n'en aurais pas eu la force : mes tempes bourdonnaient, je suffoquais… je râlais… Une minute encore… et c'était l'asphyxie.

L'homme dut le sentir. Il relâcha son étreinte. Sans s'écarter, de la main droite, il tendit une corde où il avait préparé un nœud coulant, et, d'un geste sec, il me lia les deux poignets. En un instant, je fus garrotté, bâillonné, immobilisé.

Et il accomplit cette besogne de la façon la plus naturelle du monde, avec une aisance où se révélait le savoir d'un maître, d'un professionnel du vol et du crime. Pas un mot, pas un mouvement fébrile. Du sang-froid et de l'audace. Et j'étais là, sur la banquette, ficelé comme une momie, moi, Arsène Lupin !

En vérité, il y avait de quoi rire. Et, malgré la gravité des circonstances, je n'étais pas sans apprécier tout ce que la situation comportait d'ironique et de savoureux, Arsène Lupin roulé comme un novice ! dévalisé comme le premier venu – car, bien entendu, le bandit m'allégea de ma bourse et de mon portefeuille ! Arsène Lupin, victime à son tour, dupé, vaincu… Quelle aventure !

Restait la dame. Il n'y prêta même pas attention. Il se contenta de ramasser la petite sacoche qui gisait sur le tapis et d'en extraire les bijoux, porte-monnaie, bibelots d'or et d'argent qu'elle contenait. La dame ouvrit un œil, tressaillit d'épouvante, ôta ses bagues et les tendit à l'homme comme si elle avait voulu lui épargner tout effort inutile. Il prit les bagues et la regarda : elle s'évanouit.

Alors, toujours silencieux et tranquille, sans plus s'occuper de nous, il regagna sa place, alluma une cigarette et se livra à un examen approfondi des trésors qu'il avait conquis, examen qui parut le satisfaire entièrement.

J'étais beaucoup moins satisfait. Je ne parle pas des douze mille francs dont on m'avait indûment dépouillé, c'était un dommage que je n'acceptais que momentanément, et je comptais bien que ces douze mille francs rentreraient en ma possession dans le plus bref délai, ainsi que les papiers fort importants que renfermait mon portefeuille : projets, devis, adresses, listes de correspondants, lettres compromettantes. Mais, pour le moment, un souci plus immédiat et plus sérieux me tracassait :

Qu'allait-il se produire ?

Comme bien l'on pense, l'agitation causée par mon passage à travers la gare Saint-Lazare ne m'avait pas échappé. Invité chez des amis que je fréquentais sous le nom de Guillaume Berlat, et pour qui ma ressemblance avec Arsène Lupin était un sujet de plaisanteries affectueuses, je n'avais pu me grimer à ma guise, et ma présence avait été signalée. En outre, on avait vu un homme se précipiter de l'express dans le rapide. Qui était cet homme, sinon Arsène Lupin ? Donc, inévitablement, fatalement, le commissaire de police de Rouen, prévenu par télégramme, et assisté d'un nombre respectable d'agents, se trouverait à l'arrivée du train, interrogerait les voyageurs suspects, et procéderait à une revue minutieuse des wagons.

Tout cela, je le prévoyais, et je ne m'en étais pas trop ému, certain que la police de Rouen ne serait pas plus perspicace que celle de Paris, et que je saurais bien passer inaperçu – ne me suffirait-il pas, à la sortie, de montrer négligemment ma carte de député, grâce à laquelle j'avais déjà inspiré toute confiance au contrôleur de Saint-Lazare ? Mais combien les choses avaient changé ! Je n'étais plus libre. Impossible de tenter un de mes coups habituels. Dans un des wagons, le commissaire découvrirait le sieur Arsène Lupin qu'un hasard propice lui envoyait pieds et poings liés, docile comme un agneau, empaqueté, tout préparé. Il n'aurait qu'à en prendre livraison, comme on reçoit un colis postal qui vous est adressé en gare, bourriche de gibier ou panier de fruits et légumes.

Et pour éviter ce fâcheux dénouement, que pouvais-je, entortillé dans mes bandelettes ?

Et le rapide filait vers Rouen, unique et prochaine station, brûlait Vernon, Saint-Pierre.

Un autre problème m'intriguait où j'étais moins directement intéressé, mais dont la solution éveillait ma curiosité de professionnel. Quelles étaient les intentions de mon compagnon ?

J'aurais été seul qu'il eût eu le temps, à Rouen, de descendre en toute tranquillité. Mais la dame? À peine la portière serait-elle ouverte, la dame, si sage et si humble en ce moment, crierait, se démènerait, appellerait au secours!

Et de là mon étonnement! pourquoi ne la réduisait-il pas à la même impuissance que moi, ce qui lui aurait donné le loisir de disparaître avant qu'on se fût aperçu de son double méfait?

Il fumait toujours, les yeux fixés sur l'espace qu'une pluie hésitante commençait à rayer de grandes lignes obliques. Une fois cependant il se détourna, saisit mon indicateur et le consulta. La dame, elle, s'efforçait de rester évanouie, pour rassurer son ennemi. Mais des quintes de toux provoquées par la fumée démentaient cet évanouissement.

Quant à moi, j'étais fort mal à l'aise, et très courbaturé. Et je songeais… je combinais…

Pont-de-l'Arche, Oissel… Le rapide se hâtait, joyeux, ivre de vitesse.

Saint-Étienne… À cet instant, l'homme se leva, et fit deux pas vers nous, ce à quoi la dame s'empressa de répondre par un nouveau cri et par un évanouissement non simulé.

Mais quel était son but, à lui? Il baissa la glace de notre côté. La pluie maintenant tombait avec rage, et son geste marqua l'ennui qu'il éprouvait à n'avoir ni parapluie ni pardessus. Il jeta les yeux sur le filet : l'en-cas de la dame s'y trouvait. Il le prit. Il prit également mon pardessus et s'en vêtit.

On traversait la Seine. Il retroussa le bas de son pantalon, puis, se penchant, il souleva le loquet extérieur.

Allait-il se jeter sur la voie? À cette vitesse, c'eût été la mort certaine. On s'engouffra dans le tunnel percé sous la côte Sainte-Catherine. L'homme entrouvrit la portière et, du pied, tâta la première marche. Quelle folie! Les ténèbres, la fumée, le vacarme, tout cela donnait à une telle tentative une apparence fantastique. Mais, tout à coup, le train ralentit, les westinghouse s'opposèrent à l'effort des roues. En une minute l'allure devint normale, diminua encore. Sans aucun doute des travaux de consolidation étaient projetés dans cette partie du tunnel, qui nécessitaient le passage ralenti des trains, depuis quelques jours peut-être, et l'homme le savait.

Il n'eut donc qu'à poser l'autre pied sur la marche, à descendre sur la seconde et à s'en aller paisiblement, non sans avoir au préalable rabattu le loquet et refermé la portière.

À peine avait-il disparu que du jour éclaira la fumée plus blanche. On déboucha dans une vallée. Encore un tunnel et nous étions à Rouen.

Aussitôt la dame recouvra ses esprits et son premier soin fut de se lamenter sur la perte de ses bijoux. Je l'implorai des yeux. Elle comprit et me délivra du bâillon qui m'étouffait. Elle voulait aussi dénouer mes liens, je l'en empêchai.

« Non, non, il faut que la police voie les choses en l'état. Je désire qu'elle soit édifiée sur ce gredin.

— Et si je tirais la sonnette d'alarme ?

— Trop tard, il fallait y penser pendant qu'il m'attaquait.

— Mais il m'aurait tuée ! Ah ! monsieur, vous l'avais-je dit qu'il voyageait dans ce train ! Je l'ai reconnu tout de suite, d'après son portrait. Et le voilà parti avec mes bijoux.

— On le retrouvera, n'ayez pas peur.

— Retrouver Arsène Lupin ! Jamais.

— Cela dépend de vous madame. Écoutez. Dès l'arrivée, soyez à la portière, et appelez, faites du bruit. Des agents et des employés viendront. Racontez alors ce que vous avez vu, en quelques mots l'agression dont j'ai été victime et la fuite d'Arsène Lupin, donnez son signalement, un chapeau mou, un parapluie – le vôtre –, un pardessus gris, à taille.

— Le vôtre, dit-elle.

— Comment le mien ? Mais non, le sien. Moi, je n'en avais pas.

— Il m'avait semblé qu'il n'en avait pas non plus quand il est monté.

— Si, si… à moins que ce ne soit un vêtement oublié dans le filet. En tout cas, il l'avait quand il est descendu, et c'est là l'essentiel… un pardessus gris, à taille, rappelez-vous… Ah j'oubliais… dites votre nom, dès l'abord. Les fonctions de votre mari stimuleront le zèle de tous ces gens. »

On arrivait. Elle se penchait déjà à la portière. Je repris d'une voix un peu forte, presque impérieuse, pour que mes paroles se gravassent bien dans son cerveau :

« Dites aussi mon nom, Guillaume Berlat. Au besoin, dites que vous me connaissez… Cela nous gagnera du temps… il faut qu'on expédie l'enquête préliminaire… l'important, c'est la poursuite d'Arsène Lupin… vos bijoux… Il n'y a pas d'erreur, n'est-ce pas ? Guillaume Berlat, un ami de votre mari.

— Entendu… Guillaume Berlat. »

Elle appelait déjà et gesticulait. Le train n'avait pas stoppé qu'un monsieur montait, suivi de plusieurs hommes. L'heure critique sonnait.

Haletante, la dame s'écria :

« Arsène Lupin… il nous a attaqués… il a volé mes bijoux… Je suis Mme Renaud… mon mari est sous-directeur des services pénitentiaires… Ah ! tenez, voici précisément mon frère, Georges Ardelle, directeur du Crédit Rouennais… vous devez savoir…

Elle embrassa un jeune homme qui venait de nous rejoindre, et que le commissaire salua, et elle reprit, éplorée :

« Oui, Arsène Lupin… tandis que monsieur dormait, il s'est jeté à sa gorge… M. Berlat, un ami de mon mari. »

Le commissaire demanda :

« Mais où est-il, Arsène Lupin ?

— Il a sauté du train sous le tunnel, après la Seine.

— Êtes-vous sûre que ce soit lui ?

— Si j'en suis sûre ! Je l'ai parfaitement reconnu. D'ailleurs on l'a vu à la gare Saint-Lazare. Il avait un chapeau mou.

— Non pas… un chapeau de feutre dur, comme celui-ci, rectifia le commissaire en désignant mon chapeau.

— Un chapeau mou, je l'affirme, répéta Mme Renaud, et un pardessus gris à taille.

— En effet, murmura le commissaire, le télégramme signale ce pardessus gris, à taille et à col de velours noir.

— À col de velours noir, justement », s'écria Mme Renaud triomphante.

Je respirai. Ah ! la brave, l'excellente amie que j'avais là !

Les agents cependant m'avaient débarrassé de mes entraves. Je me mordis violemment les lèvres, du sang coula. Courbé en deux, le mouchoir sur la bouche, comme il convient à un individu qui est resté longtemps dans une position incommode, et qui porte au visage la marque sanglante du bâillon, je dis au commissaire, d'une voix affaiblie :

« Monsieur, c'était Arsène Lupin, il n'y a pas de doute… En faisant diligence on le rattrapera… Je crois que je puis vous être d'une certaine utilité… »

Le wagon qui devait servir aux constatations de la justice fut détaché. Le train continua vers Le Havre. On nous conduisit vers le bureau du chef de gare, à travers la foule des curieux qui encombrait le quai.

À ce moment, j'eus une hésitation. Sous un prétexte quelconque, je pouvais m'éloigner, retrouver mon automobile et filer. Attendre était dangereux. Qu'un incident se produisît, qu'une dépêche survînt de Paris, et j'étais perdu.

Oui, mais mon voleur ? Abandonné à mes propres ressources, dans une région qui ne m'était pas très familière, je ne devais pas espérer le rejoindre.

« Bah ! tentons le coup, me dis-je, et restons. La partie est difficile à gagner, mais si amusante à jouer ! Et l'enjeu en vaut la peine. »

Et comme on nous priait de renouveler provisoirement nos dépositions, je m'écriai :

« Monsieur le commissaire, actuellement Arsène Lupin prend de l'avance. Mon automobile m'attend dans la cour. Si vous voulez me faire le plaisir d'y monter, nous essaierions… »

Le commissaire sourit d'un air fin :

« L'idée n'est pas mauvaise… si peu mauvaise même qu'elle est en voie d'exécution.

— Ah !

— Oui, monsieur, deux de mes agents sont partis à bicyclette… depuis un certain temps déjà.

— Mais où ?

— À la sortie même du tunnel. Là, ils recueilleront les indices, les témoignages, et suivront la piste d'Arsène Lupin. »

Je ne pus m'empêcher de hausser les épaules.

« Vos deux agents ne recueilleront ni indice ni témoignage.

— Vraiment !

— Arsène Lupin se sera arrangé pour que personne ne le voie sortir du tunnel. Il aura rejoint la première route et, de là…

— Et de là, Rouen, où nous le pincerons.

— Il n'ira pas à Rouen.

— Alors, il restera dans les environs où nous sommes encore plus sûrs...

— Il ne restera pas dans les environs.

— Oh ! oh ! Et où donc se cachera-t-il ? » Je tirai ma montre.

« À l'heure présente, Arsène Lupin rôde autour de la gare de Darnétal. À dix heures cinquante, c'est-à-dire dans vingt-deux minutes, il prendra le train qui va de Rouen, gare du Nord, à Amiens.

— Vous croyez ? Et comment le savez-vous ?

— Oh ! c'est bien simple. Dans le compartiment, Arsène Lupin a consulté mon indicateur. Pour quelle raison ? Y avait-il, non loin de l'endroit où il a disparu, une autre ligne, une gare sur cette ligne, et un train s'arrêtant à cette gare ? À mon tour je viens de consulter l'indicateur. Il m'a renseigné.

— En vérité, monsieur, dit le commissaire, c'est merveilleusement déduit. Quelle compétence ! »

Entraîné par ma conviction, j'avais commis une maladresse en faisant preuve de tant d'habileté. Il me regardait avec étonnement, et je crus sentir qu'un soupçon l'effleurait. – Oh ! à peine, car les photographies envoyées de tous côtés par le parquet étaient trop imparfaites, représentaient un Arsène Lupin trop différent de celui qu'il avait devant lui, pour qu'il lui fût possible de me reconnaître. Mais, tout de même, il était troublé, confusément inquiet.

Il y eut un moment de silence. Quelque chose d'équivoque et d'incertain arrêtait nos paroles. Moi-même, un frisson de gêne me secoua. La chance allait-elle tourner contre moi ? Me dominant, je me mis à rire.

« Mon Dieu, rien ne vous ouvre la compréhension comme la perte d'un portefeuille et le désir de le retrouver. Et il me semble que si vous vouliez bien me donner deux de vos agents, eux et moi, nous pourrions peut-être...

— Oh ! je vous en prie, monsieur le commissaire, s'écria Mme Renaud, écoutez M. Berlat. »

L'intervention de mon excellente amie fut décisive. Prononcé par elle, la femme d'un personnage influent, ce nom de Berlat devenait réellement le mien et me conférait une identité qu'aucun soupçon ne pouvait atteindre. Le commissaire se leva :

« Je serais trop heureux, monsieur Berlat, croyez-le bien, de vous voir réussir. Autant que vous je tiens à l'arrestation d'Arsène Lupin. »

Il me conduisit jusqu'à l'automobile. Deux de ses agents, qu'il me présenta, Honoré Massol et Gaston Delivet, y prirent place. Je m'installai au volant. Mon mécanicien donna le tour de manivelle. Quelques secondes après nous quittions la gare. J'étais sauvé.

Ah ! j'avoue qu'en roulant sur les boulevards qui ceignent la vieille cité normande, à l'allure puissante de ma trente-cinq chevaux Moreau-Lepton, je n'étais pas sans concevoir quelque orgueil. Le moteur ronflait harmonieusement. À droite et à gauche, les arbres s'enfuyaient derrière nous. Et libre, hors de danger, je n'avais plus maintenant qu'à régler mes petites affaires personnelles, avec le concours des deux honnêtes représentants de la force publique. Arsène Lupin s'en allait à la recherche d'Arsène Lupin !

Modestes soutiens de l'ordre social, Delivet Gaston et Massol Honoré, combien votre assistance me fut précieuse ! Qu'aurais-je fait sans vous ? Sans vous, combien de fois, aux carrefours, j'eusse choisi la mauvaise route ! Sans vous, Arsène Lupin se trompait, et l'autre s'échappait !

Mais tout n'était pas fini. Loin de là. Il me restait d'abord à rattraper l'individu et ensuite à m'emparer moi-même des papiers qu'il m'avait dérobés. À aucun prix, il ne fallait que mes deux acolytes missent le nez dans ces documents, encore moins qu'ils ne s'en saisissent. Me servir d'eux et agir en dehors d'eux, voilà ce que je voulais et qui n'était point aisé.

À Darnétal, nous arrivâmes trois minutes après le passage du train. Il est vrai que j'eus la consolation d'apprendre qu'un individu en pardessus gris, à taille, à collet de velours noir, était monté dans un compartiment de seconde classe, muni d'un billet pour Amiens. Décidément, mes débuts comme policier promettaient.

Delivet me dit :

« Le train est express et ne s'arrête plus qu'à Montérolier-Buchy, dans dix-neuf minutes. Si nous n'y sommes pas avant Arsène

Lupin, il peut continuer sur Amiens, comme bifurquer sur Clères, et de là gagner Dieppe ou Paris.

— Montérolier, quelle distance ?

— Vingt-trois kilomètres.

— Vingt-trois kilomètres en dix-neuf minutes... nous y serons avant lui. »

La passionnante étape ! Jamais ma fidèle Moreau-Lepton ne répondit à mon impatience avec plus d'ardeur et de régularité. Il me semblait que je lui communiquais ma volonté directement, sans l'intermédiaire des leviers et des manettes. Elle partageait mes désirs. Elle approuvait mon obstination. Elle comprenait mon animosité contre ce gredin d'Arsène Lupin. Le fourbe ! le traître ! aurais-je raison de lui ? Se jouerait-il une fois de plus de l'autorité, de cette autorité dont j'étais l'incarnation ?

« À droite criait Delivet !... À gauche !... Tout droit !...

Nous glissions au-dessus du sol. Les bornes avaient l'air de petites bêtes peureuses qui s'évanouissaient à notre approche.

Et tout à coup, au détour d'une route, un tourbillon de fumée, l'express du Nord.

Durant un kilomètre, ce fut la lutte, côte à côte, lutte inégale dont l'issue était certaine. À l'arrivée, nous le battions de vingt longueurs.

En trois secondes, nous étions sur le quai, devant les deuxièmes classes. Les portières s'ouvrirent. Quelques personnes descendaient. Mon voleur point. Nous inspectâmes les compartiments. Pas d'Arsène Lupin.

« Sapristi ! m'écriai-je, il m'aura reconnu dans l'automobile tandis que nous marchions côte à côte, et il aura sauté. »

Le chef de train confirma cette supposition. Il avait vu un homme qui dégringolait le long du remblai, à deux cents mètres de la gare.

« Tenez, là-bas... celui qui traverse le passage à niveau. »

Je m'élançai, suivi de mes deux acolytes, ou plutôt suivi de l'un d'eux, car l'autre, Massol, se trouvait être un coureur exceptionnel, ayant autant de fond que de vitesse. En peu d'instants, l'intervalle qui le séparait du fugitif diminua singulièrement. L'homme l'aperçut, franchit une haie et détala rapidement vers un talus qu'il grimpa. Nous le vîmes encore plus loin : il entrait dans un petit bois.

Quand nous atteignîmes le petit bois, Massol nous y attendait. Il avait jugé inutile de s'aventurer davantage, dans la crainte de nous perdre.

« Et je vous en félicite, mon cher ami, lui dis-je. Après une pareille course, notre individu doit être à bout de souffle. Nous le tenons. »

J'examinai les environs, tout en réfléchissant aux moyens de procéder seul à l'arrestation du fugitif; afin de faire moi-même des reprises que la justice n'aurait sans doute tolérées qu'après beaucoup d'enquêtes désagréables. Puis je revins à mes compagnons.

« Voilà, c'est facile. Vous, Massol, postez-vous à gauche. Vous, Delivet, à droite. De là, vous surveillez toute la ligne postérieure du bosquet, et il ne peut en sortir, sans être aperçu de vous, que par cette cavée, où je prends position. S'il ne sort pas, moi j'entre, et, forcément, je le rabats sur l'un ou l'autre. Vous n'avez donc qu'à attendre. Ah! j'oubliais : en cas d'alerte, un coup de feu. »

Massol et Delivet s'éloignèrent chacun de son côté. Aussitôt qu'ils eurent disparu, je pénétrai dans le bois, avec les plus grandes précautions, de manière à n'être ni vu ni entendu. C'étaient des fourrés épais, aménagés pour la chasse et coupés de sentes très étroites où il n'était possible de marcher qu'en se courbant comme dans des souterrains de verdure.

L'une d'elles aboutissait à une clairière où l'herbe mouillée présentait des traces de pas. Je les suivis en ayant soin de me glisser à travers les taillis. Elles me conduisirent au pied d'un petit monticule que couronnait une masure en plâtras, à moitié démolie.

« Il doit être là, pensai-je. L'observatoire est bien choisi. »

Je rampai jusqu'à proximité de la bâtisse. Un bruit léger m'avertit de sa présence, et, de fait, par une ouverture, je l'aperçus qui me tournait le dos.

En deux bonds je fus sur lui. Il essaya de braquer le revolver qu'il tenait à la main. Je ne lui en laissai pas le temps, et l'entraînai à terre, de telle façon que ses deux bras étaient pris sous lui, tordus, et que je pesais de mon genou sur sa poitrine.

« Écoute, mon petit, lui dis-je à l'oreille, je suis Arsène Lupin. Tu vas me rendre tout de suite et de bonne grâce mon portefeuille et la sacoche de la dame… moyennant quoi je te tire des griffes de la police, et je t'enrôle parmi mes amis. Un mot seulement : oui ou non ?

— Oui, murmura-t-il.

— Tant mieux. Ton affaire, ce matin, était joliment combinée. On s'entendra. »

Je me relevai. Il fouilla dans sa poche, en sortit un large couteau et voulut m'en frapper.

« Imbécile ! » m'écriai-je.

D'une main j'avais paré l'attaque. De l'autre, je lui portai un violent coup sur l'artère carotide, ce qui s'appelle le « hook à la carotide ». Il tomba assommé.

Dans mon portefeuille, je retrouvai mes papiers et mes billets de banque. Par curiosité, je pris le sien. Sur une enveloppe qui lui était adressée, je lus son nom : Pierre Onfrey.

Je tressaillis. Pierre Onfrey, l'assassin de la rue Lafontaine, à Auteuil ! Pierre Onfrey, celui qui avait égorgé Mme Delbois et ses deux filles. Je me penchai sur lui. Oui, c'était ce visage qui, dans le compartiment, avait éveillé en moi le souvenir de traits déjà contemplés.

Mais le temps passait. Je mis dans une enveloppe deux billets de cent francs, une carte et ces mots :

Arsène Lupin à ses bons collègues Honoré Massol et Gaston Delivet, en témoignage de reconnaissance.

Je posai cela en évidence au milieu de la pièce. À côté, la sacoche de Mme Renaud. Pouvais-je ne point la rendre à l'excellente amie qui m'avait secouru ?

Je confesse cependant que j'en retirai tout ce qui présentait un intérêt quelconque, n'y laissant qu'un peigne en écaille, et un porte-monnaie vide. Que diable ! Les affaires sont les affaires. Et puis, vraiment, son mari exerçait un métier si peu honorable !…

Restait l'homme. Il commençait à remuer. Que devais-je faire ? Je n'avais qualité ni pour le sauver ni pour le condamner.

Je lui enlevai ses armes et tirai en l'air un coup de revolver.

« Les deux autres vont venir, pensai-je, qu'il se débrouille ! Les choses s'accompliront dans le sens de son destin. » Et je m'éloignai au pas de course par le chemin de la cavée.

Vingt minutes plus tard, une route de traverse, que j'avais remarquée lors de notre poursuite, me ramenait auprès de mon automobile.

À quatre heures, je télégraphiais à mes amis de Rouen qu'un incident imprévu me contraignait à remettre ma visite. Entre nous, je crains fort, étant donné ce qu'ils doivent savoir maintenant, d'être obligé de la remettre indéfiniment. Cruelle désillusion pour eux !

À six heures, je rentrais à Paris par L'Isle-Adam, Enghien et la porte Bineau.

Les journaux du soir m'apprirent que l'on avait enfin réussi à s'emparer de Pierre Onfrey.

Le lendemain – ne dédaignons point les avantages d'une intelligente réclame –, *L'Écho de France* publiait cet entrefilet sensationnel :

Hier, aux environs de Buchy, après de nombreux incidents, Arsène Lupin a opéré l'arrestation de Pierre Onfrey. L'assassin de la rue Lafontaine venait de dévaliser, sur la ligne de Paris au Havre, Mme Renaud, la femme du sous-directeur des services pénitentiaires. Arsène Lupin a restitué à Mme Renaud la sacoche qui contenait ses bijoux, et a récompensé généreusement les deux agents de la Sûreté qui l'avaient aidé au cours de cette dramatique arrestation.

LE COLLIER DE LA REINE

Deux ou trois fois par an, à l'occasion de solennités importantes, comme les bals de l'ambassade d'Autriche ou les soirées de Lady Billingstone, la comtesse de Dreux-Soubise mettait sur ses blanches épaules le « Collier de la Reine ».

C'était bien le fameux collier, le collier légendaire que Bohmer et Bassenge, joailliers de la couronne, destinaient à la du Barry, que le cardinal de Rohan-Soubise crut offrir à Marie-Antoinette, reine de France, et que l'aventurière Jeanne de Valois, comtesse de la Motte, dépeça un soir de février 1785, avec l'aide de son mari et de leur complice Rétaux de Villette.

Pour dire vrai, la monture seule était authentique. Rétaux de Villette l'avait conservée, tandis que le sieur de la Motte et sa femme dispersaient aux quatre vents les pierres brutalement desserties, les admirables pierres si soigneusement choisies par Bohmer. Plus tard, en Italie, il la vendit à Gaston de Dreux-Soubise, neveu et héritier du cardinal, sauvé par lui de la ruine lors de la retentissante banqueroute de Rohan-Guéménée, et qui, en souvenir de son oncle, racheta les quelques diamants qui restaient en la possession du bijoutier anglais Jefferys, les compléta avec d'autres de valeur beaucoup moindre, mais de même dimension, et parvint à reconstituer le merveilleux « collier en esclavage », tel qu'il était sorti des mains de Bohmer et Bassenge.

De ce bijou historique, pendant près d'un siècle, les Dreux-Soubise s'enorgueillirent. Bien que diverses circonstances eussent notablement diminué leur fortune, ils aimèrent mieux réduire leur train de maison que d'aliéner la royale et précieuse relique. En particulier le comte actuel y tenait comme on tient à la demeure de ses pères. Par prudence, il avait loué un coffre au Crédit Lyonnais pour l'y déposer. Il allait l'y chercher lui-même l'après-midi du jour où sa femme voulait s'en parer, et l'y reportait lui-même le lendemain.

Ce soir-là, à la réception du Palais de Castille – l'aventure remonte au début du siècle –, la comtesse eut un véritable succès, et le roi Christian, en l'honneur de qui la fête était donnée, remarqua sa beauté magnifique. Les pierreries ruisselaient autour du cou gracieux. Les mille facettes des diamants brillaient et scintillaient comme des flammes à la clarté des lumières. Nulle autre qu'elle, semblait-il, n'eût pu porter avec tant d'aisance et de noblesse le fardeau d'une telle parure.

Ce fut un double triomphe, que le comte de Dreux goûta profondément, et dont il s'applaudit, quand ils furent rentrés dans la chambre de leur vieil hôtel du faubourg Saint-Germain. Il était fier de sa femme et tout autant peut-être du bijou qui illustrait sa maison depuis quatre générations. Et sa femme en tirait une vanité un peu puérile, mais qui était bien la marque de son caractère altier.

Non sans regret, elle détacha le collier de ses épaules et le tendit à son mari qui l'examina avec admiration, comme s'il ne le connaissait point. Puis, l'ayant remis dans son écrin de cuir rouge aux armes du Cardinal, il passa dans un cabinet voisin, sorte d'alcôve plutôt, que l'on avait complètement isolée de la chambre, et dont l'unique entrée se trouvait au pied de leur lit. Comme les autres fois, il le dissimula sur une planche assez élevée, parmi des cartons à chapeau et des piles de linge. Il referma la porte et se dévêtit.

Au matin, il se leva vers neuf heures, avec l'intention d'aller, avant le déjeuner, jusqu'au Crédit Lyonnais. Il s'habilla, but une tasse de café et descendit aux écuries. Là, il donna des ordres. Un des chevaux l'inquiétait. Il le fit marcher et trotter devant lui dans la cour. Puis il retourna près de sa femme.

Elle n'avait point quitté la chambre, et se coiffait, aidée de sa bonne. Elle lui dit :

« Vous sortez ?

— Oui… pour cette course…

— Ah ! en effet… c'est plus prudent… »

Il pénétra dans le cabinet. Mais, au bout de quelques secondes, il demanda, sans le moindre étonnement d'ailleurs :

« Vous l'avez pris, chère amie ? »

Elle répliqua :

« Comment ? mais non, je n'ai rien pris.

— Vous l'avez dérangé.

— Pas du tout… je n'ai même pas ouvert cette porte. »

Il apparut, décomposé, et il balbutia, la voix à peine intelligible :

« Vous n'avez pas ?… Ce n'est pas vous ?… Alors… »

Elle accourut, et ils cherchèrent fiévreusement, jetant les cartons à terre et démolissant les piles de linge. Et le comte répétait :

« Inutile… tout ce que nous faisons est inutile… C'est ici, là, sur cette planche, que je l'ai mis.

— Vous avez pu vous tromper.

— C'est ici, là, sur cette planche, et pas sur une autre. »

Ils allumèrent une bougie, car la pièce était assez obscure et ils enlevèrent tout le linge et tous les objets qui l'encombraient. Et quand il n'y eut plus rien dans le cabinet, ils durent s'avouer avec désespoir que le fameux collier, le « Collier en esclavage de la Reine », avait disparu.

De nature résolue, la comtesse, sans perdre de temps en vaines lamentations, fit prévenir le commissaire, M. Valorbe, dont ils avaient eu déjà l'occasion d'apprécier l'esprit sagace et la clairvoyance. On le mit au courant par le détail, et tout de suite il demanda :

« Êtes-vous sûr, monsieur le comte, que personne n'a pu traverser la nuit votre chambre ?

— Absolument sûr. J'ai le sommeil très léger. Mieux encore la porte de cette chambre était fermée au verrou. J'ai dû le tirer ce matin quand ma femme a sonné la bonne.

— Et il n'existe pas d'autre passage qui permette de s'introduire dans le cabinet ?

— Aucun.

— Pas de fenêtre ?

— Si, mais elle est condamnée.

— Je désirerais m'en rendre compte… »

On alluma des bougies, et aussitôt M. Valorbe fit remarquer que la fenêtre n'était condamnée qu'à mi-hauteur, par un bahut, lequel, en outre, ne touchait pas exactement aux croisées.

« Il y touche suffisamment, répliqua M. de Dreux, pour qu'il soit impossible de le déplacer sans faire beaucoup de bruit.

— Et sur quoi donne cette fenêtre ?

— Sur une courette intérieure.

— Et vous avez encore un étage au-dessus de celui-là ?

— Deux, mais au niveau de celui des domestiques, la courette est protégée par une grille à petites mailles. C'est pourquoi nous avons si peu de jour. »

D'ailleurs, quand on eut écarté le bahut, on constata que la fenêtre était close, ce qui n'aurait pas été, si quelqu'un avait pénétré du dehors.

« À moins, observa le comte, que ce quelqu'un ne soit sorti par notre chambre.

— Auquel cas, vous n'auriez pas trouvé le verrou de cette chambre poussé. »

Le commissaire réfléchit un instant, puis se tournant vers la comtesse :

« Savait-on dans votre entourage, madame, que vous deviez porter ce collier hier soir ?

— Certes, je ne m'en suis pas cachée. Mais personne ne savait que nous l'enfermions dans ce cabinet.

— Personne ?

— Personne… À moins que…

— Je vous en prie, madame, précisez. C'est là un point des plus importants. »

Elle dit à son mari :

« Je songeais à Henriette.

— Henriette ? Elle ignore ce détail comme les autres.

— En es-tu certain ?

— Quelle est cette dame ? interrogea M. Valorbe.

— Une amie de couvent, qui s'est fâchée avec sa famille pour épouser une sorte d'ouvrier. À la mort de son mari, je l'ai recueillie avec son fils et leur ai meublé un appartement dans cet hôtel. »

Et elle ajouta avec embarras :

« Elle me rend quelques services. Elle est très adroite de ses mains.

— À quel étage habite-t-elle ?

— Au nôtre, pas loin du reste… à l'extrémité de ce couloir… Et même, j'y pense… la fenêtre de sa cuisine…

— Ouvre sur cette courette, n'est-ce pas ?

— Oui, juste en face de la nôtre. »

Un léger silence suivit cette déclaration.

Puis M. Valorbe demanda qu'on le conduisît auprès d'Henriette.

Ils la trouvèrent en train de coudre, tandis que son fils Raoul, un bambin de six à sept ans, lisait à ses côtés. Assez étonné de voir le misérable appartement qu'on avait meublé pour elle, et qui se composait au total d'une pièce sans cheminée et d'un réduit servant de cuisine, le commissaire la questionna. Elle parut bouleversée en apprenant le vol commis. La veille au soir, elle avait elle-même habillé la comtesse et fixé le collier autour de son cou.

« Seigneur Dieu ! s'écria-t-elle, qui m'aurait jamais dit ?

— Et vous n'avez aucune idée ? pas le moindre doute ? Il est possible que le coupable ait passé par votre chambre. »

Elle rit de bon cœur, sans même imaginer qu'on pouvait l'effleurer d'un soupçon.

« Mais, je ne l'ai pas quittée, ma chambre ! je ne sors jamais, moi. Et puis, vous n'avez donc pas vu ? »

Elle ouvrit la fenêtre du réduit.

« Tenez, il y a bien trois mètres jusqu'au rebord opposé.

— Qui vous a dit que nous envisagions l'hypothèse d'un vol effectué par là ?

— Mais… le collier n'était-il pas dans le cabinet ?

— Comment le savez-vous ?

— Dame ! j'ai toujours su qu'on l'y mettait la nuit… on en a parlé devant moi… »

Sa figure, encore jeune, mais que les chagrins avaient flétrie, marquait une grande douceur et de la résignation. Cependant elle eut soudain, dans le silence, une expression d'angoisse, comme si un danger l'eût menacée. Elle attira son fils contre elle. L'enfant lui prit la main et l'embrassa tendrement.

« Je ne suppose pas, dit M. de Dreux au commissaire, quand ils furent seuls, je ne suppose pas que vous la soupçonniez ? Je réponds d'elle. C'est l'honnêteté même.

— Oh ! je suis tout à fait de votre avis, affirma M. Valorbe. C'est tout au plus si j'avais pensé à une complicité inconsciente. Mais je reconnais que cette explication doit être abandonnée, d'autant qu'elle ne résout nullement le problème auquel nous nous heurtons. »

Le commissaire ne poussa pas plus avant cette enquête, que le juge d'instruction reprit et compléta les jours suivants. On interrogea les domestiques, on vérifia l'état du verrou, on fit des expériences sur la fermeture et sur l'ouverture de la fenêtre du cabinet, on explora la courette du haut en bas… Tout fut inutile. Le verrou était intact. La fenêtre ne pouvait s'ouvrir ni se fermer du dehors.

Plus spécialement, les recherches visèrent Henriette, car, malgré tout, on en revenait toujours de ce côté. On fouilla sa vie minutieusement, et il fut constaté que, depuis trois ans, elle n'était sortie que quatre fois de l'hôtel, et les quatre fois pour des courses que l'on put déterminer. En réalité, elle servait de femme de chambre et de couturière à Mme de Dreux, qui se montrait à son égard d'une rigueur dont tous les domestiques témoignèrent en confidence.

« D'ailleurs, disait le juge d'instruction, qui, au bout d'une semaine, aboutit aux mêmes conclusions que le commissaire, en admettant que nous connaissions le coupable, et nous n'en sommes pas là, nous n'en saurions pas davantage sur la manière dont le vol a été commis. Nous sommes barrés à droite et à gauche par deux obstacles : une porte et une fenêtre fermées. Le mystère est double ! Comment a-t-on pu s'introduire, et comment, ce qui était beaucoup plus difficile, a-t-on pu s'échapper en laissant derrière soi une porte close au verrou et une fenêtre fermée ? »

Au bout de quatre mois d'investigations, l'idée secrète du juge était celle-ci : M. et Mme de Dreux, pressés par des besoins d'argent, avaient vendu le Collier de la Reine. Il classa l'affaire.

Le vol du précieux bijou porta aux Dreux-Soubise un coup dont ils gardèrent longtemps la marque. Leur crédit n'étant plus soutenu par la sorte de réserve que constituait un tel trésor, ils se trouvèrent en face de créanciers plus exigeants et de prêteurs moins favorables. Ils durent couper dans le vif, aliéner, hypothéquer. Bref, c'eût été la ruine si deux gros héritages de parents éloignés ne les avaient sauvés.

Ils souffrirent aussi dans leur orgueil, comme s'ils avaient perdu un quartier de noblesse. Et, chose bizarre, ce fut à son ancienne amie de pension que la comtesse s'en prit. Elle ressentait contre elle une véritable rancune et l'accusait ouvertement. On la relégua d'abord à l'étage des domestiques, puis on la congédia du jour au lendemain.

Et la vie coula, sans événements notables. Ils voyagèrent beaucoup.

Un seul fait doit être relevé au cours de cette époque. Quelques mois après le départ d'Henriette, la comtesse reçut d'elle une lettre qui la remplit d'étonnement :

Madame,

Je ne sais comment vous remercier. Car c'est bien vous, n'est-ce pas, qui m'avez envoyé cela ? Ce ne peut être que vous. Personne d'autre ne connaît ma retraite au fond de ce petit village. Si je me trompe, excusez-moi et retenez du moins l'expression de ma reconnaissance pour vos bontés passées…

Que voulait-elle dire ? Les bontés présentes ou passées de la comtesse envers elle se réduisaient à beaucoup d'injustices. Que signifiaient ces remerciements ?

Sommée de s'expliquer, elle répondit qu'elle avait reçu par la poste, en un pli non recommandé ni chargé, deux billets de mille francs. L'enveloppe, qu'elle joignait à sa réponse, était timbrée de Paris, et ne portait que son adresse, tracée d'une écriture visiblement déguisée.

D'où provenaient ces deux mille francs ? Qui les avait envoyés ? La justice s'informa. Mais quelle piste pouvait-on suivre parmi ces ténèbres ?

Et le même fait se reproduisit douze mois après. Et une troisième fois ; et une quatrième fois ; et chaque année pendant six ans, avec cette différence que la cinquième et la sixième année, la somme doubla, ce qui permit à Henriette, tombée subitement malade, de se soigner comme il convenait.

Autre différence : l'administration de la poste ayant saisi une des lettres sous prétexte qu'elle n'était point chargée, les deux dernières lettres furent envoyées selon le règlement, la première datée de Saint-Germain, l'autre de Suresnes. L'expéditeur signa d'abord Anquety, puis Péchard. Les adresses qu'il donna étaient fausses.

Au bout de six ans, Henriette mourut. L'énigme demeura entière.

Tous ces événements sont connus du public. L'affaire fut de celles qui passionnèrent l'opinion, et c'est un destin étrange que celui de ce collier, qui, après avoir bouleversé la France à la fin du XVIIIe siècle, souleva encore tant d'émotion cent vingt ans plus tard. Mais ce que je vais dire est ignoré de tous, sauf des principaux intéressés et de quelques personnes auxquelles le comte demanda le secret absolu. Comme il est probable qu'un jour ou l'autre elles manqueront à leur promesse, je n'ai, moi, aucun scrupule à déchirer le voile et l'on saura ainsi, en même temps que la clef de l'énigme, l'explication de la lettre publiée par les journaux d'avant-hier matin, lettre extraordinaire qui ajoutait encore, si c'est possible, un peu d'ombre et de mystère aux obscurités de ce drame.

Il y a cinq jours de cela. Au nombre des invités qui déjeunaient chez M. de Dreux-Soubise, se trouvaient ses deux nièces et sa cousine, et, comme hommes, le président d'Essaville, le député Bochas, le chevalier Floriani que le comte avait connu en Sicile, et le général marquis de Rouzières, un vieux camarade de cercle.

Après le repas, ces dames servirent le café et les messieurs eurent l'autorisation d'une cigarette, à condition de ne point déserter le salon. On causa. L'une des jeunes filles s'amusa à faire les cartes et à dire la bonne aventure. Puis on en vint à parler de crimes célèbres. Et c'est à ce propos que M. de Rouzières, qui ne manquait jamais l'occasion de taquiner le comte, rappela l'aventure du collier, sujet de conversation que M. de Dreux avait en horreur.

Aussitôt chacun émit son avis. Chacun recommença l'instruction à sa manière. Et, bien entendu, toutes les hypothèses se contredisaient, toutes également inadmissibles.

« Et vous, monsieur, demanda la comtesse au chevalier Floriani, quelle est votre opinion ?

— Oh ! moi, je n'ai pas d'opinion, madame. »

On se récria. Précisément, le chevalier venait de raconter très brillamment diverses aventures auxquelles il avait été mêlé avec son père, magistrat à Palerme, et où s'étaient affirmés son jugement et son goût pour ces questions.

« J'avoue, dit-il, qu'il m'est arrivé de réussir alors que de plus habiles avaient renoncé. Mais de là à me considérer comme un Sherlock Holmes… Et puis, c'est à peine si je sais de quoi il s'agit. »

On se tourna vers le maître de la maison. À contrecœur, il dut résumer les faits. Le chevalier écouta, réfléchit, posa quelques interrogations, et murmura :

« C'est drôle… à première vue il ne me semble pas que la chose soit si difficile à deviner. »

Le comte haussa les épaules. Mais les autres personnes s'empressèrent autour du chevalier, et il reprit d'un ton un peu dogmatique :

« En général, pour remonter à l'auteur d'un crime ou d'un vol, il faut déterminer comment ce crime ou ce vol ont été commis. Dans le cas actuel, rien de plus simple, selon moi, car nous nous trouvons en face, non pas de plusieurs hypothèses, mais d'une certitude, d'une certitude unique, rigoureuse, et qui s'énonce ainsi : l'individu ne pouvait entrer que par la porte de la chambre ou par la fenêtre du cabinet. Or, on n'ouvre pas, de l'extérieur, une porte verrouillée. Donc il est entré par la fenêtre.

— Elle était fermée, et on l'a retrouvée fermée, déclara M. de Dreux.

— Pour cela, continua Floriani, sans relever l'interruption, il n'a eu besoin que d'établir un pont, planche ou échelle, entre le balcon de la cuisine et le rebord de la fenêtre, et dès que l'écrin…

— Mais je vous répète que la fenêtre était fermée ! » s'écria le comte avec impatience.

Cette fois Floriani dut répondre. Il le fit avec la plus grande tranquillité, en homme qu'une objection aussi insignifiante ne trouble point.

« Je veux croire qu'elle l'était, mais n'y a-t-il pas un vasistas ?

— Comment le savez-vous ?

— D'abord parce que c'est presque une règle, dans les hôtels de cette époque. Et ensuite il faut bien qu'il en soit ainsi, puisque, autrement, le vol est inexplicable.

— En effet, il y en a un, mais il est clos, comme la fenêtre. On n'y a même pas fait attention.

— C'est un tort. Car si on y avait fait attention, on aurait vu évidemment qu'il avait été ouvert.

— Et comment ?

— Je suppose que, pareil à tous les autres, il s'ouvre au moyen d'un fil de fer tressé, muni d'un anneau à son extrémité inférieure ?

— Oui.

— Et cet anneau pendait entre la croisée et le bahut ?

— Oui, mais je ne comprends pas…

— Voici. Par une fente pratiquée dans le carreau, on a pu, à l'aide d'un instrument quelconque, mettons une baguette de fer pourvue d'un crochet, agripper l'anneau, peser et ouvrir. »

Le comte ricana :

« Parfait ! parfait ! vous arrangez tout cela avec une aisance ! seulement vous oubliez une chose, cher monsieur, c'est qu'il n'y a pas eu de fente pratiquée dans le carreau.

— Il y a eu une fente.

— Allons donc, on l'aurait vue.

— Pour voir il faut regarder, et l'on n'a pas regardé. La fente existe, il est matériellement impossible qu'elle n'existe pas, le long du carreau contre le mastic… dans le sens vertical, bien entendu. »

Le comte se leva. Il paraissait très surexcité. Il arpenta deux ou trois fois le salon d'un pas nerveux, et, s approchant de Floriani :

« Rien n'a changé là-haut depuis ce jour… personne n'a mis les pieds dans ce cabinet.

— En ce cas, monsieur, il vous est loisible de vous assurer que mon explication concorde avec la réalité.

— Elle ne concorde avec aucun des faits que la justice a constatés. Vous n'avez rien vu, vous ne savez rien, et vous allez à l'encontre de tout ce que nous avons vu et de tout ce que nous savons. »

Floriani ne sembla point remarquer l'irritation du comte, et il dit en souriant :

« Mon Dieu, monsieur, je tâche de voir clair, voilà tout. Si je me trompe, prouvez-moi mon erreur.

— Sans plus tarder... J'avoue qu'à la longue votre assurance... »

M. de Dreux mâchonna encore quelques paroles, puis, soudain, se dirigea vers la porte et sortit.

Pas un mot ne fut prononcé. On attendait anxieusement, comme si, vraiment, une parcelle de la vérité allait apparaître. Et le silence avait une gravité extrême.

Enfin, le comte apparut dans l'embrasure de la porte. Il était pâle et singulièrement agité. Il dit à ses amis, d'une voix tremblante :

« Je vous demande pardon... les révélations de monsieur sont si imprévues... je n'aurais jamais pensé... »

Sa femme l'interrogea avidement :

« Parle... je t'en supplie... qu'y a-t-il ? »

Il balbutia :

« La fente existe... à l'endroit même indiqué... le long du carreau... »

Il saisit brusquement le bras du chevalier et lui dit d'un ton impérieux :

« Et maintenant, monsieur, poursuivez... je reconnais que vous avez raison jusqu'ici ; mais maintenant, ce n'est pas fini... répondez... que s'est-il passé, selon vous ? »

Floriani se dégagea doucement et après un instant prononça :

« Eh bien, selon moi, voilà ce qui s'est passé. L'individu, sachant que Mme de Dreux allait au bal avec le collier, a jeté sa passerelle pendant votre absence. Au travers de la fenêtre, il vous a surveillé et vous a vu cacher le bijou. Dès que vous êtes parti, il a coupé la vitre et a tiré l'anneau.

— Soit, mais la distance est trop grande pour qu'il ait pu, par le vasistas, atteindre la poignée de la fenêtre.

— S'il n'a pu l'ouvrir, c'est qu'il est entré par le vasistas lui-même.

— Impossible ; il n'y a pas d'homme assez mince pour s'introduire par là.

— Alors ce n'est pas un homme.

— Comment !

— Certes. Si le passage est trop étroit pour un homme, il faut bien que ce soit un enfant.

— Un enfant !

— Ne m'avez-vous pas dit que votre amie Henriette avait un fils ?

— En effet… un fils qui s'appelait Raoul.

— Il est infiniment probable que c'est ce Raoul qui a commis le vol.

— Quelle preuve en avez-vous ?

— Quelle preuve ?… il n'en manque pas, de preuves… Ainsi, par exemple… »

Il se tut et réfléchit quelques secondes. Puis il reprit :

« Ainsi, par exemple, cette passerelle, il n'est pas à croire que l'enfant l'ait apportée du dehors et remportée sans que l'on s'en soit aperçu. Il a dû employer ce qui était à sa disposition. Dans le réduit où Henriette faisait sa cuisine, il y avait, n'est-ce pas, des tablettes accrochées au mur où l'on posait les casseroles.

— Deux tablettes, autant que je m'en souvienne.

— Il faudrait s'assurer si ces planches sont réellement fixées aux tasseaux de bois qui les supportent. Dans le cas contraire, nous serions autorisés à penser que l'enfant les a déclouées, puis attachées l'une à l'autre. Peut-être aussi, puisqu'il y avait un fourneau, trouverait-on le crochet à fourneau dont il a dû se servir pour ouvrir le vasistas. »

Sans mot dire le comte sortit, et cette fois, les assistants ne ressentirent même point la petite anxiété de l'inconnu qu'ils avaient éprouvée la première fois. Ils savaient, ils savaient de façon absolue que les prévisions de Floriani étaient justes. Il émanait de cet homme une impression de certitude si rigoureuse qu'on l'écoutait non point comme s'il déduisait des faits les uns des autres, mais comme s'il racontait des événements dont il était facile de vérifier au fur et à mesure l'authenticité.

Et personne ne s'étonna lorsqu'à son tour le comte déclara :

« C'est bien l'enfant, c'est bien lui, tout l'atteste.

— Vous avez vu les planches… le crochet ?

— J'ai vu…. les planches ont été déclouées… le crochet est encore là. »

Mme de Dreux-Soubise s'écria :

« C'est lui… Vous voulez dire plutôt que c'est sa mère. Henriette est la seule coupable. Elle aura obligé son fils…

— Non, affirma le chevalier, la mère n'y est pour rien.

— Allons donc ! ils habitaient la même chambre, l'enfant n'aurait pu agir à l'insu d'Henriette.

— Ils habitaient la même chambre, mais tout s'est passé dans la pièce voisine, la nuit tandis que la mère dormait.

— Et le collier ? fit le comte, on l'aurait trouvé dans les affaires de l'enfant.

— Pardon ! il sortait lui. Le matin même où vous l'avez surpris devant sa table de travail, il venait de l'école, et peut-être la justice, au lieu d'épuiser ses ressources contre la mère innocente, aurait-elle été mieux inspirée en perquisitionnant là-bas, dans le pupitre de l'enfant, parmi ses livres de classe.

— Soit, mais ces deux mille francs qu'Henriette recevait chaque année, n'est-ce pas le meilleur signe de sa complicité ?

— Complice, vous eût-elle remerciés de cet argent ? Et puis, ne la surveillait-on pas ? Tandis que l'enfant est libre, lui, il a toute facilité pour courir jusqu'à la ville voisine pour s'aboucher avec un revendeur quelconque et lui céder à vil prix un diamant, deux diamants, selon le cas… sous la seule condition que l'envoi d'argent sera effectué de Paris, moyennant quoi on recommencera l'année suivante. »

Un malaise indéfinissable oppressait les Dreux-Soubise et leurs invités. Vraiment il y avait dans le ton, dans l'attitude de Floriani, autre chose que cette certitude qui, dès le début, avait si fort agacé le comte. Il y avait comme de l'ironie, et une ironie qui semblait plutôt hostile que sympathique et amicale ainsi qu'il eût convenu.

Le comte affecta de rire.

« Tout cela est d'un ingénieux qui me ravit! Mes compliments! Quelle imagination brillante!

— Mais non, mais non, s'écria Floriani avec plus de gravité, je n'imagine pas, j'évoque des circonstances qui furent inévitablement telles que je les montre.

— Qu'en savez-vous?

— Ce que vous-même m'en avez dit. Je me représente la vie de la mère et de l'enfant, là-bas, au fond de la province, la mère qui tombe malade, les ruses et les inventions du petit pour vendre les pierreries et sauver sa mère ou tout au moins adoucir ses derniers moments. Le mal l'emporte. Elle meurt. Des années passent. L'enfant grandit, devient un homme. Et alors – et pour cette fois, je veux bien admettre que mon imagination se donne libre cours – supposons que cet homme éprouve le besoin de revenir dans les lieux où il a vécu son enfance, qu'il les revoie, qu'il retrouve ceux qui ont soupçonné, accusé sa mère… pensez-vous à l'intérêt poignant d'une telle entrevue dans la vieille maison où se sont déroulées les péripéties du drame? »

Ses paroles retentirent quelques secondes dans le silence inquiet, et sur le visage de M. et Mme de Dreux se lisait un effort éperdu pour comprendre, en même temps que la peur, que l'angoisse de comprendre. Le comte murmura :

« Qui êtes-vous donc, monsieur?

— Moi? mais le chevalier Floriani que vous avez rencontré à Palerme et que vous avez été assez bon de convier chez vous déjà plusieurs fois.

— Alors que signifie cette histoire?

— Oh! mais rien du tout! C'est simple jeu de ma part. J'essaie de me figurer la joie que le fils d'Henriette, s'il existe encore, aurait à vous dire qu'il fut le seul coupable, et qu'il le fut parce que sa mère était malheureuse, sur le point de perdre la place de… domestique dont elle vivait, et parce que l'enfant souffrait de voir sa mère malheureuse. »

Il s'exprimait avec une émotion contenue, à demi levé et penché vers la comtesse. Aucun doute ne pouvait subsister. Le chevalier Floriani n'était autre que le fils d'Henriette. Tout, dans son attitude, dans ses paroles, le proclamait. D'ailleurs n'était-ce point son intention évidente, sa volonté même d'être reconnu comme tel ?

Le comte hésita. Quelle conduite allait-il tenir envers l'audacieux personnage ? Sonner ? Provoquer un scandale ? Démasquer celui qui l'avait dépouillé jadis ? Mais il y avait si longtemps ! Et qui voudrait admettre cette histoire absurde d'enfant coupable ? Non, il valait mieux accepter la situation, en affectant de n'en point saisir le véritable sens. Et le comte, s'approchant de Floriani, s'écria avec enjouement :

« Très amusant, très curieux, votre roman. Je vous jure qu'il me passionne. Mais, suivant vous, qu'est-il devenu, ce bon jeune homme, ce modèle des fils ? J'espère qu'il ne s'est pas arrêté en si beau chemin.

— Oh ! certes, non.

— N'est-ce pas ! Après un tel début ! Prendre le Collier de la Reine à six ans, le célèbre collier que convoitait Marie-Antoinette !

— Et le prendre, observa Floriani, se prêtant au jeu du comte, le prendre sans qu'il lui en coûte le moindre désagrément, sans que personne ait l'idée d'examiner l'état des carreaux, ou s'aviser que le rebord de la fenêtre est trop propre, ce rebord qu'il avait essuyé pour effacer les traces de son passage sur l'épaisse poussière… Avouez qu'il y avait de quoi tourner la tête d'un gamin de son âge. C'est donc si facile ? Il n'y a donc qu'à vouloir et tendre la main ?… Ma foi, il voulut…

— Et il tendit la main.

— Les deux mains », reprit le chevalier en riant.

Il y eut un frisson. Quel mystère cachait la vie de ce soi-disant Floriani ? Combien extraordinaire devait être l'existence de cet aventurier, voleur génial à six ans, et qui, aujourd'hui, par un raffinement de dilettante en quête d'émotion, ou tout au plus pour satisfaire un sentiment de rancune, venait braver sa victime chez elle, audacieusement, follement, et cependant avec toute la correction d'un galant homme en visite !

Il se leva et s'approcha de la comtesse pour prendre congé. Elle réprima un mouvement de recul. Il sourit.

« Oh ! madame, vous avez peur ! aurais-je donc poussé trop loin ma petite comédie de sorcier de salon ? »

Elle se domina et répondit avec la même désinvolture un peu railleuse :

« Nullement, monsieur. La légende de ce bon fils m'a au contraire fort intéressée, et je suis heureuse que mon collier ait été l'occasion d'une destinée aussi brillante. Mais ne croyez-vous pas que le fils de cette… femme, de cette Henriette, obéissait surtout à sa vocation ? »

Il tressaillit sentant la pointe, et répliqua :

« J'en suis persuadé, et il fallait même que cette vocation fût sérieuse pour que l'enfant ne se rebutât point.

— Et comment cela ?

— Mais oui, vous le savez, la plupart des pierres étaient fausses. Il n'y avait de vrai que les quelques diamants rachetés au bijoutier anglais, les autres ayant été vendus un à un selon les dures nécessités de la vie.

— C'était toujours le Collier de la Reine, monsieur, dit la comtesse avec hauteur, et voilà, me semble-t-il, ce que le fils d'Henriette ne pouvait comprendre.

— Il a dû comprendre, madame, que faux ou vrai, le collier était avant tout un objet de parade, une enseigne. »

M. de Dreux fit un geste. Sa femme aussitôt le prévint.

« Monsieur, dit-elle, si l'homme auquel vous faites allusion a la moindre pudeur… »

Elle s'interrompit, intimidée par le calme regard de Floriani.

Il répéta :

« Si cet homme a la moindre pudeur ?… »

Elle sentit qu'elle ne gagnerait rien à lui parler de la sorte, et malgré elle, malgré sa colère et son indignation toute frémissante d'orgueil humilié, elle lui dit presque poliment :

« Monsieur, la légende veut que Rétaux de Villette, quand il eut le Collier de la Reine entre les mains et qu'il en eut fait sauter tous les diamants avec Jeanne de Valois, n'ait point osé toucher à la monture. Il comprit que les diamants n'étaient que l'ornement, que l'accessoire, mais que la monture était l'œuvre essentielle, la création même de l'artiste, et il la respecta. Pensez-vous que cet homme ait compris également ?

— Je ne doute pas que la monture existe. L'enfant l'a respectée.

— Eh bien, monsieur, s'il vous arrive de le rencontrer, vous lui direz qu'il garde injustement une de ces reliques qui sont la propriété et la gloire de certaines familles, et qu'il a pu en arracher les pierres sans que le Collier de la Reine cessât d'appartenir à la maison de Dreux-Soubise, il nous appartient comme notre nom, comme notre honneur. »

Le chevalier répondit simplement :

« Je le lui dirai, madame. »

Il s'inclina devant elle, salua le comte, salua les uns après les autres tous les assistants et sortit.

Quatre jours après, Mme de Dreux trouvait sur la table de sa chambre un écrin rouge aux armes du Cardinal. Elle l'ouvrit. C'était le Collier en esclavage de la Reine.

Mais comme toutes choses doivent, dans la vie d'un homme soucieux d'unité et de logique, concourir au même but – et qu'un peu de réclame n'est jamais nuisible –, le lendemain *L'Écho de France* publiait ces lignes sensationnelles :

Le Collier de la Reine, le célèbre bijou dérobé autrefois à la famille de Dreux-Soubise, a été retrouvé par Arsène Lupin. Arsène Lupin s'est empressé de le rendre à ses légitimes propriétaires. On ne peut qu'applaudir à cette attention délicate et chevaleresque.

LE SEPT DE CŒUR

Une question se pose et elle me fut souvent posée :

« Comment ai-je connu Arsène Lupin ? »

Personne ne doute que je le connaisse. Les détails que j'accumule sur cet homme déconcertant, les faits irréfutables que j'expose, les preuves nouvelles que j'apporte, l'interprétation que je donne de certains actes dont on n'avait vu que les manifestations extérieures sans en pénétrer les raisons secrètes ni le mécanisme invisible, tout cela prouve bien, sinon une intimité, que l'existence même de Lupin rendrait impossible, du moins des relations amicales et des confidences suivies.

Mais comment l'ai-je connu ? D'où me vient la faveur d'être son historiographe ? Pourquoi moi et pas un autre ?

La réponse est facile : le hasard seul a présidé à un choix où mon mérite n'entre pour rien. C'est le hasard qui m'a mis sur sa route. C'est par hasard que j'ai été mêlé à une de ses plus étranges et de ses plus mystérieuses aventures, par hasard enfin que je fus acteur dans un drame dont il fut le merveilleux metteur en scène, drame obscur et complexe, hérissé de telles péripéties que j'éprouve un certain embarras au moment d'en entreprendre le récit.

Le premier acte se passe au cours de cette fameuse nuit du 22 au 23 juin, dont on a tant parlé. Et pour ma part, disons-le tout de suite, j'attribue la conduite assez anormale que je tins en l'occasion, à l'état d'esprit très spécial où je me trouvais en rentrant chez moi. Nous avions dîné entre amis au restaurant de la Cascade, et, toute la soirée, tandis que nous fumions et que l'orchestre des tziganes jouait des valses mélancoliques, nous n'avions parlé que de crimes et de vols, d'intrigues effrayantes et ténébreuses. C'est toujours là une mauvaise préparation au sommeil.

Les Saint-Martin s'en allèrent en automobile, Jean Daspry – ce charmant et insouciant Daspry qui devait, six mois après, se faire tuer de façon si tragique sur la frontière du Maroc –, Jean Daspry et moi nous revînmes à pied par la nuit obscure et chaude. Quand nous fûmes arrivés devant le petit hôtel que j'habitais depuis un an à Neuilly, sur le boulevard Maillot, il me dit :

« Vous n'avez jamais peur ?

— Quelle idée !

— Dame, ce pavillon est tellement isolé ! pas de voisins… des terrains vagues… Vrai, je ne suis pas poltron, et cependant…

— Eh bien, vous êtes gai, vous !

— Oh ! je dis cela comme je dirais autre chose. Les Saint-Martin m'ont impressionné avec leurs histoires de brigands. »

M'ayant serré la main, il s'éloigna. Je pris ma clef et j'ouvris.

« Allons ! bon, murmurai-je. Antoine a oublié de m'allumer une bougie. »

Et soudain je me rappelai : Antoine était absent, je lui avais donné congé.

Tout de suite l'ombre et le silence me furent désagréables. Je montai jusqu'à ma chambre, à tâtons, le plus vite possible, et aussitôt, contrairement à mon habitude, je tournai la clef et poussai le verrou. Puis j'allumai.

La flamme de la bougie me rendit mon sang-froid. Pourtant j'eus soin de tirer mon revolver de sa gaine, un gros revolver à longue portée, et je le posai à côté de mon lit. Cette précaution acheva de me rassurer. Je me couchai et, comme à l'ordinaire, pour m'endormir, je pris sur la table de nuit le livre qui m'y attendait chaque soir.

Je fus très étonné. À la place du coupe-papier dont je l'avais marqué la veille, se trouvait une enveloppe, cachetée de cinq cachets de cire rouge. Je la saisis vivement. Elle portait comme adresse mon nom et mon prénom, accompagnés de cette mention : *Urgente.*

Une lettre ! une lettre à mon nom ! qui pouvait l'avoir mise à cet endroit ? Un peu nerveux, je déchirai l'enveloppe et je lus :

À partir du moment où vous aurez ouvert cette lettre, quoi qu'il arrive, quoi que vous entendiez, ne bougez plus, ne faites pas un geste, ne jetez pas un cri. Sinon, vous êtes perdu.

Moi non plus je ne suis pas un poltron, et, tout aussi bien qu'un autre, je sais me tenir en face du danger réel, ou sourire des périls chimériques dont s'effare notre imagination. Mais, je le répète, j'étais dans une situation d'esprit anormale, plus facilement impressionnable, les nerfs à fleur de peau. Et d'ailleurs, n'y avait-il pas dans tout cela quelque chose de troublant et d'inexplicable qui eût ébranlé l'âme du plus intrépide ?

Mes doigts serraient fiévreusement la feuille de papier, et mes yeux relisaient sans cesse les phrases menaçantes… « Ne faites pas un geste… ne jetez pas un cri… sinon vous êtes perdu… » « Allons donc ! pensai-je, c'est quelque plaisanterie, une farce imbécile. »

Je fus sur le point de rire, même je voulus rire à haute voix. Qui m'en empêcha ? Quelle crainte indécise me comprima la gorge ?

Du moins je soufflerais la bougie. Non, je ne pus la souffler. « Pas un geste, ou vous êtes perdu », était-il écrit.

Mais pourquoi lutter contre ces sortes d'autosuggestions plus impérieuses souvent que les faits les plus précis ? Il n'y avait qu'à fermer les yeux. Je fermai les yeux.

Au même moment, un bruit léger passa dans le silence, puis des craquements. Et cela provenait, me sembla-t-il, d'une grande salle voisine où j'avais installé mon cabinet de travail et dont je n'étais séparé que par l'antichambre.

L'approche d'un danger réel me surexcita, et j'eus la sensation que j'allais me lever, saisir mon revolver, et me précipiter dans la salle. Je ne me levai point : en face de moi, un des rideaux de la fenêtre de gauche avait remué.

Le doute n'était pas possible : il avait remué. Il remuait encore ! Et je vis – oh ! je vis cela distinctement – qu'il y avait entre les rideaux et la fenêtre, dans cet espace trop étroit, une forme humaine dont l'épaisseur empêchait l'étoffe de tomber droit.

Et l'être aussi me voyait, il était certain qu'il me voyait à travers les mailles très larges de l'étoffe. Alors je compris tout. Tandis que les autres emportaient leur butin, sa mission à lui consistait à me tenir en respect. Me lever ? Saisir un revolver ? Impossible… Il était là ! au moindre geste, au moindre cri, j'étais perdu.

Un coup violent secoua la maison, suivi de petits coups groupés par deux ou trois, comme ceux d'un marteau qui frappe sur des pointes et qui rebondit. Ou du moins voilà ce que j'imaginais, dans la confusion de mon cerveau.

Et d'autres bruits s'entrecroisèrent, un véritable vacarme qui prouvait que l'on ne se gênait point, et que l'on agissait en toute sécurité.

On avait raison : je ne bougeai pas. Fut-ce lâcheté ? Non, anéantissement plutôt, impuissance totale à mouvoir un seul de mes membres. Sagesse également, car enfin, pourquoi lutter ? Derrière cet homme il y en avait dix autres qui viendraient à son appel. Allais-je risquer ma vie pour sauver quelques tapisseries et quelques bibelots ?

Et toute la nuit ce supplice dura. Supplice intolérable, angoisse terrible ! Le bruit s'était interrompu, mais *je ne cessais d'attendre* qu'il recommençât. Et l'homme ! l'homme qui me surveillait, l'arme à la main ! Mon regard effrayé ne le quittait pas. Et mon cœur battait, et de la sueur ruisselait de mon front et de tout mon corps !

Et tout à coup un bien-être inexprimable m'envahit, une voiture de laitier dont je connaissais bien le roulement passa sur le boulevard, et j'eus en même temps l'impression que l'aube se glissait entre les persiennes closes et qu'un peu de jour dehors se mêlait à l'ombre.

Et le jour pénétra dans la chambre. Et d'autres voitures passèrent. Et tous les fantômes de la nuit s'évanouirent.

Alors je glissai un bras vers la table, lentement, sournoisement. En face rien ne remua. Je marquai des yeux le pli du rideau, l'endroit précis où il fallait viser, je fis le compte exact des mouvements que je devais exécuter, et, rapidement, j'empoignai mon revolver et je tirai.

Je sautai hors du lit avec un cri de délivrance, et je bondis sur le rideau. L'étoffe était percée, la vitre était percée. Quant à l'homme, je n'avais pu l'atteindre… pour cette bonne raison qu'il n'y avait personne.

Personne ! Ainsi, toute la nuit, j'avais été hypnotisé par un pli du rideau ! Et pendant ce temps, des malfaiteurs… Rageusement, d'un élan que rien n'eût arrêté, je tournai la clef dans la serrure, j'ouvris ma porte, je traversai l'antichambre, j'ouvris une autre porte, et je me ruai dans la salle.

Mais une stupeur me cloua sur le seuil, haletant, abasourdi, plus étonné encore que je ne l'avais été de l'absence de l'homme : rien n'avait disparu. Toutes les choses que je supposais enlevées : meubles, tableaux, vieux velours et vieilles soies, toutes ces choses étaient à leur place !

Spectacle incompréhensible ! Je n'en croyais pas mes yeux ! Pourtant ce vacarme, ces bruits de déménagement ? Je fis le tour de la pièce, j'inspectai les murs, je dressai l'inventaire de tous ces objets que je connaissais si bien. Rien ne manquait ! Et ce qui me déconcertait le plus, c'est que rien non plus ne révélait le passage des malfaiteurs, aucun indice, pas une chaise dérangée, pas une trace de pas.

« Voyons, voyons, me disais-je, en me prenant la tête à deux mains, je ne suis pourtant pas un fou ! J'ai bien entendu !… »

Pouce par pouce, avec les procédés d'investigation les plus minutieux, j'examinai la salle. Ce fut en vain. Ou plutôt… mais pouvais-je considérer cela comme une découverte ? Sous un petit tapis persan, jeté sur le parquet, je ramassai une carte, une carte à jouer. C'était un sept de cœur, pareil à tous les sept de cœur des jeux de cartes français, mais qui retint mon attention par un détail assez curieux. La pointe extrême de chacune des sept marques rouges en forme de cœur, était percée d'un trou, le trou rond et régulier qu'eût pratiqué l'extrémité d'un poinçon.

Voilà tout. Une carte et une lettre trouvée dans un livre. En dehors de cela, rien. Était-ce assez pour affirmer que je n'avais pas été le jouet d'un rêve ?

Toute la journée, je poursuivis mes recherches dans le salon. C'était une grande pièce en disproportion avec l'exiguïté de l'hôtel, et dont l'ornementation attestait le goût bizarre de celui qui l'avait conçue. Le parquet était fait d'une mosaïque de petites pièces multicolores formant de larges dessins symétriques. La même mosaïque recouvrait les murs disposée en panneaux : allégories pompéiennes, compositions byzantines, fresque du Moyen Âge. Un Bacchus enfourchait un tonneau. Un empereur couronné d'or, à barbe fleurie, tenait un glaive dans sa main droite.

Tout en haut, un peu à la façon d'un atelier, se découpait l'unique et vaste fenêtre. Cette fenêtre étant toujours ouverte la nuit, il était probable que les hommes avaient passé par là, à l'aide d'une échelle. Mais, ici encore, aucune certitude. Les montants de l'échelle eussent dû laisser des traces sur le sol battu de la cour : il n'y en avait point. L'herbe du terrain vague qui entourait l'hôtel aurait dû être fraîchement foulée : elle ne l'était pas.

J'avoue que je n'eus point l'idée de m'adresser à la police, tellement les faits qu'il m'eût fallu exposer étaient inconsistants et absurdes. On se fût moqué de moi. Mais le surlendemain, c'était mon jour de chronique au *Gil Blas*, où j'écrivais alors. Obsédé par mon aventure, je la racontai tout au long.

L'article ne passa pas inaperçu, mais je vis bien qu'on ne le prenait guère au sérieux, et qu'on le considérait plutôt comme une fantaisie que comme une histoire réelle. Les Saint-Martin me raillèrent. Daspry, cependant, qui ne manquait pas d'une certaine compétence en ces matières, vint me voir, se fit expliquer l'affaire et l'étudia... sans plus de succès d'ailleurs.

Or, un des matins suivants, le timbre de la grille résonna, et Antoine vint m'avertir qu'un monsieur désirait me parler. Il n'avait pas voulu donner son nom. Je le priai de monter.

C'était un homme d'une quarantaine d'années, très brun, de visage énergique, et dont les habits propres, mais usés, annonçaient un souci d'élégance qui contrastait avec ses façons plutôt vulgaires.

Sans préambule, il me dit – d'une voix éraillée, avec des accents qui me confirmèrent la situation sociale de l'individu :

« Monsieur, en voyage, dans un café, le *Gil Blas* m'est tombé sous les yeux. J'ai lu votre article. Il m'a intéressé... beaucoup.

— Je vous remercie.

— Et je suis revenu.

— Ah !

— Oui, pour vous parler. Tous les faits que vous avez racontés sont-ils exacts ?

— Absolument exacts.

— Il n'en est pas un seul qui soit de votre invention ?

— Pas un seul.

— En ce cas, j'aurais peut-être des renseignements à vous fournir.

— Je vous écoute.

— Non.

— Comment, non ?

— Avant de parler, il faut que je vérifie s'ils sont justes.

— Et pour les vérifier ?

— Il faut que je reste seul dans cette pièce. »

Je le regardai avec surprise.

« Je ne vois pas très bien…

— C'est une idée que j'ai eue en lisant votre article. Certains détails établissent une coïncidence vraiment extraordinaire avec une autre aventure que le hasard m'a révélée. Si je me suis trompé, il est préférable que je garde le silence. Et l'unique moyen de le savoir, c'est que je reste seul… »

Qu'y avait-il sous cette proposition ? Plus tard je me suis rappelé qu'en la formulant l'homme avait un air inquiet, une expression de physionomie anxieuse. Mais, sur le moment, bien qu'un peu étonné, je ne trouvai rien de particulièrement anormal à sa demande. Et puis une telle curiosité me stimulait !

Je répondis :

« Soit. Combien vous faut-il de temps ?

— Oh ! trois minutes, pas davantage. D'ici trois minutes, je vous rejoindrai. »

Je sortis de la pièce. En bas, je tirai ma montre. Une minute s'écoula. Deux minutes… Pourquoi donc me sentais-je oppressé ? Pourquoi ces instants me paraissaient-ils plus solennels que d'autres ?

Deux minutes et demie… Deux minutes trois quarts… Et soudain un coup de feu retentit.

En quelques enjambées j'escaladai les marches et j'entrai. Un cri d'horreur m'échappa.

Au milieu de la salle l'homme gisait, immobile, couché sur le côté gauche. Du sang coulait de son crâne, mêlé à des débris de cervelle. Près de son poing, un revolver, tout fumant.

Une convulsion l'agita, et ce fut tout.

Mais plus encore que ce spectacle effroyable, quelque chose me frappa, quelque chose qui fit que je n'appelai pas au secours tout de suite, et que je ne me jetai point à genoux pour voir si l'homme respirait. À deux pas de lui, par terre, il y avait un sept de cœur !

Je le ramassai. Les sept extrémités des sept marques rouges étaient percées d'un trou…

Une demi-heure après, le commissaire de police de Neuilly arrivait, puis le médecin légiste, puis le chef de la Sûreté, M. Dudouis. Je m'étais bien gardé de toucher au cadavre. Rien ne put fausser les premières constatations.

Elles furent brèves, d'autant plus brèves que tout d'abord on ne découvrit rien, ou peu de chose. Dans les poches du mort, aucun papier, sur ses vêtements aucun nom, sur son linge aucune initiale. Somme toute, pas un indice capable d'établir son identité. Et dans la salle le même ordre qu'auparavant. Les meubles n'avaient pas été dérangés, et les objets avaient gardé leur ancienne position. Pourtant cet homme n'était pas venu chez moi dans l'unique intention de se tuer, et parce qu'il jugeait que mon domicile convenait, mieux que tout autre, à son suicide ! Il fallait qu'un motif l'eût déterminé à cet acte de désespoir, et que ce motif lui-même résultât d'un fait nouveau, constaté par lui au cours des trois minutes qu'il avait passées seul.

Quel fait ? Qu'avait-il vu ? Qu'avait-il surpris ? Quel secret épouvantable avait-il pénétré ? Aucune supposition n'était permise.

Mais, au dernier moment, un incident se produisit, qui nous parut d'un intérêt considérable. Comme deux agents se baissaient pour soulever le cadavre et l'emporter sur un brancard, ils s'aperçurent que la main gauche, fermée jusqu'alors et crispée, s'était détendue, et qu'une carte de visite, toute froissée, s'en échappait.

Cette carte portait : *Georges Andermatt, 37, rue de Berri.*

Qu'est-ce que cela signifiait ? Georges Andermatt était un gros banquier de Paris, fondateur et président de ce Comptoir des Métaux qui a donné une telle impulsion aux industries métallurgiques de France. Il menait grand train, possédant mail-coach, automobile, écurie de courses. Ses réunions étaient très suivies et l'on citait Mme Andermatt pour sa grâce et sa beauté.

« Serait-ce le nom du mort ? » murmurai-je.

Le chef de la Sûreté se pencha :

« Ce n'est pas lui. M. Andermatt est un homme pâle et un peu grisonnant.

— Mais alors pourquoi cette carte ?

— Vous avez le téléphone, monsieur ?

— Oui, dans le vestibule. Si vous voulez bien m'accompagner. »

Il chercha dans l'annuaire et demanda le 415-21.

« M. Andermatt est-il chez lui ? Veuillez lui dire que M. Dudouis le prie de venir en toute hâte au 102 du boulevard Maillot. C'est urgent. »

Vingt minutes plus tard, M. Andermatt descendait de son automobile. On lui exposa les raisons qui nécessitaient son intervention, puis on le mena devant le cadavre.

Il eut une seconde d'émotion qui contracta son visage et prononça à voix basse, comme s'il parlait malgré lui :

« Etienne Varin.

— Vous le connaissiez ?

— Non… ou du moins oui… mais de vue seulement. Son frère…

— Il a un frère ?

— Oui, Alfred Varin… Son frère est venu autrefois me solliciter… je ne sais plus à quel propos…

— Où demeure-t-il ?

— Les deux frères demeuraient ensemble… rue de Provence, je crois.

— Et vous ne soupçonnez pas la raison pour laquelle celui-ci s'est tué ?

— Nullement.

— Cependant cette carte qu'il tenait dans sa main ?... Votre carte avec votre adresse !

— Je n'y comprends rien. Ce n'est là évidemment qu'un hasard que l'instruction nous expliquera. »

Un hasard en tout cas bien curieux, pensai-je et je sentis que nous éprouvions tous la même impression.

Cette impression, je la retrouvai dans les journaux du lendemain, et chez tous ceux de mes amis avec qui je m'entretins de l'aventure. Au milieu des mystères qui la compliquaient, après ta double découverte, si déconcertante, de ce sept de cœur sept fois percé, après les deux événements aussi énigmatiques l'un que l'autre dont ma demeure avait été le théâtre, cette carte de visite semblait enfin promettre un peu de lumière. Par elle on arriverait à la vérité.

Mais, contrairement aux prévisions, M. Andermatt ne fournit aucune indication.

« J'ai dit ce que je savais, répétait-il. Que veut-on de plus ? Je suis le premier stupéfait que cette carte ait été trouvée là, et j'attends comme tout le monde que ce point soit éclairci. »

Il ne le fut pas. L'enquête établit que les frères Varin, Suisses d'origine, avaient mené sous des noms différents une vie fort mouvementée, fréquentant les tripots, en relations avec toute une bande d'étrangers, dont la police s'occupait, et qui s'était dispersée après une série de cambriolages auxquels leur participation ne fut établie que par la suite. Au numéro 24 de la rue de Provence où les frères Varin avaient en effet habité six ans auparavant, on ignorait ce qu'ils étaient devenus.

Je confesse que, pour ma part, cette affaire me semblait si embrouillée que je ne croyais guère à la possibilité d'une solution, et que je m'efforçais de n'y plus songer. Mais Jean Daspry au contraire, que je vis beaucoup à cette époque, se passionnait chaque jour davantage.

Ce fut lui qui me signala cet écho d'un journal étranger que toute la presse reproduisait et commentait :

On va procéder en présence de l'Empereur, et dans un lieu que l'on tiendra secret jusqu'à la dernière minute, aux premiers essais d'un sous-marin qui doit révolutionner les conditions futures de la guerre navale. Une indiscrétion nous en a révélé le nom : il s'appelle Le Sept-de-cœur.

Le Sept-de-cœur ? était-ce là rencontre fortuite ? ou bien devait-on établir un lien entre le nom de ce sous-marin et les incidents dont nous avons parlé ? Mais un lien de quelle nature ? Ce qui se passait ici ne pouvait aucunement se relier à ce qui se passait là-bas.

« Qu'en savez-vous ? me disait Daspry. Les effets les plus disparates proviennent souvent d'une cause unique. »

Le surlendemain, un autre écho nous arrivait :

On prétend que les plans du Sept-de-cœur, *le sous-marin dont les expériences vont avoir lieu incessamment, ont été exécutés par des ingénieurs français. Ces ingénieurs, ayant sollicité en vain l'appui de leurs compatriotes, se seraient adressés ensuite, sans plus de succès, à l'Amirauté anglaise. Nous donnons ces nouvelles sous toute réserve.*

Je n'ose pas insister sur des faits de nature extrêmement délicate, et qui provoquèrent, on s'en souvient, une émotion si considérable. Cependant, puisque tout danger de complication est écarté, il me faut bien parler de l'article de *L'Écho de France*, qui fit alors tant de bruit, et qui jeta sur l'affaire du Sept-de-cœur, comme on l'appelait, quelques clartés… confuses.

Le voici, tel qu'il parut sous la signature de Salvator :

« L'AFFAIRE DU SEPT-DE-CŒUR »

UN COIN DU VOILE SOULEVÉ

Nous serons brefs. Il y a dix ans, un jeune ingénieur des mines, Louis Lacombe, désireux de consacrer son temps et sa fortune aux études qu'il poursuivait, donna sa démission, et loua, au numéro 102 boulevard Maillot, un petit hôtel qu'un comte italien avait fait récemment construire et décorer. Par l'intermédiaire de deux individus, les frères Varin, de Lausanne, dont l'un l'assistait dans ses expériences comme préparateur, et dont l'autre lui cherchait des commanditaires, il entra en relations avec M. Georges Andermatt, qui venait de fonder le Comptoir des Métaux.

Après plusieurs entrevues, il parvint à l'intéresser à un projet de sous-marin auquel il travaillait, et il fut entendu que, dès la mise au point définitive de l'invention, M. Andermatt userait de son influence pour obtenir du ministère de la Marine une série d'essais.

Durant deux années, Louis Lacombe fréquenta assidûment l'hôtel Andermatt et soumit au banquier les perfectionnements qu'il apportait à son projet, jusqu'au jour où, satisfait lui-même de son travail, ayant trouvé la formule définitive qu'il cherchait, il pria M. Andermatt de se mettre en campagne.

Ce jour-là, Louis Lacombe dîna chez les Andermatt. Il s'en alla, le soir, vers onze heures et demie. Depuis on ne l'a plus revu.

En relisant les journaux de l'époque, on verrait que la famille du jeune homme saisit la justice et que le parquet s'inquiéta. Mais on n'aboutit à aucune certitude, et généralement il fut admis que Louis Lacombe, qui passait pour un garçon original et fantasque, était parti en voyage sans prévenir personne.

Acceptons cette hypothèse… invraisemblable. Mais une question se pose, capitale pour notre pays : que sont devenus les plans du sous-marin ? Louis Lacombe les a-t-il emportés ? Sont-ils détruits ?

De l'enquête très sérieuse à laquelle nous nous sommes livrés, il résulte que ces plans existent. Les frères Varin les ont eus entre les mains. Comment ? Nous n'avons encore pu l'établir, de même que nous ne savons pas pourquoi ils n'ont pas essayé plutôt de les vendre. Craignaient-ils qu'on ne leur demandât comment ils les avaient en leur possession ? En tout cas cette crainte n'a pas persisté, et nous pouvons en toute certitude affirmer ceci : les plans de Louis Lacombe sont la propriété d'une puissance étrangère, et nous sommes en mesure de publier la correspondance échangée à ce propos entre les frères Varin et le représentant de cette puissance. Actuellement le Sept-de-cœur *imaginé par Louis Lacombe est réalisé par nos voisins.*

La réalité répondra-t-elle aux prévisions optimistes de ceux qui ont été mêlés à cette trahison ? Nous avons, pour espérer le contraire, des raisons que l'événement, nous voudrions le croire, ne trompera point.

Et un post-scriptum ajoutait :

Dernière heure. – Nous espérions à juste titre. Nos informations particulières nous permettent d'annoncer que les essais du Sept-de-cœur *n'ont pas été satisfaisants. Il est assez probable qu'aux plans livrés par les frères Varin, il manquait le dernier document apporté par Louis Lacombe à M. Andermatt le soir de sa disparition, document indispensable à la compréhension totale du projet, sorte de résumé où l'on retrouve les conclusions définitives, les évaluations et les mesures contenues dans les autres papiers. Sans ce document, les plans sont imparfaits; de même que, sans les plans, le document est inutile.*

Donc il est encore temps d'agir et de reprendre ce qui nous appartient. Pour cette besogne fort difficile, nous comptons beaucoup sur l'assistance de M. Andermatt. Il aura à cœur d'expliquer la conduite inexplicable qu'il a tenue depuis le début. Il dira non seulement pourquoi il n'a pas raconté ce qu'il savait au moment du suicide d'Etienne Varin, mais aussi pourquoi il n'a jamais révélé la disparition des papiers dont il avait connaissance. Il dira pourquoi, depuis six ans, il fait surveiller les frères Varin par des agents à sa solde.

Nous attendons de lui, non point des paroles, mais des actes. Sinon…

La menace était brutale. Mais en quoi consistait-elle ? Quel moyen d'intimidation Salvator, l'auteur… anonyme de l'article, possédait-il sur Andermatt ?

Une nuée de reporters assaillit le banquier, et dix interviews exprimèrent le dédain avec lequel il répondit à cette mise en demeure. Sur quoi, le correspondant de *L'Écho de France* riposta par ces trois lignes :

Que M. Andermatt le veuille ou non, il est, dès à présent, notre collaborateur dans l'œuvre que nous entreprenons.

Le jour où parut cette réplique, Daspry et moi nous dînâmes ensemble. Le soir, les journaux étalés sur ma table, nous discutions l'affaire et l'examinions sous toutes ses faces avec cette irritation que l'on éprouverait à marcher indéfiniment dans l'ombre et à toujours se heurter aux mêmes obstacles.

Et soudain, sans que mon domestique m'eût averti, sans que le timbre eût résonné, la porte s'ouvrit, et une dame entra, couverte d'un voile épais.

Je me levai aussitôt et m'avançai. Elle me dit :

« C'est vous, monsieur, qui demeurez ici ?

— Oui, madame, mais je vous avoue…

— La grille sur le boulevard n'était pas fermée, expliqua-t-elle.

— Mais la porte du vestibule ? »

Elle ne répondit pas, et je songeai qu'elle avait dû faire le tour par l'escalier de service. Elle connaissait donc le chemin ?

Il y eut un silence un peu embarrassé. Elle regarda Daspry. Malgré moi, comme j'eusse fait dans un salon, je le présentai. Puis je la priai de s'asseoir et de m'exposer le but de sa visite.

Elle enleva son voile et je vis qu'elle était brune, de visage régulier, et, sinon très belle, du moins d'un charme infini qui provenait de ses yeux surtout, des yeux graves et douloureux.

Elle dit simplement :

« Je suis madame Andermatt.

— Madame Andermatt ! » répétai-je, de plus en plus étonné.

Un nouveau silence, et elle reprit d'une voix calme, et de l'air le plus tranquille :

« Je viens au sujet de cette affaire… que vous savez. J'ai pensé que je pourrais peut-être avoir auprès de vous quelques renseignements…

— Mon Dieu, madame, je n'en connais pas plus que ce qu'en ont dit les journaux. Veuillez préciser en quoi je puis vous être utile.

— Je ne sais pas… Je ne sais pas… »

Seulement alors j'eus l'intuition que son calme était factice, et que, sous cet air de sécurité parfaite, se cachait un grand trouble. Et nous nous tûmes, aussi gênés l'un que l'autre.

Mais Daspry, qui n'avait pas cessé de l'observer, s'approcha et lui dit :

« Voulez-vous me permettre, madame, de vous poser quelques questions ?

— Oh ! oui, s'écria-t-elle, comme cela je parlerai.

— Vous parlerez… quelles que soient ces questions ?

— Quelles qu'elles soient. »

Il réfléchit et prononça :

« Vous connaissez Louis Lacombe ?

— Oui, par mon mari.

— Quand l'avez-vous vu pour la dernière fois ?

— Le soir où il a dîné chez nous.

— Ce soir-là, rien n'a pu vous donner à penser que vous ne le verriez plus ?

— Non. Il a bien fait allusion à un voyage en Russie, mais si vaguement !

— Vous comptiez donc le revoir ?

— Le surlendemain, à dîner.

— Et comment expliquez-vous cette disparition ?

— Je ne l'explique pas.

— Et M. Andermatt ?

— Je l'ignore.

— Cependant…

— Ne m'interrogez pas là-dessus.

— L'article de *L'Écho de France* semble dire…

— Ce qu'il semble dire, c'est que les frères Varin ne sont pas étrangers à cette disparition.

— Est-ce votre avis ?

— Oui.

— Sur quoi repose votre conviction ?

— En nous quittant, Louis Lacombe portait une serviette qui contenait tous les papiers relatifs à son projet. Deux jours après, il y a eu entre mon mari et l'un des frères Varin, celui qui vit, une entrevue au cours de laquelle mon mari acquérait la preuve que ces papiers étaient aux mains des deux frères.

— Et il ne les a pas dénoncés ?

— Non.

— Pourquoi ?

— Parce que, dans la serviette, se trouvait autre chose que les papiers de Louis Lacombe.

— Quoi ? »

Elle hésita, fut sur le point de répondre, puis finalement garda le silence. Daspry continua :

« Voilà donc la cause pour laquelle votre mari, sans avertir la police, faisait surveiller les deux frères. Il espérait à la fois reprendre les papiers et cette chose… compromettante grâce à laquelle les deux frères exerçaient sur lui une sorte de chantage.

— Sur lui… et sur moi.

— Ah ! sur vous aussi ?

— Sur moi principalement. »

Elle articula ces trois mots d'une voix sourde. Daspry l'observa, fit quelques pas, et revenant à elle :

« Vous avez écrit à Louis Lacombe ?

— Certes… mon mari était en relations…

— En dehors des lettres officielles, n'avez-vous pas écrit à Louis Lacombe… d'autres lettres ? Excusez mon insistance, mais il est indispensable que je sache toute la vérité. Avez-vous écrit d'autres lettres ? »

Toute rougissante, elle murmura :

« Oui.

— Et ce sont ces lettres que possédaient les frères Varin ?

— Oui.

— M. Andermatt le sait donc ?

— Il ne les a pas vues, mais Alfred Varin lui en a révélé l'existence, le menaçant de les publier si mon mari agissait contre eux. Mon mari a eu peur… il a reculé devant le scandale.

— Seulement il a tout mis en œuvre pour leur arracher ces lettres.

— Il a tout mis en œuvre… du moins, je le suppose, car, à partir de cette dernière entrevue avec Alfred Varin, et après les quelques mots très violents par lesquels il m'en rendit compte, il n'y a plus eu entre mon mari et moi aucune intimité, aucune confiance. Nous vivons comme deux étrangers.

— En ce cas, si vous n'avez rien à perdre, que craignez-vous ?

— Si indifférente que je lui sois devenue, je suis celle qu'il a aimée, celle qu'il aurait encore pu aimer ; – oh ! cela, j'en suis certaine, murmura-t-elle d'une voix ardente, il m'aurait encore aimée, s'il ne s'était pas emparé de ces maudites lettres…

— Comment ! il aurait réussi… Mais les deux frères se défiaient cependant ?

— Oui, et ils se vantaient même, paraît-il, d'avoir une cachette sûre.

— Alors ?…

— J'ai tout lieu de croire que mon mari a découvert cette cachette !

— Allons donc ! où se trouvait-elle ?

— Ici. »

Je tressautai.

« Ici ?

— Oui, et je l'avais toujours soupçonné. Louis Lacombe, très ingénieux, passionné de mécanique, s'amusait, à ses heures perdues, à confectionner des coffres et des serrures. Les frères Varin ont dû surprendre et, par la suite, utiliser une de ces cachettes pour dissimuler les lettres… et d'autres choses aussi sans doute.

— Mais ils n'habitaient pas ici, m'écriai-je.

— Jusqu'à votre arrivée, il y a quatre mois, ce pavillon est resté inoccupé. Il est donc probable qu'ils y revenaient, et ils ont pensé en outre que votre présence ne les gênerait pas le jour où ils auraient besoin de retirer tous leurs papiers. Mais ils comptaient sans mon mari qui, dans la nuit du 22 au 23 juin, a forcé le coffre, a pris… ce qu'il cherchait, et a laissé sa carte pour bien montrer aux deux frères qu'il n'avait plus à les redouter et que les rôles changeaient. Deux jours plus tard, averti par l'article du *Gil Blas*, Etienne Varin se présentait chez vous en toute hâte, restait seul dans ce salon, trouvait le coffre vide, et se tuait. »

Après un instant, Daspry demanda :

« C'est une simple supposition, n'est-ce pas ? M. Andermatt ne vous a rien dit ?

— Non.

— Son attitude vis-à-vis de vous ne s'est pas modifiée ? Il ne vous a pas paru plus sombre, plus soucieux ?

— Non.

— Et vous croyez qu'il en serait ainsi s'il avait trouvé les lettres ! Pour moi, il ne les a pas. Pour moi, ce n'est pas lui qui est entré ici.

— Mais qui alors ?

— Le personnage mystérieux qui conduit cette affaire, qui en tient tous les fils, et qui la dirige vers un but que nous ne faisons qu'entrevoir à travers tant de complications, le personnage mystérieux dont on sent l'action visible et toute-puissante depuis la première heure. C'est lui et ses amis qui sont entrés dans cet hôtel le 22 juin, c'est lui qui a découvert la cachette, c'est lui qui a laissé la carte de M. Andermatt, c'est lui qui détient la correspondance et les preuves de la trahison des frères Varin.

— Qui, lui ? interrompis-je, non sans impatience.

— Le correspondant de *L'Écho de France*, parbleu, ce Salvator ! N'est-ce pas d'une évidence aveuglante ? Ne donne-t-il pas dans son article des détails que, seul, peut connaître l'homme qui a pénétré les secrets des deux frères ?

— En ce cas, balbutia Mme Andermatt avec effroi, il a mes lettres également, et c'est lui à son tour qui menace mon mari ! Que faire, mon Dieu !

— Lui écrire, déclara nettement Daspry, se confier à lui sans détours, lui raconter tout ce que vous savez et tout ce que vous pouvez apprendre.

— Que dites-vous !

— Votre intérêt est le même que le sien. Il est hors de doute qu'il agit contre le survivant des deux frères. Ce n'est pas contre M. Andermatt qu'il cherche des armes, mais contre Alfred Varin. Aidez-le.

— Comment ?

— Votre mari a-t-il ce document qui complète et qui permet d'utiliser les plans de Louis Lacombe ?

— Oui.

— Prévenez-en Salvator. Au besoin, tâchez de lui procurer ce document. Bref, entrez en correspondance avec lui. Que risquez-vous ? »

Le conseil était hardi, dangereux même à première vue ; mais Mme Andermatt n'avait guère le choix. Aussi bien, comme disait Daspry, que risquait-elle ? Si l'inconnu était un ennemi, cette démarche n'aggravait pas la situation. Si c'était un étranger qui poursuivait un but particulier, il devait n'attacher à ces lettres qu'une importance secondaire.

Quoi qu'il en soit, il y avait là une idée, et Mme Andermatt, dans son désarroi, fut trop heureuse de s'y rallier. Elle nous remercia avec effusion, et promit de nous tenir au courant.

Le surlendemain, en effet, elle nous envoyait ce mot qu'elle avait reçu en réponse :

Les lettres ne s'y trouvaient pas. Mais je les aurai, soyez tranquille. Je veille à tout. S.

Je pris le papier. C'était l'écriture du billet que l'on avait introduit dans mon livre de chevet, le soir du 22 juin.

Daspry avait donc raison, Salvator était bien le grand organisateur de cette affaire.

En vérité, nous commencions à discerner quelques lueurs parmi les ténèbres qui nous environnaient et certains points s'éclairaient d'une lumière inattendue. Mais que d'autres restaient obscurs, comme la découverte des deux sept de cœur ! Pour ma part, j'en revenais toujours là, plus intrigué peut-être qu'il n'eût fallu par ces deux cartes dont les sept petites figures transpercées avaient frappé mes yeux en de si troublantes circonstances. Quel rôle jouaient-elles dans le drame ? Quelle importance devait-on leur attribuer ? Quelle conclusion devait-on tirer de ce fait que le sous-marin construit sur les plans de Louis Lacombe portait le nom de *Sept-de-cœur ?*

Daspry, lui, s'occupait peu des deux cartes, tout entier à l'étude d'un autre problème dont la solution lui semblait plus urgente, il cherchait inlassablement la fameuse cachette.

« Et qui sait, disait-il, si je n'y trouverais point les lettres que Salvator n'y a point trouvées… par inadvertance peut-être. Il est si peu croyable que les frères Varin aient enlevé d'un endroit qu'ils supposaient inaccessible l'arme dont ils savaient la valeur inappréciable. »

Et il cherchait. La grande salle n'ayant bientôt plus de secrets pour lui, il étendait ses investigations à toutes les autres pièces du pavillon : il scruta l'intérieur et l'extérieur, il examina les pierres et les briques des murailles, il souleva les ardoises du toit.

Un jour, il arriva avec une pioche et une pelle, me donna la pelle, garda la pioche et, désignant le terrain vague :

« Allons-y. »

Je le suivis sans enthousiasme. Il divisa le terrain en plusieurs sections qu'il inspecta successivement. Mais, dans un coin, à l'angle que formaient les murs de deux propriétés voisines, un amoncellement de moellons et de cailloux recouverts de ronces et d'herbes attira son attention. Il l'attaqua.

Je dus l'aider. Durant une heure, en plein soleil, nous peinâmes inutilement. Mais lorsque, sous les pierres écartées, nous parvînmes au sol lui-même et que nous l'eûmes éventré, la pioche de Daspry mit à nu des ossements, un reste de squelette autour duquel s'effiloquaient encore des bribes de vêtements.

Et soudain je me sentis pâlir. J'apercevais fichée en terre une petite plaque de fer, découpée en forme de rectangle et où il me semblait distinguer des taches rouges. Je me baissai. C'était bien cela : la plaque avait les dimensions d'une carte à jouer, et les taches rouges, d'un rouge de minium rongé par places, étaient au nombre de sept, disposées comme les sept points d'un sept de cœur, et percées d'un trou à chacune des sept extrémités.

« Écoutez, Daspry, j'en ai assez de toutes ces histoires. Tant mieux pour vous si elles vous intéressent. Moi, je vous fausse compagnie. »

Était-ce l'émotion ? Était-ce la fatigue d'un travail exécuté sous un soleil trop rude, toujours est-il que je chancelai en m'en allant, et que je dus me mettre au lit, où je restai quarante-huit heures, fiévreux et brûlant, obsédé par des squelettes qui dansaient autour de moi et se jetaient à la tête leurs cœurs sanguinolents.

Daspry me fut fidèle. Chaque jour, il m'accorda trois ou quatre heures, qu'il passa, il est vrai, dans la grande salle, à fureter, cogner et tapoter.

« Les lettres sont là, dans cette pièce, venait-il me dire de temps à autre, elles sont là. J'en mettrais ma main au feu.

— Laissez-moi la paix » répondais-je horripilé.

Le matin du troisième jour, je me levai, assez faible encore, mais guéri. Un déjeuner substantiel me réconforta. Mais un petit bleu que je reçus vers cinq heures contribua plus que tout à mon complet rétablissement, tellement ma curiosité fut, de nouveau et malgré tout, piquée au vif.

Le pneumatique contenait ces mots :

Monsieur,

Le drame, dont le premier acte s'est passé dans la nuit du 22 au 23 juin, touche à son dénouement. La force même des choses exigeant que je mette en présence l'un de l'autre les deux principaux personnages de ce drame et que cette confrontation ait lieu chez vous, je vous serais infiniment reconnaissant de me prêter votre domicile pour la soirée d'aujourd'hui. Il serait bon que, de neuf heures à onze heures, votre domestique fût éloigné, et préférable que vous-même eussiez l'extrême obligeance de bien vouloir laisser le champ libre aux adversaires. Vous avez pu vous rendre compte, dans la nuit du 22 au 23 juin, que je poussais jusqu'au scrupule le respect de tout ce qui vous appartient. De mon côté, je croirais vous faire injure si je doutais un seul instant de votre absolue discrétion à l'égard de celui qui signe

Votre dévoué,
Salvator.

Il y avait dans cette missive un ton d'ironie courtoise, et, dans la demande qu'elle exprimait, une si jolie fantaisie, que je me délectai. C'était d'une désinvolture charmante, et mon correspondant semblait tellement sûr de mon acquiescement ! Pour rien au monde je n'eusse voulu le décevoir ou répondre à sa confiance par l'ingratitude.

À huit heures, mon domestique, à qui j'avais offert une place de théâtre, venait de sortir, quand Daspry arriva. Je lui montrai le petit bleu.

« Eh bien ? me dit-il.

— Eh bien, je laisse la grille du jardin ouverte, afin que l'on puisse entrer.

— Et vous vous en allez ?

— Jamais de la vie !

— Mais puisqu'on vous demande…

— On me demande la discrétion. Je serai discret. Mais je tiens furieusement à voir ce qui va se passer. »

Daspry se mit à rire.

« Ma foi, vous avez raison, et je reste aussi. J'ai idée qu'on ne s'ennuiera pas. »

Un coup de timbre l'interrompit.

« Eux déjà ? murmura-t-il, et vingt minutes en avance ! Impossible. »

Du vestibule, je tirai le cordon qui ouvrait la grille. Une silhouette de femme traversa le jardin : Mme Andermatt.

Elle paraissait bouleversée, et c'est en suffoquant qu'elle balbutia :

« Mon mari… il vient… il a rendez-vous… on doit lui donner les lettres…

— Comment le savez-vous ? lui dis-je.

— Un hasard. Un mot que mon mari a reçu pendant le dîner.

— Un petit bleu ?

— Un message téléphonique. Le domestique me l'a remis par erreur. Mon mari l'a pris aussitôt, mais il était trop tard… j'avais lu.

— Vous aviez lu…

— Ceci à peu près : “*À neuf heures, ce soir, soyez au boulevard Maillot avec les documents qui concernent l'affaire. En échange, les lettres.*”

« Après le dîner, je suis remontée chez moi et je suis sortie.

— À l'insu de M. Andermatt ?

— Oui. »

Daspry me regarda.

« Qu'en pensez-vous ?

— Je pense ce que vous pensez, que M. Andermatt est un des adversaires convoqués.

— Par qui ? et dans quel but ?

— C'est précisément ce que nous allons savoir. »

Je les conduisis dans la grande salle.

Nous pouvions, à la rigueur, tenir tous les trois sous le manteau de la cheminée, et nous dissimuler derrière la tenture de velours.

Nous nous installâmes. Mme Andermatt s'assit entre nous deux. Par les fentes du rideau la pièce entière nous apparaissait.

Neuf heures sonnèrent. Quelques minutes plus tard la grille du jardin grinça sur ses gonds.

J'avoue que je n'étais pas sans éprouver une certaine angoisse et qu'une fièvre nouvelle me surexcitait. J'étais sur le point de connaître le mot de l'énigme ! L'aventure déconcertante dont les péripéties se déroulaient devant moi depuis des semaines allait enfin prendre son véritable sens, et c'est sous mes yeux que la bataille allait se livrer.

Daspry saisit la main de Mme Andermatt et murmura :

« Surtout, pas un mouvement ! Quoi que vous entendiez ou voyiez, restez impassible. »

Quelqu'un entra. Et je reconnus tout de suite, à sa grande ressemblance avec Etienne Varin, son frère Alfred. Même démarche lourde, même visage terreux envahi par la barbe.

Il entra de l'air inquiet d'un homme qui a l'habitude de craindre des embûches autour de lui, qui les flaire et les évite. D'un coup d'œil il embrassa la pièce et j'eus l'impression que cette cheminée masquée par une portière de velours lui était désagréable. Il fit trois pas de notre côté. Mais une idée, plus impérieuse sans doute, le détourna, car il obliqua vers le mur, s'arrêta devant le vieux roi en mosaïque à la barbe fleurie, au glaive flamboyant, et l'examina longuement, montant sur une chaise, suivant du doigt le contour des épaules et de la figure, et palpant certaines parties de l'image.

Mais brusquement il sauta de sa chaise et s'éloigna du mur. Un bruit de pas retentissait. Sur le seuil apparut M. Andermatt.

Le banquier jeta un cri de surprise.

« Vous ! Vous ! C'est vous qui m'avez appelé ?

— Moi ? Pas du tout, protesta Varin d'une voix cassée qui rappela celle de son frère, c'est votre lettre qui m'a fait venir.

— Ma lettre !

— Une lettre signée de vous, où vous m'offrez…

— Je ne vous ai pas écrit.

— Vous ne m'avez pas écrit ! »

Instinctivement, Varin se mit en garde, non point contre le banquier, mais contre l'ennemi inconnu qui l'avait attiré dans ce piège. Une seconde fois, ses yeux se tournèrent de notre côté, et, rapidement, il se dirigea vers la porte.

M. Andermatt lui barra le passage.

« Que faites-vous donc, Varin ?

— Il y a là-dessous des machines qui ne me plaisent pas. Je m'en vais. Bonsoir.

— Un instant !

— Voyons, monsieur Andermatt, n'insistez pas, nous n'avons rien à nous dire.

— Nous avons beaucoup à nous dire et l'occasion est trop bonne…

— Laissez-moi passer.

— Non, non, non, vous ne passerez pas. »

Varin recula, intimidé par l'attitude résolue du banquier, et il mâchonna :

« Alors, vite, causons, et que ce soit fini ! »

Une chose m'étonnait, et je ne doutais pas que mes deux compagnons n'éprouvassent la même déception. Comment se pouvait-il que Salvator ne fût pas là ? N'entrait-il pas dans ses projets d'intervenir ? et la seule confrontation du banquier et de Varin lui semblait-elle suffisante ? J'étais singulièrement troublé. Du fait de son absence, ce duel, combiné par lui, voulu par lui, prenait l'allure tragique des événements que suscite et commande l'ordre rigoureux du destin, et la force qui heurtait l'un à l'autre ces deux hommes impressionnait d'autant plus, qu'elle résidait en dehors d'eux.

Après un moment, M. Andermatt s'approcha de Varin, et, bien en face, les yeux dans les yeux :

« Maintenant que des années se sont écoulées, et que vous n'avez plus rien à redouter, répondez-moi, franchement, Varin. Qu'avez-vous fait de Louis Lacombe ?

— En voilà une question ! Comme si je pouvais savoir ce qu'il est devenu !

— Vous le savez ! vous le savez ! Votre frère et vous, vous étiez attachés à ses pas, vous viviez presque chez lui, dans la maison même où nous sommes. Vous étiez au courant de tous ses travaux, de tous ses projets. Et le dernier soir, Varin, quand j'ai reconduit Louis Lacombe jusqu'à ma porte, j'ai vu deux silhouettes qui se dérobaient dans l'ombre. Cela, je suis prêt à le jurer.

— Et après, quand vous l'aurez juré ?

— C'était votre frère et vous, Varin.

— Prouvez-le.

— Mais la meilleure preuve, c'est que, deux jours plus tard, vous me montriez vous-même les papiers et les plans que vous aviez recueillis dans la serviette de Lacombe, et que vous me proposiez de me les vendre. Comment ces papiers étaient-ils en votre possession ?

— Je vous l'ai dit, monsieur Andermatt, nous les avons trouvés sur la table même de Louis Lacombe, le lendemain matin, après sa disparition.

— Ce n'est pas vrai.

— Prouvez-le.

— La justice aurait pu le prouver.

— Pourquoi ne vous êtes-vous pas adressé à la justice ?

— Pourquoi ? Ah ! pourquoi… »

Il se tut, le visage sombre. Et l'autre reprit :

« Voyez-vous, monsieur Andermatt, si vous aviez eu la moindre certitude, ce n'est pas la petite menace que nous vous avons faite qui eût empêché…

— Quelle menace ? Ces lettres ? Est-ce que vous vous imaginez que j'aie jamais cru un instant ?…

— Si vous n'avez pas cru à ces lettres, pourquoi m'avez-vous offert des mille et des cents pour les ravoir ? Et pourquoi, depuis, nous avez-vous fait traquer comme des bêtes, mon frère et moi ?

— Pour reprendre des plans auxquels je tenais.

— Allons donc ! c'était pour les lettres. Une fois en possession des lettres, vous nous dénonciez. Plus souvent que je m'en serais dessaisi ! »

Il eut un éclat de rire qu'il interrompit tout d'un coup.

« Mais en voilà assez. Nous aurons beau répéter les mêmes paroles, que nous n'en serons pas plus avancés. Par conséquent, nous en resterons là.

— Nous n'en resterons pas là, dit le banquier, et puisque vous avez parlé des lettres, vous ne sortirez pas d'ici avant de me les avoir rendues.

— Je sortirai.

— Non, non.

— Écoutez, monsieur Andermatt, je vous conseille…

— Vous ne sortirez pas.

— C'est ce que nous verrons », dit Varin avec un tel accent de rage que Mme Andermatt étouffa un faible cri.

Il dut l'entendre, car il voulut passer de force. M. Andermatt le repoussa violemment. Alors je le vis qui glissait sa main dans la poche de son veston.

« Une dernière fois !

— Les lettres d'abord. »

Varin tira un revolver et, visant M. Andermatt :

« Oui ou non ? »

Le banquier se baissa vivement.

Un coup de feu jaillit. L'arme tomba.

Je fus stupéfait. C'était près de moi que le coup de feu avait jailli ! Et c'était Daspry qui, d'une balle de pistolet, avait fait sauter l'arme de la main d'Alfred Varin !

Et dressé subitement entre les deux adversaires, face à Varin, il ricanait :

« Vous avez de la veine, mon ami, une rude veine. C'est la main que je visais, et c'est le revolver que j'atteins. »

Tous deux le contemplaient, immobiles et confondus. Il dit au banquier :

« Vous m'excuserez, monsieur, de me mêler de ce qui ne me regarde pas. Mais vraiment vous jouez votre partie avec trop de maladresse. Permettez-moi de tenir les cartes. »

Se tournant vers l'autre :

« À nous deux, camarade. Et rondement, je t'en prie. L'atout est cœur, et je joue le sept. »

Et, à trois pouces du nez, il lui colla la plaque de fer où les sept points rouges étaient marqués. Jamais il ne m'a été donné de voir un tel bouleversement. Livide, les yeux écarquillés, les traits tordus d'angoisse, l'homme semblait hypnotisé par l'image qui s'offrait à lui.

« Qui êtes-vous ? balbutia-t-il.

— Je l'ai déjà dit, un monsieur qui s'occupe de ce qui ne le regarde pas… mais qui s'en occupe à fond.

— Que voulez-vous ?

— Tout ce que tu as apporté.

— Je n'ai rien apporté.

— Si, sans quoi, tu ne serais pas venu. Tu as reçu ce matin un mot te convoquant ici pour neuf heures, et t'enjoignant d'apporter tous les papiers que tu avais. Or, te voici. Où sont les papiers ? »

Il y avait dans la voix de Daspry, il y avait dans son attitude, une autorité qui me déconcertait, une façon d'agir toute nouvelle chez cet homme plutôt nonchalant d'ordinaire et doux.

Absolument dompté, Varin désigna l'une de ses poches.

« Les papiers sont là.

— Ils y sont tous ?

— Oui.

— Tous ceux que tu as trouvés dans la serviette de Louis Lacombe et que tu as vendus au major von Lieben ?

— Oui.

— Est-ce la copie ou l'original ?

— L'original.

— Combien en veux-tu ?

— Cent mille. »

Daspry s'esclaffa.

« Tu es fou. Le major ne t'en a donné que vingt mille. Vingt mille jetés à l'eau, puisque les essais ont manqué.

— On n'a pas su se servir des plans.

— Les plans sont incomplets.

— Alors, pourquoi me les demandez-vous ?

— J'en ai besoin. Je t'en offre cinq mille francs. Pas un sou de plus.

— Dix mille. Pas un sou de moins.

— Accordé. »

Daspry revint à M. Andermatt.

« Veuillez signer un chèque, monsieur.

— Mais… c'est que je n'ai pas…

— Votre carnet ? Le voici. »

Ahuri, M. Andermatt palpa le carnet que lui tendait Daspry.

« C'est bien à moi… Comment se fait-il ?

— Pas de vaines paroles, je vous en prie, cher monsieur, vous n'avez qu'à signer. »

Le banquier tira son stylographe et signa. Varin avança la main.

« Bas les pattes, fit Daspry, tout n'est pas fini. »

Et s'adressant au banquier :

« Il était question aussi de lettres que vous réclamez ?

— Oui, un paquet de lettres.

— Où sont-elles, Varin ?

— Je ne les ai pas.

— Où sont-elles, Varin ?

— Je l'ignore. C'est mon frère qui s'en est chargé.

— Elles sont cachées ici, dans cette pièce.

— En ce cas, vous savez où elles sont.

— Comment le saurais-jc ?

— Dame, n'est-ce pas vous qui avez visité la cachette ? Vous paraissez aussi bien renseigné… que Salvator.

— Les lettres ne sont pas dans la cachette.

— Elles y sont.

— Ouvre-la. »

Varin eut un regard de défiance. Daspry et Salvator ne faisaient-ils qu'un réellement, comme tout le laissait présumer ? Si oui, il ne risquait rien en montrant une cachette déjà connue. Sinon, c'était inutile…

« Ouvre-la, répéta Daspry.

— Je n'ai pas de sept de cœur.

— Si, celui-là », dit Daspry, en tendant la plaque de fer.

Varin recula terrifié :

« Non… non… je ne veux pas…

— Qu'à cela ne tienne… »

Daspry se dirigea vers le vieux monarque à la barbe fleurie, monta sur une chaise, et appliqua le sept de cœur au bas du glaive, contre la garde, et de façon que les bords de la plaque recouvrissent exactement les deux bords de l'épée. Puis, avec l'aide d'un poinçon qu'il introduisit tour à tour dans chacun des sept trous, pratiqués à l'extrémité des sept points de cœur, il pesa sur sept des petites pierres de la mosaïque. À la septième petite pierre enfoncée, un déclenchement se produisit, et tout le buste du roi pivota, démasquant une large ouverture, aménagée comme un coffre, avec des revêtements de fer et deux rayons d'acier luisant.

« Tu vois bien, Varin, le coffre est vide.

— En effet… Alors c'est que mon frère aura retiré les lettres. »

Daspry revint vers l'homme et lui dit :

« Ne joue pas au plus fin avec moi. Il y a une autre cachette. Où est-elle ?

— Il n'y en a pas.

— Est-ce de l'argent que tu veux ? Combien ?

— Dix mille.

— Monsieur Andermatt, ces lettres valent-elles dix mille francs pour vous ?

— Oui », dit le banquier d'une voix forte.

Varin ferma le coffre, prit le sept de cœur non sans une répugnance visible, et l'appliqua sur le glaive, contre la garde, et juste au même endroit. Successivement, il enfonça le poinçon à l'extrémité des sept points de cœur. Il se produisit un second déclenchement, mais cette fois, chose inattendue, ce ne fut qu'une partie du coffre qui pivota, démasquant un petit coffre pratiqué dans l'épaisseur même de la porte qui fermait le plus grand.

Le paquet de lettres était là, noué d'une ficelle et cacheté. Varin le remit à Daspry. Celui-ci demanda :

« Le chèque est prêt, monsieur Andermatt ?

— Oui.

— Et vous avez aussi le dernier document que vous tenez de Louis Lacombe, et qui complète les plans du sous-marin ?

— Oui. »

L'échange se fit. Daspry empocha le document et le chèque et offrit le paquet à M. Andermatt.

« Voici ce que vous désiriez, monsieur. »

Le banquier hésita un moment, comme s'il avait peur de toucher à ces pages maudites qu'il avait cherchées avec tant d'âpreté. Puis, d'un geste nerveux, il s'en empara.

Auprès de moi, j'entendis un gémissement. Je saisis la main de Mme Andermatt : elle était glacée.

Et Daspry dit au banquier :

« Je crois, monsieur, que notre conversation est terminée. Oh ! pas de remerciements, je vous en supplie. Le hasard seul a voulu que je puisse vous être utile. »

M. Andermatt se retira. Il emportait les lettres de sa femme à Louis Lacombe.

« À merveille, s'écria Daspry d'un air enchanté, tout s'arrange pour le mieux. Nous n'avons plus qu'à boucler notre affaire, camarade. Tu as les papiers ?

— Les voilà tous. »

Daspry les compulsa, les examina attentivement, et les enfouit dans sa poche.

« Parfait, tu as tenu parole.

— Mais…

— Mais quoi ?

— Les deux chèques ?… l'argent ?…

— Eh bien, tu as de l'aplomb, mon bonhomme. Comment, tu oses réclamer !

— Je réclame ce qui m'est dû.

— On te doit donc quelque chose pour des papiers que tu as volés ? »

Mais l'homme paraissait hors de lui. Il tremblait de colère, les yeux injectés de sang.

« L'argent… les vingt mille…, bégaya-t-il.

— Impossible… j'en ai l'emploi.

— L'argent !

— Allons, sois raisonnable, et laisse donc ton poignard tranquille. »

Il lui saisit le bras si brutalement que l'autre hurla de douleur, et il ajouta :

« Va-t'en, camarade, l'air te fera du bien. Veux-tu que je te reconduise ? Nous nous en irons par le terrain vague, et je te montrerai un tas de cailloux sous lequel...

— Ce n'est pas vrai ! Ce n'est pas vrai !

— Mais oui, c'est vrai. Cette petite plaque de fer aux sept points rouges vient de là-bas. Elle ne quittait jamais Louis Lacombe, tu te rappelles ? Ton frère et toi vous l'avez enterrée avec le cadavre... et avec d'autres choses qui intéresseront énormément la justice. »

Varin se couvrit le visage de ses poings rageurs. Puis il prononça :

« Soit. Je suis roulé. N'en parlons plus. Un mot cependant... un seul mot, je voudrais savoir...

— J'écoute.

— Il y avait dans ce coffre, dans le plus grand des deux, une cassette ?

— Oui.

— Quand vous êtes venu ici, la nuit du 22 au 23 juin, elle y était ?

— Oui.

— Elle contenait ?...

— Tout ce que les frères Varin y avaient enfermé, une assez jolie collection de bijoux, diamants et perles, raccrochés de droite et de gauche par lesdits frères.

— Et vous l'avez prise ?

— Dame ! Mets-toi à ma place.

— Alors... c'est en constatant la disparition de la cassette que mon frère s'est tué ?

— Probable. La disparition de votre correspondance avec le major von Lieben n'eût pas suffi. Mais la disparition de la cassette... Est-ce là tout ce que tu avais à me demander ?

— Ceci encore : votre nom ?

— Tu dis cela comme si tu avais des idées de revanche.

— Parbleu ! La chance tourne. Aujourd'hui vous êtes le plus fort. Demain...

— Ce sera toi.

— J'y compte bien. Votre nom ?

— Arsène Lupin.

— Arsène Lupin ! »

L'homme chancela, assommé comme par un coup de massue. On eût dit que ces deux mots lui enlevaient toute espérance. Daspry se mit à rire.

« Ah çà, t'imaginais-tu qu'un M. Durant ou Dupont aurait pu monter toute cette belle affaire ? Allons donc, il fallait au moins un Arsène Lupin. Et maintenant que tu es renseigné, mon petit, va préparer ta revanche. Arsène Lupin t'attend. »

Et il le poussa dehors, sans un mot de plus.

« Daspry, Daspry ! » criai-je, lui donnant encore, et malgré moi, le nom sous lequel je l'avais connu.

J'écartai le rideau de velours.

Il accourut.

« Quoi ? Qu'y a-t-il ?

— Mme Andermatt est souffrante. »

Il s'empressa, lui fit respirer des sels, et, tout en la soignant, m'interrogeait :

« Eh bien, que s'est-il donc passé ?

— Les lettres, lui dis-je… les lettres de Louis Lacombe que vous avez données à son mari !

Il se frappa le front.

« Elle a cru que j'avais fait cela… Mais oui, après tout, elle pouvait le croire. Imbécile que je suis ! »

Mme Andermatt, ranimée, l'écoutait avidement. Il sortit de son portefeuille un petit paquet en tous points semblable à celui qu'avait emporté M. Andermatt.

« Voici vos lettres, madame, les vraies.

— Mais… les autres ?

— Les autres sont les mêmes que celles-ci, mais recopiées par moi, cette nuit, et soigneusement arrangées. Votre mari sera d'autant plus heureux de les lire qu'il ne se doutera pas de la substitution, puisque tout a paru se passer sous ses yeux…

— L'écriture…

— Il n'y a pas d'écriture qu'on ne puisse imiter. »

Elle le remercia, avec les mêmes paroles de gratitude qu'elle eût adressées à un homme de son monde, et je vis bien qu'elle n'avait pas dû entendre les dernières phrases échangées entre Varin et Arsène Lupin.

Moi, je le regardais non sans embarras, ne sachant trop que dire à cet ancien ami qui se révélait à moi sous un jour si imprévu. Lupin ! c'était Lupin ! mon camarade de cercle n'était autre que Lupin ! Je n'en revenais pas. Mais lui, très à l'aise :

« Vous pouvez faire vos adieux à Jean Daspry.

— Ah !

— Oui, Jean Daspry part en voyage. Je l'envoie au Maroc. Il est fort possible qu'il y trouve une fin digne de lui. J'avoue même que c'est son intention.

— Mais Arsène Lupin nous reste ?

— Oh ! plus que jamais. Arsène Lupin n'est encore qu'au début de sa carrière, et il compte bien… »

Un mouvement de curiosité irrésistible me jeta sur lui, et l'entraînant à quelque distance de Mme Andermatt :

« Vous avez donc fini par découvrir la seconde cachette, celle où se trouvait le paquet de lettres ?

— J'ai eu assez de mal ! C'est hier seulement, l'après-midi, pendant que vous étiez couché. Et pourtant, Dieu sait combien c'était facile ! Mais les choses les plus simples sont celles auxquelles on pense en dernier. »

Et me montrant le sept de cœur :

« J'avais bien deviné que pour ouvrir le grand coffre, il fallait appuyer cette carte contre le glaive du bonhomme en mosaïque…

— Comment aviez-vous deviné cela ?

— Aisément. Par mes informations particulières, je savais, en venant ici, le 22 juin au soir…

— Après m'avoir quitté…

— Oui, et après vous avoir mis par des conversations choisies dans un état d'esprit tel qu'un nerveux et un impressionnable comme vous devait fatalement me laisser agir à ma guise, sans sortir de son lit.

— Le raisonnement était juste.

— Je savais donc, en venant ici, qu'il y avait une cassette cachée dans un coffre à serrure secrète, et que le sept de cœur était la clef, le mot de cette serrure. Il ne s'agissait plus que de plaquer ce sept de cœur à un endroit qui lui fût visiblement réservé. Une heure d'examen m'a suffi.

— Une heure !

— Observez le bonhomme en mosaïque.

— Le vieil empereur ?

— Ce vieil empereur est la représentation exacte du roi de cœur de tous les jeux de cartes, Charlemagne.

— En effet... Mais pourquoi le sept de cœur ouvre-t-il tantôt le grand coffre, tantôt le petit ? Et pourquoi n'avez-vous ouvert d'abord que le grand coffre ?

— Pourquoi ? mais parce que je m'obstinais toujours à placer mon sept de cœur dans le même sens. Hier seulement je me suis aperçu qu'en le retournant, c'est-à-dire en mettant le septième point, celui du milieu, en l'air au lieu de le mettre en bas, la disposition des sept points changeait.

— Parbleu !

— Évidemment, parbleu, mais encore fallait-il y penser.

— Autre chose : vous ignoriez l'histoire des lettres avant que Mme Andermatt...

— En parlât devant moi ? Oui. Je n'avais découvert dans le coffre, outre la cassette, que la correspondance des deux frères, correspondance qui m'a mis sur la voie de leur trahison.

— Somme toute, c'est par hasard que vous avez été amené d'abord à reconstituer l'histoire des deux frères, puis à rechercher les plans et les documents du sous-marin ?

— Par hasard.

— Mais dans quel but avez-vous recherché ?... »

Daspry m'interrompit en riant :

« Mon Dieu ! comme cette affaire vous intéresse !

— Elle me passionne.

— Eh bien, tout à l'heure, quand j'aurai reconduit Mme Andermatt et fait porter à *L'Écho de France* le mot que je vais écrire, je reviendrai et nous entrerons dans le détail. »

Il s'assit et écrivit une de ces petites notes lapidaires où se divertit la fantaisie du personnage. Qui ne se rappelle le bruit que fit celle-ci dans le monde entier ?

Arsène Lupin a résolu le problème que Salvator a posé dernièrement. Maître de tous les documents et plans originaux de l'ingénieur Louis Lacombe, il les a fait parvenir entre les mains du ministre de la Marine. À cette occasion il ouvre une souscription dans le but d'offrir à l'état le premier sous-marin construit d'après ces plans. Et il s'inscrit lui-même en tête de cette souscription pour la somme de vingt mille francs.

« Les vingt mille francs des chèques de M. Andermatt ? lui dis-je, quand il m'eut donné le papier à lire.

— Précisément. Il est équitable que Varin rachète en partie sa trahison. »

Et voilà comment j'ai connu Arsène Lupin. Voilà comment j'ai su que Jean Daspry, camarade de cercle, relation mondaine, n'était autre qu'Arsène Lupin, gentleman cambrioleur. Voilà comment j'ai noué des liens d'amitié fort agréables avec notre grand homme, et comment peu à peu, grâce à la confiance dont il veut bien m'honorer, je suis devenu son très humble, très fidèle et très reconnaissant historiographe.

LE COFFRE-FORT DE MADAME IMBERT

À trois heures du matin, il y avait encore une demi-douzaine de voitures devant un des petits hôtels de peintre qui composent l'unique côté du boulevard Berthier. La porte de cet hôtel s'ouvrit. Un groupe d'invités, hommes et dames, sortit. Quatre voitures filèrent de droite et de gauche et il ne resta sur l'avenue que deux messieurs qui se quittèrent au coin de la rue de Courcelles, où demeurait l'un d'eux. L'autre résolut de rentrer à pied jusqu'à la porte Maillot.

Il traversa donc l'avenue de Villiers et continua son chemin sur le trottoir opposé aux fortifications. Par cette belle nuit d'hiver, pure et froide, il y avait plaisir à marcher. On respirait bien. Le bruit des pas résonnait allégrement.

Mais au bout de quelques minutes, il eut l'impression désagréable qu'on le suivait. De fait, s'étant retourné, il aperçut l'ombre d'un homme qui se glissait entre les arbres. Il n'était point peureux ; cependant il hâta le pas afin d'arriver le plus vite possible à l'octroi des Ternes. Mais l'homme se mit à courir. Assez inquiet, il jugea plus prudent de lui faire face et de tirer son revolver.

Il n'en eut pas le temps, l'homme l'assaillit violemment, et tout de suite une lutte s'engagea sur le boulevard désert, lutte à bras-le-corps où il sentit aussitôt qu'il avait le désavantage. Il appela au secours, se débattit, et fut renversé contre un tas de cailloux, serré à la gorge, bâillonné d'un mouchoir, que son adversaire lui enfonçait dans la bouche. Ses yeux se fermèrent, ses oreilles bourdonnèrent, et il allait perdre connaissance, lorsque soudain l'étreinte se desserra, et l'homme qui l'étouffait de son poids se releva pour se défendre à son tour contre une attaque imprévue.

Un coup de canne sur le poignet, un coup de botte sur la cheville… L'homme poussa deux grognements de douleur et s'enfuit en boitant et en jurant.

Sans daigner le poursuivre, le nouvel arrivant se pencha et dit :

« Êtes-vous blessé, monsieur ? »

Il n'était pas blessé, mais fort étourdi et incapable de se tenir debout. Par bonheur, un des employés d'octroi, attiré par les cris, accourut. Une voiture fut requise. Le monsieur y prit place, accompagné de son sauveur, et on le conduisit à son hôtel de l'avenue de la Grande-Armée.

Devant la porte, tout à fait remis, il se confondit en remerciements.

« Je vous dois la vie, monsieur, veuillez croire que je ne l'oublierai point. Je ne veux pas effrayer ma femme en ce moment, mais je tiens à ce qu'elle vous exprime elle-même, dès aujourd'hui, toute ma reconnaissance. »

Il le pria de venir déjeuner et lui dit son nom : Ludovic Imbert, ajoutant :

« Puis-je savoir à qui j'ai l'honneur…

— Mais certainement », fit l'autre.

Et il se présenta :

« Arsène Lupin. »

Arsène Lupin n'avait pas alors cette célébrité que lui ont value l'affaire Cahorn, son évasion de la Santé, et tant d'autres exploits retentissants. Il ne s'appelait même pas Arsène Lupin. Ce nom auquel l'avenir réservait un tel lustre fut spécialement imaginé pour désigner le sauveur de M. Imbert, et l'on peut dire que c'est dans cette affaire qu'il reçut le baptême du feu. Prêt au combat, il est vrai, armé de toutes pièces, mais sans ressources, sans l'autorité que donne le succès, Arsène Lupin n'était qu'apprenti dans une profession où il devait bientôt passer maître.

Aussi quel frisson de joie à son réveil quand il se rappela l'invitation de la nuit ! Enfin il touchait au but ! Enfin il entreprenait une œuvre digne de ses forces et de son talent ! Les millions des Imbert, quelle proie magnifique pour un appétit comme le sien.

Il fit une toilette spéciale, redingote râpée, pantalon élimé, chapeau de soie un peu rougeâtre, manchettes et faux col effiloqués, le tout fort propre, mais sentant la misère. Comme cravate, un ruban noir épinglé d'un diamant de noix à surprise. Et, ainsi accoutré, il descendit l'escalier du logement qu'il occupait à Montmartre. Au troisième étage, sans s'arrêter, il frappa du pommeau de sa canne sur le battant d'une porte close. Dehors, il gagna les boulevards extérieurs. Un tramway passait. Il y prit place, et quelqu'un qui marchait derrière lui, le locataire du troisième étage, s'assit à son côté.

Au bout d'un instant, cet homme lui dit :

« Eh bien, patron ?

— Eh bien, c'est fait.

— Comment ?

— J'y déjeune.

— Vous y déjeunez !

— Tu ne voudrais pas, j'espère, que j'eusse exposé gratuitement des jours aussi précieux que les miens ? J'ai arraché M. Ludovic Imbert à la mort certaine que tu lui réservais. M. Ludovic Imbert est une nature reconnaissante. Il m'invite à déjeuner. »

Un silence, et l'autre harsarda :

« Alors, vous n'y renoncez pas ?

— Mon petit, fit Arsène, si j'ai machiné la petite agression de cette nuit, si je me suis donné la peine, à trois heures du matin, le long des fortifications, de t'allonger un coup de canne sur le poignet et un coup de pied sur le tibia, risquant ainsi d'endommager mon unique ami, ce n'est pas pour renoncer maintenant au bénéfice d'un sauvetage si bien organisé.

— Mais les mauvais bruits qui courent sur la fortune…

— Laisse-les courir. Il y a six mois que je poursuis l'affaire, six mois que je me renseigne, que j'étudie, que je tends mes filets, que j'interroge les domestiques, les prêteurs et les hommes de paille, six mois que je vis dans l'ombre du mari et de la femme. Par conséquent, je sais à quoi m'en tenir. Que la fortune provienne du Vieux Brawford, comme ils le prétendent, ou d'une autre source, j'affirme qu'elle existe. Et puisqu'elle existe, elle est à moi.

— Bigre, cent millions !

— Mettons-en dix, ou même cinq, n'importe ! il y a de gros paquets de titres dans le coffre-fort. C'est bien le diable, si, un jour ou l'autre, je ne mets pas la main sur la clef. »

Le tramway s'arrêta place de l'Etoile. L'homme murmura :

« Ainsi, pour le moment ?

— Pour le moment, rien à faire. Je t'avertirai. Nous avons le temps. »

Cinq minutes après, Arsène Lupin montait le somptueux escalier de l'hôtel Imbert, et Ludovic le présentait à sa femme. Gervaise était une bonne petite dame, toute ronde, très bavarde. Elle fit à Lupin le meilleur accueil.

« J'ai voulu que nous soyons seuls à fêter notre sauveur », dit-elle.

Et dès l'abord on traita « notre sauveur » comme un ami d'ancienne date. Au dessert l'intimité était complète, et les confidences allèrent bon train. Arsène raconta sa vie, la vie de son père, intègre magistrat, les tristesses de son enfance, les difficultés du présent. Gervaise, à son tour, dit sa jeunesse, son mariage, les bontés du vieux Brawford, les cent millions dont elle avait hérité, les obstacles qui retardaient l'entrée en jouissance, les emprunts qu'elle avait dû contracter à des taux exorbitants, ses interminables démêlés avec les neveux de Brawford, et les oppositions ! et les séquestres ! tout enfin !

« Pensez donc, monsieur Lupin, les titres sont là, à côté, dans le bureau de mon mari, et si nous en détachons un seul coupon, nous perdons tout ! ils sont là, dans notre coffre-fort, et nous ne pouvons pas y toucher. »

Un léger frémissement secoua M. Lupin à l'idée de ce voisinage. Et il eut la sensation très nette que M. Lupin n'aurait jamais assez d'élévation d'âme pour éprouver les mêmes scrupules que la bonne dame.

« Ah ! ils sont là, murmura-t-il, la gorge sèche.

— Ils sont là. »

Des relations commencées sous de tels auspices ne pouvaient que former des nœuds plus étroits. Délicatement interrogé, Arsène Lupin avoua sa misère, sa détresse. Sur-le-champ, le malheureux garçon fut nommé secrétaire particulier des deux époux, aux appointements de cent cinquante francs par mois. Il continuerait à habiter chez lui. mais il viendrait chaque jour prendre les ordres de travail et, pour plus de commodité, on mettait à sa disposition, comme cabinet de travail, une des chambres du deuxième étage.

Il choisit. Par quel excellent hasard se trouva-t-elle au-dessus du bureau de Ludovic ?

Arsène ne tarda pas à s'apercevoir que son poste de secrétaire ressemblait furieusement à une sinécure. En deux mois, il n'eut que quatre lettres insignifiantes à recopier, et ne fut appelé qu'une fois dans le bureau de son patron, ce qui ne lui permit qu'une fois de contempler officiellement le coffre-fort. En outre, il nota que le titulaire de cette sinécure ne devait pas être jugé digne de figurer auprès du député Anquety, ou du bâtonnier Grouvel, car on omit de le convier aux fameuses réceptions mondaines.

Il ne s'en plaignit point, préférant de beaucoup garder sa modeste petite place à l'ombre, et se tint à l'écart, heureux et libre. D'ailleurs il ne perdait pas son temps. Il rendit tout d'abord un certain nombre de visites clandestines au bureau de Ludovic, et présenta ses devoirs au coffre-fort, lequel n'en resta pas moins hermétiquement fermé. C'était un énorme bloc de fonte et d'acier, à l'aspect rébarbatif, et contre quoi ne pouvaient prévaloir ni les limes, ni les vrilles, ni les pinces monseigneur.

Arsène Lupin n'était pas entêté.

« Où la force échoue, la ruse réussit, se dit-il. L'essentiel est d'avoir un œil et une oreille dans la place. »

Il prit donc les mesures nécessaires, et après de minutieux et pénibles sondages à travers le parquet de sa chambre, il introduisit le tuyau de plomb qui aboutissait au plafond du bureau entre deux moulures de la corniche. Par ce tuyau, tube acoustique et lunette d'approche, il espérait voir et entendre.

Dès lors il vécut à plat ventre sur son parquet. Et de fait il vit souvent les Imbert en conférence devant le coffre, compulsant des registres et maniant des dossiers. Quand ils tournaient successivement les quatre boutons qui commandaient la serrure, il tâchait, pour savoir le chiffre, de saisir le nombre de crans qui passaient. Il surveillait leurs gestes, il épiait leurs paroles. Que faisaient-ils de la clef ? La cachaient-ils ?

Un jour, il descendit en hâte, les ayant vus qui sortaient de la pièce sans refermer le coffre. Et il entra résolument. Ils étaient revenus.

« Oh ! excusez-moi, dit-il, je me suis trompé de porte. »

Mais Gervaise se précipita, et l'attirant :

« Entrez donc, monsieur Lupin, entrez donc, n'êtes-vous pas chez vous ici ? Vous allez nous donner un conseil. Quels titres devons-nous vendre ? de l'Extérieure ou de la Rente ?

— Mais l'opposition ? objecta Lupin, très étonné.

— Oh ! elle ne frappe pas tous les titres. »

Elle écarta le battant. Sur les rayons s'entassaient des portefeuilles ceinturés de sangles. Elle en saisit un. Mais son mari protesta.

« Non, non, Gervaise, ce serait de la folie de vendre de l'Extérieure. Elle va monter… Tandis que la Rente est au plus haut. Qu'en pensez-vous, mon cher ami ? »

Le cher ami n'avait aucune opinion, cependant il conseilla le sacrifice de la Rente. Alors elle prit une autre liasse, et, dans cette liasse, au hasard, un papier. C'était un titre de 3 % de 1 374 francs. Ludovic le mit dans sa poche. L'après-midi, accompagné de son secrétaire, il fit vendre ce titre par un agent de change et toucha 46 000 francs.

Quoi qu'en eût dit Gervaise, Arsène Lupin ne se sentait pas chez lui. Bien au contraire, sa situation dans l'hôtel Imbert le remplissait de surprise. À diverses occasions, il put constater que les domestiques ignoraient son nom. Ils l'appelaient monsieur. Ludovic le désignait toujours ainsi « Vous préviendrez monsieur… Est-ce que monsieur est arrivé ? » Pourquoi cette appellation énigmatique ?

D'ailleurs, après l'enthousiasme du début, les Imbert lui parlaient à peine, et tout en le traitant avec les égards dus à un bienfaiteur, ne s'occupaient jamais de lui ! On avait l'air de le considérer comme un original qui n'aime pas qu'on l'importune, et on respectait son isolement, comme si cet isolement était une règle édictée par lui, un caprice de sa part. Une fois qu'il passait dans le vestibule, il entendit Gervaise qui disait à deux messieurs :

« C'est un tel sauvage ! »

Soit, pensa-t-il, nous sommes un sauvage. Et renonçant à s'expliquer les bizarreries de ces gens, il poursuivait l'exécution de son plan. Il avait acquis la certitude qu'il ne fallait point compter sur le hasard ni sur une étourderie de Gervaise que la clef du coffre ne quittait pas, et qui, au surplus, n'eût jamais emporté cette clef sans avoir préalablement brouillé les lettres de la serrure. Ainsi donc il devait agir.

Un événement précipita les choses, la violente campagne menée contre les Imbert par certains journaux. On les accusait d'escroquerie. Arsène Lupin assista aux péripéties du drame, aux agitations du ménage, et il comprit qu'en tardant davantage, il allait tout perdre.

Cinq jours de suite, au lieu de partir vers six heures comme il en avait l'habitude, il s'enferma dans sa chambre. On le supposait sorti. Lui, s'étendait sur le parquet et surveillait le bureau de Ludovic.

Les cinq soirs, la circonstance favorable qu'il attendait ne s'étant pas produite, il s'en alla au milieu de la nuit, par la petite porte qui desservait la cour. Il en possédait la clef.

Mais le sixième jour, il apprit que les Imbert, en réponse aux insinuations malveillantes de leurs ennemis, avaient proposé qu'on ouvrît le coffre et qu'on en fît l'inventaire.

« C'est pour ce soir », pensa Lupin.

Et en effet, après le dîner, Ludovic s'installa dans son bureau. Gervaise le rejoignit. Ils se mirent à feuilleter les registres du coffre.

Une heure s'écoula, puis une autre heure. Il entendit les domestiques qui se couchaient. Maintenant il n'y avait plus personne au premier étage. Minuit. Les Imbert continuaient leur besogne.

« Allons-y », murmura Lupin.

Il ouvrit sa fenêtre. Elle donnait sur la cour, et l'espace, par la nuit, sans lune et sans étoile, était obscur. Il tira de son armoire une corde à nœuds qu'il assujettit à la rampe du balcon, enjamba et se laissa glisser doucement, en s'aidant d'une gouttière, jusqu'à la fenêtre située au-dessous de la sienne. C'était celle du bureau, et le voile épais des rideaux molletonnés masquait la pièce. Debout sur le balcon, il resta un moment immobile, l'oreille tendue et l'œil aux aguets.

Tranquillisé par le silence, il poussa légèrement les deux croisées. Si personne n'avait eu soin de les vérifier, elles devaient céder à l'effort, car lui, au cours de l'après-midi, en avait tourné l'espagnolette de façon qu'elle n'entrât plus dans les gâches.

Les croisées cédèrent. Alors, avec des précautions infinies, il les entrebâilla davantage. Dès qu'il put glisser la tête, il s'arrêta. Un peu de lumière filtrait entre les deux rideaux mal joints ; il aperçut Gervaise et Ludovic assis à côté du coffre.

Ils n'échangeaient que de rares paroles et à voix basse, absorbés par leur travail. Arsène calcula la distance qui le séparait d'eux, établit les mouvements exacts qu'il lui faudrait faire pour les réduire l'un après l'autre à l'impuissance, avant qu'ils n'eussent le temps d'appeler au secours, et il allait se précipiter, lorsque Gervaise dit :

« Comme la pièce s'est refroidie depuis un instant ! Je vais me mettre au lit. Et toi ?

— Je voudrais finir.

— Finir ! Mais tu en as pour la nuit.

— Mais non, une heure au plus. »

Elle se retira. Vingt minutes, trente minutes passèrent. Arsène poussa la fenêtre un peu plus. Les rideaux frémirent. Il poussa encore. Ludovic se retourna, et, voyant les rideaux gonflés par le vent, se leva pour fermer la fenêtre…

Il n'y eut pas un cri, pas même une apparence de lutte. En quelques gestes précis, et sans lui faire le moindre mal, Arsène l'étourdit, lui enveloppa la tête avec le rideau, le ficela, et de telle manière que Ludovic ne distingua même pas le visage de son agresseur.

Puis, rapidement, il se dirigea vers le coffre, saisit deux portefeuilles qu'il mit sous son bras, sortit du bureau, descendit l'escalier, traversa la cour, et ouvrit la porte de service. Une voiture stationnait dans la rue.

« Prends cela d'abord, dit-il au cocher, et suis-moi. »

Il retourna jusqu'au bureau. En deux voyages ils vidèrent le coffre. Puis Arsène monta dans sa chambre, enleva la corde, effaça toute trace de son passage. C'était fini.

Quelques heures après, Arsène Lupin, aidé de son compagnon, opéra le dépouillement des portefeuilles. Il n'éprouva aucune déception, l'ayant prévu, à constater que la fortune des Imbert n'avait pas l'importance qu'on lui attribuait. Les millions ne se comptaient pas par centaines, ni même par dizaines. Mais enfin le total formait encore un chiffre très respectable, et c'étaient d'excellentes valeurs, obligations de chemins de fer, Ville de Paris, fonds d'État, Suez, mines du Nord, etc.

Il se déclarait satisfait.

« Certes, dit-il, il y aura un rude déchet quand le temps sera venu de négocier. On se heurtera à des oppositions, et il faudra plus d'une fois liquider à vil prix. N'importe, avec cette première mise de fonds, je me charge de vivre comme je l'entends… et de réaliser quelques rêves qui me tiennent au cœur.

— Et le reste ?

— Tu peux le brûler, mon petit. Ces tas de papiers faisaient bonne figure dans le coffre-fort. Pour nous, c'est inutile. Quant aux titres, nous allons les enfermer bien tranquillement dans le placard, et nous attendrons le moment propice. »

Le lendemain, Arsène pensa qu'aucune raison ne l'empêchait de retourner à l'hôtel Imbert. Mais la lecture des journaux lui révéla cette nouvelle imprévue. Ludovic et Gervaise avaient disparu.

L'ouverture du coffre eut lieu en grande solennité. Les magistrats y trouvèrent ce qu'Arsène Lupin avait laissé… peu de chose.

Tels sont les faits, et telle est l'explication que donne à certains d'entre eux l'intervention d'Arsène Lupin. J'en tiens le récit de lui-même, un jour qu'il était en veine de confidence.

Ce jour-là, il se promenait de long en large, dans mon cabinet de travail, et ses yeux avaient une petite fièvre que je ne leur connaissais pas.

« Somme toute, lui dis-je, c'est votre plus beau coup ? »

Sans me répondre directement, il reprit :

« Il y a dans cette affaire des secrets impénétrables. Ainsi, même après l'explication que je vous ai donnée, que d'obscurités encore! Pourquoi cette fuite? Pourquoi n'ont-ils pas profité du secours que je leur apportais involontairement? Il était si simple de dire : "Les cent millions se trouvaient dans le coffre, ils n'y sont plus parce qu'on les a volés!"

— Ils ont perdu la tête.

— Oui, voilà, ils ont perdu la tête… D'autre part, il est vrai…

— Il est vrai?…

— Non, rien. »

Que signifiait cette réticence? Il n'avait pas tout dit, c'était visible, et ce qu'il n'avait pas dit, il répugnait à le dire. J'étais intrigué. Il fallait que la chose fût grave pour provoquer de l'hésitation chez un tel homme.

Je lui posai des questions au hasard.

« Vous ne les avez pas revus?

— Non.

— Et il ne vous est pas advenu d'éprouver, à l'égard de ces deux malheureux, quelque pitié?

– Moi! » proféra-t-il en sursautant.

Sa révolte m'étonna. Avais-je touché juste? J'insistai :

« Évidemment. Sans vous, ils auraient peut-être pu faire face au danger… ou du moins partir les poches remplies.

— Des remords, c'est bien cela que vous m'attribuez, n'est-ce pas?

— Dame! »

Il frappa violemment sur ma table.

« Ainsi, selon vous, je devrais avoir des remords?

— Appelez cela des remords ou des regrets, bref un sentiment quelconque…

— Un sentiment quelconque pour des gens…

— Pour des gens à qui vous avez dérobé une fortune.

— Quelle fortune?

— Enfin… ces deux ou trois liasses de titres…

— Ces deux ou trois liasses de titres! Je leur ai dérobé des paquets de titres, n'est-ce pas? une partie de leur héritage? voilà ma faute? voilà mon crime?

« Mais, sacrebleu, mon cher, vous n'avez donc pas deviné qu'ils étaient faux, ces titres ?... vous entendez ?

« ILS ÉTAIENT FAUX ! »

Je le regardai, abasourdi.

« Faux, les quatre ou cinq millions ?

— Faux, s'écria-t-il rageusement, archi-faux ! Faux, les obligations, les Ville de Paris, les fonds d'État, du papier, rien que du papier ! Pas un sou, je n'ai pas tiré un sou de tout le bloc ! Et vous me demandez d'avoir des remords ? Mais c'est eux qui devraient en avoir ! Ils m'ont roulé comme un vulgaire gogo ! Ils m'ont plumé comme la dernière de leurs dupes, et la plus stupide !

Une réelle colère l'agitait, faite de rancune et d'amour-propre blessé.

« Mais, d'un bout à l'autre, j'ai eu le dessous dès la première heure ! Savez-vous le rôle que j'ai joué dans cette affaire, ou plutôt le rôle qu'ils m'ont fait jouer ? Celui d'André Brawford ! Oui, mon cher, et je n'y ai vu que du feu !

« C'est après, par les journaux, et en rapprochant certains détails, que je m'en suis aperçu. Tandis que je posais au bienfaiteur, au monsieur qui a risqué sa vie pour vous tirer de la griffe des apaches, eux, ils me faisaient passer pour un des Brawford !

« N'est-ce pas admirable ? Cet original qui avait sa chambre au deuxième étage, ce sauvage que l'on montrait de loin, c'était Brawford, et Brawford, c'était moi ! Et grâce à moi, grâce à la confiance que j'inspirais sous le nom de Brawford, les banquiers prêtaient, et les notaires engageaient leurs clients à prêter ! Hein, quelle école pour un débutant ! Ah ! je vous jure que la leçon m'a servi ! »

Il s'arrêta brusquement, me saisit le bras, et il me dit d'un ton exaspéré où il était facile, cependant, de sentir des nuances d'ironie et d'admiration, il me dit cette phrase ineffable :

« Mon cher, à l'heure actuelle, Gervaise Imbert me doit quinze cents francs ! »

Pour le coup, je ne pus m'empêcher de rire. C'était vraiment d'une bouffonnerie supérieure. Et lui-même eut un accès de franche gaieté.

« Oui, mon cher, quinze cents francs ! Non seulement je n'ai pas palpé le premier sou de mes appointements, mais encore elle m'a emprunté quinze cents francs ! Toutes mes économies de jeune homme ! Et savez-vous pourquoi ? Je vous le donne en mille… Pour ses pauvres ! Comme je vous le dis ! pour de prétendus malheureux qu'elle soulageait à l'insu de Ludovic !

« Et j'ai coupé là-dedans ! Est-ce assez drôle, hein ! Arsène Lupin refait de quinze cents francs, et refait par la bonne dame à laquelle il volait quatre millions de titres faux ! Et que de combinaisons, d'efforts et de ruses géniales il m'a fallu pour arriver à ce beau résultat !

« C'est la seule fois que j'ai été roulé dans ma vie. Mais fichtre ! je l'ai bien été cette fois-là, et proprement, dans les grands prix !… »

LA PERLE NOIRE

Un violent coup de sonnette réveilla la concierge du numéro 9 de l'avenue Hoche. Elle tira le cordon en grognant :

« Je croyais tout le monde rentré. Il est au moins trois heures ! »

Son mari bougonna :

« C'est peut-être pour le docteur. »

En effet, une voix demanda :

« Le docteur Harel… quel étage ?

— Troisième à gauche. Mais le docteur ne se dérange pas la nuit.

— Il faudra bien qu'il se dérange. »

Le monsieur pénétra dans le vestibule, monta un étage, deux étages, et, sans même s'arrêter sur le palier du docteur Harel, continua jusqu'au cinquième. Là, il essaya deux clefs. L'une fit fonctionner la serrure, l'autre le verrou de sûreté.

« À merveille, murmura-t-il, la besogne est considérablement simplifiée. Mais avant d'agir, il faut assurer notre retraite. Voyons… ai-je eu logiquement le temps de sonner chez le docteur, et d'être congédié par lui ? Pas encore… un peu de patience… »

Au bout d'une dizaine de minutes, il descendit et heurta le carreau de la loge en maugréant contre le docteur. On lui ouvrit, et il claqua la porte derrière lui. Or, cette porte ne se ferma point, l'homme ayant vivement appliqué un morceau de fer sur la gâche afin que le pêne ne pût s'y introduire.

Il entra donc, sans bruit, à l'insu des concierges. En cas d'alarme, sa retraite était assurée.

Paisiblement, il remonta les cinq étages. Dans l'antichambre, à la lueur d'une lanterne électrique, il déposa son pardessus et son chapeau sur une des chaises, s'assit sur une autre, et enveloppa ses bottines d'épais chaussons de feutre.

« Ouf! ça y est… Et combien facilement! Je me demande un peu pourquoi tout le monde ne choisit pas le confortable métier de cambrioleur? Avec un peu d'adresse et de réflexion, il n'en est pas de plus charmant. Un métier de tout repos… un métier de père de famille… Trop commode même… cela devient fastidieux. »

Il déplia un plan détaillé de l'appartement.

« Commençons par nous orienter. Ici, j'aperçois le rectangle du vestibule où je suis. Du côté de la rue, le salon, le boudoir et la salle à manger. Inutile de perdre son temps par là, il paraît que la comtesse a un goût déplorable… pas un bibelot de valeur!… Donc, droit au but… Ah! voici le tracé d'un couloir, du couloir qui mène aux chambres. À trois mètres, je dois rencontrer la porte du placard aux robes qui communique avec la chambre de la comtesse. »

Il replia son plan, éteignit sa lanterne, et s'engagea dans le couloir en comptant :

« Un mètre… deux mètres… trois mètres… Voici la porte… Comme tout s'arrange, mon Dieu! Un simple verrou, un petit verrou, me sépare de la chambre, et, qui plus est, je sais que ce verrou se trouve à un mètre quarante-trois du plancher… De sorte que, grâce à une légère incision que je vais pratiquer autour, nous en serons débarrassé… »

Il sortit de sa poche les instruments nécessaires, mais une idée l'arrêta.

« Et si, par hasard, ce verrou n'était pas poussé. Essayons toujours… Pour ce qu'il en coûte! »

Il tourna le bouton de la serrure. La porte s'ouvrit.

« Mon brave Lupin, décidément la chance te favorise. Que te faut-il maintenant? Tu connais la topographie des lieux où tu vas opérer; tu connais l'endroit où la comtesse cache la perle noire… Par conséquent, pour que la perle noire t'appartienne, il s'agit tout bêtement d'être plus silencieux que le silence, plus invisible que la nuit. »

Arsène Lupin employa bien une demi-heure pour ouvrir la seconde porte, une porte vitrée qui donnait sur la chambre.

Mais il le fit avec tant de précaution, qu'alors même que la comtesse n'eût pas dormi, aucun grincement équivoque n'aurait pu l'inquiéter.

D'après les indications de son plan, il n'avait qu'à suivre le contour d'une chaise longue. Cela le conduisait à un fauteuil, puis à une petite table située près du lit. Sur la table, il y avait une boîte de papier à lettres, et, enfermée tout simplement dans cette boîte, la perle noire.

Il s'allongea sur le tapis et suivit les contours de la chaise longue. Mais à l'extrémité il s'arrêta pour réprimer les battements de son cœur. Bien qu'aucune crainte ne l'agitât, il lui était impossible de vaincre cette sorte d'angoisse nerveuse que l'on éprouve dans le trop grand silence. Et il s'en étonnait, car, enfin, il avait vécu sans émotion des minutes plus solennelles. Nul danger ne le menaçait. Alors pourquoi son cœur battait-il comme une cloche affolée ? Était-ce cette femme endormie qui l'impressionnait, cette vie si voisine de la sienne ?

Il écouta et crut discerner le rythme d'une respiration. Il fut rassuré comme par une présence amie.

Il chercha le fauteuil, puis, par petits gestes insensibles, rampa vers la table, tâtant l'ombre de son bras étendu. Sa main droite rencontra un des pieds de la table.

Enfin ! il n'avait plus qu'à se lever, à prendre la perle et à s'en aller. Heureusement ! car son cœur recommençait à sauter dans sa poitrine comme une bête terrifiée, et avec un tel bruit qu'il lui semblait impossible que la comtesse ne s'éveillât point.

Il l'apaisa dans un élan de volonté prodigieux, mais, au moment où il essayait de se relever, sa main gauche heurta sur le tapis un objet qu'il reconnut tout de suite pour un flambeau, un flambeau renversé ; et aussitôt, un autre objet se présenta, une pendule, une de ces petites pendules de voyage qui sont recouvertes d'une gaine de cuir.

Quoi ? Que se passait-il ? Il ne comprenait pas. Ce flambeau… cette pendule… pourquoi ces objets n'étaient-ils pas à leur place habituelle ? Ah ! que se passait-il dans l'ombre effarante ?

Et soudain, un cri lui échappa. Il avait touché… oh ! à quelle chose étrange, innommable ! Mais non, non, la peur lui troublait le cerveau. Vingt secondes, trente secondes, il demeura immobile, épouvanté, de la sueur aux tempes. Et ses doigts gardaient la sensation de ce contact.

Par un effort implacable, il tendit le bras de nouveau. Sa main, de nouveau, effleura la chose, la chose étrange, innommable. Il la palpa. Il exigea que sa main la palpât et se rendît compte. C'était une chevelure, un visage… et ce visage était froid, presque glacé.

Si terrifiante que soit la réalité, un homme comme Arsène Lupin la domine dès qu'il en a pris connaissance. Rapidement, il fit jouer le ressort de sa lanterne. Une femme gisait devant lui, couverte de sang. D'affreuses blessures dévastaient son cou et ses épaules. Il se pencha et l'examina. Elle était morte.

« Morte, morte », répéta-t-il avec stupeur.

Et il regardait ces yeux fixes, le rictus de cette bouche, cette chair livide, et ce sang, tout ce sang qui avait coulé sur le tapis et se figeait maintenant, épais et noir.

S'étant relevé, il tourna le bouton de l'électricité, la pièce s'emplit de lumière, et il put voir tous les signes d'une lutte acharnée. Le lit était entièrement défait, les couvertures et les draps arrachés. Par terre, le flambeau, puis la pendule – les aiguilles marquaient onze heures vingt – puis, plus loin, une chaise renversée, et partout du sang, des flaques de sang.

« Et la perle noire ? » murmura-t-il.

La boîte de papier à lettres était à sa place. Il l'ouvrit vivement. Elle contenait l'écrin. Mais l'écrin était vide.

« Fichtre ! se dit-il, tu t'es vanté un peu tôt de ta chance, mon ami Arsène Lupin… La comtesse assassinée, la perle noire disparue… la situation n'est pas brillante ! Filons, sans quoi tu risques fort d'encourir de lourdes responsabilités. »

Il ne bougea pas cependant.

« Filer ? Oui, un autre filerait. Mais Arsène Lupin ? N'y a-t-il pas mieux à faire ? Voyons, procédons par ordre. Après tout, ta conscience est tranquille… Suppose que tu es commissaire de police et que tu dois procéder à une enquête… Oui, mais pour cela il faudrait avoir un cerveau plus clair. Et le mien est dans un état ! »

Il tomba sur un fauteuil, ses poings crispés contre son front brûlant.

L'affaire de l'avenue Hoche est une de celles qui nous ont le plus vivement intrigués en ces derniers temps, et je ne l'eusse certes pas racontée si la participation d'Arsène Lupin ne l'éclairait d'un jour tout spécial. Cette participation, il en est peu qui la soupçonnent. Nul ne sait en tout cas l'exacte et curieuse vérité.

Qui ne connaissait, pour l'avoir rencontrée au Bois, Léontine Zalti, l'ancienne cantatrice, épouse et veuve du comte d'Andillot, la Zalti dont le luxe éblouissait Paris, il y a quelque vingt ans, comtesse d'Andillot, à qui ses parures de diamants et de perles valaient une réputation européenne ? On disait d'elle qu'elle portait sur ses épaules le coffre-fort de plusieurs maisons de banque et les mines d'or de plusieurs compagnies australiennes. Les grands joailliers travaillaient pour la Zalti comme on travaillait jadis pour les rois et pour les reines.

Et qui ne se souvient de la catastrophe où toutes ces richesses furent englouties ? Maisons de banque et mines d'or, le gouffre dévora tout. De la collection merveilleuse, dispersée par le commissaire priseur, il ne resta que la fameuse perle noire. La perle noire ! c'est-à-dire une fortune, si elle avait voulu s'en défaire.

Elle ne le voulut point. Elle préféra se restreindre, vivre dans un simple appartement, avec sa dame de compagnie, sa cuisinière et un domestique, plutôt que de vendre cet inestimable joyau. Il y avait à cela une raison qu'elle ne craignait pas d'avouer, la perle noire était le cadeau d'un empereur ! Et presque ruinée, réduite à l'existence la plus médiocre, elle demeura fidèle à sa compagne des beaux jours.

« Moi vivante, disait-elle, je ne la quitterai pas. »

Du matin jusqu'au soir, elle la portait à son cou. La nuit, elle la mettait dans un endroit connu d'elle seule. Tous ces faits rappelés par les feuilles publiques stimulèrent la curiosité, et, chose bizarre, mais facile à comprendre pour ceux qui ont le mot de l'énigme, ce fut précisément l'arrestation de l'assassin présumé qui compliqua le mystère et prolongea l'émotion. Le surlendemain, en effet, les journaux publiaient la nouvelle suivante :

On nous annonce l'arrestation de Victor Danègre, le domestique de la comtesse d'Andillot. Les charges relevées contre lui sont écrasantes. Sur la manche en lustrine de son gilet de livrée, que M. Dudouis, le chef de la Sûreté, a trouvé dans sa mansarde, entre le sommier et le matelas, on a constaté des taches de sang. En outre, il manquait à ce gilet un bouton recouvert d'étoffe. Or, ce bouton, dès le début des perquisitions, avait été ramassé sous le lit même de la victime.

Il est probable qu'après le dîner, Danègre, au lieu de regagner sa mansarde, se sera glissé dans le cabinet aux robes, et que, par la porte vitrée, il a vu la comtesse cacher la perle noire.

Nous devons dire que, jusqu'ici, aucune preuve n'est venue confirmer cette supposition. En tout cas, un autre point reste obscur. À sept heures du matin Danègre s'est rendu au bureau de tabac du boulevard de Courcelles : la concierge d'abord, puis la buraliste ont témoigné dans ce sens. D'autre part, la cuisinière de la comtesse et sa dame de compagnie, qui toutes deux couchent au bout du couloir, affirment qu'à huit heures, quand elles se sont levées, la porte de l'antichambre et la porte de la cuisine étaient fermées à double tour. Depuis vingt ans au service de la comtesse, ces deux personnes sont au-dessus de tout soupçon. On se demande donc comment Danègre a pu sortir de l'appartement. S'était-il fait faire une autre clef? L'instruction éclaircira ces différents points.

L'instruction n'éclaircit absolument rien, au contraire. On apprit que Victor Danègre était un récidiviste dangereux, un alcoolique et un débauché, qu'un coup de couteau n'effrayait pas. Mais l'affaire elle-même semblait, au fur et à mesure qu'on l'étudiait, s'envelopper de ténèbres plus épaisses et de contradictions plus inexplicables.

D'abord une demoiselle de Sinclèves, cousine et unique héritière de la victime, déclara que la comtesse, un mois avant sa mort, lui avait confié dans une de ses lettres la façon dont elle cachait la perle noire. Le lendemain du jour où elle recevait cette lettre, elle en constatait la disparition. Qui l'avait volée ?

De leur côté, les concierges racontèrent qu'ils avaient ouvert la porte à un individu, lequel était monté chez le docteur Harel. On manda le docteur. Personne n'avait sonné chez lui. Alors qui était cet individu ? Un complice ?

Cette hypothèse d'un complice fut adoptée par la presse et par le public. Ganimard, le vieil inspecteur principal, Ganimard la défendait, non sans raison.

« Il y a du Lupin là-dessous, disait-il au juge.

— Bah ! ripostait celui-ci, vous le voyez partout, votre Lupin.

— Je le vois partout, parce qu'il est partout.

— Dites plutôt que vous le voyez chaque fois où quelque chose ne vous paraît pas très clair. D'ailleurs, en l'espèce, remarquez ceci, le crime a été commis à onze heures vingt du soir, ainsi que l'atteste la pendule, et la visite nocturne, dénoncée par les concierges, n'a eu lieu qu'à trois heures du matin. »

La justice obéit souvent à ces entraînements de conviction qui font qu'on oblige les événements à se plier à l'explication première qu'on en a donnée. Les antécédents déplorables de Victor Danègre, récidiviste, ivrogne et débauché, influencèrent le juge, et bien qu'aucune circonstance nouvelle ne vînt corroborer les deux ou trois indices primitivement découverts, rien ne put l'ébranler. Il boucla son instruction. Quelques semaines après les débats commencèrent.

Ils furent embarrassés et languissants. Le président les dirigea sans ardeur. Le ministère public attaqua mollement. Dans ces conditions, l'avocat de Danègre avait beau jeu. Il montra les lacunes et les impossibilités de l'accusation. Nulle preuve matérielle n'existait. Qui avait forgé la clef, l'indispensable clef sans laquelle Danègre, après son départ, n'aurait pu refermer à double tour la porte de l'appartement ? Qui l'avait vue, cette clef, et qu'était-elle devenue ? Qui avait vu le couteau de l'assassin, et qu'était-il devenu ?

« Et, en tout cas, concluait l'avocat, prouvez que c'est mon client qui a tué. Prouvez que l'auteur du vol et du crime n'est pas ce mystérieux personnage qui s'est introduit dans la maison à trois heures du matin. La pendule marquait onze heures, me direz-vous ? Et après ? ne peut-on mettre les aiguilles d'une pendule à l'heure qui vous convient ? »

Victor Danègre fut acquitté.

Il sortit de prison un vendredi au déclin du jour, amaigri, déprimé par six mois de cellule. L'instruction, la solitude, les débats, les délibérations du jury, tout cela l'avait empli d'une épouvante maladive. La nuit, d'affreux cauchemars, des visions d'échafaud le hantaient. Il tremblait de fièvre et de terreur.

Sous le nom d'Anatole Dufour, il loua une petite chambre sur les hauteurs de Montmartre, et il vécut au hasard des besognes, bricolant de droite et de gauche.

Vie lamentable ! Trois fois engagé par trois patrons différents, il fut reconnu et renvoyé sur-le-champ.

Souvent il s'aperçut, ou crut s'apercevoir, que des hommes le suivaient, des hommes de la police, il n'en doutait point, qui ne renonçait pas à le faire tomber dans quelque piège. Et d'avance il sentait l'étreinte rude de la main qui le prendrait au collet.

Un soir qu'il dînait chez un traiteur du quartier, quelqu'un s'installa en face de lui. C'était un individu d'une quarantaine d'années, vêtu d'une redingote noire, de propreté douteuse. Il commanda une soupe, des légumes et un litre de vin.

Et quand il eut mangé la soupe, il tourna les yeux vers Danègre et le regarda longuement.

Danègre pâlit. Pour sûr, cet individu était de ceux qui le suivaient depuis des semaines. Que lui voulait-il ? Danègre essaya de se lever. Il ne le put. Ses jambes chancelaient sous lui.

L'homme se versa un verre de vin et emplit le verre de Danègre.

« Nous trinquons, camarade ? »

Victor balbutia :

« Oui… oui… à votre santé, camarade.

— À votre santé, Victor Danègre. »

L'autre sursauta :

« Moi !… moi !… mais non… je vous jure…

— Vous me jurez quoi ? que vous n'êtes pas vous ? le domestique de la comtesse ?

— Quel domestique ? Je m'appelle Dufour. Demandez au patron.

— Dufour, Anatole, oui, pour le patron, mais Danègre pour la justice, Victor Danègre.

— Pas vrai ! Pas vrai ! on vous a menti. »

Le nouveau venu tira de sa poche une carte et la tendit. Victor lut :

Grimaudan, ex-inspecteur de la Sûreté.
Renseignements confidentiels.

Il tressaillit.

« Vous êtes de la police ?

— Je n'en suis plus, mais le métier me plaisait, et je continue d'une façon plus… lucrative. On déniche de temps en temps des affaires d'or… comme la vôtre.

— La mienne ?

— Oui, la vôtre, c'est une affaire exceptionnelle, si toutefois vous voulez bien y mettre un peu de complaisance.

— Et si je n'en mets pas ?

— Il le faudra. Vous êtes dans une situation où vous ne pouvez rien me refuser. »

Une appréhension sourde envahissait Victor Danègre. Il demanda :

« Qu'y a-t-il ?… parlez.

— Soit, répondit l'autre, finissons-en. En deux mots, voici : je suis envoyé par Mlle de Sinclèves.

— Sinclèves ?

— L'héritière de la comtesse d'Andillot.

— Eh bien ?

— Eh bien, Mlle de Sinclèves me charge de vous réclamer la perle noire.

— La perle noire ?

— Celle que vous avez volée.

— Mais je ne l'ai pas !

— Vous l'avez.

— Si je l'avais, ce serait moi l'assassin.

— C'est vous l'assassin. »

Danègre s'efforça de rire.

« Heureusement, mon bon monsieur, que la Cour d'assises n'a pas été du même avis. Tous les jurés, vous entendez, m'ont reconnu innocent. Et quand on a sa conscience pour soi et l'estime de douze braves gens… »

L'ex-inspecteur lui saisit le bras :

« Pas de phrases, mon petit. Écoutez-moi bien attentivement et pesez mes paroles, elles en valent la peine. Danègre, trois semaines avant le crime, vous avez dérobé à la cuisine la clef qui ouvre la porte de service, et vous avez fait faire une clef semblable chez Outard, serrurier, 244, rue Oberkampf.

— Pas vrai, pas vrai, gronda Victor, personne n'a vu cette clef… elle n'existe pas.

— La voici. »

Après un silence, Grimaudan reprit :

« Vous avez tué la comtesse à l'aide d'un couteau à virole acheté au bazar de la République, le jour même où vous commandiez votre clef. La lame est triangulaire et creusée d'une cannelure.

— De la blague, tout cela, vous parlez au hasard. Personne n'a vu le couteau.

— Le voici. »

Victor Danègre eut un geste de recul. L'ex-inspecteur continua :

« Il y a dessus des taches de rouille. Est-il besoin de vous en expliquer la provenance ?

— Et après ?… vous avez une clef et un couteau… Qui peut affirmer qu'ils m'appartenaient ?

— Le serrurier d'abord, et ensuite l'employé auquel vous avez acheté le couteau. J'ai déjà rafraîchi leur mémoire. En face de vous, ils ne manqueront pas de vous reconnaître. »

Il parlait sèchement et durement, avec une précision terrifiante. Danègre était convulsé de peur. Ni le juge, ni le président des assises, ni l'avocat général ne l'avaient serré d'aussi près, n'avaient vu aussi clair dans des choses que lui-même ne discernait plus très nettement.

Cependant, il essaya encore de jouer l'indifférence.

« Si c'est là toutes vos preuves !

— Il me reste celle-ci. Vous êtes reparti, après le crime, par le même chemin. Mais, au milieu du cabinet aux robes, pris d'effroi, vous avez dû vous appuyer contre le mur pour garder votre équilibre.

— Comment le savez-vous ? bégaya Victor…, personne ne peut le savoir.

— La justice, non, il ne pouvait venir à l'idée d'aucun de ces messieurs du parquet d'allumer une bougie et d'examiner les murs. Mais si on le faisait, on verrait sur le plâtre blanc une marque rouge très légère, assez nette cependant pour qu'on y retrouve l'empreinte de la face antérieure de votre pouce, de votre pouce tout humide de sang et que vous avez posé contre le mur. Or, vous n'ignorez pas qu'en anthropométrie, c'est là un des principaux moyens d'identification. »

Victor Danègre était blême. Des gouttes de sueur coulaient de son front. Il considérait avec des yeux de fou cet homme étrange qui évoquait son crime comme s'il en avait été le témoin invisible.

Il baissa la tête, vaincu, impuissant. Depuis des mois il luttait contre tout le monde. Contre cet homme-là, il avait l'impression qu'il n'y avait rien à faire.

« Si je vous rends la perle, balbutia-t-il, combien me donnerez-vous ?

— Rien.

— Comment ! vous vous moquez ! Je vous donnerais une chose qui vaut des mille et des centaines de mille, et je n'aurais rien ?

— Si, la vie. »

Le misérable frissonna. Grimaudan ajouta, d'un ton presque doux :

« Voyons, Danègre, cette perle n'a aucune valeur pour vous. Il vous est impossible de la vendre. À quoi bon la garder ?

— Il y a des receleurs… et un jour ou l'autre, à n'importe quel prix…

— Un jour ou l'autre il sera trop tard.

— Pourquoi ?

— Pourquoi ? mais parce que la justice aura remis la main sur vous, et, cette fois, avec les preuves que je lui fournirai, le couteau, la clef, l'indication de votre pouce, vous êtes fichu, mon bonhomme. »

Victor s'étreignit la tête de ses deux mains et réfléchit. Il se sentait perdu, en effet, irrémédiablement perdu, et, en même temps, une grande fatigue l'envahissait, un immense besoin de repos et d'abandon.

Il murmura :

« Quand vous la faut-il ?

— Ce soir, avant une heure.

— Sinon ?

— Sinon, je mets à la poste cette lettre où Mlle de Sinclèves vous dénonce au procureur de la République. »

Danègre se versa deux verres de vin qu'il but coup sur coup, puis se levant :

« Payez l'addition, et allons-y… j'en ai assez de cette maudite affaire. »

La nuit était venue. Les deux hommes descendirent la rue Lepic et suivirent les boulevards extérieurs en se dirigeant vers l'Étoile. Ils marchaient silencieusement, Victor, très las et le dos voûté.

Au parc Monceau, il dit :

« C'est du côté de la maison…

— Parbleu ! vous n'en êtes sorti, avant votre arrestation, que pour aller au bureau de tabac.

— Nous y sommes », fit Danègre, d'une voix sourde.

Ils longèrent la grille du jardin, et traversèrent une rue dont le bureau de tabac faisait l'encoignure. Danègre s'arrêta quelques pas plus loin. Ses jambes vacillaient. Il tomba sur un banc.

« Eh bien ? demanda son compagnon.

— C'est là.

— C'est là ! qu'est-ce que vous me chantez ?

— Oui là, devant nous.

— Devant nous ! Dites donc, Danègre, il ne faudrait pas…

— Je vous répète qu'elle est là.

— Où ?

— Entre deux pavés.

— Lesquels ?

— Cherchez.

— Lesquels ? » répéta Grimaudan.

Victor ne répondit pas.

« Ah ! parfait, tu veux me faire poser, mon bonhomme.

— Non… mais… je vais crever de misère.

— Et alors, tu hésites ? Allons, je serai bon prince. Combien te faut-il ?

— De quoi prendre un billet d'entrepont pour l'Amérique.

— Convenu.

— Et un billet de cent francs pour les premiers frais.

— Tu en auras deux. Parle.

— Comptez les pavés, à droite de l'égout. C'est entre le douzième et le treizième.

— Dans le ruisseau ?

— Oui, en bas du trottoir. »

Grimaudan regarda autour de lui. Des tramways passaient, des gens passaient. Mais, bah ! qui pouvait se douter ?…

Il ouvrit son canif et le planta entre le douzième et le treizième pavé.

« Et si elle n'y est pas ?

— Si personne ne m'a vu me baisser et l'enfoncer, elle y est encore. »

Se pouvait-il qu'elle y fût ? La perle noire jetée dans la boue d'un ruisseau, à la disposition du premier venu ! La perle noire… une fortune !

« À quelle profondeur ?

— Elle est à dix centimètres, à peu près. »

Il creusa le sable mouillé. La pointe de son canif heurta quelque chose. Avec ses doigts, il élargit le trou.

Il aperçut la perle noire.

« Tiens, voilà tes deux cents francs. Je t'enverrai ton billet pour l'Amérique. »

Le lendemain, *L'Écho de France* publiait cet entrefilet, qui fut reproduit par les journaux du monde entier :

Depuis hier, la fameuse perle noire est entre les mains d'Arsène Lupin qui l'a reprise au meurtrier de la comtesse d'Andillot. Avant peu, des fac-similés de ce précieux bijoux seront exposés à Londres, à Saint-Pétersbourg, à Calcutta, à Buenos Aires et à New York.

Arsène Lupin attend les propositions que voudront bien lui faire ses correspondants.

« Et voilà comme quoi le crime est toujours puni et la vertu récompensée, conclut Arsène Lupin, lorsqu'il m'eut révélé les dessous de l'affaire.

— Et voilà comme quoi, sous le nom de Grimaudan, ex-inspecteur de la Sûreté, vous fûtes choisi par le destin pour enlever au criminel le bénéfice de son forfait.

— Justement. Et j'avoue que c'est une des aventures dont je suis le plus fier. Les quarante minutes que j'ai passées dans l'appartement de la comtesse, après avoir constaté sa mort, sont parmi les plus étonnantes et les plus profondes de ma vie. En quarante minutes, empêtré dans la situation la plus inextricable, j'ai reconstitué le crime, j'ai acquis la certitude, à l'aide de quelques indices, que le coupable ne pouvait être qu'un domestique de la comtesse. Enfin, j'ai compris que, pour avoir la perle, il fallait que ce domestique fût arrêté – et j'ai laissé le bouton de gilet –, mais qu'il ne fallait pas qu'on relevât contre lui des preuves irrécusables de sa culpabilité – et j'ai ramassé le couteau oublié sur le tapis, emporté la clef oubliée sur la serrure, fermé la porte à double tour, et effacé les traces des doigts sur le plâtre du cabinet aux robes. À mon sens, ce fut là un de ces éclairs…

— De génie, interrompis-je.

— De génie, si vous voulez, et qui n'eût pas illuminé le cerveau du premier venu. Deviner en une seconde les deux termes du problème – une arrestation et un acquittement –, me servir de l'appareil formidable de la justice pour détraquer mon homme, pour l'abêtir, bref, pour le mettre dans un état d'esprit tel, qu'une fois libre, il devait inévitablement, fatalement, tomber dans le piège un peu grossier que je lui tendais !…

— Un peu ? dites beaucoup, car il ne courait aucun danger.

— Oh ! pas le moindre, puisque tout acquittement est une chose définitive.

— Pauvre diable…

— Pauvre diable… Victor Danègre ! vous ne songez pas que c'est un assassin ? Il eût été de la dernière immoralité que la perle noire lui restât. Il vit, pensez donc, Danègre vit !

— Et la perle noire est à vous. »

Il la sortit d'une des poches secrètes de son portefeuille, l'examina, la caressa de ses doigts et de ses yeux, et il soupirait :

« Quel est le boyard, quel est le rajah imbécile et vaniteux qui possédera ce trésor ? À quel milliardaire américain est destiné le petit morceau de beauté et de luxe qui ornait les blanches épaules de Léontine Zalti, comtesse d'Andillot ?… »

HERLOCK SHOLMÈS ARRIVE TROP TARD

« C'est étrange ce que vous ressemblez à Arsène Lupin, Velmont !

— Vous le connaissez !

— Oh ! comme tout le monde, par ses photographies, dont aucune n'est pareille aux autres, mais dont chacune laisse l'impression d'une physionomie identique… qui est bien la vôtre. »

Horace Velmont parut plutôt vexé.

« N'est-ce pas, mon cher Devanne ? Et vous n'êtes pas le premier à m'en faire la remarque, croyez-le.

— C'est au point, insista Devanne, que si vous n'aviez pas été recommandé par mon cousin d'Estevan, et si vous n'étiez pas le peintre connu dont j'admire les belles marines, je me demande si je n'aurais pas averti la police de votre présence à Dieppe. »

La boutade fut accueillie par un rire général. Il y avait là, dans la grande salle à manger du château de Thibermesnil, outre Velmont : l'abbé Gélis, curé du village, et une douzaine d'officiers dont les régiments manœuvraient aux environs, et qui avaient répondu à l'invitation du banquier Georges Devanne et de sa mère. L'un d'eux s'écria :

« Mais, est-ce que, précisément, Arsène Lupin n'a pas été signalé sur la côte, après son fameux coup du rapide de Paris au Havre ?

— Parfaitement, il y a de cela trois mois, et la semaine suivante je faisais connaissance au casino de notre excellent Velmont qui, depuis, a bien voulu m'honorer de quelques visites – agréable préambule d'une visite domiciliaire plus sérieuse qu'il me rendra l'un de ces jours… ou plutôt l'une de ces nuits! »

On rit de nouveau et l'on passa dans l'ancienne salle des gardes, vaste pièce, très haute, qui occupe toute la partie inférieure de la tour Guillaume, et où Georges Devanne a réuni les incomparables richesses accumulées à travers les siècles par les sires de Thibermesnil. Des bahuts et des crédences, des landiers et des girandoles la décorent. De magnifiques tapisseries pendent aux murs de pierre. Les embrasures des quatre fenêtres sont profondes, munies de bancs, et se terminent par des croisées ogivales à vitraux encadrés de plomb. Entre la porte et la fenêtre de gauche, s'érige une bibliothèque monumentale de style Renaissance, sur le fronton de laquelle on lit, en lettres d'or : *Thibermesnil* et au-dessous, la fière devise de la famille : *Fais ce que veulx.*

Et comme on allumait des cigares, Devanne reprit :

« Seulement, dépêchez-vous, Velmont, c'est la dernière nuit qui vous reste.

— Et pourquoi? » fit le peintre qui, décidément, prenait la chose en plaisantant.

Devanne allait répondre quand sa mère lui fit signe. Mais l'excitation du dîner, le désir d'intéresser ses hôtes l'emportèrent.

« Bah! murmura-t-il, je puis parler maintenant. Une indiscrétion n'est plus à craindre. »

On s'assit autour de lui avec une vive curiosité, et il déclara, de l'air satisfait de quelqu'un qui annonce une grosse nouvelle :

« Demain, à quatre heures du soir, Herlock Sholmès, le grand policier anglais pour qui il n'est point de mystère, Herlock Sholmès, le plus extraordinaire déchiffreur d'énigmes que l'on ait jamais vu, le prodigieux personnage qui semble forgé de toutes pièces par l'imagination d'un romancier, Herlock Sholmès sera mon hôte. »

On se récria. Herlock Sholmès à Thibermesnil? C'était donc sérieux? Arsène Lupin se trouvait réellement dans la contrée?

« Arsène Lupin et sa bande ne sont pas loin. Sans compter l'affaire du baron Cahorn, à qui attribuer les cambriolages de Montigny, de Gruchet, de Crasville, sinon à notre voleur national? Aujourd'hui, c'est mon tour.

— Et vous êtes prévenu, comme le fut le baron Cahorn ?

— Le même truc ne réussit pas deux fois.

— Alors ?

— Alors ?… alors voici. »

Il se leva, et désignant du doigt, sur l'un des rayons de la bibliothèque, un petit espace vide entre deux énormes in-folio :

« Il y avait là un livre, un livre du XVIe siècle, intitulé la *Chronique de Thibermesnil*, et qui était l'histoire du château depuis sa construction par le duc Rollon sur l'emplacement d'une forteresse féodale. Il contenait trois planches gravées. L'une représentait une vue cavalière du domaine dans son ensemble, la seconde le plan des bâtiments, et la troisième – j'appelle votre attention là-dessus –, le tracé d'un souterrain dont l'une des issues s'ouvre à l'extérieur de la première ligne des remparts, et dont l'autre aboutit ici, oui, dans la salle même où nous nous tenons. Or, ce livre a disparu depuis le mois dernier.

— Fichtre, dit Velmont, c'est mauvais signe. Seulement cela ne suffit pas pour motiver l'intervention de Herlock Sholmès.

— Certes, cela n'eût point suffi s'il ne s'était passé un autre fait qui donne à celui que je viens de vous raconter toute sa signification. Il existait à la Bibliothèque nationale un second exemplaire de cette *Chronique*, et ces deux exemplaires différaient par certains détails concernant le souterrain, comme l'établissement d'un profil et d'une échelle, et diverses annotations, non pas imprimées, mais écrites à l'encre et plus ou moins effacées. Je savais ces particularités, et je savais que le tracé définitif ne pouvait être reconstitué que par une confrontation minutieuse des deux cartes. Or, le lendemain du jour où mon exemplaire disparaissait, celui de la Bibliothèque nationale était demandé par un lecteur qui l'emportait sans qu'il fût possible de déterminer les conditions dans lesquelles le vol était effectué. »

Des exclamations accueillirent ces paroles.

« Cette fois, l'affaire devient sérieuse.

— Aussi, cette fois, dit Devanne, la police s'émut et il y eut une double enquête, qui, d'ailleurs, n'eut aucun résultat.

— Comme toutes celles dont Arsène Lupin est l'objet.

— Précisément. C'est alors qu'il me vint à l'esprit de demander son concours à Herlock Sholmès, lequel me répondit qu'il avait le plus vif désir d'entrer en contact avec Arsène Lupin.

— Quelle gloire pour Arsène Lupin ! dit Velmont. Mais si notre voleur national, comme vous l'appelez, ne nourrit aucun projet sur Thibermesnil, Herlock Sholmès n'aura qu'à se tourner les pouces ?

— Il y a autre chose, et qui l'intéressera vivement, la découverte du souterrain.

— Comment, vous nous avez dit qu'une des entrées s'ouvrait sur la campagne, l'autre dans ce salon même !

— Où ? En quel lieu de ce salon ? La ligne qui représente le souterrain sur les cartes aboutit bien d'un côté à un petit cercle accompagné de ces deux majuscules : « T. G. », ce qui signifie sans doute, n'est-ce pas, Tour Guillaume. Mais la tour est ronde, et qui pourrait déterminer à quel endroit du rond s'amorce le tracé du dessin ? »

Devanne alluma un second cigare et se versa un verre de bénédictine. On le pressait de questions. Il souriait, heureux de l'intérêt provoqué. Enfin, il prononça :

« Le secret est perdu. Nul au monde ne le connaît. De père en fils, dit la légende, les puissants seigneurs se le transmettaient à leur lit de mort, jusqu'au jour où Geoffroy, dernier du nom, eut la tête tranchée sur l'échafaud, le 7 thermidor an II, dans sa dix-neuvième année.

— Mais depuis un siècle, on a dû chercher ?

— On a cherché, mais vainement. Moi-même, quand j'eus acheté le château à l'arrière-petit neveu du conventionnel Leribourg, j'ai fait faire des fouilles. À quoi bon ? Songez que cette tour, environnée d'eau, n'est reliée au château que par un point, et qu'il faut, en conséquence, que le souterrain passe sous les anciens fossés. Le plan de la Bibliothèque nationale montre d'ailleurs une suite de quatre escaliers comportant quarante-huit marches, ce qui laisse supposer une profondeur de plus de dix mètres. Et l'échelle, annexée à l'autre plan, fixe la distance à deux cents mètres. En réalité, tout le problème est ici, entre ce plancher, ce plafond et ces murs. Ma foi, j'avoue que j'hésite à les démolir.

— Et l'on n'a aucun indice ?

— Aucun. »

L'abbé Gélis objecta :

« Monsieur Devanne, nous devons faire état de deux citations.

— Oh ! s'écria Devanne en riant, monsieur le curé est un fouilleur d'archives, un grand liseur de mémoires, et tout ce qui touche à Thibermesnil le passionne. Mais l'explication dont il parle ne sert qu'à embrouiller les choses.

— Mais encore ?

— Vous y tenez ?

— Énormément.

— Vous saurez donc qu'il résulte de ses lectures que deux rois de France ont eu le mot de l'énigme.

— Deux rois de France.

— Henri IV et Louis XVI.

— Ce ne sont pas les premiers venus. Et comment monsieur l'abbé est-il au courant ?...

— Oh ! c'est bien simple, continua Devanne. L'avant-veille de la bataille d'Arques, le roi Henri IV vint souper et coucher dans ce château. À onze heures du soir, Louise de Tancarville, la plus jolie dame de Normandie, fut introduite auprès de lui par le souterrain avec la complicité du duc Edgard, qui, en cette occasion, livra le secret de famille. Ce secret, Henri IV le confia plus tard à son ministre Sully, qui raconte l'anecdote dans ses *Royales Œconomies d'État* sans l'accompagner d'autre commentaire que de cette phrase incompréhensible :

« *La hache tournoie dans l'air qui frémit, mais l'aile s'ouvre, et l'on va jusqu'à Dieu.* »

Il y eut un silence, et Velmont ricana :

« Ce n'est pas d'une clarté aveuglante.

— N'est-ce pas ? Monsieur le curé veut que Sully ait noté par là le mot de l'énigme, sans trahir le secret aux scribes auxquels il dictait ses mémoires.

— L'hypothèse est ingénieuse.

— Je l'accorde, mais qu'est-ce que la hache qui tournoie, et l'oiseau qui s'envole ?

— Et qu'est-ce qui va jusqu'à Dieu ?

— Mystère ! »

Velmont reprit :

« Et ce bon Louis XVI, fut-ce également pour recevoir la visite d'une dame, qu'il se fit ouvrir le souterrain ?

— Je l'ignore. Tout ce qu'il est permis de dire, c'est que Louis XVI a séjourné en 1784 à Thibermesnil, et que la fameuse armoire de fer, trouvée au Louvre sur la dénonciation de Gamain, renfermait un papier avec ces mots écrits par lui : "*Thibermesnil* : 2-6-12". »

Horace Velmont éclata de rire :

« Victoire ! les ténèbres se dissipent de plus en plus. Deux fois six font douze.

— Riez à votre guise, monsieur, fit l'abbé, il n'empêche que ces deux citations contiennent la solution, et qu'un jour ou l'autre viendra quelqu'un qui saura les interpréter.

— Herlock Sholmès d'abord, dit Devanne… À moins qu'Arsène Lupin ne le devance. Qu'en pensez-vous, Velmont ? »

Velmont se leva, mit la main sur l'épaule de Devanne, et déclara :

« Je pense qu'aux données fournies par votre livre et par celui de la Bibliothèque, il manquait un renseignement de la plus haute importance, et que vous avez eu la gentillesse de me l'offrir. Je vous en remercie.

— De sorte que ?…

— De sorte que maintenant, la hache ayant tournoyé, l'oiseau s'étant enfui, et deux fois six faisant douze, je n'ai plus qu'à me mettre en campagne.

— Sans perdre une minute.

— Sans perdre une seconde ! Ne faut-il pas que cette nuit, c'est-à-dire avant l'arrivée de Herlock Sholmès, je cambriole votre château ?

— Il est de fait que vous n'avez que le temps. Voulez-vous que je vous conduise ?

— Jusqu'à Dieppe ?

— Jusqu'à Dieppe. J'en profiterai pour ramener moi-même M. et Mme d'Androl et une jeune fille de leurs amis qui arrivent par le train de minuit. »

Et, s'adressant aux officiers, Devanne ajouta :

« D'ailleurs, nous nous retrouverons tous ici demain à déjeuner, n'est-ce pas, messieurs ? Je compte bien sur vous, puisque ce château doit être investi par vos régiments et pris d'assaut sur le coup de onze heures. »

L'invitation fut acceptée, on se sépara et un instant plus tard, une 20-30 Étoile d'Or emportait Devanne et Velmont sur la route de Dieppe. Devanne déposa le peintre devant le casino, et se rendit à la gare.

À minuit, ses amis descendaient du train. À minuit et demi, l'automobile franchissait les portes de Thibermesnil. À une heure, après un léger souper servi dans le salon, chacun se retira. Peu à peu toutes les lumières s'éteignirent. Le grand silence de la nuit enveloppa le château.

Mais la lune écarta les nuages qui la voilaient, et, par deux des fenêtres, emplit le salon de clarté blanche. Cela ne dura qu'un moment. Très vite la lune se cacha derrière le rideau des collines. Et ce fut l'obscurité. Le silence s'augmenta de l'ombre plus épaisse. À peine, de temps à autre, des craquements de meubles le troublaient-ils, ou bien le bruissement des roseaux sur l'étang qui baigne les vieux murs de ses eaux vertes.

La pendule égrenait le chapelet infini des secondes. Elle sonna deux heures. Puis, de nouveau, les secondes tombèrent hâtives et monotones dans la paix lourde de la nuit. Puis trois heures sonnèrent.

Et tout à coup quelque chose claqua, comme fait, au passage d'un train, le disque d'un signal qui s'ouvre et se rabat. Et un jet fin de lumière traversa le salon de part en part, ainsi qu'une flèche qui laisserait derrière elle une traînée étincelante. Il jaillissait de la cannelure centrale d'un pilastre où s'appuie, à droite, le fronton de la bibliothèque. Il s'immobilisa d'abord sur le panneau opposé en un cercle éclatant, puis il se promena de tous côtés comme un regard inquiet qui scrute l'ombre, puis il s'évanouit pour jaillir encore, pendant que toute une partie de la bibliothèque tournait sur elle-même et démasquait une large ouverture en forme de voûte.

Un homme entra, qui tenait à la main une lanterne électrique. Un autre homme et un troisième surgirent qui portaient un rouleau de cordes et différents instruments. Le premier inspecta la pièce, écouta et dit :

« Appelez les camarades. »

De ces camarades, il en vint huit par le souterrain, gaillards solides, au visage énergique. Le déménagement commença.

Ce fut rapide. Arsène Lupin passait d'un meuble à un autre, l'examinait et, suivant ses dimensions ou sa valeur artistique, lui faisait grâce ou ordonnait :

« Enlevez ! »

Et l'objet était enlevé, avalé par la gueule béante du tunnel, expédié dans les entrailles de la terre.

Et ainsi furent escamotés six fauteuils et six chaises Louis XV, et des tapisseries d'Aubusson, et des girandoles signées Gouthière, et deux Fragonard, et un Nattier, et un buste de Houdon, et des statuettes. Quelquefois Lupin s'attardait devant un magnifique bahut ou un superbe tableau et soupirait :

« Trop lourd, celui-là... trop grand, quel dommage ! »

Et il continuait son expertise.

En quarante minutes, le salon fut « désencombré », selon l'expression d'Arsène. Et tout cela s'était accompli dans un ordre admirable, sans aucun bruit, comme si tous les objets que maniaient ces hommes eussent été garnis d'épaisse ouate.

Il dit alors au dernier d'entre eux, qui s'en allait, porteur d'un cartel signé Boulle :

« Inutile de revenir. Il est entendu, n'est-ce pas, qu'aussitôt l'auto-camion chargé, vous filez jusqu'à la grange de Roquefort.

— Mais vous, patron ?

— Qu'on me laisse la motocyclette. »

L'homme parti, il repoussa, tout contre, le pan mobile de la bibliothèque, puis, après avoir fait disparaître les traces du déménagement, effacé les marques de pas, il souleva une portière, et pénétra dans une galerie qui servait de communication entre la tour et le château. Au milieu, il y avait une vitrine, et c'était à cause de cette vitrine qu'Arsène Lupin avait poursuivi ses investigations.

Elle contenait des merveilles, une collection unique de montres, de tabatières, de bagues, de châtelaines, de miniatures du plus joli travail. Avec une pince il força la serrure, et ce lui fut un plaisir inexprimable que de saisir ces joyaux d'or et d'argent, ces petites œuvres d'un art si précieux et si délicat.

Il avait passé en bandoulière autour de son cou un large sac de toile spécialement aménagé pour ces aubaines. Il le remplit. Et il remplit aussi les poches de sa veste, de son pantalon et de son gilet. Et il refermait son bras gauche sur une pile de ces réticules en perles si goûtés de nos ancêtres, et que la mode actuelle recherche si passionnément… lorsqu'un léger bruit frappa son oreille.

Il écouta : il ne se trompait pas, le bruit se précisait.

Et soudain il se rappela : à l'extrémité de la galerie, un escalier intérieur conduisait à un appartement inoccupé jusqu'ici, mais qui était, depuis ce soir, réservé à cette jeune fille que Devanne avait été chercher à Dieppe avec ses amis d'Androl.

D'un geste rapide, il pressa du doigt le ressort de sa lanterne : elle s'éteignit. Il avait à peine gagné l'embrasure d'une fenêtre qu'au haut de l'escalier la porte fut ouverte et qu'une faible lueur éclaira la galerie.

Il eut la sensation – car, à demi caché par un rideau, il ne voyait point – qu'une personne descendait les premières marches avec précaution. Il espéra qu'elle n'irait pas plus loin. Elle descendit cependant et avança de plusieurs pas dans la pièce. Mais elle poussa un cri. Sans doute avait-elle aperçu la vitrine brisée, aux trois quarts vide.

Au parfum, il reconnut la présence d'une femme. Ses vêtements frôlaient presque le rideau qui le dissimulait, et il lui sembla qu'il entendait battre le cœur de cette femme, et qu'elle aussi devinait la présence d'un autre être, derrière elle, dans l'ombre, à portée de sa main… Il se dit : « Elle a peur… elle va partir… il est impossible qu'elle ne parte pas. » Elle ne partit point. La bougie qui tremblait dans sa main s'affermit. Elle se retourna, hésita un instant, parut écouter le silence effrayant, puis, d'un coup, écarta le rideau.

Ils se virent.

Arsène murmura, bouleversé :

« Vous… vous… mademoiselle ! »

C'était Miss Nelly.

Miss Nelly! la passagère du transatlantique, celle qui avait mêlé ses rêves aux rêves du jeune homme durant cette inoubliable traversée, celle qui avait assisté à son arrestation, et qui, plutôt que de le trahir, avait eu ce joli geste de jeter à la mer le Kodak où il avait caché les bijoux et les billets de banque… Miss Nelly! la chère et souriante créature dont l'image avait si souvent attristé ou réjoui ses longues heures de prison!

Le hasard était si prodigieux, qui les mettait en présence l'un de l'autre dans ce château et à cette heure de la nuit, qu'ils ne bougeaient point et ne prononçaient pas une parole, stupéfaits, comme hypnotisés par l'apparition fantastique qu'ils étaient l'un pour l'autre.

Chancelante, brisée d'émotion, Miss Nelly dut s'asseoir.

Il resta debout en face d'elle. Et peu à peu, au cours des secondes interminables qui s'écoulèrent, il eut conscience de l'impression qu'il devait donner en cet instant, les bras chargés de bibelots, les poches gonflées, et son sac rempli à en crever. Une grande confusion l'envahit, et il rougit de se trouver là, dans cette vilaine posture du voleur qu'on prend en flagrant délit. Pour elle, désormais, quoi qu'il advînt, il était le voleur, celui qui met la main dans la poche des autres, celui qui crochète les portes et s'introduit furtivement.

Une des montres roula sur le tapis, une autre également. Et d'autres choses encore allaient glisser de ses bras, qu'il ne savait comment retenir. Alors, se décidant brusquement, il laissa tomber sur le fauteuil une partie des objets, vida ses poches et se défit de son sac.

Il se sentit plus à l'aise devant Nelly, il fit un pas vers elle avec l'intention de lui parler. Mais elle eut un geste de recul, puis se leva vivement, comme prise d'effroi, et se précipita vers le salon. La portière se referma sur elle, il la rejoignit. Elle était là, interdite, tremblante, et ses yeux contemplaient avec terreur l'immense pièce dévastée.

Aussitôt il lui dit :

« À trois heures, demain, tout sera remis en place… Les meubles seront rapportés… »

Elle ne répondit pas, et il répéta :

« Demain, à trois heures, je m'y engage… Rien au monde ne pourra m'empêcher de tenir ma promesse… Demain, à trois heures… »

Un long silence pesa sur eux. Il n'osait le rompre et l'émotion de la jeune fille lui causait une véritable souffrance. Doucement, sans un mot, il s'éloigna d'elle.

Et il pensait :

« Qu'elle s'en aille !… Qu'elle se sente libre de s'en aller !… Qu'elle n'ait pas peur de moi !… »

Mais soudain elle tressaillit et balbutia :

« Écoutez… des pas… j'entends marcher… »

Il la regarda avec étonnement. Elle semblait bouleversée, ainsi qu'à l'approche d'un péril.

« Je n'entends rien, dit-il, et quand même…

— Comment ! mais il faut fuir… vite, fuyez…

— Fuir… pourquoi ?…

— Il le faut… il le faut… Ah ! ne restez pas… »

D'un trait elle courut jusqu'à l'endroit de la galerie et prêta l'oreille. Non, il n'y avait personne. Peut-être le bruit venait-il du dehors ?… Elle attendit une seconde, puis rassurée, se retourna.

Arsène Lupin avait disparu.

À l'instant même où Devanne constata le pillage de son château, il se dit : « C'est Velmont qui a fait le coup, et Velmont n'est autre qu'Arsène Lupin. » Tout s'expliquait ainsi, et rien ne s'expliquait autrement. Cette idée ne fit, d'ailleurs, que l'effleurer, tellement il était invraisemblable que Velmont ne fût point Velmont, c'est-à-dire le peintre connu, le camarade de cercle de son cousin d'Estevan. Et lorsque le brigadier de gendarmerie, aussitôt averti, se présenta, Devanne ne songea même pas à lui communiquer cette supposition absurde.

Toute la matinée, ce fut, à Thibermesnil, un va-et-vient indescriptible. Les gendarmes, le garde champêtre, le commissaire de police de Dieppe, les habitants du village, tout ce monde s'agitait dans les couloirs, ou dans le parc, ou autour du château. L'approche des troupes en manœuvre, le crépitement des fusils ajoutaient au pittoresque de la scène.

Les premières recherches ne fournirent point d'indice. Les fenêtres n'ayant pas été brisées ni les portes fracturées, sans nul doute le déménagement s'était effectué par l'issue secrète. Pourtant, sur le tapis, aucune trace de pas, sur les murs, aucune marque insolite.

Une seule chose, inattendue, et qui dénotait bien la fantaisie d'Arsène Lupin : la fameuse *Chronique* du XVIe siècle avait repris son ancienne place, et, à côté, se trouvait un livre semblable qui n'était autre que l'exemplaire volé à la Bibliothèque nationale.

À onze heures les officiers arrivèrent. Devanne les accueillit gaiement – quelque ennui que lui causât la perte de telles richesses artistiques, sa fortune lui permettait de la supporter sans mauvaise humeur. Ses amis d'Androl et Nelly descendirent.

Les présentations faites, on s'aperçut qu'il manquait un convive, Horace Velmont. Ne viendrait-il point ?

Son absence eût réveillé les soupçons de Georges Devanne. Mais, à midi précis, il entrait. Devanne s'écria :

« À la bonne heure ! Vous voilà !

— Ne suis-je pas exact ?

— Si, mais vous auriez pu ne pas l'être… après une nuit si agitée ! car vous savez la nouvelle ?

— Quelle nouvelle ?

— Vous avez cambriolé le château.

— Allons donc !

— Comme je vous le dis. Mais offrez tout d'abord votre bras à Miss Underdown, et passons à table… Mademoiselle, permettez-moi… »

Il s'interrompit, frappé par le trouble de la jeune fille. Puis, soudain, se rappelant :

« C'est vrai, à propos, vous avez voyagé avec Arsène Lupin, jadis… avant son arrestation… La ressemblance vous étonne, n'est-ce pas ? »

Elle ne répondit point. Devant elle, Velmont souriait. Il s'inclina, elle prit son bras. Il la conduisit à sa place et s'assit en face d'elle.

Durant le déjeuner on ne parla que d'Arsène Lupin, des meubles enlevés, du souterrain, de Herlock Sholmès. À la fin du repas seulement, comme on abordait d'autres sujets, Velmont se mêla à la conversation. Il fut tour à tour amusant et grave, éloquent et spirituel. Et tout ce qu'il disait, il semblait ne le dire que pour intéresser la jeune fille. Très absorbée, elle ne paraissait point l'entendre.

On servit le café sur la terrasse qui domine la cour d'honneur et le jardin français du côté de la façade principale. Au milieu de la pelouse, la musique du régiment se mit à jouer, et la foule des paysans et des soldats se répandit dans les allées du parc.

Cependant Nelly se souvenait de la promesse d'Arsène Lupin : « À trois heures tout sera là, je m'y engage. »

À trois heures ! et les aiguilles de la grande horloge qui ornait l'aile droite marquaient deux heures quarante. Elle les regardait malgré elle à tout instant. Et elle regardait aussi Velmont qui se balançait paisiblement dans un confortable rocking-chair.

Deux heures cinquante... deux heures cinquante-cinq... une sorte d'impatience, mêlée d'angoisse, étreignait la jeune fille. Était-il admissible que le miracle s'accomplît, et qu'il s'accomplît à la minute fixée, alors que le château, la cour, la campagne étaient remplis de monde, et qu'en ce moment même le procureur de la République et le juge d'instruction poursuivaient leur enquête ?

Et pourtant... pourtant Arsène Lupin avait promis avec une telle solennité ! Cela sera comme il l'a dit, pensa-t-elle, impressionnée par tout ce qu'il y avait en cet homme d'énergie, d'autorité et de certitude. Et cela ne lui semblait pas un miracle, mais un événement naturel qui devait se produire par la force des choses.

Une seconde, leurs regards se croisèrent. Elle rougit et détourna la tête.

Trois heures... Le premier coup sonna, le deuxième, le troisième... Horace Velmont tira sa montre, leva les yeux vers l'horloge, puis remit sa montre dans sa poche. Quelques secondes s'écoulèrent. Et voici que la foule s'écarta, autour de la pelouse, livrant passage à deux voitures qui venaient de franchir la grille du parc, attelées l'une et l'autre de deux chevaux. C'étaient de ces fourgons qui vont à la suite des régiments et qui portent les cantines des officiers et les sacs des soldats. Ils s'arrêtèrent devant le perron. Un sergent fourrier sauta de l'un des sièges et demanda M. Devanne.

Devanne accourut et descendit les marches. Sous les bâches, il vit, soigneusement rangés, bien enveloppés, ses meubles, ses tableaux, ses objets d'art.

Aux questions qu'on lui posa, le fourrier répondit en exhibant l'ordre qu'il avait reçu de l'adjudant de service, et que cet adjudant avait pris, le matin, au rapport. Par cet ordre, la deuxième compagnie du quatrième bataillon devait pourvoir à ce que les objets mobiliers déposés au carrefour des Halleux, en forêt d'Arques, fussent portés à trois heures à M. Georges Devanne, propriétaire du château de Thibermesnil. Signé : le colonel Beauvel.

« Au carrefour, ajouta le sergent, tout se trouvait prêt, aligné sur le gazon, et sous la garde… des passants. Ça m'a semblé drôle, mais quoi ! l'ordre était catégorique. »

Un des officiers examina la signature : elle était parfaitement imitée, mais fausse.

La musique avait cessé de jouer, on vida les fourgons, on réintégra les meubles.

Au milieu de cette agitation, Nelly resta seule à l'extrémité de la terrasse. Elle était grave et soucieuse, agitée de pensées confuses qu'elle ne cherchait pas à formuler. Soudain, elle aperçut Velmont qui s'approchait. Elle souhaita de l'éviter, mais l'angle de la balustrade qui porte la terrasse l'entourait de deux côtés, et une ligne de grandes caisses d'arbustes : orangers, lauriers-roses et bambous, ne lui laissait d'autre retraite que le chemin par où s'avançait le jeune homme. Elle ne bougea pas. Un rayon de soleil tremblait sur ses cheveux d'or, agité par les feuilles frêles d'un bambou. Quelqu'un prononça très bas :

« J'ai tenu ma promesse de cette nuit. »

Arsène Lupin était près d'elle, et autour d'eux il n'y avait personne.

Il répéta, l'attitude hésitante, la voix timide :

« J'ai tenu ma promesse de cette nuit. »

Il attendait un mot de remerciement, un geste du moins qui prouvât l'intérêt qu'elle prenait à cet acte. Elle se tut.

Ce mépris irrita Arsène Lupin, et, en même temps, il avait le sentiment profond de tout ce qui le séparait de Nelly, maintenant qu'elle savait la vérité. Il eût voulu se disculper, chercher des excuses, montrer sa vie dans ce qu'elle avait d'audacieux et de grand. Mais, d'avance, les paroles le froissaient, et il sentait l'absurdité et l'insolence de toute explication. Alors il murmura tristement, envahi d'un flot de souvenirs :

« Comme le passé est loin ! Vous rappelez-vous les longues heures sur le pont de la *Provence ?* Ah ! tenez… vous aviez, comme aujourd'hui, une rose à la main, une rose pâle comme celle-ci… Je vous l'ai demandée… vous n'avez pas eu l'air d'entendre… Cependant, après votre départ, j'ai trouvé la rose… oubliée sans doute… Je l'ai gardée… »

Elle ne répondit pas encore. Elle semblait très loin de lui. Il continua :

« En mémoire de ces heures, ne songez pas à ce que vous savez. Que le passé se relie au présent ! Que je ne sois pas celui que vous avez vu cette nuit, mais celui d'autrefois, et que vos yeux me regardent, ne fût-ce qu'une seconde, comme ils me regardaient… Je vous en prie… Ne suis-je plus le même ? »

Elle leva les yeux, comme il le demandait, et le regarda. Puis, sans un mot, elle posa son doigt sur une bague qu'il portait à l'index. On n'en pouvait voir que l'anneau, mais le chaton, retourné à l'intérieur, était formé d'un rubis merveilleux.

Arsène Lupin rougit. Cette bague appartenait à Georges Devanne.

Il sourit avec amertume.

« Vous avez raison. Ce qui a été sera toujours. Arsène Lupin n'est et ne peut être qu'Arsène Lupin, et entre vous et lui, il ne peut même pas y avoir un souvenir… Pardonnez-moi… J'aurais dû comprendre que ma seule présence auprès de vous est un outrage… »

Il s'effaça le long de la balustrade, le chapeau à la main. Nelly passa devant lui. Il fut tenté de la retenir, de l'implorer. L'audace lui manqua, et il la suivit des yeux, comme au jour lointain où elle traversait la passerelle sur le quai de New York. Elle monta les degrés qui conduisent à la porte. Un instant encore sa fine silhouette se dessina parmi les marbres du vestibule. Il ne la vit plus.

Un nuage obscurcit le soleil. Arsène Lupin observait, immobile, la trace des petits pas empreints dans le sable. Tout à coup, il tressaillit : sur la caisse de bambou contre laquelle Nelly s'était appuyée gisait la rose, la rose pâle qu'il n'avait pas osé lui demander… Oubliée sans doute, elle aussi ? Mais oubliée volontairement ou par distraction ?

Il la saisit ardemment. Des pétales s'en détachèrent. Il les ramassa un à un comme des reliques…

« Allons, se dit-il, je n'ai plus rien à faire ici. D'autant que si Herlock Sholmès s'en mêle, ça pourrait devenir mauvais. »

Le parc était désert. Cependant, près du pavillon qui commande l'entrée, se tenait un groupe de gendarmes. Il s'enfonça dans les taillis, escalada le mur d'enceinte et prit, pour se rendre à la gare la plus proche, un sentier qui serpentait parmi les champs. Il n'avait point marché durant dix minutes que le chemin se rétrécit, encaissé entre deux talus, et comme il arrivait dans ce défilé, quelqu'un s'y engageait qui venait en sens inverse.

C'était un homme d'une cinquantaine d'années peut-être, assez fort, la figure rasée, et dont le costume précisait l'aspect étranger. Il portait à la main une lourde canne, et une sacoche pendait à son cou.

Ils se croisèrent. L'étranger dit, avec un accent anglais à peine perceptible :

« Excusez-moi, monsieur… est-ce bien ici la route du château ?

— Tout droit, monsieur, et à gauche dès que vous serez au pied du mur. On vous attend avec impatience.

— Ah !

— Oui, mon ami Devanne nous annonçait votre visite dès hier soir.

— Tant pis pour M. Devanne s'il a trop parlé.

— Et je suis heureux d'être le premier à vous saluer. Herlock Sholmès n'a pas d'admirateur plus fervent que moi. »

Il y eut dans sa voix une nuance imperceptible d'ironie qu'il regretta aussitôt, car Herlock Sholmès le considéra des pieds à la tête, et d'un œil à la fois si enveloppant et si aigu, qu'Arsène Lupin eut l'impression d'être saisi, emprisonné, enregistré par ce regard, plus exactement et plus essentiellement qu'il ne l'avait jamais été par aucun appareil photographique.

« Le cliché est pris, pensa-t-il. Plus la peine de me déguiser avec ce bonhomme-là. Seulement... m'a-t-il reconnu ? »

Ils se saluèrent. Mais un bruit de pas résonna, un bruit de chevaux qui caracolent dans un cliquetis d'acier. C'étaient les gendarmes. Les deux hommes durent se coller contre le talus, dans l'herbe haute, pour éviter d'être bousculés. Les gendarmes passèrent, et comme ils se suivaient à une certaine distance, ce fut assez long. Et Lupin songeait :

« Tout dépend de cette question : m'a-t-il reconnu ? Si oui, il y a bien des chances pour qu'il abuse de la situation. Le problème est angoissant. »

Quand le dernier cavalier les eut dépassés, Herlock Sholmès se releva et, sans rien dire, brossa son vêtement sali de poussière. La courroie de son sac était embarrassée d'une branche d'épines. Arsène Lupin s'empressa. Une seconde encore ils s'examinèrent. Et, si quelqu'un avait pu les surprendre à cet instant, c'eût été un spectacle émouvant que la première rencontre de ces deux hommes si puissamment armés, tous deux vraiment supérieurs et destinés fatalement par leurs aptitudes spéciales à se heurter comme deux forces égales que l'ordre des choses pousse l'une contre l'autre à travers l'espace.

Puis l'Anglais dit :

« Je vous remercie, monsieur.

— Tout à votre service », répondit Lupin.

Ils se quittèrent. Lupin se dirigea vers la station, Herlock Sholmès vers le château.

Le juge d'instruction et le procureur étaient partis après de vaines recherches et l'on attendait Herlock Sholmès avec une curiosité que justifiait sa grande réputation. On fut un peu déçu par son aspect de bon bourgeois, qui différait si profondément de l'image qu'on se faisait de lui. Il n'avait rien du héros de roman, du personnage énigmatique et diabolique qu'évoque en nous l'idée de Herlock Sholmès. Devanne, cependant, s'écria, plein d'exubérance :

« Enfin, maître, c'est vous ! Quel bonheur ! Il y a si longtemps que j'espérais... Je suis presque heureux de tout ce qui s'est passé, puisque cela me vaut le plaisir de vous voir. Mais, à propos, comment êtes-vous venu ?

— Par le train.

— Quel dommage ! Je vous avais cependant envoyé mon automobile au débarcadère.

— Une arrivée officielle, n'est-ce pas ? avec tambour et musique. Excellent moyen pour me faciliter la besogne », bougonna l'Anglais.

Ce ton peu engageant déconcerta Devanne qui, s'efforçant de plaisanter, reprit :

« La besogne, heureusement, est plus facile que je ne vous l'avais écrit.

— Et pourquoi ?

— Parce que le vol a eu lieu cette nuit.

— Si vous n'aviez pas annoncé ma visite, monsieur, il est probable que le vol n'aurait pas eu lieu cette nuit.

— Et quand donc ?

— Demain, ou un autre jour.

— Et en ce cas ?

— Lupin eût été pris au piège.

— Et mes meubles ?

— N'auraient pas été enlevés.

— Mes meubles sont ici.

— Ici ?

— Ils ont été rapportés à trois heures.

— Par Lupin ?

— Par deux fourgons militaires. »

Herlock Sholmès renfonça violemment son chapeau sur sa tête et rajusta son sac ; mais Devanne s'écria :

« Que faites-vous ?

— Je m'en vais.

— Et pourquoi ?

— Vos meubles sont là, Arsène Lupin est loin. Mon rôle est terminé.

— Mais j'ai absolument besoin de votre concours, cher monsieur. Ce qui s'est passé hier peut se renouveler demain, puisque nous ignorons le plus important : comment Arsène Lupin est entré, comment il est sorti, et pourquoi, quelques heures plus tard, il procédait à une restitution.

— Ah ! vous ignorez… »

L'idée d'un secret à découvrir adoucit Herlock Sholmès.

« Soit, cherchons. Mais vite, n'est-ce pas ? et, autant que possible, seuls. »

La phrase désignait clairement les assistants. Devanne comprit et introduisit l'Anglais dans le salon. D'un ton sec, en phrases qui semblaient comptées d'avance, et avec quelle parcimonie ! Sholmès lui posa des questions sur la soirée de la veille, sur les convives qui s'y trouvaient, sur les habitués du château. Puis il examina les deux volumes de la *Chronique*, compara les cartes du souterrain, se fit répéter les citations relevées par l'abbé Gélis, et demanda :

« C'est bien hier que, pour la première fois, vous avez parlé de ces deux citations ?

— Hier.

— Vous ne les aviez jamais communiquées à M. Horace Velmont ?

— Jamais.

— Bien. Commandez votre automobile. Je repars dans une heure.

— Dans une heure !

— Arsène Lupin n'a pas mis davantage à résoudre le problème que vous lui avez posé.

— Moi !… je lui ai posé…

— Eh ! oui, Arsène Lupin et Velmont, c'est la même chose.

— Je m'en doutais… ah ! le gredin !

— Or, hier soir, à dix heures, vous avez fourni à Lupin les éléments de vérité qui lui manquaient et qu'il cherchait depuis des semaines. Et, dans le courant de la nuit, Lupin a trouvé le temps de comprendre, de réunir sa bande et de vous dévaliser. J'ai la prétention d'être aussi expéditif. »

Il se promena d'un bout à l'autre de la pièce en réfléchissant, puis s'assit, croisa ses longues jambes, et ferma les yeux.

Devanne attendit, assez embarrassé.

« Dort-il ? Réfléchit-il ? »

À tout hasard, il sortit pour donner des ordres. Quand il revint, il l'aperçut au bas de l'escalier de la galerie, à genoux, et scrutant le tapis.

« Qu'y a-t-il donc ?

— Regardez... là... ces taches de bougie...

— Tiens, en effet... et toutes fraîches...

— Et vous pouvez en observer également sur le haut de l'escalier, et davantage encore autour de cette vitrine qu'Arsène Lupin a fracturée, et dont il a enlevé les bibelots pour les déposer sur ce fauteuil.

— Et vous en concluez ?

— Rien. Tous ces faits expliqueraient sans aucun doute la restitution qu'il a opérée. Mais c'est un côté de la question que je n'ai pas le temps d'aborder. L'essentiel, c'est le tracé du souterrain.

— Vous espérez toujours...

— Je n'espère pas, je sais. Il existe, n'est-ce pas, une chapelle à deux ou trois cents mètres du château ?

— Une chapelle en ruine, où se trouve le tombeau du duc Rollon.

— Dites à votre chauffeur qu'il nous attende auprès de cette chapelle.

— Mon chauffeur n'est pas encore de retour... On doit me prévenir... Mais, d'après ce que je vois, vous estimez que le souterrain aboutit à la chapelle. Sur quel indice... »

Herlock Sholmès l'interrompit :

« Je vous prierai, monsieur, de me procurer une échelle et une lanterne.

— Ah ! vous avez besoin d'une lanterne et d'une échelle ?

— Apparemment, puisque je vous le demande. »

Devanne, quelque peu interloqué, sonna. Les deux objets furent apportés.

Les ordres se succédèrent alors avec la rigueur et la précision des commandements militaires.

« Appliquez cette échelle contre la bibliothèque, à gauche du mot Thibermesnil… »

Devanne dressa l'échelle et l'Anglais continua :

« Plus à gauche… à droite… Halte ! Montez… Bien… Toutes les lettres de ce mot sont en relief, n'est-ce pas ?

— Oui.

— Occupons-nous de la lettre H. Tourne-t-elle dans un sens ou dans l'autre ? »

Devanne saisit la lettre H, et s'exclama :

« Mais oui, elle tourne ! vers la droite, et d'un quart de cercle ! Qui donc vous a révélé ?… »

Sans répondre, Herlock Sholmès reprit :

« Pouvez-vous, d'où vous êtes, atteindre la lettre R ? Oui… Remuez-la plusieurs fois, comme vous feriez d'un verrou que l'on pousse et que l'on retire. »

Devanne remua la lettre R. À sa grande stupéfaction, il se produisit un déclenchement intérieur.

« Parfait, dit Herlock Sholmès. Il ne nous reste plus qu'à glisser votre échelle à l'autre extrémité, c'est-à-dire à la fin du mot Thibermesnil… Bien… Et maintenant, si je ne me suis pas trompé, si les choses s'accomplissent comme elles le doivent, la lettre L s'ouvrira ainsi qu'un guichet. »

Avec une certaine solennité, Devanne saisit la lettre L. La lettre L s'ouvrit, mais Devanne dégringola de son échelle, car toute la partie de la bibliothèque située entre la première et la dernière lettre du mot, pivota sur elle-même et découvrit l'orifice du souterrain.

Herlock Sholmès prononça, flegmatique :

« Vous n'êtes pas blessé ?

— Non, non, fit Devanne en se relevant, pas blessé, mais ahuri, j'en conviens… ces lettres qui s'agitent… ce souterrain béant…

— Et après ? Cela n'est-il pas exactement conforme à la citation de Sully ?

— En quoi, Seigneur ?

— Dame ! L'H tournoie, l'R frémit et l'L s'ouvre… et c'est ce qui a permis à Henri IV de recevoir Mlle de Tancarville à une heure insolite.

— Mais Louis XVI ? demanda Devanne, abasourdi.

— Louis XVI était un grand forgeron et habile serrurier. J'ai lu un *Traité des serrures de combinaison* qu'on lui attribue. De la part de Thibermesnil, c'était se conduire en bon courtisan, que de montrer à son maître ce chef-d'œuvre de mécanique. Pour mémoire, le Roi écrivit : 2-6-12, c'est-à-dire, H. R. L., la deuxième, la sixième et la douzième lettre du nom.

— Ah ! parfait, je commence à comprendre... Seulement, voilà... Si je m'explique comment on sort de cette salle, je ne m'explique pas comment Lupin a pu y pénétrer. Car, remarquez-le bien, il venait du dehors, lui. »

Herlock Sholmès alluma la lanterne et s'avança de quelques pas dans le souterrain.

« Tenez, tout le mécanisme est apparent ici comme les ressorts d'une horloge, et toutes les lettres s'y trouvent à l'envers. Lupin n'a donc eu qu'à les faire jouer de ce côté-ci de la cloison.

— Quelle preuve ?

— Quelle preuve ? Voyez cette flaque d'huile. Lupin avait même prévu que les rouages auraient besoin d'être graissés, fit Herlock Sholmès non sans admiration.

— Mais alors il connaissait l'autre issue ?

— Comme je la connais. Suivez-moi.

— Dans le souterrain ?

— Vous avez peur ?

— Non, mais êtes-vous sûr de vous y reconnaître ?

— Les yeux fermés. »

Ils descendirent d'abord douze marches, puis douze autres, et encore deux fois douze autres. Puis ils enfilèrent un long corridor dont les parois de briques portaient la marque de restaurations successives et qui suintaient par places. Le sol était humide.

« Nous passons sous l'étang », remarqua Devanne, nullement rassuré.

Le couloir aboutit à un escalier de douze marches, suivi de trois autres escaliers de douze marches, qu'ils remontèrent péniblement, et ils débouchèrent dans une petite cavité taillée à même le roc. Le chemin n'allait pas plus loin.

« Diable, murmura Herlock Sholmès, rien que des murs nus, cela devient embarrassant.

— Si l'on retournait, murmura Devanne, car, enfin, je ne vois nullement la nécessité d'en savoir plus long. Je suis édifié. »

Mais, ayant levé la tête, l'Anglais poussa un soupir de soulagement : au-dessus d'eux se répétait le même mécanisme qu'à l'entrée. Il n'eut qu'à faire manœuvrer les trois lettres. Un bloc de granit bascula. C'était, de l'autre côté, la pierre tombale du duc Rollon, gravée des douze lettres en relief : *Thibermesnil.* Et ils se trouvèrent dans la petite chapelle en ruine que l'Anglais avait désignée.

« Et l'on va jusqu'à Dieu, c'est-à-dire jusqu'à la chapelle, dit-il, rapportant la fin de la citation.

— Est-ce possible, s'écria Devanne, confondu par la clairvoyance et la vivacité de Herlock Sholmès, est-ce possible que cette simple indication vous ait suffi ?

— Bah ! fit l'Anglais, elle était même inutile. Sur l'exemplaire de la Bibliothèque nationale, le trait se termine à gauche, vous le savez, par un cercle, et à droite, vous l'ignorez, par une petite croix, mais si effacée, qu'on ne peut la voir qu'à la loupe. Cette croix signifie évidemment la chapelle où nous sommes. »

Le pauvre Devanne n'en croyait pas ses oreilles.

« C'est inouï, miraculeux, et cependant d'une simplicité enfantine ! Comment personne n'a-t-il jamais percé ce mystère ?

— Parce que personne n'a jamais réuni les trois ou quatre éléments nécessaires, c'est-à-dire les deux livres et les citations... Personne, sauf Arsène Lupin et moi.

— Mais moi aussi, objecta Devanne, et l'abbé Gélis... Nous en savions tous deux autant que vous, et néanmoins... »

Sholmès sourit.

« Monsieur Devanne, tout le monde n'est pas apte à déchiffrer les énigmes.

— Mais voilà dix ans que je cherche. Et vous, en dix minutes...

— Bah ! l'habitude... »

Ils sortirent de la chapelle, et l'Anglais s'écria : « Tiens, une automobile qui attend !

— Mais c'est la mienne !

— La vôtre ? mais je pensais que le chauffeur n'était pas revenu.

— En effet… et je me demande… »

Ils s'avancèrent jusqu'à la voiture, et Devanne, interpellant le chauffeur :

« Edouard, qui vous a donné l'ordre de venir ici ?

— Mais, répondit l'homme, c'est M. Velmont.

— M. Velmont ? Vous l'avez donc rencontré ?

— Près de la gare, il m'a dit de me rendre à la chapelle.

— De vous rendre à la chapelle ! mais pourquoi ?

— Pour y attendre monsieur… et l'ami de monsieur… »

Devanne et Herlock Sholmès se regardèrent. Devanne dit :

« Il a compris que l'énigme serait un jeu pour vous. L'hommage est délicat. »

Un sourire de contentement plissa les lèvres minces du détective. L'hommage lui plaisait. Il prononça, en hochant la tête :

« C'est un homme. Rien qu'à le voir, d'ailleurs, je l'avais jugé.

— Vous l'avez donc vu ?

— Nous nous sommes croisés tout à l'heure.

— Et vous saviez que c'était Horace Velmont, je veux dire Arsène Lupin ?

— Non, mais je n'ai pas tardé à le deviner… à une certaine ironie de sa part.

— Et vous l'avez laissé échapper ?

— Ma foi, oui… j'avais pourtant la partie belle… cinq gendarmes qui passaient.

— Mais sacrebleu ! c'était l'occasion ou jamais de profiter…

— Justement, monsieur, dit l'Anglais avec hauteur, quand il s'agit d'un adversaire comme Arsène Lupin, Herlock Sholmès ne profite pas des occasions… il les fait naître… »

Mais l'heure pressait et, puisque Lupin avait eu l'attention charmante d'envoyer l'automobile, il fallait en profiter sans retard. Devanne et Herlock Sholmès s'installèrent au fond de la confortable limousine. Edouard donna le tour de manivelle et l'on partit. Des champs, des bouquets d'arbres défilèrent. Les molles ondulations du pays de Caux s'aplanirent devant eux. Soudain les yeux de Devanne furent attirés par un petit paquet posé dans un des vide-poches.

« Tiens, qu'est-ce que c'est que cela ? Un paquet ! Et pour qui donc ? Mais c'est pour vous.

— Pour moi ?

— Lisez : "*M. Herlock Sholmès, de la part d'Arsène Lupin*". »

L'Anglais saisit le paquet, le déficela, enleva les deux feuilles de papier qui l'enveloppaient. C'était une montre.

« Ah ! dit-il, en accompagnant cette exclamation d'un geste de colère...

— Une montre, fit Devanne, est-ce que par hasard ?... »

L'Anglais ne répondit pas.

« Comment ! C'est votre montre ! Arsène Lupin vous renvoie votre montre ! Mais s'il vous la renvoie, c'est qu'il l'avait prise... Il avait pris votre montre ! Ah ! elle est bonne, celle-là, la montre de Herlock Sholmès subtilisée par Arsène Lupin ! Dieu, que c'est drôle Non, vrai... vous m'excuserez... mais c'est plus fort que moi. »

Et quand il eut bien ri, il affirma d'un ton convaincu :

« Oh ! c'est un homme, en effet. »

L'Anglais ne broncha pas. Jusqu'à Dieppe, il ne prononça pas une parole, les yeux fixés sur l'horizon fuyant. Son silence fut terrible, insondable, plus violent que la rage la plus farouche. Au débarcadère, il dit simplement, sans colère cette fois, mais d'un ton où l'on sentait toute la volonté et toute l'énergie du personnage :

« Oui, c'est un homme, et un homme sur l'épaule duquel j'aurai plaisir à poser cette main que je vous tends, monsieur Devanne. Et j'ai idée, voyez-vous, qu'Arsène Lupin et Herlock Sholmès se rencontreront de nouveau un jour ou l'autre... Oui, le monde est trop petit pour qu'ils ne se rencontrent pas... et ce jour-là... »

ARSÈNE LUPIN
CONTRE
HERLOCK SHOLMÈS

À Marcel L'Heureux

En témoignage d'affection.

M. L.

PREMIER ÉPISODE

LA DAME BLONDE

I

Le numéro 514 – série 23

Le 8 décembre de l'an dernier, M. Gerbois, professeur de mathématiques au lycée de Versailles, dénicha, dans le fouillis d'un marchand de bric-à-brac, un petit secrétaire en acajou qui lui plut par la multiplicité de ses tiroirs.

« Voilà bien ce qu'il me faut pour l'anniversaire de Suzanne », pensa-t-il.

Et comme il s'ingéniait, dans la mesure de ses modestes ressources, à faire plaisir à sa fille, il débattit le prix et versa la somme de soixante-cinq francs.

Au moment où il donnait son adresse, un jeune homme de tournure élégante, et qui furetait déjà de droite à gauche, aperçut le meuble et demanda :

« Combien ?

— Il est vendu, répliqua le marchand.

— Ah !... à monsieur, peut-être ? »

M. Gerbois salua et, d'autant plus heureux d'avoir ce meuble qu'un de ses semblables le convoitait, il se retira.

Mais il n'avait pas fait dix pas dans la rue qu'il fut rejoint par le jeune homme, qui, le chapeau à la main et d'un ton de parfaite courtoisie, lui dit :

« Je vous demande infiniment pardon, monsieur... Je vais vous poser une question indiscrète... Cherchiez-vous ce secrétaire plus spécialement qu'autre chose ?

— Non. Je cherchais une balance d'occasion pour certaines expériences de physique.

— Par conséquent, vous n'y tenez pas beaucoup ?

— J'y tiens, voilà tout.

— Parce qu'il est ancien, peut-être ?

— Parce qu'il est commode.

— En ce cas vous consentiriez à l'échanger contre un secrétaire aussi commode, mais en meilleur état ?

— Celui-ci est en bon état, et l'échange me paraît inutile.

— Cependant... »

M. Gerbois est un homme facilement irritable et de caractère ombrageux. Il répondit sèchement :

« Je vous en prie, monsieur, n'insistez pas. »

L'inconnu se planta devant lui.

« J'ignore le prix que vous l'avez payé, monsieur... je vous en offre le double.

— Non.

— Le triple ?

— Oh ! restons-en là, s'écria le professeur, impatienté, ce qui m'appartient n'est pas à vendre. »

Le jeune homme le regarda fixement, d'un air que M. Gerbois ne devait pas oublier, puis, sans mot dire, tourna sur ses talons et s'éloigna.

Une heure après on apportait le meuble dans la maisonnette que le professeur occupait sur la route de Viroflay. Il appela sa fille.

« Voici pour toi, Suzanne, si toutefois il te convient. »

Suzanne était une jolie créature, expansive et heureuse. Elle se jeta au cou de son père et l'embrassa avec autant de joie que s'il lui avait offert un cadeau royal.

Le soir même, l'ayant placé dans sa chambre avec l'aide d'Hortense, la bonne, elle nettoya les tiroirs et rangea soigneusement ses papiers, ses boîtes à lettres, sa correspondance, ses collections de cartes postales, et quelques souvenirs furtifs qu'elle conservait en l'honneur de son cousin Philippe.

Le lendemain, à sept heures et demie, M. Gerbois se rendit au lycée. À dix heures, Suzanne, suivant une habitude quotidienne, l'attendait à la sortie, et c'était un grand plaisir pour lui que d'aviser, sur le trottoir opposé à la grille, sa silhouette gracieuse et son sourire d'enfant.

Ils s'en revinrent ensemble.

« Et ton secrétaire ?

— Une pure merveille ! Hortense et moi, nous avons fait les cuivres. On dirait de l'or.

— Ainsi tu es contente ?

— Si je suis contente ! c'est-à-dire que je ne sais pas comment j'ai pu m'en passer jusqu'ici. »

Ils traversèrent le jardin qui précède la maison. M. Gerbois proposa :

« Nous pourrions aller le voir avant le déjeuner ?

— Oh ! oui, c'est une bonne idée. »

Elle monta la première, mais, arrivée au seuil de sa chambre, elle poussa un cri d'effarement.

« Qu'y a-t-il donc ? » balbutia M. Gerbois.

À son tour il entra dans la chambre. *Le secrétaire n'y était plus.*

... Ce qui étonna le juge d'instruction, c'est l'admirable simplicité des moyens employés. En l'absence de Suzanne, et tandis que la bonne faisait son marché, un commissionnaire muni de sa plaque – des voisins la virent – avait arrêté sa charrette devant le jardin et sonné par deux fois. Les voisins, ignorant que la bonne était dehors, n'eurent aucun soupçon, de sorte que l'individu effectua sa besogne dans la plus absolue quiétude.

À remarquer ceci : aucune armoire ne fut fracturée, aucune pendule dérangée. Bien plus, le porte-monnaie de Suzanne, qu'elle avait laissé sur le marbre du secrétaire, se retrouva sur la table voisine avec les pièces d'or qu'il contenait. Le mobile du vol était donc nettement déterminé, ce qui rendait le vol d'autant plus inexplicable, car, enfin, pourquoi courir tant de risques pour un butin si minime ?

Le seul indice que put fournir le professeur fut l'incident de la veille.

« Tout de suite ce jeune homme a marqué, de mon refus, une vive contrariété, et j'ai eu l'impression très nette qu'il me quittait sur une menace. »

C'était bien vague. On interrogea le marchand. Il ne connaissait ni l'un ni l'autre de ces deux messieurs. Quant à l'objet, il l'avait acheté quarante francs à Chevreuse, dans une vente après décès, et croyait bien l'avoir revendu à sa juste valeur. L'enquête poursuivie n'apprit rien de plus.

Mais M. Gerbois resta persuadé qu'il avait subi un dommage énorme. Une fortune devait être dissimulée dans un double-fond d'un tiroir, et c'était la raison pour laquelle le jeune homme, connaissant la cachette, avait agi avec une telle décision.

« Mon pauvre père, qu'aurions-nous fait de cette fortune ? répétait Suzanne.

— Comment ! mais avec une pareille dot, tu pouvais prétendre aux plus hauts partis. »

Suzanne qui bornait ses prétentions à son cousin Philippe, lequel était un parti pitoyable, soupirait amèrement. Et dans la petite maison de Versailles, la vie continua, moins gaie, moins insouciante, assombrie de regrets et de déceptions.

Deux mois se passèrent. Et soudain, coup sur coup, les événements les plus graves, une suite imprévue d'heureuses chances et de catastrophes !...

Le 1er février, à cinq heures et demie, M. Gerbois, qui venait de rentrer, un journal du soir à la main, s'assit, mit ses lunettes et commença de lire. La politique ne l'intéressant pas, il tourna la page. Aussitôt un article attira son attention, intitulé :

TROISIÈME TIRAGE DE LA LOTERIE
DES ASSOCIATIONS DE LA PRESSE
LE NUMÉRO 514-SÉRIE 23 GAGNE UN MILLION...

Le journal lui glissa des doigts. Les murs vacillèrent devant ses yeux, et son cœur cessa de battre. Le numéro 514-série 23, c'était son numéro ! Il l'avait acheté par hasard, pour rendre service à l'un de ses amis, car il ne croyait guère aux faveurs du destin, et voilà qu'il gagnait !

Vite, il tira son calepin. Le numéro 514-série 23 était bien inscrit, pour mémoire, sur la page de garde. Mais le billet ?

Il bondit vers son cabinet de travail pour y chercher la boîte d'enveloppes parmi lesquelles il avait glissé le précieux billet, et dès l'entrée il s'arrêta net, chancelant de nouveau et le cœur contracté : la boîte d'enveloppes ne se trouvait pas là, et, chose terrifiante, il se rendait subitement compte qu'il y avait des semaines qu'elle n'était pas là ! Depuis des semaines, il ne l'apercevait plus devant lui aux heures où il corrigeait les devoirs de ses élèves !

Un bruit de pas sur le gravier du jardin… Il appela :

« Suzanne ! Suzanne ! »

Elle arrivait de course. Elle monta précipitamment. Il bégaya d'une voix étranglée :

« Suzanne… la boîte… la boîte d'enveloppes ?…

— Laquelle ?

— Celle du Louvre… que j'avais rapportée un jeudi… et qui était au bout de cette table.

— Mais rappelle-toi, père… c'est ensemble que nous l'avons rangée…

— Quand ?

— Le soir… tu sais… la veille du jour…

— Mais où ? réponds… tu me fais mourir…

— Où ?… dans le secrétaire.

— Dans le secrétaire qui a été volé ?

— Oui.

— Dans le secrétaire qui a été volé ! »

Il répéta ces mots tout bas avec une sorte d'épouvante. Puis il lui saisit la main, et d'un ton plus bas encore :

« Elle contenait un million, ma fille…

— Ah ! père, pourquoi ne me l'as-tu pas dit ? murmura-t-elle naïvement.

— Un million ! reprit-il, c'était le numéro gagnant des bons de la Presse. »

L'énormité du désastre les écrasait, et longtemps ils gardèrent un silence qu'ils n'avaient pas le courage de rompre.

Enfin Suzanne prononça :

« Mais, père, on te le paiera tout de même.

— Pourquoi ? Sur quelles preuves ?

— Il faut donc des preuves ?

— Parbleu !

— Et tu n'en as pas ?

— Si, j'en ai une.

— Alors ?

— Elle était dans la boîte.

— Dans la boîte qui a disparu ?

— Oui. Et c'est l'autre qui touchera.

— Mais ce serait abominable ! Voyons, père, tu pourras t'y opposer ?

— Est-ce qu'on sait ? Est-ce qu'on sait ? Cet homme doit être si fort ! Il dispose de telles ressources !... Souviens-toi... l'affaire de ce meuble... »

Il se releva dans un sursaut d'énergie, et frappant du pied :

« Eh bien, non, non, il ne l'aura pas, ce million, il ne l'aura pas ! Pourquoi l'aurait-il ? Après tout, si habile qu'il soit, lui non plus ne peut rien faire. S'il se présente pour toucher, on le coffre ! Ah ! nous verrons bien, mon bonhomme !

— Tu as donc une idée, père ?

— Celle de défendre nos droits, jusqu'au bout, quoi qu'il arrive ! Et nous réussirons !... Le million est à moi : je l'aurai ! »

Quelques minutes plus tard, il expédiait cette dépêche :

GOUVERNEUR CRÉDIT FONCIER, RUE CAPUCINES, PARIS. SUIS POSSESSEUR DU NUMÉRO 514-SÉRIE 23. METS OPPOSITION PAR TOUTES VOIES LÉGALES À TOUTE RÉCLAMATION ÉTRANGÈRE. GERBOIS.

Presque en même temps parvenait au Crédit foncier cet autre télégramme :

LE NUMÉRO 514-SÉRIE 23 EST EN MA POSSESSION. ARSÈNE LUPIN.

Chaque fois que j'entreprends de raconter quelqu'une des innombrables aventures dont se compose la vie d'Arsène Lupin, j'éprouve une véritable confusion, tellement il me semble que la plus banale de ces aventures est connue de tous ceux qui vont me lire. De fait, il n'est pas un geste de notre « voleur national », comme on l'a si joliment appelé, qui n'ait été signalé de la façon la plus retentissante, pas un exploit que l'on n'ait étudié sous toutes ses faces, pas un acte qui n'ait été commenté avec cette abondance de détails que l'on réserve d'ordinaire au récit des actions héroïques.

Qui ne connaît, par exemple, cette étrange histoire de *La Dame blonde*, avec ces épisodes curieux que les reporters intitulaient en gros caractères : *Le numéro 514, série 23!... Le crime de l'avenue Henri-Martin!... Le diamant bleu!...* Quel bruit autour de l'intervention du fameux détective anglais Herlock Sholmès ! Quelle effervescence après chacune des péripéties qui marquèrent la lutte de ces deux grands artistes ! Et quel vacarme sur les boulevards, le jour où les camelots vociféraient : « L'arrestation d'Arsène Lupin ! »

Mon excuse, c'est que j'apporte du nouveau : j'apporte le mot de l'énigme. Il reste toujours de l'ombre autour de ces aventures : je la dissipe. Je reproduis des articles lus et relus, je recopie d'anciennes interviews : mais tout cela je le coordonne, je le classe, et je le soumets à l'exacte vérité. Mon collaborateur, c'est Arsène Lupin dont la complaisance à mon égard est inépuisable. Et c'est aussi, en l'occurrence, l'ineffable Wilson, l'ami et le confident de Sholmès.

On se rappelle le formidable éclat de rire qui accueillit la publication de la double dépêche. Le nom seul d'Arsène Lupin était un gage d'imprévu, une promesse de divertissement pour la galerie. Et la galerie, c'était le monde entier.

Des recherches opérées aussitôt par le Crédit foncier, il résulta que le numéro 514-série 23 avait été délivré par l'intermédiaire du Crédit lyonnais, succursale de Versailles, au commandant d'artillerie Bessy. Or, le commandant était mort d'une chute de cheval. On sut par des camarades auxquels il s'était confié que, quelque temps avant sa mort, il avait dû céder son billet à un ami.

« Cet ami, c'est moi, affirma M. Gerbois.

— Prouvez-le, objecta le gouverneur du Crédit foncier.

— Que je le prouve ? Facilement. Vingt personnes vous diront que j'avais avec le commandant des relations suivies et que nous nous rencontrions au café de la place d'Armes. C'est là qu'un jour, pour l'obliger dans un moment de gêne, je lui ai repris son billet contre la somme de vingt francs.

— Vous avez des témoins de cet échange ?
— Non.
— En ce cas, sur quoi fondez-vous votre réclamation ?
— Sur la lettre qu'il m'a écrite à ce sujet.
— Quelle lettre ?
— Une lettre qui était épinglée avec le billet.
— Montrez-la.
— Mais elle se trouvait dans le secrétaire volé !
— Retrouvez-la. »

Arsène Lupin la communiqua, lui. Une note insérée par *L'Écho de France* – lequel a l'honneur d'être son organe officiel, et dont il est, paraît-il, un des principaux actionnaires – une note annonça qu'il remettait entre les mains de maître Detinan, son avocat-conseil, la lettre que le commandant Bessy lui avait écrite, à lui personnellement.

Ce fut une explosion de joie : Arsène Lupin prenait un avocat ! Arsène Lupin, respectueux des règles établies, désignait pour le représenter un membre du barreau !

Toute la presse se rua chez maître Detinan, député radical influent, homme de haute probité en même temps que d'esprit fin, un peu sceptique, volontiers paradoxal.

Maître Detinan n'avait jamais eu le plaisir de rencontrer Arsène Lupin – et il le regrettait vivement – mais il venait en effet de recevoir ses instructions, et, très touché d'un choix dont il sentait tout l'honneur, il comptait défendre vigoureusement le droit de son client. Il ouvrit donc le dossier nouvellement constitué, et, sans détours, exhiba la lettre du commandant. Elle prouvait bien la cession du billet, mais ne mentionnait pas le nom de l'acquéreur. « Mon cher ami… », disait-elle simplement.

« "Mon cher ami" c'est moi, ajoutait Arsène Lupin dans une note jointe à la lettre du commandant. Et la meilleure preuve c'est que j'ai la lettre. »

La nuée des reporters s'abattit immédiatement chez M. Gerbois qui ne put que répéter :

« "Mon cher ami" n'est autre que moi. Arsène Lupin a volé la lettre du commandant avec le billet de loterie. »

« Qu'il le prouve ! » riposta Lupin aux journalistes.

« Mais puisque c'est lui qui a volé le secrétaire ! » s'exclama M. Gerbois devant les mêmes journalistes.

Et Lupin riposta :

« Qu'il le prouve ! »

Et ce fut un spectacle d'une fantaisie charmante que ce duel public entre les deux possesseurs du numéro 514-série 23, que ces allées et venues des reporters, que le sang-froid d'Arsène Lupin en face de l'affolement de ce pauvre M. Gerbois.

Le malheureux, la presse était remplie de ses lamentations ! Il confiait son infortune avec une ingénuité touchante.

« Comprenez-le, messieurs, c'est la dot de Suzanne que ce gredin me dérobe ! Pour moi, personnellement, je m'en moque, mais pour Suzanne ! Pensez donc, un million ! dix fois cent mille francs ! Ah ! je savais bien que le secrétaire contenait un trésor ! »

On avait beau lui objecter que son adversaire, en emportant le meuble, ignorait la présence d'un billet de loterie, et que nul en tout cas ne pouvait prévoir que ce billet gagnerait le gros lot, il gémissait :

« Allons donc, il le savait !... sinon pourquoi se serait-il donné la peine de prendre ce misérable meuble ?

— Pour des raisons inconnues, mais certes point pour s'emparer d'un chiffon de papier qui valait alors la modeste somme de vingt francs.

— La somme d'un million ! Il le savait... Il sait tout !... Ah ! vous ne le connaissez pas, le bandit !... Il ne vous a pas frustré d'un million, vous !c»

Le dialogue aurait pu durer longtemps. Mais le douzième jour, M. Gerbois reçut d'Arsène Lupin une missive qui portait la mention : *confidentielle*. Il lut, avec une inquiétude croissante :

Monsieur, la galerie s'amuse à nos dépens. N'estimez-vous pas le moment venu d'être sérieux ? J'y suis, pour ma part, fermement résolu.

La situation est nette : je possède un billet que je n'ai pas, moi, le droit de toucher, et vous avez, vous, le droit de toucher un billet que vous ne possédez pas. Donc nous ne pouvons rien l'un sans l'autre.

Or, ni vous ne consentiriez à me céder VOTRE *droit, ni moi à vous céder* MON *billet.*

Que faire ?

Je ne vois qu'un moyen, séparons. Un demi-million pour vous, un demi-million pour moi. N'est-ce pas équitable ? Et ce jugement de Salomon ne satisfait-il pas à ce besoin de justice qui est en chacun de nous ?

Solution juste, mais solution immédiate. Ce n'est pas une offre que vous ayez le loisir de discuter, mais une nécessité à laquelle les circonstances vous contraignent à vous plier. Je vous donne trois jours pour réfléchir. Vendredi matin, j'aime à croire que je lirai, dans les petites annonces de L'Écho de France, *une note discrète adressée à* M. Ars. Lup. *et contenant, en termes voilés, votre adhésion pure et simple au pacte que je vous propose. Moyennant quoi, vous rentrez en possession immédiate du billet et touchez le million – quitte à me remettre cinq cent mille francs par la voie que je vous indiquerai ultérieurement.*

En cas de refus, j'ai pris mes dispositions pour que le résultat soit identique. Mais, outre les ennuis très graves que vous causerait une telle obstination, vous auriez à subir une retenue de vingt-cinq mille francs pour frais supplémentaires.

Veuillez agréer, monsieur, l'expression de mes sentiments les plus respectueux.

Arsène Lupin.

Exaspéré, M. Gerbois commit la faute énorme de montrer cette lettre et d'en laisser prendre copie. Son indignation le poussait à toutes les sottises.

« Rien ! il n'aura rien ! s'écria-t-il devant l'assemblée des reporters. Partager ce qui m'appartient ? Jamais. Qu'il déchire son billet, s'il le veut !

— Cependant cinq cent mille francs valent mieux que rien.

— Il ne s'agit pas de cela, mais de mon droit, et ce droit je l'établirai devant les tribunaux.

— Attaquer Arsène Lupin ? ce serait drôle.

— Non, mais le Crédit foncier. Il doit me délivrer le million.

— Contre le dépôt du billet, ou du moins contre la preuve que vous l'avez acheté.

— La preuve existe, puisque Arsène Lupin avoue qu'il a volé le secrétaire.

— La parole d'Arsène Lupin suffira-t-elle aux tribunaux ?

— N'importe, je poursuis. »

La galerie trépignait. Des paris furent engagés, les uns tenant que Lupin réduirait M. Gerbois, les autres qu'il en serait pour ses menaces. Et l'on éprouvait une sorte d'appréhension, tellement les forces étaient inégales entre les deux adversaires, l'un si rude dans son assaut, l'autre effaré comme une bête qu'on traque.

Le vendredi, on s'arracha *L'Écho de France*, et on scruta fiévreusement la cinquième page à l'endroit des petites annonces. Pas une ligne n'était adressée à *M. Ars. Lup.* Aux injonctions d'Arsène Lupin, M. Gerbois répondait par le silence. C'était la déclaration de guerre.

Le soir, on apprenait par les journaux l'enlèvement de Mlle Gerbois.

Ce qui nous réjouit dans ce qu'on pourrait appeler les spectacles Arsène Lupin, c'est le rôle éminemment comique de la police. Tout se passe en dehors d'elle. Il parle, lui, il écrit, prévient, commande, menace, exécute, comme s'il n'existait ni chef de la Sûreté, ni agents, ni commissaires, personne enfin qui pût l'entraver dans ses desseins. Tout cela est considéré comme nul et non avenu. L'obstacle ne compte pas.

Et pourtant elle se démène, la police ! Dès qu'il s'agit d'Arsène Lupin, du haut en bas de l'échelle, tout le monde prend feu, bouillonne, écume de rage. C'est l'ennemi, et l'ennemi qui vous nargue, vous provoque, vous méprise, ou, qui pis est, vous ignore.

Et que faire contre un pareil ennemi ? À dix heures moins vingt, selon le témoignage de la bonne, Suzanne partait de chez elle. À dix heures cinq minutes, en sortant du lycée, son père ne l'apercevait pas sur le trottoir où elle avait coutume de l'attendre. Donc tout s'était passé au cours de la petite promenade de vingt minutes qui avait conduit Suzanne de chez elle jusqu'au lycée, ou du moins jusqu'aux abords du lycée.

Deux voisins affirmèrent l'avoir croisée à trois cents pas de la maison. Une dame avait vu marcher le long de l'avenue une jeune fille dont le signalement correspondait au sien. Et après ? Après on ne savait pas.

On perquisitionna de tous côtés, on interrogea les employés des gares et de l'octroi. Ils n'avaient rien remarqué ce jour-là qui pût se rapporter à l'enlèvement d'une jeune fille. Cependant, à Ville-d'Avray, un épicier déclara qu'il avait fourni de l'huile à une automobile fermée qui arrivait de Paris. Sur le siège se tenait un mécanicien, à l'intérieur une dame blonde – excessivement blonde, précisa le témoin. Une heure plus tard l'automobile revenait de Versailles. Un embarras de voitures l'obligea de ralentir, ce qui permit à l'épicier de constater, à côté de la dame blonde déjà entrevue, la présence d'une autre dame, entourée, celle-ci, de châles et de voiles. Nul doute que ce ne fût Suzanne Gerbois.

Mais alors il fallait supposer que l'enlèvement avait eu lieu en plein jour, sur une route très fréquentée, au centre même de la ville !

Comment ? à quel endroit ? Pas un cri ne fut entendu, pas un mouvement suspect ne fut observé.

L'épicier donna le signalement de l'automobile, une limousine 24 chevaux de la maison Peugeon, à carrosserie bleu foncé. À tout hasard, on s'informa auprès de la directrice du Grand-Garage, Mme Bob-Walthour, qui s'est fait une spécialité d'enlèvements par automobile. Le vendredi matin, en effet, elle avait loué pour la journée une limousine Peugeon à une dame blonde qu'elle n'avait du reste point revue.

« Mais le mécanicien ?

— C'était un nommé Ernest, engagé la veille sur la foi d'excellents certificats.

— Il est ici ?

— Non, il a ramené la voiture, et il n'est plus revenu.

— Ne pouvons-nous retrouver sa trace ?

— Certes auprès des personnes dont il s'est recommandé. Voici leurs noms. »

On se rendit chez ces personnes. Aucune d'elles ne connaissait le nommé Ernest.

Ainsi donc, quelque piste que l'on suivît pour sortir des ténèbres, on aboutissait à d'autres ténèbres, à d'autres énigmes.

M. Gerbois n'était pas de force à soutenir une bataille qui commençait pour lui de façon si désastreuse. Inconsolable depuis la disparition de sa fille, bourrelé de remords, il capitula.

Une petite annonce parue à *L'Écho de France*, et que tout le monde commenta, affirma sa soumission pure et simple, sans arrière-pensée.

C'était la victoire, la guerre terminée en quatre fois vingt-quatre heures.

Deux jours après, M. Gerbois traversait la cour du Crédit foncier. Introduit auprès du gouverneur, il tendit le numéro 514-série 23. Le gouverneur sursauta.

« Ah ! vous l'avez ? il vous a été rendu ?

— Il était égaré, le voici, répondit M. Gerbois.

— Cependant vous prétendiez... il a été question...

— Tout cela n'est que racontars et mensonges.

— Mais il nous faudrait tout de même quelque document à l'appui.

— La lettre du commandant suffit-elle ?

— Certes.

— La voici.

— Parfait. Veuillez laisser ces pièces en dépôt. Il nous est donné quinze jours pour vérification. Je vous préviendrai dès que vous pourrez vous présenter à notre caisse. D'ici là, monsieur, je crois que vous avez tout intérêt à ne rien dire et à terminer cette affaire dans le silence le plus absolu.

— C'est mon intention. »

M. Gerbois ne parla point, le gouverneur non plus. Mais il est des secrets qui se dévoilent sans qu'aucune indiscrétion soit commise, et l'on apprit soudain qu'Arsène Lupin avait eu l'audace de renvoyer à M. Gerbois le numéro 514-série 23 ! La nouvelle fut accueillie avec une admiration stupéfaite. Décidément c'était un beau joueur que celui qui jetait sur la table un atout de cette importance, le précieux billet ! Certes, il ne s'en était dessaisi qu'à bon escient et pour une carte qui rétablissait l'équilibre. Mais si la jeune fille s'échappait ? Si l'on réussissait à reprendre l'otage qu'il détenait ?

La police sentit le point faible de l'ennemi et redoubla d'efforts. Arsène Lupin désarmé, dépouillé par lui-même, pris dans l'engrenage de ses combinaisons, ne touchant pas un traître sou du million convoité… du coup les rieurs passaient dans l'autre camp.

Mais il fallait retrouver Suzanne. Et on ne la retrouvait pas, et pas davantage, elle ne s'échappait !

Soit, disait-on, le point est acquis, Arsène Lupin gagne la première manche. Mais le plus difficile est à faire ! Mlle Gerbois est entre ses mains, nous l'accordons, et il ne la remettra que contre cinq cent mille francs. Mais où et comment s'opérera l'échange ? Pour que cet échange s'opère, il faut qu'il y ait rendez-vous, et alors qui empêche M. Gerbois d'avertir la police et, par là, de reprendre sa fille tout en gardant l'argent ?

On interviewa le professeur. Très abattu, désireux de silence, il demeura impénétrable.

« Je n'ai rien à dire, j'attends.

— Et Mlle Gerbois ?

— Les recherches continuent.

— Mais Arsène Lupin vous a écrit ?

— Non.

— Vous l'affirmez ?

— Non.

— Donc c'est oui. Quelles sont ses instructions ?

— Je n'ai rien à dire. »

On assiégea maître Detinan. Même discrétion.

« M. Lupin est mon client, répondait-il avec une affectation de gravité, vous comprendrez que je sois tenu à la réserve la plus absolue. »

Tous ces mystères irritaient la galerie. Évidemment des plans se tramaient dans l'ombre. Arsène Lupin disposait et resserrait les mailles de ses filets, pendant que la police organisait autour de M. Gerbois une surveillance de jour et de nuit. Et l'on examinait les trois seuls dénouements possibles : l'arrestation, le triomphe, ou l'avortement ridicule et piteux.

Mais il arriva que la curiosité du public ne devait être satisfaite que de façon partielle, et c'est ici dans ces pages que, pour la première fois, l'exacte vérité se trouve révélée.

Le mardi 12 mars, M. Gerbois reçut, sous une enveloppe d'apparence ordinaire, un avis du Crédit foncier.

Le jeudi, à une heure, il prenait le train pour Paris. À deux heures, les mille billets de mille francs lui furent délivrés.

Tandis qu'il les feuilletait un à un, en tremblant – cet argent, n'était-ce pas la rançon de Suzanne ? – deux hommes s'entretenaient dans une voiture arrêtée à quelque distance du grand portail. L'un de ces hommes avait des cheveux grisonnants et une figure énergique qui contrastait avec son habillement et ses allures de petit employé. C'était l'inspecteur principal Ganimard, le vieux Ganimard, l'ennemi implacable de Lupin. Et Ganimard disait au brigadier Folenfant :

« Ça ne va pas tarder… avant cinq minutes, nous allons revoir notre bonhomme. Tout est prêt ?

— Absolument.

— Combien sommes-nous ?

— Huit, dont deux à bicyclette.

— Et moi qui compte pour trois. C'est assez, mais ce n'est pas trop. À aucun prix il ne faut que le Gerbois nous échappe… sinon bonsoir : il rejoint Lupin au rendez-vous qu'ils ont dû fixer, il troque la demoiselle contre le demi-million, et le tour est joué.

— Mais pourquoi donc le bonhomme ne marche-t-il pas avec nous ? Ce serait si simple. En nous mettant dans son jeu il garderait le million entier.

— Oui, mais il a peur. S'il essaie de mettre l'autre dedans, il n'aura pas sa fille.

— Quel autre ?

— *Lui.* »

Ganimard prononça ce mot d'un ton grave, un peu craintif, comme s'il parlait d'un être surnaturel dont il aurait déjà senti les griffes.

« Il est assez drôle, observa judicieusement le brigadier Folenfant, que nous en soyons réduits à protéger ce monsieur contre lui-même.

— Avec Lupin, le monde est renversé », soupira Ganimard.

Une minute s'écoula.

« Attention », fit-il.

M. Gerbois sortait. À l'extrémité de la rue des Capucines, il prit les boulevards, du côté gauche. Il s'éloignait lentement, le long des magasins, et regardait les étalages.

« Trop tranquille, le client, disait Ganimard. Un individu qui vous a dans la poche un million n'a pas cette tranquillité.

— Que peut-il faire ?

— Oh ! rien, évidemment… N'importe, je me méfie. Lupin, c'est Lupin. »

À ce moment M. Gerbois se dirigea vers un kiosque, choisit des journaux, se fit rendre la monnaie, déplia l'une des feuilles, et, les bras étendus, tout en s'avançant à petits pas, se mit à lire. Et soudain, d'un bond il se jeta dans une automobile qui stationnait au bord du trottoir. Le moteur était en marche, car elle partit rapidement, doubla la Madeleine et disparut.

« Nom de nom ! s'écria Ganimard, encore un coup de *sa* façon ! »

Il s'était élancé, et d'autres hommes couraient, en même temps que lui, autour de la Madeleine.

Mais il éclata de rire. À l'entrée du boulevard Malesherbes, l'automobile était arrêtée, en panne, et M. Gerbois en descendait.

« Vite, Folenfant… le mécanicien… c'est peut-être le nommé Ernest. »

Folenfant s'occupa du mécanicien. C'était un nommé Gaston, employé à la Société des fiacres automobiles ; dix minutes auparavant, un monsieur l'avait retenu et lui avait dit d'attendre « sous pression », près du kiosque, jusqu'à l'arrivée d'un autre monsieur.

« Et le second client, demanda Folenfant, quelle adresse a-t-il donnée ?

— Aucune adresse… “Boulevard Malesherbes… avenue de Messine… double pourboire”… Voilà tout. »

Mais, pendant ce temps, sans perdre une minute, M. Gerbois avait sauté dans la première voiture qui passait.

« Cocher, au métro de la Concorde. »

Le professeur sortit du métro place du Palais-Royal, courut vers une autre voiture et se fit conduire place de la Bourse. Deuxième voyage en métro, puis, avenue de Villiers, troisième voiture.

« Cocher, 25, rue Clapeyron. »

Le 25 de la rue Clapeyron est séparé du boulevard des Batignolles par la maison qui fait l’angle. Il monta au premier étage et sonna. Un monsieur lui ouvrit.

« C’est bien ici que demeure maître Detinan ?

— C’est moi-même. Monsieur Gerbois, sans doute.

— Parfaitement.

— Je vous attendais, monsieur. Donnez-vous la peine d’entrer. »

Quand M. Gerbois pénétra dans le bureau de l’avocat, la pendule marquait trois heures, et tout de suite il dit :

« C’est l’heure qu’il m’a fixée. Il n’est pas là ?

— Pas encore. »

M. Gerbois s’assit, s’épongea le front, regarda sa montre comme s’il ne connaissait pas l’heure, et reprit anxieusement :

« Viendra-t-il ? »

L’avocat répondit :

« Vous m’interrogez, monsieur, sur la chose du monde que je suis le plus curieux de savoir. Jamais je n’ai ressenti pareille impatience. En tout cas, s’il vient, il risque gros, cette maison est très surveillée depuis quinze jours… On se défie de moi.

— Et de moi encore davantage. Aussi je n’affirme pas que les agents attachés à ma personne aient perdu ma trace.

— Mais alors…

— Ce ne serait point de ma faute, s’écria vivement le professeur, et l’on n’a rien à me reprocher. Qu’ai-je promis ? D’obéir à *ses* ordres. Eh bien, j'ai obéi aveuglément à *ses* ordres, j'ai touché l'argent à l'heure fixée par *lui*, et je me suis rendu chez vous de la façon qu'il m'a prescrite. Responsable du malheur de ma fille, j'ai tenu mes engagements en toute loyauté. À lui de tenir les siens. »

Et il ajouta, de la même voix anxieuse :

« Il ramènera ma fille, n'est-ce pas ?

— Je l'espère.

— Cependant… vous l'avez vu ?

— Moi, mais non ! Il m'a simplement demandé par lettre de vous recevoir tous deux… de congédier mes domestiques avant trois heures, et de n'admettre personne dans mon appartement entre votre arrivée et son départ. Si je ne consentais pas à cette proposition, il me priait de l'en prévenir par deux lignes à *L'Écho de France*. Mais je suis trop heureux de rendre service à Arsène Lupin et je consens à tout. »

M. Gerbois gémit :

« Hélas ! comment tout cela finira-t-il ? »

Il tira de sa poche les billets de banque, les étala sur la table et en fit deux paquets de même nombre. Puis ils se turent. De temps à autre M. Gerbois prêtait l'oreille… N'avait-on pas sonné ?

Avec les minutes son angoisse augmentait, et maître Detinan aussi éprouvait une impression presque douloureuse.

Un moment même l'avocat perdit tout sang-froid. Il se leva brusquement :

« Nous ne le verrons pas… Comment voulez-vous ?… Ce serait de la folie de sa part ! Qu'il ait confiance en nous, soit, nous sommes d'honnêtes gens incapables de le trahir. Mais le danger n'est pas seulement ici. »

Et M. Gerbois, écrasé, les deux mains sur les billets, balbutiait :

« Qu'il vienne, mon Dieu, qu'il vienne ! Je donnerais tout cela pour retrouver Suzanne. »

La porte s'ouvrit.

« La moitié suffira, monsieur Gerbois. »

Quelqu'un se tenait sur le seuil, un homme jeune, élégamment vêtu, en qui M. Gerbois reconnut aussitôt l'individu qui l'avait abordé près de la boutique de bric-à-brac, à Versailles. Il bondit vers lui.

« Et Suzanne ? Où est ma fille ? »

Arsène Lupin ferma la porte soigneusement et, tout en défaisant ses gants du geste le plus paisible, il dit à l'avocat :

« Mon cher maître, je ne saurais trop vous remercier de la bonne grâce avec laquelle vous avez consenti à défendre mes droits. Je ne l'oublierai pas. »

Maître Detinan murmura :

« Mais vous n'avez pas sonné... je n'ai pas entendu la porte...

— Les sonnettes et les portes sont des choses qui doivent fonctionner sans qu'on les entende jamais. Me voilà tout de même, c'est l'essentiel.

— Ma fille ! Suzanne ! qu'en avez-vous fait ? répéta le professeur.

— Mon Dieu, monsieur, dit Lupin, que vous êtes pressé ! Allons, rassurez-vous, encore un instant et mademoiselle votre fille sera dans vos bras. »

Il se promena, puis du ton d'un grand seigneur qui distribue des éloges :

« Monsieur Gerbois, je vous félicite de l'habileté avec laquelle vous avez agi tout à l'heure. Si l'automobile n'avait pas eu cette panne absurde, on se retrouvait tout simplement à l'Étoile, et l'on épargnait à maître Detinan l'ennui de cette visite... Enfin ! c'était écrit. »

Il aperçut les deux liasses de banknotes et s'écria :

« Ah ! parfait ! le million est là... Nous ne perdrons pas de temps. Vous permettez ?

— Mais, objecta maître Detinan, en se plaçant devant la table, Mlle Gerbois n'est pas encore arrivée.

— Eh bien ?

— Eh bien, sa présence n'est-elle pas indispensable ?

— Je comprends ! je comprends ! Arsène Lupin n'inspire qu'une confiance relative. Il empoche le demi-million et ne rend pas l'otage. Ah ! mon cher maître, je suis un grand méconnu ! Parce que le destin m'a conduit à des actes de nature un peu... spéciale, on suspecte ma bonne foi... à moi ! moi qui suis l'homme du scrupule et de la délicatesse ! D'ailleurs, mon cher maître, si vous avez peur, ouvrez votre fenêtre et appelez. Il y a bien une douzaine d'agents dans la rue.

— Vous croyez ? »

Arsène Lupin souleva le rideau.

« Je crois M. Gerbois incapable de dépister Ganimard... Que vous disais-je ? Le voici, ce brave ami !

— Est-ce possible ! s'écria le professeur. Je vous jure cependant...

— Que vous ne m'avez pas trahi ?... Je n'en doute pas, mais les gaillards sont habiles. Tenez, Folenfant que j'aperçois !... Et Gréaume !... Et Dieuzy !... tous mes bons camarades, quoi ! »

Maître Detinan le regardait avec surprise. Quelle tranquillité ! Il riait d'un rire heureux, comme s'il se divertissait à quelque jeu d'enfant et qu'aucun péril ne l'eût menacé.

Plus encore que la vue des agents, cette insouciance rassura l'avocat. Il s'éloigna de la table où se trouvaient les billets de banque.

Arsène Lupin saisit l'une après l'autre les deux liasses, allégea chacune d'elles de vingt-cinq billets, et tendant à maître Detinan les cinquante billets ainsi obtenus :

« La part d'honoraires de M. Gerbois, mon cher maître, et celle d'Arsène Lupin. Nous vous devons bien cela.

— Vous ne me devez rien, répliqua maître Detinan.

— Comment ? et tout le mal que nous vous causons !

— Et tout le plaisir que je prends à me donner ce mal !

— C'est-à-dire, mon cher maître, que vous ne voulez rien accepter d'Arsène Lupin. Voilà ce que c'est, soupira-t-il, d'avoir une mauvaise réputation. »

Il tendit les cinquante mille francs au professeur.

« Monsieur, en souvenir de notre bonne rencontre, permettez-moi de vous remettre ceci : ce sera mon cadeau de noces à Mlle Gerbois. »

M. Gerbois prit vivement les billets, mais protesta :

« Ma fille ne se marie pas.

— Elle ne se marie pas si vous lui refusez votre consentement. Mais elle brûle de se marier.

— Qu'en savez-vous ?

— Je sais que les jeunes filles font souvent des rêves sans l'autorisation de leurs papas. Heureusement qu'il y a de bons génies qui s'appellent Arsène Lupin, et qui dans le fond des secrétaires découvrent le secret de ces âmes charmantes.

— Vous n'y avez pas découvert autre chose ? demanda maître Detinan. J'avoue que je serais fort curieux de savoir pourquoi ce meuble fut l'objet de vos soins.

— Raison historique, mon cher maître. Bien que, contrairement à l'avis de M. Gerbois, il ne contînt aucun autre trésor que le billet de loterie – et cela je l'ignorais – j'y tenais et je le recherchais depuis longtemps. Ce secrétaire, en bois d'if et d'acajou, décoré de chapiteaux à feuilles d'acanthe, fut retrouvé dans la petite maison discrète qu'habitait à Boulogne Marie Walewska, et il porte sur l'un des tiroirs l'inscription : *Dédié à Napoléon Ier, Empereur des Français, par son très fidèle serviteur, Mancion.* Et, en dessus, ces mots, gravés à la pointe d'un couteau : "À toi, Marie." Par la suite, Napoléon le fit recopier pour l'impératrice Joséphine – de sorte que le secrétaire qu'on admirait à la Malmaison[1] n'était qu'une copie imparfaite de celui qui désormais fait partie de mes collections. »

Le professeur gémit :

« Hélas ! si j'avais su, chez le marchand, avec quelle hâte je vous l'aurais cédé ! »

Arsène Lupin dit en riant :

« Et vous auriez eu, en outre, cet avantage appréciable de conserver, pour vous seul, le numéro 514-série 23.

— Ce qui ne vous aurait pas conduit à enlever ma fille que tout cela a dû bouleverser.

— Tout cela ?

— Cet enlèvement…

— Mais, mon cher monsieur, vous faites erreur, Mlle Gerbois n'a pas été enlevée.

— Ma fille n'a pas été enlevée !

1. Ce secrétaire est actuellement au Garde-Meuble.

— Nullement. Qui dit enlèvement, dit violence. Or, c'est de son plein gré qu'elle a servi d'otage.

— De son plein gré ! répéta M. Gerbois, confondu.

— Et presque sur sa demande ! Comment ! une jeune fille intelligente comme Mlle Gerbois, et, qui plus est, cultivant au fond de son âme une passion inavouée, aurait refusé de conquérir sa dot ! Ah ! je vous jure qu'il a été facile de lui faire comprendre qu'il n'y avait pas d'autre moyen de vaincre votre obstination. »

Maître Detinan s'amusait beaucoup. Il objecta :

« Le plus difficile était de vous entendre avec elle. Il est inadmissible que Mlle Gerbois se soit laissé aborder.

— Oh ! par moi, non. Je n'ai même pas l'honneur de la connaître. C'est une personne de mes amies qui a bien voulu entamer les négociations.

— La dame blonde de l'automobile, sans doute, interrompit maître Detinan.

— Justement. Dès la première entrevue auprès du lycée, tout était réglé. Depuis, Mlle Gerbois et sa nouvelle amie ont voyagé, visitant la Belgique et la Hollande, de la manière la plus agréable et la plus instructive pour une jeune fille. Du reste elle-même va vous expliquer... »

On sonnait à la porte du vestibule, trois coups rapides, puis un coup isolé, puis un coup isolé.

« C'est elle, dit Lupin. Mon cher maître, si vous voulez bien... »

L'avocat se précipita.

Deux jeunes femmes entrèrent. L'une se jeta dans les bras de M. Gerbois. L'autre s'approcha de Lupin. Elle était de taille élevée, le buste harmonieux, la figure très pâle, et ses cheveux blonds, d'un blond étincelant, se divisaient en deux bandeaux ondulés et très lâches. Vêtue de noir, sans autre ornement qu'un collier de jais à quintuple tour, elle paraissait cependant d'une élégance raffinée.

Arsène Lupin lui dit quelques mots, puis, saluant Mlle Gerbois :

« Je vous demande pardon, mademoiselle, de toutes ces tribulations, mais j'espère cependant que vous n'avez pas été trop malheureuse…

— Malheureuse ! J'aurais même été très heureuse, s'il n'y avait pas eu mon pauvre père.

— Alors tout est pour le mieux. Embrassez-le de nouveau, et profitez de l'occasion – elle est excellente – pour lui parler de votre cousin.

— Mon cousin… que signifie ?… Je ne comprends pas…

— Mais si, vous comprenez… Votre cousin Philippe… ce jeune homme dont vous gardez précieusement les lettres… »

Suzanne rougit, perdit contenance, et enfin, comme le conseillait Lupin, se jeta de nouveau dans les bras de son père.

Lupin les considéra tous deux d'un œil attendri.

« Comme on est récompensé de faire le bien ! Touchant spectacle ! Heureux père ! Heureuse fille ! Et dire que ce bonheur c'est ton œuvre, Lupin ! Ces êtres te béniront plus tard… Ton nom sera pieusement transmis à leurs petits-enfants… Oh ! la famille !… la famille !… »

Il se dirigea vers la fenêtre.

« Ce bon Ganimard est-il toujours là ?… Il aimerait tant assister à ces charmantes effusions !… Mais non, il n'est plus là… Plus personne… ni lui, ni les autres… Diable ! la situation devient grave… Il n'y aurait rien d'étonnant à ce qu'ils fussent déjà sous la porte cochère… chez le concierge peut-être… ou même dans l'escalier ! »

M. Gerbois laissa échapper un mouvement. Maintenant que sa fille lui était rendue, le sentiment de la réalité lui revenait. L'arrestation de son adversaire, c'était pour lui un demi-million. Instinctivement il fit un pas… Comme par hasard, Lupin se trouva sur son chemin.

« Où allez-vous, monsieur Gerbois ? Me défendre contre eux ? Mille fois aimable ! Ne vous dérangez pas. D'ailleurs, je vous jure qu'ils sont plus embarrassés que moi. »

Et il continua en réfléchissant :

« Au fond que savent-ils ? Que vous êtes ici, et peut-être que Mlle Gerbois y est également, car ils ont dû la voir arriver avec une dame inconnue. Mais moi ? ils ne s'en doutent pas. Comment me serais-je introduit dans une maison qu'ils ont fouillée ce matin de la cave au grenier ? Non, selon toutes probabilités, ils m'attendent pour me saisir au vol… Pauvres chéris !… À moins qu'ils ne devinent que la dame inconnue est envoyée par moi et qu'ils ne la supposent chargée de procéder à l'échange… Auquel cas ils s'apprêtent à l'arrêter à son départ… »

Un coup de timbre retentit.

D'un geste brusque, Lupin immobilisa M. Gerbois, et la voix sèche, impérieuse :

« Halte là, monsieur, pensez à votre fille et soyez raisonnable, sinon… Quant à vous, maître Detinan, j'ai votre parole. »

M. Gerbois fut cloué sur place. L'avocat ne bougea point.

Sans la moindre hâte, Lupin prit son chapeau. Un peu de poussière le maculait : il le brossa du revers de sa manche.

« Mon cher maître, si jamais vous avez besoin de moi… Mes meilleurs vœux, mademoiselle Suzanne, et toutes mes amitiés à M. Philippe. »

Il tira de sa poche une lourde montre à double boîtier d'or.

« Monsieur Gerbois, il est trois heures quarante-deux minutes ; à trois heures quarante-six, je vous autorise à sortir de ce salon… Pas une minute plus tôt que trois heures quarante-six, n'est-ce pas ?

— Mais ils vont entrer de force, ne put s'empêcher de dire maître Detinan.

— Et la loi que vous oubliez, mon cher maître ! Jamais Ganimard n'oserait violer la demeure d'un citoyen français. Nous aurions le temps de faire un excellent bridge. Mais pardonnez-moi, vous semblez un peu émus tous les trois, et je ne voudrais pas abuser… »

Il déposa sa montre sur la table, ouvrit la porte du salon, et, s'adressant à la dame blonde :

« Vous êtes prête, chère amie ? »

Il s'effaça devant elle, adressa un dernier salut, très respectueux, à Mlle Gerbois, sortit et referma la porte sur lui.

Et on l'entendit qui disait, dans le vestibule, à haute voix :

« Bonjour, Ganimard, comment ça va-t-il ? Rappelez-moi au bon souvenir de Mme Ganimard... Un de ces jours, j'irai lui demander à déjeuner... Adieu, Ganimard. »

Un coup de timbre encore, brusque, violent, puis des coups répétés, et des bruits de voix sur le palier.

« Trois heures quarante-cinq », balbutia M. Gerbois.

Après quelques secondes, résolument, il passa dans le vestibule. Lupin et la dame blonde n'y étaient plus.

« Père !... il ne faut pas !... attends !... s'écria Suzanne.

— Attendre ? tu es folle !... Des ménagements avec ce gredin... Et le demi-million ?... »

Il ouvrit.

Ganimard se rua.

« Cette dame... où est-elle ? Et Lupin ?

— Il était là... Il est là. »

Ganimard poussa un cri de triomphe :

« Nous le tenons... la maison est cernée. »

Maître Detinan objecta :

« Mais l'escalier de service ?

— L'escalier de service aboutit à la cour, et il n'y a qu'une issue, la grand-porte : dix hommes la gardent.

— Mais il n'est pas entré par la grand-porte... il ne s'en ira pas par là...

— Et par où donc ? riposta Ganimard... À travers les airs ? »

Il écarta un rideau. Un long couloir s'offrit qui conduisait à la cuisine. Ganimard le suivit en courant et constata que la porte de l'escalier de service était fermée à double tour.

De la fenêtre, il appela l'un des agents :

« Personne ?

— Personne.

— Alors, s'écria-t-il, ils sont dans l'appartement !... ils sont cachés dans l'une des chambres !... Il est matériellement impossible qu'ils se soient échappés... Ah ! mon petit Lupin, tu t'es fichu de moi, mais, cette fois, c'est la revanche. »

À sept heures du soir, M. Dudouis, chef de la Sûreté, étonné de n'avoir point de nouvelles, se présenta rue Clapeyron. Il interrogea les agents qui gardaient l'immeuble, puis monta chez maître Detinan qui le mena dans sa chambre. Là, il aperçut un homme, ou plutôt deux jambes qui s'agitaient sur le tapis, tandis que le torse auquel elles appartenaient était engagé dans les profondeurs de la cheminée.

« Ohé!… ohé!… » glapissait une voix étouffée.

Et une voix plus lointaine, qui venait de tout en haut, répondait :

« Ohé!… ohé!… »

M. Dudouis s'écria en riant :

« Eh bien, Ganimard, qu'avez-vous donc à faire le fumiste ? »

L'inspecteur s'exhuma des entrailles de la cheminée. Le visage noirci, les vêtements couverts de suie, les yeux brillants de fièvre, il était méconnaissable.

« Je *le* cherche, grogna-t-il.

— Qui ?

— Arsène Lupin… Arsène Lupin et son amie.

— Ah ça! mais, vous imaginez-vous qu'ils se cachent dans les tuyaux de la cheminée ? »

Ganimard se releva, appliqua sur la manche de son supérieur cinq doigts couleur de charbon, et sourdement, rageusement :

« Où voulez-vous qu'ils soient, chef? Il faut bien qu'ils soient quelque part. Ce sont des êtres comme vous et moi, en chair et en os. Ces êtres-là ne s'en vont pas en fumée.

— Non, mais ils s'en vont tout de même.

— Par où ? par où ? la maison est entourée! il y a des agents sur le toit.

— La maison voisine ?

— Pas de communication avec elle.

— Les appartements des autres étages ?

— Je connais tous les locataires : ils n'ont vu personne… ils n'ont entendu personne.

— Êtes-vous sûr de les connaître tous ?

— Tous. Le concierge répond d'eux. D'ailleurs, pour plus de précaution, j'ai posté un homme dans chacun de ces appartements.

— Il faut pourtant bien qu'on mette la main dessus.

— C'est ce que je dis, chef, c'est ce que je dis. Il le faut, et ça sera, parce qu'ils sont ici tous deux… ils ne peuvent pas ne pas y être. Soyez tranquille, chef, si ce n'est pas ce soir, je les aurai demain… J'y coucherai !… J'y coucherai !… »

De fait il y coucha, et le lendemain aussi, et le surlendemain également. Et, lorsque trois jours entiers et trois nuits se furent écoulés, non seulement il n'avait pas découvert l'insaisissable Lupin et sa non moins insaisissable compagne, mais il n'avait même pas relevé le plus petit indice qui lui permît d'établir la plus petite hypothèse.

Et c'est pourquoi son opinion de la première heure ne variait pas.

« Du moment qu'il n'y a aucune trace de leur fuite, c'est qu'ils sont là ! »

Peut-être, au fond de sa conscience, était-il moins convaincu. Mais il ne voulait pas se l'avouer. Non, mille fois non, un homme et une femme ne s'évanouissent pas ainsi que les mauvais génies des contes d'enfants. Et sans perdre courage, il continuait ses fouilles et ses investigations comme s'il avait espéré les découvrir, dissimulés en quelque retraite impénétrable, incorporés aux pierres de la maison.

II

Le diamant bleu

Le soir du 27 mars, au 134 de l'avenue Henri-Martin dans le petit hôtel que lui avait légué son frère six mois auparavant, le vieux général baron d'Hautrec, ambassadeur à Berlin sous le Second Empire, dormait au fond d'un confortable fauteuil, tandis que sa demoiselle de compagnie lui faisait la lecture, et que la sœur Auguste bassinait son lit et préparait la veilleuse.

À onze heures la religieuse qui, par exception, devait rentrer ce soir-là au couvent de sa communauté et passer la nuit près de la sœur supérieure, la religieuse prévint la demoiselle de compagnie.

« Mademoiselle Antoinette, mon ouvrage est fini, je m'en vais.

— Bien, ma sœur.

— Et surtout n'oubliez pas que la cuisinière a congé et que vous êtes seule dans l'hôtel, avec le domestique.

— Soyez sans crainte pour M. le baron, je couche dans la chambre voisine comme c'est entendu, et je laisse ma porte ouverte. »

La religieuse s'en alla. Au bout d'un instant ce fut Charles, le domestique, qui vint prendre les ordres. Le baron s'était réveillé. Il répondit lui-même.

« Toujours les mêmes ordres, Charles : vérifier si la sonnerie électrique fonctionne bien dans votre chambre, et au premier appel descendre et courir chez le médecin.

— Mon général s'inquiète toujours.

— Ça ne va pas… ça ne va pas fort. Allons, mademoiselle Antoinette, où en étions-nous de notre lecture ?

— Monsieur le baron ne se met donc pas au lit ?

— Mais non, mais non, je me couche très tard, et d'ailleurs je n'ai besoin de personne. »

Vingt minutes après, le vieillard sommeillait de nouveau, et Antoinette s'éloignait sur la pointe des pieds.

À ce moment Charles fermait soigneusement, comme à l'ordinaire, tous les volets du rez-de-chaussée.

Dans la cuisine, il poussa le verrou de la porte qui donnait sur le jardin, et dans le vestibule il accrocha en outre, d'un battant à l'autre, la chaîne de sûreté. Puis il regagna sa mansarde, au troisième étage, se coucha et s'endormit.

Une heure peut-être s'était écoulée quand, soudain, il sauta d'un bond hors de son lit : la sonnerie retentissait. Elle retentit longtemps, sept ou huit secondes peut-être, et de façon posée, ininterrompue…

« Bon, se dit Charles, recouvrant ses esprits, une nouvelle lubie du baron. »

Il enfila ses vêtements, descendit rapidement l'escalier, s'arrêta devant la porte, et, par habitude, frappa. Aucune réponse. Il entra.

« Tiens, murmura-t-il, pas de lumière… Pourquoi diable ont-ils éteint ? »

Et à voix basse, il appela :

« Mademoiselle ? »

Aucune réponse.

« Vous êtes là, mademoiselle ?… Qu'y a-t-il donc ? M. le baron est malade ? »

Le même silence autour de lui, un silence lourd qui finit par l'impressionner. Il fit deux pas en avant : son pied heurta une chaise, et, l'ayant touchée, il s'aperçut qu'elle était renversée. Et tout de suite sa main rencontra par terre d'autres objets, un guéridon, un paravent. Inquiet, il revint vers la muraille, et, à tâtons, chercha le bouton électrique. Il l'atteignit, le tourna.

Au milieu de la pièce entre la table et l'armoire à glace, gisait le corps de son maître, le baron d'Hautrec.

« Quoi !… est-ce possible ?… » bégaya-t-il.

Il ne savait que faire, et sans bouger, les yeux écarquillés, il contemplait le bouleversement des choses, les chaises tombées, un grand flambeau de cristal cassé en mille morceaux, la pendule qui gisait sur le marbre du foyer, toutes ces traces qui révélaient la lutte affreuse et sauvage. Le manche d'un stylet d'acier étincelait, non loin du cadavre. La lame en dégouttait de sang. Le long du matelas pendait un mouchoir souillé de marques rouges.

Charles hurla de terreur : le corps s'était tendu en un suprême effort, puis s'était recroquevillé sur lui-même… Deux ou trois secousses, et ce fut tout.

Il se pencha. Par une fine blessure au cou, du sang giclait, qui mouchetait le tapis de taches noires. Le visage conservait une expression d'épouvante folle.

« On l'a tué, balbutia-t-il, on l'a tué. »

Et il frissonna à l'idée d'un autre crime probable : la demoiselle de compagnie ne couchait-elle pas dans la chambre voisine ? et le meurtrier du baron ne l'avait-il pas tuée elle aussi ?

Il poussa la porte : la pièce était vide. Il conclut qu'Antoinette avait été enlevée, ou bien qu'elle était partie avant le crime.

Il regagna la chambre du baron et, ses yeux ayant rencontré le secrétaire, il remarqua que ce meuble n'avait pas été fracturé.

Bien plus, il vit sur la table, près du trousseau de clefs et du portefeuille que le baron y déposait chaque soir, une poignée de louis d'or. Charles saisit le portefeuille et en déplia les poches. L'une d'elles contenait des billets de banque. Il les compta : il y avait treize billets de cent francs.

Alors ce fut plus fort que lui : instinctivement, mécaniquement, sans même que sa pensée participât au geste de la main, il prit les treize billets, les cacha dans son veston, dégringola l'escalier, tira le verrou, décrocha la chaîne, referma la porte et s'enfuit par le jardin.

Charles était un honnête homme. Il n'avait pas repoussé la grille que, frappé par le grand air, le visage rafraîchi par la pluie, il s'arrêta. L'acte commis lui apparaissait sous son véritable jour, et il en avait une horreur subite.

Un fiacre passait. Il héla le cocher.

« Camarade, file au poste de police et ramène le commissaire… Au galop ! il y a mort d'homme. »

Le cocher fouetta son cheval. Mais quand Charles voulut rentrer, il ne le put pas ; lui-même avait fermé la grille, et la grille ne s'ouvrait pas du dehors.

D'autre part, il était inutile de sonner puisqu'il n'y avait personne dans l'hôtel.

Il se promena donc le long de ces jardins qui font à l'avenue, du côté de la Muette, une riante bordure d'arbustes verts et bien taillés. Et ce fut seulement après une heure d'attente qu'il put enfin raconter au commissaire les détails du crime et lui remettre entre les mains les treize billets de banque.

Pendant ce temps, on réquisitionnait un serrurier, lequel, avec beaucoup de peine, réussit à forcer la grille du jardin et la porte du vestibule.

Le commissaire monta, et tout de suite, du premier coup d'œil, il dit au domestique :

« Tiens, vous m'aviez annoncé que la chambre était dans le plus grand désordre. »

Il se retourna. Charles semblait cloué au seuil, hypnotisé : tous les meubles avaient repris leur place habituelle ! Le guéridon se dressait entre les deux fenêtres, les chaises étaient debout et la pendule au milieu de la cheminée. Les débris du candélabre avaient disparu.

Il articula, béant de stupeur :

« Le cadavre… M. le baron…

— Au fait, s'écria le commissaire, où se trouve la victime ? »

Il s'avança vers le lit. Sous un grand drap qu'il écarta, reposait le général baron d'Hautrec, ancien ambassadeur de France à Berlin. Sa houppelande de général le recouvrait, ornée de la croix d'honneur.

Le visage était calme. Les yeux étaient clos.

Le domestique balbutia :

« Quelqu'un est venu.

— Par où ?

— Je ne sais pas, mais quelqu'un est venu pendant mon absence… Tenez, il y avait là, par terre, un poignard très mince, en acier… Et puis, sur la table, un mouchoir avec du sang… Il n'y a plus rien… On a tout enlevé… On a tout rangé…

— Mais qui ?
— L'assassin !
— Nous avons trouvé toutes les portes fermées.
— C'est qu'il était resté dans l'hôtel.
— Il y serait encore puisque vous n'avez pas quitté le trottoir. »

Le domestique réfléchit, et prononça lentement :

« En effet… en effet… et je ne me suis pas éloigné de la grille… Cependant…

— Voyons, quelle est la dernière personne que vous ayez vue près du baron ?
— Mlle Antoinette, la demoiselle de compagnie.
— Qu'est-elle devenue ?
— Selon moi, son lit n'étant même pas défait, elle a dû profiter de l'absence de la sœur Auguste pour sortir elle aussi. Cela ne m'étonne qu'à moitié, elle est jolie… jeune…
— Mais comment serait-elle sortie ?
— Par la porte.
— Vous aviez mis le verrou et accroché la chaîne !
— Bien plus tard ! À ce moment elle avait dû quitter l'hôtel.
— Et le crime aurait eu lieu après son départ ?
— Naturellement. »

On chercha du haut en bas de la maison, dans les greniers comme dans les caves ; mais l'assassin avait pris la fuite. Comment ? À quel instant ? Était-ce lui ou un complice qui avait jugé à propos de retourner sur la scène du crime et de faire disparaître tout ce qui eût pu le compromettre ? Telles étaient les questions qui se posaient à la justice.

À sept heures survint le médecin légiste, à huit heures le chef de la Sûreté. Puis ce fut le tour du procureur de la République et du juge d'instruction. Et il y avait aussi, encombrant l'hôtel, des agents, des inspecteurs, des journalistes, le neveu du baron d'Hautrec et d'autres membres de la famille.

On fouilla, on étudia la position du cadavre d'après les souvenirs de Charles, on interrogea, dès son arrivée, la sœur Auguste. On ne fit aucune découverte. Tout au plus la sœur Auguste s'étonnait-elle de la disparition d'Antoinette Bréhat. Elle avait engagé la jeune fille douze jours auparavant, sur la foi d'excellents certificats, et se refusait à croire qu'elle eût pu abandonner le malade qui lui était confié, pour courir, seule, la nuit.

« D'autant plus qu'en ce cas, appuya le juge d'instruction, elle serait déjà rentrée. Nous en revenons donc au même point : qu'est-elle devenue ?

— Pour moi, dit Charles, elle a été enlevée par l'assassin. »

L'hypothèse était plausible et concordait avec certaines apparences. Le chef de la Sûreté prononça :

« Enlevée ? ma foi, cela n'est point invraisemblable.

— Non seulement invraisemblable, dit une voix, mais en opposition absolue avec les faits, avec les résultats de l'enquête, bref avec l'évidence même. »

La voix était rude, l'accent brusque, et personne ne fut surpris quand on eut reconnu Ganimard. À lui seul d'ailleurs on pouvait pardonner cette façon un peu cavalière de s'exprimer.

« Tiens, c'est vous, Ganimard ? s'écria M. Dudouis, je ne vous avais pas vu.

— Je suis là depuis deux heures.

— Vous prenez donc quelque intérêt à ce qui n'est pas le billet 514-série 23, l'affaire de la rue Clapeyron, la Dame blonde et Arsène Lupin ?

— Eh ! eh ! ricana le vieil inspecteur, je n'affirmerais pas que Lupin n'est pour rien dans l'affaire qui nous occupe... Mais laissons de côté, jusqu'à nouvel ordre, l'histoire du billet de loterie, et voyons de quoi il s'agit. »

Ganimard n'est pas un de ces policiers de grande envergure dont les procédés font école et dont le nom restera dans les annales judiciaires. Il lui manque ces éclairs de génie qui illuminent les Dupin, les Lecoq et les Sherlock Holmès. Mais il a d'excellentes qualités moyennes, de l'observation, de la sagacité, de la persévérance, et même de l'intuition. Son mérite est de travailler avec l'indépendance la plus absolue. Rien, si ce n'est peut-être l'espèce de fascination qu'Arsène Lupin exerce sur lui, rien ne le trouble ni ne l'influence. Quoi qu'il en soit, son rôle, en cette matinée, ne manqua pas d'éclat, et sa collaboration fut de celles qu'un juge peut apprécier.

« Tout d'abord, commença-t-il, je demanderai au sieur Charles de bien préciser ce point : tous les objets qu'il a vus, la première fois, renversés ou dérangés, étaient-ils, à son second passage, exactement à leur place habituelle ?

— Exactement.

— Il est donc évident qu'ils n'ont pu être remis à leur place que par une personne pour qui la place de chacun de ces objets était familière. »

La remarque frappa les assistants. Ganimard reprit :

« Une autre question, monsieur Charles... Vous avez été réveillé par une sonnerie... Selon vous, qui vous appelait ?

— M. le baron, parbleu.

— Soit, mais à quel moment aurait-il sonné ?

— Après la lutte... au moment de mourir.

— Impossible, puisque vous l'avez trouvé gisant, inanimé, à un endroit distant de plus de quatre mètres du bouton d'appel.

— Alors, il a sonné pendant la lutte.

— Impossible, puisque la sonnerie, avez-vous dit, fut régulière, ininterrompue, et dura sept ou huit secondes. Croyez-vous que son agresseur lui eût donné le loisir de sonner ainsi ?

— Alors, c'était avant, au moment d'être attaqué.

— Impossible, vous nous avez dit qu'entre le signal de la sonnerie et l'instant où vous avez pénétré dans la chambre, il s'est écoulé tout au plus trois minutes. Si donc le baron avait sonné avant, il aurait fallu que la lutte, l'assassinat, l'agonie et la fuite se soient déroulés en ce court espace de trois minutes. Je le répète, c'est impossible.

— Pourtant, dit le juge d'instruction, quelqu'un a sonné. Si ce n'est pas le baron, qui est-ce ?

— Le meurtrier.

— Dans quel but ?

— J'ignore son but. Mais au moins le fait qu'il a sonné nous prouve-t-il qu'il devait savoir que la sonnerie communiquait avec la chambre d'un domestique. Or, qui pouvait connaître ce détail, sinon une personne de la maison même ? »

Le cercle des suppositions se restreignait. En quelques phrases rapides, nettes, logiques, Ganimard plaçait la question sur son véritable terrain, et la pensée du vieil inspecteur apparaissant clairement, il sembla tout naturel que le juge d'instruction conclût :

« Bref, en deux mots, vous soupçonnez Antoinette Bréhat.

— Je ne la soupçonne pas, je l'accuse.

— Vous l'accusez d'être la complice ?

— Je l'accuse d'avoir tué le général baron d'Hautrec.

— Allons donc ! et quelle preuve ?…

— Cette poignée de cheveux que j'ai découverte dans la main droite de la victime, dans sa chair même où la pointe de ses ongles l'avait enfoncée. »

Il les montra, ces cheveux ; ils étaient d'un blond éclatant, lumineux comme des fils d'or, et Charles murmura :

« Ce sont bien les cheveux de Mlle Antoinette. Pas moyen de s'y tromper. »

Et il ajouta :

« Et puis… il y a autre chose… Je crois bien que le couteau… celui que je n'ai pas revu la seconde fois… lui appartenait… Elle s'en servait pour couper les pages des livres. »

Le silence fut long et pénible, comme si le crime prenait plus d'horreur d'avoir été commis par une femme. Le juge d'instruction discuta.

« Admettons jusqu'à plus ample informé que le baron ait été tué par Antoinette Bréhat. Il faudrait encore expliquer quel chemin elle a pu suivre pour sortir après le crime, pour rentrer après le départ du sieur Charles, et pour sortir de nouveau avant l'arrivée du commissaire. Vous avez une opinion là-dessus, monsieur Ganimard ?

— Aucune.

— Alors ? »

Ganimard eut l'air embarrassé. Enfin il prononça, non sans un effort visible :

« Tout ce que je puis dire, c'est que je retrouve ici le même procédé que dans l'affaire du billet 514-23, le même phénomène, que l'on pourrait appeler la faculté de disparition. Antoinette

Bréhat apparaît et disparaît dans cet hôtel, aussi mystérieusement qu'Arsène Lupin pénétra chez maître Detinan et s'en échappa en compagnie de la Dame blonde.

— Ce qui signifie ?

— Ce qui signifie que je ne peux m'empêcher de penser à ces deux coïncidences, tout au moins bizarres : Antoinette Bréhat fut engagée par la sœur Auguste, il y a douze jours, c'est-à-dire le lendemain du jour où la Dame blonde me filait entre les doigts. En second lieu, les cheveux de la Dame blonde ont précisément cette couleur violente, cet éclat métallique à reflets d'or, que nous retrouvons dans ceux-ci.

— De sorte que, suivant vous, Antoinette Bréhat…

— N'est autre que la Dame blonde.

— Et que Lupin, par conséquent, a machiné les deux affaires ?

— Je le crois. »

Il y eut un éclat de rire. C'était le chef de la Sûreté qui se divertissait.

« Lupin ! toujours Lupin ! Lupin est dans tout. Lupin est partout !

— Il est où il est, scanda Ganimard, vexé.

— Encore faut-il qu'il ait des raisons pour être quelque part, observa M. Dudouis, et, en l'espèce, les raisons me semblent obscures. Le secrétaire n'a pas été fracturé, ni le portefeuille volé. Il reste même de l'or sur la table.

— Oui, s'écria Ganimard, mais le fameux diamant ?

— Quel diamant ?

— Le diamant bleu ! le célèbre diamant qui faisait partie de la couronne royale de France et qui fut donné par le duc d'A… à Léonide L…, et, à la mort de Léonide L…, racheté par le baron d'Hautrec en mémoire de la brillante comédienne qu'il avait passionnément aimée. C'est un de ces souvenirs qu'un vieux Parisien comme moi n'oublie point.

— Il est évident, dit le juge d'instruction que, si le diamant bleu ne se retrouve pas, tout s'explique… Mais où chercher ?

— Au doigt même de M. le baron, répondit Charles. Le diamant bleu ne quittait pas sa main gauche.

— J'ai vu cette main, affirma Ganimard en s'approchant de la victime, et comme vous pouvez vous en assurer, il n'y a qu'un simple anneau d'or.

— Regardez du côté de la paume », reprit le domestique.

Ganimard déplia les doigts crispés. Le chaton était retourné à l'intérieur, et au cœur de ce chaton resplendissait le diamant bleu.

« Fichtre, murmura Ganimard, absolument interdit, je n'y comprends plus rien.

— Et vous renoncez, je l'espère, à suspecter ce malheureux Lupin ? » ricana M. Dudouis.

Ganimard prit un temps, réfléchit, et riposta d'un ton sentencieux :

« C'est justement quand je ne comprends plus que je suspecte Arsène Lupin. »

Telles furent les premières constatations effectuées par la justice au lendemain de ce crime étrange. Constatations vagues, incohérentes, et auxquelles la suite de l'instruction n'apporta ni cohérence ni certitude. Les allées et venues d'Antoinette Bréhat demeurèrent absolument inexplicables, comme celles de la Dame blonde, et pas davantage on ne sut quelle était cette mystérieuse créature aux cheveux d'or, qui avait tué le baron d'Hautrec et n'avait pas pris à son doigt le fabuleux diamant de la couronne royale de France.

Et, plus que tout, la curiosité qu'elle inspirait donnait au crime un relief de grand forfait dont s'exaspérait l'opinion publique.

Les héritiers du baron d'Hautrec ne pouvaient que bénéficier d'une pareille réclame. Ils organisèrent avenue Henri-Martin, dans l'hôtel même, une exposition des meubles et objets qui devaient se vendre à la salle Drouot. Meubles modernes et de goût médiocre, objets sans valeur artistique… mais au centre de la pièce, sur un socle tendu de velours grenat, protégée par un globe de verre, et gardée par deux agents, étincelait la bague au diamant bleu.

Diamant magnifique, énorme, d'une pureté incomparable, et de ce bleu indéfini que l'eau claire prend au ciel qu'il reflète, de ce bleu que l'on devine dans la blancheur du linge. On admirait, on s'extasiait… et l'on regardait avec effroi la chambre de la victime, l'endroit où gisait le cadavre, le parquet démuni de son tapis ensanglanté, et les murs surtout, les murs infranchissables au travers desquels avait passé la criminelle. On s'assurait que le marbre de la cheminée ne basculait pas, que telle moulure de la glace ne cachait pas un ressort destiné à la faire pivoter. On imaginait des trous béants, des orifices de tunnel, des communications avec les égouts, avec les catacombes…

La vente du diamant bleu eut lieu à l'hôtel Drouot. La foule s'étouffait et la fièvre des enchères s'exaspéra jusqu'à la folie.

Il y avait là le Tout-Paris des grandes occasions, tous ceux qui achètent et tous ceux qui veulent faire croire qu'ils peuvent acheter, des boursiers, des artistes, des dames de tous les mondes, deux ministres, un ténor italien, un roi en exil qui, pour consolider son crédit, se donna le luxe de pousser, avec beaucoup d'aplomb et une voix vibrante, jusqu'à cent mille francs. Cent mille francs ! il pouvait les offrir sans se compromettre. Le ténor italien en risqua cent cinquante, une sociétaire des Français cent soixante-quinze.

À deux cent mille francs néanmoins, les amateurs se découragèrent. À deux cent cinquante mille, il n'en resta plus que deux : Herschmann, le célèbre financier, le roi des mines d'or, et la comtesse de Crozon, la richissime Américaine dont la collection de diamants et de pierres précieuses est réputée.

« Deux cent soixante mille… deux cent soixante-dix mille… soixante-quinze… quatre-vingt…, proférait le commissaire, interrogeant successivement du regard les deux compétiteurs… Deux cent quatre-vingt mille pour madame… Personne ne dit mot ?…

— Trois cent mille », murmura Herschmann.

Un silence. On observait la comtesse de Crozon. Debout, souriante, mais d'une pâleur qui dénotait son trouble, elle s'appuyait au dossier de la chaise placée devant elle. En réalité, elle le savait et tous les assistants le savaient aussi, l'issue du duel n'était pas douteuse : logiquement, fatalement, il devait se terminer à l'avantage du financier, dont les caprices étaient servis par une fortune de plus d'un demi-milliard. Pourtant, elle prononça :

« Trois cent cinq mille. »

Un silence encore. On se retourna vers le roi des mines, dans l'attente de l'inévitable surenchère. Il était certain qu'elle allait se produire, forte, brutale, définitive.

Elle ne se produisit point, Herschmann restait impassible, les yeux fixés sur une feuille de papier que tenait sa main droite, tandis que l'autre gardait les morceaux d'une enveloppe déchirée.

« Trois cent cinq mille, répétait le commissaire… Une fois?… deux fois?… il est encore temps… personne ne dit mot?… je répète : une fois?… deux fois?… »

Herschmann ne broncha pas. Un dernier silence. Le marteau tomba.

« Quatre cent mille », clama Herschmann, sursautant, comme si le bruit du marteau l'arrachait de sa torpeur.

Trop tard. L'adjudication était irrévocable.

On s'empressa autour de lui. Que s'était-il passé? Pourquoi n'avait-il pas parlé plus tôt?

Il se mit à rire.

« Que s'est-il passé? Ma foi, je n'en sais rien. J'ai eu une minute de distraction.

— Est-ce possible?

— Mais oui, une lettre qu'on m'a remise.

— Et cette lettre a suffi…

— Pour me troubler, oui, sur le moment. » Ganimard était là. Il avait assisté à la vente de la bague. Il s'approcha d'un des garçons de service.

« C'est vous, sans doute, qui avez remis une lettre à M. Herschmann?

— Oui.

— De la part de qui?

— De la part d'une dame.

— Où est-elle?

— Où est-elle?… Tenez, monsieur, là-bas… cette dame qui a une voilette épaisse.

— Et qui s'en va?

— Oui. »

Ganimard se précipita vers la porte et aperçut la dame qui descendait l'escalier. Il courut. Un flot de monde l'arrêta près de l'entrée. Dehors, il ne la retrouva pas.

Il revint dans la salle, aborda Herschmann, se fit connaître et l'interrogea sur la lettre. Herschmann la lui donna. Elle contenait, écrits au crayon, à la hâte, et d'une écriture que le financier ignorait, ces simples mots :

Le diamant bleu porte malheur. Souvenez-vous du baron d'Hautrec.

Les tribulations du diamant bleu n'étaient pas achevées, et, déjà connu par l'assassinat du baron d'Hautrec et par les incidents de l'hôtel Drouot, il devait, six mois plus tard, atteindre à la grande célébrité. L'été suivant, en effet, on volait à la comtesse de Crozon le précieux joyau qu'elle avait eu tant de peine à conquérir.

Résumons cette curieuse affaire dont les émouvantes et dramatiques péripéties nous ont tous passionnés et sur laquelle il m'est enfin permis de jeter quelque lumière.

Le soir du 10 août, les hôtes de M. et Mme de Crozon étaient réunis dans le salon du magnifique château qui domine la baie de la Somme. On fit de la musique. La comtesse se mit au piano et posa sur un petit meuble, près de l'instrument, ses bijoux, parmi lesquels se trouvait la bague du baron d'Hautrec.

Au bout d'une heure le comte se retira, ainsi que ses deux cousins, les d'Andelle, et Mme de Réal, une amie intime de la comtesse de Crozon. Celle-ci resta seule avec M. Bleichen, consul autrichien, et sa femme.

Ils causèrent, puis la comtesse éteignit une grande lampe située sur la table du salon. Au même moment, M. Bleichen éteignait les deux lampes du piano. Il y eut un instant d'obscurité, un peu d'effarement, puis le consul alluma une bougie, et tous trois gagnèrent leurs appartements. Mais, à peine chez elle, la comtesse se souvint de ses bijoux et enjoignit à sa femme de chambre d'aller les chercher. Celle-ci revint et les déposa sur la cheminée sans que sa maîtresse les examinât. Le lendemain, Mme de Crozon constatait qu'il manquait une bague, la bague au diamant bleu.

Elle avertit son mari. Leur conclusion fut immédiate : la femme de chambre étant au-dessus de tout soupçon, le coupable ne pouvait être que M. Bleichen.

Le comte prévint le commissaire central d'Amiens, qui ouvrit une enquête et, discrètement, organisa la surveillance la plus active pour que le consul autrichien ne pût ni vendre ni expédier la bague.

Jour et nuit des agents entourèrent le château.

Deux semaines s'écoulent sans le moindre incident. M. Bleichen annonce son départ. Ce jour-là une plainte est déposée contre lui. Le commissaire intervient officiellement et ordonne la visite des bagages. Dans un petit sac dont la clef ne quitte jamais le consul, on trouve un flacon de poudre de savon ; dans ce flacon, la bague !

Mme Bleichen s'évanouit. Son mari est mis en état d'arrestation.

On se rappelle le système de défense adopté par l'inculpé. Il ne peut s'expliquer, disait-il, la présence de la bague que par une vengeance de M. de Crozon. « Le comte est brutal et rend sa femme malheureuse. J'ai eu un long entretien avec celle-ci et l'ai vivement engagée au divorce. Mis au courant, le comte s'est vengé en prenant la bague, et, lors de mon départ, en la glissant dans le nécessaire de toilette. » Le comte et la comtesse maintinrent énergiquement leur plainte. Entre l'explication qu'ils donnaient et celle du consul, toutes deux également possibles, également probables, le public n'avait qu'à choisir. Aucun fait nouveau ne fit pencher l'un des plateaux de la balance. Un mois de bavardages, de conjectures et d'investigations n'amena pas un seul élément de certitude.

Ennuyés partout ce bruit, impuissants à produire la preuve évidente de culpabilité qui eût justifié leur accusation, M. et Mme de Crozon demandèrent qu'on leur envoyât de Paris un agent de la Sûreté capable de débrouiller les fils de l'écheveau. On envoya Ganimard.

Durant quatre jours le vieil inspecteur principal fureta, potina, se promena dans le parc, eut de longues conférences avec la bonne, avec le chauffeur, les jardiniers, les employés des bureaux de poste voisins, visita les appartements qu'occupaient le ménage Bleichen, les cousins d'Andelle et Mme de Réal. Puis, un matin, il disparut sans prendre congé de ses hôtes.

Mais une semaine plus tard, ils recevaient ce télégramme :

VOUS PRIE VENIR DEMAIN VENDREDI, CINQ HEURES SOIR, AU THÉ JAPONAIS, RUE BOISSY-D'ANGLAS. GANIMARD.

À cinq heures exactement, le vendredi, leur automobile s'arrêtait devant le numéro 9 de la rue Boissy-d'Anglas. Sans un mot d'explication, le vieil inspecteur qui les attendait sur le trottoir les conduisit au premier étage du Thé japonais.

Ils trouvèrent dans l'une des salles deux personnes que Ganimard leur présenta :

« M. Gerbois, professeur au lycée de Versailles, à qui, vous vous en souvenez, Arsène Lupin vola un demi-million – M. Léonce d'Hautrec, neveu et légataire universel du baron d'Hautrec. »

Les quatre personnes s'assirent. Quelques minutes après il en vint une cinquième. C'était le chef de la Sûreté.

M. Dudouis était d'assez méchante humeur. Il salua et dit :

« Qu'y a-t-il donc, Ganimard ? On m'a remis, à la Préfecture, votre avis téléphonique. Est-ce sérieux ?

— Très sérieux, chef. Avant une heure, les dernières aventures auxquelles j'ai donné mon concours auront leur dénouement ici. Il m'a semblé que votre présence était indispensable.

— Et la présence également de Dieuzy et de Folenfant, que j'ai aperçus en bas, aux environs de la porte ?

— Oui, chef.

— Et en quoi ? S'agit-il d'une arrestation ? Quelle mise en scène ! Allons, Ganimard, on vous écoute. »

Ganimard hésita quelques instants, puis prononça avec l'intention visible de frapper ses auditeurs :

« Tout d'abord j'affirme que M. Bleichen n'est pour rien dans le vol de la bague.

— Oh ! oh ! fit M. Dudouis, c'est une simple affirmation… et fort grave. »

Et le comte demanda :

« Est-ce à cette… découverte que se bornent vos efforts ?

— Non, monsieur. Le surlendemain du vol, les hasards d'une excursion en automobile ont mené trois de vos invités jusqu'au bourg de Crécy. Tandis que deux de ces personnes allaient visiter le fameux champ de bataille, la troisième se rendait en hâte au bureau de poste et expédiait une petite boîte ficelée, cachetée suivant les règlements, et déclarée pour une valeur de cent francs. »

M. de Crozon objecta :

« Il n'y a rien là que de naturel.

— Peut-être vous semblera-t-il moins naturel que cette personne, au lieu de donner son nom véritable, ait fait l'expédition sous le nom de Rousseau, et que le destinataire, un M. Beloux, demeurant à Paris, ait déménagé le soir même du jour où il recevait la boîte, c'est-à-dire la bague.

— Il s'agit peut-être, interrogea le comte, d'un de mes cousins d'Andelle ?

— Il ne s'agit pas de ces messieurs.

— Donc de Mme de Réal ?

— Oui. »

La comtesse s'écria, stupéfaite :

« Vous accusez mon amie Mme de Réal ?

— Une simple question, madame, répondit Ganimard. Mme de Réal assistait-elle à la vente du diamant bleu ?

— Oui, mais de son côté. Nous n'étions pas ensemble.

— Vous avait-elle engagée à acheter la bague ? » La comtesse rassembla ses souvenirs.

« Oui… en effet… je crois même que c'est elle qui m'en a parlé la première…

— Je note votre réponse, madame. Il est bien établi que c'est Mme de Réal qui vous a parlé la première de cette bague, et qui vous a engagée à l'acheter.

— Cependant… mon amie est incapable…

— Pardon, pardon, Mme de Réal n'est que votre amie occasionnelle, et non votre amie intime, comme les journaux l'ont imprimé, ce qui a écarté d'elle les soupçons. Vous ne la connaissez que depuis cet hiver. Or, je me fais fort de vous démontrer que tout ce qu'elle vous a raconté sur elle, sur son passé, sur ses relations, est absolument faux, que Mme Blanche de Réal n'existait pas avant de vous avoir rencontrée, et qu'elle n'existe plus à l'heure actuelle.

— Et après ?

— Après ? fit Ganimard.

— Oui, toute cette histoire est très curieuse, mais en quoi s'applique-t-elle à notre cas ? Si tant est que Mme de Réal ait pris la bague, ce qui n'est nullement prouvé, pourquoi l'a-t-elle cachée dans la poudre dentifrice de M. Bleichen ? Que diable ! quand on se donne la peine de dérober le diamant bleu, on le garde. Qu'avez-vous à répondre à cela ?

— Moi, rien, mais Mme de Réal y répondra.

— Elle existe donc ?

— Elle existe... sans exister. En quelques mots, voici. Il y a trois jours, en lisant le journal que je lis chaque jour, j'ai vu en tête de la liste des étrangers, à Trouville : "Hôtel Beaurivage : Mme de Réal, etc." Vous comprendrez que le soir même j'étais à Trouville, et que j'interrogeais le directeur du Beaurivage. D'après le signalement et d'après certains indices que je recueillis, cette Mme de Réal était bien la personne que je cherchais, mais elle avait quitté l'hôtel, laissant son adresse à Paris, 3, rue du Colisée. Avant-hier je me suis présenté à cette adresse, et j'appris qu'il n'y avait point de Mme de Réal, mais tout simplement une dame Réal, qui habitait le deuxième étage, qui exerçait le métier de courtière en diamants, et qui s'absentait souvent. La veille encore, elle arrivait de voyage. Hier j'ai sonné à sa porte, et j'ai offert à Mme de Réal, sous un faux nom, mes services comme intermédiaire auprès de personnes en situation d'acheter des pierres de valeur. Aujourd'hui nous avons rendez-vous ici pour une première affaire.

— Comment ! vous l'attendez ?

— À cinq heures et demie.

— Et vous êtes sûr ?...

— Que c'est la Mme de Réal du château de Crozon ? J'ai des preuves irréfutables. Mais... écoutez... le signal de Folenfant... »

Un coup de sifflet avait retenti. Ganimard se leva vivement.

« Il n'y a pas de temps à perdre. Monsieur et madame de Crozon, veuillez passer dans la pièce voisine. Vous aussi, monsieur d'Hautrec… et vous aussi, monsieur Gerbois… La porte restera ouverte et, au premier signal, je vous demanderai d'intervenir. Restez, chef, je vous en prie.

— Et s'il arrive d'autres personnes ? observa M. Dudouis.

— Non. Cet établissement est nouveau, et le patron qui est un de mes amis ne laissera monter âme qui vive… sauf la Dame blonde.

— La Dame blonde ? que dites-vous !

— La Dame blonde elle-même, chef, la complice et l'amie d'Arsène Lupin, la mystérieuse Dame blonde, contre qui j'ai des preuves certaines, mais contre qui je veux en outre, et devant vous, réunir les témoignages de tous ceux qu'elle a dépouillés. »

Il se pencha par la fenêtre.

« Elle approche… Elle entre… plus moyen qu'elle s'échappe : Folenfant et Dieuzy gardent la porte… La Dame blonde est à nous, chef ! »

Presque aussitôt, une femme s'arrêtait sur le seuil, grande, mince, le visage très pâle et les cheveux d'un or violent.

Une telle émotion suffoqua Ganimard qu'il demeura muet, incapable d'articuler le moindre mot. Elle était là, en face de lui, à sa disposition ! Quelle victoire sur Arsène Lupin ! Et quelle revanche ! et en même temps cette victoire lui semblait remportée avec une telle aisance qu'il se demandait si la Dame blonde n'allait pas lui glisser entre les mains grâce à quelqu'un de ces miracles dont Lupin était coutumier.

Elle attendait cependant, surprise de ce silence, et regardait autour d'elle sans dissimuler son inquiétude.

« Elle va partir ! Elle va disparaître ! » pensa Ganimard effaré.

Brusquement il s'interposa entre elle et la porte. Elle se retourna et voulut sortir.

« Non, non, fit-il, pourquoi vous éloigner ?

— Mais enfin, monsieur, je ne comprends rien à ces manières. Laissez-moi…

— Il n'y a aucune raison pour que vous vous en alliez, madame, et beaucoup au contraire pour que vous restiez.

— Cependant…

— Inutile. Vous ne sortirez pas. »

Toute pâle, elle s'affaissa sur une chaise et balbutia :

« Que voulez-vous ?… »

Ganimard était vainqueur. Il tenait la Dame blonde. Maître de lui, il articula :

« Je vous présente cet ami, dont je vous ai parlé, et qui serait désireux d'acheter des bijoux… et surtout des diamants. Vous êtes-vous procuré celui que vous m'aviez promis ?

— Non… non… je ne sais pas… je ne me rappelle pas.

— Mais si… Cherchez bien… Une personne de votre connaissance devait vous remettre un diamant teinté… "quelque chose comme le diamant bleu", ai-je dit en riant, et vous m'avez répondu : "Précisément, j'aurai peut-être votre affaire." Vous souvenez-vous ? »

Elle se taisait. Un petit réticule qu'elle tenait à la main tomba. Elle le ramassa vivement et le serra contre elle. Ses doigts tremblaient un peu.

« Allons, dit Ganimard, je vois que vous n'avez pas confiance en nous, madame de Réal, je vais vous donner le bon exemple, et vous montrer ce que je possède, moi. »

Il tira de son portefeuille un papier qu'il déplia, et tendit une mèche de cheveux.

« Voici d'abord quelques cheveux d'Antoinette Bréhat, arrachés par le baron et recueillis dans la main du mort. J'ai vu Mlle Gerbois : elle a reconnu positivement la couleur des cheveux de la Dame blonde… la même couleur que les vôtres, d'ailleurs… exactement la même couleur. »

Mme Réal l'observait d'un air stupide, et comme si vraiment elle ne saisissait pas le sens de ses paroles. Il continua :

« Et maintenant voici deux flacons d'odeur, sans étiquette, il est vrai, et vides, mais encore assez imprégnés de leur odeur, pour que Mlle Gerbois ait pu, ce matin même, y distinguer le parfum de cette Dame blonde qui fut sa compagne de voyage durant deux semaines. Or, l'un de ces flacons provient de la chambre que Mme de Réal occupait au château de Crozon, et l'autre de la chambre que vous occupiez, à l'hôtel Beaurivage.

— Que dites-vous !... La Dame blonde... le château de Crozon... »

Sans répondre, l'inspecteur aligna sur la table quatre feuilles.

« Enfin, dit-il, voici, sur ces quatre feuilles, un spécimen de l'écriture d'Antoinette Bréhat, un autre de la dame qui écrivit au baron Herschmann lors de la vente du diamant bleu, un autre de Mme de Réal, lors de son séjour à Crozon, et le quatrième... de vous-même, madame... c'est votre nom et votre adresse, donnés par vous au portier de l'hôtel Beaurivage à Trouville. Or, comparez les quatre écritures. Elles sont identiques.

— Mais vous êtes fou, monsieur ! vous êtes fou ! que signifie tout cela ?

— Cela signifie, madame, s'écria Ganimard dans un grand mouvement, que la Dame blonde, l'amie et la complice d'Arsène Lupin, n'est autre que vous. »

Il poussa la porte du salon voisin, se rua sur M. Gerbois, le bouscula par les épaules, et l'attirant devant Mme Réal :

« Monsieur Gerbois, reconnaissez-vous la personne qui enleva votre fille, et que vous avez vue chez maître Detinan ?

— Non. »

Il y eut comme une commotion dont chacun reçut le choc. Ganimard chancela.

« Non ?... est-ce possible ?... voyons, réfléchissez...

— C'est tout réfléchi... madame est blonde comme la Dame blonde... pâle comme elle... mais elle ne lui ressemble pas du tout.

— Je ne puis croire... une pareille erreur est inadmissible... Monsieur d'Hautrec, vous reconnaissez bien Antoinette Bréhat ?

— J'ai vu Antoinette Bréhat chez mon oncle... ce n'est pas elle.

— Et madame n'est pas non plus Mme de Réal », affirma le comte de Crozon.

C'était le coup de grâce. Ganimard en fut étourdi et ne broncha plus, la tête basse, les yeux fuyants. De toutes ses combinaisons, il ne restait rien. L'édifice s'écroulait.

M. Dudouis se leva.

« Vous nous excuserez, madame, il y a là une confusion regrettable que je vous prie d'oublier. Mais ce que je ne saisis pas bien c'est votre trouble… votre attitude bizarre depuis que vous êtes ici.

— Mon Dieu, monsieur, j'avais peur… il y a plus de cent mille francs de bijoux dans mon sac, et les manières de votre ami n'étaient guère rassurantes.

— Mais vos absences continuelles ?…

— N'est-ce pas mon métier qui l'exige ? »

M. Dudouis n'avait rien à répondre. Il se tourna vers son subordonné.

« Vous avez pris vos informations avec une légèreté déplorable, Ganimard, et tout à l'heure vous vous êtes conduit envers madame de la façon la plus maladroite. Vous viendrez vous en expliquer dans mon cabinet. »

L'entrevue était terminée, et le chef de la Sûreté se disposait à partir, quand il se passa un fait vraiment déconcertant. Mme Réal s'approcha de l'inspecteur et lui dit :

« J'entends que vous vous appelez monsieur Ganimard… Je ne me trompe pas ?

— Non.

— En ce cas, cette lettre doit être pour vous, je l'ai reçue ce matin, avec l'adresse que vous pouvez lire : « M. Justin Ganimard, aux bons soins de Mme Réal. » J'ai pensé que c'était une plaisanterie, puisque je ne vous connaissais pas sous ce nom, mais sans doute ce correspondant inconnu savait-il notre rendez-vous. »

Par une intuition singulière, Justin Ganimard fut près de saisir la lettre et de l'anéantir. Il n'osa, devant son supérieur, et déchira l'enveloppe. La lettre contenait ces mots qu'il articula d'une voix à peine intelligible :

« *Il y avait une fois une Dame blonde, un Lupin et un Ganimard. Or, le mauvais Ganimard voulait faire du mal à la jolie Dame blonde, et le bon Lupin ne le voulait pas. Aussi le bon Lupin, désireux que la Dame blonde entrât dans l'intimité de la comtesse de Crozon, lui fit-il prendre le nom de Mme de Réal qui est celui – ou à peu près – d'une honnête commerçante dont les cheveux sont dorés et la figure pâle. Et le bon Lupin se disait : "Si jamais le mauvais Ganimard est sur la piste de la*

Dame blonde, combien il pourra m'être utile de le faire dévier sur la piste de l'honnête commerçante !" Sage précaution et qui porte ses fruits. Une petite note envoyée au journal du mauvais Ganimard, un flacon d'odeur oublié volontairement par la vraie Dame blonde à l'hôtel Beaurivage, le nom et l'adresse de Mme Réal écrits par cette vraie Dame blonde sur les registres de l'hôtel, et le tour est joué. Qu'en dites-vous, Ganimard ? J'ai voulu vous conter l'aventure par le menu, sachant qu'avec votre esprit vous seriez le premier à en rire. De fait elle est piquante, et j'avoue que, pour ma part, je m'en suis follement diverti.

À vous donc merci, cher ami, et mes bons souvenirs à cet excellent M. Dudouis.

Arsène Lupin. »

« Mais il sait tout ! gémit Ganimard, qui ne songeait nullement à rire, il sait des choses que je n'ai dites à personne ! Comment pouvait-il savoir que je vous demanderais de venir, chef ? Comment pouvait-il savoir ma découverte du premier flacon ?... Comment pouvait-il savoir ?... »

Il trépignait, s'arrachait les cheveux, en proie au plus tragique désespoir.

M. Dudouis eut pitié de lui.

« Allons, Ganimard, consolez-vous, on tâchera de mieux faire une autre fois. »

Et le chef de la Sûreté s'éloigna, accompagné de Mme Réal.

Dix minutes s'écoulèrent. Ganimard lisait et relisait la lettre de Lupin. Dans un coin, M. et Mme de Crozon, M. d'Hautrec et M. Gerbois s'entretenaient avec animation. Enfin le comte s'avança vers l'inspecteur et lui dit :

« De tout cela il résulte, cher monsieur, que nous ne sommes pas plus avancés qu'avant.

— Pardon. Mon enquête a établi que la Dame blonde est l'héroïne indiscutable de ces aventures et que Lupin la dirige. C'est un pas énorme.

— Et qui ne sert à rien. Le problème est peut-être même plus obscur. La Dame blonde tue pour voler le diamant bleu et elle ne le vole pas. Elle le vole, et c'est pour s'en débarrasser au profit d'un autre.

— Je n'y peux rien.

— Certes, mais quelqu'un pourrait peut-être…

— Que voulez-vous dire ? »

Le comte hésitait, mais la comtesse prit la parole et nettement :

« Il est un homme, un seul après vous, selon moi, qui serait capable de combattre Lupin et de le réduire à merci. Monsieur Ganimard, vous serait-il désagréable que nous sollicitions l'aide d'Herlock Sholmès ? »

Il fut décontenancé.

« Mais non… seulement… je ne comprends pas bien…

— Voilà. Tous ces mystères m'agacent. Je veux voir clair. M. Gerbois et M. d'Hautrec ont la même volonté, et nous nous sommes mis d'accord pour nous adresser au célèbre détective anglais.

— Vous avez raison, madame, prononça l'inspecteur avec une loyauté qui n'était pas sans quelque mérite, vous avez raison ; le vieux Ganimard n'est pas de force à lutter contre Arsène Lupin. Herlock Sholmès y réussira-t-il ? Je le souhaite, car j'ai pour lui la plus grande admiration… Cependant… il est peu probable…

— Il est peu probable qu'il aboutisse ?

— C'est mon avis. Je considère qu'un duel entre Herlock Sholmès et Arsène Lupin est une chose réglée d'avance. L'Anglais sera battu.

— En tout cas, peut-il compter sur vous ?

— Entièrement, madame. Mon concours lui est assuré sans réserves.

— Vous connaissez son adresse ?

— Oui, Parker street, 219. »

Le soir même, M. et Mme de Crozon se désistaient de leur plainte contre le consul Bleichen, et une lettre collective était adressée à Herlock Sholmès.

III

Herlock Sholmès ouvre les hostilités

« Que désirent ces messieurs ?

— Ce que vous voulez, répondit Arsène Lupin, en homme que ces détails de nourriture intéressaient peu… Ce que vous voulez, mais ni viande ni alcool. »

Le garçon s'éloigna, dédaigneux.

Je m'écriai :

« Comment, encore végétarien ?

— De plus en plus, affirma Lupin.

— Par goût ? par croyance ? par habitude ?

— Par hygiène.

— Et jamais d'infraction ?

— Oh ! si… quand je vais dans le monde… pour ne pas me singulariser. »

Nous dînions tous deux près de la gare du Nord, au fond d'un petit restaurant où Arsène Lupin m'avait convoqué. Il se plaît ainsi, de temps à autre, à me fixer le matin, par téléphone, un rendez-vous en quelque coin de Paris. Il s'y montre toujours d'une verve intarissable, heureux de vivre, simple et bon enfant, et toujours c'est une anecdote imprévue, un souvenir, le récit d'une aventure que j'ignorais.

Ce soir-là il me parut plus exubérant encore qu'à l'ordinaire. Il riait et bavardait avec un entrain singulier, et cette ironie fine qui lui est spéciale, ironie sans amertume, légère et spontanée. C'était plaisir que de le voir ainsi, et je ne pus m'interdire de lui exprimer mon contentement.

« Eh ! oui, s'écria-t-il, j'ai de ces jours où tout me semble délicieux, où la vie est en moi comme un trésor infini que je n'arriverai jamais à épuiser. Et Dieu sait pourtant que je vis sans compter !

— Trop peut-être.

— Le trésor est infini, vous dis-je ! Je puis me dépenser et me gaspiller, je puis jeter mes forces et ma jeunesse aux quatre vents, c'est de la place que je fais à des forces plus vives et plus jeunes… Et puis vraiment, ma vie est si belle !… Je n'aurais qu'à vouloir, n'est-ce pas, pour devenir du jour au lendemain, que sais-je !… orateur, chef d'usine, homme politique… Eh bien, je vous le jure, jamais l'idée ne m'en viendrait ! Arsène Lupin je suis, Arsène Lupin je reste. Et je cherche vainement dans l'histoire une destinée comparable à la mienne, mieux remplie, plus intense… Napoléon ? Oui, peut-être… Mais alors Napoléon à la fin de sa carrière impériale, pendant la campagne de France, quand l'Europe l'écrasait, et qu'il se demandait à chaque bataille si ce n'était pas la dernière qu'il livrait. »

Était-il sérieux ? plaisantait-il ? Le ton de sa voix s'était échauffé, et il continua.

« Tout est là, voyez-vous, le danger ! l'impression ininterrompue du danger ! Le respirer comme l'air que l'on respire, le discerner autour de soi qui souffle, qui rugit, qui guette, qui approche… Et au milieu de la tempête, rester calme… ne pas broncher !… Sinon, vous êtes perdu… Il n'y a qu'une sensation qui vaille celle-là, celle du chauffeur en course d'automobile ! Mais la course dure une matinée, et ma course à moi dure toute la vie !

— Quel lyrisme ! m'écriai-je… Et vous allez me faire accroire que vous n'avez pas un motif particulier d'excitation ! »

Il sourit.

« Allons, dit-il, vous êtes un fin psychologue. Il y a en effet autre chose. »

Il se versa un grand verre d'eau fraîche, l'avala et me dit :

« Vous avez lu *Le Temps* d'aujourd'hui ?

— Ma foi, non.

— Herlock Sholmès a dû traverser la Manche cet après-midi et arriver vers six heures.

— Diable ! Et pourquoi ?

— Un petit voyage que lui offrent les Crozon, le neveu d'Hautrec et le Gerbois. Ils se sont retrouvés à la gare du Nord, et de là ils ont rejoint Ganimard. En ce moment ils confèrent tous les six. »

Jamais, malgré la formidable curiosité qu'il m'inspire, je ne me permets d'interroger Arsène Lupin sur les actes de sa vie privée, avant que lui-même ne m'en ait parlé. Il y a là, de ma part, une question de réserve sur laquelle je ne transige point. À ce moment d'ailleurs, son nom n'avait pas encore été prononcé, du moins officiellement, au sujet du diamant bleu. Je patientai donc. Il reprit :

« *Le Temps* publie également une interview de cet excellent Ganimard, d'après laquelle une certaine dame blonde qui serait mon amie aurait assassiné le baron d'Hautrec et tenté de soustraire à Mme de Crozon sa fameuse bague. Et, bien entendu, il m'accuse d'être l'instigateur de ces forfaits. »

Un léger frisson m'agita. Était-ce vrai ? Devais-je croire que l'habitude du vol, son genre d'existence, la logique même des événements avaient entraîné cet homme jusqu'au crime ? Je l'observai. Il semblait si calme, ses yeux vous regardaient si franchement !

J'examinai ses mains : elles avaient une délicatesse de modelé infinie, des mains inoffensives vraiment, des mains d'artiste…

« Ganimard est un halluciné », murmurai-je.

Il protesta :

« Mais non, mais non, Ganimard a de la finesse… parfois même de l'esprit.

— De l'esprit !

— Si, si. Par exemple cette interview est un coup de maître. Premièrement il annonce l'arrivée de son rival anglais pour me mettre en garde et lui rendre la tâche plus difficile. Deuxièmement il précise le point exact où il a mené l'affaire, pour que Sholmès n'ait que le bénéfice de ses propres découvertes. C'est de bonne guerre.

— Quoi qu'il en soit, vous voici deux adversaires sur les bras, et quels adversaires !

— Oh ! l'un ne compte pas.

— Et l'autre ?

— Sholmès ? Oh ! j'avoue que celui-ci est de taille. Mais c'est justement ce qui me passionne et ce pour quoi vous me voyez de si joyeuse humeur. D'abord, question d'amour-propre : on juge que ce n'est pas de trop du célèbre Anglais pour avoir raison de moi. Ensuite, pensez au plaisir que doit éprouver un lutteur de ma sorte à l'idée d'un duel avec Herlock Sholmès. Enfin ! je vais être obligé de m'employer à fond ! car, je le connais, le bonhomme, il ne reculera pas d'une semelle.

— Il est fort.

— Très fort. Comme policier, je ne crois pas qu'il ait jamais existé ou qu'il existe jamais son pareil. Seulement j'ai un avantage sur lui, c'est qu'il attaque et que, moi, je me défends. Mon rôle est plus facile. En outre… »

Il sourit imperceptiblement et, achevant sa phrase :

« En outre, je connais sa façon de se battre et il ne connaît pas la mienne. Et je lui réserve quelques bottes secrètes qui le feront réfléchir… »

Il tapotait la table à petits coups de doigt, et lâchait de menues phrases d'un air ravi.

« Arsène Lupin contre Herlock Sholmès… La France contre l'Angleterre… Enfin, Trafalgar sera vengé !… Ah ! le malheureux… il ne se doute pas que je suis préparé… et un Lupin averti… »

Il s'interrompit subitement, secoué par une quinte de toux, et il se cacha la figure dans sa serviette, comme quelqu'un qui a avalé de travers.

« Une miette de pain ? lui demandai-je… buvez donc un peu d'eau.

— Non, ce n'est pas ça, dit-il, d'une voix étouffée.

— Alors… quoi ?

— Le besoin d'air.

— Voulez-vous qu'on ouvre la fenêtre ?

— Non, je sors, vite, donnez-moi mon pardessus et mon chapeau, je file…

— Ah ça mais, que signifie ?…

— Ces deux messieurs qui viennent d'entrer… vous voyez le plus grand… eh bien, en sortant, marchez à ma gauche de manière à ce qu'il ne puisse m'apercevoir.

— Celui qui s'assoit derrière vous ?…

— Celui-là... Pour des raisons personnelles, je préfère... Dehors je vous expliquerai...

— Mais qui est-ce donc ?

— Herlock Sholmès. »

Il fit un violent effort sur lui-même, comme s'il avait honte de son agitation, reposa sa serviette, avala un verre d'eau, et me dit en souriant, tout à fait remis :

« C'est drôle, hein ? je ne m'émeus pourtant pas facilement, mais cette vision imprévue...

— Qu'est-ce que vous craignez, puisque personne ne peut vous reconnaître, au travers de toutes vos transformations ? Moi-même, chaque fois que je vous retrouve, il me semble que je suis en face d'un individu nouveau.

— *Lui* me reconnaîtra, dit Arsène Lupin. *Lui*, il ne m'a vu qu'une fois [1], mais j'ai senti qu'il me voyait pour la vie, et qu'il voyait, non pas mon apparence toujours modifiable, mais l'être même que je suis... Et puis... et puis... je ne m'y attendais pas, quoi !... Quelle singulière rencontre !... ce petit restaurant...

— Eh bien, lui dis-je, nous sortons ?

— Non... non...

— Qu'allez-vous faire ?

— Le mieux serait d'agir franchement... de m'en remettre à lui...

— Vous n'y pensez pas ?

— Mais si, j'y pense... Outre que j'aurais avantage à l'interroger, à savoir ce qu'il sait... Ah ! tenez, j'ai l'impression que ses yeux se posent sur ma nuque, sur mes épaules... et qu'il cherche... qu'il se rappelle... »

Il réfléchit. J'avisai un sourire de malice au coin de ses lèvres, puis, obéissant, je crois, à une fantaisie de sa nature primesautière plus encore qu'aux nécessités de la situation, il se leva brusquement, fit volte-face, et s'inclinant, tout joyeux :

« Par quel hasard ? C'est vraiment trop de chance... Permettez-moi de vous présenter un de mes amis... »

1. Voir « Herlock Sholmès arrive trop tard », p. 191.

Une seconde ou deux, l'Anglais fut décontenancé, puis il eut un mouvement instinctif, tout prêt à se jeter sur Arsène Lupin. Celui-ci hocha la tête :

« Vous auriez tort… sans compter que le geste ne serait pas beau… et tellement inutile !… »

L'Anglais se retourna de droite à gauche, comme s'il cherchait du secours.

« Cela non plus, dit Lupin… D'ailleurs êtes-vous bien sûr d'avoir qualité pour mettre la main sur moi ? Allons, montrez-vous beau joueur. »

Se montrer beau joueur, en l'occasion, ce n'était guère tentant. Néanmoins, il est probable que ce fut ce parti qui sembla le meilleur à l'Anglais, car il se leva à demi, et froidement présenta :

« Monsieur Wilson, mon ami et collaborateur. – Monsieur Arsène Lupin. »

La stupeur de Wilson provoqua l'hilarité. Ses yeux écarquillés et sa bouche large ouverte barraient de deux traits sa figure épanouie, à la peau luisante et tendue comme une pomme, et autour de laquelle des cheveux en brosse et une barbe courte étaient plantés comme des brins d'herbe, drus et vigoureux.

« Wilson, vous ne cachez pas assez votre ahurissement devant les événements les plus naturels de ce monde », ricana Herlock Sholmès avec une nuance de raillerie.

Wilson balbutia :

« Pourquoi ne l'arrêtez-vous pas ?

— Vous n'avez point remarqué, Wilson, que ce gentleman est placé entre la porte et moi, et à deux pas de la porte. Je n'aurais pas le temps de bouger le petit doigt qu'il serait déjà dehors.

— Qu'à cela ne tienne », dit Lupin.

Il fit le tour de la table et s'assit de manière à ce que l'Anglais fût entre la porte et lui. C'était se mettre à sa discrétion.

Wilson regarda Sholmès pour savoir s'il avait le droit d'admirer ce coup d'audace. L'Anglais demeura impénétrable. Mais, au bout d'un instant, il appela :

« Garçon ! »

Le garçon accourut. Sholmès commanda :

« Des sodas, de la bière et du whisky. »

La paix était signée… jusqu'à nouvel ordre. Bientôt après, tous quatre assis à la même table, nous causions tranquillement.

Herlock Sholmès est un homme… comme on en rencontre tous les jours. Âgé d'une cinquantaine d'années, il ressemble à un brave bourgeois qui aurait passé sa vie, devant un bureau, à tenir des livres de comptabilité. Rien ne le distingue d'un honnête citoyen de Londres, ni ses favoris roussâtres, ni son menton rasé, ni son aspect un peu lourd – rien, si ce n'est ses yeux terriblement aigus, vifs et pénétrants.

Et puis, c'est Herlock Sholmès, c'est-à-dire une sorte de phénomène d'intuition, d'observation, de clairvoyance et d'ingéniosité. On croirait que la nature s'est amusée à prendre les deux types de policier les plus extraordinaires que l'imagination ait produits, le Dupin d'Edgar Poe, et le Lecoq de Gaboriau, pour en construire un à sa manière, plus extraordinaire encore et plus irréel. Et l'on se demande vraiment, quand on entend le récit de ces exploits qui l'ont rendu célèbre dans l'univers entier, on se demande si lui-même, ce Herlock Sholmès, n'est pas un personnage légendaire, un héros sorti vivant du cerveau d'un grand romancier, d'un Conan Doyle, par exemple.

Tout de suite, comme Arsène Lupin l'interrogeait sur la durée de son séjour, il mit la conversation sur son terrain véritable.

« Mon séjour dépend de vous, monsieur Lupin.

— Oh ! s'écria l'autre en riant, si cela dépendait de moi, je vous prierais de reprendre votre paquebot dès ce soir.

— Ce soir est un peu tôt, mais j'espère que dans huit ou dix jours…

— Vous êtes donc si pressé ?

— J'ai tant de choses en train, le vol de la Banque anglo-chinoise, l'enlèvement de Lady Eccleston… Voyons, monsieur Lupin, croyez-vous qu'une semaine suffira ?

— Largement, si vous vous en tenez à la double affaire du diamant bleu. C'est, du reste, le laps de temps qu'il me faut pour prendre mes précautions, au cas où la solution de cette double affaire vous donnerait sur moi certains avantages dangereux pour ma sécurité.

— Eh mais, dit l'Anglais, c'est que je compte bien prendre ces avantages en l'espace de huit à dix jours.

— Et me faire arrêter le onzième, peut-être ?

— Le dixième, dernière limite. »

Lupin réfléchit et, hochant la tête :

« Difficile… difficile…

— Difficile, oui, mais possible, donc certain…

— Absolument certain », dit Wilson, comme si lui-même eût distingué nettement la longue série d'opérations qui conduirait son collaborateur au résultat annoncé.

Herlock Sholmès sourit :

« Wilson, qui s'y connaît, est là pour vous l'attester. »

Et il reprit :

« Évidemment, je n'ai pas tous les atouts entre les mains, puisqu'il s'agit d'affaires déjà vieilles de plusieurs mois. Il me manque les éléments, les indices sur lesquels j'ai l'habitude d'appuyer mes enquêtes.

— Comme les taches de boue et les cendres de cigarette, articula Wilson avec importance.

— Mais outre les remarquables conclusions de M. Ganimard, j'ai à mon service tous les articles écrits à ce sujet, toutes les observations recueillies, et, conséquence de tout cela, quelques idées personnelles sur l'affaire.

— Quelques vues qui nous ont été suggérées soit par analyse, soit par hypothèse, ajouta Wilson sentencieusement.

— Est-il indiscret, fit Arsène Lupin, de ce ton déférent qu'il employait pour parler à Sholmès, est-il indiscret de vous demander l'opinion générale que vous avez su vous former ? »

Vraiment c'était la chose la plus passionnante que de voir ces deux hommes en présence l'un de l'autre, les coudes sur la table, discutant gravement et posément comme s'ils avaient à résoudre un problème ardu ou à se mettre d'accord sur un point de controverse. Et c'était aussi d'une ironie supérieure, dont ils jouissaient tous deux profondément, en dilettantes et en artistes. Wilson, lui, se pâmait d'aise.

Herlock bourra lentement sa pipe, l'alluma et s'exprima de la sorte :

« J'estime que cette affaire est infiniment moins complexe qu'elle ne le paraît au premier abord.

— Beaucoup moins, en effet, fit Wilson, écho fidèle.

— Je dis l'affaire, car, pour moi, il n'y en a qu'une. La mort du baron d'Hautrec, l'histoire de la bague, et, ne l'oublions pas, le mystère du numéro 514-série 23 ne sont que les faces diverses de ce qu'on pourrait appeler l'énigme de la Dame blonde. Or, à mon sens, il s'agit tout simplement de découvrir le lien qui réunit ces trois épisodes de la même histoire, le fait qui prouve l'unité des trois méthodes. Ganimard, dont le jugement est un peu superficiel, voit cette unité dans la faculté de disparition, dans le pouvoir d'aller et de venir tout en restant invisible. Cette intervention du miracle ne me satisfait pas.

— Alors, selon moi, énonça nettement Sholmès, la caractéristique de ces trois aventures, c'est votre dessein manifeste, évident, quoique inaperçu jusqu'ici, d'amener l'affaire sur le terrain préalablement choisi par vous. Il y a là de votre part, plus qu'un plan, une nécessité, une condition *sine qua non* de réussite.

— Pourriez-vous entrer dans quelques détails ?

— Facilement. Ainsi, dès le début de votre conflit avec M. Gerbois, n'est-il pas *évident* que l'appartement de maître Detinan est le lieu choisi par vous, le lieu inévitable où il faut qu'on se réunisse ? Il n'en est pas un qui vous paraisse plus sûr, à tel point que vous y donnez rendez-vous, publiquement pourrait-on dire, à la Dame blonde et à Mlle Gerbois.

— La fille du professeur, précisa Wilson.

— Maintenant, parlons du diamant bleu. Aviez-vous essayé de vous l'approprier depuis que le baron d'Hautrec le possédait ? Non. Mais le baron prend l'hôtel de son frère : six mois après, intervention d'Antoinette Bréhat et première tentative. – Le diamant vous échappe, et la vente s'organise à grand fracas à l'hôtel Drouot. Sera-t-elle libre, cette vente ? Le plus riche amateur est-il sûr d'acquérir le bijou ? Nullement. Au moment où le banquier Herschmann va l'emporter, une dame lui fait passer une lettre de menaces, et c'est la comtesse de Crozon, préparée, influencée par cette même dame, qui achète le diamant. – Va-t-il disparaître aussitôt ? Non : les moyens vous manquent. Donc, intermède. Mais la comtesse s'installe dans son château. C'est ce que vous attendiez. La bague disparaît.

— Pour reparaître dans la poudre dentifrice du consul Bleichen, anomalie bizarre, objecta Lupin.

— Allons donc, s'écria Herlock, en frappant la table du poing, ce n'est pas à moi qu'il faut conter de telles sornettes. Que les imbéciles s'y laissent prendre, soit, mais pas le vieux renard que je suis.

— Ce qui veut dire ?

— Ce qui veut dire... »

Sholmès prit un temps, comme s'il voulait ménager son effet. Enfin il formula :

« Le diamant bleu qu'on a découvert dans la poudre dentifrice est un diamant faux. Le vrai, vous l'avez gardé. »

Arsène Lupin demeura un instant silencieux, puis, très simplement, les yeux fixés sur l'Anglais :

« Vous êtes un rude homme, monsieur.

— Un rude homme, n'est-ce pas ? souligna Wilson, béant d'admiration.

— Oui, affirma Lupin, tout s'éclaire, tout prend son véritable sens. Pas un seul des juges d'instruction, pas un seul des journalistes spéciaux qui se sont acharnés sur ces affaires n'ont été aussi loin dans la direction de la vérité. C'est miraculeux d'intuition et de logique.

— Peuh ! fit l'Anglais flatté de l'hommage d'un tel connaisseur, il suffisait de réfléchir.

— Il suffisait de *savoir* réfléchir, et si peu le savent ! Mais maintenant que le champ des suppositions est plus étroit et que le terrain est déblayé...

— Eh bien maintenant, je n'ai plus qu'à découvrir pourquoi les trois aventures se sont dénouées au 25 de la rue Clapeyron, au 134 de l'avenue Henri-Martin et entre les murs du château de Crozon. Toute l'affaire est là. Le reste n'est que balivernes et charade pour enfant. N'est-ce pas votre avis ?

— C'est mon avis.

— En ce cas, monsieur Lupin, ai-je tort de répéter que dans dix jours ma besogne sera achevée ?

— Dans dix jours, oui, toute la vérité vous sera connue.

— Et vous serez arrêté.

— Non.

— Non ?

— Il faut, pour que je sois arrêté, un concours de circonstances si invraisemblable, une série de mauvais hasards si stupéfiants, que je n'admets pas cette éventualité.

— Ce que ne peuvent ni les circonstances ni les hasards contraires, la volonté et l'obstination d'un homme le pourront, monsieur Lupin.

— Si la volonté et l'obstination d'un autre homme n'opposent à ce dessein un obstacle invincible, monsieur Sholmès.

— Il n'y a pas d'obstacle invincible, monsieur Lupin. »

Le regard qu'ils échangèrent fut profond, sans provocation d'une part ni de l'autre, mais calme et hardi. C'était le battement de deux épées qui engagent le fer. Cela sonnait clair et franc.

« À la bonne heure, s'écria Lupin, voici quelqu'un ! Un adversaire, mais c'est l'oiseau rare, et celui-là est Herlock Sholmès ! On va s'amuser.

— Vous n'avez pas peur ? demanda Wilson.

— Presque, monsieur Wilson, et la preuve, dit Lupin en se levant, c'est que je vais hâter mes dispositions de retraite… sans quoi je risquerais d'être pris au gîte. Nous disons donc dix jours, monsieur Sholmès ?

— Dix jours. Nous sommes aujourd'hui dimanche. De mercredi en huit, tout sera fini.

— Et je serai sous les verrous ?

— Sans le moindre doute.

— Bigre ! moi qui me réjouissais de ma vie paisible. Pas d'ennuis, un bon petit courant d'affaires, la police au diable, et l'impression réconfortante de l'universelle sympathie qui m'entoure… Il va falloir changer tout cela ! Enfin c'est l'envers de la médaille… Après le beau temps, la pluie… Il ne s'agit plus de rire. Adieu !

— Dépêchez-vous, fit Wilson, plein de sollicitude pour un individu auquel Sholmès inspirait une considération visible, ne perdez pas une minute.

— Pas une minute, monsieur Wilson, le temps seulement de vous dire combien je suis heureux de cette rencontre, et combien j'envie le maître d'avoir un collaborateur aussi précieux que vous. »

On se salua courtoisement, comme, sur le terrain, deux adversaires que ne divise aucune haine, mais que la destinée oblige à se battre sans merci. Et Lupin, me saisissant le bras, m'entraîna dehors.

« Qu'en dites-vous, mon cher ? Voilà un repas dont les incidents feront bon effet dans les mémoires que vous préparez sur moi. »

Il referma la porte du restaurant et s'arrêtant quelques pas plus loin :

« Vous fumez ?

— Non, mais vous non plus, il me semble.

— Moi non plus. »

Il alluma une cigarette à l'aide d'une allumette-bougie qu'il agita plusieurs fois pour l'éteindre. Mais aussitôt il jeta la cigarette, franchit en courant la chaussée et rejoignit deux hommes qui venaient de surgir de l'ombre, comme appelés par un signal. Il s'entretint quelques minutes avec eux sur le trottoir opposé, puis revint à moi.

« Je vous demande pardon, ce satané Sholmès va me donner du fil à retordre. Mais je vous jure qu'il n'en a pas fini avec Lupin… Ah ! le bougre, il verra de quel bois je me chauffe… Au revoir… L'ineffable Wilson a raison, je n'ai pas une minute à perdre. »

Il s'éloigna rapidement.

Ainsi finit cette étrange soirée, ou du moins la partie de cette soirée à laquelle je fus mêlé. Car il s'écoula pendant les heures qui suivirent bien d'autres événements, que les confidences des autres convives de ce dîner m'ont permis heureusement de reconstituer en détail.

À l'instant même où Lupin me quittait, Herlock Sholmès tirait sa montre et se levait à son tour.

« Neuf heures moins vingt. À neuf heures je dois retrouver le comte et la comtesse à la gare.

— En route ! » s'exclama Wilson avalant coup sur coup deux verres de whisky.

Ils sortirent.

« Wilson, ne tournez pas la tête… Peut-être sommes-nous suivis ; en ce cas, agissons comme s'il ne nous importait point de l'être… Dites donc, Wilson, donnez-moi votre avis : pourquoi Lupin était-il dans ce restaurant ? »

Wilson n'hésita pas.

« Pour manger.

— Wilson, plus nous travaillons ensemble, et plus je m'aperçois de la continuité de vos progrès. Ma parole, vous devenez étonnant. »

Dans l'ombre, Wilson rougit de plaisir, et Sholmès reprit :

« Pour manger, soit, et ensuite, tout probablement, pour s'assurer si je vais bien à Crozon comme l'annonce Ganimard dans son interview. Je pars donc afin de ne pas le contrarier. Mais comme il s'agit de gagner du temps sur lui, je ne pars pas.

— Ah ! fit Wilson interloqué.

— Vous, mon ami, filez par cette rue, prenez une voiture, deux, trois voitures. Revenez plus tard chercher les valises que nous avons laissées à la consigne, et, au galop, jusqu'à l'Élysée-Palace.

— Et à l'Élysée-Palace ?

— Vous demandez une chambre où vous vous coucherez, où vous dormirez à poings fermés, et attendrez mes instructions. »

Wilson, tout fier du rôle important qui lui était assigné, s'en alla. Herlock Sholmès prit son billet et se rendit à l'express d'Amiens où le comte et la comtesse de Crozon étaient déjà installés.

Il se contenta de les saluer, alluma une seconde pipe, et fuma paisiblement, debout dans le couloir.

Le train s'ébranla. Au bout de dix minutes, il vint s'asseoir auprès de la comtesse et lui dit :

« Vous avez là votre bague, madame ?

— Oui.

— Ayez l'obligeance de me la prêter. »

Il la prit et l'examina.

« C'est bien ce que je pensais, c'est du diamant reconstitué.

— Du diamant reconstitué ?

— Un nouveau procédé qui consiste à soumettre de la poussière de diamant à une température énorme, de façon à la réduire en fusion… et à n'avoir plus qu'à la reconstituer en une seule pierre.

— Comment ! Mais mon diamant est vrai.

— Le vôtre, oui, mais celui-là n'est pas le vôtre.

— Où donc est le mien ?

— Entre les mains d'Arsène Lupin.

— Et alors, celui-là ?

— Celui-là a été substitué au vôtre et glissé dans le flacon de M. Bleichen où vous l'avez retrouvé.

— Il est donc faux ?

— Absolument faux. »

Interdite, bouleversée, la comtesse se taisait, tandis que son mari, incrédule, tournait et retournait le bijou en tous sens. Elle finit par balbutier :

« Est-ce possible ! Mais pourquoi ne l'a-t-on pas volé tout simplement ? Et puis comment l'a-t-on pris ?

— C'est précisément ce que je vais tâcher d'éclaircir.

— Au château de Crozon ?

— Non, je descends à Creil, et je retourne à Paris. C'est là que doit se jouer la partie entre Arsène Lupin et moi. Les coups vaudront pour un endroit comme pour l'autre, mais il est préférable que Lupin me croie en voyage.

— Cependant….

— Que vous importe, madame ? L'essentiel, c'est votre diamant, n'est-ce pas ?

— Oui.

— Eh bien, soyez tranquille. J'ai pris tout à l'heure un engagement beaucoup plus difficile à tenir. Foi d'Herlock Sholmès, je vous rendrai le véritable diamant. »

Le train ralentissait. Il mit le faux diamant dans sa poche et ouvrit la portière. Le comte s'écria :

« Mais vous descendez à contre-voie !

— De cette manière, si Lupin me fait surveiller, on perd ma trace. Adieu. »

Un employé protesta vainement. L'Anglais se dirigea vers le bureau du chef de gare. Cinquante minutes après, il sautait dans un train qui le ramenait à Paris un peu avant minuit.

Il traversa la gare en courant, rentra par le buffet, sortit par une autre porte et se précipita dans un fiacre.

« Cocher, rue Clapeyron. »

Ayant acquis la certitude qu'il n'était pas suivi, il fit arrêter sa voiture au commencement de la rue, et se livra à un examen minutieux de la maison de maître Detinan et des deux maisons voisines. À l'aide d'enjambées égales il mesurait certaines distances, et inscrivait des notes et des chiffres sur son carnet.

« Cocher, avenue Henri-Martin. »

Au coin de l'avenue et de la rue de la Pompe, il régla sa voiture, suivit le trottoir jusqu'au 134, et recommença les mêmes opérations devant l'hôtel du baron d'Hautrec et les deux immeubles de rapport qui l'encadrent, mesurant la largeur des façades respectives et calculant la profondeur des petits jardins qui précèdent la ligne de ces façades.

L'avenue était déserte et très obscure sous ses quatre rangées d'arbres entre lesquels, de place en place, un bec de gaz semblait lutter inutilement contre des épaisseurs de ténèbres. L'un d'eux projetait une pâle lumière sur une partie de l'hôtel, et Sholmès vit la pancarte « à louer » suspendue à la grille, les deux allées incultes qui encerclaient la menue pelouse, et les vastes fenêtres vides de la maison inhabitée.

« C'est vrai, se dit-il, depuis la mort du baron, il n'y a pas de locataires... Ah! si je pouvais entrer et faire une première visite! »

Il suffisait que cette idée l'effleurât pour qu'il voulût la mettre à exécution. Mais comment? La hauteur de la grille rendant impossible toute tentative d'escalade, il tira de sa poche une lanterne électrique et une clef passe-partout qui ne le quittait pas. À son grand étonnement, il s'avisa qu'un des battants était entrouvert. Il se glissa donc dans le jardin en ayant soin de ne pas refermer le battant. Mais il n'avait pas fait trois pas qu'il s'arrêta. À l'une des fenêtres du second étage une lueur avait passé.

Et la lueur repassa à une deuxième fenêtre et à une troisième, sans qu'il pût voir autre chose qu'une silhouette qui se profilait sur les murs des chambres. Et du second étage la lueur descendit au premier, et, longtemps, erra de pièce en pièce.

« Qui diable peut se promener à une heure du matin dans la maison où le baron d'Hautrec a été tué ? » se demanda Herlock, prodigieusement intéressé.

Il n'y avait qu'un moyen de le savoir, c'était de s'y introduire soi-même. Il n'hésita pas. Mais au moment où il traversait, pour gagner le perron, la bande de clarté que lançait le bec de gaz, l'homme dut l'apercevoir, car la lueur s'éteignit soudain et Herlock Sholmès ne la revit plus.

Doucement il appuya sur la porte qui commandait le perron. Elle était ouverte également. N'entendant aucun bruit, il se risqua dans l'obscurité, rencontra la pomme de la rampe et monta un étage. Et toujours le même silence, les mêmes ténèbres.

Arrivé sur le palier, il pénétra dans une pièce et s'approcha de la fenêtre que blanchissait un peu la lumière de la nuit. Alors il avisa dehors l'homme qui, descendu sans doute par un autre escalier, et sorti par une autre porte, se faufilait à gauche, le long des arbustes qui bordent le mur de séparation entre les deux jardins.

« Fichtre, s'écria Sholmès, il va m'échapper ! »

Il dégringola l'étage et franchit le perron afin de lui couper toute retraite. Mais il ne vit plus personne, et il lui fallut quelques secondes pour distinguer dans le fouillis des arbustes une masse plus sombre qui n'était pas tout à fait immobile.

L'Anglais réfléchit. Pourquoi l'individu n'avait-il pas essayé de fuir alors qu'il l'eût pu si aisément ? Demeurait-il là pour surveiller à son tour l'intrus qui l'avait dérangé dans sa mystérieuse besogne ?

« En tout cas, pensa-t-il, ce n'est pas Lupin, Lupin serait plus adroit. C'est quelqu'un de sa bande. »

De longues minutes s'écoulèrent. Herlock ne bougeait pas, l'œil fixé sur l'adversaire qui l'épiait. Mais comme cet adversaire ne bougeait pas davantage, et que l'Anglais n'était pas homme à se morfondre dans l'inaction, il vérifia si le barillet de son revolver fonctionnait, dégagea son poignard de sa gaine, et marcha droit sur l'ennemi avec cette audace froide et ce mépris du danger qui le rendent si redoutable.

Un bruit sec : l'individu armait son revolver. Herlock se jeta brusquement dans le massif. L'autre n'eut pas le temps de se retourner : l'Anglais était déjà sur lui. Il y eut une lutte violente, désespérée, au cours de laquelle Herlock devinait l'effort de l'homme pour tirer son couteau. Mais Sholmès qu'exaspérait l'idée de sa victoire prochaine, le désir fou de s'emparer, dès la première heure de ce complice d'Arsène Lupin, sentait en lui des forces irrésistibles. Il renversa son adversaire, pesa sur lui de tout son poids, et l'immobilisant de ses cinq doigts plantés dans la gorge du malheureux comme les griffes d'une serre, de sa main libre il chercha sa lanterne électrique, en pressa le bouton et projeta la lumière sur le visage de son prisonnier.

« Wilson ! hurla-t-il, terrifié.

— Herlock Sholmès ! » balbutia une voix étranglée, caverneuse.

Ils demeurèrent longtemps l'un près de l'autre sans échanger une parole, tous deux anéantis, le cerveau vide. La corne d'une automobile déchira l'air. Un peu de vent agita les feuilles. Et Sholmès ne bougeait pas, les cinq doigts toujours agrippés à la gorge de Wilson qui exhalait un râle de plus en plus faible.

Et soudain Herlock, envahi d'une colère, lâcha son ami, mais pour l'empoigner par les épaules et le secouer avec frénésie.

« Que faites-vous là ? Répondez... Quoi ?... Est-ce que je vous ai dit de vous fourrer dans les massifs et de m'espionner ?

— Vous espionner, gémit Wilson, mais je ne savais pas que c'était vous.

— Alors quoi ? Que faites-vous là ? Vous deviez vous coucher.

— Je me suis couché,

— Il fallait dormir !

— J'ai dormi.

— Il ne fallait pas vous réveiller !

— Votre lettre...

— Ma lettre ?...

— Oui, celle qu'un commissionnaire m'a apportée de votre part à l'hôtel.

— De ma part ? Vous êtes fou ?

— Je vous jure.

— Où est cette lettre ? »

Son ami lui tendit une feuille de papier. À la clarté de sa lanterne, il lut avec stupeur :

Wilson, hors du lit, et filez avenue Henri-Martin. La maison est vide. Entrez, inspectez, dressez un plan exact, et retournez vous coucher. – Herlock Sholmès.

« J'étais en train de mesurer les pièces, dit Wilson, quand j'ai aperçu une ombre dans le jardin. Je n'ai eu qu'une idée…

— C'est de vous emparer de l'ombre… L'idée était excellente… Seulement, voyez-vous, dit Sholmès en aidant son compagnon à se relever et en l'entraînant, une autre fois, Wilson, lorsque vous recevrez une lettre de moi, assurez-vous d'abord que mon écriture n'est pas imitée.

— Mais alors, fit Wilson, commençant à entrevoir la vérité, la lettre n'est donc pas de vous ?

— Hélas ! non.

— De qui ?

— D'Arsène Lupin.

— Mais dans quel but l'a-t-il écrite ?

— Ah ! ça, je n'en sais rien, et c'est justement ce qui m'inquiète. Pourquoi diable s'est-il donné la peine de vous déranger ? S'il s'agissait encore de moi, je comprendrais, mais il ne s'agit que de vous. Et je me demande quel intérêt…

— J'ai hâte de retourner à l'hôtel.

— Moi aussi, Wilson. »

Ils arrivaient à la grille. Wilson, qui se trouvait en tête, saisit un barreau et tira.

« Tiens, dit-il, vous avez fermé ?

— Mais nullement, j'ai laissé le battant tout contre.

— Cependant… »

Herlock tira à son tour, puis, effaré, se précipita sur la serrure. Un juron lui échappa.

« Tonnerre de D… elle est fermée ! fermée à clef ! »

Il ébranla la porte de toute sa vigueur, puis, comprenant la vanité de ses efforts, laissa tomber ses bras, découragé, et il articula d'une voix saccadée :

« Je m'explique tout maintenant, c'est lui ! Il a prévu que je descendrais à Creil, et il m'a tendu ici une jolie petite souricière pour le cas où je viendrais commencer mon enquête le soir même. En outre il a eu la gentillesse de m'envoyer un compagnon de captivité. Tout cela pour me faire perdre un jour, et aussi, sans doute, pour me prouver que je ferais bien mieux de me mêler de mes affaires...

— C'est-à-dire que nous sommes ses prisonniers.

— Vous avez dit le mot. Herlock Sholmès et Wilson sont les prisonniers d'Arsène Lupin. L'aventure s'engage à merveille... Mais non, mais non, il n'est pas admissible... »

Une main s'abattit sur son épaule, la main de Wilson.

« Là-haut... regardez là-haut... une lumière... »

En effet, l'une des fenêtres du premier étage était illuminée.

Ils s'élancèrent tous deux au pas de course, chacun par son escalier, et se retrouvèrent en même temps à l'entrée de la chambre éclairée. Au milieu de la pièce brûlait un bout de bougie. À côté, il y avait un panier, et de ce panier émergeaient le goulot d'une bouteille, les cuisses d'un poulet et la moitié d'un pain.

Sholmès éclata de rire.

« À merveille, on nous offre à souper. C'est le palais des enchantements. Une vraie féerie ! Allons, Wilson, ne faites pas cette figure d'enterrement. Tout cela est très drôle.

— Êtes-vous sûr que ce soit très drôle ? gémit Wilson, lugubre.

— Si j'en suis sûr, s'écria Sholmès, avec une gaieté un peu trop bruyante pour être naturelle, c'est-à-dire que je n'ai jamais rien vu de plus drôle. C'est du bon comique... Quel maître ironiste que cet Arsène Lupin !... Il vous roule, mais si gracieusement ! ... Je ne donnerais pas ma place à ce festin pour tout l'or du monde... Wilson, mon vieil ami, vous me chagrinez. Me serais-je mépris, et n'auriez-vous point cette noblesse de caractère qui aide à supporter l'infortune ? De quoi vous plaignez-vous ? À cette heure, vous pourriez avoir mon poignard dans la gorge... ou moi le vôtre dans la mienne... car c'était bien ce que vous cherchiez, mauvais ami. »

Il parvint, à force d'humour et de sarcasmes, à ranimer ce pauvre Wilson, et à lui faire avaler une cuisse de poulet et un verre de vin. Mais quand la bougie eut expiré, qu'ils durent s'étendre, pour dormir, sur le parquet, et accepter le mur comme oreiller, le côté pénible et ridicule de la situation leur apparut. Et leur sommeil fut triste.

Au matin Wilson s'éveilla, courbaturé et transi de froid. Un léger bruit attira son attention : Herlock Sholmès, à genoux, courbé en deux, observait à la loupe les grains de poussière et relevait des marques de craie blanche, presque effacées, qui formaient des chiffres, lesquels chiffres il inscrivait sur son carnet.

Escorté de Wilson que ce travail intéressait d'une façon particulière, il étudia chaque pièce, et dans deux autres il constata les mêmes signes à la craie. Et il nota également deux cercles sur des panneaux de chêne, une flèche sur un lambris, et quatre chiffres sur quatre degrés d'escalier.

Au bout d'une heure Wilson lui dit :

« Les chiffres sont exacts, n'est-ce pas ?

— Exacts, je n'en sais rien, répondit Herlock, à qui de telles découvertes avaient rendu sa belle humeur, en tout cas, ils signifient quelque chose.

— Quelque chose de très clair, dit Wilson, ils représentent le nombre des lames de parquet.

— Ah !

— Oui. Quant aux deux cercles, ils indiquent que les panneaux sont faux, comme vous pouvez vous en assurer, et la flèche est dirigée dans le sens de l'ascension du monte-plats. »

Herlock Sholmès le regarda, émerveillé.

« Ah ça ! mais, mon bon ami, comment savez-vous tout cela ? Votre clairvoyance me rend presque honteux.

— Oh ! c'est bien simple, dit Wilson, gonflé de joie, c'est moi qui ai tracé ces marques hier soir, suivant vos instructions… ou plutôt suivant celles de Lupin, puisque la lettre que vous m'avez adressée est de lui. »

Peut-être Wilson courut-il, à cette minute, un danger plus terrible que pendant sa lutte dans le massif avec Sholmès. Celui-ci eut une envie féroce de l'étrangler. Se dominant, il esquissa une grimace qui voulait être un sourire et prononça :

« Parfait, parfait, voilà de l'excellente besogne et qui nous avance beaucoup. Votre admirable esprit d'analyse et d'observation s'est-il exercé sur d'autres points ? Je profiterais des résultats acquis.

— Ma foi, non, j'en suis resté là.

— Dommage ! Le début promettait. Mais, puisqu'il en est ainsi, nous n'avons plus qu'à nous en aller.

— Nous en aller ! Et comment ?

— Selon le mode habituel des honnêtes gens qui s'en vont : par la porte.

— Elle est fermée.

— On l'ouvrira.

— Qui ?

— Veuillez appeler ces deux policemen qui déambulent sur l'avenue.

— Mais...

— Mais quoi ?

— C'est fort humiliant... Que dira-t-on quand on saura que vous, Herlock Sholmès, et moi Wilson, nous avons été prisonniers d'Arsène Lupin ?

— Que voulez-vous, mon cher, on rira à se tenir les côtes, répondit Herlock, la voix sèche, le visage contracté. Mais nous ne pouvons pourtant pas élire domicile dans cette maison.

— Et vous ne tentez rien ?

— Rien.

— Cependant l'homme qui nous a apporté le panier de provisions n'a traversé le jardin ni à son arrivée, ni à son départ. Il existe donc une autre issue. Cherchons-la et nous n'aurons pas besoin de recourir aux agents.

— Puissamment raisonné. Seulement vous oubliez que, cette issue, toute la police de Paris l'a cherchée depuis six mois et que, moi-même, tandis que vous dormiez, j'ai visité l'hôtel du haut en bas. Ah ! mon bon Wilson, Arsène Lupin est un gibier dont nous n'avons pas l'habitude. Il ne laisse rien derrière lui, celui-là... »

… À onze heures, Herlock Sholmès et Wilson furent délivrés… et conduits au poste de police le plus proche, où le commissaire, après les avoir sévèrement interrogés, les relâcha avec une affectation d'égards tout à fait exaspérante.

« Je suis désolé, messieurs, de ce qui vous arrive. Vous allez avoir une triste opinion de l'hospitalité française. Mon Dieu, quelle nuit vous avez dû passer ! Ah ! ce Lupin manque vraiment d'égards. »

Une voiture les mena jusqu'à l'Élysée-Palace. Au bureau, Wilson demanda la clef de sa chambre.

Après quelques recherches, l'employé répondit, très étonné :

« Mais monsieur, vous avez donné congé de cette chambre.

— Moi ! Et comment ?

— Par votre lettre de ce matin, que votre ami nous a remise.

— Quel ami ?

— Le monsieur qui nous a remis votre lettre… Tenez, votre carte de visite y est encore jointe. Les voici. »

Wilson les prit. C'était bien une de ses cartes de visite, et, sur la lettre, c'était bien son écriture.

« Seigneur Dieu, murmura-t-il, voilà encore un vilain tour. »

Et il ajouta anxieusement :

« Et les bagages ?

— Mais votre ami les a emportés.

— Ah !… et vous les avez donnés ?

— Certes, puisque votre carte nous y autorisait.

— En effet… en effet… »

Ils s'en allèrent tous deux à l'aventure, par les Champs-Élysées, silencieux et lents. Un joli soleil d'automne éclairait l'avenue. L'air était doux et léger.

Au Rond-Point, Herlock alluma sa pipe et se remit en marche. Wilson s'écria :

« Je ne vous comprends pas, Sholmès, vous êtes d'un calme ! On se moque de vous, on joue avec vous comme un chat joue avec une souris… Et vous ne soufflez pas mot ! »

Sholmès s'arrêta et lui dit :

« Wilson, je pense à votre carte de visite.

— Eh bien ?

— Eh bien, voilà un homme qui, en prévision d'une lutte possible avec nous, s'est procuré des spécimens de votre écriture et de la mienne, et qui possède, toute prête dans son portefeuille, une de vos cartes. Songez-vous à ce que cela représente de précaution, de volonté perspicace, de méthode et d'organisation ?

— C'est-à-dire ?…

— C'est-à-dire, Wilson, que pour combattre un ennemi si formidablement armé, si merveilleusement préparé – et pour le vaincre – il faut être… il faut être moi. Et encore, comme vous le voyez, Wilson, ajouta-t-il en riant, on ne réussit pas du premier coup. »

À six heures, *L'Écho de France*, dans son édition du soir, publiait cet entrefilet :

Ce matin, M. Thénard, commissaire de police du XVIe *arrondissement, a libéré MM. Herlock Sholmès et Wilson, enfermés par les soins d'Arsène Lupin dans l'hôtel du défunt baron d'Hautrec, où ils avaient passé une excellente nuit.*

Allégés en outre de leurs valises, ils ont déposé une plainte contre Arsène Lupin.

Arsène Lupin qui, pour cette fois, s'est contenté de leur infliger une petite leçon, les supplie de ne pas le contraindre à des mesures plus graves.

« Bah ! fit Herlock Sholmès, en froissant le journal, des gamineries ! C'est le seul reproche que j'adresse à Lupin… un peu trop d'enfantillages… La galerie compte trop pour lui… Il y a du gavroche dans cet homme !

— Ainsi donc, Herlock, toujours le même calme ?

— Toujours le même calme, répliqua Sholmès avec un accent où grondait la plus effroyable colère. À quoi bon m'irriter ? Je suis tellement sûr d'avoir le dernier mot ! »

IV

Quelques lueurs dans les ténèbres

Si bien trempé que soit le caractère d'un homme – et Sholmès est de ces êtres sur qui la mauvaise fortune n'a guère de prises – il y a cependant des circonstances où le plus intrépide éprouve le besoin de rassembler ses forces avant d'affronter de nouveau les chances d'une bataille.

« Je me donne vacances aujourd'hui, dit-il.

— Et moi ?

— Vous, Wilson, vous achèterez des vêtements et du linge pour remonter notre garde-robe. Pendant ce temps je me repose.

— Reposez-vous, Sholmès. Je veille. »

Wilson prononça ces deux mots avec toute l'importance d'une sentinelle placée aux avant-postes et par conséquent exposée aux pires dangers. Son torse se bomba. Ses muscles se tendirent. D'un œil aigu, il scruta l'espace de la petite chambre d'hôtel où ils avaient élu domicile.

« Veillez, Wilson. J'en profiterai pour préparer un plan de campagne mieux approprié à l'adversaire que nous avons à combattre. Voyez-vous, Wilson, nous nous sommes trompés sur Lupin. Il faut reprendre les choses à leur début.

— Avant même si possible. Mais avons-nous le temps ?

— Neuf jours, vieux camarade ! C'est cinq de trop. »

Tout l'après-midi, l'Anglais le passa à fumer et à dormir. Ce n'est que le lendemain qu'il commença ses opérations.

« Wilson, je suis prêt, maintenant nous allons marcher.

— Marchons, s'écria Wilson, plein d'une ardeur martiale. J'avoue que pour ma part j'ai des fourmis dans les jambes. »

Sholmès eut trois longues entrevues – avec maître Detinan d'abord, dont il étudia l'appartement dans ses moindres détails ; avec Suzanne Gerbois à laquelle il avait télégraphié de venir et qu'il interrogea sur la Dame blonde ; avec la sœur Auguste enfin, retirée au couvent des Visitandines depuis l'assassinat du baron d'Hautrec.

À chaque visite, Wilson attendait dehors, et chaque fois il demandait :

« Content ?

— Très content.

— J'étais certain, nous sommes sur la bonne voie. Marchons. »

Ils marchèrent beaucoup. Ils visitèrent les deux immeubles qui encadrent l'hôtel de l'avenue Henri-Martin, puis s'en allèrent jusqu'à la rue Clapeyron, et tandis qu'il examinait la façade du numéro 25, Sholmès continuait :

« Il est évident qu'il existe des passages secrets entre toutes ces maisons… Mais ce que je ne saisis pas… »

Au fond de lui, et pour la première fois, Wilson douta de la toute-puissance de son génial collaborateur. Pourquoi parlait-il tant et agissait-il si peu ?

« Pourquoi ? s'écria Sholmès, répondant aux pensées intimes de Wilson, parce que, avec ce diable de Lupin, on travaille dans le vide, au hasard, et qu'au lieu d'extraire la vérité de faits précis, on doit la tirer de son propre cerveau pour vérifier ensuite si elle s'adapte bien aux événements.

— Les passages secrets pourtant ?

— Et puis quoi ! Quand bien même je les connaîtrais, quand je connaîtrais celui qui a permis à Lupin d'entrer chez son avocat, ou celui qu'a suivi la Dame blonde après le meurtre du baron d'Hautrec, en serais-je plus avancé ? cela me donnerait-il des armes pour l'attaquer ?

— Attaquons toujours ! » s'exclama Wilson.

Il n'avait pas achevé ces mots qu'il recula, avec un cri. Quelque chose venait de tomber à leurs pieds, un sac à moitié rempli de sable, qui eût pu les blesser grièvement.

Sholmès leva la tête ; au-dessus d'eux, des ouvriers travaillaient sur un échafaudage accroché au balcon du cinquième étage.

« Eh bien, nous avons de la chance, s'écria-t-il, un pas de plus et nous recevions sur le crâne le sac d'un de ces maladroits. On croirait vraiment… »

Il s'interrompit, puis bondit vers la maison, escalada les cinq étages, sonna, fit irruption dans l'appartement, au grand effroi du valet de chambre, et passa sur le balcon. Il n'y avait personne.

« Les ouvriers qui étaient là ?… dit-il au valet de chambre.

— Ils viennent de s'en aller.

— Par où ?

— Mais par l'escalier de service. »

Sholmès se pencha. Il vit deux hommes qui sortaient de la maison, leurs bicyclettes à la main. Ils se mirent en selle et disparurent.

« Il y a longtemps qu'ils travaillent sur cet échafaudage ?

— Ceux-là ? Depuis ce matin seulement. C'étaient des nouveaux. »

Sholmès rejoignit Wilson.

Ils rentrèrent mélancoliquement, et cette seconde journée se termina dans un mutisme morne.

Le lendemain, programme identique. Ils s'assirent sur le même banc de l'avenue Henri-Martin, et ce fut, au grand désespoir de Wilson qui ne s'amusait nullement, une interminable station vis-à-vis des trois immeubles.

« Qu'espérez-vous, Sholmès ? que Lupin sorte de ces maisons ?

— Non.

— Que la Dame blonde apparaisse ?

— Non.

— Alors ?

— Alors j'espère qu'un petit fait se produira, un tout petit fait quelconque, qui me servira de point de départ.

— Et s'il ne se produit pas ?

— En ce cas, il se produira quelque chose en moi, une étincelle qui mettra le feu aux poudres. »

Un seul incident rompit la monotonie de cette matinée, mais de façon plutôt désagréable.

Le cheval d'un monsieur, qui suivait l'allée cavalière située entre les deux chaussées de l'avenue, fit un écart et vint heurter le banc où ils étaient assis, en sorte que sa croupe effleura l'épaule de Sholmès.

« Eh ! eh ! ricana celui-ci, un peu plus j'avais l'épaule fracassée ! »

Le monsieur se débattait avec son cheval. L'Anglais tira son revolver et visa. Mais Wilson lui saisit le bras vivement.

« Vous êtes fou, Herlock ! Voyons... quoi !... vous allez tuer ce gentleman !

— Lâchez-moi donc, Wilson... lâchez-moi. »

Une lutte s'engagea, pendant laquelle le monsieur maîtrisa sa monture et piqua des deux.

« Et maintenant tirez dessus ! s'exclama Wilson, triomphant, lorsque le cavalier fut à quelque distance.

— Mais, triple imbécile, vous ne comprenez donc pas que c'était un complice d'Arsène Lupin ? »

Sholmès tremblait de colère. Wilson, piteux, balbutia :

« Que dites-vous ? ce gentleman ?...

— Complice de Lupin, comme les ouvriers qui nous ont lancé le sac sur la tête.

— Est-ce croyable ?

— Croyable ou non, il y avait là un moyen d'acquérir une preuve.

— En tuant ce gentleman ?

— En abattant son cheval tout simplement. Sans vous, je tenais un des complices de Lupin. Comprenez-vous votre sottise ? »

L'après-midi fut morose. Ils ne s'adressèrent pas la parole. À cinq heures, comme ils faisaient les cent pas dans la rue Clapeyron, tout en ayant soin de se tenir éloignés des maisons, trois jeunes ouvriers qui chantaient et se tenaient par le bras les heurtèrent et voulurent continuer leur chemin sans se désunir. Sholmès, qui était de mauvaise humeur, s'y opposa. Il y eut une courte bousculade. Sholmès se mit en posture de boxeur, lança un coup de poing dans une poitrine, un coup de poing sur un visage et démolit deux des trois jeunes gens qui, sans insister davantage, s'éloignèrent ainsi que leur compagnon.

« Ah ! s'écria-t-il, ça me fait du bien... J'avais justement les nerfs tendus... excellente besogne... »

Mais, apercevant Wilson contre le mur, il lui dit :

« Eh quoi ! qu'y a-t-il, vieux camarade, vous êtes tout pâle. »

Le vieux camarade montra son bras qui pendait inerte, et balbutia :

« Je ne sais ce que j'ai... une douleur au bras.

— Une douleur au bras ? Sérieuse ?

— Oui... oui... le bras droit... »

Malgré tous ses efforts il ne parvenait pas à le remuer. Herlock le palpa, doucement d'abord, puis de façon plus rude, « pour voir, dit-il, le degré exact de la douleur ». Le degré exact de la douleur fut si élevé que, très inquiet, il entra dans une pharmacie voisine où Wilson éprouva le besoin de s'évanouir.

Le pharmacien et ses aides s'empressèrent. On constata que le bras était cassé, et tout de suite il fut question de chirurgien, d'opération, de maison de santé. En attendant, on déshabilla le patient qui, secoué par la souffrance, se mit à pousser des hurlements.

« Bien... bien... parfait, disait Sholmès qui s'était chargé de tenir le bras... un peu de patience, mon vieux camarade... dans cinq ou six semaines, il n'y paraîtra plus... Mais ils me le paieront, les gredins ! vous entendez... lui surtout... car c'est encore ce Lupin de malheur qui a fait le coup... Ah ! je vous jure que si jamais... »

Il s'interrompit brusquement, lâcha le bras, ce qui causa à Wilson un tel sursaut de douleur que l'infortuné s'évanouit de nouveau... et, se frappant le front, il articula :

« Wilson, j'ai une idée... est-ce que par hasard ?... »

Il ne bougeait pas, les yeux fixes, et marmottait de petits bouts de phrase.

« Mais oui, c'est cela... tout s'expliquerait... On cherche bien loin ce qui est à côté de soi... Eh par bleu, je le savais qu'il n'y avait qu'à réfléchir... Ah ! mon bon Wilson, je crois que vous allez être content ! »

Et laissant le vieux camarade en plan, il sauta dans la rue et courut jusqu'au numéro 25.

Au-dessus et à droite de la porte, il y avait, inscrit sur l'une des pierres : *Destange, architecte, 1875.*

Au 23, même inscription.

Jusque-là, rien que de naturel. Mais là-bas, avenue Henri-Martin, que lirait-il ?

Une voiture passait.

« Cocher, avenue Henri-Martin, n° 134, et au galop. »

Debout dans la voiture, il excitait le cheval, offrait des pourboires au cocher. Plus vite !... Encore plus vite !

Quelle fut son angoisse au détour de la rue de la Pompe ! Était-ce un peu de la vérité qu'il avait entrevu ?

Sur l'une des pierres de l'hôtel, ces mots étaient gravés : *Destange, architecte, 1874.*

Sur les immeubles voisins, même inscription : *Destange, architecte, 1874.*

Le contrecoup de ces émotions fut tel qu'il s'affaissa quelques minutes au fond de sa voiture, tout frissonnant de joie. Enfin, une petite lueur vacillait au milieu des ténèbres ! Parmi la grande forêt sombre où mille sentiers se croisaient, voilà qu'il recueillait la première marque d'une piste suivie par l'ennemi !

Dans un bureau de poste, il demanda la communication téléphonique avec le château de Crozon. La comtesse lui répondit elle-même.

« Allô !... c'est vous, madame ?

— Monsieur Sholmès, n'est-ce pas ? Tout va bien ?

— Très bien, mais, en toute hâte, veuillez me dire... allô... un mot seulement...

— J'écoute.

— Le château de Crozon a été construit à quelle époque ?

— Il a été brûlé il y a trente ans, et reconstruit. – Par qui ? et en quelle année ?

— Une inscription au-dessus du perron porte ceci : *Lucien Destange, architecte, 1877.*

— Merci, madame, je vous salue. »

Il repartit en murmurant :

« Destange… Lucien Destange… ce nom ne m'est pas inconnu. »

Ayant aperçu un cabinet de lecture, il consulta un dictionnaire de biographie moderne et copia la note consacrée à « Lucien Destange, né en 1840, Grand Prix de Rome, officier de la Légion d'honneur, auteur d'ouvrages très appréciés sur l'architecture…, etc. ».

Il se rendit alors à la pharmacie, et, de là, à la maison de santé où l'on avait transporté Wilson. Sur son lit de torture, le bras emprisonné dans une gouttière, grelottant de fièvre, le vieux camarade divaguait.

« Victoire ! victoire ! s'écria Sholmès, je tiens une extrémité du fil.

— De quel fil ?

— Celui qui me mènera au but ! Je vais marcher sur un terrain solide, où il y aura des empreintes, des indices…

— De la cendre de cigarette ? demanda Wilson, que l'intérêt de la situation ranimait.

— Et bien d'autres choses ! Pensez donc, Wilson, j'ai dégagé le lien mystérieux qui unissait entre elles les différentes aventures de la Dame blonde. Pourquoi les trois demeures où se sont dénouées ces trois aventures ont-elles été choisies par Lupin ?

— Oui, pourquoi ?

— Parce que ces trois demeures, Wilson, ont été construites par le même architecte. C'était facile à deviner, direz-vous ? Certes… Aussi personne n'y songeait-il.

— Personne, sauf vous.

— Sauf moi, qui sais maintenant que le même architecte, en combinant des plans analogues, a rendu possible l'accomplissement de trois actes, en apparence miraculeux, en réalité simples et faciles.

— Quel bonheur !

— Et il était temps, vieux camarade, je commençais à perdre patience… C'est que nous en sommes déjà au quatrième jour.

— Sur dix.

— Oh ! désormais… »

Il ne tenait pas en place, exubérant et joyeux contre son habitude.

« Non, mais quand je pense que, tantôt, dans la rue, ces gredins-là auraient pu casser mon bras tout aussi bien que le vôtre. Qu'en dites-vous, Wilson ? »

Wilson se contenta de frissonner à cette horrible supposition.

Et Sholmès reprit :

« Que cette leçon nous profite ! Voyez-vous, Wilson, notre grand tort a été de combattre Lupin à visage découvert, et de nous offrir complaisamment à ses coups. Il n'y a que demi-mal, puisqu'il n'a réussi qu'à vous atteindre…

— Et que j'en suis quitte pour un bras cassé, gémit Wilson.

— Alors que les deux pouvaient l'être. Mais plus de fanfaronnades. En plein jour et surveillé, je suis vaincu. Dans l'ombre, et libre de mes mouvements, j'ai l'avantage, quelles que soient les forces de l'ennemi.

— Ganimard pourrait vous aider.

— Jamais ! Le jour où il me sera permis de dire : Arsène Lupin est là, voici son gîte, et voici comment il faut s'emparer de lui, j'irai relancer Ganimard à l'une des deux adresses qu'il m'a données : son domicile, rue Pergolèse, ou la taverne suisse, place du Châtelet. D'ici là, j'agis seul. »

Il s'approcha du lit, posa sa main sur l'épaule de Wilson – sur l'épaule malade naturellement – et lui dit avec une grande affection :

« Soignez-vous, mon vieux camarade. Votre rôle consiste désormais à occuper deux ou trois des hommes d'Arsène Lupin, qui attendront vainement, pour retrouver ma trace, que je vienne prendre de vos nouvelles. C'est un rôle de confiance.

— Un rôle de confiance et je vous en remercie, répliqua Wilson, pénétré de gratitude ; je mettrai tous mes soins à le remplir consciencieusement. Mais, d'après ce que je vois, vous ne revenez plus ?

— Pour quoi faire ? demanda froidement Sholmès.

— En effet… en effet… je vais aussi bien que possible. Alors, un dernier service, Herlock : ne pourriez-vous me donner à boire ?

— À boire ?

— Oui, je meurs de soif, et avec ma fièvre…

— Mais comment donc ! tout de suite… »

Il tripota deux ou trois bouteilles, aperçut un paquet de tabac, alluma sa pipe, et soudain, comme s'il n'avait même pas entendu la prière de son ami, il s'en alla pendant que le vieux camarade implorait du regard un verre d'eau inaccessible.

« M. Destange ! »

Le domestique toisa l'individu auquel il venait d'ouvrir la porte de l'hôtel – le magnifique hôtel qui fait le coin de la place Malesherbes et de la rue Montchanin – et à l'aspect de ce petit homme à cheveux gris, mal rasé, et dont la longue redingote noire, d'une propreté douteuse, se conformait aux bizarreries d'un corps que la nature avait singulièrement disgracié, il répondit avec le dédain qui convenait :

« M. Destange est ici, ou n'y est pas. Ça dépend. Monsieur a sa carte ? »

Monsieur n'avait pas sa carte, mais il avait une lettre d'introduction, et le domestique dut porter cette lettre à M. Destange, lequel M. Destange donna l'ordre qu'on amenât auprès de lui le nouveau venu.

Il fut donc introduit dans une immense pièce en rotonde qui occupe une des ailes de l'hôtel et dont les murs étaient recouverts de livres, et l'architecte lui dit :

« Vous êtes monsieur Stickmann ?

— Oui, monsieur.

— Mon secrétaire m'annonce qu'il est malade et vous envoie pour continuer le catalogue général des livres qu'il a commencé sous ma direction, et plus spécialement le catalogue des livres allemands. Vous avez l'habitude de ces sortes de travaux ?

— Oui, monsieur, une longue habitude », répondit le sieur Stickmann avec un fort accent tudesque.

Dans ces conditions l'accord fut vite conclu, et M. Destange, sans plus tarder, se mit au travail avec son nouveau secrétaire.

Herlock Sholmès était dans la place.

Pour échapper à la surveillance de Lupin et pour pénétrer dans l'hôtel que Lucien Destange habitait avec sa fille Clotilde, l'illustre détective avait dû faire un plongeon dans l'inconnu, accumuler les stratagèmes, s'attirer, sous les noms les plus variés, les bonnes grâces et les confidences d'une foule de personnages, bref, vivre, pendant quarante-huit heures, de la vie la plus compliquée.

Comme renseignement, il savait ceci : M. Destange, de santé médiocre et désireux de repos, s'était retiré des affaires et vivait parmi les collections de livres qu'il a réunies sur l'architecture. Nul plaisir ne l'intéressait, hors le spectacle et le maniement des vieux tomes poudreux.

Quant à sa fille Clotilde, elle passait pour originale. Toujours enfermée, comme son père, mais dans une autre partie de l'hôtel, elle ne sortait jamais.

« Tout cela, se disait-il, en inscrivant sur un registre des titres de livres que M. Destange lui dictait, tout cela n'est pas encore décisif, mais quel pas en avant ! Il est impossible que je ne découvre point la solution d'un de ces problèmes passionnants : M. Destange est-il l'associé d'Arsène Lupin ? Continue-t-il à le voir ? Existe-t-il des papiers relatifs à la construction des trois immeubles ? Ces papiers ne me fourniront-ils pas l'adresse d'autres immeubles, pareillement truqués, et que Lupin se serait réservés, pour lui et sa bande ? »

M. Destange, complice d'Arsène Lupin ! cet homme vénérable, officier de la Légion d'honneur, travaillant aux côtés d'un cambrioleur, l'hypothèse n'était guère admissible. D'ailleurs, en admettant cette complicité, comment M. Destange aurait-il pu prévoir, trente ans auparavant, les évasions d'Arsène Lupin, alors en nourrice ?

N'importe ! L'Anglais s'acharnait. Avec son flair prodigieux, avec cet instinct qui lui est particulier, il sentait un mystère qui rôdait autour de lui. Cela se devinait à de petites choses qu'il n'eût pu préciser, mais dont il subissait l'impression depuis son entrée dans l'hôtel.

Le matin du deuxième jour il n'avait encore fait aucune découverte intéressante. À deux heures, il aperçut pour la première fois Clotilde Destange qui venait chercher un livre dans la bibliothèque. C'était une femme d'une trentaine d'années, brune, de gestes lents et silencieux, et dont le visage gardait cette expression indifférente de ceux qui vivent beaucoup en eux-mêmes. Elle échangea quelques paroles avec M. Destange, et se retira sans même avoir regardé Sholmès.

L'après-midi se traîna, monotone. À cinq heures, M. Destange annonça qu'il sortait. Sholmès resta seul sur la galerie circulaire accrochée à mi-hauteur de la rotonde. Le jour s'atténua. Il se disposait, lui aussi, à partir, quand un craquement se fit entendre, et, en même temps, il eut la sensation qu'il y avait quelqu'un dans la pièce. De longues minutes s'ajoutèrent les unes aux autres. Et soudain il frissonna : une ombre émergeait de la demi-obscurité, tout près de lui, sur le balcon. Était-ce croyable ? Depuis combien de temps ce personnage invisible lui tenait-il compagnie ? Et d'où venait-il ?

Et l'homme descendit les marches et se dirigea du côté d'une grande armoire de chêne. Dissimulé derrière les étoffes qui pendaient à la rampe de la galerie, à genoux, Sholmès observa, et vit l'homme qui fouillait parmi les papiers dont l'armoire était encombrée. Que cherchait-il ?

Et voilà tout à coup que la porte s'ouvrit et que Mlle Destange entra vivement, en disant à quelqu'un qui la suivait :

« Alors décidément tu ne sors pas, père ?... En ce cas, j'allume... Une seconde... ne bouge pas... »

L'homme repoussa les battants de l'armoire et se cacha dans l'embrasure d'une large fenêtre dont il tira les rideaux sur lui. Comment Mlle Destange ne le vit-elle pas ? Comment ne l'entendit-elle pas ? Très calmement, elle tourna le bouton de l'électricité et livra passage à son père. Ils s'assirent l'un près de l'autre. Elle prit un volume qu'elle avait apporté et se mit à lire.

« Ton secrétaire n'est donc plus là ? dit-elle au bout d'un instant.

— Non... tu vois...

— Tu en es toujours content ? reprit-elle, comme si elle ignorait la maladie du véritable secrétaire et son remplacement par Stickmann.

— Toujours... toujours. »

La tête de M. Destange ballottait de droite et de gauche. Il s'endormit.

Un moment s'écoula. La jeune fille lisait. Mais un des rideaux de la fenêtre fut écarté, et l'homme se glissa le long du mur, vers la porte, mouvement qui le faisait passer derrière M. Destange, mais en face de Clotilde, et de telle façon que Sholmès put le voir distinctement. C'était Arsène Lupin.

L'Anglais frissonna de joie. Ses calculs étaient justes, il avait pénétré au cœur même de la mystérieuse affaire, et Lupin se trouvait à l'endroit prévu.

Clotilde ne bougeait pas cependant, quoiqu'il fût inadmissible qu'un seul geste de cet homme lui échappât. Et Lupin touchait presque à la porte, et déjà il tendait le bras vers la poignée, quand un objet tomba d'une table, frôlée par son vêtement. M. Destange se réveilla en sursaut. Arsène Lupin était déjà devant lui, le chapeau à la main, et souriant.

« Maxime Bermond, s'écria M. Destange avec joie... ce cher Maxime!... Quel bon vent vous amène?

— Le désir de vous voir, ainsi que Mlle Destange.

— Vous êtes donc revenu de voyage?

— Hier.

— Et vous nous restez à dîner?

— Non, je dîne au restaurant avec des amis.

— Demain, alors? Clotilde, insiste pour qu'il vienne demain. Ah! ce bon Maxime... Justement je pensais à vous ces jours-ci.

— C'est vrai?

— Oui, je rangeais mes papiers d'autrefois, dans cette armoire, et j'ai retrouvé notre dernier compte.

— Quel compte?

— Celui de l'avenue Henri-Martin.

— Comment! vous gardez ces paperasses! À quoi bon!... »

Ils s'installèrent tous trois dans un petit salon qui attenait à la rotonde par une large baie.

« Est-ce Lupin? » se dit Sholmès, envahi d'un doute subit.

Oui, en toute évidence, c'était lui, mais c'était un autre homme aussi, qui ressemblait à Arsène Lupin par certains points, et qui pourtant gardait son individualité distincte, ses traits personnels, son regard, sa couleur de cheveux…

En habit, cravaté de blanc, la chemise souple moulant son torse, il parlait allégrement, racontant des histoires dont M. Destange riait de tout cœur et qui amenaient un sourire sur les lèvres de Clotilde. Et chacun de ces sourires paraissait une récompense que recherchait Arsène Lupin et qu'il se réjouissait d'avoir conquise. Il redoublait d'esprit et de gaieté, et, insensiblement, au son de cette voix heureuse et claire, le visage de Clotilde s'animait et perdait cette expression de froideur qui le rendait peu sympathique.

« Ils s'aiment, pensa Sholmès, mais que diable peut-il y avoir de commun entre Clotilde, Destange et Maxime Bermond ? Sait-elle que Maxime n'est autre qu'Arsène Lupin ?

Jusqu'à sept heures, il écouta anxieusement, faisant son profit des moindres paroles. Puis, avec d'infinies précautions, il descendit et traversa le côté de la pièce où il ne risquait pas d'être vu du salon.

Dehors, Sholmès s'assura qu'il n'y avait ni automobile, ni fiacre en station, et s'éloigna en boitillant par le boulevard Malesherbes. Mais, dans une rue adjacente, il mit sur son dos le pardessus qu'il portait sur son bras, déforma son chapeau, se redressa et, ainsi métamorphosé, revint vers la place où il attendit, les yeux fixés à la porte de l'hôtel Destange.

Arsène Lupin sortit presque aussitôt, et par les rues de Constantinople et de Londres, se dirigea vers le centre de Paris. À cent pas derrière lui marchait Herlock.

Minutes délicieuses pour l'Anglais ! Il reniflait avidement l'air, comme un bon chien qui sent la piste toute fraîche. Vraiment, cela lui semblait une chose infiniment douce que de suivre son adversaire. Ce n'était plus lui qui était surveillé, mais Arsène Lupin, l'invisible Arsène Lupin. Il le tenait pour ainsi dire au bout de son regard, comme attaché par des liens impossibles à briser. Et il se délectait à considérer parmi les promeneurs, cette proie qui lui appartenait.

Mais un phénomène bizarre ne tarda pas à le frapper : au milieu de l'intervalle qui le séparait d'Arsène Lupin, d'autres gens s'avançaient dans la même direction, notamment deux grands gaillards en chapeau rond sur le trottoir de gauche, deux autres sur le trottoir de droite en casquette et la cigarette aux lèvres.

Il n'y avait là peut-être qu'un hasard. Mais Sholmès s'étonna davantage quand, Lupin ayant pénétré dans un bureau de tabac, les quatre hommes s'arrêtèrent – et davantage encore quand ils repartirent en même temps que lui, mais isolément, chacun suivant de son côté la Chaussée d'Antin.

« Malédiction, pensa Sholmès, il est donc filé ! »

L'idée que d'autres étaient sur la trace d'Arsène Lupin, que d'autres lui raviraient, non pas la gloire – il s'en inquiétait peu – mais le plaisir immense, l'ardente volupté de réduire, à lui seul, le plus redoutable ennemi qu'il eût jamais rencontré, cette idée l'exaspérait. Cependant l'erreur n'était pas possible : les hommes avaient cet air détaché, cet air trop naturel de ceux qui, tout en réglant leur allure sur l'allure d'une autre personne, ne veulent pas être remarqués.

« Ganimard en saurait-il plus long qu'il ne le dit ? murmura Sholmès… Se joue-t-il de moi ? »

Il eut envie d'accoster l'un des quatre individus, afin de se concerter avec lui. Mais aux approches du boulevard, la foule devenant plus dense, il craignit de perdre Lupin et pressa le pas. Il déboucha au moment où Lupin gravissait le perron du restaurant hongrois, à l'angle de la rue du Helder. La porte en était ouverte de telle façon que Sholmès, assis sur un banc du boulevard, de l'autre côté de la rue, le vit qui prenait place à une table luxueusement servie, ornée de fleurs, et où se trouvaient déjà trois messieurs en habit et deux dames d'une grande élégance, qui l'accueillirent avec des démonstrations de sympathie.

Herlock chercha des yeux les quatre individus et les aperçut, disséminés dans des groupes qui écoutaient l'orchestre de tziganes d'un café voisin. Chose curieuse, ils ne paraissaient pas s'occuper d'Arsène Lupin, mais beaucoup plus des gens qui les entouraient.

Tout à coup, l'un d'eux tira de sa poche une cigarette et aborda un monsieur en redingote et en chapeau haut de forme. Le monsieur présenta son cigare, et Sholmès eut l'impression qu'ils causaient, et plus longtemps même que ne l'eût exigé le fait d'allumer une cigarette. Enfin, le monsieur monta les marches du perron et jeta un coup d'œil dans la salle du restaurant. Avisant Lupin, il s'avança, s'entretint quelques instants avec lui, puis il choisit une table voisine, et Sholmès constata que ce monsieur n'était autre que le cavalier de l'avenue Henri-Martin.

Alors, il comprit. Non seulement Arsène Lupin n'était pas filé, mais ces hommes faisaient partie de sa bande ! ces hommes veillaient à sa sûreté ! c'était sa garde du corps, ses satellites, son escorte attentive. Partout où le maître courait un danger, les complices étaient là, prêts à l'avertir, prêts à le défendre. Complices les quatre individus ! Complice le monsieur en redingote !

Un frisson parcourut l'Anglais. Se pouvait-il que jamais il réussît à s'emparer de cet être inaccessible ? Quelle puissance illimitée représentait une pareille association, dirigée par un tel chef !

Il déchira une feuille de son carnet, écrivit au crayon quelques lignes qu'il inséra dans une enveloppe, et dit à un gamin d'une quinzaine d'années qui s'était couché sur le banc :

« Tiens, mon garçon, prends une voiture et porte cette lettre à la caissière de la taverne suisse, place du Châtelet. Et rapidement… »

Il lui remit une pièce de cinq francs. Le gamin disparut.

Une demi-heure s'écoula. La foule avait grossi, et Sholmès ne distinguait plus que de temps en temps les acolytes de Lupin. Mais quelqu'un le frôla, et une voix lui dit à l'oreille :

« Eh bien, qu'y a-t-il, monsieur Sholmès ?

— C'est vous, monsieur Ganimard ?

— Oui, j'ai reçu votre mot à la taverne. Qu'y a-t-il ?

— Il est là.

— Que dites-vous ?

— Là-bas… au fond du restaurant… penchez-vous à droite… Vous le voyez ?

— Non.

— Il verse du champagne à sa voisine.

— Mais ce n'est pas lui.

— C'est lui.

— Moi, je vous réponds… Ah ! cependant… En effet il se pourrait… Ah ! le gredin, *comme il se ressemble !* murmura Ganimard naïvement… Et les autres, des complices ?

— Non, sa voisine c'est Lady Cliveden, l'autre, c'est la duchesse de Cleath, et, vis-à-vis, l'ambassadeur d'Espagne à Londres. »

Ganimard fit un pas. Herlock le retint.

« Quelle imprudence ! Vous êtes seul.

— Lui aussi.

— Non, il a des hommes sur le boulevard qui montent la garde… Sans compter, à l'intérieur de ce restaurant, ce monsieur…

— Mais moi, quand j'aurai mis la main au collet d'Arsène Lupin en criant son nom, j'aurai toute la salle pour moi, tous les garçons.

— J'aimerais mieux quelques agents.

— C'est pour le coup que les amis d'Arsène Lupin ouvriraient l'œil… Non, voyez-vous, monsieur Sholmès, nous n'avons pas le choix. »

Il avait raison, Sholmès le sentit. Mieux valait tenter l'aventure et profiter de circonstances exceptionnelles. Il recommanda seulement à Ganimard :

« Tâchez qu'on vous reconnaisse le plus tard possible… »

Et lui-même se glissa derrière un kiosque de journaux, sans perdre de vue Arsène Lupin qui, là-bas, penché sur sa voisine, souriait.

L'inspecteur traversa la rue, les mains dans ses poches, en homme qui va droit devant lui. Mais à peine sur le trottoir opposé, il bifurqua vivement et d'un bond escalada le perron.

Un coup de sifflet strident… Ganimard se heurta contre le maître d'hôtel, planté soudain en travers de la porte et qui le repoussa avec indignation, comme il aurait fait d'un intrus dont la mise équivoque eût déshonoré le luxe du restaurant. Ganimard chancela. Au même instant, le monsieur en redingote sortait. Il prit parti pour l'inspecteur, et tous deux, le maître d'hôtel et lui, discutaient violemment, tous deux d'ailleurs accrochés à Ganimard, l'un le retenant, l'autre le poussant, et de telle manière que, malgré tous ses efforts, malgré ses protestations furieuses, le malheureux fut expulsé jusqu'au bas du perron.

Un rassemblement se produisit aussitôt. Deux agents de police, attirés par le bruit, essayèrent de fendre la foule, mais une résistance incompréhensible les immobilisa, sans qu'ils parvinssent à se dégager des épaules qui les pressaient, des dos qui leur barraient la route...

Et tout à coup, comme par enchantement, le passage est libre!... Le maître d'hôtel, comprenant son erreur, se confond en excuses, le monsieur en redingote renonce à défendre l'inspecteur, la foule s'écarte, les agents passent, Ganimard fonce sur la table aux six convives... Il n'y en a plus que cinq! Il regarde autour de lui... pas d'autre issue que la porte.

« La personne qui était à cette place? crie-t-il aux cinq convives stupéfaits... Oui, vous étiez six... Où se trouve la sixième personne?

— M. Destro?

— Mais non. Arsène Lupin! »

Un garçon s'approche :

« Ce monsieur vient de monter à l'entresol. »

Ganimard se précipite. L'entresol est composé de salons particuliers et possède une sortie spéciale sur le boulevard!

« Allez donc le chercher maintenant, gémit Ganimard, il est loin! »

... Il n'était pas très loin, à deux cents mètres tout au plus, dans l'omnibus Madeleine-Bastille, lequel omnibus roulait paisiblement au petit trot de ses trois chevaux, franchissait la place de l'Opéra et s'en allait par le boulevard des Capucines. Sur la plate-forme, deux grands gaillards à chapeau melon devisaient. Sur l'impériale, au haut de l'escalier, somnolait un vieux petit bonhomme : Herlock Sholmès.

Et la tête dodelinante, bercé par le mouvement du véhicule, l'Anglais monologuait :

« Si mon brave Wilson me voyait, comme il serait fier de son collaborateur!... Bah!... il était facile de prévoir au coup de sifflet que la partie était perdue, et qu'il n'y avait rien de mieux à faire que de surveiller les alentours du restaurant. Mais, en vérité, la vie ne manque pas d'intérêt avec ce diable d'homme ! »

Au point terminus, Herlock, s'étant penché, vit Arsène Lupin qui passait devant ses gardes du corps, et il l'entendit murmurer : « À l'Étoile. »

« À l'Étoile, parfait, on se donne rendez-vous. J'y serai. Laissons-le filer dans ce fiacre automobile, et suivons en voiture les deux compagnons. »

Les deux compagnons s'en furent à pied, gagnèrent en effet l'Étoile et sonnèrent à la porte d'une étroite maison située au numéro 40 de la rue Chalgrin. Au coude que forme cette petite rue peu fréquentée, Sholmès put se cacher dans l'ombre d'un renfoncement.

Une des deux fenêtres du rez-de-chaussée s'ouvrit, un homme en chapeau rond ferma les volets. Au-dessus des volets, l'imposte s'éclaira.

Au bout de dix minutes, un monsieur vint sonner à cette même porte, puis, tout de suite après, un autre individu. Et enfin, un fiacre automobile s'arrêta, d'où Sholmès vit descendre deux personnes : Arsène Lupin et une dame enveloppée d'un manteau et d'une voilette épaisse.

« La Dame blonde, sans aucun doute », se dit Sholmès, tandis que le fiacre s'éloignait.

Il laissa s'écouler un instant, s'approcha de la maison, escalada le rebord de la fenêtre, et, haussé sur la pointe des pieds, il put, par l'imposte, jeter un coup d'œil dans la pièce.

Arsène Lupin, appuyé à la cheminée, parlait avec animation. Debout autour de lui, les autres l'écoutaient attentivement. Parmi eux, Sholmès reconnut le monsieur à la redingote et crut reconnaître le maître d'hôtel du restaurant. Quant à la Dame blonde, elle lui tournait le dos, assise dans un fauteuil.

« On tient conseil, pensa-t-il... Les événements de ce soir les ont inquiétés et ils éprouvent le besoin de délibérer. Ah ! les prendre tous à la fois, d'un coup !... »

Un des complices ayant bougé, il sauta à terre et se renfonça dans l'ombre. Le monsieur en redingote et le maître d'hôtel sortirent de la maison. Aussitôt le premier étage s'éclaira, quelqu'un tira les volets des fenêtres. Et ce fut l'obscurité en haut comme en bas.

« Elle et lui sont restés au rez-de-chaussée, se dit Herlock. Les deux complices habitent le premier étage. »

Il attendit une partie de la nuit sans bouger, craignant qu'Arsène Lupin ne s'en allât pendant son absence. À quatre heures, apercevant deux agents de police à l'extrémité de la rue, il les rejoignit, leur expliqua la situation et leur confia la surveillance de la maison.

Alors il se rendit au domicile de Ganimard, rue Pergolèse, et le fit réveiller.

« Je le tiens encore.

— Arsène Lupin ?

— Oui.

— Si vous le tenez comme tout à l'heure, autant me recoucher. Enfin, passons au commissariat. »

Ils allèrent jusqu'à la rue Mesnil, et de là, au domicile du commissaire, M. Decointre. Puis, accompagnés d'une demi-douzaine d'hommes, ils s'en revinrent rue Chalgrin.

« Du nouveau ? demanda Sholmès aux deux agents en faction.

— Rien. »

Le jour commençait à blanchir le ciel lorsque, ses dispositions prises, le commissaire sonna et se dirigea vers la loge de la concierge. Effrayée par cette invasion, toute tremblante, cette femme répondit qu'il n'y avait pas de locataires au rez-de-chaussée.

« Comment, pas de locataires ! s'écria Ganimard.

— Mais non, c'est ceux du premier, les messieurs Leroux… Ils ont meublé le bas pour des parents de province…

— Un monsieur et une dame ?

— Oui.

— Qui sont venus hier soir avec eux ?

— Peut-être bien… je dormais… Pourtant, je ne crois pas, voici la clef… ils ne l'ont pas demandée… »

Avec cette clef le commissaire ouvrit la porte qui se trouvait de l'autre côté du vestibule. Le rez-de-chaussée ne contenait que deux pièces : elles étaient vides.

« Impossible ! proféra Sholmès, je les ai vus, elle et lui. »

Le commissaire ricana :

« Je n'en doute pas, mais ils n'y sont plus.

— Montons au premier étage. Ils doivent y être.

— Le premier étage est habité par les messieurs Leroux.

— Nous interrogerons les messieurs Leroux. »

Ils montèrent tous l'escalier, et le commissaire sonna. Au second coup, un individu, qui n'était autre qu'un des gardes du corps, apparut, en bras de chemise et l'air furieux.

« Eh bien, quoi ! en voilà du tapage… est-ce qu'on réveille les gens… »

Mais il s'arrêta, confondu :

« Dieu me pardonne… en vérité je ne rêve pas ? c'est monsieur Decointre !… et vous aussi, monsieur Ganimard ? Qu'y a-t-il donc pour votre service ? »

Un éclat de rire formidable jaillit. Ganimard pouffait, dans une crise d'hilarité qui le courbait en deux et lui congestionnait la face.

« C'est vous, Leroux, bégayait-il… Oh ! que c'est drôle… Leroux, complice d'Arsène Lupin… Ah ! j'en mourrai… Et votre frère, Leroux, est-il visible ?

— Edmond, tu es là ? c'est M. Ganimard qui nous rend visite… »

Un autre individu s'avança dont la vue redoubla la gaieté de Ganimard.

« Est-ce possible ! on n'a pas idée de ça ! Ah ! mes amis, vous êtes dans de beaux draps… Qui se serait jamais douté ! Heureusement que le vieux Ganimard veille, et surtout qu'il a des amis pour l'aider… des amis qui viennent de loin ! »

Et se tournant vers Sholmès, il présenta :

« Victor Leroux, inspecteur de la Sûreté, un des bons parmi les meilleurs de la brigade de fer… Edmond Leroux, commis principal au service anthropométrique… »

V

Un enlèvement

Herlock Sholmès ne broncha pas. Protester ? Accuser ces deux hommes ? C'était inutile. À moins de preuves qu'il n'avait point et qu'il ne voulait pas perdre son temps à chercher, personne ne le croirait.

Tout crispé, les poings serrés, il ne songeait qu'à ne pas trahir, devant Ganimard triomphant, sa rage et sa déception. Il salua respectueusement les frères Leroux, soutiens de la société, et se retira.

Dans le vestibule, il fit un crochet vers une porte basse qui indiquait l'entrée de la cave, et ramassa une petite pierre de couleur rouge, c'était un grenat.

Dehors, s'étant retourné, il lut, près du n° 40 de la maison, cette inscription *Lucien Destange, architecte, 1877.*

Même inscription au n° 42.

« Toujours la double issue, pensa-t-il. Le 40 et le 42 communiquent. Comment n'y ai-je pas songé ! J'aurais dû rester avec les deux agents cette nuit. »

Il dit à ces hommes :

« Deux personnes sont sorties par cette porte pendant mon absence, n'est-ce pas ? »

Et il désignait la porte de la maison voisine.

« Oui, un monsieur et une dame. »

Il prit le bras de l'inspecteur principal, et l'entraînant :

« Monsieur Ganimard, vous avez trop ri pour m'en vouloir beaucoup du petit dérangement que je vous ai causé…

— Oh ! je ne vous en veux nullement.

— N'est-ce pas ? mais les meilleures plaisanteries n'ont qu'un temps, et je suis d'avis qu'il faut en finir.

— Je le partage.

— Nous voici au septième jour. Dans trois jours il est indispensable que je sois à Londres.

— Oh ! oh !

— J'y serai, monsieur, et je vous prie de vous tenir prêt dans la nuit de mardi à mercredi.

— Pour une expédition du même genre ? fit Ganimard, gouailleur.

— Oui, monsieur, du même genre.

— Et qui se terminera ?

— Par la capture de Lupin.

— Vous croyez ?

— Je vous le jure sur l'honneur, monsieur. »

Sholmès salua et s'en fut prendre un peu de repos dans l'hôtel le plus proche ; après quoi, ragaillardi, confiant en lui-même, il retourna rue Chalgrin, glissa deux louis dans la main de la concierge, s'assura que les frères Leroux étaient partis, apprit que la maison appartenait à un M. Harmingeat, et, muni d'une bougie, descendit à la cave par la petite porte auprès de laquelle il avait ramassé le grenat.

Au bas de l'escalier, il en ramassa un autre de forme identique.

« Je ne me trompais pas, pensa-t-il, c'est par là qu'on communique… Voyons, ma clef passe-partout ouvre-t-elle le caveau réservé au locataire du rez-de-chaussée ? Oui… parfait… examinons ces casiers de vin… Oh ! oh ! voici des places où la poussière a été enlevée… et, par terre, des empreintes de pas… »

Un bruit léger lui fit prêter l'oreille. Rapidement, il poussa la porte, souffla sa bougie et se dissimula derrière une pile de caisses vides. Après quelques secondes, il nota qu'un des casiers de fer pivotait doucement, entraînant avec lui tout le morceau de muraille auquel il était accroché. La lueur d'une lanterne fut projetée. Un bras apparut. Un homme entra.

Il était courbé en deux comme quelqu'un qui cherche. Du bout des doigts il remuait la poussière, et plusieurs fois il se releva et jeta quelque chose dans une boîte en carton qu'il tenait de la main gauche. Ensuite, il effaça la trace de ses pas, de même que les empreintes laissées par Lupin et la Dame blonde, et il se rapprocha du casier.

Il eut un cri rauque et s'effondra. Sholmès avait bondi sur lui. Ce fut l'affaire d'une minute, et, de la façon la plus simple du monde, l'homme se trouva étendu sur le sol, les chevilles attachées et les poignets ficelés.

L'Anglais se pencha.

« Combien veux-tu pour parler ?... pour dire ce que tu sais ? »

L'homme répondit par un sourire d'une telle ironie que Sholmès comprit la vanité de sa question.

Il se contenta d'explorer les poches de son captif, mais ses investigations ne lui valurent qu'un trousseau de clefs, un mouchoir, et la petite boîte en carton dont l'individu s'était servi, et qui contenait une douzaine de grenats pareils à ceux que Sholmès avait recueillis. Maigre butin !

En outre, qu'allait-il faire de cet homme ? Attendre que ses amis vinssent à son secours et les livrer tous à la police ? À quoi bon ? Quel avantage en tirerait-il contre Lupin ?

Il hésitait, quand l'examen de la boîte le décida. Elle portait cette adresse : « Léonard, bijoutier, rue de la Paix. »

Il résolut tout simplement d'abandonner l'homme. Il repoussa le casier, ferma la cave, et sortit de la maison. D'un bureau de poste, il avertit M. Destange, par petit bleu, qu'il ne pourrait venir que le lendemain. Puis il se rendit chez le bijoutier, auquel il remit les grenats.

« Madame m'envoie pour ces pierres. Elles se sont détachées d'un bijou qu'elle a acheté ici. »

Sholmès tombait juste. Le marchand répondit : « En effet... Cette dame m'a téléphoné. Elle passera tantôt elle-même. »

Ce n'est qu'à cinq heures que Sholmès, posté sur le trottoir, aperçut une dame enveloppée d'un voile épais, et dont la tournure lui sembla suspecte. À travers la vitre il put la voir qui déposait sur le comptoir un bijou ancien orné de grenats.

Elle s'en alla presque aussitôt, fit des courses à pied, monta du côté de Clichy, et tourna par des rues que l'Anglais ne connaissait pas. À la nuit tombante, il pénétrait derrière elle, et sans que la concierge l'avisât, dans une maison à cinq étages, à deux corps de bâtiment, et par conséquent à innombrables locataires. Au deuxième étage elle s'arrêta et entra. Deux minutes plus tard, l'Anglais tentait la chance, et, les unes après les autres, essayait avec précaution les clefs du trousseau dont il s'était emparé. La quatrième fit jouer la serrure.

À travers l'ombre qui les emplissait, il aperçut des pièces absolument vides comme celles d'un appartement inhabité, et dont toutes les portes étaient ouvertes. Mais au bout d'un couloir, la lueur d'une lampe filtra, et s'étant approché sur la pointe des pieds, il vit, par la glace sans tain qui séparait le salon d'une chambre contiguë, la dame voilée qui ôtait son vêtement et son chapeau, les déposait sur l'unique siège de cette chambre et s'enveloppait d'un peignoir de velours.

Et il la vit aussi s'avancer vers la cheminée et pousser le bouton d'une sonnerie électrique. Et la moitié du panneau qui s'étendait à droite de la cheminée s'ébranla, glissa selon le plan même du mur, et s'insinua dans l'épaisseur du panneau voisin.

Dès que l'entrebâillement fut assez large, la dame passa… et disparut, emportant la lampe.

Le système était simple, Sholmès l'employa.

Il marcha dans l'obscurité, à tâtons, mais tout de suite sa figure heurta des choses molles. À la flamme d'une allumette, il constata qu'il se trouvait dans un petit réduit encombré de robes et de vêtements qui étaient suspendus à des tringles. Il se fraya un passage et s'arrêta devant l'embrasure d'une porte close par une tapisserie ou du moins par l'envers d'une tapisserie. Et son allumette s'étant consumée, il aperçut de la lumière qui perçait la trame lâche et usée de la vieille étoffe.

Alors il regarda.

La Dame blonde était là, sous ses yeux, à portée de sa main.

Elle éteignit la lampe et alluma l'électricité. Pour la première fois Sholmès put voir son visage en pleine lumière. Il tressaillit. La femme qu'il avait fini par atteindre après tant de détours et de manœuvres n'était autre que Clotilde Destange.

Clotilde Destange, la meurtrière du baron d'Hautrec et la voleuse du diamant bleu ! Clotilde Destange, la mystérieuse amie d'Arsène Lupin ! La Dame blonde enfin !

« Eh oui, parbleu, pensa-t-il, je ne suis qu'un âne bâté. Parce que l'amie de Lupin est blonde et Clotilde brune, je n'ai pas songé à rapprocher les deux femmes l'une de l'autre ! Comme si la Dame blonde pouvait rester blonde après le meurtre du baron et le vol du diamant ! »

Sholmès voyait une partie de la pièce, élégant boudoir de femme, orné de tentures claires et de bibelots précieux. Une méridienne d'acajou s'allongeait sur une marche basse. Clotilde s'y était assise, et demeurait immobile la tête entre ses mains. Et, au bout d'un instant, il s'aperçut qu'elle pleurait. De grosses larmes coulaient sur ses joues pâles, glissaient vers sa bouche, tombaient goutte à goutte sur le velours de son corsage. Et d'autres larmes les suivaient indéfiniment, comme surgies d'une source inépuisable. Et c'était le spectacle le plus triste qui fût que ce désespoir morne et résigné qui s'exprimait par la lente coulée des larmes.

Mais une porte s'ouvrit derrière elle. Arsène Lupin entra.

Ils se regardèrent longtemps, sans dire une parole, puis il s'agenouilla près d'elle, lui appuya la tête sur sa poitrine, l'entoura de ses bras, et il y avait dans le geste dont il enlaçait la jeune fille une tendresse profonde et beaucoup de pitié. Ils ne bougeaient pas. Un doux silence les unit, et les larmes coulaient moins abondantes.

« J'aurais tant voulu vous rendre heureuse ! murmura-t-il.

— Je suis heureuse.

— Non, puisque vous pleurez… Vos larmes me désolent, Clotilde. »

Malgré tout, elle se laissait prendre au son de cette voix caressante, et elle écoutait, avide d'espoir et de bonheur. Un sourire amollit son visage, mais un sourire si triste encore ! Il la supplia :

« Ne soyez pas triste, Clotilde, vous ne devez pas l'être. Vous n'en avez pas le droit. »

Elle lui montra ses mains blanches, fines et souples, et dit gravement :

« Tant que ces mains seront mes mains, je serai triste, Maxime.

— Mais pourquoi ?
— Elles ont tué. »
Maxime s'écria :
« Taisez-vous ! ne pensez pas à cela… le passé est mort, le passé ne compte pas. »
Et il baisait ses longues mains pâles, et elle le regardait avec un sourire plus clair, comme si chaque baiser eût effacé un peu de l'horrible souvenir.
« Il faut m'aimer, Maxime, il le faut parce qu'aucune femme ne vous aimera comme moi. Pour vous plaire, j'ai agi, j'agis encore, non pas même selon vos ordres, mais selon vos désirs secrets. J'accomplis des actes contre lesquels tous mes instincts et toute ma conscience se révoltent, mais je ne peux pas résister… tout ce que je fais, je le fais machinalement, parce que cela vous est utile, et que vous le voulez… et je suis prête à recommencer demain… et toujours. »
Il dit avec amertume :
« Ah ! Clotilde, pourquoi vous ai-je mêlée à ma vie aventureuse ? J'aurais dû rester le Maxime Bermond que vous avez aimé, il y a cinq ans, et ne pas vous faire connaître… l'autre homme que je suis. »
Elle dit très bas :
« J'aime aussi cet autre homme, et je ne regrette rien.
— Si, vous regrettez votre vie passée, la vie au grand jour.
— Je ne regrette rien quand vous êtes là, dit-elle passionnément. Il n'y a plus de faute, il n'y a plus de crime quand mes yeux vous voient. Que m'importe d'être malheureuse loin de vous, et de souffrir, et de pleurer, et d'avoir horreur de tout ce que je fais ! votre amour efface tout… j'accepte tout… Mais il faut m'aimer !…
— Je ne vous aime pas parce qu'il le faut, Clotilde, mais pour l'unique raison que je vous aime.
— En êtes-vous sûr ? dit-elle toute confiante.
— Je suis sûr de moi comme de vous. Seulement, mon existence est violente et fiévreuse, et je ne puis pas toujours vous consacrer le temps que je voudrais. »
Elle s'affola aussitôt.
« Qu'y a-t-il ? un danger nouveau ? Vite, parlez.

— Oh ! rien de grave encore. Pourtant…

— Pourtant ?

— Eh bien, il est sur nos traces.

— Sholmès ?

— Oui. C'est lui qui a lancé Ganimard dans l'affaire du restaurant hongrois. C'est lui qui a posté, cette nuit, les deux agents de la rue Chalgrin. J'en ai la preuve. Ganimard a fouillé la maison ce matin, et Sholmès l'accompagnait. En outre…

— En outre ?

— Eh bien, il y a autre chose : il nous manque un de nos hommes, Jeanniot.

— Le concierge ?

— Oui.

— Mais c'est moi qui l'ai envoyé ce matin, rue Chalgrin, pour ramasser des grenats qui étaient tombés de ma poche.

— Il n'y a pas de doute, Sholmès l'aura pris au piège.

— Nullement. Les grenats ont été apportés au bijoutier de la rue de la Paix.

— Alors, qu'est-il devenu depuis ?

— Oh ! Maxime, j'ai peur.

— Il n'y a pas de quoi s'effrayer. Mais j'avoue que la situation est très grave. Que sait-il ? Où se cache-t-il ? Sa force réside dans son isolement. Rien ne peut le trahir.

— Que décidez-vous ?

— L'extrême prudence, Clotilde. Depuis longtemps je suis résolu à changer mon installation et à la transporter là-bas, dans l'asile inviolable que vous savez. L'intervention de Sholmès brusque les choses. Quand un homme comme lui est sur une piste, on doit se dire que fatalement, il arrivera au bout de cette piste. Donc, j'ai tout préparé. Après-demain, mercredi, le déménagement aura lieu. À midi, ce sera fini. À deux heures, je pourrai moi-même quitter la place, après avoir enlevé les derniers vestiges de notre installation, ce qui n'est pas une petite affaire. D'ici là…

— D'ici là ?

— Nous ne devons pas nous voir, et personne ne doit vous voir, Clotilde. Ne sortez pas. Je ne crains rien pour moi. Je crains tout dès qu'il s'agit de vous.

— Il est impossible que cet Anglais parvienne jusqu'à moi.

— Tout est possible avec lui, et je me méfie. Hier, quand j'ai manqué d'être surpris par votre père, j'étais venu pour fouiller l'armoire qui contient les anciens registres de M. Destange. Il y a là un danger. Il y en a partout. Je devine l'ennemi qui rôde dans l'ombre et qui se rapproche de plus en plus. Je sens qu'il nous surveille... qu'il tend ses filets autour de nous. C'est là une de ces intuitions qui ne me trompent jamais.

— En ce cas, dit-elle, partez, Maxime, et ne pensez plus à mes larmes. Je serai forte, et j'attendrai que le danger soit conjuré. Adieu Maxime. »

Elle l'embrassa longuement. Et ce fut elle-même qui le poussa dehors. Sholmès entendit le son de leurs voix qui s'éloignait.

Hardiment, surexcité par ce même besoin d'agir, envers et contre tout, qui le stimulait depuis la veille, il s'engagea dans une antichambre à l'extrémité de laquelle il y avait un escalier. Mais, au moment où il allait descendre, le bruit d'une conversation partit de l'étage inférieur, et il jugea préférable de suivre un couloir circulaire qui le conduisit à un autre escalier. Au bas de cet escalier il fut très surpris de voir des meubles dont il connaissait déjà la forme et l'emplacement. Une porte était entrebâillée. Il pénétra dans une grande pièce ronde. C'était la bibliothèque de M. Destange.

« Parfait ! admirable ! murmura-t-il, je comprends tout. Le boudoir de Clotilde, c'est-à-dire de la Dame blonde, communique avec un des appartements de la maison voisine, et cette maison voisine a sa sortie, non sur la place Malesherbes, mais sur une rue adjacente, la rue Montchanin, autant que je m'en souvienne... À merveille ! et je m'explique comment Clotilde Destange va rejoindre son bien-aimé tout en gardant la réputation d'une personne qui ne sort jamais. Et je m'explique aussi comment Arsène Lupin a surgi près de moi, hier soir, sur la galerie : il doit y avoir une autre communication entre l'appartement voisin et cette bibliothèque... »

Et il concluait :

« Encore une maison truquée. Encore une fois, sans doute Destange architecte ! Il s'agit maintenant de profiter de mon passage ici pour vérifier le contenu de l'armoire... et pour me documenter sur les autres maisons truquées. »

Sholmès monta sur la galerie et se dissimula derrière les étoffes de la rampe. Il y resta jusqu'à la fin de la soirée. Un domestique vint éteindre les lampes électriques. Une heure plus tard, l'Anglais fit fonctionner le ressort de sa lanterne et se dirigea vers l'armoire.

Comme il le savait, elle contenait les anciens papiers de l'architecte, dossiers, devis, livres de comptabilité. Au second plan, une série de registres, classés par ordre d'ancienneté, se dressait.

Il prit alternativement ceux des dernières années, et aussitôt il examinait la page de récapitulation, et, plus spécialement, la lettre H. Enfin, ayant découvert le mot Harmingeat, accompagné du chiffre 63, il se reporta à la page 63 et lut :

« Harmingeat, 40, rue Chalgrin. »

Suivait le détail de travaux exécutés pour ce client en vue de l'établissement d'un calorifère dans son immeuble. Et en marge, cette note :

« Voir le dossier M. B. »

« Eh ! je le sais bien, dit-il, le dossier M. B... c'est celui qu'il me faut. Par lui, je saurai le domicile actuel de M. Lupin. »

Ce n'est qu'au matin que, sur la deuxième moitié d'un registre, il découvrit ce fameux dossier.

Il comportait quinze pages. L'une reproduisait la page consacrée à M. Harmingeat de la rue Chalgrin. Une autre détaillait les travaux exécutés pour M. Vatinel, propriétaire, 25, rue Clapeyron. Une autre était réservée au baron d'Hautrec, 134, avenue Henri-Martin, une autre au château de Crozon, et les onze autres à différents propriétaires de Paris.

Sholmès copia cette liste de onze noms et de onze adresses, puis il remit les choses en place, ouvrit une fenêtre, et sauta sur la place déserte, en ayant soin de repousser les volets.

Dans sa chambre d'hôtel il alluma sa pipe avec la gravité qu'il apportait à cet acte, et, entouré de nuages de fumée, il étudia les conclusions que l'on pouvait tirer du dossier M. B... ou, pour mieux dire, du dossier Maxime Bermond, alias Arsène Lupin.

À huit heures, il envoyait à Ganimard ce pneumatique :

Je passerai sans doute, ce matin, rue Pergolèse et vous confierai une personne dont la capture est de la plus haute importance. En tout cas, soyez chez vous cette nuit et demain mercredi jusqu'à midi, et arrangez-vous pour avoir une trentaine d'hommes à votre disposition…

Puis il choisit sur le boulevard un fiacre automobile dont le chauffeur lui plut par sa bonne figure réjouie et peu intelligente, et se fit conduire sur la place Malesherbes, cinquante pas plus loin que l'hôtel Destange.

« Mon garçon, fermez votre voiture, dit-il au mécanicien, relevez le col de votre fourrure, car le vent est froid, et attendez patiemment. Dans une heure et demie, vous mettrez votre moteur en marche. Dès que je reviendrai, en route pour la rue Pergolèse. »

Au moment de franchir le seuil de l'hôtel, il eut une dernière hésitation. N'était-ce pas une faute de s'occuper ainsi de la Dame blonde tandis que Lupin achevait ses préparatifs de départ ? Et n'aurait-il pas mieux fait, à l'aide de la liste des immeubles, de chercher tout d'abord le domicile de son adversaire ?

« Bah ! se dit-il, quand la Dame blonde sera ma prisonnière, je serai maître de la situation. »

Et il sonna.

M. Destange se trouvait déjà dans la bibliothèque. Ils travaillèrent un moment et Sholmès cherchait un prétexte pour monter jusqu'à la chambre de Clotilde, lorsque la jeune fille entra, dit bonjour à son père, s'assit dans le petit salon et se mit à écrire.

De sa place, Sholmès la voyait, penchée sur la table, et qui, de temps à autre, méditait, la plume en l'air et le visage pensif. Il attendit, puis prenant un volume, il dit à M. Destange :

« Voici justement un livre que Mlle Destange m'a prié de lui apporter dès que je mettrais la main dessus. »

Il se rendit dans le petit salon et se posta devant Clotilde de façon à ce que son père ne pût l'apercevoir, et il prononça :

« Je suis M. Stickmann, le nouveau secrétaire de M. Destange.

— Ah ! fit-elle sans se déranger. Mon père a donc changé de secrétaire ?

— Oui, mademoiselle, et je désirerais vous parler.

— Veuillez vous asseoir, monsieur, j'ai fini. » Elle ajouta quelques mots à sa lettre, la signa, cacheta l'enveloppe, repoussa ses papiers, appuya sur la sonnerie d'un téléphone, obtint la communication avec sa couturière, pria celle-ci de hâter l'achèvement d'un manteau de voyage dont elle avait un besoin urgent, et enfin se tournant vers Sholmès :

« Je suis à vous, monsieur. Mais notre conversation ne peut-elle avoir lieu devant mon père ?

— Non, mademoiselle, et je vous supplierai même de ne pas hausser la voix. Il est préférable que M. Destange ne nous entende point.

— Pour qui est-ce préférable ?

— Pour vous, mademoiselle.

— Je n'admets pas de conversation que mon père ne puisse entendre.

— Il faut pourtant bien que vous admettiez celle-ci. »

Ils se levèrent l'un et l'autre, les yeux croisés.

Et elle dit :

« Parlez, monsieur. »

Toujours debout, il commença :

« Vous me pardonnerez si je me trompe sur certains points secondaires. Ce que je garantis, c'est l'exactitude générale des incidents que j'expose.

— Pas de phrases, je vous prie. Des faits. »

À cette interruption, lancée brusquement, il sentit que la jeune femme était sur ses gardes, et il reprit :

« Soit, j'irai droit au but. Donc il y a cinq ans, monsieur votre père a eu l'occasion de rencontrer un M. Maxime Bermond, lequel s'est présenté à lui comme entrepreneur… ou architecte, je ne saurais préciser. Toujours est-il que M. Destange s'est pris d'affection pour ce jeune homme, et, comme l'état de sa santé ne lui permettait plus de s'occuper de ses affaires, il confia à M. Bermond l'exécution de quelques commandes qu'il avait acceptées de la part d'anciens clients, et qui semblaient en rapport avec les aptitudes de son collaborateur. »

Herlock s'arrêta. Il lui parut que la pâleur de la jeune fille s'était accentuée. Ce fut pourtant avec le plus grand calme qu'elle prononça :

« Je ne connais pas les faits dont vous m'entretenez, monsieur, et surtout je ne vois pas en quoi ils peuvent m'intéresser.

— En ceci, mademoiselle, c'est que M. Maxime Bermond s'appelle de son vrai nom, vous le savez aussi bien que moi, Arsène Lupin. »

Elle éclata de rire.

« Pas possible ! Arsène Lupin ? M. Maxime Bermond s'appelle Arsène Lupin ?

— Comme j'ai l'honneur de vous le dire, mademoiselle, et puisque vous refusez de me comprendre à demi-mot, j'ajouterai qu'Arsène Lupin a trouvé ici, pour l'accomplissement de ses projets, une amie, plus qu'une amie, une complice aveugle et... passionnément dévouée. »

Elle se leva, et, sans émotion, ou du moins avec si peu d'émotion que Sholmès fut frappé d'une telle maîtrise, elle déclara :

« J'ignore le but de votre conduite, monsieur, et je veux l'ignorer. Je vous prie donc de ne pas ajouter un mot et de sortir d'ici.

— Je n'ai jamais eu l'intention de vous imposer ma présence indéfiniment, répondit Sholmès, aussi paisible qu'elle. Seulement j'ai résolu de ne pas sortir seul de cet hôtel.

— Et qui donc vous accompagnera, monsieur ?

— Vous !

— Moi ?

— Oui, mademoiselle, nous sortirons ensemble de cet hôtel, et vous me suivrez, sans une protestation, sans un mot. »

Ce qu'il y avait d'étrange dans cette scène, c'était le calme absolu des deux adversaires. Plutôt qu'un duel implacable entre deux volontés puissantes, on eût dit, à leur attitude, au ton de leurs voix, le débat courtois de deux personnes qui ne sont pas du même avis.

Dans la rotonde, par la baie grande ouverte, on apercevait M. Destange qui maniait ses livres avec des gestes mesurés.

Clotilde se rassit en haussant légèrement les épaules. Herlock tira sa montre.

« Il est dix heures et demie. Dans cinq minutes nous partons.

— Sinon ?

— Sinon, je vais trouver M. Destange, et je lui raconte…

— Quoi ?

— La vérité. Je lui raconte la vie mensongère de Maxime Bermond, et je lui raconte la double vie de sa complice.

— De sa complice ?

— Oui, de celle que l'on appelle la Dame blonde, de celle qui fut blonde.

— Et quelles preuves lui donnerez-vous ?

— Je l'emmènerai rue Chalgrin, et je lui montrerai le passage qu'Arsène Lupin, profitant des travaux dont il avait la direction, a fait pratiquer par ses hommes entre le 40 et le 42, le passage qui vous a servi à tous les deux, l'avant-dernière nuit.

— Après ?

— Après, j'emmènerai M. Destange chez maître Detinan, nous descendrons l'escalier de service par lequel vous êtes descendue avec Arsène Lupin pour échapper à Ganimard. Et nous chercherons tous deux la communication sans doute analogue qui existe avec la maison voisine, maison dont la sortie donne sur le boulevard des Batignolles et non sur la rue Clapeyron ?

— Après ?

— Après, j'emmènerai M. Destange au château de Crozon, et il lui sera facile, à lui qui sait le genre de travaux exécutés par Arsène Lupin lors de la restauration de ce château, de découvrir les passages secrets qu'Arsène Lupin a fait pratiquer par ses hommes. Il constatera que ces passages ont permis à la Dame blonde de s'introduire, la nuit, dans la chambre de la comtesse et d'y prendre sur la cheminée le diamant bleu ; puis, deux semaines plus tard, de s'introduire dans la chambre du conseiller Bleichen et de cacher ce diamant bleu au fond d'un flacon… acte assez bizarre, je l'avoue, petite vengeance de femme peut-être, je ne sais, cela n'importe point.

— Après ?

— Après, fit Herlock d'une voix plus grave, j'emmènerai M. Destange au 134 avenue Henri-Martin, et nous chercherons comment le baron d'Hautrec…

— Taisez-vous, taisez-vous, balbutia la jeune fille, avec un effroi soudain… Je vous défends!… alors vous osez dire que c'est moi… vous m'accusez…

— Je vous accuse d'avoir tué le baron d'Hautrec.

— Non, non, c'est une infamie.

— Vous avez tué le baron d'Hautrec, mademoiselle. Vous étiez entrée à son service sous le nom d'Antoinette Bréhat, dans le but de lui ravir le diamant bleu, et vous l'avez tué. »

De nouveau elle murmura, brisée, réduite à la prière :

« Taisez-vous, monsieur, je vous en supplie. Puisque vous savez tant de choses, vous devez savoir que je n'ai pas assassiné le baron.

— Je n'ai pas dit que vous l'aviez assassiné, mademoiselle. Le baron d'Hautrec était sujet à des accès de folie que, seule, la sœur Auguste pouvait maîtriser. Je tiens ce détail d'elle-même. En l'absence de cette personne, il a dû se jeter sur vous, et c'est au cours de la lutte, pour défendre votre vie, que vous l'avez frappé. Épouvantée par un tel acte, vous avez sonné et vous vous êtes enfuie sans même arracher du doigt de votre victime ce diamant bleu que vous étiez venue prendre. Un instant après, vous rameniez un des complices de Lupin, domestique dans la maison voisine, vous transportiez le baron sur son lit, vous remettiez la chambre en ordre… mais toujours sans oser prendre le diamant bleu. Voilà ce qui s'est passé. Donc, je le répète, vous n'avez pas assassiné le baron. Cependant ce sont bien vos mains qui l'ont frappé. »

Elle les avait croisées sur son front, ses longues mains fines et pâles, et elle les garda longtemps ainsi, immobiles. Enfin, déliant ses doigts, elle découvrit son visage douloureux et prononça :

« Et c'est tout cela que vous avez l'intention de dire à mon père ?

— Oui, et je lui dirai que j'ai comme témoins Mlle Gerbois qui reconnaîtra la Dame blonde, la sœur Auguste qui reconnaîtra Antoinette Bréhat, la comtesse de Crozon qui reconnaîtra Mme de Réal. Voilà ce que je lui dirai.

— Vous n'oserez pas », dit-elle, recouvrant son sang-froid devant la menace d'un péril immédiat.

Il se leva et fit un pas vers la bibliothèque. Clotilde l'arrêta :

« Un instant, monsieur. »

Elle réfléchit, maîtresse d'elle-même maintenant, et, fort calme, lui demanda :

« Vous êtes Herlock Sholmès, n'est-ce pas ?

— Oui.

— Que voulez-vous de moi ?

— Ce que je veux ? J'ai engagé contre Arsène Lupin un duel dont il faut que je sorte vainqueur. Dans l'attente d'un dénouement qui ne saurait tarder beaucoup, j'estime qu'un otage aussi précieux que vous me donne sur mon adversaire un avantage considérable. Donc, vous me suivrez, mademoiselle, je vous confierai à quelqu'un de mes amis. Dès que mon but sera atteint, vous serez libre.

— C'est tout ?

— C'est tout. Je ne fais pas partie de la police de votre pays, et je ne me sens par conséquent aucun droit… de justicier. »

Elle semblait résolue. Cependant elle exigea encore un moment de répit. Ses yeux se fermèrent, et Sholmès la regardait, si tranquille soudain, presque indifférente aux dangers qui l'entouraient !

« Et même, songeait l'Anglais, se croit-elle en danger ? Mais non, puisque Lupin la protège. Avec Lupin rien ne peut vous atteindre. Lupin est tout-puissant, Lupin est infaillible. »

« Mademoiselle, dit-il, j'ai parlé de cinq minutes, il y en a plus de trente.

— Me permettez-vous de monter dans ma chambre, monsieur, et d'y prendre mes affaires ?

— Si vous le désirez, mademoiselle, j'irai vous attendre rue Montchanin. Je suis un excellent ami du concierge Jeanniot.

— Ah ! vous savez…, fit-elle avec un effroi visible.

— Je sais bien des choses.

— Soit. Je sonnerai donc. »

On lui apporta son chapeau et son vêtement, et Sholmès lui dit :

« Il faut que vous donniez à M. Destange une raison qui explique notre départ, et que cette raison puisse au besoin expliquer votre absence pendant quelques jours.

— C'est inutile. Je serai ici tantôt. »

De nouveau ils se défièrent du regard, ironiques tous deux et souriants.

« Comme vous êtes sûre de lui ! dit Sholmès.

— Aveuglément.

— Tout ce qu'il fait est bien, n'est-ce pas ? tout ce qu'il veut se réalise. Et vous approuvez tout, et vous êtes prête à tout pour lui.

— Je l'aime, dit-elle, frissonnante de passion.

— Et vous croyez qu'il vous sauvera ? »

Elle haussa les épaules et, s'avançant vers son père, elle le prévint.

« Je t'enlève M. Stickmann. Nous allons à la Bibliothèque nationale.

— Tu rentres déjeuner ?

— Peut-être… ou plutôt non… mais ne t'inquiète pas… »

Et elle déclara fermement à Sholmès :

« Je vous suis, monsieur.

— Sans arrière-pensée ?

— Les yeux fermés.

— Si vous tentez de vous échapper, j'appelle, je crie, on vous arrête, et c'est la prison. N'oubliez pas que la Dame blonde est sous le coup d'un mandat.

— Je vous jure sur l'honneur que je ne ferai rien pour m'échapper.

— Je vous crois. Marchons. »

Ensemble, comme il l'avait prédit, tous deux quittèrent l'hôtel.

Sur la place, l'automobile stationnait, tournée dans le sens opposé. On voyait le dos du mécanicien et sa casquette que recouvrait presque le col de sa fourrure. En approchant, Sholmès entendit le ronflement du moteur. Il ouvrit la portière, pria Clotilde de monter et s'assit auprès d'elle.

La voiture démarra brusquement, gagna les boulevards extérieurs, l'avenue Hoche, l'avenue de la Grande-Armée.

Herlock, pensif, combinait ses plans.

« Ganimard est chez lui… je laisse la jeune fille entre ses mains… Lui dirai-je qui est cette jeune fille ? Non, il la mènerait droit au Dépôt, ce qui dérangerait tout. Une fois seul, je consulte la liste du dossier M. B… et je me mets en chasse. Et cette nuit, ou demain matin au plus tard, je vais trouver Ganimard comme il est convenu, et je lui livre Arsène Lupin et sa bande… »

Il se frotta les mains, heureux de sentir enfin le but à sa portée et de voir qu'aucun obstacle sérieux ne l'en séparait. Et, cédant à un besoin d'expansion qui contrastait avec sa nature, il s'écria :

« Excusez-moi, mademoiselle, si je montre tant de satisfaction. La bataille fut pénible, et le succès m'est particulièrement agréable.

— Succès légitime, monsieur, et dont vous avez le droit de vous réjouir.

— Je vous remercie. Mais quelle drôle de route nous prenons ! Le chauffeur n'a donc pas entendu ? »

À ce moment, on sortait de Paris par la porte de Neuilly. Que diable ! pourtant, la rue Pergolèse n'était pas en dehors des fortifications.

Sholmès baissa la glace.

« Dites donc, chauffeur, vous vous trompez… Rue Pergolèse !… »

L'homme ne répondit pas. Il répéta, d'un ton plus élevé :

« Je vous dis d'aller rue Pergolèse. »

L'homme ne répondit point.

« Ah çà ! mais vous êtes sourd, mon ami. Ou vous y mettez de la mauvaise volonté… Nous n'avons rien à faire par ici… Rue Pergolèse !… Je vous ordonne de rebrousser chemin, et au plus vite. »

Toujours le même silence. L'Anglais frémit d'inquiétude. Il regarda Clotilde : un sourire indéfinissable plissait les lèvres de la jeune fille.

« Pourquoi riez-vous ? maugréa-t-il… cet incident n'a aucun rapport… cela ne change rien aux choses…

— Absolument rien », répondit-elle.

Tout à coup une idée le bouleversa. Se levant à moitié, il examina plus attentivement l'homme qui se trouvait sur le siège. Les épaules étaient plus minces, l'attitude plus dégagée… Une sueur froide le couvrit, ses mains se crispèrent, tandis que la plus effroyable conviction s'imposait à son esprit : cet homme, c'était Arsène Lupin.

« Eh bien, monsieur Sholmès, que dites-vous de cette petite promenade ?

— Délicieuse, cher monsieur, vraiment délicieuse », riposta Sholmès.

Jamais peut-être il ne lui fallut faire sur lui-même un effort plus terrible que pour articuler ces paroles sans un frémissement dans la voix, sans rien qui pût indiquer le déchaînement de tout son être. Mais aussitôt, par une sorte de réaction formidable, un flot de rage et de haine brisa les digues, emporta sa volonté, et, d'un geste brusque tirant son revolver, il le braqua sur Mlle Destange.

« À la minute même, à la seconde, arrêtez, Lupin, ou je fais feu sur mademoiselle.

— Je vous recommande de viser la joue si vous voulez atteindre la tempe », répondit Lupin sans tourner la tête.

Clotilde prononça :

« Maxime, n'allez pas trop vite, le pavé est glissant, et je suis très peureuse. »

Elle souriait toujours, les yeux fixés aux pavés, dont la route se hérissait devant la voiture.

« Qu'il arrête ! qu'il arrête donc ! lui dit Sholmès, fou de colère, vous voyez bien que je suis capable de tout ! »

Le canon du revolver frôla les boucles de cheveux.

Elle murmura :

« Ce Maxime est d'une imprudence ! À ce train-là nous sommes sûrs de déraper. »

Sholmès remit l'arme dans sa poche et saisit la poignée de la portière, prêt à s'élancer, malgré l'absurdité d'un pareil acte.

Clotilde lui dit :

« Prenez garde, monsieur, il y a une automobile derrière nous. »

Il se pencha. Une voiture les suivait en effet, énorme, farouche d'aspect avec sa proue aiguë, couleur de sang, et les quatre hommes en peau de bête qui la montaient.

« Allons, pensa-t-il, je suis gardé, patientons. »

Il croisa les bras sur sa poitrine, avec cette soumission orgueilleuse de ceux qui s'inclinent et qui attendent quand le destin se tourne contre eux. Et tandis que l'on traversait la Seine et que l'on brûlait Suresnes, Rueil, Chatou, immobile, résigné, maître de sa colère et sans amertume, il ne songeait plus qu'à découvrir par quel miracle Arsène Lupin s'était substitué au chauffeur. Que le brave garçon qu'il avait choisi le matin sur le boulevard pût être un complice placé là d'avance, il ne l'admettait pas. Pourtant il fallait bien qu'Arsène Lupin eût été prévenu, et il ne pouvait l'avoir été qu'après le moment où, lui, Sholmès, avait menacé Clotilde, puisque personne, auparavant, ne soupçonnait son projet. Or, depuis ce moment, Clotilde et lui ne s'étaient point quittés.

Un souvenir le frappa : la communication téléphonique demandée par la jeune fille, sa conversation avec la couturière. Et tout de suite il comprit. Avant même qu'il n'eût parlé, à la seule annonce de l'entretien qu'il sollicitait comme nouveau secrétaire de M. Destange, elle avait flairé le péril, deviné le nom et le but du visiteur et, froidement, naturellement, comme si elle accomplissait bien en réalité l'acte qu'elle semblait accomplir, elle avait appelé Lupin à son secours, sous le couvert d'un fournisseur, et en se servant de formules convenues entre eux.

Comment Arsène Lupin était venu, comment cette automobile en station, dont le moteur trépidait, lui avait paru suspecte, comment il avait soudoyé le mécanicien, tout cela importait peu. Ce qui passionnait Sholmès au point d'apaiser sa fureur, c'était l'évocation de cet instant, où une simple femme, une amoureuse il est vrai, domptant ses nerfs, écrasant son instinct, immobilisant les traits de son visage, soumettant l'expression de ses yeux, avait donné le change au vieux Herlock Sholmès.

Que faire contre un homme servi par de tels auxiliaires, et qui, par le seul ascendant de son autorité, insufflait à une femme de telles provisions d'audace et d'énergie ?

On franchit la Seine et l'on escalada la côte de Saint-Germain ; mais, à cinq cents mètres au-delà de cette ville, le fiacre ralentit. L'autre voiture vint à sa hauteur, et toutes deux s'arrêtèrent. Il n'y avait personne aux alentours.

« Monsieur Sholmès, dit Lupin, ayez l'obligeance de changer de véhicule. Le nôtre est vraiment d'une lenteur !…

— Comment donc ! s'écria Sholmès, d'autant plus empressé qu'il n'avait pas le choix.

— Vous me permettrez aussi de vous prêter cette fourrure, car nous irons assez vite, et de vous offrir ces deux sandwiches… Si, si, acceptez, qui sait quand vous dînerez ! »

Les quatre hommes étaient descendus. L'un d'eux s'approcha, et comme il avait retiré les lunettes qui le masquaient, Sholmès reconnut le monsieur en redingote du restaurant hongrois. Lupin lui dit :

« Vous reconduirez ce fiacre au chauffeur à qui je l'ai loué. Il attend dans le premier débit de vins à droite de la rue Legendre. Vous lui ferez le second versement de mille francs promis. Ah ! j'oubliais, veuillez donner vos lunettes à M. Sholmès. »

Il s'entretint avec Mlle Destange, puis s'installa au volant et partit, Sholmès à ses côtés, et, derrière lui, un de ses hommes.

Lupin n'avait pas exagéré en disant qu'on irait « assez vite ». Dès le début ce fut une allure vertigineuse. L'horizon venait à leur rencontre, comme attiré par une force mystérieuse, et il disparaissait à l'instant comme absorbé par un abîme vers lequel d'autres choses aussitôt, arbres, maisons, plaines et forêts se précipitaient avec la hâte tumultueuse d'un torrent qui sent l'approche du gouffre.

Sholmès et Lupin n'échangeaient pas une parole. Au-dessus de leurs têtes, les feuilles des peupliers faisaient un grand bruit de vagues, bien rythmé par l'espacement régulier des arbres. Et les villes s'évanouirent : Mantes, Vernon, Gaillon. D'une colline à l'autre, de Bon-Secours à Canteleu, Rouen, sa banlieue, son port, ses kilomètres de quais, Rouen ne sembla que la rue d'une bourgade. Et ce fut Duclair, Caudebec, le pays de Caux dont ils effleurèrent les ondulations de leur vol puissant, et Lillebonne, et Quillebeuf. Et voilà qu'ils se trouvèrent soudain au bord de la Seine, à l'extrémité d'un petit quai, au bord duquel s'allongeait un yacht sobre et robuste de lignes, et dont la cheminée lançait des volutes de fumée noire.

La voiture stoppa. En deux heures, ils avaient parcouru plus de quarante lieues.

Un homme s'avança en vareuse bleue, la casquette galonnée d'or, et salua.

« Parfait, capitaine ! s'écria Lupin. Vous avez reçu la dépêche ?

— Je l'ai reçue.

— *L'Hirondelle* est prête ?

— *L'Hirondelle* est prête.

— En ce cas, monsieur Sholmès ? »

L'Anglais regarda autour de lui, vit un groupe de personnes à la terrasse d'un café, un autre plus près, hésita un instant, puis comprenant qu'avant toute intervention, il serait happé, embarqué, expédié à fond de cale, il traversa la passerelle et suivit Lupin dans la cabine du capitaine.

Elle était vaste, d'une propreté méticuleuse, et toute claire du vernis de ses lambris et de l'étincellement de ses cuivres.

Lupin referma la porte et, sans préambule, presque brutalement, il dit à Sholmès :

« Que savez-vous au juste ?

— Tout.

— Tout ? précisez. »

Il n'y avait plus dans l'intonation de sa voix cette politesse un peu ironique qu'il affectait à l'égard de l'Anglais. C'était l'accent impérieux du maître qui a l'habitude de commander et l'habitude que tout le monde plie devant lui, fût-ce un Herlock Sholmès.

Ils se mesurèrent du regard, ennemis maintenant, ennemis déclarés et frémissants. Un peu énervé, Lupin reprit :

« Voilà plusieurs fois, monsieur, que je vous rencontre sur mon chemin. C'est autant de fois de trop et j'en ai assez de perdre mon temps à déjouer les pièges que vous me tendez. Je vous préviens donc que ma conduite avec vous dépendra de votre réponse. Que savez-vous au juste ?

— Tout, monsieur, je vous le répète. »

Arsène Lupin se contint et d'un ton saccadé :

« Je vais vous le dire, moi, ce que vous savez. Vous savez que, sous le nom de Maxime Bermond, j'ai... *retouché* quinze maisons construites par M. Destange.

— Oui.

— Sur ces quinze maisons, vous en connaissez quatre.

— Oui.

— Et vous avez la liste des onze autres.

— Oui.

— Vous avez pris cette liste chez M. Destange, cette nuit sans doute.

— Oui.

— Et comme vous supposez que, parmi ces onze immeubles, il y en a fatalement un que j'ai gardé pour moi, pour mes besoins et pour ceux de mes amis, vous avez confié à Ganimard le soin de se mettre en campagne et de découvrir ma retraite.

— Non.

— Ce qui signifie ?

— Ce qui signifie que j'agis seul, et que j'allais me mettre, seul, en campagne.

— Alors, je n'ai rien à craindre, *puisque* vous êtes entre mes mains.

— Vous n'avez rien à craindre *tant que* je serai entre vos mains.

— C'est-à-dire que vous n'y resterez pas ?

— Non. »

Arsène Lupin se rapprocha encore de l'Anglais, et lui posant très doucement la main sur l'épaule :

« Écoutez, monsieur, je ne suis pas en humeur de discuter, et vous n'êtes pas, malheureusement pour vous, en état de me faire échec. Donc, finissons-en.

— Finissons-en.

— Vous allez me donner votre parole d'honneur de ne pas chercher à vous échapper de ce bateau avant d'être dans les eaux anglaises.

— Je vous donne ma parole d'honneur de chercher par tous les moyens à m'échapper, répondit Sholmès, indomptable.

— Mais, sapristi, vous savez pourtant que je n'ai qu'un mot à dire pour vous réduire à l'impuissance. Tous ces hommes m'obéissent aveuglément. Sur un signe de moi, ils vous mettent une chaîne au cou…

— Les chaînes se cassent.

— … Et vous jettent par-dessus bord à dix milles des côtes.

— Je sais nager.

— Bien répondu, s'écria Lupin en riant. Dieu me pardonne, j'étais en colère. Excusez-moi, maître… et concluons. Admettez-vous que je cherche les mesures nécessaires à ma sécurité et à celle de mes amis ?

— Toutes les mesures. Mais elles sont inutiles.

— D'accord. Cependant vous ne m'en voudrez pas de les prendre.

— C'est votre devoir.

— Allons-y. »

Lupin ouvrit la porte et appela le capitaine et deux matelots. Ceux-ci saisirent l'Anglais, et après l'avoir fouillé lui ficelèrent les jambes et l'attachèrent à la couchette du capitaine.

« Assez ! ordonna Lupin. En vérité, il faut votre obstination, monsieur, et la gravité exceptionnelle des circonstances, pour que j'ose me permettre… »

Les matelots se retirèrent. Lupin dit au capitaine :

« Capitaine, un homme d'équipage restera ici à la disposition de M. Sholmès, et vous-même lui tiendrez compagnie autant que possible. Qu'on ait pour lui tous les égards. Ce n'est pas un prisonnier, mais un hôte. Quelle heure est-il à votre montre, capitaine ?

— Deux heures cinq. »

Lupin consulta sa montre, puis une pendule accrochée à la cloison de la cabine.

« Deux heures cinq ?… nous sommes d'accord. Combien de temps vous faut-il pour aller à Southampton ?

— Neuf heures, sans nous presser.

— Vous en mettrez onze. Il ne faut pas que vous touchiez terre avant le départ du paquebot qui laisse Southampton à minuit et qui arrive au Havre à huit heures du matin. Vous entendez, n'est-ce pas, capitaine ? Je me répète : comme il serait infiniment dangereux pour nous tous que monsieur revînt en France par ce bateau, il ne faut pas que vous arriviez à Southampton avant une heure du matin.

— C'est compris.

— Je vous salue, maître. À l'année prochaine, dans ce monde ou dans l'autre.

— À demain. »

Quelques minutes plus tard Sholmès entendit l'automobile qui s'éloignait, et tout de suite, aux profondeurs de *L'Hirondelle*, la vapeur haleta plus violemment. Le bateau démarrait.

Vers trois heures on avait franchi l'estuaire de la Seine et l'on entrait en pleine mer. À ce moment, étendu sur la couchette où il était lié, Herlock Sholmès dormait profondément.

Le lendemain matin, dixième et dernier jour de la guerre engagée par les deux grands rivaux, *L'Écho de France* publiait ce délicieux entrefilet :

Hier un décret d'expulsion a été pris par Arsène Lupin contre Herlock Sholmès, détective anglais. Signifié à midi, le décret était exécuté le jour même. À une heure du matin, Sholmès a été débarqué à Southampton.

VI

La seconde arrestation d'Arsène Lupin

Dès huit heures, douze voitures de déménagement encombrèrent la rue Crevaux, entre l'avenue du Bois-de-Boulogne et l'avenue Bugeaud. M. Félix Davey quittait l'appartement qu'il occupait au quatrième étage du nº 8. Et M. Dubreuil, expert, qui avait réuni en un seul appartement le cinquième étage de la même maison et le cinquième étage des deux maisons contiguës, expédiait le même jour – pure coïncidence, puisque ces messieurs ne se connaissaient pas – les collections de meubles pour lesquelles tant de correspondants étrangers lui rendaient quotidiennement visite.

Détail qui fut remarqué dans le quartier, mais dont on ne parla que plus tard : aucune des douze voitures ne portait le nom et l'adresse du déménageur, et aucun des hommes qui les accompagnaient ne s'attarda dans les débits avoisinants. Ils travaillèrent si bien qu'à onze heures tout était fini. Il ne restait plus rien que ces monceaux de papiers et de chiffons qu'on laisse derrière soi, aux coins des chambres vides.

M. Félix Davey, jeune homme élégant, vêtu selon la mode la plus raffinée, mais qui portait à la main une canne d'entraînement dont le poids indiquait chez son possesseur un biceps peu ordinaire, M. Félix Davey s'en alla tranquillement et s'assit sur le banc de l'allée transversale qui coupe l'avenue du Bois, en face de la rue Pergolèse. Près de lui, une femme, en tenue de petite-bourgeoise, lisait son journal, tandis qu'un enfant jouait à creuser avec sa pelle un tas de sable.

Au bout d'un instant Félix Davey dit à la femme, sans tourner la tête :

« Ganimard ?

— Parti depuis ce matin neuf heures.

— Où ?
— À la Préfecture de police.
— Seul ?
— Seul.
— Pas de dépêche cette nuit ?
— Aucune.
— On a toujours confiance en vous dans la maison ?
— Toujours. Je rends de petits services à Mme Ganimard, et elle me raconte tout ce que fait son mari… Nous avons passé la matinée ensemble.
— C'est bien. Jusqu'à nouvel ordre, continuez à venir ici, chaque jour, à onze heures. »

Il se leva et se rendit, près de la porte Dauphine, au Pavillon chinois où il prit un repas frugal, deux œufs, des légumes et des fruits. Puis il retourna rue Crevaux et dit à la concierge :

« Je jette un coup d'œil là-haut, et je vous rends les clefs. »

Il termina son inspection par la pièce qui lui servait de cabinet de travail. Là, il saisit l'extrémité d'un tuyau de gaz dont le coude était articulé et qui pendait le long de la cheminée, enleva le bouchon de cuivre qui le fermait, adapta un petit appareil en forme de cornet, et souffla.

Un léger coup de sifflet lui répondit. Portant le tuyau à sa bouche, il murmura :

« Personne, Dubreuil ?
— Personne.
— Je peux monter ?
— Oui. »

Il remit le tuyau à sa place, tout en se disant :

« Jusqu'où va le progrès ? Notre siècle fourmille de petites inventions qui rendent vraiment la vie charmante et pittoresque. Et si amusante !… surtout quand on sait jouer à la vie comme moi. »

Il fit pivoter une des moulures de marbre de la cheminée. La plaque de marbre elle-même bougea, et la glace qui la surmontait glissa sur d'invisibles rainures, démasquant une ouverture béante où reposaient les premières marches d'un escalier construit dans le corps même de la cheminée ; tout cela bien propre, en fonte soigneusement astiquée et en carreaux de porcelaine blanche.

Il monta. Au cinquième étage, même orifice au-dessus de la cheminée. M. Dubreuil attendait.

« C'est fini, chez vous ?

— C'est fini.

— Tout est débarrassé ?

— Entièrement.

— Le personnel ?

— Il n'y a plus que les trois hommes de garde.

— Allons-y. »

L'un après l'autre ils montèrent par le même chemin jusqu'à l'étage des domestiques, et débouchèrent dans une mansarde où se trouvaient trois individus dont l'un regardait par la fenêtre.

« Rien de nouveau ?

— Rien, patron.

— La rue est calme ?

— Absolument.

— Encore dix minutes et je pars définitivement... Vous partirez aussi. D'ici là, au moindre mouvement suspect dans la rue, avertissez-moi.

— J'ai toujours le doigt sur la sonnerie d'alarme, patron.

— Dubreuil, vous aviez recommandé à nos déménageurs de ne pas toucher aux fils de cette sonnerie ?

— Certes, elle fonctionne à merveille.

— Alors, je suis tranquille. »

Ces deux messieurs redescendirent jusqu'à l'appartement de Félix Davey. Et celui-ci, après avoir rajusté la moulure de marbre, s'exclama joyeusement :

« Dubreuil, je voudrais voir la tête de ceux qui découvriront tous ces admirables trucs, timbres d'avertissement, réseau de fils électriques et de tuyaux acoustiques, passages invisibles, lames de parquets qui glissent, escaliers dérobés... Une vraie machination pour féerie !

— Quelle réclame pour Arsène Lupin !

— Une réclame dont on se serait bien passé. Dommage de quitter une pareille installation. Tout est à recommencer, Dubreuil... et sur un nouveau modèle, évidemment, car il ne faut jamais se répéter. Peste soit du Sholmès !

— Toujours pas revenu, le Sholmès ?

— Et comment ? De Southampton, un seul paquebot, celui de minuit. Du Havre, un seul train, celui de huit heures du matin qui arrive à onze heures onze. Du moment qu'il n'a pas pris le paquebot de minuit – et il ne l'a pas pris, les instructions données au capitaine étant formelles – il ne pourra être en France que ce soir, *via* Newhaven et Dieppe.

— S'il revient !

— Sholmès n'abandonne jamais la partie. Il reviendra, mais trop tard. Nous serons loin.

— Et Mlle Destange ?

— Je dois la retrouver dans une heure.

— Chez elle ?

— Oh ! non, elle ne rentrera chez elle que dans quelques jours, après la tourmente… et lorsque je n'aurai plus à m'occuper que d'elle. Mais, vous, Dubreuil, il faut vous hâter. L'embarquement de tous nos colis sera long, et votre présence est nécessaire sur le quai.

— Vous êtes sûr que nous ne sommes pas surveillés ?

— Par qui ? Je ne craignais que Sholmès. »

Dubreuil se retira. Félix Davey fit un dernier tour, ramassa deux ou trois lettres déchirées, puis, apercevant un morceau de craie, il le prit, dessina sur le papier sombre de la salle à manger un grand cadre, et inscrivit, ainsi que l'on fait sur une plaque commémorative :

ICI HABITA, DURANT CINQ ANNÉES, AU DÉBUT DU XXe SIÈCLE, ARSÈNE LUPIN, GENTILHOMME CAMBRIOLEUR.

Cette petite plaisanterie parut lui causer une vive satisfaction. Il la contempla en sifflotant un air d'allégresse, et s'écria :

« Maintenant que je suis en règle avec les historiens des générations futures, filons. Dépêchez-vous, maître Herlock Sholmès, avant trois minutes j'aurai quitté mon gîte, et votre défaite sera totale… Encore deux minutes ! vous me faites attendre, maître !… Encore une minute ! Vous ne venez pas ? Eh bien, je proclame votre déchéance et mon apothéose. Sur quoi, je m'esquive. Adieu, royaume d'Arsène Lupin ! je ne vous verrai plus. Adieu les cinquante-cinq pièces des six appartements sur lesquels je régnais ! Adieu, ma chambrette, mon austère chambrette ! »

Une sonnerie coupa net son accès de lyrisme, une sonnerie aiguë, rapide et stridente, qui s'interrompit deux fois, reprit deux fois et cessa. C'était la sonnerie d'alarme.

Qu'y avait-il donc ? Quel danger imprévu ? Ganimard ? Mais non…

Il fut sur le point de regagner son bureau et de s'enfuir. Mais d'abord il se dirigea du côté de la fenêtre. Personne dans la rue. L'ennemi serait-il donc déjà dans la maison ? Il écouta et crut discerner des rumeurs confuses. Sans plus hésiter, il courut jusqu'à son cabinet de travail, et, comme il en franchissait le seuil, il distingua le bruit d'une clef que l'on cherchait à introduire dans la porte du vestibule.

« Diable, murmura-t-il, il n'est que temps. La maison est peut-être cernée… l'escalier de service, impossible ! Heureusement que la cheminée… »

Il poussa vivement la moulure : elle ne bougea pas. Il fit un effort plus violent : elle ne bougea pas.

Au même moment il eut l'impression que la porte s'ouvrait là-bas et que des pas résonnaient.

« Sacré nom, jura-t-il, je suis perdu si ce fichu mécanisme… »

Ses doigts se convulsèrent autour de la moulure. De tout son poids il pesa. Rien ne bougea. Rien ! par une malchance incroyable, par une méchanceté vraiment affreuse du destin, le mécanisme, qui fonctionnait encore un instant auparavant, ne fonctionnait plus !

Il s'acharna, se crispa. Le bloc de marbre demeurait inerte, immuable. Malédiction ! Était-il admissible que cet obstacle stupide lui barrât le chemin ? Il frappa le marbre, il le frappa à coups de poing rageurs, il le martela, il l'injuria…

« Eh bien, quoi, monsieur Lupin, il y a donc quelque chose qui ne marche pas comme il vous plaît ? »

Lupin se retourna, secoué d'épouvante. Herlock Sholmès était devant lui !

Herlock Sholmès ! Il le regarda en clignant des yeux, comme gêné par une vision cruelle. Herlock Sholmès à Paris ! Herlock

Sholmès qu'il avait expédié la veille en Angleterre ainsi qu'un colis dangereux, et qui se dressait en face de lui, victorieux et libre ! Ah ! pour que cet impossible miracle se fût réalisé malgré la volonté d'Arsène Lupin, il fallait un bouleversement des lois naturelles, le triomphe de tout ce qui est illogique et anormal ! Herlock Sholmès en face de lui !

Et l'Anglais prononça, ironique à son tour, et plein de cette politesse dédaigneuse avec laquelle son adversaire l'avait si souvent cinglé :

« Monsieur Lupin, je vous avertis qu'à partir de cette minute, je ne penserai plus jamais à la nuit que vous m'avez fait passer dans l'hôtel du baron d'Hautrec, plus jamais aux mésaventures de mon ami Wilson, plus jamais à mon enlèvement en automobile, et non plus à ce voyage que je viens d'accomplir, ficelé par vos ordres sur une couchette peu confortable. Cette minute efface tout. Je ne me souviens plus de rien. Je suis payé. Je suis royalement payé. »

Lupin garda le silence. L'Anglais reprit :

« N'est-ce pas votre avis ? »

Il avait l'air d'insister comme s'il eût réclamé un acquiescement, cette sorte de quittance à l'égard du passé.

Après un instant de réflexion, durant lequel l'Anglais se sentit pénétré, scruté jusqu'au plus profond de son âme, Lupin déclara :

« Je suppose, monsieur, que votre conduite actuelle s'appuie sur des motifs sérieux ?

— Extrêmement sérieux.

— Le fait d'avoir échappé à mon capitaine et à mes matelots n'est qu'un incident secondaire de notre lutte. Mais le fait d'être ici, devant moi, *seul*, vous entendez, seul en face d'Arsène Lupin, me donne à croire que votre revanche est aussi complète que possible.

— Aussi complète que possible.

— Cette maison ?

— Cernée.

— Les deux maisons voisines ?

— Cernées.

— L'appartement au-dessus de celui-ci ?

— Les *trois* appartements du cinquième que M. Dubreuil occupait, cernés.

— De sorte que…

— De sorte que vous êtes pris, monsieur Lupin, irrémédiablement pris. »

Les mêmes sentiments qui avaient agité Sholmès au cours de sa promenade en automobile, Lupin les éprouva, la même fureur concentrée, la même révolte – mais aussi, en fin de compte, la même loyauté le courba sous la force des choses. Tous deux également puissants, ils devaient pareillement accepter la défaite comme un mal provisoire auquel on doit se résigner.

« Nous sommes quittes, monsieur », dit-il nettement.

L'Anglais sembla ravi de cet aveu. Ils se turent. Puis Lupin reprit, déjà maître de lui et souriant :

« Et je n'en suis pas fâché ! Cela devenait fastidieux de gagner à tous coups. Je n'avais qu'à allonger le bras pour vous atteindre en pleine poitrine. Cette fois, j'y suis. Touché, maître ! »

Il riait de bon cœur.

« Enfin on va se divertir ! Lupin est dans la souricière. Comment va-t-il sortir de là ? Dans la souricière !… Quelle aventure !… Ah ! maître, je vous dois une rude émotion. C'est cela, la vie ! »

Il se pressa les tempes de ses deux poings fermés, comme pour comprimer la joie désordonnée qui bouillonnait en lui, et il avait aussi des gestes d'enfant qui décidément s'amuse au-delà de ses forces.

Enfin il s'approcha de l'Anglais.

« Et maintenant, qu'attendez-vous ?

— Ce que j'attends ?

— Oui, Ganimard est là, avec ses hommes. Pourquoi n'entre-t-il pas ?

— Je l'ai prié de ne pas entrer.

— Et il a consenti ?

— Je n'ai requis ses services qu'à la condition formelle qu'il se laisserait guider par moi. D'ailleurs il croit que M. Félix Davey n'est qu'un complice de Lupin !

— Alors je répète ma question sous une autre forme. Pourquoi êtes-vous entré seul ?

— J'ai voulu d'abord vous parler.

— Ah ! Ah ! vous avez à me parler. »

Cette idée parut plaire singulièrement à Lupin. Il y a de telles circonstances où l'on préfère de beaucoup les paroles aux actes.

« Monsieur Sholmès, je regrette de n'avoir point de fauteuil à vous offrir. Cette vieille caisse à moitié brisée vous agrée-t-elle ? ou bien le rebord de cette fenêtre ? Je suis sûr qu'un verre de bière serait le bienvenu… Brune ou blonde ?… Mais asseyez-vous, je vous en prie…

— Inutile. Causons.

— J'écoute.

— Je serai bref. Le but de mon séjour en France n'était pas votre arrestation. Si j'ai été amené à vous poursuivre, c'est qu'aucun autre moyen ne se présentait d'arriver à mon véritable but.

— Qui était ?

— De retrouver le diamant bleu !

— Le diamant bleu !

— Certes, puisque celui qu'on a découvert dans le flacon du consul Bleichen n'était pas le vrai.

— En effet. Le vrai fut expédié par la Dame blonde, je le fis copier exactement, et comme, alors, j'avais des projets sur les autres bijoux de la comtesse, et que le consul Bleichen était déjà suspect, la susdite Dame blonde, pour n'être point soupçonnée à son tour, glissa le faux diamant dans les bagages du susdit consul.

— Tandis que vous, vous gardiez le vrai.

— Bien entendu.

— Ce diamant-là, il me le faut.

— Impossible. Mille regrets.

— Je l'ai promis à la comtesse de Crozon. Je l'aurai.

— Comment l'aurez-vous puisqu'il est en ma possession ?

— Je l'aurai précisément *parce qu'il* est en votre possession.

— Je vous le rendrai donc ?

— Oui.

— Volontairement ?

— Je vous l'achète. »

Lupin eut un accès de gaieté.

« Vous êtes bien de votre pays. Vous traitez ça comme une affaire.

— C'est une affaire.

— Et que m'offrez-vous ?

— La liberté de Mlle Destange.

— Sa liberté ? Mais je ne sache pas qu'elle soit en état d'arrestation.

— Je fournirai à M. Ganimard les indications nécessaires. Privée de votre protection, elle sera prise, elle aussi. »

Lupin s'esclaffa de nouveau.

« Cher monsieur, vous m'offrez ce que vous n'avez pas. Mlle Destange est en sûreté et ne craint rien. Je demande autre chose. »

L'Anglais hésita, visiblement embarrassé, un peu de rouge aux pommettes. Puis, brusquement, il mit la main sur l'épaule de son adversaire :

« Et si je vous proposais…

— Ma liberté ?

— Non… mais enfin je puis sortir de cette pièce, me concerter avec M. Ganimard…

— Et me laisser réfléchir ?

— Oui.

— Eh ! mon Dieu, à quoi cela me servira-t-il ! Ce satané mécanisme ne fonctionne plus », dit Lupin en poussant avec irritation la moulure de la cheminée.

Il étouffa un cri de stupéfaction : cette fois, caprice des choses, retour inespéré de la chance, le bloc de marbre avait bougé sous ses doigts !

C'était le salut, l'évasion possible. En ce cas, à quoi bon se soumettre aux conditions de Sholmès ?

Il marcha de droite et de gauche, comme s'il méditait sa réponse. Puis, à son tour, il posa sa main sur l'épaule de l'Anglais.

« Tout bien pesé, monsieur Sholmès, j'aime mieux faire mes petites affaires seul.

— Cependant…

— Non, je n'ai besoin de personne.

— Quand Ganimard vous tiendra, ce sera fini. On ne vous lâchera pas.

— Qui sait !

— Voyons, c'est de la folie. Toutes les issues sont occupées.

— Il en reste une.

— Laquelle ?

— *Celle que je choisirai.*

— Des mots ! Votre arrestation peut être considérée comme effectuée.

— Elle ne l'est pas.

— Alors ?

— Alors je garde le diamant bleu. »

Sholmès tira sa montre.

« Il est trois heures moins dix. À trois heures j'appelle Ganimard.

— Nous avons donc dix minutes devant nous pour bavarder. Profitons-en, monsieur Sholmès, et, pour satisfaire la curiosité qui me dévore, dites-moi comment vous vous êtes procuré mon adresse et mon nom de Félix Davey. »

Tout en surveillant attentivement Lupin dont la bonne humeur l'inquiétait, Sholmès se prêta volontiers à cette petite explication où son amour-propre trouvait son compte, et repartit :

« Votre adresse ? Je la tiens de la Dame blonde.

— Clotilde !

— Elle-même. Rappelez-vous… hier matin… quand j'ai voulu l'enlever en automobile, elle a téléphoné à sa couturière.

— En effet.

— Eh bien, j'ai compris plus tard que la couturière, c'était vous. Et, dans le bateau, cette nuit, par un effort de mémoire, qui est peut-être une des choses dont il me sera permis de tirer vanité, je suis parvenu à reconstituer les deux derniers chiffres de votre numéro de téléphone… 73. De la sorte, possédant la liste de vos maisons "retouchées", il m'a été facile, dès mon arrivée à Paris, ce matin, à onze heures, de chercher et de découvrir dans l'annuaire du téléphone le nom et l'adresse de M. Félix Davey. Ce nom et cette adresse connus, j'ai demandé l'aide de M. Ganimard.

— Admirable ! de premier ordre ! Je n'ai qu'à m'incliner. Mais ce que je ne saisis pas, c'est que vous ayez pris le train du Havre. Comment avez-vous fait pour vous évader de *L'Hirondelle* ?

— Je ne me suis pas évadé.

— Cependant….

— Vous aviez donné l'ordre au capitaine de n'arriver à Southampton qu'à une heure du matin. On m'a débarqué à minuit. J'ai donc pu prendre le paquebot du Havre.

— Le capitaine m'aurait trahi ? C'est inadmissible.

— Il ne vous a pas trahi.

— Alors ?

— C'est sa montre.

— Sa montre ?

— Oui, sa montre que j'ai avancée d'une heure.

— Comment ?

— Comme on avance une montre, en tournant le remontoir. Nous causions, assis l'un près de l'autre, je lui racontais des histoires qui l'intéressaient… Ma foi, il ne s'est aperçu de rien.

— Bravo, bravo, le tour est joli, je le retiens. Mais la pendule, qui était accrochée à la cloison de sa cabine ?

— Ah ! la pendule, c'était plus difficile, car j'avais les jambes liées, mais le matelot qui me gardait pendant les absences du capitaine a bien voulu donner un coup de pouce aux aiguilles.

— Lui ? allons donc ! il a consenti ?…

— Oh ! il ignorait l'importance de son acte ! Je lui ai dit qu'il me fallait à tout prix prendre le premier train pour Londres, et… il s'est laissé convaincre…

— Moyennant…

— Moyennant un petit cadeau… que l'excellent homme d'ailleurs a l'intention de vous transmettre loyalement.

— Quel cadeau ?

— Presque rien.

— Mais encore ?

— Le diamant bleu.

— Le diamant bleu !

— Oui, le faux, celui que vous avez substitué au diamant de la comtesse, et qu'elle m'a confié… »

Ce fut une explosion de rire, soudaine et tumultueuse. Lupin se pâmait, les yeux mouillés de larmes.

« Dieu, que c'est drôle ! Mon faux diamant repassé au matelot ! Et la montre du capitaine ! Et les aiguilles de la pendule !… »

Jamais encore Sholmès n'avait senti la lutte aussi violente entre Lupin et lui. Avec son instinct prodigieux, il devinait, sous cette gaieté excessive, une concentration de pensée formidable, comme un ramassement de toutes les facultés.

Peu à peu Lupin s'était rapproché. L'Anglais recula et, distraitement, glissa les doigts dans la poche de son gousset.

« Il est trois heures, monsieur Lupin.

— Trois heures déjà ? Quel dommage !... On s'amusait tellement !...

— J'attends votre réponse.

— Ma réponse ? Mon Dieu ! que vous êtes exigeant ! Alors c'est la fin de la partie que nous jouons. Et comme enjeu, ma liberté !

— Ou le diamant bleu.

— Soit... Jouez le premier. Que faites-vous ?

— Je marque le roi, dit Sholmès, en jetant un coup de revolver.

— Et moi le *point* », riposta Arsène en lançant son poing vers l'Anglais.

Sholmès avait tiré en l'air, pour appeler Ganimard dont l'intervention lui semblait urgente. Mais le poing d'Arsène jaillit droit à l'estomac de Sholmès qui pâlit et chancela. D'un bond Lupin sauta jusqu'à la cheminée, et déjà la plaque de marbre s'ébranlait... Trop tard ! La porte s'ouvrit.

« Rendez-vous, Lupin. Sinon... »

Ganimard, posté sans doute plus près que Lupin n'avait cru, Ganimard était là, dix hommes, vingt hommes se bousculaient, de ces gaillards solides et sans scrupules, qui l'eussent abattu comme un chien au moindre signe de résistance.

Il fit un geste, très calme.

« Bas les pattes ! je me rends. »

Et il croisa ses bras sur sa poitrine.

Il y eut comme une stupeur. Dans la pièce dégarnie de ses meubles et de ses tentures, les paroles d'Arsène Lupin se prolongeaient ainsi qu'un écho. « Je me rends ! » Paroles incroyables ! On s'attendait à ce qu'il s'évanouît soudain par une trappe, ou qu'un pan de mur s'écroulât devant lui et le dérobât une fois de plus à ses agresseurs. Et il se rendait !

Ganimard s'avança, et, très ému, avec toute la gravité que comportait un tel acte, lentement, il étendit la main sur son adversaire, et il eut la jouissance infinie de prononcer :

« Je vous arrête, Lupin.

— Brrr, frissonna Lupin, vous m'impressionnez, mon bon Ganimard. Quelle mine lugubre! On dirait que vous parlez sur la tombe d'un ami. Voyons, ne prenez pas ces airs d'enterrement.

— Je vous arrête.

— Et ça vous épate? Au nom de la loi dont il est le fidèle exécuteur, Ganimard, inspecteur principal, arrête le méchant Lupin. Minute historique, et dont vous saisissez toute l'importance... Et c'est la seconde fois que pareil fait se produit. Bravo, Ganimard, vous irez loin dans la carrière! »

Et il offrit ses poignets au cabriolet d'acier...

Ce fut un événement qui s'accomplit d'une manière un peu solennelle. Les agents, malgré leur brusquerie ordinaire et l'âpreté de leur ressentiment contre Lupin, agissaient avec réserve, étonnés qu'il leur fût permis de toucher à cet être intangible.

« Mon pauvre Lupin, soupira-t-il, que diraient tes amis du noble faubourg s'ils te voyaient humilié de la sorte! »

Il écarta les poignets avec un effort progressif et continu de tous ses muscles. Les veines de son front se gonflèrent. Les maillons de la chaîne pénétrèrent dans sa peau.

« Allons-y », fit-il.

La chaîne sauta, brisée.

« Une autre, camarade, celle-ci ne vaut rien. »

On lui en passa deux. Il approuva :

« À la bonne heure! vous ne sauriez prendre trop de précautions. »

Puis, comptant les agents :

« Combien êtes-vous, mes amis? Vingt-cinq? Trente? C'est beaucoup... Rien à faire. Ah! si vous n'aviez été que quinze! »

Il avait vraiment de l'allure, une allure de grand acteur qui joue son rôle d'instinct et de verve, avec impertinence et légèreté. Sholmès le regardait, comme on regarde un beau spectacle dont on sait apprécier toutes les beautés et toutes les nuances. Et vraiment il eut cette impression bizarre que la lutte était égale entre ces trente hommes d'un côté, soutenus par tout l'appareil formidable de la justice, et de l'autre côté, cet être seul, sans armes et enchaîné. Les deux partis se valaient.

« Eh bien, maître, lui dit Lupin, voilà votre œuvre. Grâce à vous, Lupin va pourrir sur la paille humide des cachots. Avouez que votre conscience n'est pas absolument tranquille, et que le remords vous ronge ? »

Malgré lui l'Anglais haussa les épaules, avec l'air de dire : « Il ne tenait qu'à vous... »

« Jamais ! jamais ! s'écria Lupin... Vous rendre le diamant bleu ? Ah ! non, il m'a coûté trop de peine déjà. J'y tiens. Lors de la première visite que j'aurai l'honneur de vous faire à Londres, le mois prochain sans doute, je vous dirai les raisons... Mais serez-vous à Londres, le mois prochain ? Préférez-vous Vienne ? Saint-Pétersbourg ? »

Il sursauta. Au plafond, soudain, résonnait un timbre. Et ce n'était plus la sonnerie d'alarme, mais l'appel du téléphone dont les fils aboutissaient à son bureau, entre les deux fenêtres, et dont l'appareil n'avait pas été enlevé.

Le téléphone ! Ah ! qui donc allait tomber dans le piège que tendait un abominable hasard ! Arsène Lupin eut un mouvement de rage vers l'appareil, comme s'il avait voulu le briser, le réduire en miettes, et par là même étouffer la voix mystérieuse qui demandait à lui parler. Mais Ganimard décrocha le récepteur et se pencha.

« Allô... allô... le numéro 648.73... oui, c'est ici. »

Vivement, avec autorité, Sholmès l'écarta, saisit les deux récepteurs et appliqua son mouchoir sur la plaque pour rendre plus indistinct le son de sa voix.

À ce moment il leva les yeux sur Lupin. Et le regard qu'ils échangèrent leur prouva que la même pensée les avait frappés tous deux, et que tous deux ils prévoyaient jusqu'aux dernières conséquences de cette hypothèse possible, probable, presque certaine : c'était la Dame blonde qui téléphonait. Elle croyait téléphoner à Félix Davey, ou plutôt à Maxime Bermond, et c'est à Sholmès qu'elle allait se confier !

Et l'Anglais scanda :

« Allô… allô !… »

Un silence, et Sholmès :

« Oui, c'est moi, Maxime. »

Tout de suite le drame se dessinait, avec une précision tragique. Lupin, l'indomptable et railleur Lupin, ne songeait même pas à cacher son anxiété, et, la figure pâlie d'angoisse, il s'efforçait d'entendre, de deviner. Et Sholmès continuait, en réponse à la voix mystérieuse :

« Allô… allô… Mais oui, tout est terminé, et je m'apprêtais justement à vous rejoindre, comme il était convenu… Où ?… Mais à l'endroit où vous êtes. Ne croyez-vous pas que c'est encore là… »

Il hésitait, cherchant ses mots, puis il s'arrêta. Il était clair qu'il tâchait d'interroger la jeune fille sans trop s'avancer lui-même et qu'il ignorait absolument où elle se trouvait. En outre la présence de Ganimard semblait le gêner… Ah ! si quelque miracle avait pu couper le fil de cet entretien diabolique ! Lupin l'appelait de toutes ses forces, de tous ses nerfs tendus !

Et Sholmès prononça :

« Allô !… allô !… Vous n'entendez pas ?… Moi non plus… très mal… c'est à peine si je distingue… Vous écoutez ?… Eh bien, voilà… en réfléchissant… il est préférable que vous rentriez chez vous. – Quel danger ? Aucun… – Mais il est en Angleterre ! j'ai reçu une dépêche de Southampton, me confirmant son arrivée. »

L'ironie de ces mots ! Sholmès les articula avec un bien-être inexprimable. Et il ajouta :

« Ainsi donc, ne perdez pas de temps, chère amie, je vous rejoins. »

Il accrocha les récepteurs.

« Monsieur Ganimard, je vous demanderai trois de vos hommes.

— C'est pour la Dame blonde, n'est-ce pas ?

— Oui.

— Vous savez qui c'est, où elle est ?

— Oui.

— Bigre ! jolie capture. Avec Lupin… la journée est complète. Folenfant, emmenez deux hommes, et accompagnez monsieur. »

L'Anglais s'éloigna, suivi des trois agents.

C'était fini. La Dame blonde, elle aussi, allait tomber au pouvoir de Sholmès. Grâce à son admirable obstination, grâce à la complicité d'événements heureux, la bataille s'achevait pour lui en victoire, pour Lupin, en un désastre irréparable.

« Monsieur Sholmès ! »

L'Anglais s'arrêta.

« Monsieur Lupin ? »

Lupin semblait profondément ébranlé par ce dernier coup. Des rides creusaient son front. Il était las et sombre. Il se redressa pourtant en un sursaut d'énergie. Et malgré tout, allègre, dégagé, il s'écria :

« Vous conviendrez que le sort s'acharne après moi. Tout à l'heure, il m'empêche de m'évader par cette cheminée et me livre à vous. Cette fois, il se sert du téléphone pour vous faire cadeau de la Dame blonde. Je m'incline devant ses ordres.

— Ce qui signifie ?

— Ce qui signifie que je suis prêt à rouvrir les négociations. »

Sholmès prit à part l'inspecteur et sollicita, d'un ton d'ailleurs qui n'admettait point de réplique, l'autorisation d'échanger quelques paroles avec Lupin. Puis il revint vers celui-ci. Colloque suprême ! Il s'engagea sur un ton sec et nerveux.

« Que voulez-vous ?

— La liberté de Mlle Destange.

— Vous savez le prix ?

— Oui.

— Et vous acceptez ?

— J'accepte toutes vos conditions.

— Ah ! fit l'Anglais, étonné… mais… vous avez refusé… pour vous…

— Il s'agissait de moi, monsieur Sholmès. Maintenant il s'agit d'une femme… et d'une femme que j'aime. En France, voyez-vous, nous avons des idées très particulières sur ces choses-là. Et ce n'est pas parce que l'on s'appelle Lupin que l'on agit différemment… Au contraire ! »

Il dit cela très calmement. Sholmès eut une imperceptible inclinaison de la tête et murmura :

« Alors le diamant bleu ?

— Prenez ma canne, là, au coin de la cheminée. Serrez d'une main la pomme, et, de l'autre, tournez la virole de fer qui termine l'extrémité opposée du bâton. »

Sholmès prit la canne et tourna la virole, et, tout en tournant, il s'aperçut que la pomme se dévissait. À l'intérieur de cette pomme se trouvait une boule de mastic. Dans cette boule un diamant.

Il l'examina. C'était le diamant bleu.

« Mlle Destange est libre, monsieur Lupin.

— Libre dans l'avenir comme dans le présent ? Elle n'a rien à craindre de vous ?

— Ni de personne.

— Quoi qu'il arrive ?

— Quoi qu'il arrive. Je ne sais plus son nom ni son adresse.

— Merci. Et au revoir. Car on se reverra, n'est-ce pas, monsieur Sholmès ?

— Je n'en doute pas. »

Il y eut entre l'Anglais et Ganimard une explication assez agitée à laquelle Sholmès coupa court avec une certaine brusquerie.

« Je regrette beaucoup, monsieur Ganimard, de n'être point de votre avis. Mais je n'ai pas le temps de vous convaincre. Je pars pour l'Angleterre dans une heure.

— Cependant… la Dame blonde ?…

— Je ne connais pas cette personne.

— Il n'y a qu'un instant…

— C'est à prendre ou à laisser… Je vous ai déjà livré Lupin. Voici le diamant bleu… que vous aurez le plaisir de remettre vous-même à la comtesse de Crozon. Il me semble que vous n'avez pas à vous plaindre.

— Mais la Dame blonde ?

— Trouvez-la. »

Il enfonça son chapeau sur sa tête et s'en alla rapidement, comme un monsieur qui n'a pas coutume de s'attarder lorsque ses affaires sont finies.

« Bon voyage, maître, cria Lupin. Et croyez bien que je n'oublierai jamais les relations cordiales que nous avons entretenues. Mes amitiés à M. Wilson. »

Il n'obtint aucune réponse et ricana :

« C'est ce qui s'appelle filer à l'anglaise. Ah ! ce digne insulaire ne possède pas cette fleur de courtoisie par laquelle nous nous distinguons. Pensez un peu, Ganimard, à la sortie qu'un Français eût effectuée en de pareilles circonstances ! Sous quels raffinements de politesse il eût masqué son triomphe !… Mais, Dieu me pardonne, Ganimard, que faites-vous ? Allons bon, une perquisition. Mais il n'y a plus rien, mon pauvre ami, plus un papier. Mes archives sont en lieu sûr.

— Qui sait ! Qui sait ! »

Lupin se résigna. Tenu par deux inspecteurs, entouré par tous les autres, il assista patiemment aux diverses opérations. Mais au bout de vingt minutes il soupira :

« Vite, Ganimard, vous n'en finissez pas.

— Vous êtes donc bien pressé ?

— Si je suis pressé ! un rendez-vous urgent !

— Au Dépôt !

— Non, en ville.

— Bah ! et à quelle heure ?

— À deux heures.

— Il en est trois.

— Justement, je serai en retard, et il n'est rien que je déteste comme d'être en retard.

— Me donnez-vous cinq minutes ?

— Pas une de plus.

— Trop aimable… je vais tâcher…

— Ne parlez pas tant… Encore ce placard ?… Mais il est vide !

— Cependant voici des lettres.

— De vieilles factures !

— Non, un paquet attaché par une faveur.

— Une faveur rose ? Oh ! Ganimard, ne dénouez pas, pour l'amour du ciel !

— C'est d'une femme !

— Oui.

— Une femme du monde ?

— Du meilleur.

— Son nom ?

— Mme Ganimard.

— Très drôle ! très drôle ! » s'écria l'inspecteur d'un ton pincé.

À ce moment, les hommes envoyés dans les autres pièces annoncèrent que les perquisitions n'avaient abouti à aucun résultat. Lupin se mit à rire.

« Parbleu ! est-ce que vous espériez découvrir la liste de mes camarades ou la preuve de mes relations avec l'empereur d'Allemagne ? Ce qu'il faudrait chercher, Ganimard, ce sont les petits mystères de cet appartement. Ainsi ce tuyau de gaz est un tuyau acoustique. Cette cheminée contient un escalier. Cette muraille est creuse. Et l'enchevêtrement des sonneries ! Tenez Ganimard, pressez ce bouton… »

Ganimard obéit.

« Vous n'entendez rien ? interrogea Lupin.

— Non.

— Moi non plus. Pourtant vous avez averti le commandant de mon parc aérostatique de préparer le ballon dirigeable qui va nous enlever bientôt dans les airs.

— Allons, dit Ganimard, qui avait terminé son inspection, assez de bêtises, et en route ! »

Il fit quelques pas, les hommes le suivirent.

Lupin ne bougea point d'une semelle.

Ses gardiens le poussèrent. En vain.

« Eh bien, dit Ganimard, vous refusez de marcher ?

— Pas du tout.

— En ce cas…

— Mais ça dépend.

— De quoi ?

— De l'endroit où vous me conduirez.

— Au Dépôt, parbleu.

— Alors je ne marche pas. Je n'ai rien à faire au Dépôt.

— Mais vous êtes fou ?

— N'ai-je pas eu l'honneur de vous prévenir que j'avais un rendez-vous urgent ?

— Lupin !

— Comment, Ganimard, la Dame blonde attend ma visite, et vous me supposez assez grossier pour la laisser dans l'inquiétude ? Ce serait indigne d'un galant homme.

— Écoutez, Lupin, dit l'inspecteur que ce persiflage commençait à irriter, j'ai eu pour vous jusqu'ici des prévenances excessives. Mais il y a des limites. Suivez-moi.

— Impossible. J'ai un rendez-vous, je serai à ce rendez-vous.

— Une dernière fois ?

— Im-pos-sible. »

Ganimard fit un signe. Deux hommes enlevèrent Lupin sous les bras. Mais ils le lâchèrent aussitôt avec un gémissement de douleur : de ses deux mains Arsène Lupin leur enfonçait dans la chair deux longues aiguilles.

Fous de rage, les autres se précipitèrent, leur haine enfin déchaînée, brûlant de venger leurs camarades et de se venger eux-mêmes de tant d'affronts, et ils frappèrent, et ils cognèrent à l'envi. Un coup plus violent l'atteignit à la tempe. Il tomba.

« Si vous l'abîmez, gronda Ganimard, furieux, vous aurez affaire à moi. »

Il se pencha, prêt à le soigner. Mais, ayant constaté qu'il respirait librement, il ordonna qu'on le prît par les pieds et par la tête, tandis que lui-même le soutiendrait par les reins.

« Allez doucement surtout !... pas de secousses... Ah ! les brutes, ils me l'auraient tué. Eh ! Lupin, comment ça va ? »

Lupin ouvrait les yeux. Il balbutia :

« Pas chic, Ganimard... vous m'avez laissé démolir.

— C'est de votre faute, nom d'un chien... avec votre entêtement ! répondit Ganimard, désolé... Mais vous ne souffrez pas ? »

On arrivait au palier. Lupin gémit :

« Ganimard... l'ascenseur... Ils vont me casser les os...

— Bonne idée, excellente idée, approuva Ganimard. D'ailleurs l'escalier est si étroit... il n'y aurait pas moyen... »

Il fit monter l'ascenseur. On installa Lupin sur le siège avec toutes sortes de précautions. Ganimard prit place auprès de lui et dit à ses hommes :

« Descendez en même temps que nous. Vous m'attendrez devant la loge du concierge. C'est convenu ? »

Il tira la porte. Mais elle n'était pas fermée que des cris jaillirent. D'un bond, l'ascenseur s'était élevé comme un ballon dont on a coupé le câble. Un éclat de rire retentit, sardonique.

« Nom de D… », hurla Ganimard, cherchant frénétiquement dans l'ombre le bouton de descente.

Et comme il ne trouvait pas, il cria :

« Le cinquième ! gardez la porte au cinquième. »

Quatre à quatre les agents grimpèrent l'escalier. Mais il se produisit ce fait étrange : l'ascenseur sembla crever le plafond du dernier étage, disparut aux yeux des agents, émergea soudain à l'étage supérieur, celui des domestiques, et s'arrêta. Trois hommes guettaient qui ouvrirent la porte. Deux d'entre eux maîtrisèrent Ganimard, lequel, gêné dans ses mouvements, abasourdi, ne songeait guère à se défendre. Le troisième emporta Lupin.

« Je vous avais prévenu, Ganimard… l'enlèvement en ballon… et grâce à vous ! Une autre fois, soyez moins compatissant. Et surtout rappelez-vous qu'Arsène Lupin ne se laisse pas frapper et mettre à mal sans des raisons sérieuses. Adieu… »

La cabine était déjà refermée et l'ascenseur, avec Ganimard, réexpédié vers les étages inférieurs. Et tout cela s'exécuta si rapidement que le vieux policier rattrapa les agents près de la loge de la concierge.

Sans même se donner le mot, ils traversèrent la cour en toute hâte et remontèrent l'escalier de service, seul moyen d'arriver à l'étage des domestiques par où l'évasion s'était produite.

Un long couloir à plusieurs coudes et bordé de petites chambres numérotées, conduisait à une porte, que l'on avait simplement repoussée. De l'autre côté de cette porte, et par conséquent dans une autre maison, partait un autre couloir, également à angles brisés et bordé de chambres semblables. Tout au bout, un escalier de service. Ganimard le descendit, traversa une cour, un vestibule et s'élança dans une rue, la rue Picot. Alors il comprit : les deux maisons, bâties en profondeur, se touchaient, et leurs façades donnaient sur deux rues, non point perpendiculaires, mais parallèles, et distantes l'une de l'autre de plus de soixante mètres.

Il entra dans la loge de la concierge et montrant sa carte :

« Quatre hommes viennent de passer ?

— Oui, les deux domestiques du quatrième et du cinquième, et deux amis.

— Qui est-ce qui habite au quatrième et au cinquième ?

— Ces messieurs Fauvel et leurs cousins Provost… Ils ont déménagé aujourd'hui. Il ne restait que ces deux domestiques… Ils viennent de partir. »

« Ah ! pensa Ganimard, qui s'effondra sur un canapé de la loge, quel beau coup nous avons manqué ! Toute la bande occupait ce pâté de maisons. »

Quarante minutes plus tard, deux messieurs arrivaient en voiture à la gare du Nord et se hâtaient vers le rapide de Calais, suivis d'un homme d'équipe qui portait leurs valises.

L'un d'eux avait le bras en écharpe, et sa figure pâle n'offrait pas l'apparence de la bonne santé. L'autre semblait joyeux.

« Au galop, Wilson, il ne s'agit pas de manquer le train… Ah ! Wilson, je n'oublierai jamais ces dix jours.

— Moi non plus.

— Ah ! les belles batailles !

— Superbes.

— À peine, çà et là, quelques petits ennuis…

— Bien petits.

— Et finalement, le triomphe sur toute la ligne. Lupin arrêté ! Le diamant bleu reconquis !

— Mon bras cassé !

— Quand il s'agit de pareilles satisfactions, qu'importe un bras cassé !

— Surtout le mien.

— Eh oui ! Rappelez-vous, Wilson, c'est au moment même où vous étiez chez le pharmacien, en train de souffrir comme un héros, que j'ai découvert le fil qui m'a conduit dans les ténèbres.

— Quelle heureuse chance ! »

Des portières se fermaient.

« En voiture, s'il vous plaît. Pressons-nous, messieurs. »

L'homme d'équipe escalada les marches d'un compartiment vide et disposa les valises dans le filet, tandis que Sholmès hissait l'infortuné Wilson.

« Mais qu'avez-vous, Wilson. Vous n'en finissez pas !… Du nerf, vieux camarade…

— Ce n'est pas le nerf qui me manque.

— Mais quoi ?

— Je n'ai qu'une main de disponible.

— Et après ! s'exclama joyeusement Sholmès… En voilà des histoires. On croirait qu'il n'y a que vous dans cet état ! Et les manchots ? les vrais manchots ? Allons, ça y est-il ? ce n'est pas dommage. »

Il tendit à l'homme d'équipe une pièce de cinquante centimes.

« Bien, mon ami. Voici pour vous.

— Merci, monsieur Sholmès. »

L'Anglais leva les yeux : Arsène Lupin.

« Vous !… vous ! » balbutia-t-il, ahuri.

Et Wilson bégaya, en brandissant son unique main avec des gestes de quelqu'un qui démontre un fait :

« Vous ! vous ! mais vous êtes arrêté ! Sholmès me l'a dit. Quand il vous a quitté, Ganimard et ses trente agents vous entouraient… »

Lupin croisa ses bras et, d'un air indigné :

« Alors vous avez supposé que je vous laisserais partir sans vous dire adieu ? Après les excellents rapports d'amitié que nous n'avons jamais cessé d'avoir les uns avec les autres ! Mais ce serait de la dernière incorrection. Pour qui me prenez-vous ? »

Le train sifflait.

« Enfin, je vous pardonne… Mais avez-vous ce qu'il vous faut ? Du tabac, des allumettes… Oui… Et les journaux du soir ? Vous y trouverez des détails sur mon arrestation, votre dernier exploit, maître. Et maintenant, au revoir, et enchanté d'avoir fait votre connaissance… enchanté vraiment !… Et si vous avez besoin de moi, je serai trop heureux… »

Il sauta sur le quai et referma la portière.

« Adieu, fit-il encore en agitant son mouchoir. Adieu… je vous écrirai… Vous aussi, n'est-ce pas ? Et votre bras cassé, monsieur Wilson ? J'attends de vos nouvelles à tous deux… Une carte postale de temps à autre… Comme adresse : Lupin, Paris… C'est suffisant… Inutile d'affranchir… Adieu… À bientôt… »

DEUXIÈME ÉPISODE

LA LAMPE JUIVE

I

Herlock Sholmès et Wilson étaient assis à droite et à gauche de la grande cheminée, les pieds allongés vers un confortable feu de coke.

La pipe de Sholmès, une courte bruyère à virole d'argent, s'éteignit. Il en vida les cendres, la bourra de nouveau, l'alluma, ramena sur ses genoux les pans de sa robe de chambre, et sortit de sa pipe de longues bouffées qu'il s'ingéniait à lancer au plafond en petits anneaux de fumée.

Wilson le regardait. Il le regardait, comme le chien couché en cercle sur le tapis du foyer regarde son maître, avec des yeux ronds, sans battements de paupières, des yeux qui n'ont d'autre espoir que de refléter le geste attendu. Le maître allait-il rompre le silence ? Allait-il lui révéler le secret de sa songerie actuelle et l'admettre dans le royaume de la méditation dont il semblait à Wilson que l'entrée lui était interdite ?

Sholmès se taisait.

Wilson risqua :

« Les temps sont calmes. Pas une affaire à nous mettre sous la dent. »

Sholmès se tut de plus en plus violemment, mais ses anneaux de fumée étaient de mieux en mieux réussis, et tout autre que Wilson eût observé qu'il en tirait cette profonde satisfaction que nous donnent ces menus succès d'amour-propre, aux heures où le cerveau est complètement vide de pensées.

Wilson, découragé, se leva et s'approcha de la fenêtre.

La triste rue s'étendait entre les façades mornes des maisons, sous un ciel noir d'où tombait une pluie méchante et rageuse. Un cab passa, un autre cab. Wilson en inscrivit les numéros sur son calepin. Sait-on jamais ?

« Tiens, s'écria-t-il, le facteur. »

L'homme entra, conduit par le domestique.

« Deux lettres recommandées, monsieur… si vous voulez signer ? »

Sholmès signa le registre, accompagna l'homme jusqu'à la porte et revint tout en décachetant l'une des lettres.

« Vous avez l'air tout heureux, nota Wilson au bout d'un instant.

— Cette lettre contient une proposition fort intéressante. Vous qui réclamiez une affaire, en voici une. Lisez… »

Wilson lut :

« *Monsieur,*

« *Je viens vous demander le secours de votre expérience. J'ai été victime d'un vol important, et les recherches effectuées jusqu'ici ne semblent pas de voir aboutir.*

« *Je vous envoie par ce courrier un certain nombre de journaux qui vous renseigneront sur cette affaire, et, s'il vous agrée de la poursuivre, je mets mon hôtel à votre disposition et vous prie d'inscrire sur le chèque ci-inclus, signé de moi, la somme qu'il vous plaira de fixer pour vos frais de déplacement.*

« *Veuillez avoir l'obligeance de me télégraphier votre réponse, et croyez, Monsieur, à l'assurance de mes sentiments de haute considération.*

Baron Victor d'Imblevalle.
18, rue Murillo. »

« Hé ! Hé ! fit Sholmès, voilà qui s'annonce à merveille… un petit voyage à Paris, ma foi pourquoi pas ? Depuis mon fameux duel avec Arsène Lupin, je n'ai pas eu l'occasion d'y retourner. Je ne serais pas fâché de voir la capitale du monde dans des conditions un peu plus tranquilles. »

Il déchira le chèque en quatre morceaux, et tandis que Wilson, dont le bras n'avait pas recouvré son ancienne souplesse, prononçait contre Paris des mots amers, il ouvrit la seconde enveloppe.

Tout de suite, un mouvement d'irritation lui échappa, un pli barra son front pendant toute la lecture, et froissant le papier, il en fit une boule qu'il jeta violemment sur le parquet.

« Quoi ? qu'y a-t-il ? » s'écria Wilson effaré.

Il ramassa la boule, la déplia et lut avec une stupeur croissante :

« *Mon cher Maître,*

« *Vous savez l'admiration que j'ai pour vous et l'intérêt que je prends à votre renommée. Eh bien, croyez-moi, ne vous occupez point de l'affaire à laquelle on vous sollicite de concourir. Votre intervention causerait beaucoup de mal, tous vos efforts n'amèneraient qu'un résultat pitoyable, et vous seriez obligé de faire publiquement l'aveu de votre échec.*

« *Profondément désireux de vous épargner une telle humiliation, je vous conjure, au nom de l'amitié qui nous unit, de rester bien tranquillement au coin de votre feu.*

« *Mes bons souvenirs à M. Wilson, et pour vous, mon cher Maître, le respectueux hommage de votre dévoué*

Arsène Lupin. »

« Arsène Lupin ! » répéta Wilson, confondu...

Sholmès se mit à frapper la table à coups de poing.

« Ah ! mais, il commence à m'embêter, cet animal-là ! Il se moque de moi comme d'un gamin ! L'aveu public de mon échec ! Ne l'ai-je pas contraint à rendre le diamant bleu ?

— Il a peur, insinua Wilson.

— Vous dites des bêtises ! Arsène Lupin n'a jamais peur, et la preuve c'est qu'il me provoque.

— Mais comment a-t-il connaissance de la lettre que nous envoie le baron d'Imblevalle ?

— Qu'est-ce que j'en sais ? Vous me posez des questions stupides, mon cher !

— Je pensais... je m'imaginais...

— Quoi ? que je suis sorcier ?

— Non, mais je vous ai vu faire de tels prodiges !

— Personne ne fait de prodiges... moi pas plus qu'un autre. Je réfléchis, je déduis, je conclus, mais je ne devine pas. Il n'y a que les imbéciles qui devinent. »

Wilson prit l'attitude modeste d'un chien battu, et s'efforça, afin de n'être pas un imbécile, de ne point deviner pourquoi Sholmès arpentait la chambre à grands pas irrités. Mais Sholmès ayant sonné son domestique et lui ayant commandé sa valise, Wilson se crut en droit, puisqu'il y avait là un fait matériel, de réfléchir, de déduire et de conclure que le maître partait en voyage.

La même opération d'esprit lui permit d'affirmer, en homme qui ne craint pas l'erreur :

« Herlock, vous allez à Paris.

— Possible.

— Et vous y allez plus encore pour répondre à la provocation de Lupin que pour obliger le baron d'Imblevalle.

— Possible.

— Herlock, je vous accompagne.

— Ah ! ah ! vieil ami, s'écria Sholmès, en interrompant sa promenade, vous n'avez donc pas peur que votre bras gauche ne partage le sort de votre bras droit ?

— Que peut-il m'arriver ? vous serez là.

— À la bonne heure, vous êtes un gaillard ! et nous allons montrer à ce monsieur qu'il a peut-être tort de nous jeter le gant avec tant d'effronterie. Vite, Wilson, et rendez-vous au premier train.

— Sans attendre les journaux dont le baron vous annonce l'envoi ?

— À quoi bon !

— J'expédie un télégramme ?

— Inutile, Arsène Lupin connaîtrait mon arrivée. Je n'y tiens pas. Cette fois, Wilson, il faut jouer serré. »

L'après-midi, les deux amis s'embarquaient à Douvres. La traversée fut excellente. Dans le rapide de Calais à Paris, Sholmès s'offrit trois heures du sommeil le plus profond, tandis que Wilson faisait bonne garde à la porte du compartiment et méditait, l'œil vague.

Sholmès s'éveilla heureux et dispos. La perspective d'un nouveau duel avec Arsène Lupin le ravissait, et il se frotta les mains de l'air satisfait d'un homme qui se prépare à goûter des joies abondantes.

« Enfin, s'exclama Wilson, on va se dégourdir ! »

Et il se frotta les mains du même air satisfait.

En gare, Sholmès prit les plaids, et, suivi de Wilson qui portait les valises – chacun son fardeau –, il donna les tickets et sortit allégrement.

« Beau temps, Wilson… Du soleil!… Paris est en fête pour nous recevoir.

— Quelle foule!

— Tant mieux, Wilson! nous ne risquons pas d'être remarqués. Personne ne nous reconnaîtra au milieu d'une telle multitude!

— Monsieur Sholmès, n'est-ce pas? »

Il s'arrêta, quelque peu interloqué. Qui diable pouvait ainsi le désigner par son nom?

Une femme se tenait à ses côtés, une jeune fille, dont la mise très simple soulignait la silhouette distinguée, et dont la jolie figure avait une expression inquiète et douloureuse.

Elle répéta :

« Vous êtes bien monsieur Sholmès? »

Comme il se taisait, autant par désarroi que par habitude de prudence, elle redit une troisième fois :

« C'est bien à monsieur Sholmès que j'ai l'honneur de parler?

— Que me voulez-vous? » dit-il assez bourru, croyant à une rencontre douteuse.

Elle se planta devant lui.

« Écoutez-moi, monsieur, c'est très grave, je sais que vous allez rue Murillo.

— Que dites-vous?

— Je sais… je sais… rue Murillo… au numéro 18. Eh bien, il ne faut pas… non, vous ne devez pas y aller… Je vous assure que vous le regretteriez. Si je vous dis cela, ne pensez pas que j'y aie quelque intérêt. C'est par raison, c'est en toute conscience. »

Il essaya de l'écarter, elle insista :

« Oh! je vous en prie, ne vous obstinez pas… Ah! si je savais comment vous convaincre! Regardez tout au fond de moi, tout au fond de mes yeux… ils sont sincères… ils disent la vérité. »

Elle offrait ses yeux éperdument, de ces beaux yeux graves et limpides, où semble se réfléchir l'âme elle-même. Wilson hocha la tête :

« Mademoiselle a l'air bien sincère.

— Mais oui, implora-t-elle, et il faut avoir confiance…

— J'ai confiance, mademoiselle, répliqua Wilson.

— Oh ! comme je suis heureuse ! et votre ami aussi, n'est-ce pas ? je le sens… j'en suis sûre ! Quel bonheur ! tout va s'arranger !… Ah ! la bonne idée que j'ai eue !… Tenez, monsieur, il y a un train pour Calais dans vingt minutes… Eh bien, vous le prendrez… Vite, suivez-moi… le chemin est de ce côté, et vous n'avez que le temps… »

Elle cherchait à l'entraîner. Sholmès lui saisit le bras et d'une voix qu'il cherchait à rendre aussi douce que possible :

« Excusez-moi, mademoiselle, de ne pouvoir accéder à votre désir, mais je n'abandonne jamais une tâche que j'ai entreprise.

— Je vous en supplie… je vous en supplie… ah ! Si vous pouviez comprendre ! »

Il passa outre et s'éloigna rapidement.

Wilson dit à la jeune fille :

« Ayez bon espoir… il ira jusqu'au bout de l'affaire… il n'y a pas d'exemple qu'il ait encore échoué… »

Et il rattrapa Sholmès en courant.

HERLOCK SHOLMÈS-ARSÈNE LUPIN

Ces mots, qui se détachaient en grosses lettres noires, les heurtèrent aux premiers pas. Ils s'approchèrent ; une théorie d'hommes-sandwiches déambulait les uns derrière les autres, portant à la main de lourdes cannes ferrées dont ils frappaient le trottoir en cadence, et, sur le dos, d'énormes affiches où l'on pouvait lire :

LE MATCH HERLOCK SHOLMÈS-ARSÈNE LUPIN. ARRIVÉE DU CHAMPION ANGLAIS. LE GRAND DÉTECTIVE S'ATTAQUE AU MYSTÈRE DE LA RUE MURILLO. LIRE LES DÉTAILS DANS « L'ÉCHO DE FRANCE ».

Wilson hocha la tête :

« Dites donc, Herlock, nous qui nous flattions de travailler incognito ! Je ne serais pas étonné que la garde républicaine nous attendît rue Murillo, et qu'il y eût réception officielle, avec toasts et champagne.

— Quand vous vous mettez à avoir de l'esprit, Wilson, vous en valez deux », grinça Sholmès.

Il s'avança vers l'un de ces hommes avec l'intention très nette de le prendre entre ses mains puissantes et de le réduire en miettes, lui et son placard. La foule cependant s'attroupait autour des affiches. On plaisantait et l'on riait.

Réprimant un furieux accès de rage, il dit à l'homme :

« Quand vous a-t-on embauchés ?

— Ce matin.

— Vous avez commencé votre promenade ?

— Il y a une heure.

— Mais les affiches étaient prêtes ?

— Ah ! dame, oui... Lorsque nous sommes venus ce matin à l'agence, elles étaient là. »

Ainsi donc, Arsène Lupin avait prévu que lui, Sholmès, accepterait la bataille. Bien plus, la lettre écrite par Lupin prouvait qu'il désirait cette bataille, et qu'il entrait dans ses plans de se mesurer une fois de plus avec son rival. Pourquoi ? Quel motif le poussait à recommencer la lutte ?

Herlock eut une seconde d'hésitation. Il fallait vraiment que Lupin fût bien sûr de la victoire pour montrer tant d'insolence, et n'était-ce pas tomber dans le piège que d'accourir ainsi au premier appel ?

« Allons-y, Wilson ! Cocher, 18, rue Murillo », s'écria-t-il en un réveil d'énergie.

Et les veines gonflées, les poings serrés comme s'il allait se livrer à un assaut de boxe, il sauta dans une voiture.

La rue Murillo est bordée de luxueux hôtels particuliers dont la façade postérieure a vue sur le parc Monceau. Une des plus belles parmi ces demeures s'élève au numéro 18, et le baron d'Imblevalle, qui l'habite avec sa femme et ses enfants, l'a meublée de la façon la plus somptueuse, en artiste et en millionnaire. Une cour d'honneur précède l'hôtel, et des communs le bordent à droite et à gauche. En arrière, un jardin mêle les branches de ses arbres aux arbres du parc.

Après avoir sonné, les deux Anglais franchirent la cour et furent reçus par un valet de pied qui les conduisit dans un petit salon situé sur l'autre façade.

Ils s'assirent et inspectèrent d'un coup d'œil rapide les objets précieux qui encombraient ce boudoir.

« De jolies choses, murmura Wilson, du goût et de la fantaisie… On peut déduire que ceux qui ont eu le loisir de dénicher ces objets sont des gens d'un certain âge… cinquante ans peut-être… »

Il n'acheva pas. La porte s'était ouverte, et M. d'Imblevalle entrait, suivi de sa femme.

Contrairement aux déductions de Wilson, ils étaient tous deux jeunes, de tournure élégante, et très vifs d'allure et de paroles. Tous deux ils se confondirent en remerciements.

« C'est trop gentil à vous ! un pareil dérangement ! Nous sommes presque heureux de l'ennui qui nous arrive, puisque cela nous procure le plaisir… »

« Quels charmeurs que ces Français ! » pensa Wilson qu'une observation profonde n'effrayait pas.

« Mais le temps est de l'argent, s'écria le baron… le vôtre surtout, monsieur Sholmès. Aussi, droit au but ! Que pensez-vous de l'affaire ? Espérez-vous la mener à bien ?

— Pour la mener à bien, il faudrait d'abord la connaître.

— Vous ne la connaissez pas ?

— Non, et je vous prie de m'expliquer les choses par le menu et sans rien omettre. De quoi s'agit-il ?

— Il s'agit d'un vol.

— Quel jour a-t-il eu lieu ?

— Samedi dernier, répliqua le baron, dans la nuit de samedi à dimanche.

— Il y a donc six jours. Maintenant je vous écoute.

— Il faut dire d'abord, monsieur, que ma femme et moi, tout en nous conformant au genre de vie qu'exige notre situation, nous sortons peu. L'éducation de nos enfants, quelques réceptions, et l'embellissement de notre intérieur, voilà notre existence, et toutes nos soirées, ou à peu près, s'écoulent ici, dans cette pièce qui est le boudoir de ma femme et où nous avons réuni quelques objets d'art. Samedi dernier donc, vers onze heures, j'éteignis l'électricité, et, ma femme et moi, nous nous retirâmes comme d'habitude dans notre chambre.

— Qui se trouve?...

— À côté, cette porte que vous voyez. Le lendemain, c'est-à-dire le dimanche, je me levai de bonne heure. Comme Suzanne – ma femme – dormait encore, je passai dans ce boudoir aussi doucement que possible pour ne pas la réveiller. Quel fut mon étonnement en constatant que cette fenêtre était ouverte, alors que, la veille au soir, nous l'avions laissée fermée!

— Un domestique...

— Personne n'entre ici le matin avant que nous n'ayons sonné. Du reste je prends toujours la précaution de pousser le verrou de cette seconde porte, laquelle communique avec l'antichambre. Donc la fenêtre avait bien été ouverte du dehors. J'en eus d'ailleurs la preuve : le second carreau de la croisée de droite – près de l'espagnolette – avait été découpé.

— Et cette fenêtre?

— Cette fenêtre, comme vous pouvez vous en rendre compte, donne sur une petite terrasse entourée d'un balcon de pierre. Nous sommes ici au premier étage, et vous apercevez le jardin qui s'étend derrière l'hôtel, et la grille qui le sépare du parc Monceau. Il y a donc certitude que l'homme est venu du parc Monceau, a franchi la grille à l'aide d'une échelle, et est monté jusqu'à la terrasse.

— Il y a certitude, dites-vous?

— On a trouvé de chaque côté de la grille, dans la terre molle des plates-bandes, des trous laissés par les deux montants de l'échelle, et les deux mêmes trous existaient au bas de la terrasse. Enfin le balcon porte deux légères éraflures, causées évidemment par le contact des montants.

— Le parc Monceau n'est-il pas fermé la nuit?

— Fermé, non, mais en tout cas, au numéro 14, il y a un hôtel en construction. Il était facile de pénétrer par là. »

Herlock Sholmès réfléchit quelques moments et reprit :

« Arrivons au vol. Il aurait donc été commis dans la pièce où nous sommes ?

— Oui. Il y avait, entre cette Vierge du XIIe siècle et ce tabernacle en argent ciselé, il y avait une petite lampe juive. Elle a disparu.

— Et c'est tout ?

— C'est tout.

— Ah !… et qu'appelez-vous une lampe juive ?

— Ce sont de ces lampes en cuivre dont on se servait autrefois, composées d'une tige et d'un récipient où l'on mettait l'huile. De ce récipient s'échappaient deux ou plusieurs becs destinés aux mèches.

— Somme toute, des objets sans grande valeur.

— Sans grande valeur en effet. Mais celle-ci contenait une cachette où nous avions l'habitude de placer un magnifique bijou ancien, une chimère en or, sertie de rubis et d'émeraudes qui était d'un très grand prix.

— Pourquoi cette habitude ?

— Ma foi, monsieur, je ne saurais trop dire. Peut-être le simple amusement d'utiliser une cachette de ce genre.

— Personne ne la connaissait ?

— Personne.

— Sauf, évidemment, le voleur de la chimère, objecta Sholmès… Sans quoi il n'eût pas pris la peine de voler la lampe juive.

— Évidemment. Mais comment pouvait-il la connaître puisque c'est le hasard qui nous a révélé le mécanisme secret de cette lampe ?

— Le même hasard a pu le révéler à quelqu'un… un domestique… un familier de la maison… Mais continuons : la justice a été prévenue ?

— Sans doute. Le juge d'instruction a fait son enquête. Les chroniqueurs détectives attachés à chacun des grands journaux ont fait la leur. Mais, ainsi que je vous l'ai écrit, il ne semble pas que le problème ait la moindre chance d'être jamais résolu. »

Sholmès se leva, se dirigea vers la fenêtre, examina la croisée, la terrasse, le balcon, se servit de sa loupe pour étudier les deux éraflures de la pierre, et pria M. d'Imblevalle de le conduire dans le jardin.

Dehors, Sholmès s'assit tout simplement sur un fauteuil d'osier et regarda le toit de la maison d'un œil rêveur. Puis il marcha soudain vers deux petites caissettes en bois avec lesquelles on avait recouvert, afin d'en conserver l'empreinte exacte, les trous laissés au pied de la terrasse par les montants de l'échelle. Il enleva les caissettes, se mit à genoux sur le sol, et, le dos rond, le nez à vingt centimètres du sol, il scruta, prit des mesures. Même opération le long de la grille, mais moins longue.

C'était fini.

Tous deux s'en retournèrent au boudoir où les attendait Mme d'Imblevalle.

Sholmès garda le silence quelques minutes encore, puis prononça ces paroles :

« Dès le début de votre récit, monsieur le baron, j'ai été frappé par le côté vraiment trop simple de l'agression. Appliquer une échelle, couper un carreau, choisir un objet et s'en aller, non, les choses ne se passent pas aussi facilement. Tout cela est trop clair, trop net.

— De sorte que ?...

— De sorte que le vol de la lampe juive a été commis sous la direction d'Arsène Lupin...

— Arsène Lupin ! s'exclama le baron.

— Mais il a été commis en dehors de lui, sans que personne entrât dans cet hôtel... Un domestique peut-être qui sera descendu de sa mansarde sur la terrasse, le long d'une gouttière que j'ai aperçue du jardin.

— Mais sur quelles preuves ?...

— Arsène Lupin ne serait pas sorti du boudoir les mains vides.

— Les mains vides ! Et la lampe ?

— Prendre la lampe ne l'eût pas empêché de prendre cette tabatière enrichie de diamants, ou ce collier de vieilles opales. Il lui suffisait de deux gestes en plus. S'il ne les a pas accomplis, c'est qu'il ne l'a pas vu.

— Cependant les traces relevées ?

— Comédie ! mise en scène pour détourner les soupçons !

— Les éraflures de la balustrade ?

— Mensonge ! Elles ont été produites avec du papier de verre. Tenez, voici quelques brins de papier que j'ai recueillis.

— Les marques laissées par les montants de l'échelle ?

— De la blague ! Examinez les deux trous rectangulaires du bas de la terrasse, et les deux trous situés près de la grille. Leur forme est semblable, mais, parallèles ici, ils ne le sont plus là-bas. Mesurez la distance qui sépare chaque trou de son voisin : l'écart change selon l'endroit. Au pied de la terrasse il est de 23 centimètres. Le long de la grille il est de 28 centimètres.

— Et vous en concluez ?

— J'en conclus, puisque leur forme est identique, que les quatre trous ont été faits à l'aide d'un seul et unique bout de bois convenablement taillé.

— Le meilleur argument serait ce bout de bois lui-même.

— Le voici, dit Sholmès, je l'ai ramassé dans le jardin, sous la caisse d'un laurier. »

Le baron s'inclina. Il y avait quarante minutes que l'Anglais avait franchi le seuil de cette porte, et il ne restait plus rien de tout ce que l'on avait cru jusqu'ici sur le témoignage même des faits apparents. La réalité, une autre réalité, se dégageait, fondée sur quelque chose de beaucoup plus solide, le raisonnement d'un Herlock Sholmès.

« L'accusation que vous lancez contre notre personnel est bien grave, monsieur, dit la baronne. Nos domestiques sont d'anciens serviteurs de la famille, et aucun d'eux n'est capable de nous trahir.

— Si l'un d'eux ne vous trahissait pas, comment expliquer que cette lettre ait pu me parvenir le jour même et par le même courrier que celle que vous m'avez écrite ? »

Il tendit à la baronne la lettre que lui avait adressée Arsène Lupin.

Mme d'Imblevalle fut stupéfaite.

« Arsène Lupin… comment a-t-il su ?

— Vous n'avez mis personne au courant de votre lettre ?

— Personne, dit le baron, c'est une idée que nous avons eue l'autre soir à table.

— Devant les domestiques ?

— Il n'y avait que nos deux enfants. Et encore, non… Sophie et Henriette n'étaient plus à table, n'est-ce pas, Suzanne ? »

Mme d'Imblevalle réfléchit et affirma :

« En effet, elles avaient rejoint mademoiselle.

— Mademoiselle ? interrogea Sholmès.

— La gouvernante, Mlle Alice Demun.

— Cette personne ne prend donc pas ses repas avec vous ?

— Non, on la sert à part, dans sa chambre. »

Wilson eut une idée.

« La lettre écrite à mon ami Herlock Sholmès a été mise à la poste.

— Naturellement.

— Qui donc la porta ?

— Dominique, mon valet de chambre depuis vingt ans, répondit le baron. Toute recherche de ce côté serait du temps perdu.

— On ne perd jamais son temps quand on cherche », dit Wilson sentencieusement.

La première enquête était terminée. Sholmès demanda la permission de se retirer.

Une heure plus tard, au dîner, il vit Sophie et Henriette, les deux enfants des d'Imblevalle, deux jolies fillettes de huit et de six ans. On causa peu. Sholmès répondit aux amabilités du baron et de sa femme d'un air si rébarbatif qu'ils se résolurent au silence. On servit le café. Sholmès avala le contenu de sa tasse et se leva.

À ce moment, un domestique entra, qui apportait un message téléphonique à son adresse. Il ouvrit et lut :

Vous envoie mon admiration enthousiaste. Les résultats obtenus par vous en si peu de temps sont étourdissants. Je suis confondu.

Arsène Lupin.

Il eut un geste d'agacement, et montrant la dépêche au baron :

« Commencez-vous à croire, monsieur, que vos murs ont des yeux et des oreilles ?

— Je n'y comprends rien, murmura M. d'Imblevalle abasourdi.

— Moi non plus. Mais ce que je comprends, c'est que pas un mouvement ne se fait ici qui ne soit aperçu par *lui*. Pas un mot ne se prononce qu'il ne l'entende. »

Ce soir-là, Wilson se coucha avec la conscience légère d'un homme qui a rempli son devoir et qui n'a plus d'autre besogne que de s'endormir. Aussi s'endormit-il très vite, et de beaux rêves le visitèrent où il poursuivait Lupin à lui seul et se disposait à l'arrêter de sa propre main, et la sensation de cette poursuite était si nette qu'il se réveilla.

Quelqu'un frôlait son lit. Il saisit son revolver.

« Un geste encore, Lupin, et je tire.

— Diable ! comme vous y allez, vieux camarade !

— Comment, c'est vous, Sholmès ! vous avez besoin de moi ?

— J'ai besoin de vos yeux. Levez-vous… »

Il le mena vers la fenêtre.

« Regardez… de l'autre côté de la grille…

— Dans le parc ?

— Oui. Vous ne voyez rien ?

— Je ne vois rien.

— Si, vous voyez quelque chose.

— Ah ! en effet, une ombre… deux même.

— N'est-ce pas ? contre la grille… Tenez, elles remuent. Ne perdons pas de temps. »

À tâtons, en se tenant à la rampe, ils descendirent l'escalier, et arrivèrent dans une pièce qui donnait sur le perron du jardin. À travers les vitres de la porte, ils aperçurent les deux silhouettes à la même place.

« C'est curieux, dit Sholmès, il me semble entendre du bruit dans la maison.

— Dans la maison ? Impossible ! tout le monde dort.

— Écoutez cependant… »

À ce moment, un léger coup de sifflet vibra du côté de la grille, et ils aperçurent une vague lumière qui paraissait venir de l'hôtel.

« Les d'Imblevalle ont dû allumer, murmura Sholmès. C'est leur chambre qui est au-dessus de nous.

— C'est eux sans doute que nous avons entendus, fit Wilson. Peut-être sont-ils en train de surveiller la grille. »

Un second coup de sifflet, plus discret encore.

« Je ne comprends pas, je ne comprends pas, dit Sholmès, agacé.

— Moi non plus », confessa Wilson.

Sholmès tourna la clef de la porte, ôta le verrou et poussa doucement le battant.

Un troisième coup de sifflet, un peu plus fort celui-ci, et modulé d'autre sorte. Et au-dessus de leur tête, le bruit s'accentua, se précipita.

« On croirait plutôt que c'est sur la terrasse du boudoir », souffla Sholmès.

Il passa la tête dans l'entrebâillement, mais aussitôt recula en étouffant un juron. À son tour, Wilson regarda. Tout près d'eux, une échelle se dressait contre le mur, appuyée au balcon de la terrasse.

« Eh ! parbleu, fit Sholmès, il y a quelqu'un dans le boudoir ! Voilà ce qu'on entendait. Vite, enlevons l'échelle. »

Mais à cet instant, une forme glissa du haut en bas, l'échelle fut enlevée, et l'homme qui la portait courut en toute hâte vers la grille, à l'endroit où l'attendaient ses complices. D'un bond, Sholmès et Wilson s'étaient élancés. Ils rejoignirent l'homme alors qu'il posait l'échelle contre la grille. De l'autre côté, deux coups de feu jaillirent.

« Blessé ? cria Sholmès.

— Non », répondit Wilson.

Il saisit l'homme par le corps et tenta de l'immobiliser. Mais l'homme se retourna, l'empoigna d'une main, et de l'autre lui plongea son couteau en pleine poitrine. Wilson exhala un soupir, vacilla et tomba.

« Damnation ! hurla Sholmès, si on me l'a tué, je tue. »

Il étendit Wilson sur la pelouse et se rua sur l'échelle. Trop tard… l'homme l'avait escaladée et, reçu par ses complices, s'enfuyait parmi les massifs.

« Wilson, Wilson, ce n'est pas sérieux, hein ? une simple égratignure. »

Les portes de l'hôtel s'ouvrirent brusquement. Le premier, M. d'Imblevalle survint, puis des domestiques, munis de bougies.

« Quoi ! qu'y a-t-il, s'écria le baron, M. Wilson est blessé ?

— Rien, une simple égratignure », répéta Sholmès, cherchant à s'illusionner.

Le sang coulait en abondance, et la face était livide.

Le docteur, vingt minutes après, constatait que la pointe du couteau s'était arrêtée à quatre millimètres du cœur.

« Quatre millimètres du cœur ? Ce Wilson a toujours eu de la chance, conclut Sholmès d'un ton d'envie.

— De la chance… de la chance…, grommela le docteur.

— Dame, avec sa robuste constitution, il en sera quitte…

— Pour six semaines de lit et deux mois de convalescence.

— Pas davantage ?

— Non, à moins de complications.

— Pourquoi diable ! voulez-vous qu'il y ait des complications ? »

Pleinement rassuré, Sholmès rejoignit le baron au boudoir. Cette fois le mystérieux visiteur n'y avait pas mis la même discrétion. Sans vergogne, il avait fait main basse sur la tabatière enrichie de diamants, sur le collier d'opales et, d'une façon générale, sur tout ce qui pouvait prendre place dans les poches d'un honnête cambrioleur.

La fenêtre était encore ouverte, un des carreaux avait été proprement découpé, et, au petit jour, une enquête sommaire, en établissant que l'échelle provenait de l'hôtel en construction, indiqua la voie que l'on avait suivie.

« Bref, dit M. d'Imblevalle avec une certaine ironie, c'est la répétition exacte du vol de la lampe juive.

— Oui, si l'on accepte la première version adoptée par la justice.

— Vous ne l'adoptez donc pas encore ? Ce second vol n'ébranle pas votre opinion sur le premier ?

— Il la confirme, monsieur.

— Est-ce croyable ! vous avez la preuve irréfutable que l'agression de cette nuit a été commise par quelqu'un du dehors, et vous persistez à soutenir que la lampe juive a été soustraite par quelqu'un de notre entourage ?

— Par quelqu'un qui habite cet hôtel.

— Alors comment expliquez-vous ?…

— Je n'explique rien, monsieur, je constate deux faits qui n'ont l'un avec l'autre que des rapports d'apparence, je les juge isolément, et je cherche le lien qui les unit. »

Sa conviction semblait si profonde, ses façons d'agir fondées sur des motifs si puissants, que le baron s'inclina :

« Soit. Nous allons prévenir le commissaire…

— À aucun prix ! s'écria vivement l'Anglais, à aucun prix ! j'entends ne m'adresser à ces gens que quand j'ai besoin d'eux.

— Cependant, les coups de feu ?…

— Il n'importe !

— Votre ami ?…

— Mon ami n'est que blessé… Obtenez que le docteur se taise. Moi, je réponds de tout du côté de la justice. »

Deux jours s'écoulèrent, vides d'incidents, mais où Sholmès poursuivit sa besogne avec un soin minutieux et un amour-propre qu'exaspérait le souvenir de cette audacieuse agression, exécutée sous ses yeux, en dépit de sa présence, et sans qu'il en pût empêcher le succès. Infatigable, il fouilla l'hôtel et le jardin, s'entretint avec les domestiques, et fit de longues stations à la cuisine et à l'écurie. Et bien qu'il ne recueillît aucun indice qui l'éclairât, il ne perdait pas courage.

« Je trouverai, pensait-il, et c'est ici que je trouverai. Il ne s'agit pas, comme dans l'affaire de la Dame blonde, de marcher à l'aventure, et d'atteindre, par des chemins que j'ignorais, un but que je ne connaissais pas. Cette fois, je suis sur le terrain même de la bataille. L'ennemi n'est plus seulement l'insaisissable et invisible Lupin, c'est le complice en chair et en os qui vit et qui se meut dans les bornes de cet hôtel. Le moindre petit détail, et je suis fixé. »

Ce détail, dont il devait tirer de telles conséquences, et avec une habileté si prodigieuse que l'on peut considérer l'affaire de la lampe juive comme une de celles où éclate le plus victorieusement son génie de policier, ce détail ce fut le hasard qui le lui fournit.

L'après-midi du troisième jour, comme il entrait dans une pièce située au-dessus du boudoir, et qui servait de salle d'études aux enfants, il trouva Henriette, la plus petite des sœurs. Elle cherchait ses ciseaux.

« Tu sais, dit-elle à Sholmès, j'en fais aussi des papiers comme celui que t'as reçu l'autre soir.

— L'autre soir ?

— Oui, à la fin du dîner. Tu as reçu un papier avec des bandes dessus... tu sais, un télégramme... eh bien, j'en fais aussi, moi. »

Elle sortit. Pour tout autre, ces paroles n'eussent rien signifié que l'insignifiante réflexion d'un enfant, et Sholmès, lui-même, les écouta d'une oreille distraite et continua son inspection. Mais tout à coup il se mit à courir après l'enfant dont la dernière phrase le frappait subitement. Il la rattrapa au haut de l'escalier et lui dit :

« Alors, toi aussi, tu colles des bandes sur papier ? »

Henriette, très fière, déclara :

« Mais oui, je découpe des mots et je les colle.

— Et qui t'a montré ce petit jeu ?

— Mademoiselle... ma gouvernante... je lui en ai vu faire autant. Elle prend des mots sur des journaux et les colle...

— Et qu'est-ce qu'elle en fait ?

— Des télégrammes, des lettres qu'elle envoie. »

Herlock Sholmès rentra dans la salle d'études, singulièrement intrigué par cette confidence et s'efforçant d'en extraire les déductions qu'elle comportait.

Des journaux, il y en avait un paquet sur la cheminée. Il les déplia, et vit en effet des groupes de mots ou des lignes qui manquaient, régulièrement et proprement enlevés. Mais il lui suffit de lire les mots qui précédaient ou qui suivaient, pour constater que les mots qui manquaient avaient été découpés au hasard des ciseaux, par Henriette évidemment. Il se pouvait que, dans la liasse des journaux, il y en eût un que mademoiselle eût découpé elle-même. Mais comment s'en assurer ?

Machinalement, Herlock feuilleta les livres de classe empilés sur la table, puis d'autres qui reposaient sur les rayons d'un placard. Et soudain il eut un cri de joie. Dans un coin de ce placard, sous de vieux cahiers amoncelés, il avait trouvé un album pour enfants, un alphabet orné d'images, et, à l'une des pages de cet album, un vide lui était apparu.

Il vérifia. C'était la nomenclature des jours de la semaine. Lundi, mardi, mercredi, etc. Le mot samedi manquait. Or, le vol de la lampe juive avait eu lieu dans la nuit d'un samedi.

Herlock éprouva ce petit serrement du cœur qui lui annonçait toujours, de la manière la plus nette, qu'il avait touché au nœud même d'une intrigue. Cette étreinte de la vérité, cette émotion de la certitude, ne le trompait jamais.

Fiévreux et confiant, il s'empressa de feuilleter l'album. Un peu plus loin, une autre surprise l'attendait.

C'était une page composée de lettres majuscules, suivies d'une ligne de chiffres.

Neuf de ces lettres, et trois de ces chiffres avaient été enlevés soigneusement.

Sholmès les inscrivit sur son carnet, dans l'ordre qu'ils eussent occupé, et obtint le résultat suivant :

CDEHNOPRZ-237

« Fichtre, murmura-t-il, à première vue cela ne signifie pas grand-chose. »

Pouvait-on, en mêlant ces lettres et les employant toutes, former un, ou deux, ou trois mots complets ?

Sholmès le tenta vainement.

Une seule solution s'imposait à lui, qui revenait sans cesse sous son crayon, et qui, à la longue, lui parut la véritable, aussi bien parce qu'elle correspondait à la logique des faits que parce qu'elle s'accordait avec les circonstances générales.

Étant donné que la page de l'album ne comportait qu'une seule fois chacune des lettres de l'alphabet, il était probable, il était certain qu'on se trouvait en présence de mots incomplets et que ces mots avaient été complétés par des lettres empruntées à d'autres pages. Dans ces conditions, et sauf erreur, l'énigme se posait ainsi :

REPOND.Z-CH 237

Le premier mot était clair : *répondez*, un E manquant parce que la lettre E, déjà employée, n'était plus disponible.

Quant au second mot inachevé, il formait indubitablement, avec le nombre 237, l'adresse que donnait l'expéditeur au destinataire de la lettre. On proposait d'abord de fixer le jour au samedi et l'on demandait une réponse à l'adresse CH.237.

Ou bien CH.237 était une formule de poste restante, ou bien les lettres C H faisaient partie d'un mot incomplet. Sholmès feuilleta l'album : aucune autre découpure n'avait été effectuée dans les pages suivantes. Il fallait donc, jusqu'à nouvel ordre, s'en tenir à l'explication trouvée.

« C'est amusant, n'est-ce pas ? »

Henriette était revenue. Il répondit :

« Si c'est amusant ! Seulement, tu n'as pas d'autres papiers ?… ou bien des mots déjà découpés et que je pourrais coller ?

— Des papiers ?… non… Et puis, mademoiselle ne serait pas contente.

— Mademoiselle ?

— Oui, elle m'a déjà grondée.

— Pourquoi ?

— Parce que je vous ai dit des choses… et qu'elle dit qu'on ne doit jamais dire des choses sur ceux qu'on aime bien.

— Tu as absolument raison. »

Henriette sembla ravie de l'approbation, tellement ravie qu'elle tira d'un menu sac de toile, épinglé à sa robe, quelques loques, trois boutons, deux morceaux de sucre, et, finalement, un carré de papier qu'elle tendit à Sholmès.

« Tiens, je te le donne tout de même. »

C'était un numéro de fiacre, le 8279.

« D'où vient-il, ce numéro ?

— Il est tombé de son porte-monnaie.

— Quand ?

— Dimanche, à la messe, comme elle prenait des sous pour la quête.

— Parfait ! Et maintenant je vais te donner le moyen de n'être pas grondée. Ne dis pas à mademoiselle que tu m'as vu. »

Sholmès s'en alla trouver M. d'Imblevalle et nettement l'interrogea sur mademoiselle.

Le baron eut un haut-le-corps.

« Alice Demun ! est-ce que vous penseriez ?... c'est impossible.

— Depuis combien de temps est-elle à votre service ?

— Un an seulement, mais je ne connais pas de personne plus tranquille et en qui j'aie plus de confiance.

— Comment se fait-il que je ne l'aie pas encore aperçue ?

— Elle s'est absentée deux jours.

— Et actuellement ?

— Dès son retour elle a voulu s'installer au chevet de votre ami. Elle a toutes les qualités de la garde-malade... douce... prévenante... M. Wilson en paraît enchanté.

— Ah ! » fit Sholmès qui avait complètement négligé de prendre des nouvelles du vieux camarade.

Il réfléchit et s'informa :

« Et le dimanche matin, est-elle sortie ?

— Oui.

— Le lendemain du vol ? »

Le baron appela sa femme et lui posa la question. Elle répondit :

« Mademoiselle est partie comme à l'ordinaire pour aller à la messe de onze heures avec les enfants.

— Mais, auparavant ?

— Auparavant ? Non... Ou plutôt... mais j'étais si bouleversée par ce vol !... cependant je me souviens qu'elle m'avait demandé la veille l'autorisation de sortir le dimanche matin... pour voir une cousine de passage à Paris, je crois. Mais je ne suppose pas que vous la soupçonniez ?...

— Certes, non... Cependant je voudrais la voir. »

Il monta jusqu'à la chambre de Wilson. Une femme, vêtue comme les infirmières, d'une longue robe de toile grise, était courbée sur le malade et lui donnait à boire. Quand elle se tourna, Sholmès reconnut la jeune fille qui l'avait abordé devant la gare du Nord.

Il n'y eut pas entre eux la moindre explication. Alice Demun sourit doucement, de ses yeux charmants et graves, sans aucun embarras. L'Anglais voulut parler, ébaucha quelques syllabes et se tut. Alors elle reprit sa besogne, évolua paisiblement sous le regard étonné de Sholmès, remua des flacons, déroula et roula des bandes de toile, et de nouveau lui adressa son clair sourire.

Il pivota sur ses talons, redescendit, avisa dans la cour l'automobile de M. d'Imblevalle, s'y installa et se fit mener à Levallois, au dépôt de voitures dont l'adresse était marquée sur le bulletin de fiacre livré par l'enfant. Le cocher Duprêt, qui conduisait le 8279 dans la matinée du dimanche, n'étant pas là, il renvoya l'automobile et attendit jusqu'à l'heure du relais.

Le cocher Duprêt raconta qu'il avait en effet « chargé » une dame aux environs du parc Monceau, une jeune dame en noir qui avait une grosse voilette et qui paraissait très agitée.

« Elle portait un paquet ?

— Oui, un paquet assez long.

— Et vous l'avez menée ?

— Avenue des Ternes, au coin de la place Saint-Ferdinand. Elle y est restée une dizaine de minutes, et puis on s'en est retourné au parc Monceau.

— Vous reconnaîtriez la maison de l'avenue des Ternes ?

— Parbleu ! Faut-il vous y conduire ?

— Tout à l'heure. Conduisez-moi d'abord au 36, quai des Orfèvres. »

À la préfecture de police, il eut la chance de rencontrer aussitôt l'inspecteur principal Ganimard.

« Monsieur Ganimard, vous êtes libre ?

— S'il s'agit de Lupin, non.

— Il s'agit de Lupin.

— Alors je ne bouge pas.

— Comment ! vous renoncez…

— Je renonce à l'impossible ! Je suis las d'une lutte inégale, où nous sommes sûrs d'avoir le dessous. C'est lâche, c'est absurde, tout ce que vous voudrez… je m'en moque ! Lupin est plus fort que nous. Par conséquent, il n'y a qu'à s'incliner.

— Je ne m'incline pas.

— Il vous inclinera, vous comme les autres.

— Eh bien, c'est un spectacle qui ne peut manquer de vous faire plaisir !

— Ah ! ça, c'est vrai, dit Ganimard ingénument. Et puisque vous n'avez pas votre compte de coups de bâton, allons-y. »

Tous deux montèrent dans le fiacre. Sur leur ordre, le cocher les arrêta un peu avant la maison et de l'autre côté de l'avenue, devant un petit café à la terrasse duquel ils s'assirent, entre des lauriers et des fusains. Le jour commençait à baisser.

« Garçon, fit Sholmès, de quoi écrire. »

Il écrivit, et rappelant le garçon :

« Portez cette lettre au concierge de la maison qui est en face. C'est évidemment l'homme en casquette qui fume sous la porte cochère. »

Le concierge accourut, et, Ganimard ayant décliné son titre d'inspecteur principal, Sholmès demanda si, le matin du dimanche, il était venu une jeune dame en noir.

« En noir ? oui, vers neuf heures – celle qui monte au second.

— Vous la voyez souvent ?

— Non, mais depuis quelque temps, davantage… la dernière quinzaine, presque tous les jours.

— Et depuis dimanche ?

— Une fois seulement… sans compter aujourd'hui.

— Comment ! elle est venue !

— Elle est là.

— Elle est là !

— Voilà bien dix minutes. Sa voiture attend sur la place Saint-Ferdinand, comme d'habitude. Elle, je l'ai croisée sous la porte.

— Et quel est ce locataire du second ?

— Il y en a deux, une modiste, Mlle Langeais, et un monsieur qui a loué deux chambres meublées, depuis un mois, sous le nom de Bresson.

— Pourquoi dites-vous “sous le nom” ?

— Une idée à moi que c’est un nom d’emprunt. Ma femme fait son ménage : eh bien, il n’a pas deux chemises avec les mêmes initiales.

— Comment vit-il ?

— Oh ! dehors presque. Des trois jours, il ne rentre pas chez lui.

— Est-il rentré dans la nuit de samedi à dimanche ?

— Dans la nuit de samedi à dimanche ? Écoutez voir, que je réfléchisse… Oui, samedi soir, il est rentré et il n’a pas bougé.

— Et quelle sorte d’homme est-ce ?

— Ma foi je ne saurais dire. Il est si changeant ! Il est grand, il est petit, il est gros, il est fluet… brun et blond. Je ne le reconnais toujours pas. »

Ganimard et Sholmès se regardèrent.

« C’est lui, murmura l’inspecteur, c’est bien lui. »

Il y eut vraiment chez le vieux policier un instant de trouble qui se traduisit par un bâillement et par une crispation de ses deux poings.

Sholmès aussi, bien que plus maître de lui, sentit une étreinte au cœur.

« Attention, dit le concierge, voici la jeune fille. »

Mademoiselle en effet apparaissait au seuil de la porte et traversait la place.

« Et voici M. Bresson.

— M. Bresson ? Lequel ?

— Celui qui porte un paquet sous le bras.

— Mais il ne s’occupe pas de la jeune fille. Elle regagne seule sa voiture.

— Ah ! ça, je ne les ai jamais vus ensemble. »

Les deux policiers s’étaient levés précipitamment. À la lueur des réverbères ils reconnurent la silhouette de Lupin, qui s’éloignait dans une direction opposée à la place.

« Qui préférez-vous suivre ? demanda Ganimard.

— Lui, parbleu ! c’est le gros gibier.

— Alors, moi, je file la demoiselle, proposa Ganimard.

— Non, non, dit vivement l'Anglais, qui ne voulait rien dévoiler de l'affaire à Ganimard, la demoiselle, je sais où la retrouver… Ne me quittez pas. »

À distance, et en utilisant l'abri momentané des passants et des kiosques, ils se mirent à la poursuite de Lupin. Poursuite facile d'ailleurs, car il ne se retournait pas et marchait rapidement, avec une légère claudication de la jambe droite, si légère qu'il fallait l'œil exercé d'un observateur pour la percevoir, Ganimard dit :

« Il fait semblant de boiter. »

Et il reprit :

« Ah ! si l'on pouvait ramasser deux ou trois agents et sauter sur notre individu ! Nous risquons de le perdre. »

Mais aucun agent ne se montra avant la porte des Ternes, et, les fortifications franchies, ils ne devaient plus escompter le moindre secours.

« Séparons-nous, dit Sholmès, l'endroit est désert. »

C'était le boulevard Victor-Hugo. Chacun d'eux prit un trottoir et s'avança selon la ligne des arbres.

Ils allèrent ainsi pendant vingt minutes jusqu'au moment où Lupin tourna sur la gauche et longea la Seine. Là, ils aperçurent Lupin qui descendait au bord du fleuve. Il y resta quelques secondes sans qu'il leur fût possible de distinguer ses gestes. Puis il remonta la berge et revint sur ses pas. Ils se collèrent contre les piliers d'une grille. Lupin passa devant eux. Il n'avait plus de paquet.

Et comme il s'éloignait, un autre individu se détacha d'une encoignure de maison et se glissa entre les arbres.

Sholmès dit à voix basse :

« Il a l'air de le suivre aussi, celui-là.

— Oui, il m'a semblé déjà le voir en allant. »

La chasse recommença, mais compliquée par la présence de cet individu. Lupin reprit le même chemin, traversa de nouveau la porte des Ternes, et rentra dans la maison de la place Saint-Ferdinand.

Le concierge fermait lorsque Ganimard se présenta.

« Vous l'avez vu, n'est-ce pas ?

— Oui, j'éteignais le gaz de l'escalier, il a poussé le verrou de sa porte.

— Il n'y a personne avec lui ?

— Personne, aucun domestique… il ne mange jamais ici.

— Il n'existe pas d'escalier de service ?

— Non. »

Ganimard dit à Sholmès :

« Le plus simple est que je m'installe à la porte même de Lupin, tandis que vous allez chercher le commissaire de police de la rue Demours. Je vais vous donner un mot. »

Sholmès objecta :

« Et s'il s'échappe pendant ce temps ?

— Puisque je reste !…

— Un contre un, la lutte est inégale avec lui.

— Je ne puis pourtant pas forcer son domicile, je n'en ai pas le droit, la nuit surtout. »

Sholmès haussa les épaules.

« Quand vous aurez arrêté Lupin, on ne vous chicanera pas sur les conditions de l'arrestation. D'ailleurs, quoi ! il s'agit tout au plus de sonner. Nous verrons alors ce qui se passera. »

Ils montèrent. Une porte à deux battants s'offrait à gauche du palier. Ganimard sonna.

Aucun bruit. Il sonna de nouveau. Personne.

« Entrons, murmura Sholmès.

— Oui, allons-y. »

Pourtant, ils demeurèrent immobiles, l'air irrésolu. Comme des gens qui hésitent au moment d'accomplir un acte décisif, ils redoutaient d'agir, et il leur semblait soudain impossible qu'Arsène Lupin fût là, si près d'eux, derrière cette cloison fragile qu'un coup de poing pouvait abattre. L'un et l'autre, ils le connaissaient trop, le diabolique personnage, pour admettre qu'il se laissât pincer aussi stupidement. Non, non, mille fois non, il n'était plus là. Par les maisons contiguës, par les toits, par telle issue convenablement préparée, il avait dû s'évader, et une fois de plus, c'est l'ombre seule de Lupin qu'on allait étreindre.

Ils frissonnèrent. Un bruit imperceptible, qui venait de l'autre côté de la porte, avait comme effleuré le silence. Et ils eurent l'impression, la certitude, que tout de même il était là, séparé d'eux par la mince cloison de bois, et qu'il les écoutait, qu'il les entendait.

Que faire ? La situation était tragique. Malgré leur sang-froid de vieux routiers de police, une telle émotion les bouleversait qu'ils s'imaginaient percevoir les battements de leur cœur.

Du coin de l'œil, Ganimard consulta Sholmès. Puis, violemment, de son poing, il ébranla le battant de la porte.

Un bruit de pas, maintenant, un bruit qui ne cherchait plus à se dissimuler…

Ganimard secoua la porte. D'un élan irrésistible, Sholmès, l'épaule en avant, l'abattit, et tous deux se ruèrent à l'assaut.

Ils s'arrêtèrent net. Un coup de feu avait retenti dans la pièce voisine. Un autre encore, et le bruit d'un corps qui tombait…

Quand ils entrèrent, ils virent l'homme étendu, la face contre le marbre de la cheminée. Il eut une convulsion. Son revolver glissa de sa main.

Ganimard se pencha et tourna la tête du mort. Du sang la couvrait, qui giclait de deux larges blessures, l'une à la joue, et l'autre à la tempe.

« Il est méconnaissable, murmura-t-il.

— Parbleu ! fit Sholmès, ce n'est pas *lui.*

— Comment le savez-vous ? Vous ne l'avez même pas examiné. »

L'Anglais ricana :

« Pensez-vous donc qu'Arsène Lupin est homme à se tuer ?

— Pourtant, nous avions bien cru le reconnaître dehors…

— Nous avions cru, parce que nous voulions croire. Cet homme nous obsède.

— Alors, c'est un de ses complices.

— Les complices d'Arsène Lupin ne se tuent pas.

— Alors, qui est-ce ? »

Ils fouillèrent le cadavre. Dans une poche, Herlock Sholmès trouva un portefeuille vide, dans une autre Ganimard trouva quelques louis. Au linge, point de marque, aux vêtements non plus.

Dans les malles – une grosse malle et deux valises –, rien que des effets. Sur la cheminée un paquet de journaux. Ganimard les déplia. Tous parlaient du vol de la lampe juive.

Une heure après, lorsque Ganimard et Sholmès se retirèrent, ils n'en savaient pas plus sur le singulier personnage que leur intervention avait acculé au suicide.

Qui était-ce ? Pourquoi s'était-il tué ? Par quel lien se rattachait-il à l'affaire de la lampe juive ? Qui l'avait filé au cours de sa promenade ? Autant de questions aussi complexes les unes que les autres… Autant de mystères…

Herlock Sholmès se coucha de fort mauvaise humeur. À son réveil il reçut un pneumatique ainsi conçu :

Arsène Lupin a l'honneur de vous faire part de son tragique décès en la personne du sieur Bresson, et vous prie d'assister à ses convois, service et enterrement, qui auront lieu aux frais de l'État, le jeudi 25 juin.

II

« Voyez-vous, mon vieux camarade, disait Sholmès à Wilson, en brandissant le pneumatique d'Arsène Lupin, ce qui m'exaspère dans cette aventure, c'est de sentir continuellement posé sur moi l'œil de ce satané gentleman. Aucune de mes pensées les plus secrètes ne lui échappe. J'agis comme un acteur dont tous les pas sont réglés par une mise en scène rigoureuse, qui va là et qui dit cela, parce que le voulut ainsi une volonté supérieure. Comprenez-vous, Wilson ? »

Wilson eût certainement compris s'il n'avait dormi le profond sommeil d'un homme dont la température varie entre quarante et quarante et un degrés. Mais qu'il entendît ou non, cela n'avait aucune importance pour Sholmès qui continuait :

« Il me faut faire appel à toute mon énergie et mettre en œuvre toutes mes ressources pour ne pas me décourager. Heureusement qu'avec moi, ces petites taquineries sont autant de coups d'épingle qui me stimulent. Le feu de la piqûre apaisé, la plaie d'amour-propre refermée, j'en arrive toujours à dire : "Amuse-toi bien, mon bonhomme. Un moment ou l'autre, c'est toi-même qui te trahiras." Car enfin, Wilson, n'est-ce pas Lupin qui, par sa première dépêche et par la réflexion qu'elle a suggérée à la petite Henriette, n'est-ce pas lui qui m'a livré le secret de sa correspondance avec Alice Demun ? Vous oubliez ce détail, vieux camarade. »

Il déambulait dans la chambre, à pas sonores, au risque de réveiller le vieux camarade.

« Enfin ! ça ne va pas trop mal, et si les chemins que je suis sont un peu obscurs, je commence à m'y retrouver. Tout d'abord je vais être fixé sur le sieur Bresson. Ganimard et moi nous avons rendez-vous au bord de la Seine, à l'endroit où Bresson a jeté son paquet, et le rôle du monsieur nous sera connu. Pour le reste, c'est une partie à jouer entre Alice Demun et moi. L'adversaire est de mince envergure, hein, Wilson ? et ne pensez-vous pas qu'avant peu je saurai la phrase de l'album, et ce que signifient ces deux lettres isolées, ce C et cet H ? Car tout est là, Wilson. »

Mademoiselle entra au même instant, et apercevant Sholmès qui gesticulait, elle lui dit gentiment :

« Monsieur Sholmès, je vais vous gronder si vous réveillez mon malade. Ce n'est pas bien à vous de le déranger. Le docteur exige une tranquillité absolue. »

Il la contemplait sans un mot, étonné comme au premier jour de son calme inexplicable.

« Qu'avez-vous à me regarder, monsieur Sholmès ? Rien ? Mais si… Vous semblez toujours avoir une arrière-pensée… Laquelle ? Répondez, je vous en prie. »

Elle l'interrogeait de tout son clair visage, de ses yeux ingénus, de sa bouche qui souriait, et de toute son attitude aussi, de ses mains jointes, de son buste légèrement penché en avant. Et il y avait tant de candeur en elle que l'Anglais en éprouva de la colère. Il s'approcha et lui dit à voix basse :

« Bresson s'est tué hier soir. »

Elle répéta, sans avoir l'air de comprendre :

« Bresson s'est tué hier… »

En vérité aucune contraction n'altéra son visage, rien qui révélât l'effort du mensonge.

« Vous étiez prévenue, lui dit-il avec irritation… Sinon, vous auriez au moins tressailli… Ah ! vous êtes plus forte que je ne croyais… Mais pourquoi dissimuler ? »

Il saisit l'album à images qu'il venait de déposer sur une table voisine et, l'ouvrant à la page découpée :

« Pourriez-vous me dire dans quel ordre on doit disposer les lettres qui manquent ici, pour connaître la teneur exacte du billet que vous avez envoyé à Bresson quatre jours avant le vol de la lampe juive ?

— Dans quel ordre ?… Bresson ?… le vol de la lampe juive ?… »

Elle redisait les mots, lentement, comme pour en dégager le sens.

Il insista.

« Oui. Voici les lettres employées… sur ce bout de papier. Que disiez-vous à Bresson ?

— Les lettres employées… ce que je disais… »

Soudain elle éclata de rire :

« Ça y est ! Je comprends ! Je suis la complice du vol ! Il y a un M. Bresson qui a pris la lampe juive et qui s'est tué. Et moi, je suis l'amie de ce monsieur. Oh ! que c'est amusant !

— Qui donc avez-vous été voir hier dans la soirée, au second étage d'une maison de l'avenue des Ternes ?

— Qui ? mais ma modiste, Mlle Langeais. Est-ce que ma modiste et mon ami M. Bresson ne feraient qu'une seule et même personne ? »

Malgré tout, Sholmès douta. On peut feindre, de manière à donner le change, la terreur, la joie, l'inquiétude, tous les sentiments, mais non point l'indifférence, non point le rire heureux et insouciant.

Cependant il lui dit encore :

« Un dernier mot : pourquoi l'autre soir, à la gare du Nord, m'avez-vous abordé ? et pourquoi m'avez-vous supplié de repartir immédiatement sans m'occuper de ce vol ?

— Ah ! vous êtes trop curieux, monsieur Sholmès, répondit-elle en riant toujours de la façon la plus naturelle. Pour votre punition, vous ne saurez rien, et en outre vous garderez le malade pendant que je vais chez le pharmacien… Une ordonnance pressée… je me sauve. »

Elle sortit.

« Je suis roulé, murmura Sholmès. Non seulement je n'ai rien tiré d'elle, mais c'est moi qui me suis découvert. »

Et il se rappelait l'affaire du diamant bleu et l'interrogatoire qu'il avait fait subir à Clotilde Destange. N'était-ce pas la même sérénité que la Dame blonde lui avait opposée, et ne se trouvait-il pas de nouveau en face d'un de ces êtres qui, protégés par Arsène Lupin, sous l'action directe de son influence, gardaient dans l'angoisse même du danger le calme le plus stupéfiant ?

« Sholmès… Sholmès… »

Il s'approcha de Wilson qui l'appelait, et s'inclina vers lui.

« Qu'y a-t-il, vieux camarade ? on souffre ? »

Wilson remua les lèvres sans pouvoir parler. Enfin, après de grands efforts, il bégaya :

« Non… Sholmès… ce n'est pas elle… il est impossible que ce soit elle…

— Qu'est-ce que vous me chantez là ? Je vous dis que c'est elle, moi ! Il n'y a qu'en face d'une créature de Lupin, dressée et remontée par lui, que je perds la tête et que j'agis aussi sottement… La voilà maintenant qui connaît toute l'histoire de l'album… Je vous parie qu'avant une heure Lupin sera prévenu. Avant une heure ? Que dis-je ! mais tout de suite ! Le pharmacien, l'ordonnance pressée… des blagues ! »

Il s'esquiva rapidement, descendit l'avenue de Messine, et avisa mademoiselle qui entrait dans une pharmacie. Elle reparut, dix minutes plus tard, avec des flacons et une bouteille enveloppés de papier blanc. Mais, alors qu'elle remontait l'avenue, elle fut accostée par un homme qui la poursuivit, la casquette à la main et l'air obséquieux, comme s'il demandait la charité.

Elle s'arrêta et lui fit l'aumône, puis reprit son chemin.

« Elle lui a parlé », se dit l'Anglais.

Plutôt qu'une certitude, ce fut une intuition, assez forte cependant pour qu'il changeât de tactique. Abandonnant la jeune fille, il se lança sur la piste du faux mendiant.

Ils arrivèrent ainsi, l'un derrière l'autre, à la place Saint-Ferdinand, et l'homme erra longtemps autour de la maison de Bresson, levant parfois les yeux aux fenêtres du second étage, et surveillant les gens qui pénétraient dans la maison.

Au bout d'une heure, il monta sur l'impériale d'un tramway qui se dirigeait vers Neuilly. Sholmès y monta également et s'assit derrière l'individu, un peu plus loin, et à côté d'un monsieur que dissimulaient les feuilles ouvertes de son journal. Aux fortifications, le journal s'abaissa, Sholmès aperçut Ganimard, et Ganimard lui dit à l'oreille en désignant l'individu :

« C'est notre homme d'hier soir, celui qui suivait Bresson. Il y a une heure qu'il vagabonde sur la place.

— Rien de nouveau pour Bresson ? demanda Sholmès.

— Si, une lettre qui est arrivée ce matin à son adresse.

— Ce matin ? Donc elle a été mise à la poste hier, avant que l'expéditeur ne sache la mort de Bresson.

— Précisément. Elle est entre les mains du juge d'instruction. Mais j'en ai retenu les termes : "Il n'accepte aucune transaction. Il veut tout, la première chose aussi bien que celles de la seconde affaire. Sinon, il agit." Et pas de signature, ajouta Ganimard. Comme vous voyez, ces quelques lignes ne nous serviront guère.

— Je ne suis pas du tout de votre avis, monsieur Ganimard, ces quelques lignes me semblent au contraire fort intéressantes.

— Et pourquoi, mon Dieu?

— Pour des raisons qui me sont personnelles », répondit Sholmès avec le sans-gêne dont il usait envers son collègue.

Le tramway s'arrêta rue du Château, au point terminus. L'individu descendit et s'en alla paisiblement.

Sholmès l'escortait, et de si près que Ganimard s'en effraya :

« S'il se retourne, nous sommes brûlés.

— Il ne se retournera pas maintenant.

— Qu'en savez-vous ?

— C'est un complice d'Arsène Lupin, et le fait qu'un complice de Lupin s'en va ainsi, les mains dans ses poches, prouve d'abord qu'il se sait suivi, et en second lieu qu'il ne craint rien.

— Pourtant nous le serrons d'assez près ?

— Pas assez pour qu'il ne puisse nous glisser entre les doigts avant une minute. Il est trop sûr de lui.

— Voyons ! voyons ! vous me faites poser. Il y a là-bas, à la porte de ce café, deux agents cyclistes. Si je décide de les requérir et d'aborder le personnage, je me demande comment il nous glissera entre les doigts.

— Le personnage ne paraît pas s'émouvoir beaucoup de cette éventualité. C'est lui-même qui les requiert !

— Nom d'un chien, proféra Ganimard, il a de l'aplomb ! »

L'individu en effet s'était avancé vers les deux agents au moment où ceux-ci se disposaient à enfourcher leurs bicyclettes. Il leur dit quelques mots, puis, soudain, sauta sur une troisième bicyclette, qui était appuyée contre le mur du café, et s'éloigna rapidement avec les deux agents.

L'Anglais s'esclaffa.

« Hein ! l'avais-je prévu ? Un, deux, trois, enlevé ! et par qui ? par deux de vos collègues, monsieur Ganimard. Ah ! il se met bien, Arsène Lupin ! des agents cyclistes à sa solde ! Quand je vous disais que notre personnage était beaucoup trop calme !

— Alors quoi, s'écria Ganimard, vexé, que fallait-il faire ? C'est très commode de rire !

— Allons, allons, ne vous fâchez pas. On se vengera. Pour le moment, il nous faut du renfort.

— Folenfant m'attend au bout de l'avenue de Neuilly.

— Eh bien, prenez-le au passage et venez me rejoindre. »

Ganimard s'éloigna, tandis que Sholmès suivait les traces des bicyclettes, d'autant plus visibles sur la poussière de la route, que deux des machines étaient munies de pneumatiques striés. Et il s'aperçut bientôt que ces traces le conduisaient au bord de la Seine, et que les trois hommes avaient tourné du même côté que Bresson, la veille au soir. Il parvint ainsi à la grille contre laquelle lui-même s'était caché avec Ganimard, et, un peu plus loin, il constata un emmêlement des lignes striées qui lui prouva qu'on avait fait halte à cet endroit. Juste en face il y avait une petite langue de terrain qui pointait dans la Seine et à l'extrémité de laquelle une vieille barque était amarrée.

C'est là que Bresson avait dû jeter son paquet, ou plutôt qu'il l'avait laissé tomber. Sholmès descendit le talus et vit que, la berge s'abaissant en pente très douce et l'eau du fleuve étant basse, il lui serait facile de retrouver le paquet… à moins que les trois hommes n'eussent pris les devants.

« Non, non, se dit-il, ils n'ont pas eu le temps… un quart d'heure tout au plus… et cependant pourquoi ont-ils passé par là ? »

Un pêcheur était assis dans la barque. Sholmès lui demanda :

« Vous n'avez pas aperçu trois hommes à bicyclette ? »

Le pêcheur fit signe que non.

L'Anglais insista :

« Mais si… Trois hommes… Ils viennent de s'arrêter à deux pas de vous… »

Le pêcheur mit sa ligne sous son bras, sortit de sa poche un carnet, écrivit sur une des pages, la déchira et la tendit à Sholmès.

Un grand frisson secoua l'Anglais. D'un coup d'œil il avait vu, au milieu de la page qu'il tenait à la main, la série des lettres déchirées de l'album.

CDEHNOPRZEO-237

Un lourd soleil pesait sur la rivière. L'homme avait repris sa besogne, abrité sous la vaste cloche d'un chapeau de paille, sa veste et son gilet pliés à côté de lui. Il pêchait attentivement, tandis que le bouchon de sa ligne flottait au fil de l'eau.

Il s'écoula bien une minute, une minute de solennel et terrible silence.

« Est-ce lui ? » pensait Sholmès avec une anxiété presque douloureuse.

Et la vérité l'éclairant :

« C'est lui ! c'est lui ! lui seul est capable de rester ainsi sans un frémissement d'inquiétude, sans rien craindre de ce qui va se passer… Et quel autre saurait cette histoire de l'album ? Alice l'a prévenu par son messager. »

Tout à coup l'Anglais sentit que sa main, que sa propre main avait saisi la crosse de son revolver, et que ses yeux se fixaient sur le dos de l'individu, un peu au-dessous de la nuque. Un geste et tout le drame se dénouait, la vie de l'étrange aventurier se terminait misérablement.

Le pêcheur ne bougea pas.

Sholmès serra nerveusement son arme avec l'envie farouche de tirer et d'en finir, et l'horreur en même temps d'un acte qui déplaisait à sa nature. La mort était certaine. Ce serait fini.

« Ah ! pensa-t-il, qu'il se lève, qu'il se défende… sinon tant pis pour lui… Une seconde encore… et je tire… »

Mais un bruit de pas lui ayant fait tourner la tête, il avisa Ganimard qui s'en venait en compagnie des inspecteurs.

Alors, changeant d'idée, il prit son élan, d'un bond sauta dans la barque dont l'amarre se cassa sous la poussée trop forte, tomba sur l'homme et l'étreignit à bras-le-corps. Ils roulèrent tous deux au fond du bateau.

« Et après ? s'écria Lupin, tout en se débattant, qu'est-ce que cela prouve ? Quand l'un de nous aura réduit l'autre à l'impuissance, il sera bien avancé ! Vous ne saurez pas quoi faire de moi, ni moi de vous. On restera là comme deux imbéciles… »

Les deux rames glissèrent à l'eau. La barque s'en fut à la dérive. Des exclamations s'entrecroisaient le long de la berge, et Lupin continuait :

« Que d'histoires, Seigneur ! Vous avez donc perdu la notion des choses ?… De pareilles bêtises à votre âge ! et un grand garçon comme vous ! Fi, que c'est vilain !… »

Il réussit à se dégager.

Exaspéré, résolu à tout, Herlock Sholmès mit la main à sa poche. Il poussa un juron : Lupin lui avait pris son revolver.

Alors il se jeta à genoux et tâcha de rattraper un des avirons afin de gagner le bord, tandis que Lupin s'acharnait après l'autre, afin de gagner le large.

« L'aura… L'aura pas, disait Lupin… D'ailleurs ça n'a aucune importance… Si vous avez une rame, je vous empêche de vous en servir… Et vous de même. Mais voilà, dans la vie, on s'efforce d'agir… sans la moindre raison, puisque c'est toujours le sort qui décide… Tenez, vous voyez, le sort… eh bien, il se décide pour son vieux Lupin… Victoire ! le courant me favorise ! »

Le bateau en effet tendait à s'éloigner.

« Garde à vous », cria Lupin.

Quelqu'un, sur la rive, braquait un revolver. Il baissa la tête, une détonation retentit, un peu d'eau jaillit auprès d'eux. Lupin éclata de rire.

« Dieu me pardonne, c'est l'ami Ganimard !… Mais c'est très mal ce que vous faites là, Ganimard. Vous n'avez le droit de tirer qu'en cas de légitime défense… Ce pauvre Arsène vous rend donc féroce au point d'oublier tous vos devoirs ?… Allons bon, le voilà qui recommence !… Mais, malheureux, c'est mon cher maître que vous allez frapper. »

Il fit à Sholmès un rempart de son corps, et, debout dans la barque, face à Ganimard :

« Bien ! maintenant je suis tranquille… Visez là, Ganimard, en plein cœur !… plus haut… à gauche… C'est raté… fichu maladroit… Encore un coup?… Mais vous tremblez, Ganimard… Au commandement, n'est-ce pas? et du sang-froid!… Une, deux, trois, feu!… Raté! Sacrebleu, le gouvernement vous donne des joujoux d'enfant comme pistolets? »

Il exhiba un long revolver, massif et plat, et, sans viser, tira.

L'inspecteur porta la main à son chapeau : une balle l'avait troué.

« Qu'en dites-vous, Ganimard? Ah! cela vient d'une bonne fabrique. Saluez, messieurs, c'est le revolver de mon noble ami, maître Herlock Sholmès! »

Et, d'un tour de bras, il lança l'arme aux pieds mêmes de Ganimard.

Sholmès ne pouvait s'empêcher de sourire et d'admirer. Quel débordement de vie! Quelle allégresse jeune et spontanée! Et comme il paraissait se divertir! On eût dit que la sensation du péril lui causait une joie physique, et que l'existence n'avait pas d'autre but pour cet homme extraordinaire que la recherche de dangers qu'il s'amusait ensuite à conjurer.

De chaque côté du fleuve, cependant, des gens se massaient, et Ganimard et ses hommes suivaient l'embarcation qui se balançait au large, très doucement entraînée par le courant. C'était la capture inévitable, mathématique.

« Avouez, maître, s'écria Lupin en se retournant vers l'Anglais, que vous ne donneriez pas votre place pour tout l'or du Transvaal! C'est que vous êtes au premier rang des fauteuils! Mais, d'abord et avant tout, le prologue… après quoi nous sauterons d'un coup au cinquième acte, la capture ou l'évasion d'Arsène Lupin. Donc, mon cher maître, j'ai une question à vous poser, et je vous supplie, afin qu'il n'y ait pas d'équivoque, d'y répondre par un oui ou un non. Renoncez à vous occuper de cette affaire. Il en est encore temps et je puis réparer le mal que vous avez fait. Plus tard je ne le pourrais plus. Est-ce convenu?

— Non. »

La figure de Lupin se contracta. Visiblement cette obstination l'irritait. Il reprit :

« J'insiste. Pour vous encore plus que pour moi, j'insiste, certain que vous serez le premier à regretter votre intervention. Une dernière fois, oui ou non?

— Non. »

Lupin s'accroupit, déplaça une des planches du fond et, durant quelques minutes, exécuta un travail dont Sholmès ne put discerner la nature. Puis il se releva, s'assit auprès de l'Anglais, et lui tint ce langage :

« Je crois, maître, que nous sommes venus au bord de cette rivière pour des raisons identiques : repêcher l'objet dont Bresson s'est débarrassé ? Pour ma part, j'avais donné rendez-vous à quelques camarades, et j'étais sur le point – mon costume sommaire l'indique – d'effectuer une petite exploration dans les profondeurs de la Seine, quand mes amis m'ont annoncé votre approche.

« Je vous confesse d'ailleurs que je n'en fus pas surpris, étant prévenu heure par heure, j'ose le dire, des progrès de votre enquête. C'est si facile ! Dès qu'il se passe, rue Murillo, la moindre chose susceptible de m'intéresser, vite, un coup de téléphone, et je suis averti ! Vous comprendrez que, dans ces conditions… »

Il s'arrêta. La planche qu'il avait écartée se soulevait maintenant, et, tout autour, de l'eau filtrait par petits jets.

« Diable ! J'ignore comment j'ai procédé, mais j'ai tout lieu de penser qu'il y a une voie d'eau au fond de cette vieille embarcation. Vous n'avez pas peur, maître ? »

Sholmès haussa les épaules. Lupin continua :

« Vous comprendrez donc que, dans ces conditions, et sachant par avance que vous recherchiez le combat d'autant plus ardemment que je m'efforçais, moi, de l'éviter, il m'était plutôt agréable d'engager avec vous une partie dont l'issue est certaine puisque j'ai tous les atouts en main. Et j'ai voulu donner à notre rencontre le plus d'éclat possible, afin que votre défaite fût universellement connue, et qu'une autre comtesse de Crozon ou un autre baron d'Imblevalle ne fussent pas tentés de solliciter votre secours contre moi. Ne voyez là, d'ailleurs, mon cher maître… »

Il s'interrompit de nouveau, et, se servant de ses mains à demi fermées comme de lorgnettes, il observa les rives.

« Bigre ! ils ont frété un superbe canot, un vrai navire de guerre, et les voilà qui font force rames. Avant cinq minutes, ce sera l'abordage et je suis perdu. Monsieur Sholmès, un conseil : vous

vous jetez sur moi, vous me ficelez et vous me livrez à la justice de mon pays… Ce programme vous plaît-il ?… À moins que d'ici là, nous n'ayons fait naufrage, auquel cas il ne nous resterait plus qu'à préparer notre testament. Qu'en pensez-vous ? »

Leurs regards se croisèrent. Cette fois Sholmès s'expliqua la manœuvre de Lupin : il avait percé le fond de la barque. Et l'eau montait.

Elle gagna les semelles de leurs bottines. Elle recouvrit leurs pieds : ils ne firent pas un mouvement.

Elle dépassa leurs chevilles : l'Anglais saisit sa blague à tabac, roula une cigarette et l'alluma.

Lupin poursuivit :

« Et ne voyez là, mon cher maître, que l'humble aveu de mon impuissance à votre égard. C'est m'incliner devant vous que d'accepter les seules batailles où la victoire me soit acquise, afin d'éviter celles dont je n'aurais pas choisi le terrain. C'est reconnaître que Sholmès est l'unique ennemi que je craigne, et proclamer mon inquiétude tant que Sholmès ne sera pas écarté de ma route. Voilà, mon cher maître, ce que je tenais à vous dire, puisque le destin m'accorde l'honneur d'une conversation avec vous. Je ne regrette qu'une chose, c'est que cette conversation ait lieu pendant que nous prenons un bain de pieds !… situation qui manque de gravité, je le confesse… Et que dis-je ! un bain de pieds !… un bain de siège plutôt ! »

L'eau en effet parvenait au banc où ils étaient assis, et de plus en plus la barque s'enfonçait.

Sholmès, imperturbable, la cigarette aux lèvres, semblait absorbé dans la contemplation du ciel. Pour rien au monde, en face de cet homme environné de périls, cerné par la foule, traqué par la meute des agents, et qui cependant gardait sa belle humeur, pour rien au monde il n'eût consenti à montrer, lui, le plus léger signe d'agitation.

Quoi ! avaient-ils l'air de dire tous deux, s'émeut-on pour de telles futilités ? N'advient-il pas chaque jour que l'on se noie dans un fleuve ? Est-ce là de ces événements qui méritent qu'on y prête attention ? Et l'un bavardait, et l'autre rêvassait, tous deux cachant sous un même masque d'insouciance le choc formidable de leurs deux orgueils.

Une minute encore, et ils allaient couler.

« L'essentiel, formula Lupin, est de savoir si nous coulerons avant ou après l'arrivée des champions de la justice. Tout est là. Car, pour la question du naufrage, elle ne se pose même plus. Maître, c'est l'heure solennelle du testament. Je lègue toute ma fortune à Herlock Sholmès, citoyen anglais, à charge pour lui... Mais, mon Dieu, qu'ils avancent vite, les champions de la justice ! Ah ! les braves gens ! ils font plaisir à voir. Quelle précision dans le coup de rame ! Tiens, mais c'est vous, brigadier Folenfant ? Bravo ! L'idée du navire de guerre est excellente. Je vous recommanderai à vos supérieurs, brigadier Folenfant... Est-ce la médaille que vous souhaitez ? entendu... c'est chose faite. Et votre camarade Dieuzy, où est-il donc ? Sur la rive gauche, n'est-ce pas, au milieu d'une centaine d'indigènes ?... De sorte que, si j'échappe au naufrage, je suis recueilli à gauche par Dieuzy et ses indigènes, ou bien à droite par Ganimard et les populations de Neuilly. Fâcheux dilemme... »

Il y eut un remous. L'embarcation vira sur elle-même, et Sholmès dut s'accrocher à l'anneau des avirons.

« Maître, dit Lupin, je vous supplie d'ôter votre veste. Vous serez plus à l'aise pour nager. Non ? Vous refusez ? Alors je remets la mienne. »

Il enfila sa veste, la boutonna hermétiquement comme celle de Sholmès, et soupira :

« Quel rude homme vous faites ! et qu'il est dommage que vous vous entêtiez dans une affaire... où vous donnez certes la mesure de vos moyens, mais si vainement ! Vrai, vous gâchez votre beau génie... »

« Monsieur Lupin, prononça Sholmès, sortant enfin de son mutisme, vous parlez beaucoup trop, et vous péchez souvent par excès de confiance et par légèreté.

— Le reproche est sévère.

— C'est ainsi que, sans le savoir, vous m'avez fourni, il y a un instant, le renseignement que je cherchais.

— Comment ! vous cherchiez un renseignement et vous ne me le disiez pas !

— Je n'ai besoin de personne. D'ici trois heures je donnerai le mot de l'énigme à M. et Mme d'Imblevalle. Voilà l'unique réponse… »

Il n'acheva pas sa phrase. La barque avait sombré d'un coup, les entraînant tous deux. Elle émergea aussitôt, retournée, la coque en l'air. Il y eut de grands cris sur les deux rives, puis un silence anxieux, et soudain de nouvelles exclamations : un des naufragés avait reparu.

C'était Herlock Sholmès.

Excellent nageur, il se dirigea à larges brassées vers le canot de Folenfant.

« Hardi, monsieur Sholmès, hurla le brigadier, nous y sommes… faiblissez pas… on s'occupera de lui après… nous le tenons, allez… un petit effort, monsieur Sholmès… prenez la corde… »

L'Anglais saisit une corde qu'on lui tendait. Mais, pendant qu'il se hissait à bord, une voix, derrière lui, l'interpella :

« Le mot de l'énigme, mon cher maître, parbleu oui, vous l'aurez. Je m'étonne même que vous ne l'ayez pas déjà… Et après ? À quoi cela vous servira-t-il ? C'est justement alors que la bataille sera perdue pour vous… »

À cheval sur la coque, dont il venait d'escalader les parois tout en pérorant, confortablement installé maintenant, Arsène Lupin poursuivait son discours avec des gestes solennels, et comme s'il espérait convaincre son interlocuteur.

« Comprenez-le bien, mon cher maître, il n'y a rien à faire, absolument rien… Vous vous trouvez dans la situation déplorable d'un monsieur… »

Folenfant l'ajusta :

« Rendez-vous, Lupin.

— Vous êtes un malotru, brigadier Folenfant, vous m'avez coupé au milieu d'une phrase. Je disais donc…

— Rendez-vous, Lupin.

— Mais sacrebleu, brigadier Folenfant, on ne se rend que si l'on est en danger, Or, vous n'avez pas la prétention de croire que je cours le moindre danger !

— Pour la dernière fois, Lupin, je vous somme de vous rendre.

— Brigadier Folenfant, vous n'avez nullement l'intention de me tuer, tout au plus de me blesser, tellement vous avez peur que je m'échappe. Et si par hasard la blessure était mortelle ? Non, mais pensez à vos remords, malheureux ! à votre vieillesse empoisonnée !... »

Le coup partit.

Lupin chancela, se cramponna un instant à l'épave, puis lâcha prise et disparut.

Il était exactement trois heures lorsque ces événements se produisirent. À six heures précises, ainsi qu'il l'avait annoncé, Herlock Sholmès, vêtu d'un pantalon trop court et d'un veston trop étroit qu'il avait empruntés à un aubergiste de Neuilly, coiffé d'une casquette et paré d'une chemise de flanelle à cordelière de soie, entra dans le boudoir de la rue Murillo, après avoir fait prévenir M. et Mme d'Imblevalle qu'il leur demandait un entretien.

Ils le trouvèrent qui se promenait de long en large. Et il leur parut si comique dans sa tenue bizarre qu'ils durent réprimer une forte envie de rire. L'air pensif, le dos voûté, il marchait comme un automate, de la fenêtre à la porte, et de la porte à la fenêtre, faisant chaque fois le même nombre de pas, et pivotant chaque fois dans le même sens.

Il s'arrêta, saisit un bibelot, l'examina machinalement, puis reprit sa promenade.

Enfin, se plantant devant eux, il demanda :

« Mademoiselle est-elle ici ?

— Oui, dans le jardin, avec les enfants.

— Monsieur le baron, l'entretien que nous allons avoir étant définitif, je voudrais que Mlle Demun y assistât.

— Est-ce que, décidément... ?

— Ayez un peu de patience, monsieur. La vérité sortira clairement des faits que je vais exposer devant vous avec le plus de précision possible.

— Soit. Suzanne, veux-tu... ? »

Mme d'Imblevalle se leva et revint presque aussitôt, accompagnée d'Alice Demun. Mademoiselle, un peu plus pâle que de coutume, resta debout, appuyée contre une table et sans même demander la raison pour laquelle on l'avait appelée.

Sholmès ne parut pas la voir, et, se tournant brusquement vers M. d'Imblevalle, il articula d'un ton qui n'admettait pas de réplique :

« Après plusieurs jours d'enquête, monsieur, et bien que certains événements aient modifié un instant ma manière de voir, je vous répéterai ce que je vous ai dit dès la première heure : la lampe juive a été volée par quelqu'un qui habite cet hôtel.

— Le nom du coupable ?

— Je le connais.

— Les preuves ?

— Celles que j'ai suffiront à le confondre.

— Il ne suffit pas qu'il soit confondu. Il faut encore qu'il nous restitue…

— La lampe juive ? Elle est en ma possession.

— Le collier d'opales ? la tabatière ?…

— Le collier d'opales, la tabatière, bref tout ce qui vous fut dérobé la seconde fois est en ma possession. »

Sholmès aimait ces coups de théâtre et cette manière un peu sèche d'annoncer ses victoires.

De fait le baron et sa femme semblaient stupéfaits, et le considéraient avec une curiosité silencieuse qui était la meilleure des louanges.

Il reprit ensuite par le menu le récit de ce qu'il avait fait durant ces trois jours. Il dit la découverte de l'album, écrivit sur une feuille de papier la phrase formée par les lettres découpées, puis raconta l'expédition de Bresson au bord de la Seine et le suicide de l'aventurier, et enfin la lutte que lui, Sholmès, venait de soutenir contre Lupin, le naufrage de la barque et la disparition de Lupin.

Quand il eut terminé, le baron dit à voix basse :

— Il ne vous reste plus qu'à nous révéler le nom du coupable. Qui donc accusez-vous ?

— J'accuse la personne qui a découpé les lettres de cet alphabet, et communiqué au moyen de ces lettres avec Arsène Lupin.

— Comment savez-vous que le correspondant de cette personne est Arsène Lupin ?

— Par Lupin lui-même. »

Il tendit un bout de papier mouillé et froissé. C'était la page que Lupin avait arrachée de son carnet, dans la barque, et sur laquelle il avait inscrit la phrase.

« Et remarquez, nota Sholmès, avec satisfaction, que rien ne l'obligeait à me donner cette feuille, et, par conséquent, à se faire reconnaître. Simple gaminerie de sa part, et qui m'a renseigné.

— Qui vous a renseigné…, dit le baron. Je ne vois rien cependant… »

Sholmès repassa au crayon les lettres et les chiffres :

CDEHNOPRZEO-237.

« Eh bien ? fit M. d'Imblevalle, c'est la formule que vous venez de nous montrer vous-même.

— Non. Si vous aviez tourné et retourné cette formule dans tous les sens, vous auriez vu du premier coup d'œil, comme je l'ai vu, qu'elle n'est pas semblable à la première.

— Et en quoi donc ?

— Elle comprend deux lettres de plus, un E et un O.

— En effet, je n'avais pas observé…

— Rapprochez ces deux lettres du C et de l'H qui nous restaient en dehors du mot "répondez" et vous constaterez que le seul mot possible est ÉCHO.

— Ce qui signifie ?

— Ce qui signifie *L'Écho de France*, le journal de Lupin, son organe officiel, celui auquel il réserve ses "communiqués". Répondez à "*L'Écho de France*, rubrique de la petite correspondance, numéro 237". C'était là le mot de l'énigme que j'ai tant cherché, et que Lupin m'a fourni avec tant de bonne grâce. J'arrive des bureaux de *L'Écho de France.*

— Et vous avez trouvé ?

— J'ai trouvé toute l'histoire détaillée des relations d'Arsène Lupin et de… sa complice. »

Et Sholmès étala sept journaux ouverts à la quatrième page et dont il détacha les sept lignes suivantes :

1° ARS. LUP. Dame impl, protect. 540.
2° 540. Attends explications. A. L.
3° A. L. Sous domin. ennemie. Perdue.
4° 540. Écrivez adresse. Ferai enquête.
5° A. L. Murillo.
6° 540. Parc trois heures. Violettes.
7° 237. Entendu sam. serai dim. mat. parc.

« Et vous appelez cela une histoire détaillée ! s'écria M. d'Imblevalle…

— Mon Dieu, oui, et pour peu que vous y prêtiez attention, vous serez de mon avis. Tout d'abord, une dame qui signe 540 implore la protection d'Arsène Lupin, à quoi Lupin riposte par une demande d'explications. La dame répond qu'elle est sous la domination d'un ennemi, de Bresson sans aucun doute, et qu'elle est perdue si l'on ne vient à son aide. Lupin, qui se méfie, qui n'ose encore s'aboucher avec cette inconnue, exige l'adresse et propose une enquête. La dame hésite pendant quatre jours – consultez les dates –, enfin pressée par les événements, influencée par les menaces de Bresson, elle donne le nom de sa rue, Murillo. Le lendemain, Arsène Lupin annonce qu'il sera dans le parc Monceau à trois heures, et prie son inconnue de porter un bouquet de violettes comme signe de ralliement. Là, une interruption de huit jours dans la correspondance. Arsène Lupin et la dame n'ont pas besoin de s'écrire par la voie du journal : ils se voient ou s'écrivent directement. Le plan est ourdi : pour satisfaire aux exigences de Bresson, la dame enlèvera la lampe juive. Reste à fixer le jour. La dame qui, par prudence, correspond à l'aide de mots découpés et collés, se décide pour le samedi et ajoute : *Répondez Écho 237.* Lupin répond que c'est entendu et qu'il sera en outre le dimanche matin dans le parc. Le dimanche matin, le vol avait lieu.

— En effet, tout s'enchaîne, approuva le baron, et l'histoire est complète. »

Sholmès reprit :

« Donc le vol a lieu. La dame sort le dimanche matin, rend compte à Lupin de ce qu'elle a fait, et porte à Bresson la lampe juive. Les choses se passent alors comme Lupin l'avait prévu. La justice, abusée par une fenêtre ouverte, quatre trous dans la terre et deux éraflures sur un balcon, admet aussitôt l'hypothèse du vol par effraction. La dame est tranquille.

— Soit, fit le baron, j'admets cette explication très logique. Mais le second vol…

— Le second vol fut provoqué par le premier. Les journaux ayant raconté comment la lampe juive avait disparu, quelqu'un eut l'idée de répéter l'agression et de s'emparer de ce qui n'avait pas été emporté. Et cette fois ce ne fut pas un vol simulé, mais un vol réel, avec effraction véritable, escalade, etc.

— Lupin, bien entendu…

— Non, Lupin n'agit pas aussi stupidement. Lupin ne tire pas sur les gens pour un oui ou un non.

— Alors qui est-ce ?

— Bresson, sans aucun doute, et à l'insu de la dame qu'il avait fait chanter. C'est Bresson qui est entré ici, c'est lui que j'ai poursuivi, c'est lui qui a blessé mon pauvre Wilson.

— En êtes-vous bien sûr ?

— Absolument. Un des complices de Bresson lui a écrit hier, avant son suicide, une lettre qui prouve que des pourparlers furent engagés entre ce complice et Lupin pour la restitution de tous les objets volés dans votre hôtel. Lupin exigeait tout, "*la première chose* (c'est-à-dire la lampe juive) *aussi bien que celles de la seconde affaire*". En outre, il surveillait Bresson. Quand celui-ci s'est rendu hier soir au bord de la Seine, un des compagnons de Lupin le filait en même temps que nous.

— Qu'allait faire Bresson au bord de la Seine ?

— Averti des progrès de mon enquête…

— Averti par qui ?

— Par la même dame, laquelle craignait à juste titre que la découverte de la lampe juive n'amenât la découverte de son aventure… Donc Bresson, averti, réunit en un seul paquet ce qui peut le compromettre, et il le jette dans un endroit où il lui est possible de le reprendre, une fois le danger passé. C'est au retour que, traqué par Ganimard et par moi, ayant sans doute d'autres forfaits sur la conscience, il perd la tête et se tue.

— Mais que contenait le paquet ?
— La lampe juive et vos autres bibelots.
— Ils ne sont donc pas en votre possession ?
— Aussitôt après la disparition de Lupin, j'ai profité du bain qu'il m'avait forcé de prendre, pour me faire conduire à l'endroit choisi par Bresson, et j'ai retrouvé, enveloppé de linge et de toile cirée, ce qui vous fut dérobé. Le voici, sur cette table. »

Sans un mot le baron coupa les ficelles, déchira d'un coup les linges mouillés, en sortit la lampe, tourna un écrou placé sous le pied, fit effort des deux mains sur le récipient, le dévissa, l'ouvrit en deux parties égales, et découvrit la chimère en or, rehaussée de rubis et d'émeraudes.

Elle était intacte.

Il y avait dans toute cette scène, si naturelle en apparence, et qui consistait en une simple exposition de faits, quelque chose qui la rendait effroyablement tragique, c'était l'accusation formelle, directe, irréfutable, que Sholmès lançait à chacune de ses paroles contre mademoiselle. Et c'était aussi le silence impressionnant d'Alice Demun.

Pendant cette longue, cette cruelle accumulation de petites preuves ajoutées les unes aux autres, pas un muscle de son visage n'avait remué, pas un éclair de révolte ou de crainte n'avait troublé la sérénité de son limpide regard. Que pensait-elle ? Et surtout qu'allait-elle dire à la minute solennelle où il lui faudrait répondre, où il lui faudrait se défendre et briser le cercle de fer dans lequel Herlock Sholmès l'emprisonnait si habilement ?

Cette minute avait sonné et la jeune fille se taisait.

« Parlez ! Parlez donc ! » s'écria M. d'Imblevalle.

Elle ne parla point.

Il insista :

« Un mot vous justifierait… Un mot de révolte, et je vous croirai. »

Ce mot, elle ne le dit point.

Le baron traversa vivement la pièce, revint sur ses pas, recommença, puis s'adressant à Sholmès :

« Eh bien, non, monsieur ! je ne peux pas admettre que ce soit vrai ! Il y a des crimes impossibles ! et celui-là est en opposition avec tout ce que je sais, tout ce que je vois depuis un an. »

Il appliqua sa main sur l'épaule de l'Anglais.

« Mais, vous-même, monsieur, êtes-vous absolument et définitivement certain de ne pas vous tromper ? »

Sholmès hésita, comme un homme qu'on attaque à l'improviste et dont la riposte n'est pas immédiate. Pourtant il sourit et dit :

« Seule la personne que j'accuse pouvait, par la situation qu'elle occupe chez vous, savoir que la lampe juive contenait ce magnifique bijou.

— Je ne veux pas le croire, murmura le baron.

— Demandez-le-lui. »

C'était, en effet, la seule chose qu'il n'eût point tentée, dans la confiance aveugle que lui inspirait la jeune fille. Pourtant il n'était plus permis de se soustraire à l'évidence.

Il s'approcha d'elle, et, les yeux dans les yeux :

« C'est vous, mademoiselle ? C'est vous qui avez pris le bijou ? c'est vous qui avez correspondu avec Arsène Lupin et simulé le vol ? »

Elle répondit :

« C'est moi, monsieur. »

Elle ne baissa pas la tête. Sa figure n'exprima ni honte ni gêne…

« Est-ce possible ! murmura M. d'Imblevalle… Je n'aurais jamais cru… vous êtes la dernière personne que j'aurais soupçonnée… Comment avez-vous fait, malheureuse ? »

Elle dit :

« J'ai fait ce que M. Sholmès a raconté. La nuit du samedi au dimanche, je suis descendue dans ce boudoir, j'ai pris la lampe, et, le matin, je l'ai portée… à cet homme.

— Mais non, objecta le baron, ce que vous prétendez est inadmissible.

— Inadmissible ! et pourquoi ?

— Parce que le matin j'ai retrouvé fermée au verrou la porte de ce boudoir. »

Elle rougit, perdit contenance et regarda Sholmès comme si elle lui demandait conseil.

Plus encore que par l'objection du baron, Sholmès sembla frappé par l'embarras d'Alice Demun. N'avait-elle donc rien à répondre ? Les aveux qui consacraient l'explication que lui, Sholmès, avait fournie sur le vol de la lampe juive, masquaient-ils un mensonge que détruisait aussitôt l'examen des faits ?

Le baron reprit :

« Cette porte était fermée. J'affirme que j'ai retrouvé le verrou comme je l'avais mis la veille au soir. Si vous aviez passé par cette porte, ainsi que vous le prétendez, il eût fallu que quelqu'un vous ouvrît de l'intérieur, c'est-à-dire du boudoir ou de notre chambre. Or, il n'y avait personne à l'intérieur de ces deux pièces... il n'y avait personne que ma femme et moi. »

Sholmès se courba vivement et couvrit son visage de ses deux mains afin de masquer sa rougeur. Quelque chose comme une lumière trop brusque l'avait heurté, et il en restait ébloui, mal à l'aise. Tout se dévoilait à lui ainsi qu'un paysage obscur d'où la nuit s'écarterait soudain.

Alice Demun était innocente.

Alice Demun était innocente. Il y avait là une vérité certaine aveuglante, et c'était en même temps l'explication de la sorte de gêne qu'il éprouvait depuis le premier jour à diriger contre la jeune fille la terrible accusation. Il voyait clair maintenant. Il savait. Un geste, et sur-le-champ la preuve irréfutable s'offrirait à lui.

Il releva la tête et, après quelques secondes, aussi naturellement qu'il le put, il tourna les yeux vers Mme d'Imblevalle.

Elle était pâle, de cette pâleur inaccoutumée qui vous envahit aux heures implacables de la vie. Ses mains, qu'elle s'efforçait de cacher, tremblaient imperceptiblement.

« Une seconde encore, pensa Sholmès, et elle se trahit. »

Il se plaça entre elle et son mari, avec le désir impérieux d'écarter l'effroyable danger qui, *par sa faute*, menaçait cet homme et cette femme. Mais à la vue du baron, il tressaillit au plus profond de son être. La même révélation soudaine qui l'avait ébloui de clarté, illuminait maintenant M. d'Imblevalle. Le même travail s'opérait dans le cerveau du mari. Il comprenait à son tour ! Il voyait !

Désespérément, Alice Demun se cabra contre la vérité implacable.

« Vous avez raison, monsieur, je faisais erreur… En effet, je ne suis pas entrée par ici. J'ai passé par le vestibule et par le jardin, et c'est à l'aide d'une échelle… »

Effort suprême du dévouement… Mais effort inutile ! Les paroles sonnaient faux. La voix était mal assurée, et la douce créature n'avait plus ses yeux limpides et son grand air de sincérité. Elle baissa la tête, vaincue.

Le silence fut atroce. Mme d'Imblevalle attendait, livide, toute raidie par l'angoisse et l'épouvante. Le baron semblait se débattre encore, comme s'il ne voulait pas croire à l'écroulement de son bonheur.

Enfin, il balbutia :

« Parle ! explique-toi !…

— Je n'ai rien à te dire, mon pauvre ami, fit-elle très bas et le visage tordu de douleur.

— Alors… mademoiselle…

— Mademoiselle m'a sauvée… par dévouement… par affection… et elle s'accusait…

— Sauvée de quoi ? de qui ?

— De cet homme.

— Bresson ?

— Oui, c'est moi qu'il tenait par ses menaces… Je l'ai connu chez une amie… et j'ai eu la folie de l'écouter… Oh ! rien que tu ne puisses pardonner… cependant j'ai écrit deux lettres… des lettres que tu verras… Je les ai rachetées… tu sais comment… Oh ! aie pitié de moi… j'ai tant pleuré !

— Toi ! toi ! Suzanne ! »

Il leva sur elle ses poings serrés, prêt à la battre, prêt à la tuer. Mais ses bras retombèrent, et il murmura de nouveau :

« Toi, Suzanne !… toi !… est-ce possible !… »

Par petites phrases hachées, elle raconta la navrante et banale aventure, son réveil effaré devant l'infamie du personnage, ses remords, son affolement, et elle dit aussi la conduite admirable d'Alice, la jeune fille devinant le désespoir de sa maîtresse, lui arrachant sa confession, écrivant à Lupin, et organisant cette histoire de vol pour la sauver des griffes de Bresson.

« Toi, Suzanne, toi, répétait M. d'Imblevalle, courbé en deux, terrassé… Comment as-tu pu… ? »

Le soir de ce même jour, le steamer *Ville-de-Londres* qui fait le service entre Calais et Douvres, glissait lentement sur l'eau immobile. La nuit était obscure et calme. Des nuages paisibles se devinaient au-dessus du bateau, et, tout autour, de légers voiles de brume le séparaient de l'espace infini où devait s'épandre la blancheur de la lune et des étoiles.

La plupart des passagers avaient regagné les cabines et les salons. Quelques-uns cependant plus intrépides, se promenaient sur le pont ou bien sommeillaient au fond de larges rocking-chairs et sous d'épaisses couvertures. On voyait çà et là des lueurs de cigares, et l'on entendait, mêlé au souffle doux de la brise, le murmure de voix qui n'osaient s'élever dans le grand silence solennel.

Un des passagers, qui déambulait d'un pas régulier le long des bastingages, s'arrêta près d'une personne étendue sur un banc, l'examina, et, comme cette personne remuait un peu, il lui dit :

« Je croyais que vous dormiez, mademoiselle Alice.

— Non, non, monsieur Sholmès, je n'ai pas envie de dormir. Je réfléchis.

— À quoi ? Est-ce indiscret de vous le demander ?

— Je pensais à Mme d'Imblevalle. Elle doit être si triste ! Sa vie est perdue.

— Mais non, mais non, dit-il vivement. Son erreur n'est pas de celles qu'on ne pardonne pas. M. d'Imblevalle oubliera cette défaillance. Déjà, quand nous sommes partis, il la regardait moins durement.

— Peut-être… mais l'oubli sera long… et elle souffre.

— Vous l'aimez beaucoup ?

— Beaucoup. C'est cela qui m'a donné tant de force pour sourire quand je tremblais de peur, pour vous regarder en face quand j'aurais voulu fuir vos yeux.

— Et vous êtes malheureuse de la quitter ?

— Très malheureuse. Je n'ai ni parents, ni amis… Je n'avais qu'elle.

— Vous aurez des amis, dit l'Anglais, que ce chagrin bouleversait, je vous en fais la promesse… j'ai des relations… beaucoup d'influence… je vous assure que vous ne regretterez pas votre situation.

— Peut-être, mais Mme d'Imblevalle ne sera plus là… »

Ils n'échangèrent pas d'autres paroles. Herlock Sholmès fit encore deux ou trois tours sur le pont, puis revint s'installer auprès de sa compagne de voyage.

Le rideau de brume se dissipait et les nuages semblaient se disjoindre au ciel. Des étoiles scintillèrent.

Sholmès tira sa pipe du fond de son macfarlane, la bourra et frotta successivement quatre allumettes sans réussir à les enflammer. Comme il n'en avait pas d'autres, il se leva et dit à un monsieur qui se trouvait assis à quelques pas :

« Auriez-vous un peu de feu, s'il vous plaît ? »

Le monsieur ouvrit une boîte de tisons et frotta. Tout de suite une flamme jaillit. À sa lueur, Sholmès aperçut Arsène Lupin.

S'il n'y avait pas eu chez l'Anglais un tout petit geste, un imperceptible geste de recul, Lupin aurait pu supposer que sa présence à bord était connue de Sholmès, tellement celui-ci resta maître de lui, et tellement fut naturelle l'aisance avec laquelle il tendit la main à son adversaire.

« Toujours en bonne santé, monsieur Lupin ?

— Bravo ! s'exclama Lupin, à qui un tel empire sur soi-même arracha un cri d'admiration.

— Bravo ?… Et pourquoi ?

— Comment, pourquoi ? Vous me voyez réapparaître devant vous, comme un fantôme, après avoir assisté à mon plongeon dans la Seine – et par orgueil, par un miracle d'orgueil que je qualifierai de tout britannique, vous n'avez pas un mouvement de stupeur, pas un mot de surprise ! Ma foi, je le répète, bravo, c'est admirable !

— Ce n'est pas admirable. À votre façon de tomber de la barque, j'ai fort bien vu que vous tombiez volontairement et que vous n'étiez pas atteint par la balle du brigadier.

— Et vous êtes parti sans savoir ce que je devenais ?

— Ce que vous deveniez ? je le savais. Cinq cents personnes commandaient les deux rives sur un espace d'un kilomètre. Du moment que vous échappiez à la mort, votre capture était certaine.

— Pourtant, me voici.

— Monsieur Lupin, il y a deux hommes au monde de qui rien ne peut m'étonner : moi d'abord et vous ensuite. »

La paix était conclue.

Si Sholmès n'avait point réussi dans ses entreprises contre Arsène Lupin, si Lupin demeurait l'ennemi exceptionnel qu'il fallait définitivement renoncer à saisir, si au cours des engagements il conservait toujours la supériorité, l'Anglais n'en avait pas moins, par sa ténacité formidable, retrouvé la lampe juive comme il avait retrouvé le diamant bleu. Peut-être cette fois le résultat était-il moins brillant, surtout au point de vue du public, puisque Sholmès était obligé de taire les circonstances dans lesquelles la lampe juive avait été découverte, et de proclamer qu'il ignorait le nom du coupable. Mais d'homme à homme, de Lupin à Sholmès, de policier à cambrioleur, il n'y avait en toute équité ni vainqueur ni vaincu. Chacun d'eux pouvait prétendre à d'égales victoires.

Ils causèrent donc, en adversaires courtois qui ont déposé leurs armes et qui s'estiment à leur juste valeur.

Sur la demande de Sholmès, Lupin raconta son évasion.

« Si tant est, dit-il, que l'on puisse appeler cela une évasion. Ce fut si simple ! Mes amis veillaient, puisqu'on s'était donné rendez-vous pour repêcher la lampe juive. Aussi, après être resté une bonne demi-heure sous la coque renversée de la barque, j'ai profité d'un instant où Folenfant et ses hommes cherchaient mon cadavre le long des rives, et je suis remonté sur l'épave. Mes amis n'ont eu qu'à me cueillir au passage dans leur canot automobile, et à filer sous l'œil ahuri des cinq cents curieux, de Ganimard et de Folenfant.

— Très joli ! s'écria Sholmès... tout à fait réussi !... Et maintenant vous avez à faire en Angleterre ?

— Oui, quelques règlements de compte... Mais j'oubliais... M. d'Imblevalle ?

— Il sait tout.

— Ah ! mon cher maître, que vous avais-je dit ? Le mal est irréparable maintenant. N'eût-il pas mieux valu me laisser agir à ma guise ? Encore un jour ou deux, et je reprenais à Bresson la lampe juive et les bibelots, je les renvoyais aux d'Imblevalle, et ces deux braves gens eussent achevé de vivre paisiblement l'un auprès de l'autre. Au lieu de cela...

— Au lieu de cela, ricana Sholmès, j'ai brouillé les cartes et porté la discorde au sein d'une famille que vous protégiez.

— Mon Dieu, oui, que je protégeais ! Est-il indispensable de toujours voler, duper et faire le mal ?

— Alors, vous faites le bien aussi ?

— Quand j'ai le temps. Et puis ça m'amuse. Je trouve extrêmement drôle que, dans l'aventure qui nous occupe, je sois le bon génie qui secourt et qui sauve, et vous le mauvais génie qui apporte le désespoir et les larmes.

— Les larmes ! les larmes ! protesta l'Anglais.

— Certes ! le ménage d'Imblevalle est démoli et Alice Demun pleure.

— Elle ne pouvait plus rester... Ganimard eût fini par la découvrir... et par elle on remontait jusqu'à Mme d'Imblevalle.

— Tout à fait de votre avis, maître, mais à qui la faute ? »

Deux hommes passèrent devant eux, Sholmès dit à Lupin, d'une voix dont le timbre semblait légèrement altéré :

« Vous savez qui sont ces gentlemen ?

— J'ai cru reconnaître le commandant du bateau.

— Et l'autre ?

— J'ignore.

— C'est M. Austin Gilett. Et M. Austin Gilett occupe en Angleterre une situation qui correspond à celle de M. Dudouis, votre chef de la Sûreté.

— Ah ! quelle chance ! seriez-vous assez aimable pour me présenter ? M. Dudouis est un de mes bons amis, et je serais heureux d'en pouvoir dire autant de M. Austin Gilett. »

Les deux gentlemen reparurent.

« Et si je vous prenais au mot, monsieur Lupin ? » dit Sholmès en se levant.

Il avait saisi le poignet d'Arsène Lupin et le serrait d'une main de fer.

« Pourquoi serrer si fort, maître ? Je suis tout prêt à vous suivre. »

Il se laissait, de fait, entraîner sans la moindre résistance. Les deux gentlemen s'éloignaient.

Sholmès doubla le pas. Ses ongles pénétraient dans la chair même de Lupin.

« Allons… allons…, proférait-il sourdement dans une sorte de hâte fiévreuse à tout régler le plus vite possible… Allons ! plus vite que cela. »

Mais il s'arrêta net : Alice Demun les avait suivis.

« Que faites-vous, mademoiselle ! C'est inutile… Ne venez pas ! »

Ce fut Lupin qui répondit.

« Je vous prie de remarquer, maître, que mademoiselle ne vient pas de son plein gré. Je lui serre le poignet avec une énergie semblable à celle que vous déployez à mon égard.

— Et pourquoi ?

— Comment ! mais je tiens absolument à la présenter aussi. Son rôle dans l'histoire de la lampe juive est encore plus important que le mien. Complice d'Arsène Lupin, complice de Bresson, elle devra également raconter l'aventure de la baronne d'Imblevalle – ce qui intéressera prodigieusement la justice… Et vous aurez de la sorte poussé votre bienfaisante intervention jusqu'à ses dernières limites, généreux Sholmès. »

L'Anglais avait lâché le poignet de son prisonnier. Lupin libéra mademoiselle.

Ils restèrent quelques secondes immobiles, les uns en face des autres. Puis Sholmès regagna son banc et s'assit. Lupin et la jeune fille reprirent leurs places.

Un long silence les divisa. Et Lupin dit :

« Voyez-vous, maître, quoi que nous fassions, nous ne serons jamais du même bord. Vous êtes d'un côté du fossé, moi de l'autre. On peut se saluer, se tendre la main, converser un moment, mais le fossé est toujours là. Toujours vous serez Herlock Sholmès, détective, et moi Arsène Lupin, cambrioleur. Et toujours Herlock Sholmès obéira, plus ou moins spontanément, avec plus ou moins d'à-propos, à son instinct de détective, qui est de s'acharner après le cambrioleur et de le "fourrer dedans" si possible. Et toujours Arsène Lupin sera conséquent avec son âme de cambrioleur en évitant la poigne du détective, et en se moquant de lui si faire se peut. Et cette fois, faire se peut ! Ah ! ah ! ah ! »

Il éclata de rire, un rire narquois, cruel et détestable…

Puis, soudain, grave, il se pencha vers la jeune fille.

« Soyez sûre, mademoiselle, que, même réduit à la dernière extrémité, je ne vous eusse pas trahie. Arsène Lupin ne trahit jamais, surtout ceux qu'il aime et qu'il admire. Et vous me permettrez de vous dire que j'aime et que j'admire la vaillante et chère créature que vous êtes. »

Il tira de son portefeuille une carte de visite, la déchira en deux, en tendit une moitié à la jeune fille, et, d'une même voix émue et respectueuse :

« Si M. Sholmès ne réussit pas dans ses démarches, mademoiselle, présentez-vous chez Lady Strongborough (vous trouverez facilement son domicile actuel) et remettez-lui cette moitié de carte, en lui adressant ces deux mots "souvenir fidèle". Lady Strongborough vous sera dévouée comme une sœur.

— Merci, dit la jeune fille, j'irai demain chez cette dame.

— Et maintenant, maître, s'écria Lupin du ton satisfait d'un monsieur qui a rempli son devoir, je vous souhaite une bonne nuit. Nous avons une heure encore de traversée. J'en profite. »

Il s'étendit tout de son long, et croisa ses mains derrière sa tête.

Le ciel s'était ouvert devant la lune. Autour des étoiles et au ras de la mer, sa clarté radieuse s'épanouissait. Elle flottait dans l'eau, et l'immensité, où se dissolvaient les derniers nuages, semblait lui appartenir.

La ligne des côtes se détacha de l'horizon obscur. Des passagers remontèrent. Le pont se couvrit de monde. M. Austin Gilett passa en compagnie de deux individus que Sholmès reconnut pour des agents de la police anglaise.

Sur son banc, Lupin dormait…

L'AIGUILLE CREUSE

I

Le coup de feu

Raymonde prêta l'oreille. De nouveau et par deux fois le bruit se fit entendre, assez net pour qu'on pût le détacher de tous les bruits confus qui formaient le grand silence nocturne, mais si faible qu'elle n'aurait su dire s'il était proche ou lointain, s'il se produisait entre les murs du vaste château, ou dehors, parmi les retraites ténébreuses du parc.

Doucement elle se leva. Sa fenêtre était entrouverte, elle en écarta les battants. La clarté de la lune reposait sur un calme paysage de pelouses et de bosquets où les ruines éparses de l'ancienne abbaye se découpaient en silhouettes tragiques, colonnes tronquées, ogives incomplètes, ébauches de portiques et lambeaux d'arcs-boutants. Un peu d'air flottait à la surface des choses, glissant à travers les rameaux nus et immobiles des arbres, mais agitant les petites feuilles naissantes des massifs.

Et soudain, le même bruit… C'était vers sa gauche et au-dessous de l'étage qu'elle habitait, par conséquent dans les salons qui occupaient l'aile occidentale du château.

Bien que vaillante et forte, la jeune fille sentit l'angoisse de la peur. Elle passa ses vêtements de nuit et prit les allumettes.

« Raymonde… Raymonde… »

Une voix faible comme un souffle l'appelait de la chambre voisine dont la porte n'avait pas été fermée. Elle s'y rendait à tâtons, lorsque Suzanne, sa cousine, sortit de cette chambre et s'effondra dans ses bras.

« Raymonde… c'est toi ?… tu as entendu ?…

— Oui… tu ne dors donc pas ?

— Je suppose que c'est le chien qui m'a réveillée… il y a longtemps… Mais il n'aboie plus. Quelle heure peut-il être ?

— Quatre heures environ.

— Écoute… On marche dans le salon.

— Il n'y a pas de danger, ton père est là, Suzanne.

— Mais il y a du danger pour lui. Il couche à côté du petit salon.

— M. Daval est là aussi…

— À l'autre bout du château… Comment veux-tu qu'il entende ? »

Elles hésitaient, ne sachant à quoi se résoudre. Appeler ? Crier au secours ? Elles n'osaient, tellement le bruit même de leur voix leur semblait redoutable. Mais Suzanne qui s'était approchée de la fenêtre étouffa un cri.

« Regarde… un homme près du bassin. »

Un homme en effet s'éloignait d'un pas rapide. Il portait sous le bras un objet d'assez grandes dimensions dont elles ne purent discerner la nature, et qui, en ballottant contre sa jambe, contrariait sa marche. Elles le virent qui passait près de l'ancienne chapelle et qui se dirigeait vers une petite porte dont le mur était percé. Cette porte devait être ouverte, car l'homme disparut subitement, et elles n'entendirent point le grincement habituel des gonds.

« Il venait du salon, murmura Suzanne.

— Non, l'escalier et le vestibule l'auraient conduit bien plus à gauche… À moins que… »

Une même idée les secoua. Elles se penchèrent. Au-dessous d'elles, une échelle était dressée contre la façade et s'appuyait au premier étage. Une lueur éclairait le balcon de pierre. Et un autre homme qui portait aussi quelque chose enjamba ce balcon, se laissa glisser le long de l'échelle et s'enfuit par le même chemin.

Suzanne, épouvantée, sans forces, tomba à genoux, balbutiant :

« Appelons !… appelons au secours !…

— Qui viendrait ? ton père… Et s'il y a d'autres hommes et qu'on se jette sur lui ?

— On pourrait avertir les domestiques… ta sonnette communique avec leur étage.

— Oui… oui… peut-être, c'est une idée… Pourvu qu'ils arrivent à temps ! »

Raymonde chercha près de son lit la sonnerie électrique et la pressa du doigt. Un timbre en haut vibra, et elles eurent l'impression que, d'en bas, on avait dû en percevoir le son distinct.

Elles attendirent. Le silence devenait effrayant, et la brise elle-même n'agitait plus les feuilles des arbustes.

« J'ai peur… j'ai peur… », répétait Suzanne.

Et, tout à coup, dans la nuit profonde, au-dessous d'elles, le bruit d'une lutte, un fracas de meubles bousculés, des exclamations, puis, horrible, sinistre, un gémissement rauque, le râle d'un être qu'on égorge…

Raymonde bondit vers la porte. Suzanne s'accrocha désespérément à son bras.

« Non… ne me laisse pas… j'ai peur. »

Raymonde la repoussa et s'élança dans le corridor, bientôt suivie de Suzanne qui chancelait d'un mur à l'autre en poussant des cris. Elle parvint à l'escalier, dégringola de marche en marche, se précipita sur la grande porte du salon et s'arrêta net, clouée au seuil, tandis que Suzanne s'affaissait à ses côtés. En face d'elles, à trois pas, il y avait un homme qui tenait à la main une lanterne. D'un geste, il la dirigea sur les deux jeunes filles, les aveuglant de lumière, regarda longuement leurs visages, puis sans se presser, avec les mouvements les plus calmes du monde, il prit sa casquette, ramassa un chiffon de papier et deux brins de paille, effaça des traces sur le tapis, s'approcha du balcon, se retourna vers les jeunes filles, les salua profondément et disparut.

La première, Suzanne courut au petit boudoir qui séparait le grand salon de la chambre de son père. Mais dès l'entrée, un spectacle affreux la terrifia. À la lueur oblique de la lune on apercevait à terre deux corps inanimés, couchés l'un près de l'autre.

« Père !… père !… c'est toi ?… qu'est-ce que tu as ? » s'écria-t-elle affolée, penchée sur l'un deux.

Au bout d'un instant, le comte de Gesvres remua. D'une voix brisée, il dit :

« Ne crains rien… je ne suis pas blessé… Et Daval ? Est-ce qu'il vit ? Le couteau ?… le couteau ?… »

À ce moment, deux domestiques arrivaient avec des bougies. Raymonde se jeta devant l'autre corps et reconnut Jean Daval, le secrétaire et l'homme de confiance du comte. Sa figure avait déjà la pâleur de la mort.

Alors elle se leva, revint au salon, prit, au milieu d'une panoplie accrochée au mur, un fusil qu'elle savait chargé, et passa sur le balcon. Il n'y avait, certes, pas plus de cinquante à soixante secondes que l'individu avait mis le pied sur la première barre de l'échelle. Il ne pouvait donc être bien loin d'ici, d'autant plus qu'il avait eu la précaution de déplacer l'échelle pour qu'on ne pût s'en servir. Elle l'aperçut bientôt, en effet, qui longeait les débris de l'ancien cloître. Elle épaula, visa tranquillement et fit feu. L'homme tomba.

« Ça y est ! ça y est ! proféra l'un des domestiques, on le tient celui-là. J'y vais.

— Non, Victor, il se relève… descendez l'escalier, et filez sur la petite porte. Il ne peut se sauver que par là. »

Victor se hâta, mais avant même qu'il ne fût dans le parc, l'homme était retombé. Raymonde appela l'autre domestique.

« Albert, vous le voyez là-bas ? près de la grande arcade ?…

— Oui, il rampe dans l'herbe… il est fichu…

— Surveillez-le d'ici.

— Pas moyen qu'il échappe. À droite des ruines, c'est la pelouse découverte…

— Et Victor garde la porte à gauche, dit-elle en reprenant son fusil.

— N'y allez pas, mademoiselle !

— Si, si, dit-elle, l'accent résolu, les gestes saccadés, laissez-moi… il me reste une cartouche… S'il bouge… »

Elle sortit. Un instant après, Albert la vit qui se dirigeait vers les ruines. Il lui cria de la fenêtre :

« Il s'est traîné derrière l'arcade. Je ne le vois plus… attention, mademoiselle… »

Raymonde fit le tour de l'ancien cloître pour couper toute retraite à l'homme, et bientôt Albert la perdit de vue. Au bout de quelques minutes, ne la revoyant pas, il s'inquiéta, et, tout en surveillant les ruines, au lieu de descendre par l'escalier, il s'efforça d'atteindre l'échelle. Quand il y eut réussi, il descendit rapidement et courut droit à l'arcade près de laquelle l'homme lui était apparu pour la dernière fois. Trente pas plus loin, il trouva Raymonde qui cherchait Victor.

« Eh bien ? fit-il.

— Impossible de mettre la main dessus, dit Victor.

— La petite porte ?

— J'en viens… voici la clef.

— Pourtant… il faut bien…

— Oh ! son affaire est sûre… D'ici dix minutes, il est à nous, le bandit. »

Le fermier et son fils, réveillés par le coup de fusil, arrivaient de la ferme dont les bâtiments s'élevaient assez loin sur la droite, mais dans l'enceinte des murs ; ils n'avaient rencontré personne.

« Parbleu, non, fit Albert, le gredin n'a pas pu quitter les ruines… On le dénichera au fond de quelque trou. »

Ils organisèrent une battue méthodique, fouillant chaque buisson, écartant les lourdes traînes de lierre enroulées autour du fût des colonnes. On s'assura que la chapelle était bien fermée et qu'aucun des vitraux n'était brisé. On contourna le cloître, on visita tous les coins et recoins. Les recherches furent vaines.

Une seule découverte : à l'endroit même où l'homme s'était abattu, blessé par Raymonde, on ramassa une casquette de chauffeur, en cuir fauve. Sauf cela, rien.

À six heures du matin, la gendarmerie d'Ouville-la-Rivière était prévenue et se rendait sur les lieux, après avoir envoyé par exprès au parquet de Dieppe une petite note relatant les circonstances du crime, la capture imminente du principal coupable, « *la découverte de son couvre-chef et du poignard avec lequel il avait perpétré son forfait* ». À dix heures, deux autos descendaient la pente légère qui aboutit au château. L'une, vénérable calèche, contenait le substitut du procureur et le juge d'instruction accompagné de son greffier. Dans l'autre, modeste cabriolet, avaient pris place deux jeunes reporters, représentant le *Journal de Rouen* et une grande feuille parisienne.

Le vieux château apparut. Jadis demeure abbatiale des prieurs d'Ambrumésy, mutilé par la Révolution, restauré par le comte de Gesvres auquel il appartient depuis vingt ans, il comprend un corps de logis que surmonte un pinacle où veille une horloge, et deux ailes dont chacune est enveloppée d'un perron à balustrade de pierre. Par-dessus les murs du parc et au-delà du plateau que soutiennent les hautes falaises normandes, on aperçoit, entre les villages de Sainte-Marguerite et de Varengeville, la ligne bleue de la mer.

Là vivait le comte de Gesvres avec sa fille Suzanne, jolie et frêle créature aux cheveux blonds, et sa nièce Raymonde de Saint-Véran, qu'il avait recueillie deux ans auparavant lorsque la mort simultanée de son père et de sa mère laissa Raymonde orpheline. L'existence était calme et régulière au château. Quelques voisins y venaient de temps à autre. L'été, le comte menait les deux jeunes filles presque chaque jour à Dieppe. Lui, c'était un homme de taille élevée, de belle figure grave, aux cheveux grisonnants. Très riche, il gérait lui-même sa fortune et surveillait ses propriétés avec l'aide de son secrétaire Jean Daval.

Dès l'entrée, le juge d'instruction recueillit les premières constatations du brigadier de gendarmerie Quevillon. La capture du coupable, toujours imminente d'ailleurs, n'était pas encore effectuée, mais on tenait toutes les issues du parc. Une évasion était impossible.

La petite troupe traversa ensuite la salle capitulaire et le réfectoire situés au rez-de-chaussée, et gagna le premier étage. Aussitôt, l'ordre parfait du salon fut remarqué. Pas un meuble, pas un bibelot qui ne parussent occuper leur place habituelle, et pas un vide parmi ces meubles et ces bibelots. À droite et à gauche étaient suspendues de magnifiques tapisseries flamandes à personnages. Au fond, sur les panneaux, quatre belles toiles, dans leurs cadres du temps, représentaient des scènes mythologiques. C'étaient les célèbres tableaux de Rubens légués au comte de Gesvres, ainsi que les tapisseries de Flandre, par son oncle maternel, le marquis de Bobadilla, grand d'Espagne. M. Filleul, le juge d'instruction, observa :

« Si le vol fut le mobile du crime, ce salon en tout cas n'en a pas été l'objet.

— Qui sait ? fit le substitut, qui parlait peu, mais toujours dans un sens contraire aux opinions du juge.

— Voyons, cher monsieur, le premier soin d'un voleur eût été de déménager ces tapisseries et ces tableaux dont la renommée est universelle.

— Peut-être n'en a-t-on pas eu le loisir.

— C'est ce que nous allons savoir. »

À ce moment, le comte de Gesvres entra, suivi du médecin. Le comte, qui ne semblait pas se ressentir de l'agression dont il avait été victime, souhaita la bienvenue aux deux magistrats. Puis il ouvrit la porte du boudoir.

La pièce, où personne n'avait pénétré depuis le crime, sauf le docteur, offrait, à l'encontre du salon, le plus grand désordre. Deux chaises étaient renversées, une des tables démolie, et plusieurs autres objets, une pendule de voyage, un classeur, une boîte de papier à lettres, gisaient à terre. Et il y avait du sang à certaines des feuilles blanches éparpillées.

Le médecin écarta le drap qui cachait le cadavre. Jean Daval, habillé de ses vêtements ordinaires de velours et chaussé de bottines ferrées, était étendu sur le dos, un de ses bras replié sous lui. On avait ouvert sa chemise, et l'on apercevait une large blessure qui trouait sa poitrine.

« La mort a dû être instantanée, déclara le docteur… un coup de couteau a suffi.

— C'est sans doute, dit le juge, le couteau que j'ai vu sur la cheminée du salon, près d'une casquette de cuir ?

— Oui, certifia le comte de Gesvres, le couteau fut ramassé ici même. Il provient de la panoplie du salon d'où ma nièce, Mlle de Saint-Véran, arracha le fusil. Quant à la casquette de chauffeur, c'est évidemment celle du meurtrier. »

M. Filleul étudia encore certains détails de la pièce, adressa quelques questions au docteur, puis pria M. de Gesvres de lui faire le récit de ce qu'il avait vu et de ce qu'il savait. Voici en quels termes le comte s'exprima :

« C'est Jean Daval qui m'a réveillé. Je dormais mal d'ailleurs, avec des éclairs de lucidité où j'avais l'impression d'entendre des pas, quand tout à coup, en ouvrant les yeux, je l'aperçus au pied de mon lit sa bougie à la main, et tout habillé comme il l'est actuellement, car il travaillait souvent très tard dans la nuit. Il semblait fort agité, et il me dit à voix basse : "Il y a des gens dans le salon." En effet, je perçus du bruit. Je me levai et j'entrebâillai doucement la porte de ce boudoir. Au même instant, cette autre porte qui donne sur le grand salon était poussée, et un homme apparaissait qui bondit sur moi et m'étourdit d'un coup de poing à la tempe. Je vous raconte cela sans aucun détail, monsieur le juge d'instruction, pour cette raison que je ne me souviens que des faits principaux et que ces faits se sont passés avec une extraordinaire rapidité.

— Et après ?

— Après, je ne sais plus... Quand je suis revenu à moi, Daval était étendu, mortellement frappé.

— À première vue, vous ne soupçonnez personne ?

— Personne.

— Vous n'avez aucun ennemi ?

— Je ne m'en connais pas.

— M. Daval n'en avait pas non plus ?

— Daval ! un ennemi ? C'était la meilleure créature qui fût. Depuis vingt ans que Jean Daval était mon secrétaire, et, je puis le dire, mon confident, je n'ai jamais vu autour de lui que des sympathies et des amitiés.

— Pourtant, il y a eu escalade, il y a eu meurtre, il faut bien un motif à tout cela.

— Le motif ? mais c'est le vol, purement et simplement.

— On vous a donc volé quelque chose ?

— Rien.

— Alors ?

— Alors, si l'on n'a rien volé et s'il ne manque rien, on a du moins emporté quelque chose.

— Quoi ?

— Je l'ignore. Mais ma fille et ma nièce vous diront, en toute certitude, qu'elles ont vu successivement deux hommes traverser le parc, et que ces deux hommes portaient d'assez volumineux fardeaux.

— Ces demoiselles…

— Ces demoiselles ont rêvé ? je serais tenté de le croire, car, depuis ce matin, je m'épuise en recherches et en suppositions. Mais il est aisé de les interroger. »

On fit venir les deux cousines dans le grand salon. Suzanne, toute pâle et tremblante encore, pouvait à peine parler. Raymonde, plus énergique et plus virile, plus belle aussi avec l'éclat doré de ses yeux bruns, raconta les événements de la nuit et la part qu'elle y avait prise.

« De sorte, mademoiselle, que votre déposition est catégorique ?

— Absolument. Les deux hommes qui traversaient le parc emportaient des objets.

— Et le troisième ?

— Il est parti d'ici les mains vides.

— Sauriez-vous nous donner son signalement ?

— Il n'a cessé de nous éblouir avec sa lanterne. Tout au plus dirai-je qu'il est grand et lourd d'aspect…

— Est-ce ainsi qu'il vous est apparu, mademoiselle ? demanda le juge à Suzanne de Gesvres.

— Oui… ou plutôt non… fit Suzanne en réfléchissant… moi, je l'ai vu de taille moyenne et mince. »

M. Filleul sourit, habitué aux divergences d'opinion et de vision chez les témoins d'un même fait.

« Nous voici donc en présence d'une part d'un individu, celui du salon qui est à la fois grand et petit, gros et mince – et, de l'autre, de deux individus, ceux du parc, que l'on accuse d'avoir enlevé de ce salon des objets… qui s'y trouvent encore. »

M. Filleul était un juge de l'école ironiste, comme il le disait lui-même. C'était aussi un juge qui ne détestait point la galerie ni les occasions de montrer au public son savoir-faire, ainsi que l'attestait le nombre croissant des personnes qui se pressaient dans le salon. Aux journalistes s'étaient joints le fermier et son fils, le jardinier et sa femme, puis le personnel du château, puis les deux chauffeurs qui avaient amené les voitures de Dieppe. Il reprit :

« Il s'agirait aussi de se mettre d'accord sur la façon dont a disparu ce troisième personnage. Vous avez tiré avec ce fusil, mademoiselle, et de cette fenêtre ?

— Oui, l'homme atteignait la pierre tombale presque enfouie sous les ronces, à gauche du cloître.

— Mais il s'est relevé ?

— À moitié seulement. Victor est aussitôt descendu pour garder la petite porte, et je l'ai suivi, laissant ici en observation notre domestique Albert. »

Albert à son tour fit sa déposition, et le juge conclut :

« Par conséquent, d'après vous, le blessé n'a pu s'enfuir par la gauche, puisque votre camarade surveillait la porte, ni par la droite, puisque vous l'auriez vu traverser la pelouse. Donc, logiquement, il est, à l'heure actuelle, dans l'espace relativement restreint que nous avons sous les yeux.

— C'est ma conviction.

— Est-ce la vôtre, mademoiselle ?

— Oui.

— Et la mienne aussi », fit Victor.

Le substitut du procureur s'écria, d'un ton narquois :

« Le champ des investigations est étroit, il n'y a qu'à continuer les recherches commencées depuis quatre heures.

— Peut-être serons-nous plus heureux. »

M. Filleul prit sur la cheminée la casquette en cuir, l'examina, et, appelant le brigadier de gendarmerie, lui dit à part :

« Brigadier, envoyez immédiatement un de vos hommes à Dieppe, chez le chapelier Maigret, et que M. Maigret nous dise, si possible, à qui fut vendue cette casquette. »

« Le champ des investigations », selon le mot du substitut, se limitait à l'espace compris entre le château, la pelouse de droite, et l'angle formé par le mur de gauche et par le mur opposé au château ; c'est-à-dire un quadrilatère d'environ cent mètres de côté, où surgissaient çà et là les ruines d'Ambrumésy, le monastère si célèbre au Moyen Âge.

Tout de suite, dans l'herbe foulée, on nota le passage du fugitif. À deux endroits, des traces de sang noirci, presque desséché, furent observées. Après le tournant de l'arcade, qui marquait l'extrémité du cloître, il n'y avait plus rien, la nature du sol, tapissé d'aiguilles de pin, ne se prêtant plus à l'empreinte d'un corps. Mais alors, comment le blessé aurait-il pu échapper aux regards de la jeune fille, de Victor et d'Albert ? Quelques fourrés, que les domestiques et les gendarmes avaient battus, quelques pierres tombales sous lesquelles on avait exploré, et c'était tout.

Le juge d'instruction se fit ouvrir par le jardinier, qui en avait la clef, la Chapelle-Dieu, véritable bijou de sculpture, que le temps et les révolutions avaient respectée et qui fut toujours considérée, avec les fines ciselures de son porche et le menu peuple de ses statuettes, comme une des merveilles du style gothique normand. La chapelle, très simple à l'intérieur, sans autre ornement que son autel de marbre, n'offrait aucun refuge. D'ailleurs, il eût fallu s'y introduire. Par quel moyen ?

L'inspection aboutissait à la petite porte qui servait d'entrée aux visiteurs des ruines. Elle donnait sur un chemin creux resserré entre l'enceinte et un bois-taillis où se voyaient des carrières abandonnées. M. Filleul se pencha : la poussière du chemin présentait des marques de pneumatiques, à bandages antidérapants. De fait, Raymonde et Victor avaient cru entendre, après le coup de fusil, le halètement d'une auto. Le juge d'instruction insinua :

« Le blessé aura rejoint ses complices.

— Impossible ! s'écria Victor. J'étais là, alors que mademoiselle et Albert l'apercevaient encore.

— Enfin, quoi, il faut pourtant bien qu'il soit quelque part ! Dehors ou dedans, nous n'avons pas le choix !

— Il est ici », dirent les domestiques avec obstination.

Le juge haussa les épaules et s'en retourna vers le château, assez morose. Décidément l'affaire s'annonçait mal. Un vol où rien n'était volé, un prisonnier invisible, il n'y avait pas de quoi se réjouir.

Il était tard. M. de Gesvres pria les magistrats à déjeuner ainsi que les deux journalistes. On mangea silencieusement, puis M. Filleul retourna dans le salon où il interrogea les domestiques. Mais le trot d'un cheval résonna du côté de la cour, et, un instant après, le gendarme que l'on avait envoyé à Dieppe entra :

« Eh bien, vous avez vu le chapelier ? s'écria le juge, impatient d'obtenir un renseignement.

— La casquette a été vendue à un chauffeur.

— Un chauffeur !

— Oui, un chauffeur qui s'est arrêté avec sa voiture devant le magasin et qui a demandé si on pouvait lui fournir, pour l'un de ses clients, une casquette de chauffeur en cuir jaune. Il restait celle-là. Il a payé sans même s'occuper de la pointure, et il est parti. Il était très pressé.

— Quelle sorte de voiture ?

— Un coupé à quatre places.

— Et quel jour était-ce ?

— Quel jour ? Mais ce matin.

— Ce matin ? Qu'est-ce que vous me chantez là ?

— La casquette a été achetée ce matin.

— Mais c'est impossible, puisqu'elle a été trouvée cette nuit dans le parc. Pour cela il fallait qu'elle y fût, et par conséquent qu'elle eût été achetée auparavant.

— Ce matin. Le chapelier me l'a dit. »

Il y eut un moment d'effarement. Le juge d'instruction, stupéfait, tâchait de comprendre. Soudain, il sursauta, frappé d'un coup de lumière.

« Qu'on amène le chauffeur qui nous a conduits ce matin ! »

Le brigadier de gendarmerie et son subordonné coururent en hâte vers les écuries. Au bout de quelques minutes, le brigadier revenait seul.

« Le chauffeur ?

— Il s'est fait servir à la cuisine, il a déjeuné, et puis…

— Et puis ?

— Il a filé.

— Avec sa voiture ?

— Non. Sous prétexte d'aller voir un de ses parents à Ouville, il a emprunté la bicyclette du palefrenier. Voici son chapeau et son paletot.

— Mais il n'est pas parti tête nue ?

— Il a tiré de sa poche une casquette et il l'a mise.

— Une casquette ?

— Oui, en cuir jaune, paraît-il.

— En cuir jaune ? Mais non, puisque la voilà.

— En effet, monsieur le juge d'instruction, mais la sienne est pareille. »

Le substitut eut un léger ricanement.

« Très drôle ! très amusant ! il y a deux casquettes… L'une, qui était la véritable, et qui constituait notre seule pièce à conviction, est partie sur la tête du pseudo-chauffeur ! L'autre, la fausse, vous l'avez entre les mains. Ah ! le brave homme nous a proprement roulés.

— Qu'on le rattrape ! Qu'on le ramène ! cria M. Filleul. Brigadier Quevillon, deux de vos hommes à cheval, et au galop !

— Il est loin, dit le substitut.

— Si loin qu'il soit, il faudra bien qu'on mette la main sur lui.

— Je l'espère, mais je crois, monsieur le juge d'instruction, que nos efforts doivent surtout se concentrer ici. Veuillez lire ce papier que je viens de trouver dans les poches du manteau !

— Quel manteau ?

— Celui du chauffeur. »

Et le substitut du procureur tendit à M. Filleul un papier plié en quatre où se lisaient ces quelques mots tracés au crayon, d'une écriture un peu vulgaire :

Malheur à la demoiselle si elle a tué le patron.

L'incident causa une certaine émotion.

« À bon entendeur, salut, nous sommes avertis, murmura le substitut.

— Monsieur le comte, reprit le juge d'instruction, je vous supplie de ne pas vous inquiéter. Vous non plus, mesdemoiselles. Cette menace n'a aucune importance, puisque la justice est sur les lieux. Toutes les précautions seront prises. Je réponds de votre sécurité. Quant à vous, messieurs, ajouta-t-il en se tournant vers les deux reporters, je compte sur votre discrétion. C'est grâce à ma complaisance que vous avez assisté à cette enquête, et ce serait mal me récompenser… »

Il s'interrompit, comme si une idée le frappait, regarda les deux jeunes gens tour à tour, et s'approcha de l'un d'eux :

« À quel journal êtes-vous attaché ?

— Au *Journal de Rouen*.

— Vous avez une carte d'identité ?

— La voici. »

Le document était en règle. Il n'y avait rien à dire. M. Filleul interpella l'autre reporter.

« Et vous, monsieur ?

— Moi ?

— Oui, vous, je vous demande à quelle rédaction vous appartenez.

— Mon Dieu, monsieur le juge d'instruction, j'écris dans plusieurs journaux…

— Votre carte d'identité ?

— Je n'en ai pas.

— Ah ! et comment se fait-il ?…

— Pour qu'un journal vous délivre une carte, il faut y écrire de façon suivie.

— Eh bien ?

— Eh bien, je ne suis que collaborateur occasionnel. J'envoie de droite et de gauche des articles qui sont publiés… ou refusés, selon les circonstances.

— En ce cas, votre nom ? vos papiers ?

— Mon nom ne vous apprendrait rien. Quant à mes papiers, je n'en ai pas.

— Vous n'avez pas un papier quelconque faisant foi de votre profession !

— Je n'ai pas de profession.

— Mais enfin, monsieur, s'écria le juge avec une certaine brusquerie, vous ne prétendez cependant pas garder l'incognito après vous être introduit ici par ruse, et avoir surpris les secrets de la justice.

— Je vous prierai de remarquer, monsieur le juge d'instruction, que vous ne m'avez rien demandé quand je suis venu, et que, par conséquent, je n'avais rien à dire. En outre, il ne m'a pas semblé que l'enquête fût secrète, puisque tout le monde y assistait… même un des coupables. »

Il parlait doucement, d'un ton de politesse infinie. C'était un tout jeune homme, très grand et très mince, vêtu d'un pantalon trop court et d'une jaquette trop étroite. Il avait une figure rose de jeune fille, un front large planté de cheveux en brosse et une barbe blonde mal taillée. Ses yeux brillaient d'intelligence. Il ne semblait nullement embarrassé et souriait d'un sourire sympathique où il n'y avait pas trace d'ironie.

M. Filleul l'observait avec une défiance agressive. Les deux gendarmes s'avancèrent. Le jeune homme s'écria gaiement :

« Monsieur le juge d'instruction, il est clair que vous me soupçonnez d'être un des complices. Mais s'il en était ainsi, ne me serais-je point esquivé au bon moment, selon l'exemple de mon camarade ?

— Vous pouviez espérer…

— Tout espoir eût été absurde. Réfléchissez, monsieur le juge d'instruction, et vous conviendrez qu'en bonne logique… »

M. Filleul le regarda droit dans les yeux, et sèchement :

« Assez de plaisanteries ! Votre nom ?

— Isidore Beautrelet.

— Votre profession ?

— Élève de rhétorique au lycée Janson-de-Sailly. »

M. Filleul le regarda dans les yeux, et sèchement :

« Que me chantez-vous là ? Élève de rhétorique…

— Au lycée Janson, rue de la Pompe, numéro…

— Ah ! ça, mais, s'exclama M. Filleul, vous vous moquez de moi ! Il ne faudrait pas que ce petit jeu se prolongeât !

— Je vous avoue, monsieur le juge d'instruction, que votre surprise m'étonne. Qu'est-ce qui s'oppose à ce que je sois élève au lycée Janson ? Ma barbe peut-être ? Rassurez-vous, ma barbe est fausse. »

Isidore Beautrelet arracha les quelques boucles qui ornaient son menton, et son visage imberbe parut plus juvénile encore et plus rose, un vrai visage de lycéen. Et, tandis qu'un rire d'enfant découvrait ses dents blanches :

« Êtes-vous convaincu, maintenant ? Et vous faut-il encore des preuves ? Tenez, lisez, sur ces lettres de mon père, l'adresse : "M. Isidore Beautrelet, interne au lycée Janson-de-Sailly." »

Convaincu ou non, M. Filleul n'avait point l'air de trouver l'histoire à son goût. Il demanda d'un ton bourru :

« Que faites-vous ici ?

— Mais… je m'instruis.

— Il y a des lycées pour cela… le vôtre.

— Vous oubliez, monsieur le juge d'instruction, qu'aujourd'hui, 23 avril, nous sommes en pleines vacances de Pâques.

— Eh bien ?

— Eh bien, j'ai toute liberté d'employer ces vacances à ma guise.

— Votre père ?…

— Mon père habite loin, au fond de la Savoie, et c'est lui-même qui m'a conseillé un petit voyage sur les côtes de la Manche.

— Avec une fausse barbe ?

— Oh ! ça non. L'idée est de moi. Au lycée, nous parlons beaucoup d'aventures mystérieuses, nous lisons des romans policiers où l'on se déguise. Nous imaginons des tas de choses compliquées et terribles. Alors j'ai voulu m'amuser et j'ai mis une fausse barbe. En outre, j'avais l'avantage qu'on me prenait au sérieux et je me faisais passer pour un reporter parisien. C'est ainsi qu'hier soir, après plus d'une semaine insignifiante, j'ai eu le plaisir de connaître mon confrère de Rouen, et que, ce matin, ayant appris l'affaire d'Ambrumésy, il m'a proposé fort aimablement de l'accompagner et de louer une voiture de compte à demi. »

Isidore Beautrelet disait tout cela avec une simplicité franche, un peu naïve, et dont il n'était point possible de ne pas sentir le charme. M. Filleul lui-même, tout en se tenant sur une réserve défiante, se plaisait à l'écouter.

Il lui demanda d'un ton moins bourru :

« Et vous êtes content de votre expédition ?

— Ravi ! Je n'avais jamais assisté à une affaire de ce genre, et celle-ci ne manque pas d'intérêt.

— Ni de ces complications mystérieuses que vous prisez si fort.

— Et qui sont si passionnantes, monsieur le juge d'instruction ! Je ne connais pas d'émotion plus grande que de voir tous les faits qui sortent de l'ombre, qui se groupent les uns contre les autres, et qui forment peu à peu la vérité probable.

— La vérité probable, comme vous y allez, jeune homme ! Est-ce à dire que vous avez, déjà prête, votre petite solution de l'énigme ?

— Oh ! non, repartit Beautrelet en riant... Seulement... il me semble qu'il y a certains points où il n'est pas impossible de se faire une opinion, et d'autres, même, tellement précis, qu'il suffit... de conclure.

— Eh ! mais, cela devient très curieux et je vais enfin savoir quelque chose. Car, je vous le confesse à ma grande honte, je ne sais rien.

— C'est que vous n'avez pas eu le temps de réfléchir, monsieur le juge d'instruction. L'essentiel est de réfléchir. Il est si rare que les faits ne portent pas en eux-mêmes leur explication. N'est-ce pas votre avis ? En tout cas je n'en ai pas constaté d'autres que ceux qui sont consignés au procès-verbal.

— À merveille ! De sorte que si je vous demandais quels furent les objets volés dans ce salon ?

— Je vous répondrais que je les connais.

— Bravo ! Monsieur en sait plus long là-dessus que le propriétaire lui-même ! M. de Gesvres a son compte : M. Beautrelet n'a pas le sien. Il lui manque une bibliothèque et une statue grandeur nature que personne n'avait jamais remarquées. Et si je vous demandais le nom du meurtrier ?

— Je vous répondrais également que je le connais. »

Il y eut un sursaut chez tous les assistants. Le substitut et le journaliste se rapprochèrent. M. de Gesvres et les deux jeunes filles écoutaient attentivement, impressionnés par l'assurance tranquille de Beautrelet.

« Vous connaissez le nom du meurtrier ?

— Oui.

— Et l'endroit où il se trouve, peut-être ?

— Oui. »

M. Filleul se frotta les mains :

« Quelle chance ! Cette capture sera l'honneur de ma carrière. Et vous pouvez, dès maintenant, me faire ces révélations foudroyantes ?

— Dès maintenant, oui... Ou bien, si vous n'y voyez pas d'inconvénient, dans une heure ou deux, lorsque j'aurai assisté jusqu'au bout à l'enquête que vous poursuivez.

— Mais non, tout de suite, jeune homme... »

À ce moment, Raymonde de Saint-Véran, qui, depuis le début de cette scène, n'avait pas quitté du regard Isidore Beautrelet, s'avança vers M. Filleul.

« Monsieur le juge d'instruction…

— Que désirez-vous, mademoiselle ? »

Deux ou trois secondes, elle hésita, les yeux fixés sur Beautrelet, puis, s'adressant à M. Filleul :

« Je vous prierai de demander à monsieur la raison pour laquelle il se promenait hier dans le chemin creux qui aboutit à la petite porte. »

Ce fut un coup de théâtre. Isidore Beautrelet parut interloqué.

« Moi, mademoiselle ! moi ! vous m'avez vu hier ? »

Raymonde resta pensive, les yeux toujours attachés à Beautrelet, comme si elle cherchait à bien établir en elle sa conviction, et elle prononça d'un ton posé :

« J'ai rencontré dans le chemin creux, à quatre heures de l'après-midi, alors que je traversais le bois, un jeune homme de la taille de monsieur, habillé comme lui, et qui portait la barbe taillée comme la sienne… et j'eus l'impression qu'il cherchait à se dissimuler.

— Et c'était moi ?

— Il me serait impossible de l'affirmer d'une façon absolue, car mon souvenir est un peu vague. Cependant… cependant il me semble bien… sinon la ressemblance serait étrange… »

M. Filleul était perplexe. Déjà dupé par l'un des complices, allait-il se laisser jouer par ce soi-disant collégien ?

« Qu'avez-vous à répondre, monsieur ?

— Que mademoiselle se trompe et qu'il m'est facile de le démontrer. Hier, à cette heure, j'étais à Veules.

— Il faudra le prouver, il le faudra. En tout cas la situation n'est plus la même. Brigadier, l'un de vos hommes tiendra compagnie à monsieur. »

Le visage d'Isidore Beautrelet marqua une vive contrariété.

« Ce sera long ?

— Le temps de réunir les informations nécessaires.

— Monsieur le juge d'instruction, je vous supplie de les réunir avec le plus de célérité et de discrétion possible…

— Pourquoi ?

— Mon père est vieux. Nous nous aimons beaucoup... et je ne voudrais pas qu'il eût de la peine par moi. »

Le ton larmoyant de la voix déplut à M. Filleul. Cela sentait la scène de mélodrame. Néanmoins, il promit :

« Ce soir... demain au plus tard, je saurai à quoi m'en tenir. »

L'après-midi s'avançait. Le juge retourna dans les ruines du cloître, en ayant soin d'en interdire l'entrée à tous les curieux, et patiemment, avec méthode, divisant le terrain en parcelles successivement étudiées, il dirigea lui-même les investigations. Mais, à la fin du jour, il n'était guère plus avancé, et il déclara devant une armée de reporters qui avaient envahi le château :

« Messieurs, tout nous laisse supposer que le blessé est là, à la portée de notre main, tout sauf la réalité des faits. Donc, à notre humble avis, il a dû s'échapper, et c'est dehors que nous le trouverons. »

Par précaution cependant, il organisa, d'accord avec le brigadier, la surveillance du parc, et, après un nouvel examen des deux salons et une visite complète du château, après s'être entouré de tous les renseignements nécessaires, il reprit la route de Dieppe en compagnie du substitut.

La nuit vint. Le boudoir devant rester clos, on avait transporté le cadavre de Jean Daval dans une autre pièce. Deux femmes du pays le veillaient, secondées par Suzanne et Raymonde. En bas, sous l'œil attentif du garde champêtre, que l'on avait attaché à sa personne, le jeune Isidore Beautrelet sommeillait sur le banc de l'ancien oratoire. Dehors, les gendarmes, le fermier et une douzaine de paysans s'étaient postés parmi les ruines et le long des murs.

Jusqu'à onze heures, tout fut tranquille, mais à onze heures dix, un coup de feu retentit de l'autre côté du château.

« Attention, hurla le brigadier. Que deux hommes restent ici !... Fossier et Lecanu... Les autres au pas de course. »

Tous, ils s'élancèrent et doublèrent le château par la gauche. Dans l'ombre, une silhouette s'esquiva. Puis, tout de suite, un second coup de feu les attira plus loin, presque aux limites de la ferme. Et soudain, comme ils arrivaient en troupe à la haie qui borde le verger, une flamme jaillit à droite de la maison réservée au fermier, et d'autres flammes aussitôt s'élevèrent en colonne épaisse. C'était une grange qui brûlait, bourrée de paille jusqu'à son faîte.

« Les coquins ! cria le brigadier Quevillon, c'est eux qui ont mis le feu. Sautons dessus, mes enfants. Ils ne peuvent pas être loin. »

Mais la brise courbant les flammes vers le corps de logis, avant tout il fallut parer au danger. Ils s'y employèrent tous avec d'autant plus d'ardeur que M. de Gesvres, accouru sur le lieu du sinistre, les encouragea par la promesse d'une récompense. Quand on se fut rendu maître de l'incendie, il était deux heures du matin. Toute poursuite eût été vaine.

« Nous verrons cela au grand jour, dit le brigadier… pour sûr ils ont laissé des traces… on les retrouvera.

— Et je ne serai pas fâché, ajouta M. de Gesvres, de savoir la raison de cette attaque. Mettre le feu à des bottes de paille me paraît bien inutile.

— Venez avec moi, monsieur le comte… la raison, je vais peut-être vous la dire. »

Ensemble ils arrivaient aux ruines du cloître. Le brigadier appela :

« Lecanu ?… Fossier ?… »

D'autres gendarmes cherchaient déjà leurs camarades laissés en faction. On finit par les découvrir à l'entrée de la petite porte. Ils étaient étendus à terre, ficelés, bâillonnés, un bandeau sur les yeux.

« Monsieur le comte, murmura le brigadier tandis qu'on les délivrait, nous avons été joués comme des enfants.

— En quoi ?

— Les coups de feu… l'attaque… l'incendie… tout cela des blagues pour nous attirer là-bas… Une diversion… Pendant ce temps, on ligotait nos deux hommes et l'affaire était faite.

— Quelle affaire ?

— L'enlèvement du blessé, parbleu !

— Allons donc, vous croyez ?

— Si je crois ! C'est la vérité certaine. Voilà bien dix minutes que l'idée m'en est venue. Mais je ne suis qu'un imbécile de ne pas y avoir pensé plus tôt. On les aurait tous pincés. »

Quevillon frappa du pied dans un subit accès de rage.

« Mais où, sacrédié ? Par où sont-ils passés ? Par où l'ont-ils enlevé ? Et lui, le gredin, où se cachait-il ? Car enfin, quoi ! on a battu le terrain toute la journée, et un individu ne se cache pas dans une touffe d'herbe, surtout quand il est blessé. C'est de la magie, ces histoires-là !... »

Le brigadier Quevillon n'était pas au bout de ses étonnements. À l'aube, quand on pénétra dans l'oratoire qui servait de cellule au jeune Beautrelet, on constata que le jeune Beautrelet avait disparu. Sur une chaise, courbé, dormait le garde champêtre. À côté de lui, il y avait une carafe et deux verres. Au fond de l'un de ces verres, on apercevait un peu de poudre blanche.

Après un examen, il fut prouvé, d'abord, que Beautrelet avait administré un narcotique au garde champêtre, qu'il n'avait pu s'échapper que par une fenêtre, située à deux mètres cinquante de hauteur – et enfin, détail charmant, qu'il n'avait pu atteindre cette fenêtre qu'en utilisant comme marchepied le dos de son gardien.

II

Isidore Beautrelet, élève de rhétorique

Extrait du *Grand Journal* :

NOUVELLES DE LA NUIT

ENLÈVEMENT DU DOCTEUR DELATTRE UN COUP D'UNE AUDACE FOLLE

Au moment de mettre sous presse, on nous apporte une nouvelle dont nous n'osons pas garantir l'authenticité, tellement elle nous paraît invraisemblable. Nous la donnons donc sous toutes réserves.

*Hier soir, le docteur Delattre, le célèbre chirurgien, assistait avec sa femme et sa fille à la représentation d'*Hernani, *à la Comédie-Française. Au début du troisième acte, c'est-à-dire vers dix heures, ta porte de sa loge s'ouvrit ; un monsieur, que deux autres accompagnaient, se pencha vers le docteur, et lui dit assez haut pour que Mme Delattre entendît :*

« Docteur, j'ai une mission des plus pénibles à remplir, et je vous serais très reconnaissant de me faciliter la tâche.

— Qui êtes-vous, monsieur ?

— M. Thézard, commissaire de police, et j'ai ordre de vous conduire auprès de M. Dudouis, à la Préfecture.

— Mais, enfin…

— Pas un mot, docteur, je vous en supplie, pas un geste… Il y a là une erreur lamentable, et c'est pourquoi nous devons agir en silence et n'attirer l'attention de personne. Avant la fin de la représentation vous serez de retour, je n'en doute pas. »

Le docteur se leva et suivit le commissaire. À la fin de la représentation, il n'était pas revenu.

Très inquiète, Mme Delattre se rendit au commissariat de police. Elle y trouva le véritable M. Thézard, et reconnut, à son grand effroi, que l'individu qui avait emmené son mari n'était qu'un imposteur.

Les premières recherches ont révélé que le docteur était monté dans une automobile et que cette automobile s'était éloignée dans la direction de la Concorde.

Notre seconde édition tiendra nos lecteurs au courant de cette incroyable aventure.

Si incroyable qu'elle fût, l'aventure était véridique.

Le dénouement d'ailleurs ne devait pas tarder et *Le Grand Journal*, en même temps qu'il la confirmait dans son édition de midi, annonçait en quelques mots le coup de théâtre qui la terminait.

LA FIN DE L'HISTOIRE
ET LE COMMENCEMENT DES SUPPOSITIONS

Ce matin, à neuf heures, le docteur Delattre a été ramené devant la porte du numéro 78 de la rue Duret, par une automobile qui, aussitôt, s'est éloignée rapidement. Le numéro 78 de la rue Duret n'est autre que la clinique même du docteur Delattre, clinique où chaque matin il arrive à cette même heure.

Quand nous nous sommes présentés, le docteur, qui était en conférence avec le chef de la Sûreté, a bien voulu cependant nous recevoir.

« Tout ce que je puis vous dire, a-t-il répondu, c'est que l'on m'a traité avec les plus grands égards. Mes trois compagnons sont les gens les plus charmants que je connaisse, d'une politesse exquise, spirituels et bons causeurs, ce qui n'était pas à dédaigner, étant donné la longueur du voyage.

— Combien de temps dura-t-il ?

— Environ quatre heures.

— Et le but de ce voyage ?

— J'ai été conduit auprès d'un malade dont l'état nécessitait une intervention chirurgicale immédiate.

— Et cette opération a réussi ?

— Oui, mais les suites sont à craindre. Ici, je répondrais du malade. Là-bas… dans les conditions où il se trouve…

— De mauvaises conditions ?

— Exécrables… Une chambre d'auberge… et l'impossibilité, pour ainsi dire absolue, de recevoir des soins.

— Alors, qui peut le sauver ?

— Un miracle… et puis sa constitution d'une force exceptionnelle.

— Et vous ne pouvez en dire davantage sur cet étrange client ?

— Je ne le puis. D'abord, j'ai juré, et ensuite j'ai reçu la somme de dix mille francs[1] *au profit de ma clinique populaire. Si je ne garde pas le silence, cette somme me sera reprise.*

— Allons donc ! Vous croyez ?

— Ma foi, oui, je le crois. Tous ces gens-là m'ont l'air extrêmement sérieux. »

Telles sont les déclarations que nous a faites le docteur.

Et nous savons d'autre part que le chef de la Sûreté n'est pas encore parvenu à tirer de lui des renseignements plus précis sur l'opération qu'il a pratiquée, sur le malade qu'il a soigné, et sur les régions que l'automobile a parcourues. Il semble donc difficile de connaître la vérité.

Cette vérité que le rédacteur de l'interview s'avouait impuissant à découvrir, les esprits un peu clairvoyants la devinèrent par un simple rapprochement des faits qui s'étaient passés la veille au château d'Ambrumésy, et que tous les journaux rapportaient ce même jour dans leurs moindres détails. Il y avait évidemment là, entre cette disparition d'un cambrioleur blessé et cet enlèvement d'un chirurgien célèbre, une coïncidence dont il fallait tenir compte.

L'enquête, d'ailleurs, démontra la justesse de l'hypothèse. En suivant la piste du pseudo-chauffeur qui s'était enfui sur une bicyclette, on établit qu'il avait gagné la forêt d'Arques, située à une quinzaine de kilomètres ; que, de là, après avoir jeté sa bicyclette dans un fossé, il s'était rendu au village de Saint-Nicolas, et qu'il avait envoyé une dépêche ainsi conçue :

A.L.N., BUREAU 45, PARIS

SITUATION DÉSESPÉRÉE. OPÉRATION URGENTE. EXPÉDIEZ CÉLÉBRITÉ PAR NATIONALE QUATORZE.

---

1. Francs de 1909. (Note de l'éditeur.)

La preuve était irréfutable. Prévenus, les complices de Paris s'empressaient de prendre leurs dispositions. À dix heures du soir ils expédiaient la célébrité par la route nationale numéro 14 qui côtoie la forêt d'Arques et aboutit à Dieppe. Pendant ce temps, à la faveur de l'incendie allumé par elle-même, la bande des cambrioleurs enlevait son chef et le transportait dans une auberge où l'opération avait lieu dès l'arrivée du docteur, vers deux heures du matin.

Là-dessus aucun doute. À Pontoise, à Gournay, à Forges, l'inspecteur principal Ganimard, envoyé spécialement de Paris, avec l'inspecteur Folenfant, constata le passage d'une automobile au cours de la nuit précédente… De même sur la route de Dieppe à Ambrumésy ; et si l'on perdait soudain la trace de la voiture à une demi-lieue environ du château, du moins on nota de nombreux vestiges de pas entre la petite porte du parc et les ruines du cloître. En outre, Ganimard fit remarquer que la serrure de la petite porte avait été forcée.

Donc tout s'expliquait. Restait à déterminer l'auberge dont le docteur avait parlé. Besogne aisée pour un Ganimard, fureteur, patient, et vieux routier de police. Le nombre des auberges est limité, et celle-ci, étant donné l'état du blessé, ne pouvait être que dans le voisinage d'Ambrumésy. Ganimard et le brigadier se mirent en campagne. À cinq cents mètres, à mille mètres, à cinq mille mètres à la ronde, ils visitèrent et fouillèrent tout ce qui pouvait passer pour une auberge. Mais, contre toute attente, le moribond s'obstina à demeurer invisible.

Ganimard s'acharna. Il rentra coucher le soir du samedi au château, avec l'intention de faire son enquête personnelle le dimanche. Or, le dimanche matin, il apprit qu'une ronde de gendarmes avait aperçu cette nuit même une silhouette qui se glissait dans le chemin creux, à l'extérieur des murs. Était-ce un complice qui revenait aux informations ? Devait-on supposer que le chef de la bande n'avait pas quitté le cloître ou les environs du cloître ?

Le soir, Ganimard dirigea ouvertement l'escouade de gendarmes du côté de la ferme, et se plaça, lui, ainsi que Folenfant, en dehors des murs, près de la porte.

Un peu avant minuit, un individu déboucha du bois, fila entre eux, franchit le seuil de la porte et pénétra dans le parc. Durant trois heures, ils le virent errer à travers les ruines, se baissant, escaladant les vieux piliers, restant parfois de longues minutes immobile. Puis il se rapprocha de la porte, et de nouveau passa entre les deux inspecteurs.

Ganimard lui mit la main au collet, tandis que Folenfant le prenait à bras-le-corps. Il ne résista pas, et, le plus docilement du monde, se laissa lier les poignets et conduire au château. Mais quand ils voulurent l'interroger, il répondit simplement qu'il ne leur devait aucun compte et qu'il attendrait la venue du juge d'instruction.

Alors ils l'attachèrent solidement au pied d'un lit, dans une des deux chambres contiguës qu'ils occupaient.

Le lundi matin, à neuf heures, dès l'arrivée de M. Filleul, Ganimard annonça la capture qu'il avait opérée. On fit descendre le prisonnier. C'était Isidore Beautrelet.

« Monsieur Isidore Beautrelet ! s'écria M. Filleul d'un air ravi et en tendant les mains au nouveau venu. Quelle bonne surprise ! Notre excellent détective amateur, ici ! à notre disposition !... Mais c'est une aubaine ! Monsieur l'inspecteur, permettez que je vous présente M. Beautrelet, élève de rhétorique au lycée Janson-de-Sailly. »

Ganimard paraissait quelque peu interloqué. Isidore le salua très bas, comme un confrère que l'on estime à sa valeur, et se tournant vers M. Filleul :

« Il paraît, monsieur le juge d'instruction, que vous avez reçu de bons renseignements sur moi ?

— Parfaits ! D'abord vous étiez en effet à Veules-les-Roses au moment où Mlle de Saint-Véran a cru vous voir dans le chemin creux. Nous établirons, je n'en doute pas, l'identité de votre sosie. Ensuite, vous êtes bel et bien Isidore Beautrelet, élève de rhétorique, et même excellent élève, laborieux et de conduite exemplaire. Votre père habitant la province, vous sortez une fois par mois chez son correspondant, M. Bernod, lequel ne tarit pas d'éloges à votre endroit.

— De sorte que...

— De sorte que vous êtes libre.

— Absolument libre ?

— Absolument. Ah ! toutefois j'y mets une petite, une toute petite condition. Vous comprenez que je ne puis relâcher un monsieur qui administre des narcotiques, qui s'évade par les fenêtres, et que l'on prend ensuite en flagrant délit de vagabondage dans les propriétés privées, que je ne le puis sans une compensation.

— J'attends.

— Eh bien, nous allons reprendre notre entretien interrompu, et vous allez me dire où vous en êtes de vos recherches... En deux jours de liberté vous avez dû les mener très loin ? »

Et comme Ganimard s'apprêtait à sortir, avec une affectation de dédain pour ce genre d'exercice, le juge s'écria :

« Mais pas du tout, monsieur l'inspecteur, votre place est ici... Je vous assure que M. Isidore Beautrelet vaut la peine qu'on l'écoute. M. Isidore Beautrelet, d'après mes renseignements s'est taillé au lycée Janson-de-Sailly une réputation d'observateur auprès de qui rien ne peut passer inaperçu, et ses condisciples, m'a-t-on dit, le considèrent comme votre émule, comme le rival d'Herlock Sholmès.

— En vérité ! fit Ganimard, ironique.

— Parfaitement. L'un d'eux m'a écrit : "Si Beautrelet déclare qu'il sait, il faut le croire, et, ce qu'il dira, ne doutez pas que ce soit l'expression exacte de la vérité." Monsieur Isidore Beautrelet, voici le moment ou jamais de justifier la confiance de vos camarades. Je vous en conjure, donnez-nous l'expression exacte de la vérité. »

Isidore écoutait en souriant, et il répondit :

« Monsieur le juge d'instruction, vous êtes cruel. Vous vous moquez de pauvres collégiens qui se divertissent comme ils peuvent. Vous avez bien raison, d'ailleurs, et je ne vous fournirai pas d'autres motifs de me railler.

— C'est que vous ne savez rien, monsieur Isidore Beautrelet.

— J'avoue, en effet, très humblement, que je ne sais rien. Car je n'appelle pas "savoir quelque chose" la découverte de deux ou trois points plus précis qui n'ont pu, du reste, j'en suis sûr, vous échapper.

— Par exemple ?

— Par exemple, l'objet du vol.

— Ah ! décidément, l'objet du vol vous est connu ?

— Comme à vous, je n'en doute pas. C'est même la première chose que j'ai étudiée, la tâche me paraissant plus facile.

— Plus facile vraiment ?

— Mon Dieu, oui. Il s'agit tout au plus de faire un raisonnement.

— Pas davantage ?

— Pas davantage.

— Et ce raisonnement ?

— Le voici, dépouillé de tout commentaire. D'une part *il y a eu vol*, puisque ces deux demoiselles sont d'accord et qu'elles ont réellement vu deux hommes qui s'enfuyaient avec des objets.

— Il y a eu vol.

— D'autre part, *rien n'a disparu*, puisque M. de Gesvres l'affirme et qu'il est mieux que personne en mesure de le savoir.

— Rien n'a disparu.

— De ces deux constatations il résulte inévitablement cette conséquence : du moment qu'il y a eu vol et que rien n'a disparu, c'est que l'objet emporté a été remplacé par un objet identique. Il se peut, je m'empresse de le dire, que ce raisonnement ne soit pas ratifié par les faits. Mais je prétends que c'est le premier qui doive s'offrir à nous, et qu'on n'a le droit de l'écarter qu'après un examen sérieux.

— En effet… en effet… murmura le juge d'instruction, visiblement intéressé.

— Or, continua Isidore, qu'y avait-il dans ce salon qui pût attirer la convoitise des cambrioleurs ? Deux choses. La tapisserie d'abord. Ce ne peut être cela. Une tapisserie ancienne ne s'imite pas, et la supercherie vous eût sauté aux yeux. Restaient les quatre Rubens.

— Que dites-vous ?

— Je dis que les quatre Rubens accrochés à ce mur sont faux.

— Impossible !

— Ils sont faux, *a priori*, fatalement, et sans appel.

— Je vous répète que c'est impossible.

— Il y a bientôt un an, monsieur le juge d'instruction, un jeune homme, qui se faisait appeler Charpenais, est venu au château d'Ambrumésy et a demandé la permission de copier les tableaux de Rubens. Cette permission lui fut accordée par M. de Gesvres. Chaque jour, durant cinq mois, du matin jusqu'au soir, Charpenais travailla dans ce salon. Ce sont les copies qu'il a faites, cadres et toiles, qui ont pris la place des quatre grands tableaux originaux légués à M. de Gesvres par son oncle, le marquis de Bobadilla.

— La preuve ?

— Je n'ai pas de preuve à donner. Un tableau est faux parce qu'il est faux, et j'estime qu'il n'est pas même besoin d'examiner ceux-là. »

M. Filleul et Ganimard se regardaient sans dissimuler leur étonnement. L'inspecteur ne songeait plus à se retirer. À la fin, le juge d'instruction murmura :

« Il faudrait avoir l'avis de M. de Gesvres. »

Et Ganimard approuva :

« Il faudrait avoir son avis. »

Et ils donnèrent l'ordre qu'on priât le comte de venir au salon.

C'était une véritable victoire que remportait le jeune rhétoricien. Contraindre deux hommes de métier, deux professionnels comme M. Filleul et Ganimard, à faire état de ses hypothèses, il y avait là un hommage dont tout autre se fût enorgueilli. Mais Beautrelet paraissait insensible à ces petites satisfactions d'amour-propre, et toujours souriant, sans la moindre ironie, il attendait. M. de Gesvres entra.

« Monsieur le comte, lui dit le juge d'instruction, la suite de notre enquête nous met en face d'une éventualité tout à fait imprévue, et que nous vous soumettons sous toutes réserves. Il se pourrait... je dis : il se pourrait... que les cambrioleurs, en s'introduisant ici, aient eu pour but de dérober vos quatre Rubens ou du moins de les remplacer par quatre copies... copies qu'eût exécutées, il y a un an, un peintre du nom de Charpenais. Voulez-vous examiner ces tableaux et nous dire si vous les reconnaissez pour authentiques ? »

Le comte parut réprimer un mouvement de contrariété, observa Beautrelet, puis M. Filleul, et répondit sans prendre la peine de s'approcher des tableaux :

« J'espérais, monsieur le juge d'instruction, que la vérité resterait ignorée. Puisqu'il en est autrement, je n'hésite pas à le déclarer : ces quatre tableaux sont faux.

— Vous le saviez donc ?

— Dès la première heure.

— Que ne le disiez-vous ?

— Le possesseur d'un objet n'est jamais pressé de dire que cet objet n'est pas… ou n'est plus authentique.

— Cependant, c'était le seul moyen de les retrouver.

— Il y en avait un meilleur.

— Lequel ?

— Celui de ne pas ébruiter le secret, de ne pas effaroucher mes voleurs, et de leur proposer le rachat des tableaux dont ils doivent être quelque peu embarrassés.

— Comment communiquer avec eux ? »

Le comte ne répondant pas, ce fut Isidore qui riposta :

« Par une note insérée dans les journaux. Cette petite note, publiée par *Le Journal* et *Le Matin*, est ainsi conçue : "*Suis disposé à racheter les tableaux*". »

Le comte approuva d'un signe de tête. Une fois encore le jeune homme en remontrait à ses aînés.

M. Filleul fut beau joueur.

« Décidément, cher monsieur, je commence à croire que vos camarades n'ont pas tout à fait tort. Sapristi, quel coup d'œil ! quelle intuition ! Si cela continue, M. Ganimard et moi nous n'aurons plus rien à faire.

— Oh ! tout cela n'était guère compliqué.

— Le reste l'est davantage, voulez-vous dire ? Je me rappelle en effet que, lors de notre première rencontre, vous aviez l'air d'en savoir plus long. Voyons, autant que je m'en souvienne, vous affirmiez que le nom du meurtrier vous était connu ?

— En effet.

— Qui donc a tué Jean Daval ? Cet homme est-il vivant ? Où se cache-t-il ?

— Il y a un malentendu entre nous, monsieur le juge, ou plutôt un malentendu entre vous et la réalité des faits, et cela depuis le début. Le meurtrier et le fugitif sont deux individus distincts.

— Que dites-vous ? s'exclama M. Filleul. L'homme que M. de Gesvres a vu dans le boudoir et contre lequel il a lutté, l'homme que ces demoiselles ont vu dans le salon et sur lequel Mlle de Saint-Véran a tiré, l'homme qui est tombé dans le parc et que nous cherchons, cet homme-là n'est pas celui qui a tué Jean Daval ?

— Non.

— Avez-vous découvert les traces d'un troisième complice qui aurait disparu avant l'arrivée de ces demoiselles ?

— Non.

— Alors je ne comprends plus… Qui donc est le meurtrier de Jean Daval ?

— Jean Daval a été tué par… »

Beautrelet s'interrompit, demeura pensif un instant et reprit :

« Mais auparavant il faut que je vous montre le chemin que j'ai suivi pour arriver à la certitude, et les raisons même du meurtre… sans quoi mon accusation vous semblerait monstrueuse… Et elle ne l'est pas… non, elle l'est pas… Il y a un détail qui n'a pas été remarqué et qui cependant a la plus grande importance, c'est que Jean Daval, au moment où il fut frappé, était vêtu de tous ses vêtements, chaussé de ses bottines de marche, bref, habillé comme on l'est en plein jour. Or, le crime a été commis à quatre heures du matin.

— J'ai relevé cette bizarrerie, fit le juge. M. de Gesvres m'a répondu que Daval passait une partie de ses nuits à travailler.

— Les domestiques disent au contraire qu'il se couchait régulièrement de très bonne heure. Mais admettons qu'il fût debout : pourquoi a-t-il défait son lit, de manière à faire croire qu'il était couché ? Et s'il était couché, pourquoi, en entendant du bruit, a-t-il pris la peine de s'habiller des pieds à la tête au lieu de se vêtir sommairement ? J'ai visité sa chambre le premier jour, tandis que vous déjeuniez : ses pantoufles étaient au pied de son lit. Qui l'empêcha de les mettre plutôt que de chausser ses lourdes bottines ferrées ?

— Jusqu'ici, je ne vois pas…

— Jusqu'ici, en effet, vous ne pouvez voir que des anomalies. Elles m'ont paru cependant beaucoup plus suspectes quand j'appris que le peintre Charpenais, – le copiste des Rubens, – avait été présenté au comte par Jean Daval lui-même.

— Eh bien ?

— Eh bien, de là à conclure que Jean Daval et Charpenais étaient complices, il n'y a qu'un pas. Ce pas, je l'avais franchi lors de notre conversation.

— Un peu vite, il me semble.

— En effet, il fallait une preuve matérielle. Or, j'avais découvert dans la chambre de Daval, sur une des feuilles du sous-main où il écrivait, cette adresse, qui s'y trouve encore d'ailleurs, décalquée à l'envers par le buvard : *Monsieur A.L.N., bureau 45. Paris.* Le lendemain, on découvrit que le télégramme envoyé de Saint-Nicolas par le pseudo-chauffeur portait cette même adresse : *A.L.N., bureau 45.* La preuve matérielle existait, Jean Daval correspondait avec la bande qui avait organisé l'enlèvement des tableaux. »

M. Filleul ne souleva aucune objection.

« Soit. La complicité est établie. Et vous en concluez ?

— Ceci d'abord, c'est que ce n'est point le fugitif qui a tué Jean Daval, puisque Jean Daval était son complice.

— Alors ?

— Monsieur le juge d'instruction, rappelez-vous la première phrase que prononça M. de Gesvres lorsqu'il se réveilla de son évanouissement. La phrase, rapportée par Mlle de Gesvres, est au procès-verbal : "Je ne suis pas blessé. Et Daval ?... Est-ce qu'il vit ?... Le couteau ?..." Et je vous prie de la rapprocher de cette partie de son récit, également consignée au procès-verbal, où M. de Gesvres raconte l'agression : "L'homme bondit sur moi et m'étendit d'un coup de poing à la nuque." Comment M. de Gesvres, qui était évanoui, pouvait-il savoir en se réveillant que Daval avait été frappé par un couteau ? »

Beautrelet n'attendit point de réponse à sa question. On eût dit qu'il se hâtait pour la faire lui-même et couper court à tout commentaire. Il repartit aussitôt :

« Donc, c'est Jean Daval qui conduit les trois cambrioleurs jusqu'à ce salon. Tandis qu'il s'y trouve avec celui qu'ils appellent leur chef, un bruit se fait entendre dans le boudoir. Daval ouvre la porte. Reconnaissant M. de Gesvres, il se précipite vers lui, armé du couteau. M. de Gesvres réussit à lui arracher ce couteau, l'en frappe, et tombe lui-même frappé d'un coup de poing par cet individu que les deux jeunes filles devaient apercevoir quelques minutes après. »

De nouveau, M. Filleul et l'inspecteur se regardèrent. Ganimard hocha la tête d'un air déconcerté. Le juge reprit :

« Monsieur le comte, dois-je croire que cette version est exacte ?... »

M. de Gesvres ne répondit pas.

« Voyons, monsieur le comte, votre silence nous permettrait de supposer... »

Très nettement, M. de Gesvres prononça :

« Cette version est exacte en tous points. »

Le juge sursauta.

« Alors je ne comprends pas que vous ayez induit la justice en erreur. Pourquoi dissimuler un acte que vous aviez le droit de commettre, étant en légitime défense ?

— Depuis vingt ans, dit M. de Gesvres, Daval travaillait à mes côtés. J'avais confiance en lui. Il m'a rendu des services inestimables. S'il m'a trahi, à la suite de je ne sais quelles tentations, je ne voulais pas du moins, en souvenir du passé, que sa trahison fût connue.

— Vous ne vouliez pas, soit, mais vous deviez...

— Je ne suis pas de votre avis, monsieur le juge d'instruction. Du moment qu'aucun innocent n'était accusé de ce crime, mon droit absolu était de ne pas accuser celui qui fut à la fois le coupable et la victime. Il est mort. J'estime que la mort est un châtiment suffisant.

— Mais maintenant, monsieur le comte, maintenant que la vérité est connue, vous pouvez parler.

— Oui. Voici deux brouillons de lettres écrites par lui à ses complices. Je les ai pris dans son portefeuille, quelques minutes après sa mort.

— Et le mobile du vol ?

— Allez à Dieppe, au 18 de la rue de la Barre. Là demeure une certaine Mme Verdier. C'est pour cette femme qu'il a connue il y a deux ans, pour subvenir à ses besoins d'argent, que Daval a volé. »

Ainsi tout s'éclairait. Le drame sortait de l'ombre et peu à peu apparaissait sous son véritable jour.

« Continuons, dit M. Filleul, après que le comte se fut retiré.

— Ma foi, dit Beautrelet gaiement, je suis à peu près au bout de mon rouleau.

— Mais le fugitif, le blessé ?

— Là-dessus, monsieur le juge d'instruction, vous en savez autant que moi… Vous avez suivi son passage dans l'herbe du cloître… vous savez…

— Oui, je sais… mais, depuis, ils l'ont enlevé, et ce que je voudrais, ce sont des indications sur cette auberge… »

Isidore Beautrelet éclata de rire.

« L'auberge ! L'auberge n'existe pas ! c'est un truc pour dépister la justice, un truc ingénieux puisqu'il a réussi.

— Cependant, le docteur Delattre affirme…

— Eh ! justement, s'écria Beautrelet, d'un ton de conviction. C'est parce que le docteur Delattre affirme qu'il ne faut pas le croire. Comment ! le docteur Delattre n'a voulu donner sur toute son aventure que les détails les plus vagues ! il n'a voulu rien dire qui pût compromettre la sûreté de son client… Et voilà tout à coup qu'il attire l'attention sur une auberge ! Mais soyez certain que, s'il a prononcé ce mot d'auberge, c'est qu'il lui fut imposé. Soyez certain que toute l'histoire qu'il nous a servie lui fut dictée sous peine de représailles terribles. Le docteur a une femme et une fille. Et il les aime trop pour désobéir à des gens dont il a éprouvé la formidable puissance. Et c'est pourquoi il a fourni à vos efforts la plus précise des indications.

— Si précise qu'on ne peut trouver l'auberge.

— Si précise que vous ne cessez pas de la chercher, contre toute vraisemblance, et que vos yeux se sont détournés du seul endroit où l'homme puisse être, de cet endroit mystérieux qu'il n'a pas quitté, qu'il n'a pas pu quitter depuis l'instant où, blessé par Mlle de Saint-Véran, il est parvenu à s'y glisser, comme une bête dans sa tanière.

— Mais où, sacrebleu ?

— Dans les ruines de la vieille abbaye.

— Mais il n'y a plus de ruines ! Quelques pans de mur ! Quelques colonnes !

— C'est là qu'il s'est terré, monsieur le juge d'instruction, cria Beautrelet avec force, c'est là qu'il faut borner vos recherches ! c'est là, et pas ailleurs, que vous trouverez Arsène Lupin.

— Arsène Lupin ! » s'exclama M. Filleul en sautant sur ses jambes.

Il y eut un silence un peu solennel, où se prolongèrent les syllabes du nom fameux. Arsène Lupin, le grand aventurier, le roi des cambrioleurs, était-ce possible que ce fût lui l'adversaire vaincu, et cependant invisible, après lequel on s'acharnait en vain depuis plusieurs jours ? Mais Arsène Lupin pris au piège, arrêté, pour un juge d'instruction, c'était l'avancement immédiat, la fortune, la gloire !

Ganimard n'avait pas bronché. Isidore lui dit :

« Vous êtes de mon avis, n'est-ce pas, monsieur l'inspecteur ?

— Parbleu !

— Vous non plus, n'est-ce pas, vous n'avez jamais douté que ce fût lui l'organisateur de cette affaire ?

— Pas une seconde ! La signature y est. Un coup de Lupin, ça diffère d'un autre coup comme un visage d'un autre visage. Il n'y a qu'à ouvrir les yeux.

— Vous croyez… vous croyez… répétait M. Filleul.

— Si je crois ! s'écria le jeune homme. Tenez, rien que ce petit fait, sous quelles initiales ces gens-là correspondent-ils entre eux ? A.L.N., c'est-à-dire la première lettre du nom d'Arsène, la première et la dernière du nom de Lupin.

— Ah ! fit Ganimard, rien ne vous échappe. Vous êtes un rude type, et le vieux Ganimard met bas les armes. »

Beautrelet rougit de plaisir et serra la main que lui tendait l'inspecteur. Les trois hommes s'étaient rapprochés du balcon, et leur regard s'étendait sur le champ des ruines. M. Filleul murmura :

« Alors, il serait là.

— *Il est là*, dit Beautrelet, d'une voix sourde. Il est là depuis la minute même où il est tombé. Logiquement et pratiquement, il ne pouvait s'échapper sans être aperçu de Mlle de Saint-Véran et des deux domestiques.

— Quelle preuve en avez-vous ?

— La preuve, ses complices nous l'ont donnée. Le matin même, l'un d'eux se déguisait en chauffeur, vous conduisait ici…

— Pour reprendre la casquette, pièce d'identité.

— Soit, mais aussi, mais surtout, pour visiter les lieux, se rendre compte, et voir par lui-même ce qu'était devenu le patron.

— Et il s'est rendu compte ?

— Je le suppose, puisqu'il connaissait la cachette, lui. Et je suppose que l'état désespéré de son chef lui fut révélé, puisque, sous le coup de l'inquiétude, il a commis l'imprudence d'écrire ce mot de menace : "Malheur à la demoiselle si elle a tué le patron."

— Mais ses amis ont pu l'enlever par la suite ?

— Quand ? Vos hommes n'ont pas quitté les ruines. Et puis où l'aurait-on transporté ? Tout au plus à quelques centaines de mètres de distance, car on ne fait pas voyager un moribond… et alors vous l'auriez trouvé. Non, vous dis-je, il est là. Jamais ses amis ne l'auraient arraché à la plus sûre des retraites. C'est là qu'ils ont amené le docteur, tandis que les gendarmes couraient au feu comme des enfants.

— Mais comment vit-il ? Pour vivre, il faut des aliments, de l'eau !

— Je ne puis rien dire… je ne sais rien… mais il est là, je vous le jure. Il est là parce qu'il ne peut pas ne pas y être. J'en suis sûr comme si je le voyais, comme si je le touchais. Il est là. »

Le doigt tendu vers les ruines, il dessinait dans l'air un petit cercle qui diminuait peu à peu jusqu'à n'être plus qu'un point. Et ce point, les deux compagnons le cherchaient éperdument, tous deux penchés sur l'espace, tous deux émus de la même foi que Beautrelet et frissonnants de l'ardente conviction qu'il leur avait imposée. Oui, Arsène Lupin était là. En théorie comme en fait, il y était, ni l'un ni l'autre n'en pouvaient plus douter.

Et il y avait quelque chose d'impressionnant et de tragique à savoir que, dans quelque refuge ténébreux, gisait à même le sol, sans secours, fiévreux, épuisé, le célèbre aventurier.

« Et s'il meurt ? prononça M. Filleul à voix basse.

— S'il meurt, dit Beautrelet, et que ses complices en aient la certitude, veillez au salut de Mlle de Saint-Véran, monsieur le juge, car la vengeance sera terrible. »

Quelques minutes plus tard, et malgré les instances de M. Filleul, qui se fût volontiers accommodé de ce prestigieux auxiliaire, Beautrelet, dont les vacances expiraient ce même jour, reprenait la route de Dieppe. Il débarquait à Paris vers cinq heures et, à huit heures, franchissait en même temps que ses camarades la porte du lycée Janson.

Ganimard, après une exploration aussi minutieuse qu'inutile des ruines d'Ambrumésy, rentra par le rapide du soir. En arrivant chez lui, il trouva ce pneumatique :

Monsieur l'inspecteur principal,

Ayant eu un peu de loisir à la fin de la journée, j'ai pu réunir quelques renseignements complémentaires qui ne manqueront pas de vous intéresser.

Depuis un an Arsène Lupin vit à Paris sous le nom d'Etienne de Vaudreix. C'est un nom que vous avez pu lire souvent dans les chroniques mondaines ou les échos sportifs. Grand voyageur, il fait de longues absences, pendant lesquelles il va, dit-il, chasser le tigre au Bengale ou le renard bleu en Sibérie. Il passe pour s'occuper d'affaires sans qu'on puisse préciser de quelles affaires il s'agit.

Son domicile actuel : 36, rue Marbeuf. (Je vous prie de remarquer que la rue Marbeuf est à proximité du bureau de poste numéro 45.) Depuis le jeudi 23 avril, veille de l'agression d'Ambrumésy, on n'a aucune nouvelle d'Etienne de Vaudreix.

Recevez, monsieur l'inspecteur principal, avec toute ma gratitude pour la bienveillance que vous m'avez témoignée, l'assurance de mes meilleurs sentiments.

Isidore Beautrelet.

Post-Scriptum. – *Surtout ne croyez pas qu'il m'ait fallu grand mal pour obtenir ces informations. Le matin même du crime, lorsque M. Filleul poursuivait son instruction devant quelques privilégiés, j'avais eu l'heureuse inspiration d'examiner la casquette du fugitif avant que le pseudo-chauffeur ne fût venu la changer. Le nom du chapelier m'a suffi vous pensez bien, pour trouver la filière qui m'a fait connaître le nom de l'acheteur et son domicile.*

Le lendemain matin, Ganimard se présentait au 36 de la rue Marbeuf. Renseignements pris auprès de la concierge, il se fit ouvrir le rez-de-chaussée de droite, où il ne découvrit rien que des cendres dans la cheminée. Quatre jours auparavant, deux amis étaient venus brûler tous les papiers compromettants. Mais au moment de sortir, Ganimard croisa le facteur qui apportait une lettre pour M. de Vaudreix. L'après-midi, le parquet, saisi de l'affaire, réclamait la lettre. Elle était timbrée d'Amérique et contenait ces lignes, écrites en anglais :

Monsieur,

Je vous confirme la réponse que j'ai faite à votre agent. Dès que vous aurez en votre possession les quatre tableaux de M. de Gesvres, expédiez-les par le mode convenu. Vous y joindrez le reste, si vous pouvez réussir, ce dont je doute fort.

Une affaire imprévue m'obligeant à partir, j'arriverai en même temps que cette lettre. Vous me trouverez au Grand-Hôtel.

Harlington.

Le jour même, Ganimard, muni d'un mandat d'arrêt, conduisait au dépôt le sieur Harlington, citoyen américain, inculpé de recel et de complicité de vol.

Ainsi donc, en l'espace de vingt-quatre heures, grâce aux indications vraiment inattendues d'un gamin de dix-sept ans, tous les nœuds de l'intrigue se dénouaient. En vingt-quatre heures, ce qui était inexplicable devenait simple et lumineux. En vingt-quatre heures, le plan des complices pour sauver leur chef était déjoué, la capture d'Arsène Lupin blessé, mourant, ne faisait plus de doute, sa bande était désorganisée, on connaissait son installation à Paris, le masque dont il se couvrait, et l'on perçait à jour, pour la première fois, avant qu'il eût pu en assurer la complète exécution, un de ses coups les plus habiles et le plus longuement étudiés.

Ce fut dans le public comme une immense clameur d'étonnement, d'admiration et de curiosité. Déjà le journaliste rouennais, en un article très réussi, avait raconté le premier interrogatoire du jeune rhétoricien, mettant en lumière sa bonne grâce, son charme naïf et son assurance tranquille. Les indiscrétions auxquelles Ganimard et M. Filleul s'abandonnèrent malgré eux, entraînés par un élan plus fort que leur orgueil professionnel, éclairèrent le public sur le rôle de Beautrelet au cours des derniers événements. Lui seul avait tout fait. À lui seul revenait tout le mérite de la victoire.

On se passionna. Du jour au lendemain, Isidore Beautrelet fut un héros, et la foule, subitement engouée, exigea sur son nouveau favori les plus amples détails. Les reporters étaient là. Ils se ruèrent à l'assaut du lycée Janson-de-Sailly, guettèrent les externes au sortir des classes et recueillirent tout ce qui concernait, de près ou de loin, le nommé Beautrelet ; et l'on apprit ainsi la réputation dont jouissait parmi ses camarades celui qu'ils appelaient le rival d'Herlock Sholmès. Par raisonnement, par logique et sans plus de renseignements que ceux qu'il lisait dans les journaux, il avait, à diverses reprises, annoncé la solution d'affaires compliquées que la justice ne devait débrouiller que longtemps après lui. C'était devenu un divertissement au lycée Janson que de poser à Beautrelet des questions ardues, des problèmes indéchiffrables, et l'on s'émerveillait de voir avec quelle sûreté d'analyse, au moyen de quelles ingénieuses déductions, il se dirigeait au milieu des ténèbres les plus épaisses. Dix jours avant l'arrestation de l'épicier Jorisse, il indiquait le parti que l'on pouvait tirer du fameux parapluie. De même, il affirmait dès le début, à propos du drame de Saint-Cloud, que le concierge était l'unique meurtrier possible.

Mais le plus curieux fut l'opuscule que l'on trouva en circulation parmi les élèves du lycée, opuscule signé de lui, imprimé à la machine à écrire et tiré à dix exemplaires. Comme titre : ARSÈNE LUPIN, *sa méthode, en quoi il est classique et en quoi original* – suivi d'un parallèle entre l'humour anglais et l'ironie française.

C'était une étude approfondie de chacune des aventures de Lupin, où les procédés de l'illustre cambrioleur nous apparaissaient avec un relief extraordinaire, où l'on montrait le mécanisme même de ses façons d'agir, sa tactique toute spéciale, ses lettres aux journaux, ses menaces, l'annonce de ses vols, bref, l'ensemble des trucs qu'il employait pour « cuisiner » la victime choisie et la mettre dans un état d'esprit tel, qu'elle s'offrait presque au coup machiné contre elle et que tout s'effectuait pour ainsi dire de son propre consentement.

Et c'était si juste comme critique, si pénétrant, si vivant, et d'une ironie à la fois si ingénue et si cruelle, qu'aussitôt les rieurs passèrent de son côté, que la sympathie des foules se détourna sans transition de Lupin vers Isidore Beautrelet, et que dans la lutte qui s'engageait entre eux, d'avance on proclama la victoire du jeune rhétoricien.

En tout cas, cette victoire, M. Filleul aussi bien que le parquet de Paris semblaient jaloux de lui en réserver la possibilité. D'une part, en effet, on ne parvenait pas à établir l'identité du sieur Harlington, ni à fournir une preuve décisive de son affiliation à la bande de Lupin. Compère ou non, il se taisait obstinément. Bien plus, après examen de son écriture, on n'osait plus affirmer que ce fût lui l'auteur de la lettre interceptée. Un sieur Harlington, pourvu d'un sac de voyage et d'un carnet amplement pourvu de bank-notes, était descendu au Grand-Hôtel, voilà tout ce qu'il était possible d'affirmer.

D'autre part, à Dieppe, M. Filleul couchait sur les positions que Beautrelet lui avait conquises. Il ne faisait pas un pas en avant. Autour de l'individu que Mlle de Saint-Véran avait pris pour Beautrelet, la veille du crime, même mystère. Mêmes ténèbres aussi sur tout ce qui concernait l'enlèvement des quatre Rubens. Qu'étaient devenus ces tableaux ? Et l'automobile qui les avait emportés dans la nuit, quel chemin avait-elle suivi ?

À Luneray, à Yerville, à Yvetot, on avait recueilli des preuves de son passage, ainsi qu'à Caudebec-en-Caux, où elle avait dû traverser la Seine au petit jour dans le bac à vapeur. Mais quand on poussa l'enquête à fond, il fut avéré que ladite automobile était découverte et qu'il eût été impossible d'y entasser quatre grands tableaux sans que les employés du bac les eussent aperçus. C'était tout probablement la même auto, mais alors la question se posait encore : qu'étaient devenus les quatre Rubens ?

Autant de problèmes que M. Filleul laissait sans réponse. Chaque jour ses subordonnés fouillaient le quadrilatère des ruines. Presque chaque jour il venait diriger les explorations. Mais de là à découvrir l'asile où Lupin agonisait – si tant est que l'opinion de Beautrelet fût juste –, de là à découvrir cet asile, il y avait un abîme que l'excellent magistrat n'avait point l'air disposé à franchir.

Aussi était-il naturel que l'on se retournât vers Isidore Beautrelet, puisque lui seul avait réussi à dissiper des ténèbres qui, en dehors de lui, se reformaient plus intenses et plus impénétrables. Pourquoi ne s'acharnait-il pas après cette affaire ? Au point où il l'avait menée, il lui suffisait d'un effort pour aboutir.

La question lui fut posée par un rédacteur du *Grand Journal*, qui s'introduisit dans le lycée Janson sous le faux nom de Bernod, correspondant de Beautrelet. À quoi Isidore répondit fort sagement :

« Cher monsieur, il n'y a pas que Lupin en ce monde, il n'y a pas que des histoires de cambrioleurs et de détectives, il y a aussi cette réalité qui s'appelle le baccalauréat. Or, je me présente en juillet. Nous sommes en mai. Et je ne veux pas échouer. Que dirait mon brave homme de père ?

— Mais que dirait-il si vous livriez à la justice Arsène Lupin ?

— Bah ! il y a temps pour tout. Aux prochaines vacances…

— Celles de la Pentecôte ?

— Oui. Je partirai le samedi 6 juin par le premier train.

— Et le soir de ce samedi, Arsène Lupin sera pris.

— Me donnez-vous jusqu'au dimanche ? demanda Beautrelet en riant.

— Pourquoi ce retard ? » riposta le journaliste du ton le plus sérieux.

Cette confiance inexplicable, née d'hier et déjà si forte, tout le monde la ressentait à l'endroit du jeune homme, bien qu'en réalité les événements ne la justifiassent que jusqu'à un certain point. N'importe ! on croyait. De sa part rien ne semblait difficile. On attendait de lui ce qu'on aurait pu attendre tout au plus de quelque phénomène de clairvoyance et d'intuition, d'expérience et d'habileté. Le 6 juin ! cette date s'étalait dans tous les journaux. Le 6 juin, Isidore Beautrelet prendrait le rapide de Dieppe, et le soir Arsène Lupin serait arrêté.

« À moins que d'ici là il ne s'évade… objectaient les derniers partisans de l'aventurier.

— Impossible ! toutes les issues sont gardées.

— À moins alors qu'il n'ait succombé à ses blessures », reprenaient les partisans, lesquels eussent mieux aimé la mort que la capture de leur héros.

Et la réplique était immédiate :

« Allons donc, si Lupin était mort, ses complices le sauraient, et Lupin serait vengé, Beautrelet l'a dit. »

Et le 6 juin arriva. Une demi-douzaine de journalistes guettaient Isidore à la gare Saint-Lazare. Deux d'entre eux voulaient l'accompagner dans son voyage. Il les supplia de n'en rien faire.

Il s'en alla donc seul. Son compartiment était vide. Assez fatigué par une série de nuits consacrées au travail, il ne tarda pas à s'endormir d'un lourd sommeil. En rêve, il eut l'impression qu'on s'arrêtait à différentes stations et que des personnes montaient et descendaient. À son réveil, en vue de Rouen, il était encore seul. Mais sur le dossier de la banquette opposée, une large feuille de papier, fixée par une épingle à l'étoffe grise, s'offrait à ses regards. Elle portait ces mots :

Chacun ses affaires. Occupez-vous des vôtres. Sinon tant pis pour vous.

« Parfait ! dit-il en se frottant les mains. Ça va mal dans le camp adverse. Cette menace est aussi stupide que celle du pseudo-chauffeur. Quel style, on voit bien que ce n'est pas Lupin qui tient la plume. »

On s'engouffrait sous le tunnel qui précède la vieille cité normande. En gare, Isidore fit deux ou trois tours sur le quai pour se dégourdir les jambes. Il se disposait à regagner son compartiment, quand un cri lui échappa. En passant près de la bibliothèque, il avait lu distraitement, à la première page d'une édition spéciale du *Journal de Rouen,* ces quelques lignes dont il percevait soudain l'effrayante signification :

Dernière heure. – *On nous téléphone de Dieppe que, cette nuit, des malfaiteurs ont pénétré dans le château d'Ambrumésy, ont ligoté et bâillonné Mlle de Gesvres, et ont enlevé Mlle de Saint-Véran. Des traces de sang ont été relevées à cinq cents mètres du château, et tout auprès on a retrouvé une écharpe également maculée de sang. Il y a lieu de craindre que la malheureuse jeune fille n'ait été assassinée.*

Jusqu'à Dieppe, Isidore Beautrelet resta immobile. Courbé en deux, les coudes sur les genoux et ses mains plaquées contre sa figure, il réfléchissait. À Dieppe, il loua une auto. Au seuil d'Ambrumésy, il rencontra le juge d'instruction qui lui confirma l'horrible nouvelle.

« Vous ne savez rien de plus ? demanda Beautrelet.

— Rien. J'arrive à l'instant. »

Au même moment le brigadier de gendarmerie s'approchait de M. Filleul et lui remettait un morceau de papier, froissé, déchiqueté, jauni, qu'il venait de ramasser non loin de l'endroit où l'on avait découvert l'écharpe. M. Filleul l'examina, puis le tendit à Isidore Beautrelet en disant :

« Voilà qui ne nous aidera pas beaucoup dans nos recherches. »

Isidore tourna et retourna le morceau de papier. Couvert de chiffres, de points et de signes il offrait exactement le dessin que nous donnons ci-dessous :

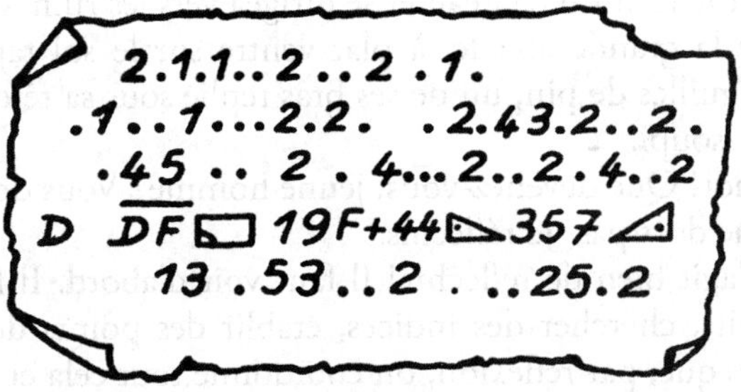

III

Le cadavre

Vers six heures du soir, ses opérations terminées, M. Filleul attendait, en compagnie de son greffier, M. Brédoux, la voiture qui devait le ramener à Dieppe. Il paraissait agité, nerveux. Par deux fois il demanda :

« Vous n'avez pas aperçu le jeune Beautrelet ?

— Ma foi non, monsieur le juge.

— Où diable peut-il être ? On ne l'a pas vu de la journée. »

Soudain, il eut une idée, confia son portefeuille à Brédoux, fit en courant le tour du château et se dirigea vers les ruines.

Près de la grande arcade, à plat ventre sur le sol tapissé des longues aiguilles de pin, un de ses bras replié sous sa tête, Isidore semblait assoupi.

« Eh quoi ! Que devenez-vous, jeune homme ? Vous dormez ?

— Je ne dors pas. Je réfléchis.

— Il s'agit bien de réfléchir ! Il faut voir d'abord. Il faut étudier les faits, chercher des indices, établir des points de repère. C'est après que, par réflexion, on coordonne tout cela et que l'on découvre la vérité.

— Oui, je sais… c'est la méthode usuelle… la bonne sans doute. Moi, j'en ai une autre… je réfléchis d'abord, je tâche avant tout de trouver l'idée générale de l'affaire, si je peux m'exprimer ainsi. Puis j'imagine une hypothèse raisonnable, logique, en accord avec cette idée générale. Et c'est après, seulement, que j'examine si les faits veulent bien s'adapter à mon hypothèse.

— Drôle de méthode et rudement compliquée !

— Méthode sûre, monsieur Filleul, tandis que la vôtre ne l'est pas.

— Allons donc, les faits sont les faits.

— Avec des adversaires quelconques, oui. Mais pour peu que l'ennemi ait quelque ruse, les faits sont ceux qu'il a choisis. Ces fameux indices sur lesquels vous bâtissez votre enquête, il fut libre, lui, de les disposer à son gré. Et vous voyez alors, quand il s'agit d'un homme comme Lupin, où cela peut vous conduire, vers quelles erreurs et quelles inepties ! Sholmès lui-même est tombé dans le piège.

— Arsène Lupin est mort.

— Soit. Mais sa bande reste, et les élèves d'un tel maître sont des maîtres eux-mêmes. »

M. Filleul prit Isidore par le bras, et l'entraînant :

« Des mots, jeune homme. Voici qui est plus important. Écoutez bien. Ganimard, retenu à Paris à l'heure actuelle, n'arrive que dans quelques jours. D'autre part, le comte de Gesvres a télégraphié à Herlock Sholmès, lequel a promis son concours pour la semaine prochaine. Jeune homme, ne pensez-vous pas qu'il y aurait quelque gloire à dire à ces deux célébrités, le jour de leur arrivée : "Mille regrets, chers messieurs, mais nous n'avons pu attendre davantage. La besogne est finie" ? »

Il était impossible de confesser son impuissance avec plus d'ingéniosité que ne le faisait ce bon M. Filleul. Beautrelet réprima un sourire et, affectant d'être dupe, répondit :

« Je vous avouerai, monsieur le juge d'instruction, que, si je n'ai pas assisté tantôt à votre enquête, c'était dans l'espoir que vous consentiriez à m'en communiquer les résultats. Voyons, que savez-vous ?

— Eh bien, voici. Hier soir, à onze heures, les trois gendarmes que le brigadier Quevillon avait laissés de faction au château, recevaient dudit brigadier un petit mot les appelant en toute hâte à Ouville où se trouve leur brigade. Ils montèrent aussitôt à cheval, et quand ils arrivèrent…

— Ils constatèrent qu'ils avaient été joués, que l'ordre était faux et qu'ils n'avaient plus qu'à retourner à Ambrumésy.

— C'est ce qu'ils firent, sous la conduite du brigadier. Mais leur absence avait duré une heure et demie, et pendant ce temps, le crime avait été commis.

— Dans quelles conditions ?

— Dans les conditions les plus simples. Une échelle empruntée aux bâtiments de la ferme fut apposée contre le second étage du château. Un carreau fut découpé, une fenêtre ouverte. Deux hommes, munis d'une lanterne sourde, pénétrèrent dans la chambre de Mlle de Gesvres et la bâillonnèrent avant qu'elle n'ait eu le temps d'appeler. Puis, l'ayant attachée avec des cordes, ils ouvrirent très doucement la porte de la chambre où dormait Mlle de Saint-Véran. Mlle de Gesvres entendit un gémissement étouffé, puis le bruit d'une personne qui se débat. Une minute plus tard, elle aperçut les deux hommes qui portaient sa cousine également liée et bâillonnée. Ils passèrent devant elle et s'en allèrent par la fenêtre. Épuisée, terrifiée, Mlle de Gesvres s'évanouit.

— Mais les chiens ? M. de Gesvres n'avait-il pas acheté deux molosses ?

— On les a retrouvés morts, empoisonnés.

— Mais par qui ? Personne ne pouvait les approcher.

— Mystère ! Toujours est-il que les deux hommes ont traversé sans encombre les ruines et sont sortis par la fameuse petite porte. Ils ont franchi le bois-taillis, en contournant les anciennes carrières… Ce n'est qu'à cinq cents mètres du château, au pied de l'arbre appelé le Gros-Chêne, qu'ils se sont arrêtés… et qu'ils ont mis leur projet à exécution.

— Pourquoi, s'ils étaient venus avec l'intention de tuer Mlle de Saint-Véran, ne l'ont-ils pas frappée dans sa chambre ?

— Je ne sais. Peut-être l'incident qui les a déterminés ne s'est-il produit qu'à leur sortie du château. Peut-être la jeune fille avait-elle réussi à se débarrasser de ses liens. Ainsi, pour moi, l'écharpe ramassée avait servi à lui attacher les poignets. En tout cas, c'est au pied du Gros-Chêne qu'ils ont frappé. Les preuves que j'ai recueillies sont irréfutables…

— Mais le corps ?

— Le corps n'a pas été retrouvé, ce qui d'ailleurs ne saurait nous surprendre outre mesure. La piste suivie m'a conduit, en effet, jusqu'à l'église de Varengeville, à l'ancien cimetière suspendu au sommet de la falaise. Là, c'est le précipice… un gouffre de plus de cent mètres. Et, en bas, les rochers, la mer. Dans un jour ou deux, une marée plus forte ramènera le corps sur la grève.

— Évidemment, tout cela est fort simple.

— Oui, tout cela est fort simple et ne m'embarrasse pas. Lupin est mort, ses complices l'ont appris et pour se venger, ainsi qu'ils l'avaient écrit, ils ont assassiné Mlle de Saint-Véran, ce sont là des faits qui n'avaient même pas besoin d'être contrôlés. Mais Lupin ?

— Lupin ?

— Oui, qu'est-il devenu ? Tout probablement, ses complices ont enlevé son cadavre en même temps qu'ils emportaient la jeune fille, mais quelle preuve avons-nous de cet enlèvement ? Aucune. Pas plus que de son séjour dans les ruines, pas plus que de sa mort ou de sa vie. Et c'est là tout le mystère, mon cher Beautrelet. Le meurtre de Mlle Raymonde n'est pas un dénouement. Au contraire, c'est une complication. Que s'est-il passé depuis deux mois au château d'Ambrumésy ? Si nous ne déchiffrons pas cette énigme, d'autres vont venir qui nous brûleront la politesse.

— Quel jour vont-ils venir, ces autres ?

— Mercredi... mardi, peut-être... »

Beautrelet sembla faire un calcul, puis déclara :

« Monsieur le juge d'instruction, nous sommes aujourd'hui samedi. Je dois rentrer au lycée lundi soir. Eh bien, lundi matin, si vous voulez être ici à dix heures, je tâcherai de vous le révéler, le mot de l'énigme.

— Vraiment, monsieur Beautrelet... vous croyez ? Vous êtes sûr ?

— Je l'espère, du moins.

— Et maintenant, où allez-vous ?

— Je vais voir si les faits veulent bien s'accommoder à l'idée générale que je commence à discerner.

— Et s'ils ne s'accommodent pas ?

— Eh bien, monsieur le juge d'instruction, ce sont eux qui auront tort, dit Beautrelet en riant, et j'en chercherai d'autres plus dociles. À lundi, n'est-ce pas ?

— À lundi. »

Quelques minutes après, M. Filleul roulait vers Dieppe, tandis qu'Isidore, muni d'une bicyclette que lui avait prêtée le comte de Gesvres, filait sur la route de Yerville et de Caudebec-en-Caux.

Il y avait un point sur lequel le jeune homme tenait à se faire avant tout une opinion nette, parce que ce point lui semblait justement le point faible de l'ennemi. On n'escamote pas des objets de la dimension des quatre Rubens. Il fallait qu'ils fussent quelque part. S'il était impossible pour le moment de les retrouver, ne pouvait-on connaître le chemin par où ils avaient disparu ?

L'hypothèse de Beautrelet était celle-ci : l'automobile avait bien emporté les quatre tableaux, mais avant d'arriver à Caudebec elle les avait déchargés sur une autre automobile qui avait traversé la Seine en amont ou en aval de Caudebec. En aval, le premier bac était celui de Quillebœuf, passage fréquenté, par conséquent dangereux. En amont, il y avait le bac de La Mailleraie, gros bourg isolé, en dehors de toute communication.

Vers minuit, Isidore avait franchi les dix-huit lieues qui le séparaient de La Mailleraie, et frappait à la porte d'une auberge située au bord de l'eau. Il y couchait, et dès le matin, interrogeait les matelots du bac. On consulta le livre des passagers. Aucune automobile n'avait passé le jeudi 23 avril.

« Alors, une voiture à chevaux ? insinua Beautrelet, une charrette ? un fourgon ?

— Non plus. »

Toute la matinée, Isidore s'enquit. Il allait partir pour Quillebœuf, quand le garçon de l'auberge où il avait couché lui dit :

« Ce matin-là, j'arrivais de mes treize jours, et j'ai bien vu une charrette, mais elle n'a pas passé.

— Comment ?

— Non. On l'a déchargée sur une sorte de bateau plat, de péniche, comme ils disent, qui était amarrée au quai.

— Et cette charrette, d'où venait-elle ?

— Oh ! je l'ai bien reconnue. C'était à maître Vatinel, le charretier.

— Qui demeure ?

— Au hameau de Louvetot. »

Beautrelet regarda sa carte d'état-major. Le hameau de Louvetot était situé au carrefour de la route d'Yvetot à Caudebec et d'une petite route tortueuse qui s'en venait à travers bois jusqu'à La Mailleraie !

Ce n'est qu'à six heures du soir qu'Isidore réussit à découvrir dans un cabaret maître Vatinel, un de ces vieux Normands finauds qui se tiennent toujours sur leurs gardes, qui se méfient de l'étranger, mais qui ne savent pas résister à l'attrait d'une pièce d'or et à l'influence de quelques petits verres.

« Bien oui, monsieur, ce matin-là, les gens à l'automobile m'avaient donné rendez-vous à cinq heures au carrefour. Ils m'ont remis quatre grandes machines, hautes comme ça. Il y en a un qui m'a accompagné. Et nous avons porté la chose jusqu'à la péniche.

— Vous parlez d'eux comme si vous les connaissiez déjà.

— Je vous crois que je les connaissais ! C'était la sixième fois que je travaillais pour eux. »

Isidore tressaillit.

« Vous dites la sixième fois ?... Et depuis quand ?

— Mais tous les jours d'avant celui-là, parbleu ! Mais alors, c'étaient d'autres machines... des gros morceaux de pierre... ou bien des plus petites assez longues qu'ils avaient enveloppées et qu'ils portaient comme le saint sacrement. Ah ! fallait pas y toucher à celles-là... Mais qu'est-ce que vous avez ? Vous êtes tout blanc.

— Ce n'est rien... la chaleur... »

Beautrelet sortit en titubant. La joie, l'imprévu de la découverte l'étourdissaient.

Il s'en retourna tout tranquillement, coucha le soir au village de Varengeville, passa, le lendemain matin, une heure à la mairie avec l'instituteur, et revint au château. Une lettre l'y attendait « aux bons soins de M. le comte de Gesvres ».

Elle contenait ces lignes :

Deuxième avertissement. Tais-toi. Sinon...

« Allons, murmura-t-il, il va falloir prendre quelques précautions pour ma sûreté personnelle. Sinon, comme ils disent... »

Il était neuf heures ; il se promena parmi les ruines, puis s'allongea près de l'arcade et ferma les yeux.

« Eh bien, jeune homme, êtes-vous content de votre campagne ? »

C'était M. Filleul qui arrivait à l'heure fixée.

« Enchanté, monsieur le juge d'instruction.

— Ce qui veut dire ?

— Ce qui veut dire que je suis prêt à tenir ma promesse, malgré cette lettre qui ne m'y engage guère. »

Il montra la lettre à M. Filleul.

« Bah ! des histoires, s'écria celui-ci, et j'espère que cela ne vous empêchera pas…

— De vous dire ce que je sais ? Non, monsieur le juge d'instruction. J'ai promis : je tiendrai. Avant dix minutes, nous saurons… une partie de la vérité.

— Une partie ?

— Oui, à mon sens, la cachette de Lupin, cela ne constitue pas tout le problème. Mais pour la suite, nous verrons.

— Monsieur Beautrelet, rien ne m'étonne de votre part. Mais comment avez-vous pu découvrir ?…

— Oh ! tout naturellement. Il y a dans la lettre du sieur Harlington à M. Etienne de Vaudreix, ou plutôt à Lupin…

— La lettre interceptée ?

— Oui. Il y a une phrase qui m'a toujours intrigué. C'est celle-ci : "À l'envoi des tableaux, vous joindrez *le reste*, si vous pouvez réussir, ce dont je doute fort."

— En effet, je me souviens.

— Quel était ce reste ? Un objet d'art, une curiosité ? Le château n'offrait rien de précieux que les Rubens et les tapisseries. Des bijoux ? Il y en a fort peu et de valeur médiocre. Alors quoi ? Et, d'autre part, pouvait-on admettre que des gens comme Lupin, d'une habileté aussi prodigieuse, n'eussent pas réussi à joindre à l'envoi *ce reste*, qu'ils avaient évidemment proposé ? Entreprise difficile, c'est probable, exceptionnelle, soit, mais possible, donc certaine, puisque Lupin le voulait.

— Cependant, il a échoué : rien n'a disparu.

— Il n'a pas échoué : quelque chose a disparu.

— Oui, les Rubens… mais…

— Les Rubens, et autre chose… quelque chose que l'on a remplacé par une chose identique, comme on a fait pour les Rubens, quelque chose de beaucoup plus extraordinaire, de plus rare et de plus précieux que les Rubens.

— Enfin, quoi ? vous me faites languir. »

Tout en marchant à travers les ruines, les deux hommes s'étaient dirigés vers la petite porte et longeaient la Chapelle-Dieu.

Beautrelet s'arrêta.

« Vous voulez le savoir, monsieur le juge d'instruction ?

— Si je le veux ! »

Beautrelet avait une canne à la main, un bâton solide et noueux. Brusquement, d'un revers de cette canne, il fit sauter en éclats l'une des statuettes qui ornaient le portail de la chapelle.

« Mais vous êtes fou ! clama M. Filleul, hors de lui, et se précipitant vers les morceaux de la statuette. Vous êtes fou ! ce vieux saint était admirable…

— Admirable ! » proféra Isidore en exécutant un moulinet qui jeta bas la Vierge Marie.

M. Filleul l'empoigna à bras le corps.

« Jeune homme, je ne vous laisserai pas commettre… »

Un roi mage encore voltigea, puis une crèche avec l'Enfant Jésus…

« Un mouvement de plus et je tire. »

Le comte de Gesvres était survenu et armait son revolver.

Beautrelet éclata de rire.

« Tirez donc là-dessus, monsieur le comte… tirez là-dessus, comme à la foire. Tenez… ce bonhomme qui porte sa tête à pleines mains. »

Le saint Jean-Baptiste sauta.

« Ah ! fit le comte… en braquant son revolver, une telle profanation !… de pareils chefs-d'œuvre !

— Du toc, monsieur le comte !

— Quoi ? Que dites-vous ? hurla M. Filleul, tout en désarmant le comte.

— Du toc, du carton-pâte !

— Ah ! ça… est-ce possible ?

— Du soufflé ! du vide ! du néant ! »

Le comte se baissa et ramassa un débris de statuette.

« Regardez bien, monsieur le comte… du plâtre, du plâtre patiné, moisi, verdi comme la pierre ancienne… mais, du plâtre, des moulages de plâtre… voilà tout ce qui reste du pur chef-d'œuvre… voilà ce qu'ils ont fait en quelques jours !… voilà ce que le sieur Charpenais, le copiste des Rubens, a préparé, il y a un an. »

À son tour, il saisit le bras de M. Filleul.

« Qu'en pensez-vous, monsieur le juge d'instruction ? Est-ce beau ? est-ce énorme ? gigantesque ? la chapelle enlevée ! Toute une chapelle gothique recueillie pierre par pierre ! Tout un peuple de statuettes, capturé et remplacé par des bonshommes en stuc ! un des plus magnifiques spécimens d'une époque d'art incomparable, confisqué ! La Chapelle-Dieu, enfin, volée ! N'est-ce pas formidable ! Ah ! monsieur le juge d'instruction, quel génie que cet homme !

— Vous vous emballez, monsieur Beautrelet.

— On ne s'emballe jamais trop, monsieur, quand il s'agit de pareils individus. Tout ce qui dépasse la moyenne vaut qu'on l'admire. Et celui-là plane au-dessus de tout. Il y a dans ce vol une richesse de conception, une force, une puissance, une adresse et une désinvolture qui me donnent le frisson.

— Dommage qu'il soit mort, ricana M. Filleul… sans quoi il eût fini par voler les tours de Notre-Dame. »

Isidore haussa les épaules.

« Ne riez pas, monsieur. Même mort, celui-là vous bouleverse.

— Je ne dis pas… monsieur Beautrelet, et j'avoue que ce n'est pas sans une certaine émotion que je m'apprête à le contempler… si toutefois ses camarades n'ont pas fait disparaître son cadavre.

— Et en admettant surtout, remarqua le comte de Gesvres, que ce fut bien lui que blessa ma pauvre nièce.

— Ce fut bien lui, monsieur le comte, affirma Beautrelet, ce fut bien lui qui tomba dans les ruines sous la balle que tira Mlle de Saint-Véran ; ce fut lui qu'elle vit se relever, et qui retomba encore, et qui se traîna vers la grande arcade pour se relever une dernière fois – cela par un miracle dont je vous donnerai l'explication tout à l'heure – et parvenir jusqu'à ce refuge de pierre… qui devait être son tombeau. »

Et de sa canne, il frappa le seuil de la chapelle.

« Hein ? Quoi ? s'écria M. Filleul stupéfait… son tombeau ?… Vous croyez que cette impénétrable cachette…

— Elle se trouve ici… là… répéta-t-il.

— Mais nous l'avons fouillée.

— Mal.

— Il n'y a pas de cachette ici, protesta M. de Gesvres. Je connais la chapelle.

— Si, monsieur le comte, il y en a une. Allez à la mairie de Varengeville, où l'on a recueilli tous les papiers qui se trouvaient dans l'ancienne paroisse d'Ambrumésy, et vous apprendrez, par ces papiers datés du XVIIIe siècle, qu'il existait sous la chapelle une crypte. Cette crypte remonte, sans doute, à la chapelle romane, sur l'emplacement de laquelle celle-ci fut construite.

— Mais, comment Lupin aurait-il connu ce détail ? demanda M. Filleul.

— D'une façon fort simple, par les travaux qu'il dut exécuter pour enlever la chapelle.

— Voyons, voyons, monsieur Beautrelet, vous exagérez… Il n'a pas enlevé toute la chapelle. Tenez, aucune de ces pierres d'assise n'a été touchée.

— Évidemment, il n'a moulé et il n'a pris que ce qui avait une valeur artistique, les pierres travaillées, les sculptures, les statuettes, tout le trésor des petites colonnes et des ogives ciselées. Il ne s'est pas occupé de la base même de l'édifice. Les fondations restent.

— Par conséquent, monsieur Beautrelet, Lupin n'a pu pénétrer jusqu'à la crypte. »

À ce moment, M. de Gesvres, qui avait appelé l'un de ses domestiques, revenait avec la clef de la chapelle. Il ouvrit la porte. Les trois hommes entrèrent. Après un instant d'examen, Beautrelet reprit :

« … Les dalles du sol, comme de raison, ont été respectées. Mais il est facile de se rendre compte que le maître-autel n'est plus qu'un moulage. Or, généralement, l'escalier qui descend aux cryptes s'ouvre devant le maître-autel et passe sous lui.

— Vous en concluez ?

— J'en conclus que c'est en travaillant là que Lupin a trouvé la crypte. »

À l'aide d'une pioche que le comte envoya chercher, Beautrelet attaqua l'autel. Les morceaux de plâtre sautaient de droite et de gauche.

« Fichtre, murmura M. Filleul, j'ai hâte de savoir…

— Moi aussi », dit Beautrelet, dont le visage était pâle d'angoisse.

Il précipita ses coups. Et soudain, sa pioche qui, jusqu'ici, n'avait point rencontré de résistance, se heurta à une matière plus dure, et rebondit. On entendit comme un bruit d'éboulement, et ce qui restait de l'autel s'abîma dans le vide à la suite du bloc de pierre que la pioche avait frappé. Beautrelet se pencha. Il fit flamber une allumette et la promena sur le vide :

« L'escalier commence plus en avant que je ne pensais, sous les dalles de l'entrée, presque. J'aperçois les dernières marches.

— Est-ce profond ?

— Trois ou quatre mètres… Les marches sont très hautes… et il en manque.

— Il n'est pas vraisemblable, dit M. Filleul, que pendant la courte absence des trois gendarmes, alors qu'on enlevait Mlle de Saint-Véran, il n'est pas vraisemblable que les complices aient eu le temps d'extraire le cadavre de cette cave… Et puis, pourquoi l'eussent-ils fait, d'ailleurs ? Non, pour moi, il est là. »

Un domestique leur apporta une échelle que Beautrelet introduisit dans l'excavation et qu'il planta, en tâtonnant, parmi les décombres tombés. Puis il en maintint vigoureusement les deux montants.

« Voulez-vous descendre, monsieur Filleul ? »

Le juge d'instruction, muni d'une bougie, s'aventura. Le comte de Gesvres le suivit. À son tour Beautrelet posa le pied sur le premier échelon.

Il y en avait dix-huit qu'il compta machinalement, tandis que ses yeux examinaient la crypte où la lueur de la bougie luttait contre les lourdes ténèbres. Mais, en bas, une odeur violente, immonde, le heurta, une de ces odeurs de pourriture dont le souvenir, par la suite, vous obsède. Oh! cette odeur, il en eut le cœur qui chavira…

Et tout à coup, une main tremblante lui agrippa l'épaule.

« Eh bien, quoi? Qu'y a-t-il?

— Beautrelet », balbutia M. Filleul.

Il ne pouvait parler, étreint par l'épouvante.

« Voyons, monsieur le juge d'instruction, remettez-vous…

— Beautrelet… il est là…

— Hein?

— Oui… il y avait quelque chose sous la grosse pierre qui s'est détachée de l'autel… j'ai poussé la pierre… et j'ai touché… Oh! je n'oublierai jamais…

— Où est-il?

— De ce côté… Sentez-vous cette odeur?… et puis, tenez… regardez… »

Il avait saisi la bougie et la projetait vers une forme étendue sur le sol.

« Oh! » s'exclama Beautrelet avec horreur.

Les trois hommes se courbèrent vivement. À moitié nu, le cadavre s'allongeait maigre, effrayant. La chair verdâtre, aux tons de cire molle, apparaissait par endroits, entre les vêtements déchiquetés. Mais le plus affreux, ce qui avait arraché au jeune homme un cri de terreur, c'était la tête, la tête que venait d'écraser le bloc de pierre, la tête informe, masse hideuse où plus rien ne pouvait se distinguer… et quand leurs yeux se furent accoutumés à l'obscurité, ils virent que toute cette chair grouillait abominablement…

En quatre enjambées, Beautrelet remonta l'échelle et s'enfuit au grand jour, à l'air libre. M. Filleul le retrouva de nouveau couché à plat ventre, les mains collées au visage. Il lui dit :

« Tous mes compliments, Beautrelet. Outre la découverte de la cachette, il est deux points où j'ai pu contrôler l'exactitude de vos assertions. Tout d'abord, l'homme sur qui Mlle de Saint-Véran a tiré était bien Arsène Lupin, comme vous l'avez dit dès le début. De même, c'était bien sous le nom d'Etienne de Vaudreix qu'il vivait à Paris. Le linge est marqué aux initiales E.V. Il me semble, n'est-ce pas? que la preuve suffit… »

Isidore ne bougeait pas.

« M. le comte est parti faire atteler. On va chercher le docteur Jouet qui fera les constatations d'usage. Pour moi, la mort date de huit jours au moins. L'état de décomposition du cadavre… Mais vous n'avez pas l'air d'écouter ?

— Si, si.

— Ce que je dis est appuyé sur des raisons péremptoires. Ainsi, par exemple… »

M. Filleul continua sa démonstration, sans obtenir d'ailleurs des marques plus manifestes d'attention. Mais le retour de M. de Gesvres interrompit son monologue.

Le comte revenait avec deux lettres. L'une lui annonçait l'arrivée d'Herlock Sholmès pour le lendemain.

« À merveille, s'écria M. Filleul, tout allègre. L'inspecteur Ganimard arrive également. Ce sera délicieux.

— Cette autre lettre est pour vous, monsieur le juge d'instruction, dit le comte.

— De mieux en mieux, reprit M. Filleul, après avoir lu… Ces messieurs, décidément, n'auront pas grand-chose à faire. Beautrelet, on me prévient de Dieppe que des pêcheurs de bouquet ont trouvé ce matin, sur les rochers, le cadavre d'une jeune femme. »

Beautrelet sursauta :

« Que dites-vous ? le cadavre…

— D'une jeune femme… un cadavre affreusement mutilé, précise-t-on, et dont il ne serait pas possible d'établir l'identité, s'il ne restait au bras droit une petite gourmette d'or, très fine, qui s'est incrustée dans la peau tuméfiée. Or, Mlle de Saint-Véran portait au bras droit une gourmette d'or. Il s'agit donc évidemment de votre malheureuse nièce, monsieur le comte, que la mer aura entraînée jusque-là. Qu'en pensez-vous, Beautrelet ?

— Rien… rien… ou plutôt si… tout s'enchaîne, comme vous voyez, il ne manque plus rien à mon argumentation. Tous les faits, un à un, même les plus contradictoires, même les plus déconcertants viennent à l'appui de l'hypothèse que j'ai imaginée dès le premier moment.

— Je ne comprends pas bien.

— Vous ne tarderez pas à comprendre. Rappelez-vous que je vous ai promis la vérité entière.

— Mais il me semble…

— Un peu de patience. Jusqu'ici vous n'avez pas eu à vous plaindre de moi. Il fait beau temps. Promenez-vous, déjeunez au château, fumez votre pipe. Moi, je serai de retour vers quatre ou cinq heures. Quant à mon lycée, ma foi, tant pis, je prendrai le train de minuit. »

Ils étaient arrivés aux communs, derrière le château. Beautrelet sauta à bicyclette et s'éloigna.

À Dieppe, il s'arrêta aux bureaux du journal *La Vigie* où il se fit montrer les numéros de la dernière quinzaine. Puis il partit pour le bourg d'Envermeu, situé à dix kilomètres. À Envermeu, il s'entretint avec le maire, avec le curé, avec le garde champêtre. Trois heures sonnèrent à l'église du bourg. Son enquête était finie.

Il revint en chantant d'allégresse. Ses jambes pesaient tour à tour d'un rythme égal et fort sur les deux pédales, sa poitrine s'ouvrait largement à l'air vif qui soufflait de la mer. Et parfois il s'oubliait à jeter au ciel des clameurs de triomphe en songeant au but qu'il poursuivait et à ses efforts heureux.

Ambrumésy apparut. Il se laissa aller à toute vitesse sur la pente qui précède le château. Les arbres qui bordent le chemin, en quadruple rangée séculaire, semblaient accourir à sa rencontre et s'évanouir aussitôt derrière lui. Et, tout à coup, il poussa un cri. Dans une vision soudaine, il avait vu une corde se tendre d'un arbre à l'autre, en travers de la route.

La machine heurtée s'arrêta net. Il fut projeté en avant, avec une violence inouïe, et il eut l'impression qu'un hasard seul, un miraculeux hasard, lui faisait éviter un tas de cailloux, où logiquement sa tête aurait dû se briser.

Il resta quelques secondes étourdi. Puis, tout contusionné, les genoux écorchés, il examina les lieux. Un petit bois s'étendait à droite, par où, sans aucun doute, l'agresseur s'était enfui. Beautrelet détacha la corde. À l'arbre de gauche autour duquel elle était attachée, un petit papier était fixé par une ficelle. Il le déplia et lut :

Troisième et dernier avertissement.

Il rentra au château, posa quelques questions aux domestiques, et rejoignit le juge d'instruction dans une pièce du rez-de-chaussée, tout au bout de l'aile droite, où M. Filleul avait l'habitude de se tenir au cours de ses opérations. M. Filleul écrivait, son greffier assis en face de lui. Sur un signe, le greffier sortit, et le juge s'écria :

« Mais qu'avez-vous donc, monsieur Beautrelet ? Vos mains sont en sang.

— Ce n'est rien, ce n'est rien, dit le jeune homme… une simple chute provoquée par cette corde qu'on a tendue devant ma bicyclette. Je vous prierai seulement de remarquer que ladite corde provient du château. Il n'y a pas plus de vingt minutes qu'elle servait à sécher du linge auprès de la buanderie.

— Est-ce possible ?

— Monsieur, c'est ici même que je suis surveillé, par quelqu'un qui se trouve au cœur de la place, qui me voit, qui m'entend, et qui, minute par minute, assiste à mes actes et connaît mes intentions.

— Vous croyez ?

— J'en suis sûr. C'est à vous de le découvrir et vous n'y aurez pas de peine. Mais, pour moi, je veux finir et vous donner les explications promises. J'ai marché plus vite que nos adversaires ne s'y attendaient, et je suis persuadé que, de leur côté, ils vont agir avec vigueur. Le cercle se resserre autour de moi. Le péril approche, j'en ai le pressentiment.

— Voyons, voyons, Beautrelet…

— Bah ! on verra bien. Pour l'instant, dépêchons-nous. Et d'abord, une question sur un point que je veux écarter tout de suite. Vous n'avez parlé à personne de ce document que le brigadier Quevillon a ramassé et qu'il vous a remis en ma présence ?

— Ma foi non, à personne. Mais est-ce que vous y attachez une valeur quelconque ?…

— Une grande valeur. C'est une idée que j'ai, une idée du reste, je l'avoue, qui ne repose sur aucune preuve… car, jusqu'ici, je n'ai guère réussi à déchiffrer ce document. Aussi, je vous en parle… pour n'y plus revenir. »

Beautrelet appuya sa main sur celle de M. Filleul, et à voix basse :

« Taisez-vous… on nous écoute… dehors… »

Le sable craqua. Beautrelet courut vers la fenêtre et se pencha.

« Il n'y a plus personne… mais la plate-bande est foulée… on relèvera facilement les empreintes. »

Il ferma la fenêtre et vint se rasseoir.

« Vous voyez, monsieur le juge d'instruction, l'ennemi ne prend même plus de précautions… il n'en a plus le temps… lui aussi sent que l'heure presse. Hâtons-nous donc, et parlons puisqu'ils ne veulent pas que je parle. »

Il posa sur la table le document et le maintint déplié.

« Avant tout, une remarque. Il n'y a sur ce papier, en dehors des points, que des chiffres. Et, dans les trois premières lignes et la cinquième – les seules dont nous ayons à nous occuper, car la quatrième semble d'une nature tout à fait différente –, il n'y a pas un de ces chiffres qui soit plus élevé que le chiffre 5. Nous avons donc bien des chances pour que chacun de ces chiffres représente une des cinq voyelles, et dans l'ordre alphabétique. Inscrivons le résultat. »

Il inscrivit sur une feuille à part :

e.a.a..e..e.a.
.a..a…e.e. .e.oi.e..e.
.ou..e.o…e..e.o..e
ai.ui..e ..eu.e

Puis il reprit :

« Comme vous voyez, cela ne donne pas grand-chose. La clef est à la fois très facile – puisqu'on s'est contenté de remplacer les voyelles par des chiffres et les consonnes par des points – et très difficile, sinon impossible, puisqu'on ne s'est pas donné plus de mal pour compliquer le problème.

— Il est de fait qu'il est suffisamment obscur.

— Essayons de l'éclaircir. La seconde ligne est divisée en deux parties, et la deuxième partie se présente de telle façon qu'il est tout à fait probable qu'elle forme un mot. Si nous tâchons maintenant de remplacer les points intermédiaires par des consonnes, nous concluons, après tâtonnement, que les seules consonnes qui peuvent logiquement servir d'appui aux voyelles ne peuvent logiquement produire qu'un mot, un seul mot : "demoiselles."

— Il s'agirait alors de Mlle de Gesvres et de Mlle de Saint-Véran ?

— En toute certitude.

— Et vous ne voyez rien d'autre ?

— Si. Je note encore une solution de continuité au milieu de la dernière ligne, et si j'effectue le même travail sur le début de la ligne, je vois aussitôt qu'entre les deux diphtongues *ai* et *ui*, la seule consonne qui puisse remplacer le point est un *g*, et que, quand j'ai formé le début de ce mot *aigui*, il est naturel et indispensable que j'arrive avec les deux points suivants et l'*e* final au mot *aiguille*.

— En effet... le mot *aiguille* s'impose.

— Enfin, pour le dernier mot, j'ai trois voyelles et trois consonnes. Je tâtonne encore, j'essaie toutes les lettres les unes après les autres, et, en partant de ce principe que les deux premières lettres sont des consonnes, je constate que quatre mots peuvent s'adapter : les mots *fleuve, preuve, pleure* et *creuse.* J'élimine les mots fleuve, preuve et pleure comme n'ayant aucune relation possible avec une aiguille, et je garde le mot *creuse.*

— Ce qui fait *aiguille creuse.* J'admets que votre solution soit juste, mais en quoi nous avance-t-elle ?

— En rien, fit Beautrelet, d'un ton pensif. En rien, pour le moment... plus tard, nous verrons... J'ai idée, moi, que bien des choses sont incluses dans l'accouplement énigmatique de ces deux mots : *aiguille creuse.* Ce qui m'occupe, c'est plutôt la matière du document, le papier dont on s'est servi... Fabrique-t-on encore cette sorte de parchemin un peu granité ? Et puis cette couleur d'ivoire... Et ces plis... l'usure de ces quatre plis... et enfin, tenez, ces marques de cire rouge, par-derrière... »

À ce moment, Beautrelet fut interrompu. C'était le greffier Brédoux qui ouvrait la porte et qui annonçait l'arrivée subite du procureur général.

M. Filleul se leva.

« M. le procureur général est en bas ?

— Non, monsieur le juge d'instruction. M. le procureur général n'a pas quitté sa voiture. Il ne fait que passer et il vous prie de bien vouloir le rejoindre devant la grille. Il n'a qu'un mot à vous dire.

— Bizarre, murmura M. Filleul. Enfin… nous allons voir. Beautrelet, excusez-moi, je vais et je reviens. »

Il s'en alla. On entendit ses pas qui s'éloignaient. Alors le greffier ferma la porte, tourna la clef et la mit dans sa poche.

« Eh bien, quoi ! s'exclama Beautrelet tout surpris, que faites-vous ? Pourquoi nous enfermer ?

— Ne serons-nous pas mieux pour causer ? » riposta Brédoux.

Beautrelet bondit vers une autre porte qui donnait dans la pièce voisine. Il avait compris. Le complice, c'était Brédoux, le greffier même du juge d'instruction !

Brédoux ricana :

« Ne vous écorchez pas les doigts, mon jeune ami, j'ai aussi la clef de cette porte.

— Reste la fenêtre, cria Beautrelet.

— Trop tard », dit Brédoux qui se campa devant la croisée, le revolver au poing.

Toute retraite était coupée. Il n'y avait plus rien à faire, plus rien qu'à se défendre contre l'ennemi qui se démasquait avec une audace brutale. Isidore, qu'étreignait un sentiment d'angoisse inconnu, se croisa les bras.

« Bien, marmotta le greffier, et maintenant soyons brefs. »

Il tira sa montre.

« Ce brave M. Filleul va cheminer jusqu'à la grille. À la grille personne, bien entendu, pas plus de procureur que sur ma main. Alors il s'en reviendra. Cela nous donne environ quatre minutes. Il m'en faut une pour m'échapper par cette fenêtre, filer par la petite porte des ruines et sauter sur la motocyclette qui m'attend. Reste donc trois minutes. Cela suffit. »

C'était un drôle d'être, contrefait, qui tenait en équilibre sur des jambes très longues et très frêles un buste énorme, rond comme un corps d'araignée et muni de bras immenses. Un visage osseux, un petit front bas indiquaient l'obstination un peu bornée du personnage.

Beautrelet chancela, les jambes molles. Il dut s'asseoir.

« Parlez. Que voulez-vous ?

— Le papier. Voici trois jours que je le cherche.

— Je ne l'ai pas.

— Tu mens. Quand je suis entré, je t'ai vu le remettre dans ton portefeuille.

— Après ?

— Après ? Tu t'engageras à rester bien sage. Tu nous embêtes. Laisse-nous tranquilles, et occupe-toi de tes affaires. Nous sommes à bout de patience. »

Il s'était avancé, le revolver toujours braqué sur le jeune homme, et il parlait sourdement, en martelant ses syllabes, avec un accent d'une incroyable énergie. L'œil était dur, le sourire cruel. Beautrelet frissonna. C'était la première fois qu'il éprouvait la sensation du danger. Et quel danger ! Il se sentait en face d'un ennemi implacable, d'une force aveugle et irrésistible.

« Et après ? dit-il, la voix étranglée.

— Après ? rien… Tu seras libre… »

Un silence. Brédoux reprit :

« Plus qu'une minute. Il faut te décider. Allons, mon bonhomme, pas de bêtises… Nous sommes les plus forts, toujours et partout… Vite, le papier… »

Isidore ne bronchait pas, livide, terrifié, maître de lui pourtant, et le cerveau lucide, dans la débâcle de ses nerfs. À vingt centimètres de ses yeux, le petit trou noir du revolver s'ouvrait. Le doigt replié pesait visiblement sur la détente. Il suffisait d'un effort encore…

« Le papier, répéta Brédoux… Sinon…

— Le voici ! » dit Beautrelet.

Il tira de sa poche son portefeuille et le tendit au greffier qui s'en empara.

« Parfait ! Nous sommes raisonnable. Décidément, il y a quelque chose à faire avec toi… un peu froussard, mais du bon sens. J'en parlerai aux camarades. Et maintenant, je file. Adieu. »

Il rentra son revolver et tourna l'espagnolette de la fenêtre. Du bruit résonna dans le couloir.

« Adieu, fit-il, de nouveau… il n'est que temps. »

Mais une idée l'arrêta. D'un geste il vérifia le portefeuille.

« Tonnerre… grinça-t-il, le papier n'y est pas… Tu m'as roulé. »

Il sauta dans la pièce. Deux coups de feu retentirent. Isidore à son tour avait saisi son pistolet et il tirait.

« Raté, mon bonhomme, hurla Brédoux, ta main tremble, tu as peur… »

Ils s'empoignèrent à bras-le-corps et roulèrent sur le parquet. À la porte on frappait à coups redoublés.

Isidore faiblit, tout de suite dominé par son adversaire. C'était la fin. Une main se leva au-dessus de lui, armée d'un couteau, et s'abattit. Une violente douleur lui brûla l'épaule. Il lâcha prise.

Il eut l'impression qu'on fouillait dans la poche intérieure de son veston et qu'on saisissait le document. Puis, à travers le voile baissé de ses paupières, il devina l'homme qui franchissait le rebord de la fenêtre…

Les mêmes journaux qui, le lendemain matin, relataient les derniers épisodes survenus au château d'Ambrumésy, le truquage de la chapelle, la découverte du cadavre d'Arsène Lupin et du cadavre de Raymonde, et enfin, le meurtre de Beautrelet par Brédoux, greffier du juge d'instruction, les mêmes journaux annonçaient les deux nouvelles suivantes :

La disparition de Ganimard, et l'enlèvement, en plein jour, au cœur de Londres, alors qu'il allait prendre le train pour Douvres, l'enlèvement d'Herlock Sholmès.

Ainsi donc, la bande de Lupin, un instant désorganisée par l'extraordinaire ingéniosité d'un gamin de dix-sept ans, reprenait l'offensive, et du premier coup, partout et sur tous les points, demeurait victorieuse. Les deux grands adversaires de Lupin, Sholmès et Ganimard supprimés. Beautrelet, hors de combat. Plus personne qui fût capable de lutter contre de tels ennemis.

IV

Face à face

Six semaines après, un soir, j'avais donné congé à mon domestique. C'était la veille du 14 juillet. Il faisait une chaleur d'orage, et l'idée de sortir ne me souriait guère. Les fenêtres de mon balcon ouvertes, ma lampe de travail allumée, je m'installai dans un fauteuil et, n'ayant pas encore lu les journaux, je me mis à les parcourir. Bien entendu on y parlait d'Arsène Lupin. Depuis la tentative de meurtre dont le pauvre Isidore Beautrelet avait été victime, il ne s'était pas passé un jour sans qu'il fût question de l'affaire d'Ambrumésy. Une rubrique quotidienne lui était consacrée. Jamais l'opinion publique n'avait été surexcitée à ce point par une telle série d'événements précipités, de coups de théâtre inattendus et déconcertants. M. Filleul qui, décidément, acceptait, avec une bonne foi méritoire, son rôle subalterne, avait confié aux interviewers les exploits de son jeune conseiller pendant les trois jours mémorables, de sorte que l'on pouvait se livrer aux suppositions les plus téméraires.

On ne s'en privait pas. Spécialistes et techniciens du crime, romanciers et dramaturges, magistrats et anciens chefs de la Sûreté, MM. Lecocq retraités et Herlock Sholmès en herbe, chacun avait sa théorie et la délayait en copieux articles. Chacun reprenait et complétait l'instruction. Et tout cela sur la parole d'un enfant, d'Isidore Beautrelet, élève de rhétorique au lycée Janson-de-Sailly.

Car vraiment, il fallait bien le dire, on possédait les éléments complets de la vérité. Le mystère… en quoi consistait-il ? On connaissait la cachette où Arsène Lupin s'était réfugié et où il avait agonisé, et, là-dessus, aucun doute : le docteur Delattre, qui se retranchait toujours derrière le secret professionnel, et qui se refusa à toute déposition, avoua cependant à ses intimes – dont le premier soin fut de parler – que c'était bien dans une crypte qu'il avait été amené, près d'un blessé que ses complices lui présentèrent sous le nom d'Arsène Lupin. Et comme, dans cette même crypte, on avait retrouvé le cadavre d'Etienne de Vaudreix, lequel Etienne de Vaudreix était bel et bien Arsène Lupin, ainsi que l'instruction le prouva, l'identité d'Arsène Lupin et du blessé recevait encore là un supplément de démonstration.

Donc, Lupin mort, le cadavre de Mlle de Saint-Véran reconnu grâce à la gourmette qu'elle portait au poignet, le drame était fini.

Il ne l'était pas. Il ne l'était pour personne, puisque Beautrelet avait dit le contraire. On ne savait point en quoi il n'était pas fini, mais, sur la parole du jeune homme, le mystère demeurait entier. Le témoignage de la réalité ne prévalait pas contre l'affirmation d'un Beautrelet. Il y avait quelque chose que l'on ignorait, et ce quelque chose, on ne doutait point qu'il ne fût en mesure de l'expliquer victorieusement.

Aussi avec quelle anxiété on attendit, au début, les bulletins de santé que publiaient les médecins de Dieppe auxquels le comte confia le malade ! Quelle désolation, durant les premiers jours, quand on crut sa vie en danger ! Et quel enthousiasme le matin où les journaux annoncèrent qu'il n'y avait plus rien à craindre ! Les moindres détails passionnaient la foule. On s'attendrissait à le voir soigné par son vieux père, qu'une dépêche avait mandé en toute hâte, et l'on admirait le dévouement de Mlle de Gesvres qui passa des nuits au chevet du blessé.

Après, ce fut la convalescence rapide et joyeuse. Enfin on allait savoir ! On saurait ce que Beautrelet avait promis de révéler à M. Filleul, et les mots définitifs que le couteau du criminel l'avait empêché de prononcer ! Et l'on saurait aussi tout ce qui, en dehors du drame lui-même, demeurait impénétrable ou inaccessible aux efforts de la justice.

Beautrelet, libre, guéri de sa blessure, on aurait une certitude quelconque sur le sieur Harlington, l'énigmatique complice d'Arsène Lupin, que l'on détenait toujours à la prison de la Santé. On apprendrait ce qu'était devenu après le crime le greffier Brédoux, cet autre complice dont l'audace avait été vraiment effarante.

Beautrelet libre, on pourrait se faire une idée précise sur la disparition de Ganimard et sur l'enlèvement de Sholmès. Comment deux attentats de cette sorte avaient-ils pu se produire ? Les détectives anglais, aussi bien que leurs collègues de France, ne possédaient aucun indice à ce sujet. Le dimanche de la Pentecôte, Ganimard n'était pas rentré chez lui, le lundi non plus, et point davantage depuis six semaines.

À Londres, le lundi de la Pentecôte, à quatre heures du soir, Herlock Sholmès prenait un cab pour se rendre à la gare. À peine était-il monté qu'il essayait de descendre, averti probablement du péril. Mais deux individus escaladaient la voiture à droite et à gauche, le renversaient et le maintenaient entre eux, sous eux plutôt, vu l'exiguïté du véhicule. Et cela devant dix témoins, qui n'avaient pas le temps de s'interposer. Le cab s'enfuit au galop. Après ? Après, rien. On ne savait rien.

Et peut-être aussi, par Beautrelet, aurait-on l'explication complète du document, de ce papier mystérieux auquel le greffier Brédoux attachait assez d'importance pour le reprendre, à coups de couteau, à celui qui le possédait. « Le problème de l'Aiguille creuse », comme l'appelaient les innombrables Œdipes qui, penchés sur les chiffres et sur les points, tâchaient de leur trouver une signification… L'Aiguille creuse ! association déconcertante de deux mots, incompréhensible question que posait ce morceau de papier dont la provenance même était inconnue ! Était-ce une expression insignifiante, le rébus d'un écolier qui barbouille d'encre un coin de feuille ? Ou bien était-ce deux mots magiques par lesquels toute la grande aventure de l'aventurier Lupin prendrait son véritable sens ? On ne savait rien.

On allait savoir. Depuis plusieurs jours les feuilles annonçaient l'arrivée de Beautrelet. La lutte était près de recommencer, et, cette fois, implacable de la part du jeune homme qui brûlait de prendre sa revanche.

Et justement son nom, en gros caractères, attira mon attention. *Le Grand Journal* inscrivait en tête de ses colonnes la note suivante :

Nous avons obtenu de M. Isidore Beautrelet qu'il nous réservât la primeur de ses révélations. Demain mercredi, avant même que la justice en soit informée, Le Grand Journal *publiera la vérité intégrale sur le drame d'Ambrumésy.*

« Cela promet, hein ? Qu'en pensez-vous, mon cher ? »

Je sursautai dans mon fauteuil. Il y avait près de moi sur la chaise voisine quelqu'un que je ne connaissais pas.

Je me levai et cherchai une arme des yeux. Mais comme son attitude semblait tout à fait inoffensive, je me contins et m'approchai de lui.

C'était un homme jeune, au visage énergique, aux longs cheveux blonds, et dont la barbe, un peu fauve de nuance, se divisait en deux pointes courtes. Son costume rappelait le costume sobre d'un prêtre anglais, et toute sa personne, d'ailleurs, avait quelque chose d'austère et de grave qui inspirait le respect.

« Qui êtes-vous ? » lui demandai-je.

Et, comme il ne répondait pas, je répétai :

« Qui êtes-vous ? Comment êtes-vous entré ici ? Que venez-vous faire ? »

Il me regarda et dit :

« Vous ne me reconnaissez pas ?

— Non… non !

— Ah ! c'est vraiment curieux… Cherchez bien… un de vos amis… un ami d'un genre un peu spécial… »

Je lui saisis le bras vivement :

« Vous mentez !… Vous n'êtes pas celui que vous dites… ce n'est pas vrai…

— Alors pourquoi pensez-vous à celui-là plutôt qu'à un autre ? » dit-il en riant.

Ah ! ce rire ! ce rire jeune et clair, dont l'ironie amusante m'avait si souvent diverti !… Je frissonnai. Était-ce possible ?

« Non, non, protestai-je avec une sorte d'épouvante… il ne se peut pas…

— Il ne se peut pas que ce soit moi, parce que je suis mort, hein, et que vous ne croyez pas aux revenants ? »

Il rit de nouveau.

« Est-ce que je suis de ceux qui meurent, moi ? Mourir ainsi, d'une balle tirée dans le dos, par une jeune fille ! Vraiment, c'est mal me juger ! Comme si, moi, je consentirais à une pareille fin !

— C'est donc vous ! balbutiai-je, encore incrédule, et tout ému... Je ne parviens pas à vous retrouver...

— Alors, prononça-t-il gaiement, je suis tranquille. Si le seul homme à qui je me sois montré sous mon véritable aspect ne me reconnaît pas aujourd'hui, toute personne qui me verra désormais tel que je suis aujourd'hui ne me reconnaîtra pas non plus quand elle me verra sous mon réel aspect... si tant est que j'aie un réel aspect... »

Je retrouvais sa voix, maintenant qu'il n'en changeait plus le timbre, et je retrouvais ses yeux aussi, et l'expression de son visage, et toute son attitude, et son être lui-même, à travers l'apparence dont il l'avait enveloppé.

« Arsène Lupin, murmurai-je.

— Oui, Arsène Lupin, s'écria-t-il en se levant. Le seul et unique Lupin, retour du royaume des ombres, puisqu'il paraît que j'ai agonisé et trépassé dans une crypte. Arsène Lupin vivant de toute sa vie, agissant de toute sa volonté, heureux et libre, et plus que jamais résolu à jouir de cette heureuse indépendance dans un monde où il n'a jusqu'ici rencontré que faveur et que privilège. »

Je ris à mon tour.

« Allons, c'est bien vous, et plus allègre que le jour où j'ai eu le plaisir de vous voir l'an dernier... Je vous en complimente. »

Je faisais allusion à sa dernière visite, visite qui suivait la fameuse aventure du diadème[1], son mariage rompu, sa fuite avec Sonia Krichnoff, et la mort horrible de la jeune Russe. Ce jour-là, j'avais vu un Arsène Lupin que j'ignorais, faible, abattu, les yeux las de pleurer, en quête d'un peu de sympathie et de tendresse...

« Taisez-vous, dit-il, le passé est loin.

— C'était il y a un an, observai-je.

— C'était il y a dix ans, affirma-t-il, les années d'Arsène Lupin comptent dix fois plus que les autres. »

1. Voir *Arsène Lupin*, pièce en quatre actes de Francis de Croisset et Maurice Leblanc.

Je n'insistai pas et, changeant de conversation :

« Comment donc êtes-vous entré ?

— Mon Dieu, comme tout le monde, par la porte. Puis, ne voyant personne, j'ai traversé le salon, j'ai suivi le balcon, et me voici.

— Soit, mais la clef de la porte ?

— Il n'y a pas de porte pour moi, vous le savez. J'avais besoin de votre appartement, je suis entré.

— À vos ordres. Dois-je vous laisser ?

— Oh ! nullement, vous ne serez pas de trop. Je puis même vous dire que la soirée sera intéressante.

— Vous attendez quelqu'un ?

— Oui, j'ai donné rendez-vous ici à dix heures… » Il tira sa montre.

« Dix heures. Si le télégramme est arrivé, la personne ne tardera pas… »

Le timbre retentit, dans le vestibule.

« Que vous avais-je dit ? Non, ne vous dérangez pas… j'irai moi-même. »

Avec qui, diable ! pouvait-il avoir pris rendez-vous ? et à quelle scène dramatique ou burlesque allais-je assister ? Pour que Lupin lui-même la considérât comme digne d'intérêt, il fallait que la situation fût quelque peu exceptionnelle.

Au bout d'un instant, il revint, et s'effaça devant un jeune homme, mince, grand, et très pâle de visage.

Sans une parole, avec une certaine solennité dans les gestes qui me troublait, Lupin alluma toutes les lampes électriques. La pièce fut inondée de lumière. Alors les deux hommes se regardèrent, profondément, comme si, de tout l'effort de leurs yeux ardents, ils essayaient de pénétrer l'un dans l'autre. Et c'était un spectacle impressionnant que de les voir ainsi, graves et silencieux. Mais qui donc pouvait être ce nouveau venu ?

Au moment même où j'étais sur le point de le deviner, par la ressemblance qu'il offrait avec une photographie récemment publiée, Lupin se tourna vers moi :

« Cher ami, je vous présente M. Isidore Beautrelet. »

Et aussitôt, s'adressant au jeune homme :

« J'ai à vous remercier, monsieur Beautrelet, d'abord d'avoir bien voulu, sur une lettre de moi, retarder vos révélations jusqu'après cette entrevue, et ensuite de m'avoir accordé cette entrevue avec tant de bonne grâce. »

Beautrelet sourit.

« Je vous prierai de remarquer que ma bonne grâce consiste surtout à obéir à vos ordres. La menace que vous me faisiez dans la lettre en question était d'autant plus péremptoire qu'elle ne s'adressait pas à moi, mais qu'elle visait mon père.

— Ma foi, répondit Lupin en riant, on agit comme on peut, et il faut bien se servir des moyens d'action que l'on possède. Je savais par expérience que votre propre sûreté vous était indifférente, puisque vous avez résisté aux arguments du sieur Brédoux. Restait votre père… votre père que vous affectionnez vivement… J'ai joué de cette corde-là.

— Et me voici », approuva Beautrelet.

Je les fis asseoir. Ils y consentirent, et Lupin, de ce ton d'imperceptible ironie qui lui est particulier :

« En tout cas, monsieur Beautrelet, si vous n'acceptez pas mes remerciements, vous ne repousserez pas du moins mes excuses.

— Des excuses ! Et pourquoi, Seigneur ?

— Pour la brutalité dont le sieur Brédoux a fait preuve à votre endroit.

— J'avoue que l'acte m'a surpris. Ce n'était pas la manière d'agir habituelle à Lupin. Un coup de couteau…

— Aussi n'y suis-je pour rien. Le sieur Brédoux est une nouvelle recrue. Mes amis, pendant le temps qu'ils ont eu la direction de nos affaires, ont pensé qu'il pouvait nous être utile de gagner à notre cause le greffier même du juge qui menait l'instruction.

— Vos amis n'avaient pas tort.

— En effet, Brédoux, que l'on avait spécialement attaché à votre personne, nous fut précieux. Mais, avec cette ardeur propre à tout néophyte qui veut se distinguer, il poussa le zèle un peu loin, et contraria mes plans en se permettant, de sa propre initiative, de vous frapper.

— Oh ! c'est là un petit malheur.

— Mais non, mais non, et je l'ai sévèrement réprimandé. Je dois dire, cependant, en sa faveur, qu'il a été pris au dépourvu par la rapidité inattendue de votre enquête. Vous nous eussiez laissé quelques heures de plus que vous auriez échappé à cet attentat impardonnable.

— Et que j'aurais eu le grand avantage, sans doute, de subir le sort de MM. Ganimard et Sholmès ?

— Précisément, fit Lupin en riant de plus belle. Et moi, je n'aurais pas connu les affres cruelles que votre blessure m'a causées. J'ai passé là, je vous le jure, des heures atroces, et, aujourd'hui encore, votre pâleur m'est un remords cuisant. Vous ne m'en voulez plus ?

— La preuve de confiance, répondit Beautrelet, que vous me donnez en vous livrant à moi sans condition – il m'eût été si facile d'amener quelques amis de Ganimard ! –, cette preuve de confiance efface tout. »

Parlait-il sérieusement ? J'avoue que j'étais fort dérouté. La lutte entre ces deux hommes commençait d'une façon à laquelle je ne comprenais rien. Moi qui avais assisté à la première rencontre de Lupin et de Sholmès[1], dans le café de la gare du Nord, je ne pouvais m'empêcher de me rappeler l'allure hautaine des deux combattants, le choc effrayant de leur orgueil sous la politesse de leurs manières, les rudes coups qu'ils se portaient, leurs feintes, leur arrogance.

Ici, rien de pareil. Lupin, lui, n'avait pas changé. Même tactique et même affabilité narquoise. Mais à quel étrange adversaire il se heurtait ! Était-ce même un adversaire ? Vraiment il n'en avait ni le ton ni l'apparence. Très calme, mais d'un calme réel, qui ne masquait pas l'emportement d'un homme qui se contient, très poli mais sans exagération, souriant mais sans raillerie, il offrait avec Arsène Lupin le plus parfait contraste, si parfait même que Lupin me semblait aussi dérouté que moi.

Non, sûrement, Lupin n'avait pas en face de cet adolescent frêle, aux joues roses de jeune fille, aux yeux candides et charmants, non, Lupin n'avait pas son assurance ordinaire. Plusieurs

1. Voir *Arsène Lupin contre Herlock Sholmès*, p. 219.

fois, j'observai en lui des traces de gêne. Il hésitait, n'attaquait pas franchement, perdait du temps en phrases doucereuses et en mièvreries.

On aurait dit aussi qu'il lui manquait quelque chose. Il avait l'air de chercher, d'attendre. Quoi ? Quel secours ?

On sonna de nouveau. De lui-même, et vivement, il alla ouvrir.

Il revint avec une lettre.

« Vous permettez, messieurs ? » nous demanda-t-il.

Il décacheta la lettre. Elle contenait un télégramme. Il le lut.

Ce fut en lui comme une transformation. Son visage s'éclaira, sa taille se redressa, et je vis les veines de son front qui se gonflaient. C'était l'athlète que je retrouvais, le dominateur, sûr de lui, maître des événements et maître des personnes. Il étala le télégramme sur la table, et le frappant d'un coup de poing, s'écria :

« Maintenant, monsieur Beautrelet, à nous deux ! »

Beautrelet se mit en posture d'écouter, et Lupin commença, d'une voix mesurée, mais sèche et volontaire :

« Jetons bas les masques, n'est-ce pas, et plus de fadeurs hypocrites. Nous sommes deux ennemis qui savons parfaitement à quoi nous en tenir l'un sur l'autre, c'est en ennemis que nous agissons l'un envers l'autre, et c'est par conséquent en ennemis que nous devons traiter l'un avec l'autre.

— Traiter ? fit Beautrelet surpris.

— Oui, traiter. Je n'ai pas dit ce mot au hasard, et je le répète, quoi qu'il m'en coûte. Et il m'en coûte beaucoup. C'est la première fois que je l'emploie vis-à-vis d'un adversaire. Mais aussi, je vous le dis tout de suite, c'est la dernière fois. Profitez-en. Je ne sortirai d'ici qu'avec une promesse de vous. Sinon, c'est la guerre. »

Beautrelet semblait de plus en plus surpris. Il dit gentiment :

« Je ne m'attendais pas à cela... vous me parlez si drôlement ! C'est si différent de ce que je croyais !... Oui, je vous imaginais tout autre... Pourquoi de la colère ? des menaces ? Sommes-nous donc ennemis parce que les circonstances nous opposent l'un à l'autre ? Ennemis... pourquoi ? »

Lupin parut un peu décontenancé, mais il ricana en se penchant sur le jeune homme :

« Écoutez, mon petit, il ne s'agit pas de choisir ses expressions. Il s'agit d'un fait, d'un fait certain, indiscutable. Celui-ci : depuis dix ans, je ne me suis pas encore heurté à un adversaire de votre force ; avec Ganimard, avec Herlock Sholmès, j'ai joué comme avec des enfants. Avec vous, je suis obligé de me défendre, je dirai plus, de reculer. Oui, à l'heure présente, vous et moi, nous savons très bien que je dois me considérer comme le vaincu. Isidore Beautrelet l'emporte sur Arsène Lupin. Mes plans sont bouleversés. Ce que j'ai tâché de laisser dans l'ombre, vous l'avez mis en pleine lumière. Vous me gênez, vous me barrez le chemin. Eh bien, j'en ai assez... Brédoux vous l'a dit inutilement. Moi, je vous le redis, en insistant pour que vous en teniez compte. J'en ai assez. »

Beautrelet hocha la tête.

« Mais, enfin, que voulez-vous ?

— La paix ! chacun chez soi, dans son domaine.

— C'est-à-dire, vous, libre de cambrioler à votre aise, et moi, libre de retourner à mes études.

— À vos études... à ce que vous voudrez... cela ne me regarde pas... Mais vous me laisserez la paix... je veux la paix...

— En quoi puis-je la troubler maintenant ? »

Lupin lui saisit la main avec violence.

« Vous le savez bien ! Ne feignez pas de ne pas le savoir. Vous êtes actuellement possesseur d'un secret auquel j'attache la plus haute importance. Ce secret, vous étiez en droit de le deviner, mais vous n'avez aucun titre à le rendre public.

— Êtes-vous sûr que je le connaisse ?

— Vous le connaissez, j'en suis sûr : jour par jour, heure par heure, j'ai suivi la marche de votre pensée et les progrès de votre enquête. À l'instant même où Brédoux vous a frappé, vous alliez tout dire. Par sollicitude pour votre père, vous avez ensuite retardé vos révélations. Mais aujourd'hui elles sont promises au journal que voici. L'article est prêt. Dans une heure il sera composé. Demain il paraît.

— C'est juste. »

Lupin se leva, et coupant l'air d'un geste de sa main :

« Il ne paraîtra pas, s'écria-t-il.

— Il paraîtra », fit Beautrelet qui se leva d'un coup.

Enfin les deux hommes étaient dressés l'un contre l'autre. J'eus l'impression d'un choc, comme s'ils s'étaient empoignés à bras-le-corps. Une énergie subite enflammait Beautrelet. On eût dit qu'une étincelle avait allumé en lui des sentiments nouveaux, l'audace, l'amour-propre, la volupté de la lutte, l'ivresse du péril.

Quant à Lupin je sentais au rayonnement de son regard sa joie de duelliste qui rencontre enfin l'épée du rival détesté.

« L'article est donné ?

— Pas encore.

— Vous l'avez là… sur vous ?

— Pas si bête ! Je ne l'aurais déjà plus.

— Alors ?

— C'est un des rédacteurs qui l'a, sous double enveloppe. Si à minuit je ne suis pas au journal, il le fait composer.

— Ah ! le gredin, murmura Lupin, il a tout prévu. »

Sa colère fermentait, visible, terrifiante.

Beautrelet ricana, moqueur à son tour, et grisé par son triomphe.

« Tais-toi donc, moutard, hurla Lupin, tu ne sais donc pas qui je suis ? et que si je voulais… Ma parole, il ose rire ! »

Un grand silence tomba entre eux. Puis Lupin s'avança, et d'une voix sourde, ses yeux dans les yeux de Beautrelet :

« Tu vas courir au *Grand Journal*…

— Non.

— Tu vas déchirer ton article.

— Non.

— Tu verras le rédacteur en chef.

— Non.

— Tu lui diras que tu t'es trompé.

— Non.

— Et tu écriras un autre article, où tu donneras, de l'affaire d'Ambrumésy, la version officielle, celle que tout le monde a acceptée.

— Non. »

Lupin saisit la règle en fer qui se trouvait sur mon bureau, et sans effort la brisa net. Sa pâleur était effrayante. Il essuya des gouttes de sueur qui perlaient à son front. Lui qui jamais n'avait connu de résistance à ses volontés, l'entêtement de cet enfant le rendait fou.

Il imprima ses mains sur l'épaule de Beautrelet et scanda :

« Tu feras tout cela, Beautrelet, tu diras que tes dernières découvertes t'ont convaincu de ma mort, qu'il n'y a pas là-dessus le moindre doute. Tu le diras parce que je le veux, parce qu'il faut qu'on croie que je suis mort. Tu le diras surtout parce que si tu ne le dis pas…

— Parce que si je ne le dis pas ?

— Ton père sera enlevé cette nuit, comme Ganimard et Herlock Sholmès l'ont été. »

Beautrelet sourit.

« Ne ris pas… réponds.

— Je réponds qu'il m'est fort désagréable de vous contrarier, mais j'ai promis de parler, je parlerai.

— Parle dans le sens que je t'indique.

— Je parlerai dans le sens de la vérité, s'écria Beautrelet ardemment. C'est une chose que vous ne pouvez pas comprendre, vous, le plaisir, le besoin plutôt, de dire ce qui est et de le dire à haute voix. La vérité est là, dans ce cerveau qui l'a découverte, elle en sortira toute nue et toute frémissante. L'article passera donc tel que je l'ai écrit. On saura que Lupin est vivant, on saura la raison pour laquelle il voulait qu'on le crût mort. On saura tout. »

Et il ajouta tranquillement :

« Et mon père ne sera pas enlevé. »

Ils se turent encore une fois tous les deux, leurs regards toujours attachés l'un à l'autre. Ils se surveillaient. Les épées étaient engagées jusqu'à la garde. Et c'était le lourd silence qui précède le coup mortel. Qui donc allait le porter ?

Lupin murmura :

« Cette nuit à trois heures du matin, sauf avis contraire de moi, deux de mes amis ont ordre de pénétrer dans la chambre de ton père, de s'emparer de lui, de gré ou de force, de l'emmener et de rejoindre Ganimard et Herlock Sholmès. »

Un éclat de rire strident lui répondit.

« Mais tu ne comprends donc pas, brigand, s'écria Beautrelet, que j'ai pris mes précautions ? Alors tu t'imagines que je suis assez naïf pour avoir, bêtement, stupidement, renvoyé mon père chez lui, dans la petite maison isolée qu'il occupait en rase campagne ? »

Oh ! Le joli rire ironique qui animait le visage du jeune homme ! Rire nouveau sur ses lèvres, rire où se sentait l'influence même de Lupin... Et ce tutoiement insolent qui le mettait du premier coup au niveau de son adversaire !... Il reprit :

« Vois-tu, Lupin, ton grand défaut, c'est de croire tes combinaisons infaillibles. Tu te déclares vaincu ! Quelle blague ! Tu es persuadé qu'en fin de compte, et toujours, tu l'emporteras... et tu oublies que les autres peuvent avoir aussi leurs combinaisons. La mienne est très simple, mon bon ami. »

C'était délicieux de l'entendre parler. Il allait et venait, les mains dans ses poches, avec la crânerie, avec la désinvolture d'un gamin qui harcèle la bête féroce enchaînée. Vraiment, à cette heure, il vengeait, de la plus terrible des vengeances, toutes les victimes du grand aventurier. Et il conclut :

« Lupin, mon père n'est pas en Savoie. Il est à l'autre bout de la France, au centre d'une grande ville, gardé par vingt de nos amis qui ont ordre de ne pas le quitter de vue jusqu'à la fin de notre bataille. Veux-tu des détails ? Il est à Cherbourg, dans la maison d'un des employés de l'arsenal – arsenal qui est fermé la nuit, et où l'on ne peut pénétrer le jour qu'avec une autorisation et en compagnie d'un guide. »

Il s'était arrêté en face de Lupin et le narguait comme un enfant qui fait une grimace à un camarade.

« Qu'en dis-tu, maître ? »

Depuis quelques minutes, Lupin demeurait immobile. Pas un muscle de son visage n'avait bougé. Que pensait-il ? À quel acte allait-il se résoudre ? Pour quiconque savait la violence farouche de son orgueil, un seul dénouement était possible : l'effondrement total, immédiat, définitif de son ennemi. Ses doigts se crispèrent. J'eus une seconde la sensation qu'il allait se jeter sur lui et l'étrangler.

« Qu'en dis-tu, maître ? » répéta Beautrelet.

Lupin saisit le télégramme qui se trouvait sur la table, le tendit et prononça, très maître de lui :

« Tiens, bébé, lis cela. »

Beautrelet devint grave, subitement impressionné par la douceur du geste. Il déplia le papier, et tout de suite, relevant les yeux, murmura :

« Que signifie ?… Je ne comprends pas…

— Tu comprends toujours bien le premier mot, dit Lupin… le premier mot de la dépêche… c'est-à-dire le nom de l'endroit d'où elle fut expédiée… Regarde… *Cherbourg.*

— Oui… oui… balbutia Beautrelet… oui… *Cherbourg*… et après ?

— Et après ?… il me semble que la suite n'est pas moins claire : "Enlèvement du colis terminé… camarades sont partis avec lui et attendront instructions jusqu'à huit heures du matin. Tout va bien." Qu'y a-t-il donc là qui te paraisse obscur ? Le mot colis ? Bah ! on ne pouvait guère écrire *M. Beautrelet père.* Alors, quoi ? La façon dont l'opération fut accomplie ? Le miracle grâce auquel ton père fut arraché de l'arsenal de Cherbourg, malgré ses vingt gardes du corps ? Bah ! c'est l'enfance de l'art ! Toujours est-il que le colis est expédié. Que dis-tu de cela, bébé ? »

De tout son être tendu, de tout son effort exaspéré, Isidore tâchait de faire bonne figure. Mais on voyait le frissonnement de ses lèvres, sa mâchoire qui se contractait, ses yeux qui essayaient vainement de se fixer sur un point. Il bégaya quelques mots, se tut, et soudain, s'affaissant sur lui-même, les mains à son visage, il éclata en sanglots :

« Oh ! papa… papa… »

Dénouement imprévu, qui était bien l'écroulement que réclamait l'amour-propre de Lupin, mais qui était autre chose aussi, autre chose d'infiniment touchant et d'infiniment naïf. Lupin eut un geste d'agacement et prit son chapeau, comme excédé par cette crise insolite de sensiblerie. Mais, au seuil de la porte il s'arrêta, hésita, puis revint, pas à pas, lentement.

Le bruit doux des sanglots s'élevait comme la plainte triste d'un petit enfant que le chagrin accable. Les épaules marquaient le rythme navrant. Des larmes apparaissaient entre les doigts croisés. Lupin se pencha et, sans toucher Beautrelet, il lui dit d'une voix où il n'y avait pas le moindre accent de raillerie, ni même cette pitié offensante des vainqueurs :

« Ne pleure pas, petit. Ce sont là des coups auxquels il faut s'attendre, quand on se jette dans la bataille, tête baissée, comme tu l'as fait. Les pires désastres vous guettent… C'est notre destin de lutteurs qui le veut ainsi. Il faut subir courageusement. »

Puis, avec douceur, il continua :

« Tu avais raison, vois-tu, nous ne sommes pas ennemis. Il y a longtemps que je le sais… Dès la première heure, j'ai senti pour toi, pour l'être intelligent que tu es, une sympathie involontaire… de l'admiration… Et c'est pourquoi je voudrais te dire ceci… ne t'en froisse pas surtout… je serais désolé de te froisser… mais il faut que je te le dise… Eh bien ! renonce à lutter contre moi… Ce n'est pas par vanité que je te le dis… ce n'est pas non plus parce que je te méprise… mais vois-tu… la lutte est trop inégale… Tu ne sais pas… personne ne sait toutes les ressources dont je dispose… Tiens, ce secret de l'Aiguille creuse que tu cherches si vainement à déchiffrer, admets un instant que ce soit un trésor formidable, inépuisable… ou bien un refuge invisible, prodigieux, fantastique… ou bien les deux peut-être… Songe à la puissance surhumaine que j'en puis tirer ! Et tu ne sais pas non plus toutes les ressources qui sont en moi… tout ce que ma volonté et mon imagination me permettent d'entreprendre et de réussir. Pense donc que ma vie entière – depuis que je suis né, pourrais-je dire – est tendue vers le même but, que j'ai travaillé comme un forçat avant d'être ce que je suis, et pour réaliser dans toute sa perfection le type que je voulais créer, que je suis parvenu à créer. Alors… que peux-tu faire ? Au moment même où tu croiras saisir la victoire, elle t'échappera… il y aura quelque chose à quoi tu n'auras pas songé… un rien… le grain de sable que, moi, j'aurai placé au bon endroit, à ton insu… Je t'en prie, renonce… je serais obligé de te faire du mal, et cela me désole… »

Et, lui mettant la main sur le front, il répéta :

« Une deuxième fois, petit, renonce. Je te ferais du mal. Qui sait si le piège où tu tomberas inévitablement n'est pas déjà ouvert sous tes pas ? »

Beautrelet dégagea sa figure. Il ne pleurait plus. Avait-il écouté les paroles de Lupin ? On aurait pu en douter à son air distrait. Deux ou trois minutes il garda le silence. Il semblait peser la décision qu'il allait prendre, examiner le pour et le contre, dénombrer les chances favorables ou défavorables. Enfin, il dit à Lupin :

« Si je change le sens de mon article, et si je confirme la version de votre mort, et si je m'engage à ne jamais démentir la version fausse que je vais accréditer, vous me jurez que mon père sera libre ?

— Je te le jure. Mes amis se sont rendus en automobile avec ton père dans une autre ville en province. Demain matin à sept heures, si l'article du *Grand Journal* est tel que je le demande, je leur téléphone et ils remettront ton père en liberté.

— Soit, fit Beautrelet, je me soumets à vos conditions. »

Rapidement, comme s'il trouvait inutile, après l'acceptation de sa défaite, de prolonger l'entretien, il se leva, prit son chapeau, me salua, salua Lupin et sortit.

Lupin le regarda s'en aller, écouta le bruit de la porte qui se refermait et murmura :

« Pauvre gosse… »

Le lendemain matin à huit heures, j'envoyais mon domestique me chercher un *Grand Journal.* Il ne l'apporta qu'au bout de vingt minutes, la plupart des kiosques manquant déjà d'exemplaires.

Je dépliai fiévreusement la feuille. En tête apparaissait l'article de Beautrelet. Le voici, tel que les journaux du monde entier le reproduisirent :

LE DRAME D'AMBRUMÉSY

Le but de ces quelques lignes n'est pas d'expliquer par le menu le travail de réflexions et de recherches grâce auquel j'ai réussi à reconstituer le drame ou plutôt le double drame d'Ambrumésy. À mon sens, ce genre de travail et les commentaires qu'il comporte, déductions, inductions, analyses, etc., tout cela n'offre qu'un intérêt relatif, et en tout cas fort banal. Non, je me contenterai d'exposer les deux idées directrices de mes efforts, et par là même, il se trouvera qu'en les exposant et en résolvant les deux problèmes qu'elles soulèvent, j'aurai raconté cette affaire tout simplement, en suivant l'ordre même des faits qui la constituent.

On remarquera peut-être que certains de ces faits ne sont pas prouvés et que je laisse une part assez large à l'hypothèse. C'est vrai. Mais j'estime que mon hypothèse est fondée sur un assez grand nombre de certitudes, pour que la suite des faits, même non prouvés, s'impose avec une rigueur inflexible. La source se perd souvent sous le lit des cailloux, ce n'en est pas moins la même source que l'on revoit aux intervalles où se reflète le bleu du ciel…

J'énonce ainsi la première énigme, énigme non point de détail, mais d'ensemble, qui me sollicita : comment se fait-il que Lupin, blessé à mort, pourrait-on dire, ait vécu quarante jours, sans soins, sans médicaments, sans aliments, au fond d'un trou obscur?

Reprenons du début. Le jeudi 23 avril, à quatre heures du matin, Arsène Lupin, surpris au milieu d'un de ses plus audacieux cambriolages, s'enfuit par le chemin des ruines et tombe blessé d'une balle. Il se traîne péniblement, retombe et se relève, avec l'espoir acharné de parvenir jusqu'à la chapelle. Là se trouve la crypte que le hasard lui a révélée. S'il peut s'y tapir, peut-être est-il sauvé. À force d'énergie, il en approche, il en est à quelques mètres lorsqu'un bruit de pas survient. Harassé, perdu, il s'abandonne. L'ennemi arrive. C'est Mlle Raymonde de Saint-Véran. Tel est le prologue du drame ou plutôt la première scène du drame.

Que se passa-t-il entre eux ? Il est d'autant plus facile de le deviner que la suite de l'aventure nous donne toutes les indications. Aux pieds de la jeune fille, il y a un homme blessé, que la souffrance épuise, et qui dans deux minutes sera capturé. Cet homme, c'est elle qui l'a blessé. *Va-t-elle le livrer également ?*

Si c'est lui l'assassin de Jean Daval, oui, elle laissera le destin s'accomplir. Mais en phrases rapides, il lui dit la vérité sur ce meurtre légitime commis par son oncle, M. de Gesvres. Elle le croit. Que va-t-elle faire ? Personne ne peut les voir. Le domestique Victor surveille la petite porte. L'autre, Albert, posté à la fenêtre du salon, les a perdus de vue l'un et l'autre. Livrera-t-elle l'homme qu'elle a blessé ?

Un mouvement de pitié irrésistible, que toutes les femmes comprendront, entraîne la jeune fille. Dirigée par Lupin, en quelques gestes, elle panse la blessure avec son mouchoir pour éviter les marques que le sang laisserait. Puis, se servant de la clef qu'il lui donne, elle ouvre la porte de la chapelle. Il entre, soutenu par la jeune fille. Elle referme, s'éloigne. Albert arrive.

Si l'on avait visité la chapelle à ce moment, ou tout au moins durant les minutes qui suivirent, Lupin, n'ayant pas eu le temps de retrouver ses forces, de lever la dalle et de disparaître par l'escalier de la crypte, Lupin était pris… Mais cette visite n'eut lieu que six heures plus tard, et de la façon la plus superficielle. Lupin est sauvé et sauvé par qui ? par celle qui faillit le tuer.

Désormais, qu'elle le veuille ou non, Mlle de Saint-Véran est sa complice. Non seulement elle ne peut plus le livrer, mais il faut qu'elle continue son œuvre, sans quoi le blessé périra dans l'asile où elle a contribué à le cacher. Et elle continue… D'ailleurs si son instinct de femme lui rend la tâche obligatoire, il la lui rend également facile. Elle a toutes les finesses, elle prévoit tout. C'est elle qui donne au juge d'instruction un faux signalement d'Arsène Lupin (qu'on se rappelle la divergence d'opinion des deux cousines à cet égard). C'est elle, évidemment, qui, à certains indices que j'ignore, devine, sous son déguisement de chauffeur, le complice de Lupin. C'est elle qui l'avertit. C'est elle qui lui signale l'urgence d'une opération. C'est elle sans doute qui substitue une casquette à l'autre. C'est elle qui fait écrire le fameux billet où elle est désignée et menacée personnellement – comment, après cela, pourrait-on la soupçonner ?

C'est elle qui, au moment où j'allais confier au juge d'instruction mes premières impressions, prétend m'avoir aperçu, la veille, dans le bois-taillis, inquiète M. Filleul sur mon compte, et me réduit au silence. Manœuvre dangereuse, certes, puisqu'elle éveille mon attention et la dirige contre celle qui m'accable d'une accusation que je sais fausse, mais manœuvre efficace, puisqu'il s'agit avant tout de gagner du temps et de me fermer la bouche. Et c'est elle qui, pendant quarante jours, alimente Lupin, lui apporte des médicaments (qu'on interroge le pharmacien d'Ouville, il montrera les ordonnances qu'il a exécutées pour Mlle de Saint-Véran), elle enfin qui soigne le malade, le panse, le veille, et le guérit.

Et voilà le premier de nos deux problèmes résolu, en même temps que le drame exposé. Arsène Lupin a trouvé près de lui, au château même, le secours qui lui était indispensable, d'abord pour n'être pas découvert, ensuite pour vivre.

Maintenant il vit. Et c'est alors que se pose le deuxième problème dont la recherche me servit de fil conducteur et qui correspond au second drame d'Ambrumésy. Pourquoi Lupin, vivant, libre, de nouveau à la tête de sa bande, tout-puissant comme jadis, pourquoi Lupin fait-il des efforts désespérés, des efforts auxquels je me heurte incessamment, pour imposer à la justice et au public l'idée de sa mort ?

Il faut se rappeler que Mlle de Saint-Véran était fort jolie. Les photographies que les journaux ont reproduites après sa disparition ne donnent qu'une idée imparfaite de sa beauté. Il arrive alors ce qui ne pouvait pas ne pas arriver. Lupin, qui, pendant quarante jours, voit cette belle jeune fille, qui désire sa présence quand elle n'est pas là, qui subit, quand elle est là, son charme et sa grâce, qui respire, quand elle se penche sur lui, le parfum frais de son haleine, Lupin s'éprend de sa garde-malade. La reconnaissance devient de l'amour, l'admiration devient de la passion. Elle est le salut, mais elle est aussi la joie de ses yeux, le rêve de ses heures solitaires, sa clarté, son espoir, sa vie elle-même.

Il la respecte au point de ne pas exploiter le dévouement de la jeune fille, et de ne pas se servir d'elle pour diriger ses complices. Il y a du flottement, en effet, dans les actes de la bande. Mais il l'aime aussi, et ses scrupules s'atténuent et comme Mlle de Saint-Véran ne se laisse point toucher par un amour qui l'offense, comme elle espace ses visites à mesure qu'elles se font moins nécessaires, et comme elle les cesse le jour où il est guéri… désespéré, affolé de douleur, il prend une résolution terrible. Il sort de son repaire, prépare son coup, et le samedi 6 juin, aidé de ses complices, enlève la jeune fille.

Ce n'est pas tout. Ce rapt, il ne faut pas qu'on le connaisse. Il faut couper court aux recherches, aux suppositions, aux espérances mêmes : Mlle de Saint-Véran passera pour morte. Un meurtre est simulé, des preuves sont offertes aux investigations. Le crime est certain. Crime prévu d'ailleurs, crime annoncé par les complices, crime exécuté pour venger la mort du chef, et par là même – voyez l'ingéniosité merveilleuse d'une pareille conception –, par là même se trouve, comment dirai-je ? se trouve amorcée la croyance à cette mort.

Il ne suffit pas de susciter une croyance, il faut imposer une certitude. Lupin prévoit mon intervention. Je devinerai le truquage de la chapelle. Je découvrirai la crypte. Et comme la crypte sera vide, tout l'échafaudage s'écroulera.

La crypte ne sera pas vide.

De même, la mort de Mlle de Saint-Véran ne sera définitive que si la mer rejette son cadavre.

La mer rejettera le cadavre de Mlle de Saint-Véran !

La difficulté est formidable ? Le double obstacle infranchissable ? Oui, pour tout autre que Lupin, mais non pour Lupin…

Ainsi qu'il l'avait prévu, je devine le truquage de la chapelle, je découvre la crypte, et je descends dans la tanière où Lupin s'est réfugié. Son cadavre est là !

Toute personne qui eût admis la mort de Lupin comme possible eût été déroutée. Mais, pas une seconde, je n'avais admis cette éventualité (par intuition d'abord, par raisonnement ensuite). Le subterfuge devenait alors inutile et vaines toutes les combinaisons. Je me dis aussitôt que le bloc de pierre ébranlé par une pioche avait été placé là avec une précision bien curieuse, que le moindre heurt devait le faire tomber et qu'en tombant il devait inévitablement réduire en bouillie la tête du faux Arsène Lupin de façon à le rendre méconnaissable.

Autre trouvaille. Une demi-heure après, j'apprends que le cadavre de Mlle de Saint-Véran a été découvert sur les rochers de Dieppe… ou plutôt un cadavre que l'on estime être celui de Mlle de Saint-Véran, pour cette raison que le bras porte un bracelet semblable à l'un des bracelets de la jeune fille. C'est d'ailleurs la seule marque d'identité, car le cadavre est méconnaissable.

Là-dessus je me souviens et je comprends. Quelques jours auparavant, j'ai lu, dans un numéro de La Vigie de Dieppe, *qu'un jeune ménage d'Américains, de séjour à Envermeu, s'est empoisonné volontairement, et que la nuit même de leur mort leurs cadavres ont disparu. Je cours à Envermeu. L'histoire est vraie, me dit-on, sauf en ce qui concerne la disparition, puisque ce sont les frères mêmes des deux victimes qui sont venus réclamer les cadavres et qui les ont emportés après les constatations d'usage. Ces frères, nul doute qu'ils ne s'appelassent Arsène Lupin et consorts.*

Par conséquent, la preuve est faite. Nous savons le motif pour lequel Arsène Lupin a simulé le meurtre de la jeune fille et accrédité le bruit de sa propre mort. Il aime, et il ne veut pas qu'on le sache. Et, pour qu'on ne le sache pas, il ne recule devant rien, il va jusqu'à entreprendre ce vol incroyable des deux cadavres dont il a besoin pour jouer son rôle et celui de Mlle de Saint-Véran. Ainsi il sera tranquille. Nul ne peut l'inquiéter. Personne ne soupçonnera la vérité qu'il veut étouffer.

Personne ? Si... Trois adversaires, au besoin, pourraient concevoir quelques doutes : Ganimard, dont on attend la venue, Herlock Sholmès, qui doit traverser le détroit, et moi, qui suis sur les lieux. Il y a là un triple péril. Il le supprime. Il enlève Ganimard. Il enlève Herlock Sholmès. Il me fait administrer un coup de couteau par Brédoux.

Un seul point reste obscur. Pourquoi Lupin a-t-il mis tant d'acharnement à me dérober le document de l'Aiguille creuse ? Il n'avait pourtant pas la prétention, en le reprenant, d'effacer de ma mémoire le texte des cinq lignes qui le composent ? Alors, pourquoi ? A-t-il craint que la nature même du papier, ou tout autre indice, ne me fournît quelque renseignement ?

Quoi qu'il en soit, telle est la vérité sur l'affaire d'Ambrumésy. Je répète que l'hypothèse joue, dans l'explication que j'en propose, un certain rôle, de même qu'elle a joué un grand rôle dans mon enquête personnelle. Mais si l'on attendait les preuves et les faits pour combattre Lupin, on risquerait fort, ou bien de les attendre toujours, ou bien d'en découvrir qui, préparés par Lupin, conduiraient juste à l'opposé du but.

J'ai confiance que les faits, quand ils seront tous connus, confirmeront mon hypothèse sur tous les points.

Ainsi donc, Beautrelet, un moment dominé par Arsène Lupin, troublé par l'enlèvement de son père et résigné à la défaite, Beautrelet, en fin de compte, n'avait pu se résoudre à garder le silence. La vérité était trop belle et trop étrange, les preuves qu'il en pouvait donner trop logiques et trop concluantes pour qu'il acceptât de la travestir. Le monde entier attendait ses révélations. Il parlait.

Le soir même du jour où son article parut, les journaux annonçaient l'enlèvement de M. Beautrelet père. Isidore en avait été averti par une dépêche de Cherbourg reçue à trois heures.

V

Sur la piste

La violence du coup étourdit le jeune Beautrelet. Au fond, bien qu'il eût obéi, en publiant son article, à un de ces mouvements irrésistibles qui vous font dédaigner toute prudence, au fond, il n'avait pas cru à la possibilité d'un enlèvement. Ses précautions étaient trop bien prises. Les amis de Cherbourg n'avaient pas seulement consigne de garder le père Beautrelet, ils devaient surveiller ses allées et venues, ne jamais le laisser sortir seul, et même ne lui remettre aucune lettre sans l'avoir au préalable décachetée. Non, il n'y avait pas de danger. Lupin bluffait ; Lupin, désireux de gagner du temps, cherchait à intimider son adversaire. Le coup fut donc presque imprévu, et toute la fin du jour, dans l'impuissance où il était d'agir, il en ressentait le choc douloureux. Une seule idée le soutenait : partir, aller là-bas, voir par lui-même ce qui s'était passé et reprendre l'offensive. Il envoya un télégramme à Cherbourg. Vers huit heures, il arrivait à la gare Saint-Lazare. Quelques minutes après, l'express l'emmenait.

Ce n'est qu'une heure plus tard, en dépliant machinalement un journal du soir acheté sur le quai, qu'il eut connaissance de la fameuse lettre par laquelle Lupin répondait indirectement à son article du matin.

Monsieur le directeur,

Je ne prétends point que ma modeste personnalité, qui, certes, en des temps plus héroïques, eût passé complètement inaperçue, ne prenne quelque relief en notre époque de veulerie et de médiocrité. Mais il est une limite que la curiosité malsaine des foules ne saurait franchir sous peine de déshonnête indiscrétion. Si l'on ne respecte plus le mur de la vie privée, quelle sera la sauvegarde des citoyens?

Invoquera-t-on l'intérêt supérieur de la vérité? Vain prétexte à mon égard, puisque la vérité est connue et que je ne fais aucune difficulté pour en écrire l'aveu officiel. Oui, Mlle de Saint-Véran est vivante. Oui, je l'aime. Oui, j'ai le chagrin de n'être pas aimé d'elle. Oui, l'enquête du petit Beautrelet est admirable de précision et de justesse. Oui, nous sommes d'accord sur tous les points. Il n'y a plus d'énigme. Eh bien, alors?

Atteint jusqu'aux profondeurs mêmes de mon âme, tout saignant encore des blessures morales les plus cruelles, je demande qu'on ne livre pas davantage à la malignité publique mes sentiments les plus intimes et mes espoirs les plus secrets. Je demande la paix, la paix qui m'est nécessaire pour conquérir l'affection de Mlle de Saint-Véran, et pour effacer de son souvenir les mille petits outrages que lui valait de la part de son oncle et de sa cousine – ceci n'a pas été dit – sa situation de parente pauvre. Mlle de Saint-Véran oubliera ce passé détestable. Tout ce qu'elle pourra désirer, fût-ce le plus beau joyau du monde, fût-ce le trésor le plus inaccessible, je le mettrai à ses pieds. Elle sera heureuse. Elle m'aimera. Mais pour réussir, encore une fois, il me faut la paix. C'est pourquoi je dépose les armes, et c'est pourquoi j'apporte à mes ennemis le rameau d'olivier – tous en les avertissant, d'ailleurs, généreusement, qu'un refus de leur part pourrait avoir, pour eux, les plus graves conséquences.

Un mot encore au sujet du sieur Harlington. Sous ce nom, se cache un excellent garçon, secrétaire du milliardaire américain Cooley, et chargé par lui de rafler en Europe tous les objets d'art antique qu'il est possible de découvrir. La malchance voulut qu'il tombât sur son ami Etienne de Vaudreix, alias *Arsène Lupin*, alias *moi. Il apprit ainsi, ce qui d'ailleurs était faux, qu'un certain M. de Gesvres voulait se défaire de quatre Rubens, à condition qu'ils fussent remplacés par des copies et qu'on ignorât le marché auquel il consentait. Mon ami Vaudreix se faisait fort de décider M. de Gesvres à vendre la Chapelle-Dieu. Les négociations se poursuivirent avec une entière bonne foi du côté de mon ami Vaudreix, avec une ingénuité charmante du côté du sieur Harlington, jusqu'au jour où les Rubens et les pierres sculptées de la Chapelle-Dieu furent en lieu sûr… et le sieur Harlington en prison. Il n'y a donc plus qu'à relâcher l'infortuné Américain, puisqu'il se contenta du modeste rôle de dupe; à flétrir le milliardaire Cooley, puisque, par crainte d'ennuis possibles, il ne protesta pas contre l'arrestation de son secrétaire, et à féliciter mon ami Etienne de Vaudreix,* alias *moi, puisqu'il venge la morale publique en gardant les cinq cent mille francs qu'il a reçus par avance du peu sympathique Cooley.*

Excusez la longueur de ces lignes, mon cher directeur, et croyez à mes sentiments distingués.

Arsène Lupin.

Peut-être Isidore pesa-t-il les termes de cette lettre avec autant de minutie qu'il avait étudié le document de l'*Aiguille creuse.* Il partait de ce principe, dont la justesse était facile à démontrer, que jamais Lupin n'avait pris la peine d'envoyer une seule de ses amusantes lettres aux journaux sans une nécessité absolue, sans un motif que les événements ne manquaient pas de mettre en lumière un jour ou l'autre. Quel était le motif de celle-ci? Pour quelle raison secrète confessait-il son amour, et l'insuccès de cet amour? Était-ce là qu'il fallait chercher, ou bien dans les explications qui concernaient le sieur Harlington, ou plus loin encore, entre les lignes, derrière tous ces mots dont la signification apparente n'avait peut-être d'autre but que de suggérer la petite idée mauvaise, perfide, déroutante?...

Des heures, le jeune homme, enfermé dans son compartiment, resta pensif, inquiet. Cette lettre lui inspirait de la défiance, comme si elle avait été écrite pour lui, et qu'elle fût destinée à l'induire en erreur, lui personnellement. Pour la première fois, et parce qu'il se trouvait en face, non plus d'une attaque directe, mais d'un procédé de lutte équivoque, indéfinissable, il éprouvait la sensation très nette de la peur. Et, songeant à son vieux bonhomme de père, enlevé par sa faute, il se demandait avec angoisse si ce n'était pas folie que de poursuivre un duel aussi inégal. Le résultat n'était-il pas certain? D'avance, Lupin n'avait-il pas partie gagnée?

Courte défaillance! Quand il descendit de son compartiment, à six heures du matin, réconforté par quelques heures de sommeil, il avait repris toute sa foi.

Sur le quai, Froberval, l'employé du port militaire qui avait donné l'hospitalité au père Beautrelet, l'attendait, accompagné de sa fille Charlotte, une gamine de douze à treize ans.

« Eh bien ? » s'écria Beautrelet.

Le brave homme se mettant à gémir, il l'interrompit, l'entraîna dans un estaminet voisin, fit servir du café, et commença nettement, sans permettre à son interlocuteur la moindre digression :

« Mon père n'a pas été enlevé, n'est-ce pas, c'était impossible ?

— Impossible. Cependant il a disparu.

— Depuis quand ?

— Nous ne savons pas.

— Comment !

— Non. Hier matin, à six heures, ne le voyant pas descendre, j'ai ouvert sa porte. Il n'était plus là.

— Mais, avant-hier, il y était encore ?

— Oui. Avant-hier il n'a pas quitté sa chambre. Il était un peu fatigué, et Charlotte lui a porté son déjeuner à midi et son dîner à sept heures du soir.

— C'est donc entre sept heures du soir, avant-hier, et six heures du matin, hier, qu'il a disparu ?

— Oui, la nuit d'avant celle-ci. Seulement…

— Seulement ?

— Eh bien… la nuit, on ne peut sortir de l'arsenal.

— C'est donc qu'il n'en est pas sorti.

— Impossible ! Les camarades et moi, on a fouillé tout le port militaire.

— Alors, c'est qu'il est sorti.

— Impossible. Tout est gardé. »

Beautrelet réfléchit, puis prononça :

« Dans la chambre, le lit était défait ?

— Non.

— Et la chambre était en ordre ?

— Oui. J'ai retrouvé sa pipe au même endroit, son tabac, le livre qu'il lisait. Il y avait même, au milieu de ce livre, cette petite photographie de vous qui tenait la page ouverte.

— Faites voir. »

Froberval passa la photographie. Beautrelet eut un geste de surprise. Il venait, sur l'instantané, de se reconnaître, debout, les deux mains dans les poches, avec, autour de lui, une pelouse où se dressaient des arbres et des ruines. Froberval ajouta :

« Ce doit être le dernier portrait de vous que vous lui avez envoyé. Tenez, par-derrière, il y a la date… 3 avril, le nom du photographe, R. de Val, et le nom de la ville, Lion… Lion-sur-Mer… peut-être. »

Isidore, en effet, avait retourné le carton, et lisait cette petite note, de sa propre écriture : R. de Val – 3-4 – Lion.

Il garda le silence durant quelques minutes, et reprit :

« Mon père ne vous avait pas encore fait voir cet instantané ?

— Ma foi, non… et ça m'a étonné quand j'ai vu ça hier… car votre père nous parlait si souvent de vous ! »

Un nouveau silence, très long. Froberval murmura :

« C'est que j'ai affaire à l'atelier… Nous pourrions peut-être bien rentrer… »

Il se tut. Isidore n'avait pas quitté des yeux la photographie, l'examinant dans tous les sens. Enfin, le jeune homme demanda :

« Est-ce qu'il existe, à une petite lieue en dehors de la ville, une auberge du Lion d'Or ?

— Oui, mais oui, à une lieue d'ici.

— Sur la route de Valognes, n'est-ce pas ?

— Sur la route de Valognes, en effet.

— Eh bien, j'ai tout lieu de supposer que cette auberge fut le quartier général des amis de Lupin. C'est de là qu'ils sont entrés en relation avec mon père.

— Quelle idée ! Votre père ne parlait à personne. Il n'a vu personne.

— Il n'a vu personne, mais on s'est servi d'un intermédiaire.

— Quelle preuve en avez-vous ?

— Cette photographie.

— Mais c'est la vôtre ?

— C'est la mienne, mais elle ne fut pas envoyée par moi. Je ne la connaissais même pas. Elle fut prise à mon insu dans les ruines d'Ambrumésy, sans doute par le greffier du juge d'instruction, lequel était, comme vous le savez, complice d'Arsène Lupin.

— Et alors ?

— Cette photographie a été le passeport, le talisman grâce auquel on a capté la confiance de mon père.

— Mais qui ? qui a pu pénétrer chez moi ?

— Je ne sais, mais mon père est tombé dans le piège. On lui a dit, et il a cru, que j'étais aux environs et que je demandais à le voir et que je lui donnais rendez-vous à l'auberge du Lion d'Or.

— Mais c'est de la folie, tout ça ! Comment pouvez-vous affirmer ?...

— Très simplement. On a imité mon écriture derrière le carton, et on a précisé le rendez-vous... Route de Valognes, 3 km 400, auberge du Lion. Mon père est venu, et on s'est emparé de lui, voilà tout.

— Soit, murmura Froberval abasourdi, soit... j'admets... les choses se sont passées ainsi... mais tout cela n'explique pas comment il a pu sortir pendant la nuit.

— Il est sorti en plein jour, quitte à attendre la nuit pour aller au rendez-vous.

— Mais, nom d'un chien, puisqu'il n'a pas quitté sa chambre de toute la journée d'avant-hier !

— Il y aurait un moyen de s'en assurer ; courez au port, Froberval, et cherchez l'un des hommes qui étaient de garde dans l'après-midi d'avant-hier... Seulement, dépêchez-vous si vous voulez me retrouver ici.

— Vous partez donc ?

— Oui, je reprends le train.

— Comment !... Mais vous ne savez pas... Votre enquête...

— Mon enquête est terminée. Je sais à peu près tout ce que je voulais savoir. Dans une heure, j'aurai quitté Cherbourg. »

Froberval s'était levé. Il regarda Beautrelet, d'un air absolument ahuri, hésita un moment, puis saisit sa casquette.

« Tu viens, Charlotte ?

— Non, dit Beautrelet, j'aurais encore besoin de quelques renseignements. Laissez-la-moi. Et puis nous bavarderons. Je l'ai connue toute petite. »

Froberval s'en alla. Beautrelet et la petite fille restèrent seuls dans la salle de l'estaminet. Des minutes s'écoulèrent, un garçon entra, emporta des tasses et disparut.

Les yeux du jeune homme et de l'enfant se rencontrèrent, et avec beaucoup de douceur, Beautrelet mit sa main sur la main de la fillette. Elle le regarda deux ou trois secondes, éperdue, comme suffoquée. Puis, se couvrant brusquement la tête entre ses bras repliés, elle éclata en sanglots.

Il la laissa pleurer et, au bout d'un instant, lui dit :

« C'est toi qui as tout fait, n'est-ce pas, c'est toi qui as servi d'intermédiaire ? C'est toi qui as porté la photographie ? Tu l'avoues, n'est-ce pas ? Et quand tu disais que mon père était dans sa chambre avant-hier, tu savais bien que non, n'est-ce pas, puisque c'est toi qui l'avais aidé à sortir… »

Elle ne répondait pas. Il lui dit :

« Pourquoi as-tu fait cela ? On t'a offert de l'argent, sans doute… de quoi t'acheter des rubans… une robe… »

Il décroisa les bras de Charlotte et lui releva la tête. Il aperçut un pauvre visage sillonné de larmes, un visage gracieux, inquiétant et mobile de ces fillettes qui sont destinées à toutes les tentations, à toutes les défaillances.

« Allons, reprit Beautrelet, c'est fini, n'en parlons plus… Je ne te demande même pas comment ça s'est passé. Seulement tu vas me dire tout ce qui peut m'être utile !… As-tu surpris quelque chose… un mot de ces gens-là ? Comment s'est effectué l'enlèvement ? »

Elle répondit aussitôt :

« En auto… je les ai entendus qui en parlaient.

— Et quelle route ont-ils suivie ?

— Ah ça, je ne sais pas.

— Ils n'ont échangé devant toi aucune parole qui puisse nous aider ?

— Aucune… Il y en a un cependant qui a dit : “Y aura pas de temps à perdre… c'est demain matin à huit heures, que le patron doit nous téléphoner là-bas…”

— Où, là-bas ?… rappelle-toi… c'était un nom de ville, n'est-ce pas ?

— Oui… un nom… comme château…

— Châteaubriant ?… Château-Thierry ?

— Non… non…

— Châteauroux ?

— C'est ça… Châteauroux… »

Beautrelet n'avait pas attendu qu'elle eût prononcé la dernière syllabe. Il était debout déjà, et sans se soucier de Froberval, sans plus s'occuper de la petite, tandis qu'elle le regardait avec stupéfaction, il ouvrait la porte et courait vers la gare.

« Châteauroux… Madame… un billet pour Châteauroux…

— Par Le Mans et Tours ? demanda la buraliste.

— Évidemment… le plus court… J'arriverai pour déjeuner ?

— Ah ! non…

— Pour dîner ? Pour coucher ?…

— Ah ! non, pour ça il faudrait passer par Paris… L'express de Paris est à huit heures… Il est trop tard. »

Il n'était pas trop tard. Beautrelet put encore l'attraper.

« Allons, dit Beautrelet, en se frottant les mains, je n'ai passé qu'une heure à Cherbourg, mais elle fut bien employée. »

Pas un instant, il n'eut l'idée d'accuser Charlotte de mensonge. Faibles, désemparées, capables des pires trahisons, ces petites natures obéissent également à des élans de sincérité, et Beautrelet avait vu, dans ses yeux effrayés, la honte du mal qu'elle avait fait, et la joie de le réparer en partie. Il ne doutait donc point que Châteauroux fût cette autre ville à laquelle Lupin avait fait allusion, et où ses complices devaient lui téléphoner.

Dès son arrivée à Paris, Beautrelet prit toutes les précautions nécessaires pour n'être pas suivi. Il sentait que l'heure était grave. Il marchait sur la bonne route qui le conduisait vers son père ; une imprudence pouvait tout gâter.

Il entra chez un de ses camarades de lycée et en sortit, une heure après, méconnaissable. C'était un Anglais d'une trentaine d'années, habillé d'un complet marron à grands carreaux, culotte courte, bas de laine, casquette de voyage, la figure colorée et un petit collier de barbe rousse.

Il enfourcha une bicyclette à laquelle était accroché tout un attirail de peintre et fila vers la gare d'Austerlitz.

Le soir, il couchait à Issoudun. Le lendemain, dès l'aube, il sautait en machine. À sept heures, il se présentait au bureau de poste de Châteauroux et demandait la communication avec Paris. Obligé d'attendre, il liait conversation avec l'employé et apprenait que l'avant-veille, à pareille heure, un individu, en costume d'automobiliste, avait également demandé la communication avec Paris.

La preuve était faite. Il n'attendit pas davantage.

L'après-midi, il savait, par des témoignages irrécusables, qu'une limousine, suivant la route de Tours, avait traversé le bourg de Buzançais, puis la ville de Châteauroux et s'était arrêtée au-delà de la ville, sur la lisière de la forêt. Vers dix heures, un cabriolet, conduit par un individu, avait stationné auprès de la limousine, puis s'était éloigné vers le sud par la vallée de la Bouzanne. À ce moment, une autre personne se trouvait aux côtés du conducteur. Quant à l'automobile, prenant le chemin opposé, elle s'était dirigée vers le nord, vers Issoudun.

Isidore découvrit aisément le propriétaire du cabriolet. Mais ce propriétaire ne put rien dire. Il avait loué sa voiture et son cheval à un individu qui les avait ramenés lui-même le lendemain.

Enfin, le soir même, Isidore constatait que l'automobile n'avait fait que traverser Issoudun, continuant sa route vers Orléans, c'est-à-dire vers Paris.

De tout cela, il résultait, de la façon la plus absolue, que le père Beautrelet se trouvait aux environs. Sinon, comment admettre que des gens fissent près de cinq cents kilomètres à travers la France pour venir téléphoner à Châteauroux et remonter ensuite, à angle aigu, sur le chemin de Paris ? Cette formidable randonnée avait un but précis : transporter le père Beautrelet à l'endroit qui lui était assigné. « Et cet endroit est à portée de ma main, se disait Isidore en frissonnant d'espoir. À dix lieues, à quinze lieues d'ici, mon père attend que je le secoure. Il est là. Il respire le même air que moi. »

Tout de suite, il se mit en campagne. Prenant une carte d'état-major, il la divisa en petits carrés qu'il visitait tour à tour, entrant dans les fermes, faisant causer les paysans, se rendant auprès des instituteurs, des maires, des curés, bavardant avec les femmes. Il lui semblait qu'il allait sans retard toucher au but et ses rêves s'amplifiant, ce n'est plus son père qu'il espérait délivrer mais tous ceux que Lupin tenait captifs, Raymonde de Saint-Véran, Ganimard, Herlock Sholmès peut-être, et d'autres, beaucoup d'autres. Et en arrivant jusqu'à eux, il arriverait en même temps jusqu'au cœur même de la forteresse de Lupin, dans sa tanière, dans la retraite impénétrable où il entassait les trésors qu'il avait volés à l'univers.

Mais, après quinze jours de recherches infructueuses, son enthousiasme finit par décliner, et très vite il perdit confiance. Le succès tardant à se dessiner, du jour au lendemain presque il le jugea impossible et, bien qu'il continuât à poursuivre son plan d'investigations, il eût éprouvé une véritable surprise si ses efforts eussent abouti à la moindre découverte.

Des jours encore s'écoulèrent, monotones et découragés. Il sut par les journaux que le comte de Gesvres et sa fille avaient quitté Ambrumésy et s'étaient installés aux environs de Nice. Il sut aussi l'élargissement du sieur Harlington, dont l'innocence éclata, conformément aux indications d'Arsène Lupin.

Il changea son quartier général, s'établissant deux jours à La Châtre, deux jours à Argenton. Même résultat.

À ce moment, il fut près d'abandonner la partie. Évidemment le cabriolet qui avait emmené son père n'avait dû fournir qu'une étape à laquelle une autre étape, fournie par une autre voiture, avait succédé. Et son père était loin. Il songea au départ.

Or, un lundi matin, il aperçut, sur l'enveloppe d'une lettre non affranchie qu'on lui renvoyait de Paris, il aperçut une écriture qui le bouleversa. Son émotion fut telle, durant quelques minutes, qu'il n'osait ouvrir, par peur d'une déception. Sa main tremblait. Était-ce possible ? N'y avait-il pas là un piège que lui tendait son infernal ennemi ? D'un coup il décacheta. C'était bien une lettre de son père, écrite par son père lui-même. L'écriture présentait toutes les particularités, tous les tics de l'écriture qu'il connaissait si bien. Il lut :

Ces mots te parviendront-ils, mon cher fils ? Je n'ose le croire.

Toute la nuit de l'enlèvement nous avons voyagé en automobile, puis le matin en voiture. Je n'ai rien pu voir. J'avais un bandeau sur les yeux. Le château où l'on me détient doit être, à en juger par sa construction et par la végétation du parc, au centre de la France. La chambre que j'occupe est au second étage, une chambre à deux fenêtres dont l'une presque bouchée par un rideau de glycines. L'après-midi, je suis libre, à certaines heures, d'aller et venir dans ce parc, mais sous une surveillance qui ne se relâche pas.

À tout hasard, je t'écris cette lettre et je l'attache à une pierre. Peut-être un jour pourrai-je la jeter par-dessus les murs, et quelque paysan la ramassera-t-il. Ne t'inquiète pas. On me traite avec beaucoup d'égards.

Ton vieux père qui t'aime bien et qui est triste de penser au souci qu'il te donne.

Beautrelet

Aussitôt Isidore regarda les timbres de la poste. Ils portaient Cuzion (Indre). L'Indre ! Ce département qu'il s'acharnait à fouiller depuis des semaines !

Il consulta un petit guide de poche qui ne le quittait pas. *Cuzion*, canton d'*Eguzon*… Là aussi il avait passé.

Par prudence, il rejeta sa personnalité d'Anglais, qui commençait à être connue dans le pays, se déguisa en ouvrier, et fila sur Cuzion, village peu important, où il lui fut facile de découvrir l'expéditeur de la lettre.

Tout de suite, d'ailleurs, la chance le servit.

« Une lettre jetée à la poste mercredi dernier ?… s'écria le maire, brave bourgeois auquel il se confia, et qui se mit à sa disposition… Écoutez, je crois que je peux vous fournir une indication précieuse… Samedi matin, un vieux rémouleur qui fait toutes les foires du département, le père Charel, que j'ai croisé au bout du village, m'a demandé : "Monsieur le maire, une lettre qui n'a pas de timbre, ça part tout de même ? – Dame ! – Et ça arrive à destination ? – Parbleu, seulement il y a un supplément de taxe à payer, voilà tout."

— Et il habite, le père Charel ?

— Il habite là-bas, tout seul… sur le coteau… la masure après le cimetière… Voulez-vous que je vous accompagne ? »

C'était une masure isolée, au milieu d'un verger qu'entouraient de hauts arbres. Quand ils pénétrèrent, trois pies s'envolaient de la niche même où le chien de garde était attaché. Et le chien n'aboya pas et ne bougea pas à leur approche.

Très étonné, Beautrelet s'avança. La bête était couchée sur le flanc, les pattes raidies, morte.

En hâte, ils coururent vers la maison. La porte était ouverte.

Ils entrèrent. Au fond d'une pièce humide et basse, sur une mauvaise paillasse jetée à même le sol, un homme gisait, tout habillé.

« Le père Charel ! s'écria le maire… Est-ce qu'il est mort, lui aussi ? »

Les mains du bonhomme étaient froides, son visage d'une pâleur effrayante, mais le cœur battait encore, d'un rythme faible et lent, et il ne semblait avoir aucune blessure.

Ils essayèrent de le ranimer, et, comme ils n'y parvenaient pas, Beautrelet se mit en quête d'un médecin. Le médecin ne réussit pas davantage. Le bonhomme ne paraissait pas souffrir. On eût dit qu'il dormait simplement, mais d'un sommeil artificiel, comme si on l'avait endormi par hypnose, ou à l'aide d'un narcotique.

Au milieu de la nuit suivante, cependant, Isidore, qui le veillait, remarqua que sa respiration devenait plus forte, et que tout son être avait l'air de se dégager des liens invisibles qui le paralysaient.

À l'aube il se réveilla et reprit ses fonctions normales, mangea, but, et se remua. Mais de toute la journée il ne put répondre aux questions du jeune homme, le cerveau comme engourdi encore par une inexplicable torpeur.

Le lendemain, il demanda à Beautrelet :

« Qu'est-ce que vous faites là, vous ? »

C'était la première fois qu'il s'étonnait de la présence d'un étranger auprès de lui.

Peu à peu, de la sorte, il retrouva toute sa connaissance. Il parla. Il fit des projets. Mais, quand Beautrelet l'interrogea sur les événements qui avaient précédé son sommeil, il sembla ne pas comprendre.

Et réellement, Beautrelet sentit qu'il ne comprenait pas. Il avait perdu le souvenir de ce qui s'était passé depuis le vendredi précédent. C'était comme un gouffre subit dans la coulée ordinaire de sa vie. Il racontait sa matinée et son après-midi du vendredi, les marchés conclus à la foire, le repas qu'il avait pris à l'auberge. Puis… plus rien… Il croyait se réveiller au lendemain de ce jour.

Ce fut horrible pour Beautrelet. La vérité était là, dans ces yeux qui avaient vu les murs du parc derrière lesquels son père l'attendait, dans ces mains qui avaient ramassé la lettre, dans ce cerveau confus qui avait enregistré le lieu de cette scène, le décor, le petit coin du monde où se jouait le drame. Et de ces mains, de ces yeux, de ce cerveau, il ne pouvait tirer le plus faible écho de cette vérité si proche !

Oh ! cet obstacle impalpable et formidable auquel se heurtaient ses efforts, cet obstacle fait de silence et d'oubli, comme il portait bien la marque de Lupin ! Lui seul avait pu, informé sans doute qu'un signal avait été tenté par le père Beautrelet, lui seul avait pu frapper de mort partielle celui-là seul dont le témoignage pouvait le gêner. Non point que Beautrelet se sentît découvert, et qu'il pensât que Lupin, au courant de son attaque sournoise, et sachant qu'une lettre lui était parvenue, se fût défendu contre lui personnellement. Mais, combien c'était montrer de prévoyance et de véritable intelligence, que de supprimer l'accusation possible de ce passant ! Personne ne savait plus maintenant qu'il y avait, entre les murs d'un parc, un prisonnier qui demandait du secours.

Personne ? Si, Beautrelet. Le père Charel ne pouvait parler ? Soit. Mais on pouvait connaître du moins la foire où le bonhomme s'était rendu, et la route logique qu'il avait prise pour en revenir. Et, le long de cette route, peut-être enfin serait-il possible de trouver…

Isidore, qui d'ailleurs n'avait fréquenté la masure du père Charel qu'avec les plus grandes précautions, et de façon à ne pas donner l'éveil, Isidore décida de n'y point retourner. S'étant renseigné, il apprit que le vendredi, c'était jour de marché à Fresselines, gros bourg situé à quelques lieues, où l'on pouvait se rendre, soit par la grand-route, assez sinueuse, soit par des raccourcis.

Le vendredi, il choisit, pour y aller, la grand-route, et n'aperçut rien qui attirât son attention, aucune enceinte de hauts murs, aucune silhouette de vieux château. Il déjeuna dans une auberge de Fresselines et il se disposait à partir quand il vit arriver le père Charel qui traversait la place en poussant sa petite voiture de rémouleur. Il le suivit aussitôt de très loin.

Le bonhomme fit deux interminables stations pendant lesquelles il repassa des douzaines de couteaux. Puis enfin, il s'en alla par un chemin tout différent qui se dirigeait vers Crozant et le bourg d'Eguzon.

Beautrelet s'engagea derrière lui sur cette route. Mais il n'avait pas marché pendant cinq minutes, qu'il eut l'impression de n'être pas seul à suivre le bonhomme. Un individu cheminait entre eux qui s'arrêtait et repartait en même temps que le père Charel, sans prendre d'ailleurs beaucoup de soin pour n'être pas vu.

« On le surveille, pensa Beautrelet, peut-être veut-on savoir s'il s'arrête devant les murs… »

Son cœur battit. L'événement approchait.

Tous trois, les uns derrière les autres, ils montaient et descendaient les pentes raides du pays, et ils arrivèrent à Crozant. Là, le père Charel fit une halte d'une heure. Puis il descendit vers la rivière et traversa le pont. Mais il se passa alors un fait qui surprit Beautrelet. L'individu ne franchit pas la rivière. Il regarda le bonhomme s'éloigner et quand il l'eut perdu de vue, il s'engagea dans un sentier qui le conduisit en pleins champs. Que faire ? Beautrelet hésita quelques secondes, puis, brusquement, se décida. Il se mit à la poursuite de l'individu.

« Il aura constaté, pensa-t-il, que le père Charel a passé tout droit. Il est tranquille, et il s'en va. Où ? Au château ? »

Il touchait au but. Il le sentait à une sorte d'allégresse douloureuse qui le soulevait.

L'homme pénétra dans un bois obscur qui dominait la rivière, puis apparut de nouveau en pleine clarté, à l'horizon du sentier. Quand Beautrelet, à son tour, sortit du bois, il fut très surpris de ne plus apercevoir l'individu. Il le cherchait des yeux, quand soudain il étouffa un cri et, d'un bond en arrière, regagna la ligne des arbres qu'il venait de quitter. À sa droite, il avait vu un rempart de hautes murailles, que flanquaient, à distances égales, des contreforts massifs.

C'était là ! C'était là ! Ces murs emprisonnaient son père ! Il avait trouvé le lieu secret où Lupin gardait ses victimes !

Il n'osa plus s'écarter de l'abri que lui offraient les feuillages épais du bois. Lentement, presque à plat ventre, il appuya vers la droite, et parvint ainsi au sommet d'un monticule qui atteignait le faîte des arbres voisins. Les murailles étaient plus élevées encore. Cependant il discerna le toit du château qu'elles ceignaient, un vieux toit Louis XIII que surmontaient des clochetons très fins disposés en corbeille autour d'une flèche plus aiguë et plus haute.

Pour ce jour-là, Beautrelet n'en fit pas davantage. Il avait besoin de réfléchir et de préparer son plan d'attaque sans rien laisser au hasard. Maître de Lupin, c'était à lui maintenant de choisir l'heure et le mode du combat. Il s'en alla.

Près du pont, il croisa deux paysannes qui portaient des seaux remplis de lait. Il leur demanda :

« Comment s'appelle le château qui est là-bas, derrière les arbres ?

— Ça, monsieur, c'est le château de l'Aiguille. »

Il avait jeté sa question sans y attacher d'importance. La réponse le bouleversa.

« Le château de l'Aiguille… Ah !… Mais où sommes-nous, ici ? Dans le département de l'Indre ?

— Ma foi, non, l'Indre, c'est de l'autre côté de la rivière… Par ici, c'est la Creuse. »

Isidore eut un éblouissement. Le château de l'Aiguille ! le département de la Creuse ! L'Aiguille, Creuse ! La clef même du document ! La victoire assurée, définitive, totale…

Sans un mot de plus, il tourna le dos aux femmes et s'en alla en titubant, comme un homme ivre.

VI

Un secret historique

La résolution de Beautrelet fut immédiate : il agirait seul. Prévenir la justice était trop dangereux. Outre qu'il ne pouvait offrir que des présomptions, il craignait les lenteurs de la justice, les indiscrétions certaines, toute une enquête préalable pendant laquelle Lupin, inévitablement averti, aurait le loisir d'effectuer sa retraite en bon ordre.

Le lendemain, dès huit heures, son paquet sous le bras, il quitta l'auberge qu'il habitait aux environs de Cuzion, gagna le premier fourré venu, se défit de ses hardes d'ouvrier, redevint le jeune peintre anglais qu'il était précédemment, et se présenta chez le notaire d'Eguzon, le plus gros bourg de la contrée.

Il raconta que le pays lui plaisait, et que, s'il trouvait une demeure convenable, il s'y installerait volontiers avec ses parents. Le notaire indiqua plusieurs domaines. Beautrelet insinua qu'on lui avait parlé du château de l'Aiguille, au nord de la Creuse.

« En effet, mais le château de l'Aiguille, qui appartient à un de mes clients, depuis cinq ans, n'est pas à vendre.

— Il l'habite alors ?

— Il l'habitait, ou plutôt sa mère. Mais celle-ci, trouvant le château un peu triste, ne s'y plaisait pas. De sorte qu'ils l'ont quitté l'année dernière.

— Et personne n'y demeure ?

— Si, un Italien, auquel mon client l'a loué pour la saison d'été, le baron Anfredi.

— Ah ! le baron Anfredi, un homme encore jeune, l'air assez gourmé…

— Ma foi, je n'en sais rien… Mon client a traité directement. Il n'y a pas eu de bail… une simple lettre…

— Mais vous connaissez le baron ?

— Non, il ne sort jamais du château… En automobile, quelquefois, et la nuit, paraît-il. Les provisions sont faites par une vieille cuisinière qui ne parle à personne. Des drôles de gens…

— Votre client consentirait-il à vendre son château ?

— Je ne crois pas. C'est un château historique, du plus pur style Louis XIII. Mon client y tenait beaucoup, et s'il n'a pas changé d'avis…

— Vous pouvez me donner son nom ?

— Louis Valméras, 34, rue du Mont-Thabor. »

Beautrelet prit le train de Paris à la station la plus proche. Le surlendemain, après trois visites infructueuses, il trouva enfin Louis Valméras. C'était un homme d'une trentaine d'années, au visage ouvert et sympathique. Beautrelet, jugeant inutile de biaiser, nettement se fit connaître et raconta ses efforts et le but de sa démarche.

« J'ai tout lieu de penser, conclut-il, que mon père est emprisonné au château de l'Aiguille, en compagnie sans doute d'autres victimes. Et je viens vous demander ce que vous savez de votre locataire, le baron Anfredi.

— Pas grand-chose. J'ai rencontré le baron Anfredi l'hiver dernier à Monte-Carlo. Ayant appris, par hasard, que j'étais propriétaire d'un château, comme il désirait passer l'été en France, il me fit des offres de location.

— C'est un homme encore jeune…

— Oui, des yeux très énergiques, des cheveux blonds.

— De la barbe ?

— Oui, terminée par deux pointes qui retombent sur un faux col fermant par-derrière, comme le col d'un clergyman. D'ailleurs, il a quelque peu l'air d'un prêtre anglais.

— C'est lui, murmura Beautrelet, c'est lui, tel que je l'ai vu, c'est son signalement exact.

— Comment !… vous croyez ?…

— Je crois, je suis sûr que votre locataire n'est autre qu'Arsène Lupin. »

L'histoire amusa Louis Valméras. Il connaissait toutes les aventures de Lupin et les péripéties de sa lutte avec Beautrelet. Il se frotta les mains.

« Allons, le château de l'Aiguille va devenir célèbre… ce qui n'est pas pour me déplaire, car au fond, depuis que ma mère n'y habite plus, j'ai toujours eu l'idée de m'en débarrasser à la première occasion. Après cela, je trouverai acheteur. Seulement…

— Seulement ?

— Je vous demanderai de n'agir qu'avec la plus extrême prudence et de ne prévenir la police qu'en toute certitude. Voyez-vous que mon locataire ne soit pas Lupin ? »

Beautrelet exposa son plan. Il irait seul, la nuit, il franchirait les murs, se cacherait dans le parc…

Louis Valméras l'arrêta tout de suite.

« Vous ne franchirez pas si facilement des murs de cette hauteur. Si vous y parvenez, vous serez accueilli par deux énormes molosses qui appartiennent à ma mère et que j'ai laissés au château.

— Bah ! une boulette…

— Je vous remercie ! Mais supposons que vous leur échappiez. Et après ? Comment entrerez-vous dans le château ? Les portes sont massives, les fenêtres sont grillées. Et d'ailleurs, une fois entré, qui vous guiderait ? Il y a quatre-vingts chambres.

— Oui, mais cette chambre à deux fenêtres, au second étage ?…

— Je la connais, nous l'appelons la chambre des Glycines. Mais comment la trouverez-vous ? Il y a trois escaliers et un labyrinthe de couloirs. J'aurai beau vous donner le fil, vous expliquer le chemin à suivre, vous vous perdrez.

— Venez avec moi, dit Beautrelet en riant.

— Impossible. J'ai promis à ma mère de la rejoindre dans le Midi. »

Beautrelet retourna chez l'ami qui lui offrait l'hospitalité et commença ses préparatifs. Mais, vers la fin du jour, comme il se disposait à partir, il reçut la visite de Valméras.

« Voulez-vous toujours de moi ?

— Si je veux !

— Eh bien, je vous accompagne. Oui, l'expédition me tente. Je crois qu'on ne s'ennuiera pas, et ça m'amuse d'être mêlé à tout cela… Et puis, mon concours ne vous sera pas inutile. Tenez, voici déjà un début de collaboration. »

Il montra une grosse clef toute rugueuse de rouille et d'aspect vénérable.

« Et cette clef ouvre ?… demanda Beautrelet.

— Une petite poterne dissimulée entre deux contreforts, abandonnée depuis des siècles, et que je n'ai même pas cru devoir indiquer à mon locataire. Elle donne sur la campagne, précisément à la lisière du bois… »

Beautrelet l'interrompit brusquement.

« Ils la connaissent, cette issue. C'est évidemment par là que l'individu que je suivais a pénétré dans le parc. Allons, la partie est belle, et nous la gagnerons. Mais fichtre, il s'agit de jouer serré ! »

… Deux jours après, au pas d'un cheval famélique, arrivait à Crozant une roulotte de bohémiens que son conducteur obtint l'autorisation de remiser au bout du village, sous un ancien hangar déserté. Outre le conducteur, qui n'était autre que Valméras, il y avait trois jeunes gens occupés à tresser des fauteuils avec des brins d'osier : Beautrelet et deux de ses camarades de Janson.

Ils demeurèrent là trois jours, attendant une nuit propice, et rôdant isolément aux alentours du parc. Une fois, Beautrelet aperçut la poterne. Pratiquée entre deux contreforts, elle se confondait presque, derrière le voile de ronces qui la masquait, avec le dessin formé par les pierres de la muraille. Enfin, le quatrième soir, le ciel se couvrit de gros nuages noirs et Valméras décida qu'on irait en reconnaissance, quitte à rebrousser chemin si les circonstances n'étaient pas favorables.

Tous quatre ils traversèrent le petit bois. Puis Beautrelet rampa parmi les bruyères, écorcha ses mains à la haie de ronces, et, se soulevant à moitié, lentement, avec des gestes qui se retenaient, introduisit la clef dans la serrure. Doucement, il tourna. La porte allait-elle s'ouvrir sous son effort ? Un verrou ne la fermait-il pas de l'autre côté ? Il poussa, la porte s'ouvrit, sans grincement, sans secousse. Il était dans le parc.

« Vous êtes là, Beautrelet ? demanda Valméras, attendez-moi. Vous deux, mes amis, surveillez la porte pour que notre retraite ne soit pas coupée. À la moindre alerte, un coup de sifflet. »

Il prit la main de Beautrelet, et ils s'enfoncèrent dans l'ombre épaisse des fourrés. Un espace plus clair s'offrit à eux quand ils arrivèrent au bord de la pelouse centrale. Au même moment, un rayon de lune filtra, et ils aperçurent le château avec ses clochetons pointus disposés autour de cette flèche effilée à laquelle, sans doute, il devait son nom. Aucune lumière aux fenêtres. Aucun bruit. Valméras empoigna le bras de son compagnon.

« Taisez-vous.

— Quoi ?

— Les chiens là-bas… vous voyez… »

Un grognement se fit entendre. Valméras siffla très bas. Deux silhouettes blanches bondirent et en quatre sauts vinrent s'abattre aux pieds du maître.

« Tout doux, les enfants… couchez là… bien… ne bougez plus… »

Et il dit à Beautrelet :

« Et maintenant, marchons, je suis tranquille.

— Vous êtes sûr du chemin ?

— Oui. Nous nous rapprochons de la terrasse.

— Et alors ?

— Je me rappelle qu'il y a sur la gauche, à un endroit où la terrasse, qui domine la rivière, s'élève au niveau des fenêtres du rez-de-chaussée, un volet qui ferme mal et qu'on peut ouvrir de l'extérieur. »

De fait, quand ils y furent arrivés, sous l'effort, le volet céda. Avec une pointe de diamant, Valméras coupa un carreau. Il tourna l'espagnolette. L'un après l'autre ils franchirent le balcon. Cette fois, ils étaient dans le château.

« La pièce où nous sommes, dit Valméras, se trouve au bout du couloir. Puis il y a un immense vestibule orné de statues et, à l'extrémité du vestibule, un escalier qui conduit à la chambre occupée par votre père. »

Il avança d'un pas.

« Vous venez, Beautrelet ?

— Oui. Oui.

— Mais non, vous ne venez pas… Qu'est-ce que vous avez ? »

Il lui saisit la main. Elle était glacée, et il s'aperçut que le jeune homme était accroupi sur le parquet.

« Qu'est-ce que vous avez ? répéta-t-il.

— Rien... ça passera.

— Mais enfin...

— J'ai peur...

— Vous avez peur !

— Oui, avoua Beautrelet ingénument... ce sont mes nerfs qui flanchent... j'arrive souvent à les commander... mais aujourd'hui, le silence... l'émotion... Et puis, depuis le coup de couteau de ce greffier... Mais ça va passer... tenez, ça passe... »

Il réussit, en effet, à se lever, et Valméras l'entraîna hors de la chambre. Ils suivirent à tâtons un couloir, et si doucement, que chacun d'eux ne percevait pas la présence de l'autre. Une faible lueur cependant semblait éclairer le vestibule vers lequel ils se dirigeaient. Valméras passa la tête. C'était une veilleuse placée au bas de l'escalier, sur un guéridon que l'on apercevait à travers les branches frêles d'un palmier.

« Halte ! » souffla Valméras.

Près de la veilleuse, il y avait un homme en faction, debout, qui tenait un fusil. Les avait-il vus ? Peut-être. Du moins quelque chose dut l'inquiéter, car il épaula.

Beautrelet était tombé à genoux contre la caisse d'un arbuste et il ne bougeait plus, le cœur comme déchaîné dans sa poitrine.

Cependant le silence et l'immobilité des choses rassurèrent l'homme en faction. Il baissa son arme. Mais sa tête resta tournée vers la caisse de l'arbuste.

D'effrayantes minutes s'écoulèrent, dix, quinze. Un rayon de lune s'était glissé par une fenêtre de l'escalier. Et soudain Beautrelet s'avisa que le rayon se déplaçait insensiblement et que, avant quinze autres, dix autres minutes, il serait sur lui, l'éclairant en pleine face.

Des gouttes de sueur tombèrent de son visage sur ses mains tremblantes. Son angoisse était telle qu'il fut sur le point de se relever et de s'enfuir... Mais, se souvenant que Valméras était là, il le chercha des yeux, et il fut stupéfait de le voir, ou plutôt de le deviner qui rampait dans les ténèbres à l'abri des arbustes et des statues. Déjà il atteignait le bas de l'escalier, à hauteur, à quelques pas, de l'homme.

Qu'allait-il faire ? Passer quand même ? Monter seul à la délivrance du prisonnier ? Mais pourrait-il passer ? Beautrelet ne le voyait plus et il avait l'impression que quelque chose allait s'accomplir,une chose que le silence, plus lourd, plus terrible, semblait pressentir aussi.

Et brusquement une ombre qui bondit sur l'homme, la veilleuse qui s'éteint, le bruit d'une lutte… Beautrelet accourut. Les deux corps avaient roulé sur les dalles. Il voulut se pencher. Mais il entendit un gémissement rauque, un soupir, et aussitôt un des adversaires se releva qui lui saisit le bras.

« Vite… Allons-y. »

C'était Valméras.

Ils montèrent deux étages et débouchèrent à l'entrée d'un corridor qu'un tapis recouvrait.

« À droite, souffla Valméras… la quatrième chambre sur la gauche. »

Bientôt ils trouvèrent la porte de cette chambre. Comme ils s'y attendaient, le captif était enfermé à clef. Il leur fallut une demi-heure ; une demi-heure d'efforts étouffés, de tentatives assourdies pour forcer la serrure. Enfin ils entrèrent. À tâtons, Beautrelet découvrit le lit. Son père dormait. Il le réveilla doucement.

« C'est moi, Isidore… et un ami… Ne crains rien… lève-toi… pas un mot… »

Le père s'habilla, mais au moment de sortir, il leur dit à voix basse :

« Je ne suis pas seul dans le château…

— Ah ! qui ? Ganimard ? Sholmès ?

— Non… du moins je ne les ai pas vus.

— Alors ?

— Une jeune fille.

— Mlle de Saint-Véran, sans aucun doute ?

— Je ne sais pas… je l'ai aperçue de loin plusieurs fois dans le parc… et puis, en me penchant de ma fenêtre, je vois la sienne… Elle m'a fait des signaux.

— Tu sais où est sa chambre ?

— Oui, dans ce couloir, la troisième à droite.

— La chambre bleue, murmura Valméras. La porte est à deux battants, nous aurons moins de mal. »

Très vite, en effet, l'un des battants céda. Ce fut le père Beautrelet qui se chargea de prévenir la jeune fille.

Dix minutes après il sortait de la chambre avec elle et disait à son fils :

« Tu avais raison... Mlle de Saint-Véran. »

Ils descendirent tous quatre. Au bas de l'escalier, Valméras s'arrêta et se pencha sur l'homme, puis les entraînant vers la chambre de la terrasse :

« Il n'est pas mort, il vivra.

— Ah ! fit Beautrelet avec soulagement.

— Par bonheur, la lame de mon couteau a plié... le coup n'est pas mortel. Et puis quoi, ces coquins ne méritent pas de pitié. »

Dehors, ils furent accueillis par les deux chiens qui les accompagnèrent jusqu'à la poterne. Là, Beautrelet retrouva ses deux amis. La petite troupe sortit du parc. Il était trois heures du matin.

Cette première victoire ne pouvait suffire à Beautrelet. Dès qu'il eut installé son père et la jeune fille, il les interrogea sur les gens qui résidaient au château, et en particulier sur les habitudes d'Arsène Lupin. Il apprit ainsi que Lupin ne venait que tous les trois ou quatre jours, arrivant le soir en automobile et repartant dès le matin. À chacun de ses voyages, il rendait visite aux deux prisonniers, et tous deux s'accordaient à louer ses égards et son extrême affabilité. Pour l'instant il ne devait pas se trouver au château.

En dehors de lui, ils n'avaient jamais vu qu'une vieille femme, préposée à la cuisine et au ménage, et deux hommes qui les surveillaient tour à tour et qui ne leur parlaient point, deux subalternes évidemment, à en juger d'après leurs façons et leurs physionomies.

« Deux complices tout de même, conclut Beautrelet, ou plutôt trois, avec la vieille femme. C'est un gibier qui n'est pas à dédaigner. Et si nous ne perdons pas de temps... »

Il sauta sur une bicyclette, fila jusqu'au bourg d'Eguzon, réveilla la gendarmerie, mit tout le monde en branle, fit sonner le boute-selle et revint à Crozant à huit heures, suivi du brigadier et de huit gendarmes.

Deux de ces hommes restèrent en faction auprès de la roulotte. Deux autres s'établirent devant la poterne. Les quatre derniers, commandés par leur chef et accompagnés de Beautrelet et de Valméras, se dirigèrent vers l'entrée principale du château. Trop tard. La porte était grande ouverte. Un paysan leur dit qu'une heure auparavant il avait vu sortir du château une automobile.

De fait, la perquisition ne donna aucun résultat. Selon toute probabilité, la bande avait dû s'installer là en camp volant. On trouva quelques hardes, un peu de linge, des ustensiles de ménage, et c'est tout.

Ce qui étonna davantage Beautrelet et Valméras, ce fut la disparition du blessé. Ils ne purent relever la moindre trace de lutte, pas même une goutte de sang sur les dalles du vestibule.

Somme toute, aucun témoignage matériel n'aurait pu prouver le passage de Lupin au château de l'Aiguille, et l'on aurait eu le droit de récuser les assertions de Beautrelet et de son père, de Valméras et de Mlle de Saint-Véran, si l'on n'avait fini par découvrir, dans une chambre contiguë à celle que la jeune fille occupait, une demi-douzaine de bouquets admirables auxquels était épinglée la carte d'Arsène Lupin. Bouquets dédaignés par elle, flétris, oubliés… L'un d'eux, outre la carte, portait une lettre que Raymonde n'avait pas vue. L'après-midi, quand cette lettre eut été décachetée par le juge d'instruction, on y trouva dix pages de prières, de supplications, de promesses, de menaces, de désespoir, toute la folie d'un amour qui n'a connu que mépris et répulsion. Et la lettre se terminait ainsi : « *Je viendrai mardi soir, Raymonde. D'ici là, réfléchissez. Pour moi, je ne veux plus attendre, je suis résolu à tout.* »

Mardi soir, c'était le soir même de ce jour où Beautrelet venait de délivrer Mlle de Saint-Véran.

On se rappelle la formidable explosion de surprise et d'enthousiasme qui éclata dans le monde entier à la nouvelle de ce dénouement imprévu : Mlle de Saint-Véran libre ! La jeune fille que convoitait Lupin, pour laquelle il avait machiné ses plus machiavéliques combinaisons, arrachée à ses griffes ! Libre aussi le père de Beautrelet, celui que Lupin, dans son désir exagéré d'un armistice que nécessitaient les exigences de sa passion, celui que Lupin avait choisi comme otage. Libres tous deux, les deux prisonniers !

Et le secret de l'Aiguille, que l'on avait cru impénétrable, connu, publié, jeté aux quatre coins de l'univers !

Vraiment la foule s'amusa. On chansonna l'aventurier vaincu. « Les amours de Lupin. » « Les sanglots d'Arsène !... » « Le cambrioleur amoureux. » « La complainte du pickpocket ! » Cela se criait sur les boulevards, cela se fredonnait à l'atelier.

Pressée de questions, poursuivie par les interviewers, Raymonde répondit avec la plus extrême réserve. Mais la lettre était là, et les bouquets de fleurs, et toute la pitoyable aventure ! Lupin, bafoué, ridiculisé, dégringola de son piédestal. Et Beautrelet fut l'idole. Il avait tout vu, tout prédit, tout élucidé. La déposition que Mlle de Saint-Véran fit devant le juge d'instruction au sujet de son enlèvement, confirma l'hypothèse qu'avait imaginée le jeune homme. Sur tous les points, la réalité semblait se soumettre à ce qu'il la décrétait au préalable. Lupin avait trouvé son maître.

Beautrelet exigea que son père, avant de retourner dans ses montagnes de Savoie, prît quelques mois de repos au soleil, et il le conduisit lui-même, ainsi que Mlle de Saint-Véran, aux environs de Nice, où le comte de Gesvres et sa fille Suzanne étaient installés pour passer l'hiver. Le surlendemain, Valméras amenait sa mère auprès de ses nouveaux amis, et ils composèrent ainsi une petite colonie, groupée autour de la villa de Gesvres, et sur laquelle veillaient nuit et jour une demi-douzaine d'hommes engagés par le comte.

Au début d'octobre, Beautrelet, élève de rhétorique, alla reprendre à Paris le cours de ses études et préparer ses examens. Et la vie recommença, calme cette fois et sans incidents. Que pouvait-il d'ailleurs se passer ? La guerre n'était-elle pas finie ?

Lupin devait en avoir de son côté la sensation bien nette, et qu'il n'y avait plus pour lui qu'à se résigner au fait accompli, car un beau jour ses deux autres victimes, Ganimard et Herlock Sholmès, réapparurent. Leur retour à la vie de ce monde manqua, du reste, totalement de prestige. Ce fut un chiffonnier qui les ramassa, quai des Orfèvres, en face de la Préfecture de police, et tous deux endormis et ligotés.

Après une semaine de complet ahurissement, ils parvinrent à reprendre la direction de leurs idées et racontèrent – ou plutôt Ganimard raconta, car Sholmès s'enferma dans un mutisme farouche – qu'ils avaient accompli, à bord du yacht *L'Hirondelle*, un voyage de circumnavigation autour de l'Afrique, voyage charmant, instructif, où ils pouvaient se considérer comme libres, sauf à certaines heures qu'ils passaient à fond de cale, tandis que l'équipage descendait dans des ports exotiques. Quant à leur atterrissage au quai des Orfèvres, ils ne se souvenaient de rien, endormis sans doute depuis plusieurs jours.

Cette mise en liberté, c'était l'aveu de la défaite. Et, en ne luttant plus, Lupin la proclamait sans restriction.

Un événement, d'ailleurs, la rendit encore plus éclatante : ce furent les fiançailles de Louis Valméras et de Mlle de Saint-Véran. Dans l'intimité que créaient entre eux les conditions actuelles de leur existence, les deux jeunes gens s'éprirent l'un de l'autre. Valméras aima le charme mélancolique de Raymonde, et celle-ci, blessée par la vie, avide de protection, subit la force et l'énergie de celui qui avait contribué si vaillamment à son salut.

On attendit le jour du mariage avec une certaine anxiété. Lupin ne chercherait-il pas à reprendre l'offensive ? Accepterait-il de bonne grâce la perte irrémédiable de la femme qu'il aimait ? Deux ou trois fois on vit rôder autour de la villa des individus à mine suspecte, et Valméras eut même à se défendre, un soir, contre un soi-disant ivrogne qui tira sur lui un coup de pistolet, et traversa son chapeau d'une balle. Mais somme toute, la cérémonie s'accomplit au jour et à l'heure fixés, et Raymonde de Saint-Véran devint Mme Louis Valméras.

C'était comme si le destin lui-même eût pris parti pour Beautrelet et contresigné le bulletin de victoire. La foule le sentit si bien que ce fut à ce moment que jaillit, parmi ses admirateurs, l'idée d'un grand banquet où l'on célébrerait son triomphe et l'écrasement de Lupin. Idée merveilleuse et qui suscita l'enthousiasme. En quinze jours, trois cents adhésions furent réunies. On lança des invitations aux lycées de Paris, à raison de deux élèves par classe de rhétorique. La presse entonna des hymnes.

Et le banquet fut ce qu'il ne pouvait manquer d'être, une apothéose.

Mais une apothéose charmante et simple, parce que Beautrelet en était le héros. Sa présence suffit à remettre les choses au point. Il se montra modeste comme à l'ordinaire, un peu surpris des bravos excessifs, un peu gêné des éloges hyperboliques où l'on affirmait sa supériorité sur les plus illustres policiers… un peu gêné, mais aussi très ému. Il le dit en quelques paroles qui plurent à tous et avec le trouble d'un enfant qui rougit d'être regardé. Il dit sa joie, il dit sa fierté. Et vraiment, si raisonnable, si maître de lui qu'il fût, il connut là des minutes d'ivresse inoubliables. Il souriait à ses amis, à ses camarades de Janson, à Valméras, venu spécialement pour l'applaudir, à M. de Gesvres, à son père.

Or, comme il finissait de parler et qu'il tenait encore son verre en main, un bruit de voix se fit entendre à l'extrémité de la salle, et l'on vit quelqu'un qui gesticulait en agitant un journal. On rétablit le silence, l'importun se rassit, mais un frémissement de curiosité se propageait tout autour de la table, le journal passait de main en main, et chaque fois qu'un des convives jetait les yeux sur la page offerte, c'étaient des exclamations.

« Lisez ! lisez ! » criait-on du côté opposé.

À la table d'honneur on se leva. Le père Beautrelet alla prendre le journal et le tendit à son fils.

« Lisez ! lisez ! » cria-t-on plus fort.

Et d'autres proféraient :

« Écoutez donc ! il va lire… écoutez ! »

Beautrelet, debout, face au public, cherchait des yeux, dans le journal du soir que son père lui avait donné, l'article qui suscitait un tel vacarme, et soudain, ayant aperçu un titre souligné au crayon bleu, il leva la main pour réclamer le silence, et il lut d'une voix que l'émotion altérait de plus en plus ces révélations stupéfiantes qui réduisaient à néant tous ses efforts, bouleversaient ses idées sur l'Aiguille creuse et marquaient la vanité de sa lutte contre Arsène Lupin :

« *Lettre ouverte de M. Massiban, de l'Académie des Inscriptions et Belles-Lettres.*

« Monsieur le Directeur,

« Le 17 mars 1679 – je dis bien 1679, c'est-à-dire sous Louis XIV –, un tout petit livre fut publié à Paris avec ce titre :

LE MYSTÈRE DE L'AIGUILLE CREUSE

TOUTE LA VÉRITÉ DÉNONCÉE POUR LA PREMIÈRE FOIS.
CENT EXEMPLAIRES IMPRIMÉS PAR MOI-MÊME ET POUR L'INSTRUCTION DE LA COUR

« À neuf heures du matin, ce jour du 17 mars, l'auteur, un très jeune homme, bien vêtu, dont on ignore le nom, se mit à déposer ce livre chez les principaux personnages de la Cour. À dix heures, alors qu'il avait accompli quatre de ces démarches, il était arrêté par un capitaine des gardes, lequel l'amenait dans le cabinet du roi et repartait aussitôt à la recherche des quatre exemplaires distribués. Quand les cent exemplaires furent réunis, comptés, feuilletés avec soin et vérifiés, le roi les jeta lui-même au feu, sauf un qu'il conserva par-devers lui. Puis il chargea le capitaine des gardes de conduire l'auteur du livre à M. de Saint-Mars, lequel Saint-Mars enferma son prisonnier d'abord à Pignerol, puis dans la forteresse de l'île Sainte-Marguerite. Cet homme n'était autre évidemment que le fameux homme au Masque de fer.

« Jamais la vérité n'eût été connue, ou du moins une partie de la vérité, si le capitaine des gardes qui avait assisté à l'entrevue, profitant d'un moment où le roi s'était détourné, n'avait eu la tentation de retirer de la cheminée, avant que le feu ne l'atteignît, un autre des exemplaires. Six mois après, ce capitaine fut ramassé sur la grand-route de Gaillon à Mantes. Ses assassins l'avaient dépouillé de tous ses vêtements, oubliant dans sa poche droite un bijou que l'on y découvrit par la suite, un diamant de la plus belle eau, d'une valeur considérable.

« Dans ses papiers, on retrouva une note manuscrite. Il n'y parlait point du livre arraché aux flammes, mais il donnait un résumé des premiers chapitres. Il s'agissait d'un secret qui fut connu des rois d'Angleterre, perdu par eux au moment où la couronne du pauvre fou Henri VI passa sur la tête du duc d'York, dévoilé au roi de France Charles VII par Jeanne d'Arc, et qui, devenu secret d'État, fut transmis de souverain en souverain par une lettre chaque fois recachetée, que l'on trouvait au lit de mort du défunt avec cette mention : "Pour le roy de France." Ce secret concernait l'existence et déterminait l'emplacement d'un trésor formidable, possédé par les rois, et qui s'accroissait de siècle en siècle.

« Mais cent quatorze ans plus tard, Louis XVI, prisonnier au Temple, prit à part l'un des officiers qui étaient chargés de surveiller la famille royale et lui dit :

« "Monsieur, vous n'aviez pas, sous mon aïeul, le grand roi, un ancêtre qui servait comme capitaine des gardes ?

« — Oui, sire.

« — Eh bien, seriez-vous homme… seriez-vous homme… ?"

« Il hésita. L'officier acheva la phrase.

« "À ne pas vous trahir ? Oh ! sire…

« — Alors, écoutez-moi."

« Le roi tira de sa poche un petit livre dont il arracha l'une des dernières pages. Mais, se ravisant :

« "Non, il vaut mieux que je copie…"

« Il prit une grande feuille de papier qu'il déchira de façon à ne garder qu'un petit espace rectangulaire sur lequel il copia cinq lignes de points, de lignes et de chiffres que portait la page imprimée. Puis ayant brûlé celle-ci, il plia en quatre la feuille manuscrite, la cacheta de cire rouge et la lui donna.

« "Monsieur, après ma mort, vous remettrez cela à la reine, et vous lui direz : 'De la part du roi, madame… pour Votre Majesté et pour son fils…'

« — Si elle ne comprend pas ?…

« — Vous ajouterez : 'Il s'agit du secret de l'Aiguille.' La reine comprendra."

« Ayant parlé, il jeta le livre parmi les braises qui rougissaient dans l'âtre.

« Le 21 janvier, il montait sur l'échafaud.

« Il fallut deux mois à l'officier, par suite du transfert de la reine à la Conciergerie, pour accomplir la mission dont il était chargé. Enfin, à force d'intrigues sournoises, il réussit un jour à se trouver en présence de Marie-Antoinette. Il lui dit de manière qu'elle pût tout juste entendre :

« "De la part du feu roi, madame, pour Votre Majesté et son fils."

« Et il lui offrit la lettre cachetée.

« Elle s'assura que les gardiens ne pouvaient la voir, brisa les cachets, sembla surprise à la vue de ces lignes indéchiffrables, puis, tout de suite, parut comprendre. Elle sourit amèrement, et l'officier perçut ces mots :

« "Pourquoi si tard ?"

« Elle hésita. Où cacher ce document dangereux ? Enfin, elle ouvrit son livre d'heures et, dans une sorte de poche secrète pratiquée entre le cuir de reliure et le parchemin qui le recouvrait, elle glissa la feuille de papier.

« "Pourquoi si tard ?…" avait-elle dit.

« Il est probable, en effet, que ce document, s'il avait pu lui apporter le salut, arrivait trop tard, car, au mois d'octobre suivant, la reine Marie-Antoinette, à son tour, montait sur l'échafaud.

« Or, cet officier, en feuilletant les papiers de sa famille, trouva la note manuscrite de son arrière-grand-père, le capitaine des gardes de Louis XIV. À partir de ce moment, il n'eut plus qu'une idée, c'est de consacrer ses loisirs à élucider cet étrange problème. Il lut tous les auteurs latins, parcourut toutes les chroniques de France et celles des pays voisins, s'introduisit dans les monastères, déchiffra les livres de comptes, les cartulaires, les traités, et il put ainsi retrouver certaines citations éparses à travers les âges.

« Au livre III des *Commentaires* de César sur la guerre des Gaules, il est raconté qu'après la défaite de Viridovix par G. Titulius Sabinus le chef des Calètes fut mené devant César et que, pour sa rançon, il dévoila le secret de l'Aiguille…

« Le traité de Saint-Clair-sur-Epte, entre Charles le Simple et Roll, chef des barbares du Nord, fait suivre le nom de Roll de tous ses titres, parmi lesquels nous lisons : maître du secret de l'Aiguille.

« La chronique saxonne (édition de Gibson, page 134) parlant de Guillaume-à-la-grande-vigueur (Guillaume le Conquérant) raconte que la hampe de son étendard se terminait en pointe acérée et percée d'une fente à la façon d'une aiguille…

« Dans une phrase assez ambiguë de son interrogatoire, Jeanne d'Arc avoue qu'elle a encore une chose secrète à dire au roi de France, à quoi ses juges répondent : "Oui, nous savons de quoi il est question, et c'est pourquoi, Jeanne, vous périrez."

« "Par la vertu de l'Aiguille", jure quelquefois le bon roi Henri IV.

« Auparavant, François Ier, haranguant les notables du Havre en 1520, prononça cette phrase que nous transmet le journal d'un bourgeois d'Honfleur :

« "Les rois de France portent des secrets qui règlent la conduite des choses et le sort des villes."

« Toutes ces citations, monsieur le directeur, tous les récits qui concernent le Masque de fer, le capitaine des gardes et son arrière-petit-fils, je les ai retrouvés aujourd'hui dans une brochure écrite précisément par cet arrière-petit-fils et publiée en juin 1815, la veille ou le lendemain de Waterloo, c'est-à-dire en une période de bouleversements où les révélations qu'elle contenait devaient passer inaperçues.

« Que vaut cette brochure ? Rien, me direz-vous, et nous ne devons lui accorder aucune créance. C'est là ma première impression ; mais quelle ne fut pas ma stupeur, en ouvrant les *Commentaires* de César au chapitre indiqué, d'y découvrir la phrase relevée dans la brochure ! Même constatation en ce qui concerne le traité de Saint-Clair-sur-Epte, la chronique saxonne, l'interrogatoire de Jeanne d'Arc, bref tout ce qu'il m'a été possible de vérifier jusqu'ici.

« Enfin, il est un fait plus précis encore que relate l'auteur de la brochure de 1815. Pendant la campagne de France, officier de Napoléon, il sonna un soir, son cheval ayant crevé, à la porte d'un château où il fut reçu par un vieux chevalier de Saint-Louis. Et il apprit coup sur coup en causant avec le vieillard que ce château, situé au bord de la Creuse, s'appelait le château de l'Aiguille, qu'il avait été construit et baptisé par Louis XIV, et que, sur son ordre exprès, il avait été orné de clochetons et d'une flèche qui figurait l'aiguille. Comme date il portait, il doit porter encore 1680.

« 1680. Un an après la publication du livre et l'emprisonnement du Masque de fer. Tout s'expliquait : Louis XIV, prévoyant que le secret pouvait s'ébruiter, avait construit et baptisé ce château pour offrir aux curieux une explication naturelle de l'antique mystère. L'Aiguille creuse ? Un château à clochetons pointus, situé au bord de la Creuse et appartenant au roi. Du coup on croyait connaître le mot de l'énigme et les recherches cessaient !

« Le calcul était juste, puisque, plus de deux siècles après, M. Beautrelet est tombé dans le piège. Et c'est là, monsieur le directeur, que je voulais en venir en écrivant cette lettre. Si Lupin sous le nom d'Anfredi a loué à M. Valméras le château de l'Aiguille au bord de la Creuse, s'il a logé là ses deux prisonniers, c'est qu'il admettait le succès des inévitables recherches de M. Beautrelet, et que, dans le but d'obtenir la paix qu'il avait demandée, il tendait précisément à M. Beautrelet ce que nous pouvons appeler le piège historique de Louis XIV.

« Et par là nous sommes amenés à ceci, conclusion irréfutable, c'est que lui, Lupin, avec ses seules lumières, sans connaître d'autres faits que ceux que nous connaissons, est parvenu, par le sortilège d'un génie vraiment extraordinaire, à déchiffrer l'indéchiffrable document ; c'est que Lupin, dernier héritier des rois de France, connaît le mystère royal de l'Aiguille creuse. »

Là se terminait l'article. Mais depuis quelques minutes, depuis le passage concernant le château de l'Aiguille, ce n'était plus Beautrelet qui en faisait la lecture. Comprenant sa défaite, écrasé sous le poids de l'humiliation subie, il avait lâché le journal et s'était effondré sur sa chaise, le visage enfoui dans ses mains.

Haletante et secouée d'émotion par cette incroyable histoire, la foule s'était rapprochée peu à peu et maintenant se pressait autour de lui. On attendait avec une angoisse frémissante les mots qu'il allait répondre, les objections qu'il allait soulever.

Il ne bougea pas.

D'un geste doux, Valméras lui décroisa les mains et releva sa tête.

Isidore Beautrelet pleurait.

VII

Le Traité de l'Aiguille

Il est quatre heures du matin. Isidore n'est pas rentré au lycée. Il n'y rentrera pas avant la fin de la guerre sans merci qu'il a déclarée à Lupin. Cela, il se l'est juré tout bas, pendant que ses amis l'emportaient en voiture, tout défaillant et meurtri. Serment insensé ! Guerre absurde et illogique ! Que peut-il faire, lui, enfant isolé et sans armes, contre ce phénomène d'énergie et de puissance ? Par où l'attaquer ? Il est inattaquable. Où le blesser ? Il est invulnérable. Où l'atteindre ? Il est inaccessible.

Quatre heures du matin… Isidore a de nouveau accepté l'hospitalité de son camarade de Janson. Debout devant la cheminée de sa chambre, les coudes plantés droit sur le marbre, les deux poings au menton, il regarde son image que lui renvoie la glace.

Il ne pleure plus, il ne veut plus pleurer, ni se tordre sur son lit, ni se désespérer, comme il le fait depuis deux heures. Il veut réfléchir, réfléchir et comprendre.

Et ses yeux ne quittent pas ses yeux dans le miroir, comme s'il espérait doubler la force de sa pensée en contemplant son image pensive, et trouver au fond de cet être-là l'insoluble solution qu'il ne trouve pas en lui. Jusqu'à six heures il reste ainsi. Et c'est peu à peu que, dégagée de tous les détails qui la compliquent et l'obscurcissent, la question s'offre à son esprit toute sèche, toute nue, avec la rigueur d'une équation.

Oui, il s'est trompé. Oui, son interprétation du document est fausse. Le mot « aiguille » ne vise point le château des bords de la Creuse. Et, de même, le mot « demoiselles » ne peut pas s'appliquer à Raymonde de Saint-Véran et à sa cousine, puisque le texte du document remonte à des siècles.

Donc tout est à refaire. Comment ?

Une seule base de documentation serait solide : le livre publié sous Louis XIV. Or, des cent exemplaires imprimés par celui qui devait être le Masque de fer, deux seulement échappèrent aux flammes. L'un fut dérobé par le capitaine des gardes et perdu. L'autre fut conservé par Louis XIV, transmis à Louis XV, et brûlé par Louis XVI. Mais il reste une copie de la page essentielle, celle qui contient la solution du problème, ou du moins la solution cryptographique, celle qui fut portée à Marie-Antoinette et glissée par elle sous la couverture de son livre d'heures.

Qu'est devenu ce papier ? Est-ce celui que Beautrelet a tenu dans ses mains et que Lupin lui a fait reprendre par le greffier Brédoux ? Ou bien se trouve-t-il encore dans le livre d'heures de Marie-Antoinette ?

Et la question revient à celle-ci : « Qu'est devenu le livre d'heures de la reine ? »

Après avoir pris quelques instants de repos, Beautrelet interrogea le père de son ami, collectionneur émérite, appelé souvent comme expert à titre officieux, et que, récemment encore, le directeur d'un de nos musées consultait pour l'établissement de son catalogue.

« Le livre d'heures de Marie-Antoinette ? s'écria-t-il, mais il fut légué par la reine à sa femme de chambre, avec mission secrète de le faire tenir au comte de Fersen. Pieusement conservé dans la famille du comte, il se trouve depuis cinq ans dans une vitrine.

— Dans une vitrine ?

— Du musée Carnavalet, tout simplement.

— Et ce musée sera ouvert ?

— D'ici vingt minutes. »

À la minute précise où s'ouvrait la porte du vieil hôtel de Mme de Sévigné, Isidore sautait de voiture avec son ami.

« Tiens, monsieur Beautrelet ! »

Dix voix saluèrent son arrivée. À son grand étonnement, il reconnut toute la troupe de reporters qui suivaient « l'affaire de l'Aiguille creuse ». Et l'un d'eux s'écria :

« C'est drôle, hein ! nous avons tous eu la même idée. Attention, Arsène Lupin est peut-être parmi nous. »

Ils entrèrent ensemble. Le directeur, aussitôt prévenu, se mit à leur entière disposition, les mena devant la vitrine, et leur montra un pauvre volume, sans le moindre ornement, et qui n'avait certes rien de royal. Un peu d'émotion tout de même les envahit à l'aspect de ce livre que la reine avait touché en des jours si tragiques, que ses yeux rougis de larmes avaient regardé... Et ils n'osaient le prendre et le fouiller, comme s'ils avaient eu l'impression d'un sacrilège...

« Voyons, monsieur Beautrelet, c'est une tâche qui vous incombe. »

Il prit le livre d'un geste anxieux. La description correspondait bien à celle que l'auteur de la brochure en avait donnée. D'abord une couverture de parchemin, parchemin sali, noirci, usé par places, et, au-dessous, la vraie reliure, en cuir rigide.

Avec quel frisson Beautrelet s'enquit de la poche dissimulée ! Était-ce une fable ? Ou bien retrouverait-il encore le document écrit par Louis XVI, et légué par la reine à son ami fervent ?

À la première page, sur la partie supérieure du livre, pas de cachette.

« Rien, murmura-t-il.

— Rien », redirent-ils en écho, palpitants.

Mais à la dernière page, ayant un peu forcé l'ouverture du livre, il vit tout de suite que le parchemin se décollait de la reliure. Il glissa les doigts... Quelque chose, oui, il sentit quelque chose... un papier...

« Oh ! fit-il victorieusement, voilà... est-ce possible !

— Vite ! Vite ! lui cria-t-on. Qu'attendez-vous ? »

Il tira une feuille, pliée en deux.

« Eh bien, lisez !... il y a des mots à l'encre rouge... tenez... on dirait du sang... du sang tout pâle... lisez donc ! »

Il lut :

« *À vous, Fersen. Pour mon fils. 16 octobre 1793... Marie-Antoinette.* »

Et soudain, Beautrelet poussa une exclamation de stupeur. Sous la signature de la reine, il y avait... il y avait, à l'encre noire, deux mots soulignés d'un paraphe... deux mots : « Arsène Lupin. »

Tous, chacun à son tour, ils saisirent la feuille, et le même cri s'échappait aussitôt :

« Marie-Antoinette… Arsène Lupin. »

Un silence les réunit. Cette double signature, ces deux noms accouplés, découverts au fond du livre d'heures, cette relique où dormait, depuis plus d'un siècle, l'appel désespéré de la pauvre reine, cette date horrible, 16 octobre 1793, jour où tomba la tête royale, tout cela était d'un tragique morne et déconcertant.

« Arsène Lupin, balbutia l'une des voix, soulignant ainsi ce qu'il y avait d'effarant à voir ce nom diabolique au bas de la feuille sacrée.

— Oui, Arsène Lupin, répéta Beautrelet. L'ami de la reine n'a pas su comprendre l'appel désespéré de la mourante. Il a vécu avec le souvenir que lui avait envoyé celle qu'il aimait, et il n'a pas deviné la raison de ce souvenir. Lupin a tout découvert, lui… et il a pris.

— Il a pris quoi ?

— Le document parbleu ! le document écrit par Louis XVI, et c'est cela que j'ai tenu entre mes mains. Même apparence, même configuration, mêmes cachets rouges. Je comprends pourquoi Lupin n'a pas voulu me laisser un document dont je pouvais tirer parti par le seul examen du papier, des cachets, etc.

— Et alors ?

— Et alors, puisque le document dont je connais le texte est authentique, puisque j'ai vu la trace des cachets rouges, puisque Marie-Antoinette elle-même certifie, par ce mot de sa main, que tout le récit de la brochure reproduite par M. Massiban est authentique, puisqu'il existe vraiment un problème historique de l'Aiguille creuse, je suis sûr de réussir.

— Comment ? Authentique ou non, le document, si vous ne parvenez pas à le déchiffrer, ne sert à rien puisque Louis XVI a détruit le livre qui en donnait l'explication.

— Oui, mais l'autre exemplaire, arraché aux flammes par le capitaine des gardes du roi Louis XIV, n'a pas été détruit.

— Qu'en savez-vous ?

— Prouvez le contraire. »

Beautrelet se tut, puis lentement, les yeux clos, comme s'il cherchait à préciser et à résumer sa pensée, il prononça :

« Possesseur du secret, le capitaine des gardes commence par en livrer des parcelles dans le journal que retrouve son arrière-petit-fils. Puis le silence. Le mot de l'énigme, il ne le donne pas. Pourquoi ? Parce que la tentation d'user du secret s'infiltre peu à peu en lui, et qu'il y succombe. La preuve ? Son assassinat. La preuve ? Le magnifique joyau découvert sur lui et que, indubitablement, il avait tiré de tel trésor royal dont la cachette, inconnue de tous, constitue précisément le mystère de l'Aiguille creuse. Lupin me l'a laissé entendre. Lupin ne mentait pas.

— De sorte, Beautrelet, que vous concluez ?

— Je conclus qu'il faut faire autour de cette histoire le plus de publicité possible, et qu'on sache par tous les journaux que nous recherchons un livre intitulé *Le Traité de l'Aiguille.* Peut-être le dénichera-t-on au fond de quelque bibliothèque de province. »

Tout de suite la note fut rédigée, et tout de suite, sans même attendre qu'elle pût produire un résultat, Beautrelet se mit à l'œuvre.

Un commencement de piste se présentait : l'assassinat avait eu lieu aux environs de Gaillon. Le jour même il se rendit dans cette ville. Certes, il n'espérait point reconstituer un crime perpétré deux cents ans auparavant. Mais, tout de même, il est certains forfaits qui laissent des traces dans les souvenirs, dans les traditions du pays.

Les chroniques locales les recueillent. Un jour, tel érudit de province, tel amateur de vieilles légendes, tel évocateur des petits incidents de la vie passée, en fait l'objet d'un article de journal ou d'une communication à l'académie de son chef-lieu.

Il en vit trois ou quatre de ces érudits. Avec l'un d'eux, surtout, un vieux notaire, il fureta, il compulsa les registres de la prison, les registres des anciens bailliages et des paroisses. Aucune notice ne faisait allusion à l'assassinat d'un capitaine des gardes, au XVIIe siècle.

Il ne se découragea pas et continua ses recherches à Paris où peut-être avait eu lieu l'instruction de l'affaire. Ses efforts n'aboutirent pas.

Mais l'idée d'une autre piste le lança dans une direction nouvelle. Était-il impossible de connaître le nom du capitaine des gardes dont le petit-fils émigra, et dont l'arrière-petit-fils servit les armées de la République, en fut détaché au Temple pendant la détention de la famille royale, servit Napoléon, et fit la campagne de France ?

À force de patience, il finit par établir une liste où deux noms tout au moins offraient une similitude presque complète : M. de Larbeyrie, sous Louis XIV, le citoyen Larbrie, sous la Terreur.

C'était déjà un point important. Il le précisa par un entrefilet qu'il communiqua aux journaux, demandant si on pouvait lui fournir des renseignements sur ce Larbeyrie ou sur ses descendants.

Ce fut M. Massiban, le Massiban de la brochure, le membre de l'Institut, qui lui répondit.

Monsieur,

Je vous signale un passage de Voltaire, que j'ai relevé dans son manuscrit du Siècle de Louis XIV *(chapitre XXV : « Particularités et anecdotes du règne »). Ce passage a été supprimé dans les diverses éditions.*

« J'ai entendu conter à feu M. de Caumartin, intendant des Finances et ami du ministre Chamillard, que le roi partit un jour précipitamment dans son carrosse à la nouvelle que M. de Larbeyrie avait été assassiné et dépouillé de magnifiques bijoux. Il semblait dans une émotion très grande et répétait : "Tout est perdu… tout est perdu…" L'année suivante, le fils de ce Larbeyrie et sa fille, qui avait épousé le marquis de Vélines, furent exilés dans leurs terres de Provence et de Bretagne. Il ne faut pas douter qu'il y ait là quelque particularité. »

Il faut en douter d'autant moins, ajouterai-je, que M. Chamillard, d'après Voltaire, fut le dernier ministre qui eut l'étrange secret du Masque de fer.

Vous voyez, monsieur, le profit que l'on peut tirer de ce passage, et le lien évident qui s'établit entre les deux aventures. Je n'ose, quant à moi, imaginer des hypothèses trop précises sur la conduite, sur les soupçons, sur les appréhensions de Louis XIV en ces circonstances, mais n'est-il pas permis, d'autre part, puisque M. de Larbeyrie a laissé un fils qui fut probablement le grand-père du citoyen-officier Larbrie, et une fille, n'est-il pas permis de supposer qu'une partie des papiers laissés par Larbeyrie ait échu à la fille, et que, parmi ces papiers, se trouvait le fameux exemplaire que le capitaine des gardes sauva des flammes ?

J'ai consulté l'Annuaire des Châteaux. Il y a aux environs de Rennes un baron de Vélines. Serait-ce un descendant du marquis ? À tout hasard, hier, j'ai écrit à ce baron pour lui demander s'il n'avait pas en sa possession un vieux petit livre, dont le titre mentionnerait ce mot de l'Aiguille. J'attends sa réponse.

J'aurais la plus grande satisfaction à parler de toutes ces choses avec vous. Si cela ne vous dérange pas trop, venez me voir. Agréez, monsieur, etc.

P.S. – *Bien entendu, je ne communique pas aux journaux ces petites découvertes. Maintenant que vous approchez du but, la discrétion est de rigueur.*

C'était absolument l'avis de Beautrelet. Il alla même plus loin : deux journalistes le harcelant ce matin-là, il leur donna les informations les plus fantaisistes sur son état d'esprit et sur ses projets.

L'après-midi il courut en hâte chez Massiban, qui habitait au numéro 17 du quai Voltaire. À sa grande surprise, il apprit que Massiban venait de partir à l'improviste, lui laissant un mot au cas où il se présenterait. Isidore décacheta et lut :

Je reçois une dépêche qui me donne quelque espérance. Je pars donc et coucherai à Rennes. Vous pourriez prendre le train du soir et, sans vous arrêter à Rennes, continuer jusqu'à la petite station de Vélines. Nous nous retrouverions au château, situé à quatre kilomètres de cette station.

Le programme plut à Beautrelet et surtout l'idée qu'il arriverait au château en même temps que Massiban, car il redoutait quelque gaffe de la part de cet homme inexpérimenté. Il rentra chez son ami et passa le reste de la journée avec lui. Le soir il prenait l'express de Bretagne. À six heures il débarquait à Vélines. Il fit à pied, entre des bois touffus, les quatre kilomètres de route. De loin, il aperçut sur une hauteur un long manoir, construction assez hybride, mêlée de Renaissance et de Louis-Philippe, mais ayant grand air tout de même avec ses quatre tourelles et son pont-levis emmailloté de lierre.

Isidore sentait son cœur battre en approchant. Touchait-il réellement au terme de sa course ? Le château contenait-il la clef du mystère ?

Il n'était pas sans crainte. Tout cela lui semblait trop beau, et il se demandait si, cette fois encore, il n'obéissait pas à un plan infernal, combiné par Lupin, si Massiban n'était pas, par exemple, un instrument entre les mains de son ennemi.

Il éclata de rire.

« Allons, je deviens comique. On croirait vraiment que Lupin est un monsieur infaillible qui prévoit tout, une sorte de Dieu tout-puissant, contre lequel il n'y a rien à faire. Que diable ! Lupin se trompe, Lupin, lui aussi, est à la merci des circonstances, Lupin fait des fautes, et c'est justement grâce à la faute qu'il a faite en perdant le document, que je commence à prendre barre sur lui. Tout découle de là. Et ses efforts, en somme, ne servent qu'à réparer la faute commise. » Et joyeusement, plein de confiance, Beautrelet sonna.

« Monsieur désire ? dit un domestique apparaissant sur le seuil.

— Le baron de Vélines peut-il me recevoir ? »

Et il tendit sa carte.

« M. le baron n'est pas encore levé, mais si monsieur veut l'attendre…

— Est-ce qu'il n'y a pas déjà quelqu'un qui l'a demandé, un monsieur à barbe blanche, un peu voûté ? fit Beautrelet qui connaissait Massiban par les photographies que les journaux avaient données.

— Oui, ce monsieur est arrivé il y a dix minutes, je l'ai introduit dans le parloir. Si monsieur veut bien me suivre également. »

L'entrevue de Massiban et de Beautrelet fut tout à fait cordiale. Isidore remercia le vieillard des renseignements de premier ordre qu'il lui devait, et Massiban lui exprima son admiration de la façon la plus chaleureuse. Puis ils échangèrent leurs impressions sur le document, sur les chances qu'ils avaient de découvrir le livre, et Massiban répéta ce qu'il avait appris, relativement à

M. de Vélines. Le baron était un homme de soixante ans qui, veuf depuis de longues années, vivait très retiré avec sa fille, Gabrielle de Villemon, laquelle venait d'être cruellement frappée par la perte de son mari et de son fils aîné, morts des suites d'un accident d'auto.

« M. le baron fait prier ces messieurs de vouloir bien monter. »

Le domestique les conduisit au premier étage, dans une vaste pièce aux murs nus, et simplement meublée de secrétaires, de casiers et de tables couvertes de papiers et de registres. Le baron les accueillit avec beaucoup d'affabilité et ce grand besoin de parler qu'ont souvent les personnes trop solitaires. Ils eurent beaucoup de mal à exposer l'objet de leur visite.

« Ah ! oui, je sais, vous m'avez écrit à ce propos, monsieur Massiban. Il s'agit, n'est-ce pas, d'un livre où il est question d'une Aiguille, et qui me viendrait d'un ancêtre ?

— En effet.

— Je vous dirai que mes ancêtres et moi nous sommes brouillés. On avait de drôles d'idées en ce temps-là. Moi, je suis de mon époque. J'ai rompu avec le passé.

— Oui, objecta Beautrelet, impatienté, mais n'avez-vous aucun souvenir d'avoir vu ce livre ?

— Mais si ! je vous l'ai télégraphié, s'écria-t-il en s'adressant à Massiban, qui, agacé, allait et venait dans la pièce et regardait par les hautes fenêtres, mais si !... ou du moins il semblait à ma fille qu'elle avait vu ce titre parmi les quelques milliers de bouquins qui encombrent la bibliothèque. Car, pour moi, messieurs, la lecture... Je ne lis même pas les journaux. Ma fille quelquefois, et encore ! pourvu que son petit Georges, le fils qui lui reste, se porte bien ! et pourvu, moi, que mes fermages rentrent, que mes baux soient en règle !... Vous voyez mes registres... je vis là-dedans, messieurs... et j'avoue que j'ignore absolument le premier mot de cette histoire, dont vous m'avez entretenu par lettre, monsieur Massiban... »

Isidore Beautrelet, horripilé par ce bavardage, l'interrompit brusquement :

« Pardon, monsieur, mais alors ce livre...

— Ma fille l'a cherché. Elle le cherche depuis hier.

— Eh bien ?

— Eh bien, elle l'a retrouvé, elle l'a retrouvé il y a une heure ou deux. Quand vous êtes arrivés…

— Et où est-il ?

— Où il est ? Mais elle l'a posé sur cette table… tenez… là-bas… »

Isidore bondit. Au bout de la table, sur un fouillis de paperasses, il y avait un petit livre recouvert de maroquin rouge. Il y appliqua son poing violemment, comme s'il défendait que personne au monde y touchât… et un peu aussi comme si lui-même n'osait le prendre.

« Eh bien, s'écria Massiban, tout ému.

— Je l'ai… le voilà… maintenant, ça y est…

— Mais le titre… êtes-vous sûr ?…

— Eh parbleu ! tenez. »

Il montra les lettres d'or gravées dans le maroquin : *Le mystère de l'Aiguille creuse.*

« Êtes-vous convaincu ? Sommes-nous enfin les maîtres du secret ?

— La première page… Qu'y a-t-il en première page ?

— Lisez : "Toute la vérité dénoncée pour la première fois. – Cent exemplaires imprimés par moi-même et pour l'instruction de la Cour."

— C'est cela, c'est cela, murmura Massiban, la voix altérée, c'est l'exemplaire arraché aux flammes ! C'est le livre même que Louis XIV a condamné. »

Ils le feuilletèrent. La première moitié racontait les explications données par le capitaine de Larbeyrie dans son journal.

« Passons, passons, dit Beautrelet qui avait hâte d'arriver à la solution.

— Comment, passons ! Mais pas du tout. Nous savons déjà que l'homme au Masque de fer fut emprisonné parce qu'il connaissait et voulait divulguer le secret de la maison royale de France ! Mais comment le connaissait-il ? Et pourquoi voulait-il le divulguer ? Enfin, quel est cet étrange personnage ? Un demi-frère de Louis XIV, comme l'a prétendu Voltaire, ou le ministre italien Mattioli, comme l'affirme la critique moderne ? Bigre ! ce sont là des questions d'un intérêt primordial !

— Plus tard ! plus tard ! protesta Beautrelet, comme s'il avait peur que le livre ne s'envolât de ses mains avant qu'il ne connût l'énigme.

— Mais, objecta Massiban, que passionnaient ces détails historiques, nous avons le temps, après... Voyons d'abord l'explication. »

Soudain Beautrelet s'interrompit. Le document ! Au milieu d'une page, à gauche, ses yeux voyaient les cinq lignes mystérieuses de points et de chiffres. D'un regard il constata que le texte était identique à celui qu'il avait tant étudié. Même disposition des signes... mêmes intervalles permettant d'isoler le mot « demoiselles » et de déterminer séparément l'un de l'autre les deux termes de l'Aiguille creuse.

Une petite note précédait : « *Tous les renseignements nécessaires ont été réduits par le roi Louis XIII, paraît-il, en un petit tableau que je transcris ci-dessous.* »

Suivait le tableau. Puis venait l'explication du document.

Beautrelet lut d'une voix entrecoupée :

« Comme on voit, ce tableau, alors même qu'on a changé les chiffres en voyelles, n'apporte aucune lumière. On peut dire que pour déchiffrer cette énigme, il faut d'abord la connaître. C'est tout au plus un fil qui est donné à ceux qui savent les sentiers du labyrinthe. Prenons ce fil et marchons, je vous guiderai.

« La quatrième ligne d'abord. La quatrième ligne contient des mesures et des indications. En se conformant aux indications et en relevant les mesures inscrites, on arrive inévitablement au but, à condition, bien entendu, de savoir où l'on est et où l'on va, en un mot d'être éclairé sur le sens réel de l'Aiguille creuse. C'est ce que l'on peut apprendre par les trois premières lignes. La première est ainsi conçue de me venger du roi, je l'avais prévenu d'ailleurs... »

Beautrelet s'arrêta, interloqué.

« Quoi ? Qu'y a-t-il ? fit Massiban.

— Le sens n'y est plus.

— En effet, reprit Massiban. "La première est ainsi conçue de me venger du roi..." Qu'est-ce que cela veut dire ?

— Nom de nom ! hurla Beautrelet.

— Eh bien ?

— Déchirées ! Deux pages ! les pages suivantes !... Regardez les traces !... »

Il tremblait, tout secoué de rage et de déception. Massiban se pencha :

« C'est vrai... il reste les bribes de deux pages, comme des onglets. Les traces semblent assez fraîches. Ça n'a pas été coupé, mais arraché... arraché violemment... Tenez, toutes les pages de la fin portent des marques de froissement.

— Mais qui ? qui ? gémissait Isidore, en se tordant les poings... un domestique ? un complice ?

— Cela peut remonter tout de même à quelques mois, observa Massiban.

— Quand même... il faut que quelqu'un ait déniché, ait pris ce livre... Voyons, vous, monsieur, s'écria Beautrelet, apostrophant le baron, vous ne savez rien ?... vous ne soupçonnez personne ?

— Nous pourrions interroger ma fille.

— Oui... oui... c'est cela... peut-être saura-t-elle... »

M. de Vélines sonna son valet de chambre. Quelques minutes après, Mme de Villemon entrait. C'était une femme jeune, à la physionomie douloureuse et résignée. Tout de suite, Beautrelet lui demanda :

« Vous avez trouvé ce livre en haut, madame, dans la bibliothèque ?

— Oui, dans un paquet de volumes qui n'était pas déficelé.

— Et vous l'avez lu ?

— Oui, hier soir.

— Quand vous l'avez lu, les deux pages qui sont là manquaient-elles ? Rappelez-vous bien, les deux pages qui suivent ce tableau de chiffres et de points ?

— Mais non, mais non, dit-elle très étonnée, il ne manquait aucune page.

— Cependant, on a déchiré...

— Mais le livre n'a pas quitté ma chambre cette nuit.

— Ce matin ?

— Ce matin, je l'ai descendu moi-même ici quand on a annoncé l'arrivée de M. Massiban.

— Alors ?

— Alors, je ne comprends pas… à moins que… mais non…

— Quoi ?

— Georges… mon fils… ce matin… Georges a joué avec ce livre. »

Elle sortit précipitamment, accompagnée de Beautrelet, de Massiban et du baron. L'enfant n'était pas dans sa chambre. On le chercha de tous côtés. Enfin, on le trouva qui jouait derrière le château. Mais ces trois personnes semblaient si agitées, et on lui demandait des comptes avec tant d'autorité, qu'il se mit à pousser des hurlements. Tout le monde courait à droite, à gauche. On questionnait les domestiques. C'était un tumulte indescriptible. Et Beautrelet avait l'impression effroyable que la vérité se retirait de lui comme de l'eau qui filtre à travers les doigts. Il fit un effort pour se ressaisir, prit le bras de Mme de Villemon, et, suivi du baron et de Massiban, il la ramena dans le salon et lui dit :

« Le livre est incomplet, soit, deux pages sont arrachées… mais vous les avez lues, n'est-ce pas, madame ?

— Oui.

— Vous savez ce qu'elles contenaient ?

— Oui.

— Vous pourriez nous le répéter ?

— Parfaitement. J'ai lu tout le livre avec beaucoup de curiosité, mais ces deux pages surtout m'ont frappée, étant donné l'intérêt des révélations, un intérêt considérable.

— Eh bien, parlez, madame, parlez, je vous en supplie. Ces révélations sont d'une importance exceptionnelle. Parlez, je vous en prie, les minutes perdues ne se retrouvent pas. L'Aiguille creuse…

— Oh ! c'est bien simple, l'Aiguille creuse veut dire… »

À ce moment un domestique entra.

« Une lettre pour madame…

— Tiens… mais le facteur est passé.

— C'est un gamin qui me l'a remise. »

Mme de Villemon décacheta, lut, et porta la main à son cœur, toute prête à tomber, soudain livide et terrifiée.

Le papier avait glissé à terre. Beautrelet le ramassa et, sans même s'excuser, il lut à son tour :

Taisez-vous... sinon votre fils ne se réveillera pas...

« Mon fils... mon fils... », bégayait-elle, si faible qu'elle ne pouvait même pas aller au secours de celui qu'on menaçait.

Beautrelet la rassura.

« Ce n'est pas sérieux... il y a là une plaisanterie... voyons, qui aurait intérêt ?

— À moins, insinua Massiban, que ce soit Arsène Lupin. »

Beautrelet lui fit signe de se taire. Il le savait bien, parbleu, que l'ennemi était là, de nouveau, attentif et résolu à tout, et c'est pourquoi justement il voulait arracher à Mme de Villemon les mots suprêmes, si longtemps attendus, et les arracher sur-le-champ, à la minute même.

« Je vous en supplie, madame, remettez-vous... Nous sommes tous là... Il n'y a aucun péril... »

Allait-elle parler ? Il le crut, il l'espéra. Elle balbutia quelques syllabes. Mais la porte s'ouvrit encore. La bonne, cette fois, entra. Elle semblait bouleversée.

« M. Georges... madame... M. Georges. »

D'un coup, la mère retrouva toutes ses forces. Plus vite que tous, et poussée par un instinct qui ne trompait pas, elle dégringola les marches de l'escalier, traversa le vestibule et courut vers la terrasse. Là, sur un fauteuil, le petit Georges était étendu, immobile.

« Eh bien quoi ! il dort !...

— Il s'est endormi subitement, madame, dit la bonne. J'ai voulu l'en empêcher, le porter dans sa chambre. Il dormait déjà, et ses mains... ses mains étaient froides.

— Froides ! balbutia la mère... oui, c'est vrai... ah ! mon Dieu, mon Dieu... *pourvu qu'il se réveille !* »

Beautrelet glissa ses doigts dans une de ses poches, saisit la crosse de son revolver, de l'index agrippa la gâchette, sortit brusquement l'arme, et fit feu sur Massiban.

D'avance, pour ainsi dire, comme s'il épiait les gestes du jeune homme, Massiban avait esquivé le coup. Mais déjà Beautrelet s'était élancé sur lui en criant aux domestiques :

« À moi ! c'est Lupin !... »

Sous la violence du choc, Massiban fut renversé sur un des fauteuils d'osier.

Au bout de sept à huit secondes, il se releva, laissant Beautrelet étourdi, suffoquant, et tenant dans ses mains le revolver du jeune homme.

« Bien… parfait… ne bouge pas… t'en as pour deux ou trois minutes… pas davantage… Mais vrai, t'as mis le temps à me reconnaître. Faut-il que je lui aie bien pris sa tête, au Massiban ?… »

Il se redressa, et d'aplomb maintenant sur ses jambes, le torse solide, l'attitude redoutable, il ricana en regardant les trois domestiques pétrifiés et le baron ahuri.

« Isidore, t'as fait une boulette. Si tu ne leur avais pas dit que j'étais Lupin, ils me sautaient dessus. Et des gaillards comme ceux-là, bigre, que serais-je devenu, mon Dieu ! Un contre quatre ! »

Il s'approcha d'eux :

« Allons, mes enfants, n'ayez pas peur… je ne vous ferai pas de bobo… tenez, voulez-vous un bout de sucre d'orge ? Ça vous remontera. Ah ! toi, par exemple, tu vas me rendre mon billet de cent francs. Oui, oui, je te reconnais. C'est toi que j'ai payé tout à l'heure pour porter la lettre à ta maîtresse… Allons, vite, mauvais serviteur… »

Il prit le billet bleu que lui tendit le domestique et le déchira en petits morceaux.

« L'argent de la trahison… ça me brûle les doigts. »

Il enleva son chapeau et s'inclinant très bas devant Mme de Villemon :

« Me pardonnez-vous, madame ? Les hasards de la vie – de la mienne surtout – obligent souvent à des cruautés dont je suis le premier à rougir. Mais soyez sans crainte pour votre fils, c'est une simple piqûre, une petite piqûre au bras que je lui ai faite, pendant qu'on l'interrogeait. Dans une heure, tout au plus, il n'y paraîtra pas… Encore une fois, toutes mes excuses. Mais j'ai besoin de votre silence. »

Il salua de nouveau, remercia M. de Vélines de son aimable hospitalité, prit sa canne, alluma une cigarette, en offrit une au baron, donna un coup de chapeau circulaire, cria d'un petit ton protecteur à Beautrelet : « Adieu, Bébé ! » et s'en alla tranquillement en lançant des bouffées de cigarette dans le nez des domestiques…

Beautrelet attendit quelques minutes. Mme de Villemon, plus calme, veillait son fils. Il s'avança vers elle dans le but de lui adresser un dernier appel. Leurs yeux se croisèrent. Il ne dit rien. Il avait compris que jamais, maintenant, quoi qu'il arrivât, elle ne parlerait. Là encore, dans ce cerveau de mère, le secret de l'Aiguille creuse était enseveli aussi profondément que dans les ténèbres du passé.

Alors il renonça et partit.

Il était dix heures et demie. Il y avait un train à onze heures cinquante. Lentement il suivit l'allée du parc et s'engagea sur le chemin qui le menait à la gare.

« Eh bien, qu'en dis-tu, de celle-là ? »

C'était Massiban, ou plutôt Lupin, qui surgissait du bois contigu à la route.

« Est-ce bien combiné ? Est-ce que ton vieux camarade sait danser sur la corde raide ? Je suis sûr que t'en reviens pas, hein ? et que tu te demandes si le nommé Massiban, membre de l'Académie des inscriptions et belles-lettres, a jamais existé ? Mais oui, il existe. On te le fera voir même, si t'es sage. Mais d'abord, que je te rende ton revolver… Tu regardes s'il est chargé ? Parfaitement, mon petit. Cinq balles qui restent, dont une seule suffirait à m'envoyer *ad patres*… Eh bien, tu le mets dans ta poche ?… À la bonne heure… J'aime mieux ça que ce que tu as fait là-bas… Vilain ton petit geste ! Mais quoi, on est jeune, on s'aperçoit tout à coup – un éclair – qu'on a été roulé une fois de plus par ce sacré Lupin, et qu'il est là devant vous à trois pas… pfffft, on tire… Je ne t'en veux pas, va… La preuve c'est que je t'invite à prendre place dans mes cent chevaux. Ça colle ? »

Il mit ses doigts dans sa bouche et siffla.

Le contraste était délicieux entre l'apparence vénérable du vieux Massiban, et la gaminerie de gestes et d'accent que Lupin affectait. Beautrelet ne put s'empêcher de rire.

« Il a ri ! il a ri ! s'écria Lupin en sautant de joie. Vois-tu, ce qui te manque, bébé, c'est le sourire… tu es un peu grave pour ton âge… Tu es très sympathique, tu as un grand charme de naïveté et de simplicité… mais vrai, t'as pas le sourire. »

Il se planta devant lui.

« Tiens, j'parie que je vais te faire pleurer. Sais-tu comment j'ai suivi ton enquête ? comment j'ai connu la lettre que Massiban t'a écrite et le rendez-vous qu'il avait pris pour ce matin au château de Vélines ? Par les bavardages de ton ami, celui chez qui tu habites… Tu te confies à cet imbécile-là, et il n'a rien de plus pressé que de tout confier à sa petite amie… Et sa petite amie n'a pas de secrets pour Lupin. Qu'est-ce que je te disais ? Te voilà tout chose… Tes yeux se mouillent… l'amitié trahie, hein ? ça te chagrine… Tiens, tu es délicieux, mon petit… Pour un rien je t'embrasserais… tu as toujours des regards étonnés qui me vont droit au cœur… Je me rappellerai toujours, l'autre soir, à Gaillon, quand tu m'as consulté… Mais oui, c'était moi, le vieux notaire… Mais ris donc, gosse… Vrai, je te le répète, t'as pas le sourire. Tiens, tu manques… comment dirais-je ? tu manques de "primesaut". Moi, j'ai le "primesaut". »

On entendait le halètement d'un moteur tout proche. Lupin saisit brusquement le bras de Beautrelet et, d'un ton froid, les yeux dans les yeux :

« Tu vas te tenir tranquille maintenant, hein ? tu vois bien qu'il n'y a rien à faire. Alors à quoi bon user tes forces et perdre ton temps ? Il y a assez de bandits dans le monde… Cours après, et lâche-moi… sinon… C'est convenu, n'est-ce pas ? »

Il le secouait pour lui imposer sa volonté. Puis il ricana :

« Imbécile que je suis ! Toi me ficher la paix ? T'es pas de ceux qui flanchent… Ah ! je ne sais pas ce qui me retient… En deux temps et trois mouvements, tu serais ficelé, bâillonné… et dans deux heures, à l'ombre pour quelques mois… Et je pourrais me tourner les pouces en toute sécurité, me retirer dans la paisible retraite que m'ont préparée mes aïeux, les rois de France, et jouir des trésors qu'ils ont eu la gentillesse d'accumuler pour moi… Mais non, il est dit que je ferai la gaffe jusqu'au bout… Qu'est-ce que tu veux ? on a ses faiblesses… Et j'en ai une pour toi… Et puis quoi, c'est pas encore fait. D'ici à ce que tu aies mis le doigt dans le creux de l'Aiguille, il passera de l'eau sous le pont… Que diable ! Il m'a fallu dix jours à moi, Lupin. Il te faudra bien dix ans. Il y a de l'espace, tout de même, entre nous deux. »

L'automobile arrivait, une immense voiture à carrosserie fermée. Il ouvrit la portière, Beautrelet poussa un cri. Dans la limousine il y avait un homme et cet homme c'était Lupin ou plutôt Massiban.

Il éclata de rire, comprenant soudain.

Lupin lui dit :

« Te retiens pas, il dort bien. Je t'avais promis que tu le verrais. Tu t'expliques maintenant les choses ? Vers minuit, je savais votre rendez-vous au château. À sept heures du matin, j'étais là. Quand Massiban est passé, je n'ai eu qu'à le cueillir… Et puis, une petite piqûre… ça y était ! Dors, mon bonhomme… On va te déposer sur le talus… En plein soleil, pour n'avoir pas froid… Allons-y… bien… parfait… À merveille… Et notre chapeau à la main !… un p'tit sou, s'il vous plaît… Ah ! mon vieux Massiban, tu t'occupes de Lupin ! »

C'était vraiment d'une bouffonnerie énorme que de voir l'un en face de l'autre les deux Massiban, l'un endormi et branlant la tête, l'autre sérieux, plein d'attentions et de respect.

« Ayez pitié d'un pauvre aveugle… Tiens, Massiban, voilà deux sous et ma carte de visite…

« Et maintenant, les enfants, filons en quatrième vitesse… Tu entends, le mécano, du 120 à l'heure. En voiture, Isidore… Il y a séance plénière à l'Institut aujourd'hui, et Massiban doit lire, à trois heures et demie, un petit mémoire sur je ne sais pas quoi. Eh bien, il le leur lira, son petit mémoire. Je vais leur servir un Massiban complet, plus vrai que le vrai, avec mes idées à moi sur les inscriptions lacustres. Pour une fois où je suis de l'Institut. Plus vite, mécano, nous ne faisons que du 115… T'as peur, t'oublies donc que t'es avec Lupin ?… Ah ! Isidore, et l'on ose dire que la vie est monotone, mais la vie est une chose adorable, mon petit, seulement il faut savoir… et moi, je sais… Si tu crois que c'était pas à crever de joie tout à l'heure, au château, quand tu bavardais avec le vieux Vélines et que moi, collé contre la fenêtre, je déchirais les pages du livre historique ! Et après, quand t'interrogeais la dame de Villemon sur l'Aiguille creuse ! Allait-elle parler ? Oui, elle parlerait... non, elle ne parlerait pas... oui... non... J'en avais la chair de poule... Si elle parlait, c'était ma vie à refaire, tout l'échafaudage détruit... Le domestique arriverait-il à temps ? Oui... non... le voilà... Mais Beautrelet va me démasquer ? Jamais ! trop gourde ! Si... non... voilà, ça y est... non, ça y est pas... si... il me reluque... ça y est... il va prendre son revolver... Ah ! quelle volupté !... Isidore, tu parles trop... Dormons, veux-tu ? Moi, je tombe de sommeil... bonsoir... »

Beautrelet le regarda. Il semblait presque dormir déjà. Il dormait.

L'automobile, lancée à travers l'espace, se ruait vers un horizon sans cesse atteint et toujours fuyant. Il n'y avait plus ni villes, ni villages, ni champs, ni forêts, rien que de l'espace, de l'espace dévoré, englouti. Longtemps Beautrelet regarda son compagnon de voyage avec une curiosité ardente, et aussi avec le désir de pénétrer, à travers le masque qui la couvrait, jusqu'à sa réelle physionomie. Et il songeait aux circonstances qui les enfermaient ainsi l'un près de l'autre dans l'intimité de cette automobile.

Mais, après les émotions et les déceptions de cette matinée, fatigué à son tour, il s'endormit.

Quand il se réveilla, Lupin lisait. Beautrelet se pencha pour voir le titre du livre. C'était *Les Lettres à Lucilius*, de Sénèque le philosophe.

VIII

De César à Lupin

« *Que diable! Il m'a fallu dix jours, à moi Lupin... il te faudra bien dix ans!* »

Cette phrase, prononcée par Lupin au sortir du château de Vélines, eut une influence considérable sur la conduite de Beautrelet. Très calme au fond et toujours maître de lui, Lupin avait néanmoins de ces moments d'exaltation, de ces expansions un peu romantiques, théâtrales à la fois et bon enfant, où il lui échappait certains aveux, certaines paroles dont un garçon comme Beautrelet pouvait tirer profit.

À tort ou à raison, Beautrelet croyait voir dans cette phrase un de ces aveux involontaires. Il était en droit de conclure que, si Lupin mettait en parallèle ses efforts et les siens dans la poursuite de la vérité sur l'Aiguille creuse, c'est que tous deux possédaient des moyens identiques pour arriver au but, c'est que lui, Lupin, n'avait pas eu des éléments de réussite différents de ceux que possédait son adversaire. Les chances étaient les mêmes. Or, avec ces mêmes chances, avec ces mêmes éléments de réussite, il avait suffi à Lupin de dix jours. Quels étaient ces éléments, ces moyens et ces chances? Cela se réduisait en définitive à la connaissance de la brochure publiée en 1815, brochure que Lupin avait sans doute, comme Massiban, trouvée par hasard, et grâce à laquelle il était arrivé à découvrir, dans le missel de Marie-Antoinette, l'indispensable document. Donc, la brochure et le document, voilà les deux seules bases sur lesquelles Lupin s'était appuyé. Avec cela, il avait reconstruit tout l'édifice. Pas de secours étrangers. L'étude de la brochure et l'étude du document, un point, c'est tout.

Eh bien, Beautrelet ne pouvait-il se cantonner sur le même terrain ? À quoi bon une lutte impossible ? À quoi bon ces vaines enquêtes où il était sûr, si tant est qu'il évitât les embûches multipliées sous ses pas, de parvenir, en fin de compte, au plus pitoyable des résultats ?

Sa décision fut nette et immédiate, et, tout en s'y conformant, il avait l'intuition heureuse qu'il était sur la bonne voie. Tout d'abord il quitta sans inutiles récriminations son camarade de Janson-de-Sailly, et, prenant sa valise, il alla s'installer après beaucoup de tours et de détours, dans un petit hôtel situé au centre même de Paris. De cet hôtel il ne sortit point pendant des journées entières. Tout au plus mangeait-il à la table d'hôte. Le reste du temps, enfermé à clef, les rideaux de la chambre hermétiquement clos, il songeait.

« Dix jours », avait dit Arsène Lupin. Beautrelet, s'efforçant d'oublier tout ce qu'il avait fait et de ne se rappeler que les éléments de la brochure et du document, ambitionnait ardemment de rester dans les limites de ces dix jours. Le dixième cependant passa, et le onzième et le douzième, mais le treizième jour une lueur se fit en son cerveau, et très vite, avec la rapidité déconcertante de ces idées qui se développent en nous comme des plantes miraculeuses, la vérité surgit, s'épanouit, se fortifia. Le soir de ce treizième jour, il ne savait certes pas le mot du problème, mais il connaissait en toute certitude une des méthodes qui pouvaient en provoquer la découverte, la méthode féconde que Lupin sans aucun doute avait utilisée.

Méthode fort simple et qui découlait de cette unique question, existe-t-il un lien entre tous les événements historiques, plus ou moins importants, auxquels la brochure rattache le mystère de l'Aiguille creuse ?

La diversité des événements rendait la réponse difficile. Cependant, de l'examen approfondi auquel se livra Beautrelet, il finit par se dégager un caractère essentiel à tous ces événements. Tous, sans exception, se passaient dans les limites de l'ancienne Neustrie, lesquelles correspondent à peu près à l'actuelle Normandie. Tous les héros de la fantastique aventure sont Normands, ou le deviennent, ou agissent en pays normand.

Quelle passionnante chevauchée à travers les âges ! Quel émouvant spectacle que celui de tous ces barons, ducs et rois, partant de points si opposés et se donnant rendez-vous en ce coin du monde !

Au hasard, Beautrelet feuilleta l'histoire. C'est Roll, ou Rollon, premier duc *normand*, qui est maître du secret de l'Aiguille après le traité de Saint-Clair-sur-Epte !

C'est Guillaume le Conquérant, duc de *Normandie*, roi d'Angleterre, dont l'étendard est percé à la façon d'une aiguille !

C'est à *Rouen* que les Anglais brûlent Jeanne d'Arc, maîtresse du secret !

Et tout à l'origine de l'aventure, qu'est-ce que ce chef des Calètes qui paie sa rançon à César avec le secret de l'Aiguille, sinon le chef des hommes du pays de Caux, du pays de Caux situé au cœur même de la *Normandie* ?

L'hypothèse se précise. Le champ se rétrécit. Rouen, les rives de la Seine, le pays de Caux… il semble vraiment que toutes les routes convergent de ce côté. Si l'on cite plus particulièrement deux rois de France, maintenant que le secret, perdu pour les ducs de Normandie et pour leurs héritiers les rois d'Angleterre, est devenu le secret royal de la France, c'est Henri IV, Henri IV qui fit le siège de Rouen et gagna la bataille d'Arques, aux portes de Dieppe. Et c'est François Ier, qui fonda Le Havre et prononça cette phrase révélatrice : « Les rois de France portent des secrets qui règlent souvent le sort des villes ! » Rouen, Dieppe, Le Havre… les trois sommets du triangle, les trois grandes villes qui occupent les trois pointes. Au centre, le pays de Caux.

Le XVIIe siècle arrive. Louis XIV brûle le livre où l'inconnu révèle la vérité. Le capitaine de Larbeyrie s'empare d'un exemplaire, profite du secret qu'il a violé, dérobe un certain nombre de bijoux et, surpris par des voleurs de grand chemin, meurt assassiné. Or, quel est le lieu où se produit le guet-apens ? Gaillon ! Gaillon, petite ville située sur la route qui mène du Havre, de Rouen ou de Dieppe à Paris.

Un an après, Louis XIV achète un domaine et construit le château de l'Aiguille. Quel emplacement choisit-il ? Le centre de la

France. De la sorte les curieux sont dépistés. On ne cherche pas en Normandie.

Rouen… Dieppe… Le Havre… Le triangle cauchois… Tout est là… D'un côté la mer. D'un autre la Seine. D'un autre, les deux vallées qui conduisent de Rouen à Dieppe.

Un éclair illumina l'esprit de Beautrelet. Cet espace de terrain, cette contrée des hauts plateaux qui vont des falaises de la Seine aux falaises de la Manche, c'était toujours, presque toujours là, le champ même des opérations où évoluait Lupin.

Depuis dix ans, c'était précisément cette région qu'il mettait en coupe réglée, comme s'il avait eu son repaire au centre même du pays où se rattachait le plus étroitement la légende de l'Aiguille creuse.

L'affaire du baron de Cahorn[1] ? Sur les bords de la Seine, entre Rouen et le Havre. L'affaire de Tibermesnil[2] ? À l'autre extrémité du plateau, entre Rouen et Dieppe. Les cambriolages de Gruchet, de Montigny, de Crasville ? En plein pays de Caux. Où Lupin se rendait-il quand il fut attaqué et ligoté dans son compartiment par Pierre Onfrey, l'assassin de la rue La Fontaine[3] ? À Rouen. Où Herlock Sholmès, prisonnier de Lupin, fut-il embarqué[4] ? Près du Havre.

Et tout le drame actuel, quel en fut le théâtre ? Ambrumésy, sur la route du Havre à Dieppe.

Rouen, Dieppe, Le Havre, toujours le triangle cauchois.

Donc, quelques années auparavant, Arsène Lupin, possesseur de la brochure et connaissant la cachette où Marie-Antoinette avait dissimulé le document, Arsène Lupin finissait par mettre la main sur le fameux livre d'heures. Possesseur du document, il partait en campagne, *trouvait*, et s'établissait là, en pays conquis.

Beautrelet partit en campagne.

Il partit avec une véritable émotion, en songeant à ce même voyage que Lupin avait effectué, à ces mêmes espoirs dont il avait

---

1. Voir « Arsène Lupin en prison », p. 39.
2. Voir « Herlock Sholmès arrive trop tard », p. 191.
3. Voir « Le mystérieux voyageur », p. 85.
4. Voir « La Dame blonde », p. 223.

dû palpiter quand il s'en allait ainsi à la découverte du formidable secret qui devait l'armer d'une telle puissance. Ses efforts à lui, Beautrelet, auraient-ils le même résultat victorieux ?

Il quitta Rouen de bonne heure, à pied, la figure très maquillée, et son sac au bout d'un bâton, sur le dos, comme un apprenti qui fait son tour de France.

Il alla droit à Duclair où il déjeuna. Au sortir de ce bourg, il suivit la Seine et ne la quitta pour ainsi dire plus. Son instinct, renforcé, d'ailleurs, par bien des présomptions, le ramenait toujours aux rives sinueuses du beau fleuve. Le château de Cahorn cambriolé, c'est par la Seine que filent les collections. La Chapelle-Dieu enlevée, c'est vers la Seine que sont convoyées les vieilles pierres sculptées. Il imaginait comme une flottille de péniches faisant le service régulier de Rouen au Havre et drainant les œuvres d'art et les richesses d'une contrée pour les expédier de là vers le pays des milliardaires.

« Je brûle !... Je brûle !... » murmurait le jeune homme, tout pantelant sous les coups de la vérité qui le heurtait par grands chocs successifs.

L'échec des premiers jours ne le découragea point. Il avait une foi profonde, inébranlable dans la justesse de l'hypothèse qui le dirigeait. Hardie, excessive, n'importe ! elle était digne de l'ennemi poursuivi. L'hypothèse valait la réalité prodigieuse qui avait nom Lupin. Avec cet homme-là, devait-on chercher en dehors de l'énorme, de l'exagéré, du surhumain ? Jumièges, La Mailleraie, Saint-Wandrille, Caudebec, Tancarville, Quillebeuf, localités toutes pleines de son souvenir ! Que de fois il avait dû contempler la gloire de leurs clochers gothiques ou la splendeur de leurs vastes ruines !

Mais Le Havre, les environs du Havre attiraient Isidore comme les feux d'un phare.

« *Les rois de France portent des secrets qui règlent souvent le sort des villes.* »

Paroles obscures et tout à coup, pour Beautrelet, rayonnantes de clarté ! N'était-ce pas l'exacte déclaration des motifs qui avaient décidé François Ier à créer une ville à cet endroit, et le sort du Havre de Grâce n'était-il pas lié au secret même de l'Aiguille ?

« C'est cela... c'est cela... balbutia Beautrelet avec ivresse... Le vieil estuaire normand, l'un des points essentiels, l'un des noyaux primitifs autour desquels s'est formée la nationalité française, le vieil estuaire se complète par ces deux forces, l'une en plein ciel, vivante, connue, port nouveau qui commande l'Océan et qui s'ouvre sur le monde ; l'autre ténébreuse, ignorée et d'autant plus inquiétante qu'elle est invisible et impalpable. Tout un côté de l'histoire de France et de la maison royale s'explique par l'Aiguille, de même que toute l'histoire de Lupin. Les mêmes ressources d'énergie et de pouvoir alimentent et renouvellent la fortune des rois et celle de l'aventurier. »

De bourgade en bourgade, du fleuve à la mer, Beautrelet fureta, le nez au vent, l'oreille aux écoutes et tâchant d'arracher aux choses mêmes leur signification profonde. Était-ce ce coteau qu'il fallait interroger ? Cette forêt ? Les maisons de ce village ? Était-ce parmi les paroles insignifiantes de ce paysan qu'il récolterait le petit mot révélateur ?

Un matin, il déjeunait dans une auberge, en vue d'Honfleur, antique cité de l'estuaire. En face de lui, mangeait un de ces maquignons normands, rouges et lourds, qui font les foires de la région, le fouet à la main, une longue blouse sur le dos. Au bout d'un instant, il parut à Beautrelet que cet homme le regardait avec une certaine attention, comme s'il le connaissait ou du moins comme s'il cherchait à le reconnaître.

« Bah ! pensa-t-il, je me trompe, je n'ai jamais vu ce marchand de chevaux et il ne m'a jamais vu. »

En effet, l'homme sembla ne plus s'occuper de lui. Il alluma sa pipe, demanda du café et du cognac, fuma et but. Son repas achevé, Beautrelet paya et se leva. Un groupe d'individus entrant au moment où il allait sortir, il dut rester debout quelques secondes auprès de la table où le maquignon était assis, et il l'entendit qui disait à voix basse :

« Bonjour, monsieur Beautrelet. »

Isidore n'hésita pas. Il prit place auprès de l'homme et lui dit :

« Oui, c'est moi… mais vous qui êtes-vous ? Comment m'avez-vous reconnu ?

— Pas difficile… Et pourtant je n'ai jamais vu que votre portrait dans les journaux. Mais vous êtes si mal… comment dites-vous en français ?… si mal grimé. »

Il avait un accent étranger très net, et Beautrelet crut discerner, en l'examinant, que lui aussi, il avait un masque qui altérait sa physionomie.

« Qui êtes-vous ? répéta-t-il… Qui êtes-vous ? »

L'étranger sourit :

« Vous ne me reconnaissez pas ?

— Non. Je ne vous ai jamais vu.

— Pas plus que moi. Mais rappelez-vous… Moi aussi, on publie mon portrait dans les journaux… et souvent. Eh bien, ça y est ?

— Non.

— Herlock Sholmès. »

La rencontre était originale. Elle était significative aussi. Tout de suite le jeune homme en saisit la portée. Après un échange de compliments, il dit à Sholmès :

« Je suppose que si vous êtes ici… c'est à cause de lui ?

— Oui…

— Alors… alors… vous croyez que nous avons des chances… de ce côté…

— J'en suis sûr. »

La joie que Beautrelet ressentit à constater que l'opinion de Sholmès coïncidait avec la sienne ne fut pas sans mélange. Si l'Anglais arrivait au but, c'était la victoire partagée et qui sait même s'il n'arriverait pas avant lui ?

« Vous avez des preuves ? des indices ?

— N'ayez pas peur, ricana l'Anglais, comprenant son inquiétude, je ne marche pas sur vos brisées. Vous, c'est le document, la brochure… des choses qui ne m'inspirent pas grande confiance.

— Et vous ?

— Moi ce n'est pas cela.

— Est-il indiscret ?…

— Nullement. Vous vous rappelez l'histoire du diadème, l'histoire du duc de Charmerace[1] ?

— Oui.

— Vous n'avez pas oublié Victoire, la vieille nourrice de Lupin, celle que mon bon ami Ganimard a laissée échapper dans une fausse voiture cellulaire ?

— Non.

— J'ai retrouvé la piste de Victoire. Elle habite une ferme non loin de la route nationale n° 25, c'est la route du Havre à Lille. Par Victoire, j'irai facilement jusqu'à Lupin.

— Ce sera long.

— Qu'importe ! J'ai lâché toutes mes affaires. Il n'y a plus que celle-là qui compte. Entre Lupin et moi c'est une lutte… une lutte à mort. »

Il prononça ces mots avec une sorte de sauvagerie où l'on sentait toute la rancœur des humiliations subies, toute une haine féroce contre le grand ennemi qui l'avait joué si cruellement.

« Allez-vous-en, murmura-t-il, on nous regarde… c'est dangereux… Mais rappelez-vous mes paroles : le jour où Lupin et moi nous serons l'un en face de l'autre, ce sera… ce sera tragique ! »

Beautrelet quitta Sholmès tout à fait rassuré : il n'y avait pas à craindre que l'Anglais le gagnât de vitesse.

Et quelle preuve encore lui apportait le hasard de cette entrevue ! La route du Havre à Lille passe par Dieppe. C'est la grande route côtière du pays de Caux ! La route maritime qui commande les falaises de la Manche ! Et c'est dans une ferme voisine de cette route que Victoire était installée. Victoire, c'est-à-dire Lupin, puisque l'un n'allait pas sans l'autre, le maître sans la servante, toujours aveuglément dévouée.

« Je brûle… je brûle… se répétait le jeune homme… Dès que les circonstances m'apportent un élément nouveau d'information, c'est pour confirmer ma supposition. D'un côté, certitude absolue

1. Voir *Arsène Lupin*, pièce en 4 actes.

des bords de la Seine ; de l'autre, certitude de la route nationale. Les deux voies de communication se rejoignent au Havre, la ville de François Ier, la ville du secret. Les limites se resserrent. Le pays de Caux n'est pas grand, et ce n'est encore que la partie ouest du pays que je dois fouiller. »

Il se remit à l'œuvre avec acharnement.

« Ce que Lupin a trouvé, il n'y a aucune raison pour que je ne le trouve pas », ne cessait-il de dire en lui-même. Certes, Lupin devait avoir sur lui quelques gros avantages, peut-être la connaissance approfondie de la région, des données précises sur les légendes locales, moins que cela, un souvenir, – avantage précieux, puisque lui, Beautrelet, ne savait rien, et qu'il ignorait totalement ce pays, l'ayant parcouru pour la première fois lors du cambriolage d'Ambrumésy, et rapidement, sans s'y attarder.

Mais qu'importe !

Dût-il consacrer dix ans de sa vie à cette enquête, il la mènerait à bout. Lupin était là. Il le voyait. Il le devinait. Il l'attendait à ce détour de route, à la lisière de ce bois, au sortir de ce village. Et chaque fois déçu, il semblait qu'il trouvât en chaque déception une raison plus forte de s'obstiner encore.

Souvent, il se jetait sur le talus de la route et s'enfonçait éperdument dans l'examen du document tel qu'il en portait toujours sur lui la copie, c'est-à-dire avec la substitution des voyelles aux chiffres :

e.a.a..e..e.a.

.a..a...e.e. .e.oi.e..e.

.ou..e.o...e..e.o..e

D D̄F ▭ 19 F+44 ▷ 357 ◁

ai.ui..e ..eu.e

Souvent aussi, selon son habitude, il se couchait à plat ventre dans l'herbe haute et songeait des heures. Il avait le temps. L'avenir lui appartenait.

Avec une patience admirable, il allait de la Seine à la mer, et de la mer à la Seine, s'éloignant par degrés, revenant sur ses pas, et n'abandonnant le terrain que lorsqu'il n'y avait plus théoriquement aucune chance d'y puiser le moindre renseignement.

Il étudia, il scruta Montivilliers, Saint-Romain, Octeville et Gonneville, et Criquetot.

Il frappait le soir chez les paysans et leur demandait le gîte. Après dîner, on fumait ensemble et l'on devisait. Et il leur faisait raconter des histoires qu'ils se racontaient aux longues veillées d'hiver.

Et toujours cette question sournoise :

« Et l'Aiguille ? La légende de l'Aiguille creuse… Vous ne la savez pas ?

— Ma foi, non… je ne vois pas ça…

— Cherchez bien… un conte de vieille bonne femme… quelque chose où il s'agit d'une aiguille… Une aiguille enchantée peut-être… que sais-je ? »

Rien. Aucune légende, aucun souvenir. Et le lendemain, il repartait avec allégresse.

Un jour il passa par le joli village de Saint-Jouin qui domine la mer, et descendit parmi le chaos de rocs qui s'est éboulé de la falaise.

Puis il remonta sur le plateau et s'en alla vers la valleuse de Bruneval, vers le cap d'Antifer, vers la petite crique de Belle-Plage. Il marchait gaiement et légèrement, un peu las, mais si heureux de vivre ! si heureux même qu'il oubliait Lupin et le mystère de l'Aiguille creuse et Victoire et Sholmès, et qu'il s'intéressait au spectacle des choses, au ciel bleu, à la grande mer d'émeraude, tout éblouissante de soleil.

Des talus rectilignes, des restes de murs en briques, où il crut reconnaître les vestiges d'un camp romain, l'intriguèrent. Puis il aperçut une espèce de petit castel, bâti à l'imitation d'un fort ancien, avec tourelles lézardées, hautes fenêtres gothiques, et qui était situé sur un promontoire déchiqueté, montueux, rocailleux, et presque détaché de la falaise. Une grille, flanquée de garde-fous et de broussailles de fer, en défendait l'étroit passage.

Non sans peine, Beautrelet réussit à le franchir. Au-dessus de la porte ogivale, que fermait une vieille serrure rouillée, il lut ces mots :

Fort de Fréfossé[1].

Il n'essaya pas d'entrer, et tournant à droite, il aborda, après avoir descendu une petite pente, un sentier qui courait sur une arête de terre munie d'une rampe en bois. Tout au bout, il y avait une grotte de proportions exiguës, formant comme une guérite à la pointe du roc où elle était creusée, un roc abrupt tombant dans la mer.

On pouvait tout juste tenir debout au centre de la grotte. Des multitudes d'inscriptions s'entrecroisaient sur ses murs. Un trou presque carré percé à même la pierre s'ouvrait en lucarne du côté de la terre, exactement face au fort de Fréfossé dont on apercevait à trente ou quarante mètres la couronne crénelée. Beautrelet jeta son sac et s'assit. La journée avait été lourde et fatigante. Il s'endormit un instant.

Le vent frais qui circulait dans la grotte l'éveilla. Il resta quelques minutes immobile et distrait, les yeux vagues. Il essayait de réfléchir, de reprendre sa pensée encore engourdie. Et déjà, plus conscient, il allait se lever, quand il eut l'impression que ses yeux soudain fixes, soudain agrandis, regardaient… Un frisson l'agita. Ses mains se crispèrent, et il sentit que des gouttes de sueur se formaient à la racine de ses cheveux.

« Non, non… balbutia-t-il… c'est un rêve, une hallucination… Voyons, serait-ce possible ? »

Il s'agenouilla brusquement et se pencha. Deux lettres énormes, d'un pied chacune peut-être, apparaissaient, gravées, en relief dans le granit du sol.

Ces deux lettres sculptées grossièrement, mais nettement, et dont l'usure des siècles avait arrondi les angles et patiné la surface, ces deux lettres, c'étaient un D et un F.

---

1. Le fort de Fréfossé portait le nom d'un domaine voisin dont il dépendait. Sa destruction, qui eut lieu quelques années plus tard, fut exigée par l'autorité militaire, à la suite des révélations consignées dans ce livre.

Un D et un F! miracle bouleversant! Un D et un F, précisément, deux lettres du document! Les deux seules lettres du document!

Ah! Beautrelet n'avait même pas besoin de le consulter pour évoquer ce groupe de lettres à la quatrième ligne, la ligne des mesures et des indications!

Il les connaissait bien! Elles étaient inscrites à jamais au fond de ses prunelles, incrustées à jamais dans la substance même de son cerveau!

Il se releva, descendit le chemin escarpé, remonta le long de l'ancien fort, de nouveau s'accrocha, pour passer, aux piquants du garde-fou, et marcha rapidement vers un berger dont le troupeau paissait au long d'une ondulation du plateau.

« Cette grotte, là-bas… cette grotte… »

Ses lèvres tremblaient et il cherchait des mots qu'il ne trouvait pas. Le berger le contemplait avec stupeur. Enfin il répéta :

« Oui, cette grotte… qui est là… à droite du fort… A-t-elle un nom?

— Dame! Tous ceux d'Étretat disent comme ça que c'est les Demoiselles.

— Quoi?… quoi?… Que dites-vous?

— Eh ben, oui… la chambre des Demoiselles… » Isidore fut sur le point de lui sauter à la gorge, comme si toute la vérité résidait en cet homme, et qu'il espérât la lui prendre d'un coup, la lui arracher…

Les Demoiselles! Un des mots, un des deux seuls mots connus du document!

Un vent de folie ébranla Beautrelet sur ses jambes. Et cela s'enflait autour de lui, soufflait comme une bourrasque impétueuse qui venait du large, qui venait de la terre, qui venait de toutes parts et le fouettait à grands coups de vérité… Il comprenait! Le document lui apparaissait avec son sens véritable! La chambre des Demoiselles… Étretat…

« C'est cela… pensa-t-il, l'esprit envahi de lumière… Ce ne peut-être que cela. Mais comment ne l'ai-je pas deviné plus tôt? »

Il dit au berger, à voix basse :

« Bien… va-t'en… tu peux t'en aller… merci… »

L'homme, interdit, siffla son chien et s'éloigna.

Une fois seul, Beautrelet retourna vers le fort. Il l'avait déjà presque dépassé, quand tout à coup il s'abattit à terre et resta blotti contre un pan de mur. Et il songeait en se tordant les mains :

« Suis-je fou ! Et s'*il* me voit ? Si *ses* complices me voient ? Depuis une heure, je vais… je viens… »

Il ne bougea plus. Le soleil s'était couché. La nuit peu à peu se mêlait au jour, estompant la silhouette des choses.

Alors, par menus gestes insensibles, à plat ventre, se glissant, rampant, il s'avança sur une des pointes du promontoire, jusqu'au bout extrême de la falaise. Il y parvint. Du bout de ses mains étendues, il écarta des touffes d'herbe, et sa tête émergea au-dessus de l'abîme.

En face de lui, presque au niveau de la falaise, en pleine mer, se dressait un roc énorme, haut de plus de quatre-vingts mètres, obélisque colossal, d'aplomb sur sa large base de granit que l'on apercevait au ras de l'eau et qui s'effilait ensuite jusqu'au sommet, ainsi que la dent gigantesque d'un monstre marin. Blanc comme la falaise, d'un blanc gris et sale, l'effroyable monolithe était strié de lignes horizontales marquées par du silex, et où l'on voyait le lent travail des siècles accumulant les unes sur les autres les couches calcaires et les couches de galets. De place en place une fissure, une anfractuosité, et tout de suite, là, un peu de terre, de l'herbe, des feuilles.

Et tout cela puissant, solide, formidable, avec un air de chose indestructible contre quoi l'assaut furieux des vagues et des tempêtes ne pouvait prévaloir. Tout cela, définitif, immanent, grandiose malgré la grandeur du rempart de falaises qui le dominait, immense malgré l'immensité de l'espace où cela s'érigeait.

Les ongles de Beautrelet s'enfonçaient dans le sol comme les griffes d'une bête prête à bondir sur sa proie. Ses yeux pénétraient dans l'écorce rugueuse du roc, dans sa peau, lui semblait-il, dans sa chair. Il le touchait, il le palpait, il en prenait connaissance et possession… Il se l'assimilait…

L'horizon s'empourprait de tous les feux du soleil disparu, et de longs nuages embrasés, immobiles dans le ciel, formaient des paysages magnifiques, des lagunes irréelles, des plaines en flammes, des forêts d'or, des lacs de sang, toute une fantasmagorie ardente et paisible.

L'azur du ciel s'assombrit. Vénus rayonnait d'un éclat merveilleux, puis des étoiles s'allumèrent, timides encore.

Et Beautrelet, soudain, ferma les yeux et serra convulsivement contre son front ses bras repliés. Là-bas – oh ! il pensa en mourir de joie, tellement l'émotion fut cruelle qui étreignit son cœur –, là-bas presque en haut de l'Aiguille d'Étretat, en dessous de la pointe extrême autour de laquelle voltigeaient des mouettes, un peu de fumée qui suintait d'une crevasse, ainsi que d'une cheminée invisible, un peu de fumée montait en lentes spirales dans l'air calme du crépuscule.

IX

Sésame, ouvre-toi !

L'Aiguille d'Étretat est creuse !

Phénomène naturel ? Excavation produite par des cataclysmes intérieurs ou par l'effort insensible de la mer qui bouillonne, de la pluie qui s'infiltre ? Ou bien œuvre surhumaine, exécutée par des humains, Celtes, Gaulois, hommes préhistoriques ? Questions insolubles sans doute. Et qu'importait ? L'essentiel résidait en ceci : l'Aiguille était creuse.

À quarante ou cinquante mètres de cette arche imposante qu'on appelle la porte d'Aval et qui s'élance du haut de la falaise, ainsi que la branche colossale d'un arbre, pour prendre racine dans les rocs sous-marins, s'érige un cône calcaire démesuré, et ce cône n'est qu'un bonnet d'écorce pointu posé sur du vide !

Révélation prodigieuse ! Après Lupin, voilà que Beautrelet découvrait le mot de la grande énigme, qui a plané sur plus de vingt siècles ! mot d'une importance suprême pour celui qui le possédait jadis, aux lointaines époques où des hordes de barbares chevauchaient le vieux monde ! mot magique qui ouvre l'antre cyclopéen à des tribus entières fuyant devant l'ennemi ! mot mystérieux qui garde la porte de l'asile le plus inviolable ! mot prestigieux qui donne le pouvoir et assure la prépondérance !

Pour l'avoir connu, ce mot, César peut asservir la Gaule. Pour l'avoir connu, les Normands s'imposent au pays, et de là, plus tard, adossés à ce point d'appui, conquièrent l'île voisine, conquièrent la Sicile, conquièrent l'Orient, conquièrent le Nouveau Monde !

Maîtres du secret, les rois d'Angleterre dominent la France, l'humilient, la dépècent, se font couronner rois à Paris. Ils le perdent, et c'est la déroute.

Maîtres du secret, les rois de France grandissent, débordent les limites étroites de leur domaine, fondent peu à peu la grande nation et rayonnent de gloire et de puissance – ils l'oublient ou ne savent point en user, et c'est la mort, l'exil, la déchéance.

Un royaume invisible, au sein des eaux et à dix brasses de la terre !... Une forteresse ignorée, plus haute que les tours de Notre-Dame et construite sur une base de granit plus large qu'une place publique... Quelle force et quelle sécurité ! De Paris à la mer, par la Seine. Là, Le Havre, ville nouvelle, ville nécessaire. Et à sept lieues de là, l'Aiguille creuse, n'est-ce pas l'asile inexpugnable ?

C'est l'asile et c'est aussi la formidable cachette. Tous les trésors des rois, grossis de siècle en siècle, tout l'or de France, tout ce qu'on extrait du peuple, tout ce qu'on arrache au clergé, tout le butin ramassé sur les champs de bataille de l'Europe, c'est dans la caverne royale qu'on l'entasse. Vieux sous d'or, écus reluisants, doublons, ducats, florins, guinées, et les pierreries, et les diamants, et tous les joyaux, et toutes les parures, tout est là. Qui le découvrirait ? Qui saurait jamais le secret impénétrable de l'Aiguille ? Personne.

Si, Lupin.

Et Lupin devient cette sorte d'être vraiment disproportionné que l'on connaît, ce miracle impossible à expliquer tant que la vérité demeure dans l'ombre. Si infinies que soient les ressources de son génie, elles ne peuvent suffire à la lutte qu'il soutient contre la société. Il en faut d'autres plus matérielles. Il faut la retraite sûre, il faut la certitude de l'impunité, la paix qui permet l'exécution des plans.

Sans l'Aiguille creuse, Lupin est incompréhensible, c'est un mythe, un personnage de roman, sans rapport avec la réalité. Maître du secret, et de quel secret ! c'est un homme comme les autres, tout simplement, mais qui sait manier de façon supérieure l'arme extraordinaire dont le destin l'a doté.

Donc, l'Aiguille est creuse, c'est là un fait indiscutable. Restait à savoir comment l'on y pouvait accéder.

Par la mer évidemment. Il devait y avoir, du côté du large, quelque fissure abordable pour les barques à certaines heures de la marée. Mais du côté de la terre ?

Jusqu'au soir, Beautrelet resta suspendu au-dessus de l'abîme, les yeux rivés à la masse d'ombre que formait la pyramide, et songeant, méditant de tout l'effort de son esprit.

Puis il descendit vers Étretat, choisit l'hôtel le plus modeste, dîna, monta dans sa chambre et déplia le document.

Pour lui, maintenant, c'était un jeu que d'en préciser la signification. Tout de suite il s'aperçut que les trois voyelles du mot Étretat se retrouvaient à la première ligne, dans leur ordre et aux intervalles voulus. Cette première ligne s'établissait dès lors ainsi :

e.a.a..étretat

Quels mots pouvaient précéder *Étretat*? Des mots sans doute qui s'appliquaient à la situation de l'Aiguille par rapport au village. Or, l'Aiguille se dressait à gauche, à l'ouest… Il chercha et, se souvenant que les vents d'ouest s'appelaient sur les côtes vents d'*aval* et que la porte était justement dénommée d'*Aval*, il inscrivit :

En aval d'Étretat.

La seconde ligne était celle du mot *Demoiselles*, et, constatant aussitôt, avant ce mot, la série de toutes les voyelles qui composent les mots *la chambre des*, il nota les deux phrases :

En aval d'Étretat – La chambre des Demoiselles.

Il eut plus de mal pour la troisième ligne, et ce n'est qu'après avoir tâtonné que, se rappelant la situation, non loin de la chambre des Demoiselles, du castel construit à la place du fort de Fréfossé, il finit par reconstituer ainsi le document presque complet :

En aval d'Étretat – la chambre des Demoiselles – Sous le fort de Fréfossé – Aiguille creuse.

Cela, c'était les quatre grandes formules, les formules essentielles et générales. Par elles, on se dirigeait en aval d'Étretat, on entrait dans la chambre des Demoiselles, on passait selon toutes probabilités sous le fort de Fréfossé et l'on arrivait à l'Aiguille.

Comment ? Par les indications et les mesures qui formaient la quatrième ligne :

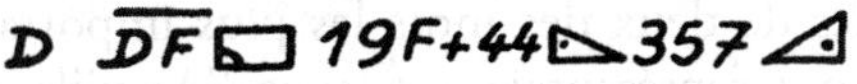

Cela, c'était évidemment les formules plus spéciales, destinées à la recherche de l'issue par où l'on pénétrait, et du chemin qui conduisait à l'Aiguille.

Beautrelet supposa aussitôt – et son hypothèse était la conséquence logique du document – que, s'il y avait réellement une communication directe entre la terre et l'obélisque de l'Aiguille, le souterrain devait partir de la chambre des Demoiselles, passer sous le fort de Fréfossé, descendre à pic les cent mètres de la falaise, et, par un tunnel pratiqué sous les rocs de la mer, aboutir à l'Aiguille creuse.

L'entrée du souterrain ? N'était-ce pas les deux lettres D et F, si nettement découpées, qui la désignaient, qui la livraient peut-être aussi grâce à quelque mécanisme ingénieux ?

Toute la matinée du lendemain, Isidore flâna dans Étretat et bavarda de droite et de gauche pour tâcher de recueillir quelque renseignement utile. Enfin, l'après-midi, il monta sur la falaise. Déguisé en matelot, il s'était rajeuni encore, et il avait l'air d'un gamin de douze ans, avec sa culotte trop courte et son maillot de pêcheur.

À peine entré dans la grotte, il s'agenouilla devant les lettres. Une déception l'attendait. Il eut beau frapper dessus, les pousser, les manipuler dans tous les sens, elles ne bougèrent pas. Et il se rendit compte assez rapidement qu'elles ne pouvaient réellement pas bouger et, par conséquent, qu'elles ne commandaient aucun mécanisme. Pourtant… pourtant elles signifiaient quelque chose ! Des informations qu'il avait prises dans le village, il résultait que personne n'avait jamais pu en expliquer la présence, et que l'abbé

Cochet, en son précieux livre sur Étretat[1], s'était lui aussi penché vainement sur ce petit rébus. Mais Isidore savait ce qu'ignorait le savant archéologue normand, c'est-à-dire la présence des deux mêmes lettres sur le document, à la ligne des indications. Coïncidence fortuite ? Impossible. Alors ?...

Une idée lui vint brusquement, et si rationnelle, si simple, qu'il ne douta pas une seconde de sa justesse. Ce D et cet F n'était-ce pas les initiales de deux des mots les plus importants du document ? mots qui représentaient – avec l'Aiguille – les stations essentielles de la route à suivre : la chambre des *Demoiselles* et le fort de *Fréfossé*. Le D de Demoiselles, l'F de Fréfossé, il y avait là un rapport trop étrange pour être le fait du hasard.

En ce cas le problème s'offrait ainsi : le groupe DF représente la relation qui existe entre la chambre des Demoiselles et le fort de Fréfossé ; la lettre isolée D qui commence la ligne représente les Demoiselles, c'est-à-dire la grotte où il faut tout d'abord se poster ; et la lettre isolée F qui se place au milieu de la ligne, représente Fréfossé, c'est-à-dire l'entrée probable du souterrain.

Entre ces divers signes, il en reste deux : une sorte de rectangle inégal, marqué d'un trait sur la gauche, en bas, et le chiffre 19, signes qui, en toute évidence, indiquent à ceux qui se trouvent dans la grotte, le moyen de pénétrer sous le fort.

La forme de ce rectangle intriguait Isidore. Y aurait-il autour de lui, sur les murs, ou tout au moins à portée du regard, une inscription, une chose quelconque affectant une forme rectangulaire ?

Il chercha longtemps, et il était sur le point d'abandonner cette piste, quand ses yeux rencontrèrent la petite ouverture percée dans le roc et qui était comme la fenêtre de la chambre. Or les bords de cette ouverture dessinaient précisément un rectangle rugueux, inégal, grossier, mais tout de même un rectangle, et aussitôt Beautrelet constata qu'en posant les deux pieds sur le D et l'F gravés dans le sol – et ainsi s'expliquait la barre qui surmontait les

1. *Les Origines d'Étretat.* – En fin de compte, l'abbé Cochet semble conclure que les deux lettres sont les initiales d'un passant. Les révélations que nous apportons démontrent l'erreur d'une telle supposition.

deux lettres du document – on se trouvait exactement à la hauteur de la fenêtre !

Il prit position à cet endroit et regarda. La fenêtre étant dirigée, nous l'avons dit, vers la terre ferme, on voyait d'abord le sentier qui reliait la grotte à la terre, sentier suspendu entre deux abîmes, puis on apercevait la base même du monticule qui portait le fort. Pour essayer de voir le fort, Beautrelet se pencha vers la gauche, et c'est alors qu'il comprit la signification du trait arrondi, de la virgule qui marquait le document en bas, à gauche ; en bas, à gauche de la fenêtre, un morceau de silex formait saillie, et l'extrémité de ce morceau se recourbait comme une griffe. On eût dit un véritable point de mire. Et si l'on appliquait l'œil à ce point de mire, le regard découpait, sur la pente du monticule opposé, une superficie de terrain assez restreinte et presque entièrement occupée par un vieux mur de brique, vestige de l'ancien fort de Fréfossé ou de l'ancien oppidum romain construit à cet endroit.

Beautrelet courut vers ce pan de mur, long peut-être de dix mètres et dont la surface était tapissée d'herbes et de plantes. Il ne releva aucun indice.

Et cependant, ce chiffre 19 ?

Il revint à la grotte, sortit de sa poche un peloton de ficelle et un mètre en étoffe dont il s'était muni, noua la ficelle à l'angle de silex, attacha un caillou au dix-neuvième mètre et le lança du côté de la terre. Le caillou atteignit à peine l'extrémité du sentier.

« Triple idiot, pensa Beautrelet. Est-ce que l'on comptait par mètres à cette époque ? 19 signifie 19 toises ou ne signifie rien. »

Le calcul effectué, il compta trente-sept mètres sur la ficelle, fit un nœud, et, à tâtons, chercha sur le pan du mur le point exact et forcément unique où le nœud formé à trente-sept mètres de la fenêtre des Demoiselles, toucherait le mur de Fréfossé. Après quelques instants le point de contact s'établit. De sa main restée libre, il écarta des feuilles de molène poussées entre les interstices.

Un cri lui échappa. Le nœud, qu'il tenait appliqué du bout de son index, était posé sur le centre d'une petite croix sculptée en relief sur une brique.

Or, le signe qui suivait le chiffre 19 sur le document était une croix !

Il lui fallut toute sa volonté pour dominer l'émotion qui l'envahit. Hâtivement, de ses doigts crispés, il saisit la croix et, tout en appuyant, la tourna comme il eût tourné les rayons d'une roue. La brique oscilla. Il redoubla son effort : elle ne bougea plus. Alors, sans tourner, il appuya davantage. Il la sentit aussitôt qui cédait. Et tout à coup, il y eut comme un déclenchement, un bruit de serrure qui s'ouvre ; et, à droite de la brique, sur une largeur d'un mètre, le pan du mur pivota et découvrit l'orifice d'un souterrain.

Comme un fou, Beautrelet empoigna la porte de fer dans laquelle les briques étaient scellées, la ramena violemment, et la ferma. L'étonnement, la joie, la peur d'être surpris convulsaient sa figure jusqu'à la rendre méconnaissable. Il eut la vision effarante de tout ce qui s'était passé là, devant cette porte, depuis vingt siècles, de tous les personnages initiés au grand secret, qui avaient pénétré par cette issue… Celtes, Gaulois, Romains, Normands, Anglais, Français, barons, ducs, rois, et, après eux tous, Arsène Lupin… et après Lupin, lui, Beautrelet… Il sentit que son cerveau lui échappait. Ses paupières battirent. Il tomba évanoui et roula jusqu'au bas de la rampe, au bord même du précipice.

Sa tâche était finie, du moins la tâche qu'il pouvait accomplir seul, avec les seules ressources dont il disposait.

Le soir, il écrivit au chef de la Sûreté une longue lettre, où il rapportait fidèlement les résultats de son enquête et livrait le secret de l'Aiguille creuse. Il demandait du secours pour achever l'œuvre et donnait son adresse.

En attendant la réponse, il passa deux nuits consécutives dans la chambre des Demoiselles. Il les passa, transi de peur, les nerfs secoués d'une épouvante qu'exaspéraient les bruits nocturnes… Il croyait à tout instant voir des ombres qui s'avançaient vers lui. On savait sa présence dans la grotte… on venait… on l'égorgeait… Son regard pourtant, éperdument fixe, soutenu par toute sa volonté, s'accrochait au pan du mur.

La première nuit rien ne bougea, mais la seconde, à la clarté des étoiles et d'un mince croissant de lune, il vit la porte s'ouvrir et des silhouettes qui émergeaient des ténèbres. Il en compta deux, trois, quatre, cinq…

Il lui sembla que ces cinq hommes portaient des fardeaux assez volumineux. Ils coupèrent droit par les champs jusqu'à la route du Havre et il discerna le bruit d'une automobile qui s'éloignait.

Il revint sur ses pas, il côtoya une grande ferme. Mais au détour du chemin qui la bordait, il n'eut que le temps d'escalader un talus et de se dissimuler derrière des arbres. Des hommes encore passèrent, quatre… cinq… et tous chargés de paquets. Et deux minutes après, une autre automobile gronda. Cette fois, il n'eut pas la force de retourner à son poste et il rentra se coucher.

À son réveil, le garçon d'hôtel lui apporta une lettre. Il la décacheta. C'était la carte de Ganimard.

« Enfin ! » s'écria Beautrelet, qui sentait vraiment, après une campagne aussi dure, le besoin d'un secours.

Il se précipita les mains tendues. Ganimard les prit, le contempla un moment et lui dit :

« Vous êtes un rude type, mon garçon.

— Bah ! fit-il, le hasard m'a servi.

— Il n'y a pas de hasard avec *lui* », affirma l'inspecteur, qui parlait toujours de Lupin d'un air solennel et sans prononcer son nom.

Il s'assit.

« Alors nous le tenons ?

— Comme on l'a déjà tenu plus de vingt fois, dit Beautrelet en riant.

— Oui, mais aujourd'hui…

— Aujourd'hui, en effet, le cas diffère. Nous connaissons sa retraite, son château fort, ce qui fait, somme toute, que Lupin est Lupin. Il peut s'échapper. L'Aiguille d'Étretat ne le peut pas.

— Pourquoi supposez-vous qu'il s'échappera ? demanda Ganimard inquiet.

— Pourquoi supposez-vous qu'il ait besoin de s'échapper ? répondit Beautrelet. Rien ne prouve qu'il soit dans l'Aiguille actuellement. Cette nuit, onze de ses complices en sont sortis. Il était peut-être l'un de ces onze. »

Ganimard réfléchit.

« Vous avez raison. L'essentiel, c'est l'Aiguille creuse. Pour le reste, espérons que la chance nous favorisera. Et maintenant, causons. »

Il prit de nouveau sa voix grave, son air d'importance convaincue, et prononça :

« Mon cher Beautrelet, j'ai ordre de vous recommander, à propos de cette affaire, la discrétion la plus absolue.

— Ordre de qui ? fit Beautrelet plaisantant. Du préfet de police ?

— Plus haut.

— Le président du Conseil ?

— Plus haut.

— Bigre ! »

Ganimard baissa la voix.

« Beautrelet, j'arrive de l'Élysée. On considère cette affaire comme un secret d'État, d'une extrême gravité. Il y a des raisons sérieuses pour que l'on tienne ignorée cette citadelle invisible… des raisons stratégiques surtout… Cela peut devenir un centre de ravitaillement, un magasin de poudres nouvelles, de projectiles récemment inventés, que sais-je ? l'arsenal inconnu de la France.

— Mais comment espère-t-on garder un tel secret ? Jadis, un seul homme le détenait, le roi. Aujourd'hui, nous sommes déjà quelques-uns à le savoir, sans compter la bande à Lupin.

— Eh ! Quand on ne gagnerait que dix ans, que cinq ans de silence ! Ces cinq années peuvent être le salut…

— Mais, pour s'emparer de cette citadelle, de ce futur arsenal, il faut bien l'attaquer, il faut bien en déloger Lupin. Et tout cela ne se fait pas sans bruit.

— Évidemment, on devinera quelque chose, mais on ne saura pas. Et puis quoi, essayons.

— Soit, quel est votre plan ?

— En deux mots, voilà. Tout d'abord vous n'êtes pas Isidore Beautrelet, et il n'est pas question non plus d'Arsène Lupin. Vous êtes et vous restez un gamin d'Étretat, lequel en flânant a surpris des individus qui sortaient d'un souterrain. Vous supposez, n'est-ce pas, l'existence d'un escalier qui perce la falaise du haut en bas ?

— Oui, il y a plusieurs de ces escaliers le long de la côte. Tenez, tout près, on m'a signalé, en face de Bénouville, l'escalier du Curé, connu de tous les baigneurs. Et je ne parle pas des trois ou quatre tunnels destinés aux pêcheurs.

— Donc, la moitié de mes hommes et moi nous marchons guidés par vous. J'entre seul, ou accompagné, ceci est à voir. Toujours est-il que l'attaque a lieu par là. Si Lupin n'est pas dans l'Aiguille, nous établissons une souricière, où un jour ou l'autre il se fera pincer. S'il est là…

— S'il est là, monsieur Ganimard, il s'enfuira de l'Aiguille par la face postérieure, celle qui regarde la mer.

— En ce cas, il sera immédiatement arrêté par l'autre moitié de mes hommes.

— Oui, mais si, comme je le suppose, vous avez choisi le moment où la mer s'est retirée, laissant à découvert la base de l'Aiguille, la chasse sera publique, puisqu'elle aura lieu devant tous les pêcheurs et pêcheuses de moules, de crevettes et de coquillages qui pullulent sur les rochers avoisinants.

— C'est pourquoi je choisirai justement l'heure où la mer sera pleine.

— En ce cas il s'enfuira sur une barque.

— Et comme j'aurai là, moi, une douzaine de barques de pêche dont chacune sera commandée par un de mes hommes, il sera cueilli.

— S'il ne passe pas entre votre douzaine de barques, ainsi qu'un poisson à travers les mailles.

— Soit. Mais alors je le coule à fond.

— Fichtre ! Vous aurez donc des canons ?

— Mon Dicu, oui. Il y a en ce moment un torpilleur au Havre. Sur un coup de téléphone de moi, il se trouvera à l'heure dite aux environs de l'Aiguille.

— Ce que Lupin sera fier ! Un torpilleur !… Allons, je vois, monsieur Ganimard, que vous avez tout prévu. Il n'y a plus qu'à marcher. Quand donnons-nous l'assaut ?

— Demain.

— La nuit ?

— En plein jour, à marée montante, sur le coup de dix heures.

— Parfait. »

Sous ses apparences de gaieté, Beautrelet cachait une véritable angoisse. Jusqu'au lendemain, il ne dormit pas, agitant tour à tour les plans les plus impraticables. Ganimard l'avait quitté pour se rendre à une dizaine de kilomètres d'Étretat, à Yport, où, par prudence, il avait donné rendez-vous à ses hommes et où il fréta douze barques de pêche, en vue, soi-disant, de sondages le long de la côte.

À neuf heures trois quarts, escorté de douze gaillards solides, il rencontrait Isidore au bas du chemin qui monte sur la falaise. À dix heures précises, ils arrivaient devant le pan de mur. Et c'était l'instant décisif.

« Qu'est-ce que tu as donc, Beautrelet ? Tu es vert ? ricana Ganimard, tutoyant le jeune homme en manière de moquerie.

— Et toi, monsieur Ganimard, riposta Beautrelet, on croirait que ta dernière heure est venue. »

Ils durent s'asseoir et Ganimard avala quelques gorgées de rhum.

« Ce n'est pas le trac, dit-il, mais, sapristi, quelle émotion ! Chaque fois que je dois le pincer, ça me prend comme ça aux entrailles. Un peu de rhum ?

— Non.

— Et si vous restez en route ?

— C'est que je serai mort.

— Bigre ! Enfin, nous verrons. Et maintenant, ouvrez. Pas de danger d'être vus, hein ?

— Non. L'Aiguille est plus basse que la falaise, et en outre nous sommes dans un repli de terrain. »

Beautrelet s'approcha du mur et pesa sur la brique. Le déclenchement se produisit, et l'entrée du souterrain apparut. À la lueur des lanternes qu'ils allumèrent, ils virent qu'il était percé en forme de voûte et que cette voûte, ainsi d'ailleurs que le sol lui-même, était entièrement recouverte de briques.

Ils marchèrent pendant quelques secondes, et tout de suite un escalier se présenta. Beautrelet compta quarante-cinq marches, marches en briques, mais que l'action lente des pas avait affaissées par le milieu.

« Sacré nom ! jura Ganimard qui tenait la tête, et qui s'arrêta subitement comme s'il avait heurté quelque chose.

— Qu'y a-t-il ?

— Une porte !

— Bigre, murmura Beautrelet en la regardant, et pas commode à démolir. Un bloc de fer, tout simplement.

— Nous sommes fichus, dit Ganimard, il n'y a même pas de serrure.

— Justement, c'est ce qui me donne de l'espoir.

— Et pourquoi ?

— Une porte est faite pour s'ouvrir, et si celle-là n'a pas de serrure, c'est qu'il y a un secret pour l'ouvrir.

— Et comme nous ne connaissons pas ce secret…

— Je vais le connaître.

— Par quel moyen ?

— Par le moyen du document. La quatrième ligne n'a pas d'autre raison que de résoudre les difficultés au moment où elles s'offrent. Et la solution est relativement facile, puisqu'elle est inscrite, non pour dérouter, mais pour aider ceux qui cherchent.

— Relativement facile ! je ne suis pas de votre avis, s'écria Ganimard qui avait déplié le document… Le nombre 44 et un triangle marqué d'un point à gauche, c'est plutôt obscur.

— Mais non, mais non. Examinez la porte. Vous verrez qu'elle est renforcée, aux quatre coins, de plaques de fer en forme de triangles et que ces plaques sont maintenues par de gros clous. Prenez la plaque de gauche, tout en bas, et faites jouer le clou qui est à l'angle… Il y a neuf chances contre une, pour que nous tombions juste.

— Vous êtes tombé sur la dixième, dit Ganimard après avoir essayé.

— Alors, c'est que le chiffre 44… »

À voix basse, tout en réfléchissant, Beautrelet continua :

« Voyons… Ganimard et moi, nous sommes là, tous les deux, à la dernière marche de l'escalier… il y en a 45… Pourquoi 45, tandis que le chiffre du document est 44 ?… Coïncidence ? non… Dans toute cette affaire, il n'y a jamais eu de coïncidence, du moins involontaire. Ganimard, ayez la bonté de remonter d'une marche… C'est cela, ne quittez pas cette 44e marche. Et maintenant, je fais jouer le clou de fer. Et la bobinette cherra… Sans quoi j'y perds mon latin… »

La lourde porte en effet tourna sur ses gonds. Une caverne assez spacieuse s'offrit à leurs regards.

« Nous devons être exactement sous le fort de Fréfossé, dit Beautrelet. Maintenant les couches de terre sont traversées. C'est fini de la brique. Nous sommes en pleine masse calcaire. »

La salle était confusément éclairée par un jet de lumière qui provenait de l'autre extrémité. En s'approchant ils virent que c'était une fissure de la falaise, pratiquée dans un ressaut de la paroi, et qui formait comme une sorte d'observatoire. En face d'eux, à cinquante mètres, surgissait des flots le bloc impressionnant de l'Aiguille. À droite, tout près, c'était l'arc-boutant de la porte d'Aval, et, à gauche, très loin, fermant la courbe harmonieuse d'une vaste crique, une autre arche, plus imposante encore, se découpait dans la falaise, la Manneporte *(magna porta)*, si grande, qu'un navire y aurait trouvé passage, ses mâts dressés et toutes voiles dehors. Au fond, partout, la mer.

« Je ne vois pas notre flottille, dit Beautrelet.

— Impossible, fit Ganimard, la porte d'Aval nous cache toute la côte d'Étretat et d'Yport. Mais tenez, là-bas, au large, cette ligne noire, au ras de l'eau…

— Eh bien ?…

— Eh bien, c'est notre flotte de guerre, le torpilleur n° 25. Avec ça, Lupin peut s'évader… s'il veut connaître les paysages sous-marins. »

Une rampe marquait l'orifice de l'escalier, près de la fissure. Ils s'y engagèrent. De temps à autre, une petite fenêtre trouait la paroi, et chaque fois ils apercevaient l'Aiguille, dont la masse leur semblait de plus en plus colossale. Un peu avant d'arriver au niveau de l'eau, les fenêtres cessèrent, et ce fut l'obscurité.

Isidore comptait les marches à haute voix. À la trois cent cinquante-huitième, ils débouchèrent dans un couloir plus large que barrait encore une porte en fer, renforcée de plaques et de clous.

« Nous connaissons ça, dit Beautrelet. Le document nous donne le nombre 357 et un triangle pointé à droite. Nous n'avons qu'à recommencer l'opération. »

La seconde porte obéit comme la première. Un long, très long tunnel se présenta, éclairé de place en place par la lueur vive des lanternes, suspendues à la voûte. Les murs suintaient, et des gouttes d'eau tombaient sur le sol, de sorte que, d'un bout à l'autre, on avait disposé, pour faciliter la marche, un véritable trottoir en planches.

« Nous passons sous la mer, dit Beautrelet. Vous venez, Ganimard ? »

L'inspecteur s'aventura dans le tunnel, suivit la passerelle en bois et s'arrêta devant une lanterne qu'il décrocha :

« Les ustensiles datent peut-être du Moyen Âge, mais le mode d'éclairage est moderne. Ces messieurs s'éclairent avec des manchons à incandescence. »

Il continua son chemin. Le tunnel aboutissait à une autre grotte de proportions plus spacieuses, où l'on apercevait, en face, les premières marches d'un escalier qui montait.

« Maintenant, c'est l'ascension de l'Aiguille qui commence, dit Ganimard, ça devient plus grave. »

Mais un de ses hommes l'appela.

« Patron, un autre escalier, là, sur la gauche. »

Et tout de suite après, ils en découvrirent un troisième sur la droite.

« Fichtre, murmura l'inspecteur, la situation se complique. Si nous passons par ici, ils fileront par là, eux.

— Séparons-nous, proposa Beautrelet.

— Non, non... ce serait nous affaiblir... Il est préférable que l'un de nous parte en éclaireur.

— Moi, si vous voulez...

— Vous, Beautrelet, soit. Je resterai avec mes hommes... comme ça, rien à craindre. Il peut y avoir d'autres chemins que celui que nous avons suivi dans la falaise, et plusieurs chemins aussi à travers l'Aiguille. Mais, pour sûr, entre la falaise et l'Aiguille, il n'y a pas d'autre communication que le tunnel. Donc, il faut qu'on passe par cette grotte. Donc je m'y installe jusqu'à votre retour. Allez, Beautrelet, et de la prudence… À la moindre alerte, rappliquez… »

Vivement Isidore disparut par l'escalier du milieu. À la trentième marche, une porte, une véritable porte en bois l'arrêta. Il saisit le bouton de la serrure et tourna. Elle n'était pas fermée.

Il entra dans une salle qui lui sembla très basse, tellement elle était immense. Éclairée par de fortes lampes, soutenue par des piliers trapus, entre lesquels s'ouvraient de profondes perspectives, elle devait presque avoir les mêmes dimensions que l'Aiguille. Des caisses l'encombraient, et une multitude d'objets, des meubles, des sièges, des bahuts, des crédences, des coffrets, tout un fouillis comme on en voit au sous-sol des marchands d'antiquités. À sa droite et à sa gauche, Beautrelet aperçut l'orifice de deux escaliers, les mêmes sans doute que ceux qui partaient de la grotte inférieure. Il eût donc pu redescendre et avertir Ganimard. Mais, en face de lui, un nouvel escalier montait, et il eut la curiosité de poursuivre seul ses investigations.

Trente marches encore. Une porte, puis une salle un peu moins vaste, sembla-t-il à Beautrelet. Et toujours, en face, un escalier qui montait.

Trente marches encore. Une porte. Une salle plus petite…

Beautrelet comprit le plan des travaux exécutés à l'intérieur de l'Aiguille. C'était une série de salles superposées les unes au-dessus des autres, et par conséquent, de plus en plus restreintes. Toutes servaient de magasins.

À la quatrième, il n'y avait plus de lampe. Un peu de jour filtrait par des fissures, et Beautrelet aperçut la mer à une dizaine de mètres au-dessous de lui.

À ce moment, il se sentit si éloigné de Ganimard qu'une certaine angoisse commença à l'envahir, et il lui fallut dominer ses nerfs pour ne pas se sauver à toutes jambes. Aucun danger ne le menaçait cependant, et même, autour de lui, le silence était tel qu'il se demandait si l'Aiguille entière n'avait pas été abandonnée par Lupin et ses complices.

« Au prochain étage, se dit-il, je m'arrêterai. »

Trente marches, toujours, puis une porte, celle-ci plus légère, d'aspect plus moderne. Il la poussa doucement, tout prêt à la fuite. Personne. Mais la salle différait des autres comme destination. Aux murs, des tapisseries ; sur le sol, des tapis. Deux dressoirs magnifiques se faisaient vis-à-vis, chargés d'orfèvrerie. Les petites fenêtres, pratiquées dans les fentes étroites et profondes, étaient garnies de vitres.

Au milieu de la pièce, une table richement servie avec une nappe en dentelle, des compotiers de fruits et de gâteaux, du champagne en carafes, et des fleurs, des amoncellements de fleurs.

Autour de la table, trois couverts.

Beautrelet s'approcha. Sur les serviettes il y avait des cartes avec le nom des convives.

Il lut d'abord : *Arsène Lupin.*

En face : *Mme Arsène Lupin.*

Il prit la troisième carte et tressauta d'étonnement. Celle-là portait son nom : *Isidore Beautrelet* !

X

Le trésor des rois de France

Un rideau s'écarta.

« Bonjour, mon cher Beautrelet, vous êtes un peu en retard. Le déjeuner était fixé à midi. Mais, enfin, à quelques minutes près… Qu'y a-t-il donc ? Vous ne me reconnaissez pas ? Je suis donc si changé ! »

Au cours de sa lutte contre Lupin, Beautrelet avait connu bien des surprises, et il s'attendait encore, à l'heure du dénouement, à passer par bien d'autres émotions, mais le choc cette fois fut imprévu. Ce n'était pas de l'étonnement, mais de la stupeur, de l'épouvante.

L'homme qu'il avait en face de lui, l'homme que toute la force brutale des événements l'obligeait à considérer comme Arsène Lupin, cet homme c'était Valméras. Valméras ! le propriétaire du château de l'Aiguille. Valméras ! celui-là même auquel il avait demandé secours contre Arsène Lupin. Valméras ! son compagnon d'expédition à Crozant. Valméras ! le courageux ami qui avait rendu possible l'évasion de Raymonde en frappant ou en affectant de frapper, dans l'ombre du vestibule, un complice de Lupin !

« Vous… vous… C'est donc vous ! balbutia-t-il.

— Et pourquoi pas ? s'écria Lupin. Pensiez-vous donc me connaître définitivement parce que vous m'aviez vu sous les traits d'un clergyman ou sous l'apparence de M. Massiban ? Hélas ! quand on a choisi la situation sociale que j'occupe, il faut bien se servir de ses petits talents de société. Si Lupin ne pouvait être, à sa guise, pasteur de l'Église réformée et membre de l'Académie des Inscriptions et Belles-Lettres, ce serait à désespérer d'être Lupin. Or, Lupin, le vrai Lupin, Beautrelet, le voici ! Regarde de tous tes yeux, Beautrelet…

— Mais alors... si c'est vous... alors... mademoiselle...

— Eh oui, Beautrelet, tu l'as dit... »

Il écarta de nouveau la tenture, fit un signe et annonça :

« Mme Arsène Lupin.

— Ah ! murmura le jeune homme malgré tout confondu... Mlle de Saint-Véran.

— Non, non, protesta Lupin, Mme Arsène Lupin ! ou plutôt, si vous préférez, Mme Louis Valméras, mon épouse en justes noces, selon les formes légales les plus rigoureuses. Et grâce à vous, mon cher Beautrelet. »

Il lui tendit la main.

« Tous mes remerciements... et, de votre part, je l'espère, sans rancune. »

Chose bizarre, Beautrelet n'en éprouvait point, de la rancune. Aucun sentiment d'humiliation. Nulle amertume. Il subissait si fortement l'énorme supériorité de son adversaire qu'il ne rougissait pas d'avoir été vaincu par lui. Il serra la main qu'on lui offrait.

« Madame est servie. »

Un domestique avait déposé sur la table un plateau chargé de mets.

« Vous nous excuserez, Beautrelet, mon chef est en congé, et nous serons contraints de manger froid. »

Beautrelet n'avait guère envie de manger. Il s'assit cependant, prodigieusement intéressé par l'attitude de Lupin. Que savait-il au juste ? Se rendait-il compte du danger qu'il courait ? Ignorait-il la présence de Ganimard et de ses hommes ?... Et Lupin continuait :

« Oui, grâce à vous, mon cher ami. Certainement, Raymonde et moi, nous nous sommes aimés le premier jour. Parfaitement, mon petit... L'enlèvement de Raymonde, sa captivité, des blagues, tout cela : nous nous aimions... Mais elle, pas plus que moi, d'ailleurs, quand nous fûmes libres de nous aimer, nous n'avons pu admettre qu'il s'établît entre nous un de ces liens passagers qui sont à la merci du hasard. La situation était donc insoluble pour Lupin. Mais elle ne l'était pas si je redevenais le Louis Valméras que je n'ai pas cessé d'être depuis le jour de mon enfance. C'est alors que j'eus l'idée, puisque vous ne lâchiez pas prise et que vous aviez trouvé ce château de l'Aiguille, de profiter de votre obstination.

— Et de ma niaiserie.

— Bah! qui ne s'y fût laissé prendre?

— De sorte que c'est sous mon couvert, avec mon appui, que vous avez pu réussir?

— Parbleu! Comment aurait-on soupçonné Valméras d'être Lupin, puisque Valméras était l'ami de Beautrelet, et que Valméras venait d'arracher à Lupin celle que Lupin aimait? Et ce fut charmant. Oh! Les jolis souvenirs! L'expédition à Crozant! les bouquets de fleurs trouvés : ma soi-disant lettre d'amour à Raymonde! et, plus tard, les précautions que moi, Valméras, j'eus à prendre contre moi, Lupin, avant mon mariage! Et, le soir de votre fameux banquet, quand vous défaillîtes entre mes bras! Les jolis souvenirs!... »

Il y eut un silence. Beautrelet observa Raymonde. Elle écoutait Lupin sans mot dire, et elle le regardait avec des yeux où il y avait de l'amour, de la passion, et autre chose aussi, que le jeune homme n'aurait pu définir, une sorte de gêne inquiète et comme une tristesse confuse. Mais Lupin tourna les yeux vers elle et elle lui sourit tendrement. À travers la table, leurs mains se joignirent.

« Que dis-tu de ma petite installation, Beautrelet? s'écria Lupin... De l'allure, n'est-ce pas? Je ne prétends point que ce soit du dernier confortable... Cependant, quelques-uns s'en sont contentés, et non des moindres... Regarde la liste de quelques personnages qui furent les propriétaires de l'Aiguille, et qui tinrent à honneur d'y laisser la marque de leur passage. »

Sur les murs, les uns au-dessous des autres, ces mots étaient gravés :

César. Charlemagne. Roll. Guillaume le Conquérant. Richard, roi d'Angleterre. Louis le Onzième. François Ier. Henri IV. Louis XIV. Arsène Lupin.

« Qui s'inscrira désormais? reprit-il. Hélas! la liste est close. De César à Lupin, et puis c'est tout. Bientôt, ce sera la foule anonyme qui viendra visiter l'étrange citadelle. Et dire que, sans Lupin, tout cela restait à jamais inconnu des hommes ! Ah ! Beautrelet, le jour où j'ai mis le pied sur ce sol abandonné, quelle sensation d'orgueil ! Retrouver le secret perdu, en devenir le maître, le seul maître ! Hériter d'un pareil héritage ! Après tant de rois, habiter l'Aiguille !… »

Un geste de sa femme l'interrompit. Elle paraissait très agitée.

« Du bruit, dit-elle… du bruit en dessous de nous… vous entendez…

— C'est le clapotement de l'eau, fit Lupin.

— Mais non… mais non… Le bruit des vagues, je le connais… c'est autre chose…

— Que voulez-vous que ce soit, ma chère amie, dit Lupin en riant. Je n'ai invité que Beautrelet à déjeuner. »

Et, s'adressant au domestique :

« Charolais, tu as fermé les portes des escaliers derrière monsieur ?

— Oui, et j'ai mis les verrous. »

Lupin se leva :

« Allons, Raymonde, ne tremblez pas ainsi… Ah ! mais vous êtes toute pâle ! »

Il lui dit quelques mots à voix basse, ainsi qu'au domestique, souleva le rideau et les fit sortir tous deux.

En bas, le bruit se précisait. C'étaient des coups sourds qui se répétaient à intervalles égaux. Beautrelet pensa :

« Ganimard a perdu patience, et il brise les portes. »

Très calme, et comme si, véritablement, il n'eût pas entendu, Lupin reprit :

« Par exemple, rudement endommagée, l'Aiguille, quand j'ai réussi à la découvrir ! On voyait bien que nul n'avait possédé le secret depuis un siècle, depuis Louis XVI et la Révolution. Le tunnel menaçait ruine. Les escaliers s'effritaient. L'eau coulait à l'intérieur. Il m'a fallu étayer, consolider, reconstruire. »

Beautrelet ne put s'empêcher de dire :

« À votre arrivée, était-ce vide ?

— À peu près. Les rois n'ont pas dû utiliser l'Aiguille, ainsi que je l'ai fait, comme entrepôt…

— Comme refuge, alors ?

— Oui, sans doute, au temps des invasions, au temps des guerres civiles, également. Mais sa véritable destination, ce fut d'être... comment dirai-je ? le coffre-fort des rois de France. »

Les coups redoublaient, moins sourds maintenant. Ganimard avait dû briser la première porte, et il s'attaquait à la seconde.

Un silence, puis d'autres coups plus rapprochés encore. C'était la troisième porte. Il en restait deux.

Par une des fenêtres, Beautrelet aperçut les barques qui cinglaient autour de l'Aiguille, et, non loin, flottant comme un gros poisson noir, le torpilleur.

« Quel vacarme ! s'exclama Lupin, on ne s'entend pas ! Montons, veux-tu ? Peut-être cela t'intéressera-t-il de visiter l'Aiguille. »

Ils passèrent à l'étage au-dessus, lequel était défendu, comme les autres, par une porte que Lupin referma derrière lui.

« Ma galerie de tableaux », dit-il.

Les murs étaient couverts de toiles, où Beautrelet lut aussitôt les signatures les plus illustres. Il y avait la *Vierge à l'Agnus Dei*, de Raphaël ; le *Portrait de Lucrezia Fede*, d'André del Sarto ; la *Salomé*, de Titien ; la *Vierge et les Anges*, de Botticelli ; des Tintoret, des Carpaccio, des Rembrandt, des Vélasquez.

« De belles copies ! » approuva Beautrelet...

Lupin le regarda d'un air stupéfait :

« Quoi ! Des copies ! Es-tu fou ! Les copies sont à Madrid, mon cher, à Florence, à Venise, à Munich, à Amsterdam.

— Alors, ça ?

— Les toiles originales, collectionnées avec patience dans tous les musées d'Europe, où je les ai remplacées honnêtement par d'excellentes copies.

— Mais, un jour ou l'autre...

— Un jour ou l'autre, la fraude sera découverte ? Eh bien ! l'on trouvera ma signature sur chacune des toiles – par-derrière –, et l'on saura que c'est moi qui ai doté mon pays de chefs-d'œuvre originaux. Après tout, je n'ai fait que ce qu'a fait Napoléon en Italie... Ah ! tiens, Beautrelet, voici les quatre Rubens de M. de Gesvres... »

Les coups ne discontinuaient pas au creux de l'Aiguille.

« Ce n'est plus tenable ! dit Lupin. Montons encore. »

Un nouvel escalier. Une nouvelle porte.

« La salle des tapisseries », annonça Lupin.

Elles n'étaient pas suspendues, mais roulées, ficelées, étiquetées, et mêlées, d'ailleurs, à des paquets d'étoffes anciennes, que Lupin déplia : brocarts merveilleux, velours admirables, soies souples, aux tons fanés, chasubles, tissus d'or et d'argent…

Ils montèrent encore et Beautrelet vit la salle des horloges et des pendules, la salle des livres (oh ! les magnifiques reliures, et les volumes précieux introuvables, uniques exemplaires dérobés aux grandes bibliothèques !), la salle des dentelles, la salle des bibelots.

Et, chaque fois, le cercle de la salle diminuait. Et, chaque fois, maintenant, le bruit des coups s'éloignait. Ganimard perdait du terrain.

« La dernière, dit Lupin, la salle du trésor. »

Celle-ci était toute différente. Ronde, aussi, mais très haute, de forme conique, elle occupait le sommet de l'édifice, et sa base devait se trouver à quinze ou vingt mètres de la pointe extrême de l'Aiguille.

Du côté de la falaise, point de lucarne mais, du côté de la mer, comme nul regard indiscret n'était à craindre, deux baies vitrées s'ouvraient, par où la lumière entrait abondamment. Le sol était couvert d'un plancher de bois rare, à dessins concentriques. Contre les murs, des vitrines, quelques tableaux.

« Les perles de mes collections, dit Lupin. Tout ce que tu as vu jusque-là est à vendre. Des objets s'en vont, d'autres arrivent. C'est le métier. Ici, dans ce sanctuaire, tout est sacré. Rien que du choix, de l'essentiel, le meilleur du meilleur, de l'inappréciable. Regarde ces bijoux, Beautrelet, amulettes chaldéennes, colliers égyptiens, bracelets celtiques, chaînes arabes… Regarde ces statuettes, Beautrelet, cette Vénus grecque, cet Apollon de Corinthe… Regarde ces tanagras, Beautrelet ! Tous les vrais tanagras sont ici. Hors de cette vitrine, il n'y en a pas un seul au monde qui soit authentique. Quelle jouissance de se dire cela ! Beautrelet, tu te rappelles les pilleurs d'églises dans le Midi, la bande Thomas et compagnie – des agents à moi, soit dit en passant –, eh bien !

voici la châsse d'Ambazac, la véritable, Beautrelet ! Tu te rappelles le scandale du Louvre, la tiare reconnue fausse, imaginée, fabriquée par un artiste moderne… Voici la tiare de Saïtapharnès, la véritable, Beautrelet ! Regarde, regarde bien, Beautrelet ! Voici la merveille des merveilles, l'œuvre suprême, la pensée d'un dieu, voici la *Joconde* de Vinci, la véritable. À genoux, Beautrelet, toute la femme est devant toi ! »

Un long silence entre eux. En bas, les coups se rapprochaient. Deux ou trois portes, pas davantage, les séparaient de Ganimard.

Au large, on apercevait le dos noir du torpilleur et les barques qui croisaient. Le jeune homme demanda :

« Et le trésor ?

— Ah ! petit, c'est cela, surtout, qui t'intéresse ! Tous ces chefs-d'œuvre de l'art humain, n'est-ce pas ? ça ne vaut pas, pour ta curiosité, la contemplation du trésor… Et toute la foule sera comme toi !… Allons, sois satisfait ! »

Il frappa violemment du pied, fit ainsi basculer un des disques qui composaient le parquet, et, le soulevant comme le couvercle d'une boîte, il découvrit une sorte de cuve, toute ronde, creusée à même le roc. Elle était vide. Un peu plus loin, il exécuta la même manœuvre. Une autre cuve apparut. Vide également. Trois fois encore, il recommença. Les trois autres cuves étaient vides.

« Hein ! ricana Lupin, quelle déception ! Sous Louis XI, sous Henri IV, sous Richelieu, les cinq cuves devaient être pleines. Mais, pense donc à Louis XIV, à la folie de Versailles, aux guerres, aux grands désastres du règne ! Et pense à Louis XV, le roi prodigue, à la Pompadour, à la du Barry ! Ce qu'on a dû puiser alors ! Avec quels ongles crochus on a dû gratter la pierre ! Tu vois, plus rien… »

Il s'arrêta :

« Si, Beautrelet, quelque chose encore, la sixième cachette ! Intangible, celle-là… Nul d'entre eux n'osa jamais y toucher. C'était la ressource suprême… disons le mot, la poire pour la soif. Regarde, Beautrelet. »

Il se baissa et souleva le couvercle. Un coffret de fer emplissait la cuve. Lupin sortit de sa poche une clef à gorge et à rainures compliquées, et il ouvrit.

Ce fut un éblouissement. Toutes les pierres précieuses étincelaient, toutes les couleurs flamboyaient, l'azur des saphirs, le feu des rubis, le vert des émeraudes, le soleil des topazes.

« Regarde, regarde, petit Beautrelet. Ils ont dévoré toute la monnaie d'or, toute la monnaie d'argent, tous les écus, et tous les ducats, et tous les doublons, mais le coffre des pierres précieuses est intact ! Regarde les montures. Il y en a de toutes les époques, de tous les siècles, de tous les pays. Les dots des reines sont là. Chacune apporta sa part, Marguerite d'Écosse et Charlotte de Savoie, Marie d'Angleterre et Catherine de Médicis et toutes les archiduchesses d'Autriche, Éléonore, Elisabeth, Marie-Thérèse, Marie-Antoinette… Regarde ces perles, Beautrelet ! et ces diamants ! l'énormité de ces diamants ! Aucun d'eux qui ne soit digne d'une impératrice ! Le Régent de France n'est pas plus beau ! »

Il se releva et tendit la main en signe de serment :

« Beautrelet, tu diras à l'univers que Lupin n'a pas pris une seule des pierres qui se trouvaient dans le coffre royal, pas une seule, je le jure sur l'honneur ! Je n'en avais pas le droit. C'était la fortune de la France… »

En bas, Ganimard se hâtait. À la répercussion des coups, il était facile de juger que l'on attaquait l'avant-dernière porte, celle qui donnait accès à la salle des bibelots.

« Laissons le coffre ouvert, dit Lupin, et toutes les cuves aussi, tous ces petits sépulcres vides… »

Il fit le tour de la pièce, examina certaines vitrines, contempla certains tableaux et, se promenant d'un air pensif :

« Comme c'est triste de quitter tout cela ! Quel déchirement ! Mes plus belles heures, je les ai passées ici, seul en face des objets que j'aimais… Et mes yeux ne les verront plus, et mes mains ne les toucheront plus. »

Il y avait sur son visage contracté une telle expression de lassitude que Beautrelet en éprouva une pitié confuse. La douleur, chez cet homme, devait prendre des proportions plus grandes que chez un autre, de même que la joie, de même que l'orgueil ou l'humiliation.

Près de la fenêtre, maintenant, et le doigt tendu vers l'horizon, il disait :

« Ce qui est plus triste encore, c'est cela, tout cela qu'il me faut abandonner. Est-ce beau ? la mer immense... le ciel... À droite et à gauche les falaises d'Étretat, avec leurs trois portes, la porte d'Amont, la porte d'Aval, la Manneporte... autant d'arcs de triomphe pour le maître... Et le maître c'était moi ! Roi de l'aventure ! Roi de l'Aiguille creuse ! Royaume étrange et surnaturel ! de César à Lupin... Quelle destinée ! »

Il éclata de rire.

« Roi de féerie ? et pourquoi cela ? disons tout de suite roi d'Yvetot ! Quelle blague ! Roi du monde, oui, voilà la vérité ! De cette pointe d'Aiguille, je dominais l'univers ! Je le tenais dans mes griffes comme une proie ! Soulève la tiare de Saïtapharnès, Beautrelet... Tu vois ce double appareil téléphonique... À droite, c'est la communication avec Paris, – ligne spéciale. – À gauche, avec Londres, – ligne spéciale. Par Londres j'ai l'Amérique, j'ai l'Asie, j'ai l'Australie ! Dans tous ces pays, des comptoirs, des agents de vente, des rabatteurs, des indicateurs. C'est le trafic international. C'est le grand marché de l'art et de l'antiquité, la foire du monde. Ah ! Beautrelet, il y a des moments où ma puissance me tourne la tête. Je suis ivre de force et d'autorité... »

La porte en dessous céda. On entendit Ganimard et ses hommes qui couraient et qui cherchaient... Après un instant, Lupin reprit, à voix basse :

« Et voilà, c'est fini... Une petite fille a passé, qui a des cheveux blonds, de beaux yeux tristes, et une âme honnête, oui, honnête, et c'est fini... moi-même je démolis le formidable édifice... tout le reste me paraît absurde et puéril... il n'y a plus que ses cheveux qui comptent... ses yeux tristes... et sa petite âme honnête. »

Les hommes montaient l'escalier. Un coup ébranla la porte, la dernière... Lupin empoigna brusquement le bras du jeune homme.

« Comprends-tu, Beautrelet, pourquoi je t'ai laissé le champ libre, alors que, tant de fois, depuis des semaines, j'aurais pu t'écraser ? Comprends-tu que tu aies réussi à parvenir jusqu'ici ? Comprends-tu que j'aie délivré à chacun de mes hommes leur part de butin et que tu les aies rencontrés l'autre nuit sur la falaise ?

Tu le comprends, n'est-ce pas ? L'Aiguille creuse, c'est l'Aventure. Tant qu'elle est à moi, je reste l'Aventurier. L'Aiguille reprise, c'est tout le passé qui se détache de moi, c'est l'avenir qui commence, un avenir de paix et de bonheur où je ne rougirai plus quand les yeux de Raymonde me regarderont, un avenir… »

Il se retourna furieux, vers la porte :

« Mais tais-toi donc, Ganimard, je n'ai pas fini ma tirade ! »

Les coups se précipitaient. On eût dit le choc d'une poutre projetée contre la porte. Debout en face de Lupin, Beautrelet, éperdu de curiosité, attendait les événements, sans comprendre le manège de Lupin. Qu'il eût livré l'Aiguille, soit, mais pourquoi se livrait-il lui-même ? Quel était son plan ? Espérait-il échapper à Ganimard ? Et d'un autre côté, où donc se trouvait Raymonde ?

Lupin cependant murmurait, songeur :

« Honnête… Arsène Lupin honnête… plus de vol… mener la vie de tout le monde… Et pourquoi pas ? il n'y a aucune raison pour que je ne retrouve pas le même succès… Mais fiche-moi donc la paix, Ganimard ! Tu ignores donc, triple idiot, que je suis en train de prononcer des paroles historiques, et que Beautrelet les recueille pour nos petits-fils ! »

Il se mit à rire :

« Je perds mon temps. Jamais Ganimard ne saisira l'utilité de mes paroles historiques. »

Il prit un morceau de craie rouge, approcha du mur un escabeau, et il inscrivit en grosses lettres :

Arsène Lupin lègue à la France tous les trésors de l'Aiguille creuse, à la seule condition que ces trésors soient installés au musée du Louvre, dans des salles qui porteront le nom de « Salles Arsène Lupin ».

« Maintenant, dit-il, ma conscience est en paix. La France et moi nous sommes quittes. »

Les assaillants frappaient à tour de bras. Un des panneaux fut éventré. Une main passa, cherchant la serrure.

« Tonnerre, dit Lupin, Ganimard est capable d'arriver au but, pour une fois. »

Il sauta sur la serrure et enleva la clef.

« Crac, mon vieux, cette porte-là est solide... J'ai tout mon temps... Beautrelet, je te dis adieu... Et merci !... car vraiment tu aurais pu me compliquer l'attaque... mais tu es un délicat, toi ! »

Il s'était dirigé vers un grand triptyque de Van der Weiden, qui représentait les Rois mages. Il replia le volet de droite et découvrit ainsi une petite porte dont il saisit la poignée.

« Bonne chasse, Ganimard, et bien des choses chez toi ! »

Un coup de feu retentit. Il bondit en arrière.

« Ah ! canaille, en plein cœur ! T'as donc pris des leçons ? Fichu le roi mage ! En plein cœur ! Fracassé comme une pipe à la foire...

— Rends-toi, Lupin ! hurla Ganimard dont le revolver surgissait hors du panneau brisé et dont on apercevait les yeux brillants... Rends-toi, Lupin !

— Et la garde, est-ce qu'elle se rend ?

— Si tu bouges, je te brûle...

— Allons donc, tu ne peux pas m'avoir d'ici ! »

De fait, Lupin s'était éloigné, et si Ganimard, par la brèche pratiquée dans la porte, pouvait tirer droit devant lui, il ne pouvait tirer ni surtout viser du côté où se trouvait Lupin... La situation de celui-ci n'en était pas moins terrible, puisque l'issue sur laquelle il comptait, la petite porte du triptyque, s'ouvrait en face de Ganimard. Essayer de s'enfuir, c'était s'exposer au feu du policier... et il restait cinq balles dans le revolver.

« Fichtre, dit-il en riant, mes actions sont en baisse. C'est bien fait, mon vieux Lupin, t'as voulu avoir une dernière sensation et t'as trop tiré sur la corde. Fallait pas tant bavarder. »

Il s'aplatit contre le mur. Sous l'effort des hommes, un pan du panneau encore avait cédé, et Ganimard était plus à l'aise. Trois mètres, pas davantage, séparaient les deux adversaires. Mais une vitrine en bois doré protégeait Lupin.

« À moi donc, Beautrelet, s'écria le vieux policier, qui grinçait de rage... tire donc dessus, au lieu de reluquer comme ça !... »

Isidore, en effet, n'avait pas remué, spectateur passionné, mais indécis jusque-là. De toutes ses forces, il eût voulu se mêler à la lutte et abattre la proie qu'il tenait à sa merci. Un sentiment obscur l'en empêchait.

L'appel de Ganimard le secoua. Sa main se crispa à la crosse de son revolver.

« Si je prends parti, pensa-t-il, Lupin est perdu… et j'en ai le droit… c'est mon devoir… »

Leurs yeux se rencontrèrent. Ceux de Lupin étaient calmes, attentifs, presque curieux, comme si, dans l'effroyable danger qui le menaçait, il ne se fût intéressé qu'au problème moral qui étreignait le jeune homme. Isidore se déciderait-il à donner le coup de grâce à l'ennemi vaincu ?… La porte craqua du haut en bas.

« À moi, Beautrelet, nous le tenons », vociféra Ganimard.

Isidore leva son revolver.

Ce qui se passa fut si rapide qu'il n'en eut pour ainsi dire conscience que par la suite. Il vit Lupin se baisser, courir le long du mur, raser la porte, au-dessous de l'arme même que brandissait vainement Ganimard, et il se sentit soudain, lui, Beautrelet, projeté à terre, ramassé aussitôt, et soulevé par une force invincible.

Lupin le tenait en l'air, comme un bouclier vivant, derrière lequel il se cachait.

« Dix contre un que je m'échappe, Ganimard ! Avec Lupin, vois-tu, il y a toujours de la ressource… »

Il avait reculé rapidement vers le triptyque. Tenant d'une main Beautrelet plaqué contre sa poitrine, de l'autre il dégagea l'issue et referma la petite porte. Il était sauvé… Tout de suite un escalier s'offrit à eux, qui descendait brusquement.

« Allons, dit Lupin, en poussant Beautrelet devant lui, l'armée de terre est battue… occupons-nous de la flotte française. Après Waterloo, Trafalgar… T'en auras pour ton argent, hein, petit !… Ah ! que c'est drôle, les voilà qui cognent le triptyque maintenant… Trop tard, les enfants… Mais file donc, Beautrelet… »

L'escalier, creusé dans la paroi de l'Aiguille, dans son écorce même, tournait tout autour de la pyramide, l'encerclant comme la spirale d'un toboggan.

L'un pressant l'autre, ils dégringolaient les marches deux par deux, trois par trois. De place en place un jet de lumière giclait à travers une fissure, et Beautrelet emportait la vision des barques de pêche qui évoluaient à quelques dizaines de brasses, et du torpilleur noir…

Ils descendaient, ils descendaient, Isidore silencieux, Lupin toujours exubérant.

« Je voudrais bien savoir ce que fait Ganimard ? Dégringole-t-il les autres escaliers pour me barrer l'entrée du tunnel ? Non, il n'est pas si bête… Il aura laissé là quatre hommes… et quatre hommes suffisent. »

Il s'arrêta.

« Écoute… ils crient là-haut… c'est ça, ils auront ouvert la fenêtre et ils appellent leur flotte… Regarde, on se démène sur les barques… on échange des signaux… le torpilleur bouge… Brave torpilleur ! je te reconnais, tu viens du Havre… Canonniers, à vos postes… Bigre, voilà le commandant… Bonjour, Duguay-Trouin. »

Il passa son bras par une fenêtre et agita son mouchoir. Puis il se remit en marche.

« La flotte ennemie fait force de rames, dit-il. L'abordage est imminent. Dieu que je m'amuse ! »

Ils perçurent des bruits de voix au-dessous d'eux. À ce moment, ils approchaient du niveau de la mer, et ils débouchèrent presque aussitôt dans une vaste grotte où deux lanternes allaient et venaient parmi l'obscurité. Une ombre surgit et une femme se jeta au cou de Lupin !

« Vite ! vite ! j'étais inquiète !… Qu'est-ce que vous faisiez ?… Mais vous n'êtes pas seul ?… »

Lupin la rassura.

« C'est notre ami Beautrelet… Figure-toi que notre ami Beautrelet a eu la délicatesse… mais je te raconterai cela… nous n'avons pas le temps… Charolais, tu es là ?… Ah bien… Le bateau ?… »

Charolais répondit : « Le bateau est prêt. »

« Allume », fit Lupin.

Au bout d'un instant le bruit d'un moteur crépita, et Beautrelet dont le regard s'habituait peu à peu aux demi-ténèbres, finit par se rendre compte qu'ils se trouvaient sur une sorte de quai, au bord de l'eau, et que, devant eux, flottait un canot.

« Un canot automobile, dit Lupin, complétant les observations de Beautrelet. Hein, tout ça t'épate, mon vieil Isidore… Tu ne comprends pas ?… Comme l'eau que tu vois n'est autre que l'eau de la mer qui s'infiltre à chaque marée dans cette excavation, il en résulte que j'ai une petite rade invisible et sûre...

— Mais fermée, objecta Beautrelet. Personne ne peut y entrer, et personne en sortir.

— Si, moi, fit Lupin, et je vais te le prouver. »

Il commença par conduire Raymonde, puis revint chercher Beautrelet. Celui-ci hésita.

« Tu as peur ? dit Lupin.

— De quoi ?

— D'être coulé à fond par le torpilleur ?

— Non.

— Alors tu te demandes si ton devoir n'est pas de rester côté Ganimard, justice, société, morale, au lieu d'aller côté Lupin, honte, infamie, déshonneur ?

— Précisément.

— Par malheur, mon petit, tu n'as pas le choix... Pour l'instant, il faut qu'on nous croie morts tous les deux... et qu'on me fiche la paix que l'on doit à un futur honnête homme. Plus tard, quand je t'aurai rendu ta liberté, tu parleras à ta guise... je n'aurai plus rien à craindre. »

À la manière dont Lupin lui étreignit le bras, Beautrelet sentit que toute résistance était inutile. Et puis, pourquoi résister ? N'avait-il pas le droit de s'abandonner à la sympathie irrésistible que, malgré tout, cet homme lui inspirait ? Ce sentiment fut si net en lui qu'il eut envie de dire à Lupin :

« Écoutez, vous courez un autre danger plus grave : Sholmès est sur vos traces... »

« Allons, viens », lui dit Lupin, avant qu'il se fût résolu à parler.

Il obéit et se laissa mener jusqu'au bateau, dont la forme lui parut singulière et l'aspect tout à fait imprévu.

Une fois sur le pont, ils descendirent les degrés d'un petit escalier abrupt, d'une échelle plutôt, qui était accrochée à une trappe, laquelle trappe se referma sur eux.

Au bas de l'échelle, il y avait, vivement éclairé par une lampe, un réduit de dimensions très exiguës où se trouvait déjà Raymonde, et où ils eurent exactement la place de s'asseoir tous les trois. Lupin décrocha un cornet acoustique et ordonna « En route, Charolais. »

Isidore eut l'impression désagréable que l'on éprouve à descendre dans un ascenseur, l'impression du sol, de la terre qui se dérobe sous vous, l'impression du vide. Cette fois, c'était l'eau qui se dérobait, et du vide s'entrouvrait, lentement…

« Hein, nous coulons ? ricana Lupin. Rassure-toi… le temps de passer de la grotte supérieure où nous sommes, à une petite grotte située tout en bas, à demi ouverte à la mer, et où l'on peut entrer à marée basse… tous les ramasseux de coquillages la connaissent… Ah ! dix secondes d'arrêt !… nous passons… et le passage est étroit ! juste la grandeur du sous-marin…

— Mais, interrogea Beautrelet, comment se fait-il que les pêcheurs qui entrent dans la grotte d'en bas ne sachent pas qu'elle est percée en haut et communique avec une autre grotte d'où part un escalier qui traverse l'Aiguille ? La vérité est à la disposition du premier venu.

— Erreur, Beautrelet ! La voûte de la petite grotte publique est fermée, à marée basse, par un plafond mobile, couleur de roche, que la mer en montant déplace et élève avec elle, et que la mer en redescendant rapplique hermétiquement sur la petite grotte. C'est pourquoi à marée haute, je puis passer… Hein ! c'est ingénieux… Une idée à Bibi ça… Il est vrai que ni César ni Louis XIV, bref qu'aucun de mes aïeux ne pouvait l'avoir puisqu'ils ne jouissaient pas du sous-marin… Ils se contentaient de l'escalier qui descendait alors jusqu'à la petite grotte du bas… Moi, j'ai supprimé les dernières marches et imaginé ce plafond mobile. Un cadeau que je fais à la France… Raymonde, ma chérie, éteignez la lampe qui est à côté de vous… nous n'en avons plus besoin… au contraire. »

En effet, une clarté pâle, qui semblait la couleur même de l'eau, les avait accueillis au sortir de la grotte et pénétrait dans la cabine par les deux hublots dont elle était munie et par une grosse calotte de verre qui dépassait le plancher du pont et permettait d'inspecter les couches supérieures de la mer.

Et tout de suite une ombre glissa au-dessus d'eux.

« L'attaque va se produire. La flotte ennemie cerne l'Aiguille… Mais si creuse que soit cette Aiguille, je me demande comment ils vont y pénétrer… »

Il prit le cornet acoustique :

« Ne quittons pas les fonds, Charolais… Où allons-nous ? Mais je te l'ai dit… À Port-Lupin… et à toute vitesse, hein ? Il faut qu'il y ait de l'eau pour aborder… nous avons une dame avec nous. »

Ils rasaient la plaine de rocs. Les algues, soulevées, se dressaient comme une lourde végétation noire, et les courants profonds les faisaient onduler gracieusement, se détendre, et s'allonger comme des chevelures qui flottent. Une ombre encore, plus longue…

« C'est le torpilleur, dit Lupin… le canon va donner de la voix… Que va faire Duguay-Trouin ? Bombarder l'Aiguille ? Ce que nous perdons, Beautrelet, en n'assistant pas à la rencontre de Duguay-Trouin et de Ganimard ! La réunion des forces terrestres et des forces navales !… Hé, Charolais ! nous dormons… »

On filait vite, cependant. Les champs de sable avaient succédé aux rochers, puis ils virent presque aussitôt d'autres rochers qui marquaient la pointe droite d'Étretat, la porte d'Amont. Des poissons s'enfuyaient à leur approche. L'un d'eux plus hardi s'accrocha au hublot, et il les regardait de ses gros yeux immobiles et fixes.

« À la bonne heure, nous marchons, s'écria Lupin… Que dis-tu de ma coquille de noix, Beautrelet ? Pas mauvaise, n'est-ce pas ?… Tu te rappelles l'aventure du Sept-de-cœur[1], la fin misérable de l'ingénieur Lacombe, et comment, après avoir puni ses meurtriers, j'ai offert à l'État ses papiers et ses plans pour la construction d'un nouveau sous-marin – encore un cadeau à la France. Eh bien, parmi ces plans, j'avais gardé ceux d'un canot automobile submersible, et voilà comment tu as l'honneur de naviguer en ma compagnie… »

Il appela Charolais.

« Fais-nous monter, plus de danger… »

Ils bondirent jusqu'à la surface et la cloche de verre émergea… Ils se trouvaient à un mille des côtes, hors de vue par conséquent, et Beautrelet put alors se rendre un compte plus juste de la rapidité vertigineuse avec laquelle ils avançaient.

Fécamp d'abord passa devant eux, puis toutes les plages normandes, Saint-Pierre, les Petites-Dalles, Veulettes, Saint-Valéry, Veules, Quiberville.

---

1. Voir « Le sept de cœur », p. 123.

Lupin plaisantait toujours, et Isidore ne se lassait pas de le regarder et de l'entendre, émerveillé par la verve de cet homme, sa gaieté, sa gaminerie, son insouciance ironique, sa joie de vivre.

Il observait aussi Raymonde. La jeune femme demeurait silencieuse, serrée contre celui qu'elle aimait. Elle avait pris ses mains entre les siennes et souvent levait les yeux sur lui, et plusieurs fois Beautrelet remarqua que ses mains se crispaient un peu et que la tristesse de ses yeux s'accentuait. Et, chaque fois, c'était comme une réponse muette et douloureuse aux boutades de Lupin. On eût dit que cette légèreté de paroles, cette vision sarcastique de la vie lui causaient une souffrance.

« Tais-toi, murmura-t-elle… c'est défier le destin que de rire… Tant de malheurs peuvent encore nous atteindre ! »

En face de Dieppe, on dut plonger pour n'être pas aperçu des embarcations de pêche. Et vingt minutes plus tard, ils obliquèrent vers la côte, et le bateau entra dans un petit port sous-marin formé par une coupure irrégulière entre les rochers, se rangea le long d'un môle et remonta doucement à la surface.

« Port-Lupin », annonça Lupin.

L'endroit situé à cinq lieues de Dieppe, à trois lieues du Tréport, protégé à droite et à gauche par deux éboulements de falaise, était absolument désert. Un sable fin tapissait les pentes de la menue plage.

« À terre, Beautrelet… Raymonde, donnez-moi la main… Toi, Charolais, retourne à l'Aiguille voir ce qui se passe entre Ganimard et Duguay-Trouin, et tu viendras me le dire à la fin du jour. Ça me passionne, cette affaire-là. »

Beautrelet se demandait avec une certaine curiosité comment ils allaient sortir de cette anse emprisonnée qui s'appelait Port-Lupin, quand il avisa au pied même de la falaise les montants d'une échelle de fer.

« Isidore, dit Lupin, si tu connaissais ta géographie et ton histoire, tu saurais que nous sommes au bas de la gorge de Parfonval, sur la commune de Biville. Il y a plus d'un siècle, dans la nuit du 23 août 1803, Georges Cadoudal et six complices débarqués en France avec l'intention d'enlever le premier consul Bonaparte, se hissèrent jusqu'en haut par le chemin que je vais te montrer. Depuis, des écoulements ont démoli ce chemin. Mais Valméras, plus connu sous le nom d'Arsène Lupin, l'a fait restaurer à ses frais, et il a acheté la ferme de la Neuvillette, où les conjurés ont passé leur première nuit, et où, retiré des affaires, désintéressé des choses de ce monde, il va vivre, entre sa mère et sa femme, la vie respectable du hobereau. Le gentleman cambrioleur est mort, vive le gentleman-farmer! »

Après l'échelle, c'était comme un étranglement, une ravine abrupte creusée par les eaux de pluie, et au fond de laquelle on s'accrochait à un simulacre d'escalier garni d'une rampe. Ainsi que l'expliqua Lupin, cette rampe avait été mise en lieu et place de l'« estamperche », longue corde fixée à des pieux dont s'aidaient jadis les gens du pays pour descendre à la plage... Une demi-heure d'ascension et ils débouchèrent sur le plateau non loin d'une de ces huttes creusées en pleine terre, et qui servent d'abri aux douaniers de la côte. Et précisément, au détour de la sente, un douanier apparut.

« Rien de nouveau, Gomel? lui dit Lupin.

— Rien, patron.

— Personne de suspect?

— Non, patron... cependant...

— Quoi?

— Ma femme... qui est couturière à la Neuvillette...

— Oui, je sais... Césarine... Eh bien?

— Il paraît qu'un matelot rôdait ce matin dans le village.

— Quelle tête avait-il, ce matelot?

— Pas naturelle... Une tête d'Anglais.

— Ah! fit Lupin préoccupé... Et tu as donné l'ordre à Césarine...

— D'ouvrir l'œil, oui, patron.

— C'est bien, surveille le retour de Charolais d'ici deux, trois heures... S'il y a quelque chose, je suis à la ferme. »

Il reprit son chemin et dit à Beautrelet :

« C'est inquiétant... Est-ce Sholmès? Ah! si c'est lui, exaspéré comme il doit l'être, tout est à craindre. »

Il hésita un moment :

« Je me demande si nous ne devrions pas rebrousser chemin… oui, j'ai de mauvais pressentiments… »

Des plaines légèrement ondulées se déroulaient à perte de vue. Un peu sur la gauche, de belles allées d'arbres menaient vers la ferme de la Neuvillette dont on apercevait les bâtiments… C'était la retraite qu'il avait préparée, l'asile de repos promis à Raymonde. Allait-il, pour d'absurdes idées, renoncer au bonheur à l'instant même où il atteignait le but ?

Il saisit le bras d'Isidore, et lui montrant Raymonde qui les précédait :

« Regarde-la. Quand elle marche, sa taille a un petit balancement que je ne puis voir sans trembler… Mais, tout en elle me donne ce tremblement de l'émotion et de l'amour, ses gestes aussi bien que son immobilité, son silence comme le son de sa voix. Tiens, le fait seul de marcher sur la trace de ses pas me cause un véritable bien-être. Ah ! Beautrelet, oubliera-t-elle jamais que je fus Lupin ? Tout ce passé qu'elle exècre, parviendrai-je à l'effacer de son souvenir ? »

Il se domina et, avec une assurance obstinée :

« Elle oubliera ! affirma-t-il. Elle oubliera parce que je lui ai fait tous les sacrifices. J'ai sacrifié le refuge inviolable de l'Aiguille creuse, j'ai sacrifié mes trésors, ma puissance, mon orgueil… je sacrifierai tout… Je ne veux plus être rien… plus rien qu'un homme qui aime… un homme honnête puisqu'elle ne peut aimer qu'un homme honnête… Après tout, qu'est-ce que ça me fait d'être honnête ? Ce n'est pas plus déshonorant qu'autre chose… »

La boutade lui échappa pour ainsi dire à son insu. Sa voix demeura grave et sans ironie. Et il murmurait avec une violence contenue :

« Ah ! vois-tu, Beautrelet, de toutes les joies effrénées que j'ai goûtées dans ma vie d'aventures, il n'en est pas une qui vaille la joie que me donne son regard quand elle est contente de moi… Je me sens tout faible alors… et j'ai envie de pleurer… »

Pleurait-il ? Beautrelet eut l'intuition que des larmes mouillaient ses yeux. Des larmes dans les yeux de Lupin, des larmes d'amour !

Ils approchaient d'une vieille porte qui servait d'entrée à la ferme. Lupin s'arrêta une seconde et balbutia :

« Pourquoi ai-je peur ?... C'est comme une oppression... Est-ce que l'aventure de l'Aiguille creuse n'est pas finie ? Est-ce que le destin n'accepte pas le dénouement que j'ai choisi ? »

Raymonde se retourna, tout inquiète.

« Voilà Césarine. Elle court... »

La femme du douanier, en effet, arrivait de la ferme en toute hâte. Lupin se précipita :

« Quoi ! qu'y a-t-il ? Parlez donc ! »

Suffoquée, à bout de souffle, Césarine bégaya :

« Un homme... j'ai vu un homme dans le salon.

— L'Anglais de ce matin ?

— Oui... mais déguisé autrement...

— Il vous a vue ?

— Non. Il a vu votre mère. Mme Valméras l'a surpris comme il s'en allait.

— Eh bien ?

— Il lui a dit qu'il cherchait Louis Valméras, qu'il était votre ami.

— Alors ?

— Alors madame a répondu que son fils était en voyage... pour des années...

— Et il est parti ?

— Non. Il a fait des signes par la fenêtre qui donne sur la plaine... comme s'il appelait quelqu'un. »

Lupin semblait hésiter. Un grand cri déchira l'air. Raymonde gémit :

« C'est ta mère... je reconnais... »

Il se jeta sur elle, et l'entraînant dans un élan de passion farouche :

« Viens... fuyons... toi d'abord... »

Mais tout de suite il s'arrêta, éperdu, bouleversé.

« Non, je ne peux pas... c'est abominable... Pardonne-moi... Raymonde... la pauvre femme là-bas... Reste ici... Beautrelet, ne la quitte pas. »

Il s'élança le long du talus qui environne la ferme, tourna, et le suivit, en courant, jusqu'auprès de la barrière qui s'ouvre sur la plaine... Raymonde, que Beautrelet n'avait pu retenir, arriva presque en même temps que lui, et Beautrelet, dissimulé derrière les arbres, aperçut, dans l'allée déserte qui menait de la ferme à la barrière, trois hommes, dont l'un, le plus grand, marchait en tête, et dont deux autres tenaient sous les bras une femme qui essayait de résister et qui poussait des gémissements de douleur.

Le jour commençait à baisser. Cependant Beautrelet reconnut Herlock Sholmès. La femme était âgée. Des cheveux blancs encadraient son visage livide. Ils approchaient tous les quatre. Ils atteignaient la barrière. Sholmès ouvrit un battant. Alors Lupin s'avança et se planta devant lui.

Le choc parut d'autant plus effroyable qu'il fut silencieux, presque solennel. Longtemps les deux ennemis se mesurèrent du regard. Une haine égale convulsait leurs visages. Ils ne bougeaient pas.

Lupin prononça avec un calme terrifiant :

« Ordonne à tes hommes de laisser cette femme.

— Non ! »

On eût pu croire que l'un et l'autre ils redoutaient d'engager la lutte suprême et que l'un et l'autre ils ramassaient toutes leurs forces. Et plus de paroles inutiles cette fois, plus de provocations railleuses. Le silence, un silence de mort.

Folle d'angoisse, Raymonde attendait l'issue du duel. Beautrelet lui avait saisi les bras et la maintenait immobile. Au bout d'un instant, Lupin répéta :

« Ordonne à tes hommes de laisser cette femme.

— Non ! »

Lupin prononça :

« Écoute, Sholmès… »

Mais il s'interrompit, comprenant la stupidité des mots. En face de ce colosse d'orgueil et de volonté qui s'appelait Sholmès, que signifiaient les menaces ?

Décidé à tout, brusquement il porta la main à la poche de son veston. L'Anglais le prévint, et, bondissant vers sa prisonnière, il lui colla le canon de son revolver à deux pouces de la tempe.

« Pas un geste, Lupin, ou je tire. »

En même temps ses deux acolytes sortirent leurs armes et les braquèrent sur Lupin… Celui-ci se raidit, dompta la rage qui le soulevait, et, froidement, les deux mains dans ses poches, la poitrine offerte à l'ennemi, il recommença :

« Sholmès, pour la troisième fois, laisse cette femme tranquille. »

L'Anglais ricana :

« On n'a pas le droit d'y toucher, peut-être ! Allons, allons, assez de blagues ! Tu ne t'appelles pas plus Valméras que tu ne t'appelles Lupin, c'est un nom que tu as volé, comme tu avais volé le nom de Charmerace. Et celle que tu fais passer pour ta mère, c'est Victoire, ta vieille complice, celle qui t'a élevé… »

Sholmès eut un tort. Emporté par son désir de vengeance, il regarda Raymonde, que ces révélations frappaient d'horreur. Lupin profita de l'imprudence. D'un mouvement rapide, il fit feu.

« Damnation ! » hurla Sholmès, dont le bras, transpercé, retomba le long du corps.

Et apostrophant ses hommes :

« Tirez donc, vous autres ! Tirez donc ! »

Mais Lupin avait sauté sur eux, et il ne s'était pas écoulé deux secondes que celui de droite roulait à terre, la poitrine démolie, tandis que l'autre, la mâchoire fracassée, s'écroulait contre la barrière.

« Débrouille-toi, Victoire… attache-les… Et maintenant, à nous deux, l'Anglais… »

Il se baissa en jurant :

« Ah ! canaille… »

Sholmès avait ramassé son arme de la main gauche et le visait.

Une détonation… un cri de détresse… Raymonde s'était précipitée entre les deux hommes, face à l'Anglais. Elle chancela, porta la main à sa gorge, se redressa, tournoya, et s'abattit aux pieds de Lupin.

« Raymonde !… Raymonde ! »

Il se jeta sur elle et la pressa contre lui.

« Morte », fit-il.

Il y eut un moment de stupeur. Sholmès semblait confondu de son acte. Victoire balbutiait :

« Mon petit… mon petit… »

Beautrelet s'avança vers la jeune femme et se pencha pour l'examiner. Lupin répétait : « Morte… morte… » d'un ton réfléchi, comme s'il ne comprenait pas encore.

Mais sa figure se creusa, transformée soudain, ravagée de douleur. Et il fut alors secoué d'une sorte de folie, fit des gestes irraisonnés, se tordit les poings, trépigna comme un enfant qui souffre trop.

« Misérable ! » cria-t-il tout à coup, dans un accès de haine.

Et d'un choc formidable, renversant Sholmès, il le saisit à la gorge et lui enfonça ses doigts crispés dans la chair. L'Anglais râla, sans même se débattre.

« Mon petit, mon petit », supplia Victoire…

Beautrelet accourut. Mais Lupin déjà avait lâché prise, et, près de son ennemi étendu à terre, il sanglotait.

Spectacle pitoyable ! Beautrelet ne devait jamais en oublier l'horreur tragique, lui qui savait tout l'amour de Lupin pour Raymonde, et tout ce que le grand aventurier avait immolé de lui-même pour animer d'un sourire le visage de sa bien-aimée.

La nuit commençait à recouvrir d'un linceul d'ombre le champ de bataille. Les trois Anglais ficelés et bâillonnés gisaient dans l'herbe haute. Des chansons bercèrent le vaste silence de la plaine. C'était les gens de la Neuvillette qui revenaient du travail.

Lupin se dressa. Il écouta les voix monotones. Puis il considéra la ferme heureuse où il avait espéré vivre paisiblement auprès de Raymonde. Puis il la regarda, elle, la pauvre amoureuse, que l'amour avait tuée, et qui dormait, toute blanche, de l'éternel sommeil.

Les paysans approchaient cependant. Alors Lupin se pencha, saisit la morte dans ses bras puissants, la souleva d'un coup, et, ployé en deux, l'étendit sur son dos.

« Allons-nous-en, Victoire.

— Allons-nous-en, mon petit.

— Adieu, Beautrelet », dit-il.

Et, chargé du précieux et horrible fardeau, suivi de sa vieille servante, silencieux, farouche, il partit du côté de la mer, et s'enfonça dans l'ombre profonde…

LE BOUCHON DE CRISTAL

I

Arrestations

Les deux barques se balançaient dans l'ombre, attachées au petit môle qui pointait hors du jardin. À travers la brume épaisse, on apercevait çà et là, sur les bords du lac, des fenêtres éclairées. En face, le casino d'Enghien ruisselait de lumière, bien qu'on fût aux derniers jours de septembre. Quelques étoiles apparaissaient entre les nuages. Une brise légère soulevait la surface de l'eau.

Arsène Lupin sortit du kiosque où il fumait une cigarette, et, se penchant au bout du môle :

« Grognard ? Le Ballu ?... vous êtes là ! »

Un homme surgit de chacune des barques, et l'un d'eux répondit :

« Oui, patron.

— Préparez-vous, j'entends l'auto qui revient avec Gilbert et Vaucheray. »

Il traversa le jardin, fit le tour d'une maison en construction dont on discernait les échafaudages, et entrouvrit avec précaution la porte qui donnait sur l'avenue de Ceinture. Il ne s'était pas trompé : une lueur vive jaillit au tournant, et une grande auto découverte s'arrêta, d'où sautèrent deux hommes vêtus de pardessus au col relevé, et coiffés de casquettes.

C'étaient Gilbert et Vaucheray – Gilbert, un garçon de vingt ou vingt-deux ans, le visage sympathique, l'allure souple et puissante – Vaucheray, plus petit, les cheveux grisonnants, la face blême et maladive.

« Eh bien, demanda Lupin, vous l'avez vu, le député ?...

— Oui, patron, répondit Gilbert, nous l'avons aperçu qui prenait le train de sept heures quarante pour Paris, comme nous le savions.

— En ce cas, nous sommes libres d'agir ?

— Entièrement libres. La villa *Marie-Thérèse* est à notre disposition. »

Le chauffeur étant resté sur son siège, Lupin lui dit :

« Ne stationne pas ici. Ça pourrait attirer l'attention. Reviens à neuf heures et demie précises, à temps pour charger la voiture... si toutefois l'expédition ne rate pas.

— Pourquoi voulez-vous que ça rate ? » observa Gilbert.

L'auto s'en alla et Lupin, reprenant la route du lac avec ses nouveaux compagnons, répondit :

« Pourquoi ? parce que ce n'est pas moi qui ai préparé le coup, et quand ce n'est pas moi, je n'ai qu'à moitié confiance.

— Bah ! patron, voilà trois ans que je travaille avec vous... Je commence à la connaître !

— Oui... mon garçon, tu commences, dit Lupin, et c'est justement pourquoi je crains les gaffes... Allons, embarque... Et toi, Vaucheray, prends l'autre bateau... Bien... Maintenant, nagez les enfants... et le moins de bruit possible. »

Grognard et Le Ballu, les deux rameurs, piquèrent droit vers la rive opposée, un peu à gauche du casino.

On rencontra d'abord une barque où un homme et une femme se tenaient enlacés et qui glissait à l'aventure ; puis une autre où des gens chantaient à tue-tête. Et ce fut tout.

Lupin se rapprocha de son compagnon et dit à voix basse :

« Dis donc, Gilbert, c'est toi qui as eu l'idée de ce coup-là, ou bien Vaucheray ?

— Ma foi, je ne sais pas trop... il y a des semaines qu'on en parle tous deux.

— C'est que je me méfie de Vaucheray... Un sale caractère... en dessous... Je me demande pourquoi je ne me débarrasse pas de lui...

— Oh ! patron !

— Mais si ! mais si ! c'est un gaillard dangereux... sans compter qu'il doit avoir sur la conscience quelques peccadilles plutôt sérieuses. »

Il demeura silencieux un instant, et reprit :

« Ainsi tu es bien sûr d'avoir vu le député Daubrecq ?

— De mes yeux vu, patron.

— Et tu sais qu'il a un rendez-vous à Paris ?

— Il va au théâtre.

— Bien, mais ses domestiques sont restés à sa villa d'Enghien…

— La cuisinière est renvoyée. Quant au valet de chambre Léonard qui est l'homme de confiance du député Daubrecq, il attend son maître à Paris, d'où ils ne peuvent pas revenir avant une heure du matin. Mais…

— Mais ?

— Nous devons compter sur un caprice possible de Daubrecq, sur un changement d'humeur, sur un retour inopiné et, par conséquent, prendre nos dispositions pour avoir tout fini dans une heure.

— Et tu possèdes ces renseignements ?…

— Depuis ce matin. Aussitôt, Vaucheray et moi nous avons pensé que le moment était favorable. J'ai choisi comme point de départ le jardin de cette maison en construction que nous venons de quitter et qui n'est pas gardée la nuit. J'ai averti deux camarades pour conduire les barques, et je vous ai téléphoné. Voilà toute l'histoire.

— Tu as les clefs ?

— Celles du perron.

— C'est bien la villa qu'on discerne là-bas, entourée d'un parc ?

— Oui, la villa *Marie-Thérèse*, et comme les deux autres, dont les jardins l'encadrent, ne sont plus habitées depuis une semaine nous avons tout le temps de déménager ce qu'il nous plaît, et je vous jure, patron, que ça en vaut la peine. »

Lupin marmotta :

« Beaucoup trop commode, l'aventure. Aucun charme. »

Ils abordèrent dans une petite anse d'où s'élevaient, à l'abri d'un toit vermoulu, quelques marches de pierre. Lupin jugea que le transbordement des meubles serait facile. Mais il dit soudain :

« Il y a du monde à la villa. Tenez… une lumière.

— C'est un bec de gaz, patron… la lumière ne bouge pas… »

Grognard resta près des barques, avec mission de faire le guet, tandis que Le Ballu, l'autre rameur, se rendait à la grille de l'avenue de Ceinture et que Lupin et ses deux compagnons rampaient dans l'ombre jusqu'au bas du perron.

Gilbert monta le premier. Ayant cherché à tâtons, il introduisit d'abord la clef de la serrure, puis celle du verrou de sûreté. Toutes deux fonctionnèrent aisément, de sorte que le battant pût être entrebâillé et livra passage aux trois hommes.

Dans le vestibule, un bec de gaz flambait.

« Vous voyez, patron... dit Gilbert.

— Oui, oui... dit Lupin, à voix basse, mais il me semble que la lumière qui brillait ne venait pas de là.

— D'où alors ?

— Ma foi, je n'en sais rien... Le salon est ici ?

— Non, répondit Gilbert, qui ne craignait pas de parler un peu fort ; non, par précaution il a tout réuni au premier étage, dans sa chambre et dans les chambres voisines.

— Et l'escalier ?

— À droite, derrière le rideau. »

Lupin se dirigea vers ce rideau, et déjà, il écartait l'étoffe quand, tout à coup, à quatre pas sur la gauche, une porte s'ouvrit, et une tête apparut, une tête d'homme blême, avec des yeux d'épouvante.

« Au secours ! à l'assassin ! » hurla-t-il.

Et, précipitamment, il rentra dans la pièce.

« C'est Léonard ! le domestique ! cria Gilbert.

— S'il fait des manières, je l'abats, gronda Vaucheray.

— Tu vas nous fiche la paix, Vaucheray, hein ? » ordonna Lupin, qui s'élançait à la poursuite du domestique.

Il traversa d'abord une salle à manger, où il y avait encore, auprès d'une lampe, des assiettes et une bouteille, et il retrouva Léonard au fond d'un office dont il essayait vainement d'ouvrir la fenêtre.

« Ne bouge pas, l'artiste ! Pas de blague !... Ah ! la brute ! »

Il s'était abattu à terre, d'un geste, en voyant Léonard lever le bras vers lui. Trois détonations furent jetées dans la pénombre de l'office, puis le domestique bascula, saisi aux jambes par Lupin qui lui arracha son arme et l'étreignit à la gorge.

« Sacrée brute, va ! grogna-t-il… Un peu plus, il me démolissait… Vaucheray, ligote-moi ce gentilhomme. »

Avec sa lanterne de poche, il éclaira le visage du domestique et ricana :

« Pas joli, le monsieur… Tu ne dois pas avoir la conscience très nette, Léonard ; d'ailleurs, pour être le larbin du député Daubrecq… Tu as fini, Vaucheray ? Je voudrais bien ne pas moisir ici !

— Aucun danger, patron, dit Gilbert.

— Ah ! vraiment… et le coup de feu, tu crois que ça ne s'entend pas ?…

— Absolument impossible.

— N'importe ! il s'agit de faire vite. Vaucheray, prends la lampe et montons. »

Il empoigna le bras de Gilbert, et l'entraînant vers le premier étage :

« Imbécile ! c'est comme ça que tu t'informes ? Avais-je raison de me défier ?

— Voyons, patron, je ne pouvais pas savoir qu'il changerait d'avis et reviendrait dîner.

— On doit tout savoir, quand on a l'honneur de cambrioler les gens. Mazette, je vous retiens, Vaucheray et toi… Vous avez le chic… »

La vue des meubles, au premier étage, apaisa Lupin, et, commençant l'inventaire avec une satisfaction d'amateur qui vient de s'offrir quelques objets d'art :

« Bigre ! peu de choses, mais du nanan. Ce représentant du peuple ne manque pas de goût… Quatre fauteuils d'Aubusson… un secrétaire signé, je gage, Percier-Fontaine… deux appliques de Gouttières… un vrai Fragonard, et un faux Nattier qu'un milliardaire américain avalerait tout cru… Bref, une fortune. Et il y a des grincheux qui prétendent qu'on ne trouve plus rien d'authentique. Crebleu ! qu'ils fassent comme moi ! Qu'ils cherchent ! »

Gilbert et Vaucheray, sur l'ordre de Lupin, et d'après ses indications, procédèrent aussitôt à l'enlèvement méthodique des plus gros meubles. Au bout d'une demi-heure, la première barque étant remplie, il fut décidé que Grognard et Le Ballu partiraient en avant et commenceraient le chargement de l'auto.

Lupin surveilla leur départ. En revenant à la maison, il lui sembla, comme il passait dans le vestibule, entendre un bruit de paroles, du côté de l'office. Il s'y rendit. Léonard était bien seul, couché à plat ventre, et les mains liées derrière le dos.

« C'est donc toi qui grognes, larbin de confiance ? T'émeus pas. C'est presque fini. Seulement, si tu criais trop fort, tu nous obligerais à prendre des mesures plus sévères… Aimes-tu les poires ? On t'en collerait une, d'angoisse… »

Au moment de remonter, il entendit de nouveau le même bruit de paroles et, ayant prêté l'oreille, il perçut ces mots prononcés d'une voix rauque et gémissante et qui venaient, en toute certitude, de l'office :

« Au secours !… à l'assassin !… au secours !… on va me tuer… qu'on avertisse le commissaire !…

— Complètement loufoque, le bonhomme !… murmura Lupin. Sapristi !… déranger la police à neuf heures du soir, quelle indiscrétion !… »

Il se remit à l'œuvre. Cela dura plus longtemps qu'il ne le pensait, car on découvrait dans les armoires des bibelots de valeur qu'il eût été malséant de dédaigner, et, d'autre part, Vaucheray et Gilbert apportaient à leurs investigations une minutie qui le déconcertait.

À la fin, il s'impatienta.

« Assez ! ordonna-t-il. Pour les quelques rossignols qui restent, nous n'allons pas gâcher l'affaire et laisser l'auto en station. J'embarque. »

Ils se trouvaient alors au bord de l'eau, et Lupin descendait l'escalier. Gilbert le retint.

« Écoutez, patron, il nous faut un voyage de plus… cinq minutes, pas davantage.

— Mais pourquoi, que diantre !

— Voilà… On nous a parlé d'un reliquaire ancien… quelque chose d'épatant…

— Eh bien ?

— Impossible de mettre la main dessus. Et je pense à l'office… Il y a là un placard à grosse serrure… vous comprenez bien que nous ne pourrons pas… »

Il retournait déjà vers le perron. Vaucheray s'élança également.

« Dix minutes… pas une de plus, leur cria Lupin. Dans dix minutes, moi, je me défile. »

Mais les dix minutes s'écoulèrent, et il attendait encore.

Il consulta sa montre.

« Neuf heures et quart… c'est de la folie », se dit-il.

En outre, il songeait que, durant tout ce déménagement, Gilbert et Vaucheray s'étaient conduits de façon assez bizarre, ne se quittant pas et semblant se surveiller l'un l'autre. Que se passait-il donc ?

Insensiblement, Lupin retournait à la maison, poussé par une inquiétude qu'il ne s'expliquait pas, et, en même temps, il écoutait une rumeur sourde qui s'élevait au loin, du côté d'Enghien, et qui paraissait se rapprocher… Des promeneurs sans doute…

Vivement il donna un coup de sifflet, puis il se dirigea vers la grille principale, pour jeter un coup d'œil aux environs de l'avenue. Mais soudain, comme il tirait le battant, une détonation retentit, suivie d'un hurlement de douleur. Il revint en courant, fit le tour de la maison, escalada le perron et se rua vers la salle à manger.

« Sacré tonnerre ! qu'est-ce que vous fichez là, tous les deux ? »

Gilbert et Vaucheray, mêlés dans un corps à corps furieux, roulaient sur le parquet avec des cris de rage. Leurs habits dégouttaient de sang. Lupin bondit. Mais déjà Gilbert avait terrassé son adversaire et lui arrachait de la main un objet que Lupin n'eut pas le temps de distinguer. Vaucheray, d'ailleurs, qui perdait du sang par une blessure à l'épaule, s'évanouit.

« Qui l'a blessé ? Toi, Gilbert ? demanda Lupin exaspéré.

— Non… Léonard.

— Léonard ! il était attaché…

— Il avait défait ses liens et repris son revolver.

— La canaille ! où est-il ? »

Lupin saisit la lampe et passa dans l'office.

Le domestique gisait sur le dos, les bras en croix, un poignard planté dans la gorge, la face livide. Un filet rouge coulait de sa bouche.

« Ah ! balbutia Lupin, après l'avoir examiné… il est mort !

— Vous croyez… Vous croyez…, fit Gilbert, d'une voix tremblante.

— Mort, je te dis. »

Gilbert bredouilla :

« C'est Vaucheray… qui l'a frappé… »

Pâle de colère, Lupin l'empoigna.

« C'est Vaucheray… et toi aussi, gredin ! puisque tu étais là, et que tu as laissé faire… Du sang ! du sang ! vous savez bien que je n'en veux pas. On se laisse tuer, plutôt. Ah ! tant pis pour vous, les gaillards… vous paierez la casse s'il y a lieu. Et ça coûte cher… Gare la Veuve ! »

La vue du cadavre le bouleversait et, secouant brutalement Gilbert :

« Pourquoi ?… pourquoi Vaucheray l'a-t-il tué ?

— Il voulait le fouiller et lui prendre la clef du placard. Quand il s'est penché sur lui, il a vu que l'autre s'était délié les bras… Il a eu peur… et il a frappé.

— Mais le coup de revolver ?

— C'est Léonard… il avait l'arme à la main… Avant de mourir il a encore eu la force de viser…

— Et la clef du placard ?

— Vaucheray l'a prise…

— Il a ouvert ?

— Oui.

— Et il a trouvé ?

— Oui.

— Et toi, tu as voulu lui arracher l'objet ?… Le reliquaire ? non, c'était plus petit… Alors, quoi ? réponds donc… »

Au silence, à l'expression résolue de Gilbert, il comprit qu'il n'obtiendrait pas de réponse. Avec un geste de menace, il articula :

« Tu causeras, mon bonhomme. Foi de Lupin, je te ferai cracher ta confession. Mais, pour l'instant, il s'agit de déguerpir. Tiens, aide-moi… nous allons embarquer Vaucheray… »

Ils étaient revenus vers la salle, et Gilbert se penchait au-dessus du blessé, quand Lupin l'arrêta :

« Écoute ! »

Ils échangèrent un même regard d'inquiétude. On parlait dans l'office... une voix très basse, étrange, très lointaine... Pourtant, ils s'en assurèrent aussitôt, il n'y avait personne dans la pièce, personne que le mort dont ils voyaient la silhouette sombre.

Et la voix parla de nouveau, tour à tour aiguë, étouffée, chevrotante, inégale, criarde, terrifiante. Elle prononçait des mots indistincts, des syllabes interrompues.

Lupin sentit que son crâne se couvrait de sueur. Qu'était-ce que cette voix incohérente, mystérieuse comme une voix d'outre-tombe ?

Il s'était baissé sur le domestique. La voix se tut, puis recommença.

« Éclaire-nous mieux », dit-il à Gilbert.

Il tremblait un peu, agité par une peur nerveuse qu'il ne pouvait dominer, car aucun doute n'était possible : Gilbert ayant enlevé l'abat-jour, il constata que la voix sortait du cadavre même, sans qu'un soubresaut en remuât la masse inerte, sans que la bouche sanglante eût un frémissement.

« Patron, j'ai la frousse », bégaya Gilbert.

Le même bruit encore, le même chuchotement nasillard.

Lupin éclata de rire, et rapidement, il saisit le cadavre et le déplaça.

« Parfait ! dit-il en apercevant un objet de métal brillant... Parfait ! nous y sommes... Eh bien, vrai, j'y ai mis le temps ! »

C'était, à la place même qu'il avait découverte, le cornet récepteur d'un appareil téléphonique dont le fil remontait jusqu'au poste fixé dans le mur, à la hauteur habituelle.

Lupin appliqua ce récepteur contre son oreille. Presque aussitôt le bruit recommença, mais un bruit multiple, composé d'appels divers, d'interjections, de clameurs entrecroisées, le bruit que font plusieurs personnes qui s'interpellent.

« *Êtes-vous là ?... Il ne répond plus... C'est horrible... On l'aura tué... Êtes-vous là ?... Qu'y a-t-il ?... Du courage... Le secours est en marche... des agents... des soldats...*

— Crédieu ! » fit Lupin, qui lâcha le récepteur.

En une vision effrayante, la vérité lui apparaissait. Tout au début, et tandis que le déménagement s'effectuait, Léonard, dont les liens n'étaient pas rigides, avait réussi à se dresser, à décrocher le récepteur, probablement avec ses dents, à le faire tomber et à demander du secours au bureau téléphonique d'Enghien.

Et c'étaient là les paroles que Lupin avait surprises une fois déjà, après le départ de la première barque : « Au secours… à l'assassin ! On va me tuer… »

Et c'était là maintenant la réponse du bureau téléphonique. La police accourait. Et Lupin se rappelait les rumeurs qu'il avait perçues du jardin, quatre ou cinq minutes auparavant tout au plus.

« La police… sauve qui peut », proféra-t-il en se ruant à travers la salle à manger.

Gilbert objecta :

« Et Vaucheray ?

— Tant pis pour lui. »

Mais Vaucheray, sorti de sa torpeur, le supplia au passage :

« Patron, vous n'allez pas me lâcher comme ça ! »

Lupin s'arrêta, malgré le péril, et, avec l'assistance de Gilbert, il soulevait le blessé, quand un tumulte se produisit dehors.

« Trop tard ! » dit-il.

À ce moment, des coups ébranlèrent la porte du vestibule qui donnait sur la façade postérieure. Il courut à la porte du perron : des hommes avaient déjà contourné la maison et se précipitaient. Peut-être aurait-il réussi à prendre de l'avance et à gagner le bord de l'eau ainsi que Gilbert. Mais comment s'embarquer et fuir sous le feu de l'ennemi ?

Il ferma et mit le verrou.

« Nous sommes cernés… fichus…, bredouilla Gilbert.

— Tais-toi, dit Lupin.

— Mais ils nous ont vus, patron. Tenez les voilà qui frappent.

— Tais-toi, répéta Lupin… Pas un mot… Pas un geste. »

Lui-même demeurait impassible, le visage absolument calme, l'attitude pensive de quelqu'un qui a tous les loisirs nécessaires pour examiner une situation délicate sous toutes ses faces. Il se trouvait à l'un de ces instants qu'il appelait les *minutes supérieures de la vie*, celles qui seulement donnent à l'existence sa valeur et son prix. En cette occurrence, et quelle que fût la menace du danger, il commençait toujours par compter en lui-même et lentement : « un… deux… trois… quatre… cinq… six », jusqu'à ce que le battement de son cœur redevînt normal et régulier. Alors seulement, il réfléchissait, mais avec quelle acuité ! avec quelle puissance formidable ! avec quelle intuition profonde des événements possibles ! Toutes les données du problème se présentaient à son esprit. Il prévoyait tout, il admettait tout. Et il prenait sa résolution en toute logique et en toute certitude.

Après trente ou quarante secondes, tandis que l'on cognait aux portes et que l'on crochetait les serrures, il dit à son compagnon :

« Suis-moi. »

Il rentra dans le salon et poussa doucement la croisée et les persiennes d'une fenêtre qui s'ouvrait sur le côté. Des gens allaient et venaient, rendant la fuite impraticable. Alors il se mit à crier de toutes ses forces et d'une voix essoufflée :

« Par ici !… À l'aide !… Je les tiens… Par ici ! »

Il braqua son revolver et tira deux coups dans les branches des arbres. Puis il revint à Vaucheray, se pencha sur lui et se barbouilla les mains et le visage avec le sang de la blessure. Enfin se retournant contre Gilbert brutalement, il le saisit aux épaules et le renversa.

« Qu'est-ce que vous voulez, patron ? En voilà une idée !

— Laisse-toi faire, scanda Lupin d'un ton impérieux, je réponds de tout… je réponds de vous deux… Laisse-toi faire… Je vous sortirai de prison… Mais, pour cela, il faut que je sois libre. »

On s'agitait, on appelait au-dessous de la fenêtre ouverte.

« Par ici, cria-t-il… je les tiens ! à l'aide !… »

Et, tout bas, tranquillement :

« Réfléchis bien… As-tu quelque chose à me dire ?… une communication qui puisse nous être utile… »

Gilbert se débattait, furieux, trop bouleversé, pour comprendre le plan de Lupin. Vaucheray, plus perspicace, et qui d'ailleurs à cause de sa blessure avait abandonné tout espoir de fuite, Vaucheray ricana :

« Laisse-toi faire, idiot... Pourvu que le patron se tire des pattes... c'est-y pas l'essentiel ? »

Brusquement, Lupin se rappela l'objet que Gilbert avait mis dans sa poche après l'avoir repris à Vaucheray. À son tour, il voulut s'en saisir.

« Ah ! ça, jamais ! » grinça Gilbert qui parvint à se dégager.

Lupin le terrassa de nouveau. Mais subitement, comme deux hommes surgissaient à la fenêtre, Gilbert céda et, passant l'objet à Lupin qui l'empocha sans le regarder, murmura :

« Tenez, patron, voilà... je vous expliquerai... vous pouvez être sûr que... »

Il n'eut pas le temps d'achever... Deux agents, et d'autres qui les suivaient, et des soldats qui pénétraient par toutes les issues, arrivaient au secours de Lupin.

Gilbert fut aussitôt maintenu et lié solidement. Lupin se releva.

« Ce n'est pas dommage, dit-il, le bougre m'a donné assez de mal ; j'ai blessé l'autre, mais celui-là... »

En hâte le commissaire de police lui demanda :

« Vous avez vu le domestique ? est-ce qu'ils l'ont tué ?

— Je ne sais pas, répliqua-t-il.

— Vous ne savez pas ?...

— Dame ! je suis venu d'Enghien avec vous tous, à la nouvelle du meurtre. Seulement, tandis que vous faisiez le tour à gauche de la maison, moi je faisais le tour à droite. Il y avait une fenêtre ouverte. J'y suis monté au moment même où ces deux bandits voulaient descendre. J'ai tiré sur celui-ci – il désigna Vaucheray – et j'ai empoigné son camarade. »

Comment eût-on pu le soupçonner ? Il était couvert de sang. C'est lui qui livrait les assassins du domestique. Dix personnes avaient vu le dénouement du combat héroïque livré par lui.

D'ailleurs le tumulte était trop grand pour qu'on prît la peine de raisonner ou qu'on perdît son temps à concevoir des doutes. Dans le premier désarroi, les gens du pays envahissaient la villa. Tout le monde s'affolait. On courait de tous côtés, en haut, en bas, jusqu'à la cave. On s'interpellait. On criait, et nul ne songeait à contrôler les affirmations si vraisemblables de Lupin.

Cependant la découverte du cadavre dans l'office rendit au commissaire le sentiment de sa responsabilité. Il donna des ordres à la grille afin que personne ne pût entrer ou sortir. Puis, sans plus tarder, il examina les lieux et commença l'enquête.

Vaucheray donna son nom. Gilbert refusa de donner le sien, sous prétexte qu'il ne parlerait qu'en présence d'un avocat. Mais comme on l'accusait du crime il dénonça Vaucheray, lequel se défendit en l'attaquant, et tous deux péroraient à la fois, avec le désir évident d'accaparer l'attention du commissaire. Lorsque celui-ci se retourna vers Lupin pour invoquer son témoignage, il constata que l'inconnu n'était plus là.

Sans aucune défiance, il dit à l'un des agents :

« Prévenez donc ce monsieur que je désire lui poser quelques questions. »

On chercha le monsieur. Quelqu'un l'avait vu sur le perron allumant une cigarette. On sut alors qu'il avait offert des cigarettes à un groupe de soldats, et qu'il s'était éloigné vers le lac, en disant qu'on l'appelât en cas de besoin.

On l'appela, personne ne répondit.

Mais un soldat accourut. Le monsieur venait de monter dans une barque et faisait force de rames.

Le commissaire regarda Gilbert et comprit qu'il avait été roulé.

« Qu'on l'arrête ! cria-t-il... Qu'on tire dessus ! C'est un complice... »

Lui-même s'élança, suivi de deux agents, tandis que les autres demeuraient auprès des captifs. De la berge, il aperçut, à une centaine de mètres, le monsieur qui dans l'ombre faisait des salutations avec son chapeau.

Vainement un des agents déchargea son revolver.

La brise apporta un bruit de paroles. Le monsieur chantait, tout en ramant :

« Va petit mousse
Le vent te pousse... »

Mais le commissaire avisa une barque, attachée au môle de la propriété voisine. On réussit à franchir la haie qui séparait les deux jardins et, après avoir prescrit aux soldats de surveiller les rives du lac et d'appréhender le fugitif s'il cherchait à atterrir, le commissaire et deux de ses hommes se mirent à sa poursuite.

C'était chose assez facile, car, à la clarté intermittente de la lune, on pouvait discerner ses évolutions, et se rendre compte qu'il essayait de traverser le lac en obliquant toutefois vers la droite, c'est-à-dire vers le village de Saint-Gratien.

Aussitôt, d'ailleurs, le commissaire constata que, avec l'aide de ses hommes, et grâce peut-être à la légèreté de son embarcation, il gagnait de vitesse. En dix minutes il rattrapa la moitié de l'intervalle.

« Ça y est, dit-il, nous n'avons même pas besoin des fantassins pour l'empêcher d'aborder. J'ai bien envie de connaître ce type-là. Il ne manque pas d'un certain culot. »

Ce qu'il y avait de plus bizarre, c'est que la distance diminuait dans des proportions anormales, comme si le fuyard se fût découragé en comprenant l'inutilité de la lutte. Les agents redoublaient d'efforts. La barque glissait sur l'eau avec une extrême rapidité. Encore une centaine de mètres tout au plus, et l'on atteignait l'homme.

« Halte ! » commanda le commissaire.

L'ennemi, dont on distinguait la silhouette accroupie, ne bougeait pas. Les rames s'en allaient à vau-l'eau. Et cette immobilité avait quelque chose d'inquiétant. Un bandit de cette espèce pouvait fort bien attendre les agresseurs, vendre chèrement sa vie et même les démolir à coups de feu avant qu'ils ne pussent l'attaquer.

« Rends-toi ! » cria le commissaire…

La nuit était obscure à ce moment. Les trois hommes s'abattirent au fond de leur canot, car il leur avait semblé surprendre un geste de menace.

La barque emportée par son élan, approchait de l'autre.

Le commissaire grogna :

« Nous n'allons pas nous laisser canarder. Tirons dessus, vous êtes prêts ? »

Et il cria de nouveau :

« Rends-toi… sinon… »

Pas de réponse.

L'ennemi ne remuait pas.

« Rends-toi… Bas les armes… Tu ne veux pas ?… Alors, tant pis… Je compte… Une… Deux… »

Les agents n'attendirent pas le commandement. Ils tirèrent, et aussitôt, se courbant sur leurs avirons, donnèrent à la barque une impulsion si vigoureuse que, en quelques brassées elle atteignit le but.

Revolver au poing, attentif au moindre mouvement, le commissaire veillait.

Il tendit les bras.

« Un geste, et je te casse la tête. »

Mais l'ennemi ne fit aucun geste, et le commissaire, quand l'abordage eut lieu, et que les deux hommes, lâchant leurs rames, se préparèrent à l'assaut redoutable, le commissaire comprit la raison de cette attitude passive : il n'y avait personne dans le canot. L'ennemi s'était enfui à la nage, laissant aux mains du vainqueur un certain nombre des objets cambriolés, dont l'amoncellement, surmonté d'une veste et d'un chapeau melon, pouvait à la grande rigueur, dans les demi-ténèbres, figurer la silhouette confuse d'un individu.

À la lueur d'allumettes, on examina les dépouilles de l'ennemi. Aucune initiale n'était gravée à l'intérieur du chapeau. La veste ne contenait ni papiers ni portefeuille. Cependant on fit une découverte qui devait donner à l'affaire un retentissement considérable et influer terriblement sur le sort de Gilbert et de Vaucheray : c'était, dans une des poches, une carte oubliée par le fugitif, la carte d'Arsène Lupin.

À peu près au même moment, tandis que la police, remorquant le vaisseau capturé, continuait de vagues recherches, et que, échelonnés sur la rive, inactifs, les soldats écarquillaient les yeux pour tâcher de voir les péripéties du combat naval, ledit Arsène Lupin abordait tranquillement à l'endroit même qu'il avait quitté deux heures auparavant.

Il y fut accueilli par ses deux autres complices, Grognard et Le Ballu, leur jeta quelques explications en toute hâte, s'installa dans l'automobile parmi les fauteuils et les bibelots du député Daubrecq, s'enveloppa de fourrures et se fit conduire par les routes désertes, jusqu'à son garde-meuble de Neuilly, où il laissa le chauffeur. Un taxi le ramena dans Paris et l'arrêta près de Saint-Philippe-du-Roule.

Il possédait non loin de là, rue Matignon, à l'insu de toute sa bande, sauf de Gilbert, un entresol avec sortie personnelle.

Ce ne fut pas sans plaisir qu'il se changea et se frictionna. Car, malgré son tempérament robuste, il était transi. Comme chaque soir en se couchant, il vida sur la cheminée le contenu de ses poches. Alors seulement il remarqua, près de son portefeuille et de ses clefs, l'objet que Gilbert à la dernière minute, lui avait glissé dans les mains.

Et il fut très surpris. C'était un bouchon de carafe, un petit bouchon en cristal, comme on en met aux flacons destinés aux liqueurs. Et ce bouchon de cristal n'avait rien de particulier. Tout au plus Lupin observa-t-il que la tête aux multiples facettes était dorée jusqu'à la gorge centrale.

Mais, en vérité, aucun détail ne lui sembla de nature à frapper l'attention.

« Et c'est ce morceau de verre auquel Gilbert et Vaucheray tenaient si opiniâtrement ? Et voilà pourquoi ils ont tué le domestique, pourquoi ils se sont battus, pourquoi ils ont perdu leur temps, pourquoi ils ont risqué la prison… les assises… l'échafaud ?… Bigre, c'est tout de même cocasse !… »

Trop las pour s'attarder davantage à l'examen de cette affaire, si passionnante qu'elle lui parût, il reposa le bouchon sur la cheminée et se mit au lit.

Il eut de mauvais rêves. À genoux sur les dalles de leurs cellules, Gilbert et Vaucheray tendaient vers lui des mains éperdues et poussaient des hurlements d'épouvante.

« Au secours !… Au secours ! » criaient-ils.

Mais malgré tous ses efforts il ne pouvait pas bouger. Lui-même était attaché par des liens invisibles. Et tout tremblant, obsédé par une vision monstrueuse, il assista aux funèbres préparatifs, à la toilette des condamnés, au drame sinistre.

« Bigre ! dit-il, en se réveillant après une série de cauchemars, voilà de bien fâcheux présages. Heureusement que nous ne péchons pas par faiblesse d'esprit ! Sans quoi !… »

Et il ajouta :

« Nous avons là, d'ailleurs, près de nous, un talisman qui, si je m'en rapporte à la conduite de Gilbert et de Vaucheray, suffira, avec l'aide de Lupin, à conjurer le mauvais sort et à faire triompher la bonne cause. Voyons ce bouchon de cristal. »

Il se leva pour prendre l'objet et l'étudier plus attentivement. Un cri lui échappa. Le bouchon de cristal avait disparu…

II

Huit ôtés de neuf, reste un

Il est une chose que, malgré mes bonnes relations avec Lupin et la confiance dont il m'a donné des témoignages si flatteurs, une chose que je n'ai jamais pu percer à fond : c'est l'organisation de sa bande.

L'existence de cette bande ne fait pas de doute. Certaines aventures ne s'expliquent que par la mise en action de dévouements innombrables, d'énergies irrésistibles et de complicités puissantes, toutes forces obéissant à une volonté unique et formidable. Mais comment cette volonté s'exerce-t-elle? par quels intermédiaires et par quels sous-ordres? Je l'ignore. Lupin garde son secret et les secrets que Lupin veut garder sont, pour ainsi dire, impénétrables.

La seule hypothèse qu'il me soit permis d'avancer, c'est que cette bande, très restreinte à mon avis, et d'autant plus redoutable, se complète par l'adjonction d'unités indépendantes, d'affiliés provisoires, pris dans tous les mondes et dans tous les pays, et qui sont les agents exécutifs d'une autorité, que souvent ils ne connaissent même pas. Entre eux et le maître, vont et viennent les compagnons, les initiés, les fidèles, ceux qui jouent les premiers rôles sous le commandement direct de Lupin.

Gilbert et Vaucheray furent évidemment au nombre de ceux-là. Et c'est pourquoi la justice se montra si implacable à leur égard. Pour la première fois, elle tenait des complices de Lupin, des complices avérés, indiscutables, et ces complices avaient commis un meurtre! Que ce meurtre fût prémédité, que l'accusation d'assassinat pût être établie sur de fortes preuves, et c'était l'échafaud. Or, comme preuve, il y en avait tout au moins une, évidente : l'appel téléphonique de Léonard, quelques minutes avant sa mort : « Au secours, à l'assassin… ils vont me tuer. » Cet appel désespéré, deux hommes l'avaient entendu, l'employé de service et l'un de ses camarades, qui en témoignèrent catégoriquement. Et c'est à la suite de cet appel que le commissaire de police, aussitôt prévenu, avait pris le chemin de la villa *Marie-Thérèse*, escorté de ses hommes et d'un groupe de soldats en permission.

Dès les premiers jours, Lupin eut la notion exacte du péril. La lutte si violente qu'il avait engagée contre la société entrait dans une phase nouvelle et terrible. La chance tournait. Cette fois il s'agissait d'un meurtre, d'un acte contre lequel lui-même s'insurgeait – et non plus d'un de ces cambriolages amusants où, après avoir refait quelque rastaquouère, quelque financier véreux, il savait mettre les rieurs de son côté et se concilier l'opinion. Cette fois, il ne s'agissait plus d'attaquer, mais de se défendre et de sauver la tête de ses deux compagnons.

Une petite note que j'ai recopiée sur un des carnets où il expose le plus souvent et résume les situations qui l'embarrassent, nous montre la suite de ses réflexions :

« Tout d'abord une certitude : Gilbert et Vaucheray se sont joués de moi. L'expédition d'Enghien, en apparence destinée au cambriolage de la villa *Marie-Thérèse*, avait un but caché. Pendant toutes les opérations, ce but les obséda, et, sous les meubles comme au fond des placards ils ne cherchaient qu'une chose, et rien d'autre, le bouchon de cristal. Donc, si je veux voir clair dans les ténèbres, il faut avant tout que je sache à quoi m'en tenir là-dessus. Il est certain que, pour des raisons secrètes, ce mystérieux morceau de verre possède à leurs yeux une valeur immense… Et non pas seulement à leurs yeux, puisque, cette nuit, quelqu'un a eu l'audace et l'habileté de s'introduire dans mon appartement pour dérober l'objet en question. »

Ce vol, dont il était victime, intriguait singulièrement Lupin.

Deux problèmes, également insolubles, se posaient à son esprit. D'abord, quel était le mystérieux visiteur ? Gilbert seul, qui avait toute sa confiance et lui servait de secrétaire particulier, connaissait la retraite de la rue Matignon. Or, Gilbert était en prison.

Fallait-il supposer que Gilbert, le trahissant, avait envoyé la police à ses trousses ? En ce cas, comment au lieu de l'arrêter, lui, Lupin, se fût-on contenté de prendre le bouchon de cristal.

Mais il y avait quelque chose de beaucoup plus étrange. En admettant que l'on eût pu forcer les portes de son appartement – et cela, il devait bien l'admettre, quoique nul indice ne le prouvât – de quelle façon avait-on réussi à pénétrer dans la chambre ? Comme chaque soir, et selon une habitude dont il ne se départait jamais, il avait tourné la clef et mis le verrou. Pourtant – fait irrécusable – le bouchon de cristal disparaissait sans que la serrure et le verrou eussent été touchés. Et, bien que Lupin se flattât d'avoir l'oreille fine, même pendant son sommeil, aucun bruit ne l'avait réveillé !

Il chercha peu. Il connaissait trop ces sortes d'énigmes pour espérer que celle-ci pût s'éclaircir autrement que par la suite des événements. Mais, très déconcerté, fort inquiet, il ferma aussitôt son entresol de la rue Matignon en se jurant qu'il n'y remettrait pas les pieds.

Et tout de suite il s'occupa de correspondre avec Gilbert et Vaucheray.

De ce côté un nouveau mécompte l'attendait. La justice, bien qu'elle ne pût établir sur des bases sérieuses la complicité de Lupin, avait décidé que l'affaire serait instruite, non pas en Seine-et-Oise, mais à Paris, et rattachée à l'instruction générale ouverte contre Lupin. Aussi Gilbert et Vaucheray furent-ils enfermés à la prison de la Santé. Or, à la Santé comme au Palais de justice, on comprenait si nettement qu'il fallait empêcher toute communication entre Lupin et les détenus, qu'un ensemble de précautions minutieuses était prescrit par le préfet de Police et minutieusement observé par les moindres subalternes. Jour et nuit, des agents éprouvés, toujours les mêmes, gardaient Gilbert et Vaucheray et ne les quittaient pas de vue.

Lupin qui, à cette époque, ne s'était pas encore promu – honneur de sa carrière – au poste de chef de la Sûreté[1] et qui, par

1. Voir *813 : La Double Vie d'Arsène Lupin* et *813 : Les Trois Crimes d'Arsène Lupin*, Le Livre de Poche, n°s 4061 et 4062.

conséquent, n'avait pu prendre, au Palais de justice, les mesures nécessaires à l'exécution de ses plans. Lupin après quinze jours de tentatives infructueuses, dut s'incliner. Il le fit la rage au cœur et avec une inquiétude croissante.

« Le plus difficile dans une affaire, dit-il, souvent ce n'est pas d'aboutir, c'est de débuter. En l'occurrence, par où débuter ? Quel chemin suivre ? »

Il se retourna vers le député Daubrecq, premier possesseur du bouchon de cristal, et qui devait probablement en connaître l'importance. D'autre part, comment Gilbert était-il au courant des faits et gestes du député Daubrecq ? Quels avaient été ses moyens de surveillance ? Qui l'avait renseigné sur l'endroit où Daubrecq passait la soirée de ce jour ? Autant de questions intéressantes à résoudre.

Tout de suite après le cambriolage de la villa *Marie-Thérèse*, Daubrecq avait pris ses quartiers d'hiver à Paris, et occupait son hôtel particulier, à gauche de ce petit square Lamartine, qui s'ouvre au bout de l'avenue Victor-Hugo.

Lupin, préalablement camouflé, l'aspect d'un vieux rentier qui flâne, la canne à la main, s'installa dans ces parages, sur les bancs du square et de l'avenue.

Dès le premier jour, une découverte le frappa. Deux hommes, vêtus comme des ouvriers, mais dont les allures indiquaient suffisamment le rôle, surveillaient l'hôtel du député. Quand Daubrecq sortait, ils se mettaient à sa poursuite et revenaient derrière lui. Le soir, sitôt les lumières éteintes, ils s'en allaient.

À son tour, Lupin les fila. C'étaient des agents de la Sûreté.

« Tiens, tiens, se dit-il, voici qui ne manque pas d'imprévu. Le Daubrecq est donc en suspicion ? »

Mais le quatrième jour, à la nuit tombante, les deux hommes furent rejoints par six autres personnages, qui s'entretinrent avec eux dans l'endroit le plus sombre du square Lamartine. Et, parmi ces nouveaux personnages, Lupin fut très étonné de reconnaître, à sa taille et à ses manières, le fameux Prasville, ancien avocat, ancien sportsman, ancien explorateur, actuellement favori de l'Élysée, et, qui, pour des raisons mystérieuses, avait été imposé comme secrétaire général de la Préfecture.

Et brusquement Lupin se rappela : deux années auparavant, il y avait eu, place du Palais-Bourbon, un pugilat retentissant entre Prasville et le député Daubrecq. La cause, on l'ignorait. Le jour même, Prasville envoyait ses témoins. Daubrecq refusait de se battre.

Quelque temps après, Prasville était nommé secrétaire général.

« Bizarre… bizarre… », se dit Lupin qui demeura pensif, tout en observant le manège de Prasville.

À sept heures le groupe de Prasville s'éloigna un peu vers l'avenue Henri-Martin. La porte d'un petit jardin qui flanquait l'hôtel vers la droite, livra passage à Daubrecq. Les deux agents lui emboîtèrent le pas, et, comme lui, prirent le tramway de la rue Taitbout.

Aussitôt Prasville traversa le square et sonna. La grille reliait l'hôtel au pavillon de la concierge. Celle-ci vint ouvrir. Il y eut un rapide conciliabule, après lequel Prasville et ses compagnons furent introduits.

« Visite domiciliaire, secrète et illégale, dit Lupin. La stricte politesse eût voulu qu'on me convoquât. Ma présence est indispensable. »

Sans la moindre hésitation, il se rendit à l'hôtel, dont la porte n'était pas fermée, et, passant devant la concierge qui surveillait les alentours, il dit du ton pressé de quelqu'un que l'on attend :

« Ces messieurs sont là ?

— Oui, dans le cabinet de travail. »

Son plan était simple : rencontré, il se présentait comme fournisseur. Prétexte inutile. Il put, après avoir franchi un vestibule désert, entrer dans la salle à manger où il n'y avait personne, mais d'où il aperçut, par les carreaux d'une baie vitrée qui séparait la salle du cabinet de travail, Prasville et ses cinq compagnons.

Prasville, à l'aide de fausses clefs, forçait tous les tiroirs. Puis il compulsait tous les dossiers, pendant que ses quatre compagnons extrayaient de la bibliothèque chacun des volumes, secouaient les pages et vérifiaient l'intérieur des reliures.

« Décidément, se dit Lupin, c'est un papier que l'on cherche… des billets de banque, peut-être… »

Prasville s'exclama :

« Quelle bêtise ! Nous ne trouvons rien... »

Mais sans doute ne renonçait-il pas à trouver, car il saisit tout à coup les quatre flacons d'une cave à liqueur ancienne, ôta les quatre bouchons et les examina.

« Allons bon ! pensa Lupin, le voilà qui s'attaque, lui aussi, à des bouchons de carafe ! Il ne s'agit donc pas d'un papier ? Vrai, je n'y comprends plus rien. »

Ensuite Prasville souleva et scruta divers objets, et il dit :

« Combien de fois êtes-vous venus ici ?

— Six fois l'hiver dernier, lui fut-il répondu.

— Et vous avez visité à fond ?

— Chacune des pièces, et pendant des jours entiers, puisqu'il était en tournée électorale.

— Cependant... cependant... »

Et il reprit :

« Il n'a donc pas de domestique, pour l'instant ?

— Non, il en cherche. Il mange au restaurant, et la concierge entretient le ménage tant bien que mal. Cette femme nous est toute dévouée... »

Durant près d'une heure et demie, Prasville s'obstina dans ses investigations, dérangeant et palpant tous les bibelots, mais en ayant soin de reposer chacun d'eux à la place exacte qu'il occupait. À neuf heures, les deux agents qui avaient suivi Daubrecq firent irruption.

« Le voilà qui revient !

— À pied ?

— À pied.

— Nous avons le temps ?

— Oh ! oui ! »

Sans trop se hâter, Prasville et les hommes de la Préfecture, après avoir jeté un dernier coup d'œil sur la pièce et s'être assurés que rien ne trahissait leur visite, se retirèrent.

La situation devenait critique pour Lupin. Il risquait, en partant, de se heurter à Daubrecq, en demeurant, de ne plus pouvoir sortir. Mais ayant constaté que les fenêtres de la salle à manger lui offraient une sortie directe sur le square, il résolut de rester. D'ailleurs, l'occasion de voir Daubrecq d'un peu près était trop bonne pour qu'il n'en profitât point, et, puisque Daubrecq venait de dîner, il y avait peu de chance pour qu'il entrât dans cette salle.

Il attendit donc, prêt à se dissimuler derrière un rideau de velours qui se tirait au besoin sur la baie vitrée.

Il perçut le bruit des portes. Quelqu'un entra dans le cabinet de travail et ralluma l'électricité. Il reconnut Daubrecq.

C'était un gros homme, trapu, court d'encolure, avec un collier de barbe grise, presque chauve, et qui portait toujours – car il avait les yeux très fatigués – un binocle à verres noirs par-dessus ses lunettes.

Lupin remarqua l'énergie du visage, le menton carré, la saillie des os. Les poings étaient velus et massifs, les jambes torses, et il marchait, le dos voûté, en pesant alternativement sur l'une et sur l'autre hanche, ce qui lui donnait un peu l'allure d'un quadrumane. Mais un front énorme, tourmenté, creusé de vallons, hérissé de bosses, surmontait la face.

L'ensemble avait quelque chose de bestial, de répugnant, de sauvage. Lupin se rappela que, à la Chambre, on appelait Daubrecq « l'homme des Bois », et on l'appelait ainsi non pas seulement parce qu'il se tenait à l'écart et ne frayait guère avec ses collègues, mais aussi à cause de son aspect même, de ses façons, de sa démarche, de sa musculature puissante.

Il s'assit devant son bureau, tira de sa poche une pipe en écume, choisit parmi plusieurs paquets de tabac qui séchaient dans un vase un paquet de maryland, déchira la bande, bourra sa pipe et l'alluma. Puis il se mit à écrire des lettres.

Au bout d'un moment, il suspendit sa besogne et demeura songeur, l'attention fixée sur un point de son bureau.

Vivement il prit une petite boîte à timbres qu'il examina. Ensuite, il vérifia la position de certains objets que Prasville avait touchés et replacés, et il les scrutait du regard, les palpait de la main, se penchait sur eux, comme si certains signes, connus de lui seul, eussent pu le renseigner.

À la fin, il saisit la poire d'une sonnerie électrique et pressa le bouton.

Une minute après, la concierge se présentait.

Il lui dit :

« Ils sont venus, n'est-ce pas ? »

Et, comme la femme hésitait, il insista :

« Voyons, Clémence, est-ce vous qui avez ouvert cette petite boîte à timbres ?

— Non, monsieur.

— Eh bien, j'en avais cacheté le couvercle avec une bande étroite de papier gommé. Cette bande a été brisée.

— Je peux pourtant certifier, commença la femme…

— Pourquoi mentir, dit-il, puisque je vous ai dit, moi-même, de vous prêter à toutes ces visites ?

— C'est que…

— C'est que vous aimez bien manger aux deux râteliers… Soit ! »

Il lui tendit un billet de cinquante francs et répéta :

« Ils sont venus ?

— Oui, monsieur.

— Les mêmes qu'au printemps ?

— Oui, tous les cinq… avec un autre… qui les commandait.

— Un grand ?… brun ?…

— Oui. »

Lupin vit la mâchoire de Daubrecq qui se contractait, et Daubrecq poursuivit :

« C'est tout ?

— Il en est venu un autre, après eux, qui les a rejoints… et puis, tout à l'heure, deux autres, les deux qui montent ordinairement la faction devant l'hôtel.

— Ils sont restés dans ce cabinet ?

— Oui, monsieur.

— Et ils sont repartis comme j'arrivais ? Quelques minutes avant, peut-être ?

— Oui, monsieur.

— C'est bien. »

La femme s'en alla. Daubrecq se remit à sa correspondance. Puis, allongeant le bras, il inscrivit des signes sur un cahier de papier blanc qui se trouvait à l'extrémité de son bureau, et qu'il dressa ensuite, comme s'il eût voulu ne point le perdre de vue.

C'étaient des chiffres. Lupin put lire cette formule de soustraction :

$$9 - 8 = 1$$

Et Daubrecq, entre ses dents, articulait ces syllabes d'un air attentif.

« Pas le moindre doute », dit-il à haute voix.

Il écrivit encore une lettre, très courte, et, sur l'enveloppe, il traça cette adresse que Lupin déchiffra quand la lettre fut posée près du cahier de papier.

« Monsieur Prasville, secrétaire général de la Préfecture. »

Puis il sonna de nouveau.

« Clémence, dit-il à la concierge, est-ce que vous avez été à l'école dans votre jeune âge ?

— Dame, oui ! monsieur.

— Et l'on vous a enseigné le calcul ?

— Mais, monsieur…

— C'est que vous n'êtes pas très forte en soustraction.

— Pourquoi donc ?

— Parce que vous ignorez que neuf moins huit égale un, et cela, voyez-vous, c'est d'une importance capitale. Pas d'existence possible si vous ignorez cette vérité première. »

Tout en parlant, il s'était levé et faisait le tour de la pièce, les mains au dos, et en se balançant sur ses hanches. Il le fit encore une fois. Puis, s'arrêtant devant la salle à manger, il ouvrit la porte :

« Le problème, d'ailleurs, peut s'énoncer autrement, dit-il. Qui de neuf ôte huit, reste un. Et celui qui reste, le voilà, hein ? l'opération est juste, et monsieur, n'est-il pas vrai ? nous en fournit une preuve éclatante. »

Il tapotait le rideau de velours dans les plis duquel Lupin s'était vivement enveloppé.

« En vérité, monsieur, vous devez étouffer là-dessous ? Sans compter que j'aurais pu me divertir à transpercer ce rideau à coups de dague… Rappelez-vous le délire d'Hamlet et la mort de Polonius… "C'est un rat, vous dis-je, un gros rat…" Allons, monsieur Polonius, sortez de votre trou. »

C'était là une de ces postures dont Lupin n'avait pas l'habitude et qu'il exécrait. Prendre les autres au piège et se payer leur tête, il l'admettait, mais non point qu'on se gaussât de lui et qu'on s'esclaffât à ses dépens. Pourtant pouvait-il riposter ?

« Un peu pâle, monsieur Polonius... Tiens, mais, c'est le bon bourgeois qui fait le pied de grue dans le square depuis quelques jours ! De la police aussi, monsieur Polonius ? Allons, remettez-vous, je ne vous veux aucun mal... Mais vous voyez, Clémence, la justesse de mon calcul. Il est entré ici, selon vous, neuf mouchards. Moi, en revenant, j'en ai compté, de loin, sur l'avenue, une bande de huit. Huit ôtés de neuf reste un, lequel évidemment était resté ici en observation. *Ecce Homo.*

— Et après ? dit Lupin, qui avait une envie folle de sauter sur le personnage et de le réduire au silence.

— Après ? Mais rien du tout, mon brave. Que voulez-vous de plus ? La comédie est finie. Je vous demanderai seulement de porter au sieur Prasville, votre maître, cette petite missive que je viens de lui écrire. Clémence, veuillez montrer le chemin à M. Polonius. Et, si jamais il se présente, ouvrez-lui les portes toutes grandes. Vous êtes ici chez vous, monsieur Polonius. Votre serviteur... »

Lupin hésita. Il eût voulu le prendre de haut, et lancer une phrase d'adieu, un mot de la fin, comme on en lance au théâtre du fond de la scène, pour se ménager une belle sortie et disparaître tout au moins avec les honneurs de la guerre. Mais sa défaite était si pitoyable qu'il ne trouva rien de mieux que d'enfoncer son chapeau sur la tête, d'un coup de poing, et de suivre la concierge en frappant des pieds. La revanche était maigre.

« Bougre de coquin ! cria-t-il une fois dehors et en se retournant vers les fenêtres de Daubrecq. Misérable ! Canaille ! Député ! Tu me la paieras, celle-là !... Ah ! monsieur se permet... Ah ! monsieur a le culot... Eh bien, je te jure Dieu monsieur, qu'un jour ou l'autre... »

Il écumait de rage, d'autant que, au fond de lui, il reconnaissait la force de cet ennemi nouveau, et qu'il ne pouvait nier la maîtrise déployée en cette affaire.

Le flegme de Daubrecq, l'assurance avec laquelle il roulait les fonctionnaires de la Préfecture, le mépris avec lequel il se prêtait aux visites de son appartement, et, par-dessus tout, son sang-froid admirable, sa désinvolture et l'impertinence de sa conduite en face du neuvième personnage qui l'espionnait, tout cela dénotait un homme de caractère, puissant, équilibré, lucide, audacieux, sûr de lui et des cartes qu'il avait en main.

Mais quelles étaient ces cartes ? Quelle partie jouait-il ? Qui tenait l'enjeu ? Et jusqu'à quel point se trouvait-on engagé de part et d'autre ? Lupin l'ignorait. Sans rien connaître, tête baissée il se jetait au plus fort de la bataille, entre des adversaires violemment engagés dont il ne savait ni la position, ni les armes, ni les ressources, ni les plans secrets. Car, enfin, il ne pouvait admettre que le but de tant d'efforts fût la possession d'un bouchon de cristal !

Une seule chose le réjouissait : Daubrecq ne l'avait pas démasqué. Daubrecq le croyait inféodé à la police. Ni Daubrecq, ni la police par conséquent, ne soupçonnaient l'intrusion dans l'affaire d'un troisième larron. C'était son unique atout, atout qui lui donnait une liberté d'action à laquelle il attachait une importance extrême.

Sans plus tarder il décacheta la lettre que Daubrecq lui avait remise pour le secrétaire général de la Préfecture. Elle contenait ces quelques lignes :

À portée de ta main, mon bon Prasville ! Tu l'as touché ! Un peu plus, et ça y était… mais tu es trop bête. Et dire qu'on n'a pas trouvé mieux que toi pour me faire mordre la poussière. Pauvre France ! Au revoir, Prasville. Mais si je te pince sur le fait, tant pis pour toi, je tire.

Signé : Daubrecq.

« À portée de la main… se répéta Lupin, après avoir lu. Ce drôle écrit peut-être la vérité. Les cachettes les plus élémentaires sont les plus sûres. Tout de même, tout de même, il faudra que nous voyions cela… Et il faudra voir aussi pourquoi ce Daubrecq est l'objet d'une surveillance si étroite, et se documenter quelque peu sur l'individu. »

Les renseignements que Lupin avait fait prendre, dans une agence spéciale, se résumaient ainsi :

Alexis Daubrecq, député des Bouches-du-Rhône depuis deux ans, siège parmi les indépendants; opinions assez mal définies, mais situation électorale très solide grâce aux énormes sommes qu'il dépense pour sa candidature. Aucune fortune. Cependant hôtel à Paris, villa à Enghien et à Nice, grosses pertes au jeu, sans qu'on sache d'où vient l'argent. Très influent, obtient ce qu'il veut, quoiqu'il ne fréquente pas les ministères, et ne paraisse avoir ni amitiés, ni relations dans les milieux politiques.

« Fiche commerciale, se dit Lupin en relisant cette note. Ce qu'il me faudrait, c'est une fiche intime, une fiche policière, qui me renseigne sur la vie privée du monsieur, et qui me permette de manœuvrer plus à l'aise dans ces ténèbres et de savoir si je ne patauge pas en m'occupant du Daubrecq. Bigre! c'est que le temps marche! »

Un des logis que Lupin habitait à cette époque, et où il revenait le plus souvent, était situé rue Chateaubriand, près de l'Arc de Triomphe. On l'y connaissait sous le nom de Michel Beaumont. Il y avait une installation assez confortable, et un domestique, Achille, qui lui était très dévoué, et dont la besogne consistait à centraliser les communications téléphoniques adressées à Lupin par ses affidés.

Rentré chez lui, Lupin apprit avec un grand étonnement qu'une ouvrière l'attendait depuis une heure au moins.

« Comment? Mais personne ne vient jamais me voir ici? Elle est jeune?

— Non... Je ne crois pas.

— Tu ne crois pas!

— Elle porte une mantille sur la tête, à la place du chapeau, et on ne voit pas sa figure... C'est plutôt une employée... une personne de magasin pas élégante...

— Qui a-t-elle demandé?

— M. Michel Beaumont, répondit le domestique.

— Bizarre. Et quel motif?

— Elle m'a dit simplement que cela concernait l'affaire d'Enghien!... Alors, j'ai cru...

— Hein! l'affaire d'Enghien! elle sait donc que je suis mêlé à cette affaire!... Elle sait donc qu'en s'adressant ici...

— Je n'ai rien pu obtenir d'elle, mais j'ai cru tout de même qu'il fallait la recevoir.

— Tu as bien fait. Où est-elle ?

— Au salon. J'ai allumé. »

Lupin traversa vivement l'antichambre et ouvrit la porte du salon.

« Qu'est-ce que tu chantes ? dit-il à son domestique. Il n'y a personne.

— Personne ? » fit Achille qui s'élança.

En effet, le salon était vide.

« Oh ! par exemple, celle-là est raide ! s'écria le domestique. Il n'y a pas plus de vingt minutes que je suis revenu voir par précaution. Elle était là. Je n'ai pourtant pas la berlue.

— Voyons, voyons, dit Lupin avec irritation. Où étais-tu pendant que cette femme attendait ?

— Dans le vestibule, patron ; je n'ai pas quitté le vestibule une seconde ! Je l'aurais bien vue sortir, nom d'un chien !

— Cependant elle n'est plus là...

— Évidemment... évidemment..., gémit le domestique, ahuri... Elle aura perdu patience, et elle s'en est allée. Mais je voudrais bien savoir par où, crebleu !

— Par où ? dit Lupin... pas besoin d'être sorcier pour le savoir.

— Comment ?

— Par la fenêtre. Tiens, elle est encore entrebâillée... nous sommes au rez-de-chaussée... la rue est presque toujours déserte, le soir... Il n'y a pas de doute. »

Il regardait autour de lui et s'assurait que rien n'avait été enlevé ni dérangé. D'ailleurs, la pièce ne contenait aucun bibelot précieux, aucun papier important, qui eût pu expliquer la visite, puis la disparition soudaine de la femme. Et cependant, pourquoi cette fuite inexplicable ?...

« Il n'y a pas eu de téléphone aujourd'hui ? demanda-t-il.

— Non.

— Pas de lettre ce soir ?

— Si, une lettre par le dernier courrier.

— Donne.

— Je l'ai mise, comme d'habitude, sur la cheminée de monsieur. »

La chambre de Lupin était contiguë au salon, mais Lupin avait condamné la porte qui faisait communiquer les deux pièces. Il fallut donc repasser par le vestibule.

Lupin alluma l'électricité et, au bout d'un instant, déclara :

« Je ne vois pas…

— Si… je l'ai posée près de la coupe.

— Il n'y a rien du tout.

— Monsieur cherche mal. »

Mais Achille eut beau déplacer la coupe, soulever la pendule, se baisser… la lettre n'était pas là.

« Ah ! crénom… crénom…, murmura-t-il. C'est elle… c'est elle qui l'a volée… et puis quand elle a eu la lettre, elle a fichu le camp… Ah ! la garce… »

Lupin objecta :

« Tu es fou ! Il n'y a pas de communication entre les deux pièces.

— Alors qui voulez-vous que ce soit, patron ? »

Ils se turent tous les deux. Lupin s'efforçait de contenir sa colère et de rassembler ses idées.

Il interrogea :

« Tu as examiné cette lettre ?

— Oui !

— Elle n'avait rien de particulier ?

— Rien. Une enveloppe quelconque, avec une adresse au crayon.

— Ah !… au crayon ?

— Oui, et comme écrite en hâte, griffonnée plutôt.

— La formule de l'adresse… Tu l'as retenue ? demanda Lupin avec une certaine angoisse.

— Je l'ai retenue parce qu'elle m'a paru drôle…

— Parle ! mais parle donc !

— *Monsieur de Beaumont Michel.* »

Lupin secoua vivement son domestique.

« Il y avait "de" Beaumont ? Tu en es sûr ? et "Michel" après Beaumont ?

— Absolument certain.

— Ah ! murmura Lupin d'une voix étranglée… c'était une lettre de Gilbert ! »

Il demeurait immobile, un peu pâle, et la figure contractée. À n'en point douter, *c'était une lettre de Gilbert* ! C'était la formule que, sur son ordre, depuis des années, Gilbert employait toujours pour correspondre avec lui. Ayant enfin trouvé, du fond de sa prison – et après quelle attente ! au prix de quelles ruses ! – ayant enfin trouvé le moyen de faire jeter une lettre à la poste, Gilbert avait écrit précipitamment cette lettre. Et voilà qu'on l'interceptait ! Que contenait-elle ? Quelles instructions donnait le malheureux prisonnier ? Quel secours implorait-il ? Quel stratagème proposait-il ?

Lupin examina la chambre, laquelle, contrairement au salon, contenait des papiers importants. Mais, aucune des serrures n'ayant été fracturée, il fallait bien admettre que la femme n'avait pas eu d'autre but que de prendre la lettre de Gilbert. Se contraignant à demeurer calme, il reprit :

« La lettre est arrivée pendant que la femme était là ?

— En même temps. La concierge sonnait au même moment.

— Elle a pu voir l'enveloppe ?

— Oui. »

La conclusion se tirait donc d'elle-même. Restait à savoir comment la visiteuse avait pu effectuer ce vol. En se glissant, par l'extérieur, d'une fenêtre à l'autre ? Impossible : Lupin retrouva la fenêtre de sa chambre fermée. En ouvrant la porte de communication ? Impossible : Lupin la retrouva close, barricadée de ses deux verrous extérieurs.

Pourtant on ne passe pas au travers d'un mur par une simple opération de la volonté. Pour entrer quelque part, et en sortir, il faut une issue et, comme l'acte avait été accompli en l'espace de quelques minutes, il fallait, en l'occurrence, que l'issue fût antérieure, qu'elle fût déjà pratiquée dans le mur et connue évidemment de la femme. Cette hypothèse simplifiait les recherches en les concentrant sur la porte, car le mur, tout nu, sans placard, sans cheminée, sans tenture ne pouvait dissimuler aucun passage.

Lupin regagna le salon et se mit en mesure d'étudier la porte. Mais tout de suite il tressaillit. Au premier coup d'œil, il constatait que, à gauche, en bas, un des six petits panneaux placés entre les barres transversales du battant, n'occupait pas sa position normale, et que la lumière ne le frappait pas d'aplomb. S'étant penché, il aperçut deux menues pointes de fer qui soutenaient le panneau à la manière d'une plaque de bois derrière un cadre. Il n'eut qu'à les écarter. Le panneau se détacha.

Achille poussa un cri de stupéfaction. Mais Lupin objecta :

« Et après ? En sommes-nous plus avancés ? Voilà un rectangle vide d'environ quinze à dix-huit centimètres de longueur sur quarante de hauteur. Tu ne vas pas prétendre que cette femme ait pu se glisser par un orifice qui serait déjà trop étroit pour un enfant de dix ans, si maigre qu'il fût !

— Non, mais elle a pu passer le bras, et tirer les verrous.

— Le verrou du bas, oui, dit Lupin. Mais le verrou du haut, non, la distance est beaucoup trop grande. Essaie et tu verras. »

Achille dut, en effet, y renoncer.

« Alors ? » dit-il.

Lupin ne répondit pas. Il resta longtemps à réfléchir.

Puis, soudain, il ordonna :

« Mon chapeau… mon pardessus… »

Il se hâtait, pressé par une idée impérieuse. Dehors, il se jeta dans un taxi.

« Rue Matignon, et vite… »

À peine arrivé devant l'entrée du logement où le bouchon de cristal lui avait été repris, il sauta de voiture, ouvrit son entrée particulière, monta l'étage, courut au salon, alluma et s'accroupit devant la porte qui communiquait avec sa chambre.

Il avait deviné. Un des petits panneaux se détachait également.

Et de même qu'en son autre demeure de la rue Chateaubriand, l'orifice, suffisant pour qu'on y passât le bras et l'épaule, ne permettait pas qu'on tirât le verrou supérieur.

« Tonnerre de malheur ! s'exclama-t-il, incapable de maîtriser plus longtemps la rage qui bouillonnait en lui depuis deux heures, tonnerre de nom d'un chien, je n'en finirai donc pas avec cette histoire-là ! »

De fait, une malchance incroyable s'acharnait après lui et le réduisait à tâtonner au hasard sans que jamais il lui fût possible d'utiliser les éléments de réussite que son obstination ou que la force même des choses mettaient entre ses mains. Gilbert lui confiait le bouchon de cristal. Gilbert lui envoyait une lettre. Tout cela disparaissait à l'instant même.

Et ce n'était plus, comme il avait pu le croire jusqu'ici, une série de circonstances fortuites, indépendantes les unes des autres. Non. C'était manifestement l'effet d'une volonté adverse poursuivant un but défini avec une habileté prodigieuse et une adresse inconcevable, l'attaquant lui, Lupin, au fond même de ses retraites les plus sûres, et le déconcertant par des coups si rudes et si imprévus qu'il ne savait même pas contre qui il lui fallait se défendre. Jamais encore, au cours de ses aventures, il ne s'était heurté à de pareils obstacles.

Et, au fond de lui, grandissait peu à peu une peur obsédante de l'avenir. Une date luisait devant ses yeux, la date effroyable qu'il assignait inconsciemment à la justice pour faire son œuvre de vengeance, la date à laquelle, par un matin d'avril, monteraient sur l'échafaud deux hommes qui avaient marché à ses côtés, deux camarades qui subiraient l'épouvantable châtiment.

III

La vie privée d'Alexis Daubrecq

En entrant chez lui après son déjeuner, le lendemain de ce jour où la police avait exploré son domicile, le député Daubrecq fut arrêté par Clémence, sa concierge. Celle-ci avait réussi à trouver une cuisinière en qui l'on pouvait avoir toute confiance.

Cette cuisinière, qui se présenta quelques minutes plus tard, exhiba des certificats de premier ordre, signés par des personnes auprès desquelles il était facile de prendre des informations. Très active, quoique d'un certain âge, elle acceptait de faire le ménage à elle seule sans l'aide d'aucun domestique, condition imposée par Daubrecq, qui préférait réduire les chances d'être espionné.

Comme, en dernier lieu, elle était placée chez un membre du Parlement, le comte Saulevat, Daubrecq téléphona aussitôt à son collègue.

L'intendant du comte Saulevat donna sur elle les meilleurs renseignements. Elle fut engagée.

Dès qu'elle eut apporté sa malle, elle se mit à l'ouvrage, nettoya toute la journée et prépara le repas.

Daubrecq dîna et sortit.

Vers onze heures, la concierge étant couchée, elle entrebâilla avec précaution la grille du jardin. Un homme approcha.

« C'est toi ? dit-elle.

— Oui, c'est moi, Lupin. »

Elle le conduisit dans la chambre qu'elle occupait au troisième étage, sur le jardin, et, tout de suite, elle se lamenta :

« Encore des trucs, et toujours des trucs ! Tu ne peux donc pas me laisser tranquille, au lieu de m'employer à des tas de besognes !

— Que veux-tu, ma bonne Victoire[1], quand il me faut une personne d'apparence respectable et de mœurs incorruptibles, c'est à toi que je pense. Tu dois être flattée.

— Et c'est comme ça que tu t'émeus ! gémit-elle. Tu me jettes une fois de plus dans la gueule du loup, et ça te fait rigoler.

— Qu'est-ce que tu risques ?

— Comment ce que je risque ! tous mes certificats sont faux.

— Les certificats sont toujours faux.

— Et si M. Daubrecq s'en aperçoit ? s'il se renseigne ?

— Il s'est renseigné.

— Hein ! qu'est-ce que tu dis ?

— Il a téléphoné à l'intendant du comte Saulevat, chez qui, soi-disant, tu as eu l'honneur de servir.

— Tu vois, je suis fichue.

— L'intendant du comte n'a pas tari d'éloges à ton propos.

— Il ne me connaît pas.

— Mais moi, je le connais. C'est moi qui l'ai fait placer chez le comte Saulevat. Alors, tu comprends… »

Victoire parut un peu calmée.

« Enfin ! qu'il soit fait selon la volonté de Dieu… ou plutôt selon la tienne. Et quel est mon rôle dans tout cela ?

— Me coucher ici, d'abord. Tu m'as jadis nourri de ton lait. Tu peux bien m'offrir la moitié de ta chambre. Je dormirai sur le fauteuil.

— Et après ?

— Après ? Me fournir les aliments nécessaires.

— Et après ?

— Après ? Entreprendre de concert avec moi, et sous ma direction, toute une série de recherches ayant pour but…

— Ayant pour but ?

— La découverte de l'objet précieux dont je t'ai parlé.

— Quoi ?

— Un bouchon de cristal.

— Un bouchon de cristal… Jésus-Marie ! Quel métier ! Et si on ne le trouve pas, ton sacré bouchon ? »

1. Voir *813 : La Double Vie d'Arsène Lupin* et *813 : Les Trois Crimes d'Arsène Lupin.*

Lupin lui saisit doucement le bras, et d'une voix grave :

« Si on ne le trouve pas, Gilbert, le petit Gilbert que tu connais et que tu aimes bien, a beaucoup de chances d'y laisser sa tête, ainsi que Vaucheray.

— Vaucheray, ça m'est égal… une canaille comme lui ! Mais Gilbert…

— Tu as lu les journaux, ce soir ? L'affaire tourne de plus en plus mal. Vaucheray, comme de juste, accuse Gilbert d'avoir frappé le domestique et il arrive précisément que le couteau dont Vaucheray s'est servi appartenait à Gilbert. La preuve en a été faite, ce matin. Sur quoi, Gilbert, qui est intelligent, mais qui manque d'estomac, a bafouillé et s'est lancé dans des histoires et des mensonges qui achèveront de le perdre. Voilà où nous en sommes. Veux-tu m'aider ? »

. . . .

À minuit le député rentra.

Dès lors, et durant plusieurs jours, Lupin modela sa vie sur celle de Daubrecq. Aussitôt que celui-ci quittait l'hôtel, Lupin commençait ses investigations.

Il les poursuivit avec méthode, divisant chacune des pièces en secteurs qu'il n'abandonnait qu'après avoir interrogé les plus petits recoins, et, pour ainsi dire, épuisé toutes les combinaisons possibles.

Victoire cherchait aussi. Et rien n'était oublié. Pieds de table, bâtons de chaises, lames de parquets, moulures, cadres de glaces ou de tableaux, pendules, socles de statuettes, ourlets de rideaux, appareils téléphoniques ou appareils d'électricité, on passait en revue tout ce qu'une imagination ingénieuse aurait pu choisir comme cachette.

Et l'on surveillait aussi les moindres actes du député, ses gestes les plus inconscients, ses regards, les livres qu'il lisait, les lettres qu'il écrivait.

C'était chose facile ; il semblait vivre au grand jour. Jamais une porte n'était fermée. Il ne recevait aucune visite. Et son existence fonctionnait avec une régularité de mécanisme. L'après-midi il allait à la Chambre, le soir au cercle.

« Pourtant, disait Lupin, il doit bien y avoir quelque chose qui n'est pas catholique dans tout cela.

— Rien que je te dis, gémissait Victoire, tu perds ton temps, et nous nous ferons pincer. »

La présence des agents de la Sûreté et leurs allées et venues sous les fenêtres l'affolaient. Elle ne pouvait admettre qu'ils fussent là pour une autre raison que pour la prendre au piège, elle, Victoire. Et chaque fois qu'elle se rendait au marché, elle était toute surprise qu'un de ces hommes ne lui mît pas la main sur l'épaule.

Un jour elle revint, bouleversée. Son panier de provisions tremblait à son bras.

« Eh bien, qu'y a-t-il, ma bonne Victoire, lui dit Lupin, tu es verte.

— Verte… n'est-ce pas ?… Il y a de quoi… »

Elle dut s'asseoir, et ce n'est qu'après bien des efforts qu'elle réussit à bégayer :

« Un individu… un individu qui m'a abordée… chez la fruitière…

— Bigre ! Il voulait t'enlever ?

— Non… il m'a remis une lettre…

— Et tu te plains ? Une déclaration d'amour, évidemment !

— Non… "C'est pour votre patron", qu'il a dit. "Mon patron !" que j'ai dit. "Oui, pour le monsieur qui habite votre chambre."

— Hein ! »

Cette fois Lupin avait tressailli.

« Donne-moi ça », fit-il, en lui arrachant l'enveloppe.

L'enveloppe ne portait aucune adresse.

Mais il y en avait une autre, à l'intérieur, sur laquelle il lut :

Monsieur Arsène Lupin, aux bons soins de Victoire.

« Fichtre ! murmura-t-il, celle-ci est raide ! »

Il déchira cette seconde enveloppe. Elle contenait une feuille de papier, avec ces mots écrits en grosses majuscules :

– *Tout ce que vous faites est inutile et dangereux... Abandonnez la partie...*

Victoire poussa un gémissement et s'évanouit. Quant à Lupin, il se sentit rougir jusqu'aux oreilles, comme si on l'eût outragé de la façon la plus grossière. Il éprouvait cette humiliation d'un duelliste dont les intentions les plus secrètes seraient annoncées à haute voix par un adversaire ironique.

D'ailleurs il ne souffla mot. Victoire reprit son service. Lui, il resta dans sa chambre, toute la journée, à réfléchir.

Le soir, il ne dormit pas.

Et il ne cessait de se répéter :

« À quoi bon réfléchir? je me heurte à l'un de ces problèmes que l'on ne résout pas par la réflexion. Il est certain que je ne suis pas seul dans l'affaire, et que, entre Daubrecq et la police, il y a, outre le troisième larron que je suis, un quatrième larron qui marche pour son compte, et qui me connaît, et qui lit clairement dans mon jeu. Mais quel est ce quatrième larron? Et puis, est-ce que je ne me trompe pas? Et puis... Ah! zut... dormons! »

Mais il ne pouvait dormir, et une partie de la nuit s'écoula de la sorte.

Or, vers quatre heures du matin, il lui sembla entendre du bruit dans la maison. Il se leva précipitamment, et, du haut de l'escalier, il aperçut Daubrecq qui descendait le premier étage et se dirigeait ensuite vers le jardin.

Une minute plus tard le député, après avoir ouvert la grille, rentra avec un individu dont la tête était enfouie au fond d'un vaste col de fourrure et le conduisit dans son cabinet de travail.

En prévision d'une éventualité de ce genre, Lupin avait pris ses précautions. Comme les fenêtres du cabinet et celles de sa chambre, situées derrière la maison, donnaient sur le jardin, il accrocha à son balcon une échelle de corde qu'il déroula doucement, et le long de laquelle il descendit jusqu'au niveau supérieur des fenêtres du cabinet.

Des volets masquaient ces fenêtres. Mais comme elles étaient rondes, une imposte en demi-cercle restait libre, et Lupin, bien qu'il lui fût impossible d'entendre, put discerner tout ce qui se passait à l'intérieur.

Aussitôt il constata que la personne qu'il avait prise pour un homme était une femme – une femme encore jeune, quoique sa chevelure noire se mêlât de cheveux gris, une femme d'une élégance très simple, haute de taille, et dont le beau visage avait cette expression lasse et mélancolique que donne l'habitude de souffrir.

« Où diable l'ai-je vue ? se demanda Lupin. Car, sûrement, ce sont là des traits, un regard, une physionomie que je connais. »

Debout, appuyée contre la table, impassible, elle écoutait Daubrecq. Celui-ci, debout également, lui parlait avec animation. Il tournait le dos à Lupin, mais Lupin s'étant penché, aperçut une glace où se reflétait l'image du député. Et il fut effrayé de voir avec quels yeux étranges, avec quel air de désir brutal et sauvage il regardait sa visiteuse.

Elle-même dut en être gênée, car elle s'assit et baissa les paupières. Daubrecq alors s'inclina vers elle, et il semblait prêt à l'entourer de ses longs bras aux poings énormes. Et, tout à coup, Lupin s'avisa que de grosses larmes roulaient sur le triste visage de la femme.

Est-ce la vue de ces larmes qui fit perdre la tête à Daubrecq ? D'un mouvement brusque il étreignit la femme et l'attira contre lui. Elle le repoussa avec une violence haineuse. Et tous deux, après une courte lutte où la figure de l'homme apparut à Lupin, atroce et convulsée, tous deux, dressés l'un contre l'autre, ils s'apostrophèrent comme des ennemis mortels.

Puis ils se turent. Daubrecq s'assit, il avait un air méchant, dur, ironique aussi. Et il parla de nouveau en frappant la table à petits coups secs, comme s'il posait des conditions.

Elle ne bougeait plus. Elle le dominait de tout son buste hautain, distraite, et les yeux vagues. Lupin ne la quittait pas du regard, captivé par ce visage énergique et douloureux, et il recherchait vainement à quel souvenir la rattacher, lorsqu'il s'aperçut qu'elle avait tourné légèrement la tête et qu'elle remuait le bras de façon imperceptible.

Et son bras s'écartait de son buste, et Lupin vit qu'il y avait à l'extrémité de cette table une carafe coiffée d'un bouchon à tête d'or. La main atteignit la carafe, tâtonna, s'éleva doucement et saisit le bouchon. Un mouvement de tête rapide, un coup d'œil, puis le bouchon fut remis à sa place. Sans aucun doute ce n'était pas cela que la femme espérait.

« Crebleu ! se dit Lupin, elle aussi est en quête du bouchon de cristal. Décidément, l'affaire se complique tous les jours. »

Mais, ayant de nouveau observé la visiteuse, il fut stupéfait de noter l'expression subite et imprévue de son visage, une expression terrible, implacable, féroce. Et il vit que la main continuait son manège autour de la table, et que, par un glissement ininterrompu, par une manœuvre sournoise, elle repoussait des livres, et lentement, sûrement, approchait d'un poignard dont la lame brillait parmi les feuilles éparses.

Nerveusement elle agrippa le manche.

Daubrecq continuait à discourir. Au-dessus de son dos, sans trembler, la main s'éleva peu à peu, et Lupin voyait les yeux hagards et forcenés de la femme qui fixaient le point même de la nuque qu'elle avait choisi pour y planter son couteau.

« Vous êtes en train de faire une bêtise, ma belle madame », pensa Lupin.

Et il songeait déjà au moyen de s'enfuir et d'emmener Victoire.

Elle hésitait pourtant, le bras dressé. Mais ce ne fut qu'une défaillance brève. Elle serra les dents. Toute sa face, contractée par la haine, se tordit davantage encore. Et elle fit le geste effroyable.

Au même instant, Daubrecq s'aplatissait, bondissait de sa chaise, et, se retournant, attrapait au vol le frêle poignet de la femme.

Chose curieuse, il ne lui adressa aucun reproche, comme si l'acte qu'elle avait tenté ne l'eût point surpris plus qu'un acte ordinaire, très naturel, et très simple. Il haussa les épaules, en homme habitué à courir ces sortes de dangers, et il marcha de long en large, silencieux.

Elle avait lâché l'arme et elle pleurait, la tête entre ses mains, avec des sanglots qui la secouaient tout entière.

Puis il revint près d'elle et lui dit quelques paroles en frappant encore sur la table.

Elle fit signe que non, et, comme il insistait, à son tour elle frappa violemment du pied, en criant, et si fort que Lupin entendit :

« Jamais !… Jamais !… »

Alors, sans un mot de plus, il alla chercher le manteau de fourrure qu'elle avait apporté et le posa sur les épaules de la femme, tandis qu'elle s'enveloppait le visage d'une dentelle.

Et il la reconduisit.

Deux minutes plus tard, la grille du jardin se refermait.

« Dommage que je ne puisse pas courir après cette étrange personne et jaser un peu avec elle sur le Daubrecq. M'est avis qu'à nous deux on ferait de la bonne besogne. »

En tout cas, il y avait un point à éclaircir. Le député Daubrecq, dont la vie était si réglée, si exemplaire en apparence, ne recevait-il pas certaines visites, la nuit, alors que l'hôtel n'était plus surveillé par la police ?

Il chargea Victoire de prévenir deux hommes de sa bande pour qu'ils eussent à faire le guet pendant plusieurs jours. Et lui-même, la nuit suivante, se tint éveillé.

Comme la veille, à quatre heures du matin, il entendit du bruit. Comme la veille, le député introduisit quelqu'un.

Lupin descendit vivement son échelle et tout de suite, en arrivant au niveau de l'imposte, il aperçut un homme qui se traînait aux pieds de Daubrecq, qui lui embrassait les genoux avec un désespoir frénétique, et qui, lui aussi, pleurait convulsivement.

Plusieurs fois, Daubrecq le repoussa en riant, mais l'homme se cramponnait. On eût dit qu'il était fou, et ce fut dans un véritable accès de folie que, se relevant à moitié, il empoigna le député à la gorge et le renversa sur un fauteuil. Daubrecq se débattit, impuissant d'abord et les veines gonflées. Mais, d'une force peu commune, il ne tarda pas à reprendre le dessus et à réduire son adversaire à l'immobilité.

Le tenant alors d'une main, de l'autre il le gifla, deux fois, à toute volée.

L'homme se releva lentement. Il était livide et vacillait sur ses jambes. Il attendit un moment, comme pour reprendre son sang-froid. Et, avec un calme effrayant, il tira de sa poche un revolver qu'il braqua sur Daubrecq.

Daubrecq ne broncha pas. Il souriait même d'un air de défi, et sans plus s'émouvoir que s'il eût été visé par le pistolet d'un enfant.

Durant quinze à vingt secondes peut-être, l'homme resta le bras tendu, en face de son ennemi. Puis, toujours avec la même lenteur où se révélait une maîtrise d'autant plus impressionnante qu'elle succédait à une crise d'agitation extrême, il rentra son arme et, dans une autre poche, saisit son portefeuille.

Daubrecq s'avança.

Le portefeuille fut déplié. Une liasse de billets de banque apparut.

Daubrecq s'en empara vivement et les compta.

C'étaient des billets de mille francs.

Il y en avait trente.

L'homme regardait. Il n'eut pas un geste de révolte, pas une protestation. Visiblement, il comprenait l'inutilité des paroles. Daubrecq était de ceux qu'on ne fléchit pas. Pourquoi perdrait-il son temps à le supplier, ou même à se venger de lui par des outrages et des menaces vaines ? Pouvait-il atteindre cet ennemi inaccessible ? La mort même de Daubrecq ne le délivrerait pas de Daubrecq.

Il prit son chapeau et s'en alla.

À onze heures du matin, en rentrant du marché, Victoire remit à Lupin un mot que lui envoyaient ses complices.

Il lut :

« L'homme qui est venu cette nuit chez Daubrecq est le député Langeroux, président de la gauche indépendante. Peu de fortune. Famille nombreuse. »

« Allons, se dit Lupin, Daubrecq n'est autre chose qu'un maître chanteur, mais, saprelotte ! les moyens d'action qu'il emploie sont rudement efficaces ! »

Les événements donnèrent une nouvelle force à la supposition de Lupin. Trois jours après, il vint un autre visiteur qui remit à Daubrecq une somme importante. Et il en vint un autre le surlendemain, qui laissa un collier de perles.

Le premier se nommait Dechaumont, sénateur, ancien ministre. Le second était le marquis d'Albufex, député bonapartiste, ancien chef du bureau politique du prince Napoléon.

Pour ces deux-là, la scène fut à peu près semblable à l'entretien du député Langeroux, scène violente et tragique qui se termina par la victoire de Daubrecq.

« Et ainsi de suite, pensa Lupin, quand il eut ces renseignements. J'ai assisté à quatre visites. Je n'en saurai pas davantage s'il y en a dix, vingt ou trente… Il me suffit de connaître, par mes amis en faction, le nom des visiteurs. Irai-je les voir ?… Pour quoi faire ? Ils n'ont aucune raison pour se confier à moi. D'autre part, dois-je m'attarder ici à des investigations qui n'avancent pas, et que Victoire peut tout aussi bien continuer seule ? »

Il était fort embarrassé. Les nouvelles de l'instruction dirigée contre Gilbert et Vaucheray devenaient de plus en plus mauvaises, les jours s'écoulaient, et il n'était pas une heure sans se demander – et avec quelle angoisse ! – si tous ses efforts n'aboutiraient pas, en admettant qu'il réussît, à des résultats dérisoires et absolument étrangers au but qu'il poursuivait. Car enfin, une fois démêlées les manœuvres clandestines de Daubrecq, aurait-il pour cela les moyens de secourir Gilbert et Vaucheray ?

Ce jour-là, un incident mit fin à son indécision. Après le déjeuner, Victoire entendit, par bribes, une conversation téléphonique de Daubrecq.

De ce que rapporta Victoire, Lupin conclut que le député avait rendez-vous à huit heures et demie avec une dame, et qu'il devait la conduire dans un théâtre.

« Je prendrai une baignoire, comme il y a six semaines », avait dit Daubrecq.

Et il avait ajouté, en riant :

« J'espère que, pendant ce temps-là, je ne serai pas cambriolé. »

Pour Lupin, les choses ne firent pas de doute. Daubrecq allait employer sa soirée de la même façon qu'il l'avait employée six semaines auparavant, tandis que l'on cambriolait sa villa d'Enghien. Connaître la personne qu'il devait retrouver, savoir peut-être aussi comment Gilbert et Vaucheray avaient appris que l'absence de Daubrecq durerait de huit heures du soir à une heure du matin, c'était d'une importance capitale.

Pendant l'après-midi, avec l'assistance de Victoire, et sachant par elle que Daubrecq rentrait dîner plus tôt que de coutume, Lupin sortit de l'hôtel.

Il passa chez lui, rue Chateaubriand, manda par téléphone trois de ses amis, endossa un frac, et se fit, comme il disait, sa tête de prince russe, à cheveux blonds et à favoris coupés ras.

Les complices arrivèrent en automobile.

À ce moment, Achille, le domestique, lui apporta un télégramme adressé à M. Michel Beaumont, rue Chateaubriand. Ce télégramme était ainsi conçu :

NE VENEZ PAS AU THÉÂTRE CE SOIR. VOTRE INTERVENTION RISQUE DE TOUT PERDRE.

Sur la cheminée, près de lui, il y avait un vase de fleurs. Lupin le saisit et le brisa en morceaux.

« C'est entendu, c'est entendu, grinça-t-il. On joue avec moi comme j'ai l'habitude de jouer avec les autres. Mêmes procédés. Mêmes artifices. Seulement, voilà, il y a cette différence… »

Quelle différence ? Il n'en savait trop rien. La vérité, c'est qu'il était déconcerté, lui aussi, troublé jusqu'au fond de l'être, et qu'il ne continuait à agir que par obstination, pour ainsi dire par devoir, et sans apporter à la besogne sa belle humeur et son entrain ordinaires.

« Allons-y ! » dit-il à ses complices.

Sur son ordre, le chauffeur les arrêta non loin du square Lamartine, mais n'éteignit pas le moteur. Lupin prévoyait que Daubrecq, pour échapper aux agents de la Sûreté qui gardaient l'hôtel, sauterait dans quelque taxi, et il ne voulait pas se laisser distancer.

Il comptait sans l'habileté de Daubrecq.

À sept heures et demie, la grille du jardin fut ouverte à deux battants, une lueur vive jaillit, et rapidement une motocyclette franchit le trottoir, longea le square, tourna devant l'auto et fila vers le Bois à une allure telle qu'il eût été absurde de se mettre à sa poursuite.

« Bon voyage, monsieur Dumollet », dit Lupin, qui essaya de plaisanter, mais qui, au fond, ne dérageait pas.

Il observa ses complices avec l'espoir que l'un d'eux se permettrait un sourire moqueur. Comme il eût été heureux de passer ses nerfs sur celui-là !

« Rentrons », dit-il au bout d'un instant.

Il leur offrit à dîner, puis il fuma un cigare et ils repartirent en automobile et firent la tournée des théâtres, en commençant par ceux d'opérette et de vaudeville, pour lesquels il supposait que Daubrecq et sa dame devaient avoir quelque préférence. Il prenait un fauteuil, inspectait les baignoires et s'en allait.

Il passa ensuite aux théâtres plus sérieux, à la Renaissance, au Gymnase.

Enfin, à dix heures du soir, il aperçut au Vaudeville une baignoire presque entièrement masquée de ses deux paravents et, moyennant finances, il apprit de l'ouvreuse qu'il y avait là un monsieur d'un certain âge, gros et petit, et une dame voilée d'une dentelle épaisse.

La baignoire voisine étant libre, il la prit, retourna vers ses amis afin de leur donner les instructions nécessaires et s'installa près du couple.

Durant l'entracte, à la lumière plus vive, il discerna le profil de Daubrecq. La dame restait dans le fond, invisible.

Tous deux parlaient à voix basse, et, lorsque le rideau se releva, ils continuèrent à parler, mais de telle façon que Lupin ne distinguait pas une parole.

Dix minutes s'écoulèrent. On frappa à leur porte. C'était un inspecteur du théâtre.

« Monsieur le député Daubrecq, n'est-ce pas ? interrogea-t-il.

— Oui, fit Daubrecq d'une voix étonnée. Mais comment savez-vous mon nom ?

— Par une personne qui vous demande au téléphone et qui m'a dit de m'adresser à la baignoire 22.

— Mais qui cela ?

— Monsieur le marquis d'Albufex.

— Hein ?... Quoi ?

— Que dois-je répondre ?

— Je viens... Je viens... »

Daubrecq s'était levé précipitamment et suivait l'inspecteur.

Il n'avait pas disparu que Lupin surgissait de sa baignoire. Il crocheta la porte voisine et s'assit auprès de la dame.

Elle étouffa un cri.

« Taisez-vous, ordonna-t-il... j'ai à vous parler, c'est de toute importance.

— Ah !... fit-elle entre ses dents... Arsène Lupin. »

Il fut ahuri. Un instant, il demeura coi, la bouche béante. Cette femme le connaissait ! et non seulement elle le connaissait, mais elle l'avait reconnu malgré son déguisement ! Si accoutumé qu'il fût aux événements les plus extraordinaires et les plus insolites, celui-ci le déconcertait.

Il ne songea même pas à protester et balbutia :

« Vous savez donc ?... vous savez ?... »

Brusquement, avant qu'elle eût le temps de se défendre, il écarta le voile de la dame.

« Comment ! est-ce possible ? » murmura-t-il, avec une stupeur croissante.

C'était la femme qu'il avait vue chez Daubrecq quelques jours auparavant, la femme qui avait levé son poignard sur Daubrecq, et qui avait voulu le frapper de toute sa force haineuse.

À son tour, elle parut bouleversée.

« Quoi ! vous m'avez vue déjà ?...

— Oui, l'autre nuit, dans son hôtel... j'ai vu votre geste... »

Elle fit un mouvement pour s'enfuir. Il la retint et vivement :

« Il faut que je sache qui vous êtes... C'est pour le savoir que j'ai fait téléphoner à Daubrecq. »

Elle s'effara.

« Comment, ce n'est donc pas le marquis d'Albufex ?

— Non, c'est un de mes complices.

— Alors, Daubrecq va revenir...

— Oui, mais nous avons le temps… Écoutez-moi… Il faut que nous nous retrouvions… Il est votre ennemi. Je vous sauverai de lui.

— Pourquoi ? Dans quel but ?

— Ne vous défiez pas de moi… Il est certain que notre intérêt est le même… Où puis-je vous retrouver ? Demain, n'est-ce pas ? À quelle heure… ? À quel endroit ?

— Eh bien… »

Elle le regardait avec une hésitation visible, ne sachant que faire, sur le point de parler, et pourtant pleine d'inquiétude et de doute.

« Oh ! je vous en supplie !… répondez… un mot seulement… et tout de suite… Il serait déplorable qu'on me trouvât ici… Je vous en supplie… »

D'une voix nette, elle répliqua :

« Mon nom… c'est inutile… Nous nous verrons d'abord, et vous m'expliquerez… Oui, nous nous verrons. Tenez demain, à trois heures de l'après-midi, au coin du boulevard… »

À ce moment précis, la porte de la baignoire s'ouvrit, d'un coup de poing pour ainsi dire, et Daubrecq parut.

« Zut de zut ! » marmotta Lupin, furieux d'être pincé avant d'avoir obtenu ce qu'il voulait.

Daubrecq eut un ricanement.

« C'est bien cela… je me doutais de quelque chose… Ah ! le truc du téléphone, un peu démodé, monsieur. Je n'étais pas à moitié route que j'ai tourné bride. »

Il repoussa Lupin sur le devant de la loge, et, s'asseyant à côté de la dame, il dit :

« Et alors mon prince qui sommes-nous ? Domestique à la Préfecture, probablement ? Nous avons bien la gueule de l'emploi. »

Il dévisageait Lupin qui ne sourcillait pas, et il cherchait à mettre un nom sur cette figure, mais il ne reconnut pas celui qu'il avait appelé Polonius.

Lupin, sans le quitter des yeux non plus, réfléchissait. Pour rien au monde, il n'eût voulu abandonner la partie au point où il l'avait menée, et renoncer à s'entendre, puisque l'occasion était si propice, avec la mortelle ennemie de Daubrecq.

Elle, immobile en son coin, les observait tous deux.

Lupin prononça :

« Sortons, monsieur, l'entretien sera plus facile dehors.

— Ici, mon prince, riposta le député, il aura lieu ici, tout à l'heure, pendant l'entracte. Comme cela, nous ne dérangerons personne.

— Mais…

— Pas la peine, mon bonhomme, tu ne bougeras pas. »

Et il saisit Lupin au collet, avec l'intention évidente de ne plus le lâcher avant l'entracte.

Geste imprudent ! Comment Lupin eût-il consenti à rester dans une pareille attitude, et surtout devant une femme, une femme à laquelle il avait offert son alliance, une femme – et pour la première fois il pensait à cela – qui était belle et dont la beauté grave lui plaisait. Tout son orgueil d'homme se cabra.

Pourtant il se tut. Il accepta sur son épaule la pesée lourde de la main, et même il se cassa en deux, comme vaincu, impuissant, presque peureux.

« Ah ! drôle, railla le député, il paraît qu'on ne crâne plus. »

Sur la scène, les acteurs, en grand nombre, disputaient et faisaient du bruit.

Daubrecq ayant un peu desserré son étreinte, Lupin jugea le moment favorable.

Violemment, avec le coupant de la main, il le frappa au creux du bras, ainsi qu'il eût fait avec une hache.

La douleur décontenança Daubrecq. Lupin acheva de se dégager et s'élança sur lui pour le prendre à la gorge. Mais Daubrecq, aussitôt sur la défensive, avait fait un mouvement de recul, et leurs quatre mains se saisirent.

Elles se saisirent avec une énergie surhumaine, toute la force des deux adversaires se concentrant en elles. Celles de Daubrecq étaient monstrueuses, et Lupin, happé par cet étau de fer, eut l'impression qu'il combattait, non pas avec un homme, mais avec quelque bête formidable, un gorille de taille colossale.

Ils se tenaient contre la porte, courbés comme des lutteurs qui se tâtent et cherchent à s'empoigner. Des os craquèrent. À la première défaillance, le vaincu était pris à la gorge, étranglé. Et cela se passait dans un silence brusque, les acteurs sur la scène écoutant l'un d'eux qui parlait à voix basse.

La femme, écrasée contre la cloison, terrifiée, les regardait. Que, par un geste, elle prît parti pour l'un ou pour l'autre, la victoire aussitôt se décidait pour celui-là.

Mais qui soutiendrait-elle ? Qu'est-ce que Lupin pouvait représenter à ses yeux ? un ami ou un ennemi ?

Vivement, elle gagna le devant de la baignoire, enfonça l'écran, et, le buste penché, sembla faire un signe. Puis elle revint et tâcha de se glisser jusqu'à la porte.

Lupin, comme s'il eût voulu l'aider, lui dit :

« Enlevez donc la chaise. »

Il parlait d'une lourde chaise qui était tombée, qui le séparait de Daubrecq, et par-dessus laquelle ils combattaient.

La femme se baissa et tira la chaise. C'était ce que Lupin attendait.

Délivré de l'obstacle, il allongea sur la jambe de Daubrecq un coup de pied sec avec la pointe de sa bottine. Le résultat fut le même que pour le coup qu'il avait donné sur le bras. La douleur provoqua une seconde d'effarement, de distraction, dont il profita aussitôt pour rabattre les mains tendues de Daubrecq, et pour lui planter ses dix doigts autour de la gorge et de la nuque.

Daubrecq résista. Daubrecq essaya d'écarter les mains qui l'étouffaient, mais il suffoquait déjà et ses forces diminuaient.

« Ah ! vieux singe, grogna Lupin en le renversant. Pourquoi n'appelles-tu pas au secours ? Faut-il que tu aies peur du scandale ! »

Au bruit de la chute on frappa sur la cloison, de l'autre côté.

« Allez toujours, fit Lupin à mi-voix, le drame est sur la scène. Ici, c'est mon affaire, et jusqu'à ce que j'aie mâté ce gorille-là… »

Ce ne fut pas long. Le député suffoquait. D'un coup sur la mâchoire, il l'étourdit. Il ne restait plus à Lupin qu'à entraîner la femme et à s'enfuir avec elle avant que l'alarme ne fût donnée.

Mais, quand il se retourna, il s'aperçut que la femme était partie.

Elle ne pouvait être loin. Ayant sauté hors de la loge, il se mit à courir, sans se soucier des ouvreuses et des contrôleurs.

De fait, arrivé à la rotonde du rez-de-chaussée, il l'aperçut, par une porte ouverte, qui traversait le trottoir de la Chaussée d'Antin.

Elle montait en auto quand il la rejoignit.

La portière se referma sur elle.

Il saisit la poignée et voulut tirer.

Mais, de l'intérieur, un individu surgit, qui lui envoya son poing dans la figure, moins habilement, mais aussi violemment qu'il avait envoyé le sien dans la figure de Daubrecq.

Si étourdi qu'il fût par le choc, il eut tout de même le temps, dans une vision effarée, de reconnaître cet individu, et de reconnaître aussi, sous son déguisement de chauffeur, l'individu qui conduisait l'automobile.

C'étaient Grognard et Le Ballu, les deux hommes chargés des barques, le soir d'Enghien, deux amis de Gilbert et de Vaucheray, bref deux de ses complices à lui, Lupin.

Quand il fut dans son logis de la rue Chateaubriand, Lupin, après avoir lavé son visage ensanglanté, resta plus d'une heure dans un fauteuil, comme assommé. Pour la première fois, il éprouvait la douleur d'être trahi. Pour la première fois, des camarades de combat se retournaient contre leur chef.

Machinalement, dans le but de se distraire, il prit son courrier du soir et déchira la bande d'un journal. Aux dernières nouvelles, il lut ces lignes :

Affaire de la villa Marie-Thérèse. *On a fini par découvrir la véritable identité de Vaucheray, un des assassins présumés du domestique Léonard. C'est un bandit de la pire espèce, un récidiviste, et deux fois sous un autre nom, condamné par contumace pour assassinat.*

Nul doute que l'on ne finisse par découvrir également le vrai nom de son complice Gilbert. Dans tous les cas le juge d'instruction est résolu à renvoyer l'affaire le plus vite possible devant la chambre des mises en accusation.

On ne se plaindra pas des lenteurs de la justice.

Au milieu d'autres journaux et de prospectus, il y avait une lettre.

Lupin, en l'apercevant, bondit.

Elle était adressée à M. de Beaumont (Michel).

« Ah ! balbutia-t-il, une lettre de Gilbert. »

Elle contenait ces quelques mots :

Patron, au secours ! j'ai peur… j'ai peur…

Cette nuit-là encore fut pour Lupin une nuit d'insomnie et de cauchemars. Cette nuit-là encore, d'abominables, de terrifiantes visions le torturèrent.

IV

Le chef des ennemis

« Pauvre gosse! murmura Lupin en relisant le lendemain la lettre de Gilbert. Comme il doit souffrir! »

Du premier jour où il l'avait rencontré, il avait pris de l'affection pour ce grand jeune homme insouciant et joyeux de vivre. Gilbert lui était dévoué jusqu'à se tuer sur un signe du maître. Et Lupin aimait aussi sa franchise, sa belle humeur, sa naïveté, sa figure heureuse.

« Gilbert, lui disait-il souvent, tu es un honnête homme. À ta place, vois-tu, je lâcherais le métier, et je me ferais, pour de bon, honnête homme.

— Après vous, patron, répondait Gilbert en riant.

— Tu ne veux pas?

— Non, patron. Un honnête homme, ça travaille, ça turbine, et moi c'est un goût que j'ai eu peut-être étant gamin, mais qu'on m'a fait passer.

— Qui, "on"? »

Gilbert se taisait. Il se taisait toujours quand on l'interrogeait sur les premières années de sa vie, et Lupin savait tout au plus qu'il était orphelin depuis son jeune âge et qu'il avait vécu de droite et de gauche, changeant de nom, accrochant son existence aux métiers les plus bizarres. Il y avait là tout un mystère que personne n'avait pu pénétrer, et il ne semblait pas que la justice fût en voie d'y parvenir.

Mais il ne semblait pas non plus que ce mystère fût pour elle une raison de s'attarder. Sous son nom de Gilbert ou sous tel autre nom elle enverrait aux assises le complice de Vaucheray et le frapperait avec la même rigueur inflexible.

« Pauvre gosse ! répétait Lupin. Si on le poursuit comme ça, c'est bien à cause de moi. Ils ont peur d'une évasion et ils se hâtent d'arriver au but, au verdict d'abord… et puis à la suppression… Un gamin de vingt ans ! et qui n'a pas tué, qui n'est pas complice du meurtre… »

Hélas ! Lupin n'ignorait pas que c'était là chose impossible à prouver, et qu'il devait diriger ses efforts vers un autre point. Mais vers lequel ? Fallait-il renoncer à la piste du bouchon de cristal ?

Il ne put s'y décider. Son unique diversion fut d'aller à Enghien, où demeuraient Grognard et Le Ballu, et de s'assurer qu'ils avaient disparu depuis l'assassinat de la villa *Marie-Thérèse*. Hors cela, il s'occupa et ne voulut s'occuper que de Daubrecq.

Il refusa même de se livrer à la moindre considération sur les énigmes qui se posaient à lui, sur la trahison de Grognard et Le Ballu, sur leurs rapports avec la dame aux cheveux gris, sur l'espionnage dont il était l'objet, lui personnellement.

« Silence, Lupin, disait-il, dans la fièvre on raisonne à faux. Donc, tais-toi. Pas de déduction, surtout ! Rien n'est plus bête que de déduire les faits les uns des autres avant d'avoir trouvé un point de départ certain. C'est comme cela que l'on se fiche dedans. Écoute ton instinct. Marche d'après ton intuition, et puisque, en dehors de tout raisonnement, en dehors de toute logique, pourrait-on dire, puisque tu es persuadé que cette affaire tourne autour de ce sacré bouchon, vas-y hardiment. Sus au Daubrecq et à son cristal ! »

Lupin n'avait pas attendu d'aboutir à ces conclusions pour y conformer ses actes. À l'instant où il les énonçait en lui-même, il se trouvait assis – petit rentier muni d'un cache-nez et d'un vieux pardessus – il se trouvait assis trois jours après la scène du Vaudeville, sur un banc de l'avenue Victor-Hugo, à une distance assez grande du square Lamartine. Selon ses instructions, Victoire devait, chaque matin, à la même heure, passer devant ce banc.

« Oui, se répéta-t-il, le bouchon de cristal, tout est là… Quand je l'aurai… »

Victoire arrivait, son panier de provisions sous le bras. Tout de suite il nota son agitation et sa pâleur extraordinaires.

« Qu'y a-t-il ? » lui demanda Lupin, en marchant aux côtés de la vieille nourrice.

Elle entra dans un grand magasin d'épicerie où il y avait beaucoup de gens, et, se retournant vers lui :

« Tiens, dit-elle, d'une voix altérée par l'émotion, voilà ce que tu cherches. »

Et, tirant un objet de son panier, elle le lui donna. Lupin demeura confondu : il tenait en main le bouchon de cristal.

« Est-ce possible ? est-ce possible ? » murmura-t-il, comme si la facilité d'un pareil dénouement l'eût déconcerté.

Mais le fait était là, visible et palpable. À sa forme, à ses proportions, à l'or éteint de ses facettes, il reconnaissait, à ne s'y point tromper, le bouchon de cristal qu'il avait eu déjà sous les yeux. Il n'était point jusqu'à une certaine petite éraflure qu'on ne remarquât sur la tige, et dont il se souvenait parfaitement.

D'ailleurs, si l'objet représentait tous les mêmes caractères, il n'en offrait aucun autre qui semblât nouveau. C'était un bouchon de cristal, voilà tout. Aucune marque, réellement spéciale, ne le distinguait des autres bouchons. Aucun signe ne s'y trouvait inscrit, aucun chiffre, et, taillé dans un seul bloc, il ne contenait aucune matière étrangère.

« Alors quoi ? »

Et Lupin eut la vision subite et profonde de son erreur. Que lui importait de posséder ce bouchon de cristal s'il en ignorait la valeur ? Ce morceau de verre n'existait pas par lui-même, il ne comptait que par la signification qui s'attachait à lui. Avant de le prendre il fallait savoir. Et qui pouvait même lui assurer que, en le prenant, en le dérobant à Daubrecq, il ne commettait pas une bêtise ?

Question impossible à résoudre, mais qui s'imposait à lui avec une rigueur singulière.

« Pas de gaffes ! se dit-il en empochant l'objet. Dans cette diable d'affaire, les gaffes sont irréparables. »

Il n'avait pas quitté Victoire des yeux. Accompagnée d'un commis, elle allait d'un comptoir à l'autre, parmi la foule des clients. Elle stationna ensuite assez longtemps devant la caisse et passa près de Lupin.

Il ordonna, tout bas :

« Rendez-vous derrière le lycée Janson. »

Elle le rejoignit dans une rue peu fréquentée.

« Et si l'on me suit ? dit-elle.

— Non, affirma-t-il. J'ai bien regardé. Écoute-moi. Où as-tu trouvé ce bouchon ?

— Dans le tiroir de sa table de nuit.

— Cependant, nous avons déjà fouillé là.

— Oui, et moi encore hier matin. C'est sans doute qu'il l'y a mis cette nuit.

— Et sans doute aussi qu'il va l'y reprendre, observa Lupin.

— Peut-être bien.

— Et s'il ne l'y trouve plus ? »

Victoire parut effrayée.

« Réponds-moi, dit Lupin, s'il ne l'y trouve plus, est-ce toi qu'il accusera du vol ?

— Évidemment…

— Alors, va l'y remettre, et au galop.

— Mon Dieu ! mon Dieu ! gémit-elle, pourvu qu'il n'ait pas eu le temps de s'en apercevoir. Donne-moi l'objet, vite.

— Tiens, le voici », dit Lupin.

Il chercha dans la poche de son pardessus.

« Eh bien ? fit Victoire la main tendue.

— Eh bien, dit-il au bout d'un instant, il n'y est plus.

— Quoi !

— Ma foi, non, il n'y est plus… on me l'a repris. »

Il éclata de rire, et d'un rire qui, cette fois, ne se mêlait d'aucune amertume.

Victoire s'indigna.

« Tu as de la gaieté de reste !… Dans une pareille circonstance !…

— Que veux-tu ? Avoue que c'est vraiment drôle. Ce n'est plus un drame que nous jouons… c'est une féerie, une féerie comme *Les Pilules du Diable*, ou bien *Le Pied de Mouton.* Dès que j'aurai quelques semaines de repos, j'écrirai ça… *Le Bouchon Magique*, ou *Les Mésaventures du pauvre Arsène.*

— Enfin… qui te l'a repris ?

— Qu'est-ce que tu chantes !... Il s'est envolé tout seul... Il s'est évanoui dans ma poche... Passez, muscade. »

Il poussa doucement la vieille bonne, et, d'un ton plus sérieux :

« Rentre, Victoire, et ne t'inquiète pas. Il est évident qu'on t'avait vu me remettre ce bouchon et qu'on a profité de la bousculade, dans le magasin, pour le cueillir au fond de ma poche. Tout cela prouve que nous sommes surveillés de plus près que je ne pensais, et par des adversaires de premier ordre. Mais, encore une fois, sois tranquille. Les honnêtes gens ont toujours le dernier mot. Tu n'avais rien d'autre à me dire ?

— Si. On est venu, hier soir, pendant que M. Daubrecq était sorti. J'ai vu des lumières qui se reflétaient sur les arbres du jardin.

— La concierge ?

— La concierge n'était pas couchée.

— Alors ce sont les types de la Préfecture, ils continuent de chercher. À tantôt, Victoire... Tu me feras rentrer...

— Comment ! tu veux...

— Qu'est-ce que je risque ? Ta chambre est au troisième étage. Daubrecq ne se doute de rien.

— Mais les autres !

— Les autres ? S'ils avaient eu quelque intérêt à me faire mauvais parti, ils l'auraient déjà tenté. Je les gêne, voilà tout. Ils ne me craignent pas. À tantôt, Victoire, sur le coup de cinq heures. »

Une surprise encore attendait Lupin. Le soir, sa vieille bonne lui annonça que, ayant ouvert par curiosité le tiroir de la table de nuit, elle y avait retrouvé le bouchon de cristal.

Lupin n'en était plus à s'émouvoir de ces incidents miraculeux. Il se dit simplement :

« Donc, on l'y a rapporté. Et la personne qui l'y a rapporté et qui s'introduit dans cet hôtel par des moyens inexplicables, cette personne a jugé comme moi que le bouchon ne devait pas disparaître. Et cependant Daubrecq, lui, qui se sait traqué jusqu'au fond de sa chambre, a de nouveau laissé ce bouchon dans un tiroir, comme s'il n'y attachait aucune importance ! Allez donc vous faire une opinion !... »

Si Lupin ne se faisait pas d'opinion, il ne pouvait tout de même pas se soustraire à certains raisonnements, à certaines associations d'idées, qui lui donnaient ce pressentiment confus de lumière que l'on éprouve à l'issue d'un tunnel.

« En l'espèce, il est inévitable, se disait-il, qu'une rencontre prochaine ait lieu entre moi et "les autres". Dès lors je serai maître de la situation. »

Cinq jours s'écoulèrent sans que Lupin relevât le moindre détail. Le sixième jour, Daubrecq eut la visite matinale d'un monsieur le député Laybach, qui, comme ses collègues, se traîna désespérément à ses pieds, et, en fin de compte, lui remit vingt mille francs.

Deux jours encore, puis une nuit, vers deux heures, Lupin posté sur le palier du second étage, perçut le grincement d'une porte, la porte, il s'en rendit compte, qui faisait communiquer le vestibule avec le jardin. Dans l'ombre, il distingua, ou plutôt il devina la présence de deux personnes qui montèrent l'escalier et s'arrêtèrent au premier devant la chambre de Daubrecq.

Là que firent-elles ? On ne pouvait s'introduire dans cette chambre, puisque Daubrecq chaque soir mettait ses verrous. Alors qu'espérait-on ?

Évidemment un travail se pratiquait que Lupin discernait à des bruits sourds de frottement contre la porte. Puis des mots lui parvinrent, à peine chuchotés.

« Ça marche ?

— Oui, parfaitement, mais il vaut mieux remettre à demain, puisque… »

Lupin n'entendit pas la fin de la phrase. Déjà les individus redescendaient à tâtons. La porte se referma, très doucement, puis la grille.

« Tout de même curieux, pensa Lupin. Dans cette maison où Daubrecq dissimule soigneusement ses turpitudes, et se défie, non sans raison, des espionnages, tout le monde pénètre comme dans un moulin. Que Victoire me fasse entrer, que la concierge introduise les émissaires de la Préfecture… soit, mais, ces gens-là, qui trahit donc en leur faveur ? Doit-on supposer qu'ils agissent seuls ? Mais quelle hardiesse ! Quelle connaissance des lieux ! »

L'après-midi, pendant l'absence de Daubrecq, il examina la porte de la chambre au premier étage. Du premier coup d'œil il comprit : un des panneaux du bas, habilement découpé, ne tenait plus que par des pointes invisibles. Les gens qui avaient effectué ce travail étaient donc les mêmes qui avaient opéré chez lui, rue Matignon et rue Chateaubriand.

Il constata également que le travail remontait à une époque antérieure et que, comme chez lui, l'ouverture avait été préparée d'avance en prévision de circonstances favorables ou de nécessité immédiate.

La journée fut courte pour Lupin. Il allait savoir. Non seulement il saurait la façon dont ses adversaires utilisaient ces petites ouvertures, en apparences inutilisables, puisqu'on ne pouvait par là atteindre aux verrous supérieurs, mais il saurait qui étaient ces adversaires si ingénieux, si actifs, en face desquels il se retrouverait de manière inévitable.

Un incident le contraria. Le soir, Daubrecq, qui déjà au dîner s'était plaint de fatigue, revint à dix heures et, par extraordinaire, poussa, dans le vestibule, les verrous de la porte du jardin. En ce cas, comment « les autres » pourraient-ils mettre leurs projets à exécution et parvenir à la chambre de Daubrecq ?

Daubrecq ayant éteint la lumière, Lupin patienta encore une heure, puis, à tout hasard, il installa son échelle de corde, et ensuite il prit son poste au palier du deuxième.

Il n'eut pas à se morfondre. Une heure plus tôt que la veille, on essaya d'ouvrir la porte du vestibule. La tentative ayant échoué, il s'écoula quelques minutes de silence absolu. Et Lupin croyait que l'on avait renoncé quand il tressaillit. Sans que le moindre grincement eût effleuré le silence, quelqu'un avait passé. Il ne l'eût pas su, tellement le pas de cet être était assourdi par le tapis de l'escalier, si la rampe que, lui-même, il tenait en main, n'avait pas frémi. On montait.

Et, à mesure que l'on montait, une impression de malaise envahissait Lupin : il n'entendait pas davantage. À cause de la rampe, il était sûr qu'un être s'avançait, et il pouvait compter par chacune des trépidations le nombre des marches escaladées, mais aucun autre indice ne lui donnait cette sensation obscure de la présence que l'on éprouve à distinguer des gestes qu'on ne voit pas, à percevoir des bruits que l'on n'entend point. Dans l'ombre pourtant, une ombre plus noire aurait dû se former, et quelque chose eût dû, tout au moins, modifier la qualité du silence. Non, c'est à croire qu'il n'y avait personne.

Et Lupin, malgré lui et contre le témoignage même de sa raison, en arrivait à le croire, car la rampe ne bougeait plus, et il se pouvait qu'il eût été le jouet d'une illusion.

Et cela dura longtemps. Il hésitait, ne sachant que faire, ne sachant que supposer. Mais un détail bizarre le frappa. Une pendule venait de sonner deux heures. À son tintement, il avait reconnu la pendule de Daubrecq. Or, ce tintement avait été celui d'une pendule dont on n'est pas séparé par l'obstacle d'une porte.

Vivement Lupin descendit et s'approcha de la porte. Elle était fermée, mais il y avait un vide à gauche, en bas, un vide laissé par l'enlèvement du petit panneau.

Il écouta. Daubrecq se retournait à ce moment dans son lit, et sa respiration reprit, un peu rauque. Et Lupin, très nettement, entendit que l'on froissait des vêtements. Sans aucun doute l'être était là, qui cherchait, qui fouillait les habits déposés par Daubrecq auprès de son lit.

« Cette fois, pensa Lupin, je crois que l'affaire va s'éclaircir un peu. Mais fichtre ! comment le bougre a-t-il pu s'introduire ? A-t-il réussi à retirer les verrous et à entrouvrir la porte ?... Mais alors pourquoi aurait-il commis l'imprudence de la refermer ? »

Pas une seconde – anomalie curieuse chez un homme comme Lupin et qui ne s'explique que par la sorte de malaise que provoquait en lui cette aventure – pas une seconde il ne soupçonna la vérité fort simple qui allait se révéler à lui. Ayant continué de descendre, il s'accroupit sur une des premières marches au bas de l'escalier et se plaça ainsi entre la porte de Daubrecq et celle du vestibule, chemin inévitable que devait suivre l'ennemi de Daubrecq pour rejoindre ses complices.

Avec quelle anxiété interrogeait-il les ténèbres ! Cet ennemi de Daubrecq, qui se trouvait également son adversaire à lui, il était sur le point de le démasquer ! Il se mettait en travers de ses projets ! Et, le butin dérobé à Daubrecq, il le reprenait à son tour tandis que Daubrecq dormait, et que les complices tapis derrière la porte du vestibule ou derrière la grille du jardin, attendaient vainement le retour de leur chef.

Et ce retour se produisit. Lupin en fut informé à nouveau par l'ébranlement de la rampe. Et de nouveau, les nerfs tendus, les sens exaspérés, il tâcha de discerner l'être mystérieux qui venait vers lui. Il l'avisa soudain à quelques mètres de distance. Lui-même, caché dans un renfoncement plus ténébreux, ne pouvait être découvert. Et ce qu'il voyait – de quelle façon confuse ! – avançait de marche en marche avec des précautions infinies et en s'accrochant aux barreaux de la rampe.

« À qui diantre ai-je affaire ? » se dit Lupin, dont le cœur battait.

Le dénouement se précipita. Un geste imprudent de sa part avait été surpris par l'inconnu, qui s'arrêta net. Lupin eut peur d'un recul, d'une fuite. Il sauta sur l'adversaire et fut stupéfait de ne rencontrer que le vide et de se heurter à la rampe sans avoir saisi la forme noire qu'il voyait. Mais aussitôt il s'élança, traversa la moitié du vestibule et rattrapa l'adversaire au moment où celui-ci arrivait à la porte du jardin.

Il y eut un cri de terreur, auquel d'autres cris répondirent de l'autre côté de la porte.

« Ah ! crebleu ! qu'est-ce que c'est que ça ? » murmura Lupin dont les bras invincibles s'étaient refermés sur une toute petite chose tremblante et gémissante

Comprenant soudain, il fut effaré et resta un moment immobile, indécis sur ce qu'il allait faire avec la proie conquise. Mais les autres s'agitaient derrière la porte et s'exclamaient. Alors, craignant le réveil de Daubrecq, il glissa la petite chose sous son veston, contre sa poitrine, empêcha les cris avec son mouchoir roulé en tampon, et remonta hâtivement les trois étages.

« Tiens, dit-il à Victoire, qui se réveilla en sursaut, je t'amène le chef indomptable de nos ennemis, l'hercule de la bande. As-tu un biberon ? »

Il déposa sur le fauteuil un enfant de six à sept ans, menu dans son jersey gris, coiffé d'une calotte de laine tricotée, et dont l'adorable visage tout pâle, aux yeux épouvantés, était tout sillonné de larmes.

« Où as-tu ramassé ça ? fit Victoire, ahurie.

— Au bas de l'escalier et sortant de la chambre de Daubrecq », répondit Lupin, qui tâtait vainement le jersey dans l'espoir que l'enfant aurait apporté de cette chambre un butin quelconque.

Victoire s'apitoya.

« Le pauvre petit ange ! regarde… il se retient de crier… Jésus-Marie, il a des mains, c'est des glaçons ! N'aie pas peur, fiston, on ne te fera pas de mal… le monsieur n'est pas méchant.

— Non, dit Lupin, pas méchant pour deux sous, le monsieur, mais il y a un autre monsieur, très méchant qui va se réveiller si on continue à faire du boucan comme cela, à la porte du vestibule. Tu les entends, Victoire ?

— Qui est-ce ?

— Les satellites de notre jeune hercule, la bande du chef indomptable.

— Alors ? balbutia Victoire, déjà bouleversée.

— Alors comme je ne veux pas être pris au piège, je commence par ficher le camp. Tu viens, Hercule ? »

Il roula l'enfant dans une couverture de laine, de manière à ce que la tête seule dépassât, le bâillonna aussi soigneusement que possible et le fit attacher par Victoire sur ses épaules.

« Tu vois, Hercule, on rigole. T'en trouveras des messieurs qui jouent au bon vinaigre à trois heures du matin. Allons, ouste, prenons notre vol. T'as pas le vertige ? »

Il enjamba le rebord de la fenêtre et mit le pied sur un des barreaux de l'échelle. En une minute, il arrivait au jardin.

Il n'avait pas cessé d'entendre, et il entendait plus nettement encore les coups que l'on frappait à la porte du vestibule. Il était stupéfiant que Daubrecq ne fût pas réveillé par un tumulte aussi violent.

« Si je n'y mets bon ordre, ils vont tout gâter », se dit Lupin.

S'arrêtant à l'angle de l'hôtel, invisible dans la nuit, il mesura la distance qui le séparait de la grille. Cette grille était ouverte. À sa droite il voyait le perron, au haut duquel les gens s'agitaient ; à sa gauche, le pavillon de la concierge.

Cette femme avait quitté sa loge, et, debout près du perron, suppliait les gens.

« Mais taisez-vous donc ! taisez-vous donc ! il va venir. »

« Ah ! parfait, se dit Lupin, la bonne femme est aussi la complice de ceux-là. Bigre, elle cumule. »

Il s'élança vers elle, et l'empoignant par le cou, lui jeta :

« Va les avertir que j'ai l'enfant… Qu'ils viennent le reprendre chez moi, rue Chateaubriand. »

Un peu plus loin, sur l'avenue, il y avait un taxi que Lupin supposa retenu par la bande. D'autorité, et comme s'il eût été un des complices, il monta dans la voiture, et se fit conduire chez lui.

« Eh bien, dit-il à l'enfant, on n'a pas été trop secoué ?… Si l'on se reposait un peu sur le dodo du monsieur ? »

Son domestique, Achille, dormait. Lui-même installa le petit et le caressa gentiment.

L'enfant semblait engourdi. Sa pauvre figure était comme pétrifiée dans une expression rigide, où il y avait à la fois de la peur et de la volonté de ne pas avoir peur, l'envie de pousser des cris et un effort pitoyable pour n'en point pousser.

« Pleure, mon mignon, dit Lupin, ça te fera du bien de pleurer. »

L'enfant ne pleura pas, mais la voix était si douce et si bienveillante qu'il se détendit, et dans ses yeux plus calmes, dans sa bouche moins convulsée, Lupin, qui l'examinait profondément, retrouva quelque chose qu'il connaissait déjà, une ressemblance indubitable.

Cela encore lui fut une confirmation de certains faits qu'il soupçonnait, et qui s'enchaînaient les uns aux autres dans son esprit.

En vérité, s'il ne se trompait pas, la situation changeait singulièrement, et il n'était pas loin de prendre la direction des événements. Dès lors…

Un coup de sonnette, et deux autres, aussitôt, brusques.

« Tiens, dit Lupin à l'enfant, c'est ta maman qui vient te chercher. Ne bouge pas. »

Il courut à la porte et l'ouvrit.

Une femme entra, comme une folle.

« Mon fils ! s'exclama-t-elle… mon fils, où est-il ?

— Dans ma chambre », dit Lupin.

Sans en demander davantage, montrant ainsi que le chemin lui était connu, elle se précipita dans la chambre.

« La jeune femme aux cheveux gris, murmura Lupin, l'amie et l'ennemie de Daubrecq ; c'est bien ce que je pensais. »

Il s'approcha de la fenêtre et souleva le rideau. Deux hommes arpentaient le trottoir, en face : Grognard et Le Ballu.

« Et ils ne se cachent même pas, ajouta-t-il. C'est bon signe. Ils considèrent qu'il faut obéir au patron. Reste la jolie dame aux cheveux gris. Ce sera plus difficile. À nous deux, la maman ! »

Il trouva la mère et le fils enlacés, et la mère tout inquiète, les yeux mouillés de larmes, qui disait :

« Tu n'as pas de mal ? tu es sûr ? Oh ! comme tu as dû avoir peur, mon petit Jacques !

— Un rude petit bonhomme », déclara Lupin.

Elle ne répondit pas, elle palpait le jersey de l'enfant comme Lupin l'avait fait, sans doute pour voir s'il avait réussi dans sa mission nocturne, et elle l'interrogea tout bas.

« Non, maman… je t'assure que non », dit l'enfant.

Elle l'embrassa doucement et le câlina contre elle, si bien que l'enfant, exténué de fatigue et d'émotion, ne tarda pas à s'endormir. Elle demeura longtemps encore penchée sur lui. Elle-même semblait très lasse et désireuse de repos.

Lupin ne troubla pas sa méditation. Il la regardait anxieusement avec une attention dont elle ne pouvait pas s'apercevoir, et il nota le cerne plus large de ses paupières et la marque plus précise de ses rides. Pourtant il la trouva plus belle qu'il ne la croyait, de cette beauté émouvante que donne l'habitude de souffrir à certaines figures plus humaines, plus sensibles que d'autres.

Elle eut une expression si triste, que, dans un élan de sympathie instinctive, il s'approcha d'elle et lui dit :

« J'ignore quels sont vos projets, mais, quels qu'ils soient, vous avez besoin de secours. Seule, vous ne pouvez pas réussir.

— Je ne suis pas seule.

— Ces deux hommes qui sont là ? Je les connais. Ils ne comptent pas. Je vous en supplie, usez de moi. Vous vous rappelez l'autre soir, au théâtre, dans la baignoire ? Vous étiez sur le point de parler. Aujourd'hui, n'hésitez pas. »

Elle tourna les yeux vers lui, l'observa, et, comme si elle n'eût pu se soustraire à cette volonté adverse, elle articula :

« Que savez-vous au juste ? Que savez-vous de moi ?

— J'ignore bien des choses. J'ignore votre nom : mais je sais… »

Elle l'interrompit d'un geste et, avec une décision brusque, dominant à son tour celui qui l'obligeait à parler :

« Inutile, s'écria-t-elle, ce que vous pouvez savoir, après tout, est peu de chose, et n'a aucune importance. Mais quels sont vos projets, à vous ? Vous m'offrez votre concours… en vue de quoi ? Si vous vous êtes jeté à corps perdu dans cette affaire, si je n'ai rien pu entreprendre sans vous rencontrer sur mon chemin, c'est que vous voulez atteindre un but… Lequel ?

— Lequel ? mon Dieu, il me semble que ma conduite…

— Non, fit-elle énergiquement, pas de mots. Il faut entre nous des certitudes, et, pour y arriver, une franchise absolue. Je vais vous donner l'exemple. M. Daubrecq possède un objet d'une valeur inouïe, non par lui-même, mais par ce qu'il représente. Cet objet, vous le connaissez. Deux fois, vous l'avez eu en main. Deux fois je vous l'ai repris. Eh bien, je suis en droit de croire que si vous avez voulu vous l'approprier, c'est pour user du pouvoir que vous lui attribuez, et pour en user à votre bénéfice…

— Comment cela ?

— Oui, pour en user selon vos desseins, dans l'intérêt de vos affaires personnelles, conformément à vos habitudes de…

— De cambrioleur et d'escroc », acheva Lupin.

Elle ne protesta pas. Il tâcha de lire, au fond de ses yeux, sa pensée secrète. Que voulait-elle de lui ? Que craignait-elle ? Si elle se défiait, ne pouvait-il, lui aussi, se défier de cette femme qui, deux fois, lui avait repris le bouchon de cristal pour le rendre à Daubrecq ? Si mortellement ennemie qu'elle fût de Daubrecq, jusqu'à quel point demeurait-elle soumise à la volonté de cet homme ? En se livrant à elle, ne risquait-on pas de se livrer à Daubrecq ?… Cependant, il n'avait jamais contemplé des yeux plus graves et un visage plus sincère.

Sans plus hésiter il déclara :

« Mon but est simple : la délivrance de Gilbert et Vaucheray.

— Est-ce vrai ?… Est-ce vrai ?… cria-t-elle, toute frémissante, et en l'interrogeant d'un regard anxieux.

— Si vous me connaissiez…

— Je vous connais… Je sais qui vous êtes… Voilà des mois que je suis mêlée à votre vie, sans que vous le soupçonniez… et cependant, pour certaines raisons, je doute encore…

Il prononça plus fortement :

« Vous ne me connaissez pas. Si vous me connaissiez, vous sauriez qu'il ne peut y avoir de répit pour moi avant que mes deux compagnons… ou tout au moins Gilbert, car Vaucheray est une canaille… avant que Gilbert ait échappé au sort affreux qui l'attend. »

Elle se précipita sur lui et le saisit aux épaules avec un véritable affolement :

« Quoi ? Qu'est-ce que vous dites ? le sort affreux ?… Alors vous croyez… vous croyez…

— Je crois réellement, dit Lupin, qui sentit combien cette menace la bouleversait, je crois réellement que si je n'arrive pas à temps, Gilbert est perdu.

— Taisez-vous… taisez-vous…, cria-t-elle en l'étreignant brutalement. Taisez-vous… je vous défends de dire cela… Il n'y a aucune raison… C'est vous qui supposez…

— Ce n'est pas seulement moi, c'est aussi Gilbert.

— Hein ? Gilbert ! Comment le savez-vous ?

— Par lui-même.

— Par lui ?

— Oui, par lui, qui n'espère plus qu'en moi, par lui qui sait qu'un seul homme au monde peut le sauver, et qui m'a appelé désespérément, il y a quelques jours, du fond de sa prison. Voici sa lettre. »

Elle saisit avidement le papier et lut en bégayant :

« *Au secours, patron… je suis perdu… J'ai peur… au secours…* »

Elle lâcha le papier. Ses mains s'agitèrent dans le vide. On eût dit que ses yeux hagards voyaient la sinistre vision qui, tant de fois déjà, avait épouvanté Lupin. Elle poussa un cri d'horreur, tenta de se lever et tomba évanouie.

V

Les vingt-sept

L'enfant dormait paisiblement sur le lit. La mère ne remuait pas de la chaise longue où Lupin l'avait étendue, mais sa respiration plus calme, le sang qui revenait à sa figure, annonçaient un réveil prochain.

Il remarqua qu'elle portait une alliance. Voyant un médaillon qui pendait au corsage, il s'inclina et aperçut, après l'avoir retourné, une photographie très réduite qui représentait un homme d'une quarantaine d'années et un enfant, un adolescent plutôt, en costume de collégien, dont il étudia le frais visage encadré de cheveux bouclés.

« C'est bien cela, dit-il... Ah! la pauvre femme! »

La main qu'il prit entre les siennes se réchauffait peu à peu. Les yeux s'ouvrirent, puis se refermèrent. Elle murmura :

« Jacques...

— Ne vous inquiétez pas... il dort... tout va bien. »

Elle reprenait son entière connaissance. Mais, comme elle se taisait, Lupin lui posa des questions pour amener chez elle peu à peu le besoin de s'épancher. Et il lui dit en désignant le médaillon aux portraits :

« Le collégien, c'est Gilbert, n'est-ce pas?

— Oui, dit-elle.

— Et Gilbert est votre fils? »

Elle eut un frisson et chuchota :

« Oui, Gilbert est mon fils, mon fils aîné. » Ainsi, elle était la mère de Gilbert, de Gilbert, le détenu de la Santé, accusé d'assassinat, et que la justice poursuivait avec tant d'âpreté!

Lupin continua :

« Et l'autre portrait?

— C'est celui de mon mari.

— Votre mari ?

— Oui, il est mort voici trois ans. »

Elle s'était assise. La vie tressaillait en elle, de nouveau, ainsi que l'effroi de vivre, et que l'effroi de toutes les choses terrifiantes qui la menaçaient. Lupin lui dit encore :

« Votre mari s'appelait ? »

Elle hésita un moment et répondit :

« Mergy. »

Il s'écria :

« Victorien Mergy, le député ?

— Oui. »

Il y eut un long silence. Lupin n'avait pas oublié l'événement, et le bruit que cette mort avait fait. Trois ans auparavant, dans les couloirs de la Chambre, le député Mergy se brûlait la cervelle, sans laisser un mot d'explication, sans qu'on pût, par la suite, trouver à ce suicide la moindre raison.

« La raison, dit Lupin, achevant sa pensée à haute voix, vous ne l'ignorez pas ?

— Je ne l'ignore pas.

— Gilbert, peut-être ?

— Non, Gilbert avait disparu depuis plusieurs années, chassé et maudit par mon mari. Son chagrin fut très grand, mais il y eut un autre motif…

— Lequel ? » dit Lupin.

Mais il n'était pas nécessaire que Lupin posât des questions. Mme Mergy ne pouvait plus se taire, et lentement d'abord, avec l'angoisse de tout ce passé qu'il fallait ressusciter, elle s'exprima ainsi :

« Il y a vingt-cinq ans, alors que je m'appelais Clarisse Darcel, et que mes parents vivaient encore, je rencontrai, dans le monde à Nice, trois jeunes gens dont les noms vous éclaireront tout de suite sur le drame actuel : Alexis Daubrecq, Victorien Mergy et Louis Prasville. Tous trois se connaissaient d'autrefois, étudiants de même année, amis de régiment. Prasville aimait alors une actrice qui chantait à l'Opéra de Nice. Les deux autres, Mergy et Daubrecq, m'aimèrent. Sur tout cela, et sur toute cette histoire, d'ailleurs, je serai brève. Les faits parlent suffisamment. Dès le premier instant, j'aimai Victorien Mergy. Peut-être eus-je tort de ne pas le déclarer aussitôt. Mais tout amour sincère est timide, hésitant, craintif, et je n'annonçai mon choix qu'en toute certitude et en toute liberté. Malheureusement cette période d'attente, si délicieuse pour ceux qui s'aiment en secret, avait permis à Daubrecq d'espérer. Sa colère fut atroce. »

Clarisse Mergy s'arrêta quelques secondes, et elle reprit d'une voix altérée :

« Je me souviendrai toujours… Nous étions tous les trois dans le salon. Ah ! j'entends les paroles qu'il prononça, paroles de haine et de menace horrible. Victorien était confondu. Jamais il n'avait vu son ami de la sorte, avec ce visage répugnant, cette expression de bête… Oui, une bête féroce… Il grinçait des dents. Il frappait du pied. Ses yeux – il ne portait pas de lunettes alors – ses yeux bordés de sang roulaient dans leurs orbites, et il ne cessait de répéter : "Je me vengerai… je me vengerai… Ah ! vous ne savez pas de quoi je suis capable. J'attendrai s'il le faut, dix ans, vingt ans… Mais ça viendra comme un coup de tonnerre… Ah ! vous ne savez pas… Se venger… Faire le mal… pour le mal… Quelle joie ! Je suis né pour faire du mal… Et vous me supplierez tous deux à genoux, oui, à genoux." Aidé de mon père qui entrait à ce moment, et d'un domestique, Victorien Mergy jeta dehors cet être abominable. Six semaines plus tard, j'épousais Victorien.

— Et Daubrecq ? interrompit Lupin, il n'essaya pas ?…

— Non, mais le jour de mon mariage, en rentrant chez lui, Louis Prasville, qui nous servait de témoin malgré la défense de Daubrecq, trouva la jeune femme qu'il aimait, cette chanteuse de l'Opéra… il la trouva morte étranglée…

— Quoi ! fit Lupin en sursautant. Est-ce que Daubrecq ?…

— On sut que Daubrecq, depuis quelques jours la poursuivait de ses assiduités, mais on ne sut rien de plus. Il fut impossible d'établir qui était entré en l'absence de Prasville, et qui était sorti. On ne découvrit aucune trace, rien, absolument rien.

— Cependant, Prasville…

— Pour Prasville, pour nous, la vérité ne fit pas de doute. Daubrecq a voulu enlever la jeune femme, a voulu peut-être la brusquer, la contraindre et, au cours de la lutte, affolé, perdant la tête, il l'avait saisie à la gorge et tuée, presque à son insu. Mais, de tout cela, pas de preuve ; Daubrecq ne fut même pas inquiété.

— Et par la suite que devint-il ?

— Pendant des années, nous n'entendîmes pas parler de lui. Nous sûmes seulement qu'il s'était ruiné au jeu, et qu'il voyageait en Amérique. Et, malgré moi, j'oubliais sa colère et ses menaces, toute disposée à croire que lui-même ne m'aimait plus, ne pensait plus à ses projets de vengeance. D'ailleurs, j'étais trop heureuse pour m'occuper de ce qui n'était pas mon amour, mon bonheur, la situation politique de mon mari, la santé de mon fils Antoine.

— Antoine ?

— Oui, c'est le vrai nom de Gilbert, le malheureux a tout au moins réussi à cacher sa personnalité. »

Lupin demanda :

« À quelle époque... Gilbert... a-t-il commencé ?...

— Je ne saurais vous le dire au juste ; Gilbert – j'aime autant l'appeler ainsi, et ne plus prononcer son nom véritable – Gilbert, enfant, était ce qu'il est aujourd'hui, aimable, sympathique à tous, charmant, mais paresseux et indiscipliné. Lorsqu'il eut quinze ans, nous le mîmes dans un collège des environs de Paris, précisément pour l'éloigner un peu de nous. Au bout de deux ans, on le renvoyait.

— Pourquoi ?

— Pour sa conduite. On avait découvert qu'il s'échappait la nuit, et aussi, que durant des semaines, alors que, soi-disant, il était auprès de nous, en réalité il disparaissait.

— Que faisait-il ?

— Il s'amusait, jouait aux courses, traînait dans les cafés et dans les bals publics.

— Il avait donc de l'argent ?

— Oui.

— Qui lui en donnait ?

— Son mauvais génie, l'homme qui en cachette de ses parents, le faisait sortir du collège, l'homme qui le dévoya, qui le corrompit, qui nous l'arracha, qui lui apprit le mensonge, la débauche, le vol.

— Daubrecq ?

— Daubrecq. »

Clarisse Mergy dissimulait entre ses mains jointes la rougeur de son front. Elle reprit de sa voix lasse :

« Daubrecq s'était vengé. Le lendemain même du jour où mon mari chassait de la maison notre malheureux enfant, Daubrecq nous dévoilait, dans la plus cynique des lettres, le rôle odieux qu'il avait joué et les machinations grâce auxquelles il avait réussi à pervertir notre fils. Il continuait ainsi : "La correctionnelle un de ces jours… Plus tard les assises… et puis, espérons-le, l'échafaud." »

Lupin s'exclama :

« Comment ? c'est Daubrecq qui aurait comploté l'affaire actuelle ?

— Non, non, il n'y a là qu'un hasard. L'abominable prédiction n'était qu'un vœu formulé par lui. Mais combien cela me terrifia ! J'étais malade à ce moment. Mon autre fils, mon petit Jacques, venait de naître. Et chaque jour nous apprenait quelque nouveau méfait commis par Gilbert, de fausses signatures données, des escroqueries… si bien qu'autour de nous nous annonçâmes son départ pour l'étranger, puis sa mort. La vie fut lamentable, et elle le fut d'autant plus quand éclata l'orage politique où mon mari devait sombrer.

— Comment cela ?

— Deux mots vous suffiront, le nom de mon mari est sur la liste des *vingt-sept.*

— Ah ! »

D'un coup, le voile se déchirait devant les yeux de Lupin et il apercevait à la lueur d'un éclair toute une région de choses qui se dérobaient jusque-là dans les ténèbres.

D'une voix plus forte, Clarisse Mergy reprenait :

« Oui, son nom s'y trouve inscrit, mais par erreur, par une sorte de malchance incroyable dont il fut la victime. Victorien Mergy fit bien partie de la commission chargée d'étudier le canal français des Deux-Mers. Il vota bien avec ceux qui approuvèrent le projet de la Compagnie. Il toucha même, oui, je le dis nettement, et je précise la somme, il toucha quinze mille francs. Mais c'est pour un autre qu'il toucha, pour un de ses amis politiques en qui il avait une confiance absolue et dont il fut l'instrument aveugle, inconscient. Il crut faire une bonne action, il se perdit. Le jour où, après le suicide du président de la Compagnie et la disparition du caissier, l'affaire du Canal apparut avec tout son cortège de tripotages et de malpropretés, ce jour-là seulement mon mari sut que plusieurs de ses collègues avaient été achetés, et il comprit que son nom, comme le leur, comme celui d'autres députés, chefs de groupes, parlementaires influents, se trouvait sur cette liste mystérieuse dont on parlait soudain. Ah ! les jours affreux qui s'écoulèrent alors ! La liste serait-elle publiée ? Son nom serait-il prononcé ? Quelle torture ! Vous vous rappelez l'affolement de la Chambre, cette atmosphère de terreur et de délation ! Qui possédait la liste ? on ne le savait pas. On savait son existence. Voilà tout. Deux hommes furent balayés par la tempête. Et l'on ignorait toujours d'où partait la dénonciation, et dans quelles mains se trouvaient les papiers accusateurs.

— Daubrecq, insinua Lupin.

— Eh ! non, s'écria Mme Mergy, Daubrecq n'était encore rien à cette époque, il n'avait pas encore paru sur la scène. Non… rappelez-vous… la vérité on la connut tout d'un coup, par celui-là même qui la détenait, Germineaux, l'ancien garde des Sceaux, et le cousin du président de la Compagnie du Canal. Malade, phtisique, de son lit d'agonisant, il écrivit au préfet de Police, lui léguant cette liste que, disait-il, l'on trouverait, après sa mort, dans un coffre de fer, au fond de sa chambre. La maison fut entourée d'agents. Le préfet s'établit à demeure auprès du malade. Germineaux mourut. On ouvrit le coffre. Il était vide.

— Daubrecq, cette fois, affirma Lupin.

— Oui, Daubrecq, proféra Mme Mergy, dont l'agitation croissait de minute en minute, Alexis Daubrecq, qui, depuis six mois, déguisé, méconnaissable, servait de secrétaire à Germineaux. Comment avait-il appris que Germineaux était le possesseur du fameux papier ? Il importe peu. Toujours est-il qu'il avait fracturé le coffre la nuit même qui précéda la mort. L'enquête le prouva et l'identité de Daubrecq fut établie.

— Mais on ne l'arrêta pas ?

— À quoi bon ! On supposait bien qu'il avait mis la liste en lieu sûr. L'arrêter, c'était l'esclandre, l'affaire qui recommençait, cette vilaine affaire dont tout le monde est las et que l'on veut étouffer à tout prix.

— Alors ?

— On négocia. »

Lupin se mit à rire.

« Négocier avec Daubrecq, c'est drôle !

— Oui, très drôle, scanda Mme Mergy, d'un ton âpre. Pendant ce temps, il agissait lui, et tout de suite, sans vergogne, allant droit au but. Huit jours après son vol, il se rendait à la Chambre des députés, demandait mon mari, et, brutalement, exigeait de lui trente mille francs dans les vingt-quatre heures. Sinon, le scandale, le déshonneur. Mon mari connaissait l'individu, il le savait implacable, plein de rancune et de férocité. Il perdit la tête et se tua.

— Absurde ! ne put s'empêcher de dire Lupin. Daubrecq possède une liste de vingt-sept noms. Pour livrer l'un de ces noms, il est obligé, s'il veut qu'on attache du crédit à son accusation, de publier la liste même, c'est-à-dire de se dessaisir du document, ou du moins de la photographie de ce document, et en faisant cela il provoque le scandale, mais se prive désormais de tout moyen d'action et de chantage.

— Oui et non, dit-elle.

— Comment le savez-vous ?

— Par Daubrecq, par Daubrecq qui est venu me voir, le misérable, et qui m'a raconté cyniquement son entrevue avec mon mari et les paroles échangées. Or, il n'y a pas que cette liste, il n'y a pas que ce fameux bout de papier sur lequel le caissier notait les noms et les sommes touchées, et sur lequel, rappelez-vous, le président de la Compagnie, avant de mourir, a mis sa signature en lettres de sang. Il n'y a pas que cela. Il y a certaines preuves plus vagues que les intéressés ne connaissent pas : correspondance entre le président de la Compagnie et son caissier, entre le président et ses avocats-conseils, etc. Seule compte, évidemment, la liste griffonnée sur le morceau de papier ; celle-là est la preuve unique, irrécusable, qu'il ne servirait de rien de copier ou de photographier, car son authenticité peut être contrôlée, dit-on, de la façon la plus rigoureuse. Mais, tout de même, les autres indices sont dangereux. Ils ont suffi à démolir déjà deux députés. Et de cela Daubrecq sait jouer à merveille. Il effraie la victime choisie, il l'affole, il lui montre le scandale inévitable, et l'on verse la somme exigée, ou bien l'on se tue comme mon mari. Comprenez-vous, maintenant ?

— Oui », dit Lupin.

Et, dans le silence qui suivit, il reconstitua la vie de Daubrecq. Il le voyait maître de cette liste, usant de son pouvoir, sortant peu à peu de l'ombre, jetant à pleines mains l'argent qu'il extorquait à ses victimes, se faisant nommer conseiller général, député, régnant par la menace et par la terreur, impuni, inaccessible, inattaquable, redouté du gouvernement qui aime mieux se soumettre à ses ordres que de lui déclarer la guerre, respecté par les pouvoirs publics, si puissant enfin qu'on avait nommé secrétaire général de la préfecture de Police, contre tous droits acquis, Prasville, pour ce seul motif qu'il haïssait Daubrecq d'une haine personnelle.

« Et vous l'avez revu ? dit-il.

— Je l'ai revu. Il le fallait. Mon mari était mort, mais son honneur demeurait intact. Nul n'avait soupçonné la vérité. Pour défendre tout au moins le nom qu'il me laissait, j'ai accepté une première entrevue avec Daubrecq.

— Une première, en effet, car il y en a eu d'autres ?...

— Beaucoup d'autres, prononça-t-elle, d'une voix altérée, oui, beaucoup d'autres... au théâtre... ou certains soirs à Enghien... ou bien à Paris, la nuit... car j'avais honte de le voir, cet homme, et je ne veux pas qu'on sache... Mais il le fallait... un devoir plus impérieux que tout me le commandait... le devoir de venger mon mari... »

Elle se pencha sur Lupin, et ardemment :

« Oui, la vengeance ce fut la raison de ma conduite et le souci de toute ma vie. Venger mon mari, venger mon fils perdu, me venger moi, de tout le mal qu'il m'a fait... Je n'avais plus d'autre rêve, d'autre but. Je voulais cela, l'écrasement de cet homme, sa misère, ses larmes – comme s'il pouvait encore pleurer ! – ses sanglots, son désespoir...

— Sa mort, interrompit Lupin, qui se souvenait de la scène entre eux dans le bureau de Daubrecq.

— Non, pas sa mort. J'y ai pensé souvent… J'ai même levé le bras sur lui… Mais à quoi bon ! Il a dû prendre ses précautions. Le papier subsisterait. Et puis, ce n'est pas se venger que de tuer… Ma haine allait plus loin… Elle voulait sa perte et sa déchéance, et, pour cela, un seul moyen : lui arracher ses griffes. Daubrecq privé de ce document qui le rend si fort, Daubrecq n'existe plus. C'est la ruine immédiate, le naufrage, et dans quelles conditions lamentables ! Voilà ce que j'ai cherché.

— Mais Daubrecq ne pouvait se méprendre sur vos intentions ?

— Certes non. Et ce fut, je vous jure, d'étranges rendez-vous que les nôtres, moi le surveillant, tâchant de deviner derrière ses paroles le secret qu'il cache… et lui… lui…

— Et lui, dit Lupin, achevant la pensée de Clarisse Mergy… lui, guettant la proie qu'il désire… la femme qu'il n'a jamais cessé d'aimer… et qu'il aime… et qu'il veut de toutes ses forces, et de toute sa rage… »

Elle baissa la tête et dit simplement :

« Oui. »

Duel étrange, en effet, qui opposait l'un à l'autre ces deux êtres que séparaient tant de choses implacables. Comme il fallait que la passion de Daubrecq fût effrénée pour qu'il risquât ainsi cette menace perpétuelle de la mort, et qu'il introduisît auprès de lui, dans son intimité, cette femme dont il avait dévasté l'existence ! Mais comme il fallait également qu'il se sentît en pleine sécurité !

« Et vos recherches aboutirent… à quoi ? demanda Lupin.

— Mes recherches, dit-elle, furent longtemps infructueuses. Les procédés d'investigation que vous avez suivis, ceux que la police a suivis de son côté, moi, des années avant vous, je les ai employés, et vainement. Je commençais à désespérer quand, un jour, en allant chez Daubrecq, dans sa villa d'Enghien, je ramassai sous sa table de travail le début d'une lettre chiffonnée et jetée parmi les paperasses d'une corbeille. Ces quelques lignes étaient écrites de sa main en mauvais anglais. Je pus lire :

“*Évidez le cristal à l'intérieur de manière à laisser un vide qu'il soit impossible de soupçonner.*”

« Peut-être n'aurais-je pas attaché à cette phrase toute l'importance qu'elle méritait, si Daubrecq, qui se trouvait alors dans le jardin, n'était survenu en courant et ne s'était mis à fouiller la corbeille, avec une hâte significative. Il me regarda d'un air soupçonneux.

« – Il y avait là… une lettre…

« Je fis semblant de ne pas comprendre. Il n'insista point, mais son agitation ne m'avait pas échappé, et je dirigeai mes recherches dans le même sens. C'est ainsi qu'un mois après je découvris, au milieu des cendres de la cheminée du salon, la moitié d'une facture anglaise. John Howard, verrier à Stourbridge, avait fourni au député Daubrecq un flacon de cristal conforme au modèle. Le mot "cristal" me frappa, je partis pour Stourbridge, je soudoyai le contremaître de la verrerie, et j'appris que le bouchon de ce flacon, d'après la formule même de la commande, avait été *évidé intérieurement de manière à laisser un vide qu'il fût impossible de soupçonner.* »

Lupin hocha la tête.

« Le renseignement ne laissait aucun doute. Pourtant il ne m'a pas semblé que, même sous la couche d'or… Et puis la cachette serait bien exiguë.

— Exiguë, mais suffisante, dit-elle.

— Comment le savez-vous ?

— Par Prasville.

— Vous le voyez donc ?

— Depuis cette époque, oui. Auparavant, mon mari et moi, nous avions cessé toutes relations avec lui, à la suite de certains incidents équivoques. Prasville est un homme de moralité plus que douteuse, un ambitieux sans scrupules, et qui certainement a joué dans l'affaire du Canal des Deux-Mers un vilain rôle. A-t-il touché ? C'est probable. N'importe, j'avais besoin d'un secours. Il venait d'être nommé secrétaire général de la Préfecture. C'est donc lui que je choisis.

— Connaissait-il, interrogea Lupin, la conduite de votre fils Gilbert ?

— Non. Et j'eus la précaution, justement en raison de la situation qu'il occupe, de lui confirmer, comme à tous nos amis, le départ et la mort de Gilbert. Pour le reste, je lui dis la vérité, c'est-à-dire les motifs qui avaient déterminé le suicide de mon mari, et le but de vengeance que je poursuivais. Quand je l'eus mis au courant de mes découvertes, il sauta de joie et je sentis que sa haine contre Daubrecq n'avait point désarmé. Nous causâmes longtemps, et j'appris de lui que la liste était écrite sur un bout de papier pelure, extrêmement mince, et qui, réduit en une sorte de boulette, pouvait parfaitement tenir dans un espace des plus restreints. Pour lui comme pour moi, il n'y avait pas la moindre hésitation. Nous connaissions la cachette. Il fut entendu que nous agirions chacun de notre côté, tout en correspondant secrètement. Je le mis en rapport avec Clémence, la concierge du square Lamartine qui m'était toute dévouée…

— Mais qui l'était moins à Prasville, dit Lupin, car j'ai la preuve qu'elle le trahit.

— Maintenant peut-être, au début, non, et les perquisitions de la police furent nombreuses. C'est à ce moment, il y a de cela dix mois, que Gilbert reparut dans ma vie. Une mère ne cesse pas d'aimer son fils, quoi qu'il ait fait, quoi qu'il fasse. Et puis Gilbert a tant de charme!… Vous le connaissez. Il pleura, il embrassa mon petit Jacques, son frère… Je pardonnai. »

Elle prononça, la voix basse, les yeux fixés au sol :

« Plût au Ciel que je n'aie pas pardonné! Ah! si cette heure pouvait renaître! comme j'aurais l'affreux courage de le chasser! Mon pauvre enfant… c'est moi qui l'ai perdu… »

Elle continua pensivement :

« J'aurais eu tous les courages s'il avait été tel que je me l'imaginais, et tel qu'il fut longtemps, m'a-t-il dit… marqué par la débauche et par le vice, grossier, déchu… Mais, s'il était méconnaissable comme apparence, au point de vue, comment dirais-je? au point de vue moral, sûrement, il y avait une amélioration. Vous l'aviez soutenu, relevé, et quoique son existence me fût odieuse… tout de même il gardait une certaine tenue…, quelque chose comme un fond d'honnêteté qui remontait à la surface… Il était gai, insouciant, heureux… Et il me parlait de vous avec tant d'affection! »

Elle cherchait ses mots, embarrassée, n'osant trop condamner, devant Lupin, le genre d'existence qu'avait choisi Gilbert, et cependant ne pouvant en faire l'éloge.

« Après ? dit Lupin.

— Après, je le revis souvent. Il venait me voir, furtivement, ou bien j'allais le retrouver, et nous nous promenions dans la campagne. C'est ainsi que, peu à peu, j'ai été amenée à lui raconter notre histoire. Tout de suite, il s'enflamma. Lui aussi voulait venger son père et, en dérobant le bouchon de cristal, se venger lui-même du mal que Daubrecq lui avait fait. Sa première idée – et là-dessus, je dois le dire, il ne varia jamais – fut de s'entendre avec vous.

— Eh bien, s'écria Lupin, il fallait…

— Oui, je sais… et j'étais du même avis. Par malheur, mon pauvre Gilbert – vous savez comme il est faible ! – subissait l'influence d'un de ses camarades.

— Vaucheray, n'est-ce pas ?

— Oui, Vaucheray, une âme trouble, pleine de fiel et d'envie, un ambitieux sournois, un homme de ruse et de ténèbres, et qui avait pris sur mon fils un empire considérable. Gilbert eut le tort de se confier à lui et de lui demander conseil. Tout le mal vient de là. Vaucheray le convainquit et me convainquit moi aussi, qu'il valait mieux agir par nous-mêmes. Il étudia l'affaire, en prit la direction, et finalement organisa l'expédition d'Enghien et, sous votre conduite, le cambriolage de la villa *Marie-Thérèse*, que Prasville et ses agents n'avaient pu visiter à fond, par suite de la surveillance active du domestique Léonard. C'était de la folie. Il fallait, ou bien s'abandonner à votre expérience, ou bien vous tenir absolument en dehors du complot, sous peine de malentendu funeste et d'hésitation dangereuse. Mais que voulez-vous ? Vaucheray nous dominait. J'acceptai une entrevue avec Daubrecq au théâtre. Pendant ce temps l'affaire eut lieu. Quand je rentrai chez moi vers minuit, j'en appris le résultat effroyable, le meurtre de Léonard, l'arrestation de mon fils. Aussitôt j'eus l'intuition de l'avenir. L'épouvantable prédiction de Daubrecq se réalisait, c'étaient les assises, c'était la condamnation. Et cela par ma faute, par la faute de moi, la mère, qui avais poussé mon fils vers l'abîme d'où rien ne pouvait plus le tirer. »

Clarisse se tordait les mains et des frissons de fièvre la secouaient. Quelle souffrance peut se comparer à celle d'une mère qui tremble pour la tête de son fils ! Ému de pitié, Lupin lui dit :

« Nous le sauverons. Là-dessus il n'y a pas l'ombre d'un doute. Mais il est nécessaire que je connaisse tous les détails. Achevez, je vous en prie… Comment avez-vous su, le soir même, les événements d'Enghien ? »

Elle se domina et, le visage contracté d'angoisse, elle répondit :

« Par deux de vos complices, ou plutôt par deux complices de Vaucheray à qui ils étaient entièrement dévoués et qu'il avait choisis pour conduire les deux barques.

— Ceux qui sont là dehors, Grognard et Le Ballu ?

— Oui. À votre retour de la villa, lorsque, poursuivi sur le lac par le commissaire de police, vous avez abordé, vous leur avez jeté quelques mots d'explication tout en vous dirigeant vers votre automobile. Affolés, ils sont accourus chez moi, où ils étaient déjà venus et m'ont appris l'affreuse nouvelle. Gilbert était en prison ! Ah ! l'effroyable nuit ! Que faire ? Vous chercher ? Certes, et implorer votre secours. Mais où vous retrouver ? C'est alors que Grognard et Le Ballu, acculés par les circonstances, se décidèrent à m'expliquer le rôle de leur ami Vaucheray, ses ambitions, son dessein longuement mûri…

— De se débarrasser de moi, n'est-ce pas ? ricana Lupin.

— Oui. Gilbert ayant toute votre confiance, il surveillait Gilbert et, par là, il connut tous vos domiciles. Quelques jours encore, une fois possesseur du bouchon de cristal, maître de la liste des *vingt-sept*, héritier de la toute-puissance de Daubrecq, il vous livrait à la police, sans que votre bande, désormais la sienne, fût seulement compromise.

— Imbécile ! murmura Lupin… un sous-ordre comme lui ! »

Et il ajouta :

« Ainsi donc, les panneaux des portes…

— Furent découpés par ses soins, en prévision de la lutte qu'il entamait contre vous et contre Daubrecq, chez qui il commença la même besogne. Il avait à sa disposition une sorte d'acrobate, un nain d'une maigreur extrême auquel ces orifices suffisaient et qui surprenait ainsi toute votre correspondance et tous vos secrets. Voilà ce que ses deux amis me révélèrent. Tout de suite j'eus cette idée : me servir, pour sauver mon fils aîné, de son frère, de mon petit Jacques, si mince lui aussi et si intelligent, si brave comme vous avez pu le voir. Nous partîmes dans la nuit. Sur les indications de mes compagnons, je trouvai, au domicile personnel de Gilbert, les doubles clefs de votre appartement de la rue Matignon, où vous deviez coucher, paraît-il. En route, Grognard et Le Ballu me confirmèrent dans ma résolution, et je pensais beaucoup moins à vous demander secours qu'à vous reprendre le bouchon de cristal, lequel évidemment, s'il avait été découvert à Enghien, devait être chez vous. Je ne me trompais pas. Au bout de quelques minutes, mon petit Jacques, qui s'était introduit dans votre chambre, me le rapportait. Je m'en allai, frémissante d'espoir. Maîtresse à mon tour du talisman, le gardant pour moi seule, sans en prévenir Prasville, j'avais tout pouvoir sur Daubrecq. Je le faisais agir à ma guise et, dirigé par moi, esclave de ma volonté, il multiplierait les démarches en faveur de Gilbert, obtiendrait qu'on le laissât évader, ou tout au moins qu'on ne le condamnât pas. C'était le salut.

— Eh bien ? »

Clarisse se leva dans un élan de tout son être, se pencha sur Lupin, et lui dit d'une voix sourde :

« Il n'y avait rien dans ce morceau de cristal, rien, vous entendez, aucun papier, aucune cachette. Toute l'expédition d'Enghien était inutile ! Inutile le meurtre de Léonard ! Inutile, l'arrestation de mon fils ! Inutiles, tous mes efforts !

— Mais pourquoi ? Pourquoi ?

— Pourquoi ? Vous aviez volé à Daubrecq, non pas le bouchon fabriqué sur son ordre, mais le bouchon qui avait servi de modèle au verrier John Howard, de Stourbridge. »

Si Lupin n'avait pas été en face d'une douleur aussi profonde, il n'eût pu retenir quelqu'une de ces boutades ironiques que lui inspirent les malices du destin.

Il dit entre ses dents :

« Est-ce bête ! Et d'autant plus bête qu'on avait donné l'éveil à Daubrecq.

— Non, dit-elle, le jour même, je me rendis à Enghien. Dans tout cela Daubrecq n'avait vu et ne voit encore aujourd'hui qu'un cambriolage ordinaire, qu'une mainmise sur ses collections. Votre participation l'a induit en erreur.

— Cependant le bouchon a disparu…

— D'abord cet objet ne peut avoir pour lui qu'une importance secondaire, puisque ce n'est que le modèle.

— Comment le savez-vous ?

— Il y a une éraflure à la base de la tige, et je me suis renseignée depuis en Angleterre.

— Soit, mais pourquoi la clef du placard où il fut volé ne quittait-elle pas le domestique ? et pourquoi, en second lieu, l'a-t-on retrouvé dans le tiroir d'une table chez Daubrecq, à Paris ?

— Évidemment Daubrecq y fait attention, et il y tient comme on tient au modèle d'une chose qui a de la valeur. Et c'est précisément pourquoi j'ai remis ce bouchon dans le placard, avant qu'il n'en eût constaté la disparition. Et c'est pourquoi aussi, la seconde fois, je vous fis reprendre le bouchon par mon petit Jacques, dans la poche même de votre pardessus, et le fis replacer par la concierge.

— Alors, il ne soupçonne rien ?

— Rien, il sait qu'on cherche la liste, mais il ignore que Prasville et moi nous connaissons l'objet où il la cache. »

Lupin s'était levé et marchait à travers la pièce en réfléchissant. Puis il s'arrêta près de Clarisse Mergy.

« En somme, depuis les événements d'Enghien, vous n'avez pas fait un seul pas en avant ?

— Pas un seul, dit-elle. J'ai agi au jour le jour, conduite par ces deux hommes ou bien les conduisant, tout cela sans plan précis.

— Ou du moins, dit-il, sans autre plan que d'arracher à Daubrecq la liste des *vingt-sept.*

— Oui, mais comment ? En outre, vos manœuvres me gênaient, nous n'avions pas tardé à reconnaître, dans la nouvelle cuisinière de Daubrecq, votre vieille servante Victoire, et à découvrir, grâce aux indications de la concierge, que Victoire vous donnait asile, et j'avais peur de vos projets.

— C'est vous, n'est-ce pas, qui m'écriviez de me retirer de la lutte ?

— Oui.

— Vous également qui me demandiez de ne pas aller au théâtre le soir du Vaudeville ?

— Oui, la concierge avait surpris Victoire écoutant la conversation que Daubrecq et moi nous avions par téléphone, et Le Ballu, qui surveillait la maison, vous avait vu sortir. Je pensais donc bien que vous fileriez Daubrecq, le soir.

— Et l'ouvrière qui est venue ici, une fin d'après-midi ?

— C'était moi, moi, découragée, qui voulais vous voir.

— Et c'est vous qui avez intercepté la lettre de Gilbert ?

— Oui, j'avais reconnu son écriture sur l'enveloppe.

— Mais votre petit Jacques n'était pas avec vous ?

— Non. Il était dehors, en automobile avec Le Ballu. Je l'ai fait monter par la fenêtre du salon, et il s'est glissé dans cette chambre par l'orifice du panneau.

— Que contenait la lettre ?

— Malheureusement des reproches de Gilbert. Il vous accusait de le délaisser, de prendre l'affaire à votre compte. Bref, cela me confirmait dans ma défiance. Je me suis enfuie. »

Lupin haussa les épaules avec irritation.

« Que de temps perdu ! Et par quelle fatalité n'avons-nous pas pu nous entendre plus tôt ! Nous jouions tous deux à cache-cache... Nous nous tendions des pièges absurdes... Et les jours passaient, des jours précieux, irréparables.

— Vous voyez, vous voyez, dit-elle en frissonnant... vous aussi, vous avez peur de l'avenir !

— Non, je n'ai pas peur, s'écria Lupin. Mais je pense à ce que nous aurions pu déjà accomplir d'utile si nous avions réuni nos efforts. Je pense à toutes les erreurs, à toutes les imprudences que notre accord nous eût évitées. Je pense que votre tentative de cette nuit pour fouiller les vêtements que porte Daubrecq, fut tout aussi vaine que les autres, et que, en ce moment, grâce à notre duel stupide, grâce au tumulte que nous avons fait dans son hôtel, Daubrecq est averti et se tiendra sur ses gardes plus encore qu'auparavant. »

Clarisse Mergy hocha la tête.

« Non, non, je ne crois pas, le bruit n'a pas dû le réveiller, car nous avions retardé d'un jour cette tentative pour que la concierge pût mêler à son vin un narcotique très violent. »

Et elle ajouta lentement :

« Et puis, voyez-vous, aucun événement ne fera que Daubrecq se tienne davantage sur ses gardes. Sa vie n'est qu'un ensemble de précautions contre le danger. Rien n'est laissé au hasard... D'ailleurs, n'a-t-il pas tous les atouts dans les mains ? »

Lupin s'approcha et lui demanda :

« Que voulez-vous dire ? Selon vous il n'y aurait donc pas d'espoir de ce côté ? Il n'y aurait pas un seul moyen pour arriver au but ?

— Si, murmura-t-elle, il y en a un, un seul... »

Avant qu'elle eût caché de nouveau son visage entre ses mains, il remarqua sa pâleur. Et de nouveau un frisson de fièvre la secoua tout entière.

Il crut comprendre la raison de son épouvante et, se penchant vers elle, ému par sa douleur :

« Je vous en prie, répondez sans détours. C'est à cause de Gilbert, n'est-ce pas ?... Si la justice n'a pas pu, heureusement, déchiffrer l'énigme de son passé, si l'on ne sait pas jusqu'ici le véritable nom du complice de Vaucheray, quelqu'un tout au moins le sait, n'est-ce pas ? N'est-ce pas ? Daubrecq a reconnu votre fils Antoine sous le masque de Gilbert ?

— Oui, oui...

— Et il vous promet de le sauver, n'est-ce pas ? Il vous offre sa liberté, son évasion, je ne sais quoi... C'est cela, n'est-ce pas, qu'il vous a offert une nuit, dans son bureau, une nuit où vous avez voulu le frapper ?...

— Oui... oui... c'est cela...

— Et comme condition, une seule, n'est-ce pas ? une condition abominable, telle que ce misérable pouvait l'imaginer ? j'ai compris, n'est-ce pas ? »

Clarisse ne répondit point. Elle semblait épuisée par une longue lutte contre un ennemi qui, chaque jour, gagnait du terrain, et contre qui il était vraiment impossible qu'elle combattît.

Lupin vit en elle la proie conquise d'avance, livrée au caprice du vainqueur. Clarisse Mergy, la femme aimante de ce Mergy que Daubrecq avait réellement assassiné, la mère épouvantée de ce Gilbert que Daubrecq avait dévoyé, Clarisse Mergy, pour sauver son fils de l'échafaud, devrait, quoi qu'il advînt, se soumettre au désir de Daubrecq. Elle serait la maîtresse, la femme, l'esclave obéissante de ce personnage innommable auquel Lupin ne pouvait songer sans un soulèvement de révolte et de dégoût.

S'asseyant auprès d'elle, doucement, avec des gestes de compassion, il la contraignit à lever la tête, et il lui dit, les yeux dans les yeux :

« Écoutez-moi bien. Je vous jure de sauver votre fils… je vous le jure… Votre fils ne mourra pas, vous entendez… Il n'y a pas de force au monde qui puisse faire que, moi vivant, l'on touche à la tête de votre fils.

— Je vous crois… J'ai confiance en votre parole.

— Ayez confiance… c'est la parole d'un homme qui ne connaît pas la défaite. Je réussirai. Seulement, je vous supplie de prendre un engagement irrévocable.

— Lequel ?

— Vous ne verrez plus Daubrecq.

— Je vous le jure !

— Vous chasserez de votre esprit toute idée, toute crainte, si obscure soit-elle, d'un accord entre vous et lui… d'un marché quelconque…

— Je vous le jure. »

Elle le regardait avec une expression de sécurité et d'abandon absolu, et, sous son regard, il éprouvait l'allégresse de se dévouer, et le désir ardent de rendre à cette femme le bonheur, ou, tout au moins, la paix et l'oubli qui ferment les blessures.

« Allons, dit-il en se levant, et d'un ton joyeux, tout ira bien. Nous avons deux mois, trois mois devant nous. C'est plus qu'il n'en faut… à condition, bien entendu, que je sois libre de mes mouvements. Et pour cela, voyez-vous, vous devez vous retirer de la bataille.

— Comment ?

— Oui, disparaître pendant quelque temps, vous installer à la campagne. D'ailleurs, n'avez-vous pas pitié de votre petit Jacques ? À ce jeu-là, on lui démolirait les nerfs, au pauvre gosse… Et vrai, il a bien gagné son repos… N'est-ce pas, Hercule ? »

Le lendemain, Clarisse Mergy, que tant d'événements avaient abattue et qui, elle aussi, sous peine de tomber malade, avait besoin d'un peu de répit, prenait pension avec son fils chez une dame de ses amies dont la maison s'élevait à la lisière même de la forêt de Saint-Germain. Très faible, le cerveau obsédé de cauchemars, en proie à des troubles nerveux que la moindre émotion exaspérait, elle vécut là quelques jours d'accablement physique et d'inconscience. Elle ne pensait plus à rien. La lecture des journaux lui était défendue.

Or, un après-midi, – alors que Lupin, changeant de tactique, étudiait le moyen de procéder à l'enlèvement et à la séquestration du député Daubrecq, alors que Grognard et Le Ballu, auxquels il avait promis leur pardon en cas de réussite, surveillaient les allées et venues de l'ennemi, alors que tous les journaux annonçaient la comparution prochaine devant les assises des complices d'Arsène Lupin tous deux accusés d'assassinat – un après-midi, vers quatre heures, une sonnerie brusque retentit dans l'appartement de la rue Chateaubriand.

C'était le téléphone.

Lupin décrocha le récepteur.

« Allô ? »

Une voix de femme, une voix essoufflée articula :

« M. Michel Beaumont ?

— C'est moi, madame. À qui ai-je l'honneur…

— Vite, monsieur, venez en toute hâte, Mme Mergy vient de s'empoisonner. »

Lupin ne demanda pas plus d'explications. Il s'élança de chez lui, monta dans son automobile et se fit conduire à Saint-Germain.

L'amie de Clarisse l'attendait au seuil de la chambre.

« Morte ? dit-il.

— Non, la dose était insuffisante. Le médecin sort d'ici. Il répond d'elle.

— Et pour quelle raison a-t-elle tenté ?…

— Son fils Jacques a disparu.

— Enlevé ?

— Oui, il jouait à l'entrée de la forêt. On a vu une automobile s'arrêter… deux vieilles dames en descendre. Puis il y eut des cris. Clarisse a voulu crier, mais elle est tombée sans forces, en gémissant : “C’est lui… c’est cet homme… tout est perdu.” Elle avait l’air d’une folle. Soudain, elle a porté un flacon à sa bouche, et elle a bu.

— Ensuite ?

— Ensuite, avec l’aide de mon mari, je l’ai transportée dans sa chambre. Elle souffrait beaucoup.

— Comment avez-vous su mon adresse, mon nom ?

— Par elle, tandis que le médecin la soignait. Alors je vous ai téléphoné.

— Personne n’est au courant ?…

— Personne. Je sais que Clarisse a des ennuis terribles et qu’elle préfère le silence.

— Puis-je la voir ?

— En ce moment, elle dort. D’ailleurs, le médecin a défendu toute émotion.

— Le médecin n’a pas d’inquiétude à son sujet ?

— Il redoute la fièvre, la surexcitation nerveuse, un accès quelconque où la malade recommencerait sa tentative. Et cette fois-là…

— Que faudrait-il pour l’éviter ?

— Une semaine ou deux de tranquillité absolue, ce qui est impossible, tant que son petit Jacques… »

Lupin l’interrompit. :

« Vous croyez que si son fils lui était rendu…

— Ah ! certes, il n’y aurait plus rien à craindre !

— Vous êtes sûre ?… Vous êtes sûre ?… Oui, n’est-ce pas, évidemment… Eh bien, quand Mme Mergy se réveillera, vous lui direz de ma part que ce soir, avant minuit, je lui ramènerai son fils. Ce soir, avant minuit, ma promesse est formelle. »

Ayant achevé ces mots, Lupin sortit vivement de la maison et remonta dans son automobile, en criant au chauffeur :

« À Paris, square Lamartine, chez le député Daubrecq. »

VI

La peine de mort

L'automobile de Lupin constituait, outre un cabinet de travail muni de livres, de papier, d'encre et de plumes, une véritable loge d'acteur, avec une boîte complète de maquillage, un coffre rempli de vêtements les plus divers, un autre bourré d'accessoires, parapluies, cannes, foulards, lorgnons, etc., bref, tout un attirail qui lui permettait, en cours de route, de se transformer des pieds à la tête.

Ce fut un monsieur un peu gros, en redingote noire, en chapeau haut de forme, le visage flanqué de favoris, le nez surmonté de lunettes, qui sonna vers six heures du soir à la grille du député Daubrecq.

La concierge le conduisit au perron où Victoire, appelée par un coup de timbre, apparut.

Il lui demanda :

« M. Daubrecq peut-il recevoir le docteur Vernes ?

— Monsieur est dans sa chambre, et, à cette heure-là…

— Faites-lui passer ma carte. »

Il inscrivit, en marge, ces mots : « de la part de Mme Mergy », et, insistant :

« Tenez, je ne doute pas qu'il ne me reçoive.

— Mais, objecta Victoire.

— Ah ! ça, mais vas-tu te décider la vieille ? En voilà du chichi ! »

Elle fut stupéfaite et bredouilla :

« Toi !… C'est toi !

— Non, c'est Louis XIV. »

Et la poussant dans un coin du vestibule :

« Écoute... Aussitôt que je serai seul avec lui, monte dans ta chambre, fais ton paquet à la six-quatre-deux, et décampe !

— Quoi ?

— Fais ce que je te dis. Tu trouveras mon auto, plus loin sur l'avenue. Allons, ouste, annonce-moi, j'attends dans le bureau.

— Mais on n'y voit pas.

— Allume. »

Elle tourna le bouton de l'électricité et laissa Lupin seul.

« C'est là, songeait-il en s'asseyant, c'est là que se trouve le bouchon de cristal. À moins que Daubrecq ne le garde toujours avec lui... Mais non, quand on a une bonne cachette, on s'en sert. Et celle-ci est excellente, puisque personne... jusqu'ici... »

De toute son attention, il scrutait les objets de la pièce et il se souvenait de la missive que Daubrecq avait écrite à Prasville : « À portée de ta main, mon bon ami... Tu l'as touché... Un peu plus... Et ça y était... »

Rien ne semblait avoir bougé depuis ce jour. Les mêmes choses traînaient sur la table, des livres, des registres, une bouteille d'encre, une boîte à timbres, du tabac, des pipes, toutes choses qu'on avait fouillées et auscultées maintes et maintes fois.

« Ah ! le bougre, pensa Lupin, son affaire est rudement bien emmanchée ! Ça se tient comme un drame du bon faiseur... »

Au fond, Lupin, tout en sachant exactement ce qu'il venait faire et comment il allait agir, n'ignorait pas ce que sa visite avait d'incertain et de hasardeux avec un adversaire d'une pareille force. Il se pouvait très bien que Daubrecq restât maître du champ de bataille, et que la conversation prît une tournure absolument différente de celle que Lupin escomptait.

Et cette perspective n'était pas sans lui causer quelque irritation.

Il se raidit, un bruit de pas approchait.

Daubrecq entra.

Il entra sans un mot, fit signe à Lupin qui s'était levé de se rasseoir, s'assit lui-même devant la table, et regardant la carte qu'il avait conservée :

« Le docteur Vernes ?

— Oui, monsieur le député, le docteur Vernes, de Saint-Germain.

— Et je vois que vous venez de la part de Mme Mergy… votre cliente, sans doute ?

— Ma cliente occasionnelle. Je ne la connaissais pas avant d'avoir été appelé auprès d'elle, dans des circonstances particulièrement tragiques.

— Elle est malade ?

— Mme Mergy s'est empoisonnée.

— Hein ! »

Daubrecq avait eu un sursaut, et il reprit, sans dissimuler son trouble :

« Hein ! que dites-vous ? empoisonnée ! morte, peut-être ?

— Non, la dose n'était pas suffisante. Sauf complications, j'estime que Mme Mergy est sauvée. »

Daubrecq se tut, et il resta immobile, la tête tournée vers Lupin.

« Me regarde-t-il ? A-t-il les yeux fermés ? » se demandait Lupin.

Cela le gênait terriblement de ne pas voir les yeux de son adversaire, ces yeux que cachait le double obstacle des lunettes et d'un lorgnon noir, des yeux malades, lui avait dit Mme Mergy, striés et bordés de sang. Comment suivre, sans voir l'expression d'un visage, la marche secrète des pensées ? C'était presque se battre contre un ennemi dont l'épée serait invisible.

Daubrecq reprit, au bout d'un instant :

« Alors Mme Mergy est sauvée… Et elle vous envoie vers moi… Je ne comprends pas bien… Je connais à peine cette dame. »

« Voilà le moment délicat, pensa Lupin. Allons-y. »

Et, d'un ton de bonhomie où perçait l'embarras de quelqu'un qui est timide, il prononça :

« Mon Dieu, monsieur le député, il y a des cas où le devoir d'un médecin est très compliqué… très obscur… et vous jugerez peut-être qu'en accomplissant auprès de vous cette démarche… Bref, voilà… Tandis que je la soignais, Mme Mergy a tenté une seconde fois de s'empoisonner… Oui, le flacon se trouvait, par malheur, à portée de sa main. Je le lui ai arraché. Il y a lutte entre nous. Et dans le délire de la fièvre, à mots entrecoupés, elle m'a dit : “C'est lui… C'est lui… Daubrecq… le député… Qu'il me rende mon fils… Dites-lui ça… Ou bien je veux mourir… oui, tout de suite… cette nuit. Je veux mourir.” Voilà, monsieur le député… Alors j'ai pensé que je devais vous mettre au courant. Il est certain qu'en l'état d'exaspération où se trouve cette dame… Bien entendu, j'ignore le sens exact de ses paroles… Je n'ai interrogé personne… Je suis venu directement, sous une impulsion spontanée… »

Daubrecq réfléchit assez longtemps et dit :

« Somme toute, docteur, vous êtes venu me demander si je savais où est cet enfant… que je suppose disparu, n'est-ce pas ?

— Oui.

— Et au cas où je le saurais, vous le ramèneriez à sa mère ?

— Oui. »

Un long silence encore. Lupin se disait :

« Est-ce que, par hasard, il goberait cette histoire-là ? La menace de cette mort suffirait-elle ? Non, voyons… ce n'est pas possible… Et cependant… cependant… il a l'air d'hésiter. »

« Vous permettez ? dit Daubrecq, en approchant de lui l'appareil téléphonique qui se dressait sur la table… C'est pour une communication urgente…

— Faites donc, monsieur le député. »

Daubrecq appela :

« Allô… Mademoiselle, voulez-vous me donner le 822.19 ? »

Il répéta le numéro et attendit sans bouger.

Lupin sourit :

« La préfecture de Police, n'est-ce pas ? Secrétariat général…

— En effet, docteur… Vous savez donc ?

— Oui, comme médecin légiste, il m'a fallu quelquefois téléphoner… »

Et, au fond de lui, Lupin se demandait :

« Que diable tout cela veut-il dire ? Le secrétaire général, c'est Prasville… Alors quoi ? »

Daubrecq plaça les deux récepteurs à ses oreilles et articula :

« Le 822.19 ?… Je voudrais le secrétaire général, M. Prasville… Il n'est pas là ?… Si, si, il est toujours dans son cabinet à cette heure-ci… Dites-lui que c'est de la part de M. Daubrecq… M. Daubrecq, député… une communication de la plus haute importance.

— Je suis peut-être indiscret ? fit Lupin.

— Nullement, nullement, docteur, assura Daubrecq... D'ailleurs cette communication n'est pas sans un certain rapport avec votre démarche... »

Et, s'interrompant :

« Allô... Monsieur Prasville ?... Ah ! c'est toi, mon vieux Prasville. Eh bien, quoi, tu sembles interloqué... Oui, c'est vrai, il y a longtemps qu'on ne s'est vus tous deux... Mais, au fond, on ne s'est guère quittés par la pensée... Et j'ai même eu, très souvent, ta visite et celle de tes artistes... Mais, n'est-ce pas... Allô... Quoi ? Tu es pressé ? Ah ! Je te demande pardon... Moi aussi d'ailleurs. Donc, droit au but... C'est un petit service que je veux te rendre... Attends donc, animal... Tu ne le regretteras pas... Il y va de ta gloire... Allô... Tu m'écoutes ? Eh bien, prends une demi-douzaine d'hommes avec toi... Ceux de la Sûreté plutôt, que tu trouveras à la permanence... Sautez dans des autos, et rappliquez ici en quatrième vitesse... Je t'offre un gibier de choix, mon vieux... Un seigneur de la haute. Napoléon lui-même... Bref, Arsène Lupin. »

Lupin bondit sur ses jambes. Il s'attendait à tout, sauf à ce dénouement. Mais quelque chose fut plus fort en lui que la surprise, un élan de toute sa nature qui lui fit dire, en riant :

« Ah ! bravo ! bravo ! »

Daubrecq inclina la tête en signe de remerciement, et murmura :

« Ce n'est pas fini... Un peu de patience encore, voulez-vous ? »

Et il continua :

« Allô... Prasville... Quoi ?... Mais, mon vieux, ce n'est pas une fumisterie... Tu trouveras Lupin ici, en face de moi, dans mon bureau... Lupin qui me tra#casse comme les autres... Oh ! un de plus, un de moins, je m'en moque. Mais, tout de même, celui-ci y met de l'indiscrétion. Et j'ai recours à ton amitié. Débarrasse-moi de cet individu, je t'en prie... Avec une demi-douzaine de tes sbires, et les deux qui font le pied de grue devant ma maison, ça suffira. Ah ! pendant que tu y seras, monte au troisième étage, tu cueilleras ma cuisinière... C'est la fameuse Victoire... Tu sais ?... La vieille nourrice du sieur Lupin. Et puis, tiens, encore un renseignement… Faut-il que je t'aime ? Envoie donc une escouade rue Chateaubriand, au coin de la rue Balzac… C'est là que demeure notre Lupin national, sous le nom de Michel Beaumont… Compris, vieux ? Et maintenant, à la besogne. Secoue-toi… »

Lorsque Daubrecq tourna la tête, Lupin se tenait debout, les poings crispés. Son élan d'admiration n'avait pas résisté à la suite du discours, et aux révélations faites par Daubrecq sur Victoire et sur le domicile de la rue Chateaubriand. L'humiliation était trop forte, et il ne songeait guère à jouer plus longtemps les médecins de petite ville. Il n'avait qu'une idée, ne pas s'abandonner à l'excès de rage formidable qui le poussait à foncer sur Daubrecq comme le taureau sur l'obstacle.

Daubrecq jeta une espèce de gloussement qui, chez lui, singeait le rire. Il avança en se dandinant, les mains aux poches de son pantalon, et scanda :

« N'est-ce pas ? tout est pour le mieux de la sorte ? Un terrain déblayé, une situation nette… Au moins, l'on y voit clair. Lupin contre Daubrecq, un point c'est tout. Et puis, que de temps gagné ! Le docteur Vernes, médecin légiste, en aurait eu pour deux heures à dévider son écheveau ! Tandis que comme ça, le sieur Lupin est obligé de dégoiser sa petite affaire en trente minutes… sous peine d'être saisi au collet et de laisser prendre ses complices… Quel coup de caillou dans la mare aux grenouilles ! Trente minutes, pas une de plus. D'ici trente minutes, il faudra vider les lieux, se sauver comme un lièvre, et ficher le camp à la débandade. Ah ! ah ! ce que c'est rigolo !… Dis donc, Polonius, vrai, tu n'as pas de chance avec Bibi Daubrecq ! Car c'était bien toi qui te cachais derrière ce rideau, infortuné Polonius ? »

Lupin ne bronchait pas. L'unique solution qui l'eût apaisé, c'est-à-dire l'étranglement de l'adversaire, était trop absurde pour qu'il ne préférât point subir, sans riposter, des sarcasmes qui, pourtant, le cinglaient comme des coups de cravache. C'était la seconde fois, dans la même pièce et dans des circonstances analogues, qu'il devait courber la tête devant ce Daubrecq de malheur et garder en silence la plus ridicule des postures… Aussi avait-il la conviction profonde que, s'il ouvrait la bouche, ce serait pour cracher au visage de son vainqueur des paroles de colère et des invectives. À quoi bon ? L'essentiel n'était-il pas d'agir de sang-froid et de faire les choses que commandait une situation nouvelle ?

« Eh bien, eh bien, monsieur Lupin ? reprenait le député, vous avez l'air tout déconfit. Voyons, il faut se faire une raison et admettre qu'on peut rencontrer sur son chemin un bonhomme un peu moins andouille que ses contemporains. Alors vous vous imaginiez que, parce que je porte binocle et bésicles, j'étais aveugle ? Dame ! Je ne dis pas que j'aie deviné sur-le-champ Lupin derrière Polonius, et Polonius derrière le monsieur qui vint m'embêter dans la baignoire du Vaudeville. Non. Mais, tout de même, ça me tracassait. Je voyais bien qu'entre la police et Mme Mergy il y avait un troisième larron qui essayait de se faufiler… Alors, peu à peu, avec des mots échappés à la concierge, en observant les allées et venues de la cuisinière, en prenant sur elle des renseignements aux bonnes sources, j'ai commencé à comprendre. Et puis, l'autre nuit, ce fut le coup de lumière. Quoique endormi, j'entendais le tapage dans l'hôtel. J'ai pu reconstituer l'affaire, j'ai pu suivre la trace de Mme Mergy jusqu'à la rue Chateaubriand d'abord, ensuite jusqu'à Saint-Germain… Et puis… et puis, quoi ! j'ai rapproché les faits… le cambriolage d'Enghien, l'arrestation de Gilbert… le traité d'alliance inévitable entre la mère éplorée et le chef de la bande… la vieille nourrice installée comme cuisinière, tout ce monde entrant chez moi par les portes ou par les fenêtres… J'étais fixé. Maître Lupin reniflait autour du pot aux roses. L'odeur des *vingt-sept* l'attirait. Il n'y avait plus qu'à attendre sa visite. L'heure est arrivée. Bonjour, maître Lupin. »

Daubrecq fit une pause. Il avait débité son discours avec la satisfaction visible d'un homme qui a le droit de prétendre à l'estime des amateurs les plus difficiles. Lupin se taisant, il tira sa montre.

« Eh ! eh ! plus que vingt-trois minutes ! Comme le temps marche ! si ça continue, on n'aura pas le loisir de s'expliquer. »

Et, s'approchant encore de Lupin :

« Tout de même, ça me fait de la peine. Je croyais Lupin un autre monsieur. Alors, au premier adversaire un peu sérieux, le colosse s'effondre ? Pauvre jeune homme !… Un verre d'eau pour nous remettre ?… »

Lupin n'eut pas un mot, pas un geste d'agacement. Avec un flegme parfait, avec une précision de mouvements qui indiquait sa maîtrise absolue et la netteté du plan de conduite qu'il avait adopté, il écarta doucement Daubrecq, s'avança vers la table et, à son tour, saisit le cornet du téléphone.

Il demanda :

« S'il vous plaît, mademoiselle, le 565-34. »

Ayant obtenu le numéro, il dit d'une voix lente, en détachant chacune des syllabes :

« Allô... Je suis rue Chateaubriand... C'est toi, Achille?... oui, c'est moi, le patron... Écoute-moi bien... Achille... Il faut quitter l'appartement. Allô?... oui, tout de suite... la police doit venir d'ici quelques minutes. Mais non, mais non, ne t'effare pas... Tu as le temps. Seulement, fais ce que je te dis. Ta valise est toujours prête?... Parfait. Et l'un des casiers est resté vide, comme je te l'ai dit? Parfait. Eh bien, va dans ma chambre, mets-toi face à la cheminée. De la main gauche, appuie sur la petite rosace sculptée qui orne la plaque de marbre, sur le devant, au milieu; et, de la main droite, sur le dessus de la cheminée. Tu trouveras là comme un tiroir et, dans ce tiroir, deux cassettes. Fais attention. L'une d'elles contient tous nos papiers, l'autre des billets de banque et des bijoux. Tu les mettras toutes les deux dans le casier vide de la valise. Tu prendras la valise à la main, et tu viendras à pied, très vite, jusqu'au coin de l'avenue Victor-Hugo et de l'avenue de Montespan. L'auto est là, avec Victoire. Je vous y rejoindrai... Quoi? mes vêtements? mes bibelots? Laisse donc tout ça, et file au plus vite. À tout à l'heure. »

Tranquillement, Lupin repoussa le téléphone. Puis il saisit Daubrecq par le bras, le fit asseoir sur une chaise voisine de la sienne, et lui dit :

« Et maintenant, écoute-moi.

— Oh! oh! ricana le député, on se tutoie?

— Oui, je te le permets », déclara Lupin.

Et comme Daubrecq, dont il n'avait pas lâché le bras, se dégageait avec une certaine méfiance, il prononça :

« Non, n'aie pas peur. On ne se battra pas. Nous n'avons rien à gagner ni l'un ni l'autre à nous démolir. Un coup de couteau?

Pour quoi faire ? Non. Des mots, rien que des mots. Mais des mots qui portent. Voici les miens. Ils sont catégoriques. Réponds de même, sans réfléchir. Ça vaut mieux. L'enfant ?

— Je l'ai.

— Rends-le...

— Non.

— Mme Mergy se tuera.

— Non.

— Je te dis que si.

— J'affirme que non.

— Cependant elle l'a déjà tenté.

— C'est justement pour cela qu'elle ne le tentera plus.

— Alors ?

— Non. »

Lupin reprit, après un instant :

« Je m'y attendais. De même, je pensais bien, en venant ici, que tu ne couperais pas dans l'histoire du docteur Vernes et qu'il me faudrait employer d'autres moyens.

— Ceux de Lupin.

— Tu l'as dit. J'étais résolu à me démasquer. Tu l'as fait toi-même. Bravo. Mais ça ne change rien à mes projets.

— Parle. »

Lupin sortit d'un carnet une double feuille de papier-ministre qu'il déplia et tendit à Daubrecq en disant :

« Voici l'inventaire exact et détaillé, avec numéros d'ordre, des objets qui furent enlevés par mes amis et moi, dans ta villa *Marie-Thérèse* sise sur les bords du lac d'Enghien. Il y a, comme tu vois, cent treize numéros. Sur ces cent treize objets, il y en a soixante-huit, ceux dont les numéros sont marqués d'une croix rouge, qui ont été vendus et expédiés en Amérique. Les autres, au nombre, par conséquent, de quarante-cinq, restent en ma possession jusqu'à nouvel ordre. Ce sont d'ailleurs les plus beaux. Je te les offre contre la remise immédiate de l'enfant. »

Daubrecq ne put retenir un mouvement de surprise.

« Oh ! oh ! fit-il, comme il faut que tu y tiennes !

— Infiniment, dit Lupin, car je suis persuadé qu'une absence plus longue de son fils, c'est la mort pour Mme Mergy.

— Et cela te bouleverse, Don Juan ?

— Quoi ? »

Lupin se planta devant lui et répéta :

« Quoi ? Qu'est-ce que tu veux dire ?

— Rien… rien… une idée… Clarisse Mergy est encore jeune, jolie… »

Lupin haussa les épaules.

« Brute, va ! mâchonna-t-il, tu t'imagines que tout le monde est comme toi, sans cœur et sans pitié. Ça te suffoque, hein, qu'un bandit de mon espèce perde son temps à jouer les Don Quichotte ? Et tu te demandes quel sale motif peut bien me pousser ? Cherche pas, c'est en dehors de ta compétence, mon bonhomme. Et réponds-moi, plutôt… Acceptes-tu ?

— C'est donc sérieux ? interrogea Daubrecq, que le mépris de Lupin ne semblait guère émouvoir.

— Absolument. Les quarante-cinq objets sont dans un hangar, dont je te donnerai l'adresse, et ils te seront délivrés, si tu t'y présentes ce soir à neuf heures avec l'enfant. »

La réponse de Daubrecq ne faisait pas de doute. L'enlèvement du petit Jacques n'avait été pour lui qu'un moyen d'agir sur Clarisse Mergy, et peut-être aussi un avertissement qu'elle eût à cesser la guerre entreprise. Mais la menace d'un suicide devait nécessairement montrer à Daubrecq qu'il faisait fausse route. En ce cas, pourquoi refuser le marché si avantageux que lui proposait Arsène Lupin ?

« J'accepte, dit-il.

— Voici l'adresse de mon hangar : 95, rue Charles-Laffitte, à Neuilly. Tu n'auras qu'à sonner.

— Si j'envoie le secrétaire général Prasville à ma place ?

— Si tu envoies Prasville, déclara Lupin, l'endroit est disposé de telle façon que je le verrai venir et que j'aurai le temps de me sauver, non sans avoir mis le feu aux bottes de foin et de paille qui entourent et qui dissimulent tes consoles, tes pendules et tes vierges gothiques.

— Mais ton hangar sera brûlé…

— Cela m'est égal. La police le surveille déjà. En tout état de cause, je le quitte.

— Et qui m'assure que ce n'est pas un piège ?

— Commence par prendre livraison de la marchandise, et ne rends l'enfant qu'après. J'ai confiance, moi.

— Allons, dit Daubrecq, tu as tout prévu. Soit, tu auras le gosse, la belle Clarisse vivra et nous serons tous heureux. Maintenant, si j'ai un conseil à te donner, c'est de déguerpir, et presto.

— Pas encore.

— Hein ?...

— J'ai dit : pas encore.

— Mais tu es fou ! Prasville est en route.

— Il attendra ; je n'ai pas fini.

— Comment ! Comment ! Qu'est-ce qu'il te faut encore ? Clarisse aura son moutard. Ça ne te suffit pas ?

— Non.

— Pourquoi ?

— Il reste un autre fils.

— Gilbert ?

— Oui.

— Eh bien ?

— Je te demande de sauver Gilbert !

— Qu'est-ce que tu dis ? Moi, sauver Gilbert !

— Tu le peux ; il te suffit de quelques démarches... »

Daubrecq, qui, jusqu'ici, avait gardé tout son calme, s'emporta brusquement, et, frappant du poing :

« Non ! ça, non, jamais ! ne compte pas sur moi... Ah ! non, ce serait trop idiot ! »

Il s'était mis à marcher avec une agitation extrême et de son pas si bizarre, qui le balançait de droite et de gauche sur chacune de ses jambes, comme une bête sauvage, un ours à l'allure inhabile et lourde.

Et la voix rauque, le masque convulsé, il s'écria :

« Qu'elle vienne ici ! Qu'elle vienne implorer la grâce de son fils ! Mais qu'elle vienne sans arme et sans dessein criminel, comme la dernière fois ! Qu'elle vienne en suppliante, en femme domptée, soumise, et qui comprend, qui accepte... Et alors, on verra... Gilbert ? La condamnation de Gilbert ? L'échafaud ? Mais toute ma force est là ! Quoi ! Voilà plus de vingt années que j'attends mon heure, et c'est quand elle sonne, quand le hasard m'apporte cette chance inespérée, quand je vais connaître enfin la joie de la revanche complète... et quelle revanche!... c'est maintenant que je renoncerais à cela, à cette chose que je poursuis depuis vingt ans? Je sauverais Gilbert, moi, pour rien! pour l'honneur! moi, Daubrecq!... Ah! non, non, tu ne m'as pas regardé. »

Il riait d'un rire abominable et féroce. Visiblement, il apercevait en face de lui, à portée de sa main, la proie qu'il pourchassait depuis si longtemps. Et Lupin aussi évoqua Clarisse, telle qu'il l'avait vue quelques jours auparavant, défaillante, vaincue déjà, fatalement conquise, puisque toutes les forces ennemies se liguaient contre elle.

Se contenant, il dit :

« Écoute-moi. »

Et comme Daubrecq, impatienté, se dérobait, il le prit par les deux épaules avec cette puissance surhumaine que Daubrecq connaissait pour l'avoir éprouvée dans la baignoire du Vaudeville, et, l'immobilisant, il articula :

« Un dernier mot.

— Tu perds ton latin, bougonna le député.

— Un dernier mot. Écoute, Daubrecq, oublie Mme Mergy, renonce à toutes les bêtises et à toutes les imprudences que ton amour et que tes passions te font commettre, écarte tout cela et ne pense qu'à ton intérêt...

— Mon intérêt! plaisanta Daubrecq, il est toujours d'accord avec mon amour-propre et avec ce que tu appelles mes passions.

— Jusqu'ici peut-être. Mais plus maintenant, plus maintenant que je suis dans l'affaire. Il y a là un élément nouveau que tu négliges. C'est un tort. Gilbert est mon complice. Gilbert est mon ami. Il faut que Gilbert soit sauvé de l'échafaud. Fais cela, use de ton influence. Et je te jure, tu entends, je te jure que nous te laisserons tranquille. Le salut de Gilbert, voilà tout. Plus de luttes à soutenir contre Mme Mergy, contre moi. Plus de pièges. Tu seras maître de te conduire à ta guise. Le salut de Gilbert, Daubrecq. Sinon...

— Sinon?

— Sinon, la guerre, la guerre implacable, c'est-à-dire, pour toi, la défaite certaine.

— Ce qui signifie ?

— Ce qui signifie que je reprendrai la liste des *vingt-sept.*

— Ah ! bah ! tu crois ?

— Je le jure.

— Ce que Prasville et toute sa clique, ce que Clarisse Mergy, ce que personne n'a pu faire, tu le feras, toi ?

— Je le ferai.

— Et pourquoi ? En l'honneur de quel saint réussiras-tu où tout le monde a échoué ? Il y a donc une raison ?

— Oui.

— Laquelle ?

— Je m'appelle Arsène Lupin. »

Il avait lâché Daubrecq, mais il le maintint quelque temps sous son regard impérieux et sous la domination de sa volonté. À la fin, Daubrecq se redressa, lui tapota l'épaule à petits coups secs, et avec le même calme, la même obstination rageuse, prononça :

« Moi, je m'appelle Daubrecq. Toute ma vie n'est qu'une bataille acharnée, une suite de catastrophes et de débâcles où j'ai dépensé tant d'énergie que la victoire est venue, la victoire complète, définitive, insolente, irrémédiable. J'ai contre moi toute la police, tout le gouvernement, toute la France, le monde entier. Qu'est-ce que tu veux que ça me fiche d'avoir contre moi, par-dessus le marché, monsieur Arsène Lupin ? J'irai plus loin : plus mes ennemis sont nombreux et habiles, et plus cela m'oblige à jouer serré. Et c'est pourquoi, mon excellent monsieur, au lieu de vous faire arrêter, comme je l'aurais pu… oui, comme je l'aurais pu, et en toute facilité… je vous laisse le champ libre, et vous rappelle charitablement qu'avant trois minutes il faut me débarrasser le plancher.

— Donc, c'est non ?

— C'est non.

— Tu ne feras rien pour Gilbert ?

— Si, je continuerai à faire ce que je fais depuis son arrestation, c'est-à-dire à peser indirectement sur le ministre de la Justice, pour que le procès soit mené le plus activement possible, et dans le sens que je désire.

— Comment ! s'écria Lupin, hors de lui, c'est à cause de toi, c'est pour toi…

— C'est pour moi, Daubrecq, mon Dieu, oui. J'ai un atout, la tête du fils ; je le joue. Quand j'aurai obtenu une bonne petite condamnation à mort contre Gilbert, quand les jours passeront, et que la grâce du jeune homme sera, par mes bons offices, rejetée, tu peux être sûr, monsieur Lupin, que la maman ne verra plus du tout d'objections à s'appeler Mme Alexis Daubrecq, et à me donner des gages irrécusables et immédiats de sa bonne volonté. Cette heureuse issue est fatale, que tu le veuilles ou non. C'est couru d'avance. Tout ce que je peux faire pour toi, c'est de te prendre comme témoin le jour de mon mariage, et de t'inviter au lunch. Ça te va-t-il ? Non ? Tu persistes dans tes noirs desseins ? Eh bien, bonne chance, tends tes pièges, jette tes filets, fourbis tes armes et potasse le manuel du parfait cambrioleur de papier pelure. Tu en auras besoin. Sur ce, bonsoir. Les règles de l'hospitalité écossaise m'ordonnent de te mettre à la porte. File. »

Lupin demeura silencieux assez longtemps. Les yeux fixés sur Daubrecq, il semblait mesurer la taille de son adversaire, jauger son poids, estimer sa force physique et discuter, en fin de compte, à quel endroit précis il allait l'attaquer. Daubrecq serra les poings, et en lui-même prépara le système de défense qu'il opposerait à cette attaque.

Une demi-heure s'écoula. Lupin porta la main à son gousset. Daubrecq en fit autant et saisit la crosse de son revolver… Quelques secondes encore… Froidement, Lupin sortit une bonbonnière d'or, l'ouvrit, la tendit à Daubrecq :

« Une pastille ?

— Qu'est-ce que c'est ? demanda l'autre, étonné.

— Des pastilles Géraudel.

— Pour quoi faire ?

— Pour le rhume que tu vas prendre. »

Et profitant du léger désarroi où cette boutade laissait Daubrecq, il saisit rapidement son chapeau et s'esquiva.

« Évidemment, se disait-il en traversant le vestibule, je suis battu à plate couture. Mais, tout de même, cette petite plaisanterie de commis voyageur avait, dans l'espèce, quelque chose de nouveau. S'attendre à un pruneau et recevoir une pastille Géraudel… il y a là comme une déception. Il en est resté baba, le vieux chimpanzé ! »

Comme il refermait la grille, une automobile s'arrêta, et un homme descendit rapidement, suivi de plusieurs autres. Lupin reconnut Prasville.

« Monsieur le secrétaire général, murmura-t-il, je vous salue. J'ai idée qu'un jour le destin nous mettra l'un en face de l'autre, et je le regrette pour vous, car vous ne m'inspirez qu'une médiocre estime, et vous passerez un sale quart d'heure. Aujourd'hui, si je n'étais pas si pressé, j'attendrais votre départ et je suivrais Daubrecq pour savoir à qui il a confié l'enfant qu'il va me rendre. Mais je suis pressé. En outre, rien ne m'assure que Daubrecq ne va pas agir par téléphone. Donc ne nous gaspillons pas en vains efforts, et rejoignons Victoire, Achille et notre précieuse valise. »

Deux heures après, posté dans son hangar de Neuilly, toutes ses mesures prises, Lupin voyait Daubrecq qui débouchait d'une rue voisine et s'approchait avec méfiance.

Lupin ouvrit lui-même la grande porte.

« Vos affaires sont là, monsieur le député, dit-il. Vous pouvez vous rendre compte. Il y a un loueur de voitures à côté, vous n'avez qu'à demander un camion et des hommes. Où est l'enfant ? »

Daubrecq examina d'abord les objets, puis il conduisit Lupin jusqu'à l'avenue de Neuilly, où deux vieilles dames, masquées par des voiles, stationnaient avec le petit Jacques.

À son tour, Lupin emmena l'enfant jusqu'à son automobile, où l'attendait Victoire.

Tout cela fut exécuté rapidement, sans paroles inutiles, et comme si les rôles eussent été appris, les allées et venues réglées d'avance, ainsi que des entrées et des sorties de théâtre.

À dix heures du soir, Lupin, selon sa promesse, rendait le petit Jacques à sa mère. Mais on dut appeler le docteur en hâte, tellement l'enfant, frappé par tous ces événements, montrait d'agitation et d'effroi.

Il lui fallut plus de deux semaines pour se rétablir et pour supporter les fatigues d'un déplacement que Lupin jugeait nécessaire. C'est à peine, d'ailleurs, si Mme Mergy, elle-même, fut rétablie au moment de ce départ qui eut lieu la nuit, avec toutes les précautions possibles et sous la direction de Lupin.

Il conduisit la mère et le fils sur une petite plage bretonne et les confia aux soins et à la vigilance de Victoire.

« Enfin, se dit-il, quand il les eut installés, il n'y a plus personne entre le Daubrecq et moi ! Il ne peut plus rien contre Mme Mergy et contre le gosse, et elle-même ne risque plus, par son intervention, de faire dévier la lutte. Fichtre ! nous avons commis assez de bêtises : 1° j'ai dû me découvrir vis-à-vis de Daubrecq ; 2° j'ai dû lâcher ma part du mobilier d'Enghien. Certes, je la reprendrai un jour ou l'autre, cela ne fait pas l'ombre d'un doute. Mais, tout de même, nous n'avançons pas, et d'ici une huitaine, Gilbert et Vaucheray passent en cour d'assises. »

Ce à quoi, dans l'aventure, Lupin était le plus sensible, c'était à la dénonciation de Daubrecq concernant son domicile de la rue Chateaubriand. La police avait envahi ce domicile. L'identité de Lupin et de Michel Beaumont avait été reconnue, certains papiers découverts, et Lupin, tout en poursuivant son but, tout en menant de front certaines entreprises déjà commencées, tout en évitant les recherches, plus pressantes que jamais, de la police, devait procéder, sur d'autres bases, à une réorganisation complète de ses affaires.

Aussi sa rage contre Daubrecq croissait-elle en proportion des ennuis que lui causait le député. Il n'avait plus qu'un désir, l'empocher, comme il disait, le tenir à sa disposition et, de gré ou de force, lui extraire son secret. Il rêvait de tortures propres à délier la langue de l'homme le plus taciturne. Brodequins, chevalet, tenailles rougies au feu, planches hérissées de pointes… il lui semblait que l'ennemi était digne de tous les supplices, et que le but à atteindre excusait tous les moyens.

« Ah ! se disait-il, une bonne chambre ardente, avec quelques bourreaux qui n'auraient pas froid aux yeux… On ferait de la belle besogne ! »

Chaque après-midi, Grognard et Le Ballu étudiaient le parcours que Daubrecq suivait entre le square Lamartine, la Chambre des députés et le cercle dont il faisait partie. On devait choisir la rue la plus déserte, l'heure la plus propice et, un soir, le pousser dans une automobile.

De son côté, Lupin aménageait non loin de Paris, au milieu d'un grand jardin, une vieille bâtisse qui offrait toutes les conditions nécessaires de sécurité et d'isolement, et qu'il appelait « la Cage du Singe ».

Malheureusement, Daubrecq devait se défier, car chaque fois, pour ainsi dire, il changeait d'itinéraire, ou bien prenait le métro, ou bien montait en tramway, et la cage demeurait vide.

Lupin combina un autre plan. Il fit venir de Marseille un de ses affidés, le père Brindebois, honorable épicier en retraite, qui précisément habitait dans la circonscription électorale de Daubrecq et s'occupait de politique.

De Marseille, le père Brindebois annonça sa visite à Daubrecq qui reçut avec empressement cet électeur considérable. Un dîner fut projeté pour la semaine suivante.

L'électeur proposa un petit restaurant de la rive gauche, où, disait-il, on mangeait à merveille. Daubrecq accepta.

C'est ce que voulait Lupin. Le propriétaire de ce restaurant comptait au nombre de ses amis. Dès lors, le coup, qui devait avoir lieu le jeudi suivant, ne pouvait manquer de réussir.

Sur ces entrefaites, le lundi de la même semaine, commença le procès de Gilbert et de Vaucheray.

On se le rappelle, et les débats sont trop récents pour que je remémore la façon vraiment incompréhensible et partiale dont le président des assises conduisit son interrogatoire à rencontre de Gilbert. La chose fut remarquée et jugée sévèrement. Lupin reconnut là l'influence détestable de Daubrecq.

L'attitude des deux accusés fut très différente. Vaucheray, sombre, taciturne, l'expression âpre, avoua cyniquement, en phrases brèves, ironiques, presque provocantes, les crimes qu'il avait commis autrefois. Mais, par une contradiction inexplicable pour tout le monde, sauf pour Lupin, il se défendit de toute participation à l'assassinat du domestique Léonard et chargea violemment Gilbert. Il voulait ainsi, en liant son sort à celui de Gilbert, obliger Lupin à prendre pour ses deux complices les mêmes mesures de délivrance.

Quant à Gilbert, dont le visage franc, dont les yeux rêveurs et mélancoliques conquirent toutes les sympathies, il ne sut pas se garer des pièges du président, ni rétorquer les mensonges de Vaucheray. Il pleurait, parlait trop, ou ne parlait pas quand il l'eût fallu. En outre, son avocat, un des maîtres du barreau, malade au dernier moment (et là encore Lupin voulut voir la main de Daubrecq) fut remplacé par un secrétaire, lequel plaida mal, prit l'affaire à contresens, indisposa le jury, et ne put effacer l'impression qu'avaient produite le réquisitoire de l'avocat général et la plaidoirie de l'avocat de Vaucheray.

Lupin, qui eut l'audace inconcevable d'assister à la dernière journée des débats, le jeudi, ne douta pas du résultat. La double condamnation était certaine.

Elle était certaine, parce que tous les efforts de la justice, corroborant ainsi la tactique de Vaucheray, avaient tendu à solidariser étroitement les deux accusés. Elle était certaine, ensuite et surtout, parce qu'il s'agissait des deux complices de Lupin. Depuis l'ouverture de l'instruction jusqu'au prononcé du jugement, et bien que la justice, faute de preuves suffisantes, et aussi pour ne point disséminer ses efforts, n'eût pas voulu impliquer Lupin dans l'affaire, tout le procès fut dirigé contre Lupin. C'était lui l'adversaire que l'on voulait atteindre ; lui, le chef qu'il fallait punir en la personne de ses amis ; lui, le bandit célèbre et sympathique, dont on devait détruire le prestige aux yeux de la foule. Gilbert et Vaucheray exécutés, l'auréole de Lupin s'évanouissait. La légende prenait fin.

Lupin… Lupin… Arsène Lupin…, on n'entendit que ce nom durant les quatre jours. L'avocat général, le président, les jurés, les avocats, les témoins, n'avaient pas d'autres mots à la bouche. À tout instant on invoquait Lupin pour le maudire, pour le bafouer, pour l'outrager, pour le rendre responsable de toutes les fautes commises. On eût dit que Gilbert et Vaucheray ne figuraient que comme comparses, et qu'on faisait son procès à lui, le sieur Lupin, Lupin cambrioleur, chef de bande, faussaire, incendiaire, récidiviste, ancien forçat ! Lupin assassin, Lupin souillé par le sang de sa victime, Lupin qui restait lâchement dans l'ombre après avoir poussé ses amis jusqu'au pied de l'échafaud !

« Ah ! ils savent bien ce qu'ils font ! murmura-t-il. C'est ma dette que va payer mon pauvre grand gamin de Gilbert, c'est moi le vrai coupable. »

Et le drame se déroula, effrayant.

À sept heures du soir, après une longue délibération, les jurés revinrent en séance, et le président du jury donna lecture des réponses aux questions posées par la Cour. C'était « oui » sur tous les points. C'était la culpabilité et le rejet des circonstances atténuantes.

On fit rentrer les deux accusés.

Debout, chancelants et blêmes, ils écoutèrent la sentence de mort.

Et dans le grand silence solennel, où l'anxiété du public se mêlait à la pitié, le président des assises demanda :

« Vous n'avez rien à ajouter, Vaucheray ?

— Rien, monsieur le président ; du moment que mon camarade est condamné comme moi, je suis tranquille... Nous sommes sur le même pied tous les deux... Faudra donc que le patron trouve un truc pour nous sauver tous les deux.

— Le patron ?

— Oui, Arsène Lupin. »

Il y eut un rire parmi la foule.

Le président reprit :

« Et vous, Gilbert ? »

Des larmes roulaient sur les joues du malheureux ; il balbutia quelques phrases inintelligibles. Mais, comme le président répétait sa question, il parvint à se dominer et répondit d'une voix tremblante :

« J'ai à dire, monsieur le président, que je suis coupable de bien des choses, c'est vrai... J'ai fait beaucoup de mal et je m'en repens du fond du cœur... Mais, tout de même, pas ça... non, je n'ai pas tué... je n'ai jamais tué... Et je ne veux pas mourir... ce serait trop horrible... »

Il vacilla, soutenu par les gardes, et on l'entendit proférer, comme un enfant qui appelle au secours :

« Patron... sauvez-moi ! sauvez-moi ! Je ne veux pas mourir. »

Alors, dans la foule, au milieu de l'émotion de tous, une voix s'éleva qui domina le bruit :

« Aie pas peur, petit, le patron est là. »

Ce fut un tumulte. Il y eut des bousculades. Les gardes municipaux et les agents envahirent la salle, et l'on empoigna un gros homme au visage rubicond, que les assistants désignaient comme l'auteur de cette apostrophe et qui se débattait à coups de poing et à coups de pied.

Interrogé sur l'heure, il donna son nom, Philippe Banel, employé aux Pompes funèbres, et déclara qu'un de ses voisins lui avait offert un billet de cent francs, s'il consentait à jeter, au moment voulu, une phrase que ce voisin inscrivit sur une page de carnet. Pouvait-il refuser ?

Comme preuve, il montra le billet de cent francs et la page de carnet,

On relâcha Philippe Banel.

Pendant ce temps, Lupin, qui, bien entendu, avait puissamment contribué à l'arrestation du personnage et l'avait remis entre les mains des gardes, Lupin sortait du Palais, le cœur étreint d'angoisse. Sur le quai, il trouva son automobile. Il s'y jeta, désespéré, assailli par un tel chagrin qu'il lui fallut un effort pour retenir ses larmes. L'appel de Gilbert, sa voix éperdue de détresse, sa figure décomposée, sa silhouette chancelante, tout cela hantait son cerveau, et il lui semblait que jamais plus il ne pourrait oublier, ne fût-ce qu'une seconde, de pareilles impressions.

Il rentra chez lui, au nouveau domicile qu'il avait choisi parmi ses différentes demeures, et qui occupait un des angles de la place Clichy. Il y attendit Grognard et Le Ballu avec lesquels il devait procéder, ce soir-là, à l'enlèvement de Daubrecq.

Mais il n'avait pas ouvert la porte de son appartement qu'un cri lui échappa : Clarisse était devant lui. Clarisse revenue de Bretagne à l'heure même du verdict.

Tout de suite, à son attitude, à sa pâleur, il comprit qu'elle savait. Et tout de suite, en face d'elle, reprenant courage, sans lui laisser le temps de parler, il s'exclama :

« Eh bien, oui, oui… mais cela n'a pas d'importance. C'était prévu. Nous ne pouvions pas l'empêcher. Ce qu'il faut, c'est conjurer le mal. Et cette nuit, vous entendez, cette nuit, ce sera chose faite. »

Immobile, effrayante de douleur, elle balbutia :

« Cette nuit ?

— Oui. J'ai tout préparé. Dans deux heures, Daubrecq sera en ma possession. Cette nuit, *quels que soient les moyens que je doive employer*, il parlera.

— Vous croyez ? dit-elle faiblement, et comme si déjà un peu d'espoir eût éclairé son visage.

— Il parlera. J'aurai son secret. Je lui arracherai la liste des *vingt-sept*. Et, cette liste, ce sera la délivrance de votre fils.

— Trop tard ! murmura Clarisse.

— Trop tard ! Et pourquoi ? Pensez-vous qu'en échange d'un tel document, je n'obtiendrai pas l'évasion simulée de Gilbert ?... Mais, dans trois jours, Gilbert sera libre ! Dans trois jours... »

Un coup de sonnette l'interrompit.

« Tenez, voilà nos amis. Ayez confiance. Rappelez-vous que je tiens mes promesses. Je vous ai rendu votre petit Jacques. Je vous rendrai Gilbert. »

Il alla au-devant de Grognard et Le Ballu et leur dit :

« Tout est prêt ? Le père Brindebois est au restaurant ? Vite, dépêchons-nous.

— Pas la peine, patron, riposta Le Ballu.

— Comment ! Quoi ?

— Il y a du nouveau.

— Du nouveau ? Parle...

— Daubrecq a disparu.

— Hein ! Qu'est-ce que tu chantes ? Daubrecq, disparu ?

— Oui, enlevé de son hôtel, en plein jour !

— Tonnerre ! Et par qui ?

— On ne sait pas... quatre individus... Il y a eu des coups de feu. La police est sur place. Prasville dirige les recherches. »

Lupin ne bougea pas. Il regarda Clarisse Mergy, écroulée sur un fauteuil.

Lui-même dut s'appuyer. Daubrecq enlevé, c'était la dernière chance qui s'évanouissait...

VII

Le profil de Napoléon

Aussitôt que le préfet de Police, le chef de la Sûreté et les magistrats instructeurs eurent quitté l'hôtel de Daubrecq, après une première enquête dont le résultat, d'ailleurs, fut tout à fait négatif, Prasville reprit ses investigations personnelles.

Il examinait le cabinet de travail et les traces de la lutte qui s'y était déroulée, lorsque la concierge lui apporta une carte de visite, où des mots au crayon étaient griffonnés.

« Faites entrer cette dame, dit-il.

— Cette dame n'est pas seule, dit la concierge.

— Ah ? Eh bien, faites entrer aussi l'autre personne. »

Clarisse Mergy fut alors introduite, et tout de suite, présentant le monsieur qui l'accompagnait, un monsieur en redingote noire trop étroite, assez malpropre, aux allures timides, et qui avait l'air fort embarrassé de son vieux chapeau melon, de son parapluie de cotonnade, de son unique gant, de toute sa personne :

« M. Nicole, dit-elle, professeur libre, et répétiteur de mon petit Jacques. M. Nicole m'a beaucoup aidée de ses conseils depuis un an. C'est lui, notamment, qui a reconstitué toute l'histoire du bouchon de cristal. Je voudrais qu'il connût comme moi, si vous ne voyez pas d'inconvénient à me le raconter, les détails de cet enlèvement… qui m'inquiète, qui dérange mes plans… les vôtres aussi, n'est-ce pas ? »

Prasville avait toute confiance en Clarisse Mergy, dont il connaissait la haine implacable contre Daubrecq, et dont il appréciait le concours en cette affaire. Il ne fit donc aucune difficulté pour dire ce qu'il savait, grâce à certains indices et surtout à la déposition de la concierge.

La chose, du reste, était fort simple.

Daubrecq, qui avait assisté comme témoin au procès de Gilbert et de Vaucheray, et qu'on avait remarqué au Palais de justice pendant les plaidoiries, était rentré chez lui vers six heures. La concierge affirmait qu'il était rentré seul et qu'il n'y avait personne, à ce moment, dans l'hôtel. Pourtant, quelques minutes plus tard, elle entendait des cris, puis le bruit d'une lutte, deux détonations, et, de sa loge, elle voyait quatre individus masqués qui dégringolaient les marches du perron, en portant le député Daubrecq, et qui se hâtaient vers la grille. Ils l'ouvrirent. Au même instant, une automobile arrivait devant l'hôtel. Les quatre hommes s'y engouffrèrent, et l'automobile, qui ne s'était pour ainsi dire pas arrêtée, partit à grande allure.

« N'y avait-il pas toujours deux agents en faction ? demanda Clarisse.

— Ils étaient là, affirma Prasville, mais à cent cinquante mètres de distance, et l'enlèvement fut si rapide que, malgré toute leur hâte, ils ne purent s'interposer.

— Et ils n'ont rien surpris ? rien trouvé ?

— Rien, ou presque rien… Ceci tout simplement.

— Qu'est-ce que c'est que cela ?

— Un petit morceau d'ivoire qu'ils ont ramassé à terre. Dans l'automobile, il y avait un cinquième individu, que la concierge, de la fenêtre de sa loge, vit descendre, pendant qu'on hissait Daubrecq. Au moment de remonter, il laissa tomber quelque chose qu'il ramassa aussitôt. Mais ce quelque chose dut se casser sur le pavé du trottoir, car voici le fragment d'ivoire qu'on a recueilli.

— Mais, dit Clarisse, ces quatre individus, comment purent-ils entrer ?

— Évidemment à l'aide de fausses clefs, et pendant que la concierge faisait ses provisions, au cours de l'après-midi, et il leur fut facile de se cacher, puisque Daubrecq n'avait pas d'autre domestique. Tout me porte à croire qu'ils se cachèrent dans cette pièce voisine, qui est la salle à manger, et qu'ensuite ils assaillirent Daubrecq dans son bureau. Le bouleversement des meubles et des objets prouve la violence de la lutte. Sur le tapis, nous avons trouvé ce revolver à gros calibre qui appartient à Daubrecq. Une des balles a même brisé la glace de la cheminée. »

Clarisse se tourna vers son compagnon afin qu'il exprimât un avis. Mais M. Nicole, les yeux obstinément baissés, n'avait point bougé de sa chaise et il pétrissait les bords de son chapeau, comme s'il n'eût pas encore découvert une place convenable pour l'y déposer.

Prasville eut un sourire. Évidemment, le conseiller de Clarisse ne lui semblait pas de première force.

« L'affaire est quelque peu obscure, dit-il, n'est-ce pas, monsieur ?

— Oui... oui..., confessa M. Nicole, très obscure.

— Alors vous n'avez pas votre petite idée personnelle sur la question ?

— Dame ! monsieur le secrétaire général, je pense que Daubrecq a beaucoup d'ennemis.

— Ah ! ah ! parfait.

— Et que plusieurs de ces ennemis, ayant intérêt à sa disparition, ont dû se liguer contre lui.

— Parfait, parfait, approuva Prasville, avec une complaisance ironique, parfait, tout s'éclaire. Il ne vous reste plus qu'à nous donner une petite indication qui nous permette d'orienter nos recherches.

— Ne croyez-vous pas, monsieur le secrétaire général, que ce fragment d'ivoire ramassé par terre...

— Non, monsieur Nicole, non. Ce fragment provient d'un objet quelconque que nous ne connaissons pas, et que son propriétaire s'empressera de cacher. Il faudrait, tout au moins, pour remonter à ce propriétaire, définir la nature même de cet objet. »

M. Nicole réfléchit, puis commença :

« Monsieur le secrétaire général, lorsque Napoléon Ier tomba du pouvoir...

— Oh ! oh ! monsieur Nicole, un cours sur l'histoire de France !

— Une phrase, monsieur le secrétaire général, une simple phrase que je vous demande la permission d'achever. Lorsque Napoléon Ier tomba du pouvoir, la Restauration mit en demi-solde un certain nombre d'officiers qui, surveillés par la police, suspects aux autorités, mais fidèles au souvenir de l'Empereur, s'ingénièrent à reproduire l'image de leur idole dans tous les objets d'usage familier : tabatières, bagues, épingles de cravate, couteaux, etc.

— Eh bien ?

— Eh bien, ce fragment provient d'une canne, ou plutôt d'une sorte de casse-tête en jonc dont la pomme est formée d'un bloc d'ivoire sculpté. En regardant ce bloc d'une certaine façon, on finit par découvrir que la ligne extérieure représente le profil du petit caporal. Vous avez entre les mains, monsieur le secrétaire général, un morceau de la pomme d'ivoire qui surmontait le casse-tête d'un demi-solde.

— En effet…, dit Prasville qui examinait à la lumière la pièce à conviction… en effet, on distingue un profil… mais je ne vois pas la conclusion…

— La conclusion est simple. Parmi les victimes de Daubrecq, parmi ceux dont le nom est inscrit sur la fameuse liste, se trouve le descendant d'une famille corse au service de Napoléon, enrichie et anoblie par lui, ruinée plus tard sous la Restauration. Il y a neuf chances sur dix pour que ce descendant, qui fut, il y a quelques années, le chef du parti bonapartiste, soit le cinquième personnage qui se dissimulait dans l'automobile. Ai-je besoin de dire son nom ?

— Le marquis d'Albufex ? murmura Prasville.

— Le marquis d'Albufex », affirma M. Nicole. Et, aussitôt, M. Nicole, qui n'avait plus son air embarrassé et ne semblait nullement gêné par son chapeau, son gant et son parapluie, se leva et dit à Prasville :

« Monsieur le secrétaire général, j'aurais pu garder ma découverte pour moi et ne vous en faire part qu'après la victoire définitive, c'est-à-dire après vous avoir apporté la liste des *vingt-sept.* Mais les événements pressent. La disparition de Daubrecq peut, contrairement à l'attente de ses ravisseurs, précipiter la crise que vous voulez conjurer. Il faut donc agir en toute hâte. Monsieur le secrétaire général, je vous demande votre assistance immédiate et efficace.

— En quoi puis-je vous aider ? dit Prasville, impressionné par ce bizarre individu.

— En me donnant dès demain, sur le marquis d'Albufex, des renseignements que je mettrais, moi, plusieurs jours à réunir. »

Prasville parut hésiter et il tourna la tête vers Mme Mergy. Clarisse lui dit :

« Je vous en conjure, acceptez les services de M. Nicole. C'est un auxiliaire précieux et dévoué. Je réponds de lui comme de moi-même.

— Sur quoi désirez-vous des renseignements, monsieur ? demanda Prasville.

— Sur tout ce qui touche le marquis d'Albufex, sur sa situation de famille, sur ses occupations, sur ses liens de parenté, sur les propriétés qu'il possède à Paris et en province. »

Prasville objecta :

« Au fond, que ce soit le marquis ou un autre, le ravisseur de Daubrecq travaille pour nous, puisque, en reprenant la liste, il désarme Daubrecq.

— Et qui vous dit, monsieur le secrétaire général, qu'il ne travaille pas pour lui-même ?

— Impossible, puisque son nom est sur la liste.

— Et s'il l'efface ? et si vous vous trouvez alors en présence d'un second maître chanteur, plus âpre, encore plus puissant que le premier, et, comme adversaire politique, mieux placé que Daubrecq pour soutenir la lutte ? »

L'argument frappa le secrétaire général. Après un instant de réflexion, il déclara :

« Venez me voir demain à quatre heures, dans mon bureau de la Préfecture. Je vous donnerai tous les renseignements nécessaires. Quelle est votre adresse, en cas de besoin ?

— M. Nicole, 25, place Clichy. J'habite chez un de mes amis, qui m'a prêté son appartement pendant son absence. »

L'entrevue était terminée. M. Nicole remercia, salua très bas le secrétaire général et sortit accompagné de Mme Mergy.

« Voilà une excellente affaire, dit-il, une fois dehors, en se frottant les mains. J'ai mes entrées libres à la Préfecture, et tout ce monde-là va se mettre en campagne. »

Mme Mergy, moins prompte à l'espoir, objecta :

« Hélas ! arriverons-nous à temps ? Ce qui me bouleverse, c'est l'idée que cette liste peut être détruite.

— Par qui, Seigneur ! Par Daubrecq ?

— Non, mais par le marquis quand il l'aura reprise.

— Mais il ne l'a pas encore reprise ! Daubrecq résistera… tout au moins assez longtemps pour que nous parvenions jusqu'à lui ! Pensez donc ! Prasville est à mes ordres.

— S'il vous démasque ? la plus petite enquête prouvera que le sieur Nicole n'existe pas.

— Mais elle ne prouvera pas que le sieur Nicole n'est autre qu'Arsène Lupin. Et puis, soyez tranquille, Prasville qui, d'ailleurs, est au-dessous de tout comme policier, Prasville n'a qu'un but : démolir son vieil ennemi Daubrecq. Pour cela, tous les moyens lui sont bons, et il ne perdra pas son temps à vérifier l'identité d'un M. Nicole qui lui promet la tête de Daubrecq. Sans compter que c'est vous qui m'avez amené et que, somme toute, mes petits talents n'ont pas été sans l'éblouir. Donc, allons de l'avant, et hardiment. »

Malgré elle, Clarisse reprenait toujours confiance auprès de Lupin. L'avenir lui sembla moins effroyable, et elle admit, elle s'efforça d'admettre que les chances de sauver Gilbert n'étaient pas diminuées par cette horrible condamnation à mort. Mais il ne put obtenir de Clarisse qu'elle repartît pour la Bretagne. Elle voulait être là et prendre sa part de tous les espoirs et de toutes les angoisses.

Le lendemain, les renseignements de la Préfecture confirmèrent ce que Lupin et Prasville savaient. Le marquis d'Albufex, très compromis dans l'affaire du Canal, si compromis que le prince Napoléon avait dû lui retirer la direction de son bureau politique en France, le marquis d'Albufex ne soutenait le grand train de sa maison qu'à force d'expédients et d'emprunts. D'un autre côté, en ce qui concernait l'enlèvement de Daubrecq, il fut établi que, contrairement à son habitude quotidienne, le marquis n'avait pas paru au cercle de six à sept heures et n'avait pas dîné chez lui. Il ne rentra, ce soir-là, que vers minuit et à pied.

L'accusation de M. Nicole recevait ainsi un commencement de preuve. Malheureusement – et par ses moyens personnels, Lupin ne réussit pas davantage – il fut impossible de recueillir le moindre indice sur l'automobile, sur le chauffeur et sur les quatre personnages qui avaient pénétré dans l'hôtel de Daubrecq. Était-ce des associés du marquis compromis comme lui dans l'affaire ? était-ce des hommes à sa solde ? On ne put le savoir.

Il fallait donc concentrer toutes les recherches sur le marquis et sur les châteaux et habitations qu'il possédait à une certaine distance de Paris, distance que, étant donné la vitesse moyenne d'une automobile et le temps d'arrêt nécessaire, on pouvait évaluer à cent cinquante kilomètres.

Or, d'Albufex, ayant tout vendu, ne possédait ni château, ni habitation en province.

On se retourna vers les parents et les amis intimes du marquis. Pouvait-il disposer, de ce côté, de quelque retraite sûre où emprisonner Daubrecq ?

Le résultat fut également négatif.

Et les journées passaient. Et quelles journées pour Clarisse Mergy ! Chacune d'elles rapprochait Gilbert de l'échéance terrible. Chacune d'elles était une fois de moins vingt-quatre heures avant la date qu'elle avait involontairement fixée dans son esprit. Et elle disait à Lupin, que la même anxiété obsédait :

« Encore cinquante-cinq jours… Encore cinquante… Que peut-on faire en si peu de jours ? Oh ! je vous en prie… je vous en prie… »

Que pouvait-on faire, en effet ? Lupin ne s'en remettant à personne du soin de surveiller le marquis, ne dormait pour ainsi dire plus. Mais le marquis avait repris sa vie régulière, et, défiant sans doute, ne se hasardait à aucune absence.

Une seule fois, il alla dans la journée chez le duc de Montmaur, dont l'équipage chassait le sanglier en forêt de Durlaine, et avec lequel il n'entretenait que des relations sportives.

« Il n'y a pas à supposer, dit Prasville, que le richissime duc de Montmaur, qui ne s'occupe que de ses terres et de ses chasses, et ne fait pas de politique, se prête à la séquestration dans son château du député Daubrecq. »

Lupin fut de cet avis, mais, comme il ne voulait rien laisser au hasard, la semaine suivante, un matin, apercevant d'Albufex qui partait en tenue de cavalier, il le suivit jusqu'à la gare du Nord et prit le train en même temps que lui.

Il descendit à la station d'Aumale, où d'Albufex trouva une voiture qui le conduisit vers le château de Montmaur.

Lupin déjeuna tranquillement, loua une bicyclette et parvint en vue du château au moment où les invités débouchaient du parc, en automobile ou à cheval. Le marquis d'Albufex se trouvait au nombre des cavaliers.

Trois fois, au cours de la journée, Lupin le revit qui galopait. Et il le retrouva le soir à la station, où d'Albufex se rendit à cheval, suivi d'un piqueur.

L'épreuve était donc décisive, et il n'y avait rien de suspect de ce côté. Pourquoi cependant Lupin résolut-il de ne pas s'en tenir aux apparences ? Et pourquoi, le lendemain, envoya-t-il Le Ballu faire une enquête, aux environs de Montmaur ? Surcroît de précautions qui ne reposait sur aucun raisonnement, mais qui concordait avec sa manière d'agir méthodique et minutieuse.

Le surlendemain, il recevait de Le Ballu, outre des informations sans intérêt, la liste de tous les invités, de tous les domestiques et de tous les gardes de Montmaur.

Un nom le frappa, parmi ceux des piqueurs. Il télégraphia aussitôt :

SE RENSEIGNER SUR LE PIQUEUR SEBASTIANI.

La réponse de Le Ballu ne tarda pas.

Sebastiani (Corse) a été recommandé au duc de Montmaur par le marquis d'Albufex. Il habite, à une lieue du château, un pavillon de chasse élevé parmi les débris de la forteresse féodale qui fut le berceau de la famille de Montmaur.

« Ça y est, dit Lupin à Clarisse Mergy, en lui montrant la lettre de Le Ballu. Tout de suite, ce nom de Sebastiani m'avait rappelé que d'Albufex est d'origine corse. Il y avait là un rapprochement…

— Alors, votre intention ?

— Mon intention est, si Daubrecq se trouve enfermé dans ces ruines, d'entrer en communication avec lui.

— Il se défiera de vous.

— Non. Ces jours-ci, sur les indications de la police, j'ai fini par découvrir les deux vieilles dames qui ont enlevé votre petit Jacques à Saint-Germain, et qui, le soir même, voilées, l'ont ramené à Neuilly. Ce sont deux vieilles filles, les cousines de Daubrecq, qui reçoivent de lui une petite rente mensuelle. J'ai rendu visite à ces demoiselles Rousselot (rappelez-vous leur nom et leur adresse, 134 *bis*, rue du Bac), je leur ai inspiré confiance, je leur ai promis de retrouver leur cousin et bienfaiteur, et l'aînée, Euphrasie Rousselot, m'a remis une lettre par quoi elle supplie Daubrecq de s'en rapporter absolument au sieur Nicole. Vous voyez que toutes les précautions sont prises. Je pars cette nuit.

— Nous partons, dit Clarisse.

— Vous !

— Est-ce que je peux vivre ainsi dans l'inaction, dans la fièvre ! »

Et elle murmura :

« Ce n'est plus les jours que je compte… les trente-huit ou quarante jours au plus qui nous restent… ce sont les heures… »

Lupin sentit en elle une résolution trop violente pour qu'il essayât de la combattre. À cinq heures du matin, ils s'en allaient tous deux en automobile. Grognard les accompagnait.

Afin de ne pas éveiller les soupçons, Lupin choisit comme quartier général une grande ville. D'Amiens, où il installa Clarisse, il n'était séparé de Montmaur que par une trentaine de kilomètres.

Vers huit heures, il retrouva Le Ballu non loin de l'ancienne forteresse, connue dans la région sous le nom de Mortepierre, et, dirigé par lui, il examina les lieux.

Sur les confins de la forêt, la petite rivière du Ligier qui s'est creusé, à cet endroit, une vallée très profonde, forme une boucle que domine l'énorme falaise de Mortepierre.

« Rien à faire de ce côté, dit Lupin. La falaise est abrupte, haute de soixante ou soixante-dix mètres, et la rivière l'enserre de toutes parts. »

Ils trouvèrent plus loin un pont qui aboutissait au bas d'un sentier dont les lacets les conduisirent, parmi les sapins et les chênes, jusqu'à une petite esplanade, où se dressait une porte massive, bardée de fer, hérissée de clous et flanquée de deux grosses tours.

« C'est bien là, dit Lupin, que le piqueur Sebastiani habite ?

— Oui, fit Le Ballu, avec sa femme, dans un pavillon situé au milieu des ruines. J'ai appris en outre, qu'il avait trois grands fils et que tous trois étaient soi-disant partis en voyage, et cela précisément le jour ou l'on enlevait Daubrecq.

— Oh ! oh ! fit Lupin, la coïncidence vaut la peine d'être retenue. Il est bien probable que le coup fut exécuté par ces gaillards-là et par le père. »

À la fin de l'après-midi, Lupin profita d'une brèche pour escalader la courtine, à droite des tours. De là il put voir le pavillon du garde et les quelques débris de la vieille forteresse – ici, un pan de mur où se devine le manteau d'une cheminée ; plus loin, une citerne ; de ce côté, l'arcade d'une chapelle ; de cet autre, un amoncellement de pierres éboulées.

Sur le devant, un chemin de ronde borde la falaise, et, à l'une des extrémités de ce chemin, il y a les vestiges d'un formidable donjon presque rasé au niveau du sol.

Le soir, Lupin retourna près de Clarisse Mergy. Et, dès lors, il fit la navette entre Amiens et Mortepierre, laissant Grognard et Le Ballu en observation permanente.

Et six jours passèrent... Les habitudes de Sebastiani semblaient uniquement soumises aux exigences de son emploi. Il allait au château de Montmaur, se promenait dans la forêt, relevait les passages des bêtes, faisait des rondes de nuit.

Mais le septième jour, ayant su qu'il y avait chasse, et qu'une voiture était partie le matin pour la station d'Aumale, Lupin se posta dans un groupe de lauriers et de buis qui entouraient la petite esplanade, devant la porte.

À deux heures, il entendit les aboiements de la meute. Ils se rapprochèrent, accompagnés de clameurs, puis s'éloignèrent. Il les entendit de nouveau vers le milieu de l'après-midi, moins distincts, et ce fut tout. Mais soudain, dans le silence, un galop de cheval parvint jusqu'à lui, et quelques minutes plus tard, il vit deux cavaliers qui escaladaient le sentier de la rivière.

Il reconnut le marquis d'Albufex et Sebastiani. Arrivés sur l'esplanade, tous deux mirent pied à terre, tandis qu'une femme, la femme du piqueur sans doute, ouvrait la porte. Sebastiani attacha les brides des montures à des anneaux scellés dans une borne qui se dressait à trois pas de Lupin, et, en courant, il rejoignit le marquis. La porte se ferma derrière eux.

Lupin n'hésita pas, et, bien que ce fût encore le plein jour, comptant sur la solitude de l'endroit, il se hissa au creux de la brèche. Passant la tête, il aperçut les deux hommes et la femme de Sebastiani qui se hâtaient vers les ruines du donjon.

Le garde souleva un rideau de lierre et découvrit l'entrée d'un escalier qu'il descendit, ainsi que d'Albufex, laissant sa femme en faction sur la terrasse.

Comme il ne fallait pas songer à s'introduire à leur suite, Lupin regagna sa cachette. Il n'attendit pas longtemps avant que la porte se rouvrît.

Le marquis d'Albufex semblait fort en courroux. Il frappait à coups de cravache la tige de ses bottes et mâchonnait des paroles de colère que Lupin discerna quand la distance fut moins grande.

« Ah ! le misérable, je l'y forcerai bien... Ce soir, tu entends, Sebastiani... ce soir, à dix heures, je reviendrai... Et nous agirons... Ah ! l'animal !... »

Sebastiani détachait les chevaux. D'Albufex se tourna vers la femme :

« Que vos fils fassent bonne garde... Si on essayait de le délivrer, tant pis pour lui... La trappe est là... Je peux compter sur eux ?

— Comme sur leur père, monsieur le marquis, affirma le piqueur. Ils savent ce que monsieur le marquis a fait pour moi, et ce qu'il veut faire pour eux. Ils ne reculeront devant rien.

— À cheval, dit d'Albufex, et rejoignons la chasse. »

Ainsi donc, les choses s'accomplissaient comme Lupin l'avait supposé. Au cours de ces parties de chasse, d'Albufex, galopant de son côté, poussait une pointe jusqu'à Mortepierre, sans que personne pût se douter de son manège. Sebastiani qui, pour des raisons anciennes, et d'ailleurs inutiles à connaître, lui était dévoué corps et âme, Sebastiani l'accompagnait, et ils allaient voir ensemble le captif, que les trois fils du piqueur et sa femme surveillaient étroitement.

« Voilà où nous en sommes, dit Lupin à Clarisse Mergy, lorsqu'il l'eut retrouvée dans une auberge des environs. Ce soir, à dix heures, le marquis fera subir à Daubrecq l'interrogatoire... un peu brutal mais indispensable, auquel je devais procéder moi-même.

— Et Daubrecq livrera son secret..., dit Clarisse, déjà bouleversée.

— J'en ai peur.

— Alors ?

— Alors, répondit Lupin, qui paraissait très calme, j'hésite entre deux plans. Ou bien empêcher cette entrevue...

— Mais comment ?

— En devançant d'Albufex. À neuf heures, Grognard, Le Ballu et moi, nous franchissons les remparts. Envahissement de la forteresse, assaut du donjon, désarmement de la garnison... le tour est joué. Daubrecq est à nous.

— Si toutefois les fils de Sebastiani ne l'ont pas jeté par cette trappe à laquelle le marquis a fait allusion...

— Aussi, dit Lupin, ai-je bien l'intention de ne risquer ce coup de force qu'en désespoir de cause, et au cas où mon autre plan ne serait pas réalisable.

— Et cet autre plan ?

— C'est d'assister à l'entrevue. Si Daubrecq ne parle pas, cela nous donne le loisir nécessaire pour préparer son enlèvement dans des conditions plus favorables. S'il parle, si on le contraint à révéler l'endroit où se trouve la liste des *vingt-sept*, je saurai la vérité en même temps que d'Albufex, et je jure Dieu que j'en tirerai parti avant lui.

— Oui... oui..., prononça Clarisse... Mais par quel moyen comptez-vous assister...

— Je ne sais pas encore, avoua Lupin. Cela dépend de certains renseignements que doit m'apporter Le Ballu... et de ceux que je réunirai moi-même. »

Il sortit de l'auberge et n'y revint qu'une heure plus tard, à la nuit tombante. Le Ballu l'y rejoignit.

« Tu as le bouquin ? dit-il à son complice.

— Oui, patron. C'était bien ce que j'avais vu chez le marchand de journaux d'Aumale. Je l'ai eu pour dix sous.

— Donne. »

Le Ballu lui donna une vieille brochure usée, salie, sur laquelle on lisait :

Une visite à Mortepierre, 1824, *avec dessins et plans.*

Tout de suite, Lupin chercha le plan du donjon.

« C'est bien cela, dit-il… Il y avait, au-dessus du sol, trois étages qui ont été rasés, et, au-dessous, creusés dans le roc même, deux étages, dont l'un a été envahi par les décombres, et dont l'autre… Tenez, voilà où gît notre ami Daubrecq. Le nom est significatif… La salle des tortures… Pauvre ami !… Entre l'escalier et la salle, deux portes. Entre ces deux portes, un réduit, où se tiennent évidemment les trois frères, le fusil à la main.

— Donc, il vous est impossible de pénétrer par là sans être vu.

— Impossible… à moins de passer par en haut, par l'étage écroulé, et de chercher une voie à travers le plafond… Mais c'est bien hasardeux… »

Il continuait à feuilleter le livre. Clarisse lui demanda :

« Il n'y a pas de fenêtre à cette salle ?

— Si, dit-il. D'en bas, de la rivière – j'en arrive – on aperçoit une petite ouverture, qui, d'ailleurs, est marquée sur cette carte. Mais, n'est-ce pas, il y a cinquante mètres de hauteur, à pic… et même, la roche surplombe au-dessus de l'eau. Donc, impossible également. »

Il parcourait certains passages du livre. Un chapitre le frappa, intitulé : « La Tour des Deux-Amants. » Il en lut les premières lignes.

« Jadis, le donjon était appelé par les gens du pays la tour des Deux-Amants, en souvenir d'un drame qui l'ensanglanta au Moyen Âge. Le comte de Mortepierre, ayant eu la preuve de l'infidélité de sa femme, l'avait enfermée dans la chambre des tortures. Elle y passa vingt ans, paraît-il. Une nuit, son amant, le sire de Tancarville, eut l'audace folle de dresser une échelle dans la rivière et de grimper ensuite le long de la falaise, jusqu'à l'ouverture de la chambre. Ayant scié les barreaux, il réussit à délivrer celle qu'il aimait, et il redescendit avec elle, à l'aide d'une corde. Ils parvinrent tous deux au sommet de l'échelle que des amis surveillaient, lorsqu'un coup de feu partit du chemin de ronde et atteignit l'homme à l'épaule. Les deux amants furent lancés dans le vide… »

Il y eut un silence, après cette lecture, un long silence où chacun reconstituait la tragique évasion. Ainsi donc, trois ou quatre siècles auparavant, risquant sa vie pour sauver une femme, un homme a tenté ce tour de force inconcevable, et il serait parvenu à le réaliser sans la vigilance de quelque sentinelle attirée par le bruit. Un homme avait osé cela ! Un homme avait fait cela !

Lupin leva les yeux sur Clarisse. Elle le regardait, mais de quel regard éperdu et suppliant ! Regard de mère, qui exigeait l'impossible, et qui eût tout sacrifié pour le salut de son fils.

« Le Ballu, dit-il, cherche une corde solide, très fine, afin que je puisse l'enrouler à ma ceinture, et très longue, cinquante ou soixante mètres. Toi, Grognard, mets-toi en quête de trois ou quatre échelles que tu attacheras bout à bout.

— Hein ! qu'est-ce que vous dites, patron ? s'écrièrent les deux complices. Quoi ! vous voulez… Mais c'est de la folie.

— Une folie ? Pourquoi ? Ce qu'un autre a fait, je puis bien le faire.

— Mais il y a cent chances contre une pour que vous vous cassiez la tête.

— Tu vois bien, Le Ballu, qu'il y a une chance pour que je ne me la casse pas.

— Voyons, patron…

— Assez causé, les amis. Et rendez-vous dans une heure au bord de la rivière. »

Les préparatifs furent longs. On trouva difficilement de quoi former l'échelle de quinze mètres qui pouvait atteindre le premier ressaut de la falaise, et il fallut beaucoup d'efforts et de soins pour en rejoindre les différentes parties les unes aux autres.

Enfin, un peu après neuf heures, elle fut dressée au milieu de la rivière, et calée par une barque, dont le devant était engagé entre deux barreaux et dont l'arrière s'enfonçait dans la berge.

La route qui suit le vallon étant peu fréquentée, personne ne dérangea les travaux. La nuit était obscure, le ciel lourd de nuages immobiles.

Lupin donna ses dernières recommandations à Le Ballu et à Grognard, et il dit en riant :

« On ne peut pas s'imaginer comme ça m'amuse de voir la tête de Daubrecq, pendant qu'on va le scalper et lui découper des lanières de peau. Vrai ! ça vaut le voyage. »

Clarisse avait pris place également dans la barque. Il lui dit :

« À bientôt. Et surtout ne bougez pas. Quoi qu'il arrive, pas un geste, pas un cri.

— Il peut donc arriver quelque chose ? dit-elle.

— Dame ! souvenez-vous du sire de Tancarville. C'est au moment même où il arrivait au but, sa bien-aimée dans les bras, qu'un hasard le trahit. Mais, soyez tranquille, tout se passera bien. »

Elle ne fit aucune réponse. Elle lui saisit la main et la serra fortement entre les siennes.

Il mit le pied sur l'échelle et s'assura qu'elle ne remuait pas trop. Puis il monta.

Très vite, il parvint au dernier échelon.

Là seulement commençait l'ascension dangereuse, ascension pénible au début, à cause de la pente excessive, et qui devint, à mi-hauteur, la véritable escalade d'une muraille.

Par bonheur, il y avait, de place en place, de petits creux où ses pieds pouvaient se poser et des cailloux en saillie où ses mains s'accrochaient. Mais, deux fois, ces cailloux cédèrent, il glissa, et, ces deux fois-là, il crut bien que tout était perdu.

Ayant rencontré un creux profond, il s'y reposa. Il était exténué, et, tout prêt à renoncer à l'entreprise, il se demanda si, réellement, elle valait la peine qu'il s'exposât à de tels dangers.

« Bigre ! pensa-t-il, m'est avis que tu flanches, mon vieux Lupin. Renoncer à l'entreprise ? Alors Daubrecq va susurrer son secret. Le marquis sera maître de la liste. Lupin s'en retournera bredouille, et Gilbert… »

La longue corde, qu'il avait attachée autour de sa taille, lui imposant une gêne et une fatigue inutiles, Lupin en fixa simplement une des extrémités à la boucle de son pantalon. La corde se déroulerait ainsi, tout le long de la montée, et il s'en servirait au retour comme d'une rampe.

Puis il s'agrippa de nouveau aux aspérités de la falaise et continua l'escalade, les doigts en sang, les ongles meurtris. À chaque moment, il s'attendait à la chute inévitable. Et ce qui le décourageait, c'était de percevoir le murmure des voix qui s'élevait de la barque, murmure si distinct qu'il ne semblait pas que l'intervalle s'accrût entre ses compagnons et lui.

Et il se rappela le seigneur de Tancarville, seul aussi parmi les ténèbres, et qui devait frissonner au fracas des pierres détachées et bondissantes. Comme le moindre bruit se répercutait dans le silence profond. Qu'un des gardes de Daubrecq épiât l'ombre du haut de la tour des Deux-Amants, et c'était le coup de feu, la mort...

Il grimpait... il grimpait... et il grimpait depuis si longtemps qu'il finit par s'imaginer que le but était dépassé. Sans aucun doute, il avait obliqué à son insu vers la droite, ou vers la gauche, et il allait aboutir au chemin de ronde. Dénouement stupide! Aussi bien, est-ce qu'il pouvait en être autrement d'une tentative que l'enchaînement si rapide des faits ne lui avait pas permis d'étudier et de préparer?

Furieux, il redoubla d'efforts, s'éleva de plusieurs mètres, glissa, reconquit le terrain perdu, empoigna une touffe de racines qui lui resta dans la main, glissa de nouveau, et, découragé, il abandonnait la partie, quand, soudain, se raidissant en une crispation de tout son être, de tous ses muscles et de toute sa volonté, il s'immobilisa; un bruit de voix semblait sortir du roc qu'il étreignait.

Il écouta. Cela se produisait vers la droite. Ayant renversé la tête, il crut voir un rayon de clarté qui traversait les ténèbres de l'espace. Par quel sursaut d'énergie, par quels mouvements insensibles, réussit-il à se déplacer jusque-là, il ne s'en rendit pas un compte exact. Mais brusquement il se trouva sur le rebord d'un orifice assez large, profond de trois mètres au moins, qui creusait la paroi de la falaise comme un couloir, et dont l'autre extrémité, beaucoup plus étroite, était fermée par trois barreaux.

Lupin rampa. Sa tête parvint aux barreaux. Il vit...

VIII

La tour des Deux-Amants

La salle des tortures s'arrondissait au-dessous de lui, vaste, de forme irrégulière, distribuée en parties inégales par les quatre gros piliers massifs qui soutenaient ses voûtes. Une odeur de moisissure et d'humidité montait de ses murailles et de ses dalles mouillées par les infiltrations. L'aspect devait en être, à toute époque, sinistre. Mais, à cette heure-là, avec les hautes silhouettes de Sebastiani et de ses fils, avec les lueurs obliques qui jouaient sur les piliers, avec la vision du captif enchaîné sur un grabat, elle prenait une allure mystérieuse et barbare.

Il était au premier plan, Daubrecq, à cinq ou six mètres en contrebas de la lucarne où Lupin se tenait blotti. Outre les chaînes antiques dont on s'était servi pour l'attacher à son lit et pour attacher ce lit à un crochet de fer scellé dans le mur, des lanières de cuir entouraient ses chevilles et ses poignets, et un dispositif ingénieux faisait que le moindre de ses gestes mettait en mouvement une sonnette suspendue au pilier voisin.

Une lampe posée sur un escabeau l'éclairait en plein visage.

Debout près de lui, le marquis d'Albufex, dont Lupin voyait le pâle visage, la moustache grisonnante, la taille haute et mince, le marquis d'Albufex regardait son prisonnier avec une expression de contentement et de haine assouvie.

Il s'écoula quelques minutes dans un silence profond. Puis le marquis ordonna :

« Sebastiani, allume donc ces trois flambeaux, afin que je le voie mieux. »

Et, lorsque les trois flambeaux furent allumés et qu'il eut bien contemplé Daubrecq, il se pencha et lui dit presque doucement :

« Je ne sais pas trop ce qu'il adviendra de nous deux. Mais, tout de même, j'aurai eu là, dans cette salle, de sacrées minutes de joie. Tu m'as fait tant de mal, Daubrecq ! Ce que j'ai pleuré pour toi !... Oui... de vraies larmes... de vrais sanglots de désespoir... M'en as-tu volé de l'argent ! Une fortune ! Et la peur que j'avais de ta dénonciation ! Mon nom prononcé, c'était l'achèvement de ma ruine, le déshonneur. Ah ! gredin !... »

Daubrecq ne bougeait pas. Démuni de son lorgnon, il gardait cependant ses lunettes où la clarté des lumières se reflétait. Il avait considérablement maigri, et les os de ses pommettes saillaient au-dessus de ses joues creuses.

« Allons, dit d'Albufex, il s'agit maintenant d'en finir. Il paraîtrait qu'il y a des coquins qui rôdent dans le pays. Dieu veuille que ce ne soit pas à ton intention et qu'ils n'essaient pas de te délivrer, car ce serait ta perte immédiate, comme tu le sais !... Sebastiani, la trappe fonctionne toujours bien ? »

Sebastiani s'approcha, mit un genou en terre, souleva et tourna un anneau que Lupin n'avait pas remarqué et qui se trouvait au pied même du lit. Une des dalles bascula, découvrant un trou noir.

« Tu vois, reprit le marquis, tout est prévu, et j'ai sous la main tout ce qu'il faut, même des oubliettes... et des oubliettes insondables, dit la légende du château. Donc, rien à espérer, aucun secours. Veux-tu parler ? »

Daubrecq ne répondant pas, il continua :

« C'est la quatrième fois que je t'interroge, Daubrecq. C'est la quatrième fois que je me dérange pour te demander le document que tu possèdes et pour me soustraire ainsi à ton chantage. C'est la quatrième et dernière fois. Veux-tu parler ? »

Même silence. D'Albufex fit un signe à Sebastiani. Le garde s'avança, suivi de deux de ses fils. L'un d'eux tenait un bâton à la main.

« Vas-y », ordonna d'Albufex après quelques secondes d'attente.

Sebastiani relâcha les lanières qui serraient les poignets de Daubrecq, introduisit et fixa le bâton entre les lanières.

« Je tourne, monsieur le marquis ? »

Un silence encore. Le marquis attendait. Daubrecq ne bronchant pas, il murmura :

« Parle donc ! À quoi bon t'exposer à souffrir ? »

Aucune réponse.

« Tourne, Sebastiani. »

Sebastiani fit accomplir au bâton une révolution complète. Les liens se tendirent. Daubrecq poussa un gémissement.

« Tu ne veux pas parler ? Tu sais bien pourtant que je ne céderai pas, qu'il m'est impossible de céder, que je te tiens, et que, s'il le faut, je te démolirai jusqu'à t'en faire mourir. Tu ne veux pas parler ? Non ?... Sebastiani, un tour de plus. »

Le garde obéit. Daubrecq eut un soubresaut de douleur et retomba sur son lit en râlant.

« Imbécile ! cria le marquis tout frémissant. Parle donc ! Quoi ? Tu n'en as donc pas assez de cette liste ? C'est bien le tour d'un autre, pourtant. Allons, parle... Où est-elle ? Un mot... un mot seulement... et on te laisse tranquille... Et demain, quand j'aurai la liste, tu seras libre. Libre, tu entends ? Mais, pour Dieu, parle !... Ah ! la brute ! Sebastiani, encore un tour. »

Sebastiani fit un nouvel effort. Les os craquèrent.

« Au secours ! au secours ! » articula Daubrecq d'une voix rauque et en cherchant vainement à se dégager.

Et, tout bas, il bégaya :

« Grâce... grâce... »

Spectacle horrible ! Les trois fils, avaient des visages convulsés. Lupin, frissonnant, écœuré, et qui comprenait que jamais il n'aurait pu accomplir lui-même cette abominable chose, Lupin épiait les paroles inévitables. Il allait savoir. Le secret de Daubrecq allait s'exprimer en syllabes, en mots arrachés par la douleur. Et Lupin pensait déjà à la retraite, à l'automobile qui l'attendait, à la course éperdue vers Paris, à la victoire si proche !...

« Parle..., murmurait d'Albufex... parle, et ce sera fini.

— Oui... oui..., balbutia Daubrecq.

— Eh bien...

— Plus tard... demain...

— Ah ! ça, tu es fou ! Demain ! Qu'est-ce que tu chantes ? Sebastiani, encore un tour.

— Non, non, hurla Daubrecq, non, arrête.

— Parle !

— Eh bien, voilà… J'ai caché le papier… »

Mais la souffrance était trop grande. Daubrecq releva sa tête dans un effort suprême, émit des sons incohérents, réussit deux fois à prononcer : « Marie… Marie… » et se renversa, épuisé, inerte.

« Lâche donc, ordonna d'Albufex à Sebastiani. Sacrebleu ! est-ce que nous aurions forcé la dose ? »

Mais un examen rapide lui prouva que Daubrecq était simplement évanoui. Alors lui-même, exténué, il s'écroula sur le pied du lit en essuyant les gouttes de sueur qui mouillaient son front, et il bredouilla :

« Ah ! la sale besogne…

— C'est peut-être assez pour aujourd'hui, dit le garde, dont la rude figure trahissait l'émotion… On pourrait recommencer demain… après-demain. »

Le marquis se taisait. Un des fils lui tendit une gourde de cognac. Il en remplit la moitié d'un verre et but d'un trait.

« Demain, dit-il, non. Tout de suite. Encore un petit effort. Au point où il en est, ce ne sera pas difficile. »

Et prenant le garde à part :

« Tu as entendu ? qu'a-t-il voulu dire par ce mot de "Marie" ? Deux fois il l'a répété.

— Oui, deux fois, dit le garde. Il a peut-être confié ce document que vous lui réclamez à une personne qui porte le nom de Marie.

— Jamais de la vie ! protesta d'Albufex. Il ne confie rien… Cela signifie autre chose.

— Mais quoi, monsieur le marquis ?

— Quoi ? Nous n'allons pas tarder à le savoir, je t'en réponds. »

À ce moment, Daubrecq eut une longue aspiration et remua sur sa couche.

D'Albufex, qui maintenant avait recouvré tout son sang-froid et qui ne quittait pas l'ennemi des yeux, s'approcha et lui dit :

« Tu vois bien, Daubrecq… c'est de la folie de résister… Quand on est vaincu, il n'y a qu'à subir la loi du vainqueur, au lieu de se faire torturer bêtement… Voyons, sois raisonnable. »

Et s'adressant à Sebastiani :

« Tends la corde… qu'il la sente un peu… ça le réveillera… Il fait le mort… »

Sebastiani reprit le bâton et tourna jusqu'à ce que la corde revînt en contact avec les chairs tuméfiées. Daubrecq sursauta.

« Arrête, Sebastiani, commanda le marquis. Notre ami me paraît avoir les meilleures dispositions du monde et comprendre la nécessité d'un accord. N'est-ce pas, Daubrecq ? Tu préfères en finir ? Combien tu as raison ! »

Les deux hommes étaient inclinés au-dessus du patient, Sebastiani, le bâton en main, d'Albufex tenant la lampe afin d'éclairer en plein le visage.

« Ses lèvres s'agitent… il va parler… Desserre un peu. Sebastiani, je ne veux pas que notre ami souffre… Et puis, non, serre davantage… je crois que notre ami hésite… Encore un tour… Halte !… nous y sommes… Ah ! mon cher Daubrecq, si tu n'articules pas mieux que ça, c'est du temps perdu. Quoi ? Qu'est-ce que tu dis ? »

Arsène Lupin mâchonna un juron. Daubrecq parlait, et lui, Lupin, ne pouvait pas l'entendre ! Il avait beau prêter l'oreille, étouffer les battements de son cœur et le bourdonnement de ses tempes, aucun son ne parvenait jusqu'à lui.

« Crénom d'un nom ! pensa-t-il, je n'avais pas prévu cela. Que faire ? »

Il fut sur le point de braquer son revolver et d'envoyer à Daubrecq une balle qui couperait court à toute explication. Mais il songea que lui non plus n'en saurait pas davantage, et qu'il valait mieux s'en remettre aux événements pour en tirer le meilleur parti.

En bas, cependant, la confession se poursuivait, indistincte, entrecoupée de silences et mêlée de plaintes. D'Albufex ne lâchait pas sa proie.

« Encore… Achève donc… »

Et il ponctuait les phrases d'exclamations approbatives.

« Bien !… Parfait !… Pas possible ? Répète un peu, Daubrecq… Ah ! ça, c'est drôle… Et personne n'a eu l'idée ? Pas même Prasville ?… Quel idiot !… Desserre donc. Sebastiani… Tu vois bien que notre ami est tout essoufflé... Du calme. Daubrecq... ne te fatigue pas... Et alors, cher ami, tu disais... »

C'était la fin. Il y eut un chuchotement assez long que d'Albufex écouta sans interruption et dont Arsène Lupin ne put saisir la moindre syllabe, puis le marquis se leva et s'exclama d'une voix joyeuse :

« Ça y est !... Merci, Daubrecq. Et crois bien que je n'oublierai jamais ce que tu viens de faire. Quand tu seras dans le besoin, tu n'auras qu'à frapper à ma porte, il y aura toujours un morceau de pain pour toi à la cuisine, et un verre d'eau filtrée. Sebastiani, soigne M. le député absolument comme si c'était un de tes fils. Et tout d'abord, débarrasse-le de ses liens. Il ne faut pas avoir de cœur pour attacher ainsi un de ses semblables, comme un poulet à la broche.

— Si on lui donnait à boire ? proposa le garde.

— C'est ça ! donne-lui donc à boire. »

Sebastiani et ses fils défirent les courroies de cuir, frictionnèrent les poignets endoloris et les entourèrent de bandes de toile enduites d'un onguent. Puis Daubrecq avala quelques gorgées d'eau-de-vie.

« Ça va mieux, dit le marquis. Bah ! ce ne sera rien. Dans quelques heures, il n'y paraîtra plus, et tu pourras te vanter d'avoir subi la torture, comme au bon temps de l'Inquisition. Veinard ! »

Il consulta sa montre.

« Assez bavardé, Sebastiani. Que tes fils le veillent à tour de rôle. Toi, conduis-moi jusqu'à la station, pour le dernier train.

— Alors, monsieur le marquis, nous le laissons comme ça, libre de ses mouvements ?

— Pourquoi pas ? T'imagines-tu que nous allons le tenir ici jusqu'à sa mort ? Non, Daubrecq, sois tranquille. Demain après-midi, j'irai chez toi... et si le document se trouve bien à la place que tu m'as dite, aussitôt un télégramme, et on te donne la clef des champs. Tu n'as pas menti, hein ? »

Il était revenu vers Daubrecq, et, de nouveau courbé sur lui :

« Pas de blagues, n'est-ce pas ? Ce serait idiot de ta part. J'y perdrais un jour, voilà tout. Tandis que toi, tu y perdrais ce qui te reste de jours à vivre. Mais non, mais non, la cachette est trop bonne. On n'invente pas ça pour s'amuser. En route, Sebastiani. Demain, tu auras le télégramme.

— Et si on ne vous laisse pas entrer dans la maison, monsieur le marquis ?

— Pourquoi donc ?

— La maison du square Lamartine est occupée par des hommes de Prasville.

— Ne t'inquiète pas, Sebastiani, j'entrerai, et, si on ne m'ouvre pas la porte, la fenêtre est là. Et, si la fenêtre ne s'ouvre pas, je saurai bien m'arranger avec un des hommes de Prasville. C'est une question d'argent. Et, Dieu merci ! ce n'est pas ça qui manquera, désormais. Bonne nuit, Daubrecq. »

Il sortit, accompagné de Sebastiani, et le lourd battant se referma.

Aussitôt, et d'après un plan conçu durant cette scène, Lupin opéra sa retraite.

Ce plan était simple : dégringoler à l'aide de sa corde jusqu'au bas de la falaise, emmener ses amis avec lui, sauter dans l'auto, et, sur la route déserte qui conduit à la gare d'Aumale, attaquer d'Albufex et Sebastiani. L'issue du combat ne faisait aucun doute. D'Albufex et Sebastiani prisonniers, on s'arrangerait bien pour que l'un d'eux parlât. D'Albufex avait montré comment on devait s'y prendre et, pour le salut de son fils, Clarisse Mergy saurait être inflexible.

Il tira la corde dont il s'était muni, et chercha à tâtons une aspérité du roc autour de laquelle il pût la passer, de manière à ce qu'il en pendît deux bouts égaux qu'il saisirait à pleines mains. Mais, lorsqu'il eut trouvé ce qu'il lui fallait, au lieu d'agir, et rapidement, car la besogne était pressée, il demeura immobile, à réfléchir. Au dernier moment, son projet ne le satisfaisait plus.

« Absurde, se disait-il, ce que je vais faire est absurde et illogique. Qu'est-ce qui me prouve que d'Albufex et Sebastiani ne m'échapperont pas ? Qu'est-ce qui me prouve même qu'une fois en mon pouvoir ils parleront ? Non, je reste. Il y a mieux à tenter… beaucoup mieux. Ce n'est pas à ces deux-là qu'il faut m'attaquer, mais à Daubrecq. Il est exténué, à bout de résistance. S'il a dit son secret au marquis, il n'y a aucune raison pour qu'il ne me le dise pas, quand Clarisse et moi nous emploierons les mêmes procédés. Adjugé ! Enlevons le Daubrecq ! »

Et il ajouta en lui-même :

« D'ailleurs, qu'est-ce que je risque ? Si je rate le coup, Clarisse Mergy et moi nous filons à Paris et, de concert avec Prasville, nous organisons dans la maison du square Lamartine une surveillance minutieuse, pour que d'Albufex ne puisse profiter des révélations que Daubrecq lui a faites. L'essentiel, c'est que Prasville soit prévenu du danger. Il le sera. »

Minuit sonnait alors à l'église d'un village voisin. Cela donnait à Lupin six ou sept heures pour mettre à exécution son nouveau plan. Il commença aussitôt.

En s'écartant de l'orifice au fond duquel s'ouvrait la fenêtre, il s'était heurté, dans un des creux de la falaise, à un massif de petits arbustes. À l'aide de son couteau, il en coupa une douzaine qu'il réduisit tous à la même dimension. Puis, sur sa corde, il préleva deux longueurs égales. Ce furent les montants de l'échelle. Entre ces montants, il assujettit les douze bâtonnets et il confectionna ainsi une échelle de corde de six mètres environ.

Quand il revint à son poste, il n'y avait plus, dans la salle des tortures, auprès du lit de Daubrecq, qu'un seul des trois fils. Il fumait sa pipe auprès de la lampe. Daubrecq dormait.

« Fichtre ! pensa Lupin, ce garçon-là va-t-il veiller toute la nuit ? En ce cas, rien à faire qu'à m'esquiver... »

L'idée qu'Albufex était maître du secret le tourmentait vivement. De l'entrevue à laquelle il avait assisté, il gardait l'impression très nette que le marquis « travaillait pour son compte » et qu'il ne voulait pas seulement, en dérobant la liste, se soustraire à l'action de Daubrecq, mais aussi conquérir la puissance de Daubrecq, et rebâtir sa fortune par les moyens mêmes que Daubrecq avait employés.

Dès lors, c'eût été, pour Lupin, une nouvelle bataille à livrer à un nouvel ennemi. La marche rapide des événements ne permettait pas d'envisager une pareille hypothèse. À tout prix il fallait barrer la route au marquis d'Albufex en prévenant Prasville.

Cependant Lupin restait, retenu par l'espoir tenace de quelque incident qui lui donnerait l'occasion d'agir.

La demie de minuit sonna. Puis, une heure. L'attente devenait terrible, d'autant qu'une brume glaciale montait de la vallée et que Lupin sentait le froid pénétrer en lui.

Il entendit le trot d'un cheval dans le lointain.

« Voilà Sebastiani qui rentre de la gare », pensa-t-il.

Mais le fils qui veillait dans la salle des tortures ayant vidé son paquet de tabac ouvrit la porte et demanda à ses frères s'ils n'avaient pas de quoi bourrer une dernière pipe. Sur leur réponse, il sortit pour aller jusqu'au pavillon.

Et Lupin fut stupéfait. La porte n'était pas refermée que Daubrecq, qui dormait si profondément, s'assit sur sa couche, écouta, mit un pied à terre, puis l'autre pied, et, debout, un peu vacillant, mais plus solide tout de même qu'on n'eût pu le croire, il essaya ses forces.

« Allons, se dit Lupin, le gaillard a du ressort. Il pourra très bien contribuer lui-même à son enlèvement. Un seul point me chiffonne… Se laissera-t-il convaincre ? Voudra-t-il me suivre ? Est-ce qu'il ne croira pas que ce miraculeux secours qui lui arrive par la voie des cieux, est un piège du marquis ? »

Mais tout à coup Lupin se rappela cette lettre qu'il avait fait écrire aux vieilles cousines de Daubrecq, cette lettre de recommandation, pour ainsi dire, que l'aînée des deux sœurs Rousselot avait signée de son prénom d'Euphrasie.

Elle était là, dans sa poche. Il la prit et prêta l'oreille. Aucun bruit, sinon le bruit léger des pas de Daubrecq sur les dalles. Lupin jugea l'instant propice. Vivement il passa le bras entre les barreaux et jeta la lettre.

Daubrecq parut interdit.

L'enveloppe avait voltigé dans la salle, et elle gisait à terre, à trois pas de lui. D'où cela venait-il ? Il leva la tête vers la fenêtre et tâcha de percer l'obscurité qui lui cachait toute la partie haute de la salle. Puis il regarda l'enveloppe, sans oser y toucher encore, comme s'il eût redouté quelque embûche. Puis, soudain, après un coup d'œil du côté de la porte, il se baissa rapidement, saisit l'enveloppe et la décacheta.

« Ah ! » fit-il avec un soupir de joie, en voyant la signature.

Il lut la lettre à demi-voix :

« *Il faut avoir toute confiance dans le porteur de ce mot. C'est lui qui, grâce à l'argent que nous lui avons remis, a su découvrir le secret du marquis et qui a conçu le plan de l'évasion. Tout est prêt pour la fuite. Euphrasie Rousselot.* »

Il relut la lettre, répéta : « Euphrasie... Euphrasie... » et leva la tête de nouveau.

Lupin chuchota :

« Il me faut deux ou trois heures pour scier un des barreaux. Sebastiani et ses fils vont-ils revenir ?

— Oui, sans doute, répondit Daubrecq aussi doucement que lui, mais je pense qu'ils me laisseront.

— Mais ils couchent à côté ?

— Oui.

— Ils n'entendront pas ?

— Non, la porte est trop massive.

— Bien. En ce cas, ce ne sera pas long. J'ai une échelle de corde. Pourrez-vous monter seul ? sans mon aide ?

— Je crois... j'essaierai... ce sont mes poignets qu'ils ont brisés... Ah ! les brutes ! C'est à peine si je peux remuer les mains... et j'ai bien peu de force ! Mais tout de même, j'essaierai... il faudra bien... »

Il s'interrompit, écouta, et posant un doigt sur sa bouche, murmura :

« Chut ! »

Lorsque Sebastiani et ses fils entrèrent, Daubrecq, qui avait dissimulé la lettre et se trouvait sur son lit, feignit de se réveiller en sursaut. Le garde apportait une bouteille de vin, un verre et quelques provisions.

« Ça va, monsieur le député, s'écria-t-il. Dame ! on a peut-être serré un peu fort... C'est si brutal, ce tourniquet de bois. Ça se faisait beaucoup du temps de la grande Révolution et de Bonaparte, qu'on m'a dit... du temps où il y avait des "chauffeurs". Une jolie invention ! Et puis propre... pas de sang... Ah !

ça n'a pas été long ! Au bout de vingt minutes, vous crachiez le mot de l'énigme. »

Sebastiani éclata de rire.

« À propos, monsieur le député, toutes mes félicitations ! Excellente, la cachette. Et qui se douterait jamais ?... Voyez-vous, ce qui nous trompait, M. le marquis et moi, c'était ce nom de Marie que vous aviez d'abord lâché. Vous n'aviez pas menti. Seulement, voilà... le mot est resté en route. Il fallait le finir. Non, mais tout de même, ce que c'est drôle ! Ainsi, sur la table même de votre cabinet ! Vrai, il y a de quoi rigoler. »

Le garde s'était levé et arpentait la pièce en se frottant les mains.

« M. le marquis est rudement content, si content, même, qu'il reviendra demain soir en personne, pour vous donner la clef des champs. Oui, il a réfléchi, il y aura quelques formalités... il vous faudra peut-être signer quelques chèques, rendre gorge, quoi ! et rembourser M. le marquis de son argent et de ses peines. Mais qu'est-ce que c'est que cela ? une misère pour vous ! Sans compter qu'à partir de maintenant, plus de chaîne, plus de lanière de cuir autour des poignets, bref, un traitement de roi ! Et, même, tenez, j'ai ordre de vous octroyer une bonne bouteille de vin vieux et un flacon de cognac. »

Sebastiani lança encore quelques plaisanteries, puis il prit la lampe, fit une dernière inspection de la salle et dit à ses fils :

« Laissons-le dormir. Vous aussi, reposez-vous tous les trois. Mais ne dormez que d'un œil... On ne peut jamais savoir... »

Ils se retirèrent.

Lupin patienta et dit à voix basse :

« Je peux commencer ?

— Oui, mais attention... Il n'y aurait rien d'impossible à ce qu'ils fassent une ronde d'ici une heure ou deux. »

Lupin se mit à l'œuvre. Il avait une lime très puissante, et le fer des barreaux, rouillé et rongé par le temps, était, à certains endroits, presque friable. À deux reprises, Lupin s'arrêta, l'oreille aux aguets. Mais c'était le trottinement d'un rat dans les décombres de l'étage supérieur, ou le vol d'un oiseau nocturne, et il continuait sa besogne, encouragé par Daubrecq, qui écoutait près de la porte, et qui l'eût prévenu à la moindre alerte.

« Ouf ! se dit-il, en donnant un dernier coup de lime, c'est pas dommage, car, vrai, on est un peu à l'étroit dans ce maudit tunnel... Sans compter le froid... »

Il pesa de toutes ses forces sur le barreau qu'il avait scié par le bas, et réussit à l'écarter suffisamment pour qu'un homme pût se glisser entre les deux barreaux qui restaient. Il dut ensuite reculer jusqu'à l'extrémité du couloir, dans la partie, plus large, où il avait laissé l'échelle de corde. L'ayant fixée aux barreaux, il appela :

« Psst... Ça y est... Vous êtes prêt ?

— Oui... me voici... une seconde encore que j'écoute... Bien... Ils dorment... Donnez-moi l'échelle. »

Lupin la déroula et dit :

« Dois-je descendre ?

— Non... Je suis un peu faible... mais ça ira tout de même. »

En effet, il parvint assez vite à l'orifice du couloir et s'y engagea à la suite de son sauveur. Le grand air, cependant, parut l'étourdir. En outre, pour se donner des forces, il avait bu la moitié de la bouteille de vin, et il eut une défaillance qui l'étendit sur la pierre du couloir durant une demi-heure. Lupin, perdant patience, l'attachait déjà à l'un des bouts du câble dont l'autre bout était noué autour des barreaux, et il se préparait à le faire glisser comme un colis, lorsque Daubrecq se réveilla, plus dispos.

« C'est fini, murmura-t-il, je me sens en bon état. Est-ce que ce sera long ?

— Assez long, nous sommes à cinquante mètres de hauteur.

— Comment d'Albufex n'a-t-il pas prévu qu'une évasion était possible par là ?

— La falaise est à pic.

— Et vous avez pu ?...

— Dame ! vos cousines ont insisté... Et puis, il faut vivre, n'est-ce pas ? et elles ont été généreuses.

— Les braves filles ! dit Daubrecq. Où sont-elles ?

— En bas, dans une barque.

— Il y a donc une rivière ?

— Oui, mais ne causons pas, voulez-vous ? c'est dangereux.

— Un mot encore. Il y avait longtemps que vous étiez là quand vous m'avez jeté la lettre ?

— Mais non, mais non… Un quart d'heure, au plus. Je vous expliquerai… Maintenant, il s'agit de se hâter. »

Lupin passa le premier, en recommandant à Daubrecq de bien s'accrocher à la corde et de descendre à reculons. Il le soutiendrait d'ailleurs aux endroits plus difficiles.

Il leur fallut plus de quarante minutes pour arriver sur le terre-plein du ressaut que formait la falaise, et plusieurs fois Lupin dut aider son compagnon dont les poignets, encore meurtris par la torture, avaient perdu toute énergie et toute souplesse.

À plusieurs reprises, il gémit :

« Ah ! les canailles, ils m'ont démoli… Les canailles !… Ah ! d'Albufex, tu me la paieras cher, celle-là.

— Silence, fit Lupin.

— Quoi ?

— Là-haut… du bruit… »

Immobiles sur le terre-plein, ils écoutèrent. Lupin pensa au sire de Tancarville et à la sentinelle qui l'avait tué d'un coup d'arquebuse. Il frémit, subissant l'angoisse du silence et des ténèbres.

« Non, dit-il… Je me suis trompé… D'ailleurs, c'est idiot… On ne peut pas nous atteindre d'ici.

— Qui nous atteindrait ?

— Rien… rien… une idée stupide… »

À tâtons, il chercha et finit par trouver les montants de l'échelle, et il reprit :

« Tenez, voici l'échelle qui est dressée dans le lit de la rivière. Un de mes amis la garde, ainsi que vos cousines. »

Il siffla.

« Me voici, fit-il à mi-voix. Tenez bien l'échelle. »

Et il dit à Daubrecq :

« Je passe. »

Daubrecq objecta :

« Il serait peut-être préférable que je passe avant vous.

— Pourquoi ?

— Je suis très las. Vous m'attacherez votre corde à la ceinture, et vous me tiendrez… Sans quoi, je risquerais…

— Oui, vous avez raison, dit Lupin. Approchez-vous. »

Daubrecq s'approcha et se mit à genoux sur le roc. Lupin l'attacha, puis, courbé en deux, saisit l'un des montants à pleines mains pour que l'échelle n'oscillât pas.

« Allez-y », dit-il.

Au même moment, il sentit une violente douleur à l'épaule.

« Crénom ! » fit-il, en s'affaissant.

Daubrecq l'avait frappé d'un coup de couteau au-dessous de la nuque, un peu à droite.

« Ah ! misérable… misérable… »

Dans l'ombre, il devina Daubrecq qui se débarrassait de sa corde, et il l'entendit murmurer :

« Aussi, tu es trop bête ! Tu m'apportes une lettre de mes cousines Rousselot, où j'ai reconnu tout de suite l'écriture de l'aînée Adélaïde, mais que cette vieille rouée d'Adélaïde, par méfiance et pour me mettre au besoin sur mes gardes, a eu soin de signer du nom de sa cadette Euphrasie Rousselot. Tu vois ça, si j'ai tiqué !… Alors, avec un peu de réflexion… Tu es bien le sieur Arsène Lupin, n'est-ce pas ? le protecteur de Clarisse, le sauveur de Gilbert… Pauvre Lupin, je crois que ton affaire est mauvaise… Je ne frappe pas souvent, mais, quand je frappe, ça y est. »

Il se pencha vers le blessé et fouilla ses poches.

« Donne-moi donc ton revolver. Tu comprends, tes amis vont presque aussitôt reconnaître que ce n'est pas leur patron, et vont essayer de me retenir. Et, comme je n'ai plus beaucoup de forces, une balle ou deux… Adieu, Lupin ! On se retrouvera dans l'autre monde, hein ? Retiens-moi un appartement avec tout le confort moderne… Adieu, Lupin. Et tous mes remerciements… Car vraiment, sans toi, je ne sais pas trop ce que je serais devenu. Fichtre ! d'Albufex n'y allait pas de main morte. Le bougre… ça m'amuse de le retrouver ! »

Daubrecq avait fini ses préparatifs. Il siffla de nouveau. On lui répondit de la barque.

« Me voici », dit-il.

En un effort suprême, Lupin tendit les bras pour l'arrêter. Mais il ne rencontra que le vide. Il voulut crier, avertir ses complices : sa voix s'étrangla dans sa gorge.

Il éprouvait un engourdissement affreux de tout son être. Ses tempes bourdonnaient.

Soudain, des clameurs, en bas. Puis une détonation, puis une autre, que suivit un ricanement de triomphe. Et des plaintes de femme, des gémissements. Et, peu après, deux détonations encore…

Lupin pensa à Clarisse, blessée, morte peut-être, à Daubrecq qui s'enfuyait victorieux, à d'Albufex, au bouchon de cristal que l'un ou l'autre des deux adversaires allait reprendre sans que personne pût s'y opposer. Puis une vision brusque lui montra le sire de Tancarville, tombant avec sa bien-aimée. Puis il murmura plusieurs fois :

« Clarisse… Clarisse… Gilbert… »

Un grand silence se fit en lui, une paix infinie le pénétra, et, sans aucune révolte, il avait l'impression que son corps, épuisé, que rien ne retenait plus, roulait jusqu'au bord même du rocher, vers l'abîme…

IX

Dans les ténèbres

Une chambre d'hôtel, à Amiens… Pour la première fois, Arsène Lupin reprend un peu conscience. Clarisse est à son chevet, ainsi que Le Ballu.

Tous deux, ils causent, et Lupin, sans ouvrir les yeux, écoute. Il apprend que l'on a craint pour ses jours, mais que tout péril est écarté. Ensuite, au cours de la conversation, il saisit certaines paroles qui lui révèlent ce qui s'est passé dans la nuit tragique de Mortepierre, la descente de Daubrecq, l'effarement des complices qui ne reconnaissent pas le patron, puis la lutte brève, Clarisse qui se jette sur Daubrecq et qui est blessée d'une balle à l'épaule, Daubrecq qui bondit sur la rive, Grognard qui tire deux coups de revolver et qui s'élance à sa poursuite, Le Ballu qui grimpe à l'échelle et qui trouve le patron évanoui.

« Et vrai ! explique Le Ballu, je me demande encore comment il n'a pas roulé. Il y avait bien comme un creux a cet endroit, mais un creux en pente, et il fallait que, même à moitié mort, il s'accroche de ses dix doigts. Nom d'un chien, il était temps ! »

Lupin écoute, écoute désespérément. Il rassemble ses forces pour recueillir et comprendre les mots. Mais soudain une phrase terrible est prononcée : Clarisse, en pleurant, parle des dix-huit jours qui viennent de s'écouler, dix-huit jours nouveaux perdus pour le salut de Gilbert.

Dix-huit jours ! Ce chiffre épouvante Lupin. Il pense que tout est fini, que jamais il ne pourra se rétablir et continuer la lutte, et que Gilbert et Vaucheray mourront… Son cerveau lui échappe. C'est encore la fièvre, encore le délire.

Et d'autres jours vinrent. Peut-être est-ce l'époque de sa vie dont Lupin parle avec le plus d'effroi. Il gardait suffisamment de conscience, et il avait des minutes assez lucides pour se rendre un compte exact de la situation. Mais il ne pouvait coordonner ses idées, suivre un raisonnement, et indiquer à ses amis, ou leur défendre, telle ligne de conduite.

Quand il sortait de sa torpeur, il se trouvait souvent la main dans la main de Clarisse, et, en cet état de demi-sommeil où la fièvre vous maintient, il lui jetait des paroles étranges, des paroles de tendresse et de passion, l'implorant et la remerciant, et la bénissant de tout ce qu'elle apportait, dans les ténèbres, de lumière et de joie.

Puis, plus calme, et sans bien comprendre ce qu'il avait dit, il s'efforçait de plaisanter :

« J'ai eu le délire, n'est-ce pas ? Ce que j'ai dû raconter de bêtises ! »

Mais, au silence de Clarisse, Lupin sentait qu'il pouvait dire toutes les bêtises que la fièvre lui inspirait… Elle ne les entendait pas. Les soins qu'elle prodiguait au malade, son dévouement, sa vigilance, son inquiétude à la moindre rechute, tout cela ne s'adressait pas à lui-même, mais au sauveur possible de Gilbert. Elle épiait anxieusement les progrès de la convalescence. Quand serait-il capable de se remettre en campagne ? N'était-ce pas une folie que de s'attarder auprès de lui alors que chaque jour emportait un peu d'espoir ?

Lupin ne cessait de se répéter, avec la croyance intime qu'il pouvait, par là, influer sur son mal :

« Je veux guérir… je veux guérir… »

Et il ne bougeait pas durant des journées entières pour ne pas déranger son pansement, ou accroître, si peu que ce fût, la surexcitation de ses nerfs.

Il s'efforçait aussi de ne plus penser à Daubrecq. Mais l'image de son formidable adversaire le hantait.

Un matin, Arsène Lupin se réveilla plus dispos. La plaie était fermée, la température presque normale. Un docteur de ses amis, qui venait quotidiennement de Paris, lui promit qu'il pourrait se lever le surlendemain. Et, dès ce jour-là, en l'absence de ses complices et de Mme Mergy, tous trois partis l'avant-veille en quête de renseignements, il se fit approcher de la fenêtre ouverte.

Il sentait la vie rentrer en lui, avec la clarté du soleil, avec un air plus tiède qui annonçait l'approche du printemps. Il retrouvait l'enchaînement de ses idées, et les faits se rangeaient dans son cerveau selon leur ordre logique et selon leurs rapports secrets.

Le soir, il reçut de Clarisse un télégramme lui annonçant que les choses allaient mal et qu'elle restait à Paris ainsi que Grognard et Le Ballu. Très tourmenté par cette dépêche, il passa une nuit moins bonne. Quelles pouvaient être les nouvelles qui avaient motivé la dépêche de Clarisse ?

Mais, le lendemain, elle arriva dans sa chambre, toute pâle, les yeux rougis de larmes, et elle tomba, à bout de forces.

« Le pourvoi en cassation est rejeté », balbutia-t-elle.

Il se domina, et dit, d'une voix étonnée :

« Vous comptiez donc là-dessus ?

— Non, non, fit-elle, mais tout de même… on espère… malgré soi…

— C'est hier qu'il a été rejeté ?

— Il y a huit jours. Le Ballu me l'a caché, et moi, je n'osais pas lire les journaux. »

Lupin insinua :

« Reste la grâce…

— La grâce ? Croyez-vous qu'on graciera les complices d'Arsène Lupin ? »

Elle lança ces mots avec un emportement et une amertume dont il ne parut pas s'apercevoir, et il prononça :

« Vaucheray, non, peut-être… Mais on aura pitié de Gilbert, de sa jeunesse…

— On n'aura pas pitié de lui.

— Qu'en savez-vous ?

— J'ai vu son avocat.

— Vous avez vu son avocat ! Et vous lui avez dit…

— Je lui ai dit que j'étais la mère de Gilbert, et je lui ai demandé si, en proclamant l'identité de mon fils, cela ne pourrait pas influer sur le dénouement… ou tout au moins le retarder.

— Vous feriez cela ? murmura-t-il. Vous avoueriez…

— La vie de Gilbert avant tout. Que m'importe mon nom ! Que m'importe le nom de mon mari !

— Et celui de votre petit Jacques ? objecta Lupin. Avez-vous le droit de perdre Jacques et de faire de lui le frère d'un condamné à mort ? »

Elle baissa la tête et il reprit :

« Que vous a répondu l'avocat ?

— Il m'a répondu qu'un pareil acte ne pouvait servir en rien Gilbert. Et, malgré toutes ses protestations, j'ai bien vu que, pour lui, il ne se faisait aucune illusion et que la Commission des grâces conclurait à l'exécution.

— La Commission, soit. Mais le président de la République ?

— Le président se conforme toujours à l'avis de la Commission.

— Il ne s'y conformera pas cette fois.

— Et pourquoi ?

— Parce qu'on agira sur lui.

— Comment ?

— Par la remise conditionnelle du papier des *vingt-sept.*

— Vous l'avez donc ?

— Non.

— Alors ?

— Je l'aurai. »

Sa certitude n'avait pas fléchi. Il affirmait avec autant de calme et avec autant de foi dans la puissance infinie de sa volonté.

Elle haussa légèrement les épaules, moins confiante en lui.

« Si d'Albufex ne lui a pas dérobé la liste, un seul homme pourrait agir, un seul : Daubrecq. »

Elle dit ces mots d'une voix basse et distraite qui le fit tressaillir. Pensait-elle donc encore, comme souvent il avait cru le sentir, à revoir Daubrecq et à lui payer le salut de Gilbert ?

« Vous m'avez fait un serment, dit-il. Je vous le rappelle. Il fut convenu que la lutte contre Daubrecq serait dirigée par moi, sans qu'il y ait jamais possibilité d'accord entre vous et lui. »

Elle répliqua :

« Je ne sais même pas où il est. Si je le savais, ne le sauriez-vous pas ? »

La réponse était évasive. Mais il n'insista pas, se promettant de la surveiller au moment opportun, et il lui demanda – car bien des détails encore ne lui avaient pas été racontés :

« Alors, on ignore ce qu'est devenu Daubrecq ?

— On l'ignore. Évidemment, l'une des balles de Grognard l'atteignit, car le lendemain de son évasion nous avons recueilli dans un fourré un mouchoir plein de sang. En outre, on vit, paraît-il, à la station d'Aumale, un homme qui semblait très las et qui marchait avec beaucoup de peine. Il prit un billet pour Paris, monta dans le premier train qui passa… et c'est tout ce que nous savons…

— Il doit être blessé grièvement, prononça Lupin, et il se soigne dans une retraite sûre. Peut-être aussi juge-t-il prudent de se soustraire, durant quelques semaines, aux pièges possibles de la police, de d'Albufex, de vous, de moi, de tous ses ennemis. »

Il réfléchit et continua :

« À Mortepierre, que s'est-il passé depuis l'évasion ? On n'a parlé de rien, dans le pays ?

— Non. Dès l'aube, la corde était retirée, ce qui prouve que Sebastiani et ses fils se sont aperçus, la nuit même, de la fuite de Daubrecq. Toute cette journée-là, Sebastiani fut absent.

— Oui, il aura prévenu le marquis. Et celui-ci, où est-il ?

— Chez lui. Et, d'après l'enquête de Grognard, là non plus, il n'y a rien de suspect.

— Est-on certain qu'il n'a pas pénétré dans l'hôtel du square Lamartine ?

— Aussi certain qu'on peut l'être.

— Daubrecq non plus ?

— Daubrecq non plus

— Vous avez vu Prasville ?

— Prasville est en congé. Il voyage. Mais l'inspecteur principal Blanchon qu'il a chargé de cette affaire et les agents qui gardent l'hôtel affirment que, conformément aux ordres de Prasville, leur surveillance ne se relâche pas un instant, même la nuit, que, à tour de rôle, l'un d'eux reste de faction dans le bureau, et, par conséquent, que personne n'a pu s'introduire.

— Donc, en principe, conclut Arsène Lupin, le bouchon de cristal se trouverait encore dans le bureau de Daubrecq ?

— S'il s'y trouvait avant la disparition de Daubrecq, il doit se trouver encore dans ce bureau.

— Et sur la table de travail.

— Sur la table de travail ? Pourquoi dites-vous cela ?

— Parce que je le sais, dit Lupin, qui n'avait pas oublié la phrase de Sebastiani.

— Mais vous ne connaissez pas l'objet où le bouchon est dissimulé ?

— Non. Mais une table de travail, c'est un espace restreint. En vingt minutes on l'explore. En dix minutes, s'il le faut, on la démolit. »

La conversation avait un peu fatigué Arsène Lupin. Comme il ne voulait commettre aucune imprudence, il dit à Clarisse :

« Écoutez, je vous demande encore deux ou trois jours. Nous sommes aujourd'hui le lundi 4 mars. Après-demain mercredi, jeudi au plus tard, je serai sur pied. Et soyez certaine que nous réussirons.

— D'ici là ?...

— D'ici là, retournez à Paris. Installez-vous avec Grognard et Le Ballu à l'hôtel Franklin, près du Trocadéro, et surveillez la maison de Daubrecq. Vous y avez vos entrées libres. Stimulez le zèle des agents.

— Si Daubrecq revient ?

— S'il revient, tant mieux, nous le tenons.

— Et s'il ne fait que passer ?

— En ce cas, Grognard et Le Ballu doivent le suivre.

— Et s'ils perdent sa trace ? »

Lupin ne répondit pas. Nul ne sentait plus que lui tout ce qu'il y avait de funeste à demeurer inactif, dans une chambre d'hôtel, et combien sa présence eût été utile sur le champ de bataille ! Peut-être même cette idée confuse avait-elle prolongé son mal au-delà des limites ordinaires.

Il murmura :

« Allez-vous-en, je vous en supplie. »

Il y avait entre eux une gêne qui croissait avec l'approche du jour épouvantable. Injuste, oubliant, ou voulant oublier, que c'était elle qui avait lancé son fils dans l'aventure d'Enghien, Mme Mergy n'oubliait pas que la justice poursuivait Gilbert avec tant de rigueur, non pas tant comme criminel que comme complice de Lupin. Et puis, malgré tous ses efforts, malgré les prodiges de son énergie, à quel résultat, en fin de compte, Lupin avait-il abouti ? En quoi son intervention avait-elle profité à Gilbert ?

Après un silence, elle se leva et le laissa seul.

Le lendemain, il fut assez faible. Mais le surlendemain, qui était le mercredi, comme son docteur exigeait qu'il restât encore jusqu'à la fin de la semaine, il répondit :

« Sinon, qu'ai-je à craindre ?

— Que la fièvre ne revienne.

— Pas davantage ?

— Non. La blessure est suffisamment cicatrisée.

— Alors, advienne que pourra. Je monte avec vous dans votre auto. À midi, nous sommes à Paris. »

Ce qui déterminait Lupin à partir sur-le-champ, c'était, d'abord, une lettre de Clarisse ainsi conçue : « *J'ai retrouvé les traces de Daubrecq…* » Et c'était aussi la lecture d'un télégramme publié par les journaux d'Amiens, télégramme annonçant l'arrestation du marquis d'Albufex compromis dans l'affaire du Canal.

Daubrecq se vengeait.

Or, si Daubrecq pouvait se venger, c'est que le marquis n'avait pu, lui, prévenir cette vengeance en prenant le document qui se trouvait sur la table même du bureau. C'est que les agents et l'inspecteur principal Blanchon, établis par Prasville dans l'hôtel du square Lamartine, avaient fait bonne garde. Bref, c'est que le bouchon de cristal était encore là.

Il y était encore, et cela prouvait, ou bien que Daubrecq n'osait pas rentrer chez lui, ou bien que son état de santé l'en empêchait, ou bien encore qu'il avait assez de confiance dans la cachette pour ne pas prendre la peine de se déranger.

En tout cas, il n'y avait aucun doute sur la conduite à suivre : il fallait agir, et agir au plus vite. Il fallait devancer Daubrecq et s'emparer du bouchon de cristal.

Aussitôt le Bois de Boulogne franchi, et l'automobile parvenue aux environs du square Lamartine, Lupin dit adieu au docteur et se fit arrêter. Grognard et Le Ballu, à qui il avait donné rendez-vous, le rejoignirent.

« Et Mme Mergy ? leur dit-il.

— Elle n'est pas rentrée depuis hier. Nous savons par un pneumatique qu'elle a vu Daubrecq sortant de chez ses cousines et montant en voiture. Elle a le numéro de la voiture et doit nous tenir au courant de ses recherches.

— Et depuis ?

— Depuis, rien.

— Pas d'autres nouvelles ?

— Si, dans le *Paris-Midi* ; cette nuit, dans sa cellule de la Santé, d'Albufex s'est ouvert les veines avec un éclat de verre. Il laisse, paraît-il, une longue lettre, lettre d'aveu et d'accusation en même temps, avouant sa faute, mais accusant Daubrecq de sa mort et exposant le rôle joué par Daubrecq dans l'affaire du Canal.

— C'est tout ?

— Non. Le même journal annonce que, selon toute vraisemblance, la Commission des grâces, après examen du dossier, a rejeté la grâce de Vaucheray et de Gilbert, et que, vendredi, probablement, le président de la République recevra leurs avocats. »

Lupin eut un frisson.

« Ça ne traîne pas, dit-il. On voit que Daubrecq a donné, dès le premier jour, une impulsion vigoureuse à la vieille machine judiciaire. Une petite semaine encore, et le couperet tombe. Ah ! mon pauvre Gilbert, si, après-demain, le dossier que ton avocat apportera au président de la République ne contient pas l'offre inconditionnelle de la liste des *vingt-sept*, mon pauvre Gilbert, tu es bien fichu.

— Voyons, voyons, patron, c'est vous qui perdez courage ?

— Moi ! Quelle bêtise ! Dans une heure, j'aurai le bouchon de cristal. Dans deux heures, je verrai l'avocat de Gilbert. Et le cauchemar sera fini.

— Bravo ! patron ! On vous retrouve. Nous vous attendons ici ?

— Non. Retournez à votre hôtel, je vous rejoins. »

Ils se quittèrent. Lupin marcha droit vers la grille de l'hôtel et sonna.

Un agent lui ouvrit, qui le reconnut :

« Monsieur Nicole, n'est-ce pas ?

— Oui, c'est moi, dit-il. L'inspecteur principal Blanchon est là ?

— Il est là.

— Puis-je lui parler ? »

On le conduisit dans le bureau où l'inspecteur principal Blanchon l'accueillit avec un empressement visible.

« Monsieur Nicole, j'ai ordre de me mettre à votre entière disposition. Et je suis même fort heureux de vous voir aujourd'hui.

— Et pourquoi donc, monsieur l'inspecteur principal ?

— Parce qu'il y a du nouveau.

— Quelque chose de grave ?

— Très grave.

— Vite. Parlez.

— Daubrecq est revenu.

— Hein ! Quoi ! s'écria Lupin avec un sursaut. Daubrecq est revenu ? Il est là ?

— Non, il est reparti.

— Et il est entré ici, dans ce bureau ?

— Oui.

— Quand ?

— Ce matin.

— Et vous ne l'avez pas empêché ?

— De quel droit ?

— Et vous l'avez laissé seul ?

— Sur son ordre absolu, oui, nous l'avons laissé seul. »

Lupin se sentit pâlir.

Daubrecq était revenu chercher le bouchon de cristal !

Il garda le silence assez longtemps, et il répétait en lui-même :

« Il est revenu le chercher... Il a eu peur qu'on ne le trouvât, et il l'a repris... Parbleu ! c'était inévitable... D'Albufex arrêté, d'Albufex accusé et accusant, il fallait bien que Daubrecq se défendît. La partie est rude pour lui. Après des mois et des mois de mystère, le public apprend enfin que l'être infernal qui a combiné tout le drame des *vingt-sept* et qui déshonore et qui tue, c'est lui Daubrecq. Que deviendrait-il, si, par miracle, son talisman ne le protégeait plus ? Il l'a repris. »

Il dit d'une voix qu'il tâchait d'assurer : « Il est resté longtemps ?

— Vingt secondes peut-être.

— Comment, vingt secondes ! Pas davantage ?

— Pas davantage.

— Quelle heure était-il ?

— Dix heures.

— Pouvait-il connaître alors le suicide du marquis d'Albufex ?

— Oui. J'ai vu dans sa poche l'édition spéciale que le *Paris-Midi* a publiée à ce propos.

— C'est bien cela… c'est bien cela », dit Lupin.

Et il demanda encore :

« M. Prasville ne vous avait pas donné d'instructions spéciales concernant le retour possible de Daubrecq ?

— Non. Aussi, en l'absence de M. Prasville, j'ai téléphoné à la Préfecture et j'attends. La disparition du député Daubrecq a fait, vous le savez, beaucoup de bruit, et notre présence ici est admissible aux yeux du public, tant que dure cette disparition. Mais puisque Daubrecq est revenu, puisque nous avons la preuve qu'il n'est ni séquestré, ni mort, pouvons-nous rester dans cette maison ?

— Qu'importe ! fit Lupin distraitement. Qu'importe que la maison soit gardée ou non ! Daubrecq est venu : donc le bouchon de cristal n'est plus là. »

Il n'avait pas achevé cette phrase qu'une question s'imposa naturellement à son esprit. Si le bouchon de cristal n'était plus là, cela ne pouvait-il se voir à un signe matériel quelconque ? L'enlèvement de cet objet, contenu sans aucun doute dans un autre objet, avait-il laissé une trace, un vide ?

La constatation était aisée. Il s'agissait tout simplement d'examiner la table, puisque Lupin savait, par les plaisanteries de

Sebastiani, que c'était là l'endroit de la cachette. Et cette cachette ne pouvait être compliquée, puisque Daubrecq n'était pas resté dans son bureau plus de vingt secondes, le temps, pour ainsi dire, d'entrer et de sortir.

Lupin regarda. Et ce fut immédiat. Sa mémoire avait enregistré si fidèlement l'image de la table avec la totalité des objets posés sur elle, que l'absence de l'un d'entre eux le frappa instantanément, comme si cet objet, et celui-là seul, eût été le signe caractéristique qui distinguât cette table de toutes les autres tables.

« Oh ! pensa-t-il avec un tremblement de joie, tout concorde... tout... jusqu'à ce commencement de mot que la torture arrachait à Daubrecq dans la tour de Mortepierre ! L'énigme est déchiffrée. Cette fois, il n'y a plus d'hésitation possible, plus de tâtonnements. Nous touchons au but. »

Et, sans répondre aux interrogations de l'inspecteur, il songeait à la simplicité de la cachette et il se rappelait la merveilleuse histoire d'Edgar Poe où la lettre volée, et recherchée si avidement, est, en quelque sorte, offerte aux yeux de tous. On ne soupçonne pas ce qui ne semble point se dissimuler.

« Allons, dit Lupin en sortant, très surexcité par sa découverte, il est écrit que, dans cette sacrée aventure, je me heurterai jusqu'à la fin aux pires déceptions. Tout ce que je bâtis s'écroule aussitôt. Toute conquête s'achève en désastre. »

Cependant, il ne se laissait pas abattre. D'une part, il connaissait la façon dont le député Daubrecq cachait le bouchon de cristal. D'autre part, il fallait savoir, par Clarisse Mergy, la retraite même de Daubrecq. Le reste, dès lors, ne serait plus qu'un enfantillage pour lui.

Grognard et Le Ballu l'attendaient dans le salon de l'hôtel Franklin, petit hôtel de famille situé près du Trocadéro. Mme Mergy ne leur avait pas encore écrit.

« Bah ! dit-il, j'ai confiance en elle ! Elle ne lâchera pas Daubrecq avant d'avoir une certitude. »

Cependant, à la fin de l'après-midi, il commença à perdre patience et à s'inquiéter. Il livrait une de ces batailles – la dernière, espérait-il – où le moindre retard risquait de tout compromettre. Que Daubrecq dépistât Mme Mergy, comment le rattraper ? On ne disposait plus, pour réparer les fautes commises, de semaines ou de jours, mais plutôt de quelques heures, d'un nombre d'heures effroyablement restreint.

Apercevant le patron de l'hôtel, il l'interpella :

« Vous êtes sûr qu'il n'y a pas de pneumatique au nom de mes deux amis ?

— Absolument sûr, monsieur.

— Et à mon nom, au nom de M. Nicole ?

— Pas davantage.

— C'est curieux, dit Lupin. Nous comptions avoir des nouvelles de Mme Audran (c'était le nom sous lequel Clarisse était descendue).

— Mais cette dame est venue, s'écria le patron.

— Vous dites ?

— Elle est venue tantôt, et, comme ces messieurs n'étaient pas là, elle a laissé une lettre dans sa chambre. Le domestique ne vous en a pas parlé ? »

En hâte, Lupin et ses amis montèrent.

Il y avait, en effet, une lettre sur la table.

« Tiens, dit Lupin, elle est décachetée. Comment se fait-il ? Et puis pourquoi ces coups de ciseau ? »

La lettre contenait ces lignes :

Daubrecq a passé la semaine à l'hôtel Central. Ce matin il a fait porter ses bagages à la gare de , *et il a téléphoné qu'on lui réserve une place de sleeping-car pour*

Je ne sais pas l'heure du train. Mais je serai tout l'après-midi à la gare. Venez tous les trois aussitôt que possible. On préparera l'enlèvement.

« Eh bien, quoi ! dit Le Ballu. À quelle gare ? Et pour quel endroit, le sleeping ? Elle a coupé juste l'emplacement des mots.

— Mais oui, fit Grognard. Deux coups de ciseau à chaque place, et les seuls mots utiles ont sauté. Elle est raide, celle-là ! Mme Mergy a donc perdu la tête ? »

Lupin ne bougeait pas. Un tel afflux de sang battait ses tempes qu'il avait collé ses poings contre elles, et qu'il serrait de toutes ses forces. La fièvre remontait en lui, brûlante et tumultueuse, et sa volonté, exaspérée jusqu'à la souffrance, se contractait sur cette ennemie sournoise qu'il fallait étouffer instantanément, s'il ne voulait pas lui-même être vaincu sans retour.

Il murmura, très calme :

« Daubrecq est venu ici.

— Daubrecq !

— Pouvons-nous supposer que Mme Mergy se soit divertie à supprimer elle-même ces deux mots ? Daubrecq est venu ici. Mme Mergy croyait le surveiller. C'est lui qui la surveillait.

— Comment ?

— Sans doute par l'intermédiaire de ce domestique qui ne nous a pas avertis, nous, du passage à l'hôtel de Mme Mergy, mais qui aura averti Daubrecq. Il est venu. Il a lu la lettre. Et, par ironie, il s'est contenté de couper les mots essentiels.

— Nous pouvons le savoir… interroger…

— À quoi bon ! à quoi bon savoir comment il est venu, puisque nous savons *qu'il est venu* ? »

Il examina la lettre assez longtemps, la tourna et la retourna, puis se leva et dit :

« Allons-nous-en.

— Mais où ?

— Gare de Lyon.

— Vous êtes sûr ?

— Je ne suis sûr de rien avec Daubrecq. Mais comme nous avons à choisir, selon la teneur même de la lettre, entre la gare *de* l'Est et la gare *de* Lyon, je suppose que ses affaires, ses plaisirs, sa santé conduisent plutôt Daubrecq vers Marseille et la Côte d'Azur que vers l'est de la France. »

Il était plus de sept heures du soir lorsque Lupin et ses compagnons quittèrent l'hôtel Franklin. À toute allure, une automobile leur fit traverser Paris. Mais ils purent, en quelques minutes, constater que Clarisse Mergy n'était point à l'extérieur de la gare, ni dans les salles d'attente, ni sur les quais.

« Pourtant… pourtant…, ronchonnait Lupin dont l'agitation croissait avec les obstacles, pourtant, si Daubrecq a retenu un sleeping, ce ne peut être que dans un train du soir. Et il n'est que sept heures et demie ! »

Un train partait, le rapide de nuit. Ils eurent le temps de galoper le long des couloirs. Personne… ni Mme Mergy, ni Daubrecq.

Mais, comme ils s'en allaient tous les trois, un homme de peine, un porteur, les accosta devant le buffet.

« Y a-t-il un de ces messieurs qui s'appelle M. Le Ballu ?

— Oui, oui, moi, fit Lupin… Vite… Que voulez-vous ?

— Ah ! c'est vous, monsieur ! La dame m'avait bien dit que vous seriez peut-être trois… peut-être deux… Et je ne savais pas trop…

— Mais, pour Dieu, parlez donc ! Quelle dame ?

— Une dame qui a passé la journée sur le trottoir, près des bagages, à attendre…

— Et puis ?… parlez donc ! elle a pris un train ?

— Oui, le train de luxe, à six heures trente… Au dernier moment, elle s'est décidée, qu'elle m'a dit de vous dire… Et elle m'a dit de vous dire aussi que le monsieur était dans ce train-là, et qu'on allait à Monte-Carlo.

— Ah ! crénom ! murmura Lupin, il eût fallu prendre le rapide, il y a un instant ! Maintenant, il ne reste plus que les trains du soir. Et ils n'avancent pas ! c'est plus de trois heures que nous perdons. »

Le temps leur parut interminable. Ils retinrent leurs places. Ils téléphonèrent au patron de l'hôtel Franklin qu'on renvoyât leur correspondance à Monte-Carlo. Ils dînèrent. Ils lurent les journaux. Enfin, à neuf heures et demie le train s'ébranla.

Ainsi donc, par un concours de circonstances vraiment tragique, au moment le plus grave de la lutte, Lupin tournait le dos au champ de bataille, et s'en allait, à l'aventure, chercher il ne savait où, vaincre il ne savait comment, le plus redoutable et le plus insaisissable des ennemis qu'il eût jamais combattus.

Et cela se passait quatre jours, cinq jours au plus avant l'inévitable exécution de Gilbert et de Vaucheray.

Cette nuit-là fut rude et douloureuse pour Lupin. À mesure qu'il étudiait la situation, elle lui apparaissait plus terrible. De tous côtés, c'était l'incertitude, les ténèbres, le désarroi, l'impuissance.

Il connaissait bien le secret du bouchon de cristal. Mais comment savoir si Daubrecq ne changerait pas, ou n'avait pas changé déjà de tactique ? Comment savoir si la liste des *vingt-sept* se trouvait encore dans ce bouchon de cristal, et si le bouchon de cristal se trouvait encore dans l'objet où Daubrecq l'avait d'abord caché ?

Et quel autre motif d'inquiétude, en ce fait que Clarisse Mergy croyait suivre et surveiller Daubrecq, alors que, au contraire, c'était Daubrecq qui la surveillait, qui se faisait suivre et qui l'entraînait, avec une habileté diabolique vers les lieux choisis par lui, loin de tout secours et de toute espérance de secours.

Ah ! le jeu de Daubrecq était clair ! Lupin ne savait-il pas les hésitations de la malheureuse femme ? Ne savait-il pas – et Grognard et Le Ballu le lui confirmèrent de la façon la plus formelle – que Clarisse envisageait comme possible, comme acceptable, le marché infâme projeté par Daubrecq ? En ce cas, comment pouvait-il réussir, lui ? La logique des événements, dirigés de si puissante manière par Daubrecq, aboutissait au dénouement fatal : la mère devait se sacrifier, et, pour le salut de son fils, immoler ses scrupules, ses répugnances, son honneur même.

« Ah ! bandit, grinçait Lupin avec des élans de rage, si je t'empoigne au collet, tu danseras une gigue pas ordinaire ! Vrai, je ne voudrais pas être à ta place, ce jour-là. »

Ils arrivèrent à trois heures de l'après-midi. Tout de suite Lupin eut une déception en n'apercevant pas Clarisse sur le quai de la gare, à Monte-Carlo.

Il attendit : aucun messager ne l'accosta.

Il interrogea les hommes d'équipe et les contrôleurs ; ils n'avaient pas remarqué, dans la foule, des voyageurs dont le signalement correspondît à celui de Daubrecq et de Clarisse.

Il fallait donc se mettre en chasse, et fouiller les hôtels et les pensions de la Principauté. Que de temps perdu !

Le lendemain soir Lupin savait, à n'en pas douter, que Daubrecq et Clarisse n'étaient ni à Monte-Carlo, ni à Monaco, ni au Cap-d'Ail, ni à La Turbie, ni au Cap-Martin.

« Alors ? Alors quoi ? » disait-il, tout frémissant de colère.

Enfin le samedi, à la poste restante, on leur délivra une dépêche réexpédiée par le patron de l'hôtel Franklin, et qui disait :

IL EST DESCENDU À CANNES, EST REPARTI POUR SAN REMO, HÔTEL-PALACE DES AMBASSADEURS. CLARISSE.

La dépêche portait la date de la veille.

« Crebleu ! s'exclama Lupin, ils ont passé par Monte-Carlo. Il fallait que l'un de nous restât de faction à la gare ! J'y ai pensé. Mais, au milieu de cette bousculade... »

Lupin et ses amis sautèrent dans le premier train qui s'en allait vers l'Italie.

À midi, ils traversèrent la frontière.

À midi quarante, ils entraient en gare de San Remo.

Aussitôt ils apercevaient un portier dont la casquette galonnée offrait cette inscription : « *Ambassadeurs-Palace* » et qui semblait chercher quelqu'un parmi les arrivants.

Lupin s'approcha de lui.

« Vous cherchez M. Le Ballu, n'est-ce pas ?

— Oui... M. Le Ballu et deux messieurs...

— De la part d'une dame, n'est-ce pas ?

— Oui, Mme Mergy.

— Elle est dans votre hôtel ?

— Non. Elle n'est pas descendue du train. Elle m'a fait signe de venir, m'a donné le signalement de ces trois messieurs et m'a dit : "Vous les préviendrez que l'on va jusqu'à Gênes... Hôtel Continental."

— Elle était seule ?

— Oui. »

Lupin congédia cet homme après l'avoir rémunéré, puis, se tournant vers ses amis :

« Nous sommes aujourd'hui samedi. Si l'exécution a lieu lundi, rien à faire. Mais, le lundi, c'est peu probable... Donc il faut que cette nuit, j'aie mis la main sur Daubrecq, et que lundi je sois à Paris, avec le document. C'est notre dernière chance. Courons-la. »

Grognard se rendit au guichet et prit trois billets pour Gênes.

Le train sifflait.

Lupin eut une hésitation suprême.

« Non, vraiment, c'est trop bête ! Quoi ! Qu'est-ce que nous faisons ! C'est à Paris que nous devrions être ! Voyons... voyons... Réfléchissons... »

Il fut sur le point d'ouvrir la portière et de sauter sur la voie.... Mais ses compagnons le retinrent. Le train partait. Il se rassit.

Et ils continuèrent leur poursuite folle, s'en allèrent au hasard, vers l'inconnu...

Et cela se passait deux jours avant l'inévitable exécution de Gilbert et de Vaucheray.

X

Extra-dry ?

Sur l'une de ces collines qui entourent Nice du plus beau décor qui soit, s'élève, entre le vallon de la Mantega et le vallon de Saint-Sylvestre, un hôtel colossal d'où l'on domine la ville et la baie merveilleuse des Anges. Un monde s'y presse, venu de toutes parts, et c'est la cohue de toutes les classes et de toutes les nations.

Le soir même de ce samedi où Lupin, Grognard et Le Ballu s'enfonçaient en Italie, Clarisse Mergy entrait dans cet hôtel, demandait une chambre au midi et choisissait, au second étage, le numéro 130, qui était libre depuis le matin.

Cette chambre était séparée du numéro 129 par une double porte. À peine seule, Clarisse écarta le rideau qui masquait le premier battant, tira sans bruit le verrou et colla son oreille contre le second battant.

« Il est ici, pensa-t-elle… *Il* s'habille pour aller au cercle… comme hier. »

Lorsque son voisin fut sorti, elle passa dans le couloir, et, profitant d'une seconde où ce couloir était désert, elle s'approcha de la porte du numéro 129. La porte était fermée à clef.

Toute la soirée elle attendit le retour du voisin, et ne se coucha qu'à deux heures. Le dimanche matin, elle recommença d'écouter.

À onze heures, le voisin s'en alla. Cette fois il laissait la clef sur la porte du couloir.

En hâte, Clarisse tourna cette clef, entra résolument, se dirigea vers la porte de communication, puis, ayant soulevé le rideau et tiré le verrou, elle se trouva chez elle.

Au bout de quelques minutes, elle entendit deux bonnes qui faisaient la chambre du voisin.

Elle patienta jusqu'à ce qu'elles fussent parties. Alors, sûre de n'être pas dérangée, elle se glissa de nouveau dans l'autre chambre.

L'émotion la contraignit à s'appuyer sur un fauteuil. Après des jours et des nuits de poursuite acharnée, après des alternatives d'espoir ou d'angoisse, elle parvenait enfin à s'introduire dans une chambre habitée par Daubrecq. Elle allait pouvoir chercher à son aise, et, si elle ne découvrait pas le bouchon de cristal, elle pourrait tout au moins, cachée dans l'intervalle des deux portes de communication et derrière la tenture, voir Daubrecq, épier ses gestes et surprendre son secret.

Elle chercha. Un sac de voyage l'attira qu'elle réussit à ouvrir, mais où ses investigations furent inutiles.

Elle dérangea les casiers d'une malle et les poches d'une valise. Elle fouilla l'armoire, le secrétaire, la salle de bain, la penderie, toutes les tables et tous les meubles. Rien.

Elle tressaillit en apercevant sur le balcon un chiffon de papier, jeté là, comme au hasard.

« Est-ce que par une ruse de Daubrecq, pensa Clarisse, ce chiffon de papier ne contiendrait pas ?... »

« Non », fit une voix derrière elle, au moment où elle posait la main sur l'espagnolette.

Se retournant, elle vit Daubrecq.

Elle n'eut point d'étonnement, ni d'effroi, ni même de gêne à se trouver en face de lui. Elle souffrait trop, depuis quelques mois, pour s'inquiéter de ce que Daubrecq pouvait penser d'elle ou dire en la surprenant ainsi en flagrant délit d'espionnage.

Elle s'assit avec accablement.

Il ricana :

« Non. Il y a erreur, chère amie. Comme disent les enfants, vous ne "brûlez" pas du tout. Ah ! mais pas du tout ! Et c'est si facile ! Dois-je vous aider ? À côté de vous, chère amie, sur ce petit guéridon... Que diable ! il n'y a pourtant pas grand-chose sur ce guéridon... De quoi lire, de quoi écrire, de quoi fumer, de quoi manger, et c'est tout... Voulez-vous un de ces fruits confits ?... Sans doute vous réservez-vous pour le repas plus substantiel que j'ai commandé ? »

Clarisse ne répondit point. Elle semblait ne pas même écouter ce qu'il disait, comme si elle eût attendu les autres paroles, plus graves celles-là, qu'il ne pouvait manquer de prononcer.

Il débarrassa le guéridon de tous les objets qui l'encombraient, et les mit sur la cheminée. Puis il sonna.

Un maître d'hôtel vint.

Il lui dit :

« Le déjeuner que j'ai commandé est prêt ?

— Oui, monsieur.

— Il y a deux couverts, n'est-ce pas ?

— Oui, monsieur.

— Et du champagne ?

— Oui, monsieur.

— De l'extra-dry ?

— Oui, monsieur. »

Un autre domestique apporta un plateau et disposa en effet, sur le guéridon, deux couverts, un déjeuner froid, des fruits, et, dans un seau de glace, une bouteille de champagne.

Puis les deux domestiques se retirèrent.

« À table, chère madame. Comme vous le voyez, j'avais pensé à vous, et votre couvert était mis. »

Et, sans paraître remarquer que Clarisse ne semblait nullement prête à faire honneur à son invitation, il s'assit et commença de manger, tout en continuant :

« Ma foi oui, j'espérais bien que vous finiriez par me consentir ce tête-à-tête. Depuis bientôt huit jours que vous m'entourez de votre surveillance assidue, je me disais : "Voyons… qu'est-ce qu'elle préfère ? Le champagne doux ? Le champagne sec ? L'extra-dry ?" Vraiment, j'étais perplexe. Depuis notre départ de Paris, surtout. J'avais perdu votre trace, c'est-à-dire que je craignais bien que vous n'eussiez perdu la mienne et renoncé à cette poursuite qui m'était si agréable. Vos jolis yeux noirs, si brillants de haine, sous vos cheveux un peu gris, me manquaient dans mes promenades. Mais, ce matin, j'ai compris : la chambre contiguë à celle-ci était enfin libre, et mon amie Clarisse avait pu s'installer, comment dirais-je ?… à mon chevet. Dès lors j'étais tranquille. En rentrant ici, au lieu de déjeuner au restaurant selon mon habitude, je comptais bien vous trouver en train de ranger mes petites affaires à votre guise, et suivant vos goûts particuliers. D'où ma commande de deux couverts… un pour votre serviteur, l'autre pour sa belle amie. »

Elle l'écoutait maintenant, et avec quelle terreur ! Ainsi donc Daubrecq se savait espionné ! Ainsi donc, depuis huit jours, il se jouait d'elle et de toutes ses manœuvres !

À voix basse, le regard anxieux, elle lui dit :

« C'est exprès, n'est-ce pas ? vous n'êtes parti que pour m'entraîner ?

— Oui, fit-il.

— Mais pourquoi, pourquoi ?

— Vous le demandez, chère amie ? » dit Daubrecq avec son petit gloussement de joie.

Elle se leva de sa chaise à moitié et, penchée vers lui, elle pensa, comme elle y pensait chaque fois, au meurtre qu'elle pouvait commettre, qu'elle allait commettre. Un coup de revolver, et la bête odieuse serait abattue.

Elle glissa lentement sa main vers l'arme que contenait son corsage.

Daubrecq prononça :

« Une seconde, chère amie… Vous tirerez tout à l'heure, mais je vous supplie auparavant de lire cette dépêche que je viens de recevoir. »

Elle hésitait, ne sachant quel piège il lui tendait, mais il précisa, en sortant de sa poche une feuille bleue.

« Cela concerne votre fils.

— Gilbert ? fit-elle bouleversée.

— Oui, Gilbert… Tenez, lisez. »

Elle poussa un hurlement d'épouvante, elle avait lu :

EXÉCUTION AURA LIEU MARDI.

Et, tout de suite, elle cria, en se jetant sur Daubrecq :

« Ce n'est pas vrai ! C'est un mensonge… pour m'affoler… Ah ! je vous connais… vous êtes capable de tout ! Mais avouez donc !… Ce n'est pas pour mardi, n'est-ce pas ? Dans deux jours ! Non,

non… moi, je vous dis que nous avons encore quatre jours, cinq jours même, pour le sauver… Mais avouez-le donc ? »

Elle n'avait plus de forces, épuisée par cet accès de révolte, et sa voix n'émettait plus que des sons inarticulés.

Il la contempla un instant, puis il se versa une coupe de champagne qu'il avala d'un trait. Ayant fait quelques pas de droite à gauche, il revint auprès d'elle, et lui dit :

« Écoute-moi, Clarisse… »

L'insulte de ce tutoiement la fit tressaillir d'une énergie imprévue. Elle se redressa et, indignée, haletante :

« Je vous défends… je vous défends de me parler ainsi. C'est un outrage que je n'accepte pas… Ah ! quel misérable !… »

Il haussa les épaules et reprit :

« Allons, je vois que vous n'êtes pas encore tout à fait au point. Cela vient sans doute de ce qu'il vous reste l'espérance d'un secours. Prasville peut-être ? cet excellent Prasville dont vous êtes le bras droit… Ma bonne amie, vous tombez mal. Figurez-vous que Prasville est compromis dans l'affaire du Canal ! Pas directement… C'est-à-dire que son nom n'est pas sur la liste des *vingt-sept*, mais il s'y trouve sous le nom d'un de ses amis, l'ancien député Vorenglade, Stanislas Vorenglade, son homme de paille, paraît-il, un pauvre diable que je laissais tranquille, et pour cause. J'ignorais tout cela, et puis voilà-t-il pas que l'on m'annonce ce matin, par lettre, l'existence d'un paquet de documents qui prouvent la complicité de notre sieur Prasville ! Et qu'est-ce qui m'annonce cela ? Vorenglade lui-même ! Vorenglade, qui, las de traîner sa misère, veut faire chanter Prasville, au risque d'être arrêté, lui aussi, et qui ne demande qu'à s'entendre avec moi. Et Prasville saute ! Ah ! ah ! elle est bonne celle-là… Et je vous jure qu'il va sauter, le brigand ! Crebleu ! depuis le temps qu'il m'embête ! Ah ! Prasville, mon vieux, tu ne l'as pas volé… »

Il se frottait les mains, heureux de cette vengeance nouvelle qui s'annonçait. Et il reprit :

« Vous le voyez, ma chère Clarisse… de ce côté, rien à faire. Alors quoi ? À quelle racine vous raccrocher ? Mais j'oubliais !… M. Arsène Lupin ! M. Grognard ! M. Le Ballu !… Peuh ! vous avouerez que ces messieurs n'ont pas été brillants, et que toutes leurs prouesses ne m'ont pas empêché de suivre mon petit bonhomme de chemin. Que voulez-vous? ces gens-là s'imaginent qu'ils n'ont pas leurs pareils. Quand ils rencontrent un adversaire qui ne s'épate pas, comme moi, ça les change, et ils entassent gaffes sur gaffes, tout en croyant qu'ils le roulent de la belle manière. Collégiens, va! Enfin, tout de même, puisque vous avez encore quelque illusion sur le susdit Lupin, puisque vous comptez sur ce pauvre hère pour m'écraser et pour opérer un miracle en faveur de l'innocent Gilbert, allons-y, soufflons sur cette illusion. Ah! Lupin! Seigneur Dieu! elle croit en Lupin! elle met en Lupin ses dernières espérances! Lupin! attends un peu que je te dégonfle, illustre fantoche! »

Il saisit le récepteur du téléphone qui le reliait au poste principal de l'hôtel, et prononça :

« C'est de la part du numéro 129, mademoiselle. Je vous prierai de faire monter la personne qui est assise en face de votre bureau… Allô ?… oui, mademoiselle, un monsieur, avec un chapeau mou de couleur grise. Il est prévenu… Je vous remercie, mademoiselle. »

Ayant raccroché le récepteur, il se tourna vers Clarisse :

« Soyez sans crainte. Ce monsieur est la discrétion même. C'est d'ailleurs la devise de son emploi : “Célérité et discrétion”. Ancien agent de la Sûreté, il m'a rendu déjà plusieurs services, entre autres celui de vous suivre pendant que vous me suiviez. Si depuis notre arrivée dans le Midi, il s'est moins occupé de vous, c'est qu'il était occupé par ailleurs. Entrez, Jacob. »

Lui-même il ouvrit la porte, et un monsieur mince, petit, à moustaches rousses, entra.

« Jacob, ayez l'obligeance de dire à madame, en quelques paroles brèves, ce que vous avez fait depuis mercredi soir, jour où, la laissant monter, gare de Lyon, dans le train de luxe qui m'emportait vers le Midi, vous êtes resté, vous, sur le quai de cette même gare. Bien entendu, je ne vous demande l'emploi de votre temps qu'en ce qui concerne madame et la mission dont je vous ai chargé. »

Le sieur Jacob alla chercher dans la poche intérieure de son veston un petit carnet qu'il feuilleta, et dont il lut, du ton que l'on prend pour lire un rapport, les pages suivantes :

« *Mercredi soir.* Sept heures quinze. Gare de Lyon. J'attends ces messieurs Grognard et Le Ballu. Ils arrivent avec un troisième personnage que je ne connais pas encore, mais qui ne peut être que M. Nicole. Moyennant dix francs, j'ai emprunté la blouse et la casquette d'un homme d'équipe. Ai abordé ces messieurs et leur ai dit de la part d'une dame qu'on s'en allait à Monte-Carlo. Ai ensuite téléphoné au domestique de l'hôtel Franklin. Toutes les dépêches envoyées à son patron et renvoyées par ledit patron seront lues par ledit domestique et, au besoin, interceptées.

« *Jeudi.* Monte-Carlo. Ces trois messieurs fouillent les hôtels.

« *Vendredi.* Excursions rapides à La Turbie, au Cap-d'Ail, au Cap-Martin. M. Daubrecq me téléphone. Il juge plus prudent d'expédier ces messieurs en Italie. Leur fait donc adresser, par le domestique de l'hôtel Franklin, une dépêche leur donnant rendez-vous à San Remo.

« *Samedi.* San Remo, quai de la gare. Moyennant dix francs, j'emprunte la casquette du portier de l'Ambassadeurs-Palace. Arrivée de ces trois messieurs. On s'aborde. Leur explique de la part d'une voyageuse, Mme Mergy, qu'on va jusqu'à Gênes, hôtel Continental. Hésitation de ces messieurs, M. Nicole veut descendre. On le retient. Le train démarre. Bonne chance, messieurs. Une heure après, je reprends un train pour la France et m'arrête à Nice, où j'attends les ordres nouveaux. »

Le sieur Jacob ferma son carnet et conclut :

« C'est tout. La journée d'aujourd'hui ne sera inscrite que ce soir.

— Vous pouvez l'inscrire dès maintenant, monsieur Jacob : "*Midi.* M. Daubrecq m'envoie à la Compagnie des wagons-lits. Je retiens deux sleepings pour Paris, au train de deux heures quarante-huit, et les envoie à M. Daubrecq par un exprès. Ensuite je prends le train de midi cinquante-huit pour Vintimille, station frontière où je passe la journée dans la gare à surveiller tous les voyageurs entrant en France. Si MM. Nicole, Grognard et Le Ballu avaient l'idée de quitter l'Italie, de revenir par Nice et de retourner à Paris, j'ai ordre de télégraphier à la préfecture de Police que le sieur Arsène Lupin et deux de ses complices sont dans le train numéro X..." »

Tout en parlant, Daubrecq avait conduit le sieur Jacob jusqu'à la porte. Il la referma sur lui, tourna la clef, poussa le verrou, et, s'approchant de Clarisse, il lui dit :

« Maintenant, *écoute-moi*, Clarisse… »

Cette fois elle ne protesta point. Que faire contre un tel ennemi, si puissant, si ingénieux, qui prévoyait jusqu'aux moindres détails et qui se jouait de ses adversaires avec tant de désinvolture ? Si elle avait encore pu espérer dans l'intervention de Lupin, le pouvait-elle à cette heure qu'il errait en Italie à la poursuite de fantômes ?

Elle comprenait enfin pourquoi trois télégrammes, envoyés par elle à l'hôtel Franklin, étaient restés sans réponse. Daubrecq était là, dans l'ombre, qui veillait, qui faisait le vide autour d'elle, qui la séparait de ses compagnons de lutte, qui l'amenait peu à peu, prisonnière et vaincue, entre les quatre murs de cette chambre.

Elle sentit sa faiblesse. Elle était à la merci du monstre. Il fallait se taire et se résigner.

Il répéta avec une joie mauvaise :

« Écoute-moi, Clarisse. Écoute les paroles irrémédiables que je vais prononcer. Écoute-les bien. Il est midi. Or, c'est à deux heures quarante-huit que part le dernier train, tu entends, le *dernier train* qui peut me conduire à Paris demain lundi, à temps pour que je sauve ton fils. Les trains de luxe sont complets. Donc c'est à deux heures quarante-huit qu'il faut que je parte… Dois-je partir ?

— Oui.

— *Nos* sleepings sont retenus. Tu m'accompagnes ?

— Oui.

— Tu connais les conditions de mon intervention ?

— Oui !

— Tu acceptes ?

— Oui.

— Tu seras ma femme ?

— Oui. »

Ah ! ces réponses horribles ! La malheureuse les fit dans une sorte de torpeur affreuse, en refusant même de comprendre à quoi elle s'engageait. Qu'il partît d'abord, qu'il écartât de Gilbert la machine sanglante dont la vision la hantait jour et nuit… Et puis, et puis, il arriverait ce qui devait arriver…

Il éclata de rire.

« Ah ! coquine, c'est bientôt dit… Tu es prête à tout promettre, hein ? L'essentiel, c'est de sauver Gilbert, n'est-ce pas ? Après, quand le naïf Daubrecq offrira sa bague de fiançailles, bernique, on se fichera de lui. Allons, voyons, assez de paroles vagues. Pas de promesses qu'on ne tient pas… des faits, des faits immédiats. »

Et, nettement, assis tout près d'elle, il articula :

« Moi, voici ce que je propose… ce qui doit être… ce qui sera… Je demanderai, ou plutôt, j'exigerai, non pas encore la grâce de Gilbert, mais un délai, un sursis à l'exécution, un sursis de trois ou quatre semaines. On inventera n'importe quel prétexte, ça ne me regarde pas. Et quand Mme Mergy sera devenue Mme Daubrecq, alors seulement, je réclamerai la grâce, c'est-à-dire la substitution de peine. Et sois tranquille, on me l'accordera.

— J'accepte… J'accepte… », balbutia-t-elle.

Il rit de nouveau.

« Oui, tu acceptes, parce que cela se passera dans un mois… et d'ici là tu comptes bien trouver quelque ruse, un secours quelconque… M. Arsène Lupin…

— Je jure sur la tête de mon fils…

— La tête de ton fils !… Mais, ma pauvre petite, tu te damnerais pour qu'elle ne tombe pas…

— Ah ! oui, murmura-t-elle en frissonnant, je vendrais mon âme avec joie ! »

Il se glissa contre elle, et, la voix basse :

« Clarisse, ce n'est pas ton âme que je te demande… Voilà plus de vingt ans que toute ma vie tourne autour de cet amour. Tu es la seule femme que j'aie aimée… Déteste-moi… Exècre-moi… Ça m'est indifférent… mais ne me repousse pas… Attendre ? attendre encore un mois ?… non, Clarisse, il y a trop d'années que j'attends… »

Il osa lui toucher la main. Clarisse eut un tel geste de dégoût qu'il fut pris de rage et s'écria :

« Ah ! je te jure Dieu, la belle, que le bourreau n'y mettra pas tant de formes quand il empoignera ton fils… Et tu fais des manières ! Mais pense donc, cela se passera dans quarante heures ! Quarante heures, pas davantage. Et tu hésites !… et tu as des scrupules, alors qu'il s'agit de ton fils ! Allons, voyons, pas de pleurnicheries, pas de sentimentalité stupide... Regarde les choses bien en face. D'après ton serment, tu es ma femme, tu es ma fiancée, dès maintenant... Clarisse, Clarisse, donne-moi tes lèvres... »

Elle le repoussait à peine, le bras tendu, mais défaillante. Et, avec un cynisme où se révélait sa nature abominable, Daubrecq, entremêlant les paroles cruelles et les mots de passion, continuait :

« Sauve ton fils... pense au dernier matin, à la toilette funèbre, à la chemise qu'on échancre, aux cheveux que l'on coupe... Clarisse, Clarisse, je le sauverai... Sois-en sûre... toute ma vie t'appartiendra... Clarisse. »

Elle ne résistait plus. C'était fini. Les lèvres de l'homme immonde allaient toucher les siennes, et il fallait qu'il en fût ainsi, et rien ne pouvait faire que cela ne fût pas. C'était son devoir d'obéir aux ordres du destin. Elle le savait depuis longtemps. Elle comprit, et, en elle-même, les yeux fermés pour ne pas voir l'ignoble face qui se haussait vers la sienne, elle répétait :

« Mon fils... mon pauvre fils... »

Quelques secondes s'écoulèrent, dix, vingt peut-être. Daubrecq ne bougeait plus. Daubrecq ne parlait plus. Et elle s'étonna de ce grand silence et de cet apaisement subit. Au dernier instant, le monstre avait-il quelque remords ?

Elle leva les paupières.

Le spectacle qui s'offrit à elle la frappa de stupeur. Au lieu de la face grimaçante qu'elle s'attendait à voir, elle aperçut un visage immobile, méconnaissable, tordu par une expression d'épouvante extrême, et dont les yeux, invisibles sous le double obstacle des lunettes, semblaient regarder plus haut qu'elle, plus haut que le fauteuil où elle était prostrée.

Clarisse se détourna. Deux canons de revolver, braqués sur Daubrecq, émergeaient à droite un peu au-dessus du fauteuil. Elle ne vit que cela, ces deux revolvers énormes et redoutables, que serraient deux poings crispés. Elle ne vit que cela, et aussi la figure de Daubrecq que la peur décolorait peu à peu, jusqu'à la rendre livide. Et, presque en même temps, derrière lui, quelqu'un se glissa, qui surgit brutalement, lui jeta l'un de ses bras autour du cou, le renversa avec une violence incroyable, et lui appliqua sur le visage un masque d'ouate et d'étoffe. Une odeur soudaine de chloroforme se dégagea.

Clarisse avait reconnu M. Nicole.

« À moi, Grognard ! cria-t-il. À moi, Le Ballu ! Lâchez vos revolvers ! je le tiens ! Ce n'est plus qu'une loque… Attachez-le ! »

Daubrecq en effet se repliait sur lui-même et tombait à genoux comme un pantin désarticulé. Sous l'action du chloroforme, la brute formidable s'effondrait, inoffensive et ridicule.

Grognard et Le Ballu le roulèrent dans une des couvertures du lit et le ficelèrent solidement.

« Ça y est ! ça y est ! » clama Lupin en se relevant d'un bond.

Et, par un retour de joie brusque, il se mit à danser une gigue désordonnée au milieu de la pièce, une gigue où il y avait du cancan et des contorsions de mattchiche, et des pirouettes de derviche tourneur, et des acrobaties de clown, et des zigzags d'ivrogne. Et il annonçait, comme des numéros de music-hall :

« La danse du prisonnier… Le chahut du captif… Fantaisie sur le cadavre d'un représentant du peuple !… La polka du chloroforme !… Le double boston des lunettes vaincues !… Ollé ! ollé ! le fandango du maître chanteur !… Et puis la danse de l'ours !… Et puis la tyrolienne ! Laïtou, laïtou, la, la !… Allons, enfants de la patrie !… Zim, boumboum, Zim boumboum… »

Toute sa nature de gavroche, tous ses instincts d'allégresse, étouffés depuis si longtemps par l'anxiété et par les défaites successives, tout cela faisait irruption, éclatait en accès de rire, en sursaut de verve, en un besoin pittoresque d'exubérance et de tumulte enfantin.

Il esquissa un dernier entrechat, tourna autour de la chambre en faisant la roue, et finalement se planta debout, les deux poings sur les hanches, et un pied sur le corps inerte de Daubrecq.

« Tableau allégorique ! annonça-t-il. L'archange de la Vertu écrasant l'hydre du Vice ! »

Et c'était d'autant plus comique que Lupin apparaissait sous les espèces de M. Nicole, avec son masque et ses vêtements de répétiteur étriqué, compassé, et comme gêné dans ses entournures.

Un triste sourire éclaira le visage de Mme Mergy, son premier sourire depuis des mois et des mois. Mais, tout de suite, reprise par la réalité, elle implora :

« Je vous en supplie… pensons à Gilbert. »

Il courut à elle, la saisit à deux bras et, dans un mouvement spontané, si ingénu qu'elle ne pouvait qu'en rire, il lui appliqua sur les joues deux baisers sonores.

« Tiens, la dame, voilà le baiser d'un honnête homme. Au lieu de Daubrecq, c'est moi qui t'embrasse… Un mot de plus et je recommence, et puis je te tutoie… Fâche-toi si tu veux… Ah ! ce que je suis content ! »

Il mit un genou à terre devant elle, et, respectueusement :

« Je vous demande pardon, madame. La crise est finie. »

Et, se relevant, de nouveau narquois, il continua, tandis que Clarisse se demandait où il voulait en venir, il continua :

« Madame désire ? la grâce de son fils, peut-être ? Adjugé ! Madame, j'ai l'honneur de vous accorder la grâce de votre fils, la commutation de sa peine en celle des travaux à perpétuité, et, comme dénouement, son évasion prochaine. C'est convenu, hein, Grognard ? Convenu, Le Ballu ? On s'embarque pour Nouméa avant le gosse, et on prépare tout. Ah ! respectable Daubrecq, nous t'en devons une fière chandelle ! et c'est bien mal te récompenser. Mais aussi avoue que tu en prenais par trop à ton aise. Comment ! traiter ce bon M. Lupin de collégien, de pauvre hère, et cela pendant qu'il écoute à ta porte ! Le traiter d'illustre fantoche ! Dis donc, il me semble que l'illustre fantoche n'a pas mal manœuvré, et que tu n'en mènes pas très large, représentant du peuple… Non, mais quelle binette ! Quoi ? Qu'est-ce que tu demandes ? Une pastille de Vichy ? Non ? Une dernière pipe peut-être ? Voilà, voilà ! »

Il prit une des pipes sur la cheminée, s'inclina vers le captif, écarta son masque, et entre ses dents introduisit le bout d'ambre.

« Aspire, mon vieux, aspire. Vrai, ce que tu as une drôle de tête, avec ton tampon sur le nez et ton brûle-gueule au bec. Allons, aspire, crebleu ! mais j'oubliais de la bourrer, ta pipe ! Où est ton tabac ? Ton maryland préféré ?… Ah ! voici… »

Il saisit sur la cheminée un paquet jaune, non entamé, dont il déchira la bande.

« Le tabac de monsieur! Attention! l'heure est solennelle. Bourrer la pipe de monsieur, fichtre! quel bonheur! Qu'on suive bien mes gestes! Rien dans les mains, rien dans les poches... »

Il ouvrit le paquet, et, à l'aide de son index et de son pouce, lentement, délicatement, comme un prestidigitateur qui opère en présence d'un public ébahi, et qui, le sourire aux lèvres, les coudes arrondis, les manchettes relevées, achève son tour de passe-passe, il retira, d'entre les brins de tabac, un objet brillant qu'il offrit aux spectateurs.

Clarisse poussa un cri.

C'était le bouchon de cristal.

Elle se précipita sur Lupin et le lui arracha.

« C'est ça! c'est ça, proféra-t-elle, toute fiévreuse. Celui-là n'a pas d'éraflure à la tige! Et puis, tenez, cette ligne qui le scinde par le milieu, à l'endroit où se terminent les facettes d'or... C'est ça, il se dévisse... Ah! mon Dieu, je n'ai plus de forces... »

Elle tremblait tellement que Lupin lui reprit le bouchon et le dévissa lui-même.

L'intérieur de la tête était creux, et, dans ce creux, il y avait un morceau de papier roulé en forme de boulette.

« Le papier pelure », dit-il tout bas, ému lui aussi et les mains frémissantes.

Il y eut un grand silence. Tous les quatre, ils sentirent leur cœur prêt à se rompre, et ils avaient peur de ce qui allait se passer.

« Je vous en prie... je vous en prie... », balbutia Clarisse.

Lupin déplia le papier.

Des noms étaient inscrits les uns sous les autres.

Il y en avait vingt-sept, les vingt-sept noms de la fameuse liste. Langeroux, Dechaumont, Vorenglade, d'Albufex, Laybach, Victorien Mergy, etc.

Et, en dessous, la signature du président du conseil d'administration du Canal français des Deux-Mers, la signature couleur du sang...

Lupin consulta sa montre.

« Une heure moins le quart, dit-il, nous avons vingt bonnes minutes… Mangeons.

— Mais, fit Clarisse qui s'affolait déjà, n'oubliez pas… »

Il déclara simplement :

« Je meurs de faim. »

Il s'assit devant le guéridon, se coupa une large tranche de pâté et dit à ses complices :

« Grognard ? Le Ballu ? on se restaure ?

— C'est pas de refus, patron.

— Alors, faites vite, les enfants. Et, par là-dessus, un verre de champagne ; c'est le chloroformé qui régale. À ta santé, Daubrecq. Champagne doux ? Champagne sec ? Extra-dry ? »

XI

La croix de Lorraine

D'un coup, pour ainsi dire, sans transition, Lupin, lorsque le repas fut fini, recouvra toute sa maîtrise et toute son autorité. L'heure n'était plus aux plaisanteries, et il ne devait plus céder à ce besoin de surprendre les gens par des coups de théâtre et des tours de magie. Puisqu'il avait découvert le bouchon de cristal dans la cachette, prévue par lui en toute certitude, puisqu'il possédait la liste des *vingt-sept*, il s'agissait maintenant de jouer la fin de la partie sans retard.

Jeu d'enfant, certes, et ce qui restait à faire n'offrait aucune difficulté. Encore fallait-il apporter à ces actes définitifs de la promptitude, de la décision et une clairvoyance infaillible. La moindre faute était irrémédiable. Lupin le savait, mais son esprit, si étrangement lucide, avait examiné toutes les hypothèses. Et ce n'étaient plus que des gestes et des mots mûrement préparés, qu'il allait exécuter et prononcer.

« Grognard, le commissionnaire attend boulevard Gambetta avec sa charrette et la malle que nous avons achetée. Amène-le ici et fais monter la malle. Si on te demande quelque chose à l'hôtel, tu diras que c'est pour la dame qui habite au 130. »

Puis, s'adressant à son autre compagnon :

« Le Ballu, retourne au garage, et prends livraison de la limousine. Le prix est convenu. Dix mille francs. Tu achèteras une casquette et une lévite de chauffeur et tu amèneras l'auto devant la porte.

— L'argent, patron ? »

Lupin saisit un portefeuille qu'on avait retiré du veston de Daubrecq et trouva une liasse énorme de billets de banque. Il en détacha dix.

« Voici dix mille francs. Il paraît que notre ami a gagné la forte somme au cercle. Va, Le Ballu. »

Les deux hommes s'en allèrent par la chambre de Clarisse. Lupin profita d'un moment où Clarisse Mergy ne le regardait pas pour empocher le portefeuille, et cela avec une satisfaction profonde.

« L'affaire ne sera pas trop mauvaise, se dit-il. Tous frais payés, j'y retrouverai largement mon compte, et ce n'est pas fini. »

S'adressant à Clarisse Mergy, il lui demanda :

« Vous avez une valise ?

— Oui, une valise que j'ai achetée en arrivant à Nice, ainsi qu'un peu de linge et des objets de toilette, puisque j'ai quitté Paris à l'improviste.

— Préparez tout cela. Puis descendez au bureau. Dites que vous attendez votre malle, qu'un commissionnaire l'apporte de la consigne, et que vous êtes obligée de la défaire et de la refaire dans votre chambre. Puis annoncez votre départ. »

Resté seul, Lupin examina Daubrecq attentivement, puis il fouilla dans toutes les poches et fit main basse sur tout ce qui lui parut présenter un intérêt quelconque.

Grognard revint le premier. La malle, une grande malle d'osier recouverte en moleskine noire, fut déposée dans la chambre de Clarisse. Aidé de Clarisse et de Grognard, Lupin transporta Daubrecq et le plaça dans cette malle, bien assis, mais la tête courbée pour qu'il fût possible de rabattre le couvercle.

« Je ne dis pas que ce soit aussi confortable qu'une couchette de wagon-lit, mon cher député, observa Lupin. Mais cela vaut tout de même mieux qu'un cercueil. Au moins il y a de l'air pour respirer. Trois petits trous sur chaque face. Plains-toi ! »

Puis débouchant un flacon :

« Encore un peu de chloroforme ? Tu as l'air d'adorer cela… »

Il imbiba de nouveau le masque, tandis que, sur ses ordres, Clarisse et Grognard calaient le député avec du linge, des couvertures de voyage et des coussins, qu'on avait eu la précaution d'entasser dans la malle.

« Parfait ! dit Lupin. Voilà un colis qui ferait le tour du monde. Fermons et bouclons. »

Le Ballu arrivait en chauffeur.

« L'auto est en bas, patron.

— Bien, dit-il. À vous deux descendez la malle. Il serait dangereux de la confier aux garçons d'hôtel.

— Mais si nous rencontrons ?

— Eh bien, quoi, Le Ballu, n'es-tu pas chauffeur ? Tu portes la malle de ta patronne ici présente, la dame du 130, qui descend également, qui monte dans son auto… et qui m'attend deux cents mètres plus loin. Grognard, tu l'aideras à charger. Ah ! auparavant, fermons la porte de communication. »

Lupin passa dans l'autre chambre, ferma l'autre battant, mit le verrou, puis sortit et prit l'ascenseur.

Au bureau, il prévint :

« M. Daubrecq a été appelé en hâte à Monte-Carlo. Il me charge de vous avertir qu'il ne rentrera qu'après-demain. Qu'on lui garde sa chambre. D'ailleurs toutes ses affaires y sont. Voici la clef. »

Il s'en alla tranquillement et rejoignit l'automobile, où il trouva Clarisse qui se lamentait :

« Mais jamais nous ne serons à Paris demain matin ! C'est de la folie ! La moindre panne…

— Aussi, dit-il, vous et moi nous prenons le train… C'est plus sûr… »

L'ayant fait monter dans un fiacre, il donna ses dernières instructions aux deux hommes.

« Cinquante kilomètres à l'heure en moyenne, n'est-ce pas ? Vous conduirez et vous vous reposerez chacun à son tour. De la sorte, il vous est possible d'être à Paris demain soir lundi vers les six ou sept heures du soir. Mais ne forcez pas l'allure. Si je garde Daubrecq, ce n'est pas que j'aie besoin de lui pour mes projets, c'est comme otage… et puis par précaution… Je tiens à l'avoir sous la main pendant quelques jours. Donc soignez-le, le cher homme… Quelques gouttes de chloroforme toutes les trois ou quatre heures. C'est sa passion. En route, Le Ballu… Et toi, Daubrecq, ne te fais pas trop de bile là-haut. Le toit est solide… Si tu as mal au cœur, ne te gêne pas… En route, Le Ballu ! »

Il regarda l'auto qui s'éloignait, puis se fit conduire dans un bureau de poste où il rédigea une dépêche ainsi conçue :

MONSIEUR PRASVILLE, PRÉFECTURE DE POLICE. PARIS.
INDIVIDU RETROUVÉ. VOUS APPORTERAI LE DOCUMENT DEMAIN MATIN ONZE HEURES. COMMUNICATION URGENTE. CLARISSE.

À deux heures et demie, Clarisse et Lupin arrivaient en gare.

« Pourvu qu'il y ait de la place ! dit Clarisse qui s'alarmait de tout.

— De la place ! Mais nos sleepings sont retenus.

— Par qui ?

— Par Jacob… par Daubrecq.

— Comment ?

— Dame !… Au bureau de l'hôtel on m'a remis une lettre qu'un exprès venait d'apporter pour Daubrecq. C'étaient les deux sleepings que Jacob lui envoyait. En outre j'ai sa carte de député. Nous voyagerons donc sous le nom de M. et Mme Daubrecq, et l'on aura pour nous tous les égards qui sont dus à notre rang. Vous voyez, chère madame, tout est prévu. »

Le trajet, cette fois, sembla court à Lupin. Interrogée par lui, Clarisse raconta tout ce qu'elle avait fait durant ces derniers jours. Lui-même expliqua le miracle de son irruption dans la chambre de Daubrecq, au moment où son adversaire le croyait en Italie.

« Un miracle, non, dit-il. Mais cependant il y eut en moi, quand je quittai San Remo pour Gênes, un phénomène d'ordre spécial, une sorte d'intuition mystérieuse qui me poussa d'abord à sauter du train – et Le Ballu m'en empêcha – et ensuite à me précipiter vers la portière, à baisser la glace, et à suivre des yeux le portier de l'Ambassadeurs-Palace, qui m'avait transmis votre message. Or, à cette minute même, ledit portier se frottait les mains d'un air tellement satisfait que, sans autre motif, subitement, je compris tout : j'étais roulé, j'étais roulé par Daubrecq, comme vous l'étiez vous-même. Des tas de petits faits me vinrent à l'esprit. Le plan de l'adversaire m'apparut tout entier. Une minute de plus et le désastre était irrémédiable. J'eus, je l'avoue, quelques instants de véritable désespoir, à l'idée que je n'allais pas pouvoir réparer toutes les erreurs commises. Cela dépendait simplement de l'horaire des trains, qui me permettrait, ou ne me permettrait pas, de retrouver en gare de San Remo l'émissaire de

Daubrecq. Cette fois, enfin, le hasard nous fut favorable. Nous n'étions pas descendus à la première station qu'un train passa, pour la France. Quand nous arrivâmes à San Remo l'homme était là. J'avais bien deviné. Il n'avait plus sa casquette ni sa redingote de portier, mais un chapeau et un veston. Il monta dans un compartiment de seconde classe. Désormais la victoire ne faisait plus de doute.

— Mais… comment ?… dit Clarisse, qui, malgré les pensées qui l'obsédaient, s'intéressait au récit de Lupin.

— Comment je suis parvenu jusqu'à vous ? Mon Dieu, en ne lâchant plus le sieur Jacob, tout en le laissant libre de ses actions, certain que j'étais qu'il rendrait compte de sa mission à Daubrecq. De fait, ce matin, après une nuit passée dans un petit hôtel de Nice, il rencontra Daubrecq sur la promenade des Anglais. Ils causèrent assez longtemps. Je les suis. Daubrecq regagne son hôtel, installe Jacob dans un des couloirs du rez-de-chaussée, en face du bureau téléphonique, et prend l'ascenseur. Dix minutes plus tard je savais le numéro de sa chambre, et je savais qu'une dame habitait, depuis la veille, la chambre voisine, le numéro 130.

« — Je crois que nous y sommes, dis-je à Grognard et à Le Ballu. Je frappe légèrement à votre porte. Aucune réponse. Et la porte était fermée à clef.

— Eh bien, dit Clarisse ?

— Eh bien, nous l'avons ouverte. Pensez-vous donc qu'il n'y ait qu'une seule clef au monde qui puisse faire fonctionner une serrure ? J'entre donc dans votre chambre. Personne. Mais la porte de communication est entrebâillée. Je me glisse par là. Dès lors un simple rideau me séparait de vous, de Daubrecq… et du paquet de tabac que j'apercevais sur le marbre de la cheminée.

— Vous connaissiez donc la cachette ?

— Une perquisition dans le cabinet de travail de Daubrecq à Paris m'avait fait constater la disparition de ce paquet de tabac. En outre…

— En outre ?

— Je savais, par certains aveux arrachés à Daubrecq dans la tour des Deux-Amants, que le mot Marie détenait la clef de l'énigme. Or ce n'était que le début d'un autre mot que je devinai, pour ainsi dire, au moment même où me frappait l'absence du paquet de tabac.

— Quel mot ?

— Maryland… du tabac Maryland, le seul que fume Daubrecq. »

Et Lupin se mit à rire.

« Est-ce assez bête, hein ? Et, en même temps, comme c'est malin de la part de Daubrecq ! On cherche partout, on fouille partout ! N'ai-je pas dévissé les douilles de cuivre des ampoules électriques pour voir si elles n'abritaient pas un bouchon de cristal ! Mais comment aurais-je eu l'idée, comment un être quelconque, si perspicace qu'il fût, aurait-il eu l'idée de déchirer la bande d'un paquet de maryland, *bande apposée, collée, cachetée, timbrée, datée* par l'État, sous le contrôle des Contributions indirectes ? Pensez donc ! l'État complice d'une telle infamie ! L'ad-mi-nis-tra-tion des Contributions indirectes se prêtant à de pareilles manœuvres ! Non ! mille fois non ! La Régie peut avoir des torts. Elle peut fabriquer des allumettes qui ne flambent pas, et des cigarettes où il y a des bûches de Noël. Mais de là à supposer qu'elle est de mèche avec Daubrecq pour soustraire la liste des *vingt-sept* à la curiosité légitime du gouvernement ou aux entreprises d'Arsène Lupin, il y a un précipice ! Remarquez qu'il suffisait pour introduire là-dedans le bouchon de cristal, de peser un peu sur la bande, comme l'a fait Daubrecq, de la rendre plus lâche, de l'enlever, de déplier le papier jaune, d'écarter le tabac, puis de remettre tout en ordre. Remarquez, de même, qu'il nous eût suffi, à Paris, de prendre ce paquet dans nos mains et de l'examiner pour découvrir la cachette. N'importe ! Le paquet en lui-même, le bloc de maryland confectionné, approuvé par l'État et par l'Administration des Contributions indirectes, cela c'était chose sacrée, intangible, insoupçonnable ! Et personne ne l'ouvrit. »

Et Lupin conclut :

« C'est ainsi que ce démon de Daubrecq laisse traîner depuis des mois sur sa table, parmi ses pipes et parmi d'autres paquets de tabac, non éventrés, ce paquet de tabac intact. Et nulle puissance au monde n'eût pu susciter dans aucun esprit l'idée même confuse d'interroger ce petit cube inoffensif. Je vous ferai observer en outre… »

Lupin poursuivit assez longtemps ses considérations relatives au paquet de maryland et au bouchon de cristal, l'ingéniosité et la clairvoyance de son adversaire l'intéressant d'autant plus qu'il avait fini par avoir raison de lui. Mais Clarisse, à qui ces questions importaient beaucoup moins que le souci des actes qu'il fallait accomplir pour sauver son fils, l'écoutait à peine, tout entière à ses pensées.

« Êtes-vous sûr, répétait-elle sans cesse, que vous allez réussir ?

— Absolument sûr.

— Mais Prasville n'est pas à Paris.

— S'il n'y est pas, c'est qu'il est au Havre. J'ai lu cela dans un journal hier. En tout cas notre dépêche le rappellera immédiatement à Paris.

— Et vous croyez qu'il aura assez d'influence ?

— Pour obtenir personnellement la grâce de Vaucheray et de Gilbert, non. Sans quoi, nous l'aurions déjà fait marcher. Mais il aura assez d'intelligence pour comprendre la valeur de ce que nous lui apportons… et pour agir sans une minute de retard.

— Mais, précisément, vous ne vous trompez pas sur cette valeur ?

— Et Daubrecq, se trompait-il donc ? Est-ce que Daubrecq n'était pas mieux placé que personne pour savoir la toute-puissance de ce papier ? N'en a-t-il pas eu vingt preuves plus décisives les unes que les autres ? Songez à tout ce qu'il a fait, par la seule raison qu'on le savait possesseur de la liste ? *On le savait*, voilà tout. Il ne se servait pas de cette liste, mais il l'avait. Et, l'ayant, il tua votre mari. Il échafauda sa fortune sur la ruine et le déshonneur des *vingt-sept*. Hier encore, un des plus intrépides, d'Albufex, se coupait la gorge dans sa prison. Non, soyez tranquille, contre la remise de cette liste, nous pourrions demander ce que nous voudrions. Or, nous demandons quoi ? Presque rien… moins que rien… la grâce d'un enfant de vingt ans. C'est-à-dire qu'on nous prendra pour des imbéciles. Comment ! nous avons entre les mains… »

Il se tut. Clarisse, épuisée par tant d'émotions, s'endormait en face de lui.

À huit heures du matin, ils arrivaient à Paris.

Deux télégrammes attendaient Lupin à son domicile de la place Clichy.

L'un de Le Ballu, envoyé d'Avignon la veille, annonçait que tout allait pour le mieux, et que l'on espérait bien être exact au rendez-vous du soir. L'autre était de Prasville, daté du Havre, et adressé à Clarisse :

IMPOSSIBLE REVENIR DEMAIN MATIN LUNDI. VENEZ À MON BUREAU CINQ HEURES. COMPTE ABSOLUMENT SUR VOUS.

— Cinq heures, dit Clarisse, comme c'est tard !

— C'est une heure excellente, affirma Lupin.

— Cependant si…

— Si l'exécution doit avoir lieu demain matin ? c'est ce que vous voulez dire ?… N'ayez pas peur des mots, puisque l'exécution n'aura pas lieu.

— Les journaux…

— Les journaux, vous ne les avez pas lus, et je vous défends de les lire. Tout ce qu'ils peuvent annoncer ne signifie rien. Une seule chose importe : notre entrevue avec Prasville. D'ailleurs… »

Il tira d'une armoire un petit flacon et, posant sa main sur l'épaule de Clarisse, il lui dit :

« Étendez-vous sur ce canapé, et buvez quelques gorgées de cette potion.

— Qu'est-ce que c'est ?

— De quoi vous faire dormir quelques heures… et oublier. C'est toujours cela de moins.

— Non, non, protesta Clarisse, je ne veux pas. Gilbert ne dort pas lui… Il n'oublie pas.

— Buvez », dit Lupin, en insistant avec douceur.

Elle céda tout d'un coup, par lâcheté, par excès de souffrance et docilement s'étendit sur le canapé et ferma les yeux. Au bout de quelques minutes elle dormait.

Lupin sonna son domestique.

« Les journaux… vite… tu les as achetés ?

— Voici, patron. »

Lupin déplia l'un d'eux et aussitôt il vit ces lignes :

LES COMPLICES D'ARSÈNE LUPIN

Nous savons de source certaine que les complices d'Arsène Lupin, Gilbert et Vaucheray, seront exécutés demain matin mardi.

M. Deibler a visité les bois de justice. Tout est prêt.

Il releva la tête avec une expression de défi.

« Les complices d'Arsène Lupin ! L'exécution des complices d'Arsène Lupin ! Quel beau spectacle ! Et comme il y aurait foule pour voir cela ! Désolé, messieurs, mais le rideau ne se lèvera pas. Relâche par ordre supérieur de l'autorité. Et l'autorité, c'est moi ! »

Il se frappa violemment la poitrine avec un geste d'orgueil.

« L'autorité, c'est moi. »

À midi Lupin reçut une dépêche que Le Ballu lui avait expédiée de Lyon.

TOUT VA BIEN. COLIS ARRIVERA SANS AVARIES.

À trois heures, Clarisse se réveilla.

Sa première parole fut celle-ci :

« C'est pour demain ? »

Il ne répondit pas. Mais elle le vit si calme, si souriant, qu'elle se sentit pénétrée d'une paix immense et qu'elle eut l'impression que tout était fini, dénoué, arrangé selon la volonté de son compagnon.

À quatre heures dix ils partirent.

Le secrétaire de Prasville, prévenu téléphoniquement par son chef, les introduisit dans le bureau et les pria d'attendre.

Il était cinq heures moins le quart. À cinq heures précises Prasville entra en courant et, tout de suite, il s'écria :

« Vous avez la liste ?

— Oui.

— Donnez. »

Il tendait la main. Clarisse, qui s'était levée, ne broncha pas.

Prasville la regarda un moment, hésita, puis s'assit. Il comprenait. En poursuivant Daubrecq, Clarisse Mergy n'avait pas agi seulement par haine et par désir de vengeance. Un autre motif la poussait. La remise du papier ne s'effectuerait que sous certaines conditions.

« Asseyez-vous, je vous prie », dit-il, montrant ainsi qu'il acceptait le débat.

Prasville était un homme maigre, de visage osseux, auquel un clignotement perpétuel des yeux et une certaine déformation de la bouche, donnaient une expression de fausseté et d'inquiétude. On le supportait mal à la Préfecture, où il fallait, à tout instant, réparer ses gaffes et ses maladresses. Mais il était de ces êtres peu estimés que l'on emploie pour des besognes spéciales et que l'on congédie ensuite avec soulagement.

Cependant Clarisse avait repris sa place. Comme elle se taisait, Prasville prononça :

« Parlez, chère amie, et parlez en toute franchise. Je n'ai aucun scrupule à déclarer que nous serions désireux d'avoir ce papier.

— Si ce n'est qu'un désir, observa Clarisse, à qui Lupin avait soufflé son rôle dans les moindres détails, si ce n'est qu'un désir, j'ai peur que nous ne puissions nous accorder. »

Prasville sourit :

« Ce désir, évidemment, nous conduirait à certains sacrifices.

— À tous les sacrifices, rectifia Mme Mergy.

— À tous les sacrifices, pourvu, bien entendu, que nous restions dans la limite des désirs acceptables.

— Et même si nous sortions de ces limites », prononça Clarisse, inflexible.

Prasville s'impatienta :

« Enfin, voyons, de quoi s'agit-il ? Expliquez-vous.

— Pardonnez-moi, cher ami. Je tenais, avant tout, à marquer l'importance considérable que vous attachez à ce papier, et, en vue de la transaction immédiate que nous allons conclure, à bien spécifier… comment dirais-je ?… la valeur de mon apport. Cette valeur, n'ayant pas de limites, je le répète, doit être échangée contre une valeur illimitée.

— C'est entendu, articula Prasville, avec irritation.

— Il n'est donc pas utile que je fasse un historique complet de l'affaire et que j'énumère d'une part les désastres que la possession de ce papier vous aurait permis d'éviter, d'autre part, les avantages incalculables que vous pourrez tirer de cette possession ? »

Prasville eut besoin d'un effort pour se contenir et pour répondre d'un ton à peu près poli :

« J'admets tout cela. Est-ce fini ?

— Je vous demande pardon, mais nous ne saurions nous expliquer avec trop de netteté. Or, il est un point qu'il nous faut encore éclaircir. Êtes-vous en mesure de traiter personnellement ?

— Comment cela ?

— Je vous demande, non pas évidemment si vous avez le pouvoir de régler cette affaire sur l'heure, mais si vous représentez en face de moi la pensée de ceux qui connaissent l'affaire et qui ont qualité pour la régler.

— Oui, affirma Prasville avec force.

— Donc, une heure après que je vous aurai communiqué mes conditions, je pourrai avoir votre réponse ?

— Oui.

— Cette réponse sera celle du gouvernement ?

— Oui. »

Clarisse se pencha, et d'une voix plus sourde :

« Cette réponse sera celle de l'Élysée ? »

Prasville parut surpris. Il réfléchit un instant, puis il prononça :

« Oui. »

Alors Clarisse conclut.

« Il me reste à vous demander votre parole d'honneur, que, si incompréhensibles que vous paraissent mes conditions, vous n'exigerez pas que je vous en révèle le motif. Elles sont ce qu'elles sont. Votre réponse doit être un oui ou un non.

— Je vous donne ma parole d'honneur », scanda Prasville.

Clarisse eut un instant d'émotion qui la fit plus pâle encore qu'elle n'était. Puis, se maîtrisant, les yeux fixés sur les yeux de Prasville, elle dit :

« La liste des *vingt-sept* sera remise contre la grâce de Gilbert et de Vaucheray.

— Hein ! Quoi ? »

Prasville s'était dressé, l'air absolument ahuri.

« La grâce de Gilbert et de Vaucheray ! les complices d'Arsène Lupin !

— Oui, dit-elle.

— Les assassins de la villa *Marie-Thérèse* ! ceux qui doivent mourir demain !

— Oui, ceux-là mêmes, dit-elle, la voix haute. Je demande, j'exige leur grâce.

— Mais c'est insensé ! Pourquoi ? Pourquoi ?

— Je vous rappelle, Prasville, que vous m'avez donné votre parole…

— Oui… oui… en effet… mais la chose est tellement imprévue !…

— Pourquoi ?

— Pourquoi ? Mais pour toutes sortes de raisons !

— Lesquelles ?

— Enfin… enfin… réfléchissez ! Gilbert et Vaucheray ont été condamnés à mort !

— On les enverra au bagne, voilà tout.

— Impossible ! L'affaire a fait un bruit énorme. Ce sont des complices d'Arsène Lupin. Le verdict est connu du monde entier.

— Eh bien ?

— Eh bien, nous ne pouvons pas, non, nous ne pouvons pas nous insurger contre les arrêts de la justice.

— On ne vous demande pas cela. On vous demande une commutation de la peine par le moyen de la grâce. La grâce est une chose légale.

— La Commission des grâces s'est prononcée…

— Soit, mais il reste le président de la République.

— Il a refusé.

— Qu'il revienne sur son refus.

— Impossible !

— Pourquoi ?

— Il n'y a pas de prétexte.

— Il n'est pas besoin de prétexte. Le droit de grâce est absolu. Il s'exerce sans contrôle, sans motif, sans prétexte, sans explication. C'est une prérogative *royale.* Que le président de la République en use selon son bon plaisir, ou plutôt selon sa conscience au mieux des intérêts de l'État.

— Mais il est trop tard ! Tout est prêt. L'exécution doit avoir lieu dans quelques heures.

— Une heure vous suffit pour avoir la réponse, vous venez de nous le dire.

— Mais c'est de la folie, sacrebleu ! Vos exigences se heurtent à des obstacles infranchissables. Je vous le répète, c'est impossible, matériellement impossible.

— Alors, c'est non ?

— Non, non, mille fois non !

— En ce cas nous n'avons plus qu'à nous retirer. »

Elle esquissa un mouvement vers la porte. M. Nicole la suivit.

D'un bond, Prasville leur barra la route.

« Où allez-vous ?

— Mon Dieu, cher ami, il me semble que notre conversation est terminée. Puisque vous estimez, puisque vous êtes sûr que le président de la République estimera que cette fameuse liste des *vingt-sept* ne vaut pas…

— Restez », dit Prasville.

Il ferma d'un tour de clef la porte de sortie et se mit à marcher de long en large, les mains au dos, et la tête inclinée.

Et Lupin, qui n'avait pas soufflé mot durant toute la scène et s'était, par prudence, confiné dans un rôle effacé, Lupin se disait :

« Que d'histoires ! Que de manières pour arriver à l'inévitable dénouement ! Comment le sieur Prasville, lequel n'est pas un aigle, mais lequel n'est pas non plus une buse, renoncerait-il à se venger de son ennemi mortel ? Tiens, qu'est-ce que je disais ! L'idée de culbuter Daubrecq au fond de l'abîme le fait sourire. Allons, la partie est gagnée. »

À ce moment Prasville ouvrait une petite porte intérieure qui donnait sur le bureau de son secrétaire particulier.

Il prescrivit à haute voix :

« Monsieur Lartigue, téléphonez à l'Élysée et dites que je sollicite une audience pour une communication de la plus haute gravité. »

Fermant la porte, il revint vers Clarisse et lui dit :

« En tout cas mon intervention se borne à soumettre votre proposition.

— Soumise, elle est acceptée. »

Il y eut un long silence. Le visage de Clarisse exprimait une joie si profonde que Prasville en fut frappé et qu'il la regarda avec une curiosité attentive. Pour quelle cause mystérieuse Clarisse voulait-elle le salut de Gilbert et de Vaucheray ? Quel lien inexplicable l'attachait à ces deux hommes ? Quel drame avait pu mêler ces trois existences, et sans doute aussi, à ces trois-là, celle de Daubrecq ?

« Va, mon bonhomme, pensait Lupin, creuse-toi la cervelle, tu ne trouveras pas. Ah ! si nous n'avions exigé que la grâce de Gilbert, comme le désirait Clarisse, peut-être aurais-tu découvert le pot aux roses. Mais Vaucheray, cette brute de Vaucheray, vraiment il ne peut y avoir le moindre rapport, entre Mme Mergy et lui... Ah ! ah ! bigre, c'est mon tour maintenant... On m'observe... Le monologue intérieur roule sur moi... Et ce M. Nicole, ce petit pion de province, qu'est-ce que ça peut bien être ? Pourquoi s'est-il dévoué corps et âme à Clarisse Mergy ? Quelle est la véritable personnalité de cet intrus ? J'ai eu tort de ne pas m'enquérir... Il faudra que je voie cela... que je dénoue les cordons de ce masque... Car enfin, il n'est pas naturel qu'on se donne tant de mal pour accomplir un acte où l'on n'est pas intéressé directement. Pourquoi veut-il lui aussi sauver Gilbert et Vaucheray ? Pourquoi ?... »

Lupin détourna légèrement la tête.

« Aïe !... Aïe !... une idée traverse ce crâne de fonctionnaire... une idée confuse qui ne s'exprime point... Fichtre ! il ne faudrait pas qu'il devinât M. Lupin sous M. Nicole. Assez de complications... »

Mais une diversion se produisit. Le secrétaire de Prasville vint annoncer que l'audience aurait lieu dans une heure.

« C'est bien. Je vous remercie, dit Prasville. Laissez-nous. »

Et, reprenant l'entretien, sans plus de détours, en homme qui veut mener les choses rondement, il déclara :

« Je crois que nous pourrons nous arranger. Mais tout d'abord, et pour bien remplir la mission dont je me charge, il me faut des renseignements plus exacts, une documentation plus complète. Où se trouvait le papier ?

— Dans le bouchon de cristal, comme nous le supposions, répondit Mme Mergy.

— Et ce bouchon de cristal ?

— Dans un objet que Daubrecq est venu chercher, il y a quelques jours, sur la table de son bureau, en sa maison du square Lamartine, objet que, moi, je lui ai repris hier, dimanche.

— Et cet objet ?

— N'est autre qu'un paquet de tabac, de tabac Maryland qui traînait sur cette table. »

Prasville fut pétrifié. Naïvement il murmura :

« Ah ! si j'avais su ! J'y ai touché dix fois à ce paquet de maryland. Est-ce bête !

— Qu'importe ! dit Clarisse. L'essentiel est que la découverte soit effectuée. »

Prasville fit une moue qui signifiait que la découverte lui eût été beaucoup plus agréable si elle avait été effectuée par lui. Puis il demanda :

« De sorte que, cette liste, vous l'avez ?

— Oui.

— Ici ?

— Oui.

— Montrez-la-moi. »

Et comme Clarisse hésitait, il lui dit :

« Oh ! je vous en prie, ne craignez rien. Cette liste vous appartient, et je vous la rendrai. Mais vous devez comprendre que je ne puis faire la démarche dont il s'agit sans une certitude. »

Clarisse consulta M. Nicole d'un regard que Prasville surprit, puis elle déclara :

« Voici. »

Il saisit la feuille avec un certain trouble, l'examina et, presque aussitôt, il dit :

« Oui… oui… l'écriture du caissier… je la reconnais. Et la signature du président de la Compagnie… La signature rouge… D'ailleurs j'ai d'autres preuves… Par exemple, le morceau déchiré qui complétait le coin gauche supérieur de cette feuille. »

Il ouvrit son coffre-fort, et, dans une cassette spéciale, il saisit un tout petit morceau de papier qu'il approcha du coin gauche supérieur.

« C'est bien cela, les deux coins déchirés se suivent exactement. La preuve est irrécusable. Il n'y a plus qu'à vérifier la nature même de ce papier pelure. »

Clarisse rayonnait de joie. On n'aurait jamais cru que le supplice le plus effroyable la déchirait depuis des semaines et des semaines, et qu'elle en était encore toute saignante et pantelante.

Tandis que Prasville appliquait la feuille contre le carreau d'une fenêtre, elle dit à Lupin :

« Exigez que Gilbert soit prévenu dès ce soir. Il doit être si atrocement malheureux !

— Oui, dit Lupin. D'ailleurs vous pouvez vous rendre chez son avocat et l'aviser. »

Elle reprit :

« Et puis je veux voir Gilbert dès demain. Prasville pensera ce qu'il voudra.

— C'est entendu. Mais il faut d'abord qu'il obtienne gain de cause à l'Élysée.

— Il ne peut pas y avoir de difficulté, n'est-ce pas ?

— Non. Vous voyez bien qu'il a cédé tout de suite. »

Prasville continuait ses investigations à l'aide d'une loupe, puis en comparant la feuille au petit morceau de papier déchiré. Ensuite il la replaça contre la fenêtre. Ensuite il sortit de la cassette d'autres feuilles de papier à lettres, et il examina l'une d'elles en transparence.

« Voilà qui est fait, dit-il, ma conviction est établie. Vous me pardonnerez, chère amie, c'était un travail fort délicat… J'ai passé par plusieurs phases… car enfin, je me méfiais… et non sans raison…

— Que voulez-vous dire ? murmura Clarisse.

— Une seconde ; avant tout, il faut que je donne un ordre. »

Il appela son secrétaire :

« Téléphonez immédiatement à la Présidence, je vous prie, que je m'excuse, mais que, pour des motifs dont je rendrai compte ultérieurement, l'audience est devenue inutile. »

Il referma la porte et revint vers son bureau.

Clarisse et Lupin, debout, suffoqués, le regardaient avec stupeur, sans comprendre ce revirement subit. Était-il fou ? Était-ce une manœuvre de sa part ? un manque de parole ? et refusait-il, maintenant qu'il possédait la liste, de tenir ses engagements ?

Il la tendit à Clarisse.

« Vous pouvez la reprendre.

— La reprendre ?...

— Et la renvoyer à Daubrecq.

— À Daubrecq ?

— À moins que vous ne préfériez la brûler.

— Qu'est-ce que vous dites ?

— Je dis qu'à votre place je la brûlerais.

— Pourquoi dites-vous cela ? C'est absurde.

— C'est au contraire fort raisonnable.

— Mais pourquoi ? pourquoi ?

— Pourquoi ? Je vais vous l'expliquer. La liste des *vingt-sept*, et cela nous en avons la preuve irrécusable, la liste fut écrite sur une feuille de papier à lettres qui appartenait au président de la Société du Canal, et dont voici, dans cette cassette, quelques échantillons. Or, tous ces échantillons portent comme marque de fabrique, une petite croix de Lorraine presque invisible, mais que vous pouvez voir en transparence dans l'épaisseur du papier. La feuille que vous m'apportez n'offre pas cette croix de Lorraine. »

Lupin sentit qu'un tremblement nerveux l'agitait des pieds à la tête, et il n'osait tourner les yeux vers Clarisse dont il devinait l'épouvantable détresse, il l'entendit qui balbutiait :

« Il faudrait donc supposer... que Daubrecq a été roulé ?

— Jamais de la vie ! s'exclama Prasville. C'est vous qui êtes roulée, ma pauvre amie. Daubrecq a la véritable liste, la liste qu'il a volée dans le coffre-fort du moribond.

— Mais celle-ci ?

— Celle-ci est fausse.

— Fausse ?

— Péremptoirement fausse. C'est une ruse admirable de Daubrecq. Hallucinée par le bouchon de cristal qu'il faisait miroiter à vos yeux, vous ne cherchiez que ce bouchon de cristal où il avait enfermé n'importe quoi... ce chiffon de papier, tandis que lui, bien paisible, il conservait... »

Prasville s'interrompit. Clarisse s'avançait, à petits pas, toute rigide, l'air d'un automate. Elle articula :

« Alors ?

— Alors, quoi, chère amie ?

— Vous refusez ?

— Certes, je suis dans l'obligation absolue...

— Vous refusez de faire cette démarche ?...

— Voyons, cette démarche est-elle possible ? Je ne puis pourtant pas, sur la foi d'un document sans valeur...

— Vous ne voulez pas ?... Vous ne voulez pas ?... Et, demain matin... dans quelques heures, Gilbert... »

Elle était effrayante de pâleur, la figure toute creusée, pareille à une figure d'agonie. Ses yeux s'ouvraient démesurément, et ses mâchoires claquaient...

Lupin, redoutant les mots inutiles et dangereux qu'elle allait prononcer, la saisit aux épaules et tenta de l'entraîner. Mais elle le repoussa avec une force indomptable, fit encore deux ou trois pas, chancela comme si elle eût été sur le point de tomber, et tout à coup, secouée d'énergie et de désespoir, empoigna Prasville et proféra :

« Vous irez là-bas !... vous irez tout de suite !... il le faut !... il faut sauver Gilbert...

— Je vous en prie, chère amie, calmez-vous... »

Elle eut un rire strident :

« Me calmer !... alors que Gilbert, demain matin... Ah ! non, j'ai peur... c'est horrible... Mais courez là-bas, misérable ! Obtenez sa grâce !... Vous ne comprenez donc pas ? Gilbert... Gilbert... mais c'est mon fils ! mon fils ! mon fils ! »

Prasville poussa un cri. La lame d'un couteau brillait dans la main de Clarisse, et elle levait le bras pour se frapper elle-même. Mais le geste ne fut pas achevé. M. Nicole avait saisi le bras au passage, et, désarmant Clarisse, la réduisant à l'immobilité, il prononçait d'une voix ardente :

« C'est fou ce que vous faites !... Puisque je vous ai juré de le sauver... Vivez donc pour lui... Gilbert ne mourra pas... Est-il possible qu'il meure, alors que je vous ai juré...

— Gilbert... mon fils... », gémissait Clarisse.

Il l'étreignit violemment, la renversa contre lui et lui appliqua la main sur la bouche.

« Assez ! Taisez-vous... Je vous supplie de vous taire... Gilbert ne mourra pas !... »

Avec une autorité irrésistible, il l'entraîna, comme une enfant domptée, soudain obéissante ; mais, au moment d'ouvrir la porte, il se retourna vers Prasville :

« Attendez-moi, monsieur, commanda-t-il, d'un ton impérieux. Si vous tenez à cette liste des *vingt-sept*... à la véritable liste, attendez-moi. Dans une heure, dans deux heures au plus, je serai ici, et nous causerons. »

Puis, brusquement, à Clarisse :

« Et vous, madame, un peu de courage encore. Je vous l'ordonne, au nom de Gilbert. »

Par les couloirs, par les escaliers, tenant Clarisse sous le bras, comme il eût tenu un mannequin, la soulevant, la portant presque, il s'en alla d'un pas saccadé. Une cour, et puis une autre cour, et puis la rue...

Pendant ce temps, Prasville, surpris d'abord, étourdi par les événements, recouvrait peu à peu son sang-froid et réfléchissait. Il réfléchissait à l'attitude de ce M. Nicole, simple comparse d'abord, qui jouait auprès de Clarisse le rôle de ces conseillers auxquels on se raccroche dans les crises de la vie, et qui, subitement, sortant de sa torpeur, apparaissait en pleine clarté, résolu, autoritaire, plein de fougue, débordant d'audace, prêt à renverser tous les obstacles que le destin lui opposerait.

Qui donc pouvait agir ainsi ?

Prasville tressaillit. La question ne s'était pas offerte à son esprit que la réponse s'imposait, avec une certitude absolue. Toutes les preuves surgissaient, toutes plus précises les unes que les autres, toutes plus irrécusables.

Une seule chose embarrassait Prasville. Le visage de M. Nicole, son apparence, n'avaient pas le plus petit rapport, si lointain fût-il, avec les photographies que Prasville connaissait de Lupin. C'était un homme entièrement nouveau, d'une autre taille, d'une autre corpulence, ayant une coupe de figure, une forme de bouche, une expression de regard, un teint, des cheveux, absolument différents de toutes les indications formulées sur le signalement de l'aventurier. Mais Prasville ne savait-il pas que toute la force de Lupin résidait précisément dans ce pouvoir prodigieux de transformation ? Il n'y avait pas de doute.

En hâte, Prasville sortit de son bureau. Rencontrant un brigadier de la Sûreté, il lui dit fébrilement :

« Vous arrivez ?

— Oui, monsieur le secrétaire général.

— Vous avez croisé un monsieur et une dame ?

— Oui, dans la cour, il y a quelques minutes.

— Vous reconnaîtriez cet individu ?

— Oui, je crois.

— Alors, pas une minute à perdre, brigadier… Prenez avec vous six inspecteurs. Rendez-vous place Clichy. Faites une enquête sur le sieur Nicole et surveillez la maison. Le sieur Nicole doit y rentrer.

— Et s'il n'y rentre pas, monsieur le secrétaire général ?

— Arrêtez-le. Voici un mandat. »

Il revint dans son bureau, s'assit, et, sur une feuille spéciale, inscrivit un nom.

Le brigadier parut ahuri.

« Mais monsieur le secrétaire général m'a parlé d'un sieur Nicole.

— Eh bien ?

— Le mandat porte le nom d'Arsène Lupin.

— Arsène Lupin et le sieur Nicole ne sont qu'un seul et même personnage. »

XII

L'ÉCHAFAUD

« Je le sauverai, je le sauverai ! répétait inlassablement Lupin, dans l'auto qui l'emmenait ainsi que Clarisse. Je vous jure que je le sauverai. »

Clarisse n'écoutait pas, comme engourdie, comme possédée par un grand cauchemar de mort qui la laissait étrangère à tout ce qui se passait en dehors d'elle. Et Lupin expliquait ses plans, plus encore peut-être pour se rassurer lui-même que pour convaincre Clarisse.

« Non, non, la partie n'est pas désespérée. Il reste un atout, un atout formidable, les lettres et les documents que l'ancien député Vorenglade offre à Daubrecq et dont celui-ci vous a parlé hier matin à Nice. Ces lettres et ces documents, je vais les acheter à Stanislas Vorenglade… le prix qu'il veut. Puis nous retournons à la Préfecture, et je dis à Prasville : “Courez à la Présidence… Servez-vous de la liste comme si elle était authentique, et sauvez Gilbert de la mort, quitte à reconnaître demain, quand Gilbert sera sauvé, que cette liste est fausse… Allez, et au galop ! Sinon… Eh bien, sinon, les lettres et les documents Vorenglade paraissent demain matin, mardi, dans un grand journal. Vorenglade est arrêté. Le soir même on incarcère Prasville !” »

Lupin se frotta les mains.

« Il marchera !… Il marchera !… J'ai senti cela tout de suite en face de lui. L'affaire m'est apparue, certaine, infaillible. Et comme j'avais trouvé dans le portefeuille de Daubrecq l'adresse de Vorenglade… en route, chauffeur, boulevard Raspail ! »

Ils arrivaient à l'adresse indiquée. Lupin sauta de voiture, escalada trois étages.

La bonne lui répondit que M. Vorenglade était absent et ne rentrerait que le lendemain pour dîner.

« Et vous ne savez pas où il est ?

— Monsieur est à Londres. »

En remontant dans l'auto, Lupin ne prononça pas une parole. De son côté, Clarisse ne l'interrogea même point, tellement tout lui était devenu indifférent, et tellement la mort de son fils lui semblait une chose accomplie.

Ils se firent conduire jusqu'à la place Clichy. Au moment où Lupin rentrait chez lui, il fut croisé par deux individus qui sortaient de la loge de la concierge. Très absorbé il ne les remarqua pas. C'étaient deux des inspecteurs de Prasville qui cernaient la maison.

« Pas de télégramme ? demanda-t-il à son domestique.

— Non, patron, répondit Achille.

— Aucune nouvelle de Le Ballu et de Grognard ?

— Non, aucune, patron.

— C'est tout naturel, dit-il en s'adressant d'un ton dégagé à Clarisse. Il n'est que sept heures, et nous ne pouvons pas compter sur eux avant huit ou neuf heures. Prasville attendra, voilà tout. Je vais lui téléphoner d'attendre. »

La communication finie, il raccrochait le récepteur lorsqu'il entendit derrière lui un gémissement. Debout près de la table, Clarisse lisait un journal du soir.

Elle porta la main à son cœur, vacilla et tomba.

« Achille, Achille, cria Lupin, appelant son domestique… Aidez-moi donc à la mettre sur ce lit… Et puis va chercher la fiole, dans le placard, la fiole numéro quatre, celle du narcotique. »

Avec la pointe d'un couteau il desserra les dents de Clarisse, et, de force, lui fit avaler la moitié du flacon.

« Bien, dit-il. Comme ça, la malheureuse ne se réveillera que demain… *après.* »

Il parcourut le journal que Clarisse avait lu, et qu'elle tenait encore dans sa main crispée, et il avisa ces lignes :

Les mesures d'ordre les plus rigoureuses sont assurées en vue de l'exécution de Gilbert et de Vaucheray, et dans l'hypothèse toujours possible d'une tentative d'Arsène Lupin pour arracher ses complices au châtiment suprême. Dès minuit toutes les rues qui entourent la prison de la Santé seront gardées militairement. On sait en effet que l'exécution aura lieu devant les murs de la prison, sur le terre-plein du boulevard Arago.

Nous avons pu avoir des renseignements sur le moral des deux condamnés à mort. Vaucheray, toujours cynique, attend l'issue fatale avec beaucoup de courage. « Fichtre ! dit-il, ça ne me réjouit pas, mais enfin, puisqu'il faut y passer, on se tiendra d'aplomb… » Et il ajoute : « La mort, je m'en fiche. Ce qui me tracasse, c'est l'idée qu'on va me couper la tête. Ah ! si le patron trouvait un truc pour m'envoyer dans l'autre monde, tout droit, sans que j'aie le temps de dire ouf ! Un peu de strychnine, patron, s'il vous plaît. »

Le calme de Gilbert est encore plus impressionnant, surtout quand on se rappelle son effondrement en cour d'assises. Pour lui, il garde une confiance inébranlable dans la toute-puissance d'Arsène Lupin. « Le patron m'a crié devant tout le monde de ne pas avoir peur, qu'il était là, qu'il répondrait de tout. Eh bien, je n'ai pas peur. Jusqu'au dernier jour, jusqu'à la dernière minute, au pied même de l'échafaud, je compte sur lui. C'est que je le connais, le patron ! Avec celui-là, rien à craindre. Il a promis, il tiendra. Ma tête sauterait qu'il arriverait à me la replanter sur les épaules, et solidement. Arsène Lupin, laisser mourir son petit Gilbert ? Ah ! non, permettez-moi de rigoler ! »

Il y a dans cet enthousiasme quelque chose de touchant et d'ingénu qui n'est pas sans noblesse. Nous verrons si Arsène Lupin mérite une confiance aussi aveugle.

C'est à peine si Lupin put achever cet article, tellement les larmes voilaient ses yeux, larmes d'attendrissement, larmes de pitié, larmes de détresse.

Non, il ne la méritait pas la confiance de son petit Gilbert. Certes, il avait fait l'impossible, mais il est des circonstances où il faut faire plus que l'impossible, où il faut être plus fort que le destin, et, cette fois, le destin était plus fort que lui. Dès le premier jour et tout au long de cette lamentable aventure, les événements avaient marché dans un sens contraire à ses prévisions, contraire à la logique même. Clarisse et lui, bien que poursuivant un but identique, avaient perdu des semaines à se combattre. Puis, à l'instant même où ils unissaient leurs efforts, coup sur coup se produisaient les désastres effarants, l'enlèvement du petit Jacques, la disparition de Daubrecq, sa captivité dans la tour des Deux-Amants, la blessure de Lupin, son inaction, et puis les fausses manœuvres qui entraînaient Clarisse, et derrière elle, Lupin, vers le Midi, vers l'Italie. Et puis, catastrophe suprême, lorsque, après des prodiges de volonté, des miracles d'obstination, on pouvait croire que la Toison d'or était conquise, tout s'effondrait. La liste des *vingt-sept* n'avait pas plus de valeur que le plus insignifiant des chiffons de papier…

« Bas les armes ! dit Lupin. La défaite est consommée. J'aurai beau me venger sur Daubrecq, le ruiner et l'anéantir… Le véritable vaincu c'est moi, puisque Gilbert va mourir… »

Il pleura de nouveau, non pas de dépit ou de rage, mais de désespoir. Gilbert allait mourir ! Celui qu'il appelait son petit, le meilleur de ses compagnons, celui-là, dans quelques heures, allait disparaître à jamais. Il ne pouvait plus le sauver. Il était à bout de ressources. Il ne cherchait même plus un dernier expédient. À quoi bon ?

Tôt ou tard, ne le savait-il pas, la société prend sa revanche, l'heure de l'expiation sonne toujours, et il n'est pas de criminel qui puisse prétendre échapper au châtiment. Mais quel surcroît d'horreur dans ce fait que la victime choisie était ce malheureux Gilbert, innocent du crime pour lequel il allait mourir ! N'y avait-il pas là quelque chose de tragique, qui marquait davantage l'impuissance de Lupin ?

Et la conviction de cette impuissance était si profonde, si définitive, que Lupin n'eut aucune révolte en recevant ce télégramme de Le Ballu :

ACCIDENT DE MOTEUR, UNE PIÈCE CASSÉE, RÉPARATION ASSEZ LONGUE, ARRIVERONS DEMAIN MATIN.

Une dernière preuve lui venait ainsi que le destin avait prononcé la sentence. Il ne songea pas davantage à s'insurger contre cette décision du sort.

Il regarda Clarisse. Elle dormait d'un sommeil paisible, et cet oubli de tout, cette inconscience, lui parurent si enviables que, soudain, pris à son tour d'un accès de lâcheté, il saisit la fiole, à moitié pleine encore de narcotique, et but.

Puis il s'en alla dans sa chambre, s'étendit sur son lit et sonna son domestique :

« Va te coucher, Achille, et ne me réveille sous aucun prétexte.

— Alors, patron, lui dit Achille, pour Gilbert et Vaucheray, rien à faire ?

— Rien.

— Ils y passeront ?

— Ils y passeront. »

Vingt minutes après Lupin s'assoupissait.

Il était dix heures du soir.

Cette nuit-là fut tumultueuse autour de la prison. À une heure du matin la rue de la Santé, le boulevard Arago et toutes les rues qui aboutissent autour de la prison, furent gardés par des agents qui ne laissaient passer qu'après un véritable interrogatoire.

D'ailleurs la pluie faisait rage, et il ne semblait pas que les amateurs de ces sortes de spectacles dussent être nombreux. Par ordre spécial, tous les cabarets furent fermés vers trois heures, deux compagnies d'infanterie vinrent camper sur les trottoirs et, en cas d'alerte, un bataillon occupa le boulevard Arago. Parmi les troupes trottaient des gardes municipaux, allaient et venaient des officiers de paix, des fonctionnaires de la Préfecture, tout un personnel mobilisé pour la circonstance et contrairement aux habitudes.

La guillotine fut montée dans le silence, au milieu du terre-plein qui s'ouvre à l'angle du boulevard et de la rue, et l'on entendait le bruit sinistre des marteaux.

Mais vers quatre heures la foule s'amassa, malgré la pluie, et des gens chantèrent. On réclama des lampions, et puis le lever du rideau, et l'on s'exaspérait de constater que, à cause de la distance où les barrages étaient établis, c'est à peine si l'on pouvait apercevoir les montants de la guillotine.

Plusieurs voitures défilèrent, amenant les personnages officiels vêtus de noir. Il y eut des applaudissements, des protestations, en suite de quoi un peloton de gardes municipaux à cheval dispersa les rassemblements et fit le vide jusqu'à plus de trois cents mètres du terre-plein. Deux nouvelles compagnies de soldats se déployèrent.

Et tout d'un coup ce fut le grand silence. Une blancheur confuse se dégageait des ténèbres de l'espace.

La pluie cessa brusquement.

À l'intérieur, au bout du couloir où se trouvent les cellules des condamnés à mort, les personnages vêtus de noirs conversaient à voix basse.

Prasville s'entretenait avec le procureur de la République, qui lui manifestait ses craintes.

« Mais non, mais non, affirma Prasville, je vous assure que cela se passera sans incidents.

— Les rapports ne signalent rien d'équivoque, monsieur le secrétaire général ?

— Rien. Et ils ne peuvent rien signaler pour cette raison que nous tenons Lupin.

— Est-ce possible ?

— Oui, nous connaissons sa retraite. La maison qu'il habite place Clichy, et dans laquelle il est rentré hier à sept heures du soir, est cernée. En outre je connais le plan qu'il avait conçu pour sauver ses deux complices. Ce plan, au dernier moment, a avorté. Nous n'avons donc rien à craindre. La justice suivra son cours.

— Peut-être le regrettera-t-on un jour ou l'autre, dit l'avocat de Gilbert qui avait entendu.

— Vous croyez donc, mon cher maître, à l'innocence de votre client ?

— Fermement, monsieur le procureur. C'est un innocent qui va mourir. »

Le procureur se tut. Mais, après un instant, et comme s'il eût répondu à ses propres réflexions, il avoua :

« Cette affaire a été menée avec une rapidité surprenante. »

Et l'avocat répéta d'une voix altérée :

« C'est un innocent qui va mourir. »

L'heure était venue cependant.

On commença par Vaucheray, et le directeur fit ouvrir la porte de la cellule.

Vaucheray bondit de son lit et regarda, avec des yeux agrandis par la terreur, les gens qui entraient.

« Vaucheray, nous venons vous annoncer...

— Taisez-vous, taisez-vous, murmura-t-il. Pas de mots. Je sais de quoi il retourne. Allons-y. »

On eût dit qu'il avait hâte d'en finir le plus vite possible, tellement il se prêtait aux préparatifs habituels. Mais il n'admettait point qu'on lui parlât.

« Pas de mots, répétait-il... Quoi ? me confesser ? Pas la peine. J'ai tué. On me tue. C'est la règle. Nous sommes quittes. »

Un moment néanmoins, il s'arrêta net.

« Dites donc ? est-ce que le camarade y passe aussi ?... »

Et quand il sut que Gilbert irait au supplice en même temps que lui, il eut deux ou trois secondes d'hésitation, observa les assistants, sembla prêt à dire quelque chose, haussa les épaules, et, enfin, murmura :

« Ça vaut mieux... On a fait le coup ensemble... on "trinquera" ensemble. »

Gilbert ne dormait pas non plus quand on entra dans sa cellule. Assis sur son lit, il écouta les paroles terribles, essaya de se lever, se mit à trembler des pieds à la tête, comme un squelette que l'on secoue, et puis retomba en sanglotant.

« Ah ! ma pauvre maman... ma pauvre maman », bégaya-t-il

On voulut l'interroger sur cette mère dont il n'avait jamais parlé, mais une révolte brusque avait interrompu ses pleurs et il criait :

« Je n'ai pas tué... je ne veux pas mourir... je n'ai pas tué !

— Gilbert, lui dit-on, il faut avoir du courage.

— Oui... oui... mais puisque je n'ai pas tué, pourquoi me faire mourir ?... je n'ai pas tué... je vous le jure... je n'ai pas tué... je ne veux pas mourir... je n'ai pas tué... on ne devrait pas... »

Ses dents claquaient si fort que les mots devenaient inintelligibles. Il se laissa faire, se confessa, entendit la messe, puis, plus calme, presque docile, avec une voix de petit enfant qui se résigne, il gémit :

« Il faudra dire à ma mère que je lui demande pardon.

— Votre mère ?

— Oui… Qu'on répète mes paroles dans les journaux… Elle comprendra… Elle sait que je n'ai pas tué, elle. Mais je lui demande pardon du mal que je lui fais, du mal que j'ai pu faire. Et puis…

— Et puis, Gilbert ?

— Eh bien, je veux que le "patron" sache que je n'ai pas perdu confiance… »

Il examina les assistants les uns après les autres, comme s'il eût le fol espoir que le « patron » fût un de ceux-là, déguisé, méconnaissable, et prêt à l'emporter dans ses bras.

« Oui, dit-il doucement, et avec une sorte de piété religieuse, oui, j'ai confiance encore, même en ce moment… Qu'il sache bien cela, n'est-ce pas ?… Je suis sûr qu'il ne me laissera pas mourir… j'en suis sûr. »

On devinait, au regard de ses yeux fixes, qu'il voyait Lupin, qu'il sentait l'ombre de Lupin rôder aux alentours et chercher une issue pour pénétrer jusqu'à lui. Et rien n'était plus émouvant que le spectacle de cet enfant, vêtu de la camisole de force, dont les bras et les jambes étaient liés, que des milliers d'hommes gardaient, que le bourreau tenait déjà sous sa main inexorable *et qui, cependant, espérait encore.*

L'angoisse étreignait les cœurs. Les yeux se voilaient de larmes.

« Pauvre gosse ! » balbutia quelqu'un.

Prasville, ému comme les autres et qui songeait à Clarisse, répéta tout bas :

« Pauvre gosse !… »

L'avocat de Gilbert pleurait, et il ne cessait de dire aux personnes qui se trouvaient près de lui :

« C'est un innocent qui va mourir. »

Mais l'heure avait sonné, les préparatifs étaient finis. On se mit en marche.

Les deux groupes se réunirent dans le couloir.

Vaucheray, apercevant Gilbert, ricana :

« Dis donc, petit, le patron nous a lâchés. »

Et il ajouta cette phrase que personne ne pouvait comprendre, sauf Prasville :

« Sans doute qu'il aime mieux empocher les bénéfices du bouchon de cristal. »

On descendit les escaliers. On s'arrêta au greffe pour les formalités d'usage. On traversa les cours. Étape interminable, affreuse…

Et, tout à coup, dans l'encadrement de la grand-porte ouverte, le jour blême, la pluie, la rue, les silhouettes des maisons, et, au loin, des rumeurs qui frissonnent dans le silence effrayant…

On marcha le long du mur, jusqu'à l'angle du boulevard.

Quelques pas encore… Vaucheray eut un recul. Il avait vu !

Gilbert rampait, la tête baissée, soutenu par un aide et par l'aumônier qui lui faisait baiser le crucifix.

La guillotine se dressa…

« Non, non, protesta Gilbert… je ne veux pas… je n'ai pas tué… je n'ai pas tué… Au secours ! au secours ! »

Appel suprême qui se perdit dans l'espace.

Le bourreau eut un geste. On empoigna Vaucheray, on le souleva, on l'entraîna, au pas de course presque.

Et alors il se produisit cette chose stupéfiante : un coup de feu, un coup de feu qui partit d'en face, d'une maison opposée.

Les aides s'arrêtèrent net.

Entre leurs bras, le fardeau qu'ils traînaient avait fléchi.

« Qu'est-ce qu'il y a ? Qu'y a-t-il ? demandait-on.

— Il est blessé… »

Du sang jaillissait au front de Vaucheray, et lui couvrait le visage.

Il bredouilla :

« Ça y est… dans le mille ! merci, patron, merci… j'aurai pas la tête coupée… merci, patron !… Ah ! quel chic type !…

— Qu'on l'achève ! qu'on le porte là-bas ! dit une voix au milieu de l'affolement.

— Mais il est mort !

— Allez-y… Qu'on l'achève ! »

Dans le petit groupe des magistrats, des fonctionnaires et des agents, le tumulte était à son comble. Chacun donnait des ordres.

« Qu'on l'exécute!... Que la justice suive son cours!... On n'a pas le droit de reculer!... Ce serait de la lâcheté... Qu'on l'exécute!

— Mais il est mort!

— Ça ne fait rien!... Il faut que les arrêts de la justice soient accomplis!... Qu'on l'exécute! »

L'aumônier protestait, tandis que deux gardes et que des agents surveillaient Gilbert. Cependant les aides avaient repris le cadavre et le portaient vers la guillotine.

« Allez-y! criait l'exécuteur, effaré, la voix rauque... allez-y!... Et puis, l'autre après... Dépêchons... »

Il n'acheva pas. Une seconde détonation retentissait. Il pirouetta sur lui-même et tomba, en gémissant :

« Ce n'est rien... une blessure à l'épaule... Continuez... Au tour de l'autre!... »

Mais les aides s'enfuyaient en hurlant. Un vide se produisit autour de la guillotine. Et le préfet de Police, qui seul avait conservé tout son sang-froid, jeta un commandement d'une voix stridente, rallia ses hommes et refoula vers la prison, pêle-mêle, comme un troupeau désordonné, les magistrats, les fonctionnaires, le condamné à mort, l'aumônier, tous ceux qui avaient franchi la voûte deux ou trois minutes auparavant.

Pendant ce temps, insouciante du danger, une escouade d'agents, d'inspecteurs et de soldats se ruaient sur la maison, une petite maison à trois étages, de construction déjà ancienne, et dont le rez-de-chaussée était occupé par deux boutiques fermées à cette heure. Tout de suite, dès le premier coup de feu, on avait vu confusément, à l'une des fenêtres du deuxième étage, un homme qui tenait un fusil en main, et qu'un nuage de fumée entourait.

On tira, sans l'atteindre, des coups de revolver. Lui, tranquillement monté sur une table, épaula une seconde fois, visa, et la détonation claqua.

Puis il rentra dans la chambre.

En bas, comme personne ne répondait à l'appel de la sonnette, on démolissait la porte qui, en quelques instants, fut abattue.

On se précipita dans l'escalier, mais, aussitôt, un obstacle arrêta l'élan. C'était, au premier étage, un amoncellement de fauteuils, de lits et de meubles qui formaient une véritable barricade et qui s'enchevêtraient si bien les uns dans les autres qu'il fallut aux assaillants quatre ou cinq minutes pour se frayer un passage.

Ces quatre ou cinq minutes perdues suffirent à rendre vaine toute poursuite. Quand on parvint au deuxième, on entendit une voix qui criait d'en haut :

« Par ici, les amis ! encore dix-huit marches. Mille excuses pour tout le mal que je vous donne ! »

On les monta, ces dix-huit marches, et avec quelle agilité ! Mais, en haut, au-dessus du troisième étage, c'était le grenier, le grenier auquel on accédait par une échelle et par une trappe. Et le fugitif avait emporté l'échelle et refermé la trappe.

On n'a pas oublié le tumulte soulevé par cet acte inouï, les éditions des journaux se succédant, les camelots galopant et vociférant à travers les rues, toute la capitale secouée d'indignation et, disons-le, de curiosité anxieuse.

Mais ce fut à la Préfecture que l'agitation atteignit son paroxysme. De tous côtés, on s'agitait. Les messages, les dépêches, les coups de téléphone se succédaient.

Enfin, à onze heures du matin, il y eut un conciliabule dans le bureau du préfet de Police. Prasville était là. Le chef de la Sûreté rendait compte de son enquête.

Elle se résumait ainsi :

La veille au soir, un peu avant minuit, on avait sonné à la maison du boulevard Arago. La concierge qui couchait dans un réduit au rez-de-chaussée, derrière la boutique, la concierge tira le cordon.

Un homme vint frapper à sa porte. Il se disait envoyé par la police pour affaire urgente concernant l'exécution du lendemain. Ayant ouvert, elle fut assaillie, bâillonnée et attachée.

Dix minutes plus tard, un monsieur et une dame qui habitaient au premier étage, et qui rentraient chez eux, furent également réduits à l'impuissance par le même individu et enfermés chacun dans une des deux boutiques vides. Le locataire du troisième étage subit un sort analogue, mais à domicile, dans sa propre chambre, où l'homme put s'introduire sans être entendu. Le second étage n'étant pas occupé, l'homme s'y installa. Il était maître de la maison.

« Et voilà, dit le préfet de Police, qui se mit à rire, avec une certaine amertume… voilà ! ce n'est pas plus malin que ça ! Seulement, ce qui m'étonne, c'est qu'il ait pu s'enfuir si aisément.

— Je vous prie de noter, monsieur le préfet, qu'étant maître absolu de la maison à partir d'une heure du matin, il a eu jusqu'à cinq heures pour préparer sa fuite.

— Et cette fuite a eu lieu ?…

— Par les toits. À cet endroit, les maisons de la rue voisine, la rue de la Glacière, ne sont pas éloignées, et il ne se présente, entre les toits, qu'une seule solution de continuité, large de trois mètres environ avec une différence de niveau d'un mètre.

— Eh bien ?

— Eh bien, notre homme avait emporté l'échelle du grenier, qui lui servit ainsi de passerelle. Ayant abordé l'autre îlot d'immeubles, il ne lui restait plus qu'à inspecter les lucarnes et à trouver une mansarde vide pour s'introduire dans une maison de la rue de la Glacière et pour s'en aller tranquillement les mains dans ses poches. C'est ainsi que sa fuite, dûment préparée, s'effectua le plus facilement du monde et sans le moindre obstacle.

— Cependant vous aviez pris les mesures nécessaires ?

— Celles que vous m'aviez prescrites, monsieur le préfet. Mes agents avaient passé trois heures hier soir à visiter chacune des maisons, afin d'être sûrs que personne d'étranger ne s'y cachait. Au moment où ils sortaient de la dernière maison, je faisais établir les barrages. C'est pendant cet intervalle de quelques minutes que notre homme a dû se glisser.

— Parfait ! Et, bien entendu, pour vous, aucun doute. C'est Arsène Lupin ?

— Aucun doute. D'abord il s'agissait de ses complices. Et puis… seul, Arsène Lupin pouvait combiner un pareil coup et l'exécuter avec cette audace inconcevable.

— Mais alors ?… », murmura le préfet de Police.

Et, se tournant vers Prasville, il reprit :

« Mais alors, monsieur Prasville, cet individu dont vous m'avez parlé et que, d'accord avec M. le chef de la Sûreté, vous faites surveiller, depuis hier soir, dans son appartement de la place Clichy… cet individu n'est pas Arsène Lupin ?

— Si, monsieur le préfet. Là-dessus, non plus, aucun doute.

— On ne l'a donc pas arrêté quand il est sorti cette nuit ?

— Il n'est pas sorti.

— Oh ! oh ! cela devient compliqué.

— Très simple, monsieur le préfet. Comme toutes les maisons où l'on retrouve les traces d'Arsène Lupin, celle de la place Clichy a deux issues.

— Et vous l'ignoriez ?

— Je l'ignorais. C'est tout à l'heure que je l'ai constaté en visitant l'appartement.

— Il n'y avait personne dans cet appartement ?

— Personne. Ce matin, le domestique, un nommé Achille, est parti, emmenant une dame qui demeurait chez Lupin.

— Le nom de cette dame ?

— Je ne sais pas, répondit Prasville, après une imperceptible hésitation.

— Mais vous savez le nom sous lequel habitait Arsène Lupin ?

— Oui. M. Nicole, professeur libre, licencié ès lettres. Voici sa carte. »

Comme Prasville achevait sa phrase, un huissier vint annoncer au préfet de Police qu'on le demandait en hâte à l'Élysée où se trouvait déjà le président du Conseil.

« J'y vais, dit-il. Et il ajouta entre ses dents : “C'est le sort de Gilbert qui va se décider.” »

Prasville hasarda :

« Croyez-vous qu'on le graciera, monsieur le préfet ?

— Jamais de la vie ! Après le coup de cette nuit, ce serait d'un effet déplorable. Dès demain matin, il faut que Gilbert paie sa dette. »

En même temps, l'huissier avait remis une carte de visite à Prasville. Celui-ci, l'ayant regardée, tressauta et murmura :

« Crénom d'un chien ! il a du culot !…

— Qu'y a-t-il donc ? demanda le préfet de Police.

— Rien, rien, monsieur le préfet, affirma Prasville, qui voulait avoir pour lui seul l'honneur de mener cette affaire jusqu'au bout… Rien… une visite un peu imprévue… dont j'aurai le plaisir de vous communiquer le résultat tantôt. »

Il s'en alla, tout en mâchonnant d'un air ahuri :

« Eh bien, vrai… il en a du culot, celui-là, non, mais quel culot ! »

Sur la carte de visite qu'il tenait en main, il y avait cette inscription :

Monsieur Nicole
Professeur libre, licencié ès lettres.

XIII

La dernière bataille

En regagnant son cabinet, Prasville reconnut dans la salle d'attente, assis sur une banquette, le sieur Nicole, avec son dos voûté, son air souffreteux, son parapluie de cotonnade, son chapeau bossué et son unique gant.

« C'est bien lui, se dit Prasville, qui avait craint un instant que Lupin ne lui eût dépêché un autre sieur Nicole. Et s'il vient en personne, c'est qu'il ne se doute nullement qu'il est démasqué. »

Et pour la troisième fois, il prononça :

« Tout de même, quel culot ! »

Il referma la porte de son cabinet et fit venir son secrétaire.

« Monsieur Lartigue, je vais recevoir ici un personnage assez dangereux et qui, selon toute probabilité, ne devra sortir de mon cabinet que le cabriolet aux mains. Aussitôt qu'on l'aura introduit, veuillez prendre toutes les dispositions nécessaires, avertir une douzaine d'inspecteurs, et les poster dans l'antichambre et dans votre bureau. La consigne est formelle : au premier coup de sonnette, vous entrez tous, le revolver au poing, et vous entourez le personnage. C'est compris ?

— Oui, monsieur le secrétaire général.

— Surtout, pas d'hésitation. Une entrée brusque, en masse, et le browning au poing. "À la dure", n'est-ce pas ? Faites venir le sieur Nicole, je vous prie. »

Dès qu'il fut seul, Prasville, à l'aide de quelques papiers, cacha le bouton de la sonnette électrique disposé sur son bureau, et plaça derrière un rempart de livres deux revolvers de dimensions respectables.

« Maintenant, se dit-il, jouons serré. S'il a la liste, prenons-la. S'il ne l'a pas, prenons-le. Et, si c'est possible, prenons-les tous les deux. Lupin et la liste des *vingt-sept* dans la même journée, et surtout après le scandale de ce matin, voilà qui me mettrait singulièrement en lumière. »

On frappait. Il cria :

« Entrez ! »

Et, se levant :

« Entrez donc, monsieur Nicole. »

M. Nicole s'aventura dans la pièce d'un pas timide, s'installa sur l'extrême bord de la chaise qu'on lui désignait, et articula :

« Je viens reprendre… notre conversation d'hier… Vous excuserez mon retard, monsieur.

— Une seconde, dit Prasville. Vous permettez ? »

Il se dirigea vivement vers l'antichambre et, apercevant son secrétaire :

« J'oubliais, monsieur Lartigue. Qu'on inspecte les couloirs et les escaliers… au cas où il y aurait des complices. »

Il revint, s'installa bien à son aise, comme pour une longue conversation à laquelle on s'intéresse fort, et il commença :

« Vous disiez donc, monsieur Nicole ?

— Je disais, monsieur le secrétaire général, que je m'excusais de vous avoir fait attendre hier soir. Divers empêchements m'ont retenu, Mme Mergy, d'abord…

— Oui, Mme Mergy que vous avez dû reconduire.

— En effet, et que j'ai dû soigner. Vous comprenez son désespoir, à la malheureuse. Son fils Gilbert, si près de la mort !… Et quelle mort ! À cette heure-là, nous ne pouvions plus compter que sur un miracle… impossible… Moi-même je me résignais à l'inévitable… N'est-ce pas ? Quand le sort s'acharne après vous, on finit par se décourager.

— Mais, remarqua Prasville, il m'avait semblé que votre dessein, en me quittant, était d'arracher à Daubrecq son secret coûte que coûte.

— Certes. Mais Daubrecq n'était pas à Paris.

— Ah !

— Non. Je le faisais voyager en automobile.

— Vous avez donc une automobile, monsieur Nicole ?

— À l'occasion, oui, une vieille machine démodée, un vulgaire tacot. Il voyageait donc en automobile, ou plutôt, sur le toit d'une automobile, au fond de la malle où je l'avais enfermé. Et l'automobile, hélas ! ne pouvait arriver qu'après l'exécution. Alors… »

Prasville observa M. Nicole d'un air stupéfait, et, s'il avait pu conserver le moindre doute sur l'identité réelle du personnage, cette façon d'agir envers Daubrecq le lui eût enlevé. Bigre ! Enfermer quelqu'un dans une malle et le jucher sur le haut d'une automobile !… Lupin seul se permettait ces fantaisies, et Lupin seul les confessait avec ce flegme ingénu !

« Alors ? dit Prasville, qu'avez-vous décidé ?

— J'ai cherché un autre moyen.

— Lequel ?

— Mais, monsieur le secrétaire général, il me semble que vous le savez aussi bien que moi.

— Comment ?

— Dame ! n'assistiez-vous pas à l'exécution ?

— Oui.

— En ce cas, vous avez vu Vaucheray et le bourreau frappés tous les deux, l'un mortellement, l'autre, d'une blessure légère. Et vous devez bien penser…

— Ah ! fit Prasville, ahuri. Vous avouez… c'est vous qui avez tiré… ce matin ?

— Voyons, monsieur le secrétaire général, réfléchissez. Pouvais-je choisir ? La liste des *vingt-sept*, examinée par vous, était fausse. Daubrecq, qui possédait la véritable, n'arrivait que quelques heures *après* l'exécution. Il ne me restait donc qu'un moyen de sauver Gilbert et d'obtenir sa grâce, c'était de retarder cette exécution de quelques heures.

— Évidemment…

— N'est-ce pas ? En abattant cette brute infâme, ce criminel endurci qui s'appelait Vaucheray, puis en blessant le bourreau, je semais le désordre et la panique. Je rendais matériellement et moralement impossible l'exécution de Gilbert, et je gagnais les quelques heures qui m'étaient indispensables.

— Évidemment… », répéta Prasville.

Et Lupin reprit :

« N'est-ce pas ? Cela nous donne à tous, au gouvernement, au chef de l'État, et à moi, le temps de réfléchir et de voir un peu clair, dans cette question. Non, mais songez à cela, l'exécution d'un innocent ! la tête d'un innocent qui tombe ! pourrais-je donner une telle autorisation ? Non, à aucun prix. Il fallait agir. J'ai agi. Qu'en pensez-vous, monsieur le secrétaire général ? »

Prasville pensait bien des choses, et surtout que le sieur Nicole faisait preuve, comme on dit, d'un toupet infernal, d'un tel toupet qu'il y avait lieu de se demander si vraiment on devait confondre Nicole avec Lupin et Lupin avec Nicole.

« Je pense, monsieur Nicole, que, pour tuer à la distance de cent cinquante pas un individu que l'on veut tuer, et pour blesser un autre individu que l'on ne veut que blesser, il faut être rudement adroit.

— J'ai quelque entraînement, dit M. Nicole d'un air modeste.

— Et je pense aussi que votre plan ne peut être que le fruit d'une longue préparation.

— Mais pas du tout ! c'est ce qui vous trompe ! Il fut absolument spontané ! Si mon domestique, ou plutôt si le domestique de l'ami qui m'a prêté son appartement de la place Clichy, ne m'avait pas réveillé de force pour me dire qu'il avait servi autrefois comme garçon de magasin dans cette petite maison du boulevard Arago, que les locataires étaient peu nombreux, et qu'il y avait peut-être quelque chose à tenter, à l'heure actuelle ce pauvre Gilbert aurait la tête coupée… et Mme Mergy serait morte tout probablement.

— Ah ?… Vous croyez ?…

— J'en suis sûr. Et c'est pourquoi j'ai sauté sur l'idée de ce fidèle domestique. Ah ! seulement, vous m'avez bien gêné, monsieur le secrétaire général !

— Moi ?

— Mais oui ! Voilà-t-il pas que vous aviez eu la précaution biscornue de poster douze hommes à la porte de ma maison ? Il m'a fallu remonter les cinq étages de l'escalier de service, et m'en aller par le couloir des domestiques et par la maison voisine. Fatigue inutile !

— Désolé, monsieur Nicole. Une autre fois…

— C'est comme ce matin. À huit heures, lorsque j'attendais l'auto qui m'amenait Daubrecq dans sa malle, j'ai dû faire le pied de grue sur la place de Clichy pour que cette auto ne s'arrêtât point devant la porte de mon domicile, et pour que vos agents n'intervinssent pas dans mes petites affaires. Sans quoi, de nouveau, Gilbert et Clarisse Mergy étaient perdus.

— Mais, dit Prasville, ces événements... douloureux ne sont, il me semble, que retardés d'un jour, de deux, de trois tout au plus. Pour les conjurer définitivement, il faudrait...

— La liste véritable, n'est-ce pas ?

— Justement et vous ne l'avez peut-être pas...

— Je l'ai.

— La liste authentique ?

— La liste authentique, irréfutablement authentique.

— Avec la croix de Lorraine ?

— Avec la croix de Lorraine. »

Prasville se tut. Une émotion violente l'étreignait, maintenant que le duel s'engageait avec cet adversaire dont il connaissait l'effrayante supériorité, et il frissonnait à l'idée qu'Arsène Lupin, le formidable Arsène Lupin, était en face de lui, calme, paisible, poursuivant son but avec autant de sang-froid que s'il eût eu entre les mains toutes les armes, et qu'il se fût trouvé devant un ennemi désarmé.

N'osant encore l'attaque de front, presque intimidé, Prasville dit :

« Ainsi Daubrecq vous l'a livrée ?

— Daubrecq ne livre rien. Je l'ai prise.

— De force, par conséquent ?

— Mon Dieu, non, dit M. Nicole, en riant. Ah ! certes, j'étais résolu à tout, et lorsque ce bon Daubrecq fut exhumé par mes soins de la malle où il voyageait en grande vitesse, avec, comme alimentation, quelques gouttes de chloroforme, j'avais préparé la chose pour que la danse commençât sur l'heure. Oh ! pas d'inutiles tortures... Pas de vaines souffrances... Non... La mort simplement... La pointe d'une longue aiguille qu'on place sur la poitrine, à l'endroit du cœur, et que l'on enfonce peu à peu, doucement, gentiment. Pas autre chose... Mais cette pointe, c'était

Mme Mergy qui l'aurait dirigée... Vous comprenez... une mère, c'est impitoyable... une mère dont le fils va mourir !... "Parle, Daubrecq, ou j'enfonce... Tu ne veux pas parler ? Alors, je gagne un millimètre... et puis un autre encore..." Et le cœur du patient s'arrête de battre, ce cœur qui sent l'approche de l'aiguille... Et puis un millimètre encore... et puis un autre encore... Ah ! je vous jure Dieu qu'il eût parlé, le bandit ! Et penchés sur lui, nous attendions son réveil, en frémissant d'impatience, tellement nous avions hâte... Vous voyez d'ici, monsieur le secrétaire général ? Le bandit couché sur un divan, bien garrotté, la poitrine nue, et faisant des efforts pour se dégager des fumées de chloroforme qui l'étourdissent. Il respire plus vite... Il souffle... Il reprend conscience... Ses lèvres s'agitent... Déjà Clarisse Mergy murmure :

« — C'est moi... c'est moi, Clarisse... tu veux répondre, misérable ?

« Elle a posé son doigt sur la poitrine de Daubrecq, à la place où le cœur remue comme une petite bête cachée sous la peau. Mais elle me dit :

« — Ses yeux... ses yeux... je ne les vois pas sous les lunettes... je veux les voir...

« Et moi aussi, je veux les voir, ces yeux que j'ignore... je veux lire en eux, avant même d'entendre une parole, le secret qui jaillira du fond de l'être épouvanté. Je veux voir. Je suis avide de voir. Déjà l'acte que je vais accomplir me surexcite. Il me semble que, quand j'aurai vu, le voile se déchirera. Je saurai. C'est un pressentiment. C'est l'intuition profonde de la vérité qui me bouleverse. Le lorgnon n'est plus là. Mais les grosses lunettes opaques y sont encore. Et je les arrache brusquement. Et, brusquement, secoué par une vision déconcertante, ébloui par la clarté soudaine qui me frappe, et riant, mais riant à me décrocher la mâchoire, d'un coup de pouce, hop là ! je lui fais sauter l'œil gauche ! »

M. Nicole riait vraiment, et, comme il le disait, à s'en décrocher la mâchoire. Et ce n'était plus le timide petit pion de province, onctueux et sournois, mais un gaillard plein d'aplomb, qui avait déclamé et mimé toute la scène avec une fougue impressionnante, et qui, maintenant, riait d'un rire strident que Prasville ne pouvait écouter sans malaise.

« Hop là ! Saute, marquis ! Hors de la niche, Azor ! Deux yeux, pour quoi faire ? C'est un de trop. Hop là ! Non mais, Clarisse, regardez celui-là qui roule sur le tapis. Attention, œil de Daubrecq ! Gare à la salamandre ! »

M. Nicole, qui s'était levé et qui simulait une chasse à travers la pièce, se rassit, sortit un objet de sa poche, le fit rouler dans le creux de sa main, comme une bille, le fit sauter en l'air comme une balle, le remit en son gousset et déclara froidement :

« L'œil gauche de Daubrecq. »

Prasville était abasourdi. Où voulait donc en venir son étrange visiteur ? et que signifiait toute cette histoire ? Très pâle, il prononça :

« Expliquez-vous ?

— Mais c'est tout expliqué, il me semble. Et c'est tellement conforme à la réalité des choses ! tellement conforme à toutes les hypothèses que je faisais malgré moi, depuis quelque temps, et qui m'auraient conduit fatalement au but si ce satané Daubrecq ne m'en avait détourné si habilement ! Eh oui ! réfléchissez… suivez la marque de mes suppositions : "Puisqu'on ne découvre la liste nulle part en dehors de Daubrecq, me disais-je, c'est que cette liste ne se trouve pas en dehors de Daubrecq. Et puisqu'on ne la découvre point dans les vêtements qu'il porte, c'est qu'elle se trouve cachée plus profondément encore, en lui-même, pour parler plus clairement, à même sa chair… sous sa peau."

— Dans son œil peut-être ? fit Prasville en plaisantant.

— Dans son œil, monsieur le secrétaire général, vous avez dit le mot juste.

— Quoi ?

— Dans son œil, je le répète. Et c'est une vérité qui aurait dû logiquement me venir à l'esprit au lieu de m'être révélée par le hasard. Et voici pourquoi. Daubrecq sachant que Clarisse Mergy avait surpris une lettre de lui par laquelle il demandait à un fabricant anglais d'"évider le cristal à l'intérieur de façon à laisser un vide qu'il fût impossible de soupçonner", Daubrecq devait, par prudence, détourner les recherches. Et c'est ainsi qu'il fit faire, sur un modèle fourni, un bouchon de cristal "évidé à l'intérieur". Et c'est après ce bouchon de cristal que, vous et moi, nous courons depuis des mois, et c'est ce bouchon de cristal que j'ai déniché au fond d'un paquet de tabac… alors qu'il fallait…

— Alors qu'il fallait… ? » questionna Prasville intrigué.

M. Nicole pouffa de rire.

« Alors qu'il fallait tout simplement s'en prendre à l'œil de Daubrecq, à cet œil "évidé à l'intérieur de façon à former une cachette invisible et impénétrable", à cet œil que voici. »

Et M. Nicole, sortant de nouveau l'objet de sa poche, en frappa la table à diverses reprises, ce qui produisit le bruit d'un corps dur. Prasville murmura :

« Un œil de verre !

— Mon Dieu, oui, s'écria M. Nicole, qui riait de plus belle, un œil de verre ! un vulgaire bouchon de carafe que le brigand s'était introduit dans l'orbite à la place d'un œil mort, un bouchon de carafe, ou, si vous préférez, un bouchon de cristal, mais le véritable, cette fois, qu'il avait truqué, qu'il protégeait derrière le double rempart d'un binocle et de lunettes, et qui contenait et qui contient encore le talisman grâce auquel Daubrecq travaillait en toute sécurité. »

Prasville baissa la tête et mit la main devant son front, pour dissimuler la rougeur de son visage : il possédait presque la liste des *vingt-sept*. Elle était devant lui, sur la table. Dominant son trouble, il dit, d'un air dégagé :

« Elle y est donc encore ?

— Du moins je le suppose, affirma M. Nicole.

— Comment ! vous supposez…

— Je n'ai pas ouvert la cachette. C'est un honneur que je vous réservais, monsieur le secrétaire général. »

Prasville avança le bras, saisit l'objet et le regarda. C'était un bloc de cristal, imitant la nature à s'y tromper, avec tous les détails du globe de la prunelle, de la pupille, de la cornée. Tout de suite il vit, par-derrière, une partie mobile qui glissait. Il fit un effort. L'œil était creux. À l'intérieur, il y avait une boulette de papier. Il la déplia, et, rapidement, sans s'attarder à un examen préalable des noms, de l'écriture, ou de la signature, il leva les bras et tourna le papier vers la clarté des fenêtres.

« La croix de Lorraine s'y trouve bien ? demanda M. Nicole.

— Elle s'y trouve, répondit Prasville. Cette liste est la liste authentique. »

Il hésita quelques secondes et demeura les bras levés, tout en réfléchissant à ce qu'il allait faire. Puis, il replia le papier, le rentra dans son petit écrin de cristal et fit disparaître le tout dans sa poche.

M. Nicole, qui le regardait, lui dit :

« Vous êtes convaincu ?

— Absolument.

— Par conséquent, nous sommes d'accord ?

— Nous sommes d'accord. »

Il y eut un silence, durant lequel les deux hommes s'observaient sans en avoir l'air. M. Nicole semblait attendre la suite de la conversation. Prasville qui, à l'abri des livres accumulés sur la table, tenait d'une main son revolver, et, de l'autre, touchait au bouton de la sonnerie électrique, Prasville sentait avec un âpre plaisir toute la force de sa position. Il était maître de la liste. Il était maître de Lupin !

« S'il bouge, pensait-il, je braque mon revolver sur lui et j'appelle. S'il m'attaque, je tire. »

À la fin, M. Nicole reprit :

« Puisque nous sommes d'accord, monsieur le secrétaire général, je crois qu'il ne vous reste plus qu'à vous hâter. L'exécution doit avoir lieu demain ?

— Demain.

— En ce cas, j'attends ici.

— Vous attendez quoi ?

— La réponse de l'Élysée.

— Ah ! quelqu'un doit vous apporter cette réponse ?

— Oui. Vous, monsieur le secrétaire général. » Prasville hocha la tête.

« Il ne faut pas compter sur moi, monsieur Nicole.

— Vraiment ? fit M. Nicole d'un air étonné. Peut-on savoir la raison ?

— J'ai changé d'avis.

— Tout simplement ?

— Tout simplement. J'estime que, au point où en sont les choses, après le scandale de cette nuit, il est impossible de rien tenter en faveur de Gilbert. De plus, une démarche en ce sens à l'Élysée, dans les formes où elle se présente, constitue un véritable chantage auquel, décidément, je refuse de me prêter.

— Libre à vous, monsieur. Ces scrupules, bien que tardifs, puisque vous ne les aviez pas hier, ces scrupules vous honorent. Mais alors, monsieur le secrétaire général, le pacte que nous avons conclu étant déchiré, rendez-moi la liste des *vingt-sept.*

— Pour quoi faire ?

— Pour m'adresser à un autre intermédiaire que vous.

— À quoi bon ! Gilbert est perdu.

— Mais non, mais non. J'estime au contraire qu'après l'incident de cette nuit, son complice étant mort, il est d'autant plus facile d'accorder cette grâce que tout le monde trouvera juste et humaine. Rendez-moi cette liste.

— Non.

— Bigre, monsieur, vous n'avez pas la mémoire longue, ni la conscience bien délicate. Vous ne vous rappelez donc pas vos engagements d'hier ?

— Hier, je me suis engagé vis-à-vis d'un M. Nicole.

— Eh bien ?

— Vous n'êtes pas M. Nicole.

— En vérité ! et qui suis-je donc ?

— Dois-je vous l'apprendre ? »

M. Nicole ne répondit pas, mais il se mit à rire, comme s'il eût jugé avec satisfaction le tour singulier que prenait l'entretien, et Prasville éprouva une inquiétude confuse en voyant cet accès de gaieté. Il serra la crosse de son arme et se demanda s'il ne devait pas appeler du secours.

M. Nicole poussa sa chaise tout près du bureau, posa ses deux coudes sur les papiers, considéra son interlocuteur bien en face et ricana :

« Ainsi, monsieur Prasville, vous savez qui je suis, et vous avez l'aplomb de jouer ce jeu avec moi ?

— J'ai cet aplomb, dit Prasville qui soutint le choc sans broncher.

— Ce qui prouve que vous me croyez, moi, Arsène Lupin… prononçons le nom… Oui, Arsène Lupin… ce qui prouve que vous me croyez assez idiot, assez poire, pour me livrer ainsi pieds et poings liés ?

— Mon Dieu ! plaisanta Prasville, en tapotant le gousset où il avait enfoui le globe de cristal, je ne vois pas trop ce que vous pouvez faire, monsieur Nicole, maintenant que l'œil de Daubrecq est là, et que, dans l'œil de Daubrecq, se trouve la liste des *vingt-sept.*

— Ce que je peux faire ? répéta M. Nicole avec ironie.

— Eh oui ! le talisman ne vous protégeant plus, vous ne valez plus que ce que peut valoir un homme tout seul et qui s'est aventuré au cœur de la préfecture de Police, parmi quelques douzaines de gaillards qui se tiennent derrière chacune de ces portes, et quelques centaines d'autres qui accourront au premier signal. »

M. Nicole eut un haussement d'épaules, et il regarda Prasville avec pitié.

« Savez-vous ce qui arrive, monsieur le secrétaire général ? Eh bien, vous aussi, toute cette histoire vous tourne la tête. Possesseur de la liste, vous voilà subitement, comme état d'âme, au niveau d'un Daubrecq ou d'un Albufex. Il n'est même plus question, dans votre esprit, de la porter à vos chefs afin que soit anéanti ce ferment de honte et de discorde. Non, non… une tentation soudaine vous grise, et, pris de vertige, vous vous dites : "Elle est là, dans ma poche. Avec cela, je suis tout-puissant. Avec cela, c'est la richesse, le pouvoir absolu, sans limites. Si j'en profitais ? Si je laissais mourir Gilbert, et mourir Clarisse Mergy ? Si je faisais coffrer cet imbécile de Lupin ? Si j'empoignais cette occasion unique de fortune ?" »

Il s'inclina vers Prasville, et très doucement, d'un ton de confidence, amical, il lui dit :

« Faites pas ça, cher monsieur, faites pas ça.

— Et pourquoi donc ?

— Ce n'est pas votre intérêt, croyez-moi.

— En vérité !

— Non. Ou bien, si vous tenez absolument à le faire, veuillez auparavant consulter les *vingt-sept* noms de la liste que vous venez de me cambrioler, et méditez le nom du troisième personnage.

— Ah ! Et le nom de ce troisième personnage ?

— C'est celui d'un de vos amis.

— Lequel ?

— L'ex-député Stanislas Vorenglade.

— Et après ? dit Prasville, qui parut perdre un peu de son assurance.

— Après ? Demandez-vous si, derrière ce Vorenglade, une enquête, même sommaire, ne finirait pas par découvrir celui qui partageait avec lui certains petits bénéfices.

— Et qui s'appelle ?

— Louis Prasville.

— Qu'est-ce que vous chantez ? balbutia Prasville.

— Je ne chante pas, je parle. Et je dis que, si vous m'avez démasqué, votre masque à vous ne tient plus beaucoup, et que, là-dessous, ce qu'on aperçoit, n'est pas joli, joli. »

Prasville s'était levé. M. Nicole donna sur la table un violent coup de poing, et s'écria :

« Assez de bêtises, monsieur ! voilà vingt minutes qu'on tourne tous les deux autour du pot. Ça suffit. Concluons maintenant. Et, tout d'abord, lâchez vos pistolets. Si vous vous figurez que ces mécaniques-là me font peur ! Allons, et finissons-en, je suis pressé. »

Il mit sa main sur l'épaule de Prasville et scanda :

« Si, dans une heure, vous n'êtes pas revenu de la présidence, porteur de quelques lignes affirmant que le décret de grâce est signé… Si, dans une heure dix minutes, moi, Arsène Lupin, je ne sors pas d'ici sain et sauf, entièrement libre, ce soir, quatre journaux de Paris recevront quatre lettres choisies dans la correspondance échangée entre Stanislas Vorenglade et vous, correspondance que Stanislas Vorenglade m'a vendue ce matin. Voici votre chapeau, votre canne et votre pardessus. Filez. J'attends. »

Il se passa ce fait extraordinaire, et pourtant fort explicable, c'est que Prasville n'émit pas la plus légère protestation et n'entama pas le plus petit commencement de lutte. Il eut la sensation soudaine, profonde, totale, de ce qu'était dans son ampleur et dans sa toute-puissance ce personnage qu'on appelait Arsène Lupin. Il ne songea même pas à épiloguer, à prétendre – ce qu'il avait cru jusque-là – que les lettres avaient été détruites par le député Vorenglade, ou bien, en tout cas, que Vorenglade n'oserait pas les livrer, puisque, en agissant ainsi, c'eût été se perdre soi-même. Non. Il ne souffla pas mot. Il se sentait étreint dans un étau dont aucune force ne pouvait desserrer les branches. Il n'y avait rien à faire qu'à céder.

Il céda.

« Dans une heure ici, répéta M. Nicole.

— Dans une heure », dit Prasville, avec une docilité parfaite.

Cependant il précisa :

« Cette correspondance me sera rendue contre la grâce de Gilbert ?

— Non.

— Comment non ? Alors il est inutile…

— Elle vous sera rendue intégralement deux mois après le jour où mes amis et moi aurons fait évader Gilbert, cela grâce à la surveillance très lâche qui, conformément aux ordres donnés, sera exercée autour de lui.

— C'est tout ?

— Non. Il y a encore deux conditions.

— Lesquelles ?

— 1° La remise immédiate d'un chèque de quarante mille francs.

— Quarante mille francs !

— C'est le prix auquel Vorenglade m'a vendu les lettres. En toute justice…

— Après ?

— 2° Votre démission, dans les six mois, du poste que vous occupez.

— Ma démission ! mais pourquoi ? »

M. Nicole eut un geste très digne.

« Parce qu'il est immoral qu'un des postes les plus élevés de la préfecture de Police soit occupé par un homme dont la conscience n'est pas nette. Faites-vous octroyer une place de député, de ministre, ou de concierge, enfin toute situation que votre réussite vous permettra d'exiger. Mais secrétaire général de la Préfecture, non, pas cela. Ça me dégoûte. »

Prasville réfléchit un instant. L'anéantissement subit de son adversaire l'eût profondément réjoui, et, de tout son esprit, il chercha les moyens d'y parvenir. Mais que pouvait-il faire ?

Il se dirigea vers la porte et appela :

« Monsieur Lartigue ? »

Et plus bas, mais de manière à ce que M. Nicole l'entendît :

« Monsieur Lartigue, congédiez vos agents. Il y a erreur. Et que personne n'entre dans mon bureau pendant mon absence. Monsieur m'y attendra. »

Il prit le chapeau, la canne et le pardessus que M. Nicole lui tendait, et sortit.

« Tous mes compliments, monsieur, murmura Lupin, quand la porte se fut refermée, vous vous êtes montré d'une correction parfaite… Moi aussi d'ailleurs… avec une pointe de mépris peut-être un peu trop apparente… et un peu trop de brutalité. Mais, bah ! ces affaires-là demandent à être menées tambour battant. Il faut étourdir l'ennemi. Et puis, quoi, quand on a la conscience d'une hermine, on ne saurait le prendre de trop haut avec ces sortes de gens. Relève la tête, Lupin. Tu fus le champion de la morale offensée. Sois fier de ton œuvre. Et maintenant allonge-toi, et dors. Tu l'as bien gagné. »

Lorsque Prasville revint, il trouva Lupin endormi profondément et il dut lui frapper l'épaule pour le réveiller.

« C'est fait ? demanda Lupin.

— C'est fait. Le décret de grâce sera signé tantôt. En voici la promesse écrite.

— Les quarante mille francs ?

— Voici le chèque.

— Bien. Il ne me reste plus qu'à vous remercier, monsieur.

— Ainsi, la correspondance ?…

— La correspondance de Stanislas Vorenglade vous sera remise aux conditions indiquées. Cependant je suis heureux de pouvoir dès maintenant, et en signe de reconnaissance, vous donner les lettres que je devais envoyer aux journaux.

— Ah ! fit Prasville, vous les aviez donc sur vous ?

— J'étais tellement sûr, monsieur le secrétaire général, que nous finirions par nous entendre ! »

Il extirpa de son chapeau une enveloppe assez lourde, cachetée de cinq cachets rouges, et qui était épinglée sous la coiffe, et il la tendit à Prasville qui l'empocha vivement. Puis il dit encore :

« Monsieur le secrétaire général, je ne sais trop quand j'aurai le plaisir de vous revoir. Si vous avez la moindre communication à me faire, une simple ligne aux petites annonces du *Journal* suffira. Comme adresse : Monsieur Nicole. Je vous salue. »

Il se retira.

À peine seul, Prasville eut l'impression qu'il s'éveillait d'un cauchemar pendant lequel il avait accompli des actes incohérents, et sur lesquels sa conscience n'avait eu aucun contrôle. Il fut près de sonner, de jeter l'émoi dans les couloirs, mais en ce moment on frappait à la porte, et l'un des huissiers entra vivement.

« Qu'est-ce qu'il y a ? demanda Prasville.

— Monsieur le secrétaire général, c'est M. le député Daubrecq qui désire être reçu pour une affaire urgente.

— Daubrecq ! s'écria Prasville stupéfait. Daubrecq ici ! Faites entrer. »

Daubrecq n'avait pas attendu l'ordre. Il se précipitait vers Prasville, essoufflé, les vêtements en désordre, un bandeau sur l'œil gauche, sans cravate, sans faux col, l'air d'un fou qui vient de s'échapper, et la porte n'était pas close qu'il agrippait Prasville de ses deux mains énormes.

« Tu as la liste ?

— Oui.

— Tu l'as achetée ?

— Oui.

— Contre la grâce de Gilbert ?

— Oui.

— C'est signé ?

— Oui. »

Daubrecq eut un mouvement de rage.

« Imbécile! Imbécile! Tu t'es laissé faire! Par haine contre moi, n'est-ce pas? Et maintenant tu vas te venger?

— Avec un certain plaisir, Daubrecq. Rappelle-toi ma petite amie de Nice, la danseuse de l'Opéra… C'est ton tour, maintenant, de danser.

— Alors, c'est la prison?

— Pas la peine, dit Prasville. Tu es fichu. Privé de liste, tu vas t'effondrer de toi-même. Et, moi, j'assisterai à ta débâcle. Voilà ma vengeance.

— Et tu crois ça! proféra Daubrecq exaspéré. Tu crois qu'on m'étrangle comme un poulet, et que je ne saurai pas me défendre, et que je n'ai plus de griffes et de crocs pour mordre. Eh bien, mon petit, si je reste sur le carreau, il y en aura toujours un qui tombera avec moi… ce sera le sieur Prasville, l'associé de Stanislas Vorenglade, lequel Stanislas Vorenglade va me remettre toutes les preuves possibles contre lui, de quoi te faire ficher en prison sur l'heure. Ah! je te tiens. Avec ces lettres, tu marcheras droit, crebleu! et il y a encore de beaux jours pour le député Daubrecq. Quoi? tu rigoles? ces lettres n'existent peut-être pas? »

Prasville haussa les épaules.

« Si, elles existent. Mais Vorenglade ne les a plus.

— Depuis quand?

— Depuis ce matin. Vorenglade les a vendues, il y a deux heures, contre la somme de quarante mille francs. Et moi, je les ai rachetées, le même prix. »

Daubrecq eut un rire formidable.

« Dieu que c'est drôle! Quarante mille francs! Tu as payé quarante mille francs! À M. Nicole, n'est-ce pas, à celui qui t'a vendu la liste des *vingt-sept*? Eh bien, veux-tu que je te dise le vrai nom de ce M. Nicole? C'est Arsène Lupin.

— Je le sais bien.

— Peut-être. Mais ce que tu ne sais pas, triple idiot, c'est que j'arrive de chez Stanislas Vorenglade, et que Stanislas Vorenglade a quitté Paris depuis quatre jours! Ah! ah! ce qu'elle est bonne, celle-là! On t'a vendu du vieux papier! Et quarante mille francs! Mais quel idiot! »

Il partit en riant aux éclats, et laissant Prasville absolument effondré.

Ainsi Arsène Lupin ne possédait aucune preuve, et quand il menaçait, et quand il ordonnait, et quand il le traitait, lui, Prasville, avec cette désinvolture insolente, tout cela c'était de la comédie, du bluff !

« Mais non... mais non, ce n'est pas possible..., répétait le secrétaire général... J'ai l'enveloppe cachetée... Elle est là... Je n'ai qu'à l'ouvrir. »

Il n'osait pas l'ouvrir. Il la maniait, la soupesait, la scrutait... Et le doute pénétrait si rapidement en son esprit qu'il n'eut aucune surprise, l'ayant ouverte, de constater qu'elle contenait quatre feuilles de papier blanc.

« Allons, se dit-il, je ne suis pas de force. Mais tout n'est pas fini. »

Tout n'était pas fini en effet. Si Lupin avait agi avec autant d'audace, c'est que les lettres existaient et qu'il comptait bien les acheter à Stanislas Vorenglade. Mais puisque, d'autre part, Vorenglade ne se trouvait pas à Paris, la tâche de Prasville consistait simplement à devancer la démarche de Lupin auprès de Vorenglade, et à obtenir de Vorenglade, coûte que coûte, la restitution de ces lettres si dangereuses.

Le premier arrivé serait le vainqueur.

Prasville reprit son chapeau, son pardessus et sa canne, descendit, monta dans une auto et se fit conduire au domicile de Vorenglade. Là, il lui fut répondu qu'on attendait l'ancien député, retour de Londres, à six heures du soir.

Il était deux heures de l'après-midi.

Prasville eut donc tout le loisir de préparer son plan.

À cinq heures, il arrivait à la gare du Nord et postait, de droite et de gauche, dans les salles d'attente et dans les bureaux, les trois ou quatre douzaines d'inspecteurs qu'il avait emmenés.

De la sorte il était tranquille.

Si M. Nicole tentait d'aborder Vorenglade, on arrêtait Lupin. Et, pour plus de sûreté, on arrêtait toute personne pouvant être soupçonnée, ou bien d'être Lupin, ou un émissaire de Lupin.

En outre, Prasville effectua une ronde minutieuse dans toute la gare. Il ne découvrit rien de suspect. Mais, à six heures moins dix, l'inspecteur principal Blanchon, qui l'accompagnait, lui dit :

« Tenez, voilà Daubrecq. »

C'était Daubrecq, en effet, et la vue de son ennemi exaspéra tellement le secrétaire général qu'il fut sur le point de le faire arrêter. Mais pour quel motif ? De quel droit ? En vertu de quel mandat ?

D'ailleurs, la présence de Daubrecq prouvait, avec plus de force encore, que tout dépendait maintenant de Vorenglade. Vorenglade possédait les lettres. Qui les aurait ? Daubrecq ? Lupin ? ou lui, Prasville ?

Lupin n'était pas là et ne pouvait pas être là. Daubrecq n'était pas en mesure de combattre. Le dénouement ne faisait donc aucun doute : Prasville rentrerait en possession de ses lettres, et, par là même, échapperait aux menaces de Daubrecq et de Lupin et recouvrerait contre eux ses moyens d'action.

Le train arrivait.

Conformément aux ordres de Prasville, le commissaire de la gare avait donné l'ordre qu'on ne laissât passer personne sur le quai. Prasville s'avança donc seul, précédant un certain nombre de ses hommes, que conduisait l'inspecteur principal Blanchon. Le train stoppa.

Presque aussitôt Prasville aperçut, à la portière d'un compartiment de première classe situé vers le milieu, Vorenglade.

L'ancien député descendit, puis donna la main, pour l'aider à descendre, à un monsieur âgé qui voyageait avec lui.

Prasville se précipita et lui dit vivement :

« J'ai à te parler, Vorenglade. »

Au même instant, Daubrecq, qui avait réussi à passer, surgissait, et s'écria :

« Monsieur Vorenglade, j'ai reçu votre lettre. Je suis à votre disposition. »

Vorenglade regarda les deux hommes, reconnut Prasville et Daubrecq, et sourit :

« Ah ! ah ! il paraît que mon retour était attendu avec impatience. De quoi donc s'agit-il ? D'une certaine correspondance, n'est-ce pas ?

— Mais oui… mais oui…, répondirent les deux hommes, empressés autour de lui.

— Trop tard, déclara-t-il.

— Hein ? Quoi ? Qu'est-ce que vous dites ?

— Je dis qu'elle est vendue.

— Vendue ! mais à qui ?

— À monsieur, répliqua Vorenglade, en désignant son compagnon de voyage, à monsieur qui a jugé que l'affaire valait bien un petit dérangement, et qui est venu au-devant de moi jusqu'à Amiens. »

Le monsieur âgé, un vieillard emmitouflé de fourrures et courbé sur une canne, salua.

« C'est Lupin, pensa Prasville, il est hors de doute que c'est Lupin. »

Et il jeta un coup d'œil du côté des inspecteurs, prêt à les appeler. Mais le monsieur âgé expliqua :

« Oui, il m'a semblé que cette correspondance méritait quelques heures de chemin de fer, et la dépense de deux billets d'aller et retour.

— Deux billets ?

— Un pour moi, et le second pour un de mes amis.

— Un de vos amis ?

— Oui. Il nous a quittés, il y a quelques minutes, et, par les couloirs, il a gagné l'avant du train. Il était pressé. »

Prasville comprit ; Lupin avait eu la précaution d'emmener un complice ; et ce complice emportait la correspondance. Décidément la partie était perdue. Lupin tenait la proie solidement. Il n'y avait qu'à s'incliner et à subir les conditions du vainqueur.

« Soit, monsieur, dit-il. Quand l'heure sera venue, nous nous verrons. À bientôt, Daubrecq, tu entendras parler de moi. »

Et il ajouta, entraînant Vorenglade :

« Quant à toi, Vorenglade, tu joues là un jeu dangereux.

— Et pourquoi donc, mon Dieu ? » fit l'ancien député.

Ils s'en allèrent tous les deux. Daubrecq n'avait pas dit un mot, et il restait immobile, comme cloué au sol.

Le monsieur âgé s'approcha de lui et murmura :

« Dis donc, Daubrecq, il faut te réveiller, mon vieux… Le chloroforme, peut-être ?… »

Daubrecq serra les poings et poussa un grognement sourd.

« Ah ! fit le monsieur âgé… je vois que tu me reconnais… Alors tu te rappelles cette entrevue, il y a plusieurs mois, quand je suis venu te demander, dans ta maison du square Lamartine, ton appui en faveur de Gilbert ? Je t'ai dit ce jour-là : “Bas les armes. Sauve Gilbert, et je te laisse tranquille. Sinon je te prends la liste des *vingt-sept*, et tu es fichu.” Eh bien, je crois que tu es fichu. Voilà ce que c'est de ne pas s'entendre avec ce bon M. Lupin. On est sûr un jour ou l'autre d'y perdre jusqu'à sa chemise. Enfin ! que cela te serve de leçon ! Ah ! ton portefeuille que j'oubliais de te rendre. Excuse-moi si tu le trouves un peu allégé. Il y avait dedans, outre un nombre respectable de billets, le reçu du garde-meuble où tu as mis en dépôt le mobilier d'Enghien que tu m'avais repris. J'ai cru devoir t'épargner la peine de le dégager toi-même. À l'heure qu'il est, ce doit être fait. Non, ne me remercie pas. Il n'y a pas de quoi. Adieu, Daubrecq. Et si tu as besoin d'un louis ou deux pour t'acheter un autre bouchon de carafe, je suis là. Adieu, Daubrecq. »

Il s'éloigna.

Il n'avait pas fait cinquante pas que le bruit d'une détonation retentit.

Il se retourna.

Daubrecq s'était fait sauter la cervelle.

« *De profundis* », murmura Lupin, qui enleva son chapeau.

Un mois plus tard, Gilbert, dont la peine avait été commuée en celle des travaux forcés à perpétuité, s'évadait de l'île de Ré, la veille même du jour où on devait l'embarquer pour la Guyane.

Étrange évasion, dont les détails demeurent inexplicables, et qui, autant que le coup de fusil du boulevard Arago, contribua au prestige d'Arsène Lupin.

« Somme toute, me dit Lupin, après m'avoir raconté les diverses phases de l'histoire, somme toute, aucune entreprise ne m'a donné plus de mal, ne m'a coûté plus d'efforts, que cette sacrée aventure, que nous appellerons, si vous voulez bien : *"Le bouchon de cristal, ou comme quoi il ne faut jamais perdre courage."* En douze heures, de six heures du matin à six heures du soir, j'ai réparé six mois de malchances, d'erreurs, de tâtonnements et de défaites. Ces douze heures-là, je les compte certes parmi les plus belles et les plus glorieuses de ma vie.

— Et Gilbert, qu'est-il devenu ?

— Il cultive ses terres, au fond de l'Algérie, sous son vrai nom, sous son seul nom d'Antoine Mergy. Il a épousé une Anglaise, et ils ont un fils qu'il a voulu appeler Arsène. Je reçois souvent de lui de bonnes lettres enjouées et affectueuses. Tenez, encore une aujourd'hui. Lisez : "Patron, si vous saviez ce que c'est bon d'être un honnête homme, de se lever le matin avec une longue journée de travail devant soi, et de se coucher le soir harassé de fatigue. Mais vous le savez, n'est-ce pas ? Arsène Lupin a sa manière un peu spéciale, pas très catholique. Mais, bah ! au jugement dernier, le livre de ses bonnes actions sera tellement rempli qu'on passera l'éponge sur le reste. Je vous aime bien, patron." Le brave enfant ! ajouta Lupin, pensif.

— Et Mme Mergy ?

— Elle demeure avec son fils ainsi que son petit Jacques.

— Vous l'avez revue ?

— Je ne l'ai pas revue.

— Tiens ! »

Lupin hésita quelques secondes, puis il me dit en souriant :

« Mon cher ami, je vais vous révéler un secret qui va me couvrir de ridicule à vos yeux. Mais vous savez que j'ai toujours été sentimental comme un collégien et naïf comme une oie blanche. Eh bien, le soir où je suis revenu vers Clarisse Mergy, et où je lui ai annoncé les nouvelles de la journée – dont une partie, d'ailleurs, lui était connue – j'ai senti deux choses, très profondément. D'abord, que j'éprouvais pour elle un sentiment beaucoup plus vif que je ne croyais, ensuite et par contre, qu'elle éprouvait, pour moi, un sentiment qui n'était dénué ni de mépris, ni de rancune, ni même d'une certaine aversion.

— Bah ! Et pourquoi donc ?

— Pourquoi ? Parce que Clarisse Mergy est une très honnête femme, et que je ne suis… qu'Arsène Lupin.

— Ah !

— Mon Dieu, oui, bandit sympathique, cambrioleur romanesque et chevaleresque, pas mauvais diable au fond… tout ce que vous voudrez… N'empêche que, pour une femme vraiment honnête, de caractère droit et de nature équilibrée, je ne suis… quoi… qu'une simple fripouille. »

Je compris que la blessure était plus aiguë qu'il ne l'avouait, et je lui dis :

« Alors, comme ça, vous l'avez aimée ?

— Je crois même, dit-il d'un ton railleur, que je l'ai demandée en mariage. N'est-ce pas ? je venais de sauver son fils… Alors… je m'imaginais… Quelle douche ! cela a jeté un froid entre nous… Depuis…

— Mais depuis vous l'avez oubliée ?

— Oh ! certes. Mais combien difficilement ! Et pour mettre entre nous une barrière infranchissable, je me suis marié.

— Allons donc ! vous êtes marié, vous, Lupin ?

— Tout ce qu'il y a de plus marié, et le plus légitimement du monde. Un des plus grands noms de France. Fille unique… Fortune colossale… Comment ! vous ne connaissez pas cette aventure-là ? Elle vaut pourtant la peine d'être connue. »

Et, sans plus tarder, Lupin, qui était en veine de confidences, se mit à me raconter l'histoire de son mariage avec Angélique de Sarzeau-Vendôme, princesse de Bourbon-Condé, aujourd'hui sœur Marie-Auguste, humble religieuse cloîtrée au couvent des dominicaines…

Mais, dès les premiers mots, il s'arrêta, comme si tout à coup son récit ne l'eût plus intéressé et il demeura songeur.

« Qu'est-ce que vous avez, Lupin ?

— Moi ? Rien.

— Mais si… Et puis, tenez, voilà que vous souriez… C'est la cachette de Daubrecq, son œil de verre, qui vous fait rire ?

— Ma foi, non.

— En ce cas ?

— Rien, je vous dis… rien qu'un souvenir…

— Un souvenir agréable ?

— Oui !... oui... délicieux même. C'était la nuit, au large de l'île de Ré, sur la barque de pêche où Clarisse et moi nous emmenions Gilbert... Nous étions seuls, tous les deux, à l'arrière du bateau... Et je me rappelle... J'ai parlé, j'ai dit des mots et des mots encore... tout ce que j'avais sur le cœur... Et puis... et puis, ce fut le silence qui trouble et qui désarme...

— Eh bien ?

— Eh bien, je vous jure que la femme que j'ai serrée contre moi... Oh ! pas longtemps, quelques secondes... N'importe ! je vous jure Dieu que ce n'était pas seulement une mère reconnaissante, ni une amie qui se laisse attendrir, mais une femme aussi, une femme tremblante et bouleversée... »

Il ricana :

« Et qui s'enfuyait le lendemain, pour ne plus me revoir. »

Il se tut de nouveau. Puis il murmura :

« Clarisse... Clarisse... le jour où je serai las et désabusé, j'irai vous retrouver là-bas, dans la petite maison arabe... dans la petite maison blanche... où vous m'attendez, Clarisse... où je suis sûr que vous m'attendez... »

LES CONFIDENCES D'ARSÈNE LUPIN

LES JEUX DU SOLEIL

« Lupin, racontez-moi donc quelque chose.

— Eh ! que voulez-vous que je vous raconte ? On connaît toute ma vie ! me répondit Lupin qui somnolait sur le divan de mon cabinet de travail.

— Personne ne la connaît ! m'écriai-je. On sait, par telle de vos lettres, publiée dans les journaux, que vous avez été mêlé à telle affaire, que vous avez donné le branle à telle autre... Mais votre rôle en tout cela, le fond même de l'histoire, le déroulement du drame, on l'ignore.

— Bah ! Un tas de potins qui n'ont aucun intérêt.

— Aucun intérêt, votre cadeau de cinquante mille francs à la femme de Nicolas Dugrival ! Aucun intérêt, la façon mystérieuse dont vous avez déchiffré l'énigme des trois tableaux !

— Étrange énigme, en vérité, dit Lupin. Je vous propose un titre : *Le Signe de l'Ombre.*

— Et vos succès mondains ? ajoutai-je. Et le secret de vos bonnes actions ? Toutes ces histoires auxquelles vous avez souvent fait allusion devant moi et que vous appeliez : *L'anneau nuptial, La mort qui rôde !* etc. Que de confidences en retard, mon pauvre Lupin !... Allons, un peu de courage... »

C'était l'époque où Lupin, déjà célèbre, n'avait pourtant pas encore livré ses plus formidables batailles ; l'époque qui précède les grandes aventures de *L'Aiguille creuse* et de *813*. Sans songer à s'approprier le trésor séculaire des rois de France ou à cambrioler l'Europe au nez du Kaiser, il se contentait des coups de main plus modestes et de bénéfices plus raisonnables, se dépensant en efforts quotidiens, faisant le mal au jour le jour, et faisant le bien aussi, par nature et par dilettantisme, en Don Quichotte qui s'amuse et qui s'attendrit.

Comme il se taisait, je répétai :

« Lupin, je vous en prie !... »

À ma stupéfaction, il répliqua :

« Prenez un crayon, mon cher, et une feuille de papier. »

J'obéis vivement, tout heureux à l'idée qu'il allait enfin me dicter quelques-unes de ces pages où il sait mettre tant de verve et de fantaisie, et que moi, hélas ! je suis obligé d'abîmer par de lourdes explications et de fastidieux développements.

« Vous y êtes ? dit-il.

— J'y suis.

— Inscrivez : 19 – 21 – 18 – 20 – 15 – 21 – 20.

— Comment ?

— Inscrivez, vous dis-je. »

Il était assis sur le divan, les yeux tournés vers la fenêtre ouverte, et ses doigts roulaient une cigarette de tabac oriental.

Il prononça :

« Inscrivez : 9 – 12 – 6 – 1... »

Il y eut un arrêt. Puis il reprit :

« 21. »

Et, après un silence :

« 20 – 6... »

Était-il fou ? Je le regardai, et peu à peu je m'aperçus qu'il n'avait plus les mêmes yeux indifférents qu'aux minutes précédentes, mais que ses yeux étaient attentifs, et qu'ils semblaient suivre quelque part, dans l'espace, un spectacle qui devait le captiver.

Cependant, il dictait, avec des intervalles entre chacun des chiffres :

« 21 – 9 – 18 – 5... »

Par la fenêtre, on ne pouvait guère contempler qu'un morceau de ciel bleu vers la droite, et que la façade de la maison opposée, façade de vieil hôtel dont les volets étaient fermés comme à l'ordinaire. Il n'y avait là rien de particulier, aucun détail qui me parût nouveau parmi ceux que je considérais depuis des années...

« 12 – 5 – 4 – 1… »

Et soudain, je compris… ou plutôt, je crus comprendre. Car comment admettre qu'un homme comme Lupin, si raisonnable au fond sous son masque d'ironie, pût perdre son temps à de telles puérilités ? Cependant il n'y avait pas de doute possible. C'était bien cela qu'il comptait, les reflets intermittents d'un rayon de soleil qui se jouait sur la façade noircie de la vieille maison, à la hauteur du second étage.

« 14 – 7… », me dit Lupin.

Le reflet disparut pendant quelques secondes, puis, coup sur coup, à intervalles réguliers, frappa la façade, et disparut de nouveau.

Instinctivement, j'avais compté, et je dis à haute voix :

« 5…

— Vous avez saisi ? Pas dommage ! » ricana Lupin.

Il se dirigea vers la fenêtre et se pencha comme pour se rendre compte du sens exact que suivait le rayon lumineux. Puis il alla se recoucher sur le canapé en me disant :

« À votre tour, maintenant, comptez… »

J'obéis, tellement ce diable d'homme avait l'air de savoir où il voulait en venir. D'ailleurs, je ne pouvais m'empêcher d'avouer que c'était chose assez curieuse que cette régularité des coups de lumière sur la façade, que ces apparitions et ces disparitions qui se succédaient comme les signaux d'un phare.

Cela provenait évidemment d'une maison située sur le côté de la rue où nous nous trouvions, puisque le soleil pénétrait alors obliquement par mes fenêtres. On eût dit que quelqu'un ouvrait ou fermait alternativement une croisée, ou plutôt se divertissait à renvoyer des rayons de clarté à l'aide d'un petit miroir de poche.

« C'est un enfant qui s'amuse, m'écriai-je au bout d'un instant, quelque peu agacé par l'occupation stupide qui m'était imposée.

— Allez toujours ! »

Et je comptais… Et j'alignais des chiffres… Et le soleil continuait à danser en face de moi, avec une précision vraiment mathématique.

« Et ensuite ? me dit Lupin, à la suite d'un silence plus long…

— Ma foi, cela me semble terminé… Voilà plusieurs minutes qu'il n'y a rien. »

Nous attendîmes, et, comme aucune lueur ne se jouait plus dans l'espace, je plaisantai :

« M'est avis que nous avons perdu notre temps. Quelques chiffres sur du papier, le butin est maigre. »

Sans bouger de son divan, Lupin reprit :

« Ayez l'obligeance, mon cher, de remplacer chacun de ces chiffres par la lettre de l'alphabet qui lui correspond en comptant, n'est-ce pas, A comme 1, B comme 2, etc.

— Mais c'est idiot.

— Absolument idiot, mais on fait tant de choses idiotes dans la vie… Une de plus… »

Je me résignai à cette besogne stupide, et je notai les premières lettres : S-U-R-T-O-U-T…

Je m'interrompis, étonné :

« Un mot ! m'écriai-je… Voici un mot qui se forme.

— Continuez donc, mon cher. »

Et je continuai, et les lettres suivantes composèrent d'autres mots que je séparais les uns des autres, au fur et à mesure. Et, à ma grande stupéfaction, une phrase entière s'aligna sous mes yeux.

« Ça y est ? me dit Lupin, au bout d'un instant.

— Ça y est !… Par exemple, il y a des fautes d'orthographe.

— Ne vous occupez pas de cela, je vous prie… lisez lentement. »

Alors je lus cette phrase inachevée, que je donne ici telle qu'elle m'apparut :

Surtout il faut fuire le danger, éviter les ataques, n'affronter les forces enemies qu'avec la plus grande prudance, et…

Je me mis à rire.

« Et voilà ! La lumière se fit ! Hein ! nous sommes éblouis de clartés ! Mais vraiment, Lupin, confessez que ce chapelet de conseils, égrené par une cuisinière, ne vous avance pas beaucoup. »

Lupin se leva sans se départir de son mutisme dédaigneux, et saisit la feuille de papier.

Je me suis souvenu par la suite qu'un hasard, à ce moment, accrocha mes yeux à la pendule. Elle marquait cinq heures dix-huit.

Lupin cependant restait debout, la feuille à la main, et je pouvais constater à mon aise sur son visage si jeune, cette extraordinaire mobilité d'expression qui déroute les observateurs les plus habiles et qui est sa grande force, sa meilleure sauvegarde. À quels signes se rattacher pour identifier un visage qui se transforme à volonté, sans même le secours des fards, et dont chaque expression passagère semble être l'expression définitive ?... À quels signes ? Il y en avait un que je connaissais, un signe immuable : deux petites rides en croix qui creusaient son front quand il donnait un violent effort d'attention. Et je la vis en cet instant, nette et profonde, la menue croix révélatrice.

Il reposa la feuille de papier et murmura :

« Enfantin ! »

Cinq heures et demie sonnaient.

« Comment ! m'écriai-je, vous avez réussi ? en douze minutes ! »

Il fit quelques pas de droite et de gauche dans la pièce, puis alluma une cigarette, et me dit :

« Ayez l'obligeance d'appeler au téléphone le baron Repstein et de le prévenir que je serai chez lui à dix heures du soir.

— Le baron Repstein ? demandai-je, le mari de la fameuse baronne ?

— Oui.

— C'est sérieux ?

— Très sérieux. »

Absolument confondu, incapable de lui résister, j'ouvris l'annuaire du téléphone et décrochai l'appareil. Mais, à ce moment, Lupin m'arrêta d'un geste autoritaire, et il prononça, les yeux toujours fixés sur la feuille qu'il avait reprise :

« Non, taisez-vous... C'est inutile de le prévenir... Il y a quelque chose de plus urgent... quelque chose de bizarre et qui m'intrigue... Pourquoi diable cette phrase est-elle inachevée ? Pourquoi cette phrase est-elle... »

Rapidement, il empoigna sa canne et son chapeau.

« Partons. Si je ne me trompe pas, c'est une affaire qui demande une solution immédiate, et je ne crois pas me tromper.

— Vous savez quelque chose ?

— Jusqu'ici, rien du tout. »

Dans l'escalier, il passa son bras sous le mien et me dit :

« Je sais ce que tout le monde sait. Le baron Repstein, financier et sportsman, dont le cheval *Etna* a gagné cette année le Derby d'Epsom et le Grand-Prix de Longchamp, le baron Repstein a été la victime de sa femme, laquelle femme, très connue pour ses cheveux blonds, ses toilettes et son luxe, s'est enfuie voilà quinze jours, emportant avec elle une somme de trois millions, volée à son mari, et toute une collection de diamants, de perles et de bijoux que la princesse de Berny lui avait confiée et qu'elle devait acheter. Depuis deux semaines, on poursuit la baronne à travers la France et l'Europe, ce qui est facile, la baronne semant l'or et les bijoux sur son chemin. À chaque instant, on croit l'arrêter. Avant-hier même, en Belgique, notre policier national, l'ineffable Ganimard, cueillait, dans un grand hôtel, une voyageuse contre qui les preuves les plus irréfutables s'accumulaient. Renseignements pris, c'était une théâtreuse notoire, Nelly Darbel. Quant à la baronne, introuvable. De son côté, le baron Repstein offre une prime de cent mille francs à qui fera retrouver sa femme. L'argent est entre les mains d'un notaire. En outre, pour désintéresser la princesse de Berny, il vient de vendre en bloc son écurie de courses, son hôtel du boulevard Haussmann et son château de Roquencourt.

— Et le prix de la vente, ajoutai-je, doit être touché tantôt. Demain, disent les journaux, la princesse de Berny aura l'argent. Seulement, je ne vois pas, en vérité, le rapport qui existe entre cette histoire, que vous avez résumée à merveille, et la phrase énigmatique… »

Lupin ne daigna pas me répondre.

Nous avions suivi la rue que j'habitais et nous avions marché pendant cent cinquante ou deux cents mètres, lorsqu'il descendit du trottoir et se mit à examiner un immeuble, de construction déjà ancienne, et où devaient loger de nombreux locataires.

« D'après mes calculs, me dit-il, c'est d'ici que partaient les signaux, sans doute de cette fenêtre encore ouverte.

— Au troisième étage ?

— Oui. »

Il se dirigea vers la concierge et lui demanda :

« Est-ce qu'un de vos locataires ne serait pas en relation avec le baron Repstein ?

— Comment donc ! Mais oui, s'écria la bonne femme, nous avons ce brave M. Lavernoux, qui est le secrétaire, l'intendant du baron. C'est moi qui fais son petit ménage.

— Et on peut le voir ?

— Le voir ? Il est bien malade, ce pauvre monsieur.

— Malade ?

— Depuis quinze jours... depuis l'aventure de la baronne. Il est rentré le lendemain avec la fièvre, et il s'est mis au lit.

— Mais il se lève ?

— Ah ! ça, j'sais pas.

— Comment, vous ne savez pas ?

— Non, son docteur défend qu'on entre dans sa chambre. Il m'a repris la clef.

— Qui ?

— Le docteur. C'est lui-même qui vient le soigner, deux ou trois fois par jour. Tenez, il sort de la maison, il n'y a pas vingt minutes... un vieux à barbe grise et à lunettes, tout cassé... Mais où allez-vous, monsieur ?

— Je monte, conduisez-moi, dit Lupin, qui, déjà, avait couru jusqu'à l'escalier. C'est bien au troisième étage, à gauche ?

— Mais ça m'est défendu, gémissait la bonne femme en le poursuivant. Et puis, je n'ai pas la clef, puisque le docteur... »

L'un derrière l'autre, ils montèrent les trois étages. Sur le palier, Lupin tira de sa poche un instrument, et, malgré les protestations de la concierge, l'introduisit dans la serrure. La porte céda presque aussitôt. Nous entrâmes.

Au bout d'une pièce obscure, on apercevait de la clarté qui filtrait par une porte entrebâillée. Lupin se précipita, et, dès le seuil, il poussa un cri :

« Trop tard ! Ah ! crebleu ! »

La concierge tomba à genoux, comme évanouie.

Ayant pénétré à mon tour dans la chambre, je vis sur le tapis un homme à moitié nu qui gisait, les jambes recroquevillées, les bras tordus, et la face toute pâle, une face amaigrie, sans chair, dont les yeux gardaient une expression d'épouvante, et dont la bouche se convulsait en un rictus effroyable.

« Il est mort, fit Lupin, après un examen rapide.

— Mais comment ? m'écriai-je, il n'y a pas trace de sang.

— Si, si, répondit Lupin, en montrant sur la poitrine, par la chemise entrouverte, deux ou trois gouttes rouges... Tenez, on l'aura saisi d'une main à la gorge, et de l'autre on l'aura piqué au cœur. Je dis « piqué », car vraiment la blessure est imperceptible. On croirait le trou d'une aiguille très longue. »

Il regarda par terre, autour du cadavre. Il n'y avait rien qui attirât l'attention, rien qu'un petit miroir de poche, le petit miroir avec lequel M. Lavernoux s'amusait à faire danser dans l'espace des rayons de soleil.

Mais, soudain, comme la concierge se lamentait et appelait au secours, Lupin se jeta sur elle et la bouscula :

« Taisez-vous !... Écoutez-moi... Vous appellerez tout à l'heure... Écoutez-moi et répondez. C'est d'une importance considérable. M. Lavernoux avait un ami dans cette rue, n'est-ce pas ? à droite et sur le même côté... un ami intime ?

— Oui.

— Un ami qu'il retrouvait tous les soirs au café, et avec lequel il échangeait des journaux illustrés ?

— Oui.

— Son nom ?

— M. Dulâtre.

— Son adresse ?

— Au 92 de la rue.

— Un mot encore : ce vieux médecin, à barbe grise et à lunettes, dont vous m'avez parlé, venait depuis longtemps ?

— Non. Je ne le connaissais pas. Il est venu le soir même où M. Lavernoux est tombé malade. »

Sans en dire davantage, Lupin m'entraîna de nouveau, redescendit et, une fois dans la rue, tourna sur la droite, ce qui nous fit passer devant mon appartement. Quatre numéros plus loin, il s'arrêtait en face du 92, petite maison basse dont le rez-de-chaussée était occupé par un marchand de vins qui, justement, fumait sur le pas de sa porte, auprès du couloir d'entrée. Lupin s'informa si M. Dulâtre se trouvait chez lui.

« M. Dulâtre est parti, répondit le marchand… voilà peut-être une demi-heure… Il semblait très agité, et il a pris une automobile, ce qui n'est pas son habitude.

— Et vous ne savez pas…

— Où il se rendait ? Ma foi, il n'y a pas d'indiscrétion. Il a crié l'adresse assez fort ! « À la préfecture de Police », qu'il a dit au chauffeur… »

Lupin allait lui-même héler un taxi-auto, quand il se ravisa, et je l'entendis murmurer :

« À quoi bon, il a trop d'avance !… »

Il demanda encore si personne n'était venu après le départ de M. Dulâtre.

« Si, un vieux monsieur à barbe grise et à lunettes qui est monté chez M. Dulâtre, qui a sonné et qui est reparti.

— Je vous remercie, monsieur », dit Lupin en saluant.

Il se mit à marcher lentement, sans m'adresser la parole et d'un air soucieux. Il était hors de doute que le problème lui semblait fort difficile et qu'il ne voyait pas très clair dans les ténèbres où il paraissait se diriger avec tant de certitude.

D'ailleurs, lui-même m'avoua :

« Ce sont là des affaires qui nécessitent beaucoup plus d'intuition que de réflexion. Seulement, celle-ci vaut fichtre la peine qu'on s'en occupe ! »

Nous étions arrivés sur les boulevards. Lupin entra dans un cabinet de lecture et consulta très longuement les journaux de la dernière quinzaine. De temps à autre, il marmottait :

« Oui… oui… Évidemment ce n'est qu'une hypothèse, mais elle explique tout… Or, une hypothèse qui répond à toutes les questions, n'est pas loin d'être une vérité. »

La nuit était venue, nous dînâmes dans un petit restaurant et je remarquai que le visage de Lupin s'animait peu à peu. Ses gestes avaient plus de décision. Il retrouvait de la gaieté, de la vie. Quand nous partîmes, et durant le trajet qu'il me fit faire sur le boulevard Haussmann, vers le domicile du baron Repstein, c'était vraiment le Lupin des grandes occasions, le Lupin qui a résolu d'agir et de gagner la bataille.

Un peu avant la rue de Courcelles, notre allure se ralentit. Le baron Repstein habitait à gauche, entre cette rue et le faubourg Saint-Honoré, un hôtel à trois étages dont nous pouvions apercevoir la façade enjolivée de colonnes et de cariatides.

« Halte ! dit Lupin tout à coup.

— Qu'y a-t-il ?

— Encore une preuve qui confirme mon hypothèse…

— Quelle preuve ? Je ne vois rien.

— Je vois… Cela suffit… »

Il releva le col de son vêtement, rabattit les bords de son chapeau mou, et prononça :

« Crébleu ! le combat sera rude. Allez vous coucher, mon bon ami. Demain, je vous raconterai mon expédition… si toutefois elle ne me coûte pas la vie.

— Hein ?

— Eh ! eh ! je risque gros. D'abord, mon arrestation, ce qui est peu. Ensuite, la mort, ce qui est pis ! Seulement… »

Il me prit violemment par l'épaule :

« Il y a une troisième chose que je risque, c'est d'empocher deux millions… Et quand j'aurai une première mise de deux millions, on verra de quoi je suis capable. Bonne nuit, mon cher, et si vous ne me revoyez pas… »

Il déclama :

« Plantez un saule au cimetière,
J'aime son feuillage éploré… »

Je m'éloignai aussitôt. Trois minutes plus tard – et je continue le récit d'après celui qu'il voulut bien me faire le lendemain –, trois minutes plus tard, Lupin sonnait à la porte de l'hôtel Repstein.

« M. le baron est-il chez lui ?

— Oui, répondit le domestique, en examinant cet intrus d'un air étonné, mais M. le baron ne reçoit pas à cette heure-ci.

— M. le baron connaît l'assassinat de son intendant Lavernoux ?

— Certes.

— Eh bien, veuillez lui dire que je viens à propos de cet assassinat, et qu'il n'y a pas un instant à perdre. »

Une voix cria d'en haut :

« Faites monter, Antoine. »

Sur cet ordre émis de façon péremptoire, le domestique conduisit Lupin au premier étage. Une porte était ouverte au seuil de laquelle attendait un monsieur que Lupin reconnut pour avoir vu sa photographie dans les journaux, le baron Repstein, le mari de la fameuse baronne, et le propriétaire *d'Etna*, le cheval le plus célèbre de l'année.

C'était un homme très grand, carré d'épaules, dont la figure, toute rasée, avait une expression aimable, presque souriante, que n'atténuait pas la tristesse des yeux. Il portait des vêtements de coupe élégante, un gilet de velours marron, et, à sa cravate, une perle que Lupin estima d'une valeur considérable.

Il introduisit Lupin dans son cabinet de travail, vaste pièce à trois fenêtres, meublée de bibliothèques, de casiers verts, d'un bureau américain et d'un coffre-fort. Et, tout de suite, avec un empressement visible, il demanda :

« Vous savez quelque chose ?

— Oui, monsieur le baron.

— Relativement à l'assassinat de ce pauvre Lavernoux ?

— Oui, monsieur le baron, et relativement aussi à Mme la baronne.

— Serait-ce possible ? Vite, je vous en supplie… »

Il avança une chaise. Lupin s'assit, et commença :

« Monsieur le baron, les circonstances sont graves. Je serai rapide.

— Au fait ! Au fait !

— Eh bien, monsieur le baron, voici en quelques mots, et sans préambule. Tantôt, de sa chambre, Lavernoux, qui, depuis quinze jours, était tenu par son docteur en une sorte de réclusion, Lavernoux a… – comment dirais-je ? – a télégraphié certaines révélations à l'aide de signaux, que j'ai notés en partie, et qui m'ont mis sur la trace de cette affaire. Lui-même a été surpris au milieu de cette communication et assassiné.

— Mais par qui ? Par qui ?

— Par son docteur.

— Le nom de ce docteur ?

— Je l'ignore. Mais un des amis de M. Lavernoux, M. Dulâtre, celui-là précisément avec lequel il communiquait, doit le savoir, et il doit savoir également le sens exact et complet de la communication car, sans en attendre la fin, il a sauté dans une automobile et s'est fait conduire à la préfecture de Police.

— Pourquoi ? Pourquoi ?... et quel est le résultat de cette démarche ?

— Le résultat, monsieur le baron, c'est que votre hôtel est cerné. Douze agents se promènent sous vos fenêtres. Dès que le soleil sera levé, ils entreront au nom de la loi, et ils arrêteront le coupable.

— L'assassin de Lavernoux se cache donc dans cet hôtel ? Un de mes domestiques ? Mais non, puisque vous parlez d'un docteur !...

— Je vous ferai remarquer, monsieur le baron, que, en allant transmettre à la préfecture de Police les révélations de son ami Lavernoux, le sieur Dulâtre ignorait que son ami Lavernoux allait être assassiné. La démarche du sieur Dulâtre visait autre chose...

— Quelle chose ?

— La disparition de Mme la baronne, dont il connaissait le secret par la communication de Lavernoux.

— Quoi ! On sait enfin ! On a retrouvé la baronne ! Où est-elle ? Et l'argent qu'elle m'a extorqué ? »

Le baron Repstein parlait avec une surexcitation extraordinaire. Il se leva et, apostrophant Lupin :

« Allez jusqu'au bout, monsieur. Il m'est impossible d'attendre davantage. »

Lupin reprit d'une voix lente qui hésitait :

« C'est que... voilà... l'explication devient difficile... étant donné que nous partons d'un point de vue tout à fait opposé.

— Je ne comprends pas.

— Il faut pourtant que vous compreniez, monsieur le baron… Nous disons, n'est-ce pas – je m'en rapporte aux journaux –, nous disons que la baronne Repstein partageait le secret de toutes vos affaires, et qu'elle pouvait non seulement ouvrir ce coffre-fort, mais aussi celui du Crédit Lyonnais où vous enfermiez toutes vos valeurs.

— Oui.

— Or, il y a quinze jours, un soir, tandis que vous étiez au cercle, la baronne Repstein, qui avait réalisé toutes ces valeurs à votre insu, est sortie d'ici avec un sac de voyage où se trouvait votre argent, ainsi que tous les bijoux de la princesse de Berny ?

— Oui.

— Et depuis on ne l'a pas revue ?

— Non.

— Eh bien, il y a une excellente raison pour qu'on ne l'ait pas revue.

— Laquelle ?

— C'est que la baronne Repstein a été assassinée…

— Assassinée !… la baronne !… Mais vous êtes fou !

— Assassinée, et ce soir-là, tout probablement.

— Je vous répète que vous êtes fou ! Comment la baronne aurait-elle été assassinée, puisqu'on suit sa trace, pour ainsi dire, pas à pas ?…

— On suit la trace d'une autre femme.

— Quelle femme ?

— La complice de l'assassin.

— Et cet assassin ?

— Celui-là même qui, depuis quinze jours, sachant que Lavernoux, par la situation qu'il occupait dans cet hôtel, a découvert la vérité, le tient enfermé, l'oblige au silence, le menace, le terrorise ; celui-là même qui, surprenant Lavernoux en train de communiquer avec un de ses amis, le supprime froidement d'un coup de stylet au cœur.

— Le docteur, alors ?

— Oui.

— Mais qui est ce docteur ? Quel est ce génie malfaisant, cet être infernal qui apparaît et disparaît, qui tue dans l'ombre et que nul ne soupçonne ?

— Vous ne devinez pas ?

— Non.

— Et vous voulez savoir ?

— Si je le veux ! Mais parlez donc !... Vous savez où il se cache ?

— Oui.

— Dans cet hôtel ?

— Oui.

— C'est lui que la police recherche ?

— Oui.

— Qui est-ce ?

— Vous !

— Moi !... »

Il n'y avait certes pas dix minutes que Lupin se trouvait en face du baron, et le duel commençait. L'accusation était portée, précise, violente, implacable.

Il répéta :

« Vous-même, affublé d'une fausse barbe et d'une paire de lunettes, courbé en deux comme un vieillard. Bref, vous, le baron Repstein, et c'est vous, pour une bonne raison à laquelle personne n'a songé, c'est que si ce n'est pas vous qui avez combiné toute cette machination, l'affaire est inexplicable. Tandis que, vous coupable, vous assassinant la baronne pour vous débarrasser d'elle et manger les millions avec une autre femme, vous assassinant votre intendant Lavernoux pour supprimer un témoin irrécusable, – oh ! alors, tout s'explique. »

Le baron, qui, durant le début de l'entretien, demeurait incliné vers son interlocuteur, épiant chacune de ses paroles avec une avidité fiévreuse, le baron s'était redressé et il regardait Lupin comme si, décidément, il avait affaire à un fou. Lorsque Lupin eut terminé son discours, il recula de deux ou trois pas, parut prêt à dire des mots que, en fin de compte, il ne prononça point, puis il se dirigea vers la cheminée et sonna.

Lupin ne fit pas un geste. Il attendait en souriant.

« Vous pouvez vous coucher, Antoine. Je reconduirai monsieur.

— Dois-je éteindre, monsieur ?

— Laissez le vestibule allumé. »

Antoine se retira, et aussitôt, le baron, ayant sorti de son bureau un revolver, revint auprès de Lupin, mit l'arme dans sa poche, et dit très calmement :

« Vous excuserez, monsieur, cette petite précaution, que je suis obligé de prendre au cas, d'ailleurs invraisemblable, où vous seriez devenu fou. Non, vous n'êtes pas fou. Mais vous venez ici dans un but que je ne m'explique pas, et vous avez lancé contre moi une accusation si stupéfiante que je suis curieux d'en connaître la raison. »

Il avait une voix émue, et ses yeux tristes semblaient mouillés de larmes.

Lupin frissonna. S'était-il trompé ? L'hypothèse que son intuition lui avait suggérée et qui reposait sur une base fragile de petits faits, cette hypothèse était-elle fausse ? Un détail attira son attention : par l'échancrure du gilet, il aperçut la pointe de l'épingle fixée à la cravate du baron, et il constata ainsi la longueur insolite de cette épingle. De plus, la tige d'or en était triangulaire, et formait comme un menu poignard, très fin, très délicat, mais redoutable en des mains expertes.

Et Lupin ne douta pas que l'épingle, ornée de la perle magnifique, n'eût été l'arme qui avait perforé le cœur de ce pauvre M. Lavernoux.

Il murmura :

« Vous êtes rudement fort, monsieur le baron. »

L'autre, toujours grave, garda le silence comme s'il ne comprenait pas, et comme s'il attendait les explications auxquelles il avait droit. Et malgré tout, cette attitude impassible troublait Arsène Lupin.

« Oui, rudement fort, car il est évident que la baronne n'a fait qu'obéir à vos ordres en réalisant vos valeurs, de même qu'en empruntant, pour les acheter, les bijoux de la princesse. Et il est évident que la personne qui est sortie de votre hôtel avec un sac de voyage n'était pas votre femme, mais une complice, votre amie, probablement, et que c'est votre amie qui se fait pourchasser volontairement à travers l'Europe par notre bon Ganimard. Et je trouve la combinaison merveilleuse. Que risque cette femme puisque c'est la baronne que l'on cherche ? Et comment chercherait-on une autre femme que la baronne, puisque vous avez promis une prime de cent mille francs à qui retrouverait la baronne ? Oh ! les cent mille francs déposés chez un notaire, quel coup de génie ! Ils ont ébloui la police. Ils ont bouché les yeux des plus perspicaces. Un monsieur qui dépose cent mille francs chez un notaire dit la vérité. Et l'on poursuit la baronne ! Et on vous laisse mijoter tranquillement vos petites affaires, vendre au mieux votre écurie de courses et vos meubles, et préparer votre fuite ! Dieu ! que c'est drôle ! »

Le baron ne bronchait pas. Il s'avança vers Lupin et lui dit, toujours avec le même flegme :

« Qui êtes-vous ? »

Lupin éclata de rire :

« Quel intérêt cela peut-il avoir en l'occurrence ? Mettons que je sois l'envoyé du destin, et que je surgisse de l'ombre pour vous perdre ! »

Il se leva précipitamment, saisit le baron à l'épaule et lui jeta en mots saccadés :

« Ou pour te sauver, baron. Écoute-moi ! Les trois millions de la baronne, presque tous les bijoux de la princesse, l'argent que tu as touché aujourd'hui pour la vente de ton écurie et de tes immeubles, tout est là, dans ta poche ou dans ce coffre-fort. Ta fuite est prête. Tiens, derrière cette tenture, on aperçoit le cuir de ta valise. Les papiers de ton bureau sont en ordre. Cette nuit, tu filais à l'anglaise. Cette nuit, bien déguisé, méconnaissable, toutes tes précautions prises, tu rejoignais ta maîtresse, celle pour qui tu as tué : Nancy Darbel, sans doute, que Ganimard arrêtait en Belgique. Un seul obstacle, soudain, imprévu, la police, les douze agents que les révélations de Lavernoux ont postés sous tes fenêtres. Tu es fichu ! Eh bien, je te sauve. Un coup de téléphone et, vers trois ou quatre heures du matin, vingt de mes amis suppriment l'obstacle, escamotent les douze agents et, sans tambour ni trompette, on détale. Comme condition, presque rien, une bêtise pour toi, le partage des millions et des bijoux. Ça colle ? »

Il était penché sur le baron et l'apostrophait avec une énergie irrésistible. Le baron chuchota :

« Je commence à comprendre, c'est du chantage...

— Chantage ou non, appelle ça comme tu veux, mon bonhomme, mais il faut que tu en passes par où j'ai décidé. Et ne crois pas que je flanche au dernier moment. Ne te dis pas : "Voilà un gentleman que la crainte de la police fera réfléchir. Si je joue gros jeu en refusant, lui, il risque également les menottes, la cellule, tout le diable et son train, puisque nous sommes traqués tous les deux comme des bêtes fauves." Erreur, monsieur le baron. Moi, je m'en tire toujours. Il s'agit uniquement de toi... La bourse ou la vie, monseigneur. Part à deux, sinon... sinon, l'échafaud ! Ça colle ? »

Un geste brusque. Le baron se dégagea, empoigna son revolver et tira.

Mais Lupin prévoyait l'attaque, d'autant que le visage du baron avait perdu son assurance et pris peu à peu, sous une poussée lente de peur et de rage, une expression féroce, presque bestiale, qui annonçait la révolte, si longtemps contenue.

Deux fois il tira. Lupin se jeta de côté d'abord, puis s'abattit aux genoux du baron qu'il saisit par les jambes et fit basculer. D'un effort, le baron se dégagea. Les deux ennemis s'agrippèrent à bras-le-corps, et la lutte fut acharnée, sournoise, sauvage.

Tout à coup, Lupin sentit une douleur à la poitrine.

« Ah ! canaille ! hurla-t-il. C'est comme avec Lavernoux. L'épingle !... »

Il se raidit désespérément, maîtrisa le baron et l'étreignit à la gorge, vainqueur enfin, et tout-puissant.

« Imbécile ! Si tu n'avais pas abattu ton jeu, j'étais capable de lâcher la partie. T'as une telle figure d'honnête homme ! Mais quels muscles, monseigneur ! Un moment, j'ai bien cru... Seulement, cette fois, ça y est !... Allons, mon bon ami, donnez l'épingle et faites risette... Mais non, c'est une grimace, ça... Je serre trop fort, peut-être ? Monsieur va tourner de l'œil ? Alors, soyez sage... Bien, une toute petite ficelle autour des poignets... Vous permettez ?...

Mon Dieu, quel accord parfait entre nous ! C'est touchant !... Au fond, tu sais, j'ai de la sympathie pour toi... Et maintenant, petit frère, attention ! Et mille excuses !... »

Il se dressa à demi et, de toutes ses forces, lui assena au creux de l'estomac un coup de poing formidable. L'autre râla, étourdi, sans connaissance.

« Voilà ce que c'est que de manquer de logique, mon bon ami, dit Lupin. Je t'offrais la moitié de tes richesses. Je ne t'accorde plus rien du tout... si tant est que je puisse avoir quelque chose. Car c'est là l'essentiel. Où le bougre a-t-il caché son magot ? Dans le coffre-fort ? Bigre, ça sera dur. Heureusement que j'ai toute la nuit... »

Il se mit à fouiller les poches du baron, prit un trousseau de clefs, s'assura d'abord que la valise, dissimulée derrière la tenture, ne contenait pas les papiers et les bijoux, et se dirigea vers le coffre-fort.

Mais à ce moment, il s'arrêta court : il entendait du bruit quelque part. Les domestiques ? Impossible ! Leurs mansardes se trouvaient au troisième étage. Il écouta. Le bruit provenait d'en bas. Et subitement il comprit : les agents, ayant perçu les deux détonations, frappaient à la grande porte sans attendre le lever du jour.

« Crebleu ! dit-il, je suis dans de beaux draps. Voilà ces messieurs maintenant... et à la minute même où nous allions recueillir le fruit de nos laborieux efforts. Voyons, voyons, Lupin, du sang-froid ! De quoi s'agit-il ? D'ouvrir en vingt secondes un coffre dont tu ignores le secret. Et tu perds la tête pour si peu ? Voyons, t'as qu'à le trouver, ce secret. Combien qu'il y a de lettres dans le mot ? Quatre ? »

Il continuait à réfléchir tout en parlant et tout en écoutant les allées et venues de l'extérieur. Il ferma à double tour la porte de l'antichambre, puis il revint au coffre.

« Quatre chiffres... Quatre lettres... Quatre lettres... Qui diable pourrait me donner un petit coup de main ?... un petit bout de tuyau ?... Qui ? Mais Lavernoux, parbleu ! Ce bon Lavernoux, puisqu'il a pris la peine, au risque de ses jours, de faire de la télégraphie optique... Dieu ! que je suis bête. Mais oui, mais oui, nous y sommes ! Crénom ! ça m'émeut. Lupin, tu vas compter jusqu'à dix et comprimer les battements trop rapides de ton cœur. Sinon, c'est du mauvais ouvrage. »

Ayant compté jusqu'à dix, tout à fait calme, il s'agenouilla devant le coffre-fort. Il manœuvra les quatre boutons avec une attention minutieuse. Ensuite, il examina le trousseau de clefs, choisit l'une d'elles, puis une autre, et tenta vainement de les introduire.

« Au troisième coup l'on gagne, murmura-t-il, en essayant une troisième clef... Victoire ! Celle-ci marche ! Sésame, ouvre-toi ! »

La serrure fonctionna. Le battant fut ébranlé. Lupin l'entraîna vers lui en reprenant le trousseau.

« À nous les millions, dit-il. Sans rancune, baron Repstein. »

Mais, d'un bond, il sauta en arrière, avec un hoquet d'épouvante. Ses jambes vacillèrent sous lui. Les clefs s'entrechoquaient dans sa main fébrile avec un cliquetis sinistre. Et durant vingt, trente secondes, malgré le vacarme que l'on faisait en bas, et les sonneries électriques qui retentissaient à travers l'hôtel, il resta là, les yeux hagards, à contempler la plus horrible, la plus abominable vision : un corps de femme à moitié vêtu, courbé en deux dans le coffre, tassé comme un paquet trop gros... et des cheveux blonds qui pendaient... et du sang...

« La baronne ! bégaya-t-il, la baronne !... Oh ! le monstre !... »

Il s'éveilla de sa torpeur, subitement, pour cracher à la figure de l'assassin et pour le marteler à coups de talon.

« Tiens, misérable !... Tiens, canaille ! Et avec ça, l'échafaud, le panier à son !... »

Cependant, aux étages supérieurs, des cris répondaient à l'appel des agents. Lupin entendit des pas qui dégringolaient l'escalier. Il était temps de songer à la retraite.

En réalité cela l'embarrassait peu. Durant son entretien avec le baron Repstein, il avait eu l'impression, tellement l'ennemi montrait de sang-froid, qu'il devait exister une issue particulière. Pourquoi, d'ailleurs, le baron eût-il engagé la lutte s'il n'avait été sûr d'échapper à la police ?

Lupin passa dans la chambre voisine. Elle donnait sur un jardin. À la minute même où les agents étaient introduits, il enjambait le balcon et se laissait glisser le long d'une gouttière. Il fit le tour des bâtiments. En face, il y avait un mur bordé d'arbustes. Il s'engagea entre ce mur et les arbustes, et trouva une petite porte qu'il lui fut facile d'ouvrir avec une des clefs du trousseau. Dès lors, il n'eut qu'à franchir une cour, à traverser les pièces vides d'un pavillon, et, quelques instants plus tard, il se trouvait dans la rue du Faubourg-Saint-Honoré. Bien entendu – et de cela il ne doutait point –, la police n'avait pas prévu cette issue secrète.

« Eh bien, qu'en dites-vous, du baron Repstein ? s'écria Lupin, après m'avoir raconté tous les détails de cette nuit tragique. Hein ! Quel immonde personnage ! Et comme il faut parfois se défier des apparences ! Je vous jure que celui-là avait l'air d'un véritable honnête homme ! »

Je lui demandai :

« Mais… les millions ? Les bijoux de la princesse ?

— Ils étaient dans le coffre. Je me rappelle très bien avoir aperçu le paquet.

— Alors ?

— Ils y sont toujours.

— Pas possible !

— Ma foi, oui. Je pourrais vous dire que j'ai eu peur des agents, ou bien alléguer une délicatesse subite. La vérité est plus simple… et plus prosaïque… Ça sentait trop mauvais !…

— Quoi ?

— Oui, mon cher, l'odeur qui se dégageait de ce coffre, de ce cercueil… Non, je n'ai pas pu… la tête m'a tourné… Une seconde de plus, je me trouvais mal. Est-ce assez idiot ? Tenez, voilà tout ce que j'ai rapporté de mon expédition, l'épingle de cravate. La perle vaut au bas mot cinquante mille francs… Mais, tout de même, je vous l'avoue, je suis fichtrement vexé. Quelle gaffe !

— Encore une question, repris-je. Le mot du coffre-fort ?

— Eh bien ?

— Comment l'avez-vous deviné ?

— Oh ! très facilement. Je m'étonne même de n'y avoir pas songé plus tôt.

— Bref ?

— Il était contenu dans les révélations télégraphiées par ce pauvre Lavernoux.

— Hein ?

— Voyons, mon cher, les fautes d'orthographe…

— Les fautes d'orthographe ?

— Crebleu ! mais elles sont voulues. Serait-il admissible que le secrétaire, que l'intendant du baron, fît des fautes d'orthographe et qu'il écrivît *fuire* avec un *e* final, *ataque* avec un seul *t, enemies* avec un seul *n* et *prudance* avec un *a ?* Moi, cela m'a frappé aussitôt. J'ai réuni les quatre lettres, et j'ai obtenu le mot ETNA, le nom du fameux cheval.

— Et ce seul mot a suffi ?

— Parbleu ! Il a suffi, d'abord, pour me lancer sur la piste de l'affaire Repstein, dont tous les journaux parlaient, et ensuite, pour faire naître en moi l'hypothèse que c'était là le mot du coffre-fort, puisque, d'une part, Lavernoux connaissait le contenu macabre du coffre-fort, et que, de l'autre, il dénonçait le baron. Et c'est ainsi, également, que j'ai été conduit à supposer que Lavernoux avait un ami dans la rue, qu'ils fréquentaient tous deux le même café, qu'ils s'amusaient à déchiffrer les problèmes et les devinettes cryptographiques des journaux illustrés, et qu'ils s'ingéniaient à correspondre télégraphiquement d'une fenêtre à l'autre.

— Et voilà, m'écriai-je, c'est tout simple !

— Très simple. Et l'aventure prouve une fois de plus qu'il y a, dans la découverte des crimes, quelque chose de bien supérieur à l'examen des faits, à l'observation, déduction, raisonnement et autres balivernes, c'est, je le répète, l'intuition… l'intuition et l'intelligence… Et Arsène, sans se vanter, ne manque ni de l'une ni de l'autre. »

L'ANNEAU NUPTIAL

Yvonne d'Origny embrassa son fils et lui recommanda d'être bien sage.

« Tu sais que ta grand-mère d'Origny n'aime pas beaucoup les enfants. Pour une fois qu'elle te fait venir chez elle, il faut lui montrer que tu es un petit garçon raisonnable. »

Et s'adressant à la gouvernante :

« Surtout, Fraülein, ramenez-le tout de suite après le dîner… Monsieur est encore ici ?

— Oui, madame, M. le comte est dans son cabinet de travail. »

Aussitôt seule, Yvonne d'Origny marcha vers la fenêtre afin d'apercevoir son fils dès qu'il serait dehors. En effet, au bout d'un instant, il sortit de l'hôtel, leva la tête et lui envoya des baisers comme chaque jour. Puis sa gouvernante lui prit la main d'un geste dont Yvonne remarqua, avec étonnement, la brusquerie inaccoutumée. Elle se pencha davantage et, comme l'enfant gagnait l'angle du boulevard, elle vit soudain un homme qui descendait d'une automobile et qui s'approchait de lui. Cet homme – elle reconnut Bernard, le domestique de confiance de son mari –, cet homme saisit l'enfant par le bras, le fit monter dans l'automobile ainsi que la gouvernante, et donna l'ordre au chauffeur de s'éloigner.

Tout cela n'avait pas duré dix secondes.

Yvonne, bouleversée, courut jusqu'à la chambre, empoigna un vêtement et se dirigea vers la porte.

La porte était fermée à clef, et il n'y avait point de clef sur la serrure.

En hâte elle retourna dans son boudoir.

La porte de son boudoir était fermée également.

Tout de suite, l'image de son mari la heurta, cette figure sombre qu'aucun sourire n'éclairait jamais, ce regard impitoyable où, depuis des années, elle sentait tant de rancune et de haine.

« C'est lui!... C'est lui!... se dit-elle... Il a pris l'enfant... Ah! c'est horrible! »

À coups de poing, à coups de pied, elle frappa la porte, puis bondit vers la cheminée et sonna, sonna éperdument.

Du haut en bas de l'hôtel, le timbre vibra. Les domestiques allaient venir. Des passants peut-être s'ameuteraient dans la rue. Et elle pressait le bouton avec un espoir forcené.

Un bruit de serrure. La porte s'ouvrit violemment. Le comte apparut au seuil du boudoir. Et l'expression de son visage était si terrible qu'Yvonne se mit à trembler.

Il s'avança. Cinq ou six pas le séparaient d'elle. Dans un effort suprême, elle tenta un mouvement, mais il lui fut impossible de bouger, et comme elle cherchait à prononcer des paroles, elle ne put qu'agiter ses lèvres et qu'émettre des sons incohérents. Elle se sentit perdue. L'idée de la mort la bouleversa. Ses genoux fléchirent, et elle s'affaissa sur elle-même avec un gémissement.

Le comte se précipita et la saisit à la gorge.

« Tais-toi... n'appelle pas..., disait-il d'une voix sourde, cela vaut mieux pour toi... »

Voyant qu'elle n'essayait pas de se défendre, il desserra son étreinte et sortit de sa poche des bandes de toile toutes prêtes et de longueurs différentes. En quelques minutes la jeune femme eut les bras attachés le long du corps, et fut étendue sur un divan.

L'ombre avait envahi le boudoir. Le comte alluma l'électricité et se dirigea vers un petit secrétaire où Yvonne avait l'habitude de ranger ses lettres. Ne parvenant pas à l'ouvrir, il le fractura à l'aide d'un crochet de fer, vida les tiroirs, et, de tous les papiers, fit un monceau qu'il emporta dans un carton.

« Du temps perdu, n'est-ce pas? ricana-t-il. Rien que des factures et des lettres insignifiantes... Aucune preuve contre toi...

Bah ! N'empêche que je garde mon fils, et je jure Dieu que je ne le lâcherai pas ! »

Comme il s'en allait, il fut rejoint près de la porte par son domestique Bernard. Ils conversèrent tous deux à voix basse, mais Yvonne entendit ces mots que prononçait le domestique :

« J'ai reçu la réponse de l'ouvrier bijoutier. Il est à ma disposition. »

Et le comte répliqua :

« La chose est remise à demain midi. Ma mère vient de me téléphoner qu'elle ne pouvait venir auparavant. »

Ensuite Yvonne perçut le cliquetis de la serrure et le bruit des pas qui descendaient jusqu'au rez-de-chaussée où se trouvait le cabinet de travail de son mari.

Elle demeura longtemps inerte, le cerveau en déroute, avec des idées vagues et rapides qui la brûlaient au passage, comme des flammes. Elle se rappelait la conduite indigne du comte d'Origny, ses rocédés humiliants envers elle, ses menaces, ses projets de divorce, et elle comprenait peu à peu qu'elle était la victime d'une véritable conspiration, que les domestiques, sur l'ordre de leur maître, avaient congé jusqu'au lendemain soir, que la gouvernante, sur l'ordre du comte et avec la complicité de Bernard, avait emmené son fils, et que son fils ne reviendrait pas, et qu'elle ne le reverrait jamais !...

« Mon fils ! cria-t-elle, mon fils !... »

Exaspérée par la douleur, de tous ses nerfs, de tous ses muscles, elle se raidit, en un effort brutal. Elle fut stupéfaite : sa main droite conservait une certaine liberté.

Alors un espoir fou la pénétra, et patiemment, lentement, elle commença l'œuvre de délivrance.

Ce fut long. Il lui fallut beaucoup de temps pour élargir le nœud suffisamment, et beaucoup de temps ensuite, quand sa main fut dégagée, pour défaire les liens qui nouaient le haut de ses bras à son buste, puis ceux qui emprisonnaient ses chevilles.

Cependant l'idée de son fils la soutenait, et, comme la pendule frappait huit coups, la dernière entrave tomba. Elle était libre !

À peine debout, elle se rua sur la fenêtre et tourna l'espagnolette avec l'intention d'appeler le premier passant venu. Justement, un agent de police se promenait sur le trottoir. Elle se pencha. Mais l'air vif de la nuit l'ayant frappée au visage, plus calme, elle songea au scandale, à l'enquête, aux interrogatoires, à son fils. Mon Dieu ! Mon Dieu ! Que faire pour le reprendre ? Par quels moyens s'échapper ? Au moindre bruit, le comte pouvait survenir. Et qui sait si, dans un mouvement de rage…

Des pieds à la tête elle frissonnait, prise d'une épouvante subite. L'horreur de la mort se mêlait, en son pauvre cerveau, à la pensée de son fils, et elle bégaya, la gorge étranglée :

« Au secours !… Au secours !… »

Elle s'arrêta net, et redit tout bas, à plusieurs reprises : « Au secours !… Au secours !… » comme si ce mot éveillait en elle une idée, une réminiscence, et que l'attente d'un secours ne lui parût pas une chose impossible. Durant quelques minutes, elle resta absorbée en une méditation profonde, coupée de pleurs et de tressaillements. Puis, avec des gestes pour ainsi dire mécaniques, elle allongea le bras vers une petite bibliothèque suspendue au-dessus du secrétaire, saisit les uns après les autres quatre livres qu'elle feuilleta distraitement et remit en place et finit par trouver entre les pages du cinquième une carte de visite où ses yeux épelèrent ces deux mots : *Horace Velmont*, et cette adresse écrite au crayon : *Cercle de la rue Royale.*

Et sa mémoire évoqua la phrase bizarre que cet homme lui avait dite quelques années auparavant en ce même hôtel, un jour de réception :

« Si jamais un péril vous menace, si vous avez besoin de secours, n'hésitez pas, jetez à la poste cette carte que je mets dans ce livre et quelle que soit l'heure, quels que soient les obstacles, je viendrai. »

Avec quel air étrange il avait prononcé une telle phrase, et comme il donnait l'impression de la certitude, de la force, de la puissance illimitée, de l'audace indomptable !

Brusquement, inconsciemment, sous la poussée d'une décision irrésistible et dont elle se refusait à prévoir les conséquences, Yvonne, avec ses mêmes gestes d'automate, prit une enveloppe pneumatique, introduisit la carte de visite, cacheta, inscrivit les deux lignes : *Horace Velmont, Cercle de la rue Royale* et s'approcha de la fenêtre entrebâillée. Dehors l'agent de police déambulait. Elle lança l'enveloppe, la confiant au hasard. Peut-être ce chiffon de papier serait-il ramassé, et, comme une lettre égarée, mis à la poste.

Elle n'avait pas accompli cet acte qu'elle en saisit toute l'absurdité. Il était fou de supposer que le message irait à son adresse, et plus fou encore d'espérer que l'homme qu'elle appelait pourrait venir à son secours, *quelle que fût l'heure et quels que fussent les obstacles.*

Une réaction se produisit, d'autant plus vive que l'effort avait été plus rapide et plus brutal. Yvonne chancela, s'appuya contre un fauteuil et se laissa tomber, à bout d'énergie.

Alors le temps s'écoula, le temps morne des soirées d'hiver où les voitures interrompent seules le silence de la rue. La pendule sonnait, implacable. Dans le demi-sommeil qui l'engourdissait, la jeune femme en comptait les tintements. Elle percevait aussi certains bruits à différents étages de la maison, et savait de la sorte que son mari avait dîné, qu'il montait jusqu'à sa chambre et redescendait dans son cabinet de travail. Mais tout cela lui semblait très vague, et sa torpeur était telle qu'elle ne songeait même pas à s'étendre sur le divan, pour le cas où il entrerait…

Les douze coups de minuit… Puis la demie… Puis une heure… Yvonne ne réfléchissait à rien, attendant les événements qui se préparaient et contre lesquels toute rébellion était inutile. Elle se représentait son fils et elle-même, comme on se représente ces êtres qui ont beaucoup souffert et qui ne souffrent plus, et qui s'enlacent de leurs bras affectueux. Mais un cauchemar la secoua. Voilà que, ces deux êtres, on voulait les arracher l'un à l'autre, et elle avait la sensation affreuse, en son délire, qu'elle pleurait, et qu'elle râlait…

D'un mouvement, elle se dressa. La clef venait de tourner dans la serrure. Attiré par ses cris, le comte allait apparaître. Du regard, Yvonne chercha une arme pour se défendre. Mais la porte fut poussée, et, stupéfaite, comme si le spectacle qui s'offrait à ses yeux lui eût semblé le prodige le plus inexplicable, elle balbutia :

« Vous !… Vous !… »

Un homme s'avançait vers elle, en habit, son macfarlane et son claque sous le bras, et cet homme jeune, de taille mince, élégant, elle l'avait reconnu, c'était Horace Velmont.

« Vous ! » répéta-t-elle.

Il dit en la saluant :

« Je vous demande pardon, madame, votre lettre ne m'a été remise que tard.

— Est-ce possible ! Est-ce possible que ce soit vous !... que vous ayez pu !... »

Il parut très étonné.

« N'avais-je pas promis de me rendre à votre appel ?

— Oui... mais...

— Eh bien, me voici », dit-il en souriant.

Il examina les bandes de toile dont Yvonne avait réussi à se délivrer et hocha la tête, tout en continuant son inspection.

« C'est donc là les moyens que l'on emploie ? Le comte d'Origny, n'est-ce pas ?... J'ai vu également qu'il vous avait emprisonnée... Mais alors, le pneumatique ?... Ah ! par cette fenêtre... Quelle imprudence de ne pas l'avoir refermée ! »

Il poussa les deux battants. Yvonne s'effara.

« Si l'on entendait ?

— Il n'y a personne dans l'hôtel. Je l'ai visité.

— Cependant...

— Votre mari est sorti depuis dix minutes.

— Où est-il ?

— Chez sa mère, la comtesse d'Origny.

— Comment le savez-vous ?

— Oh ! très simplement. Il a reçu un coup de téléphone lui annonçant que sa mère était malade. Comme je l'avais prévu, puisque c'est moi qui ai téléphoné, le comte est sorti précipitamment, suivi de son domestique. Aussitôt, à l'aide de clefs spéciales, je suis entré. »

Il racontait cela le plus naturellement du monde, de même que l'on raconte, dans un salon, une petite anecdote insignifiante. Mais Yvonne demanda, reprise d'une inquiétude soudaine :

« Alors, ce n'est pas vrai ?... Sa mère n'est pas malade ?... En ce cas, mon mari va revenir...

— Certes, le comte s'apercevra qu'on s'est joué de lui, et, d'ici trois quarts d'heure au plus…

— Partons… Je ne veux pas qu'il me retrouve ici… Je rejoins mon fils.

— Un instant…

— Un instant!… Mais vous ne savez donc pas qu'on me l'enlève ? qu'on lui fait du mal, peut-être ? »

La figure contractée, les gestes fébriles, elle cherchait à repousser Velmont. Avec beaucoup de douceur, il la contraignit à s'asseoir, et, incliné sur elle, d'attitude respectueuse, il prononça d'un ton grave :

« Écoutez-moi, madame, et ne perdons pas un temps dont chaque minute est précieuse. Tout d'abord, rappelez-vous ceci : Nous nous sommes rencontrés quatre fois, il y a six ans… Et la quatrième fois, dans les salons de cet hôtel, comme je vous parlais avec trop… comment dirais-je ? avec trop d'émotion, vous m'avez fait sentir que mes visites vous déplaisaient. Depuis, je ne vous ai pas revue. Et pourtant, malgré tout, votre confiance en moi était telle que vous avez conservé la carte que j'avais mise entre les pages de ce livre, et que, six ans après, c'est moi, et pas un autre, que vous avez appelé. Cette confiance, je vous la demande encore. Il faut m'obéir aveuglément. De même que je suis venu à travers tous les obstacles, de même je vous sauverai, quelle que soit la situation. »

La tranquillité d'Horace Velmont, sa voix impérieuse aux intonations amicales, apaisaient peu à peu la jeune femme. Toute faible encore, elle éprouvait de nouveau, en face de cet homme, une impression de détente et de sécurité.

« N'ayez aucune peur, reprit-il. La comtesse d'Origny habite à l'extrémité du bois de Vincennes. En admettant que votre mari trouve une auto, il est impossible qu'il soit de retour avant trois heures et quart. Or il est deux heures trente-cinq. Je vous jure qu'à trois heures exactement nous partirons et que je vous conduirai vers votre fils. Mais je ne veux pas partir avant de tout savoir.

— Que dois-je faire ? dit-elle.

— Me répondre, et très nettement. Nous avons vingt minutes. C'est assez. Ce n'est pas trop.

— Interrogez-moi.

— Croyez-vous que le comte ait eu des projets criminels ?

— Non.

— Il s'agit donc de votre fils ?

— Oui.

— Il vous l'enlève, n'est-ce pas, parce qu'il veut divorcer et épouser une autre femme, une de vos anciennes amies, que vous avez chassée de votre maison ?... Oh ! je vous en conjure, répondez-moi sans détours. Ce sont là des faits de notoriété publique, et votre hésitation, vos scrupules, tout doit cesser actuellement, puisqu'il s'agit de votre fils. Ainsi donc, votre mari veut épouser une autre femme ?

— Oui.

— Cette femme n'a pas d'argent. De son côté, votre mari, qui s'est ruiné, n'a d'autres ressources que la pension qui lui est servie par sa mère, la comtesse d'Origny, et les revenus de la grosse fortune que votre fils a héritée de deux de vos oncles. C'est cette fortune que votre mari convoite et qu'il s'approprierait plus facilement si l'enfant lui était confié. Un seul moyen : le divorce. Je ne me trompe pas ?

— Non.

— Ce qui l'arrêtait jusqu'ici, c'était votre refus ?

— Oui, et celui de ma belle-mère dont les sentiments religieux s'opposent au divorce. La comtesse d'Origny ne céderait que dans le cas...

— Que dans le cas ?...

— Où l'on pourrait prouver que ma conduite est indigne. »

Velmont haussa les épaules.

« Donc il ne peut rien contre vous ni contre votre fils. Au point de vue légal, comme au point de vue de ses intérêts, il se heurte à un obstacle qui est le plus insurmontable de tous, la vertu d'une honnête femme. Et cependant voilà que, tout d'un coup, il engage la lutte.

— Que voulez-vous dire ?

— Je veux dire que, si un homme comme le comte, après tant d'hésitations et malgré tant d'impossibilités, se risque dans une aventure aussi incertaine, c'est qu'il a, ou qu'il croit avoir entre les mains, des armes.

— Quelles armes ?

— Je l'ignore. Mais elles existent… Sans quoi il n'eût pas commencé par prendre votre fils. »

Yvonne se désespéra.

« C'est horrible… Est-ce que je sais, moi, ce qu'il a pu faire !… Ce qu'il a pu inventer !…

— Cherchez bien… Rappelez vos souvenirs… Tenez, dans ce secrétaire qu'il a fracturé, il n'y avait pas une lettre qu'il fût possible de retourner contre vous ?

— Aucune.

— Et dans les paroles qu'il vous a dites, dans ses menaces, il n'y a rien qui vous permette de deviner ?…

— Rien.

— Pourtant… Pourtant…, répéta Velmont, il doit y avoir quelque chose… »

Et il reprit :

« Le comte n'a pas un ami plus intime… auquel il se confie ?

— Non.

— Personne n'est venu le voir hier ?

— Personne.

— Il était seul quand il vous a liée et enfermée ?

— À ce moment, oui.

— Mais après ?

— Après, son domestique l'a rejoint près de la porte, et j'ai entendu qu'ils parlaient d'un ouvrier bijoutier…

— C'est tout ?

— Et d'une chose qui aurait lieu le lendemain, c'est-à-dire aujourd'hui, à midi, parce que la comtesse d'Origny ne pouvait venir auparavant. »

Velmont réfléchit.

« Cette conversation a-t-elle un sens qui vous éclaire sur les projets de votre mari ?

— Je n'en vois pas…

— Où sont vos bijoux ?

— Mon mari les a vendus.

— Il ne vous en reste pas un seul?

— Non.

— Pas même une bague?

— Non, dit-elle en montrant ses mains, rien que cet anneau.

— Qui est votre anneau de mariage?

— Qui est… mon anneau… »

Elle s'arrêta, interdite. Velmont nota qu'elle rougissait, et il l'entendit balbutier :

« Serait-ce possible?… Mais non… Mais non. Il ignore… »

Velmont la pressa de questions aussitôt, et Yvonne se taisait, immobile, le visage anxieux. À la fin, elle répondit, à voix basse :

« Ce n'est pas mon anneau de mariage. Un jour, il y a longtemps, je l'ai fait tomber de la cheminée de ma chambre, où je l'avais mis une minute auparavant, et, malgré toutes mes recherches, je n'ai pu le retrouver. Sans rien dire, j'en ai commandé un autre… que voici à ma main.

— Le véritable anneau portait la date de votre mariage?

— Oui… 23 octobre.

— Et le second?

— Celui-ci ne porte aucune date. »

Il sentit en elle une légère hésitation et un trouble qu'elle ne cherchait d'ailleurs pas à dissimuler.

« Je vous en supplie, s'écria-t-il, ne me cachez rien… Vous voyez le chemin que nous avons parcouru en quelques minutes, avec un peu de logique et de sang-froid. Continuons, je vous le demande en grâce.

— Êtes-vous sûr, dit-elle, qu'il soit nécessaire?…

— Je suis sûr que le moindre détail a son importance et que nous sommes près d'atteindre le but. Mais il faut se hâter. L'heure est grave.

— Je n'ai rien à cacher, fit-elle en relevant la tête. C'était à l'époque la plus misérable et la plus dangereuse de ma vie. Humiliée chez moi, dans le monde j'étais entourée d'hommages, de tentations, de pièges, comme toute femme qu'on voit abandonnée de son mari. Alors, je me suis souvenue… Avant mon mariage, un homme m'avait aimée, dont j'avais deviné l'amour impossible et qui, depuis, est mort. J'ai fait graver le nom de cet homme, et j'ai porté cet anneau comme on porte un talisman. Il n'y avait pas d'amour en moi puisque j'étais la femme d'un autre. Mais dans le secret de mon cœur, il y eut un souvenir, un rêve meurtri, quelque chose de doux qui me protégeait… »

Elle s'était exprimée lentement, sans embarras, et Velmont ne douta pas une seconde qu'elle n'eût dit l'absolue vérité. Comme il se taisait, elle redevint anxieuse et lui demanda :

« Est-ce que vous supposez que mon mari ?… »

Il lui prit la main, et prononça, tout en examinant l'anneau d'or :

« L'énigme est là. Votre mari, je ne sais comment, connaît la substitution. À midi, sa mère viendra. Devant témoins, il vous obligera d'ôter votre bague, et de la sorte, il pourra, en même temps que l'approbation de sa mère, obtenir le divorce, puisqu'il aura la preuve qu'il cherchait.

— Je suis perdue, gémit-elle, je suis perdue !

— Vous êtes sauvée, au contraire ! Donnez-moi cette bague… et tantôt, c'est une autre qu'il trouvera, une autre que je vous ferai parvenir avant midi, et qui portera la date du 23 octobre. Ainsi… »

Il s'interrompit brusquement. Tandis qu'il parlait, la main d'Yvonne s'était glacée dans la sienne, et, ayant levé les yeux, il vit que la jeune femme était pâle, affreusement pâle.

« Qu'y a-t-il ?… Je vous en prie… »

Elle eut un accès de désespoir fou.

« Il y a… Il y a que je suis perdue ! Il y a que je ne peux l'ôter, cet anneau ! Il est devenu trop petit !… Comprenez-vous ? Cela n'avait pas d'importance, et je n'y pensais pas… Mais aujourd'hui… Cette preuve… Cette accusation… Ah ! quelle torture ! Regardez… Il fait partie de mon doigt… Il est incrusté dans ma chair… et je ne peux pas… je ne peux pas. »

Elle tirait vainement de toutes ses forces, au risque de se blesser. Mais la chair se gonflait autour de l'anneau, et l'anneau ne bougeait point.

« Ah ! balbutia-t-elle, étreinte par une idée qui la terrifia… Je me souviens, l'autre nuit… un cauchemar que j'ai eu… Il me semblait que quelqu'un entrait dans ma chambre et s'emparait de ma main. Et je ne pouvais pas me réveiller… C'était lui ! c'était lui ! Il m'avait endormie, j'en suis sûre… Et il regardait la bague… Et tantôt il me l'arrachera devant sa mère… Ah ! je comprends tout… Cet ouvrier bijoutier… c'est lui qui me la coupera à même la main… Vous voyez… Je suis perdue… »

Elle se cacha la tête et se mit à pleurer. Mais dans le silence, la pendule sonna une fois, et puis une autre fois, et une fois encore. Et Yvonne se redressa d'un bond.

« Le voilà ! cria-t-elle. Il va venir… Il va venir… Il est trois heures… Allons-nous-en…

— Vous ne partirez pas.

— Mon fils… Je veux le voir, le reprendre…

— Savez-vous seulement où il est ?

— Je veux partir !

— Vous ne partirez pas !… Ce serait de la folie. »

Il la saisit aux poignets. Elle voulut se dégager, et Velmont dut apporter une certaine brusquerie pour vaincre sa résistance. À la fin, il réussit à la ramener vers le divan, puis à l'étendre, et, tout de suite sans prêter attention à ses plaintes, il reprit les bandes de toile et lui attacha les bras et les chevilles.

« Oui, disait-il, ce serait de la folie ! Qui vous aurait délivrée ? Qui vous aurait ouvert cette porte ? Un complice ? Quel argument contre vous, et comme votre mari s'en servirait auprès de sa mère ! Et puis, à quoi bon ? Vous enfuir, c'est accepter le divorce… et sait-on jamais le dénouement ?… Il faut rester ici. »

Elle sanglotait.

« J'ai peur… J'ai peur… Cet anneau me brûle… Brisez-le… Brisez-le… Emportez-le… Qu'on ne le retrouve pas !…

— Et si l'on ne le retrouve pas à votre doigt, qui l'aurait brisé ? Toujours un complice… Non, il faut affronter la lutte, et vaillamment, puisque je réponds de tout… Croyez en moi… Je réponds de tout… Dussé-je m'attaquer à la comtesse d'Origny et retarder ainsi l'entrevue… dussé-je venir moi-même avant midi, c'est l'anneau nuptial que l'on arrachera de votre doigt… je vous le jure… et votre fils vous sera rendu… »

Dominée, soumise, Yvonne, par instinct, s'offrait elle-même aux entraves. Quand il se releva, elle était liée comme auparavant.

Il inspecta la pièce pour s'assurer qu'aucune trace ne demeurait de son passage. Puis il s'inclina de nouveau sur la jeune femme et murmura :

« Pensez à votre fils, et, quoi qu'il arrive, ne craignez rien… je veille sur vous… »

Elle l'entendit ouvrir et refermer la porte du boudoir, puis, quelques minutes après, la porte de la rue.

À trois heures et demie, une automobile s'arrêtait. La porte, en bas, claqua de nouveau, et presque aussitôt Yvonne aperçut son mari qui entrait rapidement, l'air furieux. Il courut vers elle, s'assura qu'elle était toujours attachée, et, s'emparant de sa main, examina la bague. Yvonne s'évanouit…

Elle ne sut pas au juste, en se réveillant, combien de temps elle avait dormi. Mais la clarté du grand jour pénétrait dans le boudoir, et elle constata, au premier mouvement qu'elle fit, que les bandes de toile étaient coupées. Alors elle tourna la tête et vit auprès d'elle son mari qui la regardait.

« Mon fils… mon fils…, gémit-elle, je veux mon fils… »

Il répliqua, d'une voix dont elle sentit la raillerie :

« Notre fils est en lieu sûr. Et, pour l'instant, il ne s'agit pas de lui, mais de vous. Nous sommes l'un en face de l'autre sans doute pour la dernière fois, et l'explication que nous allons avoir est très grave. Je dois vous avertir qu'elle aura lieu devant ma mère. Vous n'y voyez pas d'inconvénient ? »

Yvonne s'efforça de cacher son trouble et répondit :

« Aucun.

— Je puis l'appeler ?

— Oui. Laissez-moi, en attendant. Je serai prête quand elle viendra.

– Ma mère est ici.

— Votre mère est ici ? s'écria Yvonne, éperdue et se rappelant la promesse d'Horace Velmont.

— Oui.

— Et c'est maintenant ?... C'est tout de suite que vous voulez ?...

— Oui.

— Pourquoi ?... Pourquoi pas ce soir ?... Demain ?

— Aujourd'hui, et maintenant, déclara le comte. Il s'est produit au cours de la nuit un incident assez bizarre et que je ne m'explique pas : on m'a fait venir chez ma mère dans le but évident de m'éloigner d'ici. Cela me détermine à devancer le moment de l'explication. Vous ne désirez pas prendre quelque nourriture auparavant ?

— Non... non...

— Je vais donc chercher ma mère. »

Il se dirigea vers la chambre d'Yvonne. Celle-ci jeta un coup d'œil sur la pendule. La pendule marquait dix heures trente-cinq !

« Ah ! » fit-elle avec un frisson d'épouvante.

Dix heures trente-cinq ! Horace Velmont ne la sauverait pas, et personne au monde, et rien au monde ne la sauverait, car il n'y avait point de miracle qui pût faire que l'anneau d'or ne fût pas à son doigt.

Le comte revint avec la comtesse d'Origny et la pria de s'asseoir. C'était une femme sèche, anguleuse, qui avait toujours manifesté contre Yvonne des sentiments hostiles. Elle ne salua même pas sa belle-fille, montrant ainsi qu'elle était gagnée à l'accusation.

« Je crois, dit-elle, qu'il est inutile de parler très longuement. En deux mots, mon fils prétend...

— Je ne prétends pas, ma mère, dit le comte, j'affirme. J'affirme sous serment que, il y a trois mois, durant les vacances, le tapissier, en reposant les tapis de ce boudoir et de la chambre, a trouvé, dans une rainure de parquet, l'anneau de mariage que j'avais donné à ma femme. Cet anneau, le voici. La date du 23 octobre est gravée à l'intérieur.

— Alors, dit la comtesse, l'anneau que votre femme porte...

— Cet anneau a été commandé par elle en échange du véritable. Sur mes indications, Bernard, mon domestique, après de longues recherches, a fini par découvrir, aux environs de Paris, où il habite maintenant, le petit bijoutier à qui elle s'était adressée.

Cet homme se souvient parfaitement, et il est prêt à en témoigner, que sa cliente ne lui a pas fait inscrire une date, mais un nom. Ce nom, il ne se le rappelle pas, mais peut-être l'ouvrier qui travaillait avec lui, dans son magasin, s'en souviendrait-il. Prévenu par lettre que j'avais besoin de ses services, cet homme a répondu hier qu'il était à ma disposition. Ce matin, dès neuf heures, Bernard allait le chercher. Tous deux attendent dans mon cabinet. »

Il se tourna vers sa femme.

« Voulez-vous, de votre plein gré, me donner cet anneau ? »

Elle articula :

« Vous savez bien, depuis la nuit où vous avez essayé de le prendre à mon insu, qu'il est impossible de l'ôter de mon doigt.

— En ce cas, puis-je donner l'ordre que cet homme monte ? Il a les instruments nécessaires.

— Oui », dit-elle d'une voix faible.

Elle était résignée. En une sorte de vision elle évoquait l'avenir, le scandale, le divorce prononcé contre elle, l'enfant confié par jugement au père, et elle acceptait cela en pensant qu'elle enlèverait son fils, qu'elle partirait avec lui au bout du monde et qu'ils vivraient tous deux, seuls, heureux…

Sa belle-mère lui dit :

« Vous avez été bien légère, Yvonne. »

Yvonne fut sur le point de se confesser à elle et de lui demander sa protection. À quoi bon ? Comment admettre que la comtesse d'Origny pût la croire innocente ? Elle ne répliqua point.

Tout de suite, d'ailleurs, le comte rentrait, suivi de son domestique et d'un homme qui portait une trousse sous le bras.

Et le comte dit à cet homme :

« Vous savez de quoi il s'agit ?

— Oui, fit l'ouvrier. Une bague qui est devenue trop petite et qu'il faut trancher… C'est facile… Un coup de pince…

— Et vous examinerez ensuite, dit le comte, si l'inscription qui est à l'intérieur de cet anneau fut bien gravée par vous. »

Yvonne observa la pendule. Il était onze heures moins dix. Il lui sembla entendre quelque part dans l'hôtel un bruit de voix qui se disputaient, et, malgré elle, un sursaut d'espoir la secoua. Peut-être Velmont avait-il réussi… Mais, le bruit s'étant renouvelé, elle se rendit compte que des marchands ambulants passaient sous ses fenêtres et s'éloignaient.

C'était fini. Horace Velmont n'avait pas pu la secourir. Et elle comprit que, pour retrouver son enfant, il lui faudrait agir par ses propres forces, car les promesses des autres sont vaines.

Elle eut un mouvement de recul. Elle avait vu sur sa main la main sale de l'ouvrier, et ce contact odieux la révoltait.

L'homme s'excusa avec embarras. Le comte dit à sa femme :

« Il faut pourtant vous décider. »

Alors elle tendit sa main fragile et tremblante que l'ouvrier saisit de nouveau, qu'il retourna, et appuya sur la table, la paume découverte. Yvonne sentit le froid de l'acier. Elle souhaita mourir, d'un coup, et, s'attachant aussitôt à cette idée de mort, elle pensa à des poisons qu'elle achèterait et qui l'endormiraient presque à son insu.

L'opération fut rapide. De biais, les petites tenailles d'acier repoussèrent la chair, se firent une place, et mordirent la bague. Un effort brutal… la bague se brisa. Il n'y avait plus qu'à écarter les deux extrémités pour la sortir du doigt. C'est ce que fit l'ouvrier.

Le comte s'exclama, triomphant :

« Enfin ! nous allons savoir… La preuve est là ! Et nous sommes tous témoins… »

Il agrippa l'anneau et regarda l'inscription. Un cri de stupeur lui échappa. L'anneau portait la date de son mariage avec Yvonne : *23 octobre.*

Nous étions assis sur la terrasse de Monte-Carlo. Son histoire terminée, Lupin alluma une cigarette et lança paisiblement des bouffées vers le ciel bleu.

Je lui dis :

« Eh bien ?

— Eh bien, quoi ?

— Comment, quoi ? mais la fin de l'aventure…

— La fin de l'aventure ? Mais il n'y en a pas d'autre.

— Voyons… vous plaisantez…

— Nullement. Celle-là ne vous suffit pas ? La comtesse est sauvée. Le mari, n'ayant pas la moindre preuve contre elle, est contraint par sa mère à renoncer au divorce et à rendre l'enfant. Voilà tout. Depuis il a quitté sa femme, et celle-ci vit heureuse, avec son fils, un garçon de seize ans.

— Oui... oui... mais la façon dont la comtesse a été sauvée ? »

Lupin éclata de rire.

« Mon cher ami... »

(Lupin daigne parfois m'appeler de la sorte.)

« Mon cher ami, vous avez peut-être une certaine adresse pour raconter mes exploits, mais fichtre ! il faut mettre les points sur les *i*. Je vous jure que la comtesse n'a pas eu besoin d'explication.

— Je n'ai aucun amour-propre, lui répondis-je en riant. Mettez les points sur les *i*. »

Il prit une pièce de cinq francs et referma la main sur elle.

« Qu'y a-t-il dans cette main ?

— Une pièce de cinq francs. »

Il ouvrit la main. La pièce de cinq francs n'y était pas.

« Vous voyez comme c'est facile ! Un ouvrier bijoutier coupe avec des tenailles une bague sur laquelle est gravé un nom, mais il en présente une autre sur laquelle est gravée la date du 23 octobre. C'est un simple tour d'escamotage, et j'ai celui-là dans le fond de mon sac, ainsi que beaucoup d'autres. Bigre ! J'ai travaillé six mois avec Pickmann.

— Mais alors...

— Allez-y donc !

— L'ouvrier bijoutier ?

— C'était Horace Velmont ! C'était ce brave Lupin ! En quittant la comtesse à trois heures du matin, j'ai profité des quelques minutes qui me restaient avant l'arrivée du mari pour inspecter son cabinet de travail. Sur la table, j'ai trouvé la lettre que l'ouvrier bijoutier avait écrite. Cette lettre me donnait l'adresse. Moyennant quelques louis j'ai pris la place de l'ouvrier, et je suis venu avec un anneau d'or coupé et gravé d'avance. Passez, muscade. Le comte n'y a vu que du feu.

— Parfait », m'écriai-je.

Et j'ajoutai, un peu ironique à mon tour :

« Mais ne croyez-vous pas que vous-même fûtes quelque peu dupé en l'occurrence ?

— Ah ! Et par qui ?

— Par la comtesse.

— En quoi donc ?

— Dame ! Ce nom inscrit comme un talisman… Ce beau ténébreux qui l'aima et souffrit pour elle… Tout cela me paraît fort invraisemblable, et je me demande si, tout Lupin que vous soyez, vous n'êtes pas tombé au milieu d'un joli roman d'amour bien réel… et pas trop innocent. »

Lupin me regarda de travers.

« Non, dit-il.

— Comment le savez-vous ?

— Si la comtesse altéra la vérité en me disant qu'elle avait connu cet homme avant son mariage et qu'il était mort, et si elle l'aima dans le secret de son cœur, j'ai du moins la preuve que cet amour fut idéal, et que, lui, ne le soupçonna pas.

— Et cette preuve ?

— Elle est inscrite au creux de la bague que j'ai brisée moi-même au doigt de la comtesse et que je porte. La voici. Vous pouvez lire le nom qu'elle avait fait graver. »

Il me donna la bague. Je lus : « *Horace Velmont.* »

Il y eut entre Lupin et moi un instant de silence, et, l'ayant observé, je notai sur son visage une certaine émotion, un peu de mélancolie.

Je repris :

« Pourquoi vous êtes-vous résolu à me raconter cette histoire… à laquelle vous avez fait souvent allusion devant moi ?

— Pourquoi ? »

Il me montra, d'un signe, une femme très belle encore qui passait devant nous, au bras d'un jeune homme.

Elle aperçut Lupin et le salua.

« C'est elle, murmura-t-il, c'est elle avec son fils.

— Elle vous a donc reconnu ?

— Elle me reconnaît toujours, quel que soit mon déguisement.

— Mais, depuis le cambriolage du château de Thibermesnil, la police a identifié les deux noms de Lupin et d'Horace Velmont.

— Oui.

— Elle sait par conséquent qui vous êtes ?

— Oui.

— Et elle vous salue ? » m'écriai-je malgré moi.

Il m'empoigna le bras, et, violemment :

« Croyez-vous donc que je sois Lupin pour elle ? Croyez-vous que je sois à ses yeux un cambrioleur, un escroc, un gredin ?... Mais je serais le dernier des misérables, j'aurais tué, même, qu'elle me saluerait encore.

— Pourquoi ? Parce qu'elle vous a aimé ?

— Allons donc ! ce serait une raison de plus, au contraire, pour qu'elle me méprisât.

— Alors ?

— *Je suis l'homme qui lui a rendu son fils !* »

LE SIGNE DE L'OMBRE

« J'ai reçu votre télégramme, me dit, en entrant chez moi, un monsieur à moustaches grises, vêtu d'une redingote marron, et coiffé d'un chapeau à larges bords. Et me voici. Qu'y a-t-il ? »

Si je n'avais pas attendu Arsène Lupin, je ne l'aurais certes pas reconnu sous cet aspect de vieux militaire en retraite.

« Qu'y a-t-il ? répliquai-je. Oh ! pas grand-chose, une coïncidence assez bizarre. Et comme il vous plaît de démêler les affaires mystérieuses, au moins autant que de les combiner...

— Et alors ?

— Vous êtes bien pressé !

— Excessivement, si l'affaire en question ne vaut pas la peine que je me dérange. Par conséquent, droit au but.

— Droit au but, allons-y ! Et commencez, je vous prie, par jeter un coup d'œil sur ce petit tableau que j'ai découvert, l'autre semaine, dans un magasin poudreux de la rive gauche, et que j'ai acheté pour son cadre Empire, à double palmette... car la peinture est abominable.

— Abominable, en effet, dit Lupin, au bout d'un instant, mais le sujet lui-même ne manque pas de saveur... Ce coin de vieille cour avec sa rotonde à colonnade grecque, son cadran solaire et son bassin, avec son puits délabré au toit Renaissance, avec ses marches et son banc de pierre, tout cela est pittoresque.

— Et authentique, ajoutai-je. La toile, bonne ou mauvaise, n'a jamais été enlevée de son cadre Empire. D'ailleurs, la date est là...

Tenez, dans le bas, à gauche, ces chiffres rouges, 15-4-2, qui signifient évidemment 15 avril 1802.

— En effet... en effet... Mais vous parliez d'une coïncidence, et, jusqu'ici, je ne vois pas... »

J'allai prendre dans un coin une longue-vue que j'établis sur son trépied et que je braquai vers la fenêtre ouverte d'une petite chambre située en face de mon appartement, de l'autre côté de la rue. Et je priai Lupin de regarder.

Il se pencha. Le soleil, oblique à cette heure, éclairait la chambre où l'on apercevait des meubles d'acajou très simples, un grand lit d'enfant habillé de rideaux en cretonne.

« Ah ! dit Lupin tout à coup, le même tableau !

— Exactement le même ! affirmai-je. Et la date... vous voyez la date en rouge ? 15-4-2.

— Oui, je vois... Et qui demeure dans cette chambre ?

— Une dame... ou plutôt une ouvrière, puisqu'elle est obligée de travailler pour vivre... des travaux de couture qui la nourrissent à peine, elle et son enfant.

— Comment s'appelle-t-elle ?

— Louise d'Ernemont... D'après mes renseignements, elle est l'arrière-petite-fille d'un fermier général qui fut guillotiné sous la Terreur.

— Le même jour qu'André Chénier, acheva Lupin. Cet Ernemont, selon les mémoires du temps, passait pour très riche. »

Il releva la tête et me demanda :

« L'histoire est intéressante... Pourquoi avez-vous attendu pour me la raconter ?

— Parce que c'est aujourd'hui le 15 avril.

— Eh bien ?

— Eh bien, depuis hier, je sais – un bavardage de concierge – que le 15 avril occupe une place importante dans la vie de Louise d'Ernemont.

— Pas possible !

— Contrairement à ses habitudes, elle qui travaille tous les jours, qui tient en ordre les deux pièces dont se compose son appartement, qui prépare le déjeuner que sa fille prendra au retour de l'école communale… le 15 avril, elle sort avec la petite vers dix heures, et ne rentre qu'à la nuit tombante. Cela, depuis des années, et quel que soit le temps. Avouez que c'est étrange, cette date que je trouve sur un vieux tableau analogue, et qui règle la sortie annuelle de la descendante du fermier général Ernemont.

— Étrange… Vous avez raison…, prononça Lupin d'une voix lente. Et l'on ne sait pas où elle va ?

— On l'ignore. Elle ne s'est confiée à personne. D'ailleurs elle parle très peu.

— Vous êtes sûr de vos informations ?

— Tout à fait sûr. Et la preuve qu'elles sont exactes, tenez, la voici. »

Une porte s'était ouverte en face, livrant passage à une petite fille de sept à huit ans, qui vint se mettre à la fenêtre. Une dame apparut derrière elle, assez grande, encore jolie, l'air doux et mélancolique. Toutes deux étaient prêtes, habillées de vêtements simples, mais qui dénotaient chez la mère un souci d'élégance.

« Vous voyez, murmurai-je, elles vont sortir. »

De fait, après un moment, la mère prit l'enfant par la main, et elles quittèrent la chambre.

Lupin saisit son chapeau.

« Venez-vous ? »

Une curiosité trop vive me stimulait pour que je fisse la moindre objection. Je descendis avec Lupin.

En arrivant dans la rue, nous aperçûmes ma voisine qui entrait chez un boulanger. Elle acheta deux petits pains qu'elle plaça dans un menu panier que portait sa fille et qui semblait déjà contenir des provisions. Puis elles se dirigèrent du côté des boulevards extérieurs, qu'elles suivirent jusqu'à la place de l'Étoile. L'avenue Kléber les conduisit à l'entrée de Passy.

Lupin marchait silencieusement, avec une préoccupation visible que je me réjouissais d'avoir provoquée. De temps à autre, une phrase me montrait le fil de ses réflexions, et je pouvais constater que l'énigme demeurait entière pour lui comme pour moi.

Louise d'Ernemont cependant avait obliqué sur la gauche par la rue Raynouard, vieille rue paisible où Franklin et Balzac vécurent, et qui, bordée d'anciennes maisons et de jardins discrets, vous donne une impression de province. Au pied du coteau qu'elle domine, la Seine coule, et des ruelles descendent vers le fleuve.

C'est l'une de ces ruelles, étroite, tortueuse, déserte, que prit ma voisine. Il y avait d'abord à droite une maison dont la façade donnait sur la rue Raynouard, puis un mur moisi, d'une hauteur peu commune, soutenu de contreforts, hérissé de tessons de bouteilles.

Vers le milieu, une porte basse en forme d'arcade le trouait, devant laquelle Louise d'Ernemont s'arrêta, et qu'elle ouvrit à l'aide d'une clef qui nous parut énorme. La mère et la fille entrèrent.

« En tout cas, me dit Lupin, elle n'a rien à cacher, car elle ne s'est pas retournée une seule fois... »

Il avait à peine achevé cette phrase qu'un bruit de pas retentit derrière nous. C'étaient deux vieux mendiants, un homme et une femme déguenillés, sales, crasseux, couverts de haillons. Ils passèrent sans prêter attention à notre présence. L'homme sortit de sa besace une clef semblable à celle de ma voisine, et l'introduisit dans la serrure. La porte se referma sur eux.

Et tout de suite, au bout de la ruelle, un bruit d'automobile qui s'arrête. Lupin m'entraîna cinquante mètres plus bas, dans un renfoncement qui suffisait à nous dissimuler. Et nous vîmes descendre, un petit chien sous le bras, une jeune femme très élégante, parée de bijoux, les yeux trop noirs, les lèvres trop rouges, et les cheveux trop blonds. Devant la porte, même manœuvre, même clef... La demoiselle au petit chien disparut.

« Ça commence à devenir amusant, ricana Lupin. Quel rapport ces gens-là peuvent-ils avoir les uns avec les autres ? »

Successivement débouchèrent deux dames âgées, maigres, assez misérables d'aspect, et qui se ressemblaient comme deux sœurs ; puis un valet de chambre ; puis un caporal d'infanterie ; puis un gros monsieur vêtu d'une jaquette malpropre et rapiécée ; puis une famille d'ouvriers, tous les six pâles, maladifs, l'air de gens qui ne mangent pas à leur faim. Et chacun des nouveaux venus arrivait avec un panier ou un filet rempli de provisions.

« C'est un pique-nique, m'écriai-je.

— De plus en plus étonnant, articula Lupin, et je ne serai tranquille que quand je saurai ce qui se passe derrière ce mur. »

L'escalader, c'était impossible. En outre nous vîmes qu'il aboutissait, au bas de la ruelle comme en haut, à deux maisons dont aucune fenêtre ne donnait sur l'enclos.

Nous cherchions vainement un stratagème, quand, tout à coup, la petite porte se rouvrit et livra passage à l'un des enfants de l'ouvrier.

Le gamin monta en courant jusqu'à la rue Raynouard. Quelques minutes après, il rapportait deux bouteilles d'eau, qu'il déposa pour sortir de sa poche la grosse clef.

À ce moment, Lupin m'avait déjà quitté et longeait le mur d'un pas lent comme un promeneur qui flâne. Lorsque l'enfant, après avoir pénétré dans l'enclos, repoussa la porte, il fit un bond et planta la pointe de son couteau dans la gâche de la serrure. Le pêne n'étant pas engagé, un effort suffit pour que le battant s'entrebâillât.

« Nous y sommes », dit Lupin.

Il passa la tête avec précaution, puis, à ma grande surprise, entra franchement. Mais, ayant suivi son exemple, je pus constater que, à dix mètres en arrière du mur, un massif de lauriers élevait comme un rideau qui nous permettait d'avancer sans être vus.

Lupin se posta au milieu du massif. Je m'approchai et, ainsi que lui, j'écartai les branches d'un arbuste. Le spectacle qui s'offrit alors à mes yeux était si imprévu, que je ne pus retenir une exclamation, tandis que, de son côté, Lupin jurait entre ses dents :

« Crebleu ! celle-là est drôle ! »

Nous avions devant nous, dans l'espace restreint qui s'étendait entre les deux maisons sans fenêtres, le même décor que représentait le vieux tableau acheté par moi chez un brocanteur !

Le même décor ! Au fond, contre un second mur, la même rotonde grecque offrait sa colonnade légère. Au centre, les mêmes bancs de pierre dominaient un cercle de quatre marches qui descendaient vers un bassin aux dalles moisies. Sur la gauche, le même puits dressait son toit de fer ouvragé, et tout près, le même cadran solaire montrait la flèche de son style et sa table de marbre.

Le même décor ! Et ce qui ajoutait à l'étrangeté du spectacle, c'était le souvenir, obsédant pour Lupin et pour moi, de cette date du 15 avril, et c'était l'idée que précisément ce jour-là nous étions le 15 avril, et que seize à dix-huit personnes, si différentes d'âge, de condition et de manières, avaient choisi le 15 avril pour se rassembler en ce coin perdu de Paris.

Toutes, à la minute où nous les vîmes, assises par groupes isolés sur les bancs et les marches, elles mangeaient. Non loin de ma voisine et de sa fille, la famille d'ouvriers et le couple de mendiants fusionnaient, tandis que le valet de chambre, le monsieur à la jaquette malpropre, le caporal d'infanterie et les deux sœurs maigres, réunissaient leurs tranches de jambon, leurs boîtes de sardines et leur fromage de gruyère.

Il était alors une heure et demie. Le mendiant sortit sa pipe ainsi que le gros monsieur. Les hommes se mirent à fumer près de la rotonde et les femmes les rejoignirent. D'ailleurs, tous ces gens avaient l'air de se connaître.

Ils se trouvaient assez loin de nous, de sorte que nous n'entendions pas leurs paroles. Cependant, nous vîmes que la conversation devenait animée. La demoiselle au petit chien surtout, très entourée maintenant, pérorait et faisait de grands gestes qui incitaient le petit chien à des aboiements furieux.

Mais soudain il y eut une exclamation et, aussitôt, des cris de colère, et tous, hommes et femmes, ils s'élancèrent en désordre vers le puits.

Un des gamins de l'ouvrier en surgissait à ce moment, attaché par la ceinture au crochet de fer qui termine la corde, et les trois autres gamins le remontaient en tournant la manivelle.

Plus agile, le caporal se jeta sur lui, et, tout de suite, le valet de chambre et le gros monsieur l'agrippèrent, tandis que les mendiants et les sœurs maigres se battaient avec le ménage ouvrier.

En quelques secondes, il ne restait plus à l'enfant que sa chemise. Maître des vêtements, le valet de chambre se sauva, poursuivi par le caporal qui lui arracha la culotte, laquelle fut reprise au caporal par une des sœurs maigres.

« Ils sont fous ! murmurai-je, absolument ahuri.

— Mais non, mais non, dit Lupin.

— Comment ! vous y comprenez quelque chose ? »

À la fin, Louise d'Ernemont qui, après le débat, s'était posée en conciliatrice, réussit à apaiser le tumulte. On s'assit de nouveau, mais il y eut une réaction chez tous ces gens exaspérés, et ils demeurèrent immobiles et taciturnes, comme harassés de fatigue.

Et du temps s'écoula. Impatienté, et commençant à souffrir de la faim, j'allai chercher jusqu'à la rue Raynouard quelques provisions, que nous nous partageâmes tout en surveillant les acteurs de la comédie incompréhensible qui se jouait sous nos yeux. Chaque minute semblait les accabler d'une tristesse croissante, et ils prenaient des attitudes découragées, courbaient le dos de plus en plus et s'absorbaient dans leurs méditations.

« Vont-ils coucher là ? » prononçai-je avec ennui.

Mais, vers cinq heures, le gros monsieur à la jaquette malpropre tira sa montre. On l'imita, et tous, leur montre à la main, ils parurent attendre avec anxiété un événement qui devait avoir pour eux une importance considérable. L'événement ne se produisit pas, car, au bout de quinze à vingt minutes, le gros monsieur eut un geste de désespoir, se leva et mit son chapeau.

Alors des lamentations retentirent. Les deux sœurs maigres et la femme de l'ouvrier se jetèrent à genoux et firent le signe de la croix. La demoiselle au petit chien et la mendiante s'embrassèrent en sanglotant, et nous surprîmes Louise d'Ernemont qui serrait sa fille contre elle, d'un mouvement triste.

« Allons-nous-en, dit Lupin.

— Vous croyez que la séance est finie ?

— Oui, et nous n'avons que le temps de filer. »

Nous partîmes sans encombre. Au haut de la rue Raynouard, Lupin tourna sur sa gauche et, me laissant dehors, entra dans la première maison, celle qui dominait l'enclos.

Après avoir conversé quelques instants avec le concierge, il me rejoignit et nous arrêtâmes une automobile.

« Rue de Turin, 34 », dit-il au chauffeur.

Au 34 de cette rue, le rez-de-chaussée était occupé par une étude de notaire et, presque aussitôt, nous fûmes introduits dans le cabinet de maître Valandier, homme d'un certain âge, affable et souriant.

Lupin se présenta sous le nom du capitaine en retraite Janniot. Il voulait se faire bâtir une maison selon ses goûts, et on lui avait parlé d'un terrain sis auprès de la rue Raynouard.

« Mais ce terrain n'est pas à vendre ! s'écria maître Valandier.

— Ah ! on m'avait dit…

— Nullement… nullement… »

Le notaire se leva et prit dans son armoire un objet qu'il nous montra. Je fus confondu. C'était le même tableau que j'avais acheté, le même tableau qui se trouvait chez Louise d'Ernemont.

« Il s'agit du terrain que représente cette toile, le d'Ernemont comme on l'appelle ?

— Précisément.

— Eh bien, reprit le notaire, ce clos faisait partie d'un grand jardin que possédait le fermier général d'Ernemont, exécuté sous la Terreur. Tout ce qui pouvait être vendu, les héritiers le vendirent peu à peu. Mais ce dernier morceau est resté et restera dans l'indivision… à moins que… »

Le notaire se mit à rire.

« À moins que ? interrogea Lupin.

— Oh ! c'est toute une histoire, assez curieuse d'ailleurs, et dont je m'amuse quelquefois à parcourir le dossier volumineux.

— Est-il indiscret ?…

— Pas du tout », déclara maître Valandier qui semblait ravi, au contraire, de placer son récit.

Et sans se faire prier, il commença.

« Dès le début de la Révolution, Louis-Agrippa d'Ernemont, sous prétexte de rejoindre sa femme qui vivait à Genève avec leur fille Pauline, ferma son hôtel du faubourg Saint-Germain, congédia ses domestiques, et vint s'installer, ainsi que son fils Charles, dans sa petite maison de Passy où personne ne le connaissait, qu'une vieille servante dévouée. Il y resta caché durant trois ans, et il pouvait espérer que sa retraite ne serait pas découverte lorsqu'un jour, après déjeuner, comme il faisait sa sieste, la vieille servante entra précipitamment dans sa chambre. Elle avait aperçu au bout de la rue une patrouille d'hommes armés qui semblait se diriger vers la maison. Louis d'Ernemont s'apprêta vivement, et, à l'instant où les hommes frappaient, disparut par la porte qui donnait sur le jardin, en criant à son fils d'une voix effarée : "Retiens-les… cinq minutes seulement."

« Voulait-il s'enfuir ? Trouva-t-il gardées les issues du jardin ? Sept ou huit minutes plus tard, il revenait, répondait très calmement aux questions, et ne faisait aucune difficulté pour suivre les hommes. Son fils Charles, bien qu'il n'eût que dix-huit ans, fut également emmené.

— Cela se passait ?… demanda Lupin.

— Cela se passait le 26 germinal an II, c'est-à-dire le… »

Maître Valandier s'interrompit, les yeux tournés vers le calendrier qui pendait au mur, et il s'écria :

« Mais c'est justement aujourd'hui. Nous sommes le 15 avril, jour anniversaire de l'arrestation du fermier général.

— Coïncidence bizarre, dit Lupin. Et cette arrestation eut, sans doute, étant donné l'époque, des suites graves ?

— Oh ! fort graves, dit le notaire en riant. Trois mois après, au début de Thermidor, le fermier général montait sur l'échafaud. On oublia son fils en prison, et leurs biens furent confisqués.

— Des biens immenses, n'est-ce pas ? fit Lupin.

— Eh voilà ! voilà précisément où les choses se compliquent. Ces biens qui, en effet, étaient immenses, demeurèrent introuvables. On constata que l'hôtel du faubourg Saint-Germain avait été, avant la Révolution, vendu à un Anglais, ainsi que tous les châteaux et terres de province, ainsi que tous les bijoux, valeurs et collections du fermier général. La Convention, puis le Directoire, ordonnèrent des enquêtes minutieuses. Elles n'aboutirent à aucun résultat.

— Il restait tout au moins, dit Lupin, la maison de Passy.

— La maison de Passy fut achetée à vil prix par le délégué même de la Commune qui avait arrêté d'Ernemont, le citoyen Broquet. Le citoyen Broquet s'y enferma, barricada les portes, fortifia les murs, et lorsque Charles d'Ernemont, enfin libéré, se présenta, il le reçut à coups de fusil. Charles intenta des procès, les perdit, promit de grosses sommes. Le citoyen Broquet fut intraitable. Il avait acheté la maison, il la garda, et il l'eût gardée jusqu'à sa mort, si Charles n'avait obtenu l'appui de Bonaparte. Le 12 février 1803, le citoyen Broquet vida les lieux, mais la joie de Charles fut si grande, et sans doute son cerveau avait été bouleversé si violemment par toutes ces épreuves, que, en arrivant au seuil de la maison enfin reconquise, avant même d'ouvrir la porte, il se mit à danser et à chanter. Il était fou !

— Bigre ! murmura Lupin. Et que devint-il ?

— Sa mère et sa sœur Pauline (laquelle avait fini par se marier à Genève avec un de ses cousins) étant mortes toutes deux, la vieille servante prit soin de lui, et ils vécurent ensemble dans la maison de Passy. Des années se passèrent sans événement notable, mais soudain, en 1812, un coup de théâtre. À son lit de mort, devant deux témoins qu'elle appela, la vieille servante fit d'étranges révélations. Elle déclara que, au début de la Révolution, le fermier général avait transporté dans sa maison de Passy des sacs remplis d'or et d'argent, et que ces sacs avaient disparu quelques jours avant l'arrestation. D'après des confidences antérieures de Charles d'Ernemont, qui les tenait de son père, les trésors se trouvaient cachés dans le jardin, entre la rotonde, le cadran solaire et le puits. Comme preuve elle montra trois tableaux, ou plutôt, car ils n'étaient pas encadrés, trois toiles que le fermier général avait peintes durant sa captivité, et qu'il avait réussi à lui faire passer avec l'ordre de les remettre à sa femme, à son fils et à sa fille. Tentés par l'appât des richesses, Charles et la vieille bonne avaient gardé le silence. Puis étaient venus les procès, la conquête de la maison, la folie de Charles, les recherches personnelles et inutiles de la servante, et les trésors étaient toujours là.

— Et ils y sont encore, ricana Lupin.

— Et ils y sont toujours, s'écria maître Valandier… à moins… à moins que le citoyen Broquet, qui sans doute avait flairé quelque chose, ne les ait dénichés. Hypothèse peu probable, car le citoyen Broquet mourut dans la misère.

— Alors ?

— Alors on chercha. Les enfants de Pauline, la sœur, accoururent de Genève. On découvrit que Charles s'était marié clandestinement et qu'il avait des fils. Tous ces héritiers se mirent à la besogne.

— Mais Charles ?

— Charles vivait dans la retraite la plus absolue. Il ne quittait pas sa chambre.

— Jamais ?

— Si, et c'est là vraiment ce qu'il y a d'extraordinaire, de prodigieux dans l'aventure. Une fois l'an, Charles d'Ernemont, mû par une sorte de volonté inconsciente, descendait, suivait exactement le chemin que son père avait suivi, traversait le jardin, et s'asseyait tantôt sur les marches de la rotonde, dont vous voyez ici le dessin, tantôt sur la margelle de ce puits. À cinq heures vingt-sept minutes, il se levait et rentrait, et, jusqu'à sa mort, survenue en 1820, il ne manqua pas une seule fois cet incompréhensible pèlerinage. Or ce jour-là, c'était le 15 avril, jour de l'anniversaire de l'arrestation. »

Maître Valandier ne souriait plus, troublé lui-même par la déconcertante histoire qu'il nous racontait.

Après un instant de réflexion, Lupin demanda :

« Et depuis la mort de Charles ?

— Depuis cette époque, reprit le notaire avec une certaine solennité, depuis bientôt cent ans, les héritiers de Charles et de Pauline d'Ernemont continuent le pèlerinage du 15 avril. Les premières années, des fouilles minutieuses furent pratiquées. Pas un pouce du jardin que l'on ne scrutât, pas une motte de terre que l'on ne retournât. Maintenant, c'est fini. À peine si l'on cherche. À peine si, de temps à autre, sans motif, on soulève une pierre ou l'on explore le puits. Non, ils s'assoient sur les marches de la rotonde comme le pauvre fou, et comme lui attendent. Et, voyez-vous, c'est la tristesse de leur destinée. Depuis cent ans, tous ceux qui se sont succédé, les fils après les pères, tous, ils ont perdu, comment dirai-je ?... le ressort de la vie. Ils n'ont plus de courage, plus d'initiative. Ils attendent. Ils attendent le 15 avril, et lorsque le 15 avril est arrivé, ils attendent qu'un miracle se produise. Tous, la misère a fini par les vaincre. Mes prédécesseurs et moi, peu à peu, nous avons vendu, d'abord la maison pour en construire une autre de rapport plus fructueux, ensuite des parcelles du jardin, et d'autres parcelles. Mais, ce coin-là, ils aimeraient mieux mourir que de l'aliéner. Là-dessus tout le monde est d'accord, aussi bien

Louise d'Ernemont, l'héritière directe de Pauline, que les mendiants, les ouvriers, le valet de chambre, la danseuse de cirque, etc., qui représentent ce malheureux Charles. »

Un nouveau silence, et Lupin reprit :

« Votre opinion, maître Valandier ?

— Mon opinion est qu'il n'y a rien. Quel crédit accorder aux dires d'une vieille bonne, affaiblie par l'âge ? Quelle importance attacher aux lubies d'un fou ? En outre, si le fermier général avait réalisé sa fortune, ne croyez-vous point que cette fortune se serait trouvée ? Dans un espace restreint comme celui-là, on cache un papier, un joyau, non pas des trésors.

— Cependant, les tableaux ?

— Oui, évidemment. Mais tout de même, est-ce une preuve suffisante ? »

Lupin se pencha sur celui que le notaire avait tiré de l'armoire, et après l'avoir examiné longuement :

« Vous avez parlé de trois tableaux ?

— Oui ; l'un, que voici, fut remis à mon prédécesseur par les héritiers de Charles. Louise d'Ernemont en possède un autre. Quant au troisième, on ne sait ce qu'il est devenu. »

Lupin me regarda et continua :

« Et chacun d'eux portait la même date ?

— Oui, inscrite par Charles d'Ernemont lorsqu'il les fit encadrer peu de temps avant sa mort… La même date, 15-4-2, c'est-à-dire le 15 avril an II, selon le calendrier révolutionnaire, puisque l'arrestation eut lieu en avril 1794.

— Ah ! bien, parfait, dit Lupin… le chiffre 2 signifie… »

Il demeura pensif durant quelques instants et reprit :

« Encore une question, voulez-vous ? Personne ne s'est jamais offert pour résoudre ce problème ? »

Maître Valandier leva les bras.

« Que dites-vous là ! s'écria-t-il. Mais ce fut la plaie de l'étude. De 1820 à 1843, un de mes prédécesseurs, maître Turbon, a été convoqué dix-huit fois à Passy par le groupe des héritiers auxquels des imposteurs, des tireurs de cartes, des illuminés avaient promis de découvrir les trésors du fermier général. À la fin, une règle fut établie : toute personne étrangère qui voulait opérer des recherches devait, au préalable, déposer une certaine somme.

— Quelle somme ?

— Cinq mille francs. En cas de réussite, le tiers des trésors revient à l'individu. En cas d'insuccès, le dépôt reste acquis aux héritiers. Comme ça, je suis tranquille.

— Voici les cinq mille francs. »

Le notaire sursauta.

« Hein ! que dites-vous ?

— Je dis, répéta Lupin en sortant cinq billets de sa poche, et en les étalant sur la table avec le plus grand calme, je dis que voici le dépôt de cinq mille francs. Veuillez m'en donner reçu, et convoquer tous les héritiers d'Ernemont pour le 15 avril de l'année prochaine, à Passy. »

Le notaire n'en revenait pas. Moi-même, quoique Lupin m'eût habitué à ces coups de théâtre, j'étais fort surpris.

« C'est sérieux ? articula maître Valandier.

— Absolument sérieux.

— Pourtant je ne vous ai pas caché mon opinion. Toutes ces histoires invraisemblables ne reposent sur aucune preuve.

— Je ne suis pas de votre avis », déclara Lupin.

Le notaire le regarda comme on regarde un monsieur dont la raison n'est pas très saine. Puis, se décidant, il prit la plume et libella, sur le papier timbré, un contrat qui mentionnait le dépôt du capitaine en retraite Janniot, et lui garantissait un tiers des sommes par lui découvertes.

« Si vous changez d'avis, ajouta-t-il, je vous prie de m'en avertir huit jours d'avance. Je ne préviendrai la famille d'Ernemont qu'au dernier moment, afin de ne pas donner à ces pauvres gens un espoir trop long.

— Vous pouvez les prévenir dès aujourd'hui, maître Valandier. Ils passeront, de la sorte, une année meilleure. »

On se quitta. Aussitôt dans la rue, je m'écriai :

« Vous savez donc quelque chose ?

— Moi ? répondit Lupin, rien du tout. Et c'est là, précisément, ce qui m'amuse.

— Mais il y a cent ans que l'on cherche !

— Il s'agit moins de chercher que de réfléchir. Or j'ai trois cent soixante-cinq jours pour réfléchir. C'est trop, et je risque d'oublier cette affaire, si intéressante qu'elle soit. Cher ami, vous aurez l'obligeance de me la rappeler, n'est-ce pas ? »

Je la lui rappelai à diverses reprises pendant les mois qui suivirent, sans que, d'ailleurs, il parût y attacher beaucoup d'importance. Puis il y eut toute une période durant laquelle je n'eus pas l'occasion de le voir. C'était l'époque, je le sus depuis, du voyage qu'il fit en Arménie, et de la lutte effroyable qu'il entreprit contre le Sultan rouge, lutte qui se termina par l'effondrement du despote.

Je lui écrivais toutefois à l'adresse qu'il m'avait donnée, et je pus ainsi lui communiquer que certains renseignements obtenus de droite et de gauche sur ma voisine, Louise d'Ernemont, m'avaient révélé l'amour qu'elle avait eu, quelques années auparavant, pour un jeune homme très riche, qui l'aimait encore, mais qui, contraint par sa famille, avait dû l'abandonner, ainsi que le désespoir de la jeune femme, la vie courageuse qu'elle menait avec sa fille.

Lupin ne répondit à aucune de mes lettres. Les recevait-il ? La date approchait cependant, et je n'étais pas sans me demander si ses nombreuses entreprises ne l'empêcheraient pas de venir au rendez-vous fixé.

De fait, le matin du 15 avril arriva, et j'avais fini de déjeuner que Lupin n'était pas encore là. À midi un quart, je m'en allai et me fis conduire à Passy.

Tout de suite, dans la ruelle, j'avisai les quatre gamins de l'ouvrier qui stationnaient devant la porte. Averti par eux, maître Valandier accourut à ma rencontre.

« Eh bien, le capitaine Janniot ? s'écria-t-il.

— Il n'est pas ici ?

— Non, et je vous prie de croire qu'on l'attend avec impatience. »

Les groupes, en effet, se pressaient autour du notaire, et tous ces visages, que je reconnus, n'avaient plus leur expression morne et découragée de l'année précédente.

« Ils espèrent, me dit maître Valandier, et c'est ma faute. Que voulez-vous ! Votre ami m'a laissé un tel souvenir que j'ai parlé à ces braves gens avec une confiance… que je n'éprouve pas. Mais, tout de même, c'est un drôle de type que ce capitaine Janniot… »

Il m'interrogea, et je lui donnai, sur le capitaine, des indications quelque peu fantaisistes que les héritiers écoutaient en hochant la tête.

Louise d'Ernemont murmura :

« Et s'il ne vient pas ?

— Nous aurons toujours les cinq mille francs à nous partager », dit le mendiant.

N'importe ! La parole de Louise d'Ernemont avait jeté un froid. Les visages se renfrognèrent, et je sentis comme une atmosphère d'angoisse qui pesait sur nous.

À une heure et demie, les deux sœurs maigres s'assirent, prises de défaillance. Puis le gros monsieur à la jaquette malpropre eut une révolte subite contre le notaire.

« Parfaitement, maître Valandier, vous êtes responsable… Vous auriez dû amener le capitaine de gré ou de force… Un farceur, évidemment. »

Il me regarda d'un œil mauvais et le valet de chambre, de son côté, maugréa des injures à mon adresse.

Mais l'aîné des gamins surgit à la porte en criant :

« Voilà quelqu'un !… Une motocyclette !… »

Le bruit d'un moteur grondait par-delà le mur. Au risque de se rompre les os, un homme à motocyclette dégringolait la ruelle. Brusquement, devant la porte, il bloqua ses freins et sauta de machine.

Sous la couche de poussière qui le recouvrait comme d'une enveloppe, on pouvait voir que ses vêtements gros bleu, que son pantalon au pli bien formé, n'étaient point ceux d'un touriste, pas plus que son chapeau de feutre noir ni que ses bottines vernies.

« Mais ce n'est pas le capitaine Janniot ! clama le notaire qui hésitait à le reconnaître.

— Si, affirma Lupin en nous tendant la main, c'est le capitaine Janniot, seulement j'ai fait couper ma moustache… Maître Valandier, voici le reçu que vous avez signé. »

Il saisit un des gamins par le bras et lui dit :

« Cours à la station de voitures et ramène une automobile jusqu'à la rue Raynouard. Galope, j'ai un rendez-vous urgent à deux heures et quart. »

Il y eut des gestes de protestation. Le capitaine Janniot tira sa montre.

« Eh quoi ! il n'est que deux heures moins douze. J'ai quinze bonnes minutes. Mais pour Dieu que je suis fatigué ! et surtout comme j'ai faim ! »

En hâte le caporal lui tendit son pain de munition qu'il mordit à pleines dents, et s'étant assis, il prononça :

« Vous m'excuserez. Le rapide de Marseille a déraillé entre Dijon et Laroche. Il y a une quinzaine de morts, et des blessés que j'ai dû secourir. Alors, dans le fourgon des bagages, j'ai trouvé cette motocyclette… Maître Valandier, vous aurez l'obligeance de la faire remettre à qui de droit. L'étiquette est encore attachée au guidon. Ah ! te voici de retour, gamin. L'auto est là ? Au coin de la rue Raynouard ? À merveille. »

Il consulta sa montre.

« Eh ! Eh ! pas de temps à perdre. »

Je le regardais avec une curiosité ardente. Mais quelle devait être l'émotion des héritiers d'Ernemont ! Certes, ils n'avaient pas, dans le capitaine Janniot, la foi que j'avais en Lupin. Cependant leurs figures étaient blêmes et crispées.

Lentement le capitaine Janniot se dirigea vers la gauche et s'approcha du cadran solaire. Le piédestal en était formé par un homme au torse puissant, qui portait, sur les épaules, une table de marbre dont le temps avait tellement usé la surface qu'on distinguait à peine les lignes des heures gravées. Au-dessus un Amour, aux ailes déployées, tenait une longue flèche qui servait d'aiguille.

Le capitaine resta penché environ une minute, les yeux attentifs.

Puis il demanda :

« Un couteau, s'il vous plaît ? »

Deux heures sonnèrent quelque part. À cet instant précis, sur le cadran illuminé de soleil, l'ombre de la flèche se profilait suivant une cassure du marbre qui coupait le disque à peu près par le milieu.

Le capitaine saisit le couteau qu'on lui tendait. Il l'ouvrit. Et à l'aide de la pointe, très doucement, il commença à gratter le mélange de terre, de mousse et de lichen qui remplissait l'étroite cassure.

Tout de suite, à dix centimètres du bord, il s'arrêta, comme si son couteau eût rencontré un obstacle, enfonça l'index et le pouce, et retira un menu objet qu'il frotta entre les paumes de ses mains et offrit ensuite au notaire.

« Tenez, maître Valandier, voici toujours quelque chose. »

C'était un diamant énorme, de la grosseur d'une noisette, et taillé de façon admirable.

Le capitaine se remit à la besogne. Presque aussitôt, nouvelle halte. Un second diamant, superbe et limpide comme le premier, apparut.

Et puis il en vint un troisième, et un quatrième.

Une minute après, tout en suivant d'un bord à l'autre la fissure, et sans creuser certes à plus d'un centimètre et demi de profondeur, le capitaine avait retiré dix-huit diamants de la même grosseur.

Durant cette minute il n'y eut pas, autour du cadran solaire, un seul cri, pas un seul geste. Une sorte de stupeur anéantissait les héritiers. Puis le gros monsieur murmura :

« Crénom de crénom !... »

Et le caporal gémit :

« Ah ! mon capitaine... mon capitaine... »

Les deux sœurs tombèrent évanouies. La demoiselle au petit chien se mit à genoux et pria, tandis que le domestique titubant, l'air d'un homme ivre, se tenait la tête à deux mains, et que Louise d'Ernemont pleurait.

Lorsque le calme fut rétabli et qu'on voulut remercier le capitaine Janniot, on s'aperçut qu'il était parti.

Ce n'est qu'au bout de plusieurs années que l'occasion se présenta, pour moi, d'interroger Lupin au sujet de cette affaire. En veine de confidences, il me répondit :

« L'affaire des dix-huit diamants ? Mon Dieu, quand je songe que trois ou quatre générations de mes semblables en ont cherché la solution ! Et les dix-huit diamants étaient là, sous un peu de poussière !

— Mais comment avez-vous deviné ?...

— Je n'ai pas deviné. J'ai réfléchi. Ai-je eu même besoin de réfléchir ? Dès le début, je fus frappé par ce fait que toute l'aventure était dominée par une question primordiale : la question de temps. Lorsqu'il avait encore sa raison, Charles d'Ernemont inscrivait une date sur les trois tableaux. Plus tard, dans les ténèbres où il se débattait, une petite lueur d'intelligence le conduisait chaque année au centre du vieux jardin, et la même lueur l'en éloignait chaque année, au même instant, c'est-à-dire à cinq heures vingt-sept minutes. Qu'est-ce qui réglait de la sorte le mécanisme déréglé de ce cerveau ? Quelle force supérieure mettait en mouvement le pauvre fou ? Sans aucun doute, la notion instinctive du Temps que représentait, sur les tableaux du fermier général, le cadran solaire. C'était la révolution annuelle de la terre autour du soleil qui ramenait à date fixe Charles d'Ernemont dans le jardin de Passy. Et c'était la révolution diurne qui l'en chassait à l'heure fixe, c'est-à-dire à l'heure, probablement, où le soleil, caché par des obstacles différents de ceux d'aujourd'hui, n'éclairait plus le jardin de Passy. Or tout cela, le cadran solaire en était le symbole même. Et c'est pourquoi, tout de suite, je sus où il fallait chercher.

— Mais l'heure de la recherche, comment l'avez-vous établie ?

— Tout simplement d'après les tableaux. Un homme vivant à cette époque, comme Charles d'Ernemont, eût inscrit 26 germinal an II, ou 15 avril 1794, mais non 15 avril an II. Je suis stupéfait que personne n'y ait songé.

— Le chiffre 2 signifiait donc deux heures ?

— Évidemment. Et voici ce qui dut se passer. Le fermier général commença par convertir sa fortune en bonnes espèces d'or et d'argent. Puis, par surcroît de précaution, avec cet or et cet argent, il acheta dix-huit diamants merveilleux. Surpris par l'arrivée de la patrouille, il s'enfuit dans le jardin. Où cacher les diamants ? Le hasard fit que ses yeux tombèrent sur le cadran. Il était deux heures. L'ombre de la flèche suivait alors la cassure du marbre. Il obéit à ce signe de l'ombre, enfonça dans la poussière les dix-huit diamants, et revint très calmement se livrer aux soldats.

— Mais l'ombre de la flèche se rencontre tous les jours à deux heures avec la cassure du marbre, et non pas seulement le 15 avril.

— Vous oubliez, mon cher ami, qu'il s'agit d'un fou et que, lui, n'a retenu que cette date, le 15 avril.

— Soit, mais vous, du moment que vous aviez déchiffré l'énigme, il vous était facile, depuis un an, de vous introduire dans l'enclos et de dérober les diamants.

— Très facile, et je n'eusse certes pas hésité, si j'avais eu affaire à d'autres gens. Mais vrai, ces malheureux m'ont fait pitié. Et puis, vous connaissez cet idiot de Lupin : l'idée d'apparaître tout d'un coup en génie bienfaisant et d'épater son semblable lui ferait commettre toutes les bêtises.

— Bah ! m'écriai-je, la bêtise n'est pas si grande. Six beaux diamants ! Voilà un contrat que les héritiers d'Ernemont ont dû remplir avec joie. »

Lupin me regarda et, soudain, éclatant de rire :

« Vous ne savez donc pas ? Ah ! celle-là est bien bonne… La joie des héritiers d'Ernemont !… Mais, mon cher ami, le lendemain ce brave capitaine Janniot avait autant d'ennemis mortels ! Le lendemain les deux sœurs maigres et le gros monsieur organisaient la résistance. Le contrat ? Aucune valeur, puisque, et c'était facile à prouver, il n'y avait point de capitaine Janniot. "Le capitaine Janniot !… D'où sort cet aventurier ? Qu'il nous attaque et l'on verra !"

— Louise d'Ernemont, elle-même ?…

— Non, Louise d'Ernemont protesta contre cette infamie. Mais que pouvait-elle ? D'ailleurs, devenue riche, elle retrouva son fiancé. Je n'entendis plus parler d'elle.

— Et alors ?

— Et alors, mon cher ami, pris au piège, légalement impuissant, j'ai dû transiger et accepter pour ma part un modeste diamant, le plus petit et le moins beau. Allez donc vous mettre en quatre pour rendre service à votre prochain ! »

Et Lupin bougonna entre ses dents :

« Ah ! la reconnaissance, quelle fumisterie ! Heureusement que les honnêtes gens ont pour eux leur conscience et la satisfaction du devoir accompli. »

LE PIÈGE INFERNAL

Après la course, un flot de personnes qui s'écoulait vers la sortie de la tribune ayant passé contre lui, Nicolas Dugrival porta vivement la main à la poche intérieure de son veston. Sa femme lui dit :

« Qu'est-ce que tu as ?

— Je suis toujours inquiet… avec cet argent ! J'ai peur d'un mauvais coup. »

Elle murmura :

« Aussi je ne te comprends pas. Est-ce qu'on garde sur soi une pareille somme ! Toute notre fortune ! Nous avons eu pourtant assez de mal à la gagner.

— Bah ! dit-il, est-ce qu'on sait qu'elle est là, dans ce portefeuille ?

— Mais si, mais si, bougonna-t-elle. Tiens, le petit domestique que nous avons renvoyé la semaine dernière le savait parfaitement. N'est-ce pas, Gabriel ?

— Oui, ma tante », fit un jeune homme qui se tenait à ses côtés.

Les époux Dugrival et leur neveu Gabriel étaient très connus sur les hippodromes, où les habitués les voyaient presque chaque jour. Dugrival, gros homme au teint rouge, l'aspect d'un bon vivant ; sa femme, lourde également, le masque vulgaire, toujours vêtue d'une robe de soie prune dont l'usure était trop visible ; le neveu, tout jeune, mince, la figure pâle, les yeux noirs, les cheveux blonds et un peu bouclés.

En général, le ménage restait assis pendant toute la réunion. C'était Gabriel qui jouait pour son oncle, surveillant les chevaux au paddock, recueillant des tuyaux de droite et de gauche parmi les groupes des jockeys et des lads, faisant la navette entre les tribunes et le pari mutuel.

La chance, ce jour-là, leur fut favorable, car, trois fois, les voisins de Dugrival virent le jeune homme qui lui rapportait de l'argent.

La cinquième course se terminait. Dugrival alluma un cigare. À ce moment, un monsieur sanglé dans une jaquette marron, et dont le visage se terminait par une barbiche grisonnante, s'approcha de lui et demanda d'un ton de confidence :

« Ce n'est pas à vous, monsieur, qu'on aurait volé ceci ? »

Il exhibait en même temps une montre en or, munie de sa chaîne.

Dugrival sursauta.

« Mais oui… mais oui… c'est à moi… Tenez, mes initiales sont gravées… N. D… Nicolas Dugrival. »

Et aussitôt il plaqua la main sur la poche de son veston avec un geste d'effroi. Le portefeuille s'y trouvait encore.

« Ah ! fit-il bouleversé, j'ai eu de la chance… Mais tout de même, comment a-t-on pu ?… Connaît-on le coquin ?

— Oui, nous le tenons, il est au poste. Veuillez avoir l'obligeance de me suivre, nous allons éclaircir cette affaire.

— À qui ai-je l'honneur ?…

— M. Delangle, inspecteur de la Sûreté. J'ai déjà prévenu M. Marquenne, l'officier de paix. »

Nicolas Dugrival sortit avec l'inspecteur, et tous deux, contournant les tribunes, se dirigèrent vers le commissariat. Ils en étaient à une cinquantaine de pas, quand l'inspecteur fut abordé par quelqu'un qui lui dit en hâte :

« Le type à la montre a bavardé, nous sommes sur la piste de toute une bande. M. Marquenne vous prie d'aller l'attendre au pari mutuel et de surveiller les alentours de la quatrième baraque. »

Il y avait foule devant le pari mutuel, et l'inspecteur Delangle maugréa :

« C'est idiot, ce rendez-vous… Et puis qui dois-je surveiller ? M. Marquenne n'en fait jamais d'autres… »

Il écarta des gens qui le pressaient de trop près.

« Fichtre ! Il faut jouer des coudes et tenir son porte-monnaie. C'est comme cela que vous avez été pincé, monsieur Dugrival.

— Je ne m'explique pas…

— Oh ! si vous saviez comment ces messieurs opèrent ! On n'y voit que du feu. L'un vous marche sur le pied, l'autre vous éborgne avec sa canne, et le troisième vous subtilise votre portefeuille. En trois gestes, c'est fini… Moi qui vous parle, j'y ai été pris. »

Il s'interrompit, et, d'un air furieux :

« Mais sacré non, nous n'allons pas moisir ici ! Quelle cohue ! Ce n'est pas supportable… Ah ! M. Marquenne, là-bas, qui nous fait signe… Un moment, je vous prie… et surtout ne bougez pas. »

À coups d'épaule, il se fraya un passage dans la foule.

Nicolas Dugrival le suivit un instant des yeux. L'ayant perdu de vue, il se tint un peu à l'écart pour n'être point bousculé.

Quelques minutes s'écoulèrent. La sixième course allait commencer, lorsque Dugrival aperçut sa femme et son neveu qui le cherchaient. Il leur expliqua que l'inspecteur Delangle se concertait avec l'officier de paix.

« Tu as toujours ton argent ? lui demanda sa femme.

— Parbleu ! répondit-il, je te jure que l'inspecteur et moi, nous ne nous laissions pas serrer de trop près. »

Il tâta son veston, étouffa un cri, enfonça la main dans sa poche, et se mit à bredouiller des syllabes confuses, tandis que Mme Dugrival, épouvantée, bégayait :

« Quoi ! qu'est-ce qu'il y a ?

— Volé…, gémit-il, le portefeuille… les cinquante billets…

— Pas vrai ! s'exclama-t-elle, pas vrai !

— Si, l'inspecteur, un escroc… c'est lui… »

Elle poussa de véritables hurlements.

« Au voleur ! on a volé mon mari !… Cinquante mille francs, nous sommes perdus… Au voleur !… »

Très vite, ils furent entourés d'agents et conduits au commissariat. Dugrival se laissait faire, absolument ahuri. Sa femme continuait à vociférer, accumulant des explications, poursuivant d'invectives le faux inspecteur.

« Qu'on le cherche !… Qu'on le trouve !… Une jaquette marron… la barbe en pointe… Ah ! le misérable, ce qu'il nous a roulé ! Cinquante mille francs… Mais… mais… Qu'est-ce que tu fais, Dugrival ? »

D'un bond elle se jeta sur son mari. Trop tard ! il avait appliqué contre sa tempe le canon d'un revolver. Une détonation retentit. Dugrival tomba. Il était mort.

On n'a pas oublié le bruit que firent les journaux à propos de cette affaire, et comment ils saisirent l'occasion pour accuser une fois de plus la police d'incurie et de maladresse. Était-il admissible qu'un pickpocket pût ainsi, en plein jour et dans un endroit public, jouer le rôle d'inspecteur et dévaliser impunément un honnête homme ?

La femme de Nicolas Dugrival entretenait les polémiques par ses lamentations et les interviews qu'elle accordait. Un reporter avait réussi à la photographier devant le cadavre de son mari, tandis qu'elle étendait la main et qu'elle jurait de venger le mort. Debout, près d'elle, son neveu Gabriel montrait un visage haineux. Lui aussi, en quelques mots prononcés à voix basse et d'un ton de décision farouche, avait fait le serment de poursuivre et d'atteindre le meurtrier.

On dépeignait le modeste intérieur qu'ils occupaient aux Batignolles, et, comme ils étaient dénués de toutes ressources, un journal de sport ouvrit une souscription en leur faveur.

Quant au mystérieux Delangle, il demeurait introuvable. Deux individus furent arrêtés, que l'on dut relâcher aussitôt. On se lança sur plusieurs pistes, immédiatement abandonnées ; on mit en avant plusieurs noms, et, finalement, on accusa Arsène Lupin, ce qui provoqua la fameuse dépêche du célèbre cambrioleur, dépêche envoyée de New York six jours après l'incident.

PROTESTE AVEC INDIGNATION CONTRE CALOMNIE INVENTÉE PAR UNE POLICE AUX ABOIS. ENVOIE MES CONDOLÉANCES AUX MALHEUREUSES VICTIMES, ET DONNE À MON BANQUIER ORDRES NÉCESSAIRES POUR QUE CINQUANTE MILLE FRANCS LEUR SOIENT REMIS. – LUPIN.

De fait, le lendemain même du jour où ce télégramme était publié, un inconnu sonnait à la porte de Mme Dugrival et déposait une enveloppe entre ses mains. L'enveloppe contenait cinquante billets de mille francs.

Ce coup de théâtre n'était point fait pour apaiser les commentaires. Mais un autre événement se produisit, qui suscita de nouveau une émotion considérable. Deux jours plus tard, les personnes qui habitaient la même maison que Mme Dugrival et que Gabriel, furent réveillées vers quatre heures du matin par des cris affreux. On se précipita. Le concierge réussit à ouvrir la porte. À la lueur d'une bougie dont un voisin s'était muni, il trouva, dans sa chambre, Gabriel, étendu, des liens aux poignets et aux chevilles, un bâillon sur la bouche, et, dans la chambre voisine, Mme Dugrival qui perdait tout son sang par une large blessure à la poitrine.

Elle murmura :

« L'argent… on m'a volée… tous les billets… »

Et elle s'évanouit.

Que s'était-il passé ?

Gabriel raconta – et dès qu'elle fut capable de parler, Mme Dugrival compléta le récit de son neveu – qu'il avait été réveillé par l'agression de deux hommes, dont l'un le bâillonnait, tandis que l'autre l'enveloppait de liens. Dans l'obscurité, il n'avait pu voir ces hommes, mais il avait entendu le bruit de la lutte que sa tante soutenait contre eux. Lutte effroyable, déclara Mme Dugrival. Connaissant évidemment les lieux, guidés par on ne sait quelle intuition, les bandits s'étaient dirigés aussitôt vers le petit meuble qui renfermait l'argent, et, malgré la résistance qu'elle avait opposée, malgré ses cris, faisaient main basse sur la liasse de billets. En partant, l'un d'eux, qu'elle mordait au bras, l'avait frappée d'un coup de couteau, puis ils s'étaient enfuis.

« Par où ? lui demanda-t-on.

— Par la porte de ma chambre, et ensuite, je suppose, par celle du vestibule.

— Impossible ! Le concierge les aurait surpris. »

Car tout le mystère résidait en ceci : comment les bandits avaient-ils pénétré dans la maison, et comment avaient-ils pu en sortir ? Aucune issue ne s'offrait à eux. Était-ce un des locataires ? Une enquête minutieuse prouva l'absurdité d'une telle supposition.

Alors ?

L'inspecteur principal Ganimard, qui fut chargé plus spécialement de cette affaire, avoua qu'il n'en connaissait pas de plus déconcertante.

« C'est fort comme du Lupin, disait-il, et cependant ce n'est pas du Lupin... Non, il y a autre chose là-dessous, quelque chose d'équivoque, de louche... D'ailleurs, si c'était du Lupin, pourquoi aurait-il repris les cinquante mille francs qu'il avait envoyés ? Autre question qui m'embarrasse : quel rapport y a-t-il entre ce second vol et le premier, celui du champ de courses ? Tout cela est incompréhensible, et j'ai l'impression, ce qui m'arrive rarement, qu'il est inutile de chercher. Pour ma part, j'y renonce. »

Le juge d'instruction s'acharna. Les reporters unirent leurs efforts à ceux de la justice. Un célèbre détective anglais passa le détroit. Un riche Américain, auquel les histoires policières tournaient la tête, offrit une prime importante à quiconque apporterait un premier élément de vérité. Six semaines après, on n'en savait pas davantage. Le public se rangeait à l'opinion de Ganimard, et le juge d'instruction lui-même était las de se débattre dans les ténèbres que le temps ne pouvait qu'épaissir.

Et la vie continua chez la veuve Dugrival. Soignée par son neveu, elle ne tarda pas à se remettre de sa blessure. Le matin, Gabriel l'installait dans un fauteuil de la salle à manger, près de la fenêtre, faisait le ménage, et se rendait ensuite aux provisions. Il préparait le déjeuner sans même accepter l'aide de la concierge.

Excédés par les enquêtes de la police et surtout par les demandes d'interviews, la tante et le neveu ne recevaient personne. La concierge elle-même, dont les bavardages inquiétaient et fatiguaient Mme Dugrival, ne fut plus admise. Elle se rejetait sur Gabriel, l'apostrophant chaque fois qu'il passait devant la loge.

« Faites attention, monsieur Gabriel, on vous espionne tous les deux. Il y a des gens qui vous guettent. Tenez, encore hier soir, mon mari a surpris un type qui lorgnait vos fenêtres.

— Bah ! répondit Gabriel, c'est la police qui nous garde. Tant mieux ! »

Or, un après-midi, vers quatre heures, il y eut, au bout de la rue, une violente altercation entre deux marchands des quatre-saisons. La concierge aussitôt s'éloigna de sa loge pour écouter les invectives que se lançaient les adversaires. Elle n'avait pas le dos tourné qu'un homme jeune, de taille moyenne, habillé de vêtements gris d'une coupe irréprochable, se glissa dans la maison et monta vivement l'escalier.

Au troisième étage, il sonna.

Son appel demeurant sans réponse, il sonna de nouveau.

À la troisième fois, la porte s'ouvrit.

« Mme Dugrival ? demanda-t-il en retirant son chapeau.

— Mme Dugrival est encore souffrante, et ne peut recevoir personne, riposta Gabriel qui se tenait dans l'antichambre.

— Il est de toute nécessité que je lui parle.

— Je suis son neveu, je pourrais peut-être lui communiquer…

— Soit, dit l'individu. Veuillez dire à Mme Dugrival que, le hasard m'ayant fourni des renseignements précieux sur le vol dont elle a été victime, je désire examiner l'appartement, et me rendre compte par moi-même de certains détails. Je suis très accoutumé à ces sortes d'enquêtes, et mon intervention lui sera sûrement profitable. »

Gabriel l'examina un moment, réfléchit et prononça :

« En ce cas, je suppose que ma tante consentira… Prenez la peine d'entrer. »

Après avoir ouvert la porte de la salle à manger, il s'effaça, livrant passage à l'inconnu. Celui-ci marcha jusqu'au seuil, mais, à l'instant même où il le franchissait, Gabriel leva le bras et, d'un geste brusque, le frappa d'un coup de poignard au-dessus de l'épaule droite.

Un éclat de rire jaillit dans la salle.

« Touché ! cria Mme Dugrival en s'élançant de son fauteuil. Bravo, Gabriel. Mais dis donc, tu ne l'as pas tué, le bandit ?

— Je ne crois pas, ma tante. La lame est fine et j'ai retenu mon coup. »

L'homme chancelait, les mains en avant, le visage d'une pâleur mortelle.

« Imbécile ! ricana la veuve. Tu es tombé dans le piège… Pas malheureux ! il y a assez longtemps qu'on t'attendait ici. Allons, mon bonhomme, dégringole. Ça t'embête, hein ? Faut bien cependant. Parfait ! un genou à terre d'abord, devant la patronne… et puis l'autre genou… Ce qu'on est bien éduqué !… Patatras ! voilà qu'on s'écroule ! Ah ! Jésus-Dieu, si mon pauvre Dugrival pouvait le voir ainsi ! Et maintenant, Gabriel, à la besogne ! »

Elle gagna sa chambre et ouvrit le battant d'une armoire à glace où des robes étaient pendues. Les ayant écartées, elle poussa un autre battant qui formait le fond de l'armoire et qui dégagea l'entrée d'une pièce située dans la maison voisine.

« Aide-moi à le porter, Gabriel. Et tu le soigneras de ton mieux, hein ? Pour l'instant, il vaut son pesant d'or, l'artiste. »

Un matin, le blessé reprit un peu conscience. Il souleva les paupières et regarda autour de lui.

Il était couché dans une pièce plus grande que celle où il avait été frappé, une pièce garnie de quelques meubles, et munie de rideaux épais qui voilaient les fenêtres du haut en bas.

Cependant il y avait assez de lumière pour qu'il pût voir près de lui, assis sur une chaise et l'observant, le jeune Gabriel Dugrival.

« Ah ! c'est toi, le gosse, murmura-t-il, tous mes compliments, mon petit. Tu as le poignard sûr et délicat. »

Et il se rendormit.

Ce jour-là et les jours qui suivirent, il se réveilla plusieurs fois, et chaque fois, il apercevait la figure pâle de l'adolescent, ses lèvres minces, ses yeux noirs d'une expression si dure.

« Tu me fais peur, disait-il. Si tu as juré de m'exécuter, ne te gêne pas. Mais rigole ! L'idée de la mort m'a toujours semblé la chose du monde la plus cocasse. Tandis qu'avec toi, mon vieux, ça devient macabre. Bonsoir, j'aime mieux faire dodo ! »

Pourtant Gabriel, obéissant aux ordres de Mme Dugrival, lui prodiguait des soins attentifs. Le malade n'avait presque plus de fièvre et commençait à s'alimenter de lait et de bouillon. Il reprenait quelque force et plaisantait.

« À quand la première sortie du convalescent ? La petite voiture est prête ? Mais rigole donc, animal ! Tu as l'air d'un saule pleureur qui va commettre un crime. Allons, une risette à papa. »

Un jour, en s'éveillant, il eut une impression de gêne fort désagréable. Après quelques efforts, il s'aperçut que pendant son sommeil, on lui avait attaché les jambes, le buste et les bras au fer du lit, et cela par de fines cordelettes d'acier qui lui entraient dans la chair au moindre mouvement.

« Ah ! dit-il à son gardien, cette fois, c'est le grand jeu. Le poulet va être saigné. Est-ce toi qui m'opères, l'ange Gabriel ? En ce cas, mon vieux, que ton rasoir soit bien propre ! Service antiseptique, s'il vous plaît. »

Mais il fut interrompu par le bruit d'une serrure qui grince. La porte en face de lui s'ouvrit, et Mme Dugrival apparut.

Lentement elle s'approcha, prit une chaise, et sortit de sa poche un revolver qu'elle arma et qu'elle déposa sur la table de nuit.

« Brrr, murmura le captif, on se croirait à l'Ambigu… Quatrième acte… le jugement du traître. Et c'est le beau sexe qui exécute… la main des Grâces… Quel honneur !… Madame Dugrival, je compte sur vous pour ne pas me défigurer.

— Tais-toi, Lupin.

— Ah ! vous savez ?… Bigre, on a du flair.

— Tais-toi, Lupin. »

Il y avait, dans le son de sa voix, quelque chose de solennel qui impressionna le captif et le contraignit au silence.

Il observa l'un après l'autre ses deux geôliers. Les traits bouffis, le teint rouge de Mme Dugrival contrastaient avec le visage délicat de son neveu, mais tous deux avaient le même air de résolution implacable.

La veuve se pencha et lui dit :

« Es-tu prêt à répondre à mes questions ?

— Pourquoi pas ?

— Alors écoute-moi bien.

— Je suis tout oreilles.

— Comment as-tu su que Dugrival portait tout son argent dans sa poche ?

— Un bavardage de domestique…

— Un petit domestique qui a servi chez moi, n'est-ce pas ?

— Oui.

— Et c'est toi qui as d'abord volé la montre de Dugrival, pour la lui rendre ensuite et lui inspirer confiance ?

— Oui. »

Elle réprima un mouvement de rage.

« Imbécile ! Mais oui, imbécile ! Comment, tu dépouilles mon homme, tu l'accules à se tuer, et au lieu de ficher le camp à l'autre bout du monde et de te cacher, tu continues à faire le Lupin en plein Paris ! Tu ne te rappelais donc plus que j'avais juré, sur la tête même du mort, de retrouver l'assassin ?

— C'est cela qui m'épate, dit Lupin. Pourquoi m'avoir soupçonné ?

— Pourquoi ? mais c'est toi-même qui t'es vendu.

— Moi ?

— Évidemment… Les cinquante mille francs…

— Eh bien, quoi ! un cadeau…

— Oui, un cadeau, que tu donnes l'ordre, par télégramme, de m'envoyer pour faire croire que tu étais en Amérique le jour des courses. Un cadeau ! la bonne blague ! c'est-à-dire, n'est-ce pas, que ça te tracassait l'idée de ce pauvre type que tu avais assassiné. Alors tu as restitué l'argent à la veuve, ouvertement, bien entendu, parce qu'il y a la galerie et qu'il faut toujours que tu fasses du battage, comme un cabotin que tu es. À merveille ! Seulement, mon bonhomme, dans ce cas, il ne fallait pas qu'on me remette les billets mêmes volés à Dugrival ! Oui, triple idiot, ceux-là mêmes et pas d'autres ! Nous avions les numéros, Dugrival et moi. Et tu es assez stupide pour m'adresser le paquet ! Comprends-tu ta bêtise, maintenant ? »

Lupin se mit à rire.

« La gaffe est gentille. Je n'en suis pas responsable. J'avais donné d'autres ordres… Mais, tout de même, je ne peux m'en prendre qu'à moi.

— Hein, tu l'avoues. C'était signer ton vol, et c'était signer ta perte aussi. Il n'y avait plus qu'à te trouver. À te trouver ? Non, mieux que cela. On ne trouve pas Lupin, on le fait venir ! Ça, c'est une idée de maître. Elle est de mon gosse de neveu, qui t'exècre autant que moi, si possible, et qui te connaît à fond par tous les livres qui ont été écrits sur toi. Il connaît ta curiosité, ton besoin d'intrigue, ta manie de chercher dans les ténèbres, et de débrouiller ce que les autres n'ont pas réussi à débrouiller. Il connaît aussi cette espèce de fausse bonté qui est la tienne, la sensiblerie bébête qui te fait verser des larmes de crocodile sur tes victimes. Et il a organisé la comédie ! il a inventé l'histoire des deux cambrioleurs ! le second vol des cinquante mille francs ! Ah ! je te jure Dieu que le coup de couteau que je me suis fichu de mes propres mains ne m'a pas fait mal ! Et je te jure Dieu que nous avons passé de jolis moments à t'attendre, le petit et moi, à lorgner tes complices qui rôdaient sous nos fenêtres et qui étudiaient la place. Et pas d'erreur, tu devais venir ! Puisque tu avais rendu les cinquante mille francs à la veuve Dugrival, il n'était pas possible que tu admettes que la veuve Dugrival soit dépouillée de ses cinquante mille francs. Tu devais venir, par gloriole, par vanité ! Et tu es venu ! »

La veuve eut un rire strident.

« Hein ! est-ce bien joué, cela ? Le Lupin des Lupin ! le maître des maîtres ! L'inaccessible et l'invisible… Le voilà pris au piège par une femme et par un gamin !… Le voilà en chair et en os !… Le voilà pieds et poings liés, pas plus dangereux qu'une mauviette. Le voilà !… Le voilà !… »

Elle tremblait de joie, et elle se mit à marcher à travers la chambre avec des allures de bête fauve qui ne lâche pas de l'œil sa victime. Et jamais Lupin n'avait senti dans un être plus de haine et de sauvagerie.

« Assez bavardé », dit-elle.

Se contenant soudain, elle retourna près de lui, et, sur un ton tout différent, la voix sourde, elle scanda :

« Depuis douze jours, Lupin, et grâce aux papiers qui se trouvaient dans ta poche, j'ai mis le temps à profit. Je connais toutes tes affaires, toutes tes combinaisons, tous tes faux noms, toute l'organisation de ta bande, tous les logements que tu possèdes dans Paris et ailleurs. J'ai même visité l'un d'eux, le plus secret, celui où tu caches tes papiers, tes registres et l'histoire détaillée de tes opérations financières. Le résultat de mes recherches ? Pas mauvais. Voici quatre chèques détachés de quatre carnets, et qui correspondent à quatre comptes que tu as dans des banques sous quatre noms différents. Sur chacun d'eux j'ai inscrit la somme de dix mille francs. Davantage eût été périlleux. Maintenant, signe.

— Bigre ! dit Lupin avec ironie, c'est tout bonnement du chantage, honnête madame Dugrival.

— Cela te suffoque, hein ?

— Cela me suffoque.

— Et tu trouves l'adversaire à ta hauteur ?

— L'adversaire me dépasse. Alors le piège, qualifions-le d'infernal, le piège infernal où je suis tombé ne fut pas tendu seulement par une veuve altérée de vengeance, mais aussi par une excellente industrielle désireuse d'augmenter ses capitaux ?

— Justement.

— Mes félicitations. Et j'y pense, est-ce que, par hasard, M. Dugrival ?...

— Tu l'as dit, Lupin. Après tout, pourquoi te le cacher ? Ça soulagera ta conscience. Oui, Lupin, Dugrival travaillait dans la même partie que toi. Oh ! pas en grand... Nous étions des modestes... une pièce d'or de-ci, de-là... un porte-monnaie que Gabriel, dressé par nous, chipait aux courses de droite et de gauche... Et, de la sorte, on avait fait sa petite fortune... de quoi planter des choux.

— J'aime mieux cela, dit Lupin.

— Tant mieux ! Si je t'en parle, moi, c'est pour que tu saches bien que je ne suis pas une débutante, et que tu n'as rien à espérer. Un secours ? non. L'appartement où nous sommes communique avec ma chambre. Il a une sortie particulière, et personne ne s'en doute. C'était l'appartement spécial de Dugrival. Il y recevait ses amis. Il y avait ses instruments de travail, ses déguisements... son téléphone, même, comme tu peux voir. Donc, rien à espérer. Tes complices ont renoncé à te chercher par là. Je les ai lancés sur une autre piste. Tu es bien fichu. Commences-tu à comprendre la situation ?

— Oui.

— Alors, signe.

— Et, quand j'aurai signé, je serai libre ?

— Il faut que je touche d'abord.

— Et après ?

— Après, sur mon âme, sur mon salut éternel, tu seras libre.

— Je manque de confiance.

— As-tu le choix ?

— C'est vrai. Donne. »

Elle détacha la main droite de Lupin et lui présenta une plume en disant :

« N'oublie pas que les quatre chèques portent quatre noms différents et que, chaque fois, l'écriture change.

— Ne crains rien. »

Il signa.

« Gabriel, ajouta la veuve, il est dix heures. Si, à midi, je ne suis pas là, c'est que ce misérable m'aura joué un tour de sa façon. Alors casse-lui la tête. Je te laisse le revolver avec lequel ton oncle s'est tué. Sur six balles, il en reste cinq. Ça suffit. »

Elle partit en chantonnant.

Il y eut un assez long silence, et Lupin marmotta :

« Je ne donnerais pas deux sous de ma peau. »

Il ferma les yeux un instant, puis brusquement dit à Gabriel :

« Combien ? »

Et comme l'autre ne semblait pas entendre, il s'irrita.

« Eh ! oui, combien ? Réponds, quoi ! Nous avons le même métier, tous deux. Je vole, tu voles, nous volons. Alors on est faits pour s'accorder. Hein ? ça va ? nous décampons ? Je t'offre une place dans ma bande, une place de luxe. Combien veux-tu pour toi ? Dix mille ? vingt mille ? Fixe ton prix, et n'y regarde pas. Le coffre est plein. »

Il eut un frisson de colère en voyant le visage impassible de son gardien.

« Ah ! il ne répondra même pas ! Voyons, quoi, tu l'aimais tant que ça, le Dugrival ? Écoute, si tu veux me délivrer… Allons, réponds !… »

Mais il s'interrompit. Les yeux du jeune homme avaient cette expression cruelle qu'il connaissait si bien. Pouvait-il espérer le fléchir ?

« Crénom de crénom, grinça-t-il, je ne vais pourtant pas crever ici, comme un chien ! Ah ! si je pouvais… »

Se raidissant, il fit, pour rompre ses liens, un effort qui lui arracha un cri de douleur et il retomba sur son lit, exténué.

« Allons, murmura-t-il au bout d'un instant, la veuve l'a dit, je suis fichu. Rien à faire. *De Profundis*, Lupin… »

Un quart d'heure s'écoula, une demi-heure…

Gabriel, s'étant approché de Lupin, vit qu'il tenait les yeux fermés et que sa respiration était égale comme celle d'un homme qui dort. Mais Lupin lui dit :

« Crois pas que je dorme, le gosse. Non, on ne dort pas à cette minute-là. Seulement je me fais une raison… Faut bien, n'est-ce pas ?… Et puis, je pense à ce qui va suivre… Parfaitement, j'ai ma théorie là-dessus. Tel que tu me vois, je suis partisan de la métempsycose et de la transmigration des âmes. Mais ce serait un peu long à t'expliquer… Dis donc, petit… avant de se séparer, si on se donnait la main ? Non ? Alors, adieu… Bonne santé et longue vie, Gabriel… »

Il baissa les paupières, se tut, et ne bougea plus jusqu'à l'arrivée de Mme Dugrival.

La veuve entra vivement, un peu avant midi. Elle semblait très surexcitée.

« J'ai l'argent, dit-elle à son neveu. File. Je te rejoins dans l'auto qui est en bas.

— Mais…

— Pas besoin de toi pour en finir avec lui. Je m'en charge à moi toute seule. Pourtant, si le cœur t'en dit, de voir la grimace d'un coquin… Passe-moi l'instrument. »

Gabriel lui donna le revolver, et la veuve reprit :

« Tu as bien brûlé nos papiers ?

— Oui.

— Allons-y. Et sitôt son compte réglé, au galop. Les coups de feu peuvent attirer les voisins. Il faut qu'on trouve les deux appartements vides. »

Elle s'avança vers le lit.

« Tu es prêt, Lupin ?

— C'est-à-dire que je brûle d'impatience.

— Tu n'as pas de recommandation à me faire ?

— Aucune…
— Alors…
— Un mot cependant.
— Parle.
— Si je rencontre Dugrival dans l'autre monde, qu'est-ce qu'il faut que je lui dise de ta part ? »

Elle haussa les épaules et appliqua le canon du revolver sur la tempe de Lupin.

« Parfait, dit-il, et surtout ne tremblez pas, ma bonne dame… Je vous jure que cela ne vous fera aucun mal. Vous y êtes ? Au commandement, n'est-ce pas ? une… deux… trois… »

La veuve appuya sur la détente. Une détonation retentit.

« C'est ça, la mort ? dit Lupin. Bizarre ! j'aurais cru que c'était plus différent de la vie. »

Il y eut une seconde détonation. Gabriel arracha l'arme des mains de sa tante et l'examina.

« Ah ! fit-il, on a enlevé les balles… Il ne reste plus que les capsules… »

Sa tante et lui demeurèrent un moment immobiles, confondus.

« Est-ce possible ? balbutia-t-elle… Qui aurait pu ?… Un inspecteur ?… Le juge d'instruction ?… »

Elle s'arrêta, et, d'une voix étranglée :

« Écoute… du bruit… »

Ils écoutèrent, et la veuve alla jusqu'au vestibule. Elle revint, furieuse, exaspérée par l'échec et par la crainte qu'elle avait eue.

« Personne… Les voisins doivent être sortis… nous avons le temps… Ah ! Lupin, tu riais déjà… Le couteau, Gabriel.

— Il est dans ma chambre.

— Va le chercher. »

Gabriel s'éloigna en hâte. La veuve trépignait de rage.

« Je l'ai juré !… Tu y passeras, mon bonhomme !… Je l'ai juré à Dugrival, et chaque matin et chaque soir je refais le serment… je le refais à genoux, oui, à genoux devant Dieu qui m'écoute ! C'est mon droit de venger le mort !… Ah ! dis donc, Lupin, il me semble que tu ne ris plus… Bon sang ! mais on dirait même que tu as peur. Il a peur ! il a peur ! Je vois ça dans ses yeux ! Gabriel, arrive, mon petit... Regarde ses yeux! Regarde ses lèvres... Il tremble... Donne le couteau, que je le lui plante dans le cœur, tandis qu'il a le frisson... Ah! froussard!... Vite, vite, Gabriel, donne le couteau.

— Impossible de le trouver, déclara le jeune homme, qui revenait en courant, tout effaré, il a disparu de ma chambre! Je n'y comprends rien!...

— Tant mieux! cria la veuve Dugrival à moitié folle, tant mieux! je ferai la besogne moi-même. »

Elle saisit Lupin à la gorge et l'étreignit de ses dix doigts crispés, à pleines mains, à pleines griffes, et elle se mit à serrer désespérément. Lupin eut un râle et s'abandonna. Il était perdu.

Brusquement, un fracas du côté de la fenêtre. Une des vitres avait sauté en éclats.

« Quoi? qu'y a-t-il? » bégaya la veuve en se relevant, bouleversée.

Gabriel, plus pâle encore qu'à l'ordinaire, murmura :

« Je ne sais pas... je ne sais pas!

— Comment a-t-on pu? » répéta la veuve.

Elle n'osait bouger, dans l'attente de ce qui allait se produire. Et quelque chose surtout l'épouvantait, c'est que par terre, autour d'eux, il n'y avait aucun projectile, et que la vitre pourtant, cela était visible, avait cédé au choc d'un objet lourd et assez gros, d'une pierre, sans doute.

Après un instant, elle chercha sous le lit, sous la commode.

« Rien, dit-elle.

— Non », fit son neveu qui cherchait également.

Et elle reprit en s'asseyant à son tour :

« J'ai peur... les bras me manquent... achève-le...

— J'ai peur... moi aussi.

— Pourtant... pourtant... bredouilla-t-elle, il faut bien... j'ai juré... »

Dans un effort suprême, elle retourna près de Lupin et lui entoura le cou de ses doigts raidis. Mais Lupin, qui scrutait son visage blême, avait la sensation très nette qu'elle n'aurait pas la force de le tuer. Pour elle, il devenait sacré, intangible. Une puissance mystérieuse le protégeait contre toutes les attaques, une puissance qui l'avait déjà sauvé trois fois par des moyens inexplicables, et qui trouverait d'autres moyens pour écarter de lui les embûches de la mort.

Elle lui dit à voix basse :

« Ce que tu dois te ficher de moi !

— Ma foi, pas du tout. À ta place j'aurais une venette !

— Fripouille, va ! Tu t'imagines qu'on te secourt... que tes amis sont là, hein ? Impossible, mon bonhomme.

— Je le sais. Ce n'est pas eux qui me défendent... Personne même ne me défend...

— Alors ?

— Alors, tout de même, il y a quelque chose d'étrange là-dessous, de fantastique, de miraculeux, qui te donne la chair de poule, ma bonne femme.

— Misérable !... Tu ne riras plus bientôt.

— Ça m'étonnerait.

— Patiente. »

Elle réfléchit encore et dit à son neveu :

« Qu'est-ce que tu ferais ?

— Rattache-lui le bras, et allons-nous-en », répondit-il.

Conseil atroce ! C'était condamner Lupin à la mort la plus affreuse, la mort par la faim.

« Non, dit la veuve, il trouverait peut-être encore une planche de salut. J'ai mieux que cela. »

Elle décrocha le récepteur du téléphone. Ayant obtenu la communication, elle demanda :

« Le numéro 822. 48, s'il vous plaît ? »

Et, après un instant :

« Allô... le service de la Sûreté ?... M. l'inspecteur principal Ganimard est-il ici ?... Pas avant vingt minutes ? Dommage !... Enfin !... quand il sera là, vous lui direz ceci de la part de Mme Dugrival... Oui, Mme Nicolas Dugrival... Vous lui direz qu'il vienne chez moi. Il ouvrira la porte de mon armoire à glace, et, cette porte ouverte, il constatera que l'armoire cache une issue qui fait communiquer ma chambre avec deux pièces. Dans l'une d'elles, il y a un homme solidement ligoté. C'est le voleur, l'assassin de Dugrival. Vous ne me croyez pas ? Avertissez M. Ganimard.

Il me croira, lui. Ah! j'oubliais le nom de l'individu… Arsène Lupin! »

Et, sans un mot de plus, elle raccrocha le récepteur.

« Voilà qui est fait, Lupin. Au fond, j'aime autant cette vengeance. Ce que je vais me tordre en suivant les débats de l'affaire Lupin! Tu viens, Gabriel?

— Oui, ma tante.

— Adieu, Lupin, on ne se reverra sans doute pas, car nous passons à l'étranger. Mais je te promets de t'envoyer des bonbons quand tu seras au bagne.

— Des chocolats, la mère! Nous les mangerons ensemble.

— Adieu!

— Au revoir! »

La veuve sortit avec son neveu, laissant Lupin enchaîné sur le lit.

Tout de suite il remua son bras libre et tâcha de se dégager. Mais à la première tentative, il comprit qu'il n'aurait jamais la force de rompre les cordons d'acier qui le liaient. Épuisé par la fièvre et par l'angoisse, que pouvait-il faire durant les vingt ou trente minutes peut-être qui lui restaient avant l'arrivée de Ganimard?

Il ne comptait pas davantage sur ses amis. Si, trois fois, il avait été sauvé de la mort, cela provenait évidemment de hasards prodigieux, mais non point d'une intervention de ses amis. Sans quoi, ils ne se fussent pas contentés de ces coups de théâtre invraisemblables. Ils l'eussent bel et bien délivré.

Non, il fallait renoncer à toute espérance. Ganimard venait, Ganimard le trouverait là. C'était inévitable. C'était un fait accompli.

Et la perspective de l'événement l'irritait d'une façon singulière. Il entendait déjà les sarcasmes de son vieil ennemi. Il devinait l'éclat de rire qui, le lendemain, accueillerait l'incroyable nouvelle. Qu'il fût arrêté en pleine action, sur le champ de bataille, pour ainsi dire, et par une escouade imposante d'adversaires, soit! mais arrêté, cueilli plutôt, ramassé dans de telles conditions, c'était vraiment trop stupide. Et Lupin, qui tant de fois avait bafoué les autres, sentait tout ce qu'il y avait de ridicule pour lui dans le dénouement de l'affaire Dugrival, tout ce qu'il y avait de grotesque à s'être laissé prendre au piège infernal de la veuve, et, en fin de compte, à être « servi » à la police comme un plat de gibier, cuit à point et savamment assaisonné.

« Sacrée veuve ! bougonna-t-il. Elle aurait mieux fait de m'égorger tout simplement. »

Il prêta l'oreille. Quelqu'un marchait dans la pièce voisine. Ganimard ? Non. Quelle que fût sa hâte, l'inspecteur ne pouvait encore être là. Et puis Ganimard n'eût pas agi de cette manière, n'eût pas ouvert la porte aussi doucement que l'ouvrait cette autre personne. Lupin se rappela les trois interventions miraculeuses auxquelles il devait la vie. Était-il possible que ce fût réellement quelqu'un qui l'eût protégé contre la veuve, et que ce quelqu'un entreprît maintenant de le secourir ? Mais qui, en ce cas ?...

Sans que Lupin réussît à le voir, l'inconnu se baissa derrière le lit. Lupin devina le bruit des tenailles qui s'attaquaient aux cordelettes d'acier et qui le délivraient peu à peu. Son buste d'abord fut dégagé, puis les bras, puis les jambes.

Et une voix lui dit :

« Il faut vous habiller. »

Très faible, il se souleva à demi, au moment où l'inconnu se redressait.

« Qui êtes-vous ? murmura-t-il. Qui êtes-vous ? »

Et une grande surprise l'envahit.

À côté de lui, il y avait une femme vêtue d'une robe noire et coiffée d'une dentelle qui recouvrait une partie de son visage. Et cette femme, autant qu'il pouvait en juger, était jeune, et de taille élégante et mince.

« Qui êtes-vous ? répéta-t-il.

— Il faut venir..., dit la femme, le temps presse.

— Est-ce que je peux ! dit Lupin en faisant une tentative désespérée... Je n'ai pas la force.

— Buvez cela. »

Elle versa du lait dans une tasse, et, comme elle la lui tendait, sa dentelle s'écarta, laissant la figure à découvert.

« Toi ! c'est toi !... balbutia-t-il. C'est vous qui êtes ici ?... c'est vous qui étiez ?... »

Il regardait stupéfait cette femme dont les traits offraient avec ceux de Gabriel une si frappante analogie, dont le visage, délicat et régulier, avait la même pâleur, dont la bouche avait la même expression dure et antipathique. Une sœur n'eût pas présenté avec un frère une telle ressemblance. À n'en pas douter, c'était le même être. Et, sans croire un instant que Gabriel se cachât sous des vêtements de femme, Lupin au contraire eut l'impression profonde qu'une femme était auprès de lui, et que l'adolescent qui l'avait poursuivi de sa haine et qui l'avait frappé d'un coup de poignard était bien vraiment une femme. Pour l'exercice plus commode de leur métier, les époux Dugrival l'avaient accoutumée à ce déguisement de garçon.

« Vous... vous..., répétait-il. Qui se serait douté ? »

Elle vida dans la tasse le contenu d'une petite fiole.

« Buvez ce cordial », dit-elle.

Il hésita, pensant à du poison.

Elle reprit :

« C'est moi qui vous ai sauvé.

— En effet, en effet, dit-il... C'est vous qui avez désarmé le revolver ?

— Oui.

— Et c'est vous qui avez dissimulé le couteau ?

— Le voici, dans ma poche.

— Et c'est vous qui avez brisé la vitre au moment où votre tante m'étranglait ?

— C'est moi, avec le presse-papiers qui était sur cette table et que j'ai jeté dans la rue.

— Mais pourquoi ? pourquoi ? demanda-t-il, absolument interdit.

— Buvez.

— Vous ne vouliez donc pas que je meure ? Mais alors pourquoi m'avez-vous frappé, au début ?

— Buvez. »

Il vida la tasse d'un trait, sans trop savoir la raison de sa confiance subite.

« Habillez-vous... rapidement... », ordonna-t-elle, en se retirant du côté de la fenêtre.

Il obéit, et elle revint près de lui, car il était retombé sur une chaise, exténué.

« Il faut partir, il le faut, nous n'avons que le temps… Rassemblez toutes vos forces. »

Elle se courba un peu pour qu'il s'appuyât à son épaule, et elle le mena vers la porte et vers l'escalier.

Et Lupin marchait, marchait, comme on marche dans un rêve, dans un de ces rêves bizarres où il se passe les choses du monde les plus incohérentes, et qui était la suite heureuse du cauchemar épouvantable qu'il vivait depuis deux semaines.

Une idée cependant l'effleura. Il se mit à rire.

« Pauvre Ganimard ! Vraiment il n'a pas de veine. Je donnerais bien deux sous pour assister à mon arrestation. »

Après avoir descendu l'escalier, grâce à sa compagne qui le soutenait avec une énergie incroyable, il se trouva dans la rue, en face d'une automobile où elle le fit monter.

« Allez », dit-elle au chauffeur.

Lupin, que le grand air et le mouvement étourdissaient, se rendit à peine compte du trajet et des incidents qui le marquaient. Il reprit toute sa connaissance chez lui, dans un des domiciles qu'il occupait, et gardé par un de ses domestiques auquel la jeune femme donnait des instructions.

« Va-t'en », dit-elle au domestique.

Et, comme elle s'éloignait également, il la retint par un pli de sa robe.

« Non… non… il faut m'expliquer d'abord… Pourquoi m'avez-vous sauvé ? C'est à l'insu de votre tante que vous êtes revenue ? Mais pourquoi m'avez-vous sauvé ? Par pitié ? »

Elle se taisait, et, le buste droit, la tête un peu renversée, elle conservait son air énigmatique et dur. Pourtant il crut voir que le dessin de sa bouche offrait moins de cruauté que d'amertume. Ses yeux, ses beaux yeux noirs, révélaient de la mélancolie. Et Lupin, sans comprendre encore, avait l'intuition confuse de ce qui se passait en elle. Il lui saisit la main. Elle le repoussa, en un sursaut de révolte où il sentit de la haine, presque de la répulsion. Et comme il insistait, elle s'écria :

« Mais laissez-moi !... laissez-moi !... vous ne savez donc pas que je vous exècre ? »

Ils se regardèrent un moment, Lupin déconcerté, elle frémissante et pleine de trouble, son pâle visage tout coloré d'une rougeur insolite. Il lui dit doucement :

« Si vous m'exécrez, il fallait me laisser mourir... C'était facile. Pourquoi ne l'avez-vous pas fait ?

— Pourquoi ? Pourquoi ? Est-ce que je sais ?... »

Sa figure se contractait. Vivement, elle la cacha dans ses deux mains, et il vit deux larmes qui coulaient entre ses doigts.

Très ému, il fut sur le point de lui dire des mots affectueux, comme à une petite fille qu'on veut consoler, et de lui donner de bons conseils, et de la sauver à son tour, de l'arracher à la vie mauvaise qu'elle menait.

Mais de tels mots eussent été absurdes, prononcés par lui, et il ne savait plus que dire, maintenant qu'il comprenait toute l'aventure, et qu'il pouvait évoquer la jeune femme à son chevet de malade, soignant l'homme qu'elle avait blessé, admirant son courage et sa gaieté, s'attachant à lui, s'éprenant de lui, et, trois fois, malgré elle sans doute, en une sorte d'élan instinctif avec des accès de rancune et de rage, le sauvant de la mort.

Et tout cela était si étrange, si imprévu, un tel étonnement bouleversait Lupin, que, cette fois, il n'essaya pas de la retenir quand elle se dirigea vers la porte, à reculons et sans le quitter du regard.

Elle baissa la tête, sourit un peu, et disparut.

Il sonna d'un coup brusque.

« Suis cette femme, dit-il à un domestique... Et puis non, reste ici... Après tout, cela vaut mieux... »

Il demeura pensif assez longtemps. L'image de la jeune femme l'obsédait. Puis il repassa dans son esprit toute cette curieuse, émouvante et tragique histoire, où il avait été si près de succomber, et, prenant sur la table un miroir, il contempla longuement, avec une certaine complaisance, son visage que la maladie et l'angoisse n'avaient pas trop abîmé.

« Ce que c'est, pourtant, murmura-t-il, que d'être joli garçon !... »

L'ÉCHARPE DE SOIE ROUGE

Ce matin-là, en sortant de chez lui, à l'heure ordinaire où il se rendait au Palais de justice, l'inspecteur principal Ganimard nota le manège assez curieux d'un individu qui marchait devant lui, le long de la rue Pergolèse.

Tous les cinquante ou soixante pas, cet homme, pauvrement vêtu, coiffé, bien qu'on fût en novembre, d'un chapeau de paille, se baissait, soit pour renouer les lacets de ses chaussures, soit pour ramasser sa canne, soit pour un tout autre motif. Et, chaque fois, il tirait de sa poche, et déposait furtivement sur le bord même du trottoir, un petit morceau de peau d'orange.

Simple manie, sans doute, divertissement puéril auquel personne n'eût prêté attention ; mais Ganimard était un de ces observateurs perspicaces que rien ne laisse indifférents, et qui ne sont satisfaits que quand ils savent la raison secrète des choses. Il se mit donc à suivre l'individu.

Or, au moment où celui-ci tournait à droite par l'avenue de la Grande-Armée, l'inspecteur le surprit qui échangeait des signes avec un gamin d'une douzaine d'années, lequel gamin longeait les maisons de gauche.

Vingt mètres plus loin, l'individu se baissa et releva le bas de son pantalon. Une pelure d'orange marqua son passage. À cet instant même, le gamin s'arrêta, et, à l'aide d'un morceau de craie, traça sur la maison qu'il côtoyait, une croix blanche, entourée d'un cercle.

Les deux personnages continuèrent leur promenade. Une minute après, nouvelle halte. L'inconnu ramassa une épingle et laissa tomber une peau d'orange, et aussitôt le gamin dessina sur le mur une seconde croix qu'il inscrivit également dans un cercle blanc.

« Sapristi, pensa l'inspecteur principal avec un grognement d'aise, voilà qui promet… Que diable peuvent comploter ces deux clients-là ? »

Les deux « clients » descendirent par l'avenue de Friedland et par le faubourg Saint-Honoré, sans que, d'ailleurs, il se produisît un fait digne d'être retenu.

À intervalles presque réguliers, la double opération recommençait, pour ainsi dire mécaniquement. Cependant il était visible, d'une part, que l'homme aux pelures d'orange n'accomplissait sa besogne qu'après avoir choisi la maison qu'il fallait marquer, et, d'autre part, que le gamin ne marquait cette maison qu'après avoir observé le signal de son compagnon.

L'accord était donc certain, et la manœuvre surprise présentait un intérêt considérable aux yeux de l'inspecteur principal.

Place Beauvau, l'homme hésita. Puis, semblant se décider, il releva et rabattit deux fois le bas de son pantalon. Alors le gamin s'assit sur le bord du trottoir, en face du soldat qui montait la garde au ministère de l'Intérieur, et il marqua la pierre de deux petites croix et de deux cercles.

À hauteur de l'Élysée, même cérémonie. Seulement, sur le trottoir où cheminait le factionnaire de la Présidence, il y eut trois signes au lieu de deux.

« Qu'est-ce que ça veut dire ? » murmura Ganimard, pâle d'émotion, et qui, malgré lui, pensait à son éternel ennemi Lupin, comme il y pensait chaque fois que s'offrait une circonstance mystérieuse…

« Qu'est-ce que ça veut dire ? »

Pour un peu, il eût empoigné et interrogé les deux « clients ». Mais il était trop habile pour commettre une pareille bêtise. D'ailleurs, l'homme aux peaux d'orange avait allumé une cigarette, et le gamin, muni également d'un bout de cigarette, s'était approché de lui dans le but apparent de lui demander du feu.

Ils échangèrent quelques paroles. Rapidement, le gamin tendit à son compagnon un objet qui avait, du moins l'inspecteur le crut, la forme d'un revolver dans sa gaine. Ils se penchèrent ensemble sur cet objet, et six fois, l'homme tourné vers le mur porta la main à sa poche et fit un geste comme s'il eût chargé une arme.

Sitôt ce travail achevé, ils revinrent sur leurs pas, gagnèrent la rue de Surène, et l'inspecteur, qui les suivait d'aussi près que possible, au risque d'éveiller leur attention, les vit pénétrer sous le porche d'une vieille maison dont tous les volets étaient clos, sauf ceux du troisième et dernier étage.

Il s'élança derrière eux. À l'extrémité de la porte cochère, il avisa au fond d'une grande cour l'enseigne d'un peintre en bâtiment et, sur la gauche, la cage d'un escalier.

Il monta, et dès le premier étage, sa hâte fut d'autant plus grande qu'il entendit, tout en haut, un vacarme, comme des coups que l'on frappe.

Quand il arriva au dernier palier, la porte était ouverte. Il entra, prêta l'oreille une seconde, perçut le bruit d'une lutte, courut jusqu'à la chambre d'où ce bruit semblait venir, et resta sur le seuil, fort essoufflé et très surpris de voir l'homme aux peaux d'orange et le gamin qui tapaient le parquet avec des chaises.

À ce moment, un troisième personnage sortit d'une pièce voisine. C'était un jeune homme de vingt-huit à trente ans, qui portait des favoris coupés court, des lunettes, un veston d'appartement fourré d'astrakan, et qui avait l'air d'un étranger, d'un Russe.

« Bonjour, Ganimard », dit-il.

Et s'adressant aux deux compagnons :

« Je vous remercie, mes amis, et tous mes compliments pour le résultat obtenu. Voici la récompense promise. »

Il leur donna un billet de cent francs, les poussa dehors, et referma sur lui les deux portes.

« Je te demande pardon, mon vieux, dit-il à Ganimard. J'avais besoin de te parler… un besoin urgent. »

Il lui offrit la main, et comme l'inspecteur restait abasourdi, la figure ravagée de colère, il s'exclama :

« Tu ne sembles pas comprendre… C'est pourtant clair… J'avais un besoin urgent de te voir… Alors, n'est-ce pas ?… »

En affectant de répondre à une objection :

« Mais non, mon vieux, tu te trompes. Si je t'avais écrit ou téléphoné, tu ne serais pas venu… ou bien tu serais venu avec un régiment. Or je voulais te voir tout seul, et j'ai pensé qu'il n'y avait qu'à envoyer ces deux braves gens à ta rencontre, avec ordre de semer des peaux d'orange, de dessiner des croix et des cercles, bref, de te tracer un chemin jusqu'ici. Eh bien, quoi ? Tu as l'air ahuri. Qu'y a-t-il ? Tu ne me reconnais pas, peut-être ? Lupin… Arsène Lupin… Fouille dans ta mémoire… Ce nom-là ne te rappelle pas quelque chose ?

— Animal », grinça Ganimard entre ses dents.

Lupin semblait désolé, et d'un ton affectueux :

« Tu es fâché ? Si, je vois ça à tes yeux… L'affaire Dugrival, n'est-ce pas ? J'aurais dû attendre que tu vinsses m'arrêter ?… Saperlipopette, l'idée ne m'en est pas venue ! Je te jure bien qu'une autre fois…

— Canaille, mâchonna Ganimard.

— Et moi qui croyais te faire plaisir ! Ma foi oui, je me suis dit : "Ce bon gros Ganimard, il y a longtemps qu'on ne s'est vus. Il va me sauter au cou." »

Ganimard, qui n'avait pas encore bougé, parut sortir de sa stupeur. Il regarda autour de lui, regarda Lupin, se demanda visiblement s'il n'allait pas, en effet, lui sauter au cou, puis, se dominant, il empoigna une chaise et s'installa, comme s'il eût pris subitement le parti d'écouter son adversaire.

« Parle, dit-il… et pas de balivernes. Je suis pressé.

— C'est ça, dit Lupin, causons. Impossible de rêver un endroit plus tranquille. C'est un vieil hôtel qui appartient au duc de Rochelaure, lequel, ne l'habitant jamais, m'a loué cet étage et a consenti la jouissance des communs à un entrepreneur de peinture. J'ai quelques logements analogues, fort pratiques. Ici, malgré mon apparence de grand seigneur russe, je suis M. Jean Dubreuil, ancien ministre… Tu comprends, j'ai choisi une profession un peu encombrée pour ne pas attirer l'attention…

— Qu'est-ce que tu veux que ça me fiche ? interrompit Ganimard.

— En effet, je bavarde et tu es pressé. Excuse-moi, ce ne sera pas long… Cinq minutes… Je commence… Un cigare ? Non. Parfait. Moi non plus. »

Il s'assit également, joua du piano sur la table tout en réfléchissant et s'exprima de la sorte :

« Le 17 octobre 1599, par une belle journée chaude et joyeuse... Tu me suis bien ?... Donc, le 17 octobre 1599... Au fait, est-il absolument nécessaire de remonter jusqu'au règne d'Henri IV et de te documenter sur la chronique du Pont-Neuf? Non, tu ne dois pas être ferré en histoire de France, et je risque de te brouiller les idées. Qu'il te suffise donc de savoir que, cette nuit, vers une heure du matin, un batelier qui passait sous la dernière arche de ce même Pont-Neuf, côté rive gauche, entendit tomber, à l'avant de sa péniche, une chose qu'on avait lancée du haut du pont, et qui était visiblement destinée aux profondeurs de la Seine. Son chien se précipita en aboyant, et, quand le batelier parvint à l'extrémité de sa péniche, il vit que sa bête secouait avec sa gueule un morceau de journal qui avait servi à envelopper divers objets. Il recueillit ceux des objets qui n'étaient pas tombés à l'eau et, rentré dans sa cabine, les examina. L'examen lui parut intéressant, et, comme cet homme est en relations avec un de mes amis, il me fit prévenir. Et ce matin, on me réveillait pour me mettre au courant de l'affaire et en possession des objets recueillis. Les voici. »

Il les montra, rangés sur une table. Il y avait d'abord les bribes déchirées d'un numéro de journal. Il y avait ensuite un gros encrier de cristal, au couvercle duquel était attaché un long bout de ficelle. Il y avait un petit éclat de verre, puis une sorte de cartonnage flexible, réduit en chiffon. Et il y avait enfin un morceau de soie rouge écarlate, terminé par un gland de même étoffe et de même couleur.

« Tu vois nos pièces à conviction, mon bon ami, reprit Lupin. Certes, le problème à résoudre serait plus facile si nous avions les autres objets que la stupidité du chien a dispersés. Mais il me semble cependant qu'on peut s'en tirer avec un peu de réflexion et d'intelligence. Et ce sont là précisément tes qualités maîtresses. Qu'en dis-tu ? »

Ganimard ne broncha pas. Il consentait à subir les bavardages de Lupin, mais sa dignité lui commandait de n'y répondre ni par un seul mot, ni même par un hochement de tête qui pût passer pour une approbation ou une critique.

« Je vois que nous sommes entièrement du même avis, continua Lupin, sans paraître remarquer le silence de l'inspecteur principal. Et je résume ainsi, en une phrase définitive, l'affaire telle que la racontent ces pièces à conviction. *Hier soir, entre neuf heures et minuit, une demoiselle d'allures excentriques fut blessée à coups de couteau, puis serrée à la gorge jusqu'à ce que mort s'ensuivît, par un monsieur bien habillé, portant monocle, appartenant au monde des courses, et avec lequel ladite demoiselle venait de manger trois meringues et un éclair au café.* »

Lupin alluma une cigarette, et, saisissant la manche de Ganimard :

« Hein ! ça t'en bouche un coin, inspecteur principal ! Tu t'imaginais que, dans le domaine des déductions policières, de pareils tours de force étaient interdits au profane. Erreur, monsieur. Lupin jongle avec les déductions comme un détective de roman. Mes preuves ? Aveuglantes et enfantines. »

Et il reprit, en désignant les objets au fur et à mesure de sa démonstration :

« Ainsi donc, *hier soir après neuf heures* (ce fragment de journal porte la date d'hier et la mention "journal du soir" ; en outre tu peux voir ici, collée au papier, une parcelle de ces bandes jaunes sous lesquelles on envoie les numéros d'abonnés, numéros qui n'arrivent à domicile qu'au courrier de neuf heures) – donc, après neuf heures, *un monsieur bien habillé* (veuille bien noter que ce petit éclat de verre présente sur un des bords le trou rond d'un monocle, et que le monocle est un ustensile essentiellement aristocratique), *un monsieur bien habillé est entré dans une pâtisserie* (voici le cartonnage très mince, en forme de boîte, où l'on voit encore un peu de la crème des meringues et de l'éclair qu'on y rangea selon l'habitude).

« Muni de son paquet, le monsieur au monocle rejoignit cette jeune personne dont cette écharpe de soie rouge écarlate indique suffisamment les *allures excentriques.* L'ayant rejointe, et pour des motifs encore inconnus, il la frappa d'abord à *coups de couteau, puis l'étrangla à l'aide de cette écharpe de soie.* (Prends ta loupe, inspecteur principal, et tu verras, sur la soie, des marques d'un rouge plus foncé qui sont, ici, les marques d'un couteau que l'on essuie, et là, celles d'une main sanglante qui se cramponne à une étoffe.) Son crime commis, et afin de ne laisser aucune trace derrière lui, il sort de sa poche : 1° le journal auquel il est abonné, et qui (parcours ce fragment) est un journal de courses dont il te sera facile de connaître le titre ; 2° une corde qui se trouve être une corde à fouet (et ces deux détails te prouvent, n'est-ce pas, que notre homme s'intéresse aux courses et s'occupe lui-même de cheval). Ensuite, il recueille les débris de son monocle dont le cordon s'est cassé pendant la lutte. Il coupe avec des ciseaux (examine les hachures des ciseaux), il coupe la partie maculée de l'écharpe, laissant l'autre sans doute aux mains crispées de la victime. Il fait une boule avec le cartonnage du pâtissier. Il dépose aussi certains objets dénonciateurs qui, depuis, ont dû glisser dans la Seine, comme le couteau. Il enveloppe le tout avec un journal, ficelle, et attache, pour faire poids, cet encrier de cristal. Puis il décampe. Un instant plus tard, le paquet tombe sur la péniche du marinier. Et voilà. Ouf ! j'en ai chaud. Que dis-tu de l'aventure ? »

Il observa Ganimard pour se rendre compte de l'effet que son discours avait produit sur l'inspecteur. Ganimard ne se départit pas de son mutisme.

Lupin se mit à rire.

« Au fond, tu es estomaqué. Mais tu te défies. Pourquoi ce diable de Lupin me passe-t-il cette affaire, au lieu de la garder pour lui, de courir après l'assassin, et de le dépouiller, s'il y a eu vol ? » Évidemment, la question est logique. Mais... il y a un mais : je n'ai pas le temps. À l'heure actuelle, je suis débordé de besogne. Un cambriolage à Londres, un autre à Lausanne, une substitution d'enfant à Marseille, le sauvetage d'une jeune fille autour de qui rôde la mort, tout me tombe à la fois sur les bras. Alors je me suis dit : "Si je passais l'affaire à ce bon Ganimard ? Maintenant qu'elle est à moitié débrouillée, il est bien capable de réussir. Et quel service je lui rends ! comme il va pouvoir se distinguer !"

« Aussitôt dit, aussitôt fait. À huit heures du matin, j'expédiais à ta rencontre le type aux peaux d'orange. Tu mordais à l'hameçon, et, à neuf heures, tu arrivais ici tout frétillant. »

Lupin s'était levé. Il se baissa un peu vers l'inspecteur et lui dit, les yeux dans les yeux :

« Un point c'est tout. L'histoire est finie. Tantôt, probablement, tu connaîtras la victime… quelque danseuse de ballet, quelque chanteuse de café-concert. D'autre part, il y a des chances pour que le coupable habite aux environs du Pont-Neuf, et plutôt sur la rive gauche. Enfin, voici toutes les pièces à conviction. Je t'en fais cadeau. Travaille. Je ne garde que ce bout d'écharpe. Si tu as besoin de reconstituer l'écharpe tout entière, apporte-moi l'autre bout, celui que la justice recueillera au cou de la victime. Apporte-le-moi dans un mois, jour pour jour, c'est-à-dire le 28 décembre prochain, à 10 heures. Tu es sûr de me trouver. Et sois sans crainte : tout cela est sérieux, mon bon ami, je te le jure. Aucune fumisterie. Tu peux aller de l'avant. Ah ! à propos, un détail qui a son importance. Quand tu arrêteras le type au monocle, attention ; il est gaucher. Adieu, ma vieille, et bonne chance ! »

Lupin fit une pirouette, gagna la porte, l'ouvrit et disparut, avant même que Ganimard ne songeât à prendre une décision. D'un bond, l'inspecteur se précipita, mais il constata aussitôt que la poignée de la serrure, grâce à un mécanisme qu'il ignorait, ne tournait pas. Il lui fallut dix minutes pour dévisser cette serrure, dix autres pour dévisser celle de l'antichambre. Quand il eut dégringolé les trois étages, Ganimard n'avait plus le moindre espoir de rejoindre Arsène Lupin.

D'ailleurs, il n'y pensait pas. Lupin lui inspirait un sentiment bizarre et complexe où il y avait de la peur, de la rancune, une admiration involontaire et aussi l'intuition confuse que, malgré tous ses efforts, malgré la persistance de ses recherches, il n'arriverait jamais à bout d'un pareil adversaire. Il le poursuivait par devoir et par amour-propre, mais avec la crainte continuelle d'être dupé par ce redoutable mystificateur, et bafoué devant un public toujours prêt à rire de ses mésaventures.

En particulier, l'histoire de cette écharpe rouge lui sembla bien équivoque. Intéressante, certes, par plus d'un côté, mais combien invraisemblable ! Et combien aussi l'explication de Lupin, si logique en apparence, résistait peu à un examen sévère :

« Non, se dit Ganimard, tout cela c'est de la blague… un ramassis de suppositions et d'hypothèses qui ne repose sur rien. Je ne marche pas. »

Quand il parvint au 36 du quai des Orfèvres, il était absolument décidé à tenir l'incident pour nul et non avenu.

Il monta au service de la Sûreté. Là, un de ses camarades lui dit :

« Tu as vu le chef?

— Non.

— Il te demandait tout à l'heure.

— Ah?

— Oui, va le rejoindre.

— Où?

— Rue de Berne… un assassinat qui a été commis cette nuit…

— Ah! et la victime?

— Je ne sais pas trop… une chanteuse de café-concert, je crois. »

Ganimard murmura simplement :

« Crebleu de crebleu!… »

Vingt minutes après, il sortait du métro et se dirigeait vers la rue de Berne.

La victime, connue dans le monde des théâtres sous le sobriquet de Jenny Saphir, occupait un modeste appartement situé au second étage. Conduit par un agent de police, l'inspecteur principal traversa d'abord deux pièces, puis pénétra dans la chambre où se trouvaient déjà les magistrats chargés de l'enquête, le chef de la Sûreté, M. Dudouis, et un médecin légiste.

Au premier coup d'œil, Ganimard tressaillit. Il avait aperçu, couché sur un divan, le cadavre d'une jeune femme dont les mains se crispaient à un *lambeau de soie rouge!* L'épaule, qui apparaissait hors du corsage échancré, portait la marque de deux blessures autour desquelles le sang s'était figé. La face, convulsée, presque noire, gardait une expression d'épouvante folle.

Le médecin légiste, qui venait de terminer son examen, prononça :

« Mes premières conclusions sont très nettes. La victime a d'abord été frappée de deux coups de poignard, puis étranglée. La mort par asphyxie est visible. »

« Crebleu de crebleu! » pensa de nouveau Ganimard qui se rappelait les paroles de Lupin, son évocation du crime…

Le juge d'instruction objecta :

« Cependant le cou n'offre point d'ecchymose.

— La strangulation, déclara le médecin, a pu être pratiquée à l'aide de cette écharpe de soie que la victime portait et dont il reste ce morceau auquel elle s'était cramponnée des deux mains pour se défendre.

— Mais pourquoi, dit le juge, ne reste-t-il que ce morceau? Qu'est devenu l'autre?

— L'autre, maculé de sang peut-être, aura été emporté par l'assassin. On distingue très bien le déchiquetage hâtif des ciseaux. »

« Crebleu de crebleu! répéta Ganimard entre ses dents pour la troisième fois, cet animal de Lupin a tout vu sans être là! »

« Et le motif du crime? demanda le juge. Les serrures ont été fracturées, les armoires bouleversées. Avez-vous quelques renseignements, monsieur Dudouis? »

Le chef de la Sûreté répliqua :

« Je puis tout au moins avancer une hypothèse, qui résulte des déclarations de la bonne. La victime, dont le talent de chanteuse était médiocre, mais que l'on connaissait pour sa beauté, a fait, il y a deux ans, un voyage en Russie, d'où elle est revenue avec un magnifique saphir que lui avait donné, paraît-il, un personnage de la Cour. Jenny Saphir, comme on appelait la jeune femme depuis ce jour, était très fière de ce cadeau, bien que, par prudence, elle ne le portât pas. N'est-il pas à supposer que le vol du saphir fut la cause du crime?

— Mais la femme de chambre connaissait l'endroit où se trouvait la pierre?

— Non, personne ne le connaissait. Et le désordre de cette pièce tendrait à prouver que l'assassin l'ignorait également.

— Nous allons interroger la femme de chambre », prononça le juge d'instruction.

M. Dudouis prit à part l'inspecteur principal, et lui dit :

« Vous avez l'air tout drôle. Ganimard. Qu'y a-t-il? Est-ce que vous soupçonnez quelque chose?

— Rien du tout, chef.

— Tant pis. Nous avons besoin d'un coup d'éclat à la Sûreté. Voilà plusieurs crimes de ce genre dont l'auteur n'a pu être découvert. Cette fois-ci, il nous faut le coupable, et rapidement.

— Difficile, chef.

— Il le faut. Écoutez-moi, Ganimard. D'après la femme de chambre, Jenny Saphir, qui avait une vie très régulière, recevait fréquemment, depuis un mois, à son retour du théâtre, c'est-à-dire vers dix heures et demie, un individu qui restait environ jusqu'à minuit. "C'est un homme du monde, prétendait Jenny Saphir : il veut m'épouser." Cet homme du monde prenait d'ailleurs toutes les précautions pour n'être pas vu, relevant le col de son vêtement et rabattant les bords de son chapeau quand il passait devant la loge de la concierge. Et Jenny Saphir, avant même qu'il n'arrivât, éloignait toujours sa femme de chambre. C'est cet individu qu'il s'agit de retrouver.

— Il n'a laissé aucune trace ?

— Aucune. Il est évident que nous sommes en présence d'un gaillard très fort, qui a préparé son crime, et qui l'a exécuté avec toutes les chances possibles d'impunité. Son arrestation nous fera grand honneur. Je compte sur vous, Ganimard.

— Ah ! vous comptez sur moi, chef, répondit l'inspecteur. Eh bien, on verra… on verra… Je ne dis pas non… Seulement… »

Il semblait très nerveux et son agitation frappa M. Dudouis.

« Seulement, poursuivit Ganimard, seulement je vous jure… vous entendez, chef, je vous jure…

— Vous me jurez quoi ?

— Rien… on verra ça, chef… on verra… »

Ce n'est que dehors, une fois seul, que Ganimard acheva sa phrase. Et il l'acheva tout haut, en frappant du pied, et avec l'accent de la colère la plus vive :

« Seulement, je jure devant Dieu que l'arrestation se fera par mes propres moyens, et sans que j'emploie un seul des renseignements que m'a fournis ce misérable. Ah ! non, alors… »

Pestant contre Lupin, furieux d'être mêlé à cette affaire, et résolu cependant à la débrouiller, il se promena au hasard des rues. Le cerveau tumultueux, il cherchait à mettre un peu d'ordre dans ses idées et à découvrir, parmi les faits épars, un petit détail, inaperçu de tous, non soupçonné de Lupin, qui pût le conduire au succès.

Il déjeuna rapidement chez un marchand de vins, puis reprit sa promenade, et tout à coup s'arrêta, stupéfait, confondu. Il pénétrait sous le porche de la rue de Surène, dans la maison même où Lupin l'avait attiré quelques heures auparavant. Une force plus puissante que sa volonté l'y conduisait de nouveau. La solution du problème était là. Là, se trouvaient tous les éléments de la vérité. Quoi qu'il fît, les assertions de Lupin étaient si exactes, ses calculs si justes, que troublé jusqu'au fond de l'être par une divination aussi prodigieuse, il ne pouvait que reprendre l'œuvre au point où son ennemi l'avait laissée.

Sans plus de résistance, il monta les trois étages. L'appartement était ouvert. Personne n'avait touché aux pièces à conviction. Il les empocha.

Dès lors, il raisonna et il agit pour ainsi dire mécaniquement, sous les impulsions du maître auquel il ne pouvait pas ne pas obéir.

En admettant que l'inconnu habitât aux environs du Pont-Neuf, il fallait découvrir, sur le chemin qui mène de ce pont à la rue de Berne, l'importante pâtisserie ouverte le soir, où les gâteaux avaient été achetés. Les recherches ne furent pas longues. Près de la gare Saint-Lazare, un pâtissier lui montra de petites boîtes en carton, identiques, comme matière et comme forme, à celle que Ganimard possédait. En outre, une des vendeuses se rappelait avoir servi, la veille au soir, un monsieur engoncé dans son col de fourrure, mais dont elle avait aperçu le monocle.

« Voilà, contrôlé, un premier indice, pensa l'inspecteur, notre homme porte un monocle. »

Il réunit ensuite les fragments du journal de courses et les soumit à un marchand de journaux qui reconnut aisément *Le Turf illustré*. Aussitôt, il se rendit aux bureaux du *Turf* et demanda la liste des abonnés. Sur cette liste, il releva les noms et adresses de tous ceux qui demeuraient dans les parages du Pont-Neuf, et principalement, *puisque Lupin l'avait dit*, sur la rive gauche du fleuve.

Il retourna ensuite à la Sûreté, recruta une demi-douzaine d'hommes, et les expédia avec les instructions nécessaires.

À sept heures du soir, le dernier de ces hommes revint et lui annonça la bonne nouvelle. Un M. Prévailles, abonné au *Turf*, habitait un entresol sur le quai des Augustins. La veille au soir, il sortait de chez lui, vêtu d'une pelisse de fourrure, recevait des mains de la concierge sa correspondance et son journal *Le Turf illustré*, s'éloignait et rentrait vers minuit.

Ce M. Prévailles portait un monocle. C'était un habitué des courses, et lui-même possédait plusieurs chevaux qu'il montait ou mettait en location.

L'enquête avait été si rapide, les résultats étaient si conformes aux prédictions de Lupin que Ganimard se sentit bouleversé en écoutant le rapport de l'agent. Une fois de plus, il mesurait l'étendue prodigieuse des ressources dont Lupin disposait. Jamais, au cours de sa vie déjà longue, il n'avait rencontré une telle clairvoyance, un esprit aussi aigu et aussi prompt.

Il alla trouver M. Dudouis.

« Tout est prêt, chef. Vous avez un mandat ?

— Hein ?

— Je dis que tout est prêt pour l'arrestation, chef.

— Vous savez qui est l'assassin de Jenny Saphir ?

— Oui.

— Mais comment ? Expliquez-vous. »

Ganimard éprouva quelque scrupule, rougit un peu, et cependant répondit :

« Un hasard, chef. L'assassin a jeté dans la Seine tout ce qui pouvait le compromettre. Une partie du paquet a été recueillie et me fut remise.

— Par qui ?

— Un batelier qui n'a pas voulu dire son nom, craignant les représailles. Mais j'avais tous les indices nécessaires. La besogne était facile. »

Et l'inspecteur raconta comment il avait procédé.

« Et vous appelez cela un hasard ! s'écria M. Dudouis. Et vous dites que la besogne était facile ! Mais c'est une de vos plus belles campagnes. Menez-la jusqu'au bout vous-même, mon cher Ganimard, et soyez prudent. »

Ganimard avait hâte d'en finir. Il se rendit au quai des Augustins avec ses hommes qu'il répartit autour de la maison. La concierge, interrogée, déclara que son locataire prenait ses repas dehors, mais qu'il passait régulièrement chez lui après son dîner.

De fait, un peu avant neuf heures, penchée à sa fenêtre, elle avertit Ganimard, qui donna aussitôt un léger coup de sifflet. Un monsieur en chapeau haut de forme, enveloppé dans sa pelisse de fourrure, suivait le trottoir qui longe la Seine. Il traversa la chaussée et se dirigea vers la maison.

Ganimard s'avança :

« Vous êtes bien monsieur Prévailles ?

— Oui, mais vous-même ?...

— Je suis chargé d'une mission... »

Il n'eut pas le temps d'achever sa phrase. À la vue des hommes qui surgissaient de l'ombre, Prévailles avait reculé vivement jusqu'au mur, et tout en faisant face à ses adversaires, il se tenait adossé contre la porte d'une boutique située au rez-de-chaussée et dont les volets étaient clos.

« Arrière, cria-t-il, je ne vous connais pas. »

Sa main droite brandissait une lourde canne, tandis que sa main gauche, glissée derrière lui, semblait chercher à ouvrir la porte.

Ganimard eut l'impression qu'il pouvait s'enfuir par là et par quelque issue secrète.

« Allons, pas de blague, dit-il en s'approchant... Tu es pris... Rends-toi. »

Mais au moment où il empoignait la canne de Prévailles, Ganimard se souvint de l'avertissement donné par Lupin : Prévailles était gaucher, et c'était son revolver qu'il cherchait de la main gauche.

L'inspecteur se baissa rapidement, il avait vu le geste subit de l'individu. Deux détonations retentirent. Personne ne fut touché.

Quelques secondes après, Prévailles recevait un coup de crosse au menton, qui l'abattait sur-le-champ. À neuf heures, on l'écrouait au Dépôt.

Ganimard, à cette époque, jouissait déjà d'une grande réputation. Cette capture opérée si brusquement, et par des moyens très simples que la police se hâta de divulguer, lui valut une célébrité soudaine. On chargea aussitôt Prévailles de tous les crimes demeurés impunis, et les journaux exaltèrent les prouesses de Ganimard.

L'affaire, au début, fut conduite vivement. Tout d'abord on constata que Prévailles, de son véritable nom Thomas Derocq, avait eu déjà maille à partir avec la justice. En outre, la perquisition que l'on fit chez lui, si elle ne provoqua pas de nouvelles preuves, amena cependant la découverte d'un peloton de corde semblable à la corde employée autour du paquet, et la découverte de poignards qui auraient produit une blessure analogue aux blessures de la victime.

Mais, le huitième jour, tout changea. Prévailles, qui, jusqu'ici, avait refusé de répondre, Prévailles, assisté de son avocat, opposa un alibi très net : le soir du crime, il était aux Folies Bergère.

De fait on finit par trouver, dans la poche de son smoking, un coupon de fauteuil et un programme de spectacle qui tous deux portaient la date de ce soir-là.

« Alibi préparé, objecta le juge d'instruction.

— Prouvez-le », répondit Prévailles.

Des confrontations eurent lieu. La demoiselle de la pâtisserie *crut reconnaître* le monsieur au monocle. Le concierge de la rue de Berne *crut reconnaître* le monsieur qui rendait visite à Jenny Saphir. Mais personne n'osait rien affirmer de plus.

Ainsi l'instruction ne rencontrait rien de précis, aucun terrain solide sur lequel on eût pu établir une accusation sérieuse.

Le juge fit venir Ganimard et lui conta son embarras.

« Il m'est impossible d'insister davantage, les charges manquent.

— Cependant, vous êtes convaincu, monsieur le juge d'instruction ! Prévailles se serait laissé arrêter sans résistance s'il n'avait pas été coupable.

— Il prétend qu'il a cru à une attaque. De même il prétend qu'il n'a jamais vu Jenny Saphir, et, en vérité, nous ne trouvons personne pour le confondre. Et pas davantage, en admettant que le saphir ait été volé, nous n'avons pu le trouver chez lui.

— Ailleurs non plus, objecta Ganimard.

— Soit, mais ce n'est pas une charge contre lui, cela. Savez-vous ce qu'il nous faudrait, monsieur Ganimard, et avant peu ? L'autre bout de cette écharpe rouge.

— L'autre bout ?

— Oui, car il est évident que si l'assassin l'a emporté, c'est que les marques sanglantes de ses doigts sont sur l'étoffe. »

Ganimard ne répondit pas. Depuis plusieurs jours il sentait bien que toute l'aventure tendait vers ce dénouement. Il n'y avait pas d'autre preuve possible. Avec l'écharpe de soie, et avec cela seulement, la culpabilité de Prévailles était certaine. Or la situation de Ganimard exigeait cette culpabilité. Responsable de l'arrestation, illustré par elle, prôné comme l'adversaire le plus redoutable des malfaiteurs, il devenait absolument ridicule si Prévailles était relâché.

Par malheur, l'unique et indispensable preuve était dans la poche de Lupin. Comment l'y reprendre ?

Ganimard chercha, il s'épuisa en nouvelles investigations, refit l'enquête, passa des nuits blanches à scruter le mystère de la rue de Berne, reconstitua l'existence de Prévailles, mobilisa dix hommes pour découvrir l'invisible saphir. Tout fut inutile.

Le 27 décembre, le juge d'instruction l'interpella dans les couloirs du palais.

« Eh bien, monsieur Ganimard, du nouveau ?

— Non, monsieur le juge d'instruction.

— En ce cas, j'abandonne l'affaire.

— Attendez un jour encore.

— Pourquoi ? Il nous faudrait l'autre bout de l'écharpe : l'avez-vous ?

— Je l'aurai demain.

— Demain ?

— Oui, mais confiez-moi le morceau qui est en votre possession.

— Moyennant quoi ?

— Moyennant quoi je vous promets de reconstituer l'écharpe complète.

— Entendu. »

Ganimard entra dans le cabinet du juge. Il en sortit avec le lambeau de soie.

« Crénom de bon sang, oui, bougonnait-il, j'irai la chercher, la preuve, et je l'aurai… Si toutefois M. Lupin ose venir au rendez-vous. »

Au fond, il ne doutait pas que M. Lupin eût cette audace, et c'était ce qui, précisément, l'agaçait. Pourquoi Lupin le voulait-il, ce rendez-vous ? Quel but poursuivait-il en l'occurrence ?

Inquiet, la rage au cœur, plein de haine, il résolut de prendre toutes les précautions nécessaires, non seulement pour ne pas tomber dans un guet-apens, mais même pour ne pas manquer, puisque l'occasion s'en présentait, de prendre son ennemi au piège. Et le lendemain, qui était le 28 décembre, jour fixé par Lupin, après avoir étudié, toute la nuit, le vieil hôtel de la rue de Surène et s'être convaincu qu'il n'y avait d'autre issue que la grande porte, après avoir prévenu ses hommes qu'il allait accomplir une expédition dangereuse, c'est avec eux qu'il arriva sur le champ de bataille.

Il les posta dans un café. La consigne était formelle : s'il apparaissait à l'une des fenêtres du troisième étage, ou s'il ne revenait pas au bout d'une heure, les agents devaient envahir la maison et arrêter quiconque essaierait d'en sortir.

L'inspecteur principal s'assura que son revolver fonctionnait bien, et qu'il pourrait le tirer facilement de sa poche. Puis il monta.

Il fut assez surpris de revoir les choses comme il les avait laissées, c'est-à-dire les portes ouvertes et les serrures fracturées. Ayant constaté que les fenêtres de la chambre principale donnaient bien sur la rue, il visita les trois autres pièces qui constituaient l'appartement. Il n'y avait personne.

« M. Lupin a eu peur », murmura-t-il, non sans une certaine satisfaction.

« T'es bête », dit une voix derrière lui.

S'étant retourné, il vit sur le seuil un vieil ouvrier en longue blouse de peintre.

« Cherche pas, dit l'homme. C'est moi, Lupin. Je travaille depuis ce matin chez l'entrepreneur de peinture. En ce moment, c'est l'heure du repas. Alors je suis monté. »

Il observait Ganimard avec un sourire joyeux, et il s'écria :

« Vrai ! c'est une satanée minute que j'te dois là, mon vieux. J'la vendrais pas pour dix ans de ta vie, et cependant j't'aime bien ! Qu'en penses-tu, l'artiste ? Est-ce combiné, prévu ? prévu depuis A jusqu'à Z ? J'l'ai t'i comprise, l'affaire ? J'l'ai t'i pénétré, l'mystère de l'écharpe ? Je n'te dis pas qu'il n'y avait pas des trous dans mon argumentation, des mailles qui manquaient à la chaîne... Mais quel chef-d'œuvre d'intelligence ! Quelle reconstitution, Ganimard ! Quelle intuition de tout ce qui avait eu lieu, et de tout ce qui allait avoir lieu depuis la découverte du crime jusqu'à ton arrivée ici, en quête d'une preuve ! Quelle divination vraiment merveilleuse ! T'as l'écharpe ?

— La moitié, oui. Tu as l'autre ?

— La voici. Confrontons. »

Ils étalèrent les deux morceaux de soie sur la table. Les échancrures faites par les ciseaux correspondaient exactement. En outre les couleurs étaient identiques.

« Mais je suppose, dit Lupin, que tu n'es pas venu seulement pour cela. Ce qui t'intéresse, c'est de voir les marques du sang. Suis-moi, Ganimard, le jour n'est pas suffisant ici. »

Ils passèrent dans la pièce voisine, située du côté de la cour, et plus claire en effet, et Lupin appliqua son étoffe sur la vitre.

« Regarde », dit-il en laissant la place à Ganimard.

L'inspecteur tressaillit de joie. Distinctement on voyait les traces des cinq doigts et l'empreinte de la paume. La preuve était irrécusable. De sa main ensanglantée, de cette même main qui avait frappé Jenny Saphir, l'assassin avait empoigné l'étoffe et noué l'écharpe autour du cou.

« Et c'est l'empreinte d'une main gauche, nota Lupin... D'où mon avertissement, qui n'avait rien de miraculeux, comme tu vois. Car, si j'admets que tu me considères comme un esprit supérieur, mon bon ami, je ne veux pas cependant que tu me traites de sorcier. »

Ganimard avait empoché prestement le morceau de soie. Lupin l'approuva.

« Mais oui, mon gros, c'est pour toi. Ça me fait tant de plaisir de te faire plaisir ! Et tu vois, il n'y avait pas de piège dans tout cela... rien que de l'obligeance... un service de camarade à camarade, de copain à copain... Et aussi, je te l'avoue, un peu de curiosité... Oui, je voulais examiner l'autre morceau de soie... Celui de la police... N'aie pas peur. N'aie pas peur, je vais te le rendre... Une seconde seulement. »

D'un geste nonchalant, et tandis que Ganimard l'écoutait malgré lui, il s'amusait avec le gland qui terminait la moitié de l'écharpe.

« Comme c'est ingénieux, ces petits ouvrages de femme! As-tu remarqué ce détail de l'enquête? Jenny Saphir était très adroite, et confectionnait elle-même ses chapeaux et ses robes. Il est évident que cette écharpe a été faite par elle... D'ailleurs, je m'en suis aperçu dès le premier jour. Curieux de ma nature, comme j'ai l'honneur de te le dire, j'avais étudié à fond le morceau de soie que tu viens d'empocher, et dans l'intérieur même du gland, j'avais découvert une petite médaille de sainteté que la pauvre fille avait mise là comme un porte-bonheur. Détail touchant, n'est-ce pas, Ganimard? Une petite médaille de Notre-Dame-de-Bon-Secours. »

L'inspecteur ne le quittait pas des yeux, très intrigué. Et Lupin continuait :

« Alors, je me suis dit : comme il serait intéressant d'explorer l'autre moitié de l'écharpe, celle que la police trouvera au cou de la victime! Car cette autre moitié, *que je tiens enfin*, est terminée de la même façon... De sorte que je saurai si la même cachette existe et ce qu'elle renferme... Mais regarde donc, mon bon ami, est-ce habilement fait! Et si peu compliqué! Il suffit de prendre un écheveau de cordonnet rouge et de le tresser autour d'une olive de bois creuse, tout en réservant, au milieu, une petite retraite, un petit vide, étroit forcément, mais suffisant pour qu'on puisse y mettre une médaille de sainteté, ou toute autre chose... Un bijou, par exemple... Un saphir... »

Au même instant, il achevait d'écarter les cordonnets de soie, et, au creux d'une olive, il saisissait entre le pouce et l'index une admirable pierre bleue, d'une pureté et d'une taille parfaites.

« Hein, que disais-je, mon bon ami? »

Il leva la tête. L'inspecteur, livide, les yeux hagards, semblait ahuri, fasciné par la pierre qui miroitait devant lui. Il comprenait enfin toute la machination.

« Animal », murmura-t-il, retrouvant son injure de la première entrevue.

Les deux hommes étaient dressés l'un contre l'autre.

« Rends-moi ça », fit l'inspecteur.

Lupin tendit le morceau d'étoffe.

« Et le saphir ! ordonna Ganimard.

— T'es bête.

— Rends-moi ça, sinon…

— Sinon, quoi, espèce d'idiot ? s'écria Lupin. Ah çà ! mais, t'imagines-tu que c'est pour des prunes que je t'ai octroyé l'aventure ?

— Rends-moi ça !

— Tu m'as pas regardé ? Comment ! voilà quatre semaines que je te fais marcher comme un daim, et tu voudrais… Voyons, Ganimard, un petit effort, mon gros… Comprends que, depuis quatre semaines, tu n'es que le bon caniche… Ganimard, apporte… apporte au monsieur… Ah ! le bon toutou à son père… Faites le beau… Susucre ? »

Contenant la colère qui bouillonnait en lui, Ganimard ne songeait qu'à une chose, appeler ses agents. Et comme la pièce où il se trouvait donnait sur la cour, peu à peu, par un mouvement tournant, il essayait de revenir à la porte de communication. D'un bond, il sauterait alors vers la fenêtre et casserait l'un des carreaux.

« Faut-il tout de même, continuait Lupin, que vous en ayez une couche, toi et les autres ! Depuis le temps que vous tenez l'étoffe, il n'y en a pas un qui ait eu l'idée de la palper, pas un qui se soit demandé la raison pour laquelle la pauvre fille s'accrochait à son écharpe. Pas un ! Vous agissez au hasard, sans réfléchir, sans rien prévoir. »

L'inspecteur avait atteint son but. Profitant d'une seconde où Lupin s'éloignait de lui, il fit volte-face soudain, et saisit la poignée de la porte. Mais un juron lui échappa : la poignée ne bougea pas.

Lupin s'esclaffa.

« Même pas ça ! tu n'avais même pas prévu ça ! Tu me tends un traquenard, et tu n'admets pas que je puisse flairer la chose d'avance… Et tu te laisses conduire dans cette chambre, sans te demander si je ne t'y conduis pas exprès, et sans te rappeler que les serrures sont munies de mécanismes spéciaux ! Voyons, en toute sincérité, qu'est-ce que tu dis de cela ?

— Ce que j'en dis ?… » proféra Ganimard, hors de lui.

Rapidement, il avait tiré son revolver et visait l'ennemi en pleine figure.

« Haut les mains ! » s'écria-t-il.

Lupin se planta devant lui, en levant les épaules.

« Encore la gaffe.

— Haut les mains, je te répète !

— Encore la gaffe. Ton ustensile ne partira pas.

— Quoi ?

— Ta femme de ménage, la vieille Catherine, est à mon service. Elle a mouillé la poudre ce matin, pendant que tu prenais ton café au lait. »

Ganimard eut un mouvement de rage, empocha l'arme, et se jeta sur Lupin.

« Après ? » fit celui-ci, en l'arrêtant net d'un coup de pied sur la jambe.

Leurs vêtements se touchaient presque. Leurs regards se provoquaient, comme les regards de deux adversaires qui vont en venir aux mains.

Pourtant, il n'y eut pas de combat. Le souvenir des luttes précédentes rendait la lutte inutile. Et Ganimard, qui se rappelait toutes les défaites passées, ses vaines attaques, les ripostes foudroyantes de Lupin, ne bougeait pas. Il n'y avait rien à faire, il le sentait. Lupin disposait des forces contre lesquelles toute force individuelle se brisait. Alors, à quoi bon ?

« N'est-ce pas ? prononça Lupin, d'une voix amicale, il vaut mieux en rester là. D'ailleurs, mon bon ami, réfléchis bien à tout ce que l'aventure t'a rapporté : la gloire, la certitude d'un avancement prochain, et, grâce à cela, la perspective d'une heureuse vieillesse. Tu ne voudrais pas cependant y ajouter la découverte du saphir et la tête de ce pauvre Lupin ! Ce ne serait pas juste. Sans compter que ce pauvre Lupin t'a sauvé la vie. Mais oui, monsieur ! Qui donc vous avertissait ici même que Prévailles était gaucher ?… Et c'est comme ça que tu me remercies ? Pas chic, Ganimard. Vrai, tu me fais de la peine. »

Tout en bavardant, Lupin avait accompli le même manège que Ganimard et s'était approché de la porte.

Ganimard comprit que l'ennemi allait lui échapper. Oubliant toute prudence, il voulut lui barrer la route et reçut dans l'estomac un formidable coup de tête qui l'envoya rouler jusqu'à l'autre mur.

. . . .

En trois gestes, Lupin fit jouer un ressort, tourna la poignée, entrouvrit le battant et s'esquiva en éclatant de rire.

Lorsque Ganimard, vingt minutes après, réussit à rejoindre ses hommes, l'un de ceux-ci lui dit :

« Il y a un ouvrier peintre qui est sorti de la maison, comme ses camarades rentraient de déjeuner, et qui m'a remis une lettre. "Vous donnerez ça à votre patron", qu'il m'a dit. "À quel patron ?" que j'ai répondu. Il était loin déjà. Je suppose que c'est pour vous.

— Donne. »

Ganimard décacheta la lettre. Elle était griffonnée en hâte, au crayon, et contenait ces mots :

Ceci, mon bon ami, pour te mettre en garde contre une excessive crédulité. Quand un quidam te dit que les cartouches de ton revolver sont mouillées, si grande que soit ta confiance en ce quidam, se nommât-il Arsène Lupin, ne te laisse pas monter le coup. Tire d'abord, et, si le quidam fait une pirouette dans l'éternité, tu auras la preuve : 1° que les cartouches n'étaient pas mouillées ; 2° que la vieille Catherine est la plus honnête des femmes de ménage.

En attendant que j'aie l'honneur de la connaître, accepte, mon bon ami, les sentiments affectueux de ton fidèle

Arsène Lupin.

LA MORT QUI RÔDE

Après avoir contourné les murs du château, Arsène Lupin revint à son point de départ. Décidément aucune brèche n'existait, et l'on ne pouvait s'introduire dans le vaste domaine de Maupertuis que par une petite porte basse et solidement verrouillée à l'intérieur, ou par la grille principale auprès de laquelle veillait le pavillon du garde.

« Soit, dit-il, nous emploierons les grands moyens. »

Pénétrant au milieu des taillis où il avait caché sa motocyclette, il détacha un paquet de corde légère enroulé sous la selle, et se dirigea vers un endroit qu'il avait noté au cours de son examen. À cet endroit, situé loin de la route, à la lisière d'un bois, de grands arbres plantés dans le parc débordaient le mur.

Lupin fixa une pierre à l'extrémité de la corde, et, l'ayant lancée, attrapa une grosse branche, qu'il lui suffit dès lors d'attirer à lui et d'enjamber. La branche, en se redressant, le souleva de terre. Il franchit le mur, glissa le long de l'arbre, et sauta doucement sur l'herbe du parc.

C'était l'hiver. Entre les rameaux dépouillés, par-dessus le vallonnement des pelouses, il aperçut au loin le petit château de Maupertuis. Craignant d'être vu, il se dissimula derrière un groupe de sapins. Là, à l'aide d'une lorgnette, il étudia la façade mélancolique et sombre du château. Toutes les fenêtres étaient closes et comme défendues par des volets hermétiques. On eût dit un logis inhabité.

« Pristi, murmura Lupin, pas gai, le manoir ! Ce n'est pas ici que je finirai mes jours. »

Mais, comme trois heures sonnaient à l'horloge, une des portes du rez-de-chaussée s'ouvrit sur la terrasse, et une silhouette de femme, très mince, enveloppée dans un manteau noir, apparut.

La femme se promena de long en large durant quelques minutes, entourée aussitôt d'oiseaux auxquels elle jetait des miettes de pain. Puis elle descendit les marches de pierre qui conduisaient à la pelouse centrale, et elle la suivit en prenant l'allée de droite.

Avec sa lorgnette, Lupin la voyait distinctement venir de son côté. Elle était grande, blonde, d'une tournure gracieuse, l'air d'une toute jeune fille. Elle avançait d'un pas allègre, regardant le pâle soleil de décembre, et s'amusant à briser les petites branches mortes aux arbustes du chemin.

Elle était arrivée à peu près aux deux tiers de la distance qui la séparait de Lupin, quand des aboiements furieux éclatèrent, et un chien énorme, un danois de taille colossale, surgit d'une cabane voisine et se dressa au bout de la chaîne qui le retenait.

La jeune fille s'écarta un peu et passa, sans prêter plus d'attention à un incident qui devait se reproduire chaque jour. Le chien redoubla de colère, debout sur ses pattes, et tirant sur son collier au risque de s'étrangler.

Trente ou quarante mètres plus loin, impatientée sans doute, elle se retourna et fit un geste de la main. Le danois eut un sursaut de rage, recula jusqu'au fond de sa niche, et bondit de nouveau, irrésistible. La jeune fille poussa un cri de terreur folle. Le chien franchissait l'espace, en traînant derrière lui sa chaîne brisée.

Elle se mit à courir, à courir de toutes ses forces, et elle appelait au secours désespérément. Mais, en quelques sauts, le chien la rejoignait.

Elle tomba, tout de suite épuisée, perdue. La bête était déjà sur elle, la touchait presque.

À ce moment précis, il y eut une détonation. Le chien fit une cabriole en avant, se remit d'aplomb, gratta le sol à coups de patte, puis se coucha en hurlant à diverses reprises, un hurlement rauque, essoufflé, qui s'acheva en une plainte sourde et en râles indistincts. Et ce fut tout.

« Mort », dit Lupin, qui était accouru aussitôt, prêt à décharger son revolver une seconde fois.

La jeune fille s'était relevée, toute pâle, chancelante encore. Elle examina, très surprise, cet homme qu'elle ne connaissait pas, et qui venait de lui sauver la vie, et elle murmura :

« Merci… J'ai eu bien peur… Il était temps… Je vous remercie, monsieur. »

Lupin ôta son chapeau.

« Permettez-moi de me présenter, mademoiselle… Paul Daubreuil… Mais, avant toute explication, je vous demande un instant… »

Il se baissa vers le cadavre du chien, et examina la chaîne à l'endroit où l'effort de la bête l'avait brisée.

« C'est bien ça ! fit-il entre ses dents…. c'est bien ce que je supposais. Bigre ! les événements se précipitent… J'aurais dû arriver plus tôt. »

Revenant à la jeune fille, il lui dit vivement :

« Mademoiselle, nous n'avons pas une minute à perdre. Ma présence dans ce parc est tout à fait insolite. Je ne veux pas qu'on m'y surprenne, et cela, pour des raisons qui vous concernent uniquement. Pensez-vous qu'on ait pu, du château, entendre la détonation ? »

La jeune fille semblait remise déjà de son émotion, et elle répondit avec une assurance où se révélait toute sa nature courageuse :

« Je ne le pense pas.

— Monsieur votre père est au château, aujourd'hui ?

— Mon père est souffrant, couché depuis des mois. En outre, sa chambre donne sur l'autre façade.

— Et les domestiques ?

— Ils habitent, également, et travaillent de l'autre côté. Personne ne vient jamais par ici. Moi seule m'y promène.

— Il est donc probable qu'on ne m'a pas vu non plus, d'autant que ces arbres nous cachent.

— C'est probable.

— Alors, je puis vous parler librement ?

— Certes, mais je ne m'explique pas…

— Vous allez comprendre. »

Il s'approcha d'elle un peu plus et lui dit :

« Permettez-moi d'être bref. Voici. Il y a quatre jours, Mlle Jeanne Darcieux…

— C'est moi, dit-elle en souriant.

— Mlle Jeanne Darcieux, continua Lupin, écrivait une lettre à l'une de ses amies du nom de Marceline, laquelle habite Versailles…

— Comment savez-vous tout cela ? dit la jeune fille stupéfaite, j'ai déchiré la lettre avant de l'achever.

— Et vous avez jeté les morceaux sur le bord de la route qui va du château à Vendôme.

— En effet… je me promenais…

— Ces morceaux furent recueillis, et j'en eus communication le lendemain même.

— Alors… vous avez lu ?… fit Jeanne Darcieux avec une certaine irritation.

— Oui, j'ai commis cette indiscrétion, et je ne le regrette pas, puisque je puis vous sauver.

— Me sauver… de quoi ?

— De la mort. »

Lupin prononça cette petite phrase d'une voix très nette. La jeune fille eut un frisson.

« Je ne suis pas menacée de mort.

— Si, mademoiselle. Vers la fin d'octobre, comme vous lisiez sur un banc de la terrasse où vous aviez coutume de vous asseoir chaque jour, à la même heure, un moellon de la corniche s'est détaché, et il s'en est fallu de quelques centimètres que vous ne fussiez écrasée.

— Un hasard…

— Par une belle soirée de novembre, vous traversiez le potager, au clair de lune. Un coup de feu fut tiré, la balle siffla à vos oreilles.

— Du moins… je l'ai cru…

— Enfin, la semaine dernière, le petit pont de bois qui enjambe la rivière du parc, à deux mètres de la chute d'eau, s'écroula au moment où vous passiez. C'est par miracle que vous avez pu vous accrocher à une racine. »

Jeanne Darcieux essaya de sourire.

« Soit, mais il n'y a là, ainsi que je l'écrivais à Marceline, qu'une série de coïncidences, de hasards…

— Non, mademoiselle, non. Un hasard de cette sorte est admissible… Deux le sont également… et encore !… Mais on n'a pas le droit de supposer que, trois fois, le hasard s'amuse et parvienne à répéter le même acte, dans des circonstances aussi extraordinaires. C'est pourquoi je me suis cru permis de venir à votre secours. Et, comme mon intervention ne peut être efficace que si elle demeure secrète, je n'ai pas hésité à m'introduire ici… autrement que par la porte. Il était temps, ainsi que vous le disiez. L'ennemi vous attaquait une fois de plus.

— Comment !… Est-ce que vous pensez ?… Non, ce n'est pas possible… Je ne veux pas croire… »

Lupin ramassa la chaîne et, la montrant :

« Regardez le dernier anneau. Il est hors de doute qu'il a été limé. Sans quoi, une chaîne de cette force n'eût pas cédé. D'ailleurs la marque de la lime est visible. »

Jeanne avait pâli, et l'effroi contractait son joli visage.

« Mais qui donc m'en veut ainsi ? balbutia-t-elle. C'est terrible… Je n'ai fait de mal à personne… Et pourtant il est certain que vous avez raison… Bien plus… »

Elle acheva plus bas :

« Bien plus, je me demande si le même danger ne menace pas mon père.

— On l'a attaqué, lui aussi ?

— Non, car il ne bouge pas de sa chambre. Mais sa maladie est si mystérieuse !… Il n'a plus de forces… il ne peut plus marcher… En outre, il est sujet à des étouffements, comme si son cœur s'arrêtait. Ah ! quelle horreur ! »

Lupin sentit toute l'autorité qu'il pouvait prendre sur elle en un pareil moment, et il lui dit :

« Ne craignez rien, mademoiselle. Si vous m'obéissez aveuglément, je ne doute pas du succès.

— Oui… oui… je veux bien… mais tout cela est si affreux…

— Ayez confiance, je vous en prie. Et veuillez m'écouter. J'aurais besoin de quelques renseignements. »

Coup sur coup il lui posa des questions, auxquelles Jeanne Darcieux répondit hâtivement.

« Cette bête n'était jamais détachée, n'est-ce pas ?

— Jamais.

— Qui la nourrissait ?

— Le garde. À la tombée du jour il lui apportait sa pâtée.

— Il pouvait, par conséquent, s'approcher d'elle sans être mordu ?

— Oui, et lui seul, car elle était féroce.

— Vous ne soupçonnez pas cet homme ?

— Oh ! non… Baptiste !… Jamais…

— Et vous ne voyez personne ?

— Personne. Nos domestiques nous sont très dévoués. Ils m'aiment beaucoup.

— Vous n'avez pas d'amis au château ?

— Non.

— Pas de frère ?

— Non.

— Votre père est donc seul à vous protéger ?

— Oui, et je vous ai dit dans quel état il se trouvait.

— Vous lui avez raconté les diverses tentatives ?…

— Oui, et j'ai eu tort. Notre médecin, le vieux docteur Guéroult, m'a défendu de lui donner la moindre émotion.

— Votre mère ?

— Je ne me souviens pas d'elle. Elle est morte, il y a seize ans… il y a juste seize ans.

— Vous aviez ?…

— Un peu moins de cinq ans.

— Et vous habitiez ici ?

— Nous habitions Paris. C'est l'année suivante seulement que mon père a acheté ce château. »

Lupin demeura quelques instants silencieux, puis il conclut :

« C'est bien, mademoiselle, je vous remercie. Pour le moment, ces renseignements me suffisent. D'ailleurs, il ne serait pas prudent de rester plus longtemps ensemble.

— Mais, dit-elle, le garde, tout à l'heure, trouvera ce chien… Qui l'aura tué ?

— Vous, mademoiselle, vous, pour vous défendre contre une attaque.

— Je ne porte jamais d'arme.

— Il faut croire que si, dit Lupin en souriant, puisque vous avez tué cette bête, et que vous seule pouvez l'avoir tuée. Et puis on croira ce qu'on voudra. L'essentiel est que, moi, je ne sois pas suspect, quand je viendrai au château.

— Au château ? Vous avez l'intention ?...

— Je ne sais pas encore comment... mais je viendrai. Et dès ce soir... Ainsi donc, je vous le répète, soyez tranquille, je réponds de tout. »

Jeanne le regarda et, dominée par lui, conquise par son air d'assurance et de bonne foi, elle dit simplement :

« Je suis tranquille.

— Alors, tout ira pour le mieux. À ce soir, mademoiselle.

— À ce soir. »

Elle s'éloigna, et Lupin, qui la suivit des yeux, jusqu'au moment où elle disparut à l'angle du château, murmura :

« Jolie créature ! il serait dommage qu'il lui arrivât malheur. Heureusement, ce brave Arsène veille au grain. »

Peu soucieux qu'on le rencontrât, l'oreille aux aguets, il visita le parc en ses moindres recoins, chercha la petite porte basse qu'il avait notée à l'extérieur, et qui était celle du potager, ôta le verrou, prit la clef, puis longea les murs, et se retrouva près de l'arbre qu'il avait escaladé. Deux minutes plus tard, il remontait sur sa motocyclette.

Le village de Maupertuis était presque contigu au château. Lupin s'informa et apprit que le docteur Guéroult habitait à côté de l'église.

Il sonna, fut introduit dans le cabinet de consultation, et se présenta sous son nom de Paul Daubreuil demeurant à Paris, rue de Surène, et entretenant avec le service de la Sûreté des relations officieuses sur lesquelles il réclamait le secret. Ayant eu connaissance, par une lettre déchirée, des incidents qui avaient mis en péril la vie de Mlle Darcieux, il venait au secours de la jeune fille.

Le docteur Guéroult, vieux médecin de campagne, qui chérissait Jeanne, admit aussitôt, sur les explications de Lupin, que ces incidents constituaient les preuves indéniables d'un complot. Très ému, il offrit l'hospitalité à son visiteur et le retint à dîner.

Les deux hommes causèrent longtemps. Le soir, ils se rendirent ensemble au château.

Le docteur monta dans la chambre du malade qui était située au premier étage, et demanda la permission d'amener un de ses jeunes confrères, auquel, désireux de repos, il avait l'intention de transmettre sa clientèle à bref délai.

En entrant, Lupin aperçut Jeanne Darcieux au chevet de son père. Elle réprima un geste d'étonnement, puis, sur un signe du docteur, sortit.

La consultation eut alors lieu en présence de Lupin. M. Darcieux avait une figure amaigrie par la souffrance et des yeux brûlés de fièvre. Ce jour-là, il se plaignait surtout de son cœur. Après l'auscultation, il interrogea le médecin avec une anxiété visible, et chaque réponse semblait un soulagement pour lui. Il parla aussi de Jeanne, persuadé qu'on le trompait et que sa fille avait échappé à d'autres accidents. Malgré les dénégations du docteur, il était inquiet. Il aurait voulu que la police fût avertie et qu'on fît des enquêtes.

Mais son agitation l'épuisa, et il s'assoupit peu à peu.

Dans le couloir, Lupin arrêta le docteur.

« Voyons, docteur, votre opinion exacte. Pensez-vous que la maladie de M. Darcieux puisse être attribuée à une cause étrangère ?

— Comment cela ?

— Oui, supposons qu'un même ennemi ait intérêt à faire disparaître le père et la fille… »

Le docteur Guéroult sembla frappé de l'hypothèse.

« En effet… en effet… cette maladie affecte parfois un caractère si anormal !… Ainsi, la paralysie des jambes, qui est presque complète, devrait avoir pour corollaire… »

Le docteur réfléchit un instant, puis il prononça, à voix basse :

« Le poison, alors… mais quel poison ?… Et d'ailleurs, je ne vois aucun symptôme d'intoxication… il faudrait supposer… Mais que faites-vous ?… Qu'y a-t-il ? »

Les deux hommes causaient alors devant une petite salle du premier étage, où Jeanne, profitant de la présence du docteur chez son père, avait commencé son repas du soir. Lupin, qui la regardait par la porte ouverte, la vit porter à ses lèvres une tasse dont elle but quelques gorgées.

Soudain il se précipita sur elle et lui saisit le bras.

« Qu'est-ce que vous buvez là ?

— Mais, dit-elle, interloquée… une infusion… du thé.

— Vous avez fait une grimace de dégoût… pourquoi ?

— Je ne sais pas… il m'a semblé…

— Il vous a semblé ?…

— Qu'il y avait… une sorte d'amertume… Mais cela provient sans doute du médicament que j'y ai mêlé.

— Quel médicament ?

— Des gouttes que je prends à chaque dîner… selon votre ordonnance, n'est-ce pas, docteur ?

— Oui, déclara le docteur Guéroult, mais ce médicament n'a aucun goût… Vous le savez bien, Jeanne, puisque vous en usez depuis quinze jours, et que c'est la première fois…

— En effet…, murmura la jeune fille, et celui-là a un goût… Ah ! tenez, j'en ai encore la bouche qui me brûle. »

À son tour le docteur Guéroult avala une gorgée de la tasse.

« Ah ! pouah ! s'écria-t-il, en recrachant, l'erreur n'est pas possible ! »

De son côté, Lupin examinait le flacon qui contenait le médicament, et il demanda :

« Dans la journée, où range-t-on ce flacon ? »

Mais Jeanne ne put répondre. Elle avait porté la main à sa poitrine, et, le visage blême, les yeux convulsés, elle paraissait souffrir infiniment.

« Ça me fait mal… ça me fait mal », bégaya-t-elle.

Les deux hommes la portèrent vivement dans sa chambre et l'étendirent sur le lit.

« Il faudrait un vomitif, dit Lupin.

— Ouvrez l'armoire, ordonna le docteur… Il y a une trousse de pharmacie… Vous l'avez ? Sortez un des petits tubes… Oui, celui-là... Et de l'eau chaude maintenant... Vous en trouverez sur le plateau de la théière »

Appelée par un coup de sonnette, la bonne, qui était plus spécialement au service de Jeanne, accourut. Lupin lui expliqua que Mlle Darcieux était prise d'un malaise inexplicable.

Il revint ensuite à la petite salle à manger, visita le buffet et les placards, descendit à la cuisine où il prétexta que le docteur l'avait dépêché pour étudier l'alimentation de M. Darcieux. Sans en avoir l'air, il fit causer la cuisinière, le domestique, et le garde Baptiste, lequel mangeait au château.

En remontant, il trouva le docteur.

« Eh bien ?

— Elle dort.

— Aucun danger ?

— Non. Heureusement elle n'avait bu que deux ou trois gorgées. Mais c'est la seconde fois aujourd'hui que vous lui sauvez la vie. L'analyse de ce flacon nous en donnera la preuve.

— Analyse inutile, docteur. La tentative d'empoisonnement est certaine.

— Mais qui ?

— Je ne sais pas. Mais le démon qui machine tout cela connaît évidemment les habitudes du château. Il va et vient à sa guise, se promène dans le parc, lime la chaîne du chien, mêle du poison aux aliments, bref se remue et agit comme s'il vivait de la vie même de celle ou plutôt de ceux qu'il veut supprimer.

— Ah ! vous pensez décidément que le même péril menace M. Darcieux ?

— Sans doute.

— Un des domestiques, alors ? Mais c'est inadmissible. Est-ce que vous croyez ?...

— Je ne crois rien. Je ne sais rien. Tout ce que je puis dire, c'est que la situation est tragique, et qu'il faut redouter les pires événements. La mort est ici. Docteur, elle rôde dans ce château, et, avant peu, elle atteindra ceux qu'elle poursuit.

— Que faire ?

— Veiller, docteur. Prétextons que la santé de M. Darcieux nous inquiète, et couchons dans cette petite salle. Les deux chambres du père et de la fille sont proches. En cas d'alerte, nous sommes sûrs de tout entendre. »

Ils avaient un fauteuil à leur disposition. Il fut convenu qu'ils y dormiraient à tour de rôle.

En réalité, Lupin ne dormit que deux ou trois heures. Au milieu de la nuit, sans prévenir son compagnon, il quitta la chambre, fit une ronde minutieuse dans le château, et sortit par la grille principale.

Vers neuf heures, il arrivait à Paris avec sa motocyclette. Deux de ses amis, auxquels il avait téléphoné en cours de route, l'attendaient. Tous trois, chacun de son côté, passèrent la journée à faire les recherches que Lupin avait méditées.

À six heures, il repartit précipitamment, et jamais peut-être, ainsi qu'il me le raconta par la suite, il ne risqua sa vie avec plus de témérité qu'en effectuant ce retour à une vitesse folle, un soir brumeux de décembre, où la lumière de son phare trouait à peine les ténèbres.

Devant la grille, encore ouverte, il sauta de machine, et courut jusqu'au château dont il monta le premier étage en quelques bonds.

Dans la petite salle, personne.

Sans hésiter, sans frapper, il entra dans la chambre de Jeanne.

« Ah ! vous êtes là, dit-il avec un soupir de soulagement en apercevant Jeanne et le docteur, qui causaient, assis l'un près de l'autre.

— Quoi ? Du nouveau ? fit le docteur inquiet de voir dans un tel état d'agitation cet homme, dont il savait le sang-froid.

— Rien, répondit-il, rien de nouveau. Et ici ?

— Ici non plus. Nous venons de quitter M. Darcieux. Il mangeait de bon appétit, après une excellente journée. Quant à Jeanne, vous voyez, elle a déjà retrouvé ses belles couleurs.

— Alors il faut partir.

— Partir ! mais c'est impossible, protesta la jeune fille.

— Il le faut », s'écria Lupin en frappant du pied et avec une véritable violence.

Tout de suite, il se maîtrisa, prononça quelques paroles d'excuse, puis il resta trois ou quatre minutes dans un silence profond que le docteur et Jeanne se gardèrent de troubler.

Enfin, il dit à la jeune fille :

« Vous partirez demain matin, mademoiselle, et pour une semaine ou deux seulement. Je vous conduirai chez votre amie de Versailles, celle à qui vous écrivez. Je vous supplie de préparer tout, dès ce soir, et ouvertement. Avertissez les domestiques… De son côté, le docteur voudra bien prévenir M. Darcieux, et lui faire comprendre, avec toutes les précautions possibles, que ce voyage est indispensable pour votre sécurité. D'ailleurs il vous rejoindra aussitôt que ses forces le lui permettront. C'est convenu, n'est-ce pas ?

— Oui, dit-elle, absolument dominée par la voix impérieuse et douce de Lupin.

— En ce cas, dit-il, faites vite, et ne quittez plus votre chambre.

— Mais, objecta la jeune fille avec un frisson… cette nuit…

— Ne craignez rien. S'il y avait le moindre danger, nous reviendrons, le docteur et moi. N'ouvrez votre porte que si l'on frappe trois coups très légers. »

Jeanne sonna aussitôt la bonne. Le docteur passa chez M. Darcieux, tandis que Lupin se faisait servir quelques aliments dans la petite salle.

« Voilà qui est terminé, dit le docteur au bout de vingt minutes. M. Darcieux n'a pas trop protesté. Au fond, lui aussi, il trouve qu'il est bon d'éloigner Jeanne. »

Ils se retirèrent tous deux et sortirent du château.

Près de la grille, Lupin appela le garde.

« Vous pouvez fermer, mon ami. Si M. Darcieux avait besoin de nous, qu'on vienne nous chercher aussitôt. »

Dix heures sonnaient à l'église de Maupertuis. Des nuages noirs, entre lesquels la lune se glissait par moments, pesaient sur la campagne.

Les deux hommes firent une centaine de pas.

Ils approchaient du village quand Lupin empoigna le bras de son compagnon.

« Halte !

— Qu'y a-t-il donc ? s'écria le docteur.

— Il y a, prononça Lupin d'un ton saccadé, que, si mes calculs sont justes, si je ne me blouse pas du tout au tout dans cette affaire, il y a que, cette nuit, Mlle Darcieux sera assassinée.

— Hein ! que dites-vous ? balbutia le docteur épouvanté… Mais alors, pourquoi sommes-nous partis ?…

— Précisément pour que le criminel, qui suit tous nos gestes dans l'ombre, ne diffère pas son forfait, et qu'il l'accomplisse, non pas à l'heure choisie par lui, mais à l'heure que j'ai fixée.

— Nous retournons donc au château ?

— Certes, mais chacun de notre côté.

— Tout de suite, en ce cas.

— Écoutez-moi bien, docteur, dit Lupin d'une voix posée, et ne perdons pas notre temps en paroles inutiles. Avant tout, il faut déjouer toute surveillance. Pour cela, rentrez directement chez vous, et n'en repartez que quelques minutes après, lorsque vous aurez la certitude de n'avoir pas été suivi. Vous gagnerez alors les murs du château vers la gauche, jusqu'à la petite porte du potager. En voici la clef. Quand l'horloge de l'église sonnera onze coups, vous ouvrirez doucement, et vous marcherez droit vers la terrasse, derrière le château. La cinquième fenêtre ferme mal. Vous n'aurez qu'à enjamber le balcon. Une fois dans la chambre de Mlle Darcieux, poussez le verrou et ne bougez plus. Vous entendez, ne bougez plus, ni l'un ni l'autre, quoi qu'il arrive. J'ai remarqué que Mlle Darcieux laisse entrouverte la fenêtre de son cabinet de toilette, n'est-ce pas ?

— Oui, une habitude que je lui ai donnée.

— C'est par là que l'on viendra.

— Mais vous ?

— C'est aussi par là que je viendrai.

— Et vous savez qui est ce misérable ? »

Lupin hésita, puis répondit :

« Non… Je ne sais pas… Et justement, comme cela, nous le saurons. Mais, je vous en conjure, du sang-froid. Pas un mot, pas un geste, *quoi qu'il arrive.*

— Je vous le promets.

— Mieux que cela, docteur. Je vous demande votre parole.

— Je vous donne ma parole. »

Le docteur s'en alla. Aussitôt, Lupin monta sur un tertre voisin d'où l'on apercevait les fenêtres du premier et du second étage. Plusieurs d'entre elles étaient éclairées.

Il attendit assez longtemps. Une à une les lueurs s'éteignirent. Alors, prenant une direction opposée à celle du docteur, il bifurqua sur la droite, et longea le mur jusqu'au groupe d'arbres, près duquel il avait caché sa motocyclette, la veille.

Onze heures sonnèrent. Il calcula le temps que le docteur pouvait mettre à traverser le potager et à s'introduire dans le château.

« Et d'un, murmura-t-il. De ce côté-là, tout est en règle. À la rescousse, Lupin. L'ennemi ne va pas tarder à jouer son dernier atout… et fichtre, il faut que je sois là… »

Il exécuta la même manœuvre que la première fois, attira la branche et se hissa sur le bord du mur, d'où il put gagner les plus gros rameaux de l'arbre.

À ce moment, il dressa l'oreille. Il lui semblait entendre un frémissement de feuilles mortes. Et, de fait, il discerna une ombre, qui remuait au-dessous de lui, et trente mètres plus loin.

« Crebleu, se dit-il, je suis fichu, la canaille a flairé le coup. »

Un rayon de lune passa. Distinctement, Lupin vit que l'homme épaulait. Il voulut sauter à terre et se retourna. Mais il sentit un choc à la poitrine, perçut le bruit d'une détonation, poussa un juron de colère, et dégringola de branche en branche, comme un cadavre…

Cependant le docteur Guéroult, suivant les prescriptions d'Arsène Lupin, avait escaladé le rebord de la cinquième fenêtre, et s'était dirigé à tâtons vers le premier étage. Arrivé devant la chambre de Jeanne, il frappa trois coups légers, fut introduit, et poussa aussitôt le verrou.

« Étends-toi sur ton lit, dit-il tout bas à la jeune fille qui avait gardé ses vêtements du soir. Il faut que tu paraisses couchée. Brrrr, il ne fait pas chaud ici. La fenêtre de ton cabinet de toilette est ouverte ?

— Oui… Voulez-vous que…

— Non, laisse-la. On va venir.

— On va venir ! bredouilla Jeanne effarée.

— Oui, sans aucun doute.

— Mais qui est-ce que vous soupçonnez ?

— Je ne sais pas… Je suppose que quelqu'un est caché dans le château… ou dans le parc.

— Oh ! j'ai peur.

— N'aie pas peur. Le gaillard qui te protège semble rudement fort et ne joue qu'à coup sûr. Il doit être à l'affût quelque part dans la cour. »

Le docteur éteignit la veilleuse et s'approcha de la croisée, dont il souleva le rideau. Une corniche étroite, qui courait le long du premier étage, ne lui permettant de voir qu'une partie éloignée de la cour, il revint auprès du lit.

Il s'écoula des minutes très pénibles et qui leur parurent infiniment longues. L'horloge sonnait au village, mais, absorbés par tous les petits bruits nocturnes, c'est à peine s'ils en percevaient le tintement. Ils écoutaient, ils écoutaient de tous leurs nerfs exaspérés.

« Tu as entendu ?… souffla le docteur.

— Oui… oui, dit Jeanne qui s'était assise sur son lit.

— Couche-toi… couche-toi, reprit-il au bout d'un instant… On vient… »

Un petit claquement s'était produit dehors, contre la corniche. Puis il y eut une suite de bruits indistincts, dont ils n'auraient su préciser la nature. Mais ils avaient l'impression que la fenêtre voisine s'ouvrait davantage, car des bouffées d'air froid les enveloppaient.

Soudain ce fut très net : il y avait quelqu'un à côté.

Le docteur, dont la main tremblait un peu, saisit son revolver. Il ne bougea pas néanmoins, se rappelant l'ordre formel qui lui avait été donné, et redoutant de prendre une décision contraire.

L'obscurité était absolue dans la chambre. Ils ne pouvaient donc voir où se trouvait l'ennemi. Mais ils devinaient sa présence. Ils suivaient ses gestes invisibles, sa marche assourdie par le tapis, et ils ne doutaient point qu'il n'eût franchi le seuil de la chambre.

Et l'ennemi s'arrêta. Cela, ils en furent certains. Il était debout, à cinq pas du lit, immobile, indécis peut-être, cherchant à percer l'ombre de son regard aigu.

Dans la main du docteur, la main de Jeanne frissonnait, glacée et couverte de sueur.

De son autre main, le docteur serrait violemment son arme, le doigt sur la détente. Malgré sa parole, il n'hésitait pas : que l'ennemi touchât l'extrémité du lit, le coup partait, jeté au hasard.

L'ennemi fit un pas encore, puis s'arrêta de nouveau. Et c'était effrayant, ce silence, cette impassibilité, ces ténèbres où des êtres s'épiaient éperdument.

Qui donc surgissait ainsi dans la nuit profonde ? Qui était cet homme ? Quelle haine horrible le poussait contre la jeune fille, et quelle œuvre abominable poursuivait-il ?

Si terrifiés qu'ils fussent, Jeanne et le docteur ne pensaient qu'à cela : voir, connaître la vérité, contempler le masque de l'ennemi.

Il fit un pas encore et ne bougea plus. Il leur semblait que sa silhouette se détachait, plus noire sur l'espace noir, et que son bras se levait peu à peu.

Une minute passa, et puis une autre.

Et tout à coup, plus loin que l'homme, vers la droite, un bruit sec… Une lumière jaillit, ardente, fut projetée contre l'homme, l'éclaira en pleine face, brutalement.

Jeanne poussa un cri d'épouvante. Elle avait vu, dressé au-dessus d'elle, un poignard à la main, elle avait vu… son père !

En même temps presque, et, comme la lumière était éteinte, une détonation… Le docteur avait tiré.

« Crebleu ! Ne tirez donc pas », hurla Lupin.

À bras-le-corps, il empoigna le docteur, qui suffoquait :

« Vous avez vu… Vous avez vu… Écoutez… Il s'enfuit…

— Laissez-le s'enfuir… C'est ce qu'il y a de mieux. »

Lupin fit jouer de nouveau le ressort de sa lanterne électrique, courut dans le cabinet de toilette, constata que l'homme avait disparu et, revenant tranquillement vers la table, alluma la lampe.

Jeanne était couchée sur son lit, blême, évanouie.

Le docteur, accroupi dans un fauteuil, émettait des sons inarticulés.

« Voyons, dit Lupin en riant, reprenez-vous. Il n'y a pas à se frapper, puisque c'est fini.

— Son père… son père…, gémissait le vieux médecin.

— Je vous en prie, docteur, Mlle Darcieux est malade. Soignez-la. »

Sans plus s'expliquer, Lupin regagna le cabinet de toilette et passa sur la corniche. Une échelle s'y trouvait appuyée. Il descendit rapidement. En longeant le mur, vingt pas plus loin, il se heurta aux barreaux d'une échelle de corde à laquelle il grimpa, et qui le conduisit dans la chambre de M. Darcieux. Cette chambre était vide.

« Parfait, se dit-il. Le client a jugé la situation mauvaise, et il a décampé. Bon voyage… Et, sans doute, la porte est-elle barricadée ? Justement… C'est ainsi que notre malade, roulant ce brave docteur, se relevait la nuit en toute sécurité, fixait au balcon son échelle de corde, et préparait ses petits coups. Pas si bête, le Darcieux ! »

Il ôta les verrous et revint à la chambre de Jeanne. Le docteur, qui en sortait, l'entraîna vers la petite salle.

« Elle dort, ne la dérangeons pas. La secousse a été rude, et il lui faudra du temps pour se remettre. »

Lupin prit une carafe et but un verre d'eau. Puis il s'assit et, paisiblement :

« Bah ! demain il n'y paraîtra plus.

— Que dites-vous ?

— Je dis que demain il n'y paraîtra plus.

— Et pourquoi ?

— D'abord parce qu'il ne m'a pas semblé que Mlle Darcieux éprouvât pour son père une affection très grande…

— Qu'importe ! Pensez à cela… un père qui veut tuer sa fille ! un père qui, pendant des mois, recommence quatre, cinq, six fois sa tentative monstrueuse !… Voyons, n'y a-t-il pas là de quoi flétrir à jamais une âme moins sensible que celle de Jeanne ? Quel souvenir odieux !

— Elle oubliera.

— On n'oublie pas cela.

— Elle oubliera, docteur, et pour une raison très simple…

— Mais parlez donc !

— Elle n'est pas la fille de M. Darcieux !

— Hein ?

— Je vous répète qu'elle n'est pas la fille de ce misérable.

— Que dites-vous ? M. Darcieux…

— M. Darcieux n'est que son beau-père. Elle venait de naître quand son père, son vrai père est mort. La mère de Jeanne épousa alors un cousin de son mari, qui portait le même nom que lui, et elle mourut l'année même de ses secondes noces. Elle laissait

Jeanne aux soins de M. Darcieux. Celui-ci l'emmena d'abord à l'étranger, puis acheta ce château, et, comme personne ne le connaissait dans le pays, il présenta l'enfant comme sa fille. Elle-même ignore la vérité sur sa naissance. »

Le docteur demeurait confondu. Il murmura :

« Vous êtes certain de ces détails ?

— J'ai passé ma journée dans les mairies de Paris. J'ai compulsé les états civils, j'ai interrogé deux notaires. J'ai vu tous les actes. Le doute n'est pas possible.

— Mais cela n'explique pas le crime, ou plutôt la série des crimes.

— Si, déclara Lupin, et, dès le début, dès la première heure où j'ai été mêlé à cette affaire, une phrase de Mlle Darcieux me fit pressentir la direction qu'il fallait donner à mes recherches. "J'avais presque cinq ans lorsque ma mère est morte, me dit-elle. Il y a de cela seize ans." Donc Mlle Darcieux allait prendre vingt et un ans, c'est-à-dire qu'elle était sur le point de devenir majeure. Tout de suite, je vis là un détail important. La majorité, c'est l'âge où l'on vous rend des comptes. Quelle était la situation de fortune de Mlle Darcieux, héritière naturelle de sa mère ? Bien entendu, je ne songeai pas une seconde au père. D'abord on ne peut imaginer pareille chose, et puis la comédie que jouait Darcieux impotent, couché, malade…

— Réellement malade, interrompit le docteur.

— Tout cela écartait de lui les soupçons… d'autant plus que, lui-même, je le croyais en butte aux attaques criminelles. Mais n'y avait-il point dans leur famille quelque personne intéressée à leur disparition ? Mon voyage à Paris m'a révélé la vérité. Mlle Darcieux tient de sa mère une grosse fortune dont son beau-père a l'usufruit. Le mois prochain, il devait y avoir à Paris, sur convocation du notaire, une réunion du conseil de famille. La vérité éclatait, c'était la ruine pour Darcieux.

— Il n'a donc pas mis d'argent de côté ?

— Si, mais il a subi de grosses pertes par suite de spéculations malheureuses.

— Mais enfin, quoi ! Jeanne ne lui eût pas retiré la gestion de sa fortune.

— Il est un détail que vous ignorez, docteur, et que j'ai connu par la lecture de la lettre déchirée, c'est que Mlle Darcieux aime le frère de son amie de Versailles, Marceline, et que, M. Darcieux s'opposant au mariage – vous en comprenez maintenant la raison –, elle attendait sa majorité pour se marier.

— En effet, dit le docteur, en effet... C'était la ruine.

— La ruine, je vous le répète. Une seule chance de salut lui restait, la mort de sa belle-fille, dont il est l'héritier le plus direct.

— Certes, mais à condition qu'on ne le soupçonnât point.

— Évidemment, et c'est pourquoi il a machiné la série des accidents, afin que la mort parût fortuite. Et c'est pourquoi, de mon côté, voulant précipiter les choses, je vous ai prié de lui apprendre le départ imminent de Mlle Darcieux. Dès lors, il ne suffisait plus que le soi-disant malade errât dans le parc ou dans les couloirs, à la faveur de la nuit, et mît à exécution un coup longuement combiné. Non, il fallait agir, et agir tout de suite, sans préparation, brutalement, à main armée. Je ne doutais pas qu'il ne s'y déterminât. Il est venu.

— Il ne se méfiait donc pas ?

— De moi, si. Il a pressenti mon retour cette nuit, et il veillait à l'endroit même où j'avais franchi le mur.

— Eh bien ?

— Eh bien, dit Lupin en riant, j'ai reçu une balle en pleine poitrine... ou plutôt mon portefeuille a reçu une balle... Tenez, on peut voir le trou... Alors, j'ai dégringolé de l'arbre, comme un homme mort. Se croyant délivré de son seul adversaire, il est parti vers le château. Je l'ai vu rôder pendant deux heures. Puis, se décidant, il a pris dans la remise une échelle qu'il a appliquée contre la fenêtre. Je n'avais plus qu'à le suivre. »

Le docteur réfléchit et dit :

« Vous auriez pu lui mettre la main au collet, auparavant. Pourquoi l'avoir laissé monter ? L'épreuve était dure pour Jeanne... et inutile...

— Indispensable ! Jamais Mlle Darcieux n'aurait pu admettre la vérité. Il fallait qu'elle vît la face même de l'assassin. Dès son réveil vous lui direz la situation. Elle guérira vite.

— Mais... M. Darcieux...

— Vous expliquerez sa disparition comme bon vous semblera… un voyage subit… un coup de folie… On fera quelques recherches… Et soyez sûr qu'on n'entendra plus parler de lui… »

Le docteur hocha la tête.

« Oui… en effet… vous avez raison… Vous avez mené tout cela avec une habileté extraordinaire, et Jeanne vous doit la vie… Elle vous remerciera elle-même. Mais, de mon côté, ne puis-je vous être utile en quelque chose ? Vous m'avez dit que vous étiez en relations avec le service de la Sûreté… Me permettrez-vous d'écrire, de louer votre conduite, votre courage ? »

Lupin se mit à rire.

« Certainement ! une lettre de ce genre me sera profitable. Écrivez donc à mon chef direct, l'inspecteur principal Ganimard. Il sera enchanté de savoir que son protégé, Paul Daubreuil, de la rue de Surène, s'est encore signalé par une action d'éclat. Je viens précisément de mener une belle campagne sous ses ordres, dans une affaire dont vous avez dû entendre parler, l'affaire de "l'écharpe rouge"… Ce brave M. Ganimard, ce qu'il va se réjouir ! »

ÉDITH AU COU DE CYGNE

« Arsène Lupin, que pensez-vous au juste de l'inspecteur Ganimard ?

— Beaucoup de bien, cher ami.

— Beaucoup de bien ? Mais alors pourquoi ne manquez-vous jamais l'occasion de le tourner en ridicule ?

— Mauvaise habitude, et dont je me repens. Mais que voulez-vous ? C'est la règle. Voilà un brave homme de policier, voilà des tas de braves types qui sont chargés d'assurer l'ordre, qui nous défendent contre les apaches, qui se font tuer pour nous autres, honnêtes gens, et en revanche nous n'avons pour eux que sarcasmes et dédain. C'est idiot !

— À la bonne heure, Lupin, vous parlez comme un bon bourgeois.

— Qu'est-ce que je suis donc ? Si j'ai sur la propriété d'autrui des idées un peu spéciales, je vous jure que ça change du tout au tout quand il s'agit de ma propriété à moi. Fichtre, il ne faudrait pas s'aviser de toucher à ce qui m'appartient. Je deviens féroce, alors. Oh ! Oh ! *ma* bourse, *mon* portefeuille, *ma* montre... à bas les pattes ! J'ai l'âme d'un conservateur, cher ami, les instincts d'un petit rentier, et le respect de toutes les traditions et de toutes les autorités. Et c'est pourquoi Ganimard m'inspire beaucoup d'estime et de gratitude.

— Mais peu d'admiration.

— Beaucoup d'admiration aussi. Outre le courage indomptable, qui est le propre de tous ces messieurs de la Sûreté,

Ganimard possède des qualités très sérieuses, de la décision, de la clairvoyance, du jugement. Je l'ai vu à l'œuvre. C'est quelqu'un. Connaissez-vous ce qu'on a appelé l'histoire d'Édith au Cou de Cygne ?

— Comme tout le monde.

— C'est-à-dire pas du tout. Eh bien, cette affaire est peut-être celle que j'ai le mieux combinée, avec le plus de soins et le plus de précautions, celle où j'ai accumulé le plus de ténèbres et le plus de mystère, celle dont l'exécution demanda le plus de maîtrise. Une vraie partie d'échecs, savante, rigoureuse et mathématique. Pourtant Ganimard finit par débrouiller l'écheveau. Actuellement, grâce à lui, on sait la vérité au quai des Orfèvres. Et je vous assure que c'est une vérité pas banale.

— Peut-on la connaître ?

— Certes... un jour ou l'autre... quand j'aurai le temps... Mais, ce soir, la Brunelli danse à l'Opéra, et si elle ne me voyait pas à mon fauteuil !... »

Mes rencontres avec Lupin sont rares. Il se confesse difficilement, quand cela lui plaît. Ce n'est que peu à peu, par bribes, par échappées de confidences, que j'ai pu noter les diverses phases de l'histoire, et la reconstituer dans son ensemble et dans ses détails.

L'origine, on s'en souvient, et je me contenterai de mentionner les faits :

Il y a trois ans, à l'arrivée, en gare de Rennes, du train qui venait de Brest, on trouva démolie la porte d'un fourgon loué pour le compte d'un riche Brésilien, le colonel Sparmiento, lequel voyageait avec sa femme dans le même train.

Le fourgon démoli transportait tout un lot de tapisseries. La caisse qui contenait l'une d'elles avait été brisée et la tapisserie avait disparu.

Le colonel Sparmiento déposa une plainte contre la Compagnie du chemin de fer, et réclama des dommages-intérêts considérables, à cause de la dépréciation que faisait subir ce vol à la collection des tapisseries.

La police chercha. La Compagnie promit une prime importante. Deux semaines plus tard, une lettre mal fermée ayant été ouverte par l'administration des postes, on apprit que le vol avait été effectué sous la direction d'Arsène Lupin, et qu'un colis devait partir le lendemain pour l'Amérique du Nord. Le soir même, on découvrait la tapisserie dans une malle laissée en consigne à la gare Saint-Lazare.

Ainsi donc le coup était manqué. Lupin en éprouva une telle déception qu'il exhala sa mauvaise humeur dans un message adressé au colonel Sparmiento, où il lui disait ces mots suffisamment clairs : « *J'avais eu la délicatesse de n'en prendre qu'une. La prochaine fois, je prendrai les douze. À bon entendeur, salut. A.L.* »

Le colonel Sparmiento habitait, depuis quelques mois, un hôtel situé au fond d'un petit jardin, à l'angle de la rue de la Faisanderie et de la rue Dufrénoy. C'était un homme un peu fort, large d'épaules, aux cheveux noirs, au teint basané, et qui s'habillait avec une élégante sobriété. Il avait épousé une jeune Anglaise extrêmement belle, mais de santé précaire et que l'aventure des tapisseries affecta profondément. Dès le premier jour, elle supplia son mari de les vendre à n'importe quel prix. Le colonel était d'une nature trop énergique et trop obstinée pour céder à ce qu'il avait le droit d'appeler un caprice de femme. Il ne vendit rien, mais il multiplia les précautions et s'entoura de tous les moyens propres à rendre impossible tout cambriolage.

Tout d'abord, pour n'avoir à surveiller que la façade donnant sur le jardin, il fit murer toutes les fenêtres du rez-de-chaussée et du premier étage qui ouvraient sur la rue Dufrénoy. Ensuite il demanda le concours d'une maison spéciale qui assumait la sécurité absolue des propriétés. On plaça chez lui, à chaque fenêtre de la galerie où furent pendues les tapisseries, des appareils à déclenchement, invisibles, dont il connaissait seul la position et qui, au moindre contact, allumaient toutes les ampoules électriques de l'hôtel et faisaient fonctionner tout un système de timbres et de sonneries.

En outre, les Compagnies d'assurances auxquelles il s'adressa ne consentirent à s'engager de façon sérieuse que s'il installait la nuit, au rez-de-chaussée de son hôtel, trois hommes fournis par elle et payés par lui. À cet effet, elles choisirent trois anciens inspecteurs, sûrs, éprouvés, et auxquels Lupin inspirait une haine vigoureuse.

Quant à ses domestiques, le colonel les connaissait de longue date. Il en répondait.

Toutes ces mesures prises, la défense de l'hôtel organisée comme celle d'une place forte, le colonel donna une grande fête d'inauguration, sorte de vernissage où furent conviés les membres des deux cercles dont il faisait partie, ainsi qu'un certain nombre de dames, de journalistes, d'amateurs et de critiques d'art.

Aussitôt franchie la grille du jardin, il semblait que l'on pénétrât dans une prison. Les trois inspecteurs, postés au bas de l'escalier, vous réclamaient votre carte d'invitation et vous dévisageaient d'un œil soupçonneux. On eût dit qu'ils allaient vous fouiller ou prendre les empreintes de vos doigts.

Le colonel, qui recevait au premier étage, s'excusait en riant, heureux d'expliquer les dispositions qu'il avait imaginées pour la sécurité de ses tapisseries.

Sa femme se tenait auprès de lui, charmante de jeunesse et de grâce, blonde, pâle, flexible, avec un air mélancolique et doux, cet air de résignation des êtres que le destin menace.

Lorsque tous les invités furent réunis, on ferma les grilles du jardin et les portes du vestibule. Puis on passa dans la galerie centrale, à laquelle on accédait par de doubles portes blindées, et dont les fenêtres, munies d'énormes volets, étaient protégées par des barreaux de fer. Là se trouvaient les douze tapisseries.

C'étaient des œuvres d'art incomparables, qui, s'inspirant de la fameuse tapisserie de Bayeux, attribuée à la reine Mathilde, représentaient l'histoire de la conquête de l'Angleterre. Commandées au XVIe siècle par le descendant d'un homme d'armes qui accompagnait Guillaume le Conquérant, exécutées par un célèbre tisserand d'Arras, Jehan Gosset, elles avaient été retrouvées quatre cents ans après, au fond d'un vieux manoir de Bretagne. Prévenu, le colonel avait enlevé l'affaire au prix de cinquante mille francs. Elles en valaient vingt fois autant.

Mais la plus belle des douze pièces de la série, la plus originale, bien que le sujet ne fût pas traité par la reine Mathilde, était précisément celle qu'Arsène Lupin avait cambriolée, et qu'on avait réussi à lui reprendre. Elle représentait Édith au Cou de Cygne, cherchant parmi les morts d'Hastings le cadavre de son bien-aimé Harold, le dernier roi saxon.

Devant celle-là, devant la beauté naïve du dessin, devant les couleurs éteintes, et le groupement animé des personnages, et la tristesse affreuse de la scène, les invités s'enthousiasmèrent... Édith au Cou de Cygne, la reine infortunée, ployait comme un lis trop lourd. Sa robe blanche révélait son corps alangui. Ses longues mains fines se tendaient en un geste d'effroi et de supplication. Et rien n'était plus douloureux que son profil qu'animait le plus mélancolique et le plus désespéré des sourires.

« Sourire poignant, nota l'un des critiques, que l'on écoutait avec déférence... un sourire plein de charme, d'ailleurs, et qui me fait penser, colonel, au sourire de Mme Sparmiento. »

Et, la remarque paraissant juste, il insista :

« Il y a d'autres points de ressemblance qui m'ont frappé tout de suite, comme la courbe très gracieuse de la nuque, comme la finesse des mains... et aussi quelque chose dans la silhouette, dans l'attitude habituelle...

— C'est tellement vrai, ajouta le colonel, que cette ressemblance m'a décidé à l'achat des tapisseries. Et il y avait à cela une autre raison. C'est que, par une coïncidence véritablement curieuse, ma femme s'appelle précisément Édith... Édith au Cou de Cygne, l'ai-je appelée depuis. »

Et le colonel ajouta en riant :

« Je souhaite que les analogies s'arrêtent là et que ma chère Édith n'ait pas, comme la pauvre amante de l'histoire, à chercher le cadavre de son bien-aimé. Dieu merci ! je suis bien vivant, et n'ai pas envie de mourir. Il n'y a que le cas où les tapisseries disparaîtraient... Alors, ma foi, je ne répondrais pas d'un coup de tête... »

Il riait en prononçant ces paroles, mais son rire n'eut pas d'écho, et les jours suivants, dans tous les récits qui parurent au sujet de cette soirée, on retrouva la même impression de gêne et de silence. Les assistants ne savaient plus que dire.

Quelqu'un voulut plaisanter :

« Vous ne vous appelez pas Harold, colonel ?

— Ma foi, non, déclara-t-il, et sa gaieté ne se démentait pas. Non, je ne m'appelle pas ainsi, et je n'ai pas non plus la moindre ressemblance avec le roi saxon. »

Tout le monde, depuis, fut également d'accord pour affirmer que, à ce moment, comme le colonel terminait sa phrase, du côté des fenêtres (celle de droite ou celle du milieu, les opinions ont varié sur ce point), il y eut un premier coup de timbre, bref, aigu, sans modulations. Ce coup fut suivi d'un cri de terreur que poussa Mme Sparmiento, en saisissant le bras de son mari. Il s'exclama :

« Qu'est-ce que c'est ? Qu'est-ce que ça veut dire ? »

Immobiles, les invités regardaient vers les fenêtres. Le colonel répéta :

« Qu'est-ce que ça veut dire ? Je ne comprends pas. Personne que moi ne connaît l'emplacement de ce timbre… »

Et, au même instant – là-dessus encore unanimité des témoignages –, au même instant, l'obscurité soudaine, absolue, et, tout de suite, du haut en bas de l'hôtel, dans tous les salons, dans toutes les chambres, à toutes les fenêtres, le vacarme étourdissant de tous les timbres et de toutes les sonneries.

Ce fut, durant quelques secondes, le désordre imbécile, l'épouvante folle. Les femmes vociféraient. Les hommes cognaient aux portes closes, à grands coups de poing. On se bousculait. On se battait. Des gens tombèrent, que l'on piétina. On eût dit la panique d'une foule terrifiée par la menace des flammes, ou par la détonation d'obus. Et, dominant le tumulte, la voix du colonel qui hurlait :

« Silence !… ne bougez pas !… Je réponds de tout !… L'interrupteur est là… dans le coin… Voici… »

De fait, s'étant frayé un passage à travers ses invités, il parvint à l'angle de la galerie et, subitement, la lumière électrique jaillit de nouveau, tandis que s'arrêtait le tourbillon des sonneries.

Alors, dans la clarté brusque, un étrange spectacle apparut. Deux dames étaient évanouies. Pendue au bras de son mari, agenouillée, livide, Mme Sparmiento semblait morte. Les hommes, pâles, la cravate défaite, avaient l'air de combattants.

« Les tapisseries sont là ! » cria quelqu'un.

On fut très étonné, comme si la disparition de ces tapisseries eût dû résulter naturellement de l'aventure et en donner la seule explication plausible.

Mais rien n'avait bougé. Quelques tableaux de prix, accrochés aux murs, s'y trouvaient encore. Et, bien que le même tapage se fût répercuté dans tout l'hôtel, bien que les ténèbres se fussent produites partout, les inspecteurs n'avaient vu personne entrer ni personne tenter de s'introduire…

« D'ailleurs, dit le colonel, il n'y a que les fenêtres de la galerie qui soient munies d'appareils à sonnerie, et ces appareils, dont je suis le seul à connaître le mécanisme, je ne les avais pas remontés. »

On rit bruyamment de l'alerte, mais on riait sans conviction, et avec une certaine honte, tellement chacun sentait l'absurdité de sa propre conduite. Et l'on n'eut qu'une hâte, ce fut de quitter cette maison où l'on respirait, malgré tout, une atmosphère d'inquiétude et d'angoisse.

Deux journalistes pourtant demeurèrent, que le colonel rejoignit après avoir soigné Édith et l'avoir remise aux mains des femmes de chambre. À eux trois, ils firent, avec les détectives, une enquête qui n'amena pas d'ailleurs la découverte du plus petit détail intéressant. Puis le colonel déboucha une bouteille de champagne. Et ce n'est par conséquent qu'à une heure avancée de la nuit – exactement deux heures quarante-cinq – que les journalistes s'en allèrent, que le colonel regagna son appartement, et que les détectives se retirèrent dans la chambre du rez-de-chaussée qui leur était réservée.

À tour de rôle, ils prirent la garde, garde qui consistait d'abord à se tenir éveillé, puis à faire une ronde dans le jardin et à monter jusqu'à la galerie.

Cette consigne fut ponctüellement exécutée, sauf de cinq heures à sept heures du matin où, le sommeil l'emportant, ils ne firent point de ronde. Mais dehors, c'était le grand jour. En outre, s'il y avait eu le moindre appel des sonneries, n'auraient-ils pas été réveillés ?

Cependant, à sept heures vingt, quand l'un d'eux eut ouvert la porte de la galerie et poussé les volets, il constata que les douze tapisseries avaient disparu.

Par la suite, on a reproché à cet homme et à ses camarades de n'avoir pas donné l'alarme immédiatement, et d'avoir commencé les investigations avant de prévenir le colonel et de téléphoner au commissariat. Mais en quoi ce retard, si excusable, a-t-il entravé l'action de la police ?

Quoi qu'il en soit, c'est à huit heures et demie seulement que le colonel fut averti. Il était tout habillé et se disposait à sortir. La nouvelle ne sembla pas l'émouvoir outre mesure, ou, du moins, il réussit à se dominer. Mais l'effort devait être trop grand, car, tout à coup, il tomba sur une chaise et s'abandonna quelques instants à un véritable accès de désespoir, très pénible à considérer chez cet homme d'une apparence si énergique.

Se reprenant, maître de lui, il passa dans la galerie, examina les murailles nues, puis s'assit devant une table et griffonna rapidement une lettre qu'il mit sous enveloppe et cacheta.

« Tenez, dit-il, je suis pressé… un rendez-vous urgent… voici une lettre pour le commissaire de police. »

Et comme les inspecteurs l'observaient, il ajouta :

« C'est mon impression que je donne au commissaire… un soupçon qui me vient… Qu'il se rende compte… De mon côté, je vais me mettre en campagne… »

Il partit, en courant, avec des gestes dont les inspecteurs devaient se rappeler l'agitation.

Quelques minutes après, le commissaire de police arrivait. On lui donna la lettre. Elle contenait ces mots :

Que ma femme bien-aimée me pardonne le chagrin que je vais lui causer. Jusqu'au dernier moment, son nom sera sur mes lèvres.

Ainsi, dans un moment de folie, à la suite de cette nuit où la tension nerveuse avait suscité en lui une sorte de fièvre, le colonel Sparmiento courait au suicide. Aurait-il le courage d'exécuter un tel acte ? ou bien, à la dernière minute, sa raison le retiendrait-elle ?

On prévint Mme Sparmiento.

Pendant qu'on faisait des recherches et qu'on essayait de retrouver la trace du colonel, elle attendit, toute pantelante d'horreur.

Vers la fin de l'après-midi, on reçut de Ville-d'Avray un coup de téléphone. Au sortir d'un tunnel, après le passage d'un train, des employés avaient trouvé le corps d'un homme affreusement mutilé, et dont le visage n'avait plus forme humaine. Les poches ne contenaient aucun papier. Mais le signalement correspondait à celui du colonel.

À sept heures du soir, Mme Sparmiento descendait d'automobile à Ville-d'Avray. On la conduisit dans une des chambres de la gare. Quand on eut écarté le drap qui le recouvrait, Édith, Édith au Cou de Cygne, reconnut le cadavre de son mari.

En cette circonstance, Lupin, selon l'expression habituelle, n'eut pas une bonne presse.

« Qu'il prenne garde ! écrivit un chroniqueur ironiste, lequel résumait bien l'opinion générale, il ne faudrait pas beaucoup d'histoires de ce genre pour lui faire perdre toute la sympathie que nous ne lui avons pas marchandée jusqu'alors. Lupin n'est acceptable que si ses coquineries sont commises au préjudice de banquiers véreux, de barons allemands, de rastaquouères équivoques, de sociétés financières et anonymes. Et surtout, qu'il ne tue pas ! Des mains de cambrioleur, soit, mais des mains d'assassin, non ! Or, s'il n'a pas tué, il est du moins responsable de cette mort. Il y a du sang sur lui. Les armes de son blason sont rouges… »

La colère, la révolte publique s'aggravaient de toute la pitié qu'inspirait la pâle figure d'Édith. Les invités de la veille parlèrent. On sut les détails impressionnants de la soirée, et aussitôt une légende se forma autour de la blonde Anglaise, légende qui empruntait un caractère vraiment tragique à l'aventure populaire de la reine au Cou de Cygne.

Et pourtant on ne pouvait se retenir d'admirer l'extraordinaire virtuosité avec laquelle le vol avait été accompli. Tout de suite, la police l'expliqua de cette façon : les détectives ayant constaté, dès l'abord, et ayant affirmé par la suite qu'une des trois fenêtres de la galerie était grande ouverte, comment douter que Lupin et ses complices ne se fussent introduits par cette fenêtre ?

Hypothèse fort plausible. Mais alors comment avaient-ils pu : 1° Franchir la grille du jardin, à l'aller et au retour, sans que personne les aperçût ? 2° Traverser le jardin et planter une échelle dans la plate-bande, sans laisser la moindre trace ? 3° Ouvrir les volets et la fenêtre, sans faire jouer les sonneries et les lumières de l'hôtel ?

Le public, lui, accusa les trois détectives. Le juge d'instruction les interrogea longuement, fit une enquête minutieuse sur leur vie privée, et déclara de la manière la plus formelle qu'ils étaient au-dessus de tout soupçon.

Quant aux tapisseries, rien ne permettait de croire qu'on pût les retrouver.

C'est à ce moment que l'inspecteur principal Ganimard revint du fond des Indes, où, après l'aventure du diadème et la disparition de Sonia Krichnoff[1], et sur la foi d'un ensemble de preuves irréfutables qui lui avaient été fournies par d'anciens complices de Lupin, il suivait la piste de Lupin. Roulé une fois de plus par son éternel adversaire, et supposant que celui-ci l'avait envoyé en Extrême-Orient pour se débarrasser de lui pendant l'affaire des tapisseries, il demanda à ses chefs un congé de quinze jours, se présenta chez Mme Sparmiento, et lui promit de venger son mari.

Édith en était à ce point où l'idée de la vengeance n'apporte même pas de soulagement à la douleur qui vous torture. Le soir même de l'enterrement, elle avait congédié les trois inspecteurs, et remplacé, par un seul domestique et par une vieille femme de ménage, tout un personnel dont la vue lui rappelait trop cruellement le passé. Indifférente à tout, enfermée dans sa chambre, elle laissa Ganimard libre d'agir comme il l'entendait.

Il s'installa donc au rez-de-chaussée et, tout de suite, se livra aux investigations les plus minutieuses. Il recommença l'enquête, se renseigna dans le quartier, étudia la disposition de l'hôtel, fit jouer vingt fois, trente fois, chacune des sonneries.

Au bout de quinze jours, il demanda une prolongation de son congé. Le chef de la Sûreté, qui était alors M. Dudouis, vint le voir, et le surprit au haut d'une échelle dans la galerie.

---

1. Aventure racontée dans la pièce *Arsène Lupin*.

Ce jour-là, l'inspecteur principal avoua l'inutilité de ses recherches.

Mais, le surlendemain, M. Dudouis, repassant par là, trouva Ganimard fort soucieux. Un paquet de journaux s'étalait devant lui. À la fin, pressé de questions, l'inspecteur principal murmura :

« Je ne sais rien, chef, absolument rien, mais il y a une diable d'idée qui me tracasse… Seulement, c'est tellement fou !… Et puis ça n'explique pas… Au contraire, ça embrouille les choses plutôt…

— Alors ?

— Alors, chef, je vous supplie d'avoir un peu de patience… de me laisser faire. Mais si, tout à coup, un jour ou l'autre, je vous téléphonais, il faudrait sauter dans une auto et ne pas perdre une minute… C'est que le pot aux roses serait découvert. »

Il se passa encore quarante-huit heures. Un matin, M. Dudouis reçut un petit bleu :

JE VAIS À LILLE. SIGNÉ : GANIMARD.

« Que diable, se dit le chef de la Sûreté, peut-il aller faire là-bas ? »

La journée s'écoula sans nouvelles, et puis une autre encore.

Mais M. Dudouis avait confiance. Il connaissait son Ganimard et n'ignorait pas que le vieux policier n'était point de ces gens qui s'emballent sans raison. Si Ganimard « marchait », c'est qu'il avait des motifs sérieux pour marcher.

De fait, le soir de cette seconde journée, M. Dudouis fut appelé au téléphone.

« C'est vous, chef ?

— Est-ce vous, Ganimard ? »

Hommes de précaution tous deux, ils s'assurèrent qu'ils ne se trompaient pas l'un et l'autre sur leur identité. Et, tranquillisé, Ganimard reprit hâtivement :

« Dix hommes tout de suite, chef. Et venez vous-même, je vous en prie.

— Où êtes-vous ?

— Dans la maison, au rez-de-chaussée. Mais je vous attendrai derrière la grille du jardin.

— J'arrive. En auto, bien entendu ?

— Oui, chef. Faites arrêter l'auto à cent pas. Un léger coup de sifflet, et j'ouvrirai. »

Les choses s'exécutèrent selon les prescriptions de Ganimard. Un peu après minuit, comme toutes les lumières étaient éteintes aux étages supérieurs, il se glissa dans la rue et alla au-devant de M. Dudouis. Il y eut un rapide conciliabule. Les agents obéirent aux ordres de Ganimard. Puis le chef et l'inspecteur principal revinrent ensemble, traversèrent sans bruit le jardin, et s'enfermèrent avec les plus grandes précautions.

« Eh bien quoi ? dit M. Dudouis. Qu'est-ce que tout cela signifie ? Vraiment, nous avons l'air de conspirateurs. »

Mais Ganimard ne riait pas. Jamais son chef ne l'avait vu dans un tel état d'agitation et ne l'avait entendu parler d'une voix aussi bouleversée.

« Du nouveau, Ganimard ?

— Oui, chef, et cette fois !... Mais c'est à peine si je peux y croire... Pourtant je ne me trompe pas... Je tiens toute la vérité... Et elle a beau être invraisemblable, c'est la vraie vérité... Il n'y en a pas d'autre... C'est ça et pas autre chose. »

Il essuya les gouttes de sueur qui découlaient de son front, et, M. Dudouis l'interrogeant, il se domina, avala un verre d'eau, et commença :

« Lupin m'a souvent roulé...

— Dites donc, Ganimard ? interrompit M. Dudouis, si vous alliez droit au but ? En deux mots, qu'y a-t-il ?

— Non, chef, objecta l'inspecteur principal, il faut que vous sachiez les différentes phases par où j'ai passé. Excusez-moi, mais je crois cela indispensable. »

Et il répéta :

« Je disais donc, chef, que Lupin m'a souvent roulé, et qu'il m'en a fait voir de toutes les couleurs. Mais dans ce duel où j'ai toujours eu le dessous... jusqu'ici... j'ai du moins gagné l'expérience de son jeu, la connaissance de sa tactique. Or, en ce qui concerne l'affaire des tapisseries, j'ai été presque aussitôt conduit à me poser ces deux questions :

« 1° Lupin ne faisant jamais rien sans savoir où il va, devait envisager le suicide de M. Sparmiento comme une conséquence possible de la disparition des tapisseries. Cependant Lupin, qui a horreur du sang, a tout de même volé les tapisseries.

— L'appât des cinq ou six cent mille francs qu'elles valent, observa M. Dudouis.

— Non, chef, je vous le répète, quelle que soit l'occasion, pour rien au monde, même pour des millions et des millions, Lupin ne tuerait, ni même ne voudrait être la cause d'une mort. Voilà un premier point.

« 2° Pourquoi ce vacarme, la veille au soir, pendant la fête d'inauguration ? Évidemment pour effrayer, n'est-ce pas, pour créer autour de l'affaire, et en quelques minutes, une atmosphère d'inquiétude et de terreur, et finalement pour détourner les soupçons d'une vérité qu'on eût peut-être soupçonnée sans cela... Vous ne comprenez pas, chef ?

— Ma foi, non.

— En effet..., dit Ganimard, en effet ce n'est pas clair. Et moi-même, tout en me posant le problème en ces termes, je ne comprenais pas bien... Pourtant, j'avais l'impression d'être sur la bonne voie... Oui, il était hors de doute que Lupin voulait détourner les soupçons, les détourner sur lui, Lupin, entendons-nous... afin que la personne même qui dirigeait l'affaire demeurât inconnue.

— Un complice ? insinua M. Dudouis, un complice qui, mêlé aux invités, a fait fonctionner les sonneries... et qui, après le départ, a pu se dissimuler dans l'hôtel ?

— Voilà... Voilà... Vous brûlez, chef. Il est certain que les tapisseries, n'ayant pu être volées par quelqu'un qui s'est introduit subrepticement dans l'hôtel, l'ont été par quelqu'un qui est resté dans l'hôtel, et non moins certain qu'en examinant la liste des invités, et qu'en procédant à une enquête sur chacun d'eux, on pourrait...

— Eh bien ?

— Eh bien, chef, il y a un mais... c'est que les trois détectives tenaient cette liste en main quand les invités sont arrivés, et qu'ils la tenaient encore au départ. Or soixante-trois invités sont entrés, et soixante-trois sont partis. Donc...

— Alors un domestique ?
— Non.
— Les détectives ?
— Non.
— Cependant… Cependant…, dit le chef avec impatience, si le vol a été commis de l'intérieur…
— C'est un point indiscutable, affirma l'inspecteur, dont la fièvre semblait croître. Là-dessus, pas d'hésitation. Toutes mes recherches aboutissaient à la même certitude. Et ma conviction devenait peu à peu si grande que j'en arrivai un jour à formuler cet axiome ahurissant :
« En théorie et en fait, le vol n'a pu être commis qu'avec l'aide d'un complice habitant l'hôtel. Or il n'y a pas eu de complice.
— Absurde, dit M. Dudouis.
— Absurde, en effet, dit Ganimard, mais à l'instant même où je prononçais cette phrase absurde, la vérité surgissait en moi.
— Hein ?
— Oh ! une vérité bien obscure, bien incomplète, mais suffisante. Avec ce fil conducteur, je devais aller jusqu'au bout. Comprenez-vous, chef ? »
M. Dudouis demeurait silencieux. Le même phénomène devait se produire en lui, qui s'était produit en Ganimard. Il murmura :
« Si ce n'est aucun des invités, ni les domestiques, ni les détectives, il ne reste plus personne…
— Si, chef, il reste quelqu'un… »
M. Dudouis tressaillit comme s'il eût reçu un choc, et, d'une voix qui trahissait son émotion :
« Mais non, voyons, c'est inadmissible.
— Pourquoi ?
— Voyons, réfléchissez…
— Parlez donc, chef… Allez-y.
— Quoi !… Non, n'est-ce pas ?
— Allez-y, chef.
— Impossible ! Quoi ! Sparmiento aurait été le complice de Lupin ! »
Ganimard eut un ricanement :

« Parfait… le complice d'Arsène Lupin… De la sorte tout s'explique. Pendant la nuit, et tandis que les trois détectives veillaient en bas, ou plutôt qu'ils dormaient, car le colonel Sparmiento leur avait fait boire du champagne peut-être pas très catholique, ledit colonel a décroché les tapisseries et les a fait passer par les fenêtres de sa chambre, laquelle chambre, située au deuxième étage, donne sur une autre rue, que l'on ne surveillait pas, puisque les fenêtres intérieures sont murées. »

M. Dudouis réfléchit, puis haussa les épaules :

« Inadmissible !

— Et pourquoi donc ?

— Pourquoi ? Parce que si le colonel avait été le complice d'Arsène Lupin, il ne se serait pas tué après avoir réussi son coup.

— Et qui vous dit qu'il s'est tué ?

— Comment ! Mais on l'a retrouvé, mort.

— Avec Lupin, je vous l'ai dit, il n'y a pas de mort.

— Cependant celui-ci fut réel. En outre, Mme Sparmiento l'a reconnu.

— Je vous attendais là, chef. Moi aussi, l'argument me tracassait. Voilà que, tout à coup, au lieu d'un individu, j'en avais trois en face de moi : 1° Arsène Lupin, cambrioleur ; 2° Son complice, le colonel Sparmiento ; 3° Un mort. Trop de richesses : Seigneur Dieu ! n'en jetez plus ! »

Ganimard saisit une liasse de journaux, la déficela et présenta l'un d'eux à M. Dudouis.

« Vous vous rappelez, chef… Quand vous êtes venu, je feuilletais les journaux… Je cherchais si, à cette époque, il n'y avait pas eu un incident qui pût se rapporter à votre histoire et confirmer mon hypothèse. Veuillez lire cet entrefilet. »

M. Dudouis prit le journal et, à haute voix, il lut :

« *Un fait bizarre nous est signalé par notre correspondant de Lille. À la Morgue de cette ville, on a constaté hier matin la disparition d'un cadavre, le cadavre d'un inconnu qui s'était jeté la veille sous les roues d'un tramway à vapeur… On se perd en conjectures sur cette disparition.* »

M. Dudouis demeura pensif, puis demanda :

« Alors… Vous croyez ?

— J'arrive de Lille, répondit Ganimard, et mon enquête ne laisse subsister aucun doute à ce propos. Le cadavre a été enlevé la nuit même où le colonel Sparmiento donnait sa fête d'inauguration. Transporté dans une automobile, il a été conduit directement à Ville-d'Avray où l'automobile resta jusqu'au soir près de la ligne de chemin de fer.

— Par conséquent, acheva M. Dudouis, près du tunnel.

— À côté, chef.

— De sorte que le cadavre que l'on a retrouvé n'est autre que ce cadavre-là, habillé des vêtements du colonel Sparmiento.

— Précisément, chef.

— De sorte que le colonel Sparmiento est vivant ?

— Comme vous et moi, chef.

— Mais alors, pourquoi toutes ces aventures ? Pourquoi ce vol d'une seule tapisserie, puis sa restitution, puis le vol des douze ? Pourquoi cette fête d'inauguration ? et ce vacarme ? et tout enfin ? Votre histoire ne tient pas debout, Ganimard.

— Elle ne tient pas debout, chef, parce que vous vous êtes, comme moi, arrêté en chemin, parce que, si cette aventure est déjà étrange, il fallait cependant aller encore plus loin, beaucoup plus loin vers l'invraisemblable et le stupéfiant. Et pourquoi pas, après tout ? Est-ce qu'il ne s'agit pas d'Arsène Lupin ? Est-ce que nous ne devons pas, avec lui, nous attendre justement à ce qui est invraisemblable et stupéfiant ? Ne devons-nous pas nous orienter vers l'hypothèse la plus folle ? Et quand je dis la plus folle, le mot n'est pas exact. Tout cela, au contraire, est d'une logique admirable et d'une simplicité enfantine. Des complices ? Ils vous trahissent. Des complices ? À quoi bon ! quand il est si commode et si naturel d'agir soi-même, en personne, avec ses propres mains, et par ses seuls moyens !

— Qu'est-ce que vous dites ?… Qu'est-ce que vous dites ?… » scanda M. Dudouis, avec un effarement qui croissait à chaque exclamation.

Ganimard eut un nouveau ricanement.

« Ça vous suffoque, n'est-ce pas, chef ? C'est comme moi le jour où vous êtes venu me voir ici et que l'idée me travaillait. J'étais abruti de surprise. Et pourtant, je l'ai pratiqué, le client. Je sais de quoi il est capable… Mais celle-là, non, elle est trop roide !

— Impossible ! Impossible ! répétait M. Dudouis, à voix basse.

— Très possible, au contraire, chef, et très logique, et très normal, aussi limpide que le mystère de la Sainte-Trinité. C'est la triple incarnation d'un seul et même individu ! Un enfant résoudrait ce problème en une minute, par simple élimination. Supprimons le mort, il nous reste Sparmiento et Lupin. Supprimons Sparmiento…

— Il nous reste Lupin, murmura le chef de la Sûreté.

— Oui, chef, Lupin tout court, Lupin en deux syllabes et en cinq lettres. Lupin décortiqué de son enveloppe brésilienne. Lupin ressuscité d'entre les morts, Lupin qui, transformé depuis six mois en colonel Sparmiento, voyageant en Bretagne, apprend la découverte de douze tapisseries, les achète, combine le vol de la plus belle, pour attirer l'attention sur lui, Lupin, et pour la détourner de lui, Sparmiento, organise à grand fracas, devant le public ébahi, le duel de Lupin contre Sparmiento et de Sparmiento contre Lupin, projette et réalise la fête d'inauguration, épouvante ses invités, et, lorsque tout est prêt, se décide, en tant que Lupin vole les tapisseries de Sparmiento, en tant que Sparmiento disparaît victime de Lupin et meurt insoupçonné, insoupçonnable, regretté par ses amis, plaint par la foule et laissant derrière lui, pour empocher les bénéfices de l'affaire… »

Ici, Ganimard s'arrêta, regarda le chef et, d'un ton qui soulignait l'importance de ses paroles, acheva :

« Laissant derrière lui une veuve inconsolable.

— Mme Sparmiento ! Vous croyez vraiment…

— Dame, fit l'inspecteur principal, on n'échafaude pas toute une histoire comme celle-ci sans qu'il y ait quelque chose au bout… des bénéfices sérieux.

— Mais les bénéfices, il me semble qu'ils sont constitués par la vente que Lupin fera des tapisseries… en Amérique ou ailleurs.

— D'accord, mais cette vente, le colonel Sparmiento pouvait aussi bien l'effectuer. Et même mieux. Donc, il y a autre chose.

— Autre chose ?

— Voyons, chef, vous oubliez que le colonel Sparmiento a été victime d'un vol important, et que, s'il est mort, du moins sa veuve demeure. C'est donc sa veuve qui touchera.

— Qui touchera quoi ?

— Comment, quoi ? Mais ce qu'on lui doit… le montant des assurances. »

M. Dudouis fut stupéfait. Toute l'aventure lui apparaissait d'un coup, avec sa véritable signification. Il murmura :

« C'est vrai… c'est vrai… le colonel avait assuré ses tapisseries…

— Parbleu ! Et pas pour rien.

— Pour combien ?

— Huit cent mille francs.

— Huit cent mille francs !

— Comme je vous le dis. À cinq compagnies différentes.

— Et Mme Sparmiento les a touchés ?

— Elle a touché cent cinquante mille francs hier, deux cent mille francs aujourd'hui, pendant mon absence. Les autres paiements s'échelonneront cette semaine.

— Mais c'est effrayant ! Il eût fallu…

— Quoi, chef ? D'abord, ils ont profité de mon absence pour les règlements de comptes. C'est à mon retour, par la rencontre imprévue d'un directeur de compagnie d'assurances que je connais et que j'ai fait parler, que j'ai appris la chose. »

Le chef de la Sûreté se tut assez longtemps, abasourdi, puis il marmotta :

« Quel homme, tout de même ! »

Ganimard hocha la tête.

« Oui, chef, une canaille, mais on doit l'avouer, un rude homme. Pour que son plan réussît, il fallait avoir manœuvré de telle sorte que, pendant quatre ou cinq semaines, personne ne pût émettre ou même concevoir le moindre doute sur le colonel Sparmiento. Il fallait que toutes les colères et toutes les recherches fussent concentrées sur le seul Lupin. Il fallait que, en dernier ressort, on se trouvât simplement en face d'une veuve douloureuse, pitoyable, la pauvre Édith au Cou de Cygne, vision de grâce et de légende, créature si touchante que ces messieurs des Assurances étaient presque heureux de déposer entre ses mains de quoi atténuer son chagrin. Voilà ce qui fut. »

Les deux hommes étaient tout près l'un de l'autre et leurs yeux ne se quittaient pas.

Le chef dit :

« Qu'est-ce que c'est que cette femme ?

— Sonia Krichnoff !

— Sonia Krichnoff ?

— Oui, cette Russe que j'avais arrêtée l'année dernière, lors de l'affaire du diadème, et que Lupin a fait fuir.

— Vous êtes sûr ?

— Absolument. Dérouté comme tout le monde par les machinations de Lupin, je n'avais pas porté mon attention sur elle. Mais, quand j'ai su le rôle qu'elle jouait, je me suis souvenu. C'est bien Sonia, métamorphosée en Anglaise… Sonia, qui, par amour pour Lupin, n'hésiterait pas à se faire tuer. »

M. Dudouis approuva :

« Bonne prise, Ganimard.

— J'ai mieux à vous offrir, chef.

— Ah ! et quoi donc ?

— La vieille nourrice de Lupin.

— Victoire ?

— Elle est ici depuis que Mme Sparmiento joue les veuves : c'est la cuisinière.

— Oh ! Oh ! fit M. Dudouis, mes compliments, Ganimard !

— J'ai encore mieux à vous offrir, chef ! »

M. Dudouis tressauta. La main de l'inspecteur, de nouveau accrochée à la sienne, tremblait.

« Que voulez-vous dire, Ganimard ?

— Pensez-vous, chef, que je vous aurais dérangé à cette heure, s'il ne s'agissait que de ce gibier-là ? Sonia et Victoire. Peuh ! Elles auraient bien attendu.

— Alors ? murmura M. Dudouis qui comprenait enfin l'agitation de l'inspecteur principal.

— Alors, vous avez deviné, chef !
— Il est là ?
— Il est là.
— Caché ?
— Pas du tout, camouflé, simplement. C'est le domestique. »
Cette fois, M. Dudouis n'eut pas un geste, pas une parole. L'audace de Lupin le confondait.
Ganimard ricana :
« La Sainte-Trinité s'est accrue d'un quatrième personnage, Édith au Cou de Cygne aurait pu faire des gaffes. La présence du maître était nécessaire ; il a eu le culot de revenir. Depuis trois semaines, il assiste à mon enquête et en surveille tranquillement les progrès.
— Vous l'avez reconnu ?
— On ne reconnaît pas Lupin. Il a une science du maquillage et de la transformation qui le rend méconnaissable. Et puis j'étais à mille lieues de penser… Mais ce soir, comme j'épiais Sonia dans l'ombre de l'escalier, j'ai entendu Victoire qui parlait au domestique et l'appelait "mon petit". La lumière s'est faite en moi ; "mon petit", c'est ainsi qu'elle l'a toujours désigné : j'étais fixé. »
À son tour, M. Dudouis semblait bouleversé par la présence de l'ennemi, si souvent poursuivi et toujours insaisissable.
« Nous le tenons, cette fois… nous le tenons, dit-il sourdement. Il ne peut plus nous échapper.
— Non, chef, il ne le peut plus, ni lui ni les deux femmes…
— Où sont-ils ?
— Sonia et Victoire sont au second étage, Lupin au troisième.
— Mais, observa M. Dudouis avec une inquiétude soudaine, n'est-ce pas précisément par les fenêtres de ces chambres que les tapisseries ont été passées, lors de leur disparition ?
— Oui.
— En ce cas, Lupin peut s'enfuir par là également, puisque ces fenêtres donnent dans la rue Dufrénoy.
— Évidemment, chef, mais j'ai pris mes précautions. Dès votre arrivée, j'ai envoyé quatre de nos hommes sous la fenêtre, dans la

rue Dufrénoy. La consigne est formelle : si quelqu'un apparaît aux fenêtres et fait mine de descendre, qu'on tire. Le premier coup à blanc, le deuxième à balle.

— Allons, Ganimard, vous avez pensé à tout, et, dès le petit matin…

— Attendre, chef ! Prendre des gants avec ce coquin-là ! S'occuper des règlements et de l'heure légale et de toutes ces bêtises ! Et s'il nous brûle la politesse pendant ce temps ? S'il a recours à l'un de ses trucs à la Lupin ? Ah ! non, pas de blagues. Nous le tenons, sautons dessus, et tout de suite. »

Et Ganimard, indigné, tout frémissant d'impatience, sortit, traversa le jardin et fit entrer une demi-douzaine d'hommes.

« Ça y est, chef ! j'ai fait donner l'ordre, rue Dufrénoy, de mettre le revolver au poing et de viser les fenêtres. Allons-y. »

Ces allées et venues avaient fait un certain bruit, qui certainement n'avait pas échappé aux habitants de l'hôtel. M. Dudouis sentait qu'il avait la main forcée. Il se décida.

« Allons-y. »

L'opération fut rapide.

À huit, armés de leurs brownings, ils montèrent l'escalier sans trop de précautions, avec la hâte de surprendre Lupin avant qu'il n'eût le temps d'organiser sa défense.

« Ouvrez », hurla Ganimard, en se ruant sur une porte qui était celle de la chambre occupée par Mme Sparmiento.

D'un coup d'épaule, un agent la démolit.

Dans la chambre, personne. Et dans la chambre de Victoire, personne non plus !

« Elles sont en haut ! s'écria Ganimard. Elles ont rejoint Lupin dans sa mansarde. Attention ! »

Tous les huit, ils escaladèrent le troisième étage. À sa grande surprise, Ganimard trouva la porte de la mansarde ouverte et la mansarde vide. Et les autres pièces étaient vides aussi.

« Crénom de crénom ! proféra-t-il, que sont-ils devenus ? »

Mais le chef l'appela. M. Dudouis, qui venait de redescendre au second étage, constatait que l'une des fenêtres était, non point fermée, mais simplement poussée.

« Tenez, dit-il à Ganimard, voilà le chemin qu'ils ont pris : le chemin des tapisseries. Je vous l'avais dit… la rue Dufrénoy.

— Mais on aurait tiré dessus, protesta Ganimard qui grinçait de rage, la rue est gardée.

— Ils seront partis avant que la rue ne soit gardée.

— Ils étaient tous les trois dans leur chambre quand je vous ai téléphoné, chef !

— Ils seront partis pendant que vous m'attendiez du côté du jardin.

— Mais pourquoi ? Pourquoi ? Il n'y avait aucune raison pour qu'ils partent aujourd'hui plutôt que demain, ou que la semaine prochaine, après avoir empoché toutes les assurances… »

Si, il y avait une raison, et Ganimard la connut lorsqu'il eut avisé sur la table une lettre à son nom, lorsqu'il l'eut décachetée et qu'il en eut pris connaissance. Elle était formulée en ces mêmes termes de certificat que l'on délivre aux serviteurs dont on est satisfait :

Je soussigné, Arsène Lupin, gentleman cambrioleur, ex-colonel, ex-larbin, ex-cadavre, certifie que le nommé Ganimard a fait preuve, durant son séjour en cet hôtel, des qualités les plus remarquables. D'une conduite exemplaire, dévoué, attentif, il a, sans le secours d'aucun indice, déjoué une partie de mes plans et sauvé quatre cent cinquante mille francs aux Compagnies d'assurances. Je l'en félicite et l'excuse bien volontiers de n'avoir pas prévu que le téléphone d'en bas communique avec le téléphone installé dans la chambre de Sonia Krichnoff et que, en téléphonant à M. le chef de la Sûreté, il me téléphonait en même temps d'avoir à déguerpir au plus vite. Faute vénielle, qui ne saurait obscurcir l'éclat de ses services ni diminuer le mérite de sa victoire.

En suite de quoi, je lui demande de bien vouloir accepter l'hommage de mon admiration et de ma vive sympathie.

Arsène Lupin.

LE FÉTU DE PAILLE

Ce jour-là, vers quatre heures, comme le soir approchait, maître Goussot s'en revint de la chasse avec ses quatre fils. C'étaient de rudes hommes, tous les cinq, hauts sur jambes, le torse puissant, le visage tanné par le soleil et par le grand air.

Et tous les cinq exhibaient, plantée sur une encolure énorme, la même petite tête au front bas, aux lèvres minces, au nez recourbé comme un bec d'oiseau, à l'expression dure et peu sympathique. On les craignait, autour d'eux. Ils étaient âpres au gain, retors, et d'assez mauvaise foi.

Arrivé devant le vieux rempart qui entoure le domaine d'Héberville, maître Goussot ouvrit une porte étroite et massive, dont il remit, lorsque ses fils eurent passé, la lourde clef dans sa poche. Et il marcha derrière eux, le long du chemin qui traverse les vergers. De place en place il y avait de grands arbres dépouillés par l'automne, et des groupes de sapins, vestiges de l'ancien parc où s'étend aujourd'hui la ferme de maître Goussot.

Un des fils prononça :

« Pourvu que la mère ait allumé quelques bûches !

— Sûrement, dit le père. Tiens, il y a même de la fumée. »

On voyait, au bout d'une pelouse, les communs et le logis principal, et, par-dessus, l'église du village dont le clocher semblait trouer les nuages bas qui traînaient au ciel.

« Les fusils sont déchargés ? demanda maître Goussot.

— Pas le mien, dit l'aîné. J'y avais glissé une balle pour casser la tête d'un émouchet… Et puis… »

Il tirait vanité de son adresse, celui-là. Et il dit à ses frères :

« Regardez la petite branche, au haut du cerisier. Je vous la casse net. »

Cette petite branche portait un épouvantail, resté là depuis le printemps, et qui protégeait de ses bras éperdus les rameaux sans feuilles.

Il épaula. Le coup partit.

Le mannequin dégringola avec de grands gestes comiques et tomba sur une grosse branche inférieure où il demeura rigide, à plat ventre, sa tête en linge coiffée d'un vaste chapeau haut de forme, et ses jambes en foin ballottant de droite et de gauche, au-dessus d'une fontaine qui coulait, près du cerisier, dans une auge de bois.

On se mit à rire. Le père applaudit :

« Joli coup, mon garçon. Aussi bien, il commençait à m'agacer, le bonhomme. Je ne pouvais pas lever les yeux de mon assiette, quand je mangeais, sans voir cet idiot-là. »

Ils avancèrent encore de quelques pas. Une vingtaine de mètres, tout au plus, les séparaient de la maison, quand le père fit une halte brusque et dit :

« Hein ? Qu'y a-t-il ? »

Les frères aussi s'étaient arrêtés, et ils écoutaient.

L'un d'eux murmura :

« Ça vient de la maison… du côté de la lingerie… »

Et un autre balbutia :

« On dirait des plaintes… Et la mère qui est seule ! »

Soudain un cri jaillit, terrible. Tous les cinq, ils s'élancèrent. Un nouveau cri retentit, puis des appels désespérés.

« Nous voilà ! nous voilà ! » proféra l'aîné qui courait en avant.

Et, comme il fallait faire un détour pour gagner la porte, d'un coup de poing il démolit une fenêtre et il sauta dans la chambre de ses parents. La pièce voisine était la lingerie où la mère Goussot se tenait presque toujours.

« Ah ! crebleu, dit-il, en la voyant sur le parquet, étendue, le visage couvert de sang. Papa ! Papa !

— Quoi ! où est-elle ? hurla maître Goussot qui survenait… Ah ! crebleu, c'est-y possible ?… Qu'est-ce qu'on t'a fait, la mère ? »

Elle se raidit et, le bras tendu, bégaya :

« Courez dessus ! Par ici !… Par ici !… Moi, c'est rien… des égratignures… Mais courez donc ! il a pris l'argent ! »

Le père et les fils bondirent.

« Il a pris l'argent ! vociféra maître Goussot, en se ruant vers la porte que sa femme désignait… Il a pris l'argent ! Au voleur ! »

Mais un tumulte de voix s'élevait à l'extrémité du couloir par où venaient les trois autres fils.

« Je l'ai vu ! Je l'ai vu !

— Moi aussi ! Il a monté l'escalier.

— Non, le voilà, il redescend ! »

Une galopade effrénée secouait les planchers. Subitement maître Goussot, qui arrivait au bout du couloir, aperçut un homme contre la porte du vestibule, essayant d'ouvrir. S'il y parvenait, c'était le salut, la fuite par la place de l'Église et par les ruelles du village.

Surpris dans sa besogne, l'homme, stupidement, perdit la tête, fonça sur maître Goussot qu'il fit pirouetter, évita le frère aîné et, poursuivi par les quatre fils, reprit le long couloir, entra dans la chambre des parents, enjamba la fenêtre qu'on avait démolie et disparut.

Les fils se jetèrent à sa poursuite au travers des pelouses et des vergers, que l'ombre de la nuit envahissait.

« Il est fichu, le bandit, ricana maître Goussot. Pas d'issue possible pour lui. Les murs sont trop hauts. Il est fichu. Ah ! la canaille ! »

Et comme ses deux valets revenaient du village, il les mit au courant et leur donna des fusils.

« Si ce gredin-là fait seulement mine d'approcher de la maison, leur dit-il, crevez-lui la peau. Pas de pitié ! »

Il leur désigna leurs postes, s'assura que la grande grille, réservée aux charrettes, était bien fermée, et, seulement alors, se souvint que sa femme avait peut-être besoin de secours.

« Eh bien, la mère ?

— Où est-il ? Est-ce qu'on l'a ? demanda-t-elle aussitôt.

— Oui, on est dessus. Les gars doivent le tenir déjà. »

Cette nouvelle acheva de la remettre, et un petit coup de rhum lui rendit la force de s'étendre sur son lit, avec l'aide de maître Goussot, et de raconter son histoire.

Ce ne fut pas long d'ailleurs. Elle venait d'allumer le feu dans la grande salle, et elle tricotait paisiblement à la fenêtre de sa chambre en attendant le retour des hommes, quand elle crut percevoir, dans la lingerie voisine, un grincement léger.

« Sans doute, se dit-elle, que c'est la chatte que j'aurai laissée là. »

Elle s'y rendit en toute sécurité et fut stupéfaite de voir que les deux battants de celle des armoires à linge où l'on cachait l'argent étaient ouverts. Elle s'avança, toujours sans défiance. Un homme était là, qui se dissimulait, le dos aux rayons.

« Mais par où avait-il passé ? demanda maître Goussot.

— Par où ? Mais par le vestibule, je suppose. On ne ferme jamais la porte.

— Et alors, il a sauté sur toi ?

— Non, c'est moi qui ai sauté. Lui, il voulait s'enfuir.

— Il fallait le laisser.

— Comment ! Et l'argent !

— Il l'avait donc déjà ?

— S'il l'avait ! Je voyais la liasse des billets dans ses mains, la canaille ! Je me serais plutôt fait tuer… Ah ! on s'est battu, va.

— Il n'était donc pas armé ?

— Pas plus que moi. On avait ses doigts, ses ongles, ses dents. Tiens, regarde, il m'a mordue, là. Et je criais ! et j'appelais. Seulement, voilà, je suis vieille… il m'a fallu lâcher.

— Tu le connais, l'homme ?

— Je crois bien que c'est le père Traînard.

— Le chemineau ? Eh ! parbleu, oui, s'écria le fermier, c'est le père Traînard… Il m'avait semblé aussi le reconnaître… Et puis, depuis trois jours, il rôde autour de la maison. Ah ! le vieux bougre, il aura senti l'odeur de l'argent ! Ah ! mon père Traînard, ce qu'on va rigoler ! Une raclée numéro un d'abord, et puis la justice. Dis donc, la mère, tu peux bien te lever maintenant ? Appelle donc les voisins. Qu'on coure à la gendarmerie… Tiens, il y a le gosse du notaire qui a une bicyclette… Sacré père Traînard, ce qu'il détalait ! Ah ! il a encore des jambes, pour son âge. Un vrai lapin ! »

Il se tenait les côtes, ravi de l'aventure. Que risquait-il ? Aucune puissance au monde ne pouvait faire que le chemineau s'échappât, qu'il ne reçût l'énergique correction qu'il méritait, et ne s'en allât, sous bonne escorte, à la prison de la ville.

Le fermier prit un fusil et rejoignit ses deux valets.

« Rien de nouveau ?

— Non, maître Goussot, pas encore.

— Ça ne va pas tarder. À moins que le diable ne l'enlève pardessus les murs… »

De temps à autre, on entendait les appels que se lançaient au loin les quatre frères. Évidemment le bonhomme se défendait, plus agile qu'on ne l'eût cru. Mais, avec des gaillards comme les frères Goussot…

Cependant l'un d'eux revint, assez découragé, et il ne cacha pas son opinion.

« Pas la peine de s'entêter pour l'instant. Il fait nuit noire. Le bonhomme se sera fichu dans quelque trou. On verra ça demain.

— Demain ! mais tu es fou, mon garçon », protesta maître Goussot.

L'aîné parut à son tour, essoufflé, et fut du même avis que son frère. Pourquoi ne pas attendre au lendemain, puisque le bandit était dans le domaine comme entre les murs d'une prison ?

« Eh bien, j'y vais, s'écria maître Goussot. Qu'on m'allume une lanterne. »

Mais, à ce moment, trois gendarmes arrivèrent, et il affluait aussi des gars du village qui s'en venaient aux nouvelles.

Le brigadier de gendarmerie était un homme méthodique. Il se fit d'abord raconter toute l'histoire, bien en détail, puis il réfléchit, puis il interrogea les quatre frères, séparément, et en méditant après chacune des dépositions. Lorsqu'il eut appris d'eux que le chemineau s'était enfui vers le fond du domaine, qu'on l'avait perdu de vue plusieurs fois, et qu'il avait disparu définitivement aux environs d'un endroit appelé « La Butte-aux-Corbeaux », il réfléchit encore, et conclut :

« Faut mieux attendre. Dans tout le fourbi d'une poursuite, la nuit, le père Traînard peut se faufiler au milieu de nous... Et, bonsoir la compagnie. »

Le fermier haussa les épaules et se rendit, en maugréant, aux raisons du brigadier. Celui-ci organisa la surveillance, répartit les frères Goussot et les gars du village sous la surveillance de ses hommes, s'assura que les échelles étaient enfermées, et installa son quartier général dans la salle à manger où maître Goussot et lui somnolèrent devant un carafon de vieille eau-de-vie.

La nuit fut tranquille. Toutes les deux heures, le brigadier faisait une ronde et relevait les postes. Il n'y eut aucune alerte. Le père Traînard ne bougea pas de son trou.

Au petit matin la battue commença.

Elle dura quatre heures.

En quatre heures, les cinq hectares du domaine furent visités, fouillés, arpentés en tous sens par une vingtaine d'hommes qui frappaient les buissons à coups de canne, piétinaient les touffes d'herbes, scrutaient le creux des arbres, soulevaient les amas de feuilles sèches. Et le père Traînard demeura invisible.

« Ah ! bien, elle est raide, celle-là, grinçait maître Goussot.

— C'est à n'y rien comprendre », répliquait le brigadier.

Phénomène inexplicable, en effet. Car enfin, à part quelques anciens massifs de lauriers et de fusains, que l'on battit consciencieusement, tous les arbres étaient dénudés. Il n'y avait aucun bâtiment, aucun hangar, aucune meule, bref, rien qui pût servir de cachette.

Quant au mur, un examen attentif convainquit le brigadier luimême : l'escalade en était matériellement impossible.

L'après-midi on recommença les investigations en présence du juge d'instruction et du substitut. Les résultats ne furent pas plus heureux. Bien plus, cette affaire parut aux magistrats tellement suspecte, qu'ils manifestèrent leur mauvaise humeur et ne purent s'empêcher de dire :

« Êtes-vous bien sûr, maître Goussot, que vos fils et vous n'avez pas eu la berlue ?

— Et ma femme, cria maître Goussot, rouge de colère, est-ce qu'elle avait la berlue quand le chenapan lui serrait la gorge ? Regardez voir les marques !

— Soit, mais alors, où est-il le chenapan ?

— Ici, entre ces quatre murs.

— Soit. Alors cherchez-le. Pour nous, nous y renonçons. Il est trop évident que, si un homme était caché dans l'enceinte de ce domaine, nous l'aurions déjà découvert.

— Eh bien, je mettrai la main dessus, moi qui vous parle, gueula maître Goussot. Il ne sera pas dit qu'on m'aura volé six mille francs. Oui, six mille ! il y avait trois vaches que j'avais vendues, et puis la récolte de blé, et puis les pommes. Six billets de mille que j'allais porter à la Caisse. Eh bien, je vous jure Dieu que c'est comme si je les avais dans ma poche.

— Tant mieux, je vous le souhaite », fit le juge d'instruction en se retirant, ainsi que le substitut et les gendarmes.

Les voisins s'en allèrent également, quelque peu goguenards. Et il ne resta plus, à la fin de l'après-midi, que les Goussot et les deux valets de ferme.

Tout de suite maître Goussot expliqua son plan. Le jour, les recherches. La nuit, une surveillance de toutes les minutes. Ça durerait ce que ça durerait. Mais quoi ! le père Traînard était un homme comme les autres, et, les hommes, ça mange et ça boit. Il faudrait donc bien que le père Traînard sortît de sa tanière pour manger et pour boire.

« À la rigueur, dit maître Goussot, il peut avoir dans sa poche quelques croûtes de pain, ou encore ramasser la nuit quelques racines. Mais pour ce qui est de la boisson, rien à faire. Il n'y a que la fontaine. Bien malin, s'il en approche. »

Lui-même, ce soir-là, il prit la garde auprès de la fontaine. Trois heures plus tard l'aîné de ses fils le relaya. Les autres frères et les domestiques couchèrent dans la maison, chacun veillant à son tour, et toutes bougies, toutes lampes allumées, pour qu'il n'y eût pas de surprise.

Quinze nuits consécutives, il en fut de même. Et quinze jours durant, tandis que deux hommes et que la mère Goussot restaient de faction, les cinq autres inspectaient le clos d'Héberville.

Au bout de ces deux semaines, rien.

Le fermier ne dérageait pas.

Il fit venir un ancien inspecteur de la Sûreté qui habitait la ville voisine.

L'inspecteur demeura chez lui toute une semaine. Il ne trouva ni le père Traînard ni le moindre indice qui pût donner l'espérance de le trouver.

« Elle est raide, répétait maître Goussot. Car il est là, le vaurien ! Pour la question d'y être, il y est. Alors… »

Se plantant sur le seuil de la porte, il invectivait l'ennemi à pleine gueule :

— Bougre d'idiot, t'aimes donc mieux crever au fond de ton trou que de cracher l'argent ? Crève donc, saligaud ! »

Et la mère Goussot, à son tour, glapissait de sa voix pointue :

« C'est-y la prison qui te fait peur ? Lâche les billets et tu pourras déguerpir. »

Mais le père Traînard ne soufflait mot, et le mari et la femme s'époumonaient en vain.

Des jours affreux passèrent. Maître Goussot ne dormait plus, tout frissonnant de fièvre. Les fils devenaient hargneux, querelleurs, et ils ne quittaient pas leurs fusils, n'ayant d'autre idée que de tuer le chemineau.

Au village on ne parlait que de cela, et l'affaire Goussot, locale d'abord, ne tarda pas à occuper la presse. Du chef-lieu, de la capitale, il vint des journalistes, que maître Goussot éconduisit avec des sottises.

« Chacun chez soi, leur disait-il. Mêlez-vous de vos occupations. J'ai les miennes. Personne n'a rien à y voir.

— Cependant, maître Goussot…

— Fichez-moi la paix. »

Et il leur fermait sa porte au nez.

Il y avait maintenant quatre semaines que le père Traînard se cachait entre les murs d'Héberville. Les Goussot continuaient leurs recherches par entêtement et avec autant de conviction, mais avec un espoir qui s'atténuait de jour en jour, et comme s'ils se fussent heurtés à un de ces obstacles mystérieux qui découragent les efforts. Et l'idée qu'ils ne reverraient pas leur argent commençait à s'implanter en eux.

Or, un matin, vers dix heures, une automobile, qui traversait la place du village à toute allure, s'arrêta net, par suite d'une panne.

Le mécanicien ayant déclaré, après examen, que la réparation exigerait un bout de temps, le propriétaire de l'automobile résolut d'attendre à l'auberge et de déjeuner.

C'était un monsieur encore jeune, à favoris coupés court, au visage sympathique, et qui ne tarda pas à lier conversation avec les gens de l'auberge.

Bien entendu, on lui raconta l'histoire des Goussot. Il ne la connaissait pas, arrivant de voyage, mais il parut s'y intéresser vivement. Il se la fit expliquer en détail, formula des objections, discuta des hypothèses avec plusieurs personnes qui mangeaient à la même table, et finalement s'écria :

« Bah ! cela ne doit pas être si compliqué. J'ai un peu l'habitude de ces sortes d'affaires. Et si j'étais sur place…

— Facile, dit l'aubergiste. Je connais maître Goussot… Il ne refusera pas… »

Les négociations furent brèves, maître Goussot se trouvait dans un de ces états d'esprit où l'on proteste moins brutalement contre l'intervention des autres. En tout cas sa femme n'hésita pas.

« Qu'il vienne donc, ce monsieur. »

Le monsieur régla son repas et donna l'ordre à son mécanicien d'essayer la voiture sur la grand-route, aussitôt que la réparation serait terminée.

« Il me faut une heure, dit-il, pas davantage. Dans une heure, soyez prêt. »

Puis il se rendit chez maître Goussot.

À la ferme il parla peu. Maître Goussot, repris d'espérance malgré lui, multiplia les renseignements, conduisit son visiteur le long des murs et jusqu'à la petite porte des champs, montra la clef qui l'ouvrait, et fit le récit minutieux de toutes les recherches que l'on avait opérées.

Chose bizarre : l'inconnu, s'il ne parlait point, semblait ne pas écouter davantage. Il regardait, tout simplement, et avec des yeux plutôt distraits. Quand la tournée fut finie, maître Goussot dit anxieusement :

« Eh bien ?

— Quoi ?

— Vous savez ? »

L'étranger resta un moment sans répondre. Puis il déclara :

« Non, rien du tout.

— Parbleu ! s'écria le fermier, en levant les bras au ciel… est-ce que vous pouvez savoir ? Tout ça, c'est de la frime. Voulez-vous que je vous dise, moi ? Eh bien, le père Traînard a si bien fait qu'il est mort au fond de son trou… et que les billets pourriront avec lui. Vous entendez ? C'est moi qui vous le dis. »

Le monsieur, très calme, prononça :

« Un seul point m'intéresse. Le chemineau, somme toute, étant libre, la nuit a pu se nourrir tant bien que mal. Mais comment pouvait-il boire ?

— Impossible ! s'écria le fermier, impossible ! il n'y a que cette fontaine, et nous avons monté la garde contre, toutes les nuits.

— C'est une source. Où jaillit-elle ?

— Ici même.

— Il y a donc une pression suffisante pour qu'elle monte seule dans le bassin ?

— Oui.

— Et l'eau, où s'en va-t-elle, quand elle sort du bassin ?

— Dans ce tuyau que vous voyez, qui passe sous terre, et qui la conduit jusqu'à la maison, où elle sert à la cuisine. Donc, pas moyen d'en boire, puisque nous étions là et que la fontaine est à vingt mètres de la maison.

— Il n'a pas plu durant ces quatre semaines ?

— Pas une fois, je vous l'ai déjà dit. »

L'inconnu s'approcha de la fontaine et l'examina. L'auge était formée par quelques planches de bois assemblées au-dessus même du sol, et où l'eau s'écoulait, lente et claire.

« Il n'y a pas plus de trente centimètres d'eau en profondeur, n'est-ce pas ? » dit-il.

Pour mesurer il ramassa sur l'herbe un fétu de paille qu'il dressa dans le bassin. Mais, comme il était penché, il s'interrompit soudain au milieu de sa besogne, et regarda autour de lui.

« Ah ! que c'est drôle, dit-il en partant d'un éclat de rire.

— Quoi ? Qu'est-ce que c'est ? » balbutia maître Goussot qui se précipita sur le bassin, comme si un homme eût pu se tenir couché entre ces planches exiguës.

Et la mère Goussot supplia :

« Quoi ? Vous l'avez vu ? Où est-il ?

— Ni dedans, ni dessous », répondit l'étranger, qui riait toujours.

Il se dirigea vers la maison, pressé par le fermier, par la femme et par les quatre fils. L'aubergiste était là également, ainsi que les gens de l'auberge qui avaient suivi les allées et venues de l'étranger. Et on se tut, dans l'attente de l'extraordinaire révélation.

« C'est bien ce que je pensais, dit-il, d'un air amusé, il a fallu que le bonhomme se désaltérât, et comme il n'y avait que la source…

— Voyons, voyons, bougonna maître Goussot, nous l'aurions bien vu.

— C'était la nuit.

— Nous l'aurions entendu, et même vu, puisque nous étions à côté.

— Lui aussi.

— Et il a bu de l'eau du bassin ?

— Oui.

— Comment ?

— De loin.

— Avec quoi ?

— Avec ceci. »

Et l'inconnu montra la paille qu'il avait ramassée.

« Tenez ! voilà le chalumeau du consommateur. Et vous remarquerez la longueur insolite de ce chalumeau, lequel, en réalité, est composé de trois fétus de paille, mis bout à bout. C'est cela que j'ai remarqué aussitôt, l'assemblage de ces trois fétus. La preuve était évidente. »

L'inconnu décrocha du râtelier une petite carabine.

« Elle est chargée ? demanda-t-il.

— Oui, dit le plus jeune des frères, je m'amuse avec contre les moineaux. C'est du menu plomb.

— Parfait. Quelques grains dans le derrière suffiront. »

Son visage devint subitement autoritaire. Il empoigna le fermier par le bras, et scanda, d'un ton impérieux :

« Écoutez, maître Goussot, je ne suis pas de la police, moi, et je ne veux pas, à aucun prix, livrer ce pauvre diable. Quatre semaines de diète et de frayeur… C'est assez. Donc, vous allez me jurer, vous et vos fils, qu'on lui donnera la clef des champs, sans lui faire aucun mal.

— Qu'il rende l'argent !

— Bien entendu. C'est juré ?

— C'est juré. »

Le monsieur se tenait de nouveau sur le pas de la porte, à l'entrée du verger. Vivement il épaula, un peu en l'air et dans la direction du cerisier qui dominait la fontaine. Le coup partit. Un cri rauque jaillit là-bas, et l'épouvantail que l'on voyait, depuis un mois, à califourchon sur la branche maîtresse, dégringola jusqu'au sol pour se relever aussitôt et se sauver à toutes jambes.

Il y eut une seconde de stupeur, puis des exclamations. Les fils se précipitèrent et ne tardèrent pas à rattraper le fuyard, empêtré qu'il était dans ses loques et affaibli par les privations. Mais l'inconnu déjà le protégeait contre leur colère.

« Bas les pattes ! Cet homme m'appartient. Je défends qu'on y touche… Je ne t'ai pas trop salé les fesses, père Traînard ? »

Planté sur ses jambes de paille qu'enveloppaient des lambeaux d'étoffe effiloquées, les bras et tout le corps habillés de même, la tête bandée de linge, ligoté, serré, boudiné, le bonhomme avait encore l'apparence rigide d'un mannequin. Et c'était si comique, si imprévu, que les assistants pouffaient de rire.

L'étranger lui dégagea la tête, et l'on aperçut un masque de barbe grise ébouriffée, rabattue de tous côtés sur un visage de squelette où luisaient des yeux de fièvre.

Les rires redoublèrent.

« L'argent ! Les billets ! » ordonna le fermier.

L'étranger le tint à distance.

« Un moment… on va vous rendre cela. N'est-ce pas, père Traînard ? »

Et, tout en coupant avec son couteau les liens de paille et d'étoffe, il plaisantait :

« Mon pauvre bonhomme, t'en as une touche. Mais comment as-tu réussi ce coup-là ? Il faut que tu sois diantrement habile, ou plutôt que tu aies eu une sacrée venette !… Alors, comme ça, la première nuit, tu as profité du répit qu'on te laissait pour t'introduire dans cette défroque ? Pas bête. Un épouvantail, comment aurait-on pu avoir l'idée ?… On avait tellement l'habitude de le voir accroché à son arbre ! Mais, mon pauvre vieux, ce que tu devais être mal ! à plat ventre ! les jambes et les bras pendants ! toute la journée comme ça ! Fichue position ! Et quelles manœuvres pour risquer un mouvement, hein ? Quelle frousse quand tu t'endormais ! Et il fallait manger ! Et il fallait boire ! Et tu entendais la sentinelle ! Et tu devinais le canon de son fusil à un mètre de ta frimousse ! Brrr… Mais le plus chouette, vois-tu, c'est ton fétu de paille ! Vrai, quand on pense que sans bruit, sans geste pour ainsi dire, tu devais extirper des brins de paille de ta défroque, les ajuster bout à bout, projeter ton appareil jusqu'au bassin, et biberonner, goutte à goutte, un peu de l'eau bienfaisante… Vrai, c'est à hurler d'admiration… Bravo, père Traînard ! »

Et il ajouta entre ses dents :

« Seulement, tu sens trop mauvais, mon bonhomme. Tu ne t'es donc pas lavé depuis un mois, saligaud ? Tu avais pourtant de l'eau à discrétion. Tenez, vous autres, je vous le passe. Moi, je vais me laver les mains. »

Maître Goussot et ses quatre fils s'emparèrent vivement de la proie qu'on leur abandonnait.

« Allons, ouste, donne l'argent. »

Si abruti qu'il fût, le chemineau trouva encore la force de jouer l'étonnement.

« Prends donc pas cet air idiot, grogna le fermier. Les six billets… Donne.

— Quoi ?… Qu'è qu'on me veut ? balbutia le père Traînard.

— L'argent… et tout de suite…

— Quel argent ?

— Les billets !

— Les billets ?

— Ah ! Tu commences à m'embêter. À moi, les gars… »

On renversa le bonhomme, on lui arracha la loque qui lui servait de vêtement, on chercha, on fouilla.

Il n'y avait rien.

« Brigand de voleur, cria maître Goussot, qu'est-ce que t'en as fait ? »

Le vieux mendiant semblait encore plus ahuri. Trop malin pour avouer, il continuait à gémir :

« Qu'è qu'on m'veut ?… D'l'argent ? J'ai pas seulement trois sous à moi… »

Mais ses yeux écarquillés ne quittaient pas son vêtement, et il paraissait n'y rien comprendre, lui non plus.

La fureur des Goussot ne put se contenir davantage. On le roua de coups, ce qui n'avança pas les choses. Mais le fermier était convaincu qu'il avait caché l'argent, avant de s'introduire dans l'épouvantail.

« Où l'as-tu mis, canaille ? Dis ! Dans quel coin du verger ?

— L'argent ? répétait le chemineau d'un air niais.

— Oui, l'argent que tu as enterré quelque part… Ah ! si on ne le trouve pas, ton compte est bon… Il y a des témoins, n'est-ce pas ?… Vous tous, les amis. Et puis, le monsieur. »

Il se retourna pour interpeller l'inconnu qui devait être du côté de la fontaine, à trente ou quarante pas sur la gauche. Et il fut tout surpris de ne pas l'y voir en train de se laver les mains.

« Est-ce qu'il est parti ? » demanda-t-il.

Quelqu'un répondit :

« Non… non… il a allumé une cigarette, et il s'est enfoncé dans le verger, en se promenant.

— Ah ! tant mieux, dit maître Goussot, c'est un type à nous retrouver les billets, comme il a retrouvé l'homme.

— À moins que…, fit une voix.

— À moins que… qu'est-ce que tu veux dire, toi ? interrogea le fermier. T'as une idée ? Donne-la donc… Quoi ? »

Mais il s'interrompit brusquement, assailli d'un doute, et il y eut un instant de silence. Une même pensée s'imposait à tous les paysans. Le passage de l'étranger à Héberville, la panne de son automobile, sa manière de questionner les gens à l'auberge, et de se faire conduire dans le domaine, tout cela n'était pas un coup préparé d'avance, un truc de cambrioleur qui connaît l'histoire par les journaux, et qui vient sur place tenter la bonne affaire ?...

« Rudement fort, prononça l'aubergiste. Il aura pris l'argent dans la poche du père Traînard, sous nos yeux, en le fouillant.

— Impossible, balbutia maître Goussot... on l'aurait vu sortir par là... du côté de la maison... Or il se promène dans le verger. »

La mère Goussot, toute défaillante, risqua :

« La petite porte du fond... là-bas ?...

— La clef ne me quitte point.

— Mais tu la lui as fait voir.

— Oui, mais je l'ai reprise... Tiens, la voilà. »

Il mit la main dans sa poche et poussa un cri.

« Ah ! cré bon Dieu, elle n'y est pas... il me l'a barbotée... »

Aussitôt il s'élança, suivi, escorté de ses fils et de plusieurs paysans.

À moitié chemin on perçut le ronflement d'une automobile, sans aucun doute celle de l'inconnu, qui avait donné ses instructions à son chauffeur pour qu'il l'attendît à cette issue lointaine.

Quand les Goussot arrivèrent à la porte, ils virent sur le battant de bois vermoulu, inscrits à l'aide d'un morceau de brique rouge, ces deux mots : *Arsène Lupin*.

Malgré l'acharnement et la rage des Goussot, il fut impossible de prouver que le père Traînard avait dérobé de l'argent. Vingt personnes en effet durent attester que, somme toute, on n'avait rien découvert sur lui. Il s'en tira avec quelques mois de prison.

Il ne le regretta point. Dès sa libération, il fut avisé secrètement que, tous les trimestres, à telle date, à telle heure, sous telle borne de telle route, il trouverait trois louis d'or.

Pour le père Traînard, c'est la fortune.

LE MARIAGE D'ARSÈNE LUPIN

Monsieur Arsène Lupin a l'honneur de vous faire part de son mariage avec Mademoiselle Angélique de Sarzeau-Vendôme, princesse de Bourbon-Condé, et vous prie d'assister à la bénédiction nuptiale qui aura lieu en l'église Sainte-Clotilde.

Le duc de Sarzeau-Vendôme a l'honneur de vous faire part du mariage de sa fille Angélique, princesse de Bourbon-Condé, avec Monsieur Arsène Lupin, et vous prie…

Le duc Jean de Sarzeau-Vendôme ne put achever la lecture des lettres qu'il tenait dans sa main tremblante. Pâle de colère, son long corps maigre agité de frissons, il suffoquait.

« Voilà ! dit-il à sa fille en lui tendant les deux papiers. Voilà ce que nos amis ont reçu ! Voilà ce qui court les rues depuis hier. Hein ! Que pensez-vous de cette infamie, Angélique ? Qu'en penserait votre pauvre mère, si elle vivait encore ? »

Angélique était longue et maigre comme son père, osseuse et sèche comme lui. Âgée de trente-trois ans, toujours vêtue de laine noire, timide, effacée, elle avait une tête trop petite comprimée à droite et à gauche, et d'où le nez jaillissait comme une protestation contre une pareille exiguïté. Pourtant, on ne pouvait dire qu'elle fût laide, tellement ses yeux étaient beaux, tendres et graves, d'une fierté un peu triste, de ces yeux troublants qu'on n'oublie pas quand on les a vus une fois.

Elle avait rougi de honte d'abord en entendant son père, et en apprenant par lui l'offense dont elle était victime. Mais comme elle le chérissait, bien qu'il se montrât dur avec elle, injuste et despotique, elle lui dit :

« Oh ! je pense que c'est une plaisanterie, mon père, et qu'il n'y faut pas prêter attention.

— Une plaisanterie ? Mais tout le monde en jase ! Dix journaux, ce matin, reproduisent cette lettre abominable, en l'accompagnant de commentaires ironiques ! On rappelle notre généalogie, nos ancêtres, les morts illustres de notre famille. On feint de prendre la chose au sérieux.

— Cependant personne ne peut croire…

— Évidemment, personne. Il n'empêche que nous sommes la fable de Paris.

— Demain, on n'y pensera plus.

— Demain, ma fille, on se souviendra que le nom d'Angélique de Sarzeau-Vendôme a été prononcé plus qu'il ne devait l'être. Ah ! si je pouvais savoir quel est le misérable qui s'est permis… »

À ce moment, Hyacinthe, son valet de chambre particulier, entra et prévint M. le duc qu'on le demandait au téléphone. Toujours furieux, il décrocha l'appareil et bougonna :

« Eh bien ? Qu'y a-t-il ? Oui, c'est moi, le duc de Sarzeau-Vendôme. »

On lui répondit :

« J'ai des excuses à vous faire, monsieur le duc, ainsi qu'à Mlle Angélique. C'est la faute de mon secrétaire.

— Votre secrétaire ?

— Oui, les lettres de faire-part n'étaient qu'un projet dont je voulais vous soumettre la rédaction. Par malheur, mon secrétaire a cru…

— Mais enfin, monsieur, qui êtes-vous ?

— Comment, monsieur le duc, vous ne reconnaissez pas ma voix ? la voix de votre futur gendre ?

— Quoi ?

— Arsène Lupin. »

Le duc tomba sur une chaise. Il était livide.

« Arsène Lupin… C'est lui… Arsène Lupin… »

Angélique eut un sourire.

« Vous voyez, mon père, qu'il n'y a là qu'une plaisanterie, une mystification… »

Mais le duc, soulevé d'une nouvelle colère, se mit à marcher en gesticulant :

« Je vais déposer une plainte !… Il est inadmissible que cet individu se moque de moi !… S'il y a encore une justice, elle doit agir !… »

Une seconde fois, Hyacinthe entra. Il apporta deux cartes.

« Chotois ? Lepetit ? Connais pas.

— Ce sont deux journalistes, monsieur le duc.

— Qu'est-ce qu'ils me veulent ?

— Ils voudraient parler à monsieur le duc au sujet… du mariage.

— Qu'on les fiche à la porte ! s'exclama le duc. Et dites au concierge que mon hôtel est fermé aux paltoquets de cette espèce.

— Je vous en prie, mon père…, risqua Angélique.

— Toi, ma fille, laisse-nous la paix. Si tu avais consenti autrefois à épouser un de tes cousins, nous n'en serions pas là. »

Le soir même de cette scène, un des deux reporters publiait, en première page de son journal, un récit quelque peu fantaisiste de son expédition rue de Varenne, dans l'antique demeure des Sarzeau-Vendôme, et s'étendait complaisamment sur le courroux et sur les protestations du vieux gentilhomme.

Le lendemain, un autre journal insérait une interview d'Arsène Lupin, prétendue prise dans un couloir de l'Opéra. Arsène Lupin ripostait :

Je partage entièrement l'indignation de mon futur beau-père. L'envoi de ces lettres constitue une incorrection dont je ne suis pas responsable, mais dont je tiens à m'excuser publiquement. Pensez donc, la date de notre mariage n'est pas encore fixée ! Mon beau-père propose le début de mai. Ma fiancée et moi trouvons cela bien tard ! Six semaines d'attente !…

Ce qui donnait à l'affaire une saveur toute spéciale et que les amis de la maison goûtaient particulièrement, c'était le caractère même du duc, son orgueil, l'intransigeance de ses idées et de ses principes. Dernier descendant des barons de Sarzeau, la plus noble famille de Bretagne, arrière-petit-fils de ce Sarzeau qui, ayant épousé une Vendôme, ne consentit qu'après dix ans de Bastille à porter le nouveau titre que Louis XV lui imposait, le duc Jean n'avait renoncé à aucun des préjugés de l'Ancien Régime. Dans sa jeunesse il avait suivi le comte de Chambord en exil. Devenu vieux, il refusait un siège au Palais-Bourbon sous prétexte qu'un Sarzeau ne peut s'asseoir qu'entre ses pairs.

L'aventure le toucha au vif. Il ne décolérait pas, invectivant Lupin à coups d'épithètes sonores, le menaçant de tous les supplices possibles, s'en prenant à sa fille.

« Voilà ! si tu t'étais mariée !... Ce ne sont pourtant pas les partis qui manquaient ! Tes trois cousins, Mussy, d'Emboise et Caorches sont de bonne noblesse, bien apparentés, suffisamment riches, et ils ne demandent encore qu'à t'épouser. Pourquoi les refuses-tu ? Ah ! C'est que mademoiselle est une rêveuse, une sentimentale, et ses cousins sont trop gros, ou trop maigres, ou trop vulgaires !... »

C'était une rêveuse, en effet. Livrée à elle-même depuis son enfance, elle avait lu tous les livres de chevalerie, tous les fades romans d'autrefois qui traînaient dans les armoires de ses aïeules, et elle voyait la vie comme un conte de fées où les jeunes filles très belles sont toujours heureuses, tandis que les autres attendent jusqu'à la mort le fiancé qui ne vient pas. Pourquoi eût-elle épousé l'un de ses cousins, puisqu'ils n'en voulaient qu'à sa dot, aux millions que sa mère lui avait laissés ? Autant rester vieille fille et rêver...

Elle répondit doucement :

« Vous allez vous rendre malade, mon père. Oubliez cette histoire ridicule. »

Mais comment aurait-il oublié ? Chaque matin un coup d'épingle ravivait sa blessure. Trois jours de suite Angélique reçut une merveilleuse gerbe de fleurs où se dissimulait la carte d'Arsène Lupin. Il ne pouvait aller à son cercle, sans qu'un ami l'abordât :

« Elle est drôle, celle d'aujourd'hui.

— Quoi ?
— Mais la nouvelle fumisterie de votre gendre ! Ah ! vous ne savez pas ? Tenez, lisez… »

M. Arsène Lupin demandera au Conseil d'État d'ajouter à son nom le nom de sa femme et de s'appeler désormais : Lupin de Sarzeau-Vendôme.

Et le lendemain on lisait :

La jeune fiancée portant en vertu d'une ordonnance, non abrogée, de Charles X, le titre et les armes de Bourbon-Condé, dont elle est la dernière héritière, le fils aîné des Lupin de Sarzeau-Vendôme aura nom prince Arsène de Bourbon-Condé.

Et le jour suivant une réclame annonçait :

La Grande Maison de Linge expose le trousseau de Mlle de Sarzeau-Vendôme. Comme initiales : L.S.V.

Puis une feuille d'illustrations publia une scène photographique : le duc, son gendre et sa fille, assis autour d'une table, et jouant au piquet voleur.

Et la date aussi fut annoncée à grand fracas : le 4 mai.

Et des détails furent donnés sur le contrat. Lupin se montrait d'un désintéressement admirable. Il signerait, disait-on, les yeux fermés, sans connaître le chiffre de la dot.

Tout cela mettait le vieux gentilhomme hors de lui. Sa haine contre Lupin prenait des proportions maladives. Bien que la démarche lui coûtât, il se rendit chez le préfet de police qui lui conseilla de se méfier.

« Nous avons l'habitude du personnage, il emploie contre vous un de ses trucs favoris. Passez-moi l'expression, monsieur le duc, il vous "cuisine", ne tombez pas dans le piège.

— Quel truc, quel piège ? demanda-t-il anxieusement.

— Il cherche à vous affoler et à vous faire accomplir, par intimidation, tel acte auquel, de sang-froid, vous vous refuseriez.

— M. Arsène Lupin n'espère pourtant pas que je vais lui offrir la main de ma fille !

— Non, mais il espère que vous allez commettre… comment dirai-je ? une gaffe.

— Laquelle ?

— Celle qu'il veut précisément que vous commettiez.

— Alors, votre conclusion, monsieur le préfet ?

— C'est de rentrer chez vous, monsieur le duc, ou, si tout ce bruit vous agace, de partir pour la campagne, et d'y rester bien tranquillement, sans vous émouvoir. »

Cette conversation ne fit qu'aviver les craintes du vieux gentilhomme. Lupin lui parut un personnage terrible, usant de procédés diaboliques, et entretenant des complices dans tous les mondes. Il fallait se méfier.

Dès lors, la vie ne fut point tolérable.

Il devint de plus en plus hargneux et taciturne, et ferma la porte à tous ses anciens amis, même aux trois prétendants d'Angélique, les cousins Mussy, d'Emboise et Caorches, qui, fâchés tous les trois les uns avec les autres, par suite de leur rivalité, venaient alternativement toutes les semaines.

Sans le moindre motif, il chassa son maître d'hôtel et son cocher. Mais il n'osa les remplacer de peur d'introduire chez lui des créatures d'Arsène Lupin, et son valet de chambre particulier, Hyacinthe, en qui, l'ayant à son service depuis quarante ans, il avait toute confiance, dut s'astreindre aux corvées de l'écurie et de l'office.

« Voyons, mon père, disait Angélique, s'efforçant de lui faire entendre raison, je ne vois vraiment pas ce que vous redoutez. Personne au monde ne peut me contraindre à ce mariage absurde.

— Parbleu ! Ce n'est pas cela que je redoute.

— Alors, quoi, mon père ?

— Est-ce que je sais ? Un enlèvement ! Un cambriolage ! Un coup de force ! Il est hors de doute aussi que nous sommes environnés d'espions. »

Un après-midi, il reçut un journal où cet article était souligné au crayon rouge :

La soirée du contrat a lieu aujourd'hui à l'hôtel Sarzeau-Vendôme. Cérémonie tout intime, où quelques privilégiés seulement seront admis à complimenter les heureux fiancés. Aux futurs témoins de Mlle de Sarzeau-Vendôme, le prince de la Rochefoucault-Limours et le comte de Chartres, M. Arsène Lupin présentera les personnalités qui ont tenu à honneur de lui assurer leur concours, M. le préfet de Police et M. le directeur de la prison de la Santé.

C'était trop. Dix minutes plus tard, le duc envoyait son domestique Hyacinthe porter trois pneumatiques. À quatre heures, en présence d'Angélique, il recevait les trois cousins : Paul de Mussy, gros, lourd, et d'une pâleur extrême ; Jacques d'Emboise, mince, rouge de figure et timide ; Anatole de Caorches, petit, maigre et maladif ; tous trois de vieux garçons déjà, sans élégance et sans allure.

La réunion fut brève. Le duc avait préparé tout un plan de campagne, de campagne défensive, dont il dévoila, en termes catégoriques, la première partie.

« Angélique et moi nous quittons Paris cette nuit, et nous nous retirons dans nos terres de Bretagne. Je compte sur vous trois, mes neveux, pour coopérer à ce départ. Toi, Emboise, tu viendras nous chercher avec ta limousine. Vous, Mussy, vous amènerez votre automobile et vous voudrez bien vous occuper des bagages avec mon valet de chambre Hyacinthe. Toi, Caorches, tu seras à la gare d'Orléans, et tu prendras des sleepings pour Vannes au train de dix heures quarante. C'est promis ? »

La fin de la journée s'écoula sans incidents. Après le dîner seulement, afin d'éviter toutes chances d'indiscrétion, le duc prévint Hyacinthe d'avoir à remplir une malle et une valise. Hyacinthe était du voyage, ainsi que la femme de chambre d'Angélique.

À neuf heures, tous les domestiques, sur l'ordre de leur maître, étaient couchés. À dix heures moins dix, le duc, qui terminait ses préparatifs, entendit la trompe d'une automobile. Le concierge ouvrit la porte de la cour d'honneur. De la fenêtre, le duc reconnut le landaulet de Jacques d'Emboise.

« Allez lui dire que je descends, ordonna-t-il à Hyacinthe, et prévenez mademoiselle. »

Au bout de quelques minutes, comme Hyacinthe n'était pas de retour, il sortit de sa chambre. Mais, sur le palier, il fut assailli par deux hommes masqués, qui le bâillonnèrent et l'attachèrent avant qu'il eût pu pousser un seul cri. Et l'un de ces hommes lui dit à voix basse :

« Premier avertissement, monsieur le duc. Si vous persistez à quitter Paris, et à me refuser votre consentement, ce sera plus grave. »

Et le même individu enjoignit à son compagnon :

« Garde-le. Je m'occupe de la demoiselle. »

À ce moment, deux autres complices s'étaient déjà emparés de la femme de chambre, et Angélique, également bâillonnée, évanouie, gisait sur un fauteuil de son boudoir.

Elle se réveilla presque aussitôt sous l'action des sels qu'on lui faisait respirer, et, quand elle ouvrit les yeux, elle vit penché au-dessus d'elle un homme jeune, en tenue de soirée, la figure souriante et sympathique, qui lui dit :

« Je vous demande pardon, mademoiselle. Tous ces incidents sont un peu brusques, et cette façon d'agir plutôt anormale. Mais les circonstances nous entraînent souvent à des actes que notre conscience n'approuve pas. Excusez-moi. »

Il lui prit la main très doucement, et passa un large anneau d'or au doigt de la jeune fille, en prononçant :

« Voici. Nous sommes fiancés. N'oubliez jamais celui qui vous offre cet anneau… Il vous supplie de ne pas fuir… et d'attendre à Paris les marques de son dévouement. Ayez confiance en lui. »

Il disait tout cela d'une voix si grave et si respectueuse, avec tant d'autorité et de déférence, qu'elle n'avait pas la force de résister. Leurs yeux se rencontrèrent. Il murmura :

« Les beaux yeux purs que vous avez ! Ce sera bon de vivre sous le regard de ces yeux. Fermez-les maintenant… »

Il se retira. Ses complices le suivirent. L'automobile repartit, et l'hôtel de la rue de Varenne demeura silencieux jusqu'à l'instant où Angélique, reprenant toute sa connaissance, appela les domestiques.

Ils trouvèrent le duc, Hyacinthe, la femme de chambre et le ménage des concierges, tous solidement ligotés. Quelques bibelots de grande valeur avaient disparu, ainsi que le portefeuille du duc et tous ses bijoux, épingles de cravate, boutons en perles fines, montre, etc.

La police fut aussitôt prévenue. Dès le matin on apprenait que la veille au soir, comme il sortait de chez lui en automobile, d'Emboise avait été frappé d'un coup de couteau par son propre chauffeur, et jeté, à moitié mort, dans une rue déserte. Quant à Mussy et à Caorches, ils avaient reçu un message téléphonique soi-disant envoyé par le duc et qui les contremandait.

La semaine suivante, sans plus se soucier de l'enquête, sans répondre aux convocations du juge d'instruction, sans même lire les communications d'Arsène Lupin à la presse sur « la fuite de Varennes », le duc, sa fille et son valet de chambre prenaient sournoisement un train omnibus pour Vannes, et descendaient, un soir, dans l'antique château féodal qui domine la presqu'île de Sarzeau. Tout de suite, avec l'aide de paysans bretons, véritables vassaux du Moyen Âge, on organisait la résistance. Le quatrième jour Mussy arrivait, le cinquième Caorches, et le septième Emboise, dont la blessure n'était pas aussi grave qu'on le craignait.

Le duc attendit deux jours encore avant de signifier à son entourage ce qu'il appelait, puisque son évasion avait réussi malgré Lupin, la seconde moitié de son plan. Il le fit en présence des trois cousins, par un ordre péremptoire dicté à Angélique, et qu'il voulut bien expliquer ainsi :

« Toutes ces histoires me font le plus grand mal. J'ai entrepris contre cet homme, dont nous avons pu juger l'audace, une lutte qui m'épuise. Je veux en finir coûte que coûte. Pour cela il n'est qu'un moyen, Angélique, c'est que vous me déchargiez de toute responsabilité en acceptant la protection d'un de vos cousins. Avant un mois, il faut que vous soyez la femme de Mussy, de Caorches ou d'Emboise. Votre choix est libre. Décidez-vous. »

Durant quatre jours Angélique pleura, supplia son père. À quoi bon ? Elle sentait bien qu'il serait inflexible et qu'elle devrait, en fin de compte, se soumettre à sa volonté. Elle accepta.

« Celui que vous voudrez, mon père, je n'aime aucun d'eux. Alors, que m'importe d'être malheureuse avec l'un plutôt qu'avec l'autre ! »

Sur quoi, nouvelle discussion, le duc voulant la contraindre à un choix personnel. Elle ne céda point. De guerre lasse, et pour des raisons de fortune, il désigna Emboise.

Aussitôt les bans furent publiés.

Dès lors, la surveillance redoubla autour du château, d'autant que le silence de Lupin et la cessation brusque de la campagne menée par lui dans les journaux ne laissaient pas d'inquiéter le duc de Sarzeau-Vendôme. Il était évident que l'ennemi préparait un coup et qu'il tenterait de s'opposer au mariage par quelques-unes de ces manœuvres qui lui étaient familières.

Pourtant il ne se passa rien. L'avant-veille, la veille, le matin de la cérémonie, rien. Le mariage eut lieu à la mairie, puis il y eut la bénédiction nuptiale à l'église. C'était fini.

Seulement alors, le duc respira. Malgré la tristesse de sa fille, malgré le silence embarrassé de son gendre que la situation semblait gêner quelque peu, il se frottait les mains d'un air heureux, comme après la victoire la plus éclatante.

« Qu'on baisse le pont-levis ! dit-il à Hyacinthe, qu'on laisse entrer tout le monde ! Nous n'avons plus rien à craindre de ce misérable. »

Après le déjeuner, il fit distribuer du vin aux paysans et trinqua avec eux. Ils chantèrent et ils dansèrent.

Vers trois heures, il rentra dans les salons du rez-de-chaussée.

C'était le moment de sa sieste. Il gagna, tout au bout des pièces, la salle des gardes. Mais il n'en avait pas franchi le seuil qu'il s'arrêta brusquement et s'écria :

« Qu'est-ce que tu fais donc là, Emboise ? En voilà une plaisanterie ! »

Emboise était debout, en vêtements de pêcheur breton, culotte et veston sales, déchirés, rapiécés, trop larges et trop grands pour lui.

Le duc semblait stupéfait. Il examina longtemps, avec des yeux ahuris, ce visage qu'il connaissait, et qui, en même temps, éveillait en lui des souvenirs vagues d'un passé très lointain. Puis, tout à coup, il marcha vers l'une des fenêtres qui donnaient sur l'esplanade et appela :

« Angélique !

— Qu'y a-t-il, mon père ? répondit-elle en s'avançant.

— Ton mari ?

— Il est là, mon père », fit Angélique en montrant Emboise qui fumait une cigarette et lisait à quelque distance.

Le duc trébucha et tomba assis sur un fauteuil, avec un grand frisson d'épouvante.

« Ah ! je deviens fou ! »

Mais l'homme qui portait des habits de pêcheur s'agenouilla devant lui en disant :

« Regardez-moi, mon oncle ! Vous me reconnaissez, n'est-ce pas, c'est moi votre neveu, celui qui jouait ici autrefois, celui que vous appeliez Jacquot… Rappelez-vous… Tenez, voyez cette cicatrice…

— Oui… oui…, balbutia le duc, je te reconnais… C'est toi, Jacques… Mais l'autre… »

Il se pressa la tête entre les mains.

« Et pourtant non, ce n'est pas possible… Explique-toi… Je ne comprends pas… Je ne veux pas comprendre… »

Il y eut un silence pendant lequel le nouveau venu ferma la fenêtre et ferma la porte qui communiquait avec le salon voisin. Puis il s'approcha du vieux gentilhomme, lui toucha doucement l'épaule pour le réveiller de sa torpeur, et sans préambule, comme s'il eût voulu couper court à toute explication qui ne fût pas strictement nécessaire, il commença en ces termes :

« Vous vous rappelez, mon oncle, que j'ai quitté la France depuis quinze ans, après le refus qu'Angélique opposa à ma demande en mariage. Or, il y a quatre ans, c'est-à-dire la onzième année de mon exil volontaire et de mon établissement dans l'extrême-sud de l'Algérie, je fis la connaissance, au cours d'une partie de chasse organisée par un grand chef arabe, d'un individu dont la bonne humeur, le charme, l'adresse inouïe, le courage indomptable, l'esprit à la fois ironique et profond, me séduisirent au plus haut point.

« Le comte d'Andrésy passa six semaines chez moi. Quand il fut parti, nous correspondîmes l'un avec l'autre de façon régulière. En outre, je lisais souvent son nom dans les journaux, aux rubriques mondaines ou sportives. Il devait revenir et je me préparais à le recevoir, il y a trois mois, lorsqu'un soir, comme je me promenais à cheval, les deux serviteurs arabes qui m'accompagnaient se jetèrent sur moi, m'attachèrent, me bandèrent les yeux, et me conduisirent, en sept nuits et sept jours, par des chemins déserts, jusqu'à une baie de la côte, où cinq hommes les attendaient. Aussitôt, je fus embarqué sur le petit yacht à vapeur qui leva l'ancre sans plus tarder.

« Qui étaient ces hommes ? Quel était leur but en m'enlevant ? Aucun indice ne put me renseigner. Ils m'avaient enfermé dans une cabine étroite percée d'un hublot que traversaient deux barres de fer en croix. Chaque matin, par un guichet qui s'ouvrait entre la cabine voisine et la mienne, on plaçait sur ma couchette deux ou trois livres de pain, une gamelle abondante et un flacon de vin, et on reprenait les restes de la veille que j'y avais disposés.

« De temps à autre, la nuit, le yacht stoppait et j'entendais le bruit du canot qui s'en allait vers quelque havre, puis qui revenait chargé de provisions sans doute. Et l'on repartait, sans se presser, comme pour une croisière de gens du monde qui flânent et n'ont pas hâte d'arriver. Quelquefois, monté sur une chaise, j'apercevais par mon hublot la ligne des côtes, mais si indistincte que je ne pouvais rien préciser.

« Et cela dura des semaines. Un des matins de la neuvième, m'étant avisé que le guichet de communication n'avait pas été refermé, je le poussai. La cabine était vide à ce moment. Avec un effort, je réussis à prendre une lime à ongles sur une toilette.

« Deux semaines après, à force de patience, j'avais limé les barres de mon hublot, et j'aurais pu m'évader par là ; mais, si je suis bon nageur, je me fatigue assez vite. Il me fallait donc choisir un moment où le yacht ne serait pas trop éloigné de la terre. C'est seulement avant-hier que, juché à mon poste, je discernai les côtes, et que, le soir, au coucher du soleil, je reconnus, à ma stupéfaction, la silhouette du château de Sarzeau avec ses tourelles pointues et la masse de son donjon. Était-ce donc là le terme de mon voyage mystérieux ?

« Toute la nuit, nous croisâmes au large. Et toute la journée d'hier également. Enfin ce matin, on se rapprocha à une distance que je jugeai propice, d'autant plus que nous naviguions entre des roches derrière lesquelles je pouvais nager en toute sécurité. Mais, à la minute même où j'allais m'enfuir, je m'avisai que, une fois encore, le guichet de communication que l'on avait cru fermer s'était rouvert de lui-même, et qu'il battait contre la cloison. Je l'entrebâillai de nouveau par curiosité. À portée de mon bras, il y avait une petite armoire que je pus ouvrir, et où ma main, à tâtons, au hasard, saisit une liasse de papiers.

« C'étaient des lettres, des lettres qui contenaient les instructions adressées aux bandits dont j'étais prisonnier. Une heure après, lorsque j'enjambai le hublot et que je me laissai glisser dans la mer, je savais tout : les raisons de mon enlèvement, les moyens employés, le but poursuivi, et la machination abominable ourdie, depuis trois mois, contre le duc de Sarzeau-Vendôme et contre sa fille. Malheureusement, il était trop tard. Obligé, pour n'être pas vu du bateau, de me blottir dans le creux d'un récif, je n'abordai la côte qu'à midi. Le temps de gagner la cabane d'un pêcheur, de troquer mes vêtements contre les siens, de venir ici. Il était trois heures. En arrivant j'appris que le mariage avait été célébré le matin même. »

Le vieux gentilhomme n'avait pas prononcé une parole. Les yeux rivés aux yeux de l'étranger, il écoutait avec un effroi grandissant.

Parfois le souvenir des avertissements que lui avait donnés le préfet de Police revenait à son esprit :

« On vous cuisine, monsieur le duc… On vous cuisine. »

Il dit, la voix sourde :

« Parle… achève… Tout cela m'oppresse… Je ne comprends pas encore… et j'ai peur. »

L'étranger reprit :

« Hélas ! L'histoire est facile à reconstituer et se résume en quelques phrases. Voici : lors de sa visite chez moi, et des confidences que j'eus le tort de lui faire, le comte d'Andrésy retint plusieurs choses : d'abord que j'étais votre neveu, et que, cependant, vous me connaissiez relativement peu, puisque j'avais quitté Sarzeau tout enfant et que, depuis, nos relations s'étaient bornées au séjour de quelques semaines que je fis ici, il y a quinze ans, et durant lesquelles je demandai la main de ma cousine Angélique ;

ensuite, que, ayant rompu avec tout mon passé, je ne recevais plus aucune correspondance ; et enfin, qu'il y avait, entre lui, Andrésy, et moi, une certaine ressemblance physique que l'on pouvait accentuer jusqu'à la rendre frappante. Son plan fut échafaudé sur ces trois points.

« Il soudoya mes deux serviteurs arabes, qui devaient l'avertir au cas où j'aurais quitté l'Algérie. Puis il revint à Paris avec mon nom et mon apparence exacte, se fit connaître de vous, chez qui il fut invité chaque quinzaine, et vécut sous mon nom, qui devint ainsi l'une des nombreuses étiquettes sous lesquelles il cache sa véritable personnalité. Il y a trois mois, « la poire étant mûre », comme il dit dans ses lettres, il commença l'attaque par une série de communications à la presse, et en même temps, craignant sans doute qu'un journal ne révélât en Algérie le rôle que l'on jouait sous mon nom à Paris, il me faisait frapper par mes serviteurs, puis enlever par ses complices. Dois-je vous en dire davantage en ce qui vous concerne, mon oncle ? »

Un tremblement nerveux agitait le duc de Sarzeau-Vendôme. L'épouvantable vérité, à laquelle il refusait d'ouvrir les yeux, lui apparaissait tout entière, et prenait le visage odieux de l'ennemi. Il agrippa les mains de son interlocuteur et lui dit âprement, désespérément :

« C'est Lupin, n'est-ce pas ?

— Oui, mon oncle.

— Et c'est à lui… c'est à lui que j'ai donné ma fille en mariage !

— Oui, mon oncle, à lui qui m'a volé mon nom de Jacques d'Emboise, et qui vous a volé votre fille. Angélique est la femme légitime d'Arsène Lupin et cela conformément à vos ordres. Une lettre de lui que voici en fait foi. Il a bouleversé votre existence, troublé votre esprit, assiégé « les pensées de vos veilles et les rêves de vos nuits », cambriolé votre hôtel, jusqu'à l'instant où, pris de peur, vous vous êtes réfugié ici, et où, croyant échapper à ses manœuvres et à son chantage, vous avez dit à votre fille de désigner comme époux l'un de ses trois cousins, Mussy, Emboise ou Caorches.

— Mais pourquoi a-t-elle choisi celui-là plutôt que les deux autres ?

— C'est vous, mon oncle, qui l'avez choisi.

— Au hasard… parce qu'il était plus riche…

— Non, pas au hasard, mais sur les conseils sournois, obsédants et très habiles de votre domestique Hyacinthe. »

Le duc sursauta.

« Hein ! Quoi ! Hyacinthe serait complice ?

— D'Arsène Lupin, non, mais de l'homme qu'il croit être Emboise et qui a promis de lui verser cent mille francs, huit jours après le mariage.

— Ah ! le bandit !… Il a tout combiné, tout prévu.

— Tout prévu, mon oncle, jusqu'à simuler un attentat contre lui-même, afin de détourner les soupçons, jusqu'à simuler une blessure, reçue à votre service.

— Mais dans quelle intention ? Pourquoi toutes ces infamies ?

— Angélique possède onze millions, mon oncle. Votre notaire à Paris devait en remettre les titres la semaine prochaine au pseudo d'Emboise, lequel les réalisait aussitôt et disparaissait. Mais, dès ce matin, vous lui avez remis, comme cadeau personnel, cinq cent mille francs d'obligations au porteur que ce soir, à neuf heures, hors du château, près du Grand-Chêne, il doit passer à l'un de ses complices, qui les négociera demain matin à Paris. »

Le duc de Sarzeau-Vendôme s'était levé, et il marchait rageusement en frappant des pieds.

« Ce soir à neuf heures, dit-il… Nous verrons… Nous verrons… D'ici là… Je vais prévenir la gendarmerie.

— Arsène Lupin se moque bien des gendarmes.

— Télégraphions à Paris.

— Oui, mais les cinq cent mille francs… Et puis le scandale surtout, mon oncle… Pensez à ceci : votre fille, Angélique de Sarzeau-Vendôme, mariée à cet escroc, à ce brigand… Non, non, à aucun prix…

— Alors quoi ?

— Quoi ? »

À son tour, le neveu se leva et, marchant vers un râtelier où des armes de toutes sortes étaient suspendues, il décrocha un fusil qu'il posa sur la table près du vieux gentilhomme.

« Là-bas, mon oncle, aux confins du désert, quand nous nous trouvons en face d'une bête fauve, nous ne prévenons pas les gendarmes, nous prenons notre carabine et nous l'abattons, la bête fauve, sans quoi c'est elle qui nous écrase sous sa griffe.

— Qu'est-ce que tu dis ?

— Je dis que j'ai pris là-bas l'habitude de me passer des gendarmes. C'est une façon de rendre la justice un peu sommaire, mais c'est la bonne, croyez-moi, et, aujourd'hui, dans le cas qui nous occupe, c'est la seule. La bête morte, vous et moi l'enterrons dans quelque coin…, ni vu ni connu.

— Angélique ?…

— Nous l'avertirons après.

— Que deviendra-t-elle ?

— Elle restera… ce qu'elle est légalement, ma femme, la femme du véritable Emboise. Demain, je l'abandonne et je retourne en Algérie. Dans deux mois, le divorce est prononcé. »

Le duc écoutait, pâle, les yeux fixes, la mâchoire crispée. Il murmura :

« Es-tu sûr que ses complices du bateau ne le préviendront pas de ton évasion ?

— Pas avant demain.

— De sorte que ?

— De sorte qu'à neuf heures, ce soir, Arsène Lupin prendra inévitablement, pour aller au Grand-Chêne, le chemin de ronde qui suit les anciens remparts et qui contourne les ruines de la chapelle. J'y serai, moi, dans les ruines.

— J'y serai, moi aussi », dit simplement le duc de Sarzeau-Vendôme en décrochant un fusil de chasse.

Il était à ce moment cinq heures du soir. Le duc s'entretint longtemps encore avec son neveu, vérifia les armes, les rechargea. Puis, dès que la nuit fut venue, par des couloirs obscurs, il le conduisit jusqu'à sa chambre et le cacha dans un réduit contigu.

La fin de l'après-midi s'écoula sans incident. Le dîner eut lieu. Le duc s'efforça de rester calme. De temps en temps, à la dérobée, il regardait son gendre et s'étonnait de la ressemblance qu'il offrait avec le véritable Emboise. C'était le même teint, la même forme de figure, la même coupe de cheveux. Pourtant le regard différait, plus vif chez celui-là, plus lumineux, et, à la longue, le duc découvrit de petits détails inaperçus jusqu'ici, et qui prouvaient l'imposture du personnage.

Après le dîner on se sépara. La pendule marquait huit heures. Le duc passa dans sa chambre et délivra son neveu. Dix minutes plus tard, à la faveur de la nuit, ils se glissaient au milieu des ruines, le fusil en main.

Angélique cependant avait gagné, en compagnie de son mari, l'appartement qu'elle occupait au rez-de-chaussée d'une tour qui flanquait l'aile gauche du château. Au seuil de l'appartement, son mari lui dit :

« Je vais me promener un peu, Angélique. À mon retour, consentirez-vous à me recevoir ?

— Certes », dit-elle.

Il la quitta et monta au premier étage, ferma la porte à clef, ouvrit doucement une fenêtre qui donnait sur la campagne et se pencha. Au pied de la tour, à quarante mètres au-dessous de lui, il distingua une ombre. Il siffla. Un léger coup de sifflet lui répondit.

Alors il tira d'une armoire une grosse serviette en cuir, bourrée de papiers, qu'il enveloppa d'une étoffe noire et ficela. Puis il s'assit à sa table et écrivit :

Content que tu aies reçu mon message, car je trouve dangereux de sortir du château avec le gros paquet des titres. Les voici. Avec ta motocyclette, tu arriveras à Paris pour le train de Bruxelles du matin. Là-bas, tu remettras les valeurs à Z… qui les négociera aussitôt.

A.L.

Post-scriptum. – *En passant au Grand-Chêne, dis aux camarades que je les rejoins. J'ai des instructions à leur donner. D'ailleurs, tout va bien. Personne ici n'a le moindre soupçon.*

Il attacha la lettre sur le paquet, et descendit le tout par la fenêtre, à l'aide d'une ficelle.

« Bien, se dit-il, ça y est. Je suis plus tranquille. »

Il patienta quelques minutes encore, en déambulant à travers la pièce, et en souriant à deux portraits de gentilshommes suspendus à la muraille :

« Horace de Sarzeau-Vendôme, maréchal de France… Le Grand Condé… Je vous salue, mes aïeux. Lupin de Sarzeau-Vendôme sera digne de vous. »

À la fin, le moment étant venu, il prit son chapeau et descendit.

Mais, au rez-de-chaussée, Angélique surgit de son appartement, et s'exclama, l'air égaré :

« Écoutez… je vous en prie… il serait préférable… »

Et tout de suite, sans en dire davantage, elle rentra chez elle, laissant à son mari une vision d'effroi et de délire.

« Elle est malade, se dit-il. Le mariage ne lui réussit pas. »

Il alluma une cigarette et conclut, sans attacher d'importance à cet incident qui eût dû le frapper : « Pauvre Angélique ! tout ça finira par un divorce… »

Dehors la nuit était obscure, le ciel voilé de nuages.

Les domestiques fermaient les volets du château. Il n'y avait point de lumière aux fenêtres, le duc ayant l'habitude de se coucher après le repas.

En passant devant le logis du garde, et en s'engageant sur le pont-levis :

« Laissez la porte ouverte, dit-il, je fais un tour et je reviens. »

Le chemin de ronde se trouvait à droite, et conduisait, le long des anciens remparts qui jadis ceignaient le château d'une seconde enceinte beaucoup plus vaste, jusqu'à une poterne aujourd'hui presque démolie.

Ce chemin, qui contournait une colline et suivait ensuite le flanc d'un vallon escarpé, était bordé à gauche de taillis épais.

« Quel merveilleux endroit pour un guet-apens, dit-il. C'est un vrai coupe-gorge. »

Il s'arrêta, croyant entendre du bruit. Mais non, c'était un froissement de feuilles. Pourtant une pierre dégringola le long des pentes, rebondissant aux aspérités du roc. Mais, chose bizarre, rien ne l'inquiétait, il se remit à marcher. L'air vif de la mer arrivait jusqu'à lui par-dessus les plaines de la presqu'île, il s'en remplissait les poumons avec joie.

« Comme c'est bon de vivre! se dit-il. Jeune encore, de vieille noblesse, multimillionnaire, qu'est-ce qu'on peut rêver de mieux, Lupin de Sarzeau-Vendôme? »

À une petite distance, il aperçut, dans l'obscurité, la silhouette plus noire de la chapelle dont les ruines dominaient le chemin de quelques mètres. Des gouttes de pluie commençaient à tomber, et il entendit une horloge frapper neuf coups. Il hâta le pas. Il y eut une courte descente, puis une montée. Et, brusquement, il s'arrêta de nouveau.

Une main saisit la sienne.

Il recula, voulut se dégager.

Mais quelqu'un émergeait d'un groupe d'arbres qu'il frôlait, et une voix lui dit :

« Taisez-vous… Pas un mot… »

Il reconnut sa femme, Angélique.

« Qu'est-ce qu'il y a donc? » demanda-t-il.

Elle murmura, si bas que les mots étaient à peine intelligibles :

« On vous guette… Ils sont là, dans les ruines, avec des fusils…

— Qui?

— Silence… Écoutez… »

Ils restèrent immobiles un instant, puis elle dit :

« Ils ne bougent pas… Peut-être ne m'ont-ils pas entendue. Retournons…

— Mais…

— Suivez-moi! »

L'accent était si impérieux qu'il obéit sans l'interroger davantage. Mais soudain elle s'effara.

« Courons… Ils viennent… J'en suis sûre… »

De fait, on percevait un bruit de pas.

Alors, rapidement, lui tenant toujours la main, avec une force irrésistible elle l'entraîna par un raccourci, dont elle suivait les sinuosités sans hésitation, malgré les ténèbres et les ronces. Et, très vite, ils arrivèrent au pont-levis.

Elle passa son bras sous le sien. Le garde les salua. Ils traversèrent la grande cour, pénétrèrent dans le château, et elle le conduisit jusqu'à la tour d'angle où ils demeuraient tous deux.

« Entrez, dit-elle.

— Chez vous ?

— Oui. »

Deux femmes de chambre attendaient. Sur l'ordre de leur maîtresse, elles se retirèrent dans les pièces qu'elles occupaient au troisième étage.

Presque aussitôt on frappait à la porte du vestibule qui commandait l'appartement, et quelqu'un appela.

« Angélique !

— C'est vous, mon père ? dit-elle en dominant son émotion.

— Oui, ton mari est ici ?

— Nous venons de rentrer.

— Dis-lui que j'aurais besoin de lui parler. Qu'il me rejoigne chez moi... C'est urgent.

— Bien, mon père, je vais vous l'envoyer. »

Elle prêta l'oreille durant quelques secondes, puis revint dans le boudoir où se tenait son mari, et elle affirma :

« J'ai tout lieu de croire que mon père ne s'est pas éloigné. »

Il fit un geste pour sortir.

« En ce cas, s'il désire me parler...

— Mon père n'est pas seul, dit-elle vivement, en lui barrant la route.

— Qui donc l'accompagne ?

— Son neveu, Jacques d'Emboise. »

Il y eut un silence. Il la regarda avec une certaine surprise, ne comprenant pas bien la conduite de sa femme. Mais, sans s'attarder à l'examen de cette question, il ricana :

« Ah ! cet excellent Emboise est là ? Alors tout le pot aux roses est découvert ? À moins que...

— Mon père sait tout, dit-elle... J'ai entendu une conversation tantôt, entre eux. Son neveu a lu des lettres... J'ai hésité d'abord à vous prévenir... Et puis j'ai cru que mon devoir... »

Il l'observa de nouveau. Mais aussitôt repris par l'étrangeté de la situation, il éclata de rire :

« Comment ? mes amis du bateau ne brûlent pas mes lettres ? Et ils ont laissé échapper leur captif ? Les imbéciles ! Ah ! Quand on ne fait pas tout soi-même !... N'importe, c'est cocasse. Emboise contre Emboise... Eh ! mais, si l'on ne me reconnaissait plus, maintenant ? Si Emboise lui-même me confondait avec lui-même ? »

Il se retourna vers une table de toilette, saisit une serviette qu'il mouilla et frotta de savon, et, en un tournemain, s'essuya la figure, se démaquilla et changea le mouvement de ses cheveux.

« Ça y est, dit-il apparaissant à Angélique tel qu'elle l'avait vu le soir du cambriolage, à Paris, ça y est. Je suis plus à mon aise pour discuter avec mon beau-père.

— Où allez-vous ? dit-elle en se jetant devant la porte.

— Dame ! Rejoindre ces messieurs.

— Vous ne passerez pas !

— Pourquoi ?

— Et s'ils vous tuent ?

— Me tuer ?

— C'est cela qu'ils veulent, vous tuer... cacher votre cadavre quelque part... Qui le saurait ?

— Soit, dit-il, à leur point de vue ils ont raison. Mais si je ne vais pas au-devant d'eux, c'est eux qui viendront. Ce n'est pas cette porte qui les arrêtera... Ni vous, je pense. Par conséquent il vaut mieux en finir.

— Suivez-moi ! » ordonna Angélique.

Elle souleva la lampe qui les éclairait, entra dans sa chambre, poussa l'armoire à glace, qui roula sur des roulettes dissimulées, écarta une vieille tapisserie et dit :

« Voici une autre porte qui n'a pas servi depuis longtemps. Mon père en croit la clef perdue. La voici. Ouvrez. Un escalier pratiqué dans les murailles vous mènera tout au bas de la tour. Vous n'aurez qu'à tirer les verrous d'une seconde porte. Vous serez libre. »

Il fut stupéfait, et il comprit soudain toute la conduite d'Angélique. Devant ce visage mélancolique, disgracieux, mais d'une telle douceur, il resta un moment décontenancé, presque confus. Il ne pensait plus à rire. Un sentiment de respect, où il y avait des remords et de la bonté, pénétrait en lui.

« Pourquoi me sauvez-vous ? murmura-t-il.

— Vous êtes mon mari. »

Il protesta :

« Mais non… Mais non… C'est un titre que j'ai volé. La loi ne reconnaîtra pas ce mariage.

— Mon père ne veut pas de scandale, dit-elle.

— Justement, fit-il avec vivacité, justement j'avais envisagé tout cela, et c'est pourquoi j'avais emmené votre cousin Emboise à proximité. Moi disparu, c'est lui votre mari. C'est lui que vous avez épousé devant les hommes.

— C'est vous que j'ai épousé devant l'Église.

— L'Église ! L'Église ! il y a des accommodements avec elle… On fera casser votre mariage.

— Sous quel prétexte avouable ? »

Il se tut, réfléchit à toutes ces choses insignifiantes pour lui et ridicules, mais si graves pour elle, et il répéta plusieurs fois :

« C'est terrible… c'est terrible… j'aurais dû prévoir… »

Et tout à coup, envahi par une idée, il s'écria, en frappant dans ses mains :

« Voilà ! J'ai trouvé. Je suis au mieux avec un des principaux personnages du Vatican. Le pape fait ce que je veux… J'obtiendrai une audience et je ne doute pas que le Saint-Père, ému par mes supplications… »

Son plan était si comique, sa joie si naïve qu'Angélique ne put s'empêcher de sourire, et elle lui dit :

« Je suis votre femme devant Dieu. »

Elle le regardait avec un regard où il n'y avait ni mépris ni hostilité, et point de colère, et il se rendit compte qu'elle oubliait de considérer en lui le bandit et le malfaiteur, pour ne penser qu'à l'homme qui était son mari et auquel le prêtre l'avait liée jusqu'à l'heure suprême de la mort.

Il fit un pas vers elle et l'observa plus profondément. Elle ne baissa pas les yeux d'abord. Mais elle rougit. Et jamais il n'avait vu un visage plus touchant, empreint d'une telle dignité. Il lui dit, comme au premier soir de Paris :

« Oh ! vos yeux… vos yeux calmes et tristes… et si beaux ! »

Elle baissa la tête et balbutia :

« Allez-vous-en !… Allez-vous-en ! »

Devant son trouble, il eut l'intuition subite des sentiments plus obscurs qui la remuaient et qu'elle ignorait elle-même. Dans cette âme de vieille fille dont il connaissait l'imagination romanesque, les rêves inassouvis, les lectures surannées, ne représentait-il pas soudain, en cette minute exceptionnelle, et par suite des circonstances anormales de leur rencontre, quelque chose de spécial, le héros à la Byron, le bandit romantique et chevaleresque ? Un soir, malgré les obstacles, aventurier fameux, ennobli déjà par la légende, grandi par son audace, un soir, il était entré chez elle, et il lui avait passé au doigt l'anneau nuptial. Fiançailles mystiques et passionnées, telles qu'on en voyait au temps du *Corsaire* et d'*Hernani.*

Ému, attendri, il fut sur le point de céder à un élan d'exaltation, et de s'écrier :

« Partons !... Fuyons !... Vous êtes mon épouse... ma compagne... Partagez mes périls, mes joies et mes angoisses... C'est une existence étrange et forte, superbe et magnifique... »

Mais les yeux d'Angélique s'étaient relevés vers lui, et ils étaient si purs et si fiers qu'il rougit à son tour.

Ce n'était pas là une femme à qui l'on pût parler ainsi. Il murmura :

« Je vous demande pardon... J'ai commis beaucoup de mauvaises actions, mais aucune dont le souvenir me sera plus amer. Je suis un misérable... J'ai perdu votre vie.

— Non, dit-elle doucement, vous m'avez au contraire indiqué ma voie véritable. »

Il fut près de l'interroger. Mais elle avait ouvert la porte et lui montrait le chemin. Aucune parole ne pouvait plus être prononcée entre eux. Sans dire un mot, il sortit en s'inclinant très bas devant elle.

Un mois après, Angélique de Sarzeau-Vendôme, princesse de Bourbon-Condé, épouse légitime d'Arsène Lupin, prenait le voile, et, sous le nom de sœur Marie-Auguste, s'enterrait au couvent des religieuses dominicaines.

Le jour même de cette cérémonie, la mère supérieure du couvent recevait une lourde enveloppe cachetée et une lettre...

La lettre contenait ces mots : *Pour les pauvres de sœur Marie-Auguste.*

Dans l'enveloppe, il y avait cinq cents billets de mille francs.

L'ÎLE
AUX TRENTE CERCUEILS

La guerre a provoqué de tels bouleversements que bien peu de personnes se souviennent aujourd'hui de ce qui fut, il y a quelques années, le scandale d'Hergemont.

Rappelons les faits en quelques lignes :

Au mois de juin 1902, M. Antoine d'Hergemont, dont on apprécie les études sur les monuments mégalithiques de la Bretagne, se promenait au Bois avec sa fille Véronique, lorsqu'il fut assailli par quatre individus et frappé au visage d'un coup de canne qui l'abattit.

Après une courte lutte, et malgré ses efforts désespérés, Véronique, la belle Véronique comme on l'appelait parmi ses amies, était entraînée et jetée dans une automobile que les spectateurs de cette scène très rapide virent s'éloigner du côté de Saint-Cloud.

Simple enlèvement. Le lendemain, on savait la vérité. Le comte Alexis Vorski, jeune gentilhomme polonais, d'assez mauvaise réputation mais de grande allure, et qui se disait de sang royal, aimait Véronique d'Hergemont et Véronique l'aimait. Repoussé par le père, insulté même par lui à diverses reprises, il avait combiné l'aventure sans que Véronique, d'ailleurs, en fût le moins du monde complice.

Ouvertement, Antoine d'Hergemont, qui était – certaines lettres rendues publiques l'attestèrent – violent, taciturne, et qui, par son humeur fantasque, son égoïsme farouche et son avarice sordide, avait rendu sa fille fort malheureuse, jura qu'il se vengerait de la manière la plus implacable.

Il donna son consentement au mariage, qui eut lieu, deux mois après, à Nice. Mais, l'année suivante, on apprenait une série de nou-

velles sensationnelles. Tenant sa parole de haine, M. d'Hergemont enlevait, à son tour, l'enfant né du mariage de sa fille avec Vorski, et, à Villefranche, prenait passage sur un petit yacht de plaisance nouvellement acheté par lui.

La mer était forte. Le yacht coula en vue des côtes italiennes. Les quatre matelots qui le montèrent furent recueillis par une barque. D'après leur témoignage, M. d'Hergemont et l'enfant avaient disparu au milieu des vagues.

Lorsque Véronique eut recueilli la preuve de leur mort, elle entra dans un couvent de carmélites.

Tels sont les faits. Ils devaient entraîner à quatorze ans de distance l'aventure la plus effroyable et la plus extraordinaire. Aventure authentique, cependant, bien que certains détails prennent, au premier abord, une apparence en quelque sorte fabuleuse. Mais la guerre a compliqué l'existence au point que des événements qui se passent en dehors d'elle, comme ceux dont le récit va suivre, empruntent au grand drame quelque chose d'anormal, d'illogique et, parfois, de miraculeux. Il faut toute l'éclatante lumière de la vérité pour rendre à ces événements la marque d'une réalité, somme toute assez simple…

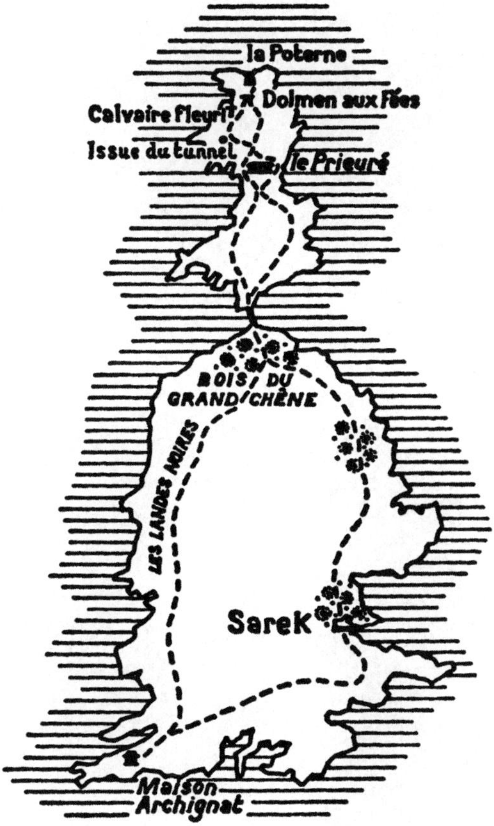
la Poterne
Dolmen aux Fées
Calvaire fleuri
Issue du tunnel
le Prieuré
BOIS DU
GRAND CHÊNE
LES LANDES NOIRES
Sarek
Maison
Archignat

I

La cabane abandonnée

Le pittoresque village du Faouët, situé au cœur même de la Bretagne, vit arriver en voiture, un matin du mois de mai, une dame dont l'ample vêtement gris et le voile épais qui lui enveloppait le visage n'empêchaient pas de discerner la grande beauté et la grâce parfaite.

Cette dame déjeuna rapidement à l'auberge principale. Puis, vers midi, elle pria le patron de lui garder sa valise, demanda quelques renseignements sur le pays, et, traversant le village, s'engagea dans la campagne.

Presque aussitôt deux routes s'offrirent à elle, l'une qui conduisait à Quimperlé, l'autre à Quimper. Elle choisit celle-ci, descendit au creux d'un vallon, remonta et aperçut, vers sa droite, à l'entrée d'un chemin vicinal, un poteau indicateur portant la mention : Locriff, 3 kilomètres.

« Voici l'endroit », se dit-elle.

Pourtant, ayant jeté un regard circulaire, elle fut surprise de ne pas trouver ce qu'elle cherchait. Avait-elle mal compris les instructions qu'on lui avait données ?

Autour d'elle personne, et personne aussi loin qu'on pouvait voir à l'horizon de la campagne bretonne, par-dessus les prés bordés d'arbres et les ondulations des collines. Un petit château, surgi de la verdure naissante du printemps, érigeait non loin du village une façade grise où toutes les fenêtres étaient closes de leurs volets. À midi les cloches de l'angélus se balancèrent dans l'espace. Puis ce fut le grand silence et la grande paix.

Alors elle s'assit sur l'herbe rase d'un talus, et tira de sa poche une lettre dont elle déplia les nombreux feuillets.

La première page portait, en haut, cette raison sociale :

Agence Dutreillis.
Cabinet de Consultation.
Renseignements confidentiels.
Discrétion.

Puis, au-dessous, cette adresse :

À Madame Véronique, modes, Besançon.

Elle lut :

Madame,

Vous ne sauriez croire avec quel plaisir je me suis acquitté de la double mission dont vous avez bien voulu me charger par votre honorée de ce mois de mai 1917. Je n'ai jamais oublié les conditions dans lesquelles il me fut possible, il y a quatorze ans, de vous prêter mon concours efficace, lors des pénibles événements qui assombrirent votre existence. C'est moi, en effet, qui ai pu obtenir toutes les certitudes relatives à la mort de votre cher et respectable père, M. Antoine d'Hergemont, et de votre bien-aimé fils François – première victoire d'une carrière qui devait en fournir tant d'autres éclatantes.

C'est moi aussi, ne l'oubliez pas, qui, sur votre demande, et voyant combien il était utile de vous soustraire à la haine, et, disons le mot, à l'amour de votre mari, ai fait les démarches nécessaires à votre entrée au couvent des carmélites. C'est moi enfin qui, votre retraite dans ce couvent vous ayant montré que la vie religieuse était contraire à votre nature, vous ai procuré cette humble place de modiste à Besançon, loin des villes où s'étaient écoulées les années de votre enfance et les semaines de votre mariage. Vous aviez du goût, le besoin de travailler pour vivre et pour ne pas penser. Vous deviez réussir. Vous avez réussi.

Et maintenant arrivons au fait, au double fait qui nous occupe.

Tout d'abord, la première question. Qu'est devenu dans la tourmente votre mari, le sieur Alexis Vorski, Polonais de naissance, selon ses papiers, et fils de roi selon ses dires ? Je serai bref. Suspect, enfermé, dès le début de la guerre, dans un camp de concentration, près de Carpentras, le sieur Vorski s'est échappé, est passé en Suisse, est rentré en France, a été arrêté, accusé d'espionnage et convaincu d'être allemand. Une seconde fois, alors qu'inévitablement l'attendait une condamnation à mort, il s'échappa, disparut dans la forêt de Fontainebleau et, en fin de compte, fut poignardé on ne sait par qui.

Je vous raconte cela tout crûment, madame, sachant quel mépris vous aviez pour cet être qui vous avait abominablement trahie, et sachant aussi que vous connaissiez par les journaux la plupart de ces faits, sans avoir pu cependant en vérifier l'absolue authenticité.

Or, les preuves existent. Je les ai vues. Il n'y a plus de doute. Alexis Vorski est enterré à Fontainebleau.

Et je me permets, en passant, madame, de vous faire remarquer l'étrangeté de cette mort. Vous vous rappelez en effet la curieuse prophétie dont vous m'avez parlé et qui concernait le sieur Vorski. Le sieur Vorski, dont la réelle intelligence et l'énergie peu commune étaient gâtées par un esprit faux et superstitieux, en proie aux hallucinations et aux terreurs, avait été fort impressionné par cette prédiction qui pesait sur sa vie et qui lui avait été faite par plusieurs personnes versées dans les sciences occultes : « Vorski, fils de roi, tu mourras de la main d'un ami et ton épouse sera mise en croix. » Je ris, madame, en écrivant ces derniers mots. Mise en croix ! crucifiée ! c'est là un supplice quelque peu démodé, et je suis tranquille à votre égard ! Mais, que pensez-vous du coup de poignard reçu par le sieur Vorski conformément aux ordres mystérieux du destin ?

Mais assez de réflexions. Il s'agit maintenant…

Véronique laissa tomber un instant la lettre sur ses genoux. Les phrases prétentieuses, les plaisanteries familières de M. Dutreillis blessaient sa délicatesse, et puis l'image tragique d'Alexis Vorski l'obsédait. Un frisson d'angoisse effleura sa chair au souvenir affreux de cet homme. Elle se domina et reprit :

Il s'agit maintenant, madame, de mon autre mission, la plus importante à vos yeux, puisque tout le reste n'est que passé.

Précisons les faits. Il y a trois semaines, durant une de ces rares occasions où vous consentez à rompre la monotonie si digne de votre existence, un jeudi soir où vous aviez conduit vos employées au cinéma, un détail vraiment inexplicable vous a frappée. Le principal film, intitulé Légende bretonne, *représentait, au cours d'un pèlerinage, une scène qui se passait sur le bord d'une route, devant une petite cahute abandonnée, laquelle d'ailleurs ne servait à rien dans l'action. Elle se trouvait là, évidemment, par hasard. Mais quelque chose de vraiment anormal attira votre attention. Sur les planches goudronnées de la vieille porte, il y avait, tracées à la main, ces trois lettres :* V. d'H. *et, ces trois lettres, c'était purement et simplement votre signature de jeune fille telle que vous l'employiez jadis dans vos lettres familières, et telle que vous ne l'avez plus employée une seule fois depuis quatorze ans ! Véronique d'Hergemont ! Aucune erreur possible. Deux majuscules séparées par le* d *minuscule et par l'apostrophe. Et, qui plus est, la barre de la lettre* H, *ramenée sous les trois lettres, servait de paraphe, exactement selon votre procédé d'alors !*

Madame, c'est la stupeur que provoqua en vous cette surprenante coïncidence qui vous détermina à solliciter mon concours. Il vous était acquis d'avance. Et, d'avance, vous saviez que ce concours serait efficace.

Selon vos prévisions, madame, j'ai réussi.

Et là, encore, je serai bref suivant mon habitude.

Madame, prenez à Paris l'express du soir qui vous débarquera le lendemain matin à Quimperlé. Là, voiture jusqu'au Faouët. Si vous avez le temps, avant ou après votre déjeuner, visite à la très curieuse chapelle Sainte-Barbe, perchée dans le site le plus extravagant et qui fut l'occasion du film Légende bretonne. *Puis allez à pied sur la route de Quimper. Au bout de la première montée, un peu avant le chemin vicinal qui conduit à Locriff, se trouve, dans un demi-cirque entouré d'arbres, la cahute abandonnée qui porte l'inscription. Rien de remarquable ne la caractérise. À l'intérieur, c'est le vide. Pas même de plancher. Une planche pourrie servait de banc. Comme toit un châssis vermoulu, à travers lequel il pleut. Encore une fois, il est hors de doute que c'est le hasard qui l'a placée dans le champ de visibilité du cinématographe. J'ajouterai, pour finir, que le film* Légende bretonne *a été pris au mois de septembre dernier, ce qui fait que l'inscription remonte au moins à huit mois.*

Voilà, madame. Ma double mission est achevée. Je suis trop discret pour vous dire après quels efforts et par quels moyens ingénieux j'ai pu l'accomplir en si peu de temps, sans quoi vous trouveriez vraiment un peu ridicule la somme de cinq cents francs à laquelle je borne le prix de mon intervention.

Veuillez agréer, je vous prie…

Véronique replia la lettre et s'attarda quelques minutes aux impressions que cette lecture lui imposait, impressions douloureuses comme toutes celles qui ressuscitaient les jours atroces de son mariage. Une, surtout, avait persisté, aussi forte qu'aux heures où elle se jetait, pour y échapper, dans l'ombre d'un couvent. C'était l'impression, la certitude même que tous ses malheurs, que la mort de son père, que la mort de son fils, provenaient de la faute qu'elle avait commise en aimant Vorski. Certes elle avait résisté à l'amour de cet homme et ne s'était décidée au mariage que contrainte, désespérée, et pour soustraire M. d'Hergemont à la vengeance de Vorski. Mais tout de même elle l'avait aimé, cet homme. Tout de même, au début, elle avait pâli sous son regard, et de cela, de ce qui lui semblait maintenant une lâcheté impardonnable, elle gardait un remords que le temps n'avait pas affaibli.

« Allons, murmura-t-elle, assez de rêveries. Je ne suis pas venue ici pour pleurer. »

Le besoin de savoir qui l'avait sortie de sa retraite de Besançon la ranima, et elle se leva, résolue à l'action.

« *Un peu avant le chemin vicinal qui conduit à Locriff… un demi-cirque entouré d'arbres…* » disait la lettre du sieur Dutreillis. Elle avait donc dépassé l'endroit. Rapidement elle revint sur ses pas et aussitôt aperçut, à droite, le bouquet d'arbres qui lui avait masqué la cabane. S'étant approchée, elle la vit.

C'était une sorte de refuge pour berger ou pour cantonnier, qui s'effritait et se décomposait sous l'action des intempéries. Véronique s'approcha et constata que l'inscription, usée par la pluie et par le soleil, était beaucoup moins nette que sur le film. Mais les trois lettres étaient visibles, ainsi que le paraphe, et elle distingua même, en dessous, une chose que M. Dutreillis n'avait point notée, le dessin d'une flèche, et un numéro, le numéro 9.

L'émotion croissait en elle. Bien que l'on n'eût en aucune façon cherché à imiter la forme même de sa signature, c'était bien sa signature de jeune fille. Or, qui avait pu l'apposer ainsi sur une cabane abandonnée, en cette Bretagne où elle pénétrait pour la première fois ?

Véronique ne connaissait plus personne au monde. Par une suite de circonstances, tout son passé de jeune fille s'était, pour ainsi dire, effondré avec la mort de tous ceux qu'elle avait aimés et connus. Alors comment était-il possible que le souvenir de sa signature eût persisté en dehors d'elle et de ceux qui n'existaient plus ? Et puis surtout pourquoi cette inscription, là, à cet endroit ? Que signifiait-elle ?

Véronique fit le tour de la cabane. Aucune autre marque n'y était visible, pas plus que sur les arbres environnants. Elle se rappela que M. Dutreillis avait ouvert et n'avait rien vu à l'intérieur. Pourtant elle voulut s'assurer elle-même qu'il ne s'était pas trompé.

La porte était fermée par un simple loquet de bois qui tournait autour d'une vis. Elle le souleva, et, chose singulière, qu'elle n'aurait su expliquer, il lui fallut faire un effort, non pas physique, mais moral, un effort de volonté, pour tirer cette porte vers elle. Il lui semblait qu'elle allait, par ce petit geste, pénétrer dans un monde de faits et d'événements qu'elle redoutait à son insu.

« Eh bien, quoi ? dit-elle, qu'est-ce qui m'arrête ? »

Elle tira brusquement.

Un cri d'horreur lui échappa. Il y avait dans la cabane le cadavre d'un homme. Et, en même temps, à la seconde précise où elle apercevait ce cadavre, elle se rendait compte de l'anomalie qui en était la marque particulière : une des mains de l'homme mort manquait.

C'était un vieillard, dont la barbe grise s'étalait en éventail, et dont les longs cheveux blancs descendaient autour du cou. Les lèvres noircies, une certaine couleur de la peau tuméfiée donnèrent à Véronique l'idée qu'il avait été peut-être empoisonné, car aucune trace de blessure n'apparaissait sur lui, sauf la plaie de son bras, coupé nettement au-dessus du poignet, et qui devait remonter déjà à quelques jours. Ses vêtements étaient ceux d'un paysan breton, propres, mais très usés. Le cadavre était assis sur le sol, la tête appuyée sur le banc, et les jambes recroquevillées.

Autant de constatations que Véronique fit dans une sorte d'inconscience et qui devaient plutôt reparaître dans sa mémoire, car, sur le moment, elle resta là, toute tremblante et les yeux fixes, en balbutiant :

« Un cadavre… un cadavre… »

Elle pensa soudain qu'elle se trompait peut-être et que l'homme n'était pas mort. Mais, ayant touché son front, elle frissonna au contact de la peau glacée.

Pourtant ce geste la sortit de sa torpeur. Elle résolut d'agir et, puisqu'il n'y avait personne dans la campagne environnante, de retourner au Faouët et d'avertir les autorités. Préalablement elle examina le cadavre afin de voir si quelque indice pouvait la renseigner sur son identité.

Les poches étaient vides. Les vêtements et le linge ne portaient aucune marque. Mais, comme elle avait un peu dérangé le cadavre pour effectuer ses recherches, il arriva que la tête pencha vers l'avant et entraîna le buste, qui s'abattit sur les jambes, découvrant ainsi le dessous du banc.

Sous ce banc elle aperçut un rouleau de papier, composé d'une feuille de papier à dessin très mince, et qui était froissée, cassée, presque tordue.

Elle ramassa le rouleau et le déplia. Mais elle n'avait pas achevé ce mouvement que ses mains se mirent à trembler et qu'elle balbutia :

« Ah ! mon Dieu !… ah ! mon Dieu !… »

De toute son énergie, elle voulut s'imposer le calme nécessaire et regarder avec des yeux qui pussent voir et un cerveau qui pût comprendre.

Tout au plus lui fut-il possible de rester ainsi durant quelques secondes. Et, durant ces quelques secondes, à travers un brouillard de plus en plus dense qui lui semblait envelopper ses yeux, elle put discerner un dessin rouge qui représentait quatre femmes crucifiées sur quatre troncs d'arbres.

Et, en avant de ce dessin, la première femme, image centrale, corps raidi sous ses voiles, figure bouleversée par la plus épouvantable des souffrances, mais figure reconnaissable, cette femme crucifiée, c'était elle ! à n'en pas douter, c'était elle, elle-même, Véronique d'Hergemont !

D'ailleurs, au-dessus de la tête, l'extrémité du poteau de torture portait, selon la coutume antique, un cartouche avec une inscription fortement appuyée.

Et c'étaient le paraphe et les trois lettres de Véronique jeune fille, *V. d'H.* : Véronique d'Hergemont !

Une convulsion la souleva des pieds à la tête. Elle se dressa, pivota et, tournoyant en dehors de la cabane, tomba sur l'herbe, évanouie.

Véronique était une femme bien portante, grande, vigoureuse, d'un équilibre admirable, et dont les épreuves n'avaient jamais pu atteindre la belle santé morale et la splendide harmonie physique. Il fallait des circonstances exceptionnelles et imprévues comme celles-ci, jointes à la fatigue de deux nuits en chemin de fer, pour provoquer un tel désarroi de ses nerfs et de sa volonté.

Cela ne dura pas plus de deux ou trois minutes, d'ailleurs, au bout desquelles son esprit redevint lucide et vaillant.

Elle se releva, retourna vers la cabane, saisit la feuille de papier cartonné et, certes avec une angoisse indicible, mais cette fois avec des yeux qui voyaient et un cerveau qui comprenait, elle regarda.

Les détails, d'abord, ceux qui semblaient insignifiants, ou du moins dont la signification ne lui apparaissait pas. À gauche, il y avait une colonne étroite d'une quinzaine de lignes, non pas écrites, mais composées de lettres non formées, de jambages toujours les mêmes, et qui n'avaient évidemment qu'un but de remplissage.

Cependant, à divers endroits, quelques mots étaient visibles.

Et Véronique put lire : *Quatre femmes en croix* ; plus loin : *Trente cercueils*... et, pour finir, toute la dernière ligne ainsi rédigée :

La Pierre-Dieu qui donne vie ou mort.

Toute cette colonne était entourée d'un cadre tracé à l'aide de deux lignes fort régulières, l'une à l'encre noire, l'autre à l'encre rouge, et il y avait, toujours en rouge, au-dessus la représentation de deux faucilles enlacées par une branche de gui, au-dessous la silhouette d'un cercueil.

La partie droite, de beaucoup la plus importante, était remplie par le dessin, dessin à la sanguine, qui donnait à toute la page, avec sa colonne d'explications adjacente, l'apparence d'une feuille, ou plutôt d'une copie de feuille de livre – quelque grand livre d'images anciennes, où les sujets seraient traités un peu à la manière primitive avec une entière ignorance des règles.

Et c'étaient quatre femmes en croix.

Trois d'entre elles s'enfonçaient à l'horizon, de plus en plus petites, vêtues de costumes bretons, leurs têtes surmontées de coiffures également bretonnes, mais d'une mode spéciale qui indiquait un usage local, et qui consistait surtout dans un large nœud noir dont les deux ailes se dépliaient comme les nœuds des Alsaciennes. Et, au milieu de la page, il y avait la chose effrayante dont Véronique ne pouvait détacher son regard terrifié. Il y avait la croix principale, le tronc d'arbre dont les branches inférieures étaient coupées et le long duquel, à droite et à gauche, descendaient les deux bras de la femme.

Les mains et les pieds n'étaient pas cloués, mais fixés par des cordes qui s'enroulaient jusqu'aux épaules et jusqu'en haut des deux jambes réunies. Au lieu du costume breton, la victime portait une sorte de suaire qui tombait presque à terre, allongeant la silhouette mince d'un corps amaigri par le supplice.

L'expression du visage était déchirante, expression de douleur résignée et de grâce mélancolique. Et c'était bien le visage de Véronique, surtout tel qu'il était à l'époque de ses vingt ans, et tel que Véronique se souvenait de l'avoir vu aux heures sombres où l'on contemple dans un miroir ses yeux sans espoir et ses larmes qui coulent.

Et c'était, autour de la tête, l'onde même de ses cheveux épais roulant jusqu'à la ceinture en courbes semblables.

Et, au-dessus, l'inscription : *V. d'H.*

Véronique demeura longtemps à réfléchir, interrogeant le passé, et cherchant à relier dans l'ombre les faits actuels aux souvenirs de sa jeunesse. Mais aucune lueur ne se levait en son esprit. Les mots qu'elle lisait, le dessin qu'elle voyait, rien de tout cela ne prenait le moindre sens pour elle et ne pouvait se prêter à la moindre explication.

Plusieurs fois encore elle examina la feuille de papier. Puis, lentement, sans cesser d'y songer, elle la déchira en menus morceaux que le vent emportait. Lorsque le dernier des morceaux se fut envolé, sa décision était prise. Elle repoussa le cadavre de l'homme, ferma la porte, et, rapidement, s'éloigna vers le village, afin de donner à cette aventure la conclusion judiciaire qui lui convenait pour l'instant.

Mais quand elle revint, une heure plus tard, avec le maire du Faouët, le garde champêtre et tout un groupe de curieux, attirés par ses déclarations, la cabane était vide.

Le cadavre avait disparu.

Et tout cela était si étrange, Véronique savait si bien que, dans le désordre de ses idées, il lui était impossible de répondre aux interrogations qu'on lui posait, et de dissiper les soupçons et le doute que l'on pouvait avoir et que l'on avait sur la véracité de son témoignage, sur le motif de sa présence, sur sa raison elle-même, qu'elle renonça du coup à tout effort et à toute lutte. L'aubergiste était là. Elle lui demanda quel était le village le plus proche qu'elle pût atteindre en suivant la route, et si elle arriverait ainsi à une station de chemin de fer qui lui permît de retourner à Paris.

Elle retint les deux noms de Scaër et de Rosporden, commanda une voiture, qui devait la rattraper en cours de route avec sa valise, et partit, protégée d'ailleurs contre toute malveillance par son grand air d'élégance et par sa beauté grave.

Elle partit, au hasard, pour ainsi dire. La route était longue, des lieues et des lieues. Mais elle avait une telle hâte d'en finir avec ces événements incompréhensibles et de retourner vers le calme et vers l'oubli, qu'elle marchait à grands pas, sans même songer que cette fatigue était inutile puisqu'une voiture la suivait.

Elle s'éleva sur des collines, descendit dans des vallons, et elle ne pensait guère, se refusant à chercher la solution de tant d'énigmes qui se posaient à elle. C'était le passé qui remontait à la surface de sa vie, et elle en avait une peur affreuse, de ce passé, qui s'étendait de son enlèvement par Vorski jusqu'à la mort de son père et de son enfant…

Elle ne voulait songer qu'à la toute petite existence qu'elle s'était confectionnée à Besançon. Pas de chagrins là-bas, pas de rêves, pas de souvenirs, et elle ne doutait pas que, au milieu des menues habitudes quotidiennes qui l'enveloppaient dans l'humble maison choisie, elle n'oubliât la cabane abandonnée, le cadavre mutilé de l'homme, et l'épouvantable dessin qui marquait l'inscription mystérieuse.

Mais, un peu avant le gros bourg de Scaër, comme elle entendait derrière elle le grelot d'un cheval, elle vit, à l'embranchement de la route qui conduisait à Rosporden, un pan de mur qui restait d'une maison à demi écroulée.

Et sur ce pan de mur, il y avait à la craie blanche, au-dessus d'une flèche et du numéro 10, l'inscription fatidique : *V. d'H.*

II

Au bord de l'Océan

L'état d'esprit de Véronique changea subitement. Autant elle fuyait avec décision devant la menace du péril qui lui semblait surgir pour elle du mauvais passé, autant elle était résolue à marcher jusqu'au bout sur le chemin redoutable qui s'ouvrait.

Ce revirement provenait de ce qu'une petite lueur flottait brusquement dans les ténèbres. Elle comprenait tout à coup cette chose, assez simple d'ailleurs, que la flèche indiquait une direction, et que le numéro 10 devait être le dixième d'une série de numéros qui jalonnaient un trajet partant d'un point fixe pour aboutir à un autre point fixe.

Était-ce un signal établi par quelqu'un et destiné à conduire les pas d'une autre personne ? Peu importait. L'essentiel était qu'il y avait là un fil capable de mener Véronique à la découverte du problème qui l'intéressait : par quel prodige sa signature de jeune fille reparaissait-elle au milieu d'un entrelacement de circonstances tragiques ?

La voiture, envoyée du Faouët, la rejoignait. Elle monta et dit au cocher de se diriger, à une allure très lente, vers Rosporden.

Elle y arriva pour dîner, et ses prévisions ne l'avaient pas induite en erreur. Deux fois elle revit, avant des embranchements, sa signature, accompagnée des numéros 11 et 12.

Véronique coucha à Rosporden, et, dès le lendemain, reprit ses recherches.

Le numéro 12, qu'elle trouva sur le mur d'un cimetière, la lança sur la route de Concarneau, qu'elle atteignit presque, sans avoir aperçu d'autres inscriptions.

Elle pensa donc qu'elle s'était trompée, revint sur ses pas, et perdit toute une journée en investigations inutiles.

Ce n'est que le jour suivant que le numéro 13, fort effacé, lui indiqua la direction de Fouesnant. Puis elle abandonna cette direction, pour suivre toujours selon les signaux, des chemins de campagne où une fois encore elle s'égara.

Enfin elle aboutit, quatre jours après avoir quitté Le Faouët, face à l'Océan, sur la grande plage de Beg-Meil.

Elle passa deux nuits au village sans recueillir la moindre réponse aux questions, d'ailleurs discrètes, qu'elle posait. Enfin, un matin, ayant erré parmi les groupes de roches à demi submergées qui entrecoupent la plage, et sur la falaise basse recouverte d'arbres et de taillis qui l'encadre, elle découvrit, entre deux chênes dénudés, un abri de terre et de branches qui avait dû servir à des douaniers. Un petit menhir se dressait à l'entrée. Sur ce menhir, il y avait l'inscription, suivie du numéro 17.

Aucune flèche. En dessous, un simple point. Voilà tout.

Dans l'abri, trois bouteilles cassées, des boîtes de conserves vides.

« C'était là le but, se dit Véronique. On y a mangé. Des vivres placés d'avance, peut-être. »

À ce moment, elle s'avisa que, non loin d'elle, au bord d'une petite baie, qui s'arrondissait comme une conque au milieu des roches voisines, un canot se balançait, un canot à pétrole dont on apercevait le moteur.

Et elle entendit des voix qui venaient du village, une voix d'homme et une voix de femme.

De l'endroit où elle se trouvait, il ne lui fut d'abord possible de voir qu'un homme assez âgé qui portait dans ses bras une demi-douzaine de sacs de provisions, pâtes, légumes secs, et qui les déposa à terre en disant :

« Alors, vous avez fait un bon voyage, m'ame Honorine ?

— Excellent.

— Et où que ça vous étiez ?

— À Paris, dame… huit jours d'absence… des courses pour mon maître…

— Contente de revenir ?

— Ma foi, oui.

— Et vous voyez, m'ame Honorine, que vous retrouvez votre bateau à la même place. Tous les jours, je venais lui faire une visite. Enfin, ce matin, je lui ai enlevé sa toile. Il file toujours bien ?

— À merveille.

— Et puis, vous êtes une fière pilote. Hein, m'ame Honorine, qui aurait dit que vous feriez ce métier-là ?

— C'est la guerre. Tous les jeunes sont partis dans notre île, les autres sont à la pêche. Et puis, plus de services de bateaux chaque quinzaine, comme autrefois. Alors je fais les commissions.

— Mais le pétrole ?…

— On en a en réserve. Rien à craindre de ce côté.

— Eh bien, pour lors, on se quitte, m'ame Honorine. Faut-il vous aider à charger ?

— Pas la peine, vous êtes pressé.

— Eh bien, pour lors, on se quitte, répéta le bonhomme. À la prochaine fois, m'ame Honorine. Je préparerai les paquets d'avance. »

Et il s'éloigna, en criant d'un peu plus loin :

« Tout de même, faites attention aux pointes de récifs qui l'entourent, votre sacré îlot. Vrai, c'est qu'il en a une mauvaise réputation ! C'est pas pour rien qu'on l'appelle l'île aux Trente Cercueils. Bonne chance, m'ame Honorine. »

Il disparut au tournant d'une roche.

Véronique avait tressailli. Les trente cercueils ! Les mots mêmes qu'elle avait lus en marge de l'horrible dessin !

Elle se pencha. La femme, d'ailleurs, avançait de quelques pas vers le canot et, après avoir déposé d'autres provisions apportées par elle, se retournait.

Véronique la vit alors de face. Elle portait un costume breton et sa coiffe était surmontée de deux ailes de velours noir.

« Ah ! balbutia Véronique… la coiffure du dessin… la coiffure des trois femmes en croix !… »

La Bretonne devait avoir quarante ans. Sa figure énergique, brûlée par le soleil et par le froid, était osseuse, taillée durement, mais animée de deux grands yeux noirs intelligents et doux. Une lourde chaîne d'or pendait sur sa poitrine. Son corsage de velours la serrait étroitement.

Elle chantonnait à voix très basse, tout en portant ses paquets et en chargeant le canot, ce qui l'obligeait à s'agenouiller sur une grosse pierre contre laquelle il était amarré. Quand elle eut fini elle regarda l'horizon, où il y avait des nuages noirs. Elle parut cependant ne pas s'en inquiéter, et, défaisant l'amarre, elle continua sa chanson, mais d'une voix plus haute qui permit à Véronique d'entendre les paroles. C'était une mélopée lente, une berceuse pour enfants, qu'elle chantait avec un sourire qui découvrait de belles dents blanches.

« *Et disait la maman,*
En berçant son enfant :

Pleure pas. Quand on pleure,
La bonn'Vierge aussi pleure.

Faut qu'l'enfant chante et rie
Pour qu'la Vierge sourie.

Croise les mains, et prie
La bonn' Vierge Marie… »

Elle n'acheva pas. Véronique était devant elle, le visage contracté et toute pâle.

Interdite, elle murmura :

« Qu'y a-t-il donc ? »

Véronique prononça d'une voix frémissante :

« Cette chanson, qui vous l'a apprise ?… D'où la tenez-vous ?… C'est une chanson que ma mère chantait… une chanson de son pays, de la Savoie… Et jamais je ne l'ai entendue depuis… depuis sa mort… Alors… Je veux… Je voudrais… »

Elle se tut. La Bretonne la contemplait en silence, d'un air stupéfait, et comme si elle eût été sur le point, elle aussi, de poser des questions.

Véronique répéta :

« Qui vous l'a apprise ?…

— Quelqu'un de là-bas, répondit enfin celle qu'on appelait Mme Honorine.

— De là-bas ?

— Oui, quelqu'un de mon île. »

Véronique dit, avec une sorte d'appréhension :

« L'île aux Trente Cercueils ?

— C'est un nom qu'on lui donne. Elle s'appelle l'île de Sarek. »

Elles demeurèrent encore à se regarder l'une l'autre, d'un regard où il y avait de la défiance, mêlée à un grand besoin de parler et de savoir. Et, en même temps, elles sentirent toutes les deux qu'elles n'étaient pas ennemies.

Ce fut Véronique qui reprit :

« Excusez-moi, mais, voyez-vous, il y a des choses si déconcertantes… »

La Bretonne hocha la tête d'un air qui approuvait, et Véronique continua :

« Si déconcertantes, si troublantes… Ainsi, savez-vous pourquoi je suis sur cette plage ? Il faut que je vous le dise. Vous seule peut-être pouvez m'expliquer… Voici… Le hasard – c'est un tout petit hasard, et au fond tout découle de lui – m'a fait venir en Bretagne pour la première fois et m'a montré sur la porte d'une vieille cabane abandonnée, au bord de la route, les initiales de ma signature de jeune fille, signature dont je ne me suis pas servie depuis quatorze ou quinze ans. En continuant la route, j'ai découvert encore plusieurs fois cette inscription, avec un numéro d'ordre chaque fois différent, et c'est ainsi que je suis arrivée ici, sur cette plage de Beg-Meil, et en cette partie de la plage qui était en conséquence le terme d'un trajet prévu et effectué… par qui ? je l'ignore.

— Votre signature, elle est là ? dit Honorine vivement. En quel endroit ?

— Sur cette pierre, au-dessus de nous, à l'entrée de l'abri.

— Je ne vois pas d'ici. Quelles sont les lettres ?

— *V. d'H.* »

La Bretonne réprima un mouvement. Sa figure osseuse trahit une profonde émotion, et elle dit entre ses dents :

« Véronique... Véronique d'Hergemont.

— Ah! fit la jeune femme, vous savez mon nom!... vous savez!... »

Honorine lui saisit les deux mains et les garda dans les siennes. Son rude visage s'éclairait d'un sourire. Des larmes mouillèrent ses yeux, tandis qu'elle répétait :

« Mademoiselle Véronique... Madame Véronique, c'est donc vous, Véronique?... Ah! mon Dieu! est-ce possible! Bonne Vierge Marie, soyez bénie! »

Véronique était confondue et ne cessait de dire :

« Vous savez mon nom... vous savez qui je suis... Alors vous pouvez m'expliquer toute cette énigme? »

Après un assez long silence, Honorine répondit :

« Je ne peux rien vous expliquer... Moi non plus je ne comprends pas... Mais nous pouvons chercher ensemble... Voyons, quel était ce village de Bretagne?

— Le Faouët.

— Le Faouët... je connais. Et cette cabane abandonnée se trouvait?...

— À deux kilomètres de là.

— Vous l'avez ouverte?

— Oui. Et c'est cela le plus terrible. Il y avait dans cette cabane...

— Parlez... qu'y avait-il?

— D'abord le cadavre d'un homme, d'un vieillard, en costume du pays, avec de longs cheveux blancs et une barbe grise... Ah! ce mort, je ne l'oublierai jamais... Il avait dû être assassiné... empoisonné... je ne sais pas... »

Honorine écoutait avidement, mais ce crime ne semblait lui apporter aucune indication, et elle dit simplement :

« Qui était-ce? On a fait une enquête?

— Quand je suis revenue avec des gens du Faouët, le cadavre avait disparu.

— Disparu? Mais qui l'avait enlevé?

— Je l'ignore.

— De sorte que vous ne savez rien?

— Rien. Cependant, la première fois, j'avais trouvé dans la cabane un dessin… un dessin que j'avais déchiré mais dont le souvenir reste en moi comme un cauchemar qui se renouvelle constamment… Je ne puis le chasser… Écoutez… c'était un rouleau de papier sur lequel, évidemment, on avait reporté la copie d'une vieille image et cela représentait, oh ! une chose terrifiante… terrifiante… quatre femmes en croix ! Et l'une de ces femmes c'était moi, avec mon nom… Et les autres avaient une coiffure pareille à la vôtre… »

Honorine lui avait serré les mains avec une violence inouïe :

« Que dites-vous ? s'écria la Bretonne. Que dites-vous ? Quatre femmes en croix ?

— Oui, et il était question de trente cercueils, de votre île par conséquent. »

La Bretonne lui mit les mains sur la bouche.

« Taisez-vous ! taisez-vous ! oh ! il ne faut pas parler de tout cela. Non, non, il ne faut pas… Voyez-vous il y a des choses de l'enfer… C'est un sacrilège d'en parler… Taisons-nous là-dessus… Plus tard on verra… une autre année peut-être… Plus tard… Plus tard… »

Elle semblait secouée par la terreur, comme par un vent d'orage qui fouette les arbres et bouleverse la nature entière. Et, subitement, elle tomba à genoux sur le roc, et pria longtemps, courbée en deux, la tête entre ses mains, dans un tel recueillement que Véronique ne lui posa aucune autre question.

Enfin elle se releva et, au bout d'un instant, elle répéta :

« Oui, tout cela est effrayant, mais je ne vois pas que notre devoir en soit changé, et qu'une seule hésitation soit possible. »

Et elle dit gravement à la jeune femme.

« Il faut venir avec moi là-bas.

— Là-bas, dans votre île ? » répliqua Véronique sans cacher sa répugnance.

Honorine lui reprit les mains et continua, toujours de ce même ton un peu solennel qui semblait à Véronique plein de pensées secrètes et inexprimées.

« Vous vous appelez bien Véronique d'Hergemont ?

— Oui.

— Votre père s'appelait ?…

— Antoine d'Hergemont.

— Vous avez épousé un soi-disant Polonais nommé Vorski ?

— Oui, Alexis Vorski.

— Vous l'avez épousé après le scandale d'un enlèvement et après une rupture avec votre père ?

— Oui.

— Vous avez eu de lui un enfant ?

— Oui, un fils, François.

— Que vous n'avez pour ainsi dire pas connu, car il vous fut enlevé par votre père ?

— Oui.

— Et tous deux, votre père et votre fils, ont disparu dans un naufrage ?

— Oui, ils sont morts.

— Qu'en savez-vous ? »

Véronique ne songea pas à s'étonner de cette question et répondit :

« L'enquête que j'ai fait faire et l'enquête de la justice sont fondées toutes deux sur le même témoignage irrécusable, celui des quatre matelots.

— Qui vous affirme qu'ils n'ont pas menti ?

— Pourquoi auraient-ils menti ? prononça Véronique avec surprise.

— Leur témoignage a pu être acheté… Il a pu leur être dicté d'avance.

— Par qui ?

— Par votre père.

— Quelle idée ! Et puis quoi ! mon père était mort.

— Je vous répéterai : qu'en savez-vous ? »

Cette fois Véronique parut stupéfaite.

« Où voulez-vous en venir ? murmura-t-elle.

— Un instant. Connaissez-vous les noms de ces quatre matelots ?

— Je les ai connus. Je ne me les rappelle pas.

— Vous ne vous rappelez pas que c'étaient des noms de Bretagne ?

— En effet. Mais je ne vois pas…

— Si vous n'êtes jamais venue en Bretagne, votre père y est venu fort souvent, à cause des livres qu'il écrivait. Il y a même séjourné du vivant de votre mère. Dans ces conditions il a dû entrer en relation avec des hommes du pays. Admettons qu'il ait connu depuis longtemps les quatre matelots, et que ces hommes, dévoués à lui, ou achetés par lui, il les ait engagés spécialement pour cette aventure… Admettons qu'ils aient commencé par déposer votre père et votre fils dans quelque petit port d'Italie, puis que, bons nageurs tous les quatre, ils aient fait couler leur yacht en vue des côtes. Admettons…

— Mais ces hommes existent ! s'écria Véronique avec une agitation croissante. On pourrait les interroger !

— Deux sont morts de leur belle mort il y a quelques années. Le troisième, c'est un nommé Maguennoc, un vieux que vous trouverez à Sarek. Quant au quatrième, vous l'avez peut-être vu tout à l'heure. Avec l'argent que lui a rapporté cette affaire, il a acheté un fonds d'épicerie à Beg-Meil.

— Ah ! celui-là, on peut lui parler tout de suite, dit Véronique frémissante. Allons le chercher.

— Pour quoi faire ? J'en sais plus que lui.

— Vous savez… vous savez…

— Je sais tout ce que vous ignorez. Je puis répondre à toutes vos questions. Interrogez-moi. »

Mais Véronique n'osait pas lui poser la question suprême, celle qui commençait à palpiter dans les ténèbres de sa conscience. Elle avait peur d'une vérité qui n'était peut-être point inadmissible, vérité qu'elle entrevoyait obscurément, et c'est d'un ton douloureux qu'elle bégaya :

« Je ne comprends pas… je ne comprends pas. Pourquoi mon père aurait-il agi ainsi ? Pourquoi aurait-il voulu que l'on crût à sa mort et à la mort de mon pauvre enfant ?

— Votre père avait juré de se venger…

— Contre Vorski, mais contre moi ?… contre sa fille ?… et une pareille vengeance !…

— Vous aimiez votre mari. Une fois en son pouvoir, au lieu de le fuir, vous avez consenti à l'épouser. Et puis l'injure avait été publique… Et vous connaissiez votre père, son caractère violent, rancunier… sa nature un peu… un peu déséquilibrée, selon son expression.

— Mais depuis ?…

— Depuis !… depuis !… les remords sont venus avec les années, avec la tendresse qu'il portait à l'enfant… et il vous a cherchée partout… J'en ai fait des voyages ! à commencer par mon voyage aux carmélites de Chartres. Mais vous étiez partie longtemps avant… et où ? où vous retrouver ?

— Une annonce dans les journaux…

— Il en a fait une, très discrète forcément à cause du scandale. Quelqu'un a répondu. On a pris rendez-vous. Savez-vous qui est venu au rendez-vous ? Vorski. Vorski, lequel vous cherchait aussi, lequel vous aimait toujours et vous haïssait. Votre père a eu peur et n'a pas osé agir ouvertement. »

Véronique se taisait. Toute défaillante, elle s'était assise sur la pierre et gardait la tête penchée.

Elle murmura :

« Vous parlez de mon père comme s'il vivait encore aujourd'hui…

— Il vit.

— Et comme si vous le voyiez souvent…

— Chaque jour.

— Et d'autre part – Véronique baissa la voix –, et d'autre part vous ne dites pas un mot de mon fils… Alors j'ai des idées affreuses… il n'a peut-être pas survécu ?… Peut-être est-il mort depuis ? Est-ce pour cela que vous ne parlez pas de lui ? »

Avec un effort, elle releva la tête. Honorine souriait.

« Ah ! je vous en supplie, implora Véronique, dites-moi la vérité… c'est horrible d'espérer plus qu'on ne doit… je vous en supplie… »

Honorine lui entoura le cou de son bras.

« Mais, ma pauvre dame, est-ce que je vous aurais raconté tout cela s'il était mort, mon joli François ?

— Il vit ? il vit ? s'exclama la jeune femme éperdue.

— Mais parbleu ! et ce qu'il est bien portant ! Ah ! c'est un petit gars solide, allez, et d'aplomb sur ses jambes ! et j'ai bien le droit d'en être fière puisque c'est moi qui l'ai élevé, votre François. »

Elle sentit que Véronique s'abandonnait contre elle, sous le poids de sentiments trop lourds, où il y avait certes autant de souffrance que de joie, et elle lui dit :

« Pleurez, ma bonne dame, ça vous fera du bien. Ce sont de meilleures larmes que celles d'autrefois, qu'en dites-vous ? Pleurez, pour que toute votre misère passée s'en aille. Moi, je retourne au village. Vous avez bien quelque valise à l'auberge ? On m'y connaît. Je la rapporte, et nous partons. »

Quand la Bretonne revint, une demi-heure après, elle aperçut Véronique debout, qui lui faisait signe de se hâter, et elle l'entendait qui criait :

« Vite !... Mon Dieu, que vous êtes longue ! Il n'y a pas une minute à perdre. »

Honorine cependant ne se pressa pas davantage et ne répondit point. Aucun sourire n'éclairait son âpre visage.

« Eh bien, nous partons ? fit Véronique en l'abordant. Il n'y a pas de retard ? Pas d'obstacle ? Quoi ? On dirait que vous n'êtes plus la même...

— Mais si... mais si...

— Alors, hâtons-nous. »

Avec son aide, Honorine embarqua les valises et les sacs de provisions. Puis, se plantant tout à coup devant Véronique, elle lui dit :

« Ainsi vous êtes bien sûre que la femme en croix représentée par le dessin, c'était vous ?

— Absolument... D'ailleurs, mes initiales au-dessus de la tête...

— C'est étrange, murmura la Bretonne, et bien inquiétant.

— Pourquoi ?... Quelqu'un qui m'aura connue... et qui s'est amusé... Il n'y a là qu'une coïncidence, une fantaisie du hasard qui ressuscite des choses du passé.

— Oh ! ce n'est pas le passé qui me tracasse. C'est l'avenir.

— L'avenir ?

— Souvenez-vous de la prédiction…

— Je ne comprends pas.

— Oui, oui, cette prédiction faite à Vorski à votre propos…

— Ah ! vous savez ?

— Je sais. Et c'est tellement atroce de songer à ce dessin et à d'autres choses que vous ignorez, et qui sont beaucoup plus épouvantables. »

Véronique éclata de rire.

« Comment ! et c'est pourquoi vous hésitez à m'emmener ?… car enfin, c'est de cela qu'il s'agit ?

— Ne riez pas. On ne rit pas quand on voit les flammes mêmes de l'enfer. »

La Bretonne prononça ces paroles en fermant les yeux et en se signant. Puis elle reprit :

« Évidemment… Vous vous moquez de moi… Vous pensez que je suis une femme de ce pays, superstitieuse, qui croit aux revenants et aux feux follets. Je ne dis pas tout à fait non. Mais là… là… il y a des vérités qui vous aveuglent !… Vous en parlerez avec Maguennoc, si vous gagnez sa confiance.

— Maguennoc ?

— L'un des quatre matelots. C'est un vieil ami de votre fils. Lui aussi l'a élevé. Maguennoc en sait plus que tous les savants, plus que votre père. Et cependant…

— Et cependant…

— Cependant Maguennoc a voulu tenter le destin et pénétrer au-delà de ce qu'on a le droit de connaître.

— Qu'a-t-il fait ?

— Il a voulu toucher, de la main, vous entendez, de sa propre main (c'est lui-même qui me l'a avoué), au fond même des ténèbres.

— Eh bien, fit Véronique impressionnée malgré elle.

— Eh bien, sa main a été brûlée par les flammes. Une plaie affreuse, qu'il m'a montrée, que j'ai vue, de mes yeux vue, quelque chose comme la plaie d'un cancer… et il souffrait à tel point…

— À tel point ?

— Qu'il a dû prendre dans sa main gauche une hache et qu'il s'est coupé la main droite lui-même… »

Véronique fut interdite. Elle se rappelait le cadavre du Faouët et elle balbutia :

« Sa main droite ? Vous affirmez que Maguennoc s'est coupé la main droite ?

— D'un coup de hache, il y a dix jours, l'avant-veille de mon départ… c'est moi qui l'ai soigné… Pourquoi me demandez-vous cela ?

— Parce que, dit Véronique, d'une voix altérée, parce que l'homme mort, le vieillard que j'ai trouvé dans la cabane abandonnée et qui a disparu, avait eu la main droite récemment coupée. »

Honorine sursauta. Elle eut encore cette sorte d'expression effarée et cet émoi désordonné qui contrastaient avec son attitude ordinaire de calme. Elle scanda :

« Vous êtes sûre ? Oui, oui, c'est bien cela… c'est lui… Maguennoc… Un vieux à longs cheveux blancs ? n'est-ce pas ? et une barbe qui va en s'élargissant ? Ah ! quelle abomination ! »

Elle se contint et regarda autour d'elle, inquiète d'avoir parlé si fort. De nouveau elle fit le signe de la croix, et prononça lentement en elle-même presque :

« C'est le premier de ceux qui doivent mourir… il me l'avait annoncé… et le vieux Maguennoc avait des yeux qui lisaient dans le livre de l'avenir aussi bien que dans le livre du passé. Il voyait clair, là où on n'y voit pas. "La première victime ce sera moi, m'ame Honorine. Et quand le serviteur aura disparu, quelques jours après ce sera le tour de son maître…"

— Et son maître, c'était ?… » fit tout bas Véronique.

Honorine se redressa et serra les poings d'un air brutal.

« Je le défendrai, celui-là, déclara-t-elle, je le sauverai, votre père ne sera pas la deuxième victime. Non, non, j'arriverai à temps. Laissez-moi partir.

— Nous partons ensemble, dit fermement Véronique.

— Je vous en prie, supplia Honorine, ne vous obstinez pas. Laissez-moi faire. Ce soir même, avant le dîner, je vous ramène votre père et votre fils…

— Mais pourquoi ?

— Il y a trop de danger, là-bas… pour votre père… pour vous surtout. Rappelez-vous les quatre croix ! C'est là-bas qu'elles seront dressées… Oh ! il ne faut pas que vous y alliez !… L'île est maudite.

— Et mon fils ?

— Vous le verrez aujourd'hui, dans quelques heures. »

Véronique eut un rire brusque :

« Dans quelques heures ! Mais c'est de la folie ! Comment ! Voilà quatorze ans que je n'ai plus de fils. J'apprends tout à coup qu'il est vivant, et vous me demandez d'attendre avant de l'embrasser ! Mais pas une heure ! J'aimerais mieux risquer mille fois la mort plutôt que de retarder ce moment-là. »

Honorine la regarda, et elle dut comprendre que la résolution de Véronique était de celles qu'il est inutile de combattre, car elle n'insista pas. Pour la troisième fois elle se signa et elle dit simplement :

« *Que la volonté de Dieu soit faite.* »

Toutes deux prirent place au milieu des colis qui encombraient l'étroite passerelle. Honorine alluma le moteur, saisit le volant, et, avec beaucoup d'adresse, fit évoluer la barque parmi les roches et les écueils qui pointaient à fleur d'eau.

III

Le fils de Vorski

Assise à tribord sur une caisse, et tournée vers Honorine, Véronique souriait. Sourire encore inquiet, indécis, plein de réticence, hésitant comme un rayon de soleil qui cherche à percer les derniers nuages de la tempête, mais sourire heureux tout de même.

Et le bonheur semblait la juste expression de ce visage admirable, empreint de noblesse et de cette pudeur spéciale que donnent à certaines femmes, touchées par des malheurs excessifs, ou préservées par l'amour, l'habitude de la gravité et la suspension de toute coquetterie féminine.

Ses cheveux noirs, un peu gris aux tempes, étaient noués très bas sur la nuque. Elle avait le teint mat d'une Méridionale, et de grands yeux d'un bleu très clair et dont tout le globe semblait de la même couleur, pâle comme un ciel d'hiver. Elle était grande, avec des épaules larges et un buste harmonieux.

Sa voix musicale, et un peu masculine, se faisait légère et joyeuse pour parler du fils retrouvé. Et Véronique ne voulait parler que de cela. En vain la Bretonne essayait d'en venir aux problèmes qui la tourmentaient, et reprenait parfois :

« Voyons, il y a deux choses que je ne m'explique pas. Par qui fut établie cette piste dont les indications vous ont menée du Faouët jusqu'à l'endroit précis où j'atterris toujours, ce qui donnerait à penser que quelqu'un a été du Faouët à l'île de Sarek ? Et puis, d'autre part, comment le père Maguennoc a-t-il quitté l'île ? Est-ce volontairement ? Ou bien est-ce son cadavre que l'on a porté ? Et alors par quel moyen ?

— Est-ce bien la peine ?... objectait Véronique.

— Mais oui. Pensez donc ! En dehors de moi qui, avec mon canot, m'en vais tous les quinze jours aux provisions, soit à Beg-Meil, soit à Pont-l'Abbé, il n'y a que deux barques de pêcheurs, qui s'en vont toujours bien plus haut sur la côte, jusqu'à Audierne, où ils vendent leur pêche. Alors comment Maguennoc a-t-il pu traverser ? En outre, est-ce lui-même qui s'est tué ? Mais alors pourquoi son cadavre aurait-il disparu ? »

Mais Véronique protestait.

« Je vous en supplie… cela n'a pas d'importance pour le moment. Tout s'éclaircira. Parlons de François. Alors vous disiez qu'il était arrivé à Sarek ?… »

Et Honorine cédait aux prières de la jeune femme.

« Il est arrivé dans les bras du pauvre Maguennoc, quelques jours après qu'on vous l'avait pris. Maguennoc, à qui M. d'Hergemont avait fait la leçon, raconta qu'une dame étrangère lui avait confié l'enfant, et il le fit nourrir par sa fille, qui est morte depuis. Moi, j'étais en voyage, placée depuis dix ans chez des Parisiens. Quand je revins, c'était déjà un beau petit gars qui courait les landes et les falaises. C'est alors que je pris du service chez votre père, qui s'était installé à Sarek. Quand la fille de Maguennoc mourut, on recueillit l'enfant chez nous.

— Mais sous quel nom ?

— Sous son nom de François… François tout court. M. d'Hergemont se faisait appeler M. Antoine. L'enfant l'appelait grand-père. Personne n'y trouva jamais rien à dire.

— Et comme caractère ? demanda Véronique avec une certaine anxiété.

— Oh ! de ce côté, c'est une bénédiction ! répondit Honorine. Rien du père… et rien non plus du grand-père, comme M. d'Hergemont l'avoue lui-même. Un enfant doux, aimable, obligeant. Jamais de colère… toujours de bonne humeur. C'est par là qu'il a fait la conquête de son grand-père, et c'est ainsi que M. d'Hergemont est revenu vers vous, tellement le petit-fils lui rappelait la fille qu'il avait reniée. “Tout le portrait de sa mère, disait-il. Véronique était comme lui douce et tendre, aimante et caressante.” Et alors il a commencé à vous rechercher, d'accord avec moi, à qui, peu à peu, il s'était confié. »

Véronique rayonnait de joie. Son fils lui ressemblait ! Son fils était bon et souriant !

« Mais, dit-elle, est-ce qu'il me connaît ? Sait-il que sa mère est vivante ?

— S'il le sait ! M. d'Hergemont voulait garder le secret, d'abord. Mais je n'ai pas tardé à tout dire.

— Tout ?

— Non. Il croit que son père est mort et qu'à la suite du naufrage où M. d'Hergemont et lui, François, ont disparu, vous êtes entrée en religion sans qu'on puisse vous retrouver. Et ce qu'il est avide de nouvelles, quand je reviens de voyage ! Ce qu'il espère, lui aussi ! Ah ! sa maman, il l'aime bien, allez ! C'est toujours lui qui chante cette chanson que vous avez entendue et que son grand-père lui a apprise.

— Mon François... mon petit François !...

— Ah ! oui, il vous aime, continua la Bretonne. Il y a maman Honorine. Mais vous, vous êtes maman tout court. Et c'est pour vous chercher qu'il a hâte de devenir grand et de terminer ses études.

— Ses études ? Il travaille ?...

— Avec son grand-père, et, depuis deux ans, avec un brave garçon que j'ai ramené de Paris, Stéphane Maroux, un mutilé de la guerre, décoré sur toutes les coutures, et réformé à la suite d'opérations internes. François s'est attaché à lui de tout son cœur. »

Le canot filait rapidement sur la mer paisible où il creusait un angle d'écume argentée. Les nuages s'étaient dissipés à l'horizon. La fin de la journée s'annonçait calme et sereine.

« Encore ! encore ! répétait Véronique, qui ne se lassait pas d'écouter ; voyons, comment s'habille-t-il, mon fils ?

— Des culottes courtes, qui laissent ses mollets nus, une grosse chemise en molleton avec des boutons d'or, et un béret, comme son grand ami, M. Stéphane, mais un béret rouge, le sien, et qui lui va à ravir.

— Il a d'autres amis que M. Maroux ?

— Tous les gars de l'île autrefois. Mais, sauf trois ou quatre mousses, les autres, depuis que les pères sont à la guerre, ont quitté l'île avec les mères et travaillent sur la côte, à Concarneau, à Lorient, laissant les vieux seuls à Sarek. Nous ne sommes plus qu'une trentaine dans l'île.

— Alors, avec qui joue-t-il ? Avec qui se promène-t-il ?

— Oh ! pour cela, il a le meilleur des compagnons.

— Ah ! et qui ?

— Un petit chien que Maguennoc lui avait donné.

— Un chien ?

— Et le plus drôle qui soit, mal fichu, ridicule, demi-barbet et demi-fox, mais si amusant, si cocasse ! Ah ! c'est un type que M. Tout-Va-Bien.

— Tout-Va-Bien ?

— François l'appelle ainsi, et aucun nom ne lui conviendrait mieux. Il a toujours l'air heureux, content de vivre… indépendant, d'ailleurs, disparaissant des heures, même des jours entiers, mais toujours là quand on a besoin de lui, quand on est triste et que les choses ne marchent pas comme on voudrait. Tout-Va-Bien déteste les larmes, les gronderies, les querelles. Sitôt qu'on pleure ou qu'on fait mine de pleurer, il s'assoit sur son derrière, en face de vous, fait le beau, ferme un œil, ouvre l'autre à moitié, et semble si bien rire lui-même que l'on éclate de rire. "Allons, mon vieux, dit François, tu as raison, tout va bien. Faut pas s'en faire, n'est-ce pas ?" Et lorsque l'on est consolé, Tout-Va-Bien s'éloigne en trottinant. Son devoir est accompli. »

Véronique riait et pleurait à la fois. Longtemps elle garda le silence, s'assombrissant peu à peu et envahie par un désespoir qui submergeait toute sa joie. Elle pensait à tout ce qu'elle avait perdu de bonheur durant ces quatorze années où elle était restée mère sans enfant portant le deuil d'un fils qui vivait. Tous les soins que l'on donne à l'être qui naît, toute la tendresse dont on l'entoure et qu'on reçoit de lui, toute la fierté que l'on éprouve à le voir grandir et à l'entendre parler, tout ce qui réjouit une mère, et l'exalte, et fait déborder son cœur d'une affection chaque jour renouvelée, tout cela elle ne l'aurait pas connu.

« Nous sommes à mi-chemin », dit Honorine.

Elles filaient en vue des îles de Glenans. À leur droite la pointe de Penmarch, dont elles suivaient parallèlement les côtes à quinze milles de distance, dessinait une ligne plus sombre qui ne se distinguait pas toujours de l'horizon.

Et Véronique songeait à son triste passé, à sa mère dont elle se souvenait à peine, à sa longue enfance auprès d'un père égoïste et maussade, à son mariage, ah ! à son mariage surtout ! Elle évoquait ses premières rencontres avec Vorski, alors qu'elle n'avait que dix-sept ans. Comme elle avait eu peur tout de suite de cet homme bizarre, le redoutant à la fois et subissant son influence, comme on subit à cet âge l'influence de ce qui est mystérieux et incompréhensible !

Puis c'était la journée détestable de l'enlèvement, et les autres qui suivirent, plus détestables encore, les semaines où il l'avait tenue enfermée, la menaçant et la dominant de toute sa puissance mauvaise. Et c'était la promesse d'union qu'il lui avait arrachée, pacte contre lequel s'insurgeaient tous les instincts et toute la volonté de la jeune fille, mais à quoi il lui semblait qu'elle devait souscrire après un tel scandale et puisque son père y consentait.

Sa pensée se cabra devant les souvenirs de son année de mariage. Cela, non, jamais, même aux pires heures où les cauchemars du passé vous obsèdent comme des fantômes, jamais elle ne consentait à ressusciter, dans le secret de son esprit, cette époque avilissante, les déboires, les meurtrissures, la trahison, la vie honteuse de son mari qui, sans vergogne, avec une fierté cynique, se montrait peu à peu tel qu'il était, s'enivrant, trichant au jeu, volant ses camarades de fête, escroc et maître chanteur, en donnant à sa femme l'impression, qu'elle conservait encore, et qui la faisait frissonner, d'une sorte de génie du mal, cruel et déséquilibré.

« Assez rêvé, madame Véronique, dit Honorine.

— C'est autre chose que des rêves et des souvenirs, répondit-elle, c'est le remords.

— Des remords, vous, madame Véronique, vous dont la vie n'a été qu'un martyre.

— Un martyre qui fut une punition.

— Mais tout cela est fini, madame Véronique, puisque vous allez retrouver votre fils et votre père. Allons, voyons, ne pensez qu'à être heureuse.

— Heureuse, puis-je l'être encore !

— Si vous pouvez l'être ! Vous allez voir ça et avant longtemps ! Tenez, voici Sarek. »

Honorine prit sous son banc, dans un coffre, un gros coquillage dont elle se servait comme d'une conque, à la manière des matelots d'autrefois, et, appliquant ses lèvres à l'ouverture, gonflant les joues, elle en tira quelques notes puissantes, pareilles à des mugissements, qui emplirent l'espace.

Véronique l'interrogea du regard.

« C'est lui que j'appelle, dit Honorine.

— François ! vous appelez François !

— À chacun de mes retours, il en est ainsi. Il dégringole du haut des falaises où nous habitons, et il vient jusqu'au môle.

— Alors je vais le voir ? fit Véronique toute pâle.

— Vous allez le voir. Doublez votre voilette pour qu'il ne vous reconnaisse pas d'après vos portraits. Je vous parlerai comme à une étrangère qui vient visiter Sarek. »

On apercevait l'île distinctement, mais le pied des falaises était caché par une multitude d'écueils.

« Ah ! oui, des écueils, ce n'est pas ça qui manque ! Ça grouille comme un banc de harengs, s'écria Honorine, qui avait dû éteindre le moteur et se servait de deux petites rames très courtes. Tenez, la mer était calme tout à l'heure. Ici, jamais. »

C'étaient, en effet, des milliers et des milliers de menues vagues qui s'entrechoquaient, se brisaient entre elles, et livraient aux roches d'incessantes et d'implacables batailles. Le canot semblait naviguer sur le remous d'un torrent. À aucun endroit il n'était possible de discerner un lambeau de mer bleue ou verte parmi le bouillonnement de l'écume. Rien que de la mousse blanche, comme battue par l'inlassable tourbillon des forces qui s'acharnaient contre les dents pointues des écueils.

« Et, tout autour, c'est comme cela, reprit Honorine, à tel point que Sarek n'est pour ainsi dire abordable qu'en barque. Ah ! ce n'est pas chez nous que les Boches auraient pu établir une base de sous-marins. Par précaution, des officiers de Lorient sont bien venus, il y a deux ans, pour en avoir le cœur net, rapport à quelques cavernes qui sont du côté de l'ouest et où on ne peut pénétrer qu'à marée basse. C'était du temps perdu. Rien à faire, chez nous. Pensez donc, c'est comme une poussière de rochers tout alentour, et de rochers pointus et qui mordent par en dessous comme des traîtres. Et, bien que ce soient les plus dangereux, c'est peut-être encore les autres qu'il faut le plus craindre, les grands que l'on voit, et qui ont leur nom et leur histoire de crimes et de naufrages. Ah ! ceux-là !… »

Sa voix se faisait sourde. D'une main hésitante, qui semblait avoir peur du geste ébauché, elle désigna quelques récifs qui se dressaient en masses puissantes de formes diverses, animaux accroupis, donjons crénelés, aiguilles colossales, têtes de sphinx, pyramides grossières, tout cela d'un granit noir teinté de rouge, et comme trempé dans du sang.

Et elle chuchota :

« Ah ! ceux-là, ils gardent l'île depuis des siècles et des siècles, mais comme des bêtes féroces qui n'aiment qu'à faire le mal et à donner la mort. Ceux-là… ceux-là… Non, il vaut mieux n'en parler jamais, ni même y penser. Ce sont les trente bêtes féroces… Oui, trente, madame Véronique… il y en a trente… »

Elle fit le signe de la croix, et, plus calme, reprit :

« Il y en a trente. Votre père dit qu'on appelle Sarek l'île aux Trente Cercueils, parce que l'instinct populaire a fini par confondre, dans cette occasion, les deux mots écueils et cercueils. Peut-être… évidemment… Mais tout de même ce sont de vrais cercueils, madame Véronique, et si on pouvait les ouvrir on y trouverait, bien sûr, des ossements et des ossements… M. d'Hergemont le dit lui-même, Sarek vient du mot sarcophage, qui est, selon son expression, la forme savante du mot cercueil. Et puis, il y a mieux… »

Honorine s'interrompit, comme si elle eût voulu penser à autre chose et, désignant un récif :

« Tenez, madame Véronique, après ce gros-là, qui nous barre la route, vous verrez, par une éclaircie, notre petit port, et, sur le quai, le béret rouge de François. »

Véronique avait écouté d'une oreille distraite toutes les explications d'Honorine. Elle se pencha davantage hors du canot pour aviser plus tôt la silhouette de son fils, tandis que, malgré elle, reprise par l'idée obsédante, la Bretonne continuait :

« Il y a mieux. L'île de Sarek, et c'est pour cela que votre père l'a choisie comme résidence, contient une série de dolmens qui n'ont rien de remarquable, mais qui ont cette particularité d'être tous à peu près semblables. Or, savez-vous combien il y en a de ces dolmens ? Trente ! trente, comme les principaux écueils. Et ces trente-là sont distribués autour de l'île, sur les falaises, juste en face des trente écueils, et chacun d'eux porte le même nom que l'écueil qui lui correspond. Doler-H'rœck, Dol-Kerlitu, etc. Qu'en dites-vous ? »

Elle avait prononcé ces noms de cette même voix craintive avec laquelle elle parlait de toutes ces choses, et comme si elle eût redouté d'être entendue de ces choses mêmes, animées par elle d'une vie redoutable et sacrée.

« Qu'en dites-vous, madame Véronique ? Oh ! dans tout cela il y a bien du mystère, et il vaut mieux, encore une fois, garder le silence. Je vous raconterai cela quand nous serons parties, loin de l'île, et que votre petit François sera dans vos bras, entre votre père et vous… »

Véronique se taisait, surveillant l'espace à l'endroit que la Bretonne avait indiqué. Tournant le dos à sa compagne, les deux mains agrippées au rebord du canot, elle regardait éperdument. C'était par là, par cet intervalle étroit qu'elle allait apercevoir son enfant retrouvé, et elle ne voulait pas qu'une seconde fût perdue à partir de la seconde même où François pouvait lui apparaître.

Elles atteignirent la roche. Un des avirons d'Honorine frôla la paroi. Elles la longèrent, arrivèrent à l'extrémité.

« Ah ! fit Véronique douloureusement, il n'est pas là.

— François n'est pas là ! Impossible ! » s'écria Honorine.

Mais à son tour, elle vit, trois ou quatre cents mètres en avant, les quelques grosses pierres qui servaient de jetée au-dessus de la grève. Trois femmes, une fillette et de vieux marins attendaient le canot. Aucun garçon. Pas de béret rouge.

« C'est étrange, fit Honorine à voix basse. Pour la première fois, il manque à mon appel.

— Peut-être est-il malade ? insinua Véronique.

— Non, François n'est jamais malade.

— Alors ?

— Alors, je ne sais pas.

— Mais vous ne craignez rien ? demanda Véronique, qui s'affolait déjà.

— Pour lui, non… mais pour votre père, Maguennoc m'avait bien dit de ne pas le quitter. C'est lui qui est menacé.

— Mais François est là pour le défendre, ainsi que M. Maroux, son professeur. Voyons, répondez… que supposez-vous ? »

Après un silence, Honorine haussa les épaules.

« Un tas de bêtises ! Je me fais des idées absurdes, oui, absurdes. Ne m'en veuillez pas. Malgré tout, c'est la Bretonne qui reparaît en moi. Sauf quelques années, j'ai vécu toute ma vie dans cette atmosphère de légendes et d'histoires… N'en parlons plus. »

L'île de Sarek se présente sous la forme d'un long plateau assez mouvementé, couvert de vieux arbres, et supporté par des falaises de hauteur moyenne et qui sont les plus déchiquetées que l'on puisse voir. C'est autour de l'île comme une couronne de dentelle inégale et diverse, à laquelle ne cessent de travailler la pluie, le vent, le soleil, la neige, le gel, la brume, toute l'eau qui tombe du ciel, et toute l'eau qui suinte de la terre.

Le seul point accessible se trouve sur la côte orientale, au bas d'une dépression de terrain où quelques maisons de pêcheurs, la plupart abandonnées depuis la guerre, constituent le village. Une anfractuosité s'ouvre là, protégée par la petite jetée. La mer y est infiniment calme. Deux barques y étaient amarrées.

Au moment d'aborder, Honorine tenta un dernier effort.

« Vous voyez, madame Véronique, nous y sommes. Alors… est-ce bien la peine que vous descendiez ? Restez… Dans deux heures d'ici, je vous amène votre père et votre fils, et nous dînons à Beg-Meil ou à Pont-l'Abbé. Entendu ? »

Véronique s'était levée. Sans répondre elle sauta sur le môle.

« Eh bien, les enfants, demanda Honorine, qui la rejoignit et n'insista pas davantage, le gars François n'est pas venu ?

— Il était là sur le coup de midi, déclara une des femmes. Seulement il ne vous espérait que demain.

— C'est vrai… mais pourtant il a dû entendre que j'arrivais… Enfin, on verra. »

Et, comme les hommes l'aidaient à décharger, elle leur dit :

« Faudra pas monter ça au Prieuré. Les valises, non plus… À moins que… Tenez, si je ne suis pas redescendue à cinq heures, alors envoyez-moi un gamin avec les valises.

— Non, je viendrai moi-même, fit un des matelots.

— Comme tu veux, Corréjou. Ah ! dis donc, tu ne me dis rien de Maguennoc ?

— Maguennoc est parti. C'est moi qui l'ai traversé jusqu'à Pont-l'Abbé.

— Quand ça, Corréjou ?

— Ma foi, le lendemain de votre départ, madame Honorine.

— Qu'allait-il faire là-bas ?

— Il nous a dit qu'il allait… je ne sais où… rapport à sa main coupée… un pèlerinage…

— Un pèlerinage ? au Faouët, peut-être ? à la chapelle Sainte-Barbe ?

— C'est ça… c'est ça même… la chapelle Sainte-Barbe… c'est le nom qu'il a dit. »

Honorine n'en demanda pas davantage. Comment douter maintenant de la mort de Maguennoc ? Elle s'éloigna, accompagnée de Véronique, qui avait rabattu son voile, et toutes deux prirent un sentier pierreux, coupé de marches, lequel s'élevait au milieu d'un bois de chênes et se dirigeait vers la pointe septentrionale de l'île.

« Après tout, dit Honorine, je ne suis pas sûre, autant l'avouer, que M. d'Hergemont voudra partir. Toutes mes histoires, il les traite de billevesées, quoiqu'il s'étonne lui-même d'un tas de choses.

— Est-ce loin, son habitation ? fit Véronique.

— Quarante minutes de marche. C'est presque une autre île, comme vous verrez, qui est accrochée à la première, et où les bénédictins avaient construit une abbaye.

— Mais il n'est pas seul avec François et M. Maroux ?

— Avant la guerre il y avait deux hommes en plus. Depuis, Maguennoc et moi on faisait à peu près tout l'ouvrage, avec la cuisinière, Marie Le Goff.

— Laquelle est restée là pendant votre absence ?

— Certes oui. »

Elles arrivaient sur le plateau. Le sentier, qui suivait la côte, montait et descendait en pentes abruptes. Partout de vieux chênes avec leurs boules de gui que l'on apercevait parmi les feuilles encore clairsemées. L'Océan, d'un gris vert au loin, entourait l'île d'une ceinture blanche.

Véronique reprit :

« Quel est votre plan, Honorine ?

— J'entrerai seule, et je parlerai à votre père. Puis je reviendrai vous chercher à la porte du jardin, et, aux yeux de François, vous passerez pour une amie de sa mère. Il devinera peu à peu.

— Et vous croyez que mon père me fera bon accueil ?

— Il vous recevra à bras ouverts, madame Véronique, s'écria la Bretonne, et nous serons tous heureux, pourvu… pourvu qu'il ne soit rien advenu… C'est si drôle que François n'accoure pas ! De partout, dans l'île, il pouvait voir notre canot… depuis les îles de Glenans presque. »

Elle retombait à ce que M. d'Hergemont appelait ses billevisées, et elles continuèrent la route en silence, Véronique impatiente et anxieuse.

Soudain Honorine se signa.

« Faites ainsi que moi, madame Véronique, dit-elle. Les moines ont sanctifié le lieu, mais il reste de l'ancien temps bien des choses mauvaises et qui portent malheur. Surtout dans ce bois-là, le bois du Grand-Chêne. »

L'ancien temps, cela signifiait sans doute l'époque des Druides et des sacrifices humains. Et, de fait, elles pénétraient dans un bois où les chênes, isolés les uns des autres, dressés sur des monticules de pierres moussues, avaient une allure de dieux antiques, chacun avec son autel, son culte mystérieux et sa puissance redoutable.

Véronique se signa comme la Bretonne, et ne put s'empêcher de dire en frissonnant :

« Comme c'est triste ! Il n'y a pas une fleur sur ce plateau désolé.

— Il en vient d'admirables quand on s'en donne la peine. Vous verrez celles de Maguennoc, au bout de l'île, à droite du Dolmen-aux-Fées… un endroit qu'on appelle le Calvaire-Fleuri.

— Elles sont belles ?

— Admirables, je vous dis. Seulement il va chercher lui-même la terre à certaines places. Il la prépare. Il la travaille. Il la mêle à certaines feuilles spéciales, dont il connaît le pouvoir… »

Et elle reprit entre ses dents :

« Vous verrez les fleurs de Maguennoc… des fleurs comme il n'y en a pas au monde… des fleurs de miracle… »

Au détour d'une colline, la route s'abaissa en une dépression brusque. Une coupure énorme séparait l'île en deux parties, dont la seconde se voyait à l'opposé, un peu moins haute, et de dimensions bien plus restreintes.

« C'est le Prieuré, cette partie-là », prononça la Bretonne.

Les mêmes falaises déchiquetées entouraient l'îlot d'un rempart plus escarpé encore, et qui même se creusait en dessous comme le cercle d'une couronne. Et ce rempart se reliait à l'île principale par un pan de falaise long de cinquante mètres, guère plus épais qu'un mur de donjon, et dont la crête mince, effilée, semblait aussi coupante que le tranchant d'une hache.

Sur cette crête, aucun chemin possible, d'autant qu'une large fissure la fendait par le milieu. Aussi avait-on amorcé aux deux extrémités les culées d'un pont de bois, qui d'abord s'appuyait directement au roc et franchissait ensuite d'un élan la fissure médiane.

Elles s'y engagèrent l'une après l'autre, car il était fort étroit, et en outre peu solide, vacillant sous les pas et au souffle du vent.

« Tenez, regardez là-bas, à la pointe même de l'îlot, dit Honorine, on aperçoit un coin du Prieuré. »

Le sentier qui s'y dirigeait traversait des prairies plantées de petits sapins disposés en quinconces. Un autre sentier filait à droite et se perdait dans des taillis épais.

Véronique ne quittait pas des yeux le Prieuré, dont la façade basse s'allongeait peu à peu, lorsque la Bretonne, au bout de quelques minutes, s'arrêta net, tournée vers les taillis de droite, et cria :

« Monsieur Stéphane !

— Qui appelez-vous ? demanda Véronique, M. Maroux ?

— Oui, le professeur de François. Il courait du côté du pont… Je l'ai vu par une éclaircie… Monsieur Stéphane !… Mais pourquoi ne répond-il pas ? Vous avez vu une silhouette ?

— Non.

— J'affirme que c'est bien lui, avec son béret blanc… Du reste, on aperçoit le pont derrière nous. Attendons qu'il passe.

— Pourquoi attendre ? S'il y a quelque chose, un danger quelconque, c'est au Prieuré…

— C'est juste. Dépêchons-nous. »

Elles hâtèrent le pas, envahies de pressentiments, puis, sans motif, se mirent à courir, tellement leurs appréhensions s'exaspéraient aux approches de la réalité.

L'îlot se resserrait à nouveau, barré par un mur bas qui limitait le domaine du Prieuré. À ce moment, des cris se firent entendre qui venaient de l'habitation.

Honorine s'exclama :

« On appelle ! Vous avez entendu ? Des cris de femme !… C'est la cuisinière !… C'est Marie Le Goff… »

Elle se précipita sur la grille, empoigna la clef, mais d'une main si maladroite qu'elle mêla la serrure et ne put ouvrir.

« Par la brèche ! ordonna-t-elle… Tenez, à droite !… »

Elles s'élancèrent, franchirent le mur et traversèrent une large pelouse hérissée de ruines, et où le sentier tortueux et mal tracé se perdait à tout instant sous des traînées de lierre et de mousse.

« Nous voilà ! nous voilà ! proférait Honorine. Nous arrivons ! »

Et elle mâchonnait :

« On ne crie plus ! c'est effrayant… Ah ! cette pauvre Marie Le Goff… »

Elle saisit le bras de Véronique.

« Faisons le tour. La façade est de l'autre côté… Par ici, les portes sont toujours fermées et les volets mis aux fenêtres. »

Mais Véronique s'empêtra dans des racines, trébucha et tomba à genoux. Quand elle se releva, la Bretonne l'avait quittée et contournait l'aile gauche. Inconsciemment, Véronique, au lieu de la suivre, fila droit vers la maison, escalada le perron et se heurta contre la porte close, qu'elle frappa à coups redoublés.

L'idée de faire le tour comme Honorine lui semblait une perte de temps que rien ne pourrait jamais réparer. Cependant, devant la vanité de ses efforts, elle allait s'y résoudre, quand, de nouveau, des cris retentirent à l'intérieur et au-dessus d'elle.

C'était une voix d'homme où Véronique crut reconnaître la voix de son père. Elle recula de quelques pas. Brusquement, au premier étage, une des fenêtres s'ouvrit, et elle aperçut M. d'Hergemont, la figure bouleversée par une épouvante inexprimable, et qui haletait :

« Au secours ! au secours ! Ah ! le monstre… Au secours !

— Père ! père ! appela Véronique avec désespoir, c'est moi ! »

Il baissa la tête un instant, ne parut pas voir sa fille, et, rapidement, essaya d'enjamber le balcon. Mais, derrière lui, il y eut une détonation et un des carreaux de la croisée vola en éclats.

« Assassin ! assassin ! » cria-t-il en rentrant dans la pièce.

Véronique, affolée, impuissante, regarda autour d'elle. Comment secourir son père ? Le mur était trop élevé, sans rien qui permît de s'y accrocher. Tout à coup elle avisa, vingt mètres plus loin, au pied même de la maison, une échelle. Par un prodige de volonté et d'énergie, elle réussit, quoique cette échelle fût très lourde, à la porter et à la dresser au-dessous de la fenêtre ouverte.

Aux minutes les plus tragiques de la vie, lorsque l'esprit n'est plus que désordre et qu'effervescence, lorsque tout le corps est secoué par le tremblement de l'angoisse, une certaine logique continue d'associer nos idées les unes aux autres, et Véronique se demandait pourquoi la voix d'Honorine ne se faisait pas entendre et par quoi son intervention était retardée.

Elle pensait aussi à François. Où donc était François ? Avait-il suivi Stéphane Maroux dans sa fuite inexplicable ? Était-il parti à la recherche de secours ? Et puis, qui était celui que M. d'Hergemont traitait de monstre et d'assassin ?

L'échelle n'atteignait pas la fenêtre, et Véronique se rendit compte aussitôt de l'effort qu'il lui faudrait faire pour enjamber le balcon. Cependant, elle n'hésita pas. Là-haut, on se battait, lutte mêlée de clameurs étouffées que poussait son père. Véronique monta. Tout au plus put-elle saisir le barreau inférieur du balcon. Mais une étroite corniche lui permit de se hisser sur un genou, de passer la tête et de voir le drame qui se déroulait dans la pièce.

À ce moment, M. d'Hergemont avait de nouveau reculé jusqu'à la fenêtre, un peu en arrière, même, de sorte qu'elle le voyait presque de face. Il ne bougeait pas, les yeux hagards, les bras tendus en un geste indécis, comme dans l'attente d'une chose effrayante qui allait se produire.

Il bégaya :

« Assassin… assassin… Est-ce bien toi ? Ah ! sois maudit ! François ! François ! »

Sans doute appelait-il son petit-fils à son secours, et sans doute François était-il en butte, lui aussi, à quelque attaque, peut-être blessé, peut-être mort !

Véronique retrouva un surcroît de force et réussit à mettre le pied sur la corniche.

« Me voilà !… me voilà !… » voulait-elle crier.

Mais sa voix expira dans sa gorge. Elle avait vu !… elle voyait !… En face de son père, à cinq pas de lui, contre le mur opposé de la pièce, il y avait un être qui braquait un revolver sur M. d'Hergemont et le visait lentement. Et cet être… Oh ! l'horreur !… Véronique reconnaissait le béret rouge dont Honorine avait parlé, la chemise de flanelle à boutons d'or… Et surtout elle retrouvait, dans ce jeune visage convulsé par des sentiments atroces, l'expression même de Vorski aux heures où le soulevaient ses instincts de haine et de férocité.

L'enfant ne la vit point. Ses yeux ne se détachaient pas du but qu'il voulait atteindre, et il semblait éprouver comme une joie sauvage à différer ainsi le geste fatal.

Véronique se taisait aussi. Les mots, les cris ne servaient à rien pour conjurer le péril. Ce qu'il lui fallait faire, c'était se jeter entre son père et son fils. Elle grimpa, s'accrocha, escalada la fenêtre.

Trop tard. Le coup partit. M. d'Hergemont tomba avec un gémissement de douleur.

Et en même temps, dans la même seconde où l'enfant tenait encore le bras tendu et où le vieillard s'effondrait, une porte s'ouvrait au fond. Honorine apparut, et l'abominable vision la frappa pour ainsi dire en pleine figure.

« François ! hurla-t-elle… toi ! toi ! »

L'enfant bondit sur elle. La Bretonne tenta de lui barrer le passage. Il n'y eut même pas de lutte. L'enfant recula d'un pas, leva brusquement l'arme qu'il tenait à la main, et tira.

Honorine plia les genoux et s'affaissa en travers de la porte. Et, tandis qu'il sautait par-dessus le corps et qu'il s'enfuyait, elle continuait à dire :

« François !... François !... non, ce n'est pas vrai... Ah ! est-ce possible ?... François... »

Un éclat de rire, dehors. Oui, l'enfant avait ri. Véronique l'entendit, ce rire affreux, infernal, pareil au rire de Vorski, et tout cela la brûlait d'une telle souffrance qu'elle reconnut sa souffrance d'autrefois, celle qui la brûlait en face de Vorski !

Elle ne poursuivit pas le meurtrier. Elle ne l'appela point.

Près d'elle, une voix faible murmurait son nom.

« Véronique... Véronique... »

M. d'Hergemont gisait à terre et la regardait de ses yeux vitreux, tout remplis de mort déjà.

Elle s'agenouilla près de lui, et comme elle essayait d'ouvrir son gilet et sa chemise ensanglantés, afin de panser la blessure dont il mourait, il l'écarta doucement de la main. Elle comprit que les soins étaient inutiles et qu'il voulait lui parler. Elle se pencha davantage.

« Véronique... pardon... Véronique... »

Cela, c'était l'expression première de sa pensée défaillante. Elle le baisa au front en pleurant :

« Tais-toi, père... ne te fatigue pas... »

Mais il avait autre chose à dire, et sa bouche articulait vainement des syllabes qui ne formaient pas de sens et qu'elle écoutait désespérément. La vie s'en allait. L'esprit s'évanouissait dans les ténèbres. Véronique colla l'oreille aux lèvres mêmes qui s'épuisèrent en un dernier effort, et elle perçut ces mots :

« Prends garde... prends garde... la Pierre-Dieu... »

Soudain il se dressa à demi. Ses yeux prirent de l'éclat, comme allumés par la lueur suprême d'une flamme qui s'éteignait. Véronique eut l'impression que son père, en la regardant, comprenait seulement toute la signification de sa présence et entrevoyait tous les dangers qui la menaçaient. Il prononça, d'une voix rauque et terrifiée, mais bien distincte :

« Ne reste pas, c'est ta mort si tu restes... Sauve-toi de cette île... Va-t'en... Va-t'en... »

Sa tête retomba. Il balbutia encore quelques mots que Véronique surprit :

« Ah ! la croix… les quatre croix de Sarek… ma fille… ma fille… le supplice de la croix… »

Et ce fut tout.

Il y eut un grand silence, un silence énorme que la jeune femme sentit peser sur elle comme un fardeau dont le poids s'aggravait à chaque seconde.

« Sauve-toi de cette île !… répéta une voix… "Va-t'en." C'est votre père qui vous l'ordonne, madame Véronique. »

Honorine était auprès d'elle, livide, les deux mains collées à une serviette en tampon, rougie de sang, qu'elle tenait contre sa poitrine.

« Mais il faut vous soigner ! s'écria Véronique… Attendez… faites-moi voir.

— Plus tard… on s'occupera de moi plus tard… bredouilla la Bretonne… Ah ! le monstre ! si j'avais pu arriver à temps ! mais la porte d'en bas était barricadée… »

Véronique la supplia :

« Laissez-vous soigner… Entendez-vous…

— Tout à l'heure… D'abord… Marie Le Goff, la cuisinière, au bout de l'escalier… elle est blessée aussi… à mort peut-être… allez voir… »

Véronique sortit par la porte du fond, celle que son fils avait franchie en s'enfuyant. Il y avait un vaste palier. Sur les premières marches, repliée sur elle-même, Marie Le Goff râlait.

Elle mourut presque aussitôt, sans avoir repris connaissance, troisième victime du drame incompréhensible.

Selon la prédiction du vieux Maguennoc, M. d'Hergemont avait bien été la seconde victime.

IV

Les pauvres gens de Sarek

Lorsque Véronique eut pansé la plaie d'Honorine – plaie peu profonde et qui ne paraissait pas mettre en danger les jours de la Bretonne –, lorsqu'elle eut transporté le corps de Marie Le Goff dans la grande pièce encombrée de livres et meublée comme un cabinet de travail où reposait son père, elle ferma les yeux de M. d'Hergemont, le recouvrit d'un drap et se mit à prier. Mais les mots de prière ne venaient pas à ses lèvres, et son esprit ne s'arrêtait sur aucune pensée. Elle était comme assommée par les coups répétés du malheur. Assise, la tête entre ses mains, elle resta là près d'une heure, tandis qu'Honorine dormait d'un sommeil de fièvre.

De toutes ses forces elle repoussait l'image de son fils, comme elle avait toujours repoussé celle de Vorski. Mais les deux images se confondaient, tournaient autour d'elle, dansaient devant ses yeux clos, ainsi que ces clartés qui, dans l'ombre de nos paupières obstinément fermées, passent, repassent, se multiplient et s'unissent. Et ce n'était qu'une même face, cruelle, sardonique, grimaçante et hideuse.

Elle ne souffrait pas comme souffre une mère qui pleure un fils. Son fils était mort depuis quatorze ans, et celui qui venait de ressusciter, celui pour lequel toutes les ressources de sa tendresse maternelle étaient prêtes à jaillir, celui-là devenait subitement un étranger, pis que cela, le fils de Vorski ! Comment eût-elle souffert ?

Mais quelle blessure au plus profond de son être ! Quel bouleversement, pareil à ces cataclysmes qui secouent toute une paisible région jusqu'à ses entrailles ! Quel spectacle de l'enfer ! Quelle vision de folie et d'horreur! Quel jeu ironique du plus épouvantable destin! Son fils tuant son père, au moment où, après tant d'années de séparation et de deuil, elle allait embrasser l'un et l'autre, et vivre dans la douceur et dans l'intimité! Son fils assassin! Son fils semant la mort! Son fils braquant l'arme implacable, et tuant de toute son âme et de toute sa joie perverse!

Les motifs qui pouvaient expliquer de tels actes, elle ne s'en souciait point. Pourquoi son fils avait-il fait cela? Pourquoi son professeur, Stéphane Maroux, complice sans doute, instigateur peut-être, s'était-il enfui avant le drame? Autant de questions qu'elle ne cherchait pas à résoudre. Elle ne pensait qu'à la scène effrayante, au carnage, à la mort. Et elle se demandait si la mort n'était point pour elle l'unique refuge et l'unique dénouement.

« Madame Véronique, murmura la Bretonne.

— Qu'y a-t-il? fit la jeune femme, éveillée de sa stupeur.

— Vous n'entendez pas?

— Quoi?

— On sonne au rez-de-chaussée. Ce doit être vos valises qu'on apporte. »

Vivement elle se leva.

« Mais que dois-je dire? Comment expliquer?... Si j'accuse cet enfant...

— Pas un mot, je vous en prie. Laissez-moi parler.

— Vous êtes bien faible, ma pauvre Honorine.

— Non, non, ça va mieux. »

Véronique descendit et, au bas de l'escalier, dans un large vestibule dallé de noir et de blanc, tira les verrous d'une grande porte.

C'était, en effet, un des matelots.

« J'ai frappé à la cuisine, dit l'homme. Marie Le Goff n'est donc pas là? Et Mme Honorine?...

— Honorine est en haut et désire vous parler. »

Le matelot la regarda, parut impressionné par cette jeune femme si pâle et si grave, et la suivit sans mot dire.

Honorine attendait au premier étage, debout devant la porte ouverte.

« Ah! c'est toi, Corréjou?... Écoute-moi bien... et pas d'histoires, n'est-ce pas?

— Qu'y a-t-il, m'ame Honorine ? mais vous êtes blessée ? qu'y a-t-il ? »

Elle découvrit l'embrasure de la porte et prononça simplement, montrant sous leurs suaires les deux cadavres :

« M. Antoine et Marie Le Goff… assassinés tous deux… »

La figure de l'homme se décomposa. Il balbutia :

« Assassinés… est-ce possible ?… Par qui ?

— Je ne sais pas, nous sommes arrivées après.

— Mais… le petit François ?… Monsieur Stéphane ?…

— Disparus… on a dû les tuer aussi.

— Mais… mais… Maguennoc ?

— Maguennoc ?… pourquoi parles-tu de lui, Corréjou ?

— J'en parle… j'en parle… parce que si Maguennoc est vivant… tout ça… c'est une autre affaire. Maguennoc a toujours dit que ce serait lui le premier. Et Maguennoc ne dit que des choses dont il est certain. Maguennoc connaît le fond même des choses. »

Honorine réfléchit, puis déclara :

« Maguennoc a été tué. »

Cette fois Corréjou perdit tout sang-froid, et son visage exprima cette sorte de terreur folle que Véronique avait, à diverses reprises, notée chez Honorine. Il se signa et dit à voix très basse :

« Alors… alors… voilà que ça arrive, m'ame Honorine ?… Maguennoc l'avait bien annoncé… Encore l'autre jour, dans ma barque, il nous l'a dit : "Ça ne va pas tarder… Tout le monde devrait partir." »

Et, brusquement, le matelot fit demi-tour et se sauva vers l'escalier.

« Reste là, Corréjou, commanda Honorine.

— Il faut partir, Maguennoc l'a dit. Tout le monde doit partir.

— Reste là », répéta Honorine.

Et comme le matelot s'arrêtait, indécis, elle continua :

« Nous sommes d'accord. Il faut partir. On partira demain à la fin de la journée. Mais, auparavant, on doit s'occuper de M. Antoine et de Marie Le Goff. Voici, tu vas nous envoyer les sœurs Archignat pour la veillée des morts. Ce sont d'assez méchantes femmes, mais elles ont l'habitude. Sur les trois, il faut que deux viennent. Ce sera, pour chacune, le double de leur prix ordinaire.

— Et après, m'ame Honorine ?

— Tu t'occuperas des cercueils avec tous les vieux, et dès le petit matin on mettra les corps en terre bénite, dans le cimetière de la chapelle.

— Et après, m'ame Honorine ?

— Après, tu seras libre, les autres aussi. Vous pourrez faire vos paquets et filer.

— Mais vous, m'ame Honorine ?

— Moi, j'ai le canot. Assez bavardé. Nous sommes d'accord ?

— Nous sommes d'accord. C'est une nuit simplement à passer. Mais je suppose bien que d'ici demain il n'y aura pas de nouveau ?...

— Mais non... mais non... Va, Corréjou... Dépêche-toi. Et surtout ne dis pas aux autres que Maguennoc est mort. Sans quoi on ne pourrait plus les tenir.

— Promis, m'ame Honorine. »

Le matelot partit en hâte.

Une heure plus tard survenaient deux des sœurs Archignat, vieilles créatures, osseuses et desséchées, qui avaient l'air de sorcières, et dont la coiffe aux ailes de velours noir était sale et crasseuse. Honorine fut transportée dans la chambre qu'elle occupait à l'extrémité de l'aile gauche et sur le même étage.

La veillée des morts commença.

Cette nuit, Véronique la passa d'abord auprès de son père, puis au chevet d'Honorine dont l'état semblait moins bon. Elle finit par s'assoupir, et fut réveillée par la Bretonne, qui lui dit dans un de ces accès de fièvre où la conscience ne perd pas toute lucidité :

« François doit se cacher... ainsi que M. Stéphane... Il y a des cachettes sûres dans l'île, que Maguennoc leur avait montrées. Donc, on ne les verra pas, et on ne saura rien de ce côté.

— Vous êtes certaine ?

— Certaine... Alors, voilà... Demain, quand tout le monde aura quitté Sarek, et que nous serons seules toutes deux, je ferai le signal avec ma conque, et il viendra ici. »

Véronique se révolta :

« Mais je ne veux pas le voir !… j'ai horreur de lui !… Comme mon père, je le maudis… Mais pensez donc, il a tué mon père, sous mes yeux ! il a tué Marie Le Goff… il a voulu vous tuer ! Non, non, c'est de la haine, c'est du dégoût que j'ai pour ce monstre !… »

La Bretonne lui serra la main, d'un geste qui lui était habituel, et murmura :

« Ne le condamnez pas encore… il n'a pas su ce qu'il faisait.

— Que dites-vous ? Il n'a pas su ? Mais j'ai vu ses yeux ! les yeux de Vorski…

— Il n'a pas su… il était fou.

— Fou ? Allons donc ?

— Oui, madame Véronique. Je connais l'enfant. Il n'a pas son pareil comme bonté. S'il a fait tout cela, c'est un coup de folie qu'il a eu… comme M. Stéphane. Ils doivent pleurer de désespoir maintenant.

— Il est inadmissible… je ne puis croire…

— Vous ne pouvez croire parce que vous ne savez rien de ce qui se passe… et de ce qui va se passer… Mais si vous saviez… Ah ! il y a des choses… des choses… »

Sa voix n'était plus perceptible. Elle se tut, mais ses yeux restaient grands ouverts et ses lèvres remuaient sans bruit.

Il n'y eut pas d'incidents jusqu'au matin. Vers cinq heures, Véronique entendit qu'on clouait les cercueils et presque aussitôt la porte de la chambre où elle se trouvait fut ouverte, et les sœurs Archignat entrèrent en coup de vent, très agitées toutes deux.

Elles avaient appris la vérité par Corréjou qui, pour se donner du cœur, avait bu un peu trop et parlait à tort et à travers.

« Maguennoc est mort ! crièrent-elles, Maguennoc est mort, et vous ne disiez rien ! Nous partons ! Vite, notre argent ! »

Une fois réglées, elles s'enfuirent à toutes jambes, et, une heure après, d'autres femmes, averties par elles, accoururent et voulurent entraîner ceux de leurs hommes qui travaillaient. Toutes proféraient les mêmes paroles.

« Il faut s'en aller ! Il faut tout préparer… Après, il sera trop tard… Les deux barques peuvent emmener tout le monde. »

Honorine dut s'entremettre avec toute son autorité et Véronique distribuer de l'argent. Et l'enterrement se fit en hâte. Il y avait, non loin de là, une vieille chapelle, consolidée par les soins de M. d'Hergemont, et où tous les mois un prêtre de Pont-l'Abbé venait dire la messe. À côté, l'ancien cimetière des abbés de Sarek. Les deux corps y furent ensevelis, et un vieillard, qui en temps ordinaire faisait fonction de sacristain, bredouilla les paroles de bénédiction.

Tous ces gens semblaient atteints de démence. Leurs voix, leurs gestes étaient saccadés. L'idée fixe du départ les obsédait, et ils ne s'occupèrent point de Véronique, qui priait et pleurait à l'écart.

Avant huit heures, tout était fini. Hommes et femmes dévalaient à travers l'île. Véronique, qui avait l'impression de vivre dans un monde de cauchemars où les événements se succédaient en dehors de toute logique et sans aucun lien les uns avec les autres, Véronique retourna près d'Honorine, que son état de faiblesse avait empêchée d'assister à l'enterrement de son maître.

« Je me sens mieux, dit la Bretonne. Nous partirons aujourd'hui ou demain, et nous partirons avec François. »

Et, comme Véronique s'indignait, elle répéta :

« Avec François, je vous le dis, et avec M. Stéphane. Et le plus tôt possible. Moi aussi je veux partir… et vous emmener, ainsi que François… Il y a la mort dans l'île… la mort est maîtresse ici… il faut lui laisser Sarek… Nous partirons tous. »

Véronique ne voulut pas la contrarier. Mais vers neuf heures, des pas précipités se firent entendre de nouveau. C'était Corréjou, qui venait du village, et qui, dès l'entrée, cria :

« On a volé votre canot, m'ame Honorine ! Le canot a disparu !

— Impossible ! » protesta la Bretonne.

Tout essoufflé, le matelot affirma :

« Il a disparu. Ce matin, j'avais deviné quelque chose… Mais sans doute j'avais bu un coup de trop… j'y ai pas pensé. Depuis, les autres ont vu comme moi. L'amarre a été coupée… Ça s'est passé dans la nuit. Et on a filé. Ni vu ni connu. »

Les deux femmes se regardèrent, et la même pensée les étreignit. François et Stéphane Maroux avaient pris la fuite.

Entre ses dents, Honorine marmotta :

« Oui… oui… c'est ça… *il* connaît le maniement. »

Peut-être Véronique éprouva-t-elle un soulagement à savoir que l'enfant était parti et qu'elle ne le reverrait plus. Mais Honorine, reprise de peur, s'exclamait :

« Alors... alors... comment va-t-on faire ?...

— Faut partir tout de suite, m'ame Honorine. Les barques sont prêtes... chacun fait son paquet... À onze heures, plus personne au village. »

Véronique s'interposa.

« Honorine n'est pas en état de partir...

— Mais si... je vais mieux... déclara la Bretonne.

— Non. Ce serait absurde. Attendons un jour ou deux... Revenez après-demain, Corréjou. »

Elle poussa vers la porte le matelot, qui d'ailleurs ne songeait qu'à s'éloigner.

« Eh bien, c'est ça, après-demain, je reviendrai... Du reste, on ne peut pas tout emporter... Il faudra bien revenir de temps à autre chercher des affaires... Soignez-vous bien, m'ame Honorine. »

Il se précipita dehors.

« Corréjou ! Corréjou ! »

Honorine s'était soulevée sur son lit et appelait désespérément.

« Non, non, ne t'en va pas, Corréjou... Attends-moi, tu vas me porter dans ta barque. »

Elle écouta, et comme le matelot ne revenait pas, elle voulut se lever.

« J'ai peur... Je ne veux pas rester seule... »

Véronique la retint.

« Mais vous ne restez pas seule, Honorine. Je ne vous quitte pas. »

Il y eut entre les deux femmes une véritable lutte, et Honorine, rejetée de force sur son lit, impuissante, gémissait :

« J'ai peur... j'ai peur... L'île est maudite... C'est tenter le bon Dieu que d'y rester... La mort de Maguennoc, c'est l'avertissement... J'ai peur !... »

Elle délirait, mais gardait toujours cette demi-lucidité qui lui permettait de mêler certaines paroles claires et raisonnables aux paroles incohérentes où se montrait son âme superstitieuse de Bretonne.

Elle agrippa Véronique par les deux épaules et articula :

« Je vous le dis… L'île est maudite… Un jour Maguennoc me l'a avoué : "Sarek, c'est une des portes de l'enfer : la porte est close maintenant. Mais le jour où elle s'ouvrira, tous les malheurs passeront comme une tempête." »

Sur les instances de Véronique, elle se calma un peu, et c'est d'une voix plus douce, qui allait en s'éteignant, qu'elle continua :

« Il aimait bien l'île, cependant… comme nous tous. Il en parlait alors d'une façon que je ne comprenais pas : "La porte est double, Honorine, et elle ouvre également sur le Paradis." Oui, oui, l'île était bonne à habiter… Nous l'aimions… Maguennoc y faisait pousser des fleurs… Oh ! ces fleurs… elles sont énormes… trois fois plus hautes… et plus belles… »

Des minutes lourdes s'écoulèrent. La chambre occupait à l'extrémité de la maison une aile qui formait saillie et dont les fenêtres avaient vue à droite et à gauche de l'île, par-dessus les rochers qui dominaient la mer.

Véronique s'assit, les yeux fixés sur les vagues blanches que la brise, plus forte, agitait davantage. Le soleil s'élevait dans la brume épaisse où les côtes de Bretagne demeuraient invisibles. Mais, à l'Occident, le regard, par-delà la ceinture d'écume que trouaient les pointes noires des écueils, pouvait s'étendre vers les plaines désertes de l'Océan.

Assoupie, la Bretonne murmurait :

« On dit que la porte, c'est une pierre… et qu'elle vient de très loin, d'un pays étranger… c'est la Pierre-Dieu. On dit aussi que c'est une pierre précieuse… qui est d'or et d'argent mélangés. La Pierre-Dieu… la pierre qui donne mort ou vie… Maguennoc l'a vue… Il a ouvert la porte et il a passé le bras… Et sa main… sa main est tombée en cendres. »

Véronique se sentait oppressée. Elle aussi, la peur peu à peu la gagnait, ainsi qu'une eau mauvaise qui suinte et qui pénètre. Les événements horribles auxquels, depuis quelques jours, elle assistait avec effroi, semblaient en provoquer d'autres plus terribles encore, qu'elle attendait comme un ouragan que tout annonce et qui va tout emporter dans sa course vertigineuse.

Elle les attendait. Elle ne doutait pas qu'ils ne vinssent, déchaînés par la puissance fatale qui multipliait contre elle ses attaques redoutables.

« Vous ne voyez pas les barques ? » demanda Honorine.

Véronique objecta :

« On ne peut les voir d'ici.

— Si, si, c'est le chemin qu'elles prendront sûrement, elles sont lourdes, et il y a une passe plus large à la pointe. »

De fait, après un instant, Véronique vit saillir au tournant du promontoire l'avant d'une barque.

Elle enfonçait profondément dans l'eau, très large, encombrée de caisses et de paquets sur lesquels des femmes et des enfants avaient pris place. Quatre hommes ramaient vigoureusement.

« C'est celle de Corréjou, dit Honorine, qui avait sauté de son lit, à moitié vêtue… Et voici l'autre, tenez. »

La seconde barque débouchait, aussi pesante. Trois hommes seulement ramaient et une femme.

Elles étaient toutes deux trop loin – peut-être sept à huit cents mètres – pour qu'on pût discerner les visages. Mais aucun bruit de voix ne montait de ces lourdes coques chargées de misère, qui fuyaient devant la mort.

« Mon Dieu ! mon Dieu ! gémit Honorine, pourvu qu'ils sortent de l'enfer !

— Que pouvez-vous craindre, Honorine ? Rien ne les menace.

— Si, tant qu'ils n'auront pas quitté l'île.

— Mais ils l'ont quittée.

— Tout autour de l'île, c'est encore l'île. C'est là que guettent les cercueils.

— Mais la mer n'est pas mauvaise.

— Il y a autre chose que la mer… ce n'est pas la mer qui est l'ennemie.

— Alors, quoi ?

— Je ne sais pas, je ne sais pas. »

Les deux barques montaient vers la pointe du nord. Deux passes s'ouvraient à elles, que la Bretonne désigna d'après le nom de deux écueils, le Roc au Diable et la Dent de Sarek.

Presque aussitôt, il fut visible que Corréjou avait choisi la passe du Diable.

« Ils l'atteignent, notait la Bretonne. Ils y sont… Cent mètres encore, et c'est le salut… »

Elle eut presque un ricanement.

« Ah ! toutes les machinations du diable vont être déjouées, madame Véronique, je crois bien que nous serons sauvées, vous et moi, et tous ceux de Sarek. »

Véronique demeura silencieuse. Son oppression continuait, d'autant plus accablante qu'elle ne pouvait l'attribuer qu'à ces vagues pressentiments qu'il est impossible de combattre. Elle avait fixé une ligne en deçà de laquelle le danger persistait, et cette ligne, Corréjou ne l'avait pas encore atteinte.

Honorine grelottait de fièvre. Elle marmotta :

« J'ai peur… j'ai peur…

— Mais non, déclara Véronique, en se raidissant. C'est absurde. D'où peut venir le danger ?

— Ah ! cria la Bretonne. Qu'est-ce que c'est ? Qu'est-ce que cela veut dire ?

— Quoi ? Qu'y a-t-il ? »

Toutes deux avaient collé leur front contre les vitres et regardaient éperdument. Là-bas quelque chose avait pour ainsi dire jailli de la Dent de Sarek. Et, tout de suite, elles reconnurent le canot à moteur dont elles s'étaient servies la veille et dont Corréjou avait annoncé la disparition.

« François !… François !… articula Honorine avec stupeur. François et M. Stéphane !… »

Véronique reconnaissait l'enfant. Il se tenait debout à l'avant du canot et faisait des signes aux gens des deux barques. Les hommes répondirent en agitant leurs avirons, tandis que les femmes gesticulaient. Malgré l'opposition de Véronique, Honorine ouvrit les deux battants de la fenêtre, et elles entendirent des bruits de voix parmi les crépitements du moteur, mais ne purent saisir une seule parole.

« Qu'est-ce que ça veut dire ? répéta la Bretonne… François et M. Stéphane… Pourquoi n'ont-ils pas gagné la côte ?

— Peut-être, expliqua Véronique, ont-ils craint d'être remarqués et interrogés à leur atterrissage…

— Mais non, on les connaît, surtout François, qui m'accompagnait souvent. En outre, les papiers d'identité sont dans le canot. Non, non, ils attendaient là, cachés derrière la roche.

— Mais, Honorine, s'ils se cachaient, pourquoi se montrent-ils, maintenant ?

— Ah ! voilà… voilà… je ne comprends pas… et ça me semble drôle… Que doivent penser Corréjou et les autres ? »

Les deux barques, dont la seconde glissait alors dans le sillage de la première, s'étaient presque arrêtées. Tous les passagers semblaient retournés vers le canot qui avançait rapidement dans leur direction et qui ralentit lorsqu'il arriva à hauteur de la seconde. De la sorte, il continua de filer suivant une ligne qui se trouvait parallèle à la ligne des deux barques et distante de quinze ou vingt mètres.

« Je ne comprends pas… je ne comprends pas… » murmura la Bretonne.

Le moteur était éteint, et le canot gagna ainsi, à allure très douce, l'intervalle qui séparait les deux barques.

Et soudain les deux femmes virent que François se baissait, puis se dressait, et ramenait le bras droit en arrière comme s'il allait lancer quelque chose.

En même temps, Stéphane Maroux agissait de la même façon.

L'événement se produisit, brusque et terrifiant.

« Ah ! » cria Véronique.

Elle se cacha les yeux une seconde, mais releva la tête aussitôt, et vit, dans toute son horreur, l'affreux spectacle.

Deux choses avaient été jetées à travers le petit espace, une chose partie de l'avant, lancée par François, une autre de l'arrière, lancée par Stéphane Maroux.

Et tout de suite deux gerbes de feu jaillirent des deux barques, suivies de deux tourbillons de fumée.

Les détonations retentirent. Un instant, on ne distingua rien de ce qui se passait au milieu de ce nuage noir. Puis le rideau s'écarta, rabattu de côté par le vent, et Véronique et la Bretonne virent les deux barques qui s'enfonçaient rapidement, tandis que des êtres sautaient dans la mer.

La vision – et quelle vision infernale ! – ne fut pas longue. Elles aperçurent, debout sur une des bouées, une femme qui tenait un enfant dans ses bras et qui ne bougeait pas, puis des corps immobiles, atteints sans doute par l'explosion, puis deux hommes qui se battaient, fous peut-être. Et tout cela disparut avec les barques.

Quelques remous, des points noirs qui surnagent. Ce fut tout.

Honorine et Véronique n'avaient pas dit un seul mot, muettes d'épouvante. L'événement dépassait tout ce que leur angoisse avait pu imaginer.

À la fin, Honorine porta la main à sa tête et dit d'une voix sourde, dont Véronique devait se rappeler l'intonation :

« Ma tête éclate… Ah ! les pauvres gens de Sarek !… C'étaient mes amis… mes amis d'enfance… et on ne les reverra pas… Jamais la mer ne rend ses morts à Sarek. Elle les garde… Elle a des cercueils tout prêts… mille et mille cercueils cachés… Ah ! ma tête éclate… Je deviens folle… folle comme François… mon pauvre François ! »

Véronique ne répondit pas. Elle était livide. De ses doigts crispés, elle s'accrochait au balcon et regardait comme on regarde au fond d'un abîme où l'on va se jeter. Qu'allait faire son fils ? Sauver ces gens, dont on entendait maintenant les hurlements de détresse, les sauver sans retard ? On peut avoir des accès de folie, mais les crises s'apaisent devant certains spectacles.

Le canot avait reculé dès l'abord pour n'être pas entraîné par les remous. François et Stéphane, dont on voyait toujours le béret rouge et le béret blanc, étaient debout, aux mêmes postes d'avant et d'arrière, et ils tenaient dans leurs mains… Les deux femmes discernaient mal, à cause de la distance, ce qu'ils tenaient dans leurs mains. Cela avait l'air de bâtons un peu longs…

« Des perches pour secourir… murmura Véronique.

— Ou des fusils… » répondit Honorine.

Les points noirs flottaient. Il y en avait neuf, les neuf têtes des survivants dont on devinait aussi, parfois, les bras qui gesticulaient, et dont on percevait les appels.

Quelques-uns s'éloignèrent en hâte du canot, mais quatre d'entre eux s'en approchèrent, et, de ces quatre-là, il y en eut deux qui ne pouvaient tarder à l'atteindre.

Soudain, François et Stéphane firent le même mouvement, mouvement de tireurs qui épaulent.

Deux lueurs scintillèrent, tandis que parvenait le bruit d'une seule détonation.

Les têtes des deux nageurs disparurent.

« Ah ! les monstres », bégaya Véronique, qui tomba à genoux, toute défaillante.

Près d'elle, Honorine se mit à vociférer :

« François !... François !... »

La voix ne portait pas, trop faible, et contrariée par le vent. Mais la Bretonne continuait :

« François !... Stéphane !... »

Et ensuite elle courut à travers sa chambre, puis dans les couloirs, à la recherche de quelque chose, et elle revint vers la fenêtre, toujours en proférant :

« François ! François !... Écoute... »

Elle avait fini par trouver le coquillage, qui lui servait de signal. Mais, l'ayant porté à sa bouche, elle ne put en tirer que des sons indistincts et sourds.

« Ah ! malédiction ! balbutia-t-elle en rejetant la conque... Je n'ai plus de force... François !... François !... »

Elle était effrayante à voir, les cheveux en désordre, la sueur de la fièvre sur son visage. Véronique la supplia :

« Honorine, je vous en prie.

— Mais regardez-les ! regardez-les ! »

Là-bas, le canot allait de l'avant, les deux tireurs à leur poste, et l'arme prête pour le crime.

Les survivants s'enfuyaient, deux d'entre eux restaient en arrière.

Ces deux-là furent visés. Leurs têtes disparurent.

« Mais regardez-les, scandait la Bretonne d'un ton rauque... C'est la chasse !... On abat le gibier... Ah ! les pauvres gens de Sarek !... »

Un coup de fusil encore. Un point noir sombra.

Véronique se tordait de désespoir. Elle secouait les barreaux du balcon, comme les barreaux d'une cage qui l'eût emprisonnée.

« Vorski!... Vorski!... gémissait-elle, assaillie par le souvenir de son mari.... C'est le fils de Vorski. »

Brusquement elle fut prise à la gorge, et elle aperçut, contre son visage, le visage méconnaissable de la Bretonne.

« C'est ton fils à toi, bredouillait Honorine... sois maudite... tu es la mère du monstre, et tu seras punie... »

Et elle éclata de rire, en trépignant des pieds, dans un accès d'hilarité qui la convulsait.

« La croix! oui, la croix... tu monteras sur la croix... Des clous aux mains!... Quel châtiment!... Des clous aux mains! »

Elle était folle.

Véronique se dégagea et voulut la contraindre à l'immobilité, mais Honorine, avec une rage méchante, la repoussa, lui fit perdre l'équilibre, et, vivement, escalada le balcon.

Elle demeura debout sur la fenêtre en levant les bras et en vociférant de nouveau :

« François!... François!... »

De ce côté de la maison, par suite d'un niveau différent, l'étage était moins haut. La Bretonne sauta dans l'allée, la traversa, franchit des massifs qui la bordaient, et courut vers la crête des rochers qui formaient la falaise et surplombaient la mer.

Un instant elle s'arrêta, cria trois fois le nom de l'enfant qu'elle avait élevé, et, la tête en avant, se jeta dans l'abîme.

Au loin, la chasse à l'homme s'achevait.

Une à une les têtes s'enfoncèrent. Le massacre était fini.

Alors, le canot que montaient François et Stéphane s'enfuit vers la côte de Bretagne, vers les plages de Beg-Meil et de Concarneau.

Véronique restait seule dans l'île aux Trente Cercueils.

V

« Quatre femmes en croix… »

Véronique restait seule dans l'île aux Trente Cercueils. Jusqu'à l'instant où le soleil descendit parmi les nuages qui semblaient reposer sur la mer, à l'horizon, elle ne bougea pas, écroulée contre la fenêtre, la tête enfouie dans ses deux bras qu'elle appuyait au rebord.

La réalité passait dans les ténèbres de son esprit comme des tableaux qu'elle s'efforçait de ne pas voir, mais qui, par moments, devenaient précis au point qu'elle s'imaginait revivre les scènes atroces.

Elle continuait à ne point chercher d'explications à tout cela, et à ne point faire d'hypothèse sur toutes les raisons qui eussent éclairé le drame. Elle admettait la folie de François et de Stéphane Maroux, ne pouvant supposer d'autres motifs à de tels actes. Et, croyant fous les deux assassins, elle n'essayait pas de leur attribuer des projets quelconques et des volontés définies.

La folie d'Honorine, d'ailleurs, qu'elle avait vue pour ainsi dire éclater, l'incitait à juger tous les événements comme provoqués par une sorte de déséquilibre mental dont les habitants de Sarek avaient tous été victimes. Elle-même, à certaines minutes, sentait son cerveau vaciller, ses idées s'évanouir dans la brume, et d'invisibles fantômes rôder autour d'elle.

Elle s'assoupit, et d'un sommeil que hantaient de telles images, et où elle se trouvait si malheureuse, qu'elle se mit à sangloter. Du reste, il lui semblait entendre un bruit léger qui, dans son esprit engourdi, prenait une signification hostile. Des ennemis approchaient. Elle ouvrit les yeux.

Il y avait devant elle, à trois pas, assis sur ses pattes de derrière, un animal bizarre, vêtu de longs poils café au lait, et dont les pattes de devant étaient croisées comme des bras.

C'était un chien, et tout de suite elle se rappela le chien de François, dont Honorine lui avait parlé comme d'une brave bête, dévouée et comique. Elle se rappela même son nom : Tout-Va-Bien.

En le prononçant, ce nom, à demi-voix, elle eut un mouvement de colère et fut sur le point de chasser l'animal affublé de ce sobriquet ironique. Tout-Va-Bien ! Et elle pensait à toutes les victimes de l'affreuse tourmente, tous les morts de Sarek, son père assassiné, Honorine se tuant, François devenu fou. Tout-Va-Bien !

Cependant, le chien ne remuait pas. Il faisait le beau de la façon qu'Honorine avait décrite, la tête un peu penchée, un œil clos, les coins de la bouche tirés en arrière jusqu'aux oreilles, les bras noués, et vraiment, quelque chose comme un sourire émanait de sa face.

Maintenant Véronique se souvenait : c'était sa manière, à Tout-Va-Bien, de manifester sa sympathie pour ceux qui avaient de la peine. Tout-Va-Bien ne supportait pas la vue des larmes. Quand on pleurait, il faisait le beau jusqu'à ce qu'on sourît à son tour et qu'on le caressât.

Véronique ne sourit point, mais elle l'attira contre elle et lui dit :

« Non, ma pauvre bête, tout ne va pas bien. Tout va mal, au contraire. N'importe, il faut vivre, n'est-ce pas ? et ne pas devenir fou soi-même comme les autres… »

Les nécessités de l'existence lui imposaient le besoin d'agir. Elle descendit à la cuisine, trouva quelques provisions dont elle donna une bonne part au chien. Puis elle remonta.

La nuit était venue. Elle ouvrit, au premier étage, la porte d'une chambre qui devait être inoccupée en temps ordinaire. Une immense lassitude l'accablait, causée par tant d'efforts et par des émotions si violentes. Elle s'endormit presque aussitôt. Tout-Va-Bien veillait au pied de son lit.

Le lendemain elle s'éveilla tard, avec une impression singulière d'apaisement et de sécurité. Il lui semblait que sa vie actuelle se reliait à sa vie douce et calme de Besançon. Les quelques jours d'horreur qu'elle avait passés prenaient le recul d'événements lointains et dont le retour ne pouvait pas l'inquiéter. Les êtres qui avaient disparu dans la grande tempête demeuraient pour elle un peu comme des étrangers qu'on a rencontrés et qu'on ne verra plus. Son cœur ne saignait pas. Le deuil n'atteignait point le fond de son âme.

C'était le repos imprévu et sans limites, la solitude réconfortante. Et cela lui parut si bon que, un vapeur étant venu mouiller sur le lieu du sinistre, elle ne fit aucun signal. Sans doute, la veille, avait-on aperçu de la côte la lueur des explosions et entendu le fracas des détonations. Véronique ne bougea point.

Elle vit un canot se détacher du vapeur, et elle pensa bien qu'on allait aborder et explorer le village. Mais outre qu'elle redoutait une enquête où son fils pouvait être mêlé, elle ne voulait point qu'on la trouvât, elle, qu'on l'interrogeât, qu'on découvrît son nom, sa personnalité, son histoire, et qu'on la fît rentrer dans le cercle infernal d'où elle était sortie. Elle préférait attendre une semaine ou deux, attendre qu'un hasard fît passer à portée de l'île quelque barque de pêcheur qui la recueillerait.

Mais personne ne monta jusqu'au Prieuré. Le vapeur s'éloigna et rien ne troubla l'isolement de la jeune femme.

Elle resta ainsi trois jours. Le destin semblait avoir renoncé à lui livrer de nouveaux assauts. Elle était seule et maîtresse d'elle-même. Tout-Va-Bien, dont la présence lui avait apporté un grand réconfort, disparut.

Le domaine du Prieuré occupe toute l'extrémité de l'îlot, sur l'emplacement d'une abbaye de bénédictins, abandonnée au XVe siècle, et peu à peu tombée en ruine et détruite.

La maison, bâtie au XVIIIe siècle par un riche armateur breton avec les matériaux de l'ancienne demeure abbatiale et avec les pierres de la chapelle, n'offrait rien de curieux, ni comme architecture ni comme ameublement. Véronique, d'ailleurs, n'osa pénétrer dans aucune des chambres. Le souvenir de son père et de son fils l'arrêtait devant les portes closes.

Mais le deuxième jour, sous un clair soleil de printemps, elle explora le parc. Il s'étend jusqu'à la pointe de l'île et, comme la pelouse qui précède la maison, il est bossué de ruines et vêtu de lierre. Elle remarqua que toutes les allées se dirigeaient vers un promontoire escarpé que couronne un groupe de chênes énormes. Quand elle déboucha, elle vit que ces chênes entouraient une clairière en forme de demi-lune qui s'ouvre sur la mer.

Au centre de cette clairière s'allonge un dolmen dont la table ovale et assez courte s'appuie sur deux pieds de roc presque carrés. L'endroit est grandiose et d'une majesté impressionnante. La vue qu'on découvre est infinie.

« Le Dolmen-aux-Fées dont parlait Honorine, pensa-t-elle. Je ne dois pas être loin du Calvaire-Fleuri et des fleurs de Maguennoc. »

Elle fit le tour du mégalithe. La face interne des deux pieds portait quelques signes gravés indéchiffrables. Mais, sur les deux faces extérieures qui regardaient la mer et formaient comme deux plaques unies et préparées pour l'inscription, il y avait des choses qui lui redonnèrent un frémissement d'angoisse.

À droite, c'était, profondément incrusté, le dessin inhabile et primitif de quatre croix sur lesquelles se tordaient quatre silhouettes de femmes. À gauche, c'était une série de lignes écrites, mais dont les caractères, insuffisamment creusés dans le roc, avaient été presque effacés par les intempéries, ou peut-être même grattés volontairement par les mains de l'homme. Cependant, quelques mots demeuraient, les mêmes mots que Véronique avait lus sur le dessin trouvé près du cadavre de Maguennoc : *Quatre femmes en croix... trente cercueils... La Pierre-Dieu qui donne mort ou vie.*

Véronique s'éloigna en vacillant. Le mystère était devant elle encore, comme partout dans l'île, et elle était résolue à le fuir jusqu'au moment où elle pourrait s'en aller de Sarek.

Un sentier partait de la clairière et passait près du dernier chêne à droite, chêne sans doute anéanti par la foudre et dont il ne restait que le tronc et quelques branches mortes.

Plus loin elle descendit quelques marches de pierre, traversa une petite prairie où quatre rangs de menhirs étaient alignés, et s'arrêta brusquement avec un cri étouffé, cri d'admiration et de stupeur devant un spectacle qui s'offrait à elle.

« Les fleurs de Maguennoc », murmura-t-elle.

Les deux derniers menhirs de l'allée centrale qu'elle suivait se dressaient comme les poteaux d'une porte ouverte sur la plus magnifique des visions, une esplanade rectangulaire, longue de cinquante mètres tout au plus, à laquelle on descendait par quelques marches, et que bordaient, ainsi que les colonnes d'un temple, deux rangs de menhirs d'une même hauteur, plantés à intervalles strictement égaux. La nef et les bas-côtés de ce temple étaient pavés de larges dalles de granit, irrégulières, cassées, et que l'herbe, qui poussait dans les fentes, dessinait comme le plomb qui encadre les fragments d'un vitrail.

Au milieu, un carré de dimensions restreintes, et, dans ce carré, se pressaient, autour d'un vieux Christ en pierre qui émergeait du centre, des fleurs. Mais quelles fleurs ! Des fleurs inimaginables, fantastiques, des fleurs de rêve, des fleurs de miracle, des fleurs hors de proportion avec les fleurs habituelles.

Véronique les reconnaissait toutes, et cependant elle demeurait interdite en face de leur grandeur et de leur splendeur. Il y en avait de beaucoup de sortes, mais peu de chaque sorte. On eût dit un bouquet, composé de façon à réunir toutes les couleurs, tous les parfums et toutes les beautés.

Et, ce qu'il y avait de plus étrange, c'est que ces fleurs qui, à l'ordinaire, ne fleurissent pas simultanément et dont les éclosions se succèdent de mois en mois, poussaient et fleurissaient à la fois ! C'est au même jour que ces fleurs, toutes fleurs vivaces dont l'effervescence ne se prolonge guère au-delà de deux ou trois semaines, s'épanouissaient et se multipliaient, lourdes, éclatantes, somptueuses, fièrement portées par leurs tiges puissantes.

C'étaient des éphémères de Virginie, c'étaient des renoncules, des hémérocalles, des ancolies, des potentilles rouges comme du sang, des iris d'un violet plus lumineux qu'une robe d'évêque ! On y voyait le pied-d'alouette, le phlox, le fuchsia, l'aconit, le montbretia.

Et, par-dessus tout cela – oh ! de quel trouble fut envahie la jeune femme ! –, par-dessus la corbeille étincelante, plus élevées sur une étroite plate-bande qui entourait le piédestal du Christ, toutes leurs grappes bleues, blanches, violettes, semblant se hausser pour atteindre le corps même du Sauveur, des *véroniques*…

Elle défaillit d'émotion. En s'approchant, elle avait lu sur une petite pancarte accrochée au piédestal ces simples mots : *La fleur de maman.*

Véronique ne croyait pas au miracle. Que les fleurs fussent prodigieuses, sans aucun rapport avec les fleurs de nos pays, cela, elle devait bien l'admettre. Mais elle se refusait à croire que cette anomalie ne pût s'expliquer que par des raisons surnaturelles ou par les formules des recettes magiques dont Maguennoc avait le secret. Non, il y avait là quelque cause, fort simple peut-être, sur laquelle les événements apporteraient toute clarté.

Cependant, au milieu du beau décor païen, au cœur même du miracle, qu'il semblait avoir suscité par sa présence, le Christ surgissait de la touffe de fleurs, qui lui faisaient l'offrande de leurs couleurs et de leurs parfums. Véronique s'agenouilla…

Le lendemain et le surlendemain, elle revint au Calvaire-Fleuri. Cette fois, le mystère qui l'environnait de toutes parts se manifestait de la façon la plus charmante, et son fils y jouait un rôle qui permettait de rêver à lui, devant les fleurs de véronique, sans haine et sans désespoir.

Mais le cinquième jour, elle s'aperçut que ses provisions touchaient à leur fin, et, vers le milieu de l'après-midi, elle descendit au village.

En bas, elle constata que la plupart des maisons étaient restées ouvertes, tellement leurs possesseurs avaient, en s'en allant, la certitude de revenir et d'emporter, dans un second voyage, les choses nécessaires.

Le cœur serré, elle n'osa pas en franchir le seuil. Il y avait des géraniums sur le rebord des fenêtres. Les grandes horloges à balancier de cuivre continuaient à régler le temps dans les chambres vides. Elle s'éloigna.

Mais, sous un hangar, non loin du quai, elle aperçut les sacs et les caisses qu'Honorine avait apportés sur le canot.

« Allons, se dit-elle, je ne mourrai pas de faim. Il y en a pour des semaines et, d'ici là… »

Elle réunit dans un panier du chocolat, des biscottes, quelques boîtes de conserve, du riz, des allumettes, et elle était sur le point de retourner au Prieuré, quand elle eut l'idée de poursuivre sa promenade jusqu'à l'autre bout de l'île. En repassant, elle reprendrait le panier.

Un chemin ombragé montait sur le plateau. Le paysage ne lui parut pas différent. Mêmes plaines, mêmes landes sans cultures et sans pâturages, mêmes bosquets de vieux chênes. L'île, également, se rétrécissait, sans obstacle qui empêchât de voir la mer des deux côtés et de distinguer au loin la côte bretonne.

Et il y eut aussi une haie qui allait d'une falaise à l'autre, et qui servait de clôture à un domaine, domaine de chétive apparence, avec longue masure délabrée et communs aux toits rapiécés, avec une cour sale, mal entretenue, encombrée de ferraille et de fagots.

Véronique retournait déjà sur ses pas, lorsqu'elle s'arrêta, confondue. Il lui avait semblé entendre un gémissement. Elle prêta l'oreille, épiant le grand silence et, de nouveau, le même bruit, mais plus distinct, lui parvint; il y en eut d'autres, des cris de souffrance et d'appel, des cris de femmes. Tous les habitants n'avaient donc pas pu prendre la fuite? Elle éprouva de la joie, mêlée d'un peu de peine, à savoir qu'elle n'était pas seule dans Sarek, et de la crainte aussi à l'idée que les événements allaient peut-être l'entraîner encore dans le cycle de mort et d'horreur.

Autant que Véronique pouvait en juger, le bruit ne provenait pas de la maison, mais des communs, situés à droite de la cour. Cette cour, une simple barrière la fermait, qu'elle n'eut qu'à pousser et qui s'ouvrit avec un crissement de bois qui frotte.

Aussitôt, à l'intérieur des communs, les cris redoublèrent. On avait entendu, sans doute. Véronique hâta le pas.

Si le toit des communs était arraché par places, les murs étaient épais et solides, avec de vieilles portes cintrées renforcées de barres de fer. Contre l'une de ces portes, des coups furent frappés à l'intérieur, tandis que les appels se faisaient plus pressants.

« Au secours!… au secours!… »

Mais une bataille eut lieu, et une autre voix, moins stridente, grinçait :

« Tais-toi donc, Clémence, c'est eux peut-être...

— Non, non, Gertrude, c'est pas eux ! on ne les entend pas !... Ouvrez donc, la clef doit y être... »

Véronique, en effet, qui cherchait le moyen de s'introduire, vit une grosse clef sur la serrure. Il lui suffit de tourner. La porte s'ouvrit.

Tout de suite, elle reconnut les sœurs Archignat, à moitié vêtues, décharnées, avec leur air de sorcières méchantes. Elles se trouvaient dans une buanderie encombrée d'ustensiles, et Véronique aperçut au fond, couchée sur de la paille, une troisième femme qui se lamentait d'une voix presque éteinte et qui devait être la troisième sœur.

À ce moment, une des deux premières s'écroula, épuisée, et l'autre, dont les yeux brillaient de fièvre, saisit le bras de Véronique et se mit à parler avec une sorte de halètement :

« Vous les avez vus, hein ?... Ils sont là ?... Comment ne vous ont-ils pas tuée ?... Depuis que les autres ont pris la fuite, ils sont les maîtres de Sarek... Et c'est à notre tour... Voilà six, jours que nous sommes là, enfermées... tenez, c'était le matin du départ... On faisait ses paquets pour s'en aller sur les barques... Toutes trois nous sommes venues ici, dans cette buanderie, prendre notre linge qui séchait. Et *ils* sont venus... on ne *les* a pas entendus... on ne *les* entend jamais... Et puis, tout à coup la porte a été fermée... un seul claquement, un tour de clef, et ça y était... On avait des pommes, du pain, de l'eau-de-vie surtout... On n'a pas trop souffert... Seulement, allaient-ils revenir et nous tuer ? Était-ce notre tour ? Ah ! ma bonne dame, ce qu'on a tendu l'oreille ! et ce qu'on tremblait de peur ! L'aînée est devenue folle... Écoutez-la... elle divague... L'autre, Clémence, n'en peut plus... Et moi... moi... Gertrude... »

Elle avait encore de la force, car elle tordit le bras de Véronique.

« Et Corréjou ? Il est revenu, n'est-ce pas ? et reparti ? Pourquoi ne nous a-t-on pas cherchées ?... C'était pas difficile... On savait bien où nous étions, et, au moindre bruit, nous appelions... Alors ?... Alors ?... »

Véronique hésitait à répondre. Cependant, pour quelle raison eût-elle caché la vérité ?

Elle déclara :

« Les deux barques ont coulé.

— Quoi ?

— Les deux barques ont coulé en vue de Sarek. Tous ceux qui les montaient sont morts… C'était en face du Prieuré… au sortir de la passe du Diable. »

Véronique n'en dit pas davantage, évitant de prononcer les noms et d'expliquer le rôle de François et de son professeur. Mais Clémence s'était dressée, le visage décomposé. Elle aussi, appuyée contre la porte, se relevait sur les genoux.

Gertrude murmura :

« Et Honorine ?

— Honorine est morte.

— Morte ! »

Les deux sœurs crièrent cela à la fois. Puis elles se turent et se regardèrent. La même pensée les frappait. Elles semblaient réfléchir. Gertrude eut un mouvement de doigts comme une personne qui calcule. Et, sur les deux figures, l'épouvante croissait.

Tout bas, comme étranglée par la peur, Gertrude articula, les yeux fixés aux yeux de Véronique.

« Voilà… voilà… le compte y est… Savez-vous combien ils étaient sur les barques, sans mes sœurs et moi ? Savez-vous ? Vingt… Alors, calculez… Vingt, et puis Maguennoc qui est mort le premier… et puis M. Antoine qui est mort après… et puis le petit François et M. Stéphane qui ont disparu, mais qui sont morts aussi, et puis Honorine et Marie Le Goff qui sont mortes… Alors, calculez… ça fait vingt-six… vingt-six… le compte y est bien, n'est-ce pas ? vingt-six ôtés de trente… Vous comprenez, n'est-ce pas ? les trente cercueils, il faut bien les remplir… alors vingt-six ôtés de trente… reste quatre… n'est-ce pas ? »

Elle ne pouvait plus parler, sa langue s'embarrassait. Pourtant les syllabes terribles sortirent de sa bouche, et Véronique l'entendit qui balbutiait :

« Hein ? Vous comprenez ?… reste quatre… nous quatre… les trois sœurs Archignat qu'on a retenues et enfermées… et puis vous… Alors, n'est-ce pas ? les quatre croix… vous savez bien ? *quatre femmes en croix*… le compte y est… c'est nous quatre… il n'y a plus que nous dans l'île… quatre femmes… »

Véronique écoutait en silence… Une petite sueur mouillait sa peau.

Elle haussa les épaules.

« Eh bien, et après ? s'il n'y a plus que nous dans l'île, que craignez-vous ?

— *Eux* donc ! *eux* ! »

Elle s'impatienta.

« Mais puisque tout le monde est parti ! »

Gertrude s'effara :

« Parlez bas. S'ils vous entendaient !

— Mais qui ?

— *Eux*… ceux d'autrefois…

— Ceux d'autrefois ?

— Oui, ceux qui faisaient des sacrifices… ceux qui tuaient les hommes et les femmes… pour plaire à leurs dieux…

— Mais tout cela est fini ! Les Druides, vous voulez dire ? Voyons, quoi, il n'y a plus de Druides.

— Parlez bas ! parlez bas ! il y en a encore… il y a des mauvais génies…

— Des esprits, alors ? dit Véronique, horripilée par ces superstitions.

— Des esprits, oui, mais des esprits en chair et en os… avec des mains qui ferment les portes et vous emprisonnent… des êtres qui coulent les barques, les mêmes, quoi ! qui ont tué M. Antoine, Marie Le Goff et les autres… ceux qui en ont tué vingt-six… »

Véronique ne répondit pas. Il n'y avait pas à répondre. Elle savait, elle, qui avait tué M. d'Hergemont, Marie Le Goff et les autres, et coulé les deux barques.

Elle demanda :

« À quelle heure vous a-t-on enfermées toutes les trois ?

— À dix heures et demie… alors qu'on avait rendez-vous à onze heures au village, avec Corréjou. »

Véronique réfléchit. Il n'était guère possible que François et Stéphane eussent eu le temps d'être à dix heures et demie à cet endroit, et, une heure plus tard, derrière la roche d'où ils s'étaient élancés sur les deux barques. Devait-on supposer qu'il restait dans l'île un ou plusieurs de leurs complices ?

Elle prononça :

« En tout cas, il faut prendre une décision. Vous ne pouvez demeurer dans cet état. Il faut vous reposer, vous restaurer... »

La seconde sœur s'était mise debout. Elle dit, avec la même intonation sourde et véhémente que sa sœur :

« Il faut, avant tout, se cacher et pouvoir se défendre contre *eux*.

— Comment ? dit Véronique, qui, malgré elle, éprouvait aussi ce besoin d'un asile contre un ennemi possible.

— Comment ? Voilà. Ce sont des choses dont on parlait beaucoup dans l'île, surtout cette année, et Maguennoc avait décidé qu'aux premières attaques tout le monde se réfugierait au Prieuré.

— Au Prieuré ? et pourquoi ?

— Parce que là on peut se défendre. Les falaises sont à pic. On est protégé de toutes parts.

— Le pont ?

— Maguennoc et Honorine avaient tout prévu. Il y a une petite cahute à vingt pas à gauche du pont. C'est l'endroit qu'ils avaient choisi pour enfermer les provisions d'essence. Avec trois ou quatre bidons répandus sur le pont et une allumette, l'affaire est faite. On est chez soi. Pas de communication possible. Pas d'attaque.

— Alors, pourquoi n'est-on pas venu au Prieuré au lieu de s'enfuir sur les barques ?

— Les barques, la fuite, c'était plus prudent. Mais nous n'avons plus le choix, maintenant.

— Et nous partirions ?

— Tout de suite, il fait jour encore et ça vaut mieux que la nuit.

— Mais votre sœur, celle qui est couchée ?

— Nous avons une brouette. Nous la porterons. Il y a un chemin direct jusqu'au Prieuré, sans passer par le village. »

Bien que Véronique n'admît qu'avec répugnance la perspective de vivre dans l'intimité des sœurs Archignat, elle céda, dominée par une peur qu'elle ne pouvait maîtriser.

« Soit, dit-elle. Allons-y. Je vous conduis au Prieuré, et je retourne au village chercher des provisions.

— Oh ! pas pour longtemps, objecta l'une des sœurs. Dès que le pont sera coupé, nous allumerons des feux sur la butte du Dolmen-aux-Fées, et on enverra un vapeur de la côte. Aujourd'hui, voilà la brume qui tombe, mais demain… »

Véronique ne protesta pas. Elle acceptait maintenant l'idée de quitter Sarek, fût-ce au prix d'une enquête qui révélerait son nom.

Elles partirent après que les deux sœurs eurent avalé un verre d'eau-de-vie. Accroupie dans la brouette, la folle riait doucement et prononçait de petites phrases qu'elle adressait à Véronique comme si elle eût voulu la faire rire aussi.

« On ne *les* rencontre pas encore… *ils* s'apprêtent…

— Tais-toi donc, vieille folle, ordonna Gertrude, tu nous porterais malheur.

— Oui, oui, on va s'amuser… ça sera drôle… Moi, je porte une croix d'or autour du cou… et puis une autre à la main, taillée dans la peau avec des ciseaux… Regardez… Partout des croix… On doit être bien sur une croix… On doit bien dormir.

— Vas-tu te taire, vieille folle, répéta Gertrude, qui lui allongea une gifle.

— Entendu… entendu… mais c'est *eux* qui vont te frapper, je *les* vois qui se cachent… »

Le sentier, assez rude d'abord, gagna le plateau que formaient les falaises occidentales, plus hautes, mais moins déchiquetées et moins ravinées. Les bois étaient plus rares, les chênes étaient tous courbés par le vent du large.

« Nous approchons des landes, qu'on appelle les Landes Noires, déclara Clémence Archignat. *Ils* habitent là-dessous. »

De nouveau Véronique haussa les épaules.

« Comment le savez-vous ?

— Nous savons plus de choses que les autres, dit Gertrude… On nous appelle les sorcières, et il y a du vrai… Maguennoc lui-même, qui s'y connaissait, nous demandait conseil sur tout ce qui est remède, sur les pierres qui portent bonheur, sur les herbes de la Saint-Jean…

— L'armoise, la verveine, ricana la folle… on la cueille au coucher du soleil…

— Sur la tradition aussi, reprit Gertrude. Nous savons ce qu'on dit dans l'île depuis des centaines d'années, et on a toujours dit qu'il y avait là-dessous toute une ville avec des rues où *ils* demeuraient au temps jadis. Et il y en a encore… J'en ai vu, moi qui vous parle. »

Véronique ne répondit pas.

« Mes sœurs et moi, oui, on en a vu un… Deux fois, au sixième jour qui suit la lune de juin. Il était habillé en blanc… et il montait au Grand-Chêne cueillir le gui sacré… avec une serpe d'or… l'or luisait au clair de lune… Je l'ai vu, que je vous dis… et d'autres aussi l'ont vu… Et il n'est pas le seul. Ils sont plusieurs qui sont restés d'autrefois pour garder le trésor… Oui! oui, j'ai bien dit, le trésor… On dit que c'est une pierre qui fait des miracles, qui peut faire mourir si on y touche, et qui fait vivre quand on s'étend dessus… Tout ça, c'est des vérités, Maguennoc nous l'a dit, des vérités… *Ceux* d'autrefois gardent la pierre… la Pierre-Dieu… et il faut qu'ils nous sacrifient tous cette année… oui, tous… trente morts pour les trente cercueils…

— Quatre femmes en croix, chantonna la folle.

— Et ça ne peut pas tarder… Le sixième jour après la lune approche. Il faut que nous soyons parties avant qu'on ne monte au Grand-Chêne, pour la cueillette du gui. Tenez, le Grand-Chêne, on le voit d'ici. C'est dans le bois avant le pont… Il domine les autres.

— *Ils* sont cachés derrière, dit la folle, qui s'était retournée sur sa brouette. *Ils* nous attendent.

— Assez, toi, et ne bouge pas… Alors, n'est-ce pas? vous le voyez le Grand-Chêne?… là-bas… par-dessus la dernière lande? Il est plus… il est plus… »

Elle laissa tomber la brouette, sans achever sa phrase.

Clémence lui dit :

« Eh bien, quoi? Qu'est-ce que tu as?

— J'ai vu quelque chose… bégaya Gertrude… J'ai vu du blanc qui remuait…

— Quelque chose ? Et comment veux-tu ? Est-ce *qu'ils* se montrent en plein jour ? Tu as la berlue. »

Elles regardèrent toutes deux un moment, puis repartirent. Le Grand-Chêne bientôt ne fut plus visible.

La lande qu'elles traversaient était morne et rugueuse, hérissée de pierres couchées comme des tombes et qui, toutes, s'alignaient dans le même sens.

« C'est leur cimetière », chuchota Gertrude.

Elles ne dirent plus rien. Plusieurs fois, Gertrude dut se reposer. Clémence n'eut pas la force de pousser la brouette. Toutes deux vacillaient sur leurs jambes et elles interrogeaient l'espace avec des yeux inquiets.

Il y eut une dépression. On remonta. Le sentier s'amorça sur celui que Véronique avait pris le premier jour avec Honorine, et elles entrèrent dans le bois qui précède le pont.

Au bout d'un instant, l'émotion croissante des sœurs Archignat fit comprendre à Véronique que l'on approchait du Grand-Chêne, et elle l'aperçut en effet, plus gros que les autres, élevé sur un piédestal de terre et de racines, et séparé d'eux par des intervalles plus grands. Il lui fut impossible de ne pas penser que plusieurs hommes pouvaient se dissimuler derrière ce tronc massif, et qu'il s'en dissimulait peut-être.

Malgré leur effroi les sœurs avaient accéléré l'allure, et elles ne regardèrent pas l'arbre fatal.

On s'en éloigna. Véronique respira plus librement. Tout danger était passé, et elle allait railler les sœurs Archignat, lorsque l'une d'elles, Clémence, tournoya sur elle-même et s'abattit avec un gémissement.

En même temps quelque chose tomba à terre, quelque chose qui l'avait frappée dans le dos. C'était une hache, une hache de pierre.

« Ah ! la pierre de foudre ! la pierre de foudre ! » cria Gertrude.

Une seconde, elle leva la tête, comme si, selon des croyances populaires encore vivaces, elle avait pensé que la hache venait du ciel et fut une émanation du tonnerre.

Mais, à ce moment, la folle, qui était sortie de sa brouette, bondit sur place et retomba la tête en avant. Une autre chose avait sifflé dans l'espace. La folle se tordait de douleur. Gertrude et Véronique virent une flèche qui était fichée dans son épaule et qui vibrait encore.

Alors Gertrude s'enfuit en hurlant.

Véronique hésita. Clémence et la folle se roulaient à terre. La folle ricanait :

« Derrière le chêne ! *Ils* se cachent… je *les* vois. »

Clémence bégayait :

« Au secours ! aidez-moi… emportez-moi… j'ai peur. »

Mais une flèche encore siffla et se perdit au loin.

Véronique prit aussi la fuite, atteignit les derniers arbres, et se précipita sur là pente qui dévalait vers le pont.

Elle courait éperdument, poussée non point tant par une terreur, d'ailleurs légitime, que par la volonté ardente de trouver une arme et de se défendre. Elle se rappelait que, dans le bureau de son père, il y avait une vitrine remplie de fusils et de revolvers qui tous portaient la mention « chargé », inscrite sans doute à cause de François, et c'était une de ces armes dont elle voulait se saisir pour faire front à l'ennemi. Elle ne se retournait même pas. Elle n'éprouvait pas le besoin de savoir si elle était poursuivie. Elle courait au but, au seul but qui fût utile.

Plus légère, plus vive, elle rattrapa Gertrude.

Celle-ci haleta :

« Le pont… il faut le brûler… le pétrole est là… »

Véronique ne répondit pas. La rupture du pont, c'était secondaire, c'eût été même un obstacle à son dessein de prendre un fusil et d'attaquer l'ennemi.

Mais comme elle arrivait au pont, Gertrude fit une pirouette qui la jeta presque dans l'abîme. Une flèche l'avait atteinte aux reins.

« À moi ! à moi ! proféra-t-elle… ne m'abandonnez pas…

— Je reviens, répliqua Véronique qui, n'ayant pas vu la flèche, croyait que Gertrude avait fait un faux pas… je reviens, j'apporte deux fusils… vous me rejoindrez… »

Dans son esprit, elle imaginait qu'une fois armées toutes deux elles retourneraient jusqu'au bois et délivreraient les autres sœurs. Aussi, redoublant d'efforts, elle franchit le pont, gagna le mur du domaine, traversa la pelouse et monta dans le bureau de son père. Là, elle dut s'arrêter, hors d'haleine, et, quand elle eut empoigné les deux fusils, il lui fallut, tellement son cœur battait, revenir à une allure plus lente.

Elle fut étonnée de ne pas rencontrer et de ne pas apercevoir Gertrude. Elle l'appela. Aucune réponse. Et seulement alors elle eut l'idée que peut-être la Bretonne avait été blessée comme ses sœurs.

Elle reprit sa course. Mais lorsqu'elle parvint en vue du pont, elle perçut, à travers le bourdonnement de ses oreilles, des plaintes stridentes, et, ayant débouché en face de la pente abrupte qui montait jusqu'au bois du Grand-Chêne, elle vit…

Ce qu'elle vit la cloua net à l'entrée du pont. De l'autre côté, Gertrude, vautrée sur le sol, se débattait, s'accrochant aux racines, enfonçant ses doigts crispés dans la terre ou dans l'herbe, et s'élevant le long de la pente, lentement, d'un mouvement insensible et ininterrompu.

Et Véronique se rendit compte que la malheureuse était attachée sous les bras et à la taille par une corde, qui la hissait ainsi qu'une proie ficelée et impuissante, et que tiraient, là-haut, des mains invisibles.

Véronique épaula. Mais quel ennemi viser ? Quel ennemi combattre ? Qui se cachait derrière les troncs d'arbres et les pierres dont la colline était couronnée comme d'un rempart ?

Entre ces pierres, entre ces troncs d'arbres, Gertrude glissa. Elle ne criait plus, exténuée sans doute, évanouie. Elle disparut.

Véronique n'avait pas bougé. Elle comprenait la vanité de tout effort et de toute entreprise. En se jetant dans une lutte où elle était vaincue d'avance, elle ne pouvait délivrer les sœurs Archignat, et elle s'offrait elle-même au vainqueur, nouvelle et dernière victime.

Et puis elle avait peur. Tout se passait selon la logique implacable de faits dont elle ne saisissait pas la signification, mais qui, en vérité, semblaient liés les uns aux autres comme les mailles d'une chaîne. Elle avait peur, peur de ces êtres, peur de ces fantômes, peur instinctivement et inconsciemment, peur comme les sœurs Archignat, comme Honorine, comme toutes les victimes de l'épouvantable fléau.

Elle se baissa pour qu'on ne pût l'apercevoir du Grand-Chêne, et, à moitié courbée, profitant de l'abri que lui offraient des buissons de ronces, elle atteignit, à gauche, la petite cahute dont lui avaient parlé les sœurs Archignat, sorte de kiosque à toit pointu et à carreaux de couleur. La moitié de ce kiosque était occupée par des bidons d'essence.

De là, elle commandait le pont sur lequel personne ne pouvait s'engager sans être vu par elle. Mais personne ne descendit du bois.

La nuit vint, une nuit de brouillard épais que la lune argentait, et qui permettait tout juste à Véronique de distinguer le côté opposé.

Au bout d'une heure, un peu rassurée, elle fit un premier voyage avec deux bidons qu'elle versa sur les poutres extérieures du pont.

Dix fois, l'oreille aux aguets, son fusil en bandoulière, et toute prête à se défendre, elle recommença le trajet. Elle répandait l'essence un peu au hasard, tâtonnant, choisissant néanmoins autant que possible les places où il lui semblait, au toucher, que le bois était le plus pourri.

Elle avait une boîte d'allumettes, la seule qu'elle eût trouvée dans la maison. Elle sortit l'une de ces allumettes, hésita un moment, craintive à l'idée de la grande clarté qui allait se produire.

« Si encore, pensait-elle, cela pouvait être vu des côtes… mais avec ce brouillard… »

Brusquement elle frotta et, aussitôt, alluma une torche de papier qu'elle avait préparée et enduite d'essence.

Une grande flamme jaillit qui lui brûla les doigts. Alors elle jeta le papier sur une flaque d'essence qui s'était formée dans un creux et s'enfuit vers le kiosque.

L'incendie fut immédiat, et se propagea d'un coup sur toute la partie qu'elle avait arrosée. Les falaises des deux îles, le lien de granit qui les réunissait, les grands arbres environnants, la colline, le bois du Grand-Chêne, la mer au fond du gouffre, tout cela fut illuminé.

« *Ils* savent où je suis… *Ils* regardent le kiosque où je me cache… » songeait Véronique dont les yeux ne quittaient pas le Grand-Chêne.

Mais aucune ombre ne passa dans le bois. Aucun murmure de voix ne lui parvint. Ceux qui se dissimulaient là-haut ne sortirent point de leurs retraites impénétrables.

Au bout de quelques minutes, la moitié du pont s'écroula, avec un grand fracas et un jaillissement d'étincelles. Mais l'autre moitié continua de se consumer et, à tout instant, il tombait dans le précipice un morceau de poutre qui éclairait la profondeur des ténèbres.

À chaque fois, Véronique éprouvait un soulagement. Ses nerfs exaspérés se détendaient. Un sentiment de sécurité l'envahissait, de plus en plus justifié à mesure que l'abîme devenait plus large entre elle et ses ennemis. Cependant elle resta dans le kiosque et résolut d'y attendre l'aube, afin de se rendre compte qu'aucune communication n'était possible désormais.

La brume s'accrut. L'obscurité enveloppa toutes choses. Vers le milieu de la nuit, elle entendit du bruit de l'autre côté, vers le haut de la colline autant qu'elle put en juger. C'était le bruit que font les bûcherons en abattant des arbres. La hache frappait régulièrement dans des branches que l'on achevait ensuite de casser.

Véronique eut l'idée, absurde d'ailleurs, elle le savait, qu'ils construisaient peut-être une passerelle, et elle serra fortement son fusil.

Au bout d'une heure, elle crut percevoir des gémissements et même un cri étouffé, puis, assez longtemps, des froissements de feuilles, des allées et venues. Cela cessa. De nouveau ce fut le grand silence où se confond tout ce qui remue, tout ce qui s'inquiète, tout ce qui frissonne, tout ce qui vit dans l'espace.

L'engourdissement de la fatigue et de la faim, qui commençait à la faire souffrir, laissait peu de pensées à Véronique. Elle se souvenait surtout que, n'ayant rapporté du village aucune provision, elle n'aurait pas de quoi manger. Elle ne se tourmentait pas, car elle était décidée, dès que la brume se déchirerait – et cela ne pouvait tarder –, à allumer de grands feux avec les bidons d'essence.

Elle songea même que la meilleure place serait l'extrémité de l'île, à l'endroit où s'élevait le dolmen.

Mais, soudain, une idée redoutable l'assaillit : n'avait-elle pas oublié sa boîte d'allumettes sur le pont ? Elle fouilla dans ses poches et ne la trouva point. Toutes les recherches furent inutiles.

De cela non plus elle ne fut pas très vivement troublée. Pour l'instant, l'impression qu'elle avait échappé aux attaques de l'ennemi la comblait d'une telle joie qu'il lui semblait que toutes les difficultés s'aplaniraient d'elles-mêmes.

Ainsi passèrent les heures, heures infiniment longues, que la brume pénétrante et que le froid rendaient plus pénibles à l'approche du matin.

Puis une vague lueur se répandit dans le ciel. Les choses sortirent de l'ombre et prirent leurs formes réelles. Véronique vit alors que, sur toute sa longueur, le pont s'était effondré. Un intervalle de cinquante mètres séparait les deux îles que reliait seulement en dessous la crête aiguë, coupante, et inabordable, de la falaise.

Elle était sauvée.

Mais, ayant levé les yeux sur la colline opposée, elle aperçut, tout en haut de la pente, un spectacle qui lui fit pousser un cri d'horreur. Trois des arbres les plus avancés, de ceux qui couronnaient la colline, et qui appartenaient au bois du Grand-Chêne, avaient été dépouillés de leurs branches inférieures. Et, sur les trois troncs dénudés, leurs bras écartelés et ramenés en arrière, leurs jambes ficelées sous les haillons de leurs jupes, des cordes passées sous leurs têtes livides que cachaient à moitié les ailes noires de leurs coiffes, se dressaient les trois sœurs Archignat.

Elles étaient crucifiées.

VI

Tout-Va-Bien

Toute droite, sans se retourner vers l'ignoble vision, sans se soucier de ce qui pouvait advenir si elle était vue, marchant d'un pas automatique et raide, Véronique rentra au Prieuré.

Un seul but, un seul espoir la soutenait : quitter l'île de Sarek. Elle était comme saturée d'horreur. Elle eût avisé trois cadavres, trois femmes égorgées ou fusillées, ou même pendues, qu'elle n'eût pas eu cette même sensation de tout son être qui se révoltait. Cela, ce supplice, c'était trop. Il y avait là-dedans un excès d'ignominie, une œuvre sacrilège, une œuvre de damnation qui dépassait les bornes du mal.

Et puis elle songeait à elle, quatrième et dernière victime. Le destin semblait la diriger vers ce dénouement ainsi qu'un condamné à mort que l'on pousse vers l'échafaud. Comment ne pas tressaillir de peur? Comment ne pas voir un avertissement dans le choix de la colline du Grand-Chêne pour le supplice des trois sœurs Archignat?

Elle essayait de se réconforter par des phrases :

« Tout s'expliquera... Il y a, au fond de ces mystères atroces, des causes toutes simples, des actes en apparence fantastiques, mais en réalité accomplis par des êtres de la même nature que moi, et qui agissent pour des raisons criminelles et selon un plan déterminé. Certes, cela n'est possible que par suite de la guerre, et c'est la guerre qui crée un état de choses spécial où des événements de cette sorte peuvent se dérouler. Mais tout de même il n'y a rien là de miraculeux et qui échappe aux règles de la vie ordinaire. »

Paroles inutiles! Tentatives de raisonnement que son cerveau avait peine à suivre! Au fond, ébranlée par des secousses nerveuses trop violentes, elle en arrivait à penser et à sentir comme tous ceux de Sarek qu'elle avait vus mourir, défaillante comme eux, secouée par les mêmes terreurs, assiégée par les mêmes cauchemars, déséquilibrée par tout ce qui restait en elle des instincts d'autrefois, des survivances, des superstitions toujours prêtes à remonter à la surface.

Quels étaient ces êtres invisibles qui la persécutaient ? Qui donc avait mission de peupler les trente cercueils de Sarek ? Qui donc anéantissait tous les habitants de l'île malheureuse ? Qui demeurait dans des cavernes, cueillait, aux heures fatidiques, le gui sacré et les herbes de la Saint-Jean, se servait de haches et de flèches, et crucifiait les femmes ? Et pour quelle besogne affreuse ? En vue de quelle œuvre monstrueuse ? Selon quels desseins inimaginables ? Esprits des ténèbres, génies malfaisants, prêtres d'une religion morte, offrant en sacrifice, à des dieux sanguinaires, hommes, femmes, enfants…

« Assez ! assez ! je deviens folle ! fit-elle à haute voix. M'en aller !… Que je n'aie plus d'autre pensée que de m'en aller de cet enfer !… »

Mais on eût dit que le destin s'ingéniait à la martyriser. Ayant commencé ses recherches pour découvrir quelque aliment, elle avisa soudain dans le bureau de son père, au fond d'un placard, une feuille de papier épinglée sur le mur, et qui représentait la même scène que le rouleau de papier trouvé dans la cabane abandonnée, près du cadavre de Maguennoc.

Il y avait, sur une des planches du placard, un carton à dessins. Elle l'ouvrit. Il contenait plusieurs ébauches de la scène, tracées également à la sanguine. Chacune portait, au-dessus de la première tête de femme, l'inscription *V. d'H.* L'une d'elles était signée Antoine d'Hergemont.

Ainsi c'était son père qui avait fait le dessin sur le papier de Maguennoc ! C'était son père qui avait tenté, sur toutes ses ébauches, de donner à la femme torturée une ressemblance de plus en plus exacte avec sa fille !

« Assez ! assez ! répéta Véronique. Je ne veux pas penser… Je ne veux pas réfléchir. »

Très affaiblie, elle poursuivit ses investigations, mais ne trouva pas de quoi tromper sa faim.

Elle ne trouva rien non plus qui lui permît d'allumer un feu à la pointe de l'île. Cependant, la brume s'était dissipée et les signaux eussent été certainement remarqués !

Elle essaya de frotter deux silex l'un contre l'autre. Mais elle s'y prenait mal et ne réussit point.

Trois jours durant, elle se soutint avec de l'eau et des fraises sauvages cueillies parmi les ruines. Fiévreuse, à bout de forces, elle avait des crises de larmes qui, chaque fois presque, déterminaient l'apparition subite de Tout-Va-Bien, et sa détresse physique était telle qu'elle en voulait à la pauvre bête de porter ce nom absurde, et qu'elle le chassait. Tout-Va-Bien, étonné, se postait plus loin sur son derrière et recommençait à faire le beau. Elle s'acharnait après lui, comme s'il eût été coupable d'être le chien de François.

Le moindre bruit la secouait des pieds à la tête et la couvrait de sueur. Que faisaient les êtres du Grand-Chêne ? Par où se préparaient-ils à l'attaquer ? Elle serrait les bras autour de son corps, toute frémissante à l'idée de tomber entre les mains de ces monstres, et elle ne pouvait s'empêcher de penser qu'elle était belle et qu'ils seraient peut-être tentés par sa beauté et par sa jeunesse…

Mais, le quatrième jour, un grand espoir la souleva. Elle avait trouvé dans un tiroir une loupe assez forte. Profitant d'un beau soleil elle concentra les rayons lumineux sur une feuille de papier qui finit par s'enflammer et à laquelle il lui fut possible d'allumer une bougie.

Elle se crut sauvée. Elle avait découvert toute une réserve de bougies, ce qui lui permit tout d'abord d'entretenir jusqu'au soir la flamme précieuse. Vers onze heures, munie d'une lanterne, elle se dirigea vers le kiosque avec l'intention d'y mettre le feu. Le temps était clair et le signal serait observé de la côte.

Craignant d'être vue avec sa lumière, craignant surtout l'apparition tragique des sœurs Archignat, dont la clarté de la lune inondait le calvaire, elle suivit, au sortir du Prieuré, un autre chemin plus à gauche et bordé de taillis. Elle allait à pas inquiets, évitant de froisser les feuilles et de heurter les racines. Comme elle arrivait en terrain découvert, non loin du kiosque, elle se trouva si lasse qu'elle dut s'asseoir. Sa tête bourdonnait. Il lui semblait que son cœur refusait de battre.

De là non plus elle ne pouvait encore discerner le lieu du supplice. Mais, ayant malgré elle tourné les yeux vers la colline, elle eut l'impression que quelque chose comme une silhouette blanche avait bougé. C'était au cœur même du bois, à l'extrémité d'une avenue qui coupait la masse des arbres dans cette direction.

La silhouette passa de nouveau, en pleine clarté, et Véronique se rendit compte, bien que la distance fût assez grande, que c'était la silhouette d'un être habillé d'une robe, et qui se tenait au milieu des branches d'un arbre isolé et plus haut que les autres.

Elle se rappela les paroles des sœurs Archignat :

« Le sixième jour de la lune approche. *Ils* monteront dans le Grand-Chêne et cueilleront le gui sacré. »

Et aussitôt elle se souvint de certaines descriptions lues dans les livres, ou de récits qu'elle tenait de son père, et il lui sembla qu'elle assistait à l'une de ces cérémonies druidiques qui avaient frappé son imagination d'enfant. Mais, en même temps, elle se sentait si faible qu'elle n'était pas très sûre d'être réveillée et que cet étrange spectacle fût réel. Quatre autres silhouettes blanches se groupèrent au pied de l'arbre et levèrent les bras comme pour recevoir le feuillage prêt à tomber. Là-haut un éclair jaillit. La faucille d'or du grand-prêtre avait coupé la touffe de gui.

Puis le grand-prêtre descendit du chêne, et les cinq silhouettes glissèrent le long de l'avenue, contournèrent le bois et gagnèrent le sommet de la butte.

Véronique, qui ne pouvait détacher de ces êtres ses yeux hagards, avança la tête et vit les trois cadavres suspendus aux arbres de torture. De loin, les ailes noires des coiffes avaient l'air de corbeaux. En face des victimes, les silhouettes s'arrêtèrent comme pour l'accomplissement de quelque rite incompréhensible. Enfin, le grand-prêtre se détacha du groupe, et, tenant à la main la touffe de gui, descendit la pente de la colline en se dirigeant vers l'endroit où s'amorçait encore la première arche du pont.

Véronique défaillit. Son regard vacillant, devant lequel il lui semblait que les choses dansaient, s'accrochait à la lueur scintillante de la faucille qui se balançait sur la poitrine du prêtre, au-dessous de sa longue barbe blanche. Qu'allait-il faire ? Bien que le pont n'existât plus, Véronique était convulsée par l'angoisse. Ses genoux ne la portaient plus. Elle se coucha, les yeux toujours fixés sur l'effrayante vision.

Au bord du gouffre, le prêtre s'arrêta de nouveau quelques secondes. Puis il tendit le bras qui portait le gui et, précédé par la plante sacrée comme par un talisman qui changeait pour lui les lois de la nature, il fit un pas en avant, au-dessus de l'abîme.

Et il marcha ainsi dans le vide, tout blanc sous le clair de lune.

Ce qui se passa, Véronique ne le sut point, et elle ne pouvait savoir non plus ce qui s'était passé au juste, si elle n'avait pas été le jouet d'une hallucination, et à quel instant de l'étrange cérémonie cette hallucination avait commencé dans son cerveau affaibli.

Les yeux clos, elle attendit des événements qui ne se produisirent point et qu'elle n'essayait d'ailleurs pas de prévoir. Mais d'autres, plus réels, la préoccupaient. Sa bougie enfermée dans la lanterne s'éteignait, elle en avait conscience, et cependant il lui était impossible de réagir et de retourner au Prieuré. Et elle se disait que, si le soleil ne revenait plus avant quelques jours, elle ne pourrait plus rallumer la flamme et qu'elle était perdue.

Elle se résigna, lasse de combattre, et se sachant vaincue d'avance dans cette lutte inégale. Le seul dénouement intolérable, c'eût été d'être capturée. Mais pourquoi ne pas s'abandonner à la mort qui s'offrait, à la mort par la faim, par l'épuisement ? Si l'on souffre, il doit arriver un moment où la souffrance s'atténue et où l'on passe, presque à son insu, de la vie trop cruelle à cet anéantissement qu'elle désirait peu à peu.

« C'est cela, c'est cela, murmura-t-elle… m'en aller de Sarek ou mourir, peu importe ! Ce qu'il faut, c'est m'en aller. »

Un bruit de feuilles lui fit ouvrir les yeux. La flamme de la bougie expirait. Mais, derrière la lanterne, Tout-Va-Bien était assis, les deux pattes de devant battant l'air.

Et Véronique vit qu'il portait au cou, attaché par une ficelle, un paquet de biscuits.

« Raconte-moi ton histoire, mon pauvre Tout-Va-Bien, disait Véronique, au cours du matin suivant, après qu'elle eut pris un bon repos dans sa chambre du Prieuré, car, enfin, je ne crois pas que tu aies cherché et que tu m'aies apporté volontairement de la nourriture. C'est le hasard, n'est-ce pas ? Tu vagabondais de ce côté-là, tu m'as entendu pleurer, et tu es venu. Mais qui t'avait ficelé ce paquet de biscuits au cou ? Nous avons donc un ami à Sarek, un ami qui s'intéresse à nous ? Pourquoi ne se montre-t-il pas ? Parle, Tout-Va-Bien. »

Elle embrassait la bonne bête, et elle lui dit encore :

« Et ces biscuits, à qui les destinais-tu ? À ton maître, à François ? Ou bien à Honorine ? Non. Alors ? à M. Stéphane peut-être ? »

Le chien remua la queue et se dirigea vers la porte. Vraiment il semblait comprendre. Véronique le suivit jusqu'à la chambre de Stéphane Maroux. Tout-Va-Bien se glissa sous le lit du professeur.

Il y avait là trois autres cartons de biscuits, deux paquets de chocolat et deux boîtes de conserve. Et tous ces paquets étaient munis d'une ficelle terminée par une large boucle, d'où il fallait que Tout-Va-Bien se fût dégagé la tête.

« Qu'est-ce que cela signifie ? dit Véronique stupéfaite. C'est toi qui les as fourrés là-dessous ? Mais qui te les avait donnés ? Nous avons donc réellement un ami dans l'île, qui nous connaît, qui connaît Stéphane Maroux ? Peux-tu me conduire auprès de cet ami ? Il doit habiter de ce côté-ci de l'île, puisqu'il n'y a pas de communication avec l'autre, et que tu n'as pas pu y aller ? »

Véronique réfléchissait. Mais, en même temps que les provisions déposées par Tout-Va-Bien, elle avait avisé sous le lit une petite valise de toile, et elle se demandait la raison pour laquelle Stéphane Maroux avait caché cette valise. Elle se crut le droit de l'ouvrir et d'y chercher des indications sur le rôle joué par le professeur, sur son caractère, sur son passé peut-être, sur ses relations avec M. d'Hergemont et avec François.

« Oui, dit-elle, j'en ai le droit et même le devoir. »

Sans hésitation, à l'aide d'une paire de grands ciseaux, elle fit sauter la fragile serrure.

La valise ne contenait qu'un registre, fermé par un caoutchouc. Mais elle n'avait pas soulevé la couverture de ce registre qu'elle demeura confondue.

À la première page, il y avait son portrait à elle, sa photographie de jeune fille, avec sa propre signature en toutes lettres, et cette dédicace : *À mon ami Stéphane.*

« Je ne comprends pas… je ne comprends pas… murmura-t-elle. Je me rappelle bien cette photographie… je devais avoir seize ans… Mais comment la lui avais-je offerte à lui ? Je le connaissais donc ? »

Avide d'en savoir davantage, elle lut la page suivante, sorte d'avant-propos ainsi formulé :

Véronique, je veux vivre sous vos yeux. Si j'entreprends l'éducation de votre fils, de ce fils que je devrais détester, puisqu'il est le fils d'un autre, et que j'aime puisqu'il est votre fils, c'est pour que ma vie soit en plein accord avec le sentiment secret qui la domine depuis si longtemps. Un jour, je n'en doute pas, vous reprendrez votre place de mère. Ce jour-là vous serez fière de François. J'aurai effacé en lui tout ce qui peut survivre de son père, et j'aurai exalté toutes les qualités de noblesse et de dignité qu'il tient de vous. C'est un but assez grand pour que je m'y dévoue corps et âme. Je le fais avec joie. Votre sourire sera ma récompense.

Une émotion singulière envahit l'âme de Véronique. Sa vie s'éclairait d'une lumière un peu plus calme, et ce nouveau mystère, qu'elle ne pouvait pas pénétrer plus que les autres, était du moins, comme celui des fleurs de Maguennoc, doux et réconfortant.

Dès lors, en tournant la page, elle assista au jour le jour à l'éducation de son fils. Elle vit les progrès de l'élève, les méthodes du maître. L'élève était gracieux, intelligent, appliqué, plein de bonne volonté, tendre et sensible, à la fois spontané et réfléchi. Le maître était affectueux, patient, soutenu par quelque chose de profond qui transparaissait à chaque ligne.

Et peu à peu l'enthousiasme croissait au cours de la confession quotidienne, et s'exprimait avec une liberté de moins en moins surveillée.

François, mon fils aimé – car je puis l'appeler ainsi, n'est-ce pas ? –, François c'est ta mère qui revit en toi. Tes yeux purs ont la limpidité de ses yeux. Ton âme est grave et naïve comme son âme. Tu ignores le mal, et l'on pourrait presque dire que tu ignores le bien, tellement il se mêle à ta jolie nature…

Certains devoirs de l'enfant étaient transcrits sur le registre, des devoirs où il parlait de sa mère avec une tendresse passionnée et avec l'espoir tenace qu'il ne tarderait pas à la retrouver.

Nous la retrouverons, François, ajoutait Stéphane, *et tu comprendras mieux alors ce que c'est que la beauté, que la lumière, que le charme de vivre, que la joie de regarder et d'admirer.*

Puis c'étaient des anecdotes sur Véronique, de petits détails dont elle ne se souvenait même pas elle-même, ou qu'elle se croyait seule à connaître.

… Un jour, aux Tuileries – elle avait seize ans –, un cercle s'est formé autour d'elle… des gens qui la regardaient et qui s'étonnaient de sa beauté. Ses amies riaient, heureuses qu'on l'admirât…

… Tu ouvriras sa main droite, François. Il y a là, au milieu de la paume, une longue cicatrice blanche. Toute petite fille, elle s'est percé la main avec la pointe en fer d'une grille…

Mais les dernières pages n'avaient pas été écrites pour l'enfant ni certainement lues par lui. L'amour ne s'y déguisait plus sous des phrases d'admiration, se montrait sans réserve, brûlant, exalté, douloureux, frissonnant d'espoir, bien que toujours respectueux.

Véronique ferma le registre. Elle ne pouvait plus lire.

« Oui, oui, je l'avoue, Tout-Va-Bien, murmura-t-elle, tandis que le chien faisait déjà le beau, oui, mes yeux sont mouillés de larmes. Si peu femme que je sois, je te dis à toi ce que je ne dirais à personne, je suis toute remuée. Oui, je cherche à évoquer le visage inconnu de celui qui m'aime ainsi… Quelque ami d'enfance dont je n'aurai pas soupçonné l'amour discret, et dont le nom lui-même n'a pas laissé de trace dans mon souvenir… »

Elle attira le chien contre elle.

« Deux bons cœurs, n'est-ce pas, Tout-Va-Bien ? Pas plus le maître que l'élève ne sont coupables des crimes monstrueux que je les ai vus commettre. S'ils sont complices de nos ennemis d'ici, c'est malgré eux et sans le savoir. Je ne peux pas croire aux philtres, aux incantations, ni aux plantes qui font perdre la raison. Mais tout de même, il y a quelque chose, n'est-ce pas, mon bon chien ? L'enfant qui cultivait les véroniques au Calvaire-Fleuri et qui inscrivait "*la fleur de maman*" n'est pas coupable, n'est-ce pas ? Et Honorine avait raison en parlant d'un accès de folie ? Et il reviendra me chercher, n'est-ce pas ? Stéphane et lui reviendront... ? »

Des heures d'apaisement s'écoulèrent. Véronique n'était plus seule dans la vie. Le présent ne l'effrayait plus et elle avait foi dans l'avenir.

Le lendemain matin, elle dit à Tout-Va-Bien, qu'elle avait enfermé près d'elle pour qu'il ne s'échappât point :

« Maintenant, mon bonhomme, tu vas me conduire. Où ? Mais vers l'ami inconnu qui envoyait des vivres à Stéphane Maroux. Allons-y. »

Tout-Va-Bien n'attendait que la permission de Véronique. Il s'élança du côté de la pelouse qui montait au dolmen, et, à mi-chemin, il s'arrêta. Véronique le rejoignit. Il tourna à droite et prit un sentier qui le mena dans un chaos de ruines situées près du bord de la falaise.

Nouvel arrêt.

« C'est là ? » fit Véronique.

Le chien s'aplatit. Il y avait devant lui, à la base de deux blocs de pierre appuyés l'un contre l'autre et vêtus du même manteau de lierre, un fourré de ronces au-dessous duquel s'ouvrait un petit passage pareil à la gueule d'un terrier de lapin. Tout-Va-Bien se glissa par là, disparut, puis revint à la recherche de Véronique, qui dut retourner au Prieuré et prendre une serpe afin d'abattre les ronces.

Au bout d'une demi-heure, elle réussit enfin à dégager la première marche d'un escalier qu'elle descendit à tâtons, précédée par Tout-Va-Bien, et qui la conduisit dans un long tunnel taillé en plein roc et que de petits orifices éclairaient du côté droit. Elle se haussa et vit que ces orifices avaient vue sur la mer.

Elle marcha ainsi durant dix minutes et descendit de nouvelles marches. Le tunnel se resserra. Les orifices, tous dirigés vers le ciel, afin, sans doute, qu'on ne pût les voir d'en bas, éclairaient maintenant par la droite et par la gauche. Véronique comprit alors comment Tout-Va-Bien pouvait communiquer avec l'autre partie de l'île. Le tunnel suivait l'étroite bande de falaise qui reliait à Sarek le domaine du Prieuré. De chaque côté les vagues battaient les rochers.

Puis on remonta, par des marches, sous la butte du Grand-Chêne. En haut, une bifurcation. Tout-Va-Bien choisit le tunnel de droite, qui continuait à border l'Océan.

Il y eut encore à gauche deux autres chemins qui s'offrirent, tous deux obscurs. L'île devait être sillonnée ainsi de communications invisibles, et Véronique songea avec une étreinte au cœur qu'elle se dirigeait vers la partie que les sœurs Archignat avaient désignée comme le domaine des ennemis, au-dessous des Landes-Noires.

Tout-Va-Bien trottinait devant elle, se retournant de temps à autre.

Elle lui disait à voix basse :

« Oui, oui, mon bonhomme, je viens, et sois sûr que je n'ai pas peur, c'est un ami vers qui tu me conduis… un ami qui a trouvé un refuge par là… Mais pourquoi n'est-il pas sorti de son refuge ? Pourquoi n'est-ce pas à lui que tu as servi de guide ? »

Le passage était partout égal, taillé par petits éclats, avec une voûte arrondie et un sol de granit bien sec, que les orifices ventilaient suffisamment. Sur les parois, aucune marque, aucune trace. Quelquefois la pointe d'un silex noir émergeait.

« C'est là ? » dit Véronique à Tout-Va-Bien, qui s'était arrêté.

Le tunnel n'allait pas plus loin, élargi en une chambre où la lumière, moins abondante, filtrait par une fenêtre plus étroite.

Tout-Va-Bien semblait indécis. Il écoutait, les oreilles droites, debout, les pattes appuyées contre la paroi extrême du tunnel.

Véronique remarqua que la paroi, à cet endroit, n'était pas constituée, dans toute sa longueur, par le granit lui-même, mais par une accumulation de pierres inégales entourées de ciment. Le travail datait évidemment d'une autre époque, plus récente sans doute. On avait construit un véritable mur qui bouchait le souterrain, lequel devait se continuer de l'autre côté.

Elle répéta :

« C'est là, n'est-ce pas ? »

Mais elle n'en dit pas davantage. Elle avait entendu le bruit étouffé d'une voix.

Elle s'approcha du mur, et, au bout d'un instant tressaillit. La voix s'était élevée. Les sons devinrent plus distincts. Quelqu'un chantait, un enfant, et elle perçut ces mots :

« Et disait la maman,
En berçant son enfant :

Pleure pas. Quand on pleure,
La Bonn'Vierge aussi pleure… »

Véronique murmura :

« La chanson… la chanson… »

C'était celle-là même qu'Honorine avait fredonnée à Beg-Meil. Qui donc pouvait la chanter maintenant ? Un enfant, retenu dans l'île ? un ami de François ?

Et la voix continuait :

« Faut qu'l'enfant chante et rie
Pour qu'la Vierge sourie.

Croise les mains, et prie
La Bonn' Vierge Marie… »

Les derniers vers furent suivis d'un silence qui dura quelques minutes. Tout-Va-Bien avait l'air d'écouter avec une attention croissante, comme si un événement, connu de lui, eût été sur le point de se produire.

De fait, à la place même où il se tenait, il y eut un bruit léger de pierres qu'on remue avec précaution. Tout-Va-Bien agita sa queue frénétiquement et aboya pour ainsi dire en dedans de lui-même, en animal qui comprend le danger de rompre le silence. Et tout à coup, au-dessus de sa tête, une des pierres recula, attirée vers l'intérieur, et laissant un trou assez large.

D'un bond Tout-Va-Bien sauta dans ce trou, s'allongea et, s'aidant des pattes de derrière, se tortillant, rampant, disparut à l'intérieur.

« Ah ! voici monsieur Tout-Va-Bien, fit la voix de l'enfant. Comment cela va-t-il, monsieur Tout-Va-Bien, et pourquoi n'est-on pas venu hier rendre visite à son maître ? De graves occupations ? Une promenade avec Honorine ? Ah ! si tu pouvais parler, hein, mon pauvre vieux, ce que tu en aurais à me raconter ! Et d'abord, voyons… »

Toute palpitante, Véronique s'était agenouillée contre le mur. Était-ce la voix de son fils qui lui parvenait ? Devait-elle croire que François était de retour et qu'il se cachait ? Elle essayait vainement de voir. Le mur était large, et il y avait un coude dans l'ouverture qui le perçait. Mais comme chaque syllabe prononcée, chaque intonation arrivait nettement à ses oreilles !

« Voyons, répéta l'enfant, pourquoi Honorine ne vient-elle pas me délivrer ? Pourquoi ne l'amènes-tu pas ici ? Tu m'as bien retrouvé, toi… Et grand-père, il doit s'inquiéter de mon absence ?… Mais quelle aventure, aussi ! Enfin tu ne changes toujours pas d'opinion, hein, mon vieux ? Tout va bien, n'est-ce pas ? Tout va de mieux en mieux ? »

Véronique ne comprenait pas. Son fils – car elle ne pouvait douter que ce fût François –, son fils parlait comme s'il ignorait tout ce qui s'était passé. Avait-il donc oublié ? Sa mémoire n'avait-elle pas gardé la trace des actes accomplis pendant son accès de folie ?

« Oui, un accès de folie, pensait Véronique obstinément. Oui, il était fou. Honorine ne s'est pas trompée… il était fou… Et sa raison est revenue. Ah ! François… François… »

Elle écoutait, de tout son être tendu et de toute son âme frémissante, les mots qui pouvaient lui apporter tant de joie ou un tel accroissement de désespoir.

Les ténèbres allaient se refermer sur elle plus épaisses et plus lourdes, ou le jour se lever dans cette nuit sans fin où elle se débattait depuis quinze ans.

« Mais oui, continuait l'enfant, nous sommes d'accord, tout va bien. Seulement, voilà, je serais rudement content si tu pouvais me le prouver par des preuves véritables. D'un côté pas de nouvelles de grand-père, ni d'Honorine, malgré tous les messages dont je t'ai chargé pour eux ; de l'autre, pas de nouvelles de Stéphane, et c'est cela qui m'inquiète. Où est-il ? Où l'a-t-on enfermé, lui ? Ne meurt-il pas de faim ? Voyons, Tout-Va-Bien, réponds, où as-tu porté les biscuits avant-hier ?… Mais enfin, quoi, qu'est-ce que tu as ? Tu as l'air préoccupé ? Que regardes-tu par là ? Tu veux t'en aller ? Non ? alors, quoi ? »

L'enfant s'interrompit. Puis, après un instant, et d'une voix beaucoup plus basse :

« Tu es venu avec quelqu'un ?… Il y a quelqu'un derrière le mur ? »

Le chien aboya sourdement. Puis il y eut un long silence durant lequel François devait écouter, lui aussi.

L'émotion de Véronique était si forte qu'il lui semblait que François devait entendre battre son cœur.

Il chuchota :

« C'est toi, Honorine ? »

Un nouveau silence, et il reprit :

« Oui, c'est toi, je suis sûr… je t'entends respirer… Pourquoi ne réponds-tu pas ? »

Un élan souleva Véronique. Certaines lueurs l'avaient illuminée depuis qu'elle savait Stéphane emprisonné, donc victime comme François sans doute de l'ennemi, et son esprit était effleuré de suppositions confuses. Et puis comment résister à l'appel de cette voix ? Son fils l'interrogeait… Son fils !

Elle balbutia :

« François… François…

— Oh ! fit-il… on répond… je savais bien… C'est toi, Honorine ?

— Non, François, dit-elle.

— Alors ?

— C'est une amie d'Honorine.

— Je ne vous connais pas ?

— Non… mais je suis votre amie. »

Il hésita. Se défiait-il ?

« Pourquoi Honorine ne vous a-t-elle pas accompagnée ? »

Véronique ne s'attendait pas à cette question, mais elle comprit aussitôt que, si les suppositions involontaires qui s'imposaient à elle étaient exactes, la vérité ne pouvait pas encore être dite à l'enfant.

Elle déclara donc :

« Honorine est revenue de voyage, puis partie.

— Partie à ma recherche ?

— C'est cela, c'est cela, dit-elle vivement. Elle a cru que vous aviez été enlevé de Sarek ainsi que votre professeur.

— Mais grand-père ?

— Parti également, et à sa suite tous les habitants de l'île.

— Ah ! toujours l'histoire des cercueils et des croix ?

— Justement. Ils ont supposé que votre disparition était le commencement des catastrophes, et la peur les a chassés.

— Mais vous, madame ?

— Moi, je connais Honorine depuis longtemps. Je suis venue de Paris avec elle pour me reposer à Sarek. Je n'ai aucune raison de m'en aller. Toutes ces superstitions ne m'effraient pas. »

L'enfant se tut. L'invraisemblance et l'insuffisance de ces réponses devaient lui apparaître, et sa défiance s'en augmentait. Il l'avoua franchement :

« Écoutez, madame, je dois vous dire quelque chose. Voilà dix jours que je suis enfermé dans cette cellule. Les premiers jours, je n'ai vu ni entendu personne. Mais, depuis avant-hier, chaque matin, un petit guichet s'ouvre au milieu de ma porte, et une main de femme passe et renouvelle ma provision d'eau. Une main de femme… Alors… n'est-ce pas !

— Alors, vous vous demandez si, cette femme, ce n'est pas moi ?

— Oui, je suis obligé de me demander cela.

— Vous reconnaîtriez la main de cette femme ?

— Oh ! certes, elle est sèche et maigre, le bras est jaune.

— Voici la mienne, dit Véronique. Elle pourra passer par le même chemin que Tout-Va-Bien. »

Elle releva sa manche et, de fait, son bras nu, en se courbant, passa aisément.

« Oh ! dit François aussitôt, ce n'est pas cette main que j'ai vue. »

Et il ajouta tout bas :

« Comme celle-là est belle ! »

Soudain Véronique sentit qu'il la prenait dans les siennes d'un geste rapide, et il s'écria :

« Oh ! est-ce possible ! est-ce possible ! »

Il l'avait retournée, et il écartait les doigts pour que la paume fût bien découverte. Il murmura :

« La cicatrice !... elle est là... toute blanche... »

Alors un grand trouble envahit Véronique. Elle se souvenait du registre tenu par Stéphane Maroux, et de certains détails retracés par lui et que François devait avoir lus. Un de ces détails, c'était cette cicatrice qui rappelait une ancienne blessure assez grave.

Elle sentit les lèvres de l'enfant qui se posaient sur sa main, doucement d'abord, puis avec une ardeur passionnée et des larmes abondantes, et elle l'entendit qui balbutiait :

« Oh ! maman... maman chérie... ma chère maman. »

VII

François et Stéphane

Longtemps la mère et le fils restèrent ainsi, agenouillés contre le mur qui les séparait, mais aussi près l'un de l'autre que s'ils avaient pu se regarder de leurs yeux éperdus et mêler leurs baisers et leurs larmes.

Ils parlaient en même temps, ils s'interrogeaient et se répondaient au hasard. Ils étaient ivres de joie. La vie de chacun débordait vers la vie de l'autre et s'y absorbait. Nulle puissance au monde maintenant ne pouvait faire que leur union fût dissoute, et qu'il n'y eût plus entre eux les liens de tendresse et de confiance qui unissent les mères et les fils.

« Ah ! oui, mon vieux Tout-Va-Bien, disait François, tu peux faire le beau. Nous pleurons vraiment, et tu te fatigueras le premier, car ces larmes-là, on ne s'en lasse pas, n'est-ce pas, maman ? »

Pour Véronique, rien ne demeurait plus en son esprit des visions terribles qui l'avaient frappée. Son fils assassin, son fils tuant et massacrant, non, elle n'admettait plus cela. Elle n'admettait même plus l'excuse de la folie. Tout s'expliquerait d'une autre façon, qu'elle n'était même point pressée de connaître. Elle ne songeait qu'à son fils. Il était là. Ses yeux le voyaient à travers le mur. Son cœur battait contre le sien. Il vivait et c'était bien l'enfant doux, affectueux, charmant et pur qu'avait rêvé son imagination de mère.

« Mon fils, mon fils, répétait-elle indéfiniment, comme si jamais elle ne pourrait dire assez ces mots miraculeux… Mon fils, c'est donc toi ! Je te croyais mort, et mille fois mort, plus mort qu'on ne peut l'être… Et tu vis ! et tu es là ! et je te touche ! Ah ! mon Dieu ! est-ce possible ! j'ai un fils… mon fils est vivant… »

Et lui reprenait de son côté, avec la même ferveur passionnée :

« Maman… maman… je t'ai attendue si longtemps ! Pour moi, tu n'étais pas morte, mais c'était si triste d'être un enfant et de n'avoir pas de mère… de voir les années s'en aller et de les perdre à t'attendre. »

Durant une heure, ils parlèrent à l'aventure, du passé, du présent, de cent choses qui toutes leur paraissaient d'abord les plus intéressantes du monde, et qu'ils abandonnaient aussitôt pour se poser d'autres questions, et pour tâcher de se connaître un peu plus et de pénétrer davantage dans le secret de leur vie et dans l'intimité de leur âme.

Ce fut François qui, le premier, voulut mettre un peu d'ordre dans leur conversation.

« Écoute, maman, nous avons tant à nous dire qu'il faut renoncer à tout nous dire aujourd'hui, et même durant des jours et des jours. Pour l'instant causons de ce qui est indispensable, et en quelques mots, car nous avons peut-être peu de temps.

— Comment ? fit Véronique, déjà inquiète. Mais je ne te quitte pas !

— Pour ne pas nous quitter, maman, il faut d'abord que nous soyons réunis. Or il y a beaucoup d'obstacles à renverser, quand ce ne serait que ce mur qui nous sépare. En outre, je suis très surveillé et, d'une minute à l'autre, je peux être contraint de t'éloigner, comme je le fais avec Tout-Va-Bien, au moindre bruit de pas qui s'approchent.

— Surveillé par qui ?

— Par ceux qui se sont jetés sur Stéphane et sur moi le jour où nous avons découvert l'entrée de ces grottes, sous les landes du plateau, les Landes-Noires.

— Tu les as vus, ceux-là ?

— Non, c'était dans l'ombre.

— Mais qui sont ces êtres ? qui sont ces ennemis ?

— Je l'ignore.

— Tu soupçonnes bien…

— Les Druides ? fit-il en riant… les êtres d'autrefois dont parlent les légendes ? Ma foi non. Des esprits ? Pas davantage. C'étaient bel et bien des gens d'aujourd'hui en chair et en os.

— Cependant, ils vivent là-dedans ?

— Probablement.

— Et vous les avez surpris ?...

— Non, au contraire. Ils semblaient même nous attendre et nous guetter. Nous avions descendu un escalier de pierre et suivi un très long couloir, bordé peut-être de quatre-vingts grottes ou plutôt de quatre-vingts cellules, dont les portes en bois étaient ouvertes et qui doivent donner sur la mer. C'est au retour, comme nous remontions l'escalier dans l'ombre, que nous avons été saisis de côté, immobilisés, ficelés, aveuglés et bâillonnés. Cela n'a pas duré une minute. J'ai deviné qu'on nous reportait au bout du long couloir. Quand j'ai réussi à me débarrasser de mes liens et de mon bandeau, je me trouvais enfermé dans une des cellules, la dernière sans doute du couloir, et j'y suis depuis dix jours.

— Mon pauvre chéri, comme tu as dû souffrir !

— Mais non, maman, et, en tout cas, pas de faim. Il y avait dans un coin tout un tas de provisions, dans un autre coin de la paille pour me coucher. Alors, j'attendais paisiblement.

— Qui ?

— Tu ne vas pas rire, maman ?

— Rire de quoi, mon chéri ?

— De ce que je vais te raconter ?...

— Comment peux-tu croire ?...

— Eh bien, j'attendais quelqu'un qui a entendu parler de toutes les histoires de Sarek et qui a promis à grand-père de venir.

— Mais qui, mon chéri ? »

L'enfant hésita :

« Non, décidément, tu te moquerais de moi, maman. Je te dirai cela plus tard. D'ailleurs, il n'est pas venu... quoique j'aie bien cru un instant... Oui, figure-toi que j'avais réussi à enlever deux pierres de ce mur et à déboucher ce trou que mes geôliers ignorent évidemment, et voilà que j'entends du bruit... on grattait...

— C'était Tout-Va-Bien ?

— C'était M. Tout-Va-Bien qui surgissait par un chemin opposé. Tu vois d'ici s'il a été bien reçu ? Seulement, ce qui m'a étonné, c'est que personne ne le suivît par là, ni Honorine ni grand-père. Je n'avais pas de crayon, pas de papier pour leur écrire, mais enfin il n'y avait qu'à suivre Tout-Va-Bien.

— Impossible, fit Véronique, puisqu'on te supposait loin de Sarek, enlevé, sans doute, et que ton grand-père était parti.

— Justement. Pourquoi cette supposition ? Grand-père savait, d'après un document récemment découvert, où nous étions, puisque c'est lui qui nous avait indiqué l'entrée possible des souterrains. Il ne t'a donc pas parlé ? »

Véronique avait écouté, tout heureuse, le récit de son fils. Si on l'avait enlevé et emprisonné, ce n'était donc pas lui le monstre abominable qui avait tué M. d'Hergemont, Marie Le Goff, Honorine, Corréjou et ses compagnons. La vérité qu'elle avait entrevue déjà confusément se faisait plus précise, cachée encore sous bien des voiles, mais visible, au moins dans sa partie essentielle. François n'était pas coupable. Quelqu'un avait endossé ses vêtements et s'était fait passer pour lui, de même que quelqu'un avait joué son rôle sous l'apparence de Stéphane ! Ah ! qu'importait le reste, les invraisemblances et les contradictions, les preuves et les certitudes ! Véronique n'y songeait même pas. Seule comptait l'innocence de son fils bien-aimé.

Aussi se refusa-t-elle encore à lui rien révéler qui pût l'assombrir et gâter sa joie, et elle affirma :

« Non, je n'ai pas vu ton grand-père. Honorine voulait le préparer à ma visite, mais les événements se sont précipités…

— Et tu es restée seule dans l'île, ma pauvre maman ? Tu espérais donc m'y retrouver ?

— Oui, fit-elle après une hésitation.

— Tu étais seule, mais avec Tout-Va-Bien ?

— Oui. Les premiers jours, je n'ai guère fait attention à lui. Ce n'est que ce matin que j'ai pensé à le suivre.

— Et d'où vient le chemin qui vous a menés ici ?

— C'est un souterrain dont l'issue est cachée entre deux pierres, non loin du jardin de Maguennoc.

— Comment ! les deux îles communiquent donc ?

— Oui, par la falaise, en dessous du pont.

— Est-ce étrange ! Voilà ce que ni Stéphane, ni moi, ni personne, du reste, n'avait deviné… sauf cet excellent Tout-Va-Bien, pour retrouver son maître. »

Il s'interrompit, puis murmura :

« Écoute… »

Mais au bout d'un instant, il reprit :

« Non, ce n'est pas encore cela. Pourtant, il faut se presser.

— Que dois-je faire ?

— C'est facile, maman. En débouchant ce trou, j'ai constaté qu'on pourrait l'élargir suffisamment s'il était possible d'enlever encore les trois ou quatre pierres voisines. Mais celles-ci tiennent solidement, et il faudrait un outil quelconque.

— Eh bien, je vais aller…

— C'est cela, maman, retourne au Prieuré. Il y a, à gauche de la maison en sous-sol, une sorte d'atelier où Maguennoc mettait ses instruments de jardinage. Tu y trouveras un petit pic, à manche très court. Apporte-le-moi à la fin du jour. Cette nuit je travaillerai, et, demain matin, je t'embrasserai maman.

— Oh ! puisses-tu dire vrai !

— J'en réponds. Il ne nous restera plus qu'à délivrer Stéphane.

— Ton professeur ? Sais-tu où il est enfermé ?

— À peu près. Selon les indications que grand-père nous avait données, les souterrains comprendraient deux étages superposés, et la dernière cellule de chaque étage serait aménagée en prison. J'en occupe une. Stéphane doit occuper l'autre, au-dessous de moi. Ce qui me tourmente…

— Ce qui te tourmente ?

— Eh bien, voilà, c'est que, toujours selon grand-père, ces deux cellules étaient autrefois des chambres de supplice… des “chambres de mort”, selon l'expression de grand-père,

— Qu'est-ce que tu dis ? C'est effrayant !

— Pourquoi t'effrayer, maman ? Tu vois bien que l'on ne pense pas à me torturer. Seulement, à tout hasard, et ne sachant pas le sort réservé à Stéphane, je lui ai envoyé de quoi manger par l'entremise de Tout-Va-Bien, qui aura sûrement trouvé un passage.

— Non, fit-elle. Tout-Va-Bien n'a pas compris.

— Comment le sais-tu, maman ?

— Il a cru que tu l'envoyais dans la chambre de Stéphane Maroux, et il a tout accumulé sous le lit.

— Ah ! fit l'enfant avec inquiétude, qu'est-ce qu'a pu devenir Stéphane ? »

Et il ajouta aussitôt :

« Tu vois, maman, il faut nous hâter, si nous voulons sauver Stéphane et nous sauver nous-mêmes.

— Que redoutes-tu ?

— Rien, si nous agissons vite.

— Mais encore…

— Rien, je t'assure. Il est certain que nous aurons raison de tous les obstacles ;

— Et s'il s'en présente d'autres… des dangers que nous ne pouvons prévoir ?…

— C'est alors, dit François en riant, que ce quelqu'un qui doit venir arrivera et nous protégera.

— Tu vois, mon chéri, tu admets toi-même la nécessité d'un secours…

— Mais non, maman, j'essaie de te tranquilliser, mais il ne se passera rien. Voyons, comment veux-tu qu'un fils qui a retrouvé sa mère la perde de nouveau ? Est-ce admissible ? Dans la vie réelle peut-être, mais nous ne sommes pas dans la vie réelle, nous sommes en plein roman, et, dans les romans, cela s'arrange toujours. Demande à Tout-Va-Bien. N'est-ce pas, mon vieux, que nous aurons la victoire et que nous serons réunis et heureux ? C'est ton opinion, Tout-Va-Bien ? Alors, file, mon vieux, et conduis maman. Moi, je rebouche le trou, au cas où on visiterait ma cellule. Et, surtout, n'essaie pas d'entrer quand il est bouché, hein, Tout-Va-Bien ? C'est alors qu'il y a du danger. Va, maman, et ne fais pas de bruit en revenant. »

L'expédition ne fut pas longue. Véronique trouva l'instrument. Quarante minutes après, elle le rapportait et parvenait à le glisser dans la cellule.

« Personne n'est encore venu, dit François, mais cela ne saurait tarder, et il est préférable que tu ne restes pas ici. J'ai du travail pour toute la nuit, peut-être, d'autant plus que je serai obligé de m'arrêter, à cause des rondes probables. Donc, je t'attends demain à sept heures. Ah! à propos de Stéphane, j'ai réfléchi. Certains bruits que j'ai entendus, tout à l'heure, confirment mon idée qu'il est enfermé à peu près au-dessous de moi. L'ouverture qui éclaire ma cellule est trop étroite pour que je puisse passer. Dans l'endroit où tu es actuellement, y a-t-il une fenêtre assez large?

— Non, mais on peut l'élargir en ôtant les cailloux qui la rétrécissent.

— Parfait. Tu trouveras dans l'atelier de Maguennoc une échelle en bambou, terminée par des crochets de fer, que tu pourras apporter facilement demain matin. Prends aussi quelques provisions et des couvertures, que tu laisseras dans un fourré, à l'entrée du souterrain.

— Pour quoi faire, mon chéri?

— Tu le verras. J'ai mon plan. Adieu, maman, repose-toi bien et prends des forces. La journée sera peut-être dure. »

Véronique suivit le conseil de son fils. Le lendemain, pleine d'espoir, elle suivait de nouveau le chemin de la cellule. Cette fois-là, Tout-Va-Bien, repris par ses instincts d'indépendance, ne l'accompagnait pas.

« Tout doucement, maman, dit François, si bas qu'elle l'entendit à peine, je suis surveillé de très près, et je crois qu'on se promène dans le couloir. D'ailleurs, mon travail est presque terminé, les pierres ne tiennent plus. En deux heures, j'aurai fini. Tu as l'échelle?

— Oui.

— Enlève les cailloux de la fenêtre… ce sera du temps de gagné… car, vraiment, j'ai peur pour Stéphane… Surtout ne fais pas de bruit… »

Véronique s'éloigna.

La fenêtre n'était guère élevée de plus d'un mètre au-dessus du sol, et les cailloux, comme elle le supposait, ne tenaient que par leur poids et par leur agencement. L'ouverture ainsi pratiquée se trouva fort large, et il lui fut aisé de passer en dehors l'échelle qu'elle avait apportée et de l'accrocher par ses crampons de fer au rebord inférieur.

On dominait la mer de trente à quarante mètres, la mer toute blanche et gardée par les mille écueils de Sarek. Mais elle ne put voir le pied de la falaise, car il y avait, au-dessous de la fenêtre, un léger renflement de granit qui surplombait, et sur lequel l'échelle reposait au lieu de pendre tout à fait verticalement.

« Cela aidera François », pensa-t-elle.

Cependant, le péril de l'entreprise lui semblait grand, et elle se demanda si elle ne devait pas se risquer elle-même à la place de son fils. D'autant plus que François, somme toute, avait pu se tromper, que la cellule de Stéphane n'était peut-être pas là, ou qu'on n'y pourrait peut-être pas pénétrer par quelque orifice analogue. En ce cas, que de temps perdu ! Que de dangers inutiles pour l'enfant !

Elle éprouvait à ce moment un tel besoin de dévouement, un tel désir d'affirmer sa tendresse par des actes immédiats, que, sans réfléchir, elle prit sa résolution, comme on accepte du premier coup un devoir qu'on ne peut pas ne pas accomplir. Rien ne l'arrêta, ni l'examen de l'échelle dont les crochets, insuffisamment ouverts, n'agrippaient pas toute l'épaisseur du rebord, ni la vue du gouffre, qui lui donnait l'impression que tout allait se dérober sous elle. Il fallait agir. Elle agit.

Ayant épinglé sa jupe, elle enjamba la paroi, se retourna, s'appuya sur le rebord, tâta l'abîme, et trouva un des échelons. Tout son être tremblait. Son cœur battait dans sa poitrine à toute volée, comme le marteau d'une cloche. Cependant, elle eut l'audace folle de saisir les deux montants de l'échelle et de descendre.

Ce ne fut pas long. Il y avait vingt barreaux, elle le savait. Elle les compta. Au vingtième, elle regarda vers sa gauche, et murmura, avec une joie indicible :

« Oh ! François… mon chéri… »

Elle avait aperçu, à un mètre d'elle tout au plus, un renfoncement, un creux qui paraissait l'entrée d'une grotte taillée en pleine falaise.

Elle articula :

« Stéphane… Stéphane… » mais d'une voix si faible que Stéphane Maroux, s'il était là, ne pouvait l'entendre.

Elle hésita quelques secondes, mais ses jambes fléchissaient, elle n'avait plus la force ni de remonter ni de rester suspendue. S'aidant de quelques aspérités, et déplaçant ainsi l'échelle, au risque de la décrocher, elle réussit, par une sorte de miracle dont elle avait conscience, à saisir un silex qui pointait hors du granit, et à mettre le pied dans la grotte. Avec une énergie farouche, elle fit alors un effort suprême, et, d'un élan qui rétablit son équilibre, elle entra.

Tout de suite, elle avisa quelqu'un couché sur de la paille et qui était attaché par des cordes.

La grotte était petite, peu profonde, surtout dans sa partie supérieure, orientée vers le ciel, plutôt que vers la mer, et devait apparaître de loin comme une simple anfractuosité de falaise. Au bord, nul ressaut ne la limitait. La lumière y pénétrait sans obstacle.

Véronique s'approcha. L'homme ne bougea pas. Il dormait.

Elle s'inclina sur lui, et, bien qu'elle ne le reconnût pas d'une façon certaine, il lui sembla qu'un souvenir se dégageait de ce passé ténébreux où s'évanouissent peu à peu toutes les images de notre enfance. Celle-ci ne lui était sûrement pas familière – figure douce, aux traits réguliers, aux cheveux blonds, rejetés en arrière, au front large et pâle, figure un peu féminine qui rappelait à Véronique le visage charmant d'une amie de couvent morte avant la guerre.

D'une main adroite, elle défit les liens qui serraient les deux poignets

Sans se réveiller encore, l'homme tendit les bras, comme s'il se fût prêté à une opération déjà effectuée, coutumière, et qui ne le dérangeait pas nécessairement dans son sommeil. On devait ainsi le libérer de temps en temps, pour manger peut-être, et la nuit, car il finit par murmurer :

« Déjà… mais je n'ai pas faim… et il fait jour… »

Cette réflexion l'étonna lui-même. Il entrouvrit les yeux, et, tout de suite, il se dressa à demi, afin de voir la personne qui était là, devant lui, pour la première fois sans doute en plein jour.

Il ne fut pas très surpris, pour cette raison que la réalité ne dut pas lui apparaître aussitôt. Il crut probablement qu'il était le jouet d'un rêve et d'une hallucination, et il dit à mi-voix :

« Véronique... Véronique... »

Un peu gênée sous le regard de Stéphane, elle acheva de défaire ses liens, et, quand il eut senti nettement sur ses mains et autour de ses jambes captives les mains de la jeune femme, il comprit le merveilleux événement de cette présence, et il dit d'une voix altérée :

« Vous!... Vous!... Est-ce possible? Oh! dites une parole... une seule... Est-il possible que ce soit vous?... »

Presque en lui-même, il reprit :

« C'est elle... c'est bien elle... la voici... »

Et aussitôt avec anxiété.

« Vous!... La nuit... les autres nuits... ce n'était pas vous qui veniez? c'était une autre, n'est-ce pas? une ennemie? Ah! pardon de vous demander cela... Mais c'est que... je ne me rends pas compte... Par où êtes-vous venue?

— Par là, dit-elle, en montrant la mer.

— Oh! fit-il, quel prodige! »

Il la regardait, avec des yeux éblouis, comme on regarderait quelque vision descendue du ciel, et les circonstances étaient si étranges qu'il ne songeait pas à réprimer l'ardeur de son regard.

Elle répéta, toute confuse :

« Oui, par là... c'est François qui m'a indiqué...

— Je ne parlais pas de lui, dit-il. Vous ici, j'étais sûr qu'il était libre.

— Pas encore, dit-elle, mais dans une heure il le sera. »

Un long silence commença qu'elle interrompit pour masquer son trouble :

« Il sera libre... vous le verrez... mais il ne faudra pas l'effrayer... il y a des choses qu'il ignore... »

Elle s'aperçut qu'il écoutait non pas les paroles prononcées, mais la voix qui les prononçait, et que cette voix devait le plonger dans une sorte d'extase, car il se taisait et souriait. Alors elle sourit aussi et l'interrogea, l'obligeant ainsi à répondre.

« Vous avez tout de suite dit mon nom. Vous me connaissiez, n'est-ce pas? Moi-même il me semble qu'autrefois... Oui, vous me rappelez une de mes amies qui est morte...

— Madeleine Ferrand?

— Oui, Madeleine Ferrand.

— Je vous rappelle aussi peut-être le frère de cette amie, un collégien timide qui venait souvent au parloir et qui vous contemplait de loin…

— Oui, oui, affirma-t-elle… En effet, je me souviens… Nous avons même causé plusieurs fois… Vous rougissiez… Oui, oui; c'est cela… vous vous appeliez Stéphane… Mais ce nom de Maroux ?…

— Madeleine et moi, nous n'étions pas du même père.

— Ah ! dit-elle, voilà ce qui m'a trompée. »

Elle lui tendit la main.

« Eh bien, Stéphane, puisque nous sommes de vieux amis et que la connaissance est faite de nouveau, nous remettrons tous nos souvenirs à plus tard. Pour l'instant, il n'y a rien de plus pressé que de partir. Vous en avez la force ?

— La force, oui, je n'ai pas trop souffert… Mais comment s'en aller d'ici ?

— Par le même chemin que j'ai pris pour y venir… Une échelle qui communique avec le couloir supérieur des cellules… »

Il s'était levé.

« Vous avez eu le courage ?… la témérité ?… » dit-il, se rendant compte enfin de ce qu'elle avait osé faire.

« Oh ! ce n'était pas bien difficile, déclara-t-elle. François était si inquiet ! Il prétend que vous occupez tous les deux d'anciennes chambres de torture… des chambres de mort… »

On eût dit que ces mots le sortaient violemment d'un rêve, et qu'il s'apercevait tout à coup que c'était folie de parler dans de telles circonstances.

« Allez-vous-en ! François a raison… Ah ! si vous saviez ce que vous risquez ! Je vous en prie… je vous en prie… »

Il était hors de lui, comme bouleversé par un péril imminent. Elle voulut le calmer, mais il la supplia :

« Une seconde de plus, c'est peut-être votre perte. Ne restez pas ici… Je suis condamné à mort, et à la mort la plus terrible. Regardez le sol sur lequel nous sommes… cette espèce de plancher… Mais non, c'est inutile… Ah ! je vous en prie… partez…

— Avec vous, fit-elle.

— Oui, avec moi. Mais que vous soyez sauvée d'abord… »

Elle résista et prononça fermement :

« Pour que nous soyons sauvés l'un et l'autre, Stéphane, il faut avant tout du calme. Ce que j'ai fait tout à l'heure en venant, nous ne pourrons le refaire qu'en mesurant tous nos gestes et en maîtrisant notre émotion. Êtes-vous prêt ?

— Oui, dit-il, dominé par sa belle assurance.

— Alors, suivez-moi. »

Elle s'avança jusqu'au bord même de l'abîme et se pencha.

« Tenez ma main, dit-elle, pour que je ne perde pas l'équilibre. »

Elle se retourna, se plaqua contre la falaise et tâta la paroi de sa main libre.

Ne sentant pas l'échelle, elle se renversa un peu.

L'échelle s'était déplacée. Sans doute lorsque Véronique, d'un élan peut-être trop brusque, avait pris pied dans la grotte, le crochet de fer du montant de droite avait glissé, et l'échelle, ne tenant plus que par l'autre crochet, avait oscillé comme un pendule.

Les échelons du bas se trouvaient maintenant hors de portée.

VIII

L'angoisse

Si Véronique avait été seule, elle eût eu un de ces mouvements de défaillance auxquels sa nature, pour vaillante qu'elle fût, ne pouvait se soustraire devant l'acharnement du destin. Mais, en face de Stéphane, qu'elle pressentait plus faible, et certainement épuisé par sa captivité, elle eut l'énergie de se contraindre, et elle annonça comme un incident très simple :

« L'échelle a basculé… on ne peut plus l'atteindre. »

Stéphane la regarda avec stupeur.

« En ce cas… en ce cas… vous êtes perdue.

— Pourquoi serions-nous perdus ? demanda-t-elle en souriant.

— Il n'y a plus de fuite possible.

— Comment ? Mais si. Et François ?

— François ?

— Certes. D'ici une heure au plus, François aura réussi à s'évader, et, voyant l'échelle et le chemin que j'ai pris, il nous appellera. Nous l'entendrons facilement. Il n'y a qu'à patienter.

— Patienter ! dit-il avec effroi… Attendre une heure ! Mais durant cette heure, il est hors de doute que *l'on* viendra. La surveillance est continuelle.

— Eh bien, nous nous tairons. »

Il désignait la porte que trouait un guichet.

« Et ce guichet, dit-il, chaque fois *ils* l'ouvrent. *Ils* nous verront à travers le grillage.

— Il y a un volet. Fermons-le.

— *Ils* entreront.

— Alors ne le fermons pas, et gardons toute notre confiance, Stéphane.

— C'est pour vous que j'ai peur.

— Il ne faut avoir peur ni pour moi ni pour vous… Au pis aller, nous sommes de taille à nous défendre, ajouta-t-elle en lui montrant un revolver qu'elle avait pris à la panoplie de son père et qui ne la quittait pas.

— Ah ! dit-il, ce que je crains, c'est que nous n'ayons même pas à nous défendre. *Ils* ont d'autres moyens.

— Lesquels ? »

Il ne répliqua pas. Il avait jeté vers le sol un regard rapide, et Véronique, un instant, examina la structure bizarre de ce sol.

Tout autour, formant le cercle au long des parois, c'était le granit lui-même, inégal et rugueux. Mais, dans ce granit, était inscrit un vaste carré dont on voyait, des quatre côtés, la fente profonde qui l'isolait, et dont les poutres qui le composaient étaient usées, creusées de rides, crevassées et tailladées, massives, cependant, et puissantes. Le quatrième côté suivait presque le bord de l'abîme. Vingt centimètres tout au plus l'en séparaient.

« Une trappe ? dit-elle en frissonnant.

— Non, non, ce serait trop lourd, affirma-t-il.

— Alors ?

— Je ne sais pas. Ce n'est rien, sans doute, que le vestige d'une chose d'autrefois qui ne fonctionne plus. Pourtant…

— Pourtant ?…

— Cette nuit… ce matin plutôt, il y a eu des craquements là, en dessous… On aurait dit des essais, tout de suite interrompus, d'ailleurs, car il y a si longtemps !… Non, cela ne fonctionne plus, et ils ne peuvent pas s'en servir, *eux*.

— Qui *eux* ? »

Sans attendre sa réponse, elle reprit :

« Écoutez, Stéphane, nous avons quelques moments devant nous, peut-être plus courts que nous ne le supposons. D'une minute à l'autre François sera libre et viendra à notre secours. Profitons du répit pour nous dire ce qu'il est bon que chacun de nous apprenne. Expliquons-nous tranquillement. Aucun danger immédiat ne nous menace. Ce ne sera pas du temps perdu. »

Véronique affectait une sécurité qu'elle n'éprouvait pas. Que François s'évadât, elle n'en voulait point douter, mais qui pouvait affirmer que l'enfant s'approcherait de la fenêtre et apercevrait le crampon de l'échelle suspendue ? Ne voyant pas sa mère, n'aurait-il pas l'idée, au contraire, de suivre le souterrain et de courir jusqu'au Prieuré ?

Cependant, elle se domina, sentant la nécessité de l'explication qu'elle sollicitait, et tout de suite, après s'être assise sur un ressaut de granit qui formait comme un siège, elle commença par mettre Stéphane au courant des événements dont elle avait été le témoin et l'un des principaux acteurs, depuis que ses recherches l'avaient conduite à la cabane abandonnée où gisait le cadavre de Maguennoc.

Récit terrifiant que Stéphane écouta sans une interruption, mais avec une épouvante que marquaient ses gestes de révolte et l'expression désespérée de son visage. La mort de M. d'Hergemont, surtout, et celle d'Honorine l'accablèrent. À l'un comme à l'autre il s'était vivement attaché.

« Voilà, Stéphane, dit Véronique, quand elle eut raconté les angoisses qu'elle avait subies après le supplice des sœurs Archignat, la découverte du souterrain et son entretien avec François, voilà tout ce qu'il est utile que vous connaissiez. Tout ce que j'ai caché à François, vous deviez le savoir, pour que nous puissions lutter contre nos ennemis. »

Il hocha la tête.

« Quels ennemis ? dit-il. Moi aussi, et malgré vos explications, je pose la question même que vous m'adressiez. J'ai l'impression que nous sommes jetés dans un grand drame qui se joue depuis des années, depuis des siècles, et auquel nous ne sommes mêlés qu'à l'heure du dénouement, à l'heure où se produit le cataclysme formidable qu'ont préparé des générations d'hommes. Je me trompe peut-être. Peut-être ne s'agit-il que d'une série incohérente d'événements sinistres et de coïncidences absurdes au milieu desquels nous sommes ballottés, sans qu'il nous soit possible d'invoquer d'autre raison que la fantaisie du hasard. En réalité, je ne sais rien de plus que vous. Les mêmes ténèbres m'enveloppent. Les mêmes douleurs et les mêmes deuils me frappent. Tout cela n'est que folie, convulsions désordonnées, soubresauts insolites, crimes de sauvages, furie des temps barbares. »

Véronique l'approuva :

« Oui, des temps barbares, et c'est là ce qui me déconcerte le plus et qui m'impressionne tellement ! Quel lien y a-t-il entre le passé et le présent, entre nos persécuteurs d'aujourd'hui et les hommes qui habitaient jadis ces cavernes et dont l'action se prolonge jusqu'à nous de façon si incompréhensible ? À quoi se rapportent toutes ces légendes, que je ne connais d'ailleurs qu'à travers le délire d'Honorine et la détresse des sœurs Archignat ? »

Ils parlaient à voix basse, l'oreille toujours tendue. Stéphane écoutait les bruits du couloir. Véronique regardait du côté de la falaise dans l'espoir d'entendre le signal de François.

« Légendes bien compliquées, dit Stéphane, traditions obscures où il faut renoncer à déterminer ce qui est superstition et ce qui pourrait être vérité. De ce fatras de commérages, tout au plus est-il possible de dégager deux courants d'idées, celles qui ont rapport à la prédiction des trente cercueils, et celles qui concernent l'existence d'un trésor ou plutôt d'une pierre miraculeuse.

— On considère donc comme une prédiction, fit Véronique, ces quelques mots que j'ai lus sur le dessin de Maguennoc et que j'ai retrouvés sur le Dolmen-aux-Fées ?

— Oui, une prédiction qui remonte à une époque indéterminée et qui, depuis des siècles, domine toute l'histoire et toute la vie de Sarek. De tout temps on a cru qu'un jour viendrait où, dans un espace de douze mois, les trente écueils principaux qui entourent l'île, et qu'on appelle les trente cercueils, auraient leurs trente victimes, mortes de mort violente, et que, parmi ces trente victimes, il y aurait quatre femmes qui mourraient en croix. C'est une tradition établie, indiscutable, qu'on se passe de père en fils, et qui n'a pas d'incrédules. Elle trouve sa forme dans ce vers et dans cet hémistiche de l'inscription du Dolmen-aux-Fées :

"Pour les trente cercueils, trente victimes..."

et

"Quatre femmes en croix..."

— Soit, mais on a vécu tout de même, et de façon normale, paisible. Pourquoi l'explosion de la peur a-t-elle eu lieu cette année subitement ?

— Cela provient beaucoup de Maguennoc. Maguennoc était un être bizarre, assez mystérieux, à la fois sorcier et rebouteux, guérisseur et charlatan, connaissant le cours des astres, les vertus des plantes et que l'on consultait volontiers sur les choses du passé les plus lointaines, comme sur celles de l'avenir. Or, Maguennoc annonçait depuis peu que l'année 1917 serait l'année fatidique.

— Pourquoi ?

— Intuition, peut-être, pressentiment, divination, subconscience, choisissez l'explication à votre guise. Pour Maguennoc, qui ne dédaignait pas les pratiques de la magie la plus archaïque, il vous répondait vol d'oiseau ou entrailles de poule. Cependant, sa prophétie s'appuyait sur quelque chose de plus sérieux. Il prétendait, et cela suivant des témoignages recueillis dans son enfance auprès des vieilles gens de Sarek, que, au début du siècle dernier, la dernière ligne de l'inscription sur le Dolmen-aux-Fées n'était pas encore effacée et que l'on pouvait lire ce vers qui rimait avec les "femmes en croix" :

"Dans l'île Sarek, en l'an quatorze et trois..."

« L'an quatorze et trois, c'est l'an dix-sept, et l'affirmation devint, ces derniers temps, d'autant plus impressionnante pour Maguennoc et pour ses amis que le nombre total se divisait en deux nombres, et que précisément en 1914 éclata la guerre. De ce jour, Maguennoc prit une importance croissante, et, de plus en plus sûr de ses prévisions, et de plus en plus inquiet, d'ailleurs, il annonça même que sa mort, suivie de la mort de M. d'Hergemont, serait le signal des catastrophes. Et l'année 1917 arriva, provoquant à Sarek une véritable terreur. Les événements approchaient.

— Cependant... cependant... observa Véronique, tout cela était absurde.

— Absurde, en effet, mais tout cela prit une signification singulièrement troublante le jour où Maguennoc put confronter les bribes de prédictions gravées sur le Dolmen, et la prédiction complète !

— Il y parvint donc ?

— Oui. Il découvrit sous les ruines de l'abbaye, dans un amas de pierres qui avaient formé autour comme une chambre protectrice, un vieux missel, abîmé, rongé, usé, mais où il y avait cependant quelques pages en bon état – une, surtout, qui est celle que vous avez vue, ou plutôt dont vous avez vu la copie dans la cabane abandonnée.

— Copie faite par mon père ?

— Par votre père, comme toutes celles que renferme le placard de son cabinet de travail. M. d'Hergemont, rappelez-vous, aimait à dessiner, à faire des aquarelles. Il copia la page enluminée, mais en ne reproduisant de la prédiction en vers qui accompagnait le dessin que les mots inscrits sur le Dolmen-aux-Fées.

— Et comment expliquez-vous cette ressemblance entre la femme crucifiée et moi ?

— Je n'ai jamais eu entre les mains l'original, que Maguennoc avait communiqué à M. d'Hergemont, et qu'il gardait jalousement dans sa chambre. Mais M. d'Hergemont prétendait que cette ressemblance existait. En tout cas, il l'accentuait sur son dessin, malgré lui, se souvenant de tout ce que vous aviez souffert, et par sa faute, disait-il.

— Peut-être aussi, murmura Véronique, se sera-t-il rappelé cette autre prédiction faite jadis à Vorski : "Tu périras de la main d'un ami, et ta femme mourra sur la croix." Alors, n'est-ce pas ? cette coïncidence étrange l'aura frappé… au point même qu'il inscrivit en tête mes initiales de jeune fille : *V. d'H*?… »

Et elle ajouta, d'une voix plus basse :

« Et tout s'est passé selon les termes de l'inscription… »

Ils se turent. Comment n'auraient-ils pas songé à ces termes eux-mêmes, aux mots tracés, depuis des siècles, sur la page du missel et sur la pierre du Dolmen ? Si le destin n'avait encore offert aux trente cercueils de Sarek que vingt-sept victimes, est-ce que les trois dernières n'étaient pas là toutes prêtes à compléter l'holocauste, toutes trois enfermées, toutes trois captives au pouvoir des sacrificateurs ? Et si, au sommet de la butte, près du Grand-Chêne, ne se dressait encore qu'un triangle de croix, la quatrième n'allait-elle pas surgir bientôt pour une quatrième condamnée ?

« François tarde beaucoup », prononça Véronique, au bout d'un instant.

Elle s'approcha de l'abîme. L'échelle n'avait pas bougé, toujours inaccessible.

Stéphane dit à son tour :

« Les autres vont venir à ma porte… Il est étonnant qu'ils ne soient pas encore venus. »

Mais ils ne voulaient pas s'avouer mutuellement leur anxiété ; et Véronique reprit, d'une voix calme :

« Et le trésor ? La Pierre-Dieu ?

— L'énigme n'est guère moins obscure, dit Stéphane, et elle ne repose également que sur un vers de l'inscription, le dernier :

"La Pierre-Dieu qui donne mort ou vie."

« Qu'est-ce que c'est que cette Pierre-Dieu ? La tradition veut que ce soit une pierre de miracle, et, selon M. d'Hergemont, c'est là une croyance qui remonterait aux époques les plus lointaines. De tout temps, à Sarek, on a cru à l'existence d'une pierre capable d'opérer des prodiges. Au Moyen Âge, on venait avec des enfants chétifs et difformes, que l'on étendait durant des jours et des nuits sur cette pierre, et qui se relevaient sains de corps et robustes. Les femmes stériles recouraient utilement au même remède, ainsi que les vieillards, que les blessés et tous les dégénérés. Seulement, il arriva que le lieu du pèlerinage subit des changements, la pierre, toujours suivant la tradition, ayant été déplacée, et même, selon quelques-uns, ayant disparu. Au XVIIIe siècle, c'était le Dolmen-aux-Fées que l'on vénérait, et l'on y exposait encore parfois les enfants scrofuleux.

— Mais, dit Véronique, la pierre avait également des propriétés malfaisantes, puisqu'elle donnait la mort comme la vie ?

— Oui, si l'on y touchait à l'insu de ceux qui avaient mission de la garder et de l'honorer. Mais sur ce point le mystère se complique encore, puisqu'il est question aussi d'une pierre précieuse, d'une sorte de bijou fantastique qui dégage des flammes, brûle ceux qui le portent, et leur fait subir le supplice de l'enfer.

— C'est ce qui serait advenu à Maguennoc, d'après Honorine... fit observer Véronique.

— Oui, répondit Stéphane, mais là nous entrons dans le présent. Jusqu'ici, je vous ai parlé du passé fabuleux, des deux légendes, de la prédiction et de la Pierre-Dieu. L'aventure de Maguennoc ouvre la période actuelle, qui d'ailleurs est à peine moins ténébreuse que l'ancienne. Qu'est-il arrivé à Maguennoc ? Nous ne le saurons sans doute jamais. Il y avait déjà une huitaine de jours qu'il demeurait à l'écart, sombre et sans travailler, lorsqu'un matin il fit irruption dans le bureau de M. d'Hergemont en hurlant : "J'y ai touché !... Je suis perdu !... J'y ai touché !... Je l'ai prise dans ma main... Elle me brûlait comme du feu, mais j'ai voulu la garder... Ah ! voilà des jours qu'elle me ronge les os. C'est l'enfer ! l'enfer !"

« Et il nous montra la paume de sa main, toute brûlée, comme dévorée par un cancer. On voulut le soigner. Mais il semblait absolument fou, et il bégayait : "C'est moi la première victime... Le feu va me monter jusqu'au cœur... Et, après moi, ce seront les autres..."

« Le soir même, d'un coup de hache, il se tranchait la main. Une semaine plus tard, après avoir jeté l'effroi dans l'île de Sarek, il s'en allait.

— Où allait-il ?

— En pèlerinage à la chapelle du Faouët, près de l'endroit où vous l'avez trouvé mort.

— Qui l'a tué, selon vous ?

— Certainement un des êtres qui correspondaient entre eux par les signaux inscrits le long de la route, un des êtres qui vivent cachés dans les cellules, et qui poursuivent une entreprise que j'ignore.

— Ceux qui vous ont attaqués, François et vous, par conséquent ?

— Oui, et qui, aussitôt après, se servant des vêtements qu'ils nous avaient dérobés auparavant, ont joué le rôle de François et le mien.

— Dans quel but ?

— Pour pénétrer plus facilement dans le Prieuré, et puis, en cas d'insuccès, pour dérouter les recherches.

— Mais, depuis qu'ils vous gardent ici, vous ne les avez pas vus ?

— Je n'ai vu, ou plutôt entr'aperçu, qu'une femme. Elle vient la nuit. Elle m'apporte à manger et à boire, me délie les mains, relâche un peu les liens qui serrent mes jambes, et revient deux heures après.

— Elle vous a parlé ?

— Une seule fois, la première nuit, à voix basse, et pour me dire que, si j'appelais, si je criais, ou si j'essayais de fuir, François paierait pour moi.

— Cependant, au moment de l'attaque, vous n'avez pas pu discerner ?...

— Je n'en sais pas plus que François à ce propos.

— Et rien ne faisait prévoir cette agression ?

— Rien. Le matin, M. d'Hergemont reçut, au sujet de l'enquête qu'il poursuivait sur tous ces faits, deux lettres importantes. L'une de ces lettres, écrite par un vieux noble de Bretagne, connu pour ses attaches royalistes, était accompagnée d'un document curieux trouvé par lui dans les papiers de son arrière-grand-père : le plan de cellules souterraines que les Chouans occupaient jadis à Sarek. C'étaient évidemment ces mêmes demeures druidiques dont parlent les légendes. Le plan indiquait l'entrée sur les Landes-Noires et marquait deux étages, tous deux terminés par une chambre de supplice. François et moi, nous sommes donc partis en exploration, et c'est au retour que nous avons été attaqués.

— Et, depuis, vous n'avez fait aucune découverte ?

— Aucune.

— Mais François m'a cependant parlé d'un secours qu'il attendait... quelqu'un qui avait promis son assistance ?

— Oh ! un enfantillage, une idée de François, qui se rattache précisément à la seconde lettre reçue le même matin par M. d'Hergemont.

— Et il s'agissait ?... »

Stéphane ne répondit pas aussitôt. Certains symptômes lui donnaient à croire qu'on les épiait à travers la porte. Mais, s'étant approché du judas, il ne vit personne dans la partie opposée du couloir.

« Ah ! dit-il, si l'on doit nous secourir, qu'on se hâte ! D'une minute à l'autre ils vont venir, *eux.*

— Il y a donc réellement une aide possible ?

— Oh ! fit-il, nous ne devons pas y attacher beaucoup d'importance, mais tout de même c'est assez bizarre. Vous savez que Sarek a eu plusieurs fois la visite d'officiers ou de commissaires chargés d'explorer les abords de l'île, où pouvait se dissimuler quelque station de sous-marins. La dernière fois, le délégué spécial, venu de Paris, le capitaine Patrice Belval[1], un mutilé de la guerre, entra en relations avec M. d'Hergemont, qui lui raconta la légende de Sarek et les appréhensions que nous commencions, malgré tout, à éprouver. (C'était au lendemain du départ de Maguennoc.) Ce récit intéressa si vivement le capitaine Belval qu'il promit d'en parler à un de ses amis de Paris, un gentilhomme espagnol ou portugais, don Luis Perenna, un être extraordinaire, paraît-il, capable de débrouiller les énigmes les plus compliquées et de mener à bien les entreprises les plus audacieuses.

« Quelques jours après le départ du capitaine Belval, M. d'Hergemont recevait de ce don Luis Perenna la lettre dont je vous ai parlé, et dont, malheureusement, il ne nous lut que le début :

"Monsieur, je considère l'incident de Maguennoc comme assez grave et vous prie, à la moindre alerte nouvelle, de télégraphier à Patrice Belval. Si j'en crois certains symptômes, vous êtes au bord de l'abîme. Mais vous seriez au fond même de cet abîme que vous n'auriez rien à craindre, si je suis averti à temps. À partir de cette minute-là, je réponds de tout, quoi qu'il arrive, alors même que tout vous semblerait perdu et que tout même serait perdu.

"Quant à l'énigme de la Pierre-Dieu, elle est enfantine, et je m'étonne vraiment qu'avec les données très suffisantes que vous avez fournies à Belval on puisse la considérer une seconde comme inexplicable. Voici en quelques mots ce qui a intrigué tant de générations d'hommes…"

1. *Voir Le Triangle d'Or,* Le Livre de Poche, n° 2391.

— Eh bien ? fit Véronique, avide de savoir.

— Comme je vous l'ai dit, M. d'Hergemont ne nous a pas communiqué la fin de la lettre. Il l'a lue devant nous, en murmurant d'un air stupéfait : "Est-ce possible ?… Mais oui, mais oui, c'est cela… Quel prodige !" Et comme nous l'interrogions, il nous a répondu : "Je vous mettrai au courant ce soir, mes enfants, à votre retour des Landes-Noires. Sachez seulement que cet homme, vraiment extraordinaire, il n'y a pas d'autre mot, me révèle, sans plus de façon et sans plus de renseignements, le secret de la Pierre-Dieu et l'endroit exact où elle se trouve, et si logiquement qu'aucune hésitation n'est possible."

— Et le soir ?

— Le soir, François et moi, nous étions enlevés et M. d'Hergemont était assassiné. »

Véronique réfléchit.

« Qui sait, dit-elle, si on n'a pas voulu lui dérober cette lettre si importante ? Car enfin le vol de la Pierre-Dieu me semble être le seul motif qui puisse expliquer toutes les machinations dont nous sommes les victimes.

— Je le crois aussi, mais d'Hergemont, sur la recommandation de don Luis Perenna, a déchiré la lettre devant nous.

— De sorte que, en fin de compte, ce don Luis Perenna n'a pas été prévenu.

— Non.

— Cependant, François…

— François ignore la mort de son grand-père, et ne doute pas, par conséquent, que M. d'Hergemont, constatant sa disparition à lui, François, et la mienne, n'en ait averti don Luis Perenna, lequel, dans ce cas, ne pourrait tarder. En outre François a un autre motif d'attendre…

— Sérieux ?

— Non, François est encore très enfant. Il a lu beaucoup de livres d'aventures qui ont fait travailler son imagination. Or, le capitaine Belval lui a raconté sur son ami Perenna des choses si fantastiques, il le lui a montré sous un jour si étrange, que François est persuadé que don Luis Perenna n'est autre qu'Arsène Lupin. D'où une confiance absolue, et la certitude qu'en cas de danger l'intervention miraculeuse se produirait à la minute même où elle serait nécessaire. »

Véronique ne put s'empêcher de sourire…

« C'est un enfant, en effet, mais les enfants ont de ces intuitions dont il faut tenir compte… Et puis, cela lui donne du courage et de la bonne humeur. À son âge, comment aurait-il supporté l'épreuve s'il n'avait eu cet espoir ? »

L'angoisse remontait en elle. Tout bas, elle dit :

« N'importe d'où vienne le salut, pourvu qu'il vienne à temps, et que mon fils ne soit pas la victime de ces êtres effrayants ! »

Ils gardèrent un long silence. L'ennemi invisible et présent pesait sur eux de tout son poids formidable. Il était partout, maître de l'île, maître des demeures souterraines, maître des landes et des bois, maître de la mer environnante, maître des dolmens et des cercueils. Il rattachait aux époques monstrueuses du passé les heures actuelles, aussi monstrueuses. Il continuait l'histoire selon les rites d'autrefois, et frappait les coups mille fois annoncés.

« Mais pourquoi ? Dans quel but ? Qu'est-ce que tout cela veut dire ? demandait Véronique avec découragement. Quel rapport établir entre ceux d'aujourd'hui et ceux de jadis ? Comment expliquer que l'œuvre soit reprise, et selon les mêmes moyens barbares ? »

Et, après un nouveau silence elle prononçait, car, au fond d'elle, par-delà les mots échangés et les problèmes insolubles, l'obsédante pensée ne cessait de la poursuivre :

« Ah ! si François était là ! Si nous étions tous les trois à combattre ! Que lui est-il arrivé ? Qu'est-ce qui le retient dans sa cellule ? Un obstacle imprévu ?… »

C'était au tour de Stéphane de la réconforter :

« Un obstacle ? Pourquoi cette supposition ? Il n'y a pas d'obstacle… Seulement le travail est long…

— Oui, oui, vous avez raison… le travail est long et difficile… Ah ! je suis sûre que, lui, il ne se décourage pas ! Quelle belle humeur ! Quelle confiance ! "Une mère et un fils qui se sont retrouvés ne peuvent plus être séparés l'un de l'autre, me disait-il. On peut encore nous persécuter, mais nous désunir, jamais. En dernier ressort, nous serons vainqueurs." Il disait vrai, n'est-ce pas, Stéphane ? N'est-ce pas, je n'ai pas retrouvé mon fils pour le perdre ?… Non, non, ce serait trop injuste, et il n'est pas admissible… »

Stéphane la regarda, étonné qu'elle s'interrompît. Véronique écoutait.

« Qu'y a-t-il ? fit Stéphane.

— Des bruits… », dit-elle.

Comme elle, il écouta :

« Oui… oui… en effet…

— C'est peut-être François que nous entendons, dit-elle… C'est peut-être là-haut… »

Elle allait se lever. Il la retint.

« Non, c'est un bruit de pas dans le couloir…

— Alors ?… Alors ?… » dit Véronique.

Ils se contemplaient éperdus, sans prendre de décision, ne sachant que faire…

Le bruit se rapprochait. L'ennemi ne devait se douter de rien, car les pas étaient ceux d'une personne qui ne dissimule point son approche.

Stéphane prononça lentement :

« Il ne faut pas qu'on me voie debout… Je vais reprendre ma place… Vous attacherez mes liens à peu près… »

Ils demeurèrent hésitants, comme s'ils avaient l'espoir absurde que le danger s'éloignerait de lui-même. Et puis soudain, s'arrachant à cette sorte de stupeur qui la paralysait, Véronique se détermina.

« Vite… les voilà… étendez-vous… »

Il obéit. En quelques secondes, elle replaça les cordes sur lui et autour de lui ainsi qu'elle les avait trouvées, mais sans prendre la peine de les nouer.

« Tournez-vous du côté de la roche, dit-elle, cachez vos mains… elles vous dénonceraient.

— Et vous ?

— Ne craignez rien. »

Elle se baissa, et s'allongea contre la porte, dont le judas, barré par des lames de fer, formait saillie dans l'intérieur, de telle façon qu'on ne pouvait la voir.

Au même moment, dehors, l'ennemi s'arrêta. Malgré l'épaisseur de la porte Véronique entendit le froissement d'une robe.

Et au-dessus d'elle, *on* regarda.

Minute effrayante ! le moindre indice donnerait l'éveil.

« Ah ! pensa Véronique, pourquoi reste-t-*elle* ? Y a-t-il quelque preuve de ma présence ?... mes vêtements ?... »

Elle songea que ce devait être plutôt Stéphane, dont l'attitude ne semblait pas naturelle, ou dont les liens n'avaient point leur aspect ordinaire.

Et tout à coup il y eut un mouvement dehors, et l'on siffla légèrement à deux reprises.

Alors, de la partie lointaine du couloir, il arriva un autre bruit de pas, qui s'agrandit dans le silence solennel et qui vint s'arrêter comme le premier derrière la porte. Des paroles furent échangées. On se concertait.

Par petits gestes Véronique avait atteint sa poche. Elle sortit son revolver et posa son doigt sur la gâchette. Si l'on entrait, elle se dressait et tirait coup sur coup, sans hésiter. La moindre hésitation, n'eût-ce pas été la perte de François ?

IX

« La chambre de mort »

Le calcul était juste à condition que la porte s'ouvrît à l'extérieur, et que les ennemis fussent aussitôt à découvert. Véronique examina donc le battant, et, subitement, constata qu'il y avait en bas, contrairement à toute logique, un gros verrou solide et massif. Allait-elle s'en servir ?

Elle n'eut pas le temps de réfléchir aux avantages ou aux inconvénients de ce projet. Elle avait entendu un cliquetis de clefs, et, presque en même temps, le bruit d'une clef qui heurtait la serrure.

La vision très nette de ce qui pouvait advenir frappa Véronique. Devant l'irruption des agresseurs, désemparée, gênée dans ses mouvements, elle viserait mal et ses coups ne porteraient pas. En ce cas *on* refermerait la porte, et, sans tarder, *on* courrait à la cellule de François.

Cette idée l'affola, et l'acte qu'elle accomplit fut instinctif et immédiat. D'un geste, elle poussa le verrou du bas. D'un autre geste, s'étant dressée à demi, elle rabattit le volet de fer sur le guichet. Un loquet se déclencha. On ne pouvait plus ni entrer ni regarder.

Tout de suite elle comprit l'absurdité de cet acte, qui ne mettait pas d'obstacle aux menaces de l'ennemi. Stéphane, qui avait bondi jusqu'auprès d'elle, le lui dit :

« Mon Dieu, qu'avez-vous fait ? Ils ont bien vu que je ne bougeais pas, et ils savent que je ne suis pas seul.

— Justement, dit-elle, essayant de se défendre. Ils vont essayer de démolir cette porte, ce qui nous donnera tout le temps nécessaire.

— Le temps nécessaire à quoi ?
— À notre fuite.
— Comment ?
— François va nous appeler… François… »

Elle n'acheva pas. Ils entendaient maintenant le bruit des pas qui s'éloignaient rapidement dans les profondeurs du couloir. Aucun doute : l'ennemi, sans se soucier de Stéphane, dont l'évasion ne lui semblait pas possible, l'ennemi se rendait à l'étage supérieur des cellules. Ne pouvait-il pas supposer, d'ailleurs, qu'il y avait accord entre les deux amis, et que c'était l'enfant qui se trouvait dans la cellule de Stéphane et qui avait barricadé la porte ?

Véronique avait donc précipité les événements dans le sens qu'elle redoutait pour tant de motifs : là-haut, François serait surpris au moment même où il se disposait à fuir.

Elle fut atterrée.

« Pourquoi suis-je venue ici ? murmura-t-elle. Il eût été si simple de l'attendre ! À nous deux nous vous sauvions en toute certitude… »

Dans la confusion de son esprit une idée passa ; n'avait-elle pas voulu hâter la délivrance de Stéphane parce qu'elle connaissait l'amour de cet homme ? et n'était-ce pas une curiosité indigne qui l'avait jetée dans cette entreprise ? Idée affreuse, qu'elle écarta aussitôt en disant :

« Non, il fallait venir. C'est le destin qui nous persécute.
— Ne le croyez pas, dit Stéphane, tout s'arrangera pour le mieux.
— Trop tard ! dit-elle en hochant la tête.
— Pourquoi ? qui nous prouve que François n'ait pas quitté la cellule ? Vous le supposiez vous-même tout à l'heure… »

Elle ne répondit pas. Son visage se contractait, tout pâle. À force de souffrir elle avait acquis une sorte d'intuition du mal qui la menaçait. Or, le mal était partout. Les épreuves recommençaient, plus terribles que les premières.

« La mort nous environne », dit-elle.

Il tenta de sourire.

« Vous parlez comme parlaient les gens de Sarek. Vous avez les mêmes peurs…

— Ils avaient raison d'avoir peur. Et, vous-même, vous sentez bien l'horreur de tout cela. »

Elle s'élança vers la porte, tira le verrou, essaya d'ouvrir, mais que pouvait-elle contre ce battant massif que renforçaient des plaques de fer ?

Stéphane lui saisit le bras.

« Un instant… Écoutez… On dirait…

— Oui, fit-elle, c'est là-haut qu'ils frappent… au-dessus de nous… dans la cellule de François…

— Mais non, mais non, écoutez… »

Un long silence, et puis des coups résonnèrent dans l'épaisseur de la falaise. C'était *au-dessous* d'eux.

« Les mêmes coups que j'ai entendus ce matin, dit Stéphane avec effarement… le même travail dont je vous ai parlé… Ah ! je comprends !…

— Quoi ! Que voulez-vous dire ?… »

Les coups se répétaient à intervalles égaux, puis ils cessèrent, et ce fut alors un bruit sourd, ininterrompu, avec des grincements plus aigus et des craquements subits. Cela ressemblait à l'effort d'une machine que l'on met en marche, d'un de ces cabestans qui servent au bord de la mer à remonter les barques.

Véronique écoutait, dans l'attente éperdue de ce qui allait advenir, cherchant à deviner, épiant quelque indice dans les yeux de Stéphane, qui se tenait devant elle et qui la regardait comme on regarde au moment du péril une femme que l'on aime.

Et soudain elle chancela et dut s'appuyer d'une main à la paroi. On eût dit que la grotte, que la falaise tout entière, bougeait dans l'espace.

« Oh ! murmura-t-elle, est-ce moi qui tremble ainsi ?… Est-ce la peur qui me secoue des pieds à la tête ? »

Violemment, elle prit les deux mains de Stéphane et lui demanda :

« Répondez… je veux savoir… »

Il ne répondit pas. Il n'y avait point de peur dans ses yeux mouillés de larmes, rien qu'un amour immense, un désespoir sans bornes. Il ne pensait qu'à elle.

D'ailleurs, était-ce nécessaire qu'il expliquât ce qui se passait, et la réalité ne s'offrait-elle pas elle-même à mesure que les secondes s'écoulaient ? Étrange réalité, sans rapport avec les faits habituels, en dehors de tout ce que l'imagination peut inventer dans le domaine du mal ; étrange réalité dont Véronique, qui commençait à en percevoir les symptômes, se refusait encore à tenir compte.

Comme une trappe, mais une trappe qui fonctionnerait à l'inverse, le carré d'énormes solives, placé au milieu de la grotte, se soulevait en pivotant autour de l'axe immobile qui constituait sa charnière le long de l'abîme. Le mouvement, presque insensible, était celui d'un énorme couvercle qui s'ouvre, et cela formait déjà comme un tremplin qui montait du bord jusqu'au fond de la grotte, tremplin de pente très faible encore et où l'on gardait facilement son équilibre…

Au premier instant, Véronique crut que le but de l'ennemi était de les écraser entre le plancher implacable et le granit de la voûte. Mais, presque aussitôt, elle comprit que l'abominable machine, en se dressant comme un pont-levis qu'on referme, avait comme mission de les précipiter dans l'abîme. Et cette mission, elle l'accomplirait inexorablement. Le dénouement était fatal, inéluctable. Quoi qu'ils tentassent, quels que fussent leurs efforts pour se cramponner, il arriverait une minute où le tablier du pont-levis serait debout, tout droit, partie intégrante de la falaise abrupte.

« C'est affreux… c'est affreux… » murmura-t-elle.

Leurs mains ne s'étaient pas désunies. Stéphane pleurait silencieusement.

Elle gémit :

« Rien à faire, n'est-ce pas ?

— Rien, dit-il.

— Cependant, il y a de l'espace autour de ce plancher. La grotte est ronde. Nous pourrions…

— L'espace est trop petit. Si l'on essayait de se mettre entre l'un des trois côtés de ce carré et les parois, on serait broyé. Tout cela est calculé. J'y ai réfléchi souvent.

— Alors ?

— Il faut attendre.

— Qui ? Qui ?

— François.

— Oh! François, dit-elle avec un sanglot, peut-être est-il condamné lui aussi... Ou bien peut-être nous cherche-t-il et va-t-il tomber dans quelque piège. En tout cas, je ne le verrai pas... Et il ne saura rien... Et il n'aura même pas vu sa mère avant de mourir... »

Elle serra fortement les mains du jeune homme et lui dit :

« Stéphane, si l'un de nous échappe à la mort – et je souhaite que ce soit vous...

— Ce sera vous, dit-il avec conviction. Je m'étonne même que l'ennemi vous inflige mon supplice. Mais, sans doute, ignore-t-il que c'est vous qui êtes ici.

— Cela m'étonne aussi, fit Véronique... un autre supplice m'est réservé, à moi... Mais que m'importe, si je ne dois plus revoir mon fils! Stéphane, je vous le confie, n'est-ce pas? Je sais déjà tout ce que vous avez fait pour lui... »

Le plancher continuait à monter très lentement, avec une trépidation inégale et des sursauts brusques. La pente s'accentuait. Encore quelques minutes et ils n'auraient plus le loisir de parler librement, dans le calme.

Stéphane répondit :

« Si je survis, je vous jure de mener ma tâche jusqu'au bout... Je vous le jure en souvenir...

— En souvenir de moi, dit-elle fermement, en souvenir de la Véronique que vous avez connue... et que vous avez aimée. »

Il la regarda passionnément :

« Vous savez donc?...

— Oui, je vous le dis franchement. J'ai lu votre journal... Je connais votre amour... et je l'accepte... »

Elle sourit tristement.

« Pauvre amour que vous offriez à celle qui était absente... et que vous offrez maintenant à celle qui va mourir...

— Non, non, dit-il avidement, ne croyez pas cela... Le salut est proche peut-être... je le sens, mon amour ne fait pas partie du passé, mais de l'avenir. »

Il voulut lui baiser les mains.

« Embrassez-moi », dit-elle, en lui tendant son front.

Chacun d'eux avait dû poser l'un de ses pieds au bord de l'abîme, sur la ligne étroite de granit qui suivait le quatrième côté du tremplin.

Ils s'embrassèrent gravement.

« Tenez-moi bien », dit Véronique.

Elle se renversa le plus possible, en levant la tête, et appela d'une voix étouffée :

« François… François… »

Mais il n'y avait personne à l'orifice supérieur. L'échelle y pendait toujours par un de ses crampons, hors de portée.

Véronique se pencha au-dessus de la mer. À cet endroit le renflement de la falaise avait moins de saillie, et elle vit, entre les récifs couronnés d'écume, un petit lac aux eaux dormantes, toutes paisibles, et si profondes que l'on n'en discernait pas le fond. Elle pensa que la mort serait plus douce là que sur les récifs aux pointes aiguës, et elle dit à Stéphane, dans un besoin subit d'en finir et de se soustraire à l'agonie trop lente :

« Pourquoi attendre le dénouement ? mieux vaut mourir que cette torture…

— Non, non, s'écria-t-il révolté à l'idée que Véronique pût disparaître.

— Vous espérez donc ?

— Jusqu'à la dernière seconde, puisqu'il s'agit de vous.

— Je n'espère plus », dit-elle.

Aucun espoir non plus ne le soutenait, mais il eût tant voulu endormir le mal de Véronique, et garder pour lui tout le poids de l'épreuve suprême !

La montée continuait. La trépidation avait cessé, et la pente du plancher s'accentuait, atteignant déjà le bas du guichet, à mi-hauteur de la porte. Mais il y eut comme un déclenchement brusque, un choc violent, et tout le guichet fut recouvert. Il devenait impossible de se tenir debout.

Ils s'étendirent dans le sens de l'inclinaison, en s'arc-boutant des pieds sur la bande de granit.

Deux secousses encore se produisirent, amenant chaque fois une poussée plus forte de l'extrémité supérieure. Le haut de la paroi du fond fut atteint, et l'énorme machine se rabattit peu à peu, en suivant la voûte vers l'ouverture de la grotte. Très nettement, on pouvait voir qu'elle s'encastrerait de façon exacte dans cette ouverture et qu'elle la fermerait hermétiquement, à la manière d'un pont-levis. Le roc avait été taillé pour que la funèbre besogne s'accomplît sans laisser de place au hasard.

Ils ne prononçaient pas une parole. Les mains jointes, ils étaient résignés. Leur mort prenait le caractère d'un événement décrété par le destin. Dans les profondeurs des siècles, la machine avait été construite, puis reconstruite sans doute, réparée, mise au point, et, le long des siècles, elle avait, mue par d'invisibles bourreaux, donné la mort à des coupables, à des criminels, à des innocents, à des hommes d'Armorique, de Gaule, de France ou de race étrangère. Prisonniers de guerre, moines sacrilèges, paysans persécutés, chouans, bleus, soldats de la Révolution, un à un, le monstre les avait jetés à l'abîme.

Aujourd'hui, c'était leur tour.

Ils n'avaient même pas cet amer soulagement que l'on trouve dans la haine et dans la fureur. Qui haïr ? Ils mouraient au milieu des ténèbres les plus épaisses, sans qu'un visage ennemi se dégageât de cette nuit implacable. Ils mouraient pour l'accomplissement d'une œuvre qu'ils ignoraient, pour faire nombre, aurait-on pu dire, et pour que fussent exécutées d'absurdes prophéties, des volontés imbéciles, comme les ordres donnés par les dieux barbares et formulés par des prêtres fanatiques. Ils étaient, chose inouïe, les victimes de quelque sacrifice expiatoire, de quelque holocauste offert aux divinités d'une religion sanguinaire !

Le mur se dressait derrière eux. Encore quelques minutes, il serait vertical. Le dénouement approchait.

Plusieurs fois Stéphane dut retenir Véronique. Une terreur croissante troublait l'esprit de la jeune femme. Elle eût voulu se précipiter…

« Je vous en prie, balbutiait-elle, laissez-moi… je souffre trop… »

Elle n'eût pas retrouvé son fils que, jusqu'au bout, elle fût restée maîtresse d'elle-même. Mais l'image de François la bouleversait.

L'enfant devait être captif également… on devait le torturer et l'immoler comme sa mère sur l'autel des dieux exécrables.

« Non, non, il va venir, affirmait Stéphane… Vous serez sauvée… je le veux… j'en suis sûr… »

Elle répondait avec égarement :

« Il est enfermé comme nous… on le brûle avec des torches… on le perce à coups de flèches… on lui déchire la chair… Ah ! mon pauvre petit !…

— Il va venir, mon amie… Il vous l'a dit, rien ne peut séparer une mère et un fils qui se sont retrouvés…

— C'est dans la mort que nous nous sommes retrouvés… c'est la mort qui nous réunira. Et que ce soit tout de suite !… Je ne veux pas qu'il souffre… »

La douleur était trop forte. D'un effort elle dégagea ses mains des mains de Stéphane et fit un mouvement pour s'élancer. Mais aussitôt elle se renversa contre le pont-levis en poussant, de même que Stéphane, un cri de stupeur.

Quelque chose avait passé devant leurs yeux, puis avait disparu. Cela venait du côté gauche.

« L'échelle… c'est l'échelle… n'est-ce pas ? murmura Stéphane.

— Oui, c'est François… dit Véronique, haletante de joie et d'espoir… Il est sauvé… Il vient nous secourir… »

À ce moment le mur de supplice était presque droit. Il frémissait sous leurs épaules, implacable. La grotte n'existait plus derrière eux. Ils appartenaient à l'abîme, tout au plus accrochés à une étroite corniche.

Véronique se pencha de nouveau. L'échelle revint, puis s'immobilisa, assujettie au moyen de ses deux crampons.

En haut, au creux de l'orifice, il y avait un visage d'enfant, et cet enfant souriait et gesticulait.

« Maman, maman… vite… »

L'appel était pressant et passionné. Les deux bras se tendaient vers le groupe. Véronique gémit :

« Ah ! c'est toi… c'est toi, mon chéri…

— Vite, maman, je tiens l'échelle… Vite… il n'y a aucun danger…

— Je viens, mon chéri… me voici… »

Elle avait saisi le montant le plus proche. Cette fois, aidée par Stéphane, elle n'eut pas de mal à s'établir sur le dernier échelon. Mais elle lui dit :

« Et vous, Stéphane ? Vous me suivez, n'est-ce pas ?

— J'ai le temps, dit-il, hâtez-vous…

— Non, promettez-moi…

— Je vous le jure, hâtez-vous… »

Elle gravit quatre échelons et s'arrêta en disant :

« Vous venez, Stéphane ? »

Déjà il s'était retourné contre la falaise et avait engagé la main gauche dans une étroite fissure qui demeurait entre le pont-levis et le roc. Sa main droite atteignit l'échelle, et il put poser le pied sur le barreau inférieur. Il était sauvé, lui aussi.

Avec quelle allégresse Véronique franchit l'espace ! Que le vide s'ouvrit au-dessous d'elle, est-ce que cela pouvait lui importer, alors que son fils était là, qu'il l'attendait, et qu'elle allait enfin le serrer contre elle !

« Me voici… me voici… disait-elle… me voici, mon chéri. »

Rapidement elle engagea sa tête et ses épaules dans la fenêtre. L'enfant l'attira. Elle enjamba le rebord. Enfin elle était auprès de son fils ! Ils se jetèrent dans les bras l'un de l'autre.

« Ah !… maman !… Est-ce possible ! maman !… »

Mais elle n'avait pas refermé ses bras sur lui qu'elle se rejeta un peu en arrière. Pourquoi ? Elle ne savait pas. Une gêne inexplicable arrêtait son effusion.

« Viens, viens, dit-elle en l'entraînant au plein jour de la fenêtre ; viens, que je te regarde. »

L'enfant se laissa faire. Elle l'examina deux ou trois secondes, pas davantage, et, tout à coup, avec un sursaut d'épouvante, proféra :

« C'est donc toi ? C'est donc toi l'assassin ? »

Horreur ! Elle retrouvait le visage même du monstre qui avait tué devant elle M. d'Hergemont et Honorine !

« Tu me reconnais donc ? » ricana-t-il.

Au ton même de l'enfant, Véronique comprit son erreur. Celui-là n'était pas François, mais l'autre, celui qui avait joué son rôle infernal avec les vêtements habituels de François.

Il ricana de nouveau :

« Ah ! tu commences à te rendre compte, madame ! n'est-ce pas, tu me reconnais ? »

La figure exécrable se contractait, devenait méchante, cruelle, animée de l'expression la plus vile.

« Vorski !... Vorski ! bégaya Véronique... C'est Vorski que je reconnais en toi...

Il éclata de rire.

« Pourquoi pas ?... Crois-tu que je vais renier papa comme tu l'as renié ?

— Le fils de Vorski ?... son fils !... répétait Véronique.

— Mon Dieu ! oui, son fils !... Que veux-tu ? il avait bien le droit d'avoir deux fils, ce brave homme ! Moi d'abord, et puis le doux François.

— Le fils de Vorski ! dit une fois encore Véronique.

— Et un rude gaillard, madame, je te le jure, digne de son papa, élevé dans les bons principes. Je te l'ai déjà montré, hein ? Mais ce n'est pas fini... nous n'en sommes qu'au début... Tiens, veux-tu que je t'en donne une nouvelle preuve ? Regarde donc un peu ce nigaud de précepteur... Non, mais regarde comment ça va quand je m'en mêle !... »

D'un bond il fut à la fenêtre. La tête de Stéphane apparaissait. L'enfant saisit un caillou et frappa de toutes ses forces, repoussant le fugitif.

Véronique, qui avait hésité au premier moment, ne comprenant pas la menace, s'élança et saisit le bras de l'enfant. Trop tard. La tête disparut. Les crampons de l'échelle sortirent du rebord. On entendit un grand bruit, puis tout en bas le bruit d'une chute dans l'eau.

Aussitôt Véronique courut à la fenêtre. L'échelle flottait sur la partie que l'on pouvait apercevoir du petit lac, immobile dans son cadre de récifs. Rien n'indiquait l'endroit où Stéphane était tombé. Aucun remous. Aucune ride.

Elle appela.

« Stéphane !... Stéphane !... »

Nulle réponse. Le grand silence de l'espace, où la brise se tait, où la mer s'endort.

« Ah ! misérable, qu'est-ce que tu as fait ? articula Véronique.

— Pleure pas, la dame, dit-il... le sieur Stéphane élevait ton fils comme une mazette. Allons, il faut rire. Si on s'embrassait ? Veux-tu, la dame à papa ? Voyons, quoi, tu fais une tête ! Tu me détestes donc bien ? »

Il s'approchait, les bras tendus. Vivement elle braqua sur lui son revolver.

« Va-t'en... va-t'en, ou je te tue comme une bête enragée. Va-t'en... »

La figure de l'enfant se fit encore plus sauvage. Il recula pas à pas, en grinçant :

« Ah ! tu me paieras ça, jolie dame ! Comment ! Je vais pour t'embrasser... je suis plein de bons sentiments... et tu veux faire le coup de feu ? Tu me le paieras avec du sang... du beau sang rouge qui coule... du sang... du sang... »

On eût dit que ce mot lui était agréable à prononcer. Il le répéta plusieurs fois, puis, de nouveau, lança un éclat de rire mauvais, et il s'enfuit par le tunnel qui conduisait au Prieuré, en criant :

« Le sang de ton fils, maman Véronique... le sang de ton François bien-aimé... »

X

L'ÉVASION

Frissonnante, indécise, Véronique écouta jusqu'à ce que le dernier pas eût retenti. Que faire ? Le meurtre de Stéphane avait détourné un instant sa pensée de François, et voilà qu'elle était reprise d'angoisse. Qu'était devenu son fils ? Devait-elle le rejoindre au Prieuré et le défendre contre les dangers qui le menaçaient ?

« Voyons, voyons, dit-elle, je perds la tête… Quoi ! réfléchissons… Il y a quelques heures François me parlait à travers les murs de sa prison… car c'était bien lui alors… c'était bien François qui, la veille, saisissait ma main et la caressait de ses baisers… Une mère ne se trompe pas, et je frémissais de tendresse et d'amour… Mais depuis… depuis ce matin, n'a-t-il pas quitté sa prison ? »

Elle demeura songeuse, et ensuite prononça lentement :

« C'est cela… voilà ce qui s'est passé… En bas, à l'étage inférieur, Stéphane et moi, nous avons été surpris. Aussitôt, alerte, le monstre, le fils de Vorski, est monté précisément pour surveiller François. Il a trouvé la cellule vide, et, apercevant l'ouverture pratiquée, il a rampé jusqu'ici. Oui, c'est cela… Sinon, par quel chemin serait-il venu ?… Arrivé ici, il a eu l'idée de courir à la fenêtre, pensant bien qu'elle donnait sur la mer et qu'elle avait été choisie pour l'évasion de François… Tout de suite il a vu les crampons de l'échelle. Puis, se penchant, il m'a vue, moi, il m'a reconnue, et il m'a appelée… Et maintenant… maintenant il se dirige vers le Prieuré où, inévitablement, il rencontrera François… »

Cependant, Véronique ne bougeait point. Elle avait l'intuition que le danger n'était pas du côté du Prieuré, mais ici même, du côté des cellules. Elle se demandait si, réellement, François avait pu s'enfuir, et si, avant que sa tâche fût terminée, il n'avait pas été surpris par l'*autre* et frappé par lui.

Doute affreux! Elle se baissa vivement, et, constatant que l'ouverture avait été élargie, voulut passer à son tour. Mais l'issue, tout au plus suffisante pour un enfant, était trop étroite pour elle, et ses épaules furent arrêtées. Elle s'obstina, néanmoins, déchira son corsage, se meurtrit la chair aux saillies du roc, et, enfin, à force de patience et de tâtonnements, réussit à se glisser.

La cellule était vide. Mais la porte était ouverte sur les couloirs opposés, et Véronique eut l'impression – l'impression seulement, car il ne venait de la fenêtre qu'une faible lumière – que quelqu'un sortait de la cellule par cette porte ouverte. Et elle gardait, de cette vision si confuse d'une silhouette qu'elle n'avait pour ainsi dire pas vue, la certitude que c'était une femme qui se cachait là, dans le couloir, une femme surprise par son irruption inattendue.

« C'est leur complice, pensa Véronique. Elle est montée avec l'enfant qui a tué Stéphane, et, sans doute, a-t-elle emmené François… Peut-être même François est-il encore là, tout près de moi, tandis qu'elle me surveille… »

Cependant, les yeux de Véronique s'accoutumaient à la demi-obscurité, et elle vit distinctement qu'il y avait sur le battant de la porte, lequel s'ouvrait à l'intérieur, une main de femme, qui tirait doucement.

« Pourquoi ne ferme-t-elle pas d'un coup? se demanda Véronique, pourquoi, puisqu'elle veut évidemment mettre cette barrière entre nous? »

La réponse, Véronique la connut en entendant, sous le battant, le grincement d'un caillou qui faisait obstacle. L'obstacle supprimé, la porte serait close. Sans hésitation, Véronique s'avança, saisit une énorme poignée de fer et tira vers elle. La main disparut, mais l'effort adverse continua. Il devait y avoir aussi une poignée de l'autre côté.

Tout de suite un coup de sifflet retentit. La femme demandait du secours. Et, presque en même temps, dans le couloir, à quelque distance de la femme, un cri :

« Maman! maman! »

Ah! ce cri, avec quelle émotion profonde Véronique l'entendit! Son fils, son vrai fils l'appelait, son fils encore prisonnier, mais vivant! quelle joie surhumaine!

« Me voici, mon petit.

— Vite, maman, ils m'ont attaché, et le sifflet, c'est leur signal... on va venir.

— Me voici... je te sauverai avant!... »

Elle ne doutait pas du dénouement. Il lui semblait que ses forces n'avaient pas de bornes et que rien ne pourrait résister à la tension exaspérée de tout son être. De fait, l'adversaire faiblissait, abandonnait peu à peu du terrain.

L'ouverture devenait plus grande, et subitement la lutte fut terminée. Véronique passa.

La femme avait fui déjà dans le couloir et tirait l'enfant par une corde, pour le contraindre à marcher malgré les liens qui l'attachaient. Vaine tentative! Elle y renonça aussitôt. Véronique était près d'elle, le revolver au poing.

La femme lâcha l'enfant et se redressa dans la clarté qui provenait des cellules ouvertes. Elle était vêtue de laine blanche, avec une cordelière autour de la taille, les bras à demi nus, le visage encore jeune, mais flétri, maigre et ridé. Sa chevelure était blonde, coupée de mèches blanches. Ses yeux brillaient de fureur haineuse.

Les deux femmes se regardaient, sans un mot, comme deux ennemis qui se sont mesurés et entre lesquels la bataille recommencera. Triomphante, Véronique souriait presque, d'un sourire de défi. À la fin, elle dit :

« Si vous touchez du bout du doigt à mon enfant, je vous tue. Partez. »

La femme n'avait pas peur. Elle semblait réfléchir, et prêtait l'oreille dans l'attente d'un secours. Rien ne venait. Alors, elle baissa les yeux vers François et fit un mouvement comme pour ressaisir sa proie.

« N'y touchez pas! reprit Véronique avec violence. N'y touchez pas, ou je tire! »

La femme haussa les épaules et scanda :

« Pas de menaces. Si j'avais voulu le tuer, ton enfant, ce serait déjà fait. Mais son heure n'est pas venue, et ce n'est pas par moi qu'il doit mourir. »

Malgré elle, Véronique murmura, toute frémissante :

« Par qui doit-il mourir ?

— Par mon fils. Tu sais… celui que tu viens de voir.

— C'est votre fils, l'assassin… le monstre !…

— C'est le fils de…

— Taisez-vous ! taisez-vous ! ordonna Véronique, comprenant que cette femme avait été la maîtresse de Vorski et craignant qu'elle ne fît quelque révélation devant François… Taisez-vous, ce nom-là ne doit pas être prononcé.

— Il le sera quand il le faudra, dit la femme. Ah ! si j'ai souffert par toi, Véronique, c'est à ton tour, et tu n'en es qu'au début !…

— Va-t'en, cria Véronique, l'arme toujours braquée.

— Pas de menaces, encore une fois.

— Va-t'en ou je tire. Sur la tête de mon fils, je le jure. »

La femme recula, inquiète quand même. Mais un nouvel accès de rage la souleva. Impuissante, elle porta ses deux poings en avant, et articula d'une voix rauque et saccadée :

« Je me vengerai… tu verras ça, Véronique… La croix… comprends-tu… la croix est dressée… tu es la quatrième… Quelle vengeance ! »

Ses poings secs et noueux s'agitaient. Elle dit encore :

« Ah ! comme je te hais ! Quinze ans de haine ! Mais la croix me vengera… C'est moi, c'est moi qui t'attacherai là-haut… La croix est dressée… tu verras… la croix est dressée… »

Elle s'en alla lentement, toute droite, sous la menace du revolver.

« Maman, ne la tue pas, n'est-ce pas ? » murmura François, devinant le combat qui se livrait dans l'âme de sa mère.

Véronique sembla se réveiller, et répondit :

« Non, non, ne crains rien… Cependant, on devrait peut-être…

— Oh ! je t'en prie, laisse-la, maman, et allons-nous-en. »

Elle le souleva dans ses bras, avant même que la femme eût disparu, le pressa contre elle et l'emporta jusqu'à la cellule, comme s'il n'eût pas pesé plus qu'un petit enfant.

« Maman… maman… disait-il.

— Oui, mon chéri, ta maman, et personne ne t'arrachera plus à moi, je te le jure. »

Sans se soucier des blessures que la pierre lui faisait, elle se glissa, presque d'un coup cette fois, par la fente que François avait pratiquée dans le mur, puis elle attira l'enfant, et seulement elle prit le temps de le délivrer de ses liens.

« Plus de danger ici, dit-elle, du moins pour le moment, puisque l'on ne peut guère nous attaquer que par cette cellule et que je saurais bien en défendre l'issue. »

Ah ! de quelle étreinte ils se serrèrent l'un contre l'autre ! Aucun obstacle ne séparait maintenant leurs lèvres et leurs bras. Ils se voyaient, ils se regardaient à même les yeux.

« Mon Dieu ! que tu es beau, mon François », disait Véronique.

Elle ne lui trouvait point de ressemblance avec l'enfant meurtrier, et s'étonnait qu'Honorine eût pu les confondre l'un avec l'autre. Et elle ne se lassait pas d'admirer la noblesse, la franchise et la douceur de son visage.

« Et toi, ma maman, disait-il, supposes-tu donc que j'imaginais une mère aussi belle que toi ? Non, pas même dans mes rêves, quand tu m'apparaissais sous l'aspect d'une fée. Et cependant Stéphane m'a souvent raconté… »

Elle l'interrompit :

« Dépêchons-nous, mon chéri, il faut nous mettre à l'abri de leurs poursuites. Il faut s'en aller.

— Oui, dit-il, et surtout s'en aller de Sarek. J'ai combiné un plan de fuite qui doit forcément réussir. Mais, avant tout, Stéphane… qu'est-il devenu ? J'ai entendu au-dessous de ma cellule le bruit dont je t'ai déjà parlé, et je crains… »

Sans répondre à sa question, elle l'entraîna par la main.

« J'ai beaucoup de choses à te révéler, mon chéri, des choses douloureuses que tu ne dois plus ignorer. Mais tout à l'heure… Pour l'instant, il faut nous réfugier au Prieuré. Cette femme va chercher du secours et nous poursuivre.

— Mais elle n'était pas seule, maman, quand elle est entrée brusquement dans ma cellule et qu'elle m'a surpris en train de creuser le mur. Quelqu'un l'accompagnait…

— Un enfant, n'est-ce pas ? un garçon de ta grandeur ?

— Je ne l'ai guère vu. Ils se sont jetés sur moi, la femme et lui, ils m'ont attaché et porté dans le couloir, puis la femme est partie un moment, et, lui, il est revenu vers la cellule. Il connaît donc maintenant ce tunnel et l'issue qui débouche au Prieuré.

— Oui, je sais, mais nous aurons facilement raison de lui, et nous boucherons cette issue.

— Mais il reste le pont, qui relie les deux îles, objecta François.

— Non, dit-elle, je l'ai incendié. Le Prieuré est absolument isolé. »

Ils marchaient rapidement, Véronique pressant l'allure, François un peu inquiet des paroles que prononçait sa mère.

« Oui, oui… disait-il, je me rends compte, en effet, qu'il y a beaucoup de choses que j'ignore, et que tu m'as cachées pour ne pas m'effrayer, maman. Ainsi ce pont que tu as brûlé… Avec l'essence préparée, n'est-ce pas ? et comme c'était convenu avec Maguennoc, en cas de péril ?… On te menaçait donc aussi, et la lutte avait commencé contre toi, maman ? Et puis certaines paroles que cette femme a prononcées avec tant de haine !… Et puis… et puis surtout, qu'est devenu Stéphane ? Dans ma cellule, tout à l'heure, ils ont parlé de lui, à voix basse… Tout cela me tourmente… Je ne vois pas non plus l'échelle que tu avais apportée…

— Je t'en prie, mon chéri, ne perdons pas un instant. La femme aura trouvé du secours… On est sur nos traces. »

L'enfant s'arrêta net.

« Maman…

— Quoi ? Tu entends quelque chose ?

— On marche.

— Tu es sûre ?

— On marche à notre rencontre…

— Ah ! fit-elle sourdement, c'est l'assassin qui revient du Prieuré… »

Elle tâta son revolver, prête à tout. Mais soudain elle poussa François vers un coin d'ombre, qui s'ouvrait à sa droite et qui était formé par l'amorce d'un de ces tunnels, probablement obstrués, qu'elle avait remarqués en venant.

« Là… là… dit-elle… nous serons bien… il ne nous verra pas. »

Le bruit se rapprochait.

« Renfonce-toi, dit-elle, et pas un mouvement… »

L'enfant murmura :

« Qu'est-ce que tu as à la main ?… Ton revolver… Ah ! maman, tu ne vas pas tirer ?…

— Je devrais… je devrais… dit Véronique… C'est un tel monstre !… C'est comme sa mère… j'aurais dû… nous regretterons peut-être… »

Et elle ajouta, presque à son insu :

« Il a tué ton grand-père.

— Ah ! maman… maman… »

Elle le soutint pour qu'il ne tombât point, et, dans le silence, elle entendit les pleurs de l'enfant qui sanglotait contre elle, et qui balbutiait :

« N'importe… ne tire pas… maman…

— Le voilà… mon chéri… tais-toi… le voilà… regarde-le… »

L'autre passa. Il marchait lentement, un peu courbé, l'oreille aux aguets. Il parut à Véronique exactement de la même grandeur que son fils, et, cette fois, en le regardant de façon plus attentive, elle ne s'étonna pas trop qu'Honorine et M. d'Hergemont se fussent trompés, car il existait réellement des points de ressemblance qu'avait dû accentuer le port du béret rouge dérobé à François.

Il s'éloigna.

« Tu le connais ? demanda Véronique.

— Non, maman.

— Tu es certain de ne l'avoir jamais vu ?

— Certain.

— Et c'est bien lui qui s'est jeté sur toi, dans la cellule, avec la femme ?

— Je n'en doute pas, maman. Il m'a même frappé au visage, sans raison, avec une véritable haine.

— Ah ! dit-elle, tout cela est incompréhensible. Quand donc échapperons-nous à ce cauchemar !

— Vite, maman, le chemin est libre. Profitons-en. »

Sous la lumière, elle vit qu'il était tout pâle, et elle sentit sa main glacée dans la sienne. Pourtant il lui sourit d'un air heureux.

Ils repartirent, et, bientôt, après avoir franchi le pan de falaise qui réunissait les deux îles, et remonté les escaliers, ils débouchaient en plein air, à droite du jardin de Maguennoc. Le jour commençait à baisser.

« Nous sommes sauvés, dit Véronique.

— Oui, objecta l'enfant, mais à condition que l'on ne puisse pas nous rejoindre par le même chemin. Il s'agit donc de le barrer.

— Comment ?

— Attends-moi, je vais chercher des instruments au Prieuré.

— Oh ! non, ne nous quittons pas, François.

— Allons-y ensemble, maman.

— Et si l'ennemi arrive pendant ce temps ? Non, il faut défendre cette sortie.

— Alors, aide-moi, maman. »

Un examen rapide leur montra que l'une des deux pierres qui faisaient voûte au-dessus de l'entrée n'avait pas de racines bien profondes. Ils n'eurent point de mal, en effet, à l'ébranler d'abord, puis à la déchausser. La pierre tomba en travers de l'escalier, et fut aussitôt recouverte par un éboulis de terre et de cailloux qui rendait le passage sinon impraticable, du moins difficile.

« D'autant que nous restons là, dit François, jusqu'à ce que nous puissions mettre mon projet à exécution. Et, sois tranquille, maman, l'idée est bonne, et nous ne sommes pas loin du but. »

D'ailleurs, avant tout, ils reconnurent que le repos était nécessaire. L'un et l'autre, ils étaient épuisés.

« Étends-toi, maman… tiens, ici… il y a un tapis de mousse, sous ce rocher qui surplombe et qui forme une vraie niche. Tu y seras comme une reine, à l'abri de la fraîcheur.

— Ah ! mon chéri, mon chéri », murmura Véronique tout heureuse…

L'heure était venue pour eux de s'expliquer, et Véronique n'hésita pas à le faire. Le chagrin de l'enfant, en apprenant la mort de tous ceux qu'il aimait et de tous ceux qu'il avait connus, s'atténuerait de toute la joie qu'il éprouvait à retrouver sa mère. Elle parla donc sans réticence, le berçant contre elle, essuyant ses larmes, sentant bien qu'elle suffisait à remplacer toutes les affections et toutes les amitiés perdues. La mort de Stéphane, surtout, le frappa.

« Mais, est-ce bien sûr ? disait-il, car enfin rien ne nous prouve qu'il se soit noyé. Stéphane nage parfaitement... et alors... Mais oui, mais oui, maman, il ne faut pas désespérer... au contraire... Tiens, voici justement un ami qui vient toujours aux heures sombres pour affirmer que tout n'est pas perdu. »

Tout-Va-Bien, en effet, arrivait en trottinant. La vue de son maître n'eut pas l'air de le surprendre. Rien ne surprenait Tout-Va-Bien outre mesure. Les événements se succédaient toujours pour lui suivant un ordre naturel qui ne le dérangeait ni dans ses habitudes ni dans ses occupations. Les larmes seules lui semblaient dignes d'une attention particulière. Or, Véronique et François ne pleuraient pas.

« Tu vois, maman, Tout-Va-Bien est de mon avis, rien n'est perdu... mais, en vérité, mon vieux Tout-Va-Bien, tu as du flair. Hein ! qu'aurais-tu dit si nous avions quitté l'île sans toi ? »

Véronique regarda son fils.

« Quitter l'île ?

— Certes, et le plus tôt possible. C'est là mon projet, qu'en dis-tu ?

— Mais comment s'en aller ?

— En barque.

— Il y en a une par ici ?

— La mienne.

— Où ?

— Tout près d'ici, à la pointe même de Sarek.

— On peut donc descendre ? La falaise est à pic, cependant.

— C'est à l'endroit même où elle est le plus abrupte, un endroit qu'on appelle la Poterne. C'est ce nom qui nous a intrigués, Stéphane et moi. Une poterne, cela indique une entrée, une sortie. Or, nous avons fini par apprendre qu'au Moyen Âge, du temps même des moines, l'îlot du Prieuré était entouré de remparts. Il était donc à supposer qu'il y avait eu là une poterne qui commandait une issue vers la mer. Et, de fait, après quelques recherches effectuées avec Maguennoc, nous avons découvert, dans le plateau de la falaise, comme une faille, une dépression remplie de sable, et maintenue de place en place par de véritables murs en gros moellons. Un sentier tourne au milieu, avec des marches et des fenêtres du côté de la mer, et conduit jusqu'à une petite baie. C'est l'issue de la poterne. Nous l'avons remise en état, et ma barque est suspendue au pied de la falaise. »

Le visage de Véronique se transformait.

« Mais alors, nous sommes sauvés, cette fois !

— Sans le moindre doute.

— Et l'ennemi ne peut pas venir par là ?

— Comment ?

— Il dispose du canot automobile.

— S'il n'est pas venu, c'est qu'il ne connaît ni cette baie ni cette descente, lesquelles sont invisibles au large et défendues, d'ailleurs, par mille pointes de récifs.

— Et qui nous empêche de partir tout de suite ?

— La nuit, maman. Si bon marin que je sois, si habitué à toutes les passes qui permettent de s'éloigner de Sarek, je ne suis pas du tout sûr de ne pas échouer sur quelque écueil. Non, il faut attendre le jour.

— Comme c'est long !

— Quelques heures de patience, maman. Et nous sommes ensemble ! Dès l'aube, on s'embarque, et nous commençons par suivre le pied de la falaise jusqu'au-dessous des cellules. Là, nous recueillons Stéphane qui, forcément, nous attend sur quelque plage, et nous filons, tous les quatre ; n'est-ce pas, Tout-Va-Bien ? Vers midi, nous abordons à Pont-l'Abbé. Voilà mon plan. »

Véronique débordait de joie et d'admiration. Elle s'étonnait qu'un enfant pût faire preuve d'un tel sang-froid !

« C'est parfait, mon chéri, et tu as raison en tout. Décidément la chance tourne de notre côté. »

La soirée s'écoula sans incidents. Une alerte pourtant, du bruit sous les décombres qui obstruaient le souterrain, et un rayon lumineux qui filtra par une fente les obligea à monter la garde jusqu'au moment du départ. Mais leur bonne humeur n'en fut pas altérée.

« Mais oui, mais oui, je suis tranquille, disait François. Dès l'instant où je t'ai retrouvée, j'ai senti que c'était pour toujours. D'ailleurs, en dernier ressort, ne nous reste-t-il pas un espoir suprême ? Stéphane t'en a parlé, n'est-ce pas ? et cela te fait rire, cette confiance dans un sauveur que je n'ai jamais vu… Eh bien, je te le dis, maman, alors même que je verrais un poignard levé sur moi, je serais certain, tu entends, absolument certain, qu'une main arrêterait le coup.

— Hélas ! dit-elle, cette main providentielle n'a pas empêché tous les malheurs que je t'ai racontés.

— Elle écartera ceux qui menacent ma mère, affirma l'enfant.

— Comment ? Cet ami inconnu n'a pas été averti.

— Il viendra quand même. Il n'a pas besoin d'être averti pour savoir que le danger est grand. Il viendra. Aussi, maman, promets-le-moi : quoi qu'il arrive, tu garderas confiance.

— Je garderai confiance, mon chéri, je te le promets.

— Et tu fais bien, dit-il en riant, puisque c'est moi qui deviens le chef. Et quel chef, hein, maman ? Dès hier soir, je prévoyais que, pour mener à bien l'entreprise, et pour que ma mère n'ait ni froid ni faim, au cas où l'on aurait pu s'embarquer cet après-midi, il nous faudrait des vivres et des couvertures ! Eh bien, cela va nous servir pour cette nuit, puisque par prudence nous ne devons pas abandonner notre poste ici et coucher au Prieuré. Où as-tu mis le paquet, maman ? »

Tous deux mangèrent gaiement et de bon appétit. Puis François installa sa mère, l'enveloppa de vêtements, et ils s'endormirent, pressés l'un contre l'autre, heureux et sans crainte.

Quand l'air vif du matin réveilla Véronique, une bande de clarté un peu rose barrait le ciel.

François dormait, d'un sommeil paisible d'enfant qui se sent protégé et que n'assaille aucun rêve mauvais. Elle le contempla longuement, indéfiniment, sans se lasser, et le soleil était déjà bien au-dessus de l'horizon qu'elle le regardait encore.

« À l'œuvre, maman, dit-il, dès qu'il eut ouvert les yeux et qu'il l'eut embrassée. Personne du côté du souterrain ? Non. Alors nous avons tout le temps de nous embarquer. »

Ils emportèrent les couvertures et les provisions et se dirigèrent, d'un pas allègre, vers la descente de la Poterne, à la pointe même de l'île. Au-delà de cette pointe, les roches s'amoncelaient en un chaos formidable, où la mer, cependant calme, clapotait avec fracas.

« Pourvu que ta barque y soit encore ! dit Véronique.

— Penche-toi un peu, maman. Tu la vois, là-bas, suspendue dans cette anfractuosité ? Il nous suffira de manœuvrer la poulie et de la mettre à flot. Ah ! tout est bien combiné, mère chérie... Il n'y a rien à craindre... Seulement... Seulement... »

Il s'était interrompu et réfléchissait.

« Quoi ?... qu'y a-t-il ?... demanda Véronique.

— Oh ! rien, un petit retard...

— Mais, enfin... »

Il se mit à rire.

« Vrai, pour un chef d'expédition, j'avoue que c'est un peu humiliant. Figure-toi que je n'ai oublié qu'une chose, les rames. Elles sont au Prieuré.

— Mais c'est terrible ! s'écria Véronique.

— Pourquoi ? Je cours au Prieuré. Dans dix minutes je suis de retour. »

Toutes les appréhensions de Véronique revenaient.

« Et s'ils débouchent du tunnel pendant ce temps ?

— Allons, allons, maman, dit-il en riant, tu m'as promis d'avoir confiance. Pour déboucher du tunnel, il leur faut une heure de travail, et on les entendrait. Et puis, pas d'explications inutiles, maman chérie. À tout à l'heure. »

Il s'élança.

« François ? François ? »

Il ne répondit pas.

« Ah ! pensa-t-elle, de nouveau assaillie par des pressentiments, je m'étais juré de ne pas le quitter d'une seconde. »

Elle le suivit de loin, et s'arrêta sur un monticule situé entre le Dolmen-aux-Fées et le Calvaire-Fleuri. De là, elle apercevait l'issue du tunnel, et elle voyait aussi son fils qui dégringolait le long de la pelouse.

Il entra d'abord dans le sous-sol du Prieuré. Mais sans doute les rames ne s'y trouvaient-elles point, car il sortit presque aussitôt et se dirigea vers la porte principale qu'il ouvrit, et il disparut.

« Une minute lui suffira amplement, se dit Véronique. Les rames doivent être dans le vestibule… en tout cas, sûrement au rez-de-chaussée… Mettons deux minutes au plus. »

Elle compta les secondes, tout en observant l'issue du tunnel.

Mais il se passa trois minutes, quatre minutes, et la porte principale ne se rouvrit pas.

Toute la confiance de Véronique s'évanouit. Elle songea que c'était fou de ne pas avoir accompagné son fils, et qu'elle n'aurait jamais dû se soumettre à la volonté d'un enfant. Sans s'occuper du tunnel et des menaces qui pouvaient surgir de ce côté, elle se mit en marche vers le Prieuré. Mais elle avait cette sensation affreuse que l'on éprouve dans certains rêves où les jambes sont comme paralysées, et où l'on reste sur place, tandis que l'ennemi avance et vous attaque.

Et tout à coup, en arrivant au Dolmen, elle avisa un spectacle étrange dont la signification ne lui apparut pas sur-le-champ. Le sol, au pied des chênes qui encerclaient l'hémicycle vers la droite, était jonché de branches coupées, coupées récemment, et qui montraient encore leurs feuilles fraîches.

Elle leva les yeux et demeura stupéfaite, épouvantée.

Un seul chêne avait été dépouillé. Et sur l'énorme tronc, nu jusqu'à une hauteur de quatre ou cinq mètres, il y avait, piquée par une flèche, une pancarte avec cette inscription : *V. d'H.*

« La quatrième croix… balbutia Véronique… la croix marquée à mon nom !… »

Elle pensa que, son père étant mort, ses initiales de jeune fille avaient dû être tracées par l'un des ennemis, le principal, assurément, et pour la première fois, sous l'influence des événements qui venaient de se produire, songeant à la femme et à l'enfant qui la persécutaient, elle donna malgré elle, à cet ennemi-là, un visage déterminé.

Impression fugitive, hypothèse invraisemblable, dont elle n'eut même pas conscience. Quelque chose de plus terrible la bouleversait. Elle comprenait subitement que les monstres, ceux des landes et des cellules, les complices de la femme et de l'enfant, avaient dû venir, puisque la croix était dressée. Sans doute avaient-ils construit et jeté une passerelle à la place du pont incendié. Ils étaient maîtres du Prieuré. Et François se trouvait de nouveau entre leurs mains !

Alors elle bondit d'un trait, toutes ses forces ranimées. À son tour elle courut par la pelouse semée de ruines qui descendait vers la façade.

« François !... François !... François !... »

Elle appelait d'une voix déchirante. Elle annonçait son approche à grands cris. Et ainsi elle parvint au Prieuré.

L'un des battants était entrouvert. Elle le poussa et se rua dans le vestibule en criant :

« François ! François ! »

L'appel résonna de haut en bas, à travers toute la maison, mais resta sans réponse.

« François ! François ! »

Elle gravit l'escalier, ouvrit des portes au hasard, courut à la chambre de son fils, à celle de Stéphane, à celle d'Honorine. Personne.

« François ! François !... Tu ne m'entends pas ? Ils te font du mal, peut-être ?... Oh ! François, je t'en prie... »

Elle revint jusqu'au palier.

En face d'elle, c'était le bureau de M. d'Hergemont.

Elle se jeta sur la porte et recula aussitôt, comme frappée par une vision surgie de l'enfer même.

Un homme était là, debout, les bras croisés, qui paraissait attendre. Et c'était bien l'homme qu'elle avait imaginé un instant en pensant à la femme et à l'enfant. C'était le troisième monstre !

Elle dit simplement, mais avec quelle horreur inexprimable :

« Vorski... ! Vorski !... »

XI

LE FLÉAU DE DIEU

Vorski! Vorski! L'être innommable dont le souvenir l'emplissait d'horreur et de honte, le monstrueux Vorski n'était pas mort! L'assassinat de l'espion par un de ses camarades, son enterrement dans le cimetière de Fontainebleau, tout cela, des fables, des erreurs! Une seule réalité, Vorski vivait!

De toutes les visions qui avaient pu hanter le cerveau de Véronique, il n'en était aucune dont l'abomination égalât un pareil spectacle : Vorski debout, les bras croisés, d'aplomb sur ses deux jambes, la tête droite entre les deux épaules, vivant, vivant!

Elle eût tout accepté avec sa vaillance ordinaire : cela point. Elle s'était sentie la force d'affronter et de braver n'importe quel ennemi ; pas cet ennemi-là. Vorski, c'était l'ignominie, la méchanceté jamais satisfaite, la sauvagerie sans bornes, la méthode et la démence dans le crime.

Et cet homme l'aimait.

Elle rougit soudain. Vorski fixait des yeux avides sur la chair nue de ses épaules et de ses bras, qui apparaissait entre les lambeaux de son corsage, et il regardait cette chair nue comme une proie que rien ne pouvait lui arracher. Pourtant Véronique ne bougea point. Aucun voile n'était à sa portée. Elle se raidit sous l'affront de ce désir, et le défia d'un tel regard qu'il en fut gêné et détourna les yeux un instant.

Aussitôt, dans un élan, elle s'écria :

« Mon fils! où est François? je veux le voir. »

Il répliqua :

« *Notre* fils m'est sacré, madame. Il n'a rien à craindre de son père.

— Je veux le voir. »

Il leva la main en signe de serment.

« Vous le verrez, je vous le jure.

— Mort, peut-être ! fit-elle d'une voix sourde.

— Vivant comme vous et moi, madame. »

Il y eut un nouveau silence. Visiblement, Vorski cherchait ses phrases et préparait le discours par lequel devait commencer entre eux l'implacable combat.

C'était un homme de stature athlétique, puissant de torse, les jambes un peu arquées, le cou énorme et gonflé par les tendons des muscles, avec une tête trop petite sur laquelle étaient plaqués deux bandeaux de cheveux blonds. Ce qui, autrefois, donnait chez lui l'impression d'une force brutale où il y avait encore une certaine distinction, était devenu, avec l'âge, l'attitude massive et vulgaire du lutteur de profession qui se carre sur l'estrade foraine. Le charme inquiétant auquel les femmes se prenaient jadis s'était dissipé, et il ne restait qu'une physionomie âpre et cruelle dont il essayait de corriger la dureté par un sourire impassible.

Il décroisa les bras, approcha un fauteuil, et, s'inclinant devant Véronique :

« La conversation que nous allons avoir, madame, sera longue et quelquefois pénible. Ne voulez-vous pas vous asseoir ? »

Il attendit un instant, et, ne recevant pas de réponse, sans se laisser démonter, il reprit :

« Il y a, d'ailleurs, tout ce qu'il faut sur ce guéridon pour se restaurer ; et un biscuit, un doigt de vieux vin, un verre de champagne ne vous seraient peut-être pas inutiles… »

Il affectait une politesse exagérée, cette politesse toute germaine des demi-barbares qui veulent prouver qu'aucune des subtilités de la civilisation ne leur est inconnue, et qu'ils sont initiés à tous les raffinements de la courtoisie, même à l'égard d'une femme que le droit de conquête leur permettrait de traiter de façon plus cavalière. Et c'était là un de ces détails qui, dans le temps passé, avaient éclairé le plus vivement Véronique sur l'origine probable de son mari.

Elle haussa les épaules et garda le silence.

« Soit, dit-il, mais vous m'autoriserez alors à rester debout comme il sied à un gentilhomme qui se pique de quelque savoir-vivre. Et, de plus, vous voudrez bien m'excuser si je parais en votre présence dans cette tenue plus que négligée. Les camps de concentration et les cavernes de Sarek ne sont guère favorables au renouvellement d'une garde-robe. »

Il portait, en effet, un vieux pantalon rapiécé et un gilet de laine rouge déchiré. Mais, par là-dessus, il avait endossé une tunique de lin blanche mi-fermée à l'aide d'une cordelière. Accoutrement recherché au fond, et dont il accentuait les bizarreries par des attitudes théâtrales et un air de négligence satisfaite.

Content de son préambule, il se mit à marcher de long en large, les mains au dos, en homme qui n'est pas pressé et qui prend le loisir de la réflexion dans les circonstances les plus graves. Puis il s'arrêta et, lentement :

« Je crois, madame, que nous gagnerons du temps à perdre les quelques minutes indispensables à un exposé sommaire de ce que fut notre vie commune. N'est-ce pas votre opinion ? »

Véronique ne répondit pas. Il commença donc de la même voix posée :

« Quand vous m'avez aimé… »

Elle eut un geste de révolte. Il insista :

« Cependant, Véronique…

— Ah ! fit-elle avec dégoût, je vous défends… Ce nom prononcé par vous !… je vous défends… »

Il sourit, et, d'un ton de condescendance :

« Ne m'en voulez pas, madame. Quelle que soit la formule employée, mon respect vous est acquis. Je reprends donc. Quand vous m'avez aimé, j'étais, il faut l'avouer, un libertin sans cœur, un débauché, qui ne manquait peut-être pas d'une certaine allure, car j'ai toujours poussé les choses à outrance, mais qui n'avait aucune des qualités nécessaires au mariage. Ces qualités je les aurais acquises facilement sous votre influence, puisque je vous aimais à la folie. Il y avait en vous une pureté qui me ravissait, un charme et une naïveté que je n'avais rencontrés chez aucune femme. Il eût suffi d'un peu de patience de votre part, d'un effort de douceur, pour me transformer. Malheureusement, dès la première heure, après des fiançailles assez tristes où vous ne pensiez qu'au chagrin et à la rancune de votre père, dès la première heure de notre mariage, il y eut entre nous un désaccord profond, irrémédiable. Vous aviez accepté malgré vous le fiancé qui s'était imposé. Vous n'avez eu pour le mari que haine et répulsion. Ce sont là des choses qu'un homme comme Vorski ne pardonne pas. Assez de femmes et des plus hautaines m'avaient donné à moi-même la preuve de ma parfaite délicatesse, pour que j'aie le droit de ne m'adresser aucun reproche. Que la petite bourgeoise que vous étiez s'offusquât, tant pis. Vorski est de ceux qui agissent selon leurs instincts et leurs passions. Ces instincts et ces passions vous déplaisaient ? À votre idée, madame. J'étais libre, je repris ma vie. Seulement… »

Il s'interrompit quelques secondes, puis acheva :

« Seulement, je vous aimais. Et lorsque, un an plus tard, les événements se précipitèrent, lorsque la perte de votre fils vous eut jetée dans un couvent, moi, je restai avec cet amour inassouvi, brûlant et torturant. Ce que fut mon existence, vous pouvez le deviner : une suite de débauches et d'aventures violentes où j'essayais vainement de vous oublier, et puis des coups d'espoir subit, des pistes que l'on m'indiquait et sur lesquelles je m'élançais à corps perdu, pour retomber toujours au découragement et à la solitude. C'est ainsi que je retrouvai votre père et votre fils. C'est ainsi que je connus leur retraite ici, que je les surveillai, que je les épiai, moi-même ou par l'intermédiaire de personnes qui m'étaient toutes dévouées. Je comptais de la sorte arriver jusqu'à vous, but unique de mes efforts et raison suprême de tous mes actes, quand la guerre fut déclarée. Huit jours après, n'ayant pu franchir la frontière, j'étais emprisonné dans un camp de concentration… »

Il s'arrêta. Son dur visage devint plus dur encore, et il gronda :

« Oh ! l'enfer que j'ai vécu là ! Vorski ! Vorski, fils de roi, confondu parmi tous les garçons de café et tous les voyous de Germanie ! Vorski, captif, honni de tous et détesté par tous ! Vorski, sale et pouilleux ! Ai-je souffert, mon Dieu ! Mais passons là-dessus. Ce que j'ai fait pour sortir de la mort, j'ai eu raison de le faire. Si quelque autre, à ma place, a été frappé par le poignard, si quelque autre est enterré sous mon nom en un coin de France, je ne le regrette pas. Lui ou moi, il fallait choisir. J'ai choisi. Et ce n'est peut-être pas seulement l'amour tenace de la vie qui m'a fait agir, c'est aussi et c'est surtout une chose nouvelle, une aurore imprévue qui se levait dans mes ténèbres, et qui déjà m'éblouissait de sa splendeur. Mais ceci, c'est mon secret. Nous en parlerons plus tard, si vous m'y obligez. Pour l'instant… »

Devant tous ces discours débités avec l'emphase d'un acteur qui se réjouirait de son éloquence et applaudirait à ses périodes, Véronique avait gardé son attitude impassible. Aucune de ces déclarations mensongères ne pouvait la toucher. Elle semblait absente.

Il s'approcha d'elle et, pour la contraindre à l'attention, reprit d'un ton plus agressif :

« Vous ne paraissez pas soupçonner que mes paroles sont extrêmement graves, madame. Elles le sont, pourtant, et elles vont le devenir encore plus. Mais, avant d'en arriver au plus redoutable, et dans l'espoir même de n'y pas arriver, je tiens à faire appel non pas à votre esprit de conciliation, il n'est pas de conciliation possible entre nous, mais à votre raison, à votre sens de la réalité… car enfin il ne se peut pas que vous ignoriez votre situation actuelle, la situation de votre fils… »

Elle n'écoutait point, il en eut la conviction absolue. Absorbée sans doute par la pensée de ce fils, elle entendait des mots qui n'avaient pas pour elle la moindre signification. Irrité, cachant mal son impatience, il continua cependant :

« Mon offre est simple, et je veux croire que vous ne la rejetterez pas. Au nom de François, et en vertu des sentiments d'humanité et de compassion qui m'animent, je vous demande de rattacher le présent au passé que je viens d'esquisser à grands traits. Au point de vue social, le lien qui nous unit n'a jamais été brisé. Vous êtes toujours, par le nom et au regard de la loi… »

Il se tut, observa Véronique un instant, puis, lui appliquant violemment la main sur l'épaule, il cria :

« Écoute donc, bougresse ! Vorski parle. »

Véronique perdit l'équilibre, se rattrapa au dossier d'un fauteuil, et, de nouveau, les bras croisés, les yeux pleins de mépris, se dressa en face de son adversaire.

Cette fois encore Vorski put se dominer. L'acte avait été impulsif et contraire à sa volonté. Sa voix en garda une intonation impérieuse et mauvaise.

« Je répète que le passé existe toujours. Que vous le vouliez ou non, madame, vous êtes l'épouse de Vorski. Et c'est en raison de ce fait indéniable que je viens vous demander s'il vous plaît de vous considérer comme telle aujourd'hui. Entendons-nous : si je ne prétends obtenir ni votre amour ni même votre amitié, je n'accepte pas non plus de retourner aux relations hostiles qui furent les nôtres. Je ne veux plus l'épouse dédaigneuse et lointaine d'autrefois. Je veux... je veux une femme... une femme qui se soumette... qui soit la compagne dévouée, attentive, fidèle...

— L'esclave, murmura Véronique.

— Eh! oui, s'écria-t-il, l'esclave, vous l'avez dit. Je ne recule pas plus devant les mots que devant les actes. L'esclave! et pourquoi pas? si l'esclave comprend son devoir, qui est d'obéir aveuglément. Pieds et poings liés, *perinde ac cadaver.* Ce rôle vous plaît-il? Voulez-vous m'appartenir corps et âme? Et votre âme même, je m'en moque. Ce que je veux... ce que je veux... vous le savez bien... n'est-ce pas? Ce que je veux, c'est ce que je n'ai jamais eu. Votre mari? Ah! ah! l'ai-je jamais été, votre mari? Si je cherche au fond même de ma vie, dans le bouillonnement de mes sensations et de mes joies, je ne retrouve pas un seul souvenir qui me rappelle qu'il y a eu entre nous autre chose que la lutte sans merci de deux ennemis. Je vous regarde, et c'est une étrangère que je vois, étrangère dans le passé comme dans le présent. Eh bien, puisque la chance a tourné, puisque j'ai remis la griffe sur vous, il n'en sera pas ainsi dans l'avenir. Il n'en sera pas ainsi de demain, ni même de la nuit qui vient, Véronique. Je suis le maître, il faut accepter l'inévitable. Acceptez-vous? »

Il n'attendit pas la réponse, et, haussant encore la voix, il s'exclama :

« Acceptez-vous? Pas de faux-fuyants ni de fausses promesses. Acceptez-vous? Si oui, mettez-vous à genoux, faites le signe de la croix, et prononcez fortement : "J'accepte. Je serai l'épouse qui consent. Je me soumettrai à tous vos ordres et à tous vos caprices. Ma vie ne compte plus. Vous êtes le maître." »

Elle haussa les épaules et ne répondit point. Vorski sursauta. Les veines de son front se gonflèrent. Pourtant, il se contint encore.

« Soit. D'ailleurs, je m'y attendais. Mais les conséquences de votre refus seront si graves pour vous que je veux faire une dernière tentative. Peut-être, après tout, ce refus s'adresse-t-il au fugitif que je suis, au pauvre diable que je parais, et peut-être la vérité changera-t-elle vos idées. Elle est éclatante et merveilleuse, cette vérité. Comme je vous l'ai dit, une aurore imprévue s'est levée dans mes ténèbres, et Vorski, fils de roi, est illuminé de rayons… »

Il avait une manière de parler de lui à la troisième personne que Véronique connaissait bien, et qui était la marque de son insupportable vanité. Elle observa et retrouva aussi dans ses yeux un éclat particulier qu'il avait toujours eu à certains moments d'exaltation, éclat qui provenait évidemment de ses habitudes d'alcoolique, mais où elle croyait voir, en outre, le signe d'aberrations passagères. N'était-il pas, en effet, une sorte de dément et, cette démence, les années ne l'avaient-elles pas accrue ?

Il reprit et, cette fois, Véronique écouta :

« J'avais donc laissé ici, au moment de la guerre, une personne qui m'est attachée et qui poursuivit auprès de votre père l'œuvre de surveillance commencée par moi. Le hasard nous avait révélé l'existence des grottes creusées sous les landes, et l'une des entrées de ces grottes. C'est dans cette retraite sûre qu'après ma dernière évasion je vins me réfugier, et c'est là que je fus mis au courant, par quelques lettres interceptées, des recherches de votre père sur le secret de Sarek et des découvertes qu'il avait faites. Vous comprenez si ma surveillance redoubla. D'autant plus que je trouvais dans toute cette histoire, à mesure qu'elle apparaissait plus nettement, les plus étranges coïncidences et une corrélation manifeste avec certains détails de ma vie. Bientôt le doute ne fut plus possible. Le destin m'avait envoyé là pour accomplir une œuvre dont moi seul pouvais venir à bout… bien plus, une œuvre à laquelle moi seul avais le droit de collaborer. Comprenez-vous cela ? Depuis des siècles, Vorski était désigné. Vorski était l'élu du destin. Vorski était inscrit sur le livre du temps. Vorski avait les qualités nécessaires, les moyens indispensables, les titres requis. J'étais prêt. Je me mis à l'action sans tarder, me conformant implacablement aux ordres du destin. Pas d'hésitation sur la route à suivre : à l'extrémité le phare était allumé. Je suivis donc la route tracée d'avance. Aujourd'hui Vorski n'a plus qu'à recueillir le prix de ses efforts. Vorski n'a plus qu'à tendre la main. À portée de cette main, c'est la fortune, la gloire, la puissance illimitée. Dans quelques heures, Vorski, fils de roi, sera roi du monde. C'est cette royauté qu'il vous offre. »

De plus en plus, il déclamait, comédien emphatique et pompeux.

Il se pencha vers Véronique :

« Voulez-vous être reine, impératrice, et vous élever au-dessus des autres femmes autant que Vorski dominera les autres hommes ? Reine par l'or et par la puissance, comme vous l'êtes par la beauté, le voulez-vous ? Esclave de Vorski, mais maîtresse de tous ceux à qui Vorski commandera, le voulez-vous ? Comprenez-moi bien : il ne s'agit pas pour vous d'une décision unique à prendre, mais de deux décisions entre lesquelles il faut choisir. Il y a, comprenez-le, la contrepartie de votre refus. Ou bien la royauté que je vous offre, ou bien… »

Il fit une pause, puis, la voix coupante, acheva :

« Ou bien la croix. »

Véronique frissonna. L'épouvantable mot surgissait encore. Maintenant elle savait le nom du bourreau inconnu !

« La croix, répéta-t-il, avec un sourire atroce de contentement. À vous de choisir. D'un côté, toutes les joies et tous les honneurs de la vie. De l'autre, la mort par le supplice le plus barbare. Choisissez. Entre ces deux termes du dilemme, aucune place. Ceci ou cela. Et remarquez bien qu'il n'y a là, de ma part, aucune cruauté inutile, aucune ostentation de vaine autorité. Non. Moi, je ne suis que l'instrument. L'ordre vient de plus haut que moi, il vient du destin lui-même. *Pour que les volontés divines s'accomplissent, il faut que Véronique d'Hergemont meure*, ET QU'ELLE MEURE SUR LA CROIX. C'est catégorique. On ne peut rien contre le destin. On ne peut rien quand on n'est pas Vorski, et qu'on n'a pas, comme Vorski, toutes les audaces et toutes les ruses. Si Vorski a pu, dans la forêt de Fontainebleau, substituer un faux Vorski au véritable, et s'il a su ainsi échapper au sort qui le condamnait, depuis son enfance, à mourir par le couteau d'un ami, il saura bien trouver quelque stratagème pour que la volonté divine s'accomplisse et pour que celle qu'il aime reste vivante. Mais il faut alors qu'elle se soumette. J'offre le salut à ma fiancée, la mort à mon ennemie. Qui êtes-vous ? Ma fiancée ou mon ennemie ? Choisissez-vous ? La vie près de moi avec toutes les joies et tous les honneurs de la vie… ou la mort ?

— La mort », répondit simplement Véronique.

Il eut un geste de menace.

« C'est plus que la mort. C'est la torture. Que choisissez-vous ?

— La torture. »

Il insista méchamment.

« Mais vous n'êtes pas seule ! Réfléchissez, il y a votre fils. Vous disparaissez, il reste, lui. En mourant, c'est un orphelin que vous laissez. Pis que cela ! en mourant, c'est à moi que vous le léguez. Je suis le père. J'ai tous les droits. Que choisissez-vous ?

— La mort », dit-elle une fois de plus.

Il s'exaspéra.

« La mort pour vous, soit. Mais si c'est la mort pour lui ? Si je l'amène ici, devant vous, votre François, si je lui pose le couteau sur la gorge, et que je vous interroge pour la dernière fois, que répondrez-vous ? »

Véronique ferma les yeux. Jamais encore elle n'avait souffert autant, et Vorski avait bien trouvé le point douloureux.

Cependant, elle murmura :

« Je veux mourir. »

La colère de Vorski éclata, et, passant du coup aux injures, sans souci de politesse et de courtoisie, il proféra :

« Ah ! la drôlesse, faut-il qu'elle me haïsse ! Tout, tout, elle accepte tout, même la mort de son fils bien-aimé plutôt que de céder. Une mère qui tue son fils ! Car c'est cela, vous le tuez, votre fils, pour ne pas m'appartenir. Vous lui arrachez la vie pour ne pas me sacrifier la vôtre. Ah ! quelle haine ! Non, non, ce n'est pas possible, je n'y crois pas, à cette haine. La haine a des limites. Une mère comme vous ! Non, non, il y a autre chose… un amour peut-être ? Non, Véronique n'aime pas. Alors ? alors, ma pitié ? une faiblesse de ma part ? Ah ! que vous me connaissez mal. Vorski faiblir ! Vorski s'apitoyer ! Pourtant, vous m'avez vu à l'œuvre. Est-ce que j'ai flanché en accomplissant ma mission terrible ? Sarek n'a-t-il pas été dévasté selon la prescription ? Les barques n'ont-elles pas coulé, et les gens n'ont-ils pas été engloutis ? Les sœurs Archignat n'ont-elles pas été clouées sur le tronc des vieux chênes ? Moi, moi, flancher ! Écoutez, quand j'étais enfant, de ces deux mains que voilà, j'étranglais les chiens et les oiseaux, et de ces deux mains que voilà, j'écorchais tout vifs les chevreaux, et je plumais toutes vivantes les bêtes de la basse-cour. Ah ! de la pitié ? Savez-vous comment m'appelait ma mère ? "Attila", et, lorsque le souffle mystérieux l'animait, et qu'elle lisait l'avenir au creux de ces mains ou dans les cartes du tarot : "Attila Vorski, fléau de Dieu, expliquait cette grande voyante, tu seras l'instrument de la Providence. Tu seras le tranchant de la lame, la pointe du poignard, la balle du fusil, le nœud de la corde. Fléau de Dieu ! Fléau de Dieu ! ton nom est inscrit en toutes lettres sur le livre du temps. Il flamboie parmi les astres qui présidèrent à ta naissance. Fléau de Dieu ! Fléau de Dieu !..." Et vous espérez que mes yeux se mouilleront de larmes ? Allons donc ! Est-ce que le bourreau pleure ? Ce sont les faibles qui pleurent, ceux qui redoutent d'être châtiés et que leurs crimes ne se retournent contre eux. Mais moi, moi ! Vos ancêtres ne craignaient qu'une chose, c'est que le ciel ne leur tombât sur la tête. Qu'ai-je à craindre, moi ? Je suis le complice de Dieu ! Il m'a choisi entre tous. C'est Dieu qui m'a inspiré, le Dieu de Germanie, le vieux Dieu allemand, pour qui le bien et le mal ne comptent pas quand il s'agit de la grandeur de ses fils. L'esprit du mal est en moi. J'aime le mal et je veux le mal. Tu mourras donc, Véronique, et je rirai en te voyant sur le poteau de supplice... »

Il riait déjà. Il marchait à grands pas qui frappaient le sol avec bruit. Il levait les bras au plafond, et Véronique, toute frémissante d'angoisse, discernait dans ses yeux striés de rouge l'égarement de la folie.

Il fit encore quelques pas, puis s'avança vers elle et, d'une voix contenue, où grondait la menace :

« À genoux, Véronique, et implorez mon amour. Lui seul peut vous sauver. Vorski ne connaît ni la pitié ni la crainte. Mais il vous aime, et son amour ne reculera devant rien. Profitez-en, Véronique. Faites appel au passé. Redevenez l'enfant d'autrefois et c'est moi peut-être un jour qui me traînerai à vos genoux. Véronique, ne me repoussez pas… on ne repousse pas un homme comme moi… On ne défie pas celui qui aime… comme je t'aime, Véronique, comme je t'aime… »

Elle étouffa un cri. Elle sentait sur ses bras nus les mains abhorrées. Elle voulut s'en délivrer, mais, plus fort qu'elle, il ne lâchait pas prise et continuait, la voix haletante :

« Ne me repousse pas… c'est absurde… c'est fou… Tu sais bien que je suis capable de tout… Alors ?… La croix, c'est horrible… la mort de ton fils sous tes yeux… est-ce cela que tu veux ?… Accepte l'inévitable… Vorski te sauvera… Vorski te fera la vie la plus belle… Ah ! comme tu me hais !… Mais, soit, je consens à ta haine… je l'aime, ta haine… j'aime ta bouche méprisante… je l'aime plus que si elle se donnait d'elle-même… »

Il se tut. C'était entre eux la lutte implacable. Les bras de Véronique se raidissaient vainement contre l'étreinte de plus en plus étroite. Elle faiblissait, impuissante et vouée à la défaite. Ses genoux vacillaient. En face d'elle, tout près, les yeux de Vorski paraissaient remplis de sang, et elle respira l'haleine du monstre.

Alors, épouvantée, elle le mordit à pleines dents et, profitant d'une seconde de désarroi, se dégageant par un effort suprême, elle recula d'un bond, sortit son revolver et, coup sur coup, tira.

Les deux balles sifflèrent aux oreilles de Vorski et firent voler des éclats de mur derrière lui. Elle avait tiré trop vite, au hasard.

« Ah ! la garce ! hurla-t-il. Un peu plus j'y étais. »

Déjà il l'avait empoignée à bras-le-corps, et, d'un mouvement irrésistible, il la ploya, la renversa et l'étendit sur un divan. Prenant ensuite une corde dans sa poche, il la lia solidement et brutalement. Il y eut un instant de répit et de silence. Vorski essuya son front couvert de sueur, puis il se versa un grand verre de vin qu'il avala d'un coup.

« Ça va mieux, dit-il en posant le pied sur sa victime, et tout est bien ainsi, avoue-le. Chacun est à sa place, la belle, toi ficelée comme une proie, et moi debout et te foulant à ma guise. Hein ! on ne rigole plus maintenant. On commence à comprendre que l'affaire est sérieuse. Oh ! ne crains rien, bougresse, Vorski n'est pas de ceux qui abusent d'une femme. Non, non, ce serait jouer avec le feu et brûler cette fois d'un désir qui me tuerait. Pas si bête ! Comment t'oublier, après ? Une seule chose peut me donner l'oubli et la paix : ta mort. Et, puisqu'on s'entend là-dessus, tout va bien. Car c'est convenu, n'est-ce pas, tu veux mourir ?

— Oui, dit-elle avec la même fermeté.

— Et tu veux que ton fils meure ?

— Oui », dit-elle.

Il se frotta les mains.

« Parfait, nous sommes d'accord, et le temps des paroles insignifiantes est passé. Restent les vraies paroles, celles qui comptent, car tu admets bien que jusqu'ici tout ce que j'ai dit n'est que du verbiage, hein ? de même que toute la première partie de l'aventure, dont tu fus témoin à Sarek, n'est que jeu d'enfant. Le véritable drame commence, puisque tu y es mêlée par le cœur et par la chair, et c'est le plus terrifiant, ma jolie. Tes beaux yeux ont pleuré, mais ce sont des larmes de sang qu'on leur demande, pauvre chérie. Que veux-tu ? Encore une fois, Vorski n'est pas cruel. Il obéit, et le destin s'acharne après toi. Tes larmes ? billevesées ! Il faut que tu pleures mille fois plus qu'une autre. Ta mort ? baliverne ! Il faut que tu meures mille morts avant de mourir pour de bon. Il faut que ton pauvre cœur saigne comme jamais n'a saigné le plus pauvre cœur de femme et de mère. Es-tu prête, Véronique ? Tu vas entendre vraiment des paroles cruelles que suivront peut-être des paroles plus cruelles. Ah ! le destin ne te gâte pas, ma jolie… »

Un second verre de vin qu'il vida de la même façon gloutonne, puis il s'assit contre elle, et, se baissant, lui dit presque à l'oreille :

« Écoute, chérie, j'ai une petite confession à te faire. Avant de te rencontrer dans la vie, j'étais marié… Oh ! ne te fâche pas ! il y a pour une épouse des catastrophes plus grandes et, pour un mari, de plus grands crimes que la bigamie. Or, de cette première épouse, j'ai eu un fils… un fils que tu connais, je crois, pour avoir échangé avec lui quelques propos aimables dans le souterrain des cellules… Un vrai chenapan, entre nous, que cet excellent Raynold, un garnement de la pire espèce, en qui j'ai l'orgueil de retrouver, portés au maximum, quelques-uns de mes meilleurs instincts et quelques-unes de mes qualités maîtresses. C'est un second moi-même, mais qui me dépasse déjà, et qui par moments me fait peur. Tudieu, quel démon ! À son âge – un peu plus de quinze ans –, j'étais un ange à côté de lui. Or, il arrive que ce gaillard-là doit entrer en lutte avec mon autre fils, avec notre cher François. Oui, telle est la fantaisie du destin, qui, une fois de plus, commande, et de qui, une fois de plus, je suis l'interprète clairvoyant et subtil. Bien entendu, il ne s'agit pas d'une lutte longue et quotidienne. Au contraire… quelque chose de court, de violent, de définitif, un duel par exemple. C'est cela, un duel, tu as compris, un duel sérieux… Pas une empoignade qui se termine par des égratignures… non, non, mais ce qu'on appelle un duel à mort, puisqu'il faut qu'un des deux adversaires reste sur le terrain, qu'il y ait un vainqueur et un vaincu, bref un vivant et un mort. »

Véronique avait un peu tourné la tête, et elle vit qu'il souriait. Jamais encore elle n'avait senti plus exactement la folie de cet homme qui riait à la pensée d'une lutte mortelle entre deux enfants qui tous deux étaient ses fils. Tout cela était si extravagant que Véronique n'en souffrait pour ainsi dire pas. Cela se passait en dehors des limites de la souffrance.

« Il y a mieux, Véronique, dit-il, en prononçant allégrement chaque syllabe… Il y a mieux… Oui, le destin a imaginé un raffinement auquel je répugne, mais que je dois exécuter en fidèle serviteur. Il a imaginé que tu devais assister à ce duel… Parfaitement, toi, la maman de François, il faut que tu le voies combattre. Et, ma foi, je me demande s'il n'y a pas, sous cette apparente méchanceté, une grâce qu'on te fait… mettons que ce soit par mon entremise, veux-tu ? et que je t'accorde de moi-même cette faveur inespérée, je dirai même injuste ? car enfin, si Raynold est plus robuste et plus exercé que François, et si, logiquement, celui-ci doit succomber, quel supplément d'audace et de force pour lui de savoir qu'il combat sous les yeux de sa mère ! C'est un paladin qui mettra tout son orgueil à vaincre. C'est un fils dont la victoire sauvera sa mère… du moins le croit-il ! En vérité, l'avantage est trop grand, et tu peux me remercier, Véronique, si ce duel, j'en suis sûr, ne te donne pas un battement de cœur de plus… À moins que… à moins que je n'aille jusqu'au bout du programme infernal… Ah! alors, ma pauvre petite… »

Il l'empoigna de nouveau et, la dressant devant lui, figure contre figure, il lui dit dans un accès de fureur subite :

« Alors, tu ne cèdes pas?

— Non, non, cria-t-elle.

— Tu ne céderas jamais?

— Jamais! jamais! jamais! répéta-t-elle avec une force croissante.

— Tu me hais plus que tout?

— Je te hais plus que je n'aime mon fils.

— Tu mens! tu mens! grinça-t-il… Tu mens! Rien n'est au-dessus de ton fils…

— Ma haine contre toi, oui! »

Toute la révolte, toute l'exécration de Véronique, contenues jusqu'ici, éclataient, et, quoi qu'il en pût advenir, elle lui lança en pleine face :

« Je te hais! Je te hais! Que mon fils meure sous mes yeux, que j'assiste à son agonie, tout plutôt que l'horreur de ta vue et de ta présence. Je te hais! Tu as tué mon père! Tu es un assassin immonde… un détraqué imbécile et barbare, un maniaque du crime… je te hais… »

Il la souleva d'un effort, la porta vers la fenêtre, et la jeta sur le sol en bégayant :

« À genoux! à genoux! Le châtiment commence. On se moque de moi, la bougresse? Eh bien, tu vas voir! »

Il la ploya sur les deux genoux, puis, la poussant contre le mur inférieur et ouvrant la croisée, il lui fixa la tête aux barreaux du balcon par des liens qui passaient autour du cou et sous les bras. Enfin il la bâillonna d'un foulard.

« Et maintenant, regarde! cria-t-il… Le rideau va se lever! Le petit François dans ses exercices! Ah! tu me hais!… Ah! tu aimes mieux l'enfer qu'un baiser de Vorski. Eh bien, ma chérie, tu vas en goûter de l'enfer, et je t'annonce un petit divertissement, tout entier de ma composition, et qui n'est pas banal. Et puis, tu sais, rien à faire, maintenant. La chose est irrévocable. Tu aurais beau me supplier et crier grâce… trop tard! Le duel, puis la croix, voilà l'affiche. Fais ta prière, Véronique, et invoque le Ciel. Appelle au secours, si ça t'amuse. Tiens, je sais que ton gosse attend un sauveur, un professionnel des coups de théâtre, un don Quichotte de l'aventure. Qu'il vienne, celui-là! Vorski le recevra comme il le mérite. Qu'il vienne! Tant mieux! On rigolera. Et que les dieux eux-mêmes se mettent de la partie, et qu'ils prennent ta défense! je m'en moque. Ce n'est plus leur affaire, c'est la mienne. Il ne s'agit plus de Sarek, et du trésor, et du grand secret, et de tous les trucs de la Pierre-Dieu! Il s'agit de moi! Tu as craché sur Vorski, et Vorski se venge. Il se venge! C'est l'heure magnifique. Quelle volupté! Faire le mal comme d'autres font le bien, à pleines mains! Faire le mal! Tuer, torturer, briser, supprimer, dévaster!... Ah! la joie féroce, être un Vorski!... »

Il trépignait à travers la pièce, frappait le parquet et bousculait les meubles. Ses yeux hagards cherchaient autour de lui. Tout de suite il eût voulu commencer l'œuvre de destruction, étrangler quelque victime, donner du travail à ses doigts avides, exécuter les ordres incohérents de son imagination de forcené.

Soudain, il tira son revolver, et bêtement, stupidement, lança des balles dans les glaces, creva des tableaux et cassa les vitres des fenêtres.

Et, toujours gesticulant, gambadant, sinistre et macabre, il ouvrit la porte et s'éloigna en vociférant :

« Vorski se venge! Vorski va se venger! »

XII

La montée du Golgotha

Vingt ou trente minutes s'écoulèrent. Véronique demeurait seule. Les cordes entraient dans sa chair et les barreaux du balcon meurtrissaient son front. Le bâillon l'étouffait. Ses genoux, pliés en deux et ramenés sous elle, portaient tout le poids de son corps. Position intolérable, martyre ininterrompu… Pourtant, si elle souffrait, elle n'en avait pas l'impression très nette. Sa souffrance physique restait en dehors de sa conscience, et elle avait éprouvé déjà de telles souffrances morales, que cette épreuve suprême n'éveillait pas sa sensibilité assoupie.

Elle ne pensait guère. Parfois elle disait : « Je vais mourir », et elle goûtait déjà le repos du néant, comme on goûte par avance, au cours d'une tempête, le grand calme du port. De l'instant présent jusqu'au dénouement qui la libérerait, il se passerait certes des choses atroces, mais son cerveau refusait de s'y arrêter, et le sort de son fils, en particulier, ne lui arrachait que des idées brèves, qui se dissipaient aussitôt.

Au fond, et sans que rien pût l'éclairer sur son état d'esprit, elle espérait un miracle. Ce miracle se produirait-il chez Vorski ? Incapable de générosité, le monstre n'hésiterait-il pas, tout de même, devant le plus inutile des forfaits ? Un père ne tue pas son fils, ou du moins faut-il qu'un tel acte soit amené par des raisons impérieuses, et, des raisons, Vorski n'en avait aucune contre un enfant qu'il ne connaissait point et qu'il ne pouvait haïr que d'une haine factice.

Cet espoir du miracle berçait sa torpeur. Tous les bruits dont la maison résonnait, bruits de discussions, bruits de pas précipités, lui semblaient indiquer, plutôt que les préparatifs des événements annoncés, le signal d'interventions qui ruineraient tous les plans de Vorski. Son bien-aimé François n'avait-il pas dit que rien ne pourrait plus les séparer l'un de l'autre, et qu'à l'instant où tout leur paraîtrait perdu ils devraient garder toute leur foi ?

« Mon François, répétait-elle, mon François, tu ne mourras pas… nous nous reverrons… tu me l'as promis. »

Dehors, un ciel bleu, tacheté de quelques nuées menaçantes, s'étendait au-dessus des grands chênes. Devant elle, par-delà cette même fenêtre où son père lui était apparu, au milieu de la pelouse qu'elle avait traversée avec Honorine, le jour de son arrivée, un emplacement avait été récemment défriché et couvert de sable, comme une arène. Était-ce donc là que son fils se battrait ? Elle en eut l'intuition brusque, et son cœur se serra.

« Oh ! pardon, mon François, dit-elle, pardon… Tout cela, c'est le châtiment des fautes que j'ai commises… autrefois. C'est l'expiation… Le fils expie pour la mère… Pardon… Pardon… »

À ce moment une porte s'ouvrit au rez-de-chaussée et des voix montèrent du perron. Parmi ces voix, elle reconnut celle de Vorski.

« Alors, disait-il, c'est convenu ? Nous allons chacun de notre côté, vous deux à gauche, moi à droite. Vous prenez ce gosse avec vous, moi je prends l'autre, et on se rencontre au lieu du tournoi. Vous êtes, comme qui dirait, les témoins du premier, moi du second, de sorte que toutes les règles sont respectées. »

Véronique ferma les yeux, car elle ne voulait pas voir son fils, maltraité sans doute, mené au combat comme un esclave. Elle perçut le double craquement des pas qui suivaient les deux avenues circulaires. L'immonde Vorski riait et pérorait.

Les groupes tournèrent et s'avancèrent en sens opposé.

« N'approchez pas davantage, ordonna Vorski. Que les deux adversaires prennent place. Halte-là, tous les deux. Bien. Et pas un mot, n'est-ce pas ? Celui qui parlerait serait abattu sans pitié par moi. Vous êtes prêts ? Marchez. »

Ainsi donc la chose affreuse commençait. Selon la volonté de Vorski, le duel allait se dérouler devant la mère, et, devant elle, le fils allait combattre. Comment aurait-elle pu ne pas regarder ? Elle ouvrit les yeux.

Aussitôt elle les vit tous les deux s'empoignant et se repoussant. Mais ce qu'elle vit, elle ne le comprit pas tout de suite, ou du moins, elle n'en comprit pas la signification exacte. Elle apercevait bien les deux enfants, mais lequel était François et lequel était Raynold ?

« Ah ! balbutia-t-elle, c'est atroce… Non, cependant, je me trompe… il n'est pas possible… »

Elle ne se trompait pas. Les deux enfants portaient les mêmes costumes, mêmes culottes courtes de velours, mêmes chemises de flanelle blanche, mêmes ceintures de cuir. Mais ils avaient tous les deux la tête enveloppée dans une écharpe de soie rouge, crevée de deux trous, comme des cagoules, à l'endroit des yeux.

Lequel était François ? Lequel était Raynold ?

Alors elle se souvint de la menace inexplicable de Vorski. C'est cela qu'il avait appelé l'exécution intégrale du programme élaboré par lui, c'est à cela qu'il faisait allusion en parlant d'un divertissement de sa composition. Non seulement le fils se battait sous les yeux de la mère, mais elle ignorait lequel était son fils.

Raffinement infernal, Vorski l'avait dit lui-même. Aucune douleur ne pouvait ajouter davantage à la douleur de Véronique.

Au fond, le miracle qu'elle avait espéré, il était en elle et dans l'amour qu'elle portait à son fils. Son fils se battant en face d'elle, elle était sûre que son fils ne pourrait pas mourir. Elle le protégerait contre les coups et contre les ruses de l'ennemi. Elle ferait dévier le poignard et détournerait la mort de la tête adorée. Elle lui insufflerait l'énergie indomptable, la volonté d'agression, la force qui ne se fatigue point, l'esprit qui prévoit ce qui saisit la minute favorable. Mais maintenant que l'un et l'autre étaient voilés, sur lequel exercer la bonne influence ? Pour qui prier ? Contre qui s'insurger ?

Elle ne savait rien. Aucun indice ne pouvait la renseigner. L'un d'eux était plus grand, plus mince et d'allure plus souple. Était-ce François ? L'autre était plus trapu, plus robuste et plus lourd d'aspect. Était-ce Raynold ? Elle n'aurait pu le dire. Seul un coin de figure, une expression même fugitive, lui eût révélé la vérité. Mais comment pénétrer à travers l'impénétrable masque ?

Et la lutte se continua, plus effrayante pour elle que si elle avait vu son fils à visage découvert.

« Bravo ! » cria Vorski, applaudissant une attaque.

Il semblait suivre le duel en amateur, avec l'affectation d'impartialité d'un dilettante qui juge des coups et qui souhaite avant tout que le meilleur l'emporte. Cependant, c'était l'un de ses fils qu'il avait condamné à mort.

En face se tenaient les deux complices, figures de brutes, à crânes également pointus, à gros nez chevauchés de lunettes, l'un d'une maigreur extrême, l'autre aussi maigre, mais gonflé d'un ventre en forme d'outre pleine. Ils n'applaudissaient pas, eux, et demeuraient indifférents, peut-être même hostiles au spectacle qu'on leur imposait.

« Parfait ! approuva Vorski. Bonne riposte ! Ah ! vous êtes de rudes gaillards, et je me demande à qui décerner la palme. »

Il se démenait autour des adversaires et les excitait d'une voix rauque où Véronique, se souvenant de certaines scènes du passé, crut reconnaître l'effet de l'alcool. Pourtant, elle s'efforçait, la malheureuse, de tendre vers lui ses mains attachées et elle gémissait sous son bâillon.

« Grâce ! Grâce ! je ne peux plus... Ayez pitié ! »

Il était impossible que le supplice durât davantage. Son cœur battait avec une telle violence qu'elle en était toute secouée, et elle allait défaillir lorsqu'il se produisit un incident qui la ranima. L'un des deux enfants, après un corps à corps assez rude, avait fait un saut en arrière et rapidement bandait son poignet droit d'où coulaient quelques gouttes de sang, et il parut à Véronique qu'elle avait vu entre les mains de son fils le petit mouchoir rayé de bleu dont l'enfant se servait.

Sa conviction fut immédiate et irrésistible. L'enfant – c'était le plus mince et le plus souple – avait plus d'élégance que l'autre, plus de distinction, des attitudes plus harmonieuses.

« C'est François, murmura-t-elle... Oui, oui, c'est lui... C'est toi, n'est-ce pas, mon chéri ?... Je te reconnais... L'autre est vulgaire et lourd... C'est toi, mon chéri... Ah ! mon François... mon François adoré !... »

De fait, si tous deux se battaient avec un acharnement égal, celui-là mettait dans son effort moins de fougue sauvage et d'emportement aveugle. On eût dit qu'il cherchait moins à tuer qu'à blesser, et que ses attaques visaient plutôt à le préserver lui-même contre la mort qui le guettait. Véronique s'en alarma, et elle balbutiait, comme s'il eût pu l'entendre :

« Ne le ménage pas, mon chéri ! C'est un monstre, lui aussi… Ah ! mon Dieu, si tu es généreux, tu es perdu. François, François, attention ! »

L'éclair du poignard avait brillé sur la tête de celui qu'elle appelait son fils, et, sous son bâillon, elle avait crié pour l'avertir. François ayant évité le coup, elle fut persuadée que son cri était parvenu jusqu'à lui, et elle continua instinctivement à le mettre en garde et à le conseiller.

« Repose-toi… Reprends haleine… Surtout ne le perds pas de vue… il prépare quelque chose… il va s'élancer… Il s'élance ! Ah ! mon chéri, un peu plus il te blessait au cou. Méfie-toi, mon chéri, c'est un traître… toutes les ruses lui sont bonnes… »

Mais elle sentait bien, la malheureuse mère, quoiqu'elle ne voulût pas encore se l'avouer, que celui-là qu'elle nommait son fils commençait à faiblir. Certains symptômes annonçaient moins de résistance, tandis que l'autre, au contraire, gagnait en ardeur et en puissance. François reculait. Il atteignait les limites de l'arène.

« Eh ! là, le gosse, ricana Vorski, tu ne vas pas prendre la poudre d'escampette ? Du nerf, que diable ! du jarret… Rappelle-toi les conditions fixées. »

L'enfant s'élança avec une vigueur nouvelle, et ce fut à l'autre de reculer. Vorski battit des mains tandis que Véronique murmurait :

« C'est pour moi qu'il risque sa vie. Le monstre lui aura dit : "Le sort de ta mère dépend de toi. Si tu es vainqueur, elle est sauvée." Et il a juré de vaincre. Il sait que je le regarde. Il devine ma présence. Il m'entend. Mon bien-aimé, sois béni. »

C'était la dernière phase du duel. Véronique tremblait, épuisée par l'émotion et par des alternatives trop fortes d'espoir et d'angoisse. Une fois encore son fils perdit du terrain, une fois encore il bondit en avant. Mais, dans l'étreinte suprême qui s'ensuivit il perdit l'équilibre et tomba à la renverse de telle façon que son bras droit resta engagé sous lui.

L'ennemi aussitôt s'abattit, lui écrasa la poitrine de son genou, et leva le bras. Le poignard étincela.

« Au secours! au secours! » articula Véronique que son bâillon étranglait.

Elle se raidissait contre le mur sans souci des cordes qui la torturaient. Son front saignait, coupé par l'angle des barreaux, et elle sentait qu'elle allait mourir de la mort de son fils! Vorski s'était approché et ne bougeait plus, la figure implacable.

Vingt secondes, trente secondes. De sa main gauche tendue, François arrêtait l'effort de l'ennemi. Mais le bras vainqueur pesait de plus en plus, la lame descendait, la pointe n'était plus qu'à quelques centimètres du cou.

Vorski se baissa. À ce moment, il se trouvait derrière Raynold, de sorte qu'il ne pouvait être vu ni de celui-ci ni de François, et il regardait avec une attention extrême, comme s'il eût eu le projet d'intervenir à tel instant précis. Mais intervenir en faveur de qui? Son idée était-elle de sauver François?

Véronique ne respirait plus, les yeux agrandis démesurément, suspendue entre la vie et la mort.

La pointe du poignard toucha le cou et dut piquer la chair, mais à peine, toujours retenue par l'effort contraire de François.

Vorski se courba davantage. Il dominait le corps à corps et ne quittait pas des yeux la pointe meurtrière. Soudain il tira de sa poche un canif qu'il ouvrit et il attendit. Quelques secondes encore s'écoulèrent. Le poignard continuait à descendre. Alors, brusquement, il taillada l'épaule de Raynold avec la lame du canif.

L'enfant poussa un cri de douleur. Tout de suite son étreinte se desserra et, en même temps, François libéré, son bras droit dégagé se dressant à demi, reprenait l'offensive, et, sans apercevoir Vorski, sans comprendre ce qui s'était passé, dans un élan instinctif de tout son être échappé à la mort, et révolté contre l'agresseur, il le frappa en plein visage; Raynold à son tour tomba comme une masse.

Tout cela n'avait certes pas duré plus de dix secondes. Mais le coup de théâtre fut si imprévu et bouleversa Véronique à un tel point que la malheureuse ne comprenant plus, ne sachant pas si elle devait se réjouir, croyant plutôt qu'elle s'était trompée et que le véritable François venait de mourir, assassiné par Vorski, s'affaissa sur elle-même et perdit connaissance.

Du temps et du temps passa. Peu à peu, quelques sensations s'imposaient à Véronique. Elle entendit la pendule qui frappait quatre fois et elle dit :

« Voici deux heures que François est mort. Car c'est bien lui qui est mort… »

Elle ne doutait point que le duel n'eût fini de la sorte. Vorski n'aurait jamais permis que François fût vainqueur et que son fils à lui succombât. Et ainsi c'était contre son pauvre enfant qu'elle avait fait des vœux et pour le monstre qu'elle avait prié !

« François est mort, répéta-t-elle. Vorski l'a tué… »

À ce moment la porte fut poussée, et la voix de Vorski résonna.

Il entra, la marche mal assurée.

« Mille excuses, chère madame, mais je crois que Vorski s'est endormi. La faute à votre papa, Véronique ! Il cachait dans sa cave un sacré vin de Saumur que Conrad et Otto ont découvert et qui m'a quelque peu éméché ! Mais ne pleurez pas, on va rattraper le temps perdu… D'ailleurs, il faut qu'à minuit tout soit réglé. Alors… »

Il s'était approché, et il se récria :

« Comment ! ce coquin de Vorski vous avait laissée attachée ? Quelle brute que ce Vorski ! Et comme vous devez être mal à l'aise ! Sacrédieu, ce que vous êtes pâle ! Eh ! dites donc, vous n'êtes pas morte ? Ce ne serait pas une blague à nous faire ! »

Il saisit la main de Véronique, qui se dégagea vivement.

« À la bonne heure ! On le déteste toujours, son petit Vorski. Alors, tout va bien, et il y a de la ressource. Vous irez jusqu'au bout, Véronique. »

Il prêta l'oreille.

« Quoi ? Qu'est-ce qui m'appelle ? C'est toi, Otto ? Monte donc. Et alors, Otto, qu'est-ce qu'il y a de neuf ? J'ai dormi, tu sais. Ce sacré petit vin de Saumur… »

Otto, l'un des deux complices, entra en courant. C'était celui dont le ventre bombait si étrangement.

« Ce qu'il y a de neuf? s'exclama-t-il. Voici. J'ai aperçu quelqu'un dans l'île. »

Vorski se mit à rire.

« Tu es gris, Otto… Ce sacré petit vin de Saumur…

— Je ne suis pas gris… j'ai vu… et Conrad a vu également.

— Oh! oh! fit Vorski, plus sérieux, si Conrad était avec toi! Et qu'est-ce que vous avez vu?

— Une silhouette blanche qui s'est dissimulée à notre approche.

— Où était-ce?

— Entre le village et les landes, dans un petit bois de châtaigniers.

— Donc, de l'autre côté de l'île?

— Oui.

— Parfait. Nous allons prendre nos précautions.

— Comment? Ils sont peut-être plusieurs…

— Ils seraient dix que ça n'y changerait rien. Où est Conrad?

— Près de la passerelle que nous avons établie à la place du pont brûlé. Il surveille de là.

— Conrad est un malin. L'incendie du pont nous avait retenus de l'autre côté, l'incendie de la passerelle produira le même obstacle. Véronique, je crois bien qu'on vient à ton secours… le miracle attendu… l'intervention espérée… Trop tard, belle chérie. »

Il détacha les liens qui la fixaient au balcon, la porta sur le canapé, et desserra un peu le bâillon.

« Dors, ma fille, repose-toi le plus que tu peux. Tu n'es encore qu'à moitié route du Golgotha, et la fin de la montée sera dure. »

Il s'éloigna en plaisantant, et Véronique entendit quelques phrases, échangées par les deux hommes, qui lui montrèrent qu'Otto et Conrad n'étaient que des comparses ignorants de l'affaire.

« Qui donc est-ce que cette malheureuse que vous persécutez? demanda Otto.

— Ça ne te regarde pas.

— Cependant Conrad et moi nous voudrions bien être un peu renseignés.

— Pourquoi, mon Dieu ?

— Pour savoir.

— Conrad et toi, vous êtes deux idiots, répondit Vorski. Quand je vous ai pris à mon service et que je vous ai fait évader avec moi, je vous ai dit de mes projets tout ce que je pouvais vous en dire. Vous avez accepté mes conditions. Tant pis pour vous ; il faut aller jusqu'au bout avec moi…

— Sinon ?

— Sinon, gare aux conséquences. Je n'aime pas les lâcheurs… »

D'autres heures s'écoulèrent. Plus rien maintenant, semblait-il à Véronique, ne pouvait la soustraire au dénouement qu'elle appelait de tous ses vœux. Elle ne souhaitait pas que se produisît l'intervention dont avait parlé Otto. En réalité, elle n'y songeait même point. Son fils était mort, et elle n'avait pas d'autre désir que de le rejoindre sans retard, fût-ce au prix du supplice le plus terrible. Que lui importait, d'ailleurs, ce supplice ? Il y a des limites aux forces de ceux que l'on torture et, ces limites, elle était si près de les atteindre que son agonie ne serait pas longue.

Elle se mit à prier. Une fois de plus, le souvenir de son passé s'imposait à son esprit, et la faute commise lui apparaissait comme la cause de tous les malheurs accumulés sur elle.

Et ainsi, tout en priant, épuisée, harassée, dans un état de dépression nerveuse qui la rendait indifférente à tout, elle s'abandonna au sommeil.

Le retour de Vorski ne la réveilla même pas. Il dut la secouer.

« L'heure est proche, ma petite. Fais ta prière. »

Il parlait bas pour que ses acolytes ne pussent l'entendre, et, à l'oreille, il lui raconta des choses d'autrefois, des choses insignifiantes qu'il débitait d'une voix pâteuse. Enfin il s'écria :

« Il fait encore trop jour. Otto, va donc fouiller le placard aux provisions. J'ai faim. »

Ils se mirent à table, mais aussitôt Vorski se releva :

« Ne me regarde pas, ma petite. Tes yeux me gênent. Que veux-tu ? On a une conscience qui n'est pas bien chatouilleuse quand on est seul, mais qui s'agite quand un beau regard comme le tien pénètre jusqu'au fond de vous. Baisse tes paupières, ma jolie. »

Il posa sur les yeux de Véronique un mouchoir qu'il noua derrière la tête. Mais cela ne lui suffisait pas, et il enveloppa toute la tête d'un rideau de tulle qu'il décrocha de la fenêtre et qu'il passa autour du cou. Puis il se rassit pour boire et pour manger.

Ils causèrent à peine tous les trois, et ne dirent pas un mot de leur expédition dans l'île, et non plus du duel de l'après-midi. D'ailleurs, c'étaient là des détails qui n'avaient pas d'intérêt pour Véronique, et qui, au cas où même elle y eût prêté attention, n'auraient pu l'émouvoir. Tout lui devenait étranger. Les mots parvenaient à son oreille, mais ne prenaient aucune signification exacte. Elle ne pensait plus qu'à mourir.

Quand la nuit fut venue, Vorski donna le signal du départ.

« Vous êtes donc toujours résolu? demanda Otto, d'une voix où il y avait quelque hostilité.

— Plus que jamais. Pourquoi cette question?

— Pour rien… Mais tout de même…

— Tout de même?

— Eh bien, autant le dire, c'est une besogne qui ne nous plaît qu'à moitié.

— Pas possible! Et tu t'en aperçois maintenant, mon bonhomme, après avoir suspendu en rigolant les sœurs Archignat!

— J'étais ivre ce jour-là. Vous nous aviez fait boire.

— Eh bien, soûle-toi, mon vieux. Tiens, voilà le flacon de cognac. Remplis ta gourde, et fiche-nous la paix… Conrad, tu as préparé le brancard?… »

Il se retourna vers sa victime.

« Une attention pour toi, ma chérie… deux vieilles échasses de ton gosse, que l'on a réunies par des sangles… Pratique et confortable… »

Vers huit heures et demie, le cortège sinistre se mettait en marche. Vorski prenait la tête, une lanterne à la main. Les complices portaient la civière.

Les nuages, qui menaçaient dans l'après-midi, s'étaient accumulés et roulaient au-dessus de l'île, lourds et noirs. Rapidement les ténèbres descendaient. Il soufflait un vent d'orage qui faisait danser la bougie de la lanterne.

« Brrr, murmura Vorski, c'est lugubre… Une vraie soirée de Golgotha. »

Il fit un écart et grogna en apercevant une petite masse noire qui déboulait à ses côtés.

« Qu'est-ce que c'est que ça ? Regarde donc… On dirait un chien…

— C'est le cabot de l'enfant, déclara Otto.

— Ah ! oui, le fameux Tout-Va-Bien ?… Il tombe à pic, l'animal. Tout va rudement bien, en effet !… Attends un peu, sale bête. »

Il lui lança un coup de pied. Tout-Va-Bien l'esquiva, et, hors de portée, continua à accompagner le cortège en jetant à plusieurs reprises des aboiements sourds.

La montée était rude et, à tout moment, l'un des trois hommes, quittant l'allée invisible qui contournait la pelouse devant la façade principale et qui menait au rond-point du Dolmen-aux-Fées, s'embarrassait dans les ronces et dans les branches de lierre.

« Halte ! commanda Vorski. Soufflez un peu, mes gaillards. Otto, passe-moi la gourde. J'ai le cœur qui chavire. »

Il but à longs traits.

« À ton tour, Otto… Comment, tu refuses ? Qu'y a-t-il donc ?

— Je pense qu'il y a des gens dans l'île, qui sûrement nous cherchent.

— Qu'ils continuent donc à nous chercher !

— Et s'ils viennent en bateau, et qu'ils montent ce sentier de la falaise, par où la femme et l'enfant voulaient s'enfuir ce matin, et que nous avons trouvé ?

— Nous avons à craindre une attaque par terre et non par mer. Or, la passerelle est brûlée. Plus de communication.

— À moins qu'ils ne découvrent l'entrée des cellules, aux Landes-Noires, et qu'ils suivent le tunnel jusqu'ici ?

— L'ont-ils découverte, cette entrée ?

— Je n'en sais rien.

— Eh bien, en admettant qu'ils la découvrent, n'avons-nous pas, depuis tantôt, bouché l'issue de ce côté, démoli l'escalier, mis tout sens dessus dessous ? Pour déboucher, il leur faudrait bien une bonne demi-journée. Or, à minuit, tout sera fini, et, au petit jour, nous serons loin de Sarek.

— Ce sera fini… ce sera fini… c'est-à-dire que nous aurons un crime de plus sur la conscience. Mais…

— Mais, quoi ?

— Le trésor ?

— Ah ! le trésor, voilà le grand mot lâché, le trésor, c'est ça qui te taquine, n'est-ce pas, brigand ? Eh bien, rassure-toi, c'est comme si tu avais dans ta poche la part qui te revient.

— Vous en êtes sûr ?

— Si j'en suis sûr ! Crois-tu donc que c'est de gaieté de cœur que je reste ici et que j'accomplis toute cette sale besogne ? »

Ils se remirent en marche. Au bout d'un quart d'heure, quelques gouttes de pluie tombaient. Il y eut un coup de tonnerre. L'orage semblait encore lointain.

Ils achevèrent difficilement l'âpre montée, et Vorski dut aider ses compagnons.

« Enfin, dit-il, nous y sommes. Otto, passe-moi la gourde… Bien… Merci… »

Ils avaient déposé leur victime au pied du chêne, dont les branches inférieures étaient coupées. Un jet de lumière éclaira l'inscription : *V. d'H.* Vorski ramassa une corde, apportée d'avance, et dressa une échelle contre le fût de l'arbre.

« Nous allons procéder comme pour les sœurs Archignat, dit-il. Je vais enrouler la corde autour de la branche maîtresse que nous avons laissée… Ça nous servira de poulie. »

Il s'interrompit et fit un saut de côté. Quelque chose d'anormal venait de se produire. Il murmura :

« Quoi ? Qu'y a-t-il ? Vous avez entendu ce sifflement ?

— Oui, fit Conrad, ça m'a frôlé l'oreille. On croirait un projectile.

— Tu es fou.

— Moi aussi, dit Otto, j'ai entendu, et ça m'a tout l'air d'avoir frappé l'arbre.

— Quel arbre ?

— Le chêne, parbleu ! c'est comme si on avait tiré sur nous.

— Il n'y a pas eu de détonation.

— Alors, une pierre, une pierre qui aurait atteint le chêne.

— Facile à vérifier », fit Vorski.

Il tourna sa lanterne, et, tout de suite, lâcha un juron.

« Sacrédieu ! regardez là… sous l'inscription… »

Ils regardèrent.

À l'endroit qu'il indiquait, une flèche était fichée dont les plumes vibraient encore.

« Une flèche ! articula Conrad, est-ce possible ? Une flèche ? »

Et Otto bredouilla :

« Nous sommes perdus. C'est bien nous qu'on a visés.

— Celui qui nous a visés n'est pas loin, observa Vorski. Ouvrez l'œil… on va chercher… »

Il projeta circulairement un jet de lumière qui scruta les ténèbres environnantes.

« Arrêtez, dit vivement Conrad… Un peu plus à droite… Vous voyez ?

— Oui… oui…. je vois. »

À quarante pas d'eux, au-delà du chêne tronqué par la foudre et dans la direction du Calvaire-Fleuri, on apercevait quelque chose de blanc, une silhouette qui tâchait, du moins pouvait-on le croire, de se dissimuler derrière un groupe d'arbustes.

« Pas un mot, pas un geste, ordonna Vorski… rien qui puisse lui faire supposer que nous l'avons découvert. Conrad, tu vas m'accompagner. Toi, Otto, reste ici, le revolver au poing, et fais bonne garde. Si on tentait d'approcher et de délivrer la dame, deux coups de feu, et nous rappliquons au galop. C'est compris ?

— Compris. »

Il se pencha sur Véronique et défit un peu le voile. Les yeux et la bouche étaient toujours cachés sous leurs bandeaux. Elle respirait mal, le pouls était faible et lent.

« Nous avons le temps, murmura-t-il, mais il faut se hâter si on veut qu'elle meure selon ce qui a été résolu. En tout cas, elle ne semble pas souffrir… Elle n'a plus conscience de rien… »

Vorski déposa sa lanterne, puis, doucement, suivi de son acolyte, et tous deux choisissant les endroits où l'ombre était le plus dense, il se glissa vers la silhouette blanche.

Mais il ne tarda pas à se rendre compte, d'une part, que cette silhouette, qui paraissait immobile, se déplaçait en même temps que lui, de sorte que l'intervalle restait le même entre eux, et, d'autre part, qu'elle était escortée d'une petite silhouette noire qui gambadait à ses côtés.

« C'est ce sale cabot ! » grogna Vorski.

Il activa l'allure : la distance ne diminua pas. Il courut : la silhouette courut également. Et, le plus étrange, c'est qu'on n'entendait aucun bruit de feuilles remuées ou de sol foulé par la course de ce mystérieux personnage.

« Sacrédieu ! jura Vorski, il se moque de nous. Si on tirait dessus, Conrad ?

— Trop loin. Les balles ne l'atteindraient pas.

— Cependant, quoi ! nous n'allons pourtant pas… »

L'inconnu les conduisit vers la pointe de l'île, puis descendit jusqu'à l'issue du tunnel, passa près du Prieuré, longea la falaise occidentale, et atteignit la passerelle dont quelques planches fumaient encore. Puis il bifurqua, repassa de l'autre côté de la maison et monta la pelouse.

De temps à autre, le chien aboyait joyeusement.

Vorski ne dérageait pas. Quels que fussent ses efforts, il ne gagnait pas un pouce de terrain, et la poursuite durait depuis un quart d'heure. Il finit par invectiver l'ennemi.

« Arrête donc, si tu n'es pas un lâche !… Qu'est-ce que tu veux ? Nous attirer dans un piège ? Pour quoi faire ?… Est-ce la dame que tu veux sauver ? Dans l'état où elle est, ça n'en vaut pas la peine. Ah ! bougre de coquin, si je pouvais te tenir ! »

Soudain Conrad le saisit par un pan de son vêtement.

« Qu'y a-t-il, Conrad ?

— Regardez. On dirait qu'il ne bouge plus. »

De fait, pour la première fois, la silhouette blanche se distinguait, de plus en plus précise dans les ténèbres, et l'on pouvait apercevoir, entre les feuilles d'un taillis, l'attitude qu'elle gardait à la minute actuelle, les bras un peu ouverts, le dos voûté, les jambes ployées et comme croisées sur le sol.

« Il a dû tomber », déclara Conrad.

Vorski, s'étant avancé, cria :

« Dois-je tirer, canaille ? Je te tiens au bout de mon canon. Lève les bras ou je fais feu. »

Aucun mouvement.

« Tant pis pour toi ! Si tu fais la mauvaise tête, tu y passes. Je compte trois et je tire. »

Il marcha jusqu'à vingt mètres de la silhouette et compta, le bras tendu :

« Une… deux… Tu es prêt, Conrad ? Tirons, vas-y. »

Les deux balles partirent en même temps.

Là-bas il y eut un cri de détresse.

La silhouette parut s'affaisser. Les deux hommes bondirent en avant.

« Ah ! tu y es, coquin ! tu vas voir un peu de quel bois se chauffe Vorski ! Ah ! chenapan, tu m'as assez fait courir ! ton compte est bon. »

À quelques pas, il ralentit, par crainte d'une surprise. L'inconnu ne bougeait pas, et Vorski put constater, de plus près, qu'il avait l'apparence inerte et déformée d'un homme mort, d'un cadavre. Il n'y avait donc plus qu'à sauter sur lui. C'est ce que fit Vorski, en plaisantant :

« Bonne chasse, Conrad. Ramassons le gibier. »

Mais il fut très étonné, en ramassant le gibier, de ne saisir entre les mains qu'une proie en quelque sorte impalpable, et qui se composait somme toute d'une simple tunique au-dessous de laquelle il n'y avait plus personne, le possesseur de cette tunique ayant pris la fuite à temps, après l'avoir accrochée aux épines d'un fourré. Quant au chien, il avait disparu.

« Sacrédieu de sacrédieu ! proféra Vorski, il nous a roulés, le brigand ! Mais, que diable, pourquoi ? »

Exhalant sa fureur de la manière stupide qui lui était familière, il piétinait le morceau d'étoffe, quand une pensée le heurta.

« Pourquoi ? Mais, sacrédieu, je le disais tout à l'heure… un piège… un truc pour nous éloigner de la dame pendant que des amis à lui attaquent Otto. Ah ! quel idiot je fais ! »

Il se remit en route à travers l'obscurité et, dès qu'il put discerner le Dolmen, il appela :

« Otto ! Otto !

— Halte ! Qui est-ce qui est là ? répondit Otto, d'une voix effrayée.

— C'est moi… Crédieu, ne tire pas !

— Qui est-ce qui est là ? Vous ?

— Eh ! oui, moi, imbécile.

— Mais les deux coups de feu ?

— Rien… une erreur… on te racontera… »

Il était arrivé près du chêne, et, tout de suite, saisissant la lanterne, il en projeta la lueur sur sa victime. Elle n'avait pas bougé, étendue contre le pied de l'arbre et la tête enveloppée de son voile.

« Ah ! fit-il, je respire. Crédieu, que j'ai eu peur !

— Peur de quoi ?

— Qu'on ne nous l'enlève, parbleu !

— Eh bien, et moi, n'étais-je pas là ?

— Toi ! toi ! tu n'es pas plus brave qu'un autre… et si l'on t'avait attaqué…

— J'aurais toujours tiré… vous auriez entendu le signal.

— Est-ce qu'on sait ! Enfin, il ne s'est rien passé ?

— Rien du tout.

— La dame ne s'est pas trop agitée ?

— Au début, oui. Elle se plaignait en gémissant sous son capuchon, tellement que j'en étais à bout de patience.

— Mais après ?

— Oh ! après… ça n'a guère duré… d'un bon coup de poing je l'ai étourdie.

— Ah ! la brute ! s'écria Vorski. Si tu l'as tuée, tu es un homme mort. »

Vivement il s'accroupit et colla son oreille contre la poitrine de là malheureuse.

« Non, dit-il au bout d'un instant, le cœur bat encore… Mais ça ne durera peut-être pas longtemps. À l'œuvre, camarades. Dans dix minutes, il faut que tout soit fini. »

XIII

« Éli, Éli, lamma sabacthani ! »

Les préparatifs ne furent pas longs, et Vorski s'y employa lui-même avec activité. Il appuya l'échelle contre le tronc de l'arbre, passa l'une des extrémités de la corde autour de sa victime et l'autre autour d'une des branches supérieures, et, juché au dernier échelon, il enjoignit à ses complices :

« Tenez, vous n'avez plus qu'à tirer. Mettez-la debout d'abord, et que l'un de vous la maintienne en équilibre. »

Il attendit un moment. Mais, Otto et Conrad s'entretenant à voix basse, il s'exclama :

« Dites donc, vous pourriez vous hâter… d'autant que j'offre une cible un peu trop commode, si l'on s'avisait de m'envoyer une balle ou une flèche. Ça y est ? »

Les deux acolytes ne répondirent pas.

« Eh bien, elle est raide celle-là ! Qu'y a-t-il encore ? Otto… Conrad… »

Il sauta à terre et les rudoya.

« Vous en avez de bonnes tous les deux. Avec un pareil système, nous y serons encore demain matin… et tout sera manqué. Mais réponds donc, Otto. »

Il lui colla la lumière sur le visage.

« Voyons, quoi ? serait-ce que tu refuses ? Faudrait le dire ! et toi, Conrad ? On fait grève alors ? »

Otto hocha la tête.

« Grève… c'est aller un peu loin. Mais Conrad et moi, nous ne serions pas fâchés d'avoir quelques explications.

— Des explications ? Et sur quoi, abruti ? Sur la dame qu'on exécute ? Sur l'un ou l'autre des deux gosses ? Inutile d'insister, camarades. Je vous l'ai dit en vous proposant l'affaire : "Marchez-vous les yeux fermés ? Il y aura une rude besogne à accomplir, beaucoup de sang à verser. Mais, au bout du compte, la forte somme."

— C'est là toute la question, dit Otto.

— Précise, ahuri.

— C'est à vous de préciser et d'en revenir aux termes mêmes de notre accord. Quels sont-ils ?

— Tu les connais mieux que moi.

— Justement, c'est pour vous les remettre en mémoire que je vous demande de nous les répéter.

— Ma mémoire est fidèle. Le trésor pour moi, et sur le trésor un prélèvement de deux cent mille francs à vous partager.

— C'est ça, et ce n'est pas ça. Nous y reviendrons. Commençons par causer du fameux trésor. Voilà des semaines qu'on s'esquinte, que l'on vit dans le sang et dans le cauchemar de toutes sortes de crimes… et rien à l'horizon ! »

Vorski haussa les épaules.

« De plus en plus bête, mon pauvre Otto. Tu sais qu'il y avait d'abord un certain nombre de choses à accomplir. Elles le sont toutes, sauf une. Dans quelques minutes, celle-là le sera à son tour, et le trésor nous appartiendra.

— Qu'en savons-nous ?

— Crois-tu donc que j'aurais fait tout ce que j'ai fait si je n'avais pas été sûr du résultat… comme je suis sûr de vivre ? Tous les événements se sont déroulés dans un ordre inflexible et marqué d'avance. Le dernier se produira à l'heure dite, et m'ouvrira la porte.

— La porte de l'enfer, ricana Otto, ainsi que j'ai entendu Maguennoc l'appeler.

— Qu'on l'appelle de ce nom ou d'un autre, elle ouvre sur le trésor que j'aurai conquis.

— Soit, fit Otto, que la conviction de Vorski impressionnait, soit. Je veux croire que vous avez raison. Mais qui nous affirme que nous aurons notre part ?

— Vous aurez votre part, pour ce simple motif que la possession du trésor me fournira des richesses si fantastiques, que je n'irai pas me créer des ennuis avec vous pour une misère de deux cent mille francs.

— Donc, nous avons votre parole ?

— Évidemment.

— Votre parole que toutes les clauses de notre accord seront respectées ?

— Évidemment. Où veux-tu en venir ?

— À ceci, c'est que vous avez commencé à nous rouler de la façon la plus ignoble, en ne respectant pas l'une des clauses de cet accord.

— Hein ! Qu'est-ce que tu chantes ? Sais-tu bien à qui tu parles ?

— À toi, Vorski. »

Vorski empoigna son complice.

« Qu'est-ce que c'est ! Tu oses m'insulter ! me tutoyer, moi, moi !

— Pourquoi pas, puisque tu m'as bien volé, toi ? »

Vorski se contint et reprit, la voix frémissante :

« Parle et fais bien attention, mon petit, car tu joues un rude jeu. Parle.

— Voici, déclara Otto. En dehors du trésor, en dehors des deux cent mille francs, il était convenu entre nous – tu avais levé la main en guise de serment –, il était convenu que toute somme d'argent liquide trouvée par l'un de nous au cours de l'affaire serait partagée en deux : moitié pour toi, moitié pour Conrad et pour moi. Est-ce vrai ?

— C'est vrai.

— Alors, donne, fit Otto en tendant la main.

— Te donner quoi ? Je n'ai rien trouvé.

— Tu mens. Tandis qu'on expédiait les sœurs Archignat, tu as trouvé sur l'une d'elles, dans son corsage, le magot qu'on n'avait pas pu dénicher dans leur maison.

— En voilà une histoire ! dit Vorski, d'un ton où perçait l'embarras.

— C'est la pure vérité.

— Prouve-le.

— Sors donc le petit paquet ficelé que tu as épinglé là, à l'intérieur de ta chemise. »

Et Otto toucha du doigt la poitrine de Vorski en ajoutant :

« Sors-le donc, le petit paquet, et aligne donc les cinquante billets de mille. »

Vorski ne répondit pas. Il était stupéfait, comme un homme qui ne comprend rien à ce qui lui arrive et qui cherche vainement à deviner comment l'adversaire s'est procuré des armes contre lui.

« Tu avoues ? lui demanda Otto.

— Pourquoi pas ? répliqua-t-il. J'avais l'intention de régler le compte plus tard, en bloc.

— Règle-le tout de suite. C'est préférable.

— Et si je refuse ?

— Tu ne refuseras pas.

— Si je refuse ?

— En ce cas, gare à toi.

— Qu'est-ce que je crains, vous n'êtes que deux.

— Nous sommes trois au moins.

— Où est le troisième ?

— Le troisième est un monsieur qui n'a pas l'air du premier venu, à ce que vient de me dire Conrad... bref, celui qui t'a roulé tout à l'heure, l'homme à la flèche et à la tunique blanche.

— Tu l'appellerais ?

— Parbleu ! »

Vorski sentit que la partie n'était pas égale. Les deux acolytes l'encadraient et le serraient fortement. Il fallait céder.

« Tiens, voleur ! tiens, bandit ! s'écria-t-il en tirant le petit paquet et en dépliant les billets.

— Pas la peine de compter, fit Otto qui lui arracha la liasse par surprise.

— Mais...

— C'est ainsi. La moitié pour Conrad, la moitié pour moi.

— Ah ! brute ! Voleur de voleur ! tu me le paieras. Je m'en fiche de l'argent. Mais me piller comme dans un bois ! Ah ! je ne voudrais pas être dans ta peau, mon bonhomme. »

Il continua à l'injurier, puis, soudain, il éclata de rire, un rire méchant et forcé.

« Après tout, ma foi, c'est bien joué, Otto ! Mais où et comment as-tu pu savoir cela ? Tu me le raconteras, hein ? En attendant, plus une minute à perdre. Nous sommes d'accord sur tous les points, n'est-ce pas ? et vous marchez ?

— Sans rechigner, puisque vous prenez la chose si bien », dit Otto.

Et le complice ajouta, d'un ton obséquieux :

« Vous avez tout de même de l'allure, Vorski… Un grand seigneur !

— Et toi, un valet que l'on paye. Tu es payé, dépêche-toi. L'affaire est urgente. »

L'affaire, comme disait l'affreux personnage, fut rapidement exécutée. Remonté sur son échelle, Vorski répéta ses ordres auxquels Conrad et Otto se conformèrent docilement.

Ils mirent la victime debout, puis, tout en la maintenant en équilibre, ils tirèrent sur la corde. Vorski reçut la malheureuse, et, comme les genoux s'étaient ployés, il les contraignit brutalement à s'allonger. Ainsi plaquée sur le fût de l'arbre, sa robe serrée autour de ses jambes, les bras pendant à droite et à gauche et à peine écartés du corps, elle fut attachée par la taille et par-dessous les bras.

Elle ne semblait pas s'être éveillée de son étourdissement, et elle n'eut aucune plainte. Vorski voulut lui dire quelques mots, mais, ces mots, il les bredouilla, incapable d'articuler. Puis il chercha à lui redresser la tête, mais il y renonça, n'ayant plus le courage de toucher à celle qui allait mourir, et la tête retomba sur le buste, très bas.

Aussitôt, il descendit et balbutia :

« L'eau-de-vie, Otto… tu as la gourde ? Ah ! crédieu, l'ignoble chose !

— Il est encore temps », objecta Conrad.

Vorski avala quelques gorgées et s'écria :

« Encore temps… de quoi faire ? De la délivrer ? Écoute-moi, Conrad. Plutôt que de la délivrer, j'aimerais mieux… oui, j'aimerais mieux prendre sa place. Abandonner mon œuvre ? Ah ! c'est que tu ne sais pas quelle est cette œuvre et quel est mon but ! Sans quoi… »

Il but de nouveau.

« Excellente eau-de-vie, mais, pour me remettre le cœur d'aplomb, je préférerais du rhum. Tu n'en as pas, Conrad ?

— Le reste d'un petit flacon…

— Donne. »

Ils avaient voilé la lanterne de peur d'être vus, et ils s'assirent tout contre l'arbre, résolus au silence. Mais cette nouvelle flambée d'alcool leur montait au cerveau. Vorski, très excité, se mit à pérorer

« Des explications, vous n'en avez pas besoin. Celle qui meurt là, inutile que vous connaissiez son nom. Qu'il vous suffise de savoir que c'est la quatrième des femmes qui devaient mourir en croix, et que le destin l'avait spécialement désignée, elle. Mais il y a une chose que je puis vous dire, à l'heure où le triomphe de Vorski va éclater à vos yeux. J'ai même quelque orgueil à vous l'annoncer, car si tous les événements ont jusqu'ici dépendu de moi et de ma volonté, celui qui va se produire dépend des volontés les plus puissantes, des volontés travaillant pour Vorski ! »

Il redit à plusieurs reprises, comme si ce nom flattait ses lèvres :

« Pour Vorski !… pour Vorski !… »

Et il se releva, l'exubérance de ses pensées l'obligeant à marcher et à gesticuler.

« Vorski, fils de roi, Vorski élu du destin, prépare-toi. Voici ton heure. Ou bien tu n'es que le dernier des aventuriers et le plus criminel de tous les grands criminels que le sang des autres ait souillés, ou bien tu es vraiment le prophète illuminé que les dieux couronnent de gloire. Surhomme ou bandit. Voici l'arrêt du destin. Les battements de cœur de la victime sacrée qu'on immole aux dieux marquent les secondes suprêmes. Écoutez-les, vous deux qui êtes là. »

Escaladant l'échelle, il cherchait à les percevoir, ces pauvres battements d'un cœur épuisé. Mais la tête, inclinée à gauche, l'empêchait de coller son oreille contre la poitrine, et il n'osait y toucher. Un souffle inégal et rauque rompait seul le silence.

Il dit tout bas :

« Véronique, tu m'entends ?… Véronique… Véronique… »

Après un moment d'hésitation, il continua :

« Il faut que tu saches… oui, ça m'épouvante moi-même ce que je fais. Mais c'est le destin. Tu te rappelles la prédiction ? "Ta femme mourra sur la croix." Mais ton nom lui-même, Véronique, c'est cela qu'il évoque !… Souviens-toi que sainte Véronique essuya la figure du Christ avec un linge, et que sur ce linge resta marquée l'image sacrée du Sauveur… Véronique, tu m'entends, Véronique ?… »

Il redescendit en hâte, arracha le flacon de rhum aux mains de Conrad et le vida d'un coup.

Alors, il fut pris d'une sorte de délire qui le fit divaguer pendant quelques instants dans une langue que ses acolytes ne comprirent point. Puis il se mit à provoquer l'ennemi invisible, à provoquer les dieux, à lancer des imprécations et des blasphèmes.

« Vorski est le plus fort. Vorski domine le destin. Il faut que les éléments et les puissances mystérieuses lui obéissent. Tout se passera comme il l'a décidé, et le grand secret lui sera annoncé dans les formes mystiques et selon les préceptes de la cabale. Vorski est attendu comme le prophète. Vorski sera accueilli avec des cris de joie et d'extase, et quelqu'un, que j'ignore et que je ne fais qu'entrevoir, viendra au-devant de lui avec des palmes et des bénédictions. Qu'il se prépare celui-là ! Qu'il surgisse des ténèbres et qu'il monte de l'enfer ! Voici Vorski ! Qu'au son des cloches et qu'au chant des alléluias, le signal fatidique se produise à la face du ciel, pendant que la terre s'entrouvre et projette des tourbillons de flammes. »

Il garda le silence comme s'il eût épié dans l'espace les signes qu'il prédisait. D'en haut tombait le râle désespéré de la mourante. L'orage grondait au loin, et les nuages noirs étaient déchirés par les éclairs. On eût dit que toute la nature répondait à l'appel du bandit.

Ses discours grandiloquents et sa mimique de cabotin impressionnaient vivement ses acolytes.

Otto murmura :

« Il me fait peur.

— C'est le rhum, prononça Conrad. Mais tout de même il annonce des choses effrayantes.

— Des choses qui rôdent autour de nous, déclama Vorski dont l'oreille enregistrait les moindres bruits, des choses qui font partie de l'heure présente et qui nous ont été léguées par la suite des siècles. C'est comme un enfantement prodigieux. Et, je vous le dis à tous les deux, vous allez en être les témoins déconcertés. Otto et Conrad, préparez-vous également : la terre va trembler, et, à l'endroit même où Vorski doit conquérir la Pierre-Dieu, une colonne de feu s'élèvera vers le ciel.

— Il ne sait plus ce qu'il dit, marmonna Conrad.

— Et le revoilà sur l'échelle, souffla Otto. Tant pis s'il reçoit une flèche ! »

Mais l'exaltation de Vorski ne connaissait plus de bornes. La fin approchait. Exténuée par la souffrance, la victime agonisait.

D'un ton très bas, pour n'être entendu que par elle, puis d'une voix de plus en plus forte, Vorski reprit :

« Véronique… Véronique… tu achèves ta mission… tu arrives au bout de la montée… Gloire à toi ! Une part te revient dans mon triomphe… Gloire à toi ! Écoute ! Tu entends déjà, n'est-ce pas ? Le canon du tonnerre approche. Mes ennemis sont vaincus, tu n'as plus de secours à espérer ! Voici le dernier battement de ton cœur… Voici ta dernière plainte… *Éli, Éli, lamma sabacthani !*… “Mon Dieu, mon Dieu, pourquoi m'avez-vous abandonnée ?” »

Il riait comme un fou, comme on rit de la plus folâtre aventure. Puis il y eut un silence. Les grondements de tonnerre s'interrompirent. Vorski se pencha et, soudain, il vociféra, du haut de son échelle :

« *Éli, Éli, lamma sabacthani !* les dieux l'ont abandonnée… La mort a fait son œuvre. La dernière des quatre femmes est morte. Véronique est morte ! »

Il se tut de nouveau, puis hurla deux fois :

« Véronique est morte ! Véronique est morte ! »

De nouveau, il y eut un grand silence attentif.

Et tout à coup le sol trembla, non pas d'une commotion produite par le tonnerre, mais d'une convulsion intérieure, profonde, venue des entrailles mêmes de la terre, et qui se répercuta à diverses reprises comme un bruit dont l'écho se propage à travers les bois et les collines.

Et, presque en même temps, tout près d'eux, à l'autre bout du demi-cercle de chênes, un jet de feu jaillit et monta vers le ciel, dans un tourbillon de fumée où fusaient des flammes rouges, jaunes ou violettes.

Vorski ne prononça pas une parole. Ses compagnons demeuraient confondus. À la fin l'un d'eux balbutia :

« C'est le vieux chêne pourri, celui que la foudre a déjà brûlé. »

En effet, bien que l'incendie se fût éteint presque aussitôt, tous trois gardaient la vision fantastique du vieux chêne, tout embrasé, transparent et vomissant des flammes et des vapeurs multicolores…

« C'est ici l'entrée qui conduit à la Pierre-Dieu, dit gravement Vorski. Le destin a parlé comme je vous l'avais annoncé, et il a parlé contraint par moi, qui fus son serviteur et qui suis son maître. »

Il s'avança, la lanterne à la main. Ils furent surpris de voir que l'arbre n'offrait aucune trace d'incendie et que la masse de feuilles sèches, maintenue comme dans une cuve par l'écartement des quelques branches inférieures, n'avait pas flambé.

« Un miracle encore, dit Vorski. Tout est miracle incompréhensible.

— Qu'allons-nous faire ? demanda Conrad.

— Pénétrer dans l'issue qui nous est indiquée. Apporte l'échelle, Conrad, et avec la main fouille dans ce tas de feuilles. L'arbre est creux et nous verrons bien…

— Si creux que soit un arbre, dit Otto, il y a toujours des racines, et je ne puis guère admettre un passage à travers les racines.

— Encore une fois, nous verrons bien. Remue les feuilles, Conrad… enlève-les…

— Non, répliqua nettement Conrad.

— Comment non ? Et pourquoi ?

— Rappelez-vous Maguennoc ? Rappelez-vous qu'il a voulu toucher à la Pierre-Dieu et qu'il a dû se couper la main.

— Mais ce n'est pas ici la Pierre-Dieu ! ricana Vorski.

— Qu'en savez-vous ? Maguennoc parlait toujours de la porte de l'enfer. N'est-ce pas cela qu'il désignait ainsi ? »

Vorski haussa les épaules.

« Et toi, tu as peur aussi, Otto ? »

Otto ne répondit pas, et Vorski non plus n'avait pas hâte de risquer l'épreuve, car il finit par dire :

« Ma foi, rien ne presse. Attendons le petit jour. Nous abattrons l'arbre à coups de hache, ce qui nous montrera, mieux que tout, à quoi nous avons affaire et comment il nous faut procéder. »

Il en fut ainsi convenu. Mais, comme le signal avait été perçu par d'autres que par eux et qu'il ne fallait pas se laisser devancer, ils résolurent de s'établir en face même de l'arbre, sous l'abri que leur offrait la table immense du Dolmen-aux-Fées.

« Otto, ordonna Vorski, va nous chercher au Prieuré de quoi boire, et ramène également une hache, des cordes, tout ce qui est nécessaire. »

La pluie commençait à tomber avec une violence extrême. Ils s'installèrent aussitôt sous le dolmen, et, tour à tour, chacun prit la garde, tandis que les autres dormaient.

Nul incident ne marqua cette nuit. La tempête fut d'une grande violence. On entendait le mugissement des vagues. Puis, tout s'apaisa peu à peu. Au petit jour, ils attaquaient le chêne qui, bientôt, tiré par les cordes, s'abattait.

Ils s'aperçurent alors qu'à l'intérieur même de l'arbre, parmi les détritus et les pourritures, une sorte de canal avait été pratiqué, qui se prolongeait au milieu du bloc de sable et de pierres amalgamé autour des racines.

À l'aide d'une pioche, ils déblayèrent le terrain. Tout de suite, des marches apparurent, il y eut un éboulement, et ils virent un escalier qui suivait la paroi verticale d'une muraille et qui descendait dans les ténèbres. La lueur de la lanterne fut projetée. Une grotte s'ouvrait au-dessous d'eux.

Vorski se risqua le premier. Les autres le suivirent prudemment.

L'escalier qui, d'abord, se composait de marches en terre soutenues par des cailloux, était ensuite creusé à même le roc. La grotte où ils débouchèrent n'avait rien de particulier et semblait plutôt un vestibule d'accès. Elle communiquait, en effet, avec une sorte de crypte, à voûte arrondie, dont les murs étaient faits d'une grossière maçonnerie de pierres sèches.

Tout autour se dressaient, comme des statues informes, douze petits menhirs dont chacun portait le squelette d'une tête de cheval. Vorski toucha l'une de ces têtes : elle tomba en poussière.

« Nul n'est entré dans cette crypte, dit-il, depuis plus de vingt siècles. Nous sommes les premiers hommes qui en foulent le sol, les premiers qui regardent les vestiges du passé qu'elle contient. »

Il ajouta avec une emphase croissante :

« C'était la chambre mortuaire d'un grand chef. On enterrait avec lui ses chevaux favoris, et ses armes également... Tenez, voici des haches, un couteau de silex... et nous retrouvons aussi la trace de certaines pratiques funéraires, comme le prouvent ce monceau de charbon de bois et, de ce côté, ces ossements calcinés... »

L'émotion altérait sa voix. Il murmura :

« Je suis le premier qui pénètre ici... J'étais attendu. Un monde endormi s'éveille à mon approche. »

Conrad l'interrompit :

« Il y a une autre issue, une autre communication, et l'on aperçoit comme une clarté tout au loin. »

Un couloir étroit les conduisit, en effet, dans une autre chambre, par où ils atteignirent une troisième salle.

Les trois cryptes étaient identiquement pareilles. Mêmes maçonneries, mêmes pierres debout, mêmes squelettes de cheval.

« Trois tombes de grands chefs, dit Vorski. Il est évident qu'elles précèdent la tombe d'un roi, et qu'ils étaient les gardiens de ce roi, après en avoir été, de son vivant, les compagnons. Sans doute est-ce la prochaine crypte... »

Il n'osait s'y aventurer, non par peur, mais par excès de trouble et par un sentiment de vanité exaspérée, dont il savourait la jouissance.

« Je vais savoir, déclamait-il ; Vorski touche au but, et il n'a plus qu'à étendre la main pour être payé royalement de ses peines et de ses batailles. La Pierre-Dieu est là. Durant des siècles et des siècles, on a voulu violer le secret de l'île et personne n'y a réussi. Vorski est venu et la Pierre-Dieu lui appartient. Qu'elle se montre donc à moi et me donne la puissance qui m'est promise. Entre elle et Vorski, rien... rien que ma volonté. Et je veux ! Le prophète a surgi du fond des ténèbres. Le voilà. S'il est, dans ce royaume des morts, un fantôme qui soit chargé de me conduire vers la pierre divine et de me poser sur la tête la couronne d'or, que ce fantôme se dresse ! Voici Vorski. »

Il entra.

Cette quatrième salle était beaucoup plus grande et formait un dôme à calotte un peu déprimée. Au milieu de cette dépression, il y avait un trou circulaire, pas plus large que le trou laissé par un tuyau très mince, et d'où tombait une colonne de lumière à demi voilée qui formait un disque très net sur le sol.

Le centre de ce disque était occupé par un petit billot composé de pierres agencées les unes contre les autres. Et, sur ce billot, comme en exposition, un bâton de métal.

Pour le reste, la crypte ne différait pas des premières, comme elles ornée de menhirs et de têtes de cheval, offrant comme elles des vestiges de sacrifices.

Vorski ne quittait pas des yeux le bâton de métal. Chose étrange, ce métal brillait, comme si nulle poussière ne l'eût couvert. Vorski avança la main.

« Non, non, fit vivement Conrad.

— Et pourquoi ?

— C'est peut-être cela que Maguennoc a touché et qui lui a brûlé la main.

— Tu es fou.

— Cependant…

— Eh ! je ne crains rien », déclara Vorski en saisissant l'objet.

C'était un sceptre de plomb travaillé fort grossièrement, mais qui révélait pourtant un certain effort artistique. Sur le manche s'enroulait un serpent, tantôt incrusté dans le plomb et tantôt en relief. La tête, énorme et disproportionnée, de ce serpent formait le pommeau et se hérissait de clous d'argent et de petits cailloux verts transparents comme des émeraudes.

« Est-ce la Pierre-Dieu ? » murmura Vorski.

Il maniait l'objet et l'examinait en tous sens avec une crainte respectueuse, et il ne tarda pas à s'apercevoir que le pommeau branlait de façon imperceptible. Il le remua, le tourna à droite, puis à gauche, et, finalement, il y eut un déclenchement : la tête du serpent se dévissait.

À l'intérieur, un vide était ménagé. Dans ce vide, une pierre… une pierre menue, de couleur rougeâtre, avec des veines jaunes qui ressemblaient à des veines d'or.

« C'est elle ! oh ! c'est elle ! prononça Vorski, bouleversé.

— N'y touchez pas ! répéta Conrad, plein d'effroi.

— Ce qui a brûlé Maguennoc ne brûlera pas Vorski », répondit-il gravement.

Et, par forfanterie, débordant d'orgueil et de joie, il gardait la pierre mystérieuse au fond de sa main fermée, qu'il serrait de toutes ses forces.

« Qu'elle me brûle, j'y consens ! Qu'elle entre dans ma chair, j'en serai heureux. »

Conrad lui fit signe et mit un doigt sur sa bouche.

« Qu'est-ce que tu as ? demanda-t-il. Tu entends quelque chose ?

— Oui, fit l'autre.

— Moi également… affirma Otto. »

De fait, on entendait un bruit rythmé, égal comme cadence, mais avec des hauts et des bas, et toute une sorte de musique irrégulière.

« Mais, c'est tout près d'ici ! marmonna Vorski… On dirait même que c'est dans la salle. »

C'était dans la salle, ils en acquirent bientôt la certitude, et c'était, ils ne pouvaient guère en douter, un bruit qui avait toute l'apparence d'un ronflement.

Conrad, qui avait risqué cette hypothèse, fut le premier à en rire. Mais Vorski lui dit :

« Ma foi, je me demande si tu n'as pas raison… c'est bien un ronflement… Il y a donc quelqu'un ici ?

— Ça vient de ce côté, fit Otto, de ce coin d'ombre. »

La clarté n'allait pas au-delà des menhirs. Derrière s'ouvraient autant de petites chapelles obscures. Vorski projeta dans l'une d'elles la lueur de sa lanterne, et, aussitôt, laissa échapper un cri de stupeur.

« Quelqu'un… oui… il y a quelqu'un… regardez… »

Les deux complices s'avancèrent. Sur un tas de moellons, qui s'amoncelaient dans un angle de la paroi, un homme dormait, un vieillard à barbe blanche et à longs cheveux blancs. La peau de sa figure et la peau de ses mains étaient sillonnées de mille rides. Un cercle bleuâtre encadrait ses paupières closes. Un siècle au moins avait passé sur lui.

Une tunique de lin rapiécée et déchirée le revêtait jusqu'aux pieds. Autour du cou, et descendant assez bas sur la poitrine, il avait un chapelet de ces boules sacrées que les Gaulois appelaient des œufs de serpent, et qui sont des oursins. À portée de sa main, une belle hache de jadéite montrait des signes indéchiffrables. Par terre, alignés, des silex tranchants, des grands anneaux plats, deux pendeloques de jaspe vert, deux colliers en émail bleu cannelé.

Le vieillard ronflait toujours.

Vorski murmura :

« Le miracle continue… C'est un prêtre… un prêtre comme ceux d'autrefois… du temps des Druides.

— Et alors ? demanda Otto.

— Alors, il m'attend ! »

Conrad exprima un avis brutal.

« Moi, je propose qu'on lui casse la tête avec sa hache. »

Mais Vorski se mit en colère.

« Si tu touches seulement à l'un de ses cheveux, tu es un homme mort.

— Cependant…

— Cependant, quoi ?

— C'est peut-être un ennemi… c'est peut-être celui que nous avons poursuivi hier soir… Rappelez-vous… la tunique blanche.

— Tu n'es qu'un idiot ! À son âge, crois-tu que c'est lui qui nous aurait fait courir de la sorte ? »

Il se pencha et saisit doucement le bras du vieillard, en disant :

« Réveillez-vous… c'est moi… »

Aucune réponse. L'homme ne se réveillait pas.

Vorski insista.

L'homme se remua sur son lit de cailloux, dit quelques mots, et se rendormit.

Vorski, un peu impatienté, renouvela sa tentative, mais avec plus de force et en élevant la voix :

« Eh bien, quoi, voyons ! nous ne pouvons pourtant pas traîner ici plus longtemps. Allons ! »

Il imprima une secousse plus énergique au vieillard. Celui-ci eut un geste d'irritation, repoussa l'importun, se cramponna quelques instants au sommeil, puis, à la fin, excédé, il se retourna et grogna, d'un ton furieux :

« Ah ! la barbe ! »

XIV

Le vieux Druide

Les trois complices, qui connaissaient à merveille toutes les finesses de la langue française et n'ignoraient aucun terme d'argot, ne se trompèrent pas un instant sur le sens véritable de cette exclamation imprévue. Ils furent stupéfaits.

Vorski interrogea Conrad et Otto.

« Hein ? Que dit-il ?

— Oui, oui, vous avez bien entendu… c'est cela… » répondit Otto.

À la fin, Vorski fit une nouvelle tentative sur l'épaule de l'inconnu, lequel se retourna sur sa couche, s'étira, bâilla, parut se rendormir, et soudain, vaincu, proféra, en s'asseyant à demi :

« Enfin quoi ! on ne peut donc plus roupiller à son aise dans cette boîte-là ? »

Un jet de lumière l'aveugla, et il marmotta, effaré :

« Qu'est-ce que c'est ? qu'est-ce qu'on me veut ? »

Vorski posa la lanterne sur un ressaut de la paroi et son visage apparut ainsi en pleine clarté. Le vieillard, qui continuait d'exhaler sa mauvaise humeur en plaintes incohérentes, regarda son interlocuteur, se calma peu à peu, prit même une expression aimable, presque souriante, et, tendant la main, s'écria :

« Ah çà ! mais c'est donc toi, Vorski ? Comment vas-tu, vieille branche ? »

Vorski eut un haut-le-corps. Qu'il fût connu du vieillard et que celui-ci l'appelât par son nom, cela ne l'étonnait pas outre mesure, puisqu'il avait la conviction, en quelque sorte mystique, qu'il était attendu comme un prophète. Mais, pour un prophète, pour un missionnaire illuminé et vêtu de gloire, qui se présente devant un inconnu que couronne la double majesté de l'âge et du rang sacerdotal, il était pénible d'être accueilli sous la désignation de « vieille branche ».

Hésitant, inquiet, ne sachant à qui il avait affaire, il demanda :

« Qui êtes-vous ? pourquoi êtes-vous ici ? comment êtes-vous venu ? »

Et, comme l'autre le contemplait d'un air surpris, il répéta plus fortement :

« Répondez donc, qui êtes-vous ?

— Ce que je suis ? repartit le vieillard avec une voix éraillée et chevrotante, ce que je suis ? par Teutatès, dieu des Gaulois, c'est toi qui me poses une pareille question ? Alors, tu ne me reconnais pas ? Voyons, rappelle-toi… ce bon Ségenax… hein ! tu te souviens ?… le père de Velléda ?… ce bon Ségenax, magistrat vénéré chez les Rhédons, de qui Chateaubriand parle au tome premier de ses *Martyrs* ? Ah ! je vois que ta mémoire se rafraîchit.

— Qu'est-ce que vous me chantez là ! s'écria Vorski.

— Je ne chante pas ! J'explique ma présence ici et les tristes événements qui m'y ont amené jadis. Dégoûté par la conduite scandaleuse de Velléda, qui avait "fauté" avec le sinistre Eudore, je suis entré, comme qui dirait aujourd'hui, à la Trappe, c'est-à-dire que j'ai passé brillamment mon bachot ès Druides. Depuis, à la suite de quelques frasques – oh ! presque rien… trois ou quatre bordées vers la capitale où m'attiraient Mabille et plus tard le Moulin-Rouge –, depuis, j'ai dû accepter la petite place que j'occupe ici, un poste de tout repos, comme tu vois… gardien de la Pierre-Dieu… un poste d'embusqué, quoi ! »

La stupeur et l'inquiétude de Vorski augmentaient à chaque parole. Il consulta ses compagnons.

« Cassez-lui la tête, répétait Conrad, c'est mon idée, et je n'en démords pas.

— Et toi, Otto ?

— Moi je dis qu'il faut se méfier.

— Évidemment, il faut se méfier. »

Mais le vieux Druide entendit le mot. S'aidant d'un bâton sur lequel il s'appuyait, il se leva et cria :

« Qu'est-ce que ça signifie ? Se méfier de moi ! Elle est raide celle-là ! Me traiter de fumiste ! Tu n'as donc pas vu ma hache, et, sur le manche de cette hache, le dessin de la croix gammée ? Hein, la croix gammée, le signe solaire cabalistique par excellence. Et ça ! qu'est-ce que c'est ? (Il montrait son chapelet d'oursins.) Hein ! qu'est-ce que c'est ? des crottes de lapin ? Vous en avez du culot ! Appeler des crottes de lapin des œufs de serpent, "des œufs qu'ils finissent par former, de la bave et de l'écume de leurs corps mêlés, et qu'ils rejettent en l'air au milieu de sifflements". C'est Pline lui-même qui l'a dit ! Tu ne vas pas aussi traiter Pline de fumiste, j'espère ? En voilà un client ! Se méfier de moi, alors que j'ai tous mes diplômes de vieux Druide, toutes mes patentes, tous mes brevets, tous mes certificats signés par Pline et par Chateaubriand. Quel culot ! Non, vrai, tu en trouveras des vieux Druides de mon espèce, authentiques, de l'époque, avec leur patine ancienne et leur barbe séculaire ! Moi, un fumiste ! moi qui possède toutes les traditions et qui jongle avec les coutumes d'antan ! Veux-tu que je te danse le pas du vieux Druide, tel que je l'ai dansé devant Jules César ? Le veux-tu ? »

Et sans attendre la réponse, le vieillard, jetant son bâton, se mit à esquisser des entrechats fantaisistes et des gigues échevelées avec une souplesse tout à fait extraordinaire. Et c'était le spectacle le plus cocasse que de le voir sauter et tourniquer, le dos ployé, les bras ballants, les jambes fusant à droite et à gauche, de dessous la tunique, la barbe suivant les évolutions du corps qui se trémoussait, tandis que la voix chevrotante annonçait successivement les diverses reprises :

« Le pas du vieux Druide ou les délices de Jules César. Ohé !… La danse du gui sacré, vulgairement appelée danse de Saint-Guy !… La valse des œufs de serpent, avec musique de Pline… Ohé ! ohé ! plus de spleen !… La Vorska, ou tango des trente cercueils !… L'hymne du prophète rouge ! Alléluia ! Alléluia ! Gloire au prophète ! »

Quelques moments encore il continua ses bonds endiablés, puis, brusquement, il s'arrêta devant Vorski, et, d'un ton grave :

« Assez de bavardage ! Parlons sérieusement. Je suis chargé de te remettre la Pierre-Dieu. Maintenant que tu es convaincu, es-tu prêt à prendre livraison de la marchandise ? »

Les trois complices étaient absolument ahuris. Vorski ne savait que faire, impuissant à comprendre ce que c'était que ce damné personnage.

« Eh ! fichez-moi la paix ! s'écria-t-il avec colère. Que voulez-vous ? Quel est votre but ?

— Comment, mon but ? Mais je viens de te le dire : te remettre la Pierre-Dieu.

— Mais de quel droit ? À quel titre ? »

Le vieux Druide hocha la tête.

« Oui, je saisis la chose… ça ne se passe pas du tout comme tu croyais. Évidemment, n'est-ce pas ? tu arrives ici tout frétillant, heureux et fier de l'œuvre accomplie. Juge un peu… de la fourniture pour trente cercueils, quatre femmes en croix, des naufrages, du sang plein tes mains, des crimes plein tes poches. Tout ça, ce n'est pas de la petite bière, et tu t'attendais à une réception imposante, avec cérémonie officielle, pompes solennelles, chœurs antiques, théories d'eubages et de bardes, ostensoirs, sacrifices humains, enfin du chichi, le grand jeu gaulois !… Et, au lieu de cela, un pauvre diable de Druide qui roupille dans un coin et qui t'offre tout crûment la marchandise. Quelle chute, messeigneurs ! Que veux-tu, Vorski ? on fait ce qu'on peut et chacun agit selon ses moyens. Je ne roule pas sur l'or, moi, et je t'ai déjà avancé, outre le blanchissage de quelques tuniques blanches, treize francs quarante pour feux de bengale, jets de flamme, et tremblement de terre nocturne. »

Vorski tressauta, hors de lui, comprenant soudain.

« Qu'est-ce que vous dites ? Comment ! c'était…

— Pour sûr que c'était moi ! Qui voulais-tu que ce fût ? Saint Augustin ? À moins que tu n'aies supposé une intervention divine et qu'hier soir, dans l'île, les dieux aient pris soin de t'envoyer un archange vêtu d'une tunique blanche pour te conduire au chêne creux !… Vraiment, tu exagères. »

Vorski serra les poings. Ainsi l'homme vêtu de blanc, qu'il avait poursuivi la veille, n'était autre que cet imposteur !

« Ah ! gronda-t-il, je n'aime pas beaucoup qu'on se paie ma tête !

— Qu'on se paie ta tête ! s'écria le vieillard. Tu en as de bonnes, mon petit. Et qui donc m'a traqué comme une bête fauve, que j'en étais à bout de souffle ? Et qui donc m'a collé deux balles dans ma tunique numéro un ? En voilà un client ! Aussi ça m'apprendra à faire le zèbre !

— Assez, assez, proféra Vorski, exaspéré. Assez ! Pour la dernière fois, qu'est-ce que vous me voulez ?

— Je m'esquinte à te le dire. Je suis chargé de te remettre la Pierre-Dieu.

— Chargé par qui ?

— Ah çà ! je n'en sais fichtre rien, par exemple ! J'ai toujours vécu avec cette idée qu'il apparaîtrait un jour à Sarek un nommé Vorski, prince germain, qui abattrait ses trente victimes, et à qui je devais faire un signal convenu lorsque sa trentième victime rendrait le dernier soupir. Alors, comme je suis esclave de la consigne, j'ai préparé mon petit balluchon, j'ai acheté, chez un quincaillier de Brest, deux feux de bengale à trois francs soixante-quinze pièce, plus quelques pétards de choix, et, à l'heure dite, je me perchais dans mon observatoire, un rat de cave à la main, tout prêt. Quand tu as gueulé, du haut de ton arbre : "Elle est morte ! Elle est morte !" j'ai pensé que c'était le bon moment, j'ai allumé mes bengales, et, avec mes pétards, j'ai secoué les entrailles de la terre. Voilà. Tu es fixé. »

Vorski avança, les poings levés. Ce flux de paroles, ce flegme imperturbable, cette faconde, cette voix goguenarde et tranquille, tout cela le mettait hors de lui.

« Un mot de plus, et je t'assomme, cria-t-il. J'en ai assez !

— T'appelles-tu Vorski ?

— Oui, et après ?

— Es-tu prince germain ?

— Oui, oui, et après ?

— As-tu abattu tes trente victimes ?

— Oui ! oui ! oui !

— Eh bien, alors tu es mon homme. J'ai une Pierre-Dieu à te remettre, je te la remettrai, coûte que coûte. C'est comme ça que je suis, moi. Il faut que tu la bouffes, ta pierre à miracles.

— Mais je m'en moque de la Pierre-Dieu ! hurla Vorski en trépignant. Et je me moque de toi. Je n'ai besoin de personne. La Pierre-Dieu ! Mais je l'ai, elle est à moi, je la possède.

— Montre voir.

— Et ça, qu'est-ce que c'est ? fit Vorski en sortant de sa poche la petite bille trouvée dans le pommeau.

— Ça ? demanda le vieillard d'un air surpris. Où as-tu pêché ça ?

— Dans le pommeau de ce sceptre, que j'ai eu l'idée de dévisser.

— Et qu'est-ce que c'est ?

— C'est un fragment de la Pierre-Dieu.

— Tu es fou.

— Alors, qu'est-ce que c'est, selon toi ?

— Ça, c'est un bouton de culotte.

— Hein ?

— Un bouton de culotte.

— La preuve ?

— Un bouton de culotte dont la tige est cassée, un bouton de culotte comme en emploient les nègres du Sahara. J'en ai toute une parure.

— La preuve, sacrédieu !

— C'est moi qui l'y ai mis.

— Pour quoi faire ?

— Pour remplacer la pierre précieuse, que Maguennoc avait chipée, celle qui l'a brûlé, et qui l'a forcé à se couper la main. »

Vorski se tut. Il était désorienté. Il ne savait plus quel parti prendre et quelle conduite tenir à l'égard de ce singulier adversaire.

Le vieux Druide se rapprocha de lui, et, doucement, d'un air paternel :

« Non, vois-tu, mon petit, tu n'en sortiras pas sans moi. Moi seul ai la clef de la serrure et le mot du coffre. Pourquoi hésites-tu ?

— Je ne vous connais pas.

— Enfant ! Si je te proposais quelque chose d'indélicat et qui soit incompatible avec ton honneur, je comprendrais tes scrupules. Mais mon offre est de celles qui ne sauraient froisser la conscience la plus chatouilleuse. Hein ? ça colle ? Non ? Pas encore ? Mais, par Teutatès, qu'est-ce qu'il te faut, incrédule Vorski ? Un miracle, peut-être ? Seigneur, pourquoi ne l'as-tu pas dit plus tôt ? Mais des miracles, j'en ponds treize à la douzaine. Tous les matins, en prenant mon café au lait, j'accomplis mon petit miracle. Pense donc, un Druide ! Des miracles ? mais j'en ai plein ma boutique. Je ne sais plus où m'asseoir. Qu'est-ce que tu préfères ? Rayon de résurrection ? Rayon des cheveux qui repoussent ? de l'avenir dévoilé ? Tu n'as que l'embarras du choix. Tiens, à quelle heure ta trentième victime a-t-elle exhalé son dernier soupir ?

— Est-ce que je sais !

— Onze heures cinquante-deux. Ton émotion fut si forte que ta montre en a été arrêtée. Regarde. »

C'était absurde. Le choc produit par l'émotion n'a aucun effet sur la montre de celui qui a subi cette émotion. Cependant, malgré lui, Vorski tira sa montre : elle marquait onze heures cinquante-deux. Il essaya de la remonter, elle était cassée.

Le vieux Druide, sans lui laisser le temps de reprendre haleine, continua :

« Ça t'épate, hein ? Rien de plus simple, cependant, et de plus facile pour un Druide un peu à la hauteur. Un Druide voit l'invisible. Bien plus, il le fait voir à qui ça lui chante. Vorski, veux-tu voir ce qui n'existe pas ? Quel est ton nom ? Je ne parle pas de ton nom de Vorski, mais de ton vrai nom, du nom de ton papa ?

— Silence là-dessus, commanda Vorski. C'est un secret que je n'ai révélé à personne.

— Alors, pourquoi l'écris-tu ?

— Je ne l'ai jamais écrit.

— Vorski, le nom de ton père est inscrit au crayon rouge, à la page quatorze du petit carnet que tu portes sur toi. Regarde. »

Machinalement, comme un automate dont les gestes sont réglés par une volonté étrangère, Vorski sortit de la poche intérieure de son gilet un portefeuille qui contenait un cahier de pages blanches cousues ensemble. Il les feuilleta jusqu'à la quatorzième, puis marmotta avec un effroi inexprimable :

« Est-ce possible ! qui a écrit cela ? Et vous connaissez ce qui est écrit ?...

— Veux-tu que je te le prouve ?

— Silence encore une fois ! Je vous défends...

— À ta guise, mon vieux. Moi, ce que j'en fais, c'est pour t'édifier. Et ça me coûte si peu ! Quand je commence à opérer des miracles, je ne peux plus m'arrêter. Encore un, histoire de rigoler. Tu portes à ton cou, sous ta chemise, au bout d'une chaînette d'argent, un médaillon ?

— Oui, fit Vorski dont les yeux brillaient de fièvre.

— Ce médaillon forme un cadre, vide de ta photographie qu'il encerclait autrefois ?

— Oui, oui… un portrait représentant…

— Représentant ta mère, je le sais, et que tu as perdu.

— Que j'ai perdu l'an dernier.

— Dis plutôt que *tu crois* l'avoir perdu, ce portrait.

— Allons donc ! le médaillon est vide.

— *Tu crois* qu'il est vide. Il ne l'est pas. Regarde. »

Toujours d'un mouvement mécanique, les yeux écarquillés, Vorski défit le bouton de sa chemise et tira la chaînette. Le médaillon apparut. Il y avait dans un cercle d'or un portrait de femme.

« C'est elle… c'est elle… murmura-t-il, bouleversé.

— Pas d'erreur ?

— Non.

— Alors, que dis-tu de tout cela, hein ? C'est pas du chiqué… c'est pas du battage. Le vieux Druide est un type d'attaque, et tu vas le suivre, n'est-ce pas ?

— Oui. »

Vorski était vaincu. Cet homme le subjuguait. Ses instincts superstitieux, ses croyances ataviques, aux puissances mystérieuses, sa nature inquiète et déséquilibrée, tout lui imposait une soumission absolue. Sa défiance persistait, mais ne l'empêchait pas d'obéir. Il demanda :

« Est-ce loin ?

— À côté. Dans le grand salon. »

Otto et Conrad avaient écouté le dialogue en témoins abasourdis. Conrad essaya de protester. Mais Vorski lui ferma la bouche.

« Si tu as peur, va-t'en. Du reste – et il ajouta ces mots avec affectation –, du reste, nous ne marchons que le revolver au poing. À la moindre alerte, feu.

— Feu sur moi ? ricana le vieux Druide.

— Feu sur n'importe quel ennemi.

— Eh bien, passe le premier, feu Vorski. »

Et comme l'autre se rebiffait, il éclata de rire.

« Feu Vorski... tu n'as pas l'air de trouver ça drôle ? Oh ! moi non plus, d'ailleurs... Seulement, il faut bien s'amuser... Eh bien quoi, tu ne passes pas ? »

Il les avait amenés tout au bout de la crypte, dans une masse d'ombre où la lanterne leur montra une fente creusée au pied de la muraille et qui s'enfonçait en descendant.

Après une hésitation, Vorski passa. Il dut ramper à genoux et sur les mains dans ce couloir étroit et tortueux, d'où il déboucha, une minute plus tard, au seuil d'une grande salle.

Les autres le rejoignirent.

Le vieux Druide déclara solennellement :

« La salle de la Pierre-Dieu. »

Elle était profonde et majestueuse, pareille, comme dimensions et comme forme, à l'esplanade au-dessous de laquelle elle s'étendait. Le même nombre de pierres debout, qui semblaient les colonnes d'un temple immense, se dressaient aux mêmes endroits et composaient les mêmes alignements que les menhirs de l'esplanade – pierres taillées de la même façon à coups de hache ignorante et sans nul souci d'art ou de symétrie. Le sol était fait de dalles énormes et irrégulières, coupées par un système de rigoles et sur lesquelles s'étalaient, venus d'en haut et distants les uns des autres, des cercles de lumière éclatante.

Au centre, sous le jardin de Maguennoc, un échafaud de pierres sèches s'élevait, haut de quatre ou cinq mètres. Là-dessus un dolmen aux deux jambes robustes portait une table de granit en forme d'ovale allongé.

« C'est *elle* ? » articula Vorski d'une voix étranglée.

Sans répondre directement, le vieux Druide prononça :

« Qu'en dis-tu ? Ils avaient le chic pour construire, nos ancêtres ? Et quelle ingéniosité ! Quelles précautions contre les regards indiscrets et contre toutes les recherches profanes. Sais-tu d'où vient la lumière ? Car nous sommes dans les entrailles de l'île, et pas de fenêtres sur l'espace. La lumière vient des menhirs supérieurs, lesquels sont percés du haut en bas d'un canal qui va en s'évasant et qui dispense la clarté à pleins flots. À midi, avec le soleil, c'est féerique. Toi qui es un artiste, tu hurlerais d'admiration.

— C'est bien *elle*, alors ? répéta Vorski.

— En tout cas, c'est une pierre sacrée, affirma le vieux Druide, impassible, puisqu'elle dominait le lieu des sacrifices souterrains, les plus importants de tous. Mais il y en a une autre en dessous, que protège le dolmen, et que tu ne vois pas d'ici, et c'est sur elle que l'on immolait les victimes de choix. Le sang coulait de l'échafaud et s'en allait par toutes ces rigoles jusqu'aux falaises, jusqu'à la mer. »

Vorski demanda, de plus en plus agité.

« Alors, c'est celle-là ? Avançons.

— Pas besoin de bouger, dit le vieillard avec un calme horripilant, ce n'est pas encore celle-là. Il y en a une troisième, et, cette troisième, pour l'apercevoir, il te suffit de relever un peu la tête.

— Où ? Vous êtes sûr ?

— Parbleu ! Regarde bien… au-dessus de la table supérieure, oui, dans la voûte même qui forme le plafond et qui semble une mosaïque de grandes dalles… N'est-ce pas ? tu la reluques d'ici ? une dalle qui fait bande à part… allongée comme la table inférieure et taillée comme elle… On dirait les deux sœurs… Mais il n'y en a qu'une de bonne, ayant la marque de fabrique… »

Vorski était déçu. Il s'attendait à une présentation plus compliquée, à une cachette plus mystérieuse.

« La Pierre-Dieu, cela ? dit-il, mais elle n'a rien de particulier.

— De loin, non, mais de près, tu verras… Il y a des veines de couleur, des filons rutilants, un grain spécial… enfin quoi, la Pierre-Dieu. D'ailleurs, elle ne vaut pas tant par sa matière que par ses propriétés miraculeuses.

— De quels miracles s'agit-il ? questionna Vorski.

— Elle donne mort ou vie, comme tu sais, et elle donne bien d'autres choses.

— Lesquelles ?

— Fichtre ! tu m'en demandes trop. Je n'en sais rien, moi.

— Comment ! vous ignorez… »

Le vieux Druide se pencha et, en confidence :

« Écoute, Vorski, je t'avouerai que je me suis un peu vanté, et que mon rôle, tout en étant d'une importance capitale – gardien de la Pierre-Dieu, c'est un poste de première ligne, – que mon rôle est limité par une puissance en quelque sorte supérieure à la mienne.

— Quelle puissance ?

— Celle de Velléda. »

Vorski l'observa, de nouveau inquiet.

« Velléda ?

— Ou du moins celle que j'appelle Velléda, la dernière Druidesse, et dont je ne connais pas le vrai nom.

— Où se trouve-t-elle ?

— Ici.

— Ici ?

— Oui, sur la pierre du sacrifice. Elle dort.

— Comment ! Elle dort.

— Elle dort depuis des siècles, depuis toujours. Moi, je ne l'ai jamais vue qu'endormie, d'un sommeil chaste et paisible. Comme la Belle au bois dormant, Velléda attend celui que les dieux ont désigné pour la réveiller, et celui-là…

— Celui-là ?

— C'est toi, Vorski. »

Vorski fronça les sourcils. Qu'est-ce que c'était que cette histoire invraisemblable ? et où donc voulait en venir l'énigmatique personnage ?

Le vieux Druide continua :

« Ça te chiffonne, on dirait ? Voyons, c'est pas une raison parce que tu as les mains rouges et trente cercueils sur le dos pour que tu n'aies pas le droit d'être promu prince Charmant. Tu es trop modeste, mon petit. Tiens, veux-tu que je te dise quelque chose ? Velléda est merveilleusement belle, mais d'une beauté surhumaine. Ah ! mon gaillard, tu t'allumes ? Non ? pas encore ? »

Vorski hésitait. Vraiment il sentait le danger grandir autour de lui, et monter comme une vague qui s'enfle et qui va déferler. Mais le vieillard ne lâchait pas prise.

« Un dernier mot, Vorski – et je te parle bas pour que tes compagnons ne m'entendent point –, lorsque tu as enveloppé ta mère dans un linceul, tu lui as laissé à l'index, selon sa volonté formelle, une bague qui ne la quittait jamais, bague magique, faite d'une grosse turquoise qu'entourait un rang de petites turquoises serties dans des gaines d'or. Est-ce que je me trompe ?

— Non, souffla Vorski, bouleversé, non, mais j'étais seul, et c'est un secret que personne n'a connu…

— Vorski, si cette bague se trouve à l'index de Velléda, auras-tu confiance ? et croiras-tu que, du fond de sa tombe, ta mère ait délégué Velléda pour te recevoir et pour te remettre elle-même la pierre miraculeuse ? »

Vorski marchait déjà vers le tumulus. Rapidement, il monta les premières marches. Sa tête dépassa le niveau de la plate-forme.

« Ah ! fit-il en chancelant, la bague… la bague est à son doigt. »

Entre les deux piliers du dolmen, étendue sur la table du sacrifice et recouverte jusqu'aux pieds d'une robe immaculée, la Druidesse reposait. Son buste et son visage étaient tournés de l'autre côté, et un voile ramené sur son front cachait ses cheveux. Son beau bras, presque nu, pendait le long de la table. L'index portait une bague de turquoise.

« C'est bien la bague maternelle ? dit le vieux Druide.

— Oui, sans aucun doute. »

Vorski en hâte avait traversé l'espace qui le séparait du dolmen, et, courbé, presque agenouillé, il examinait les turquoises.

« Le nombre y est… l'une d'elles est fendue… une autre disparaît à moitié sous la feuille d'or qu'on a rabattue.

— Ne prends pas tant de précautions, dit le vieillard, elle n'entend pas, et ta voix ne peut la réveiller. Relève-toi, plutôt, et passe ta main légèrement sur son front. C'est la caresse magnétique qui doit la sortir de sa torpeur. »

Vorski se releva. Il hésitait cependant à toucher cette femme. Elle lui inspirait une crainte et un respect insurmontables.

« N'approchez pas, vous deux, dit le vieux Druide à Otto et à Conrad. Les yeux de Velléda, en s'ouvrant, ne doivent se poser que sur Vorski et n'être frappés par aucun autre spectacle… Eh bien, Vorski, tu as peur ?

— Je n'ai pas peur.

— Seulement, tu n'es pas dans ton assiette. C'est plus facile d'assassiner que de ressusciter, hein ? Allons, un peu de biceps ! Écarte son voile et touche son front. La Pierre-Dieu est à ta portée. Agis, et tu es maître du monde. »

Vorski agit. Debout contre l'autel du sacrifice, il dominait la Druidesse. Il se pencha sur le buste immobile. La tunique blanche s'élevait et s'abaissait au rythme régulier de la respiration. D'une main indécise, il écarta le voile, puis s'inclina davantage afin que son autre main pût effleurer le front découvert.

Mais, à ce moment, son geste demeura pour ainsi dire en suspens, et il resta là sans bouger, comme un homme qui ne comprend pas et qui cherche vainement à comprendre.

« Eh bien, quoi, mon gros, s'écria le Druide, tu as l'air médusé. Encore du grabuge ? Quelque chose qui ne va pas ? Faut-il que je t'aide ? »

Vorski ne répondit pas. Il regardait éperdument, avec une expression de stupeur et d'effroi qui se changeaient peu à peu en une folle épouvante. Des gouttes de sueur découlèrent de son crâne. Ses yeux hagards semblaient contempler la plus horrible des visions.

Le vieillard éclata de rire.

« Jésus-Marie, que tu es laid ! Pourvu que la dernière Druidesse ne soulève pas ses divines paupières et n'aperçoive pas ton affreuse binette ! Dormez, Velléda. Dormez votre pur sommeil sans rêves. »

Vorski mâchonnait des paroles inachevées où grondait une colère croissante. À coups d'éclairs, une partie de la vérité l'illuminait. Un mot lui montait aux lèvres, qu'il refusait de prononcer, comme s'il avait peur, en le prononçant, de donner la vie à un être qui n'était plus, à cette femme morte, oui, morte, bien qu'elle respirât, et qui ne pouvait pas ne pas être morte, puisqu'il l'avait tuée. À la fin, cependant, et malgré lui, il articula, et chaque syllabe lui coûtait d'intolérables souffrances :

« Véronique… Véronique…

— Tu trouves donc qu'elle lui ressemble ? ricana le vieux Druide. Ma foi, peut-être as-tu raison… il y a un air de famille… Hein ! si tu n'avais pas mis l'autre en croix de tes propres mains, et si tu n'avais pas recueilli toi-même son dernier soupir, tu serais prêt à jurer que les deux femmes ne font qu'une même et unique personne et que Véronique d'Hergemont est vivante, et qu'elle n'est même pas blessée… pas même une cicatrice… pas seulement la marque des cordes autour des poignets… Mais regarde donc, Vorski, quel visage paisible ! quelle sérénité réconfortante ! Ma parole, je commence à croire que tu t'es trompé et que tu as mis en croix une autre femme ! Réfléchis… Allons bon ! voilà que tu t'en prends à moi ! Venez à mon secours, ô Teutatès. Le prophète va me démolir. »

Vorski s'était redressé, et maintenant faisait face au vieux Druide. Sa figure, façonnée pour la haine et la rage, n'avait jamais sûrement exprimé plus de haine et de rage… Le vieux Druide n'était pas seulement l'homme qui, depuis une heure, se jouait de lui comme d'un enfant, il était l'homme qui avait accompli l'œuvre la plus extraordinaire, et qui lui apparaissait soudain comme l'ennemi le plus implacable et le plus dangereux. D'un tel homme, il fallait se débarrasser sur-le-champ, puisque l'occasion s'en présentait.

« Je suis cuit, dit le vieillard. À quelle sauce vas-tu me manger ? Nom d'une bique, quel ogre !… Au secours ! à l'assassin ! Oh ! les doigts de fer qui vont m'étrangler ! À moins que ce ne soit le poignard ? ou bien la corde ? Non, c'est le revolver. J'aime mieux ça, c'est plus propre. Vas-y, Alexis. Sur sept balles, deux ont déjà troué ma tunique numéro un. Reste cinq. Vas-y, Alexis. »

Chaque parole exaspérait la colère de Vorski. Il avait hâte d'en finir, et il commanda :

« Otto… Conrad… vous êtes prêts ?… »

Il tendit le bras. Les deux acolytes braquèrent également leurs armes. À quatre pas devant eux, le vieillard demandait grâce en riant.

« Je vous en prie, mes bons messieurs, ayez pitié d'un pauvre diable… Je ne recommencerai plus… Je serai sage comme une… image… Mes bons messieurs… »

Vorski répéta :

« Otto… Conrad… attention !… Je compte… Une… deux… trois… Feu ! »

Les trois détonations retentirent à la fois. Le Druide fit une pirouette, puis se remit d'aplomb, vis-à-vis de ses adversaires et cria, d'une voix tragique :

« Touché ! Traversé de part en part ! C'est la mort sans phrases !... Capout, le vieux Druide !... Funeste dénouement ! Ah ! le pauvre vieux Druide qui aimait tant bavarder !

— Feu ! hurla Vorski. Mais tirez donc, imbéciles ! Feu !

— Feu ! Feu ! répétait le Druide. Pan ! pan ! Pan ! pan ! Mouche au cœur !... Double mouche !... Triple mouche ! À toi, Conrad, pan ! pan !... À toi, Otto. »

Les détonations crépitaient et se répercutaient dans la grande salle sonore. Les complices se démenaient devant leur cible, ahuris et furieux, tandis que l'invulnérable vieillard dansait et gigotait, tantôt presque accroupi, tantôt bondissant avec une agilité stupéfiante.

« Crebleu, ce que l'on rigole au fond des cavernes ! Et ce que t'es bête, mon Vorski ! Sacré prophète, va ! Quelle couche ! Non, mais comment as-tu pu avaler tout ça ? les feux de bengale ! les pétards, et puis le bouton de culotte ! et puis la bague de ta vieille mère ! Bougre de veau ! Quelle pochetée ! »

Vorski s'arrêta. Il comprenait que les trois revolvers avaient été déchargés, mais comment ? Par quel prodige inouï ? Qu'y avait-il au fond de toute cette aventure fantastique ? Quel était ce démon qui se dressait en face de lui ?

Il jeta son arme inutile et regarda le vieillard. Allait-il l'empoigner, l'étouffer entre ses bras ? Il regarda aussi la femme, prêt à se jeter sur elle. Mais, visiblement, il ne se sentait pas de taille à affronter plus longtemps ces deux êtres bizarres qui lui paraissaient situés en dehors du monde et de la réalité.

Alors, rapidement, il tourna sur lui-même et, appelant ses acolytes, il reprit le chemin des cryptes, poursuivi par les quolibets du vieux Druide :

« Allons, bon ! voilà qu'il se trotte ! Et la Pierre-Dieu, que veux-tu que j'en fasse ? Non, mais ce qu'il détale ! T'as donc le feu au derrière ? Taïaut ! Taïaut ! Va donc, eh ! prophète... »

XV

La salle des sacrifices souterrains

Vorski n'avait jamais eu peur, et peut-être, en prenant la fuite, n'obéissait-il pas à un sentiment de peur réelle. Mais il ne savait plus ce qu'il faisait. Dans l'effarement de son cerveau, c'était un tourbillon d'idées contradictoires et incohérentes où dominait l'intuition d'une défaite irrémédiable et, en quelque manière, surnaturelle.

Croyant aux sortilèges et aux prodiges, il avait l'impression que l'homme du Destin qu'était Vorski se trouvait déchu de sa mission et remplacé par un nouvel élu du Destin. Il y avait, l'une en face de l'autre, deux forces miraculeuses, l'une émanant de lui, Vorski, l'autre émanant du vieux Druide, et la seconde absorbait la première. La résurrection de Véronique, la personnalité du vieux Druide, les discours, les plaisanteries, les pirouettes, les actes, l'invulnérabilité de ce personnage funambulesque, tout cela lui semblait magique et fabuleux, et créait, dans ces cavernes des temps barbares, une atmosphère spéciale qui le détraquait et l'étouffait.

Il avait hâte de remonter à la surface de la terre. Il voulait respirer et voir. Et ce qu'il voulait voir, avant tout, c'était l'arbre dénudé de branches auquel il avait attaché Véronique et sur lequel Véronique avait expiré.

« Car elle est bien morte, grinçait-il, en rampant au creux de l'étroit passage qui communiquait avec la troisième et la plus grande des cryptes… Elle est bien morte… Je sais ce que c'est que la mort… La mort, j'ai tenu ça souvent entre mes mains et je ne m'y trompe pas. Alors, comment ce démon a-t-il pu la ressusciter ? »

Il s'arrêta brusquement près du billot où il avait ramassé le sceptre.

« À moins que... », dit-il.

Conrad, qui le suivait, s'écria :

« Dépêchez-vous donc au lieu de bavarder. »

Vorski se laissa entraîner, mais, tout en marchant, il continuait :

« Veux-tu que je te dise mon idée, Conrad ? Eh bien, la femme qu'on nous a montrée et qui dormait, ce n'était pas *elle*. Vivait-elle seulement, celle-là ? Ah ! ce vieux sorcier est capable de tout. Il aura modelé quelque image... une poupée de cire à laquelle il aura donné la ressemblance.

— Vous êtes fou. Marchez donc !

— Je ne suis pas fou. Cette femme ne vivait pas. Celle qui est morte sur l'arbre est bien morte. Et tu la retrouveras là-haut, je t'en réponds. Des miracles, oui, mais pas un tel miracle !... »

N'ayant plus leur lanterne, les trois complices se heurtaient aux murs et aux pierres droites. Leurs pas résonnaient de voûte en voûte. Conrad ne cessait de grogner.

« Je vous avais prévenu... il fallait lui casser la tête. »

Otto, lui, se taisait, essoufflé par la course.

Ils arrivèrent ainsi, en tâtonnant, au vestibule, qui précédait la crypte d'entrée, et ils furent assez surpris de constater que cette première salle était obscure, bien que le passage qu'ils y avaient creusé à la partie supérieure, sous les racines du chêne mort, eût dû répandre une certaine clarté.

« C'est bizarre, dit Conrad.

— Bah ! répliqua Otto, il s'agit seulement de trouver l'escalier qui s'accroche au mur. Tiens, j'y suis... voilà une marche... et puis la suivante... »

Il escalada ces marches, mais presque aussitôt fut arrêté.

« Pas moyen d'avancer... on dirait qu'il y a eu un éboulement.

— Impossible ! objecta Vorski. D'ailleurs, attends... j'oubliais... j'ai mon briquet. »

Il alluma ce briquet, et un même cri de colère leur échappa à tous les trois : tout le haut de l'escalier et la moitié de la salle étaient ensevelis sous un amas de pierres et de sable, au milieu duquel avait glissé le tronc du chêne mort. Aucune chance de fuite ne leur restait.

Vorski eut un moment de défaillance et s'écroula sur les marches.

« Nous sommes fichus… C'est ce damné vieillard qui a combiné cela… ce qui prouve qu'il n'est pas seul. »

Il se lamenta, déraisonnant, et sans forces pour continuer une lutte trop inégale. Mais Conrad se fâcha :

« Mais enfin, je ne vous reconnais plus, Vorski.

— Il n'y a rien à faire contre ce bonhomme-là.

— Rien à faire ? Il y a d'abord, ce que je vous ai répété vingt fois, à lui tordre le cou. Ah ! si je ne m'étais pas retenu !…

— Tu n'aurais même pas pu y toucher. Est-ce que nos balles l'ont atteint ?

— Nos balles… nos balles… murmura Conrad… tout ça est rudement louche. Passez-moi votre briquet… j'ai un autre revolver qui vient du Prieuré et que j'avais chargé moi-même hier matin. Je vais bien voir. »

Il examina l'arme et ne tarda pas à se rendre compte que les sept cartouches logées dans le barillet avaient été remplacées par sept cartouches sans balles et qui, naturellement, ne pouvaient tirer qu'à blanc.

« Voilà toute l'explication, dit-il, et votre vieux Druide n'a rien d'un sorcier. Si nos revolvers avaient été réellement chargés, on l'abattait comme un chien. »

Mais l'explication redoubla l'effarement de Vorski.

« Et comment les aurait-il déchargés ? À quelle minute a-t-il pu prendre nos armes dans nos poches, puis les remettre après les avoir rendues inoffensives ? Je n'ai pas quitté mon revolver un instant.

— Moi non plus, avoua Conrad.

— Et je défie qu'on y touche sans que je m'en aperçoive. Alors ?… Alors, n'est-ce pas la preuve que ce démon-là jouit d'une puissance particulière ? Quoi ! il faut voir les choses telles qu'elles sont. C'est un homme qui a des secrets à lui… et il dispose de moyens… de moyens… »

Conrad haussa les épaules.

« Vorski, cette affaire vous a démoli… Vous touchiez au but, et vous lâchez tout au premier obstacle. Vous n'êtes plus qu'une loque. Eh bien, moi, je ne baisse pas la tête comme vous. Fichus ? et pourquoi ? S'il nous poursuit, nous sommes trois.

— Il ne viendra pas. Il nous laissera ici, et il nous enfermera comme dans un terrier sans issue.

— Alors, s'il ne vient pas, je retourne là-bas, moi ! J'ai mon couteau, ça suffit.

— Tu as tort, Conrad.

— En quoi ai-je tort ? Je vaux un autre homme, surtout ce vieux-là, et il n'a, pour l'aider, qu'une femme endormie.

— Conrad, ce n'est pas un homme, et, elle, ce n'est pas une femme. Méfie-toi.

— Je me méfie, mais je marche.

— Tu marches… tu marches… mais quel est ton plan ?

— Je n'ai pas de plan. Ou plutôt, je n'en ai qu'un, qui est de supprimer ce bonhomme-là.

— Tout de même, fais attention… Ne l'attaque pas de front, mais tâche de le surprendre…

— Parbleu ! dit Conrad, en s'en allant, je ne suis pas assez bête pour m'offrir à ses coups. Soyez tranquille, je le tiens, le bougre ! »

L'audace de Conrad réconforta Vorski.

« Après tout, dit-il quand son complice fut parti, il a raison. Si ce vieux Druide ne nous a pas poursuivis, c'est qu'il a d'autres idées en tête. Il ne s'attend sûrement pas à un retour offensif, et Conrad peut fort bien le surprendre. Qu'en dis-tu, Otto ? »

Otto partageait cet avis.

« Il n'y a qu'à patienter », répondit-il.

Un quart d'heure s'écoula. Vorski reprenait de plus en plus son aplomb. Il avait fléchi par réaction, après des espoirs trop grands, suivis d'une déception trop lourde, et aussi parce que l'ivresse provoquait chez lui de la lassitude et de l'abattement. Mais le désir du combat le surexcitait de nouveau, et il tenait à en finir avec son adversaire.

« Qui sait même, disait-il, si Conrad ne l'a déjà pas mis hors de combat ?… »

Il passait maintenant à une confiance exagérée, qui témoignait de son déséquilibre, et tout de suite il voulut repartir.

« Allons, Otto, c'est la fin du voyage. Un vieux bonhomme à supprimer, et ça y est. Tu as ton poignard ? Inutile, d'ailleurs. Mes deux mains suffiront.

— Et s'il a des amis, ce Druide ?

— Nous verrons bien. »

Il reprit encore une fois le chemin des cryptes, avançant avec précaution, et surveillant le débouché des passages qui communiquaient de l'une à l'autre. Aucun bruit ne parvenait jusqu'à eux. La lueur de la troisième crypte les guidait.

« Conrad a dû réussir, remarqua Vorski, sans quoi il n'aurait pas engagé la lutte et se serait replié vers nous. »

Otto approuva.

« Évidemment, c'est bon signe de ne pas le voir. Le vieux Druide a dû passer un mauvais quart d'heure. Conrad est un gaillard. »

Ils entrèrent dans la troisième crypte. Les choses étaient à leur place, le sceptre sur le billot, et le pommeau, que Vorski avait dévissé, un peu plus loin à terre. Mais, comme il jetait les yeux vers le trou d'ombre où dormait le vieux Druide, lors de leur arrivée, il fut stupéfait de revoir le bonhomme, non pas exactement au même endroit, mais entre le trou d'ombre et l'issue du couloir.

« Sacrédieu ! qu'est-ce qu'il fait ? balbutia-t-il, déjà troublé par cette présence insolite. Non, mais on dirait qu'il dort ! »

Le vieux Druide semblait dormir en effet. Seulement pourquoi diable dormait-il dans cette attitude, à plat ventre, les bras allongés en croix, et le nez sur le sol ?

Est-ce qu'un homme qui se défie, ou qui tout au moins sait qu'un danger peut l'atteindre, s'offre ainsi aux coups de l'ennemi ? Et pourquoi – le regard de Vorski perçait peu à peu les demi-ténèbres de l'arrière crypte –, pourquoi la tunique blanche était-elle maculée de taches qui paraissaient rouges… qui étaient rouges, aucun doute n'était possible. Pourquoi ?

Otto dit à voix basse :

« Il a une drôle de pose. »

Vorski avait la même pensée, et il précisa :

« Oui, une pose de cadavre.

— Une pose de cadavre, approuva Otto. Le mot est exact. »

Après un instant, Vorski recula d'un pas.

« Oh ! fit-il, est-ce croyable ?

— Quoi ? demanda l'autre.

— Entre les deux épaules… regarde…

— Eh bien ?

— Le couteau…

— Quel couteau ?

— Celui de Conrad, affirma Vorski… Le poignard de Conrad… je le reconnais… planté droit entre les deux épaules. »

Et il ajouta en frissonnant :

« Les taches rouges viennent de là… c'est du sang… du sang qui coule de cette blessure.

— En ce cas, observa Otto, il est mort ?

— Il est mort… oui, le vieux Druide est mort… Conrad l'aura surpris, et il l'a tué… Le vieux Druide est mort ! »

Vorski resta indécis un assez long moment, prêt à se jeter sur le corps inerte et à le frapper à son tour. Mais il n'osait pas plus le toucher mort que vivant, et tout ce qu'il eut le courage de faire, ce fut de se précipiter et d'arracher l'arme hors de la plaie.

« Ah ! bandit, s'écria-t-il, tu as ce que tu mérites, et Conrad est un rude type. Conrad, sois sûr que je ne t'oublierai pas.

— Où peut-il être, Conrad ?

— Dans la salle de la Pierre-Dieu. Ah ! Otto, j'ai hâte de retrouver la femme que le vieux Druide avait placée là et de lui régler son compte, à elle aussi !

— Vous croyez donc que c'est une femme vivante ? ricana Otto.

— Et bien vivante encore !… comme l'était le vieux Druide. Ce sorcier n'était qu'un charlatan qui pouvait avoir des trucs à lui, mais aucun pouvoir réel… La preuve, la voici !…

— Charlatan, soit, objecta le complice. Mais tout de même, par ses signaux, il vous a indiqué l'endroit de ces grottes. Or, dans quel but ? Et que faisait-il ici ? Connaissait-il vraiment le secret de la Pierre-Dieu, le moyen de la conquérir et son emplacement exact ?

— Autant d'énigmes, tu as raison, dit Vorski, lequel préférait ne pas examiner de trop près les détails de l'aventure, mais autant d'énigmes qui trouveront leur solution d'elles-mêmes, et dont je ne me préoccupe pas pour l'instant, puisque ce n'est plus cet horripilant personnage qui me les pose. »

Pour la troisième fois, ils franchirent l'étroit couloir de communication. Vorski pénétra dans la grande salle en vainqueur, la tête haute et le regard assuré. Plus d'obstacle, plus d'ennemi. Que ce fût la Pierre-Dieu que l'on voyait suspendue entre les dalles de la voûte, ou que la Pierre-Dieu fût ailleurs, nul doute qu'il ne la découvrît. Restait cette femme mystérieuse qui avait l'apparence de Véronique, mais qui ne pouvait pas être Véronique et dont il allait démasquer la véritable personnalité.

« Si toutefois elle y est encore, murmura-t-il. Et je soupçonne fort qu'elle n'y est plus. Elle jouait son rôle dans les combinaisons obscures du vieux Druide, et le vieux Druide me croyant écarté… »

Il avança et monta quelques marches.

La femme était là.

Elle était là, couchée sur la table inférieure du dolmen, entourée de voiles comme auparavant. Le bras ne pendait plus vers le sol. Il n'y avait que la main qui émergeât des voiles. Au doigt, la bague de turquoises.

Otto lui dit :

« Elle n'a pas bougé, elle dort toujours.

— Peut-être dort-elle, en effet, prononça Vorski. Je vais l'observer. Laisse-moi faire. »

Il approcha. Il n'avait pas lâché le couteau de Conrad, et peut-être est-ce cela qui lui donna l'idée de tuer, car son regard se baissa vers l'arme, et il sembla se rendre compte seulement alors qu'il la tenait et qu'il pouvait s'en servir.

Il n'était plus qu'à trois pas de la femme quand il s'aperçut que celui des deux poignets qui se trouvait découvert était tout meurtri et comme marbré de taches noires, lesquelles provenaient évidemment de l'étreinte des cordes. Or, le vieux Druide lui avait fait remarquer, une heure auparavant, que les poignets n'offraient aucune trace de meurtrissure !

Ce détail le bouleversa de nouveau, d'abord en lui prouvant que c'était bien la femme, mise en croix par lui, que l'on avait détachée et qui était sous ses yeux, et ensuite parce qu'il rentrait soudain dans le domaine des miracles. Tour à tour le bras de Véronique lui apparaissait sous deux aspects différents, bras de femme vivante et intacte, bras de victime inerte et torturée.

Sa main tremblante serra le poignard, s'y accrochant pour ainsi dire comme si c'était l'arme même du salut. Dans son esprit confus surgissait une fois de plus l'idée de frapper, non pas pour tuer, puisque cette femme devait être morte, mais pour frapper l'ennemi invisible qui s'acharnait après lui, et pour conjurer d'un seul coup tous les maléfices.

Il leva le bras. Il choisit la place. Sa figure prit son expression la plus sauvage et s'illumina de la joie du crime. Et brusquement il s'abattit et frappa, comme un fou, au hasard, dix fois, vingt fois, avec un déchaînement frénétique de tous ses instincts.

« Tiens, meurs, bégayait-il… meurs encore… et que ce soit fini… Tu es le mauvais génie qui s'oppose à moi… et je t'anéantis… Meurs donc pour que je sois libre !… Meurs pour que je sois le seul maître !… »

Il s'arrêta, afin de reprendre son souffle. Il était exténué. Et tandis que ses yeux hagards contemplaient, sans le voir, l'affreux spectacle du corps lacéré, il eut l'impression étrange qu'une ombre s'interposait entre lui et la lumière du soleil qui descendait de l'ouverture supérieure.

« Sais-tu ce que tu me rappelles ? » fit une voix.

Il fut interdit. Cette voix n'était point celle d'Otto. Et elle continua, pendant qu'il restait la tête baissée et tenant stupidement son poignard planté dans le corps de la morte.

« Sais-tu ce que tu me rappelles, Vorski ? Tu me rappelles les taureaux de mon pays – apprends que je suis espagnol et grand amateur de courses. Eh bien, ces taureaux, quand ils ont embroché quelque pauvre vieux carcan hors d'usage, ils reviennent de temps à autre vers le cadavre, le retournent, l'embrochent encore, le tuent et le retuent sans cesse. Tu es comme eux, Vorski. Tu vois rouge. Pour te défendre contre l'ennemi vivant, tu t'acharnes après l'ennemi qui ne vit plus, et c'est la mort elle-même que tu t'efforces de tuer. Quelle brute tu fais ! »

Vorski leva la tête.

Un homme était debout devant lui, appuyé contre un des piliers du dolmen. Cet homme, de taille moyenne, assez mince, bien découplé, avait l'air encore jeune malgré ses cheveux grisonnants autour des tempes. Il portait une vareuse gros-bleu à boutons d'or et une casquette de marin à visière noire.

« Pas la peine de chercher, dit-il. Tu ne me connais pas. Don Luis Perenna, grand d'Espagne[1], seigneur de beaucoup de pays et prince de Sarek. Oui, ne t'étonne pas ; prince de Sarek, c'est un titre que je viens de m'offrir et auquel j'ai quelque droit. »

Vorski le regardait sans comprendre. L'homme poursuivit :

« Tu ne sembles pas très familier avec la noblesse espagnole. Pourtant, rappelle-toi... je suis le monsieur qui devait venir au secours de la famille d'Hergemont et des habitants de Sarek... celui que ton fils François attendait avec une foi si naïve... Hein ? tu y es ? Tiens, ton compagnon, le fidèle Otto, paraît se rappeler, lui... Mais peut-être mon autre nom te dirait quelque chose. Il est avantageusement connu... Lupin ?... Arsène Lupin ? »

Vorski l'observait avec une terreur croissante et un doute qui se précisait à chaque parole et à chaque mouvement de ce nouvel adversaire. S'il ne reconnaissait ni l'homme ni la voix de cet homme, il se sentait dominé par une volonté dont il avait déjà éprouvé la puissance, et fouetté par la même sorte d'ironie implacable. Mais était-ce possible ?

« Tout est possible, même ce à quoi tu penses, reprit don Luis Perenna. Mais, je le répète, quelle brute tu fais ! Comment ! tu poses au grand bandit, à l'aventurier d'envergure, et tu n'es même pas fichu de t'y retrouver dans tes crimes ! Tant qu'il s'est agi de tuer au petit bonheur, tu as été droit ton chemin. Mais, au premier caillou, tu perds la boule. Vorski tue, mais qui a-t-il tué ? il n'en sait rien. Véronique d'Hergemont est-elle morte ou vivante ? Est-elle liée sur le chêne où tu l'as crucifiée ? Ou bien étendue ici sur la table du sacrifice ? L'as-tu tuée là-haut ou dans cette salle ?

1. Voir *Le Triangle d'Or*, Livre de Poche, n° 2391.

Mystère. Tu n'as même pas eu l'idée, avant de frapper, de regarder qui tu frappais. L'essentiel pour toi, c'est de frapper à tour de bras, de te griser à la vue et à l'odeur du sang, et, avec de la chair vivante, de faire une abominable bouillie. Mais regarde donc, idiot. Quand on tue, on n'a pas peur de tuer, et on ne cache pas le visage de sa victime. Regarde, idiot. »

Lui-même se pencha sur le cadavre, et défit le voile qui entourait la tête.

Vorski avait fermé les yeux. Agenouillé, le buste écrasé contre les jambes de la morte, il restait immobile et les paupières obstinément closes.

« Ça y est, hein ? ricana don Luis. Si tu n'oses pas regarder, c'est que tu as deviné, ou que tu vas deviner, n'est-ce pas, misérable ? N'est-ce pas, ton cerveau d'imbécile est en train de faire le compte ? Il y avait dans l'île de Sarek deux femmes, et il n'y en avait que deux, Véronique et l'autre… L'autre qui s'appelait Elfride ? n'est-ce pas, je ne me trompe pas ?… Elfride et Véronique… tes deux épouses… l'une la mère de Raynold, l'autre la mère de François… et alors si ce n'est pas la mère de François que tu as attachée sur la croix, et que tu viens de frapper, c'est la mère de Raynold… Si ce n'est pas Véronique la femme qui est là et dont les poignets sont meurtris par le supplice, c'est Elfride. Pas d'erreur possible… Elfride, ton épouse et ta complice… Elfride, ton âme damnée… Et tu le sais tellement bien que tu aimes mieux me croire sur parole plutôt que de risquer un coup d'œil et de voir le visage livide de cette morte-là, de ta complice obéissante et torturée par toi. Capon, va ! »

Vorski, en effet, avait caché sa tête dans son bras replié. Il ne pleurait pas ! Vorski ne pouvait pleurer. Cependant, ses épaules étaient agitées de secousses, et il y avait dans son attitude l'expression du désespoir le plus farouche.

Cela dura assez longtemps. Puis le frissonnement des épaules cessa. Néanmoins, Vorski ne bougeait pas.

« Vrai, tu me fais pitié, mon pauvre vieux, reprit don Luis. Tu y tenais donc tant que cela à ton Elfride ? Une habitude, hein ? Un fétiche ? Que veux-tu, on n'est pas bête à ce point-là, non plus ! On sait ce qu'on fait ! On se renseigne ! On réfléchit, que diable !

Or, toi, tu nages dans le crime comme un nouveau-né qui se jetterait à l'eau. Rien d'étonnant à ce que tu t'enfonces et à ce que tu coules. Ainsi le vieux Druide est-il mort ou vivant ? Conrad lui a-t-il planté son poignard dans le dos, ou bien est-ce moi qui joue le rôle de ce diabolique individu ? Bref, y a-t-il un vieux Druide et un grand d'Espagne, ou bien ces deux personnages ne font-ils qu'un ? Tout cela, pour toi, mon pauvre enfant, c'est la bouteille à l'encre. Il faudrait pourtant s'expliquer. Veux-tu que je t'aide ? »

Si Vorski avait agi sans réfléchir, il fut facile de voir, quand il releva la tête, qu'il avait pris cette fois le temps de la réflexion et qu'il savait fort bien à quelle résolution désespérée les circonstances l'acculaient. Il était certes prêt à s'expliquer, comme l'y conviait don Luis, mais le poignard en main et avec la volonté implacable de s'en servir. Doucement, les yeux fixés sur les yeux de don Luis, et sans cacher ses intentions, il avait dégagé l'arme et il se redressait.

« Prends garde, fit don Luis, ton couteau est truqué comme ton revolver. C'est du papier d'argent. »

Plaisanteries inutiles. Rien ne pouvait précipiter ou ralentir l'élan raisonné qui poussait Vorski vers le combat suprême. Il fit le tour de la table sacrée et se planta devant don Luis.

« C'est bien toi, dit-il, qui depuis quelques jours te mets en travers de tous mes plans ?

— Depuis vingt-quatre heures, pas davantage. Il y a vingt-quatre heures que je suis arrivé à Sarek.

— Et tu es résolu à aller jusqu'au bout ?

— Plus loin, si possible.

— Pourquoi ? Dans quel intérêt ?

— En amateur, et parce que tu me dégoûtes.

— Donc pas d'accord possible ?

— Non.

— Tu refuserais d'entrer dans mon jeu ?

— Tu parles !

— Tu serais de moitié.

— J'aime mieux tout.

— C'est-à-dire que la Pierre-Dieu ?…

— La Pierre-Dieu m'appartient. »

Toute autre parole était vaine. Un adversaire de ce calibre-là doit être supprimé, sinon il vous supprime. Il fallait choisir entre les deux dénouements : il n'en existait pas un troisième.

Don Luis restait impassible, toujours adossé au pilier. Vorski le dominait de la tête, et en même temps Vorski avait cette impression profonde que, sous tous les rapports, comme force, comme musculature, comme poids, il lui était également supérieur. Dans ces conditions comment eût-il hésité ? Et d'ailleurs il semblait inadmissible que don Luis pût seulement essayer de se défendre ou d'esquiver le coup avant que le poignard se fût abattu. Fatalement sa mise en garde, s'il ne bougeait pas à l'instant, se produirait trop tard. Or, il ne bougeait pas. Vorski frappa donc en toute certitude, comme on frappe une proie condamnée d'avance.

Pourtant – et cela se passa si vite et d'une manière si inexplicable qu'il n'aurait pu dire à la suite de quelles péripéties il succomba –, pourtant, trois ou quatre secondes après, il était couché à terre, désarmé, vaincu, les deux jambes comme rompues par un coup de bâton, et le bras droit inerte et douloureux jusqu'à le faire crier.

Don Luis ne prit même pas la peine de le ligoter. Un pied sur le grand corps impuissant, il prononça, à demi courbé :

« Pour le moment, pas de discours. Je t'en réserve un de ma façon que tu jugeras peut-être un peu longuet, mais qui te prouvera que je connais l'aventure depuis A jusqu'à Z, c'est-à-dire beaucoup mieux que toi. Un seul point obscur, et tu vas l'éclaircir. Où est ton fils François d'Hergemont ? »

Comme il ne recevait pas de réponse, il répéta :

« Où est François d'Hergemont ? »

Sans doute Vorski estima-t-il que le hasard mettait entre ses mains un atout imprévu, et que la partie n'était peut-être pas perdue, car il garda un silence obstiné.

« Tu refuses de répondre ? demanda don Luis. Une fois… deux fois… trois fois… tu refuses ? Parfait ! »

Il siffla légèrement.

Quatre hommes surgirent d'un coin de la salle, quatre hommes au visage basané, et qui avaient le type des Arabes du Maroc.

Comme don Luis, ils portaient des vareuses et des casquettes de matelots, à visière vernie.

Un cinquième personnage arriva presque aussitôt, un officier français mutilé, dont la jambe droite se terminait par un pilon

« Ah ! c'est vous, Patrice ? » fit don Luis.

Il présenta, selon l'étiquette :

« Le capitaine Patrice Belval[1], mon meilleur ami. M. Vorski, Boche. »

Puis il reprit :

« Rien de neuf, mon capitaine ? Vous n'avez pas retrouvé François ?

— Non.

— D'ici une heure nous l'aurons retrouvé, et nous partirons. Tous nos hommes sont au bateau ?

— Oui.

— Et tout va bien par là ?

— Très bien. »

Il ordonna aux quatre Marocains :

« Emballez-moi le Boche, et montez-le jusqu'au dolmen d'en haut. Inutile de l'attacher, il est incapable d'un geste. Ah ! une minute. »

Il se pencha à l'oreille de Vorski.

« Avant de partir, regarde bien la Pierre-Dieu, entre les dalles du plafond. Le vieux Druide ne t'a pas menti. C'est bien la pierre miraculeuse que l'on cherche depuis des siècles… et que j'ai découverte, moi, de loin… par correspondance. Fais-lui tes adieux, Vorski ! Tu ne la reverras jamais, si tant est que tu doives jamais revoir quelque chose en ce bas monde. »

Il fit un signe.

Vivement les quatre Marocains se saisirent de Vorski et l'emportèrent dans le fond de la salle, du côté opposé au couloir de communication.

Don Luis se tourna vers Otto, lequel avait assisté immobile à toute la scène :

1. Voir, dans *Le Triangle d'Or*, l'histoire de Patrice et de Coralie.

« Je vois que tu es un garçon raisonnable, Otto, et que tu comprends la situation. Tu ne te mêleras de rien ?

— De rien.

— Alors on te laissera tranquille. Tu peux nous suivre sans crainte. »

Il passa son bras sous le bras du capitaine, et ils s'en allèrent en causant.

On sortait de la salle de la Pierre-Dieu par une série de trois autres cryptes dont chacune se trouvait à un niveau plus élevé que celle qui la précédait, et dont la dernière aboutissait également à un vestibule. À l'extrémité de ce vestibule une échelle était plantée contre une paroi, dans laquelle on avait pratiqué récemment une ouverture en défonçant une frêle maçonnerie de sable et de chaux.

Par là ils débouchèrent en plein air, au milieu d'un sentier abrupt, coupé de marches, qui tournait en montant dans le roc, et qui les conduisit à l'endroit de la falaise où François avait mené Véronique la veille au matin. C'était la montée de la Poterne. D'en haut, on apercevait, suspendue à deux bras de fer, la barque sur laquelle Véronique et son fils auraient dû s'enfuir. Non loin, dans une petite baie, s'allongeait la silhouette effilée d'un sous-marin.

Tournant le dos à la mer, don Luis et Patrice Belval poursuivirent leur chemin vers l'hémicycle de chênes et s'arrêtèrent près du Dolmen-aux-Fées. Les Marocains les y attendaient. Ils avaient assis Vorski au pied de l'arbre même où sa dernière victime était morte. À cet arbre, il ne restait plus comme témoignage de l'abominable supplice que l'inscription *V. d'H.*

« Pas trop fatigué, Vorski ? demanda don Luis. Les jambes vont mieux ? »

Vorski haussa les épaules d'un air méprisant.

« Oui, je sais, reprit don Luis, tu as confiance dans ta carte suprême. Pourtant, tu devrais savoir que, moi aussi, j'ai quelques atouts, et que je joue avec une certaine maîtrise. L'arbre qui est derrière toi te le prouve surabondamment. Veux-tu un autre exemple ? Tandis que tu t'embrouilles dans tes crimes et que tu ne connais plus le nombre de tes morts, moi je les ressuscite. Regarde celui-ci qui vient du Prieuré ? Tu le vois ? Il porte comme moi la vareuse à boutons d'or… C'est une de tes victimes, hein ? Tu l'avais enfermé dans une des cellules de torture pour le jeter à la mer, et c'est ton chérubin de Raynold qui l'y a précipité sous les yeux de Véronique. Tu te rappelles ? Stéphane Maroux ?… Il est mort, n'est-ce pas ? Eh bien, pas du tout… D'un coup de ma baguette magique, je le ranime. Et le voici. Et je lui donne la main. Et je lui parle… »

De fait il s'était avancé vers le nouveau venu, lui serrait la main, et lui disait :

« Vous voyez, Stéphane, je vous avais averti qu'à midi tapant tout serait fini, et qu'on se retrouverait au Dolmen. Il est midi tapant. »

Stéphane semblait en excellente santé. Aucune trace de blessure. Vorski le regardait avec épouvante, et balbutia :

« Le professeur… Stéphane Maroux…

— Lui-même, dit don Luis. Que veux-tu ? Là encore tu as agi comme un crétin. L'adorable Raynold et toi, vous jetez un homme à la mer et vous n'avez même pas l'idée de vous pencher et de vous rendre compte de ce qu'il devient. Moi je le recueille… Et ne t'épate pas, mon bon… Ce n'est que le début et j'ai encore quelques tours dans mon sac. Pense donc, je suis l'élève du vieux Druide !… Et alors Stéphane, où en sommes-nous ? Vos recherches ?

— Inutiles.

— François ?

— Impossible de le retrouver.

— Et Tout-Va-Bien, vous l'avez lancé sur la piste de son maître comme c'était convenu ?

— Oui, mais il m'a simplement conduit par la Poterne jusqu'à la barque de François.

— Il n'y a pas de cachette de ce côté.

— Aucune. »

Don Luis garda le silence et se mit à marcher de long en large devant le dolmen. Il avait l'air d'hésiter au dernier moment, avant de s'engager dans la série d'actes qu'il avait résolus.

Enfin, s'adressant à Vorski, il lui dit :

« Je n'ai pas de temps à perdre. D'ici deux heures il faut que j'aie quitté l'île. Combien me vends-tu la liberté immédiate de François ? »

Vorski répliqua :

« François s'est battu en duel avec Raynold, et il a eu le dessous.

— Tu mens, c'est François qui l'a emporté.

— Qu'en sais-tu ? Tu les as vus combattre ?

— Non ! sans quoi je serais intervenu. Mais je sais qui fut le vainqueur.

— Personne que moi ne le sait. Ils étaient masqués.

— Alors si François est mort, tu es perdu. »

Vorski réfléchit.

L'argument était péremptoire. Il prononça, interrogeant à son tour :

« Bref, qu'est-ce que tu m'offres ?

— La liberté.

— Et avec ça ?

— Rien.

— Si, la Pierre-Dieu.

— Jamais ! »

L'exclamation de don Luis fut violente, accompagnée d'un geste coupant, et il l'expliqua :

« Jamais ! La liberté, au pis-aller, oui, et parce que tel que je te connais et dénué de toute ressource, tu iras te faire pendre ailleurs. Mais, la Pierre-Dieu, ce serait le salut, la richesse, la puissance, le pouvoir de faire le mal…

— C'est justement pour cela que j'y tiens, dit Vorski, et, en me confirmant ce qu'elle vaut, tu me rends plus exigeant en ce qui concerne François.

— Je trouverai François. C'est une question de patience et, s'il le faut, je resterai deux ou trois jours de plus.

— Tu ne le retrouveras pas, et, si tu le retrouves, il sera trop tard.

— Pourquoi ?

— François n'a pas mangé depuis hier. »

Cela fut dit froidement, méchamment. Il y eut un silence et don Luis reprit :

« En ce cas, parle, si tu ne veux pas qu'il meure.

— Que m'importe ? Tout plutôt que de manquer à ma tâche et de m'arrêter dans le chemin que je suis. J'atteins au but : tant pis pour ceux qui s'interposent entre ce but et moi.

— Tu mens. Tu ne laisseras pas mourir cet enfant, qui est le tien.

— J'ai bien laissé mourir l'autre. »

Patrice et Stéphane eurent un geste d'horreur, tandis que don Luis riait franchement.

« À la bonne heure ! Pas d'hypocrisie avec toi. Des arguments nets et probants. Nom d'un chien ! est-ce beau un Boche qui étale son âme ! Quel magnifique mélange de vanité et de cruauté, de cynisme et de mysticisme ! Un Boche a toujours une mission à remplir, alors même qu'il se contente de cambrioler ou d'assassiner. Or, toi, tu es plus qu'un Boche, tu es un Superboche ! »

Et il ajouta, toujours en riant :

« Aussi c'est comme un Superboche que je veux te traiter. Une dernière fois, consens-tu à me dire où est François ?

— Non.

— C'est bien. »

Très calmement, il se retourna vers les quatre Marocains.

« Allez-y, les enfants. »

Ce fut l'affaire d'un instant. Avec une précision de gestes vraiment extraordinaire, et comme si l'acte eût été décomposé en un certain nombre de mouvements, appris et répétés d'avance à la façon d'un exercice militaire, ils ramassèrent Vorski, l'attachèrent à la corde qui pendait de l'arbre, le hissèrent sans s'occuper de ses cris, de ses menaces et de ses hurlements, et le lièrent solidement comme il avait lié sa victime.

« Gueule, mon bonhomme, prononça paisiblement don Luis, gueule tant que tu voudras ! Tu ne peux réveiller que les sœurs Archignat et que ceux des trente cercueils ! Gueule, si ça t'amuse. Mais pour Dieu, que tu es laid ! Quelle grimace ! »

Il recula de quelques pas, pour mieux juger du spectacle.

« À merveille ! tu fais très bon effet et tout est bien au point… Jusqu'à l'inscription *V. d'H.* : Vorski de Hohenzollern ! car je suppose que, comme fils de roi, tu es allié à cette noble maison. Et maintenant, Vorski, tu n'as plus qu'à prêter une oreille attentive ; je vais te servir le petit discours promis. »

Vorski se convulsait sur l'arbre et tâchait de briser ses liens. Mais, comme tout effort ne servait qu'à augmenter sa souffrance, il se tint tranquille, et, pour exhaler sa rage, il se mit à jurer et à blasphémer atrocement, tout en apostrophant don Luis :

« Voleur ! assassin ! c'est toi l'assassin ! c'est toi qui condamnes François ! François a été blessé par son frère, sa blessure est mauvaise et peut s'envenimer… »

Stéphane et Patrice intervinrent auprès de don Luis… Stéphane avait peur.

« Est-ce qu'on sait ? dit-il. Avec un pareil monstre, tout est possible. Et si l'enfant est malade ?…

— Des balivernes ! du chantage ! affirma don Luis. L'enfant se porte bien.

— Êtes-vous sûr ?

— Assez bien, en tout cas, pour pouvoir attendre une heure. Dans une heure, le Superboche aura parlé. Il ne résistera pas plus longtemps. La pendaison délie la langue.

— Et s'il ne résiste pas du tout ?

— Comment cela ?

— Oui, s'il y passe à son tour ? un effort trop violent, une rupture d'anévrisme, un caillot de sang ?

— Eh bien ?

— Eh bien, sa mort nous priverait du seul espoir que nous ayons d'être renseignés sur la retraite de François. »

Mais don Luis fut inflexible.

« Il ne mourra pas ! s'écria-t-il, un type comme Vorski ne meurt pas d'un coup de sang ! Non, non, il parlera. D'ici une heure il parlera. Juste le temps de placer mon discours ! »

Malgré lui Patrice Belval se mit à rire.

« Vous avez donc un discours à placer ?

— Et quel discours ! s'exclama don Luis. Toute l'aventure de la Pierre-Dieu ! Un traité d'histoire, une vue d'ensemble qui va des temps préhistoriques aux trente crimes du Superboche ! Bigre, on n'a pas tous les jours l'occasion de faire une pareille conférence, et je ne la raterais pas pour un empire ! En chaire, don Luis, et vas-y de ton boniment ! »

Il se planta devant Vorski.

« Veinard ! tu es aux premières loges, toi, tu n'en perdras pas une goutte. Hein ! ça fait plaisir, un peu de lumière dans ces ténèbres ? Depuis le temps qu'on patauge, on éprouve le besoin d'une direction vigoureuse. Moi, je t'assure que je commence à ne plus m'y reconnaître... Pense donc ! Une énigme qui dure depuis des siècles et des siècles, et que tu n'as fait qu'embrouiller !

— Bandit ! Voleur ! grinça Vorski.

— Des insultes ! et pourquoi ? Si tu n'es pas à ton aise, parle-nous de François.

— Jamais ! il mourra.

— Mais non. Tu parleras. Je te permets de m'interrompre. Pour m'arrêter, tu n'auras qu'à siffler un petit air : "J'ai du bon tabac" ou bien "Maman, les p'tits bateaux qui vont sur l'eau". Aussitôt, j'enverrai aux recherches et, si tu n'as pas menti, on te laissera tranquille ici. Otto te détachera, et vous pourrez filer avec la barque de François. C'est convenu ? »

Il se tourna vers Stéphane Maroux et vers Patrice Belval.

« Asseyez-vous, mes amis, car ce sera un peu long, mais pour être éloquent, j'ai besoin d'auditeurs... des auditeurs qui seront des juges aussi.

— Nous ne sommes que deux, dit Patrice.

— Vous êtes trois.

— Avec qui ?

— Voici le troisième. »

C'était Tout-Va-Bien. Il arrivait au petit trot, sans plus se hâter qu'à l'ordinaire. Il fit fête à Stéphane, remua la queue devant don Luis, d'un air qui disait : « Toi, je te connais, nous sommes copains... » et prit place sur son derrière, comme quelqu'un qui ne veut déranger personne.

« Parfait, Tout-Va-Bien, s'écria don Luis, tu éprouves, toi aussi, le désir de te renseigner sur l'aventure. Cette curiosité t'honore, et tu seras content de moi. »

Don Luis paraissait enchanté. Il avait un auditoire, un tribunal. Vorski se tordait sur son arbre. L'heure était vraiment délicieuse.

Il esquissa un semblant d'entrechat qui aurait pu rappeler à Vorski les pirouettes du vieux Druide, et, se redressant, il salua légèrement, fit le geste du conférencier qui porte un verre d'eau à ses lèvres, puis appuya ses deux mains sur une table imaginaire, et enfin commença, d'une voix posée :

« Mesdames, Messieurs,

« Le vingt-cinq juillet sept cent trente-deux avant Jésus-Christ… »

XVI

La dalle des rois de Bohême

Don Luis s'était interrompu après avoir prononcé ce début de phrase, et il savourait l'effet produit. Le capitaine Belval, qui connaissait son ami, riait de bon cœur. Stéphane demeurait soucieux. Tout-Va-Bien n'avait pas bronché.

Don Luis Perenna reprit :

« Je vous avouerai dès l'abord, mesdames et messieurs, que si j'ai mis tant de précision dans mes dates, c'est un peu pour vous épater. Au fond, à quelques siècles près, je ne saurais dire la date exacte à laquelle se passe la scène que je vais avoir l'honneur de vous narrer. Mais ce que je puis certifier, c'est qu'elle se passe dans le pays d'Europe qui s'appelle aujourd'hui la Bohême, et à l'endroit même où s'élève aujourd'hui la petite ville industrielle de Joachimsthal. Voilà des précisions, j'espère. Donc, le matin de ce jour-là, une grande agitation régnait au sein d'une de ces tribus celtes établies depuis un siècle ou deux entre les bords du Danube et les sources de l'Elbe, parmi les forêts hercyniennes. Aidés de leurs femmes, les guerriers achevaient de plier les tentes, de réunir les haches sacrées, les arcs et les flèches, de ramasser les poteries, les ustensiles de bronze et d'airain, de charger les chevaux et les bœufs.

« Les chefs se multipliaient et veillaient aux moindres détails. Il n'y avait ni désordre ni tumulte. On partit de bonne heure dans la direction d'un affluent de l'Elbe, l'Eger, où l'on arriva vers la fin de la journée. Là, les barques attendaient sous la garde d'une centaine des meilleurs guerriers envoyés d'avance. Une de ces barques attirait l'attention par sa masse et par la richesse de sa décoration. Un long voile couleur d'ocre était tendu d'un bord à l'autre. Sur le banc d'arrière, le chef des chefs, le roi, si vous préférez, monta et prononça un discours dont je vous ferai grâce parce que je ne veux pas raccourcir le mien, mais qui peut se résumer ainsi : “La tribu émigrait pour échapper aux convoitises des peuplades voisines. Il est toujours triste de quitter les lieux où l'on a vécu. Mais qu'importait aux hommes de la tribu puisqu'ils emmenaient leur bien le plus précieux, l'héritage sacré de leurs ancêtres, la divinité qui les protégeait et qui faisait d'eux des hommes redoutables et grands parmi les plus grands, en un mot la Pierre qui recouvrait la tombe de leur roi.”

« Et le chef des chefs, d'un geste solennel, tira le voile couleur d'ocre et découvrit un bloc de granit en forme de dalle, de deux mètres environ sur un mètre, d'aspect grenu, de couleur sombre, avec quelques paillettes qui luisaient dans la masse.

« Il n'y eut qu'un cri parmi la foule des hommes et des femmes, et tous, les bras tendus, ils tombèrent à plat ventre le nez à même la poussière.

« Alors le chef des chefs saisit un sceptre de métal au pommeau précieux qui reposait sur le bloc de granit, le brandit et déclama :

« “Le bâton tout-puissant ne me quittera pas avant que la Pierre miraculeuse soit en sûreté. Le bâton tout-puissant est né de la Pierre miraculeuse. Il contient aussi le feu du ciel, qui donne la vie ou la mort. Si la Pierre miraculeuse fermait la tombe de mes pères, le bâton tout-puissant ne quittait pas leurs mains aux jours de malheur ou de victoire ! Que le feu du ciel nous conduise ! Que le Dieu du soleil nous éclaire !” Il dit, et toute la tribu décampa. »

Don Luis fit une pause et répéta avec satisfaction :

« Il dit, et toute la tribu décampa. »

Patrice Belval s'amusait beaucoup, et Stéphane, gagné par son hilarité, commençait à se dérider. Mais don Luis les interpella :

« Pas la peine de rire ! tout cela est très sérieux. Ce n'est pas une histoire pour petits enfants qui croient aux trucs et aux tours de passe-passe, mais une histoire réelle et dont les détails donneront lieu, vous le verrez, à des explications précises, naturelles, et en quelque sorte scientifiques… Oui, scientifiques, je ne crains pas le mot, mesdames et messieurs… Nous sommes ici sur le terrain de la science, et Vorski lui-même regrettera sa jovialité et son scepticisme. »

Second verre d'eau. Don Luis reprit :

« Durant des semaines et des mois, la tribu suivit le cours de l'Elbe et, un soir, sur le coup de neuf heures et demie, elle arriva au bord de la mer, dans le pays qui fut plus tard le pays des Frisons. Elle y resta des semaines et des mois, sans y trouver la sécurité nécessaire, ce qui la décida à un nouvel exode.

« Exode maritime, cette fois. Trente barques prirent la mer – remarquez ce chiffre de trente, qui était celui des familles composant la tribu –, et, durant des semaines et des mois, ils errèrent de rivage en rivage, s'établirent en Scandinavie, puis chez les Saxons, furent chassés, repartirent et naviguèrent encore. Et je vous le dis, en vérité, c'est un spectacle étrange, émouvant et grandiose, que le spectacle de cette tribu vagabonde, traînant à sa remorque la pierre tombale de ses rois, et cherchant le refuge certain, inaccessible et définitif, où elle pourra cacher son idole, la mettre à l'abri des entreprises ennemies, en célébrer le culte, et s'en servir pour assurer sa propre puissance.

« La dernière étape fut l'Irlande, et c'est là qu'un jour, après avoir habité la verte Erin durant un demi-siècle ou peut-être un siècle, après que leurs mœurs eurent pris quelque adoucissement au contact de populations déjà moins barbares, le petit-fils ou l'arrière-petit-fils du grand chef, grand chef lui-même, reçut un des émissaires qu'il entretenait dans les pays voisins. Celui-là venait du continent. Il avait découvert le refuge merveilleux. C'était une île presque inabordable que gardaient trente rochers et où veillaient trente monuments de granit.

« Trente ! nombre fatidique ! Comment ne pas voir là un appel et un ordre des divinités mystérieuses ? Les trente barques furent remises à flot et l'expédition commença.

« Elle réussit. On prit l'île d'assaut. On extermina purement et simplement les indigènes. La tribu s'installa, et la pierre tombale du roi de Bohême fut mise en place… à l'endroit même qu'elle occupe aujourd'hui et que j'ai fait voir au camarade Vorski. Ici, une petite parenthèse et quelques considérations historiques de la plus haute portée. Ce sera bref. »

D'un ton de professeur, don Luis expliqua :

« L'île de Sarek, de même que toute la France et que la partie occidentale de l'Europe, était habitée depuis des milliers d'années par ceux qu'on appelle des Ligures, descendants immédiats des hommes des cavernes dont ils avaient conservé en partie les mœurs et les habitudes. Puissants constructeurs, cependant, que ces Ligures, qui, aux époques de la pierre polie, et subissant peut-être l'influence des grandes civilisations de l'Orient, avaient dressé leurs formidables blocs de granit et bâti leurs colossales chambres funéraires.

« Ce fut là ce que trouva notre tribu et dont elle s'accommoda si bien, un système de cavernes et de grottes naturelles, aménagées par la main patiente de l'homme, et un groupe de monuments énormes qui frappaient les imaginations mystiques et superstitieuses des Celtes.

« Ainsi donc, après la première phase, celle des pérégrinations, s'ouvre, pour la Pierre-Dieu, la période de repos et de culte que nous appellerons la période druidique. Elle dura de mille à quinze cents ans. La tribu se fondit dans les tribus voisines et vécut probablement sous la tutelle de quelque roi breton. Mais, peu à peu, l'influence avait passé des chefs aux prêtres, et ces prêtres, c'est-à-dire les Druides, prenaient une autorité qui s'accentua au cours des générations suivantes.

« J'affirme que cette autorité leur vint de la pierre miraculeuse. Certes, ils étaient les prêtres d'une religion reconnue par tous, et les éducateurs de la jeunesse gauloise (nul doute, entre nous, que les cellules des Landes-Noires n'aient été celles d'un couvent ou plutôt d'une sorte d'université druidique) ; certes, obéissant aux pratiques du temps, ils présidaient aux sacrifices humains, dirigeaient la cueillette du gui, de la verveine et de toutes les plantes magiques. Mais, avant tout, dans l'île de Sarek, ils étaient les gardiens et les maîtres de la Pierre qui donnait la vie et la mort. Placée au-dessus de la salle des sacrifices souterrains, elle était alors indubitablement visible à l'air libre, et j'ai tout lieu de croire qu'à ce moment le Dolmen-aux-Fées, que nous voyons ici, s'élevait à l'endroit que l'on nomme le Calvaire-Fleuri et abritait la Pierre-Dieu. C'est là que les malades, les infirmes et les enfants chétifs s'étendaient et recouvraient la santé. C'est sur la dalle sainte que les femmes stériles devenaient fécondes, sur la dalle sainte que les vieillards sentaient renaître leurs forces.

« Pour moi, elle domine tout le passé légendaire et fabuleux de la Bretagne. Elle est le centre d'où rayonnent toutes les superstitions, toutes les croyances, toutes les inquiétudes et tous les espoirs. Par elle, ou par la vertu du sceptre magique que brandissait l'Archidruide et qui, selon la volonté, brûlait les chairs ou guérissait les plaies, les belles histoires se lèvent spontanément, histoires des chevaliers de la Table ronde, ou histoires de Merlin l'Enchanteur. Elle est au fond de toutes les brumes, au cœur de tous les symboles. Elle est le mystère et la clarté, la grande énigme et la grande explication… »

Don Luis avait prononcé ces dernières paroles avec une certaine exaltation. Il sourit.

« Ne t'emballe pas, Vorski. Réservons notre enthousiasme pour le récit de tes crimes. Actuellement, nous en sommes à l'apogée de l'époque druidique, époque qui se continua bien au-delà des Druides, pendant les longs siècles où, après leur disparition, la pierre miraculeuse fut exploitée par les sorciers et les devins. Et nous arrivons ainsi peu à peu à la troisième période, la période religieuse, c'est-à-dire, vraisemblablement, à la décadence progressive de tout ce qui faisait la richesse de Sarek, pèlerinages, fêtes commémoratives, etc.

« L'Église, en effet, ne pouvait s'accommoder de ce fétichisme grossier. Dès qu'elle en eut le pouvoir, elle dut lutter contre le bloc de granit qui attirait tant de fidèles et perpétuait une si détestable religion. La lutte était inégale, le passé succomba. Le Dolmen fut transporté où nous sommes, la dalle des rois de Bohême fut ensevelie sous une couche de terre, et un calvaire s'éleva à l'endroit même des miracles sacrilèges.

« Et par là-dessus, le grand oubli !

« Entendons-nous. Oubli des pratiques. Oubli des rites et de ce qui constituait l'histoire d'un culte disparu. Mais non pas oubli de la Pierre-Dieu. On ne savait plus où elle était. On arriva même à ne plus savoir ce que c'était. Mais on ne cessa point d'en parler et de croire à l'existence de quelque chose que l'on appelait la Pierre-

Dieu. De bouche en bouche, de génération en génération, on se repassa des récits fabuleux et terribles, qui s'écartaient de plus en plus de la réalité, qui formaient une légende de plus en plus vague, de plus en plus effroyable, d'ailleurs, mais qui entretenaient dans les imaginations le souvenir et surtout le nom de la Pierre-Dieu.

« Il était logique, étant donnée cette persistance d'une idée dans les mémoires, cette survivance d'un fait dans les annales d'un pays, que, de temps à autre, quelque curieux essayât de reconstituer la vérité prodigieuse. Deux de ces curieux, le frère Thomas, qui appartenait à l'ordre des bénédictins, vers le milieu du XVe siècle, et le sieur Maguennoc, de nos jours, ont joué un rôle important. Le frère Thomas est un poète et un enlumineur sur lequel nous n'avons que peu de renseignements, un très mauvais poète, à en juger par ses vers, mais un enlumineur naïf et non sans talent, qui a laissé une sorte de missel où il a chanté son séjour à l'abbaye de Sarek et dessiné les trente dolmens de l'île, le tout accompagné de pièces, de citations religieuses et de prédictions à la façon de Nostradamus. C'est ce missel, découvert par le sieur Maguennoc, qui contenait la fameuse page des femmes en croix et de la prophétie relative à Sarek ; c'est ce missel que, moi-même, j'ai retrouvé et consulté, cette nuit, dans la chambre de Maguennoc.

« Bizarre personnage que ce Maguennoc, petit-fils attardé des sorciers d'autrefois, et que je soupçonne fort d'avoir joué plus d'une fois les revenants. Soyez sûrs que le Druide à tunique blanche que l'on prétendait avoir vu au sixième jour de la lune, moissonnant le gui, n'était autre que Maguennoc. Lui aussi connaissait les bonnes recettes, les plantes qui guérissent, la façon dont on travaille la terre pour que d'énormes fleurs y poussent. Une chose certaine, c'est qu'il a exploré les cryptes mortuaires et la salle des sacrifices, que c'est lui qui a dérobé la pierre magique enfermée dans le pommeau du sceptre, et qu'il entrait dans ces cryptes par l'ouverture que nous venons de franchir, au milieu du sentier de la Poterne dont, chaque fois, il était obligé de replacer l'écran de moellons et de cailloux. C'est également lui qui a communiqué à M. d'Hergemont la page du missel. Maintenant, lui a-t-il confié le résultat de ses dernières explorations, et que savait au juste M. d'Hergemont ? cela importe peu. Un autre personnage surgit, qui, désormais, incarne l'affaire et réclame toute l'attention, un missionnaire envoyé par le destin pour résoudre l'énigme séculaire, pour exécuter les ordres des puissances mystérieuses, et pour empocher la Pierre-Dieu… J'ai nommé Vorski. »

Don Luis avala son troisième verre d'eau, et, faisant signe au complice :

« Otto, dit-il, donne-lui tout de même à boire, s'il a soif. Tu as soif, Vorski ? »

Sur son arbre, Vorski semblait épuisé, à bout d'efforts et de résistance. Stéphane et Patrice intervinrent de nouveau, craignant un dénouement rapide.

« Mais non, mais non, s'écria don Luis, il est d'aplomb et tiendra jusqu'à ce que j'aie fini mon discours, ne fût-ce que par envie de savoir. N'est-ce pas, Vorski, ça te passionne ?

— Voleur ! assassin ! balbutia le misérable.

— À la bonne heure ! Par conséquent tu refuses toujours d'indiquer la retraite de François ?

— Assassin… Bandit…

— Reste donc, mon vieux. À ta guise. Un peu de souffrance, rien n'est meilleur pour la santé. Et puis tu as tellement fait souffrir les autres, vieille canaille ! »

Don Luis prononça ces mots avec dureté et avec un accent de colère imprévu chez cet homme qui avait déjà vu tant de forfaits et lutté contre tant de criminels. Mais celui-là n'était-il pas hors de toute proportion ?

Don Luis reprit :

« Il y a environ trente-cinq ans, une femme d'une grande beauté, qui venait de Bohême, mais qui était d'origine hongroise, acquit, dans les villes d'eau qui foisonnent autour des lacs de Bavière, une réputation rapide comme diseuse de bonne aventure, tireuse de cartes, chiromancienne, devineresse et médium. Elle attira sur elle l'attention du roi Louis II, l'ami de Wagner, le bâtisseur de Bayreuth, sorte de fou couronné, célèbre par ses fantaisies extravagantes. La liaison du fou et de la voyante dura quelques années, liaison agitée, violente, interrompue par les caprices du roi, et qui se termina tragiquement, le soir mystérieux où Louis II de Bavière se précipita de sa barque dans le lac de Starnberg. Y eut-il réellement, comme le veut la version officielle, accès de démence ou suicide? ou bien crime, comme on l'a prétendu? Et pourquoi ce suicide? Et pourquoi ce crime? Questions qui n'auront jamais de réponse. Mais un fait demeure : la Bohémienne accompagnait Louis II dans sa promenade sur le lac, et le lendemain, expulsée, dépouillée de ses bijoux et de ses valeurs, elle était conduite à la frontière.

« De cette aventure elle rapportait un jeune monstre, âgé de quatre ans, et qui avait nom Alexis Vorski, lequel jeune monstre vécut avec sa mère non loin du village de Joachimsthal, en Bohême, et plus tard fut instruit par elle dans toutes les pratiques de la suggestion à l'état de veille, de l'extra-lucidité et de l'escroquerie. Caractère d'une violence inouïe, mais esprit très faible, en proie à des hallucinations et à des cauchemars, croyant aux sortilèges, aux prédictions, aux rêves, aux puissances occultes, il prenait les légendes pour l'histoire et les mensonges pour la réalité. Une des nombreuses légendes des montagnes surtout l'avait frappé : elle évoque le pouvoir fabuleux d'une pierre, qui, dans la nuit des temps, fut enlevée par des mauvais génies et qui doit être ramenée un jour par le fils d'un roi. Les paysans vous montrent encore le vide que laissa cette pierre au flanc d'une colline.

« "C'est toi, le fils de roi, lui disait sa mère. Et si tu retrouves la pierre dérobée, tu échapperas au poignard qui te menace, et toi-même, tu seras roi."

« Cette prédiction saugrenue et une autre, non moins baroque, par laquelle la Bohémienne annonçait que l'épouse de son fils périrait sur la croix et que lui-même mourrait de la main d'un ami, furent de celles qui influèrent le plus directement sur Vorski lorsque sonna l'heure fatidique. Et j'en arrive tout de suite à cette heure fatidique, sans parler davantage de ce que nous ont révélé à tous les trois nos conversations d'hier et de cette nuit et de ce que nous avons pu reconstituer. À quoi bon, en effet, reprendre en détail le récit que vous avez fait à Véronique d'Hergemont, Stéphane, dans votre cellule? À quoi bon vous mettre au courant, vous Patrice, toi Vorski, et toi Tout-Va-Bien, d'événements connus de vous, comme ton mariage, Vorski – ou plutôt tes deux mariages, avec Elfride d'abord, puis avec Véronique d'Hergemont –, comme l'enlèvement de François par son grand-père, comme la disparition de Véronique, comme les recherches que tu fis pour la retrouver, comme ta conduite au moment de la guerre et ton existence dans les camps de concentration ? Simples broutilles à côté des événements qui vont se produire. Nous avons élucidé l'histoire de la Pierre-Dieu. C'est l'aventure moderne, entrelacée par toi, Vorski, autour de la Pierre-Dieu, que nous allons débrouiller.

« Au début, elle se présente ainsi. Vorski est enfermé dans un camp de concentration situé près de Pontivy, en pleine Bretagne. Il ne s'appelle plus Vorski, mais Lauterbach. Quinze mois plus tôt, après une première évasion, et au moment où le conseil de guerre allait le condamner à mort pour espionnage, il s'est échappé, a vécu dans la forêt de Fontainebleau, a retrouvé un de ses anciens domestiques, nommé Lauterbach, Allemand comme lui et comme lui fugitif, l'a tué, lui a passé ses vêtements, et l'a maquillé de façon à lui donner son apparence à lui, Vorski. La justice militaire, trompée, fit enterrer le faux Vorski à Fontainebleau. Quant au Vorski véritable, il avait la malchance d'être arrêté une fois encore, sous son nouveau nom de Lauterbach, et interné au camp de Pontivy.

« Voilà pour Vorski. D'autre part, Elfride, sa première femme, la complice redoutable de tous ses crimes, Allemande elle aussi (je possède sur elle et sur leur passé commun quelques détails qui importent peu, et dont je trouve inutile de faire mention). Elfride, dis-je, sa complice, est cachée avec leur fils Raynold dans les cellules de Sarek. Il l'y a laissée avec l'ordre d'espionner M. d'Hergemont et d'arriver par lui jusqu'à Véronique d'Hergemont. Les raisons qui font agir cette misérable, je les ignore. Dévouement aveugle, peur de Vorski, instinct du mal, haine contre la rivale qui l'a remplacée, n'importe ! elle a subi le plus effroyable châtiment. Parlons seulement du rôle qu'elle a joué, sans essayer de comprendre comment elle a eu le courage de vivre trois ans sous terre, ne sortant que la nuit, volant sa nourriture et celle de son fils, et attendant patiemment le jour où elle pourrait servir et sauver son seigneur et maître.

« J'ignore aussi la série des faits qui lui ont permis d'entrer en action, et, de même, la manière dont Vorski et Elfride ont pu communiquer. Mais ce que je sais de la façon la plus certaine, c'est que l'évasion de Vorski fut préparée longuement et minutieusement par sa première femme. Tous les détails en furent réglés. Toutes les précautions furent prises. Le quatorze septembre de l'année dernière, Vorski s'évadait, emmenant avec lui deux acolytes avec lesquels il s'était lié pendant sa captivité, et qu'il avait pour ainsi dire enrôlés, le sieur Otto et le sieur Conrad.

« Voyage facile. À chaque croisement, une flèche, accompagnée d'un numéro d'ordre et surmontée des initiales V. d'H. (initiales évidemment choisies par Vorski) indiquait la route à suivre. De temps à autre, dans une cabane abandonnée, sous une pierre, au creux d'une meule de foin, des vivres. On passa par Guémené, Le Faouët, Rosporden, et l'on aboutit à la plage de Beg-Meil.

« Là, Elfride et Raynold vinrent de nuit chercher les trois fugitifs avec le canot automobile d'Honorine et les conduisirent au pied des cellules druidiques de la Lande-Noire. Ils y montèrent. Leurs logements étaient prêts, et, comme vous l'avez vu, suffisamment confortables. L'hiver passa et, de jour en jour, le plan très vague encore de Vorski prit des contours plus exacts.

« Chose bizarre, lors de son premier séjour à Sarek avant la guerre, il n'avait pas entendu parler du secret de l'île. C'est Elfride qui lui raconta, dans ses lettres écrites à Pontivy, la légende de la Pierre-Dieu. Vous pouvez juger de l'effet produit sur un homme comme Vorski par une telle révélation. La Pierre-Dieu, n'était-ce pas la pierre miraculeuse dérobée au sol de son pays, la pierre qui devait être découverte par le fils d'un roi et qui, dès lors, lui donnerait la puissance et la royauté ? Tout ce qu'il apprit plus tard le confirma dans cette conviction. Mais le grand fait qui domine son existence souterraine à Sarek, ce fut, au cours du dernier mois, la découverte de la prophétie du frère Thomas. De cette prophétie, des bribes traînaient déjà de droite et de gauche, qu'il avait pu recueillir, lorsque, le soir, posté sous les fenêtres des chaumières ou sur le toit des granges, il écoutait les entretiens des paysans. De mémoire d'homme on a toujours, à Sarek, redouté des événements effroyables, concordant avec la découverte et la disparition de la pierre invisible. Il a toujours été question également de naufrages et de femmes mises en croix. Et, d'ailleurs, Vorski ne connaît-il pas l'inscription du

Dolmen-aux-Fées… les trente victimes promises aux trente cercueils, le supplice de quatre femmes, la Pierre-Dieu qui donne vie ou mort ? Que de coïncidences troublantes pour un esprit aussi faible que le sien !

« Mais la prophétie elle-même, trouvée par Maguennoc dans le missel enluminé, voilà le point essentiel de toute l'affaire. Rappelons-nous que Maguennoc avait arraché la fameuse page et que M. d'Hergemont, qui dessinait volontiers, l'avait copiée plusieurs fois en donnant malgré lui, à la femme principale, le visage de sa fille Véronique. C'est de l'original lui-même et de l'une de ces copies que Vorski eut connaissance, une nuit qu'il aperçut Maguennoc en train de les regarder à la lueur de sa lampe. Aussitôt, dans l'ombre, au hasard de son crayon, il put transcrire sur son carnet les quinze vers de l'inappréciable document. Maintenant, il savait tout et comprenait tout. Une clarté aveuglante l'éblouissait. Tous les éléments épars se rassemblaient en un bloc et formaient une vérité solide et compacte. Aucun doute possible : cette prophétie le concernait ! cette prophétie, c'était lui qui avait mission de la réaliser !

« Je le répète : tout est là. À partir de cet instant, un phare illumina la route de Vorski. Il eut en main le fil d'Ariane. La prophétie, ce fut pour lui le texte irrécusable. Ce fut une des Tables de la Loi. Ce fut la Bible. Et pourtant, quelle stupidité, quelle incommensurable bêtise dans ces vers alignés à l'aventure, sans d'autre raison que la rime ! Pas une phrase qui porte la marque de l'inspiration ! Pas une étincelle ! Pas une trace de cette folie sacrée qui soulevait la pythonisse de Delphes, ou qui provoquait les visions délirantes d'un Jérémie ou d'un Ézéchiel ! Rien. Des syllabes, des rimes. Rien, moins que rien. Mais assez pour illuminer le doux Vorski et le brûler d'un enthousiasme de néophyte !

« Stéphane, Patrice, écoutez la prophétie du frère Thomas ! À dix pages différentes de son carnet, le Superboche l'a inscrite afin de la porter dix fois contre sa chair et de la graver au fond de son être. Voici l'un de ces feuillets. Stéphane, Patrice, écoutez ! Écoute, fidèle Otto. Et toi-même, Vorski, pour la dernière fois, écoute les bouts-rimés du frère Thomas ! Je lis !

"Dans l'île Sarek, en l'an quatorze et trois,
Il y aura naufrages, deuils et crimes,
Flèches, poison, gémissements, effrois,
Chambres de mort, quatre femmes en croix,
Pour les trente cercueils trente victimes.

Devant sa mère, Abel tuera Caïn.
Le père alors, issu d'Alamanis,
Prince cruel aux ordres du Destin,
Par mille morts et par lente agonie,
Ayant occis l'épouse un soir de juin,

Flamme et fracas jailliront de la terre
Au lieu secret où gît le grand trésor,
Et l'homme enfin retrouvera la pierre,
Jadis volée aux Barbares du Nord,
La Pierre-Dieu qui donne vie ou mort." »

Don Luis Perenna avait commencé sa lecture d'un ton emphatique, en faisant valoir l'imbécillité des mots et la banalité du rythme. Il la termina sourdement, d'une voix sans timbre qui se prolongea en un silence d'angoisse. L'aventure entière apparaissait dans toute son horreur.

Il reprit :

« Vous comprenez bien l'enchaînement des faits, n'est-ce pas ? Stéphane, vous qui fûtes une des victimes et qui avez connu ou connaissez les autres victimes ? Vous aussi, Patrice ? Au XVe siècle, un pauvre moine, à l'imagination détraquée, au cerveau hanté de visions infernales, exhale ses cauchemars en une prophétie que nous qualifierons de "loufoque", qui ne repose sur aucune donnée sérieuse, dont chaque détail est amené par les nécessités de la rime ou de la césure, et qui, certainement dans l'esprit du poète, et au point de vue de la réalité, n'a pas plus de valeur que si le poète avait tiré des mots au hasard du fond de son escarcelle. L'histoire de la Pierre-Dieu, les traditions et les légendes, rien de tout cela ne lui apporte le moindre élément de prédiction. Cette prédiction, il l'extrait de lui-même, le brave homme, sans penser à mal, et simplement pour mettre un texte quelconque en marge du dessin diabolique qu'il a minutieusement enluminé. Et il en est si content qu'il prend la peine, avec la pointe d'un instrument, d'en graver quelques hémistiches sur un des blocs du Dolmen-aux-Fées.

« Or, quatre siècles plus tard, la page prophétique tomba entre les mains d'un Superboche, maniaque du crime, vaniteux et fou. Qu'y voit-il, le Superboche ? Une fantaisie amusante et puérile ? Une boutade insignifiante ? Pas du tout. Il y voit un document du plus haut intérêt, un de ces documents comme en peuvent étudier les plus superboches de ses compatriotes, avec cette différence que ce document-là est d'origine merveilleuse. C'est l'Ancien et le Nouveau Testament, le Livre Saint, qui explique et qui commente la loi de Sarek ! C'est l'Evangile même de la Pierre-Dieu. Et cet Évangile le désigne, lui Vorski, lui, le Superboche, comme le Messie chargé d'accomplir les décrets providentiels.

« Pour Vorski, aucune erreur là-dessus. Certes, l'affaire lui plaît puisqu'il s'agit de voler la fortune et le pouvoir. Mais cette question reste au second plan. Il obéit surtout à l'élan mystique d'une race qui se croit prédestinée et qui se flatte d'obéir toujours à des missions, mission de régénérer autant que mission de piller, de brûler et d'assassiner. Et sa mission, Vorski la lit en toutes lettres dans la prophétie du frère Thomas. Le frère Thomas dit explicitement ce qu'il faut faire, et le nomme, lui Vorski, de la façon la plus nette, comme étant l'homme du Destin. N'est-il pas fils de roi, c'est-à-dire “prince d'Alamanie” ? Ne vient-il pas du pays même où la Pierre fut volée aux “Barbares du Nord” ? N'a-t-il pas une femme promise, elle aussi, par les prédictions des voyantes, au supplice de la croix ? N'a-t-il pas deux fils, l'un doux et gracieux comme Abel, l'autre dur, méchant et indomptable comme Caïn ?

« Ces preuves lui suffisent. Désormais, il a en poche son ordre de mobilisation, sa feuille de route. Les dieux lui ont marqué le point précis vers lequel il doit marcher : il marche. Il y a bien sur son chemin quelques personnes vivantes. Tant mieux ! Cela fait partie du programme. C'est à dater du moment où toutes ces personnes vivantes seront supprimées, et supprimées de la façon indiquée par le frère Thomas, que la besogne sera achevée, que la Pierre-Dieu sera délivrée, et que Vorski, instrument du Destin, sera couronné roi. Donc, retroussons nos manches, prenons notre bon couteau de boucher, et à l'œuvre ! Vorski va transporter dans la vie réelle les cauchemars du frère Thomas ! »

XVII

« Prince cruel aux ordres du Destin… »

Don Luis s'adressa de nouveau à Vorski :

« Nous sommes bien d'accord, camarade ? Tout ce que je dis est l'expression exacte de la vérité, n'est-ce pas ? »

Vorski avait fermé les yeux, sa tête demeurait penchée, et les veines de son front étaient démesurément grossies. Pour couper court à toute intervention de Stéphane, don Luis s'écria :

« Tu parleras, mon vieux ! Hein, la douleur commence à devenir sérieuse ? Le cerveau chavire ? Rappelle-toi… un coup de sifflet… "Maman, les p'tits bateaux"… et j'interromps mon discours… Tu ne veux pas ? Tu n'es pas encore mûr ? Tant pis. Et vous, Stéphane, ne craignez rien pour François. Je réponds de tout. Mais pas de pitié pour ce monstre, je vous en prie. Ah ! non, mille fois non ! N'oublions pas qu'il a tout préparé et tout combiné, froidement et librement ! N'oublions pas… Mais je m'emballe. Inutile. »

Don Luis déplia la feuille de carnet où Vorski avait inscrit la prophétie, et poursuivit en la tenant sous ses yeux :

« Ce qu'il me reste à dire a moins d'importance, la grande explication générale étant donnée. Mais il faut bien, cependant, entrer dans quelques détails, démonter le mécanisme de l'affaire imaginée et construite par Vorski, et finalement arriver au rôle joué par notre sympathique vieux Druide… Ainsi donc nous voici au mois de juin. C'est l'époque fixée pour l'exécution des trente victimes. Évidemment, elle a été fixée par le frère Thomas parce que juin rime avec Caïn et avec destin ; de même que l'année quatorze et trois s'accouple avec effrois et croix ; de même que le frère Thomas s'est arrêté au nombre de trente victimes parce que c'est le nombre des écueils et des dolmens de Sarek. Mais, pour Vorski, la consigne est formelle. En juin 17, il faut trente victimes. On les aura à condition, cependant, que les vingt-neuf habitants de Sarek – nous verrons tout à l'heure que Vorski a sous la main sa trentième victime – veuillent bien rester dans l'île et attendre leur immolation. Or, voilà que, soudain, Vorski apprend le départ d'Honorine et de Maguennoc. Honorine reviendra à temps. Mais Maguennoc ? Vorski n'hésite pas : il lance sur ses traces Elfride et Conrad avec ordre de le tuer et d'attendre. Il hésite d'autant moins qu'il suppose, d'après certaines paroles entendues, que Maguennoc a emporté avec lui la pierre précieuse, le bijou miraculeux auquel on ne peut toucher, mais qu'on doit laisser dans son étui de plomb. (C'est l'expression même de Maguennoc.)

« Elfride et Conrad partent donc. Dans une auberge, un matin, Elfride mêle du poison à la tasse de café qu'avale Maguennoc. (La prophétie n'annonce-t-elle pas qu'il y aura empoisonnement ?) Maguennoc reprend sa route. Mais, au bout de quelques heures, il est pris de souffrances intolérables et meurt, presque instantanément, sur le bord du talus. Elfride et Conrad accourent, fouillent et vident les poches. Rien. Pas de bijou. Pas de pierre précieuse. Les espérances de Vorski ne se sont pas réalisées. Tout de même le cadavre est là. Qu'en faire ? On le jette provisoirement dans une cabane à moitié démolie, où quelques mois auparavant ont déjà passé Vorski et ses complices. C'est là que Véronique d'Hergemont le découvre… et c'est là qu'elle ne le retrouve plus une heure après ; Elfride et Conrad, qui surveillent aux alentours, l'ayant fait disparaître et l'ayant caché, toujours provisoirement, dans les caves d'un petit château abandonné.

« Et d'un. En passant, notons que les prédictions de Maguennoc relativement à l'ordre dans lequel seront exécutées les trente victimes – à commencer par lui – ne reposent sur rien La prophétie n'en parle pas. En tout cas, Vorski agit au petit bonheur. À Sarek, il enlève François et Stéphane Maroux, puis, autant par précaution que pour traverser l'île sans attirer l'attention et pour pénétrer plus facilement au Prieuré, il endosse les vêtements de Stéphane, tandis que Raynold revêt ceux de François. La tâche, d'ailleurs, est facile. Il n'y a dans la maison qu'un vieillard, M. d'Hergemont, et une femme, Marie Le Goff. Dès qu'ils seront supprimés, on fouillera les chambres, et principalement celle de Maguennoc. Qui sait, en effet, se demande Vorski – lequel ignore encore le résultat de l'expédition d'Elfride –, qui sait si Maguennoc n'a pas laissé au Prieuré le bijou miraculeux ?

« Première victime, la cuisinière Marie Le Goff, que Vorski saisit à la gorge et frappe d'un coup de couteau. Mais il arrive qu'un flot de sang inonde le visage du bandit. Pris de peur, en proie à l'une de ces crises de lâcheté auxquelles il est sujet, il s'enfuit après avoir déchaîné Raynold contre M. d'Hergemont.

« Entre l'enfant et le vieillard, la lutte est longue. Elle se poursuit à travers la maison, et, par un hasard tragique, s'achève sous les yeux de Véronique d'Hergemont. M. d'Hergemont est tué. Au même moment Honorine arrive. Elle tombe. Quatrième victime.

« Les événements se précipitent. Au cours de la nuit, la panique commence. Les habitants de Sarek, affolés, voyant que les prédictions de Maguennoc s'accomplissent, et que l'heure de la catastrophe qui menace leur île depuis si longtemps va sonner, décident de partir. C'est ce qu'attendent Vorski et son fils. Postés sur le canot automobile qu'ils ont dérobé, ils s'élancent vers les fugitifs, et c'est la chasse abominable, le grand coup annoncé par le frère Thomas :

"*Il y aura naufrages, deuils et crimes.*"

« Honorine, qui assiste au spectacle et dont le cerveau est déjà fort ébranlé, devient folle et se jette du haut de la falaise.

« Là-dessus, quelques jours d'accalmie durant lesquels Véronique d'Hergemont explore, sans être inquiétée, le Prieuré de l'île de Sarek. En effet, le père et le fils, après leur chasse fructueuse, laissant seul Otto, qui passe son temps à boire dans les cellules, sont partis sur le canot pour chercher Elfride et Conrad, pour ramener le cadavre de Maguennoc et le jeter à l'eau en vue de Sarek, puisque Maguennoc a son domicile marqué et obligatoire parmi les trente cercueils.

« À ce moment, c'est-à-dire lorsqu'il revient à Sarek, Vorski en est au chiffre de vingt-quatre. Stéphane et François, surveillés par. Otto, sont captifs.

Restent quatre femmes réservées au supplice, dont les trois sœurs Archignat, toutes trois enfermées dans leur cellier. C'est leur tour. Véronique d'Hergemont essaye bien de les délivrer : trop tard. Guettées par la bande, visées par Raynold, qui est un habile tireur à l'arc, les sœurs Archignat sont atteintes par les flèches (les flèches, ordre de la prophétie) et tombent aux mains de l'ennemi. Le soir même, elles sont accrochées à trois chênes, non sans que Vorski les eût au préalable allégées des cinquante billets de mille qu'elles cachaient sur elles. Résultat : vingt-neuf victimes. Qui sera la trentième ? Qui sera la quatrième femme ? »

Don Luis fit une pause et reprit :

« Sur cette question, la prophétie est très claire, et cela en deux endroits qui se complètent :

"*Devant sa mère, Abel tuera Caïn.*"

« Et, quelques vers après :

... "*Ayant occis l'épouse un soir de juin.*"

« Vorski, lui, dès qu'il avait eu connaissance du document, avait interprété les deux vers à sa façon. Ne pouvant, en effet, à cette époque, disposer de Véronique, qu'il a vainement cherchée par toute la France, il biaise avec les ordres du destin. La quatrième femme torturée sera bien une épouse, mais sa première épouse, Elfride. Et cela n'ira pas absolument à l'encontre de la prophétie, car il peut s'agir, à la rigueur, de la mère de Caïn aussi bien que de la mère d'Abel. Et notons que l'autre prédiction qui lui fut faite jadis, à lui personnellement, ne désignait pas davantage celle qui devait mourir : "La femme de Vorski périra sur la croix." Quelle femme ? Elfride.

« Donc la chère et dévouée complice périra. Gros crève-cœur pour Vorski ! Mais ne faut-il pas obéir au dieu Moloch ? Et si Vorski, pour accomplir sa tâche, s'est décidé à sacrifier son fils Raynold, il serait inexcusable s'il ne sacrifiait pas sa femme Elfride. Et ainsi tout ira bien.

« Mais brusquement, coup de théâtre. Tandis qu'il poursuit les sœurs Archignat, il aperçoit et il reconnaît Véronique d'Hergemont !

« Comment un homme comme Vorski n'aurait-il pas vu là encore une faveur des puissances supérieures ? La femme qu'il n'a jamais oubliée lui est envoyée à l'instant même où elle doit prendre sa place dans la grande aventure. On la lui donne comme une proie merveilleuse qu'il va pouvoir immoler… ou conquérir. Quelle perspective ! Et comme le ciel s'illumine de clartés imprévues ! Vorski en perd la tête. Il se croit de plus en plus le messie, l'élu, le missionnaire, l'homme qui est "aux ordres du Destin". Il se rattache à la lignée des grands prêtres, gardiens de la Pierre-Dieu. Il est Druide, Archidruide, et, comme tel, la nuit où Véronique d'Hergemont a brûlé le pont – cette nuit qui est la sixième après la lune – il va couper le gui sacré avec une faucille d'or !

« Et le siège du Prieuré commence. Je n'insiste pas. Véronique d'Hergemont vous a tout raconté, Stéphane, et nous connaissons ses souffrances, le rôle que joue le délicieux Tout-Va-Bien, la découverte du souterrain et des cellules, la lutte autour de François, la lutte autour de vous, Stéphane, que Vorski a emprisonné dans une des cellules de torture appelées par la prophétie *"Chambres de mort"*. Vous y êtes surpris avec Mme d'Hergemont. Le jeune monstre Raynold vous rejette à la mer. François et sa mère s'échappent. Malheureusement, Vorski et sa bande ont pu arriver jusqu'au Prieuré. François est pris. Sa mère le rejoint… Et puis, et puis, ce sont les scènes les plus tragiques, sur lesquelles je n'insiste pas davantage, l'entrevue entre Vorski et Véronique d'Hergemont, le duel entre les deux frères, entre Abel et Caïn sous les yeux mêmes de Véronique d'Hergemont. La prophétie ne l'exige-t-elle pas ?

"*Devant sa mère, Abel tuera Caïn.*"

« Et la prophétie exige également qu'elle souffre au-delà de toute expression et que Vorski soit un raffiné du mal. "Prince cruel", il met un masque aux deux combattants, et, comme Abel est sur le point d'être vaincu, lui-même il blesse Caïn pour que ce soit Caïn qui soit tué.

« Le monstre est fou. Il est fou, et il est ivre. Le dénouement approche. Il boit, il boit, car le soir même c'est le supplice de Véronique d'Hergemont.

"Par mille morts et par lente agonie,
Ayant occis l'épouse…"

« Les mille morts, Véronique les a subies, et l'agonie sera lente. Voici l'heure. Souper, cortège funèbre, préparatifs, érection de l'échelle, établissement des cordes, et puis… et puis le vieux Druide ! »

Don Luis n'avait pas prononcé ces deux mots qu'il éclata de rire.

« Ah ! là, par exemple, ça devient drôle. À partir de ce moment le drame côtoie la comédie, et le burlesque se mêle au macabre. Ah ! ce vieux Druide, quel sacré pistolet ! Pour vous, Stéphane, et pour vous, Patrice, qui fûtes dans la coulisse, l'histoire n'a plus d'intérêt. Mais pour Vorski… Quelles passionnantes révélations !… Dis donc, Otto, appuie l'échelle contre le tronc de l'arbre de manière que ton patron puisse poser les pieds sur l'échelon supérieur. Bien. Hein, ça te soulage, Vorski ? Note que mon attention ne vient pas d'un sentiment de pitié absurde. Non. Mais j'ai un peu peur que tu ne tournes de l'œil, et, de plus, je tiens à ce que tu sois en bonne posture pour écouter la confession du vieux Druide. »

Nouvel éclat de rire. Décidément le vieux Druide excitait l'hilarité de don Luis.

« L'arrivée du vieux Druide, dit-il, apporte dans l'aventure l'ordre et la raison. Ce qui était décousu et lâche se resserre. L'incohérence dans le crime devient la logique dans le châtiment. Ce n'est plus l'obéissance aux bouts-rimés du frère Thomas, mais la soumission au bon sens, la méthode rigoureuse d'un homme qui sait ce qu'il veut et qui n'a pas de temps à perdre. Vraiment, le vieux Druide mérite toute notre admiration.

« Le vieux Druide, que nous pourrions appeler indifféremment, tu t'en doutes, n'est-ce pas ? don Luis Perenna ou Arsène Lupin, ne savait pas grand-chose de l'histoire lorsque le périscope de son sous-marin, le *Bouchon-de-Cristal*, émergea en vue des côtes de Sarek hier vers midi.

— Pas grand-chose ? s'écria malgré lui Stéphane Maroux.

— Autant dire rien du tout, affirma don Luis.

— Comment ! mais tous ces détails sur le passé de Vorski, toutes ces précisions sur ce qu'il a fait à Sarek, sur ses projets, sur le rôle d'Elfride, sur l'empoisonnement de Maguennoc ?

— Tout cela, déclara don Luis, je l'ai appris ici même, depuis hier.

— Mais par qui ? nous ne vous avons pas quittés !

— Croyez-moi quand je vous dis que le vieux Druide, en abordant hier sur les côtes de Sarek, ne savait rien du tout. Mais le vieux Druide a la prétention d'être, au moins autant que toi, Vorski, favorisé des dieux ! Et, de fait, tout de suite, il eut la chance d'apercevoir, sur une petite plage isolée, l'ami Stéphane, qui, lui, avait eu la chance de tomber dans une poche d'eau assez profonde et, ainsi, d'échapper au sort que ton fils et toi lui réserviez. Sauvetage, conversation. En une demi-heure, le vieux Druide était renseigné. Aussitôt, recherches… Il finit par atteindre les cellules, où il trouve dans la tienne, Vorski, une tunique blanche nécessaire à son emploi ; puis, sur un bout de papier, une copie, écrite par toi, de la prophétie. À merveille. Le vieux Druide connaît le plan de l'ennemi.

« Il suit d'abord le tunnel par où François et sa mère se sont enfuis, mais ne peut passer à cause de l'éboulement produit. Il retourne sur ses pas et débouche aux Landes-Noires. Exploration de l'île. Rencontre d'Otto et de Conrad. L'ennemi brûle la passerelle. Il est six heures du soir. Comment atteindre le Prieuré ? “Par la montée de la Poterne”, dit Stéphane. Le vieux Druide regagne le *Bouchon-de-Cristal*. On contourne l'île sous la direction de Stéphane, qui connaît toutes les passes – et d'ailleurs le *Bouchon-de-Cristal*, mon cher Vorski, est un sous-marin docile, qui se glisse partout, et que le vieux Druide a fait construire d'après ses propres plans – et enfin on accoste à l'endroit où est accrochée la barque de François. Là, rencontre de Tout-Va-Bien, qui dort au-dessous de la barque même. Présentation du vieux Druide. Sympathie immédiate. On se met en route. Mais, à mi-chemin de la montée, Tout-Va-Bien bifurque. La paroi de la falaise est comme rapiécée à cet endroit par des moellons en équilibre. Au milieu de ces moellons, un trou, un trou que Maguennoc a pratiqué, le vieux Druide s'en est rendu compte depuis, pour pénétrer dans la salle des sacrifices souterrains et dans les cryptes mortuaires. Ainsi le vieux Druide se trouve au cœur de toute l'intrigue, maître en dessus et en dessous. Seulement, il est huit heures du soir.

« Pour François, pas d'inquiétude immédiate. La prophétie annonce *"Abel tuera Caïn"*. Mais Véronique d'Hergemont, qui doit périr *"un soir de juin"*, a-t-elle subi l'abominable torture? Arriverait-on trop tard pour la secourir? »

Don Luis se tourna vers Stéphane :

« Vous vous rappelez, Stéphane, les angoisses par lesquelles le vieux Druide et vous avez passé, et votre joie lorsque vous avez découvert l'arbre préparé avec l'inscription : *V. d'H.* Sur cet arbre, nulle victime encore. Véronique sera sauvée, et, de fait, on entend un bruit de voix qui vient du Prieuré. C'est le cortège sinistre. Parmi les ténèbres qui s'épaississent, il monte lentement le long des pelouses. La lanterne s'agite. Une halte. Vorski pérore. Le dénouement approche. Bientôt ce sera l'assaut et ce sera la délivrance de Véronique.

« Mais là, il se place un incident qui va t'amuser, Vorski… Oui, une étrange découverte que nous faisons, mes amis et moi… la découverte d'une femme qui rôde autour du Dolmen et qui, à notre rencontre, se cache. On s'empare d'elle. À la lueur d'une lampe électrique, Stéphane la reconnaît. Sais-tu qui c'était, Vorski? Je te le donne en cent. Elfride! Oui, Elfride, ta complice, celle que tu voulais tout d'abord mettre en croix! C'est curieux, n'est-ce pas? Très surexcitée, à demi-folle, elle nous raconte qu'elle avait consenti au duel des deux enfants, sur la promesse que son fils serait vainqueur et tuerait le fils de Véronique. Mais tu l'as enfermée dès le matin, et, le soir, quand elle a réussi à s'échapper, c'est le cadavre de son fils Raynold qu'elle a découvert. Maintenant, elle vient assister au supplice de la rivale qu'elle déteste, puis se venger de toi, et te tuer, mon pauvre vieux.

« Parfait! le vieux Druide approuve, et, tandis que tu approches du Dolmen et que Stéphane te guette, il continue à interroger

Elfride. Mais soudain, ne voilà-t-il pas qu'en entendant ta voix, Vorski, ne voilà-t-il pas que la gueuse se rebiffe ? Revirement imprévu ! La voix du maître la soulève d'une ardeur sans pareille. Elle veut te voir, t'avertir du péril, te sauver, et, subitement, elle se jette sur le vieux Druide un poignard à la main. Le vieux Druide est contraint de l'assommer à moitié pour se défendre, et, aussitôt, en face de cette moribonde, il discerne le parti qu'il peut tirer de l'événement. En un clin d'œil, la vilaine créature est attachée. C'est toi-même qui la châtieras, Vorski, et elle subira le sort que tu lui avais préalablement réservé. Le vieux Druide passe alors sa tunique à Stéphane, lui donne ses instructions, tire une flèche de ton côté dès que tu arrives, et pendant que tu cours à la poursuite d'une tunique blanche, il procède à l'escamotage et substitue Elfride à Véronique, la première épouse à la seconde. Comment ? Ça ne te regarde pas. Toujours est-il que le tour est joué, et tu sais à quel point il a réussi ! »

Don Luis reprit haleine. On eût dit vraiment, à son ton de confidence familière, qu'il racontait à Vorski une histoire plaisante, une bonne farce, dont Vorski devait être le premier à rire.

« Ce n'est pas tout, continua-t-il. Patrice Belval et quelques-uns de mes Marocains – pour ta gouverne, il y en a dix-huit à bord – ont travaillé dans les salles souterraines. La prophétie n'est-elle pas catégorique ? Dès que l'épouse aura rendu le dernier soupir,

"Flammes et fracas jailliront de la terre
À l'endroit même où gît le grand trésor."

« Bien entendu, le frère Thomas n'a jamais su où gisait le grand trésor, ni personne au monde. Mais le vieux Druide l'a deviné, et il veut que Vorski ait son signal et lui tombe tout rôti dans le bec comme une alouette. Pour cela, il faut une issue qui débouche près du Dolmen-aux-Fées. Le capitaine Belval la cherche et la trouve, Maguennoc ayant déjà commencé les travaux de ce côté. On déblaie un ancien escalier. On déblaie l'intérieur de l'arbre mort. On prend dans le sous-marin et on place des cartouches de dynamite et des fusées d'avertissement. Et lorsque, du haut de ton perchoir, Vorski, tu clames comme un héraut : "Elle est morte ! la quatrième femme est morte sur la croix !" pan ! pan ! coup de tonnerre, flammes et fracas, tout le tremblement… Ça y est, tu es de plus en plus le chéri des dieux, le chouchou du destin, et tu brûles du noble désir de te jeter dans le tuyau de la cheminée et d'avaler la Pierre-Dieu. Le lendemain, donc, après avoir cuvé ton trois-six et ton rhum, tu rappliques, la bouche en cœur. Tu as tué tes trente victimes, selon les rites du frère Thomas. Tu as surmonté tous les obstacles. La prophétie est accomplie.

"Et l'homme enfin retrouvera la pierre,
Jadis volée aux Barbares du Nord,
La Pierre-Dieu qui donne vie ou mort."

« Le vieux Druide n'a qu'à s'exécuter et à t'offrir la clef du paradis. Mais, tout d'abord, bien entendu, un petit intermède, quelques entrechats et tours de sorcellerie, histoire de rigoler un brin. Et en avant la Pierre-Dieu, que garde la Belle au bois dormant ! »

Don Luis exécuta vivement quelques-uns de ces entrechats pour lesquels il semblait avoir tant de prédilection. Puis il dit à Vorski :

« Mon vieux, j'ai comme une impression confuse que tu en as assez de mon discours et que tu aimerais mieux me révéler tout de suite la retraite de François, plutôt que d'en entendre davantage. Désolé ! il faut cependant bien que tu saches à quoi t'en tenir sur la Belle au bois dormant et sur la présence insolite de Véronique d'Hergemont. Deux minutes suffiront, d'ailleurs. Excuse-moi. »

Et don Luis reprit, laissant désormais de côté le vieux Druide et parlant en son propre nom :

« Oui, pourquoi ai-je transporté Véronique d'Hergemont à cet endroit, après l'avoir arrachée à tes griffes ? Ma réponse est bien simple : où voulais-tu que je la transportasse ? Dans le sous-marin ? Ta proposition est absurde. La mer était démontée cette nuit et Véronique avait besoin de repos. Au Prieuré ? Jamais de la vie. C'eût été trop loin du théâtre des opérations et je n'aurais pas été tranquille. En vérité, il n'y avait qu'un endroit à l'abri de la tempête et à l'abri de tes coups, la salle des sacrifices, et c'est pourquoi je l'y apportai, et c'est pourquoi elle dormait là, paisiblement, sous l'influence d'un bon narcotique, quand tu l'as vue. J'avoue encore que le plaisir de te procurer ce petit spectacle était bien pour quelque chose dans ma résolution. Et ce que j'en fus récompensé ! Non, mais rappelle-toi la gueule que tu as faite ! Vision horrible ! Véronique ressuscitée ! La morte vivante ! Vision tellement horrible que tu détales au galop. Mais j'abrège. Tu trouves l'issue bouchée. Sur quoi tu te ravises. Retour offensif de Conrad, lequel m'attaque sournoisement, pendant que je m'occupais du transport de Véronique d'Hergemont dans le sous-marin. Conrad reçoit d'un de mes Marocains un coup funeste. Second intermède comique. Conrad affublé de la tunique du vieux Druide est étendu dans une des cryptes, et naturellement ton premier soin est de sauter dessus et de t'acharner après lui. Et, quand tu aperçois le cadavre d'Elfride qui a pris sur la table sacrée la place de Véronique d'Hergemont, vite… tu sautes encore dessus, et tu réduis en bouillie celle que tu as déjà crucifiée. Toujours la gaffe ! Et alors, le dénouement, également dans la note comique. Tu es suspendu au poteau de torture tandis que je t'envoie en pleine figure un discours qui t'achève, et d'où il ressort que, si tu as conquis la Pierre-Dieu par la vertu de tes trente crimes, c'est moi qui en prends possession par ma propre vertu. Voici toute l'aventure, mon bon Vorski. Sauf quelques petits incidents secondaires, ou d'autres, plus importants, que tu n'as pas besoin de connaître, tu en sais aussi long que moi. Confortablement installé, tu as eu tout le temps de réfléchir. J'attends donc ta réponse, au sujet de François, en toute confiance. Allons, vas-y de ta chanson… "Maman, les p'tits bateaux qui vont sur l'eau ont-ils des jambes !…" Ça y est ? Tu bavardes ? »

Don Luis avait monté quelques échelons. Stéphane et Patrice s'étaient approchés et, anxieusement, prêtaient l'oreille. Il était évident que Vorski allait parler.

Il avait ouvert les yeux et regardait don Luis d'un regard où il y avait à la fois de la haine et de la crainte. Cet homme extraordinaire devait lui apparaître comme un de ceux contre lesquels il est absolument inutile de lutter, et dont il est non moins inutile d'implorer la compassion. Don Luis représentait le vainqueur, et devant celui qui est le plus fort, on cède ou on s'humilie. D'ailleurs, il était à bout de résistance. Le supplice devenait intolérable.

Il dit quelques mots d'une voix inintelligible.

« Un ton plus haut, fit don Luis. Je n'entends pas. Où est François d'Hergemont ? »

Il s'éleva sur l'échelle. Vorski balbutia :

« Je serai libre ?

— Sur l'honneur. Nous partirons tous d'ici, sauf Otto, qui te délivrera.

— Tout de suite ?

— Tout de suite.

— Alors…

— Alors ?

— Voici… François est vivant.

— Bougre de veau, je n'en doute pas. Mais où est-il ?

— Attaché dans la barque…

— Celle qui est suspendue au pied de la falaise ?

— Oui. »

Don Luis se frappa le front.

« Triple idiot !… Ne fais pas attention, c'est de moi que je parle. Eh oui, j'aurais dû deviner cela ! Est-ce que Tout-Va-Bien ne dormait pas sous cette barque, paisiblement, comme un bon chien qui dort près de son maître ? Est-ce que Tout-Va-Bien, lorsqu'on l'a lancé sur la piste de François, n'a pas conduit Stéphane auprès de cette barque ? Vrai ! il y a des fois où les plus habiles agissent comme des ânes ! Mais toi, Vorski, tu savais donc qu'il y avait là une descente et une barque ?

— Depuis hier.

— Et toi, malin, tu avais l'intention de filer dessus ?

— Oui.

— Eh bien, tu fileras dessus, Vorski, avec Otto. Je te la laisse. Stéphane ! »

Mais Stéphane Maroux courait déjà vers la falaise escorté de Tout-Va-Bien.

« Délivrez François, Stéphane », cria don Luis.

Et il ajouta, s'adressant aux Marocains :

« Aidez-le, vous autres. Et mettez le sous-marin en marche. D'ici dix minutes on part. »

Il se retourna du côté de Vorski :

« Adieu, cher ami. Ah ! un mot encore. Dans toute aventure bien ordonnée, il y a une intrigue amoureuse. La nôtre paraît en être dépourvue, car je n'oserais pas faire allusion aux sentiments qui te poussaient vers la sainte créature qui portait ton nom. Cependant, je dois te signaler un très pur et très noble amour. Tu as vu l'empressement avec lequel Stéphane volait au secours de François ? Évidemment il aime bien son jeune élève, mais il aime encore plus sa mère. Et, puisque tout ce qui est agréable à Véronique d'Hergemont ne peut que te faire plaisir, je préfère t'avouer qu'il ne lui est pas indifférent, que cet amour admirable a touché son cœur de femme, qu'elle a retrouvé ce matin Stéphane avec une véritable joie, et que tout cela finira par un mariage… dès qu'elle sera veuve, bien entendu. Tu me comprends, n'est-ce pas ? Le seul obstacle à leur bonheur, c'est toi. Alors, comme tu es un parfait gentleman, tu ne voudras pas… Mais je n'en dis pas plus long. Je compte sur ton savoir-vivre pour mourir le plus tôt possible. Adieu, mon vieux. Je ne te donne pas la main, mais le cœur y est ! Otto, dans dix minutes, et sauf avis contraire, détache ton patron. Vous trouverez la barque au bas de la falaise. Bonne chance, les amis. »

C'était fini. Entre don Luis et Vorski, la bataille se terminait sans que l'issue en eût été douteuse un seul instant. Depuis la première minute, l'un des deux adversaires avait tellement dominé l'autre, que celui-ci, malgré toute son audace et son entraînement de criminel, n'avait plus été qu'un pantin désarticulé, grotesque et absurde. Ayant réussi dans l'exécution intégrale de son plan, ayant atteint et dépassé le but, victorieux, maître des événements, il se trouvait tout à coup accroché à l'arbre du supplice et restait là, pantelant et captif, comme un insecte épinglé sur un bouchon de liège.

Sans s'occuper davantage de sa victime, don Luis entraîna Patrice Belval, qui ne put s'empêcher de lui dire :

« Tout de même, c'est donner beau jeu à ces ignobles personnages.

— Bah! ils ne tarderont pas à se faire pincer ailleurs, ricana don Luis. Que voulez-vous qu'ils fassent ?

— Mais, tout d'abord, prendre la Pierre-Dieu.

— Impossible! Il faut vingt hommes pour cela, un échafaudage, un matériel. Moi-même, j'y renonce actuellement. Je reviendrai après la guerre.

— Mais, voyons, don Luis, qu'est-ce que c'est que cette pierre miraculeuse ?

— Petit curieux, va », fit don Luis, sans répondre autrement.

Ils partirent, et don Luis prononça en se frottant les mains :

« J'ai bien manœuvré. Il n'y a pas beaucoup plus de vingt-quatre heures que nous débarquions à Sarek. Et il y avait vingt-quatre siècles que durait l'énigme. Une heure par siècle. Mes compliments, Lupin.

— Je vous ferais volontiers les miens, don Luis, dit Patrice Belval, mais ils ne valent pas ceux d'un connaisseur comme vous. »

Quand ils arrivèrent sur le sable de la petite grève, la barque de François, déjà descendue, était vide. Plus loin, à droite, le *Bouchon-de-Cristal* flottait sur la mer paisible.

François courut à leur rencontre et s'arrêta net à quelques pas de don Luis, le considérant avec des yeux agrandis.

« Alors, murmura-t-il, c'est vous ?... c'est vous que j'attendais ?...

— Ma foi, fit don Luis en riant, je ne sais pas si tu m'attendais... mais je suis sûr que c'est bien moi...

— Vous... vous... don Luis Perenna... c'est-à-dire...

— Chut, pas d'autre nom... Perenna me suffit... Et puis ne parlons pas de moi, veux-tu ? Moi, j'ai été le hasard, le monsieur qui passe et qui tombe à pic. Tandis que toi... Fichtre, mon petit, tu t'en es rudement bien tiré... Ainsi, tu as passé la nuit dans cette barque ?

— Oui, sous la bâche qui la recouvrait, attaché au fond et solidement bâillonné.

— Inquiet ?

— Nullement. Il n'y avait pas un quart d'heure que j'étais là que Tout-Va-Bien survenait. Par conséquent...

— Mais cet homme… ce bandit… de quoi t'avait-il menacé ?

— De rien. Après le duel, et pendant que les autres s'occupaient de mon adversaire, il m'avait conduit ici soi-disant pour me ramener à maman et nous embarquer tous deux. Puis, arrivé près de la barque, il m'a empoigné sans un mot.

— Tu le connais, cet homme ? tu connais son nom ?

— J'ignore tout de lui. Je sais seulement qu'il nous persécutait, maman et moi.

— Pour des raisons que je te dirai, mon petit François. En tout cas, tu n'as plus rien à craindre de lui.

— Oh ! vous ne l'avez pas tué ?

— Non, mais je l'ai rendu inoffensif. Tout cela te sera expliqué. Mais je crois que, pour l'instant, ce que nous avons de plus pressé c'est de rejoindre ta mère.

— Stéphane m'a dit qu'elle se reposait là, dans le sous-marin, et que vous l'aviez sauvée, elle aussi. Elle m'attend, n'est-ce pas ?

— Oui, cette nuit, elle et moi, nous avons causé, et je lui ai promis de te retrouver. J'ai senti qu'elle avait confiance en moi. Tout de même, Stéphane, il vaut mieux que vous alliez en avant et que vous la prépariez… »

… À droite, au bout d'une chaîne de rochers qui formaient comme une jetée naturelle, le *Bouchon-de-Cristal* flottait sur les eaux tranquilles. Une dizaine de Marocains s'agitaient de tous côtés. Deux d'entre eux maintenaient une passerelle que don Luis et François franchirent un instant après.

Dans une des cabines, arrangée en salon, Véronique était étendue sur une chaise longue. Son pâle visage gardait la marque des souffrances inexprimables qu'elle avait endurées. Elle semblait très faible, très lasse. Mais ses yeux pleins de larmes brillaient de joie.

François se jeta dans ses bras. Elle éclata en sanglots sans prononcer une parole.

En face d'eux, Tout-Va-Bien, assis sur son derrière, battait des pattes et les regardait, la tête un peu de côté.

« Maman, dit François, don Luis est là… »

Elle saisit la main de don Luis et l'embrassa longuement, tandis que François murmurait :

« Et vous avez sauvé maman… Vous nous avez sauvés… »

Don Luis l'interrompit :

« Veux-tu me faire plaisir, mon petit François ? Eh bien, ne me remercie pas. Si tu as besoin de remercier quelqu'un, tiens, remercie ton ami Tout-Va-Bien. Il n'a pas l'air d'avoir joué un rôle très important dans le drame. Et cependant, en opposition avec le mauvais homme qui vous persécutait, c'est lui qui fut le bon génie, discret, intelligent, modeste et silencieux.

— C'est vous aussi.

— Oh ! moi, je ne suis ni modeste ni silencieux, et c'est pour cela que j'admire Tout-Va-Bien. Allons, Tout-Va-Bien, suis-moi et renonce à faire le beau. Tu risquerais d'y passer la nuit, car ils en ont pour des heures à pleurer ensemble, la mère et le fils… »

XVIII

La Pierre-Dieu

Le *Bouchon-de-Cristal* filait à la surface. Don Luis causait, entouré de Stéphane, de Patrice et de Tout-Va-Bien.

« Quelle canaille que ce Vorski ! disait-il. J'en ai pourtant vu de ces monstres-là, mais jamais d'un pareil calibre.

— Alors, dans ce cas… objecta Patrice Belval.

— Alors, dans ce cas ? répéta don Luis.

— J'en reviens à ce que je vous ai dit. Vous tenez entre vos mains un monstre, et vous le laissez libre ! Sans compter que c'est fort immoral… songez à tout le mal qu'il pourra faire, qu'il fera inévitablement ! N'est-ce pas une lourde responsabilité que vous prenez, celle des crimes qu'il commettra ?

— C'est également votre avis, Stéphane ? demanda don Luis.

— Je ne sais pas trop quel est mon avis, répondit Stéphane, puisque, pour sauver François, j'étais prêt à toutes les concessions. Mais tout de même…

— Tout de même, vous auriez voulu une autre solution ?

— Je l'avoue. Tant que cet homme sera vivant et libre, Mme d'Hergemont et son fils auront tout à craindre de lui.

— Mais quelle solution ? Contre le salut immédiat de François, je lui ai promis la liberté. N'aurais-je dû lui promettre que la vie, et le livrer à la justice ?

— Peut-être, dit le capitaine Belval.

— Soit. Mais dans ce cas, la justice instruisait, finissait par découvrir la véritable identité de l'individu, et ressuscitait le mari de Véronique d'Hergemont et le père de François. Est-ce cela que vous désirez ?

— Non, non ! s'écria vivement Stéphane.

— Non, en effet, confessa Patrice Belval, assez embarrassé. Non. Cette solution n'est pas meilleure, mais ce qui m'étonne c'est que vous, don Luis, vous n'ayez pas trouvé la bonne, celle qui nous eût satisfaits tous.

— Il n'y en avait qu'une, déclara nettement don Luis Perenna, il n'y en avait qu'une.

— Laquelle ?

— La mort. »

Il y eut un silence.

Puis don Luis reprit :

« Mes amis, ce n'est pas par simple jeu que je vous ai réunis en tribunal, et ce n'est pas parce que les débats vous semblent terminés que votre rôle de juge est fini. Il continue, et le tribunal n'a pas levé séance. C'est pourquoi je vous demande de répondre franchement : estimez-vous que Vorski mérite la mort ?

— Oui », affirma Patrice.

Et Stéphane approuva :

« Oui, sans aucun doute.

— Mes amis, poursuivit don Luis, votre réponse n'est pas assez solennelle. Je vous supplie de l'exprimer selon les formes et en toute conscience, *comme si vous étiez en face du coupable.* Je le répète : quelle peine méritait Vorski ? »

Ils levèrent la main et, l'un après l'autre, ils prononcèrent :

« La mort. »

Don Luis donna un coup de sifflet. Un des Marocains accourut.

« Deux paires de jumelles, Hadgi. »

Quand les instruments furent apportés, don Luis les offrit à Stéphane et à Patrice.

« Nous ne sommes qu'à un mille de Sarek. Regardez vers la pointe, la barque doit être en route.

— Oui, fit Patrice au bout d'un instant.

— Vous voyez, Stéphane ?

— Oui, seulement…

— Seulement…

— Il n'y a qu'un passager.

— Qu'un passager, en effet », déclara Patrice.

Ils posèrent leurs jumelles, et l'un d'eux commença :

« Un seul s'est enfui… Vorski évidemment… Il aura tué son complice Otto. »

Don Luis ricana :

« À moins que son complice Otto ne l'ait tué…

— Pourquoi dites-vous cela ?

— Dame, rappelez-vous la prédiction faite à Vorski, quand il était jeune : “Ta femme périra sur la croix, et toi tu seras tué par un ami.”

— Je ne pense pas qu'une prédiction suffise.

— Aussi ai-je d'autres preuves.

— Lesquelles ?

— Mes chers amis, cela fait partie des derniers problèmes que nous devons élucider ensemble. Par exemple, quelle est votre idée sur la façon dont j'ai substitué Elfride Vorski à Mme d'Hergemont ? »

Stéphane hocha la tête.

« J'avoue n'avoir pas compris.

— C'est pourtant si simple ! Lorsque, dans un salon, un monsieur quelconque vous fait des tours d'escamotage ou devine vos pensées, vous vous dites, n'est-ce pas ? qu'il doit y avoir là-dessous quelque artifice, l'aide d'un compère ? Ne cherchez pas plus loin pour moi.

— Hein ! vous aviez un compère ?

— Ma foi, oui.

— Mais qui ?

— Otto.

— Otto ! mais vous ne nous avez pas quittés ! Vous ne lui avez pas parlé ?

— Comment aurais-je pu réussir sans sa complicité ? En réalité, j'ai eu, dans cette affaire, deux compères, Elfride et Otto, qui tous deux ont trahi Vorski, soit par vengeance, soit par peur ou par cupidité. Tandis que vous entraîniez Vorski loin du Dolmen-aux-Fées, Stéphane, moi, j'abordais Otto. L'accord fut rapidement conclu, moyennant quelques billets et contre la promesse qu'il sortirait sain et sauf de l'aventure. En outre je lui appris que Vorski avait subtilisé les cinquante mille francs des sœurs Archignat.

— Comment le saviez-vous ? demanda Stéphane.

— Par mon compère numéro un, par Elfride, que j'avais continué d'interroger à voix basse, pendant que vous guettiez l'approche de Vorski, et qui me révéla également, en quelques mots rapides, ce qu'elle connaissait du passé de Vorski.

— En fin de compte, vous n'avez vu Otto qu'une fois.

— Deux heures plus tard, après la mort d'Elfride et après le feu d'artifice du chêne creux, seconde entrevue, sous le Dolmen-aux-Fées. Vorski dort, abruti par l'alcool, et Otto monte la garde. Vous comprenez si j'ai saisi l'occasion pour me documenter sur l'affaire, et pour compléter mes renseignements sur Vorski avec ceux que, dans l'ombre, et depuis deux ans, Otto n'a cessé de recueillir sur un patron qu'il déteste. Puis il décharge les revolvers de Vorski et de Conrad, ou plutôt il enlève les balles, tout en laissant les douilles. Puis il me passe la montre et le carnet de Vorski, ainsi qu'un médaillon vide et une photographie de la mère de Vorski qu'Otto lui avait subtilisée quelques mois auparavant – toutes choses qui me servaient le lendemain à jouer au sorcier avec ledit Vorski dans la crypte où il me retrouve. Voilà comme quoi Otto et moi avons collaboré.

— Soit, dit Patrice, mais vous ne lui avez pourtant pas demandé de tuer Vorski ?

— Certes non.

— En ce cas qui nous prouve ?...

— Croyez-vous que Vorski n'ait pas deviné, à la fin, cette collaboration, qui est une des causes évidentes de sa défaite ? Et croyez-vous que le sieur Otto n'ait pas prévu cette éventualité ? Soyez-en sûrs, aucun doute à ce propos : Vorski, détaché de son arbre, eût supprimé son complice, autant pour se venger que pour retrouver les cinquante mille francs des sœurs Archignat. Otto a pris les devants. Vorski était là, impuissant, inerte, proie facile. Il l'a frappé. J'irai plus loin. Otto, qui est un lâche, n'a même pas frappé. Il aura tout simplement laissé Vorski sur son arbre. Et, de la sorte, le châtiment est complet. Êtes-vous satisfaits, maintenant, mes amis, et votre besoin de justice est-il assouvi ? »

Patrice et Stéphane se turent, impressionnés par la vision terrible que don Luis évoquait à leurs yeux.

« Allons, dit-il en riant, j'ai eu raison de ne pas vous obliger à prononcer la sentence là-bas, quand nous étions au pied du chêne, et en face d'un homme vivant ! Je vois que mes deux juges auraient quelque peu flanché à cette minute-là.

« Et mon troisième juge aussi, n'est-ce pas, Tout-Va-Bien, toi qui es un sensible et un larmoyant ? Et je suis comme vous, mes amis. Nous ne sommes pas de ceux qui condamnent et qui frappent. Mais tout de même, réfléchissez à ce qu'était Vorski, à ses trente crimes et à ses raffinements de cruauté, et félicitez-moi d'avoir choisi comme juge, en dernier ressort, l'aveugle destin, et, comme bourreau responsable, l'exécrable Otto. Que la volonté des dieux soit faite !... »

Les côtes de Sarek s'amincissaient à l'horizon. Elles disparurent dans la brume où se fondaient la mer et le ciel.

Les trois hommes gardaient le silence. Tous trois, ils pensaient à l'île morte, dévastée par la folie d'un homme, à l'île morte où bientôt quelque visiteur trouverait les traces inexplicables du drame, les issues des souterrains, les cellules avec leurs « chambres de mort », la salle de la Pierre-Dieu, les cryptes funéraires, le cadavre de Conrad, le cadavre d'Elfride, les squelettes des sœurs Archignat, et, tout au bout, près du Dolmen-aux-Fées où s'inscrivait la prophétie des trente cercueils et des quatre croix dressées, le grand corps de Vorski, solitaire, lamentable, déchiqueté par les corbeaux et par les oiseaux de nuit...

*

* *

Une villa près d'Arcachon, au joli village des Moulleaux, dont les pins descendent jusqu'à la berge du golfe.

Véronique est assise dans le jardin. Huit jours de repos et de joie ont redonné de la fraîcheur à son beau visage et endormi les mauvais souvenirs. Elle regarde en souriant son fils, qui, debout un peu plus loin, écoute et interroge don Luis Perenna. Elle regarde aussi Stéphane et leurs yeux se rencontrent doucement.

On sent qu'il y a entre eux, par l'affection qu'ils portent l'un et l'autre à l'enfant, un lien qui les unit étroitement, et qui se renforce de leurs pensées secrètes et de leurs sentiments confus. Pas une fois Stéphane n'a rappelé les aveux qu'il a faits dans la cellule des Landes-Noires. Mais Véronique ne les a pas oubliés, et la reconnaissance profonde qu'elle garde à celui qui éleva son fils est mêlée d'une émotion spéciale et d'un trouble dont elle goûte le charme à son insu.

Ce jour-là, don Luis, qui, le soir même où le *Bouchon-de-Cristal* les a tous amenés à la villa des Moulleaux prenait le train pour Paris, est arrivé à l'improviste au moment du déjeuner, en compagnie de Patrice Belval, et, depuis une heure qu'ils sont au jardin, installés dans des rocking-chairs, l'enfant, la figure toute rose d'animation, ne cesse de poser des questions à son sauveur.

« Et alors, qu'avez-vous fait ?... Mais comment avez-vous pu savoir ?... Et, pour cela, qu'est-ce qui vous a mis sur la voie ?...

— Mon chéri, observe Véronique, ne crains-tu pas d'importuner don Luis ?

— Non, madame, répond don Luis, qui se lève, s'approche de Véronique et lui parle de façon que l'enfant n'entende point, non, François ne m'importune pas, et je tiens même à répondre à ses questions. Mais j'avoue qu'il m'embarrasse un peu et que je crains quelque maladresse de ma part. Voyons, que sait-il au juste de tout ce drame ?

— Ce que j'en sais moi-même, sauf, bien entendu, le nom de Vorski.

— Mais le rôle de Vorski, il le connaît ?

— Oui, mais avec certaines atténuations. Vorski est un prisonnier évadé, qui a recueilli les légendes de Sarek, et qui, pour s'emparer de la Pierre-Dieu, a mis à exécution la prophétie qui la concernait – prophétie dont j'ai caché quelques vers à François.

— Et le rôle d'Elfride ? sa haine contre vous ? les menaces qu'elle vous a faites ?

— Paroles de folie, dont moi-même, ai-je dit à François, je n'ai pas compris le sens. »

Don Luis sourit.

« L'explication est un peu sommaire, dit-il, et j'ai idée que François comprend fort bien que certaines parties du drame doivent rester et resteront dans l'ombre pour lui. L'essentiel, n'est-ce pas ? c'est qu'il ignore que Vorski était son père.

— Il ignore et ne le saura jamais.

— Et alors – et c'est là où je voulais en venir – quel nom portera-t-il lui-même ?

— Que voulez-vous dire ?

— Oui, de qui se croira-t-il le fils ? Car, vous le savez comme moi, la réalité légale se présente ainsi. François Vorski est mort dans un naufrage, ainsi que son grand-père, il y a quatorze ans. Et Vorski est mort, il y a un an, assassiné par un camarade. Légalement ils n'existent plus ni l'un ni l'autre, et alors ?… »

Véronique hocha la tête en souriant.

« Et alors, je ne sais pas. La situation me semble, en effet, inextricable. Mais tout s'arrangera.

— Pourquoi ?

— Parce que vous êtes là. »

Il sourit à son tour.

« Je n'ai même plus le bénéfice des actes que j'accomplis et des mesures que je prends. Tout s'arrange *a priori*. À quoi bon se donner de la peine ?

— N'ai-je pas raison ?

— Oui, fit-il gravement. Celle qui a tant souffert ne doit plus subir le moindre ennui. Et rien ne l'atteindra désormais, je vous le jure. Donc voici ce que je vous propose. Vous avez épousé autrefois, contre le gré de votre père, un de vos cousins très éloigné, qui est mort après avoir laissé un fils, François. Ce fils, votre père, pour se venger, l'a enlevé et l'a conduit à Sarek. Votre père étant mort, le nom d'Hergemont est éteint et rien ne peut rappeler les événements de votre mariage.

— Mais mon nom reste. Légalement, sur les registres de l'état civil, je m'appelle Véronique d'Hergemont.

— Votre nom de jeune fille disparaît sous votre nom de femme.

— Donc sous mon nom de Vorski ?

— Non, puisque vous n'avez pas épousé le sieur Vorski, mais un de vos cousins qui s'appelait…

— Qui s'appelait ?

— Jean Maroux. Voici un extrait légalisé de votre acte de mariage avec Jean Maroux, mariage qui est mentionné sur votre état civil, ainsi que l'atteste cette autre pièce. »

Véronique regarda don Luis avec stupeur.

« Mais pourquoi ?… pourquoi ce nom ?

— Pourquoi ? Pour que votre fils ne s'appelle plus d'Hergemont, ce qui aurait évoqué les événements d'autrefois, ni Vorski, ce qui aurait évoqué le nom d'un traître. Voici son extrait de naissance, François Maroux. »

Elle répéta, rouge et confuse :

« Mais pourquoi avez-vous choisi précisément ce nom ?

— Cela m'a semblé commode pour François. C'est le nom de Stéphane auprès de qui François continuera longtemps de vivre. On pourra dire que Stéphane était parent de votre mari, et votre intimité à tous sera ainsi expliquée. Tel est mon plan. Il n'offre, soyez en sûre, aucun péril possible. Quand on se trouve en face d'une situation insoluble et douloureuse comme la vôtre, il faut bien employer des moyens particuliers et recourir à des mesures radicales, et, je l'avoue, fort peu légales. C'est ce que j'ai fait sans scrupules, puisque j'ai la bonne chance de disposer de ressources qui ne sont pas à la portée de tous. Vous m'approuvez ? »

Véronique inclina la tête.

« Oui, oui », dit-elle.

Il se leva à moitié.

« D'ailleurs, ajouta-t-il, s'il se présente quelques inconvénients, l'avenir se chargera sans doute de les aplanir. Il suffirait, par exemple – ce n'est pas indiscret, n'est-ce pas ? de faire allusion aux sentiments que Stéphane éprouve pour la mère de François –, il suffirait qu'un jour ou l'autre, par raison, par gratitude, la mère de François fût amenée à bien vouloir accueillir l'hommage de ces sentiments ; alors, comme tout se trouve simplifié si François porte déjà le nom de Maroux ! Combien le passé sera mieux aboli, aussi bien pour le monde que pour François, qui ne pourront plus pénétrer dans le secret d'événements effacés et que rien ne rappellera. Il m'a semblé que ces motifs avaient quelque poids. Je suis heureux de voir que vous partagez mon avis. »

Don Luis salua Véronique, et, sans insister davantage, sans paraître remarquer sa confusion, il se retourna vers François et s'écria :

« Maintenant, mon petit, je suis tout à toi. Et puisque tu ne veux rien laisser dans l'ombre, revenons à la Pierre-Dieu et au bandit qui la convoitait. Oh! oui, au bandit, répéta don Luis, jugeant qu'il n'y avait aucune raison pour ne point parler de Vorski en toute franchise, et le bandit le plus effrayant que j'aie rencontré, parce qu'il croyait à sa mission… Bref, un malade, un détraqué…

— Eh bien, tout d'abord, ce que je ne comprends pas, fit observer François, c'est que vous ayez attendu toute la nuit pour le capturer, alors que ses complices et lui dormaient sous le Dolmen-aux-Fées.

— Très bien, mon petit, s'exclama don Luis en riant, tu as mis le doigt sur un point faible. Si j'avais agi ainsi, le drame finissait douze ou quinze heures plus tôt. Seulement, voilà, aurais-tu été délivré? Le bandit aurait-il parlé et révélé ta retraite? Je ne le pense pas. Pour lui délier la langue il fallait le "cuisiner". Il fallait l'étourdir, le rendre fou d'inquiétude et d'angoisse, et faire pénétrer en lui, par mille preuves, le sentiment de sa défaite irrémédiable. Sans quoi, il se taisait, et nous ne t'aurions peut-être pas retrouvé… Et puis, à ce moment-là, mon plan n'était pas très net, je ne savais pas trop comment aboutir, et ce n'est que beaucoup plus tard que j'ai pensé, non pas à lui infliger une torture violente – j'en suis incapable –, mais à l'attacher à cet arbre où il avait voulu faire mourir ta mère. De sorte que, embarrassé, hésitant, j'ai tout simplement cédé, en fin de compte, au besoin quelque peu puéril, je l'avoue à ma confusion, d'aller jusqu'au bout de la prophétie, de voir comment se comporterait le missionnaire en face du vieux Druide, bref, de m'amuser. Que veux-tu, l'aventure était si noire qu'un peu de gaieté m'a semblé nécessaire. Et j'ai bien ri. Voilà ma faute, je m'en accuse et je m'en excuse. »

L'enfant riait aussi. Don Luis, qui le tenait debout entre ses jambes, l'embrassa et répéta :

« Tu m'excuses?

— Oui, mais à la condition que vous répondiez encore. Il me reste deux questions : la première peu importante…

— Parle.

— Il s'agit de la bague. D'où vient-elle cette bague que vous avez mise d'abord au doigt de maman, ensuite au doigt d'Elfride ?

— Je l'ai fabriquée la nuit même en quelques minutes avec un vieil anneau et des pierres de couleur.

— Mais le bandit l'a reconnue comme ayant appartenu à sa mère.

— Il a cru la reconnaître, et il l'a cru parce que la bague était semblable.

— Mais comment le saviez-vous ? et comment connaissiez-vous cette histoire ?

— Par lui-même.

— Est-ce possible ?

— Mon Dieu, oui ! Des paroles qui lui ont échappé pendant qu'il dormait sous le Dolmen-aux-Fées... un cauchemar d'ivrogne... il a raconté par bribes toute l'histoire de sa mère, qu'Elfride connaissait, d'ailleurs, en partie. Tu vois comme c'est simple ! Et combien le hasard m'a favorisé !

— Mais l'énigme de la Pierre-Dieu n'est pas simple ! s'écria François, et vous l'avez déchiffrée ! Voilà des siècles que l'on cherche et vous avez mis quelques heures !

— Non, quelques minutes, François. Il m'a suffi de lire la lettre que ton grand-père écrivait à ce propos au capitaine Belval. Par courrier, je donnais à ton grand-père toutes les explications sur l'emplacement et sur la nature merveilleuse de la Pierre-Dieu.

— Eh bien, don Luis, s'écria l'enfant, ce sont ces explications que je vous demande. Voilà ma dernière question, je vous le promets. D'où vient que l'on a cru au pouvoir de la Pierre-Dieu ? Et en quoi consistait au juste ce soi-disant pouvoir ? »

Stéphane et Patrice rapprochèrent leurs fauteuils. Véronique se redressa et prêta l'oreille. Ils comprenaient tous que don Luis avait attendu qu'ils fussent réunis pour déchirer devant eux le voile du mystère.

Il se mit à rire.

« N'espérez rien de sensationnel, dit-il. Un mystère ne vaut que par les ténèbres dont il est enveloppé, et, comme nous avons d'abord dissipé les ténèbres, il ne reste plus que le fait lui-même dans sa réalité toute nue. Mais, cependant, le fait ici est étrange, et la réalité n'est pas dénuée de quelque grandeur.

— Il le faut bien, dit Patrice Belval, puisque cette réalité a laissé dans l'île de Sarek, dans toute la Bretagne même, une telle légende de miracle.

— En effet, fit don Luis, et une légende si tenace qu'elle influe sur nous aujourd'hui encore, et qu'aucun de vous n'a échappé à cette obsession de miracle.

— Comment ? protesta le capitaine, mais je ne crois pas aux miracles, moi.

— Moi non plus, affirma l'enfant.

— Mais si, mais si, vous y croyez, vous admettez le miracle comme une possibilité. Sans quoi, il y a longtemps que vous auriez saisi l'entière vérité.

— Comment cela ? »

Don Luis cueillit une superbe rose à un arbuste dont les branches s'inclinaient vers lui, et demanda à François :

« Est-ce possible que je transforme cette rose, dont les proportions sont déjà celles qu'une rose atteint rarement, en une fleur deux fois plus grande, et ce rosier en un arbuste plus grand du double ?

— Non certes, déclara François.

— Alors pourquoi as-tu admis, pourquoi avez-vous tous admis, que Maguennoc pût arriver à ce résultat, lui, rien qu'en recueillant de la terre en certains endroits de l'île, et à certaines heures déterminées ? C'est un miracle cela, et vous l'avez accepté sans hésitation, inconsciemment. »

Stéphane objecta :

« Nous avons accepté ce dont nous étions témoins.

— Mais vous l'avez accepté comme un miracle, c'est-à-dire comme un phénomène que Maguennoc provoquait par des moyens spéciaux et, en vérité, surnaturels. Tandis que moi, en lisant ce détail dans la lettre de M. d'Hergemont, tout de suite, j'ai… comment dirai-je ?… j'ai "tiqué"… Tout de suite j'ai fait le rapprochement entre ces fleurs monstrueuses et le nom que portait le Calvaire-Fleuri. Et ma conviction fut immédiate : "Non, Maguennoc n'est pas un sorcier. Il a simplement déblayé autour du calvaire un terrain inculte, où il lui a suffi d'apporter une couche d'humus pour que jaillissent des fleurs anormales. Donc la Pierre-Dieu est là en dessous, la Pierre-Dieu qui, au Moyen Âge, faisait jaillir les mêmes fleurs anormales, la Pierre-Dieu, qui, au temps des Druides, guérissait les malades et fortifiait les enfants."

— Et par conséquent, fit observer Patrice, il y a miracle.

— Il y a miracle si l'on accepte les explications surnaturelles. Il y a phénomène naturel si l'on recherche et si on trouve les causes physiques, capables de susciter le miracle apparent.

— Mais ces causes physiques n'existent pas !

— Elles existent puisque vous avez vu des fleurs monstrueuses.

— Alors, demanda Patrice, non sans ironie, il y a une pierre qui peut, naturellement, guérir et fortifier ? Et cette pierre, c'est la Pierre-Dieu ?

— Il n'y a pas une pierre spéciale, unique. Mais il y a des pierres, des blocs de pierre, des roches, des collines et des montagnes de roches, qui contiennent des gisements de minerais formés de métaux divers, oxydes d'urane, argent, plomb, cuivre, nickel, cobalt, etc. Et parmi ces métaux il en est qui émettent un rayonnement spécial, doué de propriétés particulières, que l'on appelle radioactivité. Ces gisements sont des gisements de pechblende que l'on ne trouve guère en Europe que dans le nord de la Bohême et qui sont exploités près de la petite ville de Joachimsthal... Et ces corps radioactifs, ce sont : l'Uranium, le Thorium, l'Hélium, et principalement, dans le cas qui nous occupe...

— Le Radium, interrompit François.

— Tu l'as dit, mon petit, le Radium. Il y a des phénomènes de radioactivité un peu partout, et l'on peut dire qu'ils se manifestent dans toute la nature ainsi par l'action bienfaisante des sources thermales. Mais les corps nettement radioactifs, comme le Radium, possèdent des propriétés plus définies. Il est hors de doute, par exemple, que le rayonnement et les émanations du Radium exercent un pouvoir sur la vie des végétaux, pouvoir analogue à celui qui serait dû au passage d'un courant électrique. Dans les deux cas, l'excitation du milieu nutritif rend plus assimilables les éléments nécessaires à la plante et en stimule la croissance.

« De même, il est hors de doute que le rayonnement du Radium est capable d'exercer une action physiologique sur les tissus vivants, en y produisant des modifications plus ou moins profondes, détruisant certaines cellules ou contribuant à développer d'autres cellules, et même à en régler l'évolution. La radiumthérapie signale la guérison ou l'amélioration, dans de nombreux cas, de rhumatismes articulaires, de troubles nerveux, d'ulcérations, d'eczémas, de tumeurs, de cicatrices adhérentes. Bref, le Radium est un agent thérapeutique d'une réelle efficacité.

— De sorte que, dit Stéphane, vous considérez la Pierre-Dieu…

— Je considère la Pierre-Dieu comme un bloc de pechblende radifère provenant des gisements de Joachimsthal. Je connaissais depuis longtemps la légende bohémienne qui parle d'une pierre miraculeuse jadis arrachée au flanc d'une colline, et, lors d'un voyage, j'ai vu le vide laissé par cette pierre. Il correspond assez exactement aux dimensions de la Pierre-Dieu.

— Mais, objecta Stéphane, le Radium n'est contenu dans les roches qu'à l'état de particules infinitésimales. Pensez donc que l'extraction, le lessivage et le traitement d'une masse de quatorze cents tonnes de roches ne laissent filtrer en fin de compte qu'un gramme de Radium. Et vous attribuez un pouvoir miraculeux à la Pierre-Dieu, qui pèse tout au plus deux tonnes…

— Mais qui contient évidemment du Radium en quantité appréciable. La nature n'a pas pris l'engagement d'être avare et de diluer le Radium. Elle a pu – et tel a été son bon plaisir – en accumuler dans la Pierre-Dieu avec assez de générosité pour que la Pierre-Dieu fût capable de produire les phénomènes en apparence extraordinaires que nous connaissons… Sans compter que nous devons faire la part des exagérations populaires. »

Stéphane semblait de plus en plus convaincu. Cependant il dit encore :

« Un dernier point. En dehors de la Pierre-Dieu, il y a le petit éclat de pierre que Maguennoc a trouvé dans le sceptre de plomb, et dont le contact prolongé lui a brûlé la main. Selon vous, ce serait un grain de Radium ?

— Incontestablement. Et c'est par là peut-être que la présence et que le pouvoir du Radium, dans toute cette aventure, nous sont révélés avec le plus de clarté. Le grand physicien Henri Becquerel, ayant gardé dans la poche de son gilet un tube contenant un sel de Radium, une ulcération suppurante se produisit sur sa peau, au bout de quelques jours. Curie répéta l'expérience : même résultat. Le cas de Maguennoc doit être plus grave, puisqu'il avait gardé le grain de Radium dans sa main. Il se forma une plaie d'aspect cancéreux. Épouvanté par tout ce qu'il savait, et par tout ce qu'il avait dit lui-même sur la pierre miraculeuse qui brûle comme le feu de l'enfer, et "qui donne vie ou mort", il se trancha la main.

— Soit, dit Stéphane, mais d'où vient ce grain de Radium pur ? Cela ne peut pas être un éclat de la Pierre-Dieu, puisque, encore une fois, si riche que soit un minerai, le Radium ne lui est pas incorporé par grains isolés, mais sous forme soluble, et qu'on doit le dissoudre et le rassembler ensuite, par une série d'opérations, en un produit suffisamment riche pour être soumis à la cristallisation fractionnée. Tout cela, et bien d'autres opérations subséquentes, exige un matériel énorme, des usines, des laboratoires, des savants, bref, un état de civilisation qui diffère quelque peu, avouez-le, de l'état de barbarie où nos ancêtres les Celtes étaient plongés… »

Don Luis sourit et frappa l'épaule du jeune homme.

« Très bien, Stéphane, je suis heureux de voir que le maître et l'ami de François est un esprit clairvoyant et logique. L'objection est absolument juste, et tout de suite elle s'est imposée à moi. Je pourrais y répondre à l'aide de quelque hypothèse parfaitement légitime, supposer un moyen naturel d'isoler le Radium, imaginer que dans une faille granitique, au fond d'une grande poche contenant du minerai radifère, il s'est ouvert une fissure par où les eaux du fleuve s'écoulent avec lenteur et entraînent des portions infimes de Radium ; que ces eaux ainsi chargées circulent longuement dans un étroit couloir, se réunissent, se concentrent, et, après des siècles et des siècles, filtrant par petites gouttelettes aussitôt évaporées, forment au point d'émergence une menue stalactite très riche en Radium, dont un jour quelque guerrier celte a cassé l'extrémité… Mais est-il besoin de chercher si loin, et de recourir à l'hypothèse ? Ne peut-on s'en rapporter au seul génie et aux ressources inépuisables de la nature ? Est-ce pour elle un effort plus prodigieux d'émettre par ses propres moyens un grain de Radium pur que de faire mûrir une cerise, ou éclore cette rose... ou de donner la vie au délicieux Tout-Va-Bien ? Qu'en dis-tu mon petit François ? Sommes-nous d'accord ?

— Nous sommes toujours d'accord, répondit l'enfant.

— Et ainsi tu ne regrettes pas trop le miracle de la Pierre-Dieu ?

— Mais il existe toujours, le miracle !

— Tu as raison, François, il existe toujours, et cent fois plus beau et plus éclatant. La science ne tue pas les miracles, elle les purifie et les ennoblit. Qu'était-ce que cette petite puissance sournoise, capricieuse, méchante, incompréhensible, qui s'attachait à la pointe d'une baguette magique, et qui agissait à tort et à travers, selon la fantaisie ignorante d'un chef barbare ou d'un Druide, qu'était-ce à côté du pouvoir bienfaisant, clair, loyal, et tout aussi miraculeux, qui nous apparaît aujourd'hui à travers une poussière de Radium ? Qu'était-ce... »

Don Luis s'interrompit soudain et se mit à rire :

« Allons, bon ! voilà que je m'emballe, et que je chante une ode à la science. Excusez-moi, madame, ajouta-t-il en se levant et en s'approchant de Véronique, et dites-moi que je ne vous ai pas trop ennuyée avec mes explications. Non, n'est-ce pas ? pas trop ? D'ailleurs, c'est fini... ou du moins presque fini. Il n'y a plus qu'un point à préciser, plus qu'une décision à prendre. »

Il s'assit auprès d'elle.

« Eh bien, voilà. Maintenant que nous avons conquis la Pierre-Dieu, c'est-à-dire un véritable trésor, qu'allons-nous en faire ? »

Véronique eut un élan de tout son être.

« Oh ! pour cela, qu'il n'en soit pas question. Je ne veux rien de ce qui peut provenir de Sarek, rien de ce qui se trouve dans le Prieuré. Nous travaillerons.

— Cependant, le Prieuré vous appartient...

— Non, non, Véronique d'Hergemont n'existe plus, et le Prieuré n'appartient plus à personne. Que tout cela soit vendu à l'encan ! Je ne veux rien, rien de ce passé maudit.

— Et comment vivrez-vous ?

— Comme je vivais, de mon travail. Et je suis sûre que François m'approuve, n'est-ce pas, mon chéri ?

Et, dans un mouvement instinctif, se tournant vers Stéphane, comme s'il avait quelque droit à donner son avis, elle ajouta :

« Vous aussi, vous m'approuvez, n'est-ce pas, mon ami ?

— Entièrement », dit-il.

Aussitôt elle reprit :

« Du reste, si je ne doute pas des sentiments affectueux de mon père, je n'ai aucune preuve de ses volontés à mon égard.

— Peut-être les ai-je, moi, ces preuves, fit don Luis.

— Comment ?

— Patrice et moi nous sommes retournés à Sarek. Dans un secrétaire de la chambre de Maguennoc, au fond d'un tiroir secret, nous avons trouvé une enveloppe cachetée, mais sans adresse, que nous avons ouverte. Elle contenait un titre de rente de vingt mille francs, et ces mots sur une feuille de papier :

« "*Après ma mort, Maguennoc remettra ce titre à Stéphane Maroux à qui je confie mon petit-fils François. Lorsque François aura dix-huit ans, le titre lui appartiendra en propre. Je veux croire, d'ailleurs, qu'il cherchera à retrouver sa mère et qu'elle voudra bien prier pour moi. Je les bénis tous les deux.*"

« Voici le titre, fit don Luis… et voici la lettre. Elle est datée du mois d'avril de cette année. »

Véronique fut stupéfaite. Elle regarda don Luis, et il lui vint cette idée que tout cela n'était peut-être qu'une histoire inventée par cet homme étrange pour les mettre, elle et son fils, à l'abri du besoin. Idée passagère. Somme toute l'acte de M. d'Hergemont n'avait rien que de fort naturel, et, prévoyant les difficultés auxquelles on se heurterait après sa mort, il était juste qu'il eût songé à son petit-fils. Elle murmura :

« Je n'ai pas le droit de refuser…

— Vous en avez d'autant moins le droit, s'écria don Luis, que c'est une affaire qui se passe en dehors de vous, et que la volonté de votre père va directement vers François et vers Stéphane. Ainsi donc nous sommes d'accord sur ce point. Reste la Pierre-Dieu, et je pose de nouveau ma question : Qu'en ferons-nous ? À qui appartient-elle ?

— À vous, déclara nettement Véronique.

— À moi ?

— Oui, à vous qui l'avez découverte, à vous qui lui avez donné toute sa signification. »

Don Luis observa :

« Je dois vous rappeler que ce bloc de pierre a, sans doute, une valeur incalculable. Si grands que soient les miracles opérés par la nature, ce n'est que grâce à un concours prodigieux de circonstances qu'elle a pu réaliser le miracle d'accumuler tant de matière précieuse en un si petit volume. Il y a donc là des trésors et des trésors.

— Tant mieux, fit Véronique, vous saurez en profiter mieux que personne. »

Don Luis réfléchit un instant, et conclut, en riant :

« Vous avez tout à fait raison, et je vous avoue que je m'attendais à ce dénouement. D'abord parce que mon droit sur la Pierre-Dieu me semble établi par des titres de propriété suffisants. Ensuite parce que j'ai besoin de ce bloc de pierre. Mon Dieu, oui, la dalle funéraire des rois de Bohême n'a pas épuisé son pouvoir magique, et il reste bien des peuplades sur qui ce pouvoir peut agir au même degré que sur nos ancêtres les Gaulois, et, justement, je poursuis une entreprise formidable où un tel secours me sera précieux[1]. Dans quelques années, mon œuvre achevée, je rapporterai la Pierre-Dieu en France et en doterai un laboratoire national que j'ai l'intention de fonder. Et ainsi la science purifiera le mal que la Pierre-Dieu a pu faire, et la mauvaise aventure de Sarek sera rachetée. Vous m'approuvez, madame ? »

Elle lui tendit la main.

« De tout cœur. »

Il y eut un assez long silence. Puis don Luis Perenna reprit :

« Oh ! oui, la mauvaise aventure, et terrible au-delà de toute expression. J'en ai connu d'effrayantes, j'en ai vécu moi-même qui m'ont laissé un souvenir d'angoisse. Mais celle-ci les dépasse toutes. Elle a été au-delà de tout ce qui est possible dans la réalité et humain dans la douleur. Elle a été illogique, et cela parce

1. Voir *Les Dents du Tigre*, Le Livre de Poche, n° 2695.

qu'elle fut l'acte d'un fou… Et aussi parce qu'elle s'est déroulée à une époque de folie et d'égarement. C'est la guerre qui a permis la mise en œuvre, dans le silence et dans la sécurité, de crimes conçus, préparés, exécutés par un monstre. En temps de paix, les monstres n'ont pas le temps d'aller jusqu'au bout de leurs rêves stupides. Aujourd'hui, et dans cette île isolée, celui-là a trouvé des conditions particulières, anormales…

— Ne parlons pas de tout cela, voulez-vous ? » murmura Véronique d'une voix qui tremblait.

Don Luis baisa la main de la jeune femme, puis saisit Tout-Va-Bien et l'éleva dans ses bras.

« Vous avez raison. N'en parlons pas. Sans quoi voici les larmes, et Tout-Va-Bien serait mélancolique. Tout-Va-Bien, délicieux Tout-Va-Bien, ne parlons donc plus de l'épouvantable aventure. Mais tout de même, rappelons-en certains épisodes qui furent jolis et pittoresques. N'est-ce pas, Tout-Va-Bien, le jardin aux fleurs gigantesques de Maguennoc, tu t'en souviendras comme moi ? Et la légende de la Pierre-Dieu, l'épopée des tribus celtiques, errant avec la dalle funéraire de leurs rois, la dalle toute frissonnante de Radium, d'où part inlassablement un bombardement d'atomes vivifiants et miraculeux, n'est-ce pas, Tout-Va-Bien, cela ne manque pas d'allure ? Seulement, vois-tu, exquis Tout-Va-Bien, si j'étais romancier et chargé de raconter l'histoire de l'île aux Trente Cercueils, je me soucierais peu de l'affreuse vérité, et je te donnerais un rôle beaucoup plus important. Je supprimerais l'intervention de ce raseur et de ce phraseur de don Luis, et c'est toi qui serais le sauveur intrépide et silencieux. C'est toi qui lutterais contre le monstre abominable, c'est toi qui déjouerais ses machinations, et qui, à la fin, par la grâce de ton merveilleux instinct, punirais le vice et ferais triompher la vertu. Et ce serait beaucoup mieux ainsi, puisque nul mieux que toi, délicieux Tout-Va-Bien, ne serait capable de nous montrer, par mille preuves plus convaincantes les unes que les autres, que dans la vie tout s'arrange et que tout va bien…

LA COMTESSE DE CAGLIOSTRO

C'est ici la première aventure d'*Arsène Lupin*, et sans doute eût-elle été publiée avant les autres s'il ne s'y était maintes fois et résolument opposé.

« Non, disait-il. Entre la comtesse de Cagliostro et moi, tout n'est pas réglé. Attendons. »

L'attente dura plus qu'il ne le prévoyait. Un quart de siècle se passa avant LE RÈGLEMENT DÉFINITIF. Et c'est aujourd'hui seulement qu'il est permis de raconter ce que fut l'effroyable duel d'amour qui mit aux prises un enfant de vingt ans et LA FILLE DE CAGLIOSTRO.

I

Arsène Lupin à vingt ans

Raoul d'Andrésy jeta sa bicyclette, après en avoir éteint la lanterne, derrière un talus rehaussé de broussailles. À ce moment, trois heures sonnaient au clocher de Bénouville.

Dans l'ombre épaisse de la nuit, il suivit le chemin de campagne qui desservait le domaine de la Haie d'Étigues, et parvint ainsi aux murs de l'enceinte. Il attendit un peu. Des chevaux qui piaffent, des roues qui résonnent sur le pavé d'une cour, un bruit de grelots, les deux battants de la porte ouverts d'un coup… et un break passa. À peine Raoul eut-il le temps de percevoir des voix d'hommes, et de distinguer le canon d'un fusil. Déjà la voiture gagnait la grand-route et filait vers Étretat.

« Allons, se dit-il, la chasse aux guillemots est captivante, la roche où on les massacre est lointaine… je vais enfin savoir ce que signifient cette partie de chasse improvisée et toutes ces allées et venues. »

Il longea par la gauche les murs du domaine, les contourna, et, après le deuxième angle, s'arrêta au quarantième pas. Il tenait deux clefs dans sa main. La première ouvrit une petite porte basse, après laquelle il monta un escalier taillé au creux d'un vieux rempart, à moitié démoli, qui flanquait une des ailes du château. La deuxième lui livra une entrée secrète, au niveau du premier étage.

Il alluma sa lampe de poche, et, sans trop de précaution, car il savait que le personnel habitait de l'autre côté, et que Clarisse d'Étigues, la fille unique du baron, demeurait au second, il suivit un couloir qui le conduisit dans un vaste cabinet de travail : c'était là que, quelques semaines auparavant, Raoul avait demandé au baron la main de sa fille, et là qu'il avait été accueilli par une explosion de colère indignée dont il gardait un souvenir désagréable.

Une glace lui renvoya sa pâle figure d'adolescent, plus pâle que d'habitude. Cependant, entraîné aux émotions, il restait maître de lui, et, froidement, il se mit à l'œuvre.

Ce ne fut pas long. Lors de son entretien avec le baron, il avait remarqué que son interlocuteur jetait parfois un coup d'œil sur un grand bureau d'acajou dont le cylindre n'était pas rabattu. Raoul connaissait tous les emplacements où il est possible de pratiquer une cachette, et tous les mécanismes que l'on fait jouer en pareil cas. Une minute après, il découvrait dans une fente une lettre écrite sur du papier très fin et roulé comme une cigarette. Aucune signature, aucune adresse.

Il étudia cette missive dont le texte lui parut d'abord trop banal pour qu'on la dissimulât avec tant de soin, et il put ainsi, grâce à un travail minutieux, en s'accrochant à certains mots plus significatifs, et en supprimant certaines phrases évidemment destinées à remplir les vides, il put ainsi reconstituer ce qui suit :

« J'ai retrouvé à Rouen les traces de notre ennemie, et j'ai fait insérer dans les journaux de la localité qu'un paysan des environs d'Étretat avait déterré dans sa prairie un vieux chandelier de cuivre à sept branches. Elle a aussitôt télégraphié au voiturier d'Étretat qu'on lui envoie le douze, à trois heures de l'après-midi, un coupé en gare de Fécamp. Le matin de ce jour, le voiturier recevra, par mes soins, une autre dépêche contremandant cet ordre. Ce sera donc votre coupé à vous qu'elle trouvera en gare de Fécamp et qui l'amènera, sous bonne escorte, parmi nous, au moment où nous tiendrons notre assemblée.

« Nous pourrons alors nous ériger en tribunal et prononcer contre elle un verdict impitoyable. Aux époques où la grandeur du but justifiait les moyens, le châtiment eût été immédiat. Morte la bête, mort le venin. Choisissez la solution qui vous plaira, mais en vous rappelant les termes de notre dernier entretien, et en vous disant bien que la réussite de nos entreprises, et que notre existence elle-même, dépendent de cette créature infernale. Soyez prudent. Organisez une partie de chasse qui détourne les soupçons. J'arriverai par Le Havre, à quatre heures exactement, avec deux de nos amis. Ne détruisez pas cette lettre. Vous me la rendrez. »

« L'excès de précaution est un défaut, pensa Raoul. Si le correspondant du baron ne s'était pas défié, le baron aurait brûlé ces lignes, et j'ignorerais qu'il y a projet d'enlèvement, projet de jugement illégal, et même, Dieu me pardonne ! projet d'assassinat. Fichtre ! mon futur beau-père, si dévot qu'il soit, me semble empêtré dans des combinaisons peu catholiques. Ira-t-il jusqu'au meurtre ? Tout cela est rudement grave et pourrait me donner barre sur lui. »

Raoul se frotta les mains. L'affaire lui plaisait et ne l'étonnait pas outre mesure, quelques détails ayant éveillé son attention depuis plusieurs jours. Il résolut donc de retourner à son auberge, d'y dormir, puis de s'en revenir à temps pour apprendre ce que complotaient le baron et ses invités, et quelle était cette « créature infernale » dont on souhaitait la suppression.

Il remit tout en ordre, mais, au lieu de partir, il s'assit devant un guéridon où se trouvait une photographie de Clarisse, et, la mettant bien en face de lui, la contempla avec une tendresse profonde. Clarisse d'Étigues, à peine plus jeune que lui !... Dix-huit ans ! Des lèvres voluptueuses... les yeux pleins de rêve... un frais visage de blonde, rose et délicat, avec des cheveux pâles comme en ont les petites filles qui courent sur les routes du pays de Caux, et un air si doux, et tant de charme !...

Le regard de Raoul se faisait plus dur. Une pensée mauvaise qu'il ne parvenait pas à dominer, envahissait le jeune homme. Clarisse était seule, là-haut, dans son appartement isolé, et deux fois déjà, se servant des clefs qu'elle-même lui avait confiées, deux fois déjà, à l'heure du thé, il l'y avait rejointe. Alors qui le retenait aujourd'hui ? Aucun bruit ne pouvait parvenir jusqu'aux domestiques. Le baron ne devait rentrer qu'au cours de l'après-midi. Pourquoi s'en aller ?

Raoul n'était pas un Lovelace. Bien des sentiments de probité et de délicatesse s'opposaient en lui au déchaînement d'instincts et d'appétits dont il connaissait la violence excessive. Mais comment résister à une pareille tentation ? L'orgueil, le désir, l'amour, le besoin impérieux de conquérir, le poussaient à l'action. Sans plus s'attarder à de vains scrupules, il monta vivement les marches de l'escalier.

Devant la porte close, il hésita. S'il l'avait franchie déjà, c'était en plein jour, comme un ami respectueux. Quelle signification, au contraire, prenait un pareil acte à cette heure de la nuit !

Débat de conscience qui dura peu. À petits coups, il frappa, tout en chuchotant :

« Clarisse… Clarisse… c'est moi. »

Au bout d'une minute, n'entendant rien, il allait frapper de nouveau et plus fort, quand la porte du boudoir fut entrebâillée, et la jeune fille apparut, une lampe à la main.

Il remarqua sa pâleur et son épouvante, et cela le bouleversa au point qu'il recula, prêt à partir.

« Ne m'en veux pas, Clarisse… Je suis venu malgré moi… Tu n'as qu'à dire un mot et je m'en vais… »

Clarisse eût entendu ces paroles qu'elle eût été sauvée. Elle aurait aisément dominé un adversaire qui acceptait d'avance la défaite. Mais elle ne pouvait ni entendre ni voir. Elle voulait s'indigner et ne faisait que balbutier des reproches indistincts. Elle voulait le chasser et son bras n'avait pas la force de faire un seul geste. Sa main qui tremblait dut poser la lampe. Elle tourna sur elle-même et tomba, évanouie…

Ils s'aimaient depuis trois mois, depuis le jour de leur rencontre dans le Midi où Clarisse passait quelque temps chez une amie de pension.

Tout de suite, ils se sentirent unis par un lien qui fut, pour lui, la chose du monde la plus délicieuse, pour elle, le signe d'un esclavage qu'elle chérissait de plus en plus. Dès le début, Raoul lui sembla un être insaisissable, mystérieux, auquel, jamais, elle ne comprendrait rien. Il la désolait par certains accès de légèreté, d'ironie méchante et d'humeur soucieuse. Mais à côté de cela, quelle séduction ! Quelle gaieté ! Quels soubresauts d'enthousiasme et d'exaltation juvénile. Tous ses défauts prenaient l'apparence de qualités excessives et ses vices avaient un air de vertus qui s'ignorent et qui vont s'épanouir.

Dès son retour en Normandie, elle eut la surprise d'apercevoir, un matin, la fine silhouette du jeune homme, perchée sur un mur, en face de ses fenêtres. Il avait choisi une auberge, à quelques kilomètres de distance, et ainsi, presque chaque jour, s'en vint sur sa bicyclette la retrouver aux environs de la Haie d'Étigues.

Orpheline de mère, Clarisse n'était pas heureuse auprès de son père, homme dur, sombre de caractère, dévot à l'excès, entiché de son titre, âpre au gain, et que ses fermiers redoutaient comme un ennemi. Lorsque Raoul, qui n'avait même pas été présenté, eut l'audace de lui demander la main de sa fille, le baron entra dans une telle fureur contre ce prétendant imberbe, sans situation et sans relations, qu'il l'eût cravaché si le jeune homme ne l'avait regardé d'un petit air de dompteur qui maîtrise une bête féroce.

C'est à la suite de cette entrevue, et pour en effacer le souvenir dans l'esprit de Raoul, que Clarisse commit la faute de lui ouvrir, à deux reprises, la porte de son boudoir. Imprudence dangereuse et dont Raoul s'était prévalu avec toute la logique d'un amoureux.

Ce matin-là, simulant une indisposition, elle se fit apporter le déjeuner de midi tandis que Raoul se cachait dans une pièce voisine, et après le repas, ils restèrent longtemps serrés l'un contre l'autre devant la fenêtre ouverte, unis par le souvenir de leurs baisers et par tout ce qu'il y avait en eux de tendresse et, malgré la faute commise, d'ingénuité.

Cependant Clarisse pleurait…

Des heures s'écoulèrent. Un souffle frais qui montait de la mer et flottait sur le plateau leur caressait le visage. En face d'eux, au-delà d'un grand verger clos de murs, et parmi des plaines tout ensoleillées de colza, une dépression leur permettait de voir, à droite, la ligne blanche des hautes falaises jusqu'à Fécamp; à gauche, la baie d'Étretat, la porte d'Aval et la pointe de l'énorme Aiguille.

Il lui dit doucement :

« Ne soyez pas triste, ma chère bien-aimée. La vie est si belle à notre âge, et elle le sera plus encore pour nous lorsque nous aurons aboli tous les obstacles. Ne pleurez pas. »

Elle essuya ses larmes et tenta de sourire en le regardant. Il était mince comme elle, mais large d'épaules, à la fois élégant et solide d'aspect. Sa figure énergique offrait une bouche malicieuse et des yeux brillants de gaieté. Vêtu d'une culotte courte et d'un veston qui s'ouvrait sur un maillot de laine blanc, il avait un air de souplesse incroyable.

« Raoul, Raoul, dit-elle avec détresse, en ce moment même où vous me regardez vous ne pensez pas à moi ! Vous n'y pensez pas après ce qui vient de se passer entre nous ! Est-ce possible ! À quoi songez-vous, mon Raoul ? »

Il dit en riant :

« À votre père.

— À mon père ?

— Oui, au baron d'Étigues et à ses invités. Comment des messieurs de leur âge peuvent-ils perdre leur temps à massacrer sur une roche de pauvres oiseaux innocents ?

— C'est leur plaisir.

— En êtes-vous certaine ? Pour moi, je suis assez intrigué. Tenez, nous ne serions pas en l'an de grâce 1894 que je croirais plutôt... Vous n'allez pas vous froisser ?

— Parlez, mon chéri.

— Eh bien, ils ont l'air de jouer aux conspirateurs ! Oui, c'est comme je vous le dis, Clarisse... Marquis de Rolleville, Mathieu de La Vaupalière, comte Oscar de Bennetot, Roux d'Estiers, etc., tous ces nobles seigneurs du pays de Caux sont en pleine conjuration. »

Elle fit la moue.

« Vous dites des bêtises, mon chéri.

— Mais vous m'écoutez si joliment, répondit Raoul, convaincu qu'elle n'était au courant de rien. Vous avez une façon si drôle d'attendre que je vous dise des choses graves !...

— Des choses d'amour, Raoul. »

Il lui saisit la tête ardemment.

« Toute ma vie n'est qu'amour pour toi, ma bien-aimée. Si j'ai d'autres soucis et d'autres ambitions, c'est pour faire ta conquête ! Clarisse, suppose ceci : ton père, conspirateur, est arrêté et condamné à mort, et tout à coup, moi, je le sauve. Après cela, comment ne me donnerait-il pas la main de sa fille ?

— Il cédera un jour ou l'autre, mon chéri.

— Jamais ! aucune fortune… aucun appui…
— Vous avez votre nom… Raoul d'Andrésy.
— Même pas !
— Comment cela ?
— D'Andrésy, c'était le nom de ma mère, qu'elle a repris quand elle fut veuve, et sur l'ordre de sa famille que son mariage avait indignée.
— Pourquoi ? dit Clarisse, quelque peu étourdie par ces aveux inattendus.
— Pourquoi ? Parce que mon père n'était qu'un roturier, pauvre comme Job… un simple professeur… et professeur de quoi ? De gymnastique, d'escrime et de boxe !
— Alors comment vous appelez-vous ?
— Oh ! d'un nom bien vulgaire, ma pauvre Clarisse.
— Quel nom ?
— Arsène Lupin.
— Arsène Lupin ?…
— Oui, ce n'est guère reluisant, et mieux valait changer, n'est-ce pas ? »

Clarisse semblait atterrée. Qu'il s'appelât d'une façon ou de l'autre, cela ne signifiait rien. Mais la particule, aux yeux du baron, c'était la première qualité d'un gendre…

Elle balbutia cependant :

« Vous n'auriez pas dû renier votre père. Il n'y a aucune honte à être professeur.
— Aucune honte, dit-il en riant de plus belle, d'un rire qui faisait mal à Clarisse, et je jure que j'ai rudement profité des leçons de boxe et de gymnastique qu'il m'a données quand j'étais encore au biberon ! Mais, n'est-ce pas ? ma mère a peut-être eu d'autres raisons de le renier, l'excellent homme, et ceci ne regarde personne. »

Il l'embrassa avec une violence soudaine, puis se mit à danser et à pirouetter sur lui-même. Et, revenant vers elle :

« Mais ris donc, petite fille, s'écria-t-il. Tout cela est très drôle. Ris donc. Arsène Lupin ou Raoul d'Andrésy, qu'importe ! L'essentiel, c'est de réussir. Et je réussirai. Là-dessus, vois-tu, aucun doute. Pas une somnambule qui ne m'ait prédit un grand avenir et une réputation universelle. Raoul d'Andrésy sera général, ou ministre, ou ambassadeur… à moins que ce ne soit Arsène Lupin. C'est une chose réglée devant le destin, convenue, signée de part et d'autre. Je suis prêt. Muscles d'acier et cerveau numéro un ! Tiens, veux-tu que je marche sur les mains ? ou que je te porte à bout de bras ? Aimes-tu mieux que je prenne ta montre sans que tu t'en aperçoives ? ou bien que je te récite par cœur Homère en grec et Milton en anglais ? Mon Dieu, que la vie est belle ! Raoul d'Andrésy… Arsène Lupin… les deux faces de la statue ! Quelle est celle qu'illuminera la gloire, soleil des vivants ? »

Il s'arrêta net. Son allégresse semblait tout à coup le gêner. Il contempla silencieusement la petite pièce tranquille dont il troublait la sérénité, comme il avait troublé la paix et la pure conscience de la jeune fille, et, par un de ces revirements imprévus qui étaient le charme de sa nature, il s'agenouilla devant Clarisse et lui dit gravement :

« Pardonnez-moi. En venant ici, j'ai mal agi… Ce n'est pas de ma faute… J'ai de la peine à trouver mon équilibre… Le bien, le mal, l'un et l'autre m'attirent. Il faut m'aider, Clarisse, à choisir ma route, et il faut me pardonner si je me trompe. »

Elle lui saisit la tête entre ses mains et, d'un ton de passion :

« Je n'ai rien à te pardonner, mon chéri. Je suis heureuse. Tu me feras beaucoup souffrir, j'en suis sûre, et j'accepte d'avance et avec joie toutes ces douleurs qui me viendront de toi. Tiens, prends ma photographie. Et fais en sorte de n'avoir jamais à rougir quand tu la regarderas. Pour moi, je serai toujours telle que je suis aujourd'hui, ton amante et ton épouse. Je t'aime, Raoul ! »

Elle lui baisa le front. Déjà il riait et il dit, en se relevant :

« Tu m'as armé chevalier. Me voici désormais invincible et prêt à foudroyer mes ennemis. Paraissez, Navarrois !… J'entre en scène ! »

Le plan de Raoul – laissons dans l'ombre le nom d'Arsène Lupin puisque, à cette époque, ignorant sa destinée, lui-même le tenait en quelque mépris –, le plan de Raoul était fort simple. Parmi les arbres du verger, à gauche du château, et s'appuyant contre le mur d'enceinte dont elle formait jadis l'un des bastions, il y avait une tour tronquée, très basse, recouverte d'un toit et qui disparaissait sous des vagues de lierre. Or, Raoul ne doutait point que la réunion de quatre heures n'eût lieu dans la grande salle intérieure où le baron recevait ses fermiers. Et Raoul avait remarqué qu'une ouverture, ancienne fenêtre ou prise d'air, donnait sur la campagne.

Escalade facile pour un garçon aussi adroit ! Sortant du château et rampant sous le lierre, il se hissa, grâce aux énormes racines, jusqu'à l'ouverture pratiquée dans l'épaisse muraille, et qui était assez profonde pour qu'il pût s'y étendre tout de son long. Ainsi, placé à cinq mètres du sol, la tête masquée par du feuillage, il ne pouvait être vu, et voyait toute la salle, grande pièce meublée d'une vingtaine de chaises, d'une table et d'un large banc d'église.

Quarante minutes plus tard, le baron y pénétrait avec un de ses amis, Raoul ne s'était pas trompé dans ses prévisions.

Le baron Godefroy d'Étigues avait la musculature d'un lutteur de foire et un visage couleur de brique, qu'entourait un collier de barbe rousse, et où le regard avait de l'acuité et de l'énergie. Son compagnon, qui était un cousin et que Raoul connaissait de vue, Oscar de Bennetot, donnait cette même impression de hobereau normand, mais avec plus de vulgarité et de lourdeur. À ce moment tous deux semblaient très agités.

« Vite, prononça le baron. La Vaupalière, Rolleville et d'Auppegard vont nous rejoindre. À quatre heures, ce sera Beaumagnan qui viendra avec le prince d'Arcole et de Brie par le verger dont j'ai ouvert la grand-porte… et puis… et puis… ce sera *elle*… si par bonheur elle tombe dans le piège.

— Douteux, murmura Bennetot.

— Pourquoi ? Elle a commandé un coupé ; le coupé sera là, et elle y montera. D'Ormont qui conduit nous l'amène. Dans la côte des Quatre-Chemins, Roux d'Estiers saute sur le marchepied, ouvre et maîtrise la dame qu'ils ficellent à eux deux. Tout cela est fatal. »

Ils s'étaient rapprochés de l'endroit au-dessus duquel écoutait Raoul. Bennetot chuchota :

« Et après ?

— Après, j'explique la situation à nos amis, le rôle de cette femme…

— Et tu t'imagines obtenir d'eux qu'on la condamne ?…

— Que je l'obtienne ou non, le résultat sera le même. Beaumagnan l'exige. Pouvons-nous refuser ?

— Ah ! fit Bennetot, cet homme nous perdra tous. »

Le baron d'Étigues haussa les épaules.

« Il faut un homme comme lui pour lutter contre une femme comme elle. As-tu tout préparé ?

— Oui, les deux barques sont sur la plage, au bas de l'Escalier du Curé. La plus petite est défoncée et coulera dix minutes après qu'on l'aura mise à l'eau.

— Tu l'as chargée d'une pierre ?

— Oui, un gros galet troué qu'on attachera à l'anneau d'une corde. »

Ils se turent.

Pas un des mots prononcés n'avait échappé à Raoul d'Andrésy, et pas un qui n'eût accru jusqu'à l'excès son ardente curiosité.

« Sacrebleu ! pensait-il, je ne donnerais pas ma loge de balcon pour un empire. Quels gaillards ! Ça parle de tuer comme d'autres de changer de faux col ! »

Godefroy d'Étigues surtout l'étonnait. Comment la tendre Clarisse pouvait-elle être la fille de ce sombre personnage ? Quel but poursuivait-il ? Quels motifs obscurs le dirigeaient ? Haine, cupidité, désir de vengeance, instincts de cruauté ? Il évoquait un bourreau d'autrefois, prêt à quelque sinistre besogne. Des flammes illuminaient sa face empourprée et sa barbe rousse.

Les trois autres invités arrivèrent d'un coup. Raoul les avait souvent remarqués comme des familiers de la Haie d'Étigues. Une fois assis, ils tournèrent le dos aux deux fenêtres qui éclairaient la salle, de sorte que leur visage demeurait dans une sorte de pénombre.

À quatre heures seulement, deux nouveaux venus entrèrent. L'un, âgé, de silhouette militaire, sanglé dans sa redingote, et qui portait au menton la barbiche que l'on appelait l'impériale sous Napoléon III, s'arrêta sur le seuil.

Tout le monde se leva pour aller au-devant de l'autre, que Raoul n'hésita pas à considérer comme l'auteur de la lettre non signée, celui qu'on attendait et que le baron avait désigné sous le nom de Beaumagnan.

Bien qu'il fût le seul à n'avoir ni titre ni particule, on le reçut ainsi qu'un chef, avec un empressement qui convenait à son attitude de domination et à son regard autoritaire. La figure rasée, les joues creuses, de magnifiques yeux noirs tout animés de passion, quelque chose de sévère et même d'ascétique dans ses manières comme dans son habillement, il avait l'air d'un personnage d'église.

Il pria que l'on voulût bien se rasseoir, excusa celui de ses amis qu'il n'avait pu amener, le comte de Brie, et fit avancer son compagnon qu'il présenta :

« Le prince d'Arcole... Vous saviez, n'est-ce pas ? que le prince d'Arcole était des nôtres, mais le hasard avait voulu qu'il fût absent lors de nos réunions et que son action s'exerçât de loin, et de la façon la plus heureuse d'ailleurs. Aujourd'hui, son témoignage nous est nécessaire, puisque deux fois déjà, en 1870, le prince d'Arcole a rencontré la créature infernale qui nous menace. »

Raoul, faisant aussitôt le calcul, éprouva quelque déception : « la créature infernale » devait avoir dépassé la cinquantaine, puisque ses rencontres avec le prince d'Arcole avaient eu lieu vingt-quatre ans plus tôt.

Cependant le prince prenait place parmi les invités, tandis que Beaumagnan emmenait à part Godefroy d'Étigues. Le baron lui remit une enveloppe, contenant sans doute la lettre compromettante. Puis ils eurent, à voix basse, un colloque assez vif, auquel Beaumagnan coupa court d'un geste de commandement énergique.

« Pas commode, le monsieur, se dit Raoul. Le verdict est formel. Morte la bête, mort le venin. La noyade aura lieu, car il semble bien que ce soit le dénouement imposé. »

Beaumagnan passa au dernier rang. Mais, avant de s'asseoir, il s'exprima ainsi :

« Mes amis, vous savez à quel point l'heure actuelle est grave pour nous. Tous bien unis et d'accord sur le but magnifique que nous voulons atteindre, nous avons entrepris une œuvre commune d'une importance considérable. Il nous semble, avec raison, que les intérêts du pays, ceux de notre parti, ceux de notre religion – et je ne sépare pas les uns des autres – sont liés à la réussite de nos projets. Or ces projets, depuis quelque temps, se heurtent à l'audace et à l'hostilité implacable d'une femme qui, disposant de certaines indications, s'est mise à la recherche du secret que nous sommes près de découvrir. Si elle y parvient avant nous, c'est l'effondrement de tous nos efforts. Elle ou nous, il n'y a pas de place pour deux. Souhaitons ardemment que la bataille engagée se décide en notre faveur. »

Beaumagnan s'assit et, s'appuyant des deux bras sur un dossier, courba sa haute taille comme s'il voulait n'être point vu.

Et les minutes s'écoulèrent.

Entre ces hommes, réunis là pour une cause qui aurait dû susciter les conversations, le silence fut absolu, tellement l'attention de tous était portée vers les bruits lointains qui pouvaient survenir de la campagne. La capture de cette femme obsédait leur esprit. Ils avaient hâte de tenir et de voir leur adversaire.

Le baron d'Étigues leva le doigt. On commençait à entendre le rythme sourd des pas d'un cheval.

« C'est mon coupé », dit-il.

Oui, mais l'ennemie s'y trouvait-elle ?

Le baron se dirigea vers la porte. Comme d'habitude, le verger était vide, le personnel n'ayant jamais à faire que dans la cour d'honneur située sur la façade principale.

Le bruit se rapprochait. La voiture quitta la route et traversa les champs. Puis soudain elle apparut entre les deux piliers d'entrée. Le conducteur fit un geste et le baron déclara :

« Victoire ! On la tient. »

Le coupé s'arrêta. D'Ormont qui était sur le siège, sauta vivement. Roux d'Estiers s'élança hors de la voiture. Aidés par le baron, ils saisirent à l'intérieur une femme dont les jambes et les mains étaient attachées, et dont une écharpe de gaze enveloppait la tête, et ils la transportèrent jusqu'au banc d'église qui marquait le milieu de la salle.

« Pas la moindre difficulté, raconta d'Ormont. Au sortir du train elle s'est engouffrée dans la voiture. Aux Quatre-Chemins, on l'a saisie, sans qu'elle ait le temps de dire ouf.

— Ôtez l'écharpe, ordonna le baron. D'ailleurs, on peut aussi bien lui laisser la liberté de ses mouvements. »

Lui-même dénoua les liens.

D'Ormont enleva le voile et découvrit la tête.

Il y eut, parmi les assistants, une exclamation de stupeur, et Raoul, du haut de son poste, d'où il apercevait la captive en pleine lumière, eut la même commotion de surprise en voyant apparaître une femme dans toute la splendeur de la jeunesse et de la beauté.

Mais un cri domina les murmures. Le prince d'Arcole s'était avancé au premier rang, et, le visage contracté, les yeux agrandis, il balbutiait :

« C'est elle… c'est elle… je la reconnais… Ah ! quelle chose terrifiante !

— Qu'y a-t-il ? demanda le baron. Qu'y a-t-il de terrifiant ? Expliquez-vous ? »

Et le prince d'Arcole prononça cette phrase incompréhensible :

« *Elle a le même âge qu'il y a vingt-quatre ans !* »

La femme était assise et gardait le buste droit, les poings serrés sur les genoux. Son chapeau avait dû tomber au cours de l'agression, et sa chevelure à moitié défaite tombait derrière en masse épaisse retenue par un peigne d'or, tandis que deux bandeaux aux reflets fauves se divisaient également au-dessus du front, un peu ondulés sur les tempes.

Le visage était admirablement beau, formé par des lignes très pures et animé d'une expression qui, même dans l'impassibilité, même dans la peur, semblait un sourire. Avec un menton plutôt mince, ses pommettes légèrement saillantes, ses yeux très fendus et ses paupières lourdes, elle rappelait ces femmes de Vinci ou plutôt de Bernardino Luini dont toute la grâce est dans un sourire qu'on ne voit pas, mais qu'on devine, et qui vous émeut et vous inquiète à la fois. Sa mise était simple : sous un vêtement de voyage qu'elle laissa tomber, une robe de laine grise dessinait sa taille et ses épaules.

« Bigre ! pensa Raoul qui ne la quittait pas du regard, elle paraît bien inoffensive, l'infernale et magnifique créature ! Et ils se mettent à neuf ou dix pour la combattre ? »

Elle observait attentivement ceux qui l'entouraient, d'Étigues et ses amis, tâchant de distinguer les autres, dans la pénombre.

À la fin, elle dit :

« Que me voulez-vous ? Je ne connais aucun de ceux qui sont là. Pourquoi m'avez-vous amenée ici ?

— Vous êtes notre ennemie », déclara Godefroy d'Étigues.

Elle secoua la tête doucement :

« Votre ennemie ? Il doit y avoir une confusion. Êtes-vous bien sûrs de ne pas vous tromper ? Je suis Mme Pellegrini.

— Vous n'êtes pas Mme Pellegrini.

— Je vous affirme…

— Non », répéta le baron Godefroy d'une voix forte.

Et il ajouta ces mots aussi déconcertants que les mots prononcés par le prince d'Arcole :

« *Pellegrini, c'était un des noms sous lesquels se dissimulait, au* XVIII*e* *siècle, l'homme dont vous prétendez être la fille.* »

Elle ne répondit point sur le moment, comme si elle n'avait pas saisi l'absurdité de la phrase. Puis elle demanda :

« Comment donc m'appellerais-je, selon vous ?

— *Joséphine Balsamo, comtesse de Cagliostro.* »

II

Joséphine Balsamo, née en 1788...

Cagliostro ! l'extraordinaire personnage qui intrigua si vivement l'Europe et agita si profondément la cour de France sous le règne de Louis XVI ! Le Collier de la Reine... le cardinal de Rohan... Marie-Antoinette... quels épisodes troublants de l'existence la plus mystérieuse.

Un homme bizarre, énigmatique, ayant le génie de l'intrigue, qui disposait d'une réelle puissance de domination, et sur lequel toute la lumière n'a pas été faite.

Imposteur ? Qui sait ! A-t-on le droit de nier que certains êtres de sens plus affinés puissent jeter sur le monde des vivants et des morts des regards qui nous sont défendus ? Doit-on traiter de charlatan et de fou celui chez qui renaissent des souvenirs de ses existences passées, et qui, se rappelant ce qu'il a vu, bénéficiant d'acquisitions antérieures, de secrets perdus et de certitudes oubliées, exploite un pouvoir que nous appelons surnaturel, alors qu'il n'est que la mise en valeur, hésitante et balbutiante, des forces que nous sommes peut-être sur le point de réduire en esclavage ?

Si Raoul d'Andrésy, au fond de son observatoire, demeurait sceptique, et s'il riait en lui-même – peut-être pas sans quelque réticence – de la tournure que prenaient les événements, il sembla que les assistants acceptaient d'avance comme réalités indiscutables les allégations les plus extravagantes. Possédaient-ils donc sur cette affaire des preuves et des notions particulières ? Avaient-ils retrouvé chez celle qui, suivant eux, se prétendait la fille de Cagliostro, les dons de clairvoyance et de divination que l'on attribuait jadis au célèbre thaumaturge, et pour lesquels on le traitait de magicien et de sorcier ?

Godefroy d'Étigues, qui, seul parmi tous, restait debout, se pencha vers la jeune femme et lui dit :

« Ce nom de Cagliostro est bien le vôtre, n'est-ce pas ? »

Elle réfléchit. On eût dit que, pour le soin de sa défense, elle cherchait la meilleure riposte et qu'elle voulait, avant de s'engager à fond, connaître les armes dont l'ennemi disposait. Elle répliqua donc, paisiblement :

« Rien ne m'oblige à vous répondre, pas plus que vous n'avez le droit de m'interroger. Cependant, pourquoi nierais-je que, mon acte de naissance portant le nom de Joséphine Pellegrini, par fantaisie je me fais appeler Joséphine Balsamo, comtesse de Cagliostro, les deux noms de Cagliostro et de Pellegrini complétant la personnalité qui m'a toujours intéressée de Joseph Balsamo.

— De qui, selon vous, par conséquent, et contrairement à certaines de vos déclarations, précisa le baron, vous ne seriez pas la descendante directe ? »

Elle haussa les épaules et se tut. Était-ce prudence ? dédain ? protestation contre une telle absurdité ?

« Je ne veux considérer ce silence ni comme un aveu ni comme une dénégation, reprit Godefroy d'Étigues, en se tournant vers ses amis. Les paroles de cette femme n'ont aucune importance et ce serait du temps perdu que de les réfuter. Nous sommes ici pour prendre des décisions redoutables sur une affaire que nous connaissons tous dans son ensemble, mais dont la plupart d'entre nous ignorent certains détails. Il est donc indispensable de rappeler les faits. Ils sont résumés aussi brièvement que possible dans le mémoire que je vais vous lire et que je vous prie d'écouter avec attention. »

Et, posément, il lut ces quelques pages, qui, Raoul n'en douta pas, avaient dû être rédigées par Beaumagnan.

« Au début de mars 1870, c'est-à-dire quatre mois avant la guerre entre la France et la Prusse, parmi la foule des étrangers qui s'abattirent sur Paris, aucun n'attira plus soudainement l'attention que la comtesse de Cagliostro. Belle, élégante, jetant l'argent à pleines mains, presque toujours seule, ou accompagnée d'un jeune homme qu'elle présentait comme son frère, partout où elle passa, dans tous les salons qui l'accueillirent, elle fut l'objet de la plus vive curiosité. Son nom d'abord intriguait, et puis la façon vraiment impressionnante qu'elle avait de s'apparenter au fameux Cagliostro par ses allures mystérieuses, certaines guérisons miraculeuses qu'elle opéra, les réponses qu'elle donnait aux gens qui la consultaient sur leur passé ou sur leur avenir. Le roman d'Alexandre Dumas avait mis à la mode Joseph Balsamo, soi-disant comte de Cagliostro. Usant des mêmes procédés, et plus audacieuse encore, elle se targuait d'être la fille de Cagliostro, affirmait connaître le secret de l'éternelle jeunesse et, en souriant, parlait de telles rencontres qu'elle avait faites ou de tels événements qui lui étaient advenus sous le règne de Napoléon Ier.

« Son prestige fut tel qu'elle força les portes des Tuileries et parut à la cour de Napoléon III. On parlait même de séances privées où l'impératrice Eugénie réunissait autour de la belle comtesse les plus intimes de ses fidèles. Un numéro clandestin du journal satirique, *Le Charivari*, qui fut d'ailleurs saisi sur-le-champ, nous raconte une séance à laquelle assistait un de ses collaborateurs occasionnels. J'en détache ce passage :

« *Quelque chose de* la Joconde. *Une expression qui ne change pas beaucoup, mais qu'on ne peut guère définir, qui est aussi bien câline et ingénue que cruelle et perverse. Tant d'expérience dans le regard et d'amertume dans son invariable sourire, qu'on lui accorderait alors les quatre-vingts ans qu'elle s'octroie. À ces moments-là, elle sort de sa poche un petit miroir en or, y verse deux gouttes d'un flacon imperceptible, l'essuie et se contemple. Et, de nouveau, c'est la jeunesse adorable.*

« *Comme nous l'interrogions, elle nous répondit :*

« "*Ce miroir appartint à Cagliostro. Pour ceux qui s'y regardent avec confiance, le temps s'arrête. Tenez, la date est inscrite sur la monture, 1783, et elle est suivie de quatre lignes qui sont l'énumération de quatre grandes énigmes. Ces énigmes qu'il se proposait de déchiffrer, il les tenait de la bouche même de la reine Marie-Antoinette, et il disait, m'a-t-on rapporté, que celui qui en trouverait la clef serait roi des rois.*

« — *Peut-on les connaître ? demanda quelqu'un.*

« — *Pourquoi pas ? Les connaître, ce n'est pas les déchiffrer et Cagliostro lui-même n'en eut pas le temps. Je ne puis donc vous transmettre que des appellations, des titres. En voici la liste*[1] *:*

In robore fortuna.
La dalle des rois de Bohême.
La fortune des rois de France.
Le chandelier à sept branches."

« *Elle parla ensuite à chacun de nous et nous fit des révélations qui nous frappèrent d'étonnement.*

« *Mais ce n'était là qu'un prélude, et l'impératrice, bien que se refusant à poser la moindre question qui la concernât personnellement, voulut bien demander quelques éclaircissements touchant l'avenir.*

« "*Que Sa Majesté ait la bonne grâce de souffler légèrement*", *dit la comtesse en tendant le miroir.*

« *Et tout de suite, ayant examiné la buée que le souffle étalait à la surface, elle murmura :*

« "*Je vois de bien belles choses… une grande guerre pour cet été… la victoire… le retour des troupes sous l'Arc de Triomphe… On acclame l'Empereur… le Prince impérial.*" »

« Tel est, reprit Godefroy d'Étigues, le document qui nous a été communiqué. Document déconcertant puisqu'il fut publié plusieurs semaines avant la guerre annoncée. Quelle était cette femme ? Qui était cette aventurière dont les prédictions dangereuses, agissant sur l'esprit assez faible de la malheureuse souveraine, n'ont pas été sans provoquer la catastrophe de 1870 ? Quelqu'un (lire le même numéro du *Charivari*) lui ayant dit un jour :

« "Fille de Cagliostro, soit, mais votre mère ?

« — Ma mère, répondit-elle, cherchez très haut parmi les contemporains de Cagliostro… Plus haut encore… Oui, c'est

1. La première énigme a été expliquée par une jeune fille (voir *Dorothée, danseuse de corde*). Les deux suivantes, par Arsène Lupin (voir *L'Île aux trente cercueils,* p. 1049 et *L'Aiguille creuse,* p. 423). La quatrième fait l'objet de ce livre.

cela... Joséphine de Beauharnais, future femme de Bonaparte, future impératrice..."

« La police de Napoléon III ne pouvait rester inactive. À la fin de juin, elle remettait un rapport succinct, établi par un de ses meilleurs agents, à la suite d'une enquête difficile. J'en donne lecture :

« Les passeports italiens de la signorina, tout en faisant des réserves sur la date de la naissance, écrivait l'agent, sont établis au nom de Joséphine Pellegrini-Balsamo, comtesse de Cagliostro, née à Palerme, le 29 juillet 1788. M'étant rendu à Palerme, j'ai réussi à découvrir les anciens registres de la paroisse Mortarana et, sur l'un d'eux, en date du 29 juillet 1788, j'ai relevé la déclaration de naissance de Joséphine Balsamo, fille de Joseph Balsamo et de Joséphine de La P., sujette du roi de France.

« Était-ce là Joséphine Tascher de La Pagerie, nom de jeune fille de l'épouse séparée du vicomte de Beauharnais, et la future épouse du général Bonaparte ? J'ai cherché dans ce sens et, à la suite d'investigations patientes, j'ai appris, par des lettres manuscrites d'un lieutenant de la Prévôté de Paris, que l'on avait été près d'arrêter, en 1788, le sieur Cagliostro qui, bien qu'expulsé de France, après l'affaire du Collier, habitait sous le nom de Pellegrini un petit hôtel de Fontainebleau où il recevait chaque jour une dame grande et mince. Or Joséphine de Beauharnais, à cette époque, habite également Fontainebleau. Elle est grande et mince. La veille du jour fixé pour l'arrestation, Cagliostro disparaît. Le lendemain, brusque départ de Joséphine de Beauharnais[1]. Un mois plus tard, à Palerme, naissance de l'enfant.

« Ces coïncidences ne laissent pas d'être impressionnantes. Mais comme elles prennent de la valeur lorsqu'on les rapproche de ces deux faits ! Dix-huit ans après, l'impératrice Joséphine introduit à la Malmaison une jeune fille qu'elle fait passer pour sa filleule, et qui gagne l'affection de l'empereur au point que Napoléon joue

1. Jusqu'ici aucun des biographes de Joséphine n'avait pu expliquer pourquoi elle s'était évadée en quelque sorte de Fontainebleau. Seul M. Frédéric Masson, pressentant la vérité, écrit : « Peut-être trouvera-t-on un jour quelque lettre précisant et affirmant la nécessité *physique* d'un départ. »

avec elle comme avec un enfant. Quel est son nom ? Joséphine ou plutôt Josine.

« Chute de l'Empire. Le tsar Alexandre Ier recueille Josine et l'envoie en Russie. Quel titre prend-elle ? Comtesse de Cagliostro. »

Le baron d'Étigues laissa se prolonger ses dernières paroles dans le silence. On l'avait écouté avec une attention profonde. Raoul, dérouté par cette histoire incroyable, essayait de saisir sur le visage de la comtesse le reflet de l'émotion ou d'un sentiment quelconque. Mais elle demeurait impassible, ses beaux yeux toujours un peu souriants.

Et le baron poursuivit :

« Ce rapport, et probablement aussi l'influence dangereuse que prenait la comtesse aux Tuileries, devait couper court à sa fortune. Un arrêté d'expulsion fut signé contre elle et contre son frère. Le frère s'en alla par l'Allemagne, elle par l'Italie. Un matin elle descendit à Modane, où l'avait conduite un jeune officier. Il s'inclina devant elle et la salua. Cet officier s'appelait le prince d'Arcole. C'est lui qui a pu se procurer les deux documents, le numéro du *Charivari* et le rapport secret dont l'original est entre ses mains avec ses timbres et signatures. C'est enfin lui qui, tout à l'heure, certifiait devant vous l'identité indubitable de celle qu'il a vue ce matin-là et de celle qu'il voit aujourd'hui. »

Le prince d'Arcole se leva et gravement articula :

« Je ne crois pas au miracle, et ce que je dis est cependant l'affirmation d'un miracle. Mais la vérité m'oblige à déclarer sur mon honneur de soldat que cette femme est la femme que j'ai saluée en gare de Modane il y a vingt-quatre ans.

— Que vous avez saluée tout court, sans un mot de politesse ? » insinua Joséphine Balsamo.

Elle s'était tournée vers le prince et l'interrogeait d'une voix enjouée où il y avait quelque ironie.

« Que voulez-vous dire ?

— Je veux dire qu'un officier français a trop de courtoisie pour prendre congé d'une jolie femme par un simple salut protocolaire.

— Ce qui signifie ?

— Ce qui signifie que vous avez bien dû prononcer quelques paroles.

— Peut-être. Je ne m'en souviens plus..., dit le prince d'Arcole avec un peu d'embarras.

— Vous vous êtes penché vers l'exilée, monsieur. Vous lui avez baisé la main un peu plus longtemps qu'il n'eût fallu, et vous lui avez dit : "J'espère, madame, que les instants que j'ai eu le plaisir de passer près de vous ne seront pas sans lendemain. Pour moi, je ne les oublierai jamais." Et vous avez répété, soulignant d'un accent particulier votre intention de galanterie : "Jamais, vous entendez, madame ? jamais..." »

Le prince d'Arcole semblait un homme fort bien élevé. Pourtant, à l'évocation exacte de la minute écoulée un quart de siècle plus tôt, il fut si troublé qu'il marmotta :

« Nom de Dieu ! »

Mais, se redressant aussitôt, il prit l'offensive, d'un ton saccadé :

« J'ai oublié, madame. Si le souvenir de cette rencontre fut agréable, le souvenir de la seconde fois où je vous vis l'a effacé.

— Et cette seconde fois, monsieur ?

— C'est au début de l'année suivante, à Versailles, où j'accompagnais les plénipotentiaires français chargés de négocier la paix de la défaite. Je vous ai aperçue dans un café, assise devant une table, buvant et riant avec des officiers allemands dont l'un était officier d'ordonnance de Bismarck. Ce jour-là, j'ai compris votre rôle aux Tuileries et de qui vous étiez l'émissaire. »

Toutes ces divulgations, toutes ces péripéties d'une vie aux apparences fabuleuses, se développèrent en moins de dix minutes. Aucune argumentation. Aucune tentative de logique et d'éloquence pour imposer une thèse inconcevable. Rien que des faits. Rien que des preuves en raccourci, violentes, assenées comme des coups de poing, et d'autant plus effarantes qu'elles évoquaient, contre une toute jeune femme, des souvenirs dont quelques-uns remontaient à plus d'un siècle !

Raoul d'Andrésy n'en revenait pas. La scène lui semblait tenir du roman, ou plutôt de quelque mélodrame fantastique et ténébreux, et les conjurés lui semblaient également en dehors de toute réalité, eux qui écoutaient toutes ces histoires comme si elles avaient eu la valeur de faits indiscutables. Certes Raoul n'ignorait pas la médiocrité intellectuelle de ces hobereaux, derniers vestiges d'une autre époque. Mais, tout de même, comment pouvaient-ils faire abstraction des données mêmes du problème qui leur était posé par l'âge que l'on attribuait à cette femme ? Si crédules qu'ils fussent, n'avaient-ils pas des yeux pour voir ?

En face d'eux, d'ailleurs, l'attitude de la Cagliostro paraissait encore plus étrange. Pourquoi ce silence, qui somme toute était une acceptation, et parfois un aveu ? Se refusait-elle à démolir une légende d'éternelle jeunesse qui lui agréait et favorisait l'exécution de ses desseins ? Ou bien, inconsciente de l'effroyable danger suspendu sur sa tête, ne considérait-elle toute cette mise en scène que comme une simple plaisanterie ?

« Tel est le passé, conclut le baron d'Étigues. Je n'insisterai pas sur les épisodes intermédiaires qui le relient au présent d'aujourd'hui. Tout en demeurant dans la coulisse, Joséphine Balsamo, comtesse de Cagliostro, a été mêlée à la tragi-comédie du boulangisme, au drame du Panama (car on la retrouve dans tous les événements funestes à notre pays). Mais nous n'avons là-dessus que des indications touchant le rôle secret qu'elle y joua. Aucune preuve. Passons, et arrivons à l'époque actuelle. Un mot encore cependant. Sur tous ces points, madame, vous n'avez pas d'observations à présenter ?

— Si, dit-elle.

— Parlez donc. »

La jeune femme prononça, avec sa même intonation un peu moqueuse :

« Je voudrais savoir, puisque vous semblez faire mon procès, et le faire à la façon d'un tribunal du Moyen Âge, si vous comptez pour quelque chose les charges accumulées jusqu'ici contre moi ? En ce cas, autant me condamner sur-le-champ à être brûlée vive, comme sorcière, espionne, relapse, tous crimes que la Sainte Inquisition ne pardonnait pas.

— Non, répondit Godefroy d'Étigues. Ces diverses aventures n'ont été rapportées que pour donner de vous, en quelques traits, une image aussi claire que possible.

— Vous croyez avoir donné de moi une image aussi claire que possible ?

— Au point de vue qui nous occupe, oui.

— Vous vous contentez de peu. Et quels liens voyez-vous entre ces différentes aventures ?

— J'en vois de trois sortes. D'abord le témoignage de toutes les personnes qui vous ont reconnue, et grâce auxquelles on remonte, de proche en proche, aux jours les plus reculés. Ensuite l'aveu de vos prétentions.

— Quel aveu ?

— Vous avez redit au prince d'Arcole les termes mêmes de la conversation qui eut lieu entre vous et lui dans la gare de Modane.

— En effet, dit-elle. Et puis ?...

— Et puis voici trois portraits qui vous représentent bien tous les trois, n'est-ce pas ? »

Elle les regarda et déclara :

« Ces trois portraits me représentent.

— Eh bien ! fit Godefroy d'Étigues, le premier est une miniature peinte en 1816 à Moscou, d'après Josine, comtesse de Cagliostro. Le second, qui est cette photographie, date de 1870. Celle-ci est la dernière, prise récemment à Paris. Les trois portraits sont signés par vous. Même signature. Même écriture. Même paraphe.

— Qu'est-ce que cela prouve ?

— Cela prouve que la même femme...

— Que la même femme, interrompit-elle, a conservé en 1894 son visage de 1816 et de 1870. Donc au bûcher !

— Ne riez pas, madame. Vous savez qu'entre nous le rire est un blasphème abominable. »

Elle eut un geste d'impatience, et frappa l'accoudoir du banc.

« Mais enfin, monsieur, finissons-en avec cette parodie ! Qu'y a-t-il ? Que me reprochez-vous ? Pourquoi suis-je ici ?

— Vous êtes ici, madame, pour nous rendre compte des crimes que vous avez commis.

— Quels crimes ?

— Mes amis et moi nous étions douze, douze qui poursuivions le même but. Nous ne sommes plus que neuf. Les autres sont morts, assassinés par vous. »

Une ombre peut-être, du moins Raoul d'Andrésy crut l'y discerner, voila comme un nuage le sourire de la Joconde. Tout de suite, d'ailleurs, le beau visage reprit son expression coutumière, comme si rien ne pouvait altérer la paix de cette femme, pas même l'effroyable accusation lancée contre elle avec tant de virulence. On eût dit vraiment que les sentiments habituels lui étaient inconnus, ou bien alors qu'ils ne se trahissaient point par ces signes d'indignation, de révolte et d'horreur qui bouleversent tous les êtres. Quelle anomalie ! Coupable ou non, une autre se fût insurgée, elle se taisait, elle, et nul indice ne permettait de savoir si c'était par cynisme ou par innocence.

Les amis du baron demeuraient immobiles, la figure âpre et contractée. Derrière ceux qui le cachaient presque entièrement aux regards de Joséphine Balsamo, Raoul apercevait Beaumagnan. Ses bras accoudés au dossier de la chaise, il tenait son visage dans ses mains. Mais les yeux étincelaient entre les doigts disjoints, et s'attachaient à la face même de l'ennemie.

Dans le grand silence, Godefroy d'Étigues énonça l'acte d'accusation, ou plutôt les trois actes de la formidable accusation. Il le fit sèchement, comme il l'avait fait jusque-là, sans détails inutiles, sans éclats de voix, plutôt comme on lit un procès-verbal.

« Il y a dix-huit mois, Denis Saint-Hébert, le plus jeune d'entre nous, chassait sur ses terres aux environs du Havre. En fin d'après-midi, il quitta son fermier et son garde, jeta son fusil sur l'épaule et s'en alla, dit-il, voir du haut de la falaise le soleil se coucher dans la mer. Il ne reparut pas de la nuit. Le lendemain, on trouva son cadavre sur les rochers que la mer découvrait.

« Suicide ? Denis Saint-Hébert était riche, bien portant, d'humeur heureuse. Pourquoi se serait-il tué ? Crime ? On n'y songea même pas. Donc, accident.

« Au mois de juin qui suivit, autre deuil pour nous, dans des conditions analogues. Georges d'Isneauval qui chassait les mouettes de très grand matin, au pied des falaises de Dieppe, glissa sur les algues d'une façon si malencontreuse que sa tête frappa contre un rocher et qu'il tomba inanimé. Quelques heures plus tard, deux pêcheurs l'aperçurent. Il était mort. Il laissait une veuve et deux petites filles.

« Là encore accident, n'est-ce pas ? Oui, accident pour la veuve, pour les deux orphelines, pour la famille... Mais pour nous ? Était-il possible qu'une deuxième fois le hasard se fût attaqué au petit groupe que nous formions. Douze amis s'associent pour découvrir un grand secret et atteindre un but d'une portée considérable. Deux d'entre eux sont frappés. Ne doit-on pas supposer une machination criminelle qui, en s'attaquant à eux, s'attaque en même temps à leurs entreprises ?

« C'est le prince d'Arcole qui nous ouvrit les yeux et nous engagea dans la bonne voie. Le prince d'Arcole savait, lui, que nous n'étions pas seuls à connaître l'existence de ce grand secret. Il savait que, au cours d'une séance chez l'impératrice Eugénie, on avait évoqué une liste de quatre énigmes transmise par Cagliostro à ses descendants, et que l'une d'elles s'appelait précisément, comme celle qui nous intéresse, l'énigme du chandelier à sept branches. En conséquence, ne fallait-il pas chercher parmi ceux à qui la légende avait pu être transmise ?

« Grâce aux puissants moyens d'investigation dont nous disposons, en quinze jours, notre enquête aboutissait. Dans un hôtel particulier d'une rue solitaire de Paris, habitait une dame Pellegrini, qui vivait assez retirée, et disparaissait souvent des mois entiers. D'une grande beauté, mais fort discrète d'allures, et comme désireuse de passer inaperçue, elle fréquentait, sous le nom de comtesse de Cagliostro, certains milieux où l'on s'occupait de magie, d'occultisme et de messe noire.

« On put se procurer sa photographie, celle-ci, et l'envoyer au prince d'Arcole qui voyageait alors en Espagne ; il reconnut avec stupeur la femme même qu'il avait vue jadis.

« On s'enquit de ses déplacements. Le jour de la mort de Saint-Hébert, aux environs du Havre, elle était de passage au Havre. De passage à Dieppe, lorsque Georges d'Isneauval agonisait au pied des falaises de Dieppe !

« J'interrogeai les familles. La veuve de Georges d'Isneauval me confia que son mari, en ces derniers temps, avait eu une liaison avec une femme qui, suivant elle, l'avait fait infiniment souffrir. D'autre part, une confession manuscrite de Saint-Hébert, trouvée dans ses papiers, et gardée jusqu'ici par sa mère, nous révéla que, notre ami ayant eu l'imprudence de noter nos douze noms et quelques indications concernant le chandelier à sept branches, le carnet lui avait été dérobé par une femme.

« Dès lors, tout s'expliquait. Maîtresse d'une partie de nos secrets, et désireuse d'en connaître davantage, la même femme, qu'avait aimée Saint-Hébert, s'était fait aimer de Georges d'Isneauval. Puis, ayant reçu leurs confidences, et dans la crainte d'être dénoncée par eux à leurs amis, elle les avait tués. Cette femme est ici, devant nous. »

Godefroy d'Étigues fit une nouvelle pause. Le silence redevint accablant, si lourd que les juges semblaient immobilisés dans cette atmosphère pesante et chargée d'angoisse. Seule la comtesse de Cagliostro gardait un air distrait, comme si aucune parole ne l'eût atteinte.

Toujours étendu dans son poste, Raoul d'Andrésy admirait la beauté charmante et voluptueuse de la jeune femme, et, en même temps, il éprouvait un malaise à voir tant de preuves s'amasser contre elle. L'acte d'accusation la serrait de plus en plus près. De toutes parts, les faits venaient à l'assaut, et Raoul ne doutait point qu'une attaque plus directe encore ne la menaçât.

« Dois-je vous parler du troisième crime ? » demanda le baron.

Elle répliqua d'un ton de lassitude :

« Si cela vous plaît. Tout ce que vous me dites est inintelligible. Vous me parlez de personnes dont j'ignorais même le nom. Alors, n'est-ce pas, un crime de plus ou de moins…

— Vous ne connaissiez pas Saint-Hébert et d'Isneauval ? »

Elle haussa les épaules sans répondre.

Godefroy d'Étigues se pencha, puis d'une voix plus basse :

« Et Beaumagnan ? »

Elle leva sur le baron Godefroy des yeux ingénus :

« Beaumagnan ?

— Oui, le troisième de nos amis que vous avez tué ? Il n'y a pas bien longtemps, lui… quelques semaines… Il est mort empoisonné… Vous ne l'avez pas connu ? »

III

Un tribunal d'inquisition

Que signifiait cette accusation ? Raoul regarda Beaumagnan. Il s'était levé, sans redresser sa haute taille, et, de proche en proche, s'abritant derrière ses amis, il venait s'asseoir à côté même de Joséphine Balsamo. Celle-ci tournée vers le baron n'y fit pas attention.

Alors Raoul comprit pourquoi Beaumagnan s'était dissimulé et quel piège redoutable on tendait à la jeune femme. Si réellement elle avait voulu empoisonner Beaumagnan, si réellement elle le croyait mort, de quelle épouvante allait-elle tressaillir en face de Beaumagnan lui-même, vivant et prêt à l'accuser ! Si, au contraire, elle ne tremblait point et que cet homme lui parût aussi étranger que les autres, quelle preuve en sa faveur !

Raoul se sentit anxieux, et il désirait tellement qu'elle réussît à déjouer le complot qu'il cherchait les moyens de l'en avertir. Mais le baron d'Étigues ne lâchait pas sa proie, et déjà reprenait :

« Vous ne vous souvenez pas de ce crime-là, non plus, n'est-ce pas ? »

Elle fronça les sourcils, marquant pour la seconde fois un peu d'impatience, et se tut.

« Peut-être même n'avez-vous pas connu Beaumagnan ? demanda le baron, incliné sur elle comme un juge d'instruction qui épie la phrase maladroite. Parlez donc ! Vous ne l'avez pas connu ? »

Elle ne répondit pas. Précisément, à cause de cette insistance opiniâtre, elle devait se défier, car son sourire se mêlait d'une certaine inquiétude. Comme une bête traquée, elle flairait l'embûche et fouillait les ténèbres de son regard.

Elle observa Godefroy d'Étigues, puis se tourna du côté de La Vaupalière et de Bennetot, puis de l'autre côté, qui était celui où se tenait Beaumagnan…

Tout de suite, elle eut un geste éperdu, le haut-le-corps de quelqu'un qui aperçoit un fantôme, et ses yeux se fermèrent. Elle tendit les mains pour repousser la terrible vision qui la heurtait et on l'entendit balbutier :

« Beaumagnan… Beaumagnan… »

Était-ce l'aveu ? Allait-elle défaillir et confesser ses crimes ? Beaumagnan attendait. De toutes ses forces pour ainsi dire visibles, de ses poings crispés, des veines gonflées de son front, de son âpre visage convulsé par un effort surhumain de volonté, il exigeait la crise de faiblesse où toute résistance se désagrège.

Un moment il crut réussir. La jeune femme fléchissait et s'abandonnait au dominateur. Une joie cruelle le transfigura. Vain espoir ! Échappant au vertige, elle se redressa. Chaque seconde écoulée lui rendit un peu de sérénité et délivra son sourire, et elle prononça, avec cette logique qui semble l'expression même d'une vérité que l'on ne peut contredire :

« Vous m'avez fait peur, Beaumagnan, car j'avais lu dans les journaux la nouvelle de votre mort. Mais pourquoi vos amis ont-ils voulu me tromper ? »

Raoul se rendit compte aussitôt que tout ce qui s'était passé jusque-là n'avait point d'importance. Les deux vrais adversaires se trouvaient l'un en face de l'autre. Si bref qu'il dût être, étant donné les armes de Beaumagnan et l'isolement de la jeune femme, le combat réel ne faisait que commencer.

Et ce ne fut plus l'attaque sournoise et contenue du baron Godefroy, mais l'agression désordonnée d'un ennemi qu'exaspéraient la colère et la haine.

« Mensonge ! mensonge ! s'écria-t-il, tout est mensonge en vous. Vous êtes l'hypocrisie, la bassesse, la trahison, le vice ! Tout ce qu'il y a d'ignoble et de répugnant dans le monde se cache derrière votre sourire. Ah ! ce sourire ! Quel masque abominable ! On voudrait vous l'arracher avec des tenailles rougies au feu.

« C'est la mort que votre sourire, c'est la damnation éternelle pour celui qui s'y laisse prendre… Ah ! quelle misérable que cette femme !… »

L'impression que Raoul avait eue, dès le début, d'assister à une scène d'inquisition, il l'éprouva plus nettement encore devant la fureur de cet homme qui jetait l'anathème avec toute la force d'un moine du Moyen Âge. Sa voix frémissait d'indignation. Ses gestes menaçaient, comme s'il allait saisir à la gorge l'impie dont le divin sourire faisait perdre la tête et vouait aux supplices de l'enfer.

« Calmez-vous, Beaumagnan », lui dit-elle, avec un excès de douceur dont il s'irrita comme d'un outrage.

Malgré tout, il essaya de se contenir et de contrôler les paroles qui se pressaient en lui. Mais elles sortaient de sa bouche haletantes, précipitées ou murmurées, au point que ses amis, à qui il s'adressait maintenant, eurent quelquefois peine à comprendre l'étrange confession qu'il leur fit, en se frappant la poitrine, pareil aux croyants d'autrefois qui prenaient le public à témoin de leurs fautes.

« C'est moi qui ai cherché la bataille aussitôt après la mort de d'Isneauval. Oui, j'ai pensé que l'ensorceleuse s'acharnerait encore après nous… et que je serais plus fort que les autres… mieux assuré contre la tentation… N'est-ce pas, vous connaissiez toute ma décision à cette époque ? Déjà consacré au service de l'Église, je voulais revêtir la robe du prêtre. J'étais donc à l'abri du mal, protégé par des engagements formels, et plus encore par toute l'ardeur de ma foi. Et je me rendis là-bas, à l'une de ces réunions spirites où je savais la trouver.

« Elle y était en effet. Je n'eus pas besoin que l'ami qui m'avait amené me la désignât, et j'avoue que, sur le seuil, une appréhension obscure me fit hésiter. Je la surveillai. Elle parlait à peu de gens et se tenait sur la réserve, écoutant plutôt en fumant des cigarettes.

« Selon mes instructions, mon ami vint s'asseoir près d'elle et engagea la conversation avec les personnes de son groupe. Puis, de loin, il m'appela par mon nom. Et je vis à l'émoi de son regard, et sans contestation possible, qu'elle le connaissait, ce nom, pour l'avoir lu sur le carnet dérobé à Denis Saint-Hébert. Beaumagnan, c'était un des douze affiliés… un des dix survivants. Et cette femme, qui semblait vivre dans une sorte de rêve, subitement s'éveilla. Une minute plus tard, elle m'adressait la parole. Durant deux heures elle déploya toute la grâce de son esprit et de sa beauté, et elle obtenait de moi la promesse que je viendrais la voir le lendemain.

« Dès cet instant, à la seconde même où je la quittai, la nuit, à la porte de sa demeure, j'aurais dû m'enfuir au bout du monde. Il était déjà trop tard. Il n'y avait plus en moi ni courage, ni volonté, ni clairvoyance, plus rien que le désir fou de la revoir. Certes, je masquais ce désir sous de grands mots ; j'accomplissais un devoir… il fallait connaître le jeu de l'ennemie, la convaincre de ses crimes et l'en punir, etc. Autant de prétextes ! En réalité, du premier coup j'étais persuadé de son innocence. Un tel sourire était l'indice de l'âme la plus pure.

« Ni le souvenir sacré de Saint-Hébert, ni celui de mon pauvre d'Isneauval ne m'éclairaient. Je ne voulais pas voir. J'ai vécu quelques mois dans l'obscurité, goûtant les pires joies, et ne rougissant même pas d'être un objet de honte et de scandale, de renoncer à mes vœux et de renier ma foi.

« Forfaits inconcevables de la part d'un homme comme moi, je vous le jure, mes amis. Cependant j'en ai commis un qui les dépasse peut-être tous. J'ai trahi notre cause. Le serment de silence que nous avons fait en nous associant pour une œuvre commune, je l'ai rompu. *Cette femme connaît du grand secret ce que nous en connaissons nous-mêmes.* »

Un murmure d'indignation accueillit ces paroles. Beaumagnan courba la tête.

Maintenant Raoul comprenait mieux le drame qui se jouait devant lui, et les personnages qui en étaient les acteurs acquéraient leur véritable relief. Hobereaux, campagnards, rustres, oui, certes, mais Beaumagnan était là, Beaumagnan qui les animait de son souffle et leur communiquait son exaltation. Au milieu de ces existences vulgaires et de ces silhouettes falotes, celui-là prenait figure de prophète et d'illuminé. Il leur avait montré comme un devoir quelque besogne de conjuration à laquelle lui-même s'était dévoué corps et âme, comme on se dévouait jadis à Dieu en abandonnant son donjon pour partir en croisade.

Ces sortes de passions mystiques transforment ceux qu'elles brûlent en héros ou en bourreaux. Il y avait vraiment de l'inquisiteur en Beaumagnan. Au XVe siècle, il eût persécuté et martyrisé pour arracher à l'impie la parole de foi.

Il avait l'instinct de la domination et l'attitude de l'homme pour qui l'obstacle n'existe pas. Entre le but et lui une femme se dressait ? Qu'elle meure ! S'il aimait cette femme, une confession publique l'absolvait. Et ceux qui l'entendaient subissaient d'autant plus l'ascendant de ce maître dur que sa dureté semblait s'exercer aussi bien contre lui-même.

Humilié par l'aveu de sa déchéance, il n'avait plus de colère, et c'est d'une voix sourde qu'il acheva :

« Pourquoi ai-je failli ? Je l'ignore. Un homme comme moi ne doit pas faillir. Je n'ai même pas l'excuse de dire qu'elle m'ait interrogé. Non. Elle faisait souvent allusion aux quatre énigmes signalées par Cagliostro, et c'est un jour, presque à mon insu, que j'ai prononcé les mots irréparables… lâchement… pour lui être agréable… pour prendre à ses yeux plus de valeur… pour que son sourire fût plus tendre. Je me disais en moi-même : "Elle sera notre alliée… elle nous aidera de ses conseils, de toute sa clairvoyance affinée par les pratiques de la divination…" J'étais fou. L'ivresse du péché faisait vaciller ma raison.

« Le réveil fut terrible. Un jour – il y a de cela trois semaines – je devais partir en mission pour l'Espagne. Je lui avais dit adieu, le matin. L'après-midi, vers trois heures, ayant rendez-vous dans le centre de Paris, je quittai le petit logement que j'occupe au Luxembourg. Or, il se trouva qu'ayant oublié de donner certaines instructions à mon domestique, je rentrai chez moi par la cour et par l'escalier de service.

« Mon domestique était sorti et avait laissé ouverte la porte de la cuisine. De loin, j'entendis du bruit. J'avançai lentement. Il y avait quelqu'un dans ma chambre, il y avait cette femme, dont la glace me renvoyait l'image.

« Que faisait-elle donc penchée sur ma valise ? J'observai.

« Elle ouvrit une petite boîte en carton qui contenait des cachets que je prends en voyage pour combattre mes insomnies.

Elle enleva l'un de ces cachets et, à la place, elle en mit un autre, un autre qu'elle tira de son porte-monnaie,

« Mon émoi fut si grand que je ne songeai pas à me jeter sur elle. Quand j'arrivai dans ma chambre, elle était partie. Je ne pus la rattraper.

« Je courus chez un pharmacien et fis analyser les cachets. L'un d'eux contenait du poison, de quoi me foudroyer.

« Ainsi, j'avais la preuve irréfutable. Ayant eu l'imprudence de parler et de dire ce que je savais du secret, j'étais condamné. Autant, n'est-ce pas ? se débarrasser d'un témoin inutile et d'un concurrent qui pouvait, un jour ou l'autre, prendre sa part du butin, ou bien découvrir la vérité, attaquer l'ennemie, l'accuser et la vaincre. Donc, la mort. La mort comme pour Denis Saint-Hébert et Georges d'Isneauval. La mort stupide, sans cause suffisante.

« J'écrivis à l'un de mes correspondants d'Espagne. Quelques jours après, certains journaux annonçaient la mort à Madrid d'un nommé Beaumagnan.

« Dès lors, je vécus dans son ombre, et la suivis pas à pas. Elle se rendit à Rouen d'abord, puis au Havre, puis à Dieppe, c'est-à-dire aux lieux mêmes qui circonscrivent le terrain de nos recherches. D'après mes confidences, elle savait que nous sommes sur le point de bouleverser un ancien prieuré des environs de Dieppe. Elle y alla tout un jour, et, profitant de ce que le domaine est abandonné, chercha. Puis, je perdis ses traces. Je la retrouvai à Rouen. Vous savez le reste par notre ami d'Étigues, comment le piège fut préparé, et comment elle s'y jeta, attirée par l'appât de ce chandelier à sept branches que, soi-disant, un cultivateur aurait trouvé dans sa prairie.

« Telle est cette femme. Vous vous rendez compte des motifs qui nous empêchent de la livrer à la justice. Le scandale des débats rejaillirait sur nous, et, en jetant la pleine clarté sur nos entreprises, les rendrait impossibles. Notre devoir, si redoutable qu'il soit, est donc de la juger nous-mêmes, sans haine, mais avec toute la rigueur qu'elle mérite. »

Beaumagnan se tut. Il avait fini son réquisitoire avec une gravité plus dangereuse pour l'accusée que sa colère. Elle apparaissait réellement coupable, et presque monstrueuse dans cette série de meurtres inutiles. Raoul d'Andrésy, lui, ne savait plus que penser, et il exécrait cet homme qui avait aimé la jeune femme et qui venait de rappeler en frissonnant les joies de cet amour sacrilège…

La comtesse de Cagliostro s'était levée et regardait son adversaire bien en face, toujours un peu narquoise.

« Je ne m'étais pas trompée, dit-elle, c'est le bûcher ?…

— Ce sera, déclara-t-il, ce que nous déciderons, sans que rien puisse empêcher l'exécution de notre juste verdict.

— Un verdict ? De quel droit ? fit-elle. Il y a des juges pour cela. Vous n'êtes pas des juges. La peur du scandale, dites-vous ? En quoi cela m'importe-t-il que vous ayez besoin d'ombre et de silence pour vos projets ? Laissez-moi libre. »

Il proféra :

« Libre ! Libre de continuer votre œuvre de mort ? Nous sommes maîtres de vous. Vous subirez notre jugement.

— Votre jugement sur quoi ? S'il y avait parmi vous un seul juge véritable, un seul homme qui sût ce que c'est que la raison et que la vraisemblance, il rirait de vos accusations stupides et de vos preuves incohérentes.

— Des mots ! Des phrases ! s'écria-t-il. Ce sont des preuves contraires qu'il nous faudrait… quelque chose qui détruise le témoignage de mes yeux.

— À quoi bon me défendre ? Votre résolution est prise.

— Elle est prise parce que vous êtes coupable.

— Coupable de poursuivre le même but que vous, oui, cela, je l'avoue, et c'est la raison pour laquelle vous avez commis cette infamie de venir m'espionner et de jouer la comédie de l'amour. Si vous vous êtes pris au piège, tant pis pour vous ! Si vous m'avez fait des confidences à propos de l'énigme dont je connaissais déjà l'existence par le document de Cagliostro… tant pis pour vous ! Maintenant j'en suis obsédée, et j'ai juré d'atteindre le but, quoi qu'il arrive, et malgré vous. Voilà mon seul crime, à vos yeux.

— Votre crime, c'est d'avoir tué, proféra Beaumagnan qui s'emportait de nouveau.

— Je n'ai pas tué, dit-elle fermement.

— Vous avez poussé Saint-Hébert dans l'abîme et vous avez frappé d'Isneauval à la tête.

— Saint-Hébert ? d'Isneauval ? Je ne les ai pas connus. J'entends leurs noms aujourd'hui pour la première fois.

— Et moi ! et moi ! fit-il avec véhémence. Et moi, vous ne m'avez pas connu ? Vous n'avez pas voulu m'empoisonner ?

— Non. »

Il s'exaspéra et, la tutoyant dans un accès de rage :

« Mais je t'ai vue, Joséphine Balsamo. Je t'ai vue comme je te vois ! Tandis que tu rangeais le poison, j'ai vu ton sourire qui devenait féroce et le coin de ta lèvre qui remontait davantage… comme un rictus de damnée. »

Elle hocha la tête et prononça :

« Ce n'était pas moi. »

Il parut suffoqué. Comment avait-elle l'audace ?… Mais, tranquillement, elle lui posa la main sur l'épaule, et reprit :

« La haine vous fait perdre la tête, Beaumagnan, votre âme fanatique se révolte contre le péché d'amour. Cependant, malgré cela, vous me permettez de me défendre, n'est-ce pas ?

— C'est votre droit. Mais hâtez-vous.

— Ce sera bref. Demandez à vos amis la miniature faite à Moscou en 1816, d'après la comtesse de Cagliostro… (Beaumagnan obéit et prit la miniature des mains du baron.) Bien… Examinez-la attentivement. C'est mon portrait, n'est-ce pas ?

— Où voulez-vous en venir ? dit-il.

— Répondez, c'est mon portrait ?

— Oui, fit-il nettement.

— Alors, si c'est là mon portrait, c'est que je vivais à cette époque ? Il y a quatre-vingts ans, j'en avais vingt-cinq ou trente ? Réfléchissez bien avant de répondre. Hein, vous hésitez, n'est-ce pas, devant un tel miracle ! Et vous n'osez pas affirmer ?… Pourtant, il y a mieux encore… Ouvrez, par-derrière, le cadre de cette miniature, et vous verrez, à l'envers de la porcelaine, un autre portrait, le portrait d'une femme souriante, dont la tête est enveloppée d'un voile impalpable qui descend jusqu'aux sourcils, et à travers lequel on voit ses cheveux partagés en deux bandeaux ondulés. C'est encore moi, n'est-ce pas ? »

Tandis que Beaumagnan exécutait ses instructions, elle avait mis également sur sa tête un léger voile de tulle dont le rebord frôlait la ligne de ses sourcils, et elle baissait ses paupières avec une expression charmante. Beaumagnan balbutia, tout en comparant :

« C'est vous… c'est vous…

— Aucun doute, n'est-ce pas ?

— Aucun. C'est vous…

— Eh bien ! lisez la date, sur le côté droit. »

Beaumagnan épela :

« *Fait à Milan, en l'an 1498.* »

Elle répéta :

« En 1498 ! Il y a quatre cents ans. »

Elle rit franchement, et son rire sonnait avec clarté.

« Ne prenez pas cet air confondu, dit-elle. D'abord je connaissais l'existence de ce double portrait, et je le cherchais depuis longtemps. Mais soyez certain qu'il n'y a là aucun miracle. Je n'essaierai pas de vous persuader que j'ai servi de modèle au peintre et que j'ai quatre cents ans. Non, ceci est tout simplement le visage de la Vierge Marie, et c'est une copie d'un fragment de la *Sainte Famille* de Bernardino Luini, peintre milanais, disciple de Léonard de Vinci. »

Puis, soudain sérieuse, et sans laisser à l'adversaire le temps de souffler, elle lui dit :

« Vous comprenez maintenant où je veux en venir, n'est-ce pas, Beaumagnan ? Entre la Vierge de Luini, la jeune fille de Moscou et moi, il y a cette chose insaisissable, merveilleuse, et pourtant indéniable, la ressemblance absolue. Trois visages en un seul. Trois visages qui ne sont pas ceux de trois femmes différentes, mais qui sont *celui de la même femme.* Alors pourquoi ne voulez-vous pas admettre qu'un même phénomène, tout naturel après tout, se reproduise en d'autres circonstances, et que la femme que vous avez vue dans votre chambre ne soit pas moi, mais une autre femme qui me ressemble assez pour vous faire illusion ?… une autre qui aurait connu et qui aurait tué vos amis Saint-Hébert et d'Isneauval ?

— J'ai vu… j'ai vu… protesta Beaumagnan, qui la touchait presque, debout contre elle tout pâle et frémissant d'indignation. J'ai vu. Mes yeux ont vu.

— Vos yeux voient aussi le portrait d'il y a vingt-cinq ans, et la miniature d'il y a quatre-vingts ans, et le tableau d'il y a quatre cents ans. C'était donc moi ? »

Elle offrait aux regards de Beaumagnan sa jeune figure, sa beauté fraîche, ses dents éclatantes, ses joues tendres et pleines comme un fruit. Défaillant, il s'écria :

« Ah ! sorcière, il y a des moments où j'y crois, à cette absurdité. Sait-on jamais avec toi ! Tiens, la femme de la miniature montre tout en bas de son épaule nue, sous la peau blanche de la poitrine, un signe noir. Ce signe, il est là au bas de ton épaule… Je l'y ai vu… Tiens… montre-le donc aux autres pour qu'ils le voient aussi, pour qu'ils soient édifiés. »

Il était livide et la sueur coulait de son front. Il porta la main vers le corsage clos. Mais elle le repoussa et, s'exprimant avec beaucoup de dignité :

« Assez, Beaumagnan, vous ne savez pas ce que vous faites, et vous ne le savez plus depuis des mois. Je vous écoutais tout à l'heure et j'étais interdite, car vous parliez de moi comme si j'avais été votre maîtresse, et je n'ai pas été votre maîtresse. C'est une noble chose que de se frapper la poitrine en public, mais encore faut-il que la confession soit sincère. Vous n'en avez pas eu le courage. Le démon de l'orgueil ne vous a pas permis l'aveu humiliant de votre échec, et lâchement vous avez laissé croire ce qui n'a pas été. Durant des mois vous vous êtes traîné à mes pieds, vous m'avez implorée et menacée, sans que jamais, une seule fois, vos lèvres aient effleuré mes mains. Voilà tout le secret de votre conduite et de votre haine.

« Ne pouvant me fléchir, vous avez voulu me perdre, et, devant vos amis, vous dressez de moi une image effrayante de criminelle, d'espionne et de sorcière. Oui, de sorcière ! Un homme comme vous ne peut pas faillir, selon votre expression, et si vous avez failli ce ne peut être que par l'action de sortilèges diaboliques. Non, Beaumagnan, vous ne savez plus ce que vous faites, ni ce que vous dites. Vous m'avez vue dans votre chambre, préparant la poudre qui devait vous empoisonner ? Allons donc ! De quel droit invoquez-vous le témoignage de vos yeux ? Vos yeux ? Mais ils étaient obsédés par mon image, et l'autre femme vous offrit un visage qui n'était pas le sien, mais le mien, que vous ne pouviez pas ne pas voir.

« Oui, Beaumagnan, je le répète, l'autre femme… Il y a une autre femme sur le chemin que nous suivons tous. Il y a une autre femme qui a hérité de certains documents issus de Cagliostro et qui se pare, elle aussi, des noms qu'il prenait. Marquise de Belmonte, comtesse de Fenix… cherchez-la, Beaumagnan. Car c'est elle que vous avez vue, et c'est en vérité sur la plus grossière hallucination d'un cerveau détraqué que vous échafaudez contre moi tant d'accusations mensongères.

« Allons, tout cela n'est qu'une comédie puérile, et j'avais bien raison de rester paisible au milieu de vous tous, comme une femme innocente, d'abord, et comme une femme qui ne risque rien. Avec vos façons de juges et de tortionnaires, et malgré l'intérêt que chacun de vous peut avoir dans la réussite de l'entreprise commune, vous êtes au fond des braves gens qui n'oseriez jamais me faire mourir. Vous, peut-être, Beaumagnan, qui êtes un fanatique et qui avez peur de moi, mais il vous faudrait ici des bourreaux capables de vous obéir, et il n'y en a pas. Alors quoi… m'enfermer ? me jeter dans quelque coin obscur ? Si cela vous amuse, soit ! Mais, sachez-le, il n'y a pas de cachot d'où je ne puisse sortir aussi aisément que vous de cette salle. Ainsi, jugez, condamnez. Pour ma part, je ne dirai plus un mot. »

Elle se rassit, ôta son voile, et, de nouveau, s'accouda. Son rôle était terminé. Elle avait parlé sans emportement, mais avec une conviction profonde et une logique vraiment irréfutable, associant les charges relevées contre elle à cette légende d'inexplicable longévité qui dominait l'aventure.

« Tout se tient, disait-elle, et vous avez dû vous-même appuyer votre réquisitoire sur le récit de mes aventures passées. Vous avez dû commencer votre réquisitoire par le récit d'événements qui remontent à cent ans pour aboutir aux événements criminels d'aujourd'hui. Si je suis mêlée à ceux-ci, c'est que je fus l'héroïne de ceux-là. Si je suis la femme que vous avez vue, je suis aussi celle que vous montrent mes différents portraits. »

Que répondre ? Beaumagnan se tut. Le duel s'achevait par sa défaite et il n'essaya pas de la masquer. D'ailleurs, ses amis n'avaient plus cette face implacable et convulsée des gens qui se trouvent acculés à l'effroyable décision de mort. Le doute était en eux, Raoul d'Andrésy le sentit nettement, et il en eût conçu quelque espoir si le souvenir des préparatifs effectués par Godefroy d'Étigues et Bennetot n'eût atténué son contentement.

Beaumagnan et le baron d'Étigues s'entretinrent à voix basse, puis Beaumagnan reprit, comme un homme pour qui la discussion est close :

« Vous avez toutes les pièces du procès devant vous, mes amis. L'accusation et la défense ont dit leur dernier mot. Vous avez vu avec quelle certitude Godefroy d'Étigues et moi avons accusé cette femme, avec quelle subtilité elle s'est défendue, se retranchant derrière une ressemblance inadmissible, et donnant ainsi, en dernier ressort, un exemple frappant de son adresse et de sa ruse infernales. La situation est donc très simple : un adversaire de cette puissance et qui dispose de telles ressources ne nous laissera jamais de repos. Notre œuvre est compromise. Les uns après les autres, elle nous détruira. Son existence entraîne fatalement notre ruine et notre perte.

« Est-ce à dire pour cela qu'il n'est d'autre solution que la mort, et que le châtiment mérité soit le seul que nous devions envisager ? Non. Qu'elle disparaisse, qu'elle ne puisse rien tenter, nous n'avons pas le droit de demander davantage et, si notre conscience se révolte devant une solution aussi indulgente, nous devons nous y tenir parce que, somme toute, nous ne sommes pas là pour châtier, mais pour nous défendre.

« Voici donc les dispositions que nous avons prises, sous réserve de votre approbation. Cette nuit, un bateau anglais viendra croiser à quelque distance des côtes. Une barque s'en détachera, au-devant de laquelle nous irons et que nous rencontrerons à dix heures, au pied de l'aiguille de Belval. Cette femme sera livrée, emmenée à Londres, débarquée la nuit, et enfermée dans une maison de fous, jusqu'à ce que notre œuvre soit achevée. Je ne pense pas qu'aucun de vous s'oppose à notre façon d'agir, qui est humaine et généreuse, mais qui sauvegarde notre œuvre et nous met à l'abri des périls inévitables ? »

Raoul aperçut aussitôt le jeu de Beaumagnan, et il pensa :

« C'est la mort. Il n'y a pas de bateau anglais. Il y a deux barques, dont l'une, percée, sera conduite au large et coulera. La comtesse de Cagliostro disparaîtra sans que personne sache jamais ce qu'elle est devenue. »

La duplicité de ce plan et la manière insidieuse dont il était exposé l'effrayaient. Comment les amis de Beaumagnan ne l'eussent-ils pas soutenu alors qu'on ne leur demandait point de réponse affirmative ? Leur silence suffisait. Qu'aucun d'eux ne protestât, et Beaumagnan était libre d'agir par l'intermédiaire de Godefroy d'Étigues.

Or, aucun d'eux ne protesta. À leur insu, ils avaient condamné à mort.

Ils se levèrent tous pour le départ, heureux évidemment d'en être quittes à si bon marché. Nulle observation ne fut faite. Ils avaient l'air de s'en aller d'une petite réunion d'intimes où l'on a discuté de choses insignifiantes. Quelques-uns d'entre eux devaient d'ailleurs prendre le train du soir à la station voisine. Au bout d'un instant, ils étaient tous sortis, à l'exception de Beaumagnan et des deux cousins.

Et ainsi, il arrivait ceci, qui déconcertait Raoul, c'est que cette séance dramatique, où la vie d'une femme avait été exposée d'une façon si arbitraire, et sa mort obtenue par un subterfuge si odieux, finissait tout à coup, brusquement, comme une pièce dont le dénouement se produit avant l'heure logique, comme un procès dont le jugement serait proclamé au milieu des débats.

Dans cette sorte d'escamotage, le caractère insidieux et tortueux de Beaumagnan apparaissait de plus en plus net à Raoul d'Andrésy. Implacable et fanatique, rongé par l'amour et par l'orgueil, l'homme avait décidé la mort. Mais il y avait en lui des scrupules, des lâchetés, des hypocrisies, des peurs confuses, qui l'obligeaient, pour ainsi dire, à se couvrir devant sa conscience, et peut-être aussi devant la justice. D'où cette solution ténébreuse, le blanc-seing obtenu grâce à cet abominable tour de passe-passe.

Maintenant, debout sur le seuil, il observait la femme qui devait mourir. Livide, les sourcils froncés, les muscles et la mâchoire agités d'un tic nerveux, les bras croisés, il avait comme à l'ordinaire l'attitude un peu théâtrale d'un personnage romantique. Son cerveau devait rouler des pensées tumultueuses. Hésitait-il, au dernier moment ?

En tout cas, sa méditation ne fut pas longue. Il empoigna Godefroy d'Étigues par l'épaule et se retira, tout en jetant cet ordre :

« Gardez-la ! Et pas de bêtises, hein ? Sans quoi… »

Durant toutes ces allées et venues, la comtesse de Cagliostro n'avait pas bougé, et son visage conservait cette expression pensive et pleine de quiétude qui était si peu en rapport avec la situation.

« Certainement, se disait Raoul, elle ne soupçonne pas le danger. La claustration dans une maison de fous, voilà tout ce qu'elle envisage, et c'est une perspective dont elle ne se tourmente aucunement. »

Une heure passa. L'ombre du soir commençait à envahir la salle. Deux fois, la jeune femme consulta la montre qu'elle portait à son corsage.

Puis, elle essaya de lier conversation avec Bennetot, et tout de suite sa figure s'imprégna d'une séduction incroyable, et sa voix prit des inflexions qui vous émouvaient comme une caresse.

Bennetot grogna, d'un air bourru, et ne répondit pas.

Une demi-heure encore… Elle regarda de droite et de gauche, et s'aperçut que la porte était entrouverte. À cette minute-là, elle eut, indubitablement, l'idée de la fuite possible, et tout son être se replia sur lui-même comme pour bondir.

De son côté Raoul cherchait les moyens de l'aider dans son projet. S'il avait eu un revolver il eût abattu Bennetot. Il pensa également à sauter dans la salle, mais l'orifice n'était pas assez large.

D'ailleurs Bennetot qui était armé, lui, sentit le péril et posa son revolver sur la table, en maugréant :

« Un geste, un seul, et je tire. J'en jure Dieu ! »

Il était homme à tenir son serment. Elle ne remua plus. La gorge serrée par l'angoisse, Raoul la contemplait sans se lasser.

Vers sept heures, Godefroy d'Étigues revint.

Il alluma une lampe, et dit à Oscar de Bennetot :

« Préparons tout. Va chercher la civière sous la remise. Ensuite tu iras dîner. »

Lorsqu'il fut seul avec la jeune femme, le baron sembla hésiter. Raoul vit que ses yeux étaient hagards et qu'il avait l'intention de parler ou d'agir. Mais les mots et les actes devaient être de ceux devant lesquels on se dérobe. Aussi l'attaque fut-elle brutale.

« Priez Dieu, madame », dit-il subitement.

Elle répéta d'une voix qui ne comprenait pas.

« Prier Dieu ? pourquoi ce conseil ? »

Alors il dit très bas :

« Faites à votre guise… seulement je devais vous prévenir…

— Me prévenir de quoi ? demanda-t-elle de plus en plus anxieuse.

— Il y a des moments, murmura-t-il, où il faut prier Dieu comme si l'on devait mourir la nuit même… »

Elle fut secouée d'une épouvante soudaine. Du coup elle voyait toute la situation. Ses bras s'agitèrent dans une sorte de convulsion fébrile.

« Mourir ?… Mourir ?… mais il ne s'agit pas de cela, n'est-ce pas ? Beaumagnan n'a pas parlé de cela… il a parlé d'une maison de fous… »

Il ne répondit pas. Et on entendit la malheureuse qui bégayait :

« Ah ! mon Dieu, il m'a trompée. La maison de fous, ce n'est pas vrai… C'est autre chose… ils vont me jeter à l'eau… en pleine nuit… Oh ! l'horreur ! Mais ce n'est pas possible… Moi, mourir !… Au secours !… »

Godefroy d'Étigues avait apporté, plié sous son épaule, un long plaid. Avec une brutalité rageuse, il en couvrit la tête de la jeune femme et lui plaqua la main contre la bouche pour étouffer ses cris.

Bennetot revenait. À eux deux ils la couchèrent sur le brancard et la ficelèrent solidement, de façon que passât, entre les planches à claire-voie, l'anneau de fer auquel devait être attaché un lourd galet…

IV

La barque qui coule

Les ténèbres s'accumulaient, Godefroy d'Étigues alluma une lampe, et les deux cousins s'installèrent pour la veillée funèbre. Sous la lueur, ils avaient un visage sinistre, que l'idée du crime faisait grimacer.

« Tu aurais dû apporter un flacon de rhum, bougonna Oscar de Bennetot. Il y a des moments où il ne faut pas savoir ce que l'on fait.

— Nous ne sommes pas à l'un de ces moments, répliqua le baron. Au contraire ! Il nous faut toute notre attention.

— C'est gai.

— Il fallait raisonner avec Beaumagnan et lui refuser ton concours.

— Pas possible.

— Alors, obéis. »

Du temps encore s'écoula. Aucun bruit ne venait du château, ni de la campagne assoupie.

Bennetot s'approcha de la captive, écouta, puis se retournant :

« Elle ne gémit même pas. C'est une rude femme. »

Et il ajouta d'une voix où il y avait une certaine peur :

« Crois-tu à tout ce qu'on dit sur elle ?

— À quoi ?

— Son âge ?… toutes ces histoires d'autrefois ?

— Des bêtises !

— Beaumagnan y croit, lui.

— Est-ce qu'on sait ce que pense Beaumagnan !

— Avoue tout de même, Godefroy, qu'il y a des choses vraiment curieuses… et que tout laisse supposer qu'elle n'est pas née d'hier ? »

Godefroy d'Étigues murmura :

« Oui, évidemment… Moi-même, en lisant, c'est à elle que je m'adressais, comme si elle vivait réellement à cette époque-là.

— Alors, tu y crois ?

— Assez. Ne parlons pas de tout ça ! c'est déjà trop d'y être mêlé. Ah ! je te jure Dieu (et il haussa le ton) que si j'avais pu refuser, et sans prendre de gants !… Seulement… »

Godefroy n'était pas en humeur de causer, et il n'en dit pas davantage sur un chapitre qui semblait lui être infiniment désagréable.

Mais Bennetot reprit :

« Moi aussi, je te jure Dieu que pour un rien je filerais. D'autant que j'ai comme une idée, vois-tu, que nous sommes refaits sur toute la ligne. Oui, je te l'ai déjà dit, Beaumagnan en connaît beaucoup plus que nous, et nous ne sommes que des polichinelles entre ses mains. Un jour ou l'autre, quand il n'aura plus besoin de nous, il nous tirera sa révérence, et l'on s'apercevra qu'il a escamoté l'affaire à son profit.

— Ça, jamais.

— Cependant… », objecta Bennetot.

Godefroy lui mit la main sur la bouche et chuchota :

« Tais-toi. Elle entend.

— Qu'importe, dit l'autre, puisque tout à l'heure… »

Ils n'osèrent plus rompre le silence. De temps à autre l'horloge de l'église sonnait des coups qu'ils comptaient des lèvres en se regardant.

Quand ils en comptèrent dix, Godefroy d'Étigues donna sur la table un formidable coup de poing qui fit sauter la lampe.

« Crebleu de crebleu ! il faut marcher.

— Ah ! fit Bennetot, quelle ignominie ! Nous y allons seuls ?

— Les autres veulent nous accompagner. Mais je les arrête au haut de la falaise, puisqu'ils croient au bateau anglais.

— Moi j'aimerais mieux qu'on y aille tous.

— Tais-toi, l'ordre ne concerne que nous. Et puis les autres pourraient bavarder… Et ce serait du propre. Tiens, les voici. »

Les autres, c'étaient ceux qui n'avaient pas pris le train, c'est-à-dire d'Ormont, Roux d'Estiers et Rolleville. Ils arrivèrent avec un falot d'écurie que le baron leur fit éteindre.

« Pas de lumière, dit-il. On verrait ça se promener sur la falaise, et on jaserait par la suite. Tous les domestiques sont couchés ?

— Oui.

— Et Clarisse ?

— Elle n'a pas quitté sa chambre.

— En effet, dit le baron, elle est un peu souffrante aujourd'hui. En route ! »

D'Ormont et Rolleville saisirent les bras de la civière. On traversa le verger et l'on s'engagea dans une pièce de terre pour rejoindre le chemin de campagne qui conduisait du village à l'Escalier du Curé. Le ciel était noir, sans étoiles, et le cortège, à tâtons, trébuchait et se heurtait aux ornières et aux talus. Des jurons fusaient, vite étouffés par la colère de Godefroy.

« Pas de bruit, bon sang ! On pourrait reconnaître nos voix.

— Qui, Godefroy ? Il n'y a personne absolument, et tu as dû prendre tes précautions pour les douaniers ?

— Oui. Ils sont au cabaret, invités par un homme dont je suis sûr. Tout de même une ronde est possible. »

Le plateau se creusa en une dépression que le chemin suivait. Tant bien que mal, ils parvinrent à l'endroit où s'amorce l'escalier. Il fut taillé jadis en pleine falaise, sur l'initiative d'un curé de Bénouville, et pour que les gens du pays puissent descendre directement jusqu'à la plage. Le jour, des orifices pratiqués dans la craie l'éclairent et ouvrent des vues magnifiques sur la mer, dont les flots viennent battre les rochers et vers laquelle il semble que l'on s'enfonce.

« Ça va être dur, fit Rolleville. Nous pourrions vous aider. On vous éclairerait.

— Non, déclara le baron. Il est prudent de se séparer. »

Les autres obéirent et s'éloignèrent. Les deux cousins, sans perdre de temps, commencèrent l'opération difficile de la descente.

Ce fut long. Les marches étaient fort élevées, et le tournant parfois si brusque que la place manquait pour le brancard et qu'il fallait le dresser dans toute sa hauteur. La lumière d'une lampe de poche ne les éclairait que par à-coups. Oscar de Bennetot ne dérageait pas, à tel point que, dans son instinct de hobereau mal dégrossi, il proposait simplement de jeter « tout cela » par-dessus bord, c'est-à-dire par l'un des orifices.

Enfin ils atteignirent une plage de galets fins où ils purent reprendre haleine. À quelque distance, on apercevait les deux barques allongées l'une près de l'autre. La mer très calme, sans la moindre vague, en baignait les quilles. Bennetot montra le trou qu'il avait creusé dans la plus petite des deux et qui, provisoirement, demeurait obstrué par un bouchon de paille, et ils couchèrent le brancard sur les trois bancs qui la garnissaient.

« Ficelons le tout ensemble », ordonna Godefroy d'Étigues.

Bennetot fit observer :

« Et si jamais il y a une enquête et que l'on découvre la chose au fond de la mer, quelle preuve contre nous, ce brancard !

— C'est à nous d'aller assez loin pour qu'on ne découvre jamais rien. Et d'ailleurs, c'est un vieux brancard hors d'usage depuis vingt ans, et que j'ai sorti d'une grange abandonnée. Rien à craindre. »

Il parlait en tremblant, et d'une voix effarée que Bennetot ne lui connaissait point.

« Qu'est-ce que tu as, Godefroy ?

— Moi ? Que veux-tu que j'aie ?

— Alors ?

— Alors, poussons la barque… Mais il faut d'abord, selon les instructions de Beaumagnan, qu'on *lui* enlève son bâillon et qu'on *lui* demande si elle a quelque volonté à exprimer. Tu veux faire cela, toi ? »

Bennetot balbutia :

« La toucher ? La voir ? J'aimerais mieux crever… et toi ?

— Je ne pourrais pas non plus… je ne pourrais pas…

— Elle est coupable cependant… elle a tué…

— Oui… oui… Du moins c'est probable… Seulement, elle a l'air si doux !…

— Oui, fit Bennetot… et elle est si belle… belle comme la Vierge… »

En même temps ils tombèrent à genoux sur le galet et se mirent à prier tout haut pour celle qui allait mourir et sur qui ils appelaient « l'intervention de la Vierge Marie ».

Godefroy entremêlait les versets et les supplications que Bennetot scandait, au hasard, avec des *amen* fervents. Cela parut leur rendre un peu de courage, car ils se relevèrent brusquement, avides d'en finir. Bennetot apporta l'énorme galet qu'il avait préparé, le lia vivement à l'anneau de fer, et poussa la barque qui flotta aussitôt sur l'eau tranquille. Ensuite, d'un commun effort, ils firent glisser l'autre barque et sautèrent dedans. Godefsroy saisit les deux rames, tandis que Bennetot, à l'aide d'une corde, remorquait le bateau de la condamnée.

Ainsi s'en allèrent-ils au large, à petits coups d'avirons qui laissaient tomber un bruit frais de gouttelettes. Des ombres plus noires que la nuit leur permettaient de se guider à peu près entre les roches et de glisser vers la pleine mer. Mais, au bout de vingt minutes, l'allure devint plus lente et l'embarcation s'arrêta.

« Je ne peux plus… murmura le baron tout défaillant… mes bras refusent. À ton tour…

— Je n'aurais pas la force », avoua Bennetot.

Godefroy fit une nouvelle tentative, puis renonçant, il dit :

« À quoi bon ? Nous avons sûrement dépassé de beaucoup la ligne où la mer s'en va. C'est ton avis ? »

L'autre approuva.

« D'autant, dit-il, qu'il y a comme une brise qui portera le bateau encore plus loin que la ligne.

— Alors enlève le bouchon de paille.

— C'est toi qui devrais faire ça, protesta Bennetot, à qui le geste commandé semblait le geste même du meurtre.

— Assez de bêtises ! Finissons-en. »

Bennetot tira la corde. La quille vint se balancer tout contre lui. Il n'avait plus qu'à se pencher et à plonger la main.

« J'ai peur, Godefroy, bégaya-t-il. Sur mon salut éternel, ce n'est pas moi qui agis, mais bien toi, tu entends ? »

Godefroy bondit jusqu'à lui, l'écarta, se courba par-dessus bord, et plongeant sa main arracha d'un coup le bouchon. Il y eut un glouglou d'eau qui bouillonne, et cela le bouleversa au point que, dans un revirement subit, il voulut combler le trou. Trop tard. Bennetot avait pris les rames, et, retrouvant toute son énergie, effrayé lui aussi du bruit qu'il avait perçu, donnait un effort violent qui mettait un intervalle de plusieurs brasses entre les deux embarcations.

« Halte ! commanda Godefroy. Halte ! Je veux la sauver. Arrête, mordieu !… Ah ! c'est bien toi qui la tues… Assassin, assassin… je l'aurais sauvée, moi. »

Mais Bennetot, ivre de terreur, sans rien comprendre, ramait à faire craquer les avirons.

Le cadavre demeura donc seul – car pouvait-on appeler autrement l'être inerte, impuissant et voué à la mort que portait la barque blessée ? L'eau devait fatalement monter à l'intérieur en quelques minutes. Le frêle bateau s'engloutirait.

Cela, Godefroy d'Étigues le savait. Aussi, résolu à son tour, il saisit une rame et, sans se soucier d'être entendus, les deux complices se courbèrent avec des efforts désespérés pour fuir au plus vite le lieu du crime commis. Ils avaient peur de percevoir quelque cri d'angoisse, ou le chuchotement effroyable d'une chose qui coule et sur laquelle l'eau se referme pour toujours. Le canot se balançait au ras de l'onde presque immobile, où l'air, chargé de nuages très bas, semblait peser de tout son poids.

D'Étigues et Oscar de Bennetot devaient être à demi-chemin du retour. Tout bruit cessa.

À ce moment, la barque s'inclina sur tribord, et, dans la sorte de torpeur épouvantée où elle agonisait, la jeune femme eut la sensation que le dénouement se produisait. Elle n'eut aucun soubresaut, aucune révolte. L'acceptation de la mort provoque un état d'esprit où il semble que l'on soit déjà de l'autre côté de la vie.

Cependant, elle s'étonnait de ne pas frissonner au contact de l'eau glacée, ce qui était la chose que craignait surtout sa chair de femme. Non, la barque ne s'enfonçait pas. Elle paraissait plutôt prête à chavirer comme si quelqu'un en eût enjambé le rebord.

Quelqu'un ? Le baron ? Son complice ? Elle pensa que ce n'était ni l'un ni l'autre, car une voix qu'elle ne connaissait pas murmura :

« Rassurez-vous, c'est un ami qui vient à votre secours… »

Cet ami se pencha sur elle, et sans même savoir si elle entendait ou non, expliqua aussitôt :

« Vous ne m'avez jamais vu… Je m'appelle Raoul… Raoul d'Andrésy… Tout va bien… J'ai bouché le trou avec un morceau de bois coiffé d'un chiffon. Réparation de fortune, mais qui peut suffire… D'autant que nous allons nous débarrasser de cet énorme galet. »

À l'aide d'un couteau, il trancha les cordes qui attachaient la jeune femme ; puis saisit le gros galet, et réussit à le jeter. Enfin écartant la couverture dont elle était enveloppée, il s'inclina et lui dit :

« Comme je suis content ! Les événements ont tourné beaucoup mieux encore que je ne l'espérais, et vous voilà sauvée ! L'eau n'a pas eu le temps de monter jusqu'à vous, n'est-ce pas ? Quelle chance ! Vous ne souffrez pas ? »

Elle chuchota, la voix à peine intelligible :

« Oui… la cheville… leurs liens me tordaient le pied.

— Ce ne sera rien, dit-il. L'essentiel, maintenant, c'est de gagner le rivage. Vos deux bourreaux ont sûrement atterri et doivent grimper l'escalier en hâte. Nous n'avons donc rien à redouter. »

Il fit rapidement ses préparatifs, ramassa un aviron qu'il avait caché d'avance dans le fond, le fit glisser à l'arrière et se mit à « godiller » tout en continuant ses explications d'un ton joyeux, et comme s'il ne s'était rien passé de plus extraordinaire que ce qui se passe au cours d'une partie de plaisir.

« Que je me présente, d'abord, un peu plus régulièrement, quoique je ne sois guère présentable : pour tout costume, quelque chose comme un caleçon de bain que je me suis confectionné et auquel j'avais attaché un couteau… – donc Raoul d'Andrésy, pour vous servir, puisque le hasard me le permet. Oh ! un hasard bien simple… Une conversation surprise… J'ai su qu'on machinait un complot contre une certaine dame… Alors j'ai pris les devants. Je suis descendu sur la plage et quand les deux cousins ont débouché du tunnel, je suis entré dans l'eau. Il ne me restait plus qu'à m'accrocher à votre barque dès que celle-ci fut à la remorque.

C'est ce que j'ai fait. Et ni l'un ni l'autre ne s'avisa qu'ils emmenaient avec leur victime un champion de natation bien résolu à la sauver. J'ai dit. Je vous raconterai cela par le détail plus tard et lorsque vous m'entendrez. Pour l'instant, j'ai idée que je bavarde dans le vide. »

Il s'arrêta une minute.

« Je souffre…, dit-elle. Je suis épuisée… »

Il répondit :

« Un conseil : perdez connaissance. Rien ne repose comme de perdre connaissance. »

Elle dut lui obéir, car, après quelques gémissements, elle respira d'un souffle calme et régulier. Raoul lui couvrit le visage et repartit en concluant :

« C'est préférable. J'ai toute latitude pour agir, et je ne dois de compte à personne. »

Ce qui ne l'empêcha pas d'ailleurs de monologuer avec toute la satisfaction de quelqu'un qui est enchanté de soi-même et de ses moindres actes. Le canot filait prestement sous son impulsion. La masse des falaises se devinait.

Lorsque le fer de la quille grinça sur les galets, il sauta, puis enleva la jeune femme avec une aisance qui prouvait la valeur de ses muscles, et la déposa contre le pied de la falaise.

« Champion de boxe aussi, dit-il, et de lutte romaine également. Je vous avouerai, puisque vous ne pouvez m'entendre, que j'ai trouvé ces mérites dans l'héritage de papa… et combien d'autres! mais assez de balivernes… Reposez-vous ici, sous cette roche où vous êtes à l'abri des flots perfides… Quant à moi, je repars. Je suppose qu'il est dans vos projets de prendre votre revanche sur les deux cousins ? Pour cela, il est nécessaire que l'on ne retrouve pas la barque, et que l'on vous croie bel et bien noyée. Donc, un peu de patience. »

Sans plus tarder, Raoul d'Andrésy exécuta ce qu'il avait annoncé. De nouveau il conduisit la barque en pleine mer, enleva le bouchon de linge et, certain qu'elle disparaîtrait, se mit à l'eau. De retour sur le rivage il chercha ses vêtements qu'il avait dissimulés dans une anfractuosité, se débarrassa de son espèce de caleçon de bain, et se rhabilla.

« Allons, dit-il en rejoignant la jeune femme, il s'agit de remonter là-haut, et ce n'est pas le plus commode. »

Elle sortait peu à peu de son évanouissement et, au clair de sa lanterne, il vit qu'elle ouvrait les yeux.

Aidée par lui, elle essaya de se mettre debout, mais la douleur lui arracha un cri, et elle retomba sans forces. Il dénoua le soulier et vit aussitôt que le bas était couvert de sang. Blessure peu dangereuse, mais qui la faisait souffrir. Avec son mouchoir, Raoul banda la cheville provisoirement et décida le départ immédiat.

Il la chargea donc sur son épaule et commença l'escalade. Trois cent cinquante marches ! Si Godefroy d'Étigues et Bennetot avaient eu du mal dans la descente, combien l'effort contraire était plus rude, effectué par un adolescent ! Quatre fois il dut s'arrêter, couvert de sueur, avec la sensation qu'il lui serait impossible de continuer.

Il continuait cependant, toujours de bonne humeur. À la troisième halte, s'étant assis, il la coucha sur ses genoux, et il lui sembla qu'elle riait de ses plaisanteries et de sa verve intarissable. Alors il acheva l'ascension en serrant ainsi contre sa poitrine le corps charmant dont ses mains sentaient les formes souples.

Arrivé au sommet, il ne prit aucun repos, un vent frais s'étant levé qui balayait la plaine. il avait hâte de mettre la jeune femme à l'abri, et, d'un élan, il traversa les champs et la porta jusqu'à une grange isolée que, dès le début, il s'était proposé d'atteindre. En prévision des événements, il y avait placé deux bouteilles d'eau fraîche, du cognac et quelques aliments.

Il appuya une échelle contre le pignon, reprit son fardeau, poussa le panneau de bois qui servait à clore, et fit retomber l'échelle.

« Douze heures de sécurité et de sommeil. Personne ne nous dérangera. Demain, vers midi, je me procurerai une voiture et vous mènerai où vous voudrez. »

Voici donc qu'ils étaient enfermés l'un près de l'autre, à la suite de la plus tragique et de la plus merveilleuse aventure que l'on pût rêver. Comme tout était loin maintenant des scènes affreuses de la journée ! Tribunal d'inquisition, juges implacables, bourreaux sinistres, Beaumagnan, Godefroy d'Étigues, la condamnation, la descente vers la mer, la barque qui coule au fond des ténèbres, quels cauchemars, effacés déjà, et qui s'achevaient dans l'intimité de la victime et du sauveur !

À la lueur de la lampe accrochée à une poutre, il étendit la jeune femme parmi les bottes de foin qui garnissaient le grenier, la soigna, la fit boire, et pansa doucement sa blessure. Protégée par lui, loin des embûches, n'ayant plus rien à redouter de ses ennemis, Joséphine Balsamo s'abandonna en toute confiance. Elle ferma les yeux et s'assoupit.

La lampe illuminait en plein son beau visage auquel la fièvre de tant d'émotions donnait de la couleur. Raoul s'agenouilla devant elle et la contempla longuement. Alourdie par la chaleur de la grange, elle avait ouvert le haut de son corsage et Raoul apercevait les épaules harmonieuses dont la ligne parfaite se reliait au cou le plus pur.

Il se souvint de ce signe noir auquel Beaumagnan avait fait allusion et qui se voyait sur la miniature. Comment eût-il pu résister à la tentation de voir, à son tour, et de se rendre compte si réellement le même signe se trouvait là, sur la poitrine de la femme qu'il avait sauvée de la mort ? Lentement il écarta l'étoffe. À droite, un grain de beauté, noir comme une de ces mouches que les coquettes se posaient autrefois, marquait la peau blanche et soyeuse et suivait le rythme égal de la respiration.

« Qui êtes-vous ? qui êtes-vous ? murmura-t-il tout troublé. De quel monde venez-vous ? »

Lui aussi, comme les autres, il éprouvait un malaise inexplicable et subissait l'impression mystérieuse qui se dégageait de cette créature et de certains détails de sa vie et de son apparence physique. Et il l'interrogeait, malgré lui, comme si la jeune femme pouvait répondre au nom de celle qui jadis avait servi de modèle à la miniature.

Les lèvres épelèrent des mots qu'il ne comprit pas, et il était si près d'elles, et l'haleine qu'elles exhalaient était si douce, qu'il les effleura de ses lèvres en tremblant.

Elle soupira. Ses yeux s'entrouvrirent. En voyant Raoul agenouillé, elle rougit, et elle souriait en même temps, et ce sourire demeura, tandis que les lourdes paupières se baissaient de nouveau et qu'elle retombait au sommeil.

Raoul fut éperdu, et, palpitant de désir et d'admiration, il chuchotait des phrases exaltées et joignait les mains comme devant une idole à laquelle il eût adressé l'hymne d'adoration le plus ardent et le plus fou.

« Ce que vous êtes belle !... Je ne croyais pas à tant de beauté dans la vie. Ne souriez plus !... Je comprends qu'on ait envie de vous faire pleurer. Votre sourire bouleverse... On voudrait l'effacer pour que personne ne le voie plus jamais... Ah ! ne souriez plus qu'à moi, je vous en supplie... »

Et plus bas, passionnément :

« Joséphine Balsamo... Que votre nom est doux ! Et combien il vous a faite plus mystérieuse encore ! Sorcière ? a dit Beaumagnan... Non : ensorceleuse ! Vous surgissez des ténèbres, et vous êtes comme de la lumière, du soleil... Joséphine Balsamo... enchanteresse... magicienne... Ah ! tout ce qui s'ouvre devant moi !... tout ce que je vois de bonheur !... Ma vie commence à la minute même où je vous ai prise dans mes bras... Je n'ai plus d'autres souvenirs que vous... Je n'espère qu'en vous... Mon Dieu ! mon Dieu ! que vous êtes belle ! C'est à pleurer de désespoir... »

Il lui disait cela tout contre elle, et sa bouche près de sa bouche, mais le baiser dérobé fut l'unique caresse qu'il se permit. Il n'y avait pas que de la volupté dans le sourire de Joséphine Balsamo, mais aussi une telle pudeur que Raoul était pénétré de respect et que son exaltation s'acheva en paroles graves et pleines d'un dévouement juvénile.

« Je vous aiderai... Les autres ne pourront rien contre vous... Si vous voulez atteindre, malgré eux, le but qu'ils poursuivent, je vous promets que vous réussirez. Loin de vous ou près de vous, je serai toujours celui qui défend et qui sauve... Ayez foi dans mon dévouement... »

Il s'endormit à la fin, en balbutiant des promesses et des serments qui n'avaient pas beaucoup de sens, et ce fut un sommeil profond, immense, sans rêves, comme le sommeil des enfants qui ont besoin de refaire leur jeune organisme surmené...

Onze coups sonnèrent à l'horloge de l'église. Il les compta avec une surprise croissante.

« Onze heures du matin, est-ce possible ? » Par les fentes du volet et par les fissures ménagées sous le vieux toit de chaume, le jour filtrait. D'un côté même, un peu de soleil passa.

« Où donc êtes-vous ? dit-il. Je ne vous vois pas. »

La lampe s'était éteinte. Il courut jusqu'au volet et l'attira vers lui, emplissant ainsi le grenier de lumière. Il n'aperçut point Joséphine Balsamo.

Il s'élança contre les bottes de foin, les déplaça, les jeta furieusement par la trappe qui s'ouvrait sur le rez-de-chaussée. Personne. Joséphine Balsamo avait disparu.

Il descendit, chercha dans le verger, fouilla la plaine voisine et le chemin. Vainement. Bien que blessée, incapable de poser le pied à terre, elle avait quitté le refuge, sauté sur le sol, traversé le verger, la plaine voisine…

Raoul d'Andrésy regagna la grange pour en faire l'inspection minutieuse. Il n'eut pas besoin de chercher longtemps. Sur le plancher même il aperçut un carton rectangulaire.

Il le ramassa. C'était la photographie de la comtesse de Cagliostro.

Derrière, écrites au crayon, ces deux lignes :

Que mon sauveur soit remercié, mais qu'il n'essaie pas de me revoir.

V

Une des sept branches

Il y a certains contes dont le héros est en proie aux aventures les plus extravagantes et s'avise, lors du dénouement, qu'il fut tout simplement le jouet d'un rêve. Raoul, quand il eut retrouvé sa bicyclette derrière le talus où il l'avait enfouie la veille, se demanda subitement s'il n'avait pas été ballotté par une suite de songes tour à tour divertissants, pittoresques, redoutables et, en définitive, fort décevants.

L'hypothèse ne l'arrêta guère. La vérité s'attachait à lui par la photographie qu'il avait entre les mains, et plus encore peut-être par le souvenir enivrant du baiser pris aux lèvres de Joséphine Balsamo. Cela, c'était une certitude à laquelle il ne pouvait se soustraire.

Pour la première fois, à ce moment – il le constata avec un remords aussitôt chassé –, il pensa d'une façon nette à Clarisse d'Étigues, et aux heures délicieuses de la matinée précédente. Mais, à l'âge de Raoul, ces ingratitudes et ces contradictions de cœur s'arrangent aisément, il semble qu'on se dédouble en deux êtres, dont l'un continuera d'aimer dans une sorte d'inconscience où la part de l'avenir est réservée, et dont l'autre se livre avec frénésie à tous les emportements de la passion nouvelle. L'image de Clarisse se dressa, confuse et douloureuse, comme au fond d'une petite chapelle ornée de cierges vacillants près desquels il irait prier de temps en temps. Mais la comtesse de Cagliostro devenait tout à coup l'unique divinité que l'on adore, une divinité despotique et jalouse qui ne permettrait pas qu'on lui dérobât la moindre pensée ni le moindre secret.

Raoul d'Andrésy – continuons d'appeler ainsi celui qui devait illustrer le nom d'Arsène Lupin –, Raoul d'Andrésy n'avait jamais aimé. En fait, le temps lui avait manqué plus encore que l'occasion. Brûlé d'ambition, mais ne sachant pas dans quel domaine et par quels moyens se réaliseraient ses rêves de gloire, de fortune et de puissance, il se dépensait de tous côtés pour être prêt à répondre à l'appel du destin. Intelligence, esprit, volonté, adresse physique, force musculaire, souplesse, endurance, il cultiva tous ses dons jusqu'à l'extrême limite, étonné lui-même de voir que cette limite reculait toujours devant la puissance de ses efforts.

Avec cela il fallait vivre, et il n'avait aucune ressource. Orphelin, seul dans l'existence, sans amis, sans relations, sans métier, il vécut cependant. Comment ? C'était un point sur lequel il n'aurait su donner que des explications insuffisantes, et que lui-même il n'examinait pas de trop près. On vit comme on peut. On fait face à ses besoins et à ses appétits selon les circonstances.

« La chance est pour moi, se disait-il. Allons de l'avant. Ce qui doit être sera, et j'ai idée que ce sera magnifique. »

C'est alors qu'il croisa sur son chemin Joséphine Balsamo. Tout de suite il sentit que, pour la conquérir, il mettrait en œuvre tout ce qu'il avait accumulé d'énergie.

Et Joséphine Balsamo, pour lui, n'avait rien de commun avec la « créature infernale » que Beaumagnan avait essayé de dresser devant l'imagination inquiète de ses amis. Toute cette vision sanguinaire, tout cet attirail de crime et de perfidie, tous ces oripeaux de sorcière, s'évanouissaient comme un cauchemar en face de la jolie photographie où il contemplait les yeux limpides et les lèvres pures de la jeune femme.

« Je te retrouverai, jurait-il en la couvrant de baisers, et tu m'aimeras comme je t'aime, et tu seras à moi comme la maîtresse la plus soumise, et la plus chérie. Je lirai dans ta vie mystérieuse ainsi que dans un livre ouvert. Ton pouvoir de divination, tes miracles, ton incroyable jeunesse, tout ce qui déconcerte les autres et les effare, autant de procédés ingénieux dont nous rirons ensemble. Tu seras à moi, Joséphine Balsamo. »

Serment dont Raoul sentait lui-même pour l'instant la prétention et la témérité. Au fond Joséphine Balsamo l'intimidait encore, et il n'était pas loin d'éprouver contre elle une certaine irritation, comme un enfant qui voudrait être l'égal et qui doit se soumettre à plus fort que lui.

Deux jours durant, il se confina dans la petite chambre qu'il occupait au rez-de-chaussée de son auberge, et dont la fenêtre donnait sur une cour plantée de pommiers. Journées de méditation et d'attente, et qu'il fit suivre d'un après-midi de promenade à travers la campagne normande, c'est-à-dire aux lieux mêmes où il était possible qu'il rencontrât Joséphine Balsamo.

Il supposait bien, en effet, que la jeune femme, toute meurtrie encore par l'horrible épreuve, ne retournerait pas à son logement de Paris. Vivante, il fallait que ceux qui l'avaient tuée la crussent morte. Et, d'autre part, aussi bien pour se venger d'eux que pour atteindre avant eux l'objectif qu'ils s'étaient proposé, il ne fallait pas qu'elle s'éloignât du champ de bataille.

Le soir de ce troisième jour il trouva sur la table de sa chambre un bouquet de fleurs d'avril : pervenches, narcisses, primevères, coucous. Il questionna l'aubergiste. On n'avait vu personne.

« C'est elle », pensa-t-il en embrassant les fleurs qu'elle venait de cueillir.

Quatre jours consécutifs il se posta au fond de la cour, derrière une remise. Lorsqu'un pas résonnait à l'entour, son cœur battait. Déçu chaque fois, il en éprouvait une réelle douleur.

Mais le quatrième jour, à cinq heures, entre les arbres et les fourrés qui garnissaient le talus de la cour, il se produisit un froissement d'étoffe. Une robe passa. Raoul fit un mouvement pour s'élancer et, aussitôt, se contint et domina sa colère.

Il reconnaissait Clarisse d'Étigues.

Elle avait à la main un bouquet de fleurs exactement pareil à l'autre. Elle franchit légèrement l'intervalle qui la séparait du rez-de-chaussée, et, tendant le bras par la fenêtre, elle déposa la gerbe.

Lorsqu'elle revint sur ses pas, Raoul la vit de face et fut frappé de sa pâleur. Ses joues avaient perdu leurs teintes fraîches, et ses yeux cernés révélaient son chagrin et les longues heures de l'insomnie.

« Je souffrirai beaucoup pour toi », avait-elle dit, sans prévoir cependant que sa souffrance commencerait si tôt, et que le jour même où elle se donnait à Raoul serait un jour d'adieu et d'inexplicable abandon.

Il se souvint de la prédiction et, s'irritant contre elle du mal qu'il lui faisait, furieux d'être trompé dans son espoir et que la porteuse de fleurs fût Clarisse et non point celle qu'il attendait, il la laissa partir.

Pourtant, c'est à Clarisse – à Clarisse qui détruisait ainsi elle-même sa dernière chance de bonheur – qu'il dut la précieuse indication dont il avait besoin pour s'orienter dans la nuit. Une heure plus tard, il constatait qu'une lettre était attachée à la barre et, l'ayant décachetée, il lut :

Mon chéri, est-ce fini déjà ? Non, n'est-ce pas ? Je pleure sans raison ?... Il n'est pas possible que tu en aies déjà assez de ta Clarisse ?

Mon chéri, ce soir, ils prennent tous le train et ne seront de retour que demain très tard. Tu viendras, n'est-ce pas ? Tu ne me laisseras pas pleurer encore ?... Viens, mon chéri...

Pauvres lignes désolées... Raoul n'en fut pas attendri. Il pensait au voyage annoncé et se rappelait cette accusation de Beaumagnan : « Sachant par moi que nous devions bientôt visiter de fond en comble une propriété voisine de Dieppe, elle s'y est rendue en hâte... »

N'était-ce pas cela le but de l'expédition ? Et n'y aurait-il pas là, pour Raoul, une occasion de se mêler à la lutte et de tirer des événements tout le parti qu'ils comportaient ?

Le soir même, à sept heures, habillé comme un pêcheur de la côte, méconnaissable sous la couche d'ocre qui rougissait son visage, il montait dans le même train que le baron d'Étigues et Oscar de Bennetot, changeant comme eux deux fois, et descendant à une petite station où il coucha.

Le lendemain matin, d'Ormont, Rolleville et Roux d'Estiers venaient chercher leurs deux amis en voiture, Raoul s'élança derrière eux.

À une distance de dix kilomètres, la voiture s'arrêta en vue d'un long manoir délabré qu'on appelle le château de Gueures. S'approchant de la grille ouverte, Raoul constata que, dans le parc, grouillait tout un peuple d'ouvriers qui retournaient la terre des allées et des pelouses.

Il était dix heures. Sur le perron, les entrepreneurs reçurent les cinq associés. Raoul entra sans être remarqué, se mêla aux ouvriers, et les interrogea. Il apprit ainsi que le château de Gueures venait d'être acheté par le marquis de Rolleville et que les travaux d'aménagement avaient commencé le matin.

Raoul entendit un des entrepreneurs qui répondait au baron :

« Oui, monsieur, les instructions sont données. Ceux de mes hommes qui trouveront, en fouillant le sol, des pièces de monnaie, des objets de métal, fer, cuivre, etc., ont ordre de les apporter contre récompense. »

Il était évident que tous ces bouleversements n'avaient point d'autre raison que la découverte de quelque chose. Mais la découverte de quoi ? se demandait Raoul.

Il se promena dans le parc, fit le tour du manoir, pénétra dans les caves.

À onze heures et demie, il n'avait encore abouti à aucun résultat, et la nécessité d'agir s'imposait cependant à son esprit avec une force croissante. Tout retard laissait aux autres des chances d'autant plus grandes, et il risquait de se heurter à un fait accompli.

À ce moment, le groupe des cinq amis se tenait derrière le manoir, sur une longue esplanade qui dominait le parc. Un petit mur à balustrade la bordait, marqué de place en place par douze piliers de briques qui servaient de socles à d'anciens vases de pierre, presque tous cassés.

Une équipe d'ouvriers armés de pics se mit à démolir le mur. Raoul les regardait faire, pensivement, les mains dans ses poches, la cigarette aux lèvres, et sans se soucier que sa présence pût paraître anormale en ces lieux.

Godefroy d'Étigues roulait du tabac dans une feuille de papier. N'ayant pas d'allumettes, il s'approcha de Raoul et lui demanda du feu.

Raoul tendit sa cigarette, et, pendant que l'autre allumait la sienne, tout un plan s'échafauda en son esprit, un plan spontané, très simple, dont les moindres détails lui apparaissaient dans leur succession logique. Mais il fallait se hâter.

Raoul ôta son béret, ce qui laissa échapper les mèches d'une chevelure soignée qui n'était certes pas celle d'un matelot.

Le baron d'Étigues le regarda avec attention et, subitement éclairé, fut saisi de colère.

« Encore vous ! Et déguisé ! Qu'est-ce que c'est que cette nouvelle manigance, et comment avez-vous l'audace de me relancer jusqu'ici ? Je vous ai répondu de la façon la plus catégorique, un mariage entre ma fille et vous est impossible. »

Raoul lui happa le bras et, impérieusement :

« Pas de scandale ! Nous y perdrions tous les deux. Amenez-moi vos amis. »

Godefroy voulut se rebiffer.

« Amenez-moi vos amis, répéta Raoul. Je viens vous rendre service. Que cherchez-vous ? Un chandelier, n'est-ce pas ?

— Oui, fit le baron, malgré lui.

— Un chandelier à sept branches, c'est bien cela. Je connais la cachette. Plus tard je vous donnerai d'autres indications qui vous seront utiles pour l'œuvre que vous poursuivez. Alors nous parlerons de Mlle d'Étigues. Qu'il ne soit pas question d'elle aujourd'hui… Appelez vos amis. Vite. »

Godefroy hésitait, mais les promesses et les assurances de Raoul faisaient impression sur lui. Il appela ses amis qui le rejoignirent aussitôt.

« Je connais ce garçon, dit-il, et, d'après lui, on arriverait peut-être à trouver… »

Raoul lui coupa la parole.

« Il n'y a pas de peut-être, monsieur. Je suis du pays. Tout gamin, je jouais dans ce château avec les enfants d'usn vieux jardinier qui en était le gardien, et qui souvent nous a montré un anneau scellé au mur d'une des caves. "Il y a une cachette, là, disait-il, j'y ai vu mettre des antiquailles, flambeaux, pendules…" »

Ces révélations surexcitèrent les amis de Godefroy.

Bennetot objecta rapidement :

« Les caves ? Nous les avons visitées.

— Pas bien, affirma Raoul. Je vais vous conduire. »

On y arrivait par un escalier qui descendait de l'extérieur au sous-sol. Deux grandes portes ouvraient sur quelques marches, après lesquelles commençait une série de salles voûtées.

« La troisième à gauche, dit Raoul qui, au cours de ses recherches, avait étudié l'emplacement. Tenez... celle-ci... »

Il les fit entrer tous les cinq dans un caveau obscur où il fallait se baisser.

« On n'y voit goutte, se plaignit Roux d'Estiers.

— En effet, dit Raoul. Mais voilà des allumettes et j'ai aperçu un bout de bougie sur les marches de l'escalier. Un instant... J'y cours. » Il referma la porte du caveau, fit tourner la clef, l'enleva, et s'éloigna en criant aux captifs :

« Allumez toujours les sept branches du chandelier. Vous le trouverez sous la dernière dalle, enveloppé soigneusement dans des toiles d'araignée... »

Il n'était pas dehors qu'il entendit le bruit des coups que les cinq amis frappaient furieusement contre la porte, et il pensa que cette porte, branlante et vermoulue, ne résisterait guère plus que quelques minutes. Mais ce répit lui suffisait.

D'un bond il sauta sur l'esplanade, prit une pioche des mains d'un ouvrier, et courut au neuvième pilier dont il fit sauter le vase. Ensuite il attaqua un chapiteau de ciment, tout fendillé, qui recouvrait les briques, et qui tomba aussitôt en morceaux. Dans l'espace que l'agencement des briques laissait inoccupé, il y avait un mélange de terre et de cailloux d'où Raoul put extraire sans peine une tige de métal rongé, qui était bien une branche de ces grands chandeliers liturgiques que l'on voit sur certains autels.

Un groupe d'ouvriers faisait cercle autour de lui, et ils s'exclamèrent en voyant l'objet que brandissait Raoul. Pour la première fois depuis le matin, une découverte était effectuée.

Peut-être Raoul eût-il gardé son sang-froid et, emportant la tige de métal, eût-il feint de rejoindre les cinq amis afin de la leur remettre. Mais, précisément à cette même minute, des cris s'élevèrent à l'angle du manoir, et Rolleville, suivi des autres, surgit en vociférant :

« Au voleur ! Arrêtez-le ! Au voleur ! »

Raoul piqua une tête dans le groupe des ouvriers et s'enfuit. C'était absurde, comme toute sa conduite depuis un moment d'ailleurs, car enfin, s'il avait voulu gagner la confiance du baron et de ses amis, il n'aurait pas dû les emprisonner dans une cave ni leur dérober ce qu'ils cherchaient. Mais Raoul, en réalité, combattait pour Joséphine Balsamo, et n'avait d'autre but que de lui offrir un jour ou l'autre le trophée qu'il venait de conquérir. Il se sauva donc à toutes jambes.

Le chemin de la grille principale étant défendu, il longea une pièce d'eau, se débarrassa de deux hommes qui voulaient le saisir et, suivi à vingt mètres de toute une horde d'agresseurs qui hurlaient comme des forcenés, déboucha dans un potager que ceignaient de toutes parts des murailles d'une hauteur désespérante.

« Zut, pensa-t-il, je suis bloqué. Ça va être l'hallali, la curée... Quelle chute ! »

Le potager, sur la gauche, était dominé par l'église du village, et le cimetière de l'église se continuait, à l'intérieur du potager, par un tout petit espace clos qui servait jadis de sépulture aux châtelains de Gueures. De fortes grilles l'entouraient. Des ifs s'y pressaient. Or, à la seconde même où Raoul dévalait le long de cet enclos, une porte fut entrebâillée, un bras se tendit et barra la route, une main saisit la main du jeune homme, et Raoul, stupéfait, se vit attiré dans le massif obscur par une femme qui referma aussitôt la porte au nez des assaillants.

Il devina, plutôt qu'il ne reconnut, Joséphine Balsamo.

« Venez », dit-elle, en s'enfonçant au milieu des ifs.

Une autre porte était ouverte dans le mur et donnait la communication avec le cimetière du village.

Au chevet de l'église, une vieille berline démodée, comme on n'en rencontrait déjà plus à cette époque que dans les campagnes, stationnait attelée de deux petits chevaux maigres et peu soignés. Sur le siège, un cocher à barbe grisonnante, dont le dos très voûté bombait sous une blouse bleue.

Raoul et la comtesse s'y engouffrèrent. Personne ne les avait vus.

Elle dit au cocher :

« Léonard, route de Luneray et de Doudeville. Vivement ! »

L'église était à l'extrémité du village. En prenant la route de Luneray, on évitait ainsi l'agglomération des maisons. Une longue côte s'offrait, qui montait sur le plateau. Les deux bidets efflanqués l'enlevèrent à une allure de grands trotteurs qui grimpent la montée d'un hippodrome.

Quant à l'intérieur de cette berline, d'une si mauvaise apparence, il était spacieux, confortable, protégé contre les regards indiscrets par des grillages de bois, et si intime que Raoul tomba à genoux et donna libre cours à son exaltation amoureuse.

Il suffoquait de joie. Que la comtesse fût offensée ou non, il estimait que cette seconde rencontre, se produisant dans des conditions si particulières, et après la nuit du sauvetage, établissait entre eux des relations qui lui permettaient de brûler quelques étapes et de commencer l'entretien par une déclaration en règle.

Il la fit d'un trait, et d'une façon allègre qui eût désarmé la plus farouche des femmes.

« Vous ? C'est vous ? Quel coup de théâtre ! À l'instant où la meute allait me déchirer, voilà que Joséphine Balsamo jaillit de l'ombre et me sauve à mon tour. Ah ! que je suis heureux, et combien je vous aime ! Je vous aime depuis des années… depuis un siècle ! Mais oui, j'ai cent ans d'amour en moi… un vieil amour jeune comme vous… et beau comme vous êtes belle !… Vous êtes si belle !… On ne peut pas vous regarder sans être ému… C'est une joie et, en même temps, on éprouve du désespoir à penser que, quoi qu'il arrive, on ne pourra jamais étreindre tout ce qu'il y a de beauté en vous. L'expression de votre regard, de votre sourire, tout cela restera toujours insaisissable… »

Il frissonna et murmura :

« Oh ! vos yeux se sont tournés vers moi ! Vous ne m'en voulez donc pas ? Vous acceptez que je vous dise mon amour ? »

Elle entrouvrit la portière :

« Si je vous priais de descendre ?

— Je refuserais.

— Et si j'appelais le cocher à mon secours ?

— Je le tuerais.

— Et si je descendais moi-même ?

— Je continuerais ma déclaration sur la route. »

Elle se mit à rire.

« Allons, vous avez réponse à tout. Restez. Mais assez de folies ! Racontez-moi plutôt ce qui vient de vous arriver et pourquoi ces hommes vous poursuivaient. »

Il triompha :

« Oui, je vous raconterai tout, puisque vous ne me repoussez pas… puisque vous acceptez mon amour.

— Mais je n'accepte rien, dit-elle en riant. Vous m'accablez de déclarations, et vous ne me connaissez même pas.

— Je ne vous connais pas !

— Vous m'avez à peine vue, la nuit, à la clarté d'une lanterne.

— Et le jour qui précéda cette nuit, je ne vous ai pas vue ? Je n'ai pas eu le temps de vous admirer, durant cette abominable séance de la Haie d'Étigues ? »

Elle l'observa, soudain sérieuse.

« Ah ! vous avez assisté ?…

— J'étais là, dit-il, avec une ardeur pleine d'enjouement. J'étais là, et je sais qui vous êtes ! Fille de Cagliostro, je vous connais. Bas les masques ! Napoléon Ier vous tutoyait… Vous avez trahi Napoléon III, servi Bismarck, et suicidé le brave général Boulanger ! Vous prenez des bains dans la fontaine de Jouvence. Vous avez cent ans… et je vous aime. »

Elle gardait un pli soucieux qui marquait légèrement son front pur, et elle répéta :

« Ah ! vous étiez là… je le supposais bien. Les misérables, comme ils m'ont fait souffrir !… Et vous avez entendu leurs accusations odieuses ?…

— J'ai entendu des choses stupides, s'écria-t-il, et j'ai vu une bande d'énergumènes qui vous haïssent comme on hait tout ce qui est beau. Mais tout cela n'est que démence et absurdité. N'y pensons pas aujourd'hui. Pour moi, je ne veux me souvenir que des miracles charmants qui naissent sous vos pas comme des fleurs. Je veux croire à votre jeunesse éternelle. Je veux croire que vous ne seriez pas morte si je ne vous avais pas sauvée. Je veux croire que mon amour est surnaturel, et que c'est par enchantement que vous êtes sortie tout à l'heure du tronc d'un if. »

Elle hocha la tête, rassérénée.

« Pour visiter le jardin de Gueures j'avais déjà passé par cette ancienne porte dont la clef était sur la serrure, et, sachant qu'on devait le fouiller ce matin, j'étais à l'affût.

— Miracle, vous dis-je! Et n'en est-ce pas un que ceci? Depuis des semaines et des mois, peut-être davantage, on cherche dans ce parc un chandelier à sept branches, et, pour le découvrir en quelques minutes, au milieu de cette foule et malgré la surveillance de nos adversaires, il m'a suffi de vouloir et de penser au plaisir que vous auriez. »

Elle parut stupéfaite :

« Quoi? Que dites-vous?… Vous auriez découvert?…

— L'objet lui-même, non, mais une des sept branches du chandelier. La voici. »

Joséphine Balsamo s'empara de la tige de métal et l'examina fiévreusement. C'était une tige ronde, assez forte, légèrement ondulée et dont le métal disparaissait sous une couche épaisse de vert-de-gris. L'une des extrémités, un peu aplatie, portait sur une de ses faces une grosse pierre violette, arrondie en cabochon.

« Oui, oui…, murmura-t-elle. Aucun doute possible. La branche a été sciée au ras du socle. Oh! vous ne sauriez croire combien je vous suis reconnaissante!… »

Raoul fit en quelques phrases pittoresques le récit de la bataille. La jeune femme n'en revenait pas.

« Quelle idée avez-vous eue? Pourquoi cette inspiration de démolir le neuvième pilier plutôt qu'un autre? Le hasard?

— Nullement, affirma-t-il. Une certitude. Onze piliers sur douze étaient construits avant la fin du XVIIe siècle. Le neuvième, depuis.

— Comment le saviez-vous?

— Parce que les briques des onze autres sont de dimensions abandonnées depuis deux cents ans, et que les briques du numéro neuf sont celles que l'on emploie encore aujourd'hui. Donc, le numéro neuf a été démoli, puis refait. Pourquoi, sinon pour y cacher cet objet? »

Joséphine Balsamo garda un long silence. Puis elle prononça lentement :

« C'est extraordinaire… Je n'aurais jamais cru que l'on pût réussir de la sorte… et si vite!… là où nous avions tous échoué… Oui, en effet, ajouta-t-elle, voilà un miracle…

— Un miracle d'amour », répéta Raoul.

La voiture filait avec une rapidité inconcevable, souvent par des chemins détournés qui évitaient les traversées de villages. Ni les montées ni les descentes ne rebutaient l'ardeur endiablée des deux petits chevaux maigres. À droite et à gauche, des plaines glissaient et passaient comme des images.

« Beaumagnan était là ? demanda la comtesse.

— Non, dit-il, heureusement pour lui.

— Heureusement ?

— Sans quoi, je l'étranglais. Je déteste ce sombre personnage.

— Moins que moi, fit-elle d'une voix dure.

— Mais vous ne l'avez pas toujours détesté, dit-il, incapable de contenir sa jalousie.

— Mensonges, calomnies, affirma Joséphine Balsamo, sans hausser le ton. Beaumagnan est un imposteur et un déséquilibré, d'un orgueil maladif, et c'est parce que j'ai repoussé son amour qu'il a voulu ma mort. Tout cela, je l'ai dit l'autre jour, et il n'a pas protesté… il ne pouvait pas protester… »

Raoul tomba de nouveau à genoux, dans un transport d'enthousiasme.

« Ah ! les douces paroles, s'écria-t-il. Alors vous ne l'avez jamais aimé ? Quelle délivrance ! Mais aussi bien, était-ce admissible ? Joséphine Balsamo s'éprendre d'un Beaumagnan… »

Il riait et battait des mains.

« Écoutez, je ne veux plus vous appeler ainsi. Joséphine, ce n'est pas un joli nom. Josine, voulez-vous ? C'est cela, je vous appellerai Josine comme vous appelaient Napoléon et votre maman Beauharnais. Convenu, n'est-ce pas ? Vous êtes Josine… ma Josine…

— Du respect, d'abord, dit-elle, en souriant de son enfantillage, je ne suis pas votre Josine.

— Du respect ! Mais j'en suis débordant. Comment ! Nous sommes enfermés l'un près de l'autre… vous êtes sans défense, et je reste prosterné devant vous comme devant une idole. Et j'ai peur ! Et je tremble ! Si vous me donniez votre main à baiser, je n'oserais pas !… »

VI

Policiers et gendarmes

Tout le trajet ne fut qu'une longue adoration. Peut-être bien la comtesse de Cagliostro eut-elle raison de ne pas mettre Raoul à l'épreuve en lui tendant sa main à baiser. Mais, en vérité, s'il avait fait le serment de conquérir la jeune femme, et s'il était résolu à le tenir, il gardait à ses côtés une attitude et des pensées de vénération qui lui laissaient tout juste assez de hardiesse pour l'accabler de discours amoureux.

Écoutait-elle ? Parfois oui, comme on écoute un enfant qui vous raconte joliment son affection. Mais, parfois, elle s'enfermait dans un silence lointain qui décontenançait Raoul.

À la fin, il s'écria :

« Ah ! parlez-moi, je vous en prie. J'essaie de plaisanter pour vous dire des choses que je n'oserais pas vous dire avec trop de sérieux. Mais, au fond, j'ai peur de vous, et je ne sais pas ce que je dis. Je vous en prie, répondez-moi. Quelques mots seulement, qui me rappellent à la réalité.

— Quelques mots seulement ?

— Oui, pas davantage.

— Eh bien, voici. La station de Doudeville est toute proche et le chemin de fer vous attend. »

Il croisa les bras d'un air indigné.

« Et vous ?

— Moi ?

— Oui, qu'allez-vous devenir toute seule ?

— Mon Dieu, dit-elle, je tâcherai de m'arranger comme je l'ai fait jusqu'ici.

— Impossible ! Vous ne pouvez plus vous passer de moi. Vous êtes entrée dans une bataille où mon aide vous est indispensable. Beaumagnan, Godefroy d'Étigues, le prince d'Arcole, autant de bandits qui vous écraseront.

— Ils me croient morte.

— Raison de plus. Si vous êtes morte, comment voulez-vous agir ?

— Ne craignez rien. J'agirai sans qu'ils me voient.

— Mais combien plus facilement par mon intermédiaire ! Non, je vous en prie, et cette fois je parle gravement, ne repoussez pas mon aide. Il est des choses qu'une femme ne peut pas accomplir seule. Par le simple fait que vous poursuivez le même but que ces hommes, et que vous êtes en guerre avec eux, ils ont réussi à monter contre vous le complot le plus ignoble. Ils vous ont accusée de telle sorte, et avec des arguments si solides en apparence, qu'un moment j'ai vu en vous la sorcière et la criminelle que Beaumagnan accablait de sa haine et de son mépris.

« Ne m'en veuillez pas. Dès que vous leur avez tenu tête, j'ai compris mon erreur. Beaumagnan et ses complices ne furent plus en face de vous que des bourreaux odieux et lâches. Vous les dominiez de toute votre dignité et, aujourd'hui, il ne reste plus trace dans mon souvenir de toutes leurs calomnies. Mais il faut accepter que je vous aide. Si je vous ai froissée en vous disant mon amour, il n'en sera plus question. Je ne demande rien que de me dévouer à vous, comme on se consacre à ce qui est très beau et très pur. »

Elle céda. Le bourg de Doudeville fut dépassé. Un peu plus loin, sur la route d'Yvetot, la voiture s'engagea dans une cour de ferme bordée de hêtres et plantée de pommiers, et s'y arrêta.

« Descendons, dit la comtesse. Cette cour appartient à une brave femme, la mère Vasseur, dont l'auberge est à quelque distance et que j'ai eue comme cuisinière. Je viens parfois me reposer chez elle deux ou trois jours. Nous y déjeunerons… Léonard, on part dans une heure. »

Ils reprirent la grand-route. Elle avançait d'un pas léger, semblable au pas d'une toute jeune fille. Elle portait une robe grise qui lui serrait la taille, et un chapeau mauve à brides de velours et à bouquets de violettes. Raoul d'Andrésy marchait un peu en arrière pour ne pas la quitter des yeux.

Après le premier tournant s'élevait une petite bâtisse blanche coiffée d'un toit de chaume, et précédée d'un jardin de curé où les fleurs foisonnaient. On entrait de plain-pied dans une salle de café qui occupait toute la façade.

« Une voix d'homme, observa Raoul, en montrant une des portes qui marquaient le mur du fond.

— C'est précisément la pièce où elle me sert à déjeuner. Elle s'y trouve sans doute avec quelques paysans. »

Elle n'avait pas achevé que cette porte s'ouvrit et qu'une femme assez âgée, ceinte d'un tablier de cotonnade et chaussée de sabots, apparut.

À la vue de Joséphine Balsamo, elle sembla bouleversée, et ferma la porte derrière elle, en bégayant de façon incompréhensible.

« Qu'y a-t-il ? » demanda Joséphine Balsamo d'une voix inquiète.

La mère Vasseur tomba assise et balbutia :

« Allez-vous-en… sauvez-vous… vite…

— Mais pourquoi ? parlez donc ! expliquez-vous… »

On entendit ces quelques mots :

« La police… on vous cherche… On a fouillé la chambre où j'ai mis vos malles… On attend les gendarmes… Sauvez-vous, ou vous êtes perdue. »

À son tour, la comtesse chancela et fut prise d'une défaillance qui la contraignit à s'appuyer contre un buffet. Ses yeux rencontrèrent ceux de Raoul et le supplièrent, comme si elle se sentait perdue, en effet, et qu'elle implorât son secours.

Il était confondu. Il prononça :

« Que vous importent les gendarmes ? Ce n'est pas vous qu'ils cherchent… Alors ?

— Si, si, c'est elle, répéta la mère Vasseur… on la cherche… sauvez-la. »

Très pâle, sans apercevoir encore la signification exacte d'une scène dont il devinait la gravité tragique, il saisit le bras de la comtesse, l'entraîna vers la sortie et la poussa dehors.

Mais, ayant franchi le seuil la première, elle recula avec effroi et murmura :

« Les gendarmes !... ils m'ont vue !... »

Tous deux rentrèrent en hâte. La mère Vasseur tremblait de tous ses membres et chuchotait stupidement :

« Les gendarmes... la police...

— Silence, fit à voix basse Raoul qui demeurait fort calme. Silence ! je réponds de tout. Combien sont-ils de la police ?

— Deux.

— Et deux gendarmes. Donc rien à faire par la force, on est cernés. Où se trouvent les malles qu'ils ont visitées ?

— Au-dessus.

— Et l'escalier qui conduit au-dessus ?

— Ici.

— Bien. Restez là, vous, et tâchez de ne pas vous trahir. Encore une fois, je réponds de tout ! »

Il reprit la main de la comtesse et se dirigea vers la porte désignée. L'escalier était une sorte d'échelle de perroquet qui conduisait à une chambre mansardée où l'on avait répandu toutes les robes et tout le linge que pouvaient contenir des malles. Quand ils y parvinrent, les deux policiers rentraient dans le café, et lorsque Raoul, à pas sourds, se fut approché de la fenêtre pratiquée au milieu du chaume, il avisa les deux gendarmes qui descendaient de cheval et attachaient leurs montures aux piliers du jardin.

Joséphine Balsamo ne bougeait pas. Raoul remarqua sa figure décomposée que l'angoisse contractait et vieillissait.

Il lui dit :

« Vite ! il faut que vous changiez de vêtements. Mettez une de vos autres robes... une noire de préférence. »

Il retourna vers la fenêtre, d'où il vit au-dessous de lui les policiers et les gendarmes qui s'entretenaient dans le jardin. Quand elle eut fini de s'habiller, il saisit la robe grise qu'elle venait de quitter et s'en revêtit. Il était mince, de taille svelte : la robe dont il baissa la jupe afin de recouvrir ses pieds lui allait à merveille, et il semblait si ravi de ce déguisement et si tranquille, que la jeune femme parut se rassurer.

« Écoutez-les », dit-il.

On distinguait nettement la conversation que tenaient les quatre hommes au seuil de la salle, et ils entendirent l'un d'eux – un des gendarmes sans doute – qui demandait d'une grosse voix traînante :

« Vous êtes bien certains qu'elle habitait là, à l'occasion ?

— Sûrs et certains. La preuve… deux de ses malles qu'elle y a laissées en dépôt, et dont l'une porte son nom : Mme Pellegrini. Et puis, la mère Vasseur est une brave femme, n'est-ce pas ?

— Plus brave que la mère Vasseur, il n'y en a pas ; on la connaît dans toute la région !

— Eh bien ! la mère Vasseur déclare que cette dame Pellegrini venait de temps à autre passer quelques jours chez elle.

— Parbleu ! entre deux coups de cambriole.

— Tout juste.

— Alors ce serait une bonne capture que la dame Pellegrini ?

— Excellente. Vols qualifiés. Escroqueries. Recel. Bref tout le diable et son train… sans compter des tas de complices.

— On a son signalement ?

— Oui et non.

— On a deux portraits qui sont tout différents. L'un d'eux est jeune, l'autre vieux. Quant à l'âge, c'est marqué entre trente et soixante. »

Ils éclatèrent de rire, puis la grosse voix reprit :

« Mais vous êtes sur la piste ?

— Oui et non. Il y a quinze jours elle opérait à Rouen et à Dieppe. Là on perd sa trace. On la retrouve sur la grande ligne du chemin de fer, et on la perd de nouveau. A-t-elle continué vers Le Havre ou bifurqué vers Fécamp ? Impossible de le savoir. Disparition totale. Nous pataugeons.

— Et ici, pourquoi êtes-vous venus ?

— Le hasard. Un employé de la gare, qui avait roulotté les malles jusque-là, s'est souvenu de ce nom de Pellegrini, inscrit sur l'une d'elles à un endroit caché par une étiquette qui s'était décollée.

— Vous avez interrogé d'autres voyageurs, des clients de l'auberge ?

— Oh ! les clients sont rares ici.

— Il y a toujours bien une dame que nous avons avisée tout à l'heure en arrivant.

— Une dame ?

— Pas d'erreur. Nous étions encore à cheval quand elle est sortie de la maison, par cette porte. Même qu'elle y est rentrée d'un coup, comme si elle ne voulait pas être vue.

— Impossible !… une dame dans l'auberge ?…

— Une particulière en gris. Pour ce qui serait de la reconnaître, non. Mais la couleur de la robe, oui… Et le chapeau aussi… un chapeau avec des fleurs violettes… »

Les quatre hommes se turent.

Toute cette conversation, Raoul et la jeune femme l'avaient écoutée sans un mot, les yeux dans les yeux. À chaque preuve nouvelle, le visage de Raoul devenait plus dur. Elle, pas une fois, ne protesta.

« Ils viennent… ils viennent… prononça-t-elle sourdement.

— Oui, dit-il. C'est le moment d'agir… Sinon, ils montent et vous trouvent dans cette chambre. »

Elle avait gardé son chapeau. Il le lui enleva et s'en coiffa, rabattant un peu les ailes pour bien dégager les fleurs violettes, et nouant les brides autour de son cou, ce qui lui masquait le visage. Puis il donna ses dernières instructions.

« Je vais vous ouvrir le chemin. Dès qu'il sera libre, vous vous en irez tranquillement par la route jusqu'à la cour de ferme où votre voiture est garée. Prenez-y place, et que Léonard ait les guides en main…

— Et vous ? dit-elle.

— Je vous rejoins dans vingt minutes.

— S'ils vous arrêtent ?

— Ils ne m'arrêteront pas, et vous non plus. Mais pas de précipitation. Ne courez pas. Du sang-froid. »

Il s'était approché de la fenêtre. Il se pencha. Les hommes entraient. Il enjamba le rebord, sauta dans le jardin, poussa un cri comme s'il apercevait des gens qui l'effrayaient et s'enfuit à toutes jambes.

Aussitôt, derrière lui, des clameurs.

« C'est elle !… Une robe grise !… Du violet au chapeau ! Halte, ou je fais feu… »

D'un bond il franchit la route et s'engagea dans les terres labourées, au sortir desquelles il escalada le talus d'une ferme qu'il traversa en biais. De nouveau, un talus. Puis des champs. Puis un sentier qui longeait une autre ferme entre deux haies de ronces.

Il se retourna : les assaillants, un peu distancés, ne pouvaient le voir. En une seconde il se débarrassa de la robe et du chapeau et les jeta au milieu des fourrés. Ensuite il mit sa casquette de matelot, alluma une cigarette, et s'en revint, les mains dans ses poches.

Au coin de la ferme, les deux policiers surgirent et se heurtèrent à lui, tout essoufflés.

« Hé! le matelot?... Vous avez rencontré une femme, hein? une femme en gris? »

Il affirma :

« Bien sûr... une femme qui courait, n'est-ce pas?... une vraie folle...

— C'est ça... Et alors?

— Elle est entrée dans la ferme.

— Comment?

— La barrière...

— Il y a longtemps?

— Pas vingt secondes. »

Les hommes s'en allèrent en hâte, Raoul continua son chemin, salua d'un petit bonjour amical les gendarmes qui arrivaient, et, d'un pas nonchalant, gagna la route un peu au-delà de l'auberge et tout près du tournant.

Cent mètres plus loin c'étaient les hêtres et les pommiers de la cour où la voiture attendait.

Léonard était sur son siège, le fouet en main. Joséphine Balsamo, à l'intérieur, tenait la portière ouverte.

Il ordonna :

« Vers Yvetot, Léonard.

— Comment, objecta la comtesse, mais nous allons passer devant l'auberge!

— L'essentiel, c'est que l'on ne nous voie pas sortir d'ici. Or, la route est déserte. Profitons-en... Au petit trot, Léonard... Une allure de corbillard qui retourne à vide. »

Ils passèrent en effet devant l'auberge. À ce moment les policiers et les gendarmes revenaient à travers champs. L'un d'eux agitait la robe grise et le chapeau. Les autres gesticulaient.

« Ils ont trouvé vos affaires, dit-il, et savent à quoi s'en tenir. Ce n'est plus vous qu'ils cherchent, c'est moi, le matelot rencontré. Quant à la voiture, ils n'y font même pas attention. Et si on leur disait que nous sommes dans cette berline, vous la dame Pellegrini, et moi le matelot complice, ils éclateraient de rire.

— Ils vont interroger la mère Vasseur.

— Qu'elle se débrouille ! »

Quand ils eurent perdu le groupe de vue, Raoul pressa l'allure de l'attelage…

« Oh ! oh ! dit-il, comme les deux chevaux s'élançaient au premier coup de fouet, les pauvres bêtes n'iront pas loin. Depuis le temps qu'elles trottent !

— Depuis ce matin, dit-elle, depuis Dieppe, où j'ai couché cette nuit.

— Et nous allons ?

— Jusqu'aux bords de la Seine.

— Fichtre ! Seize ou dix-sept lieues dans une journée à ce train-là ! C'est fabuleux. »

Elle ne répondit pas.

Entre les deux vitres d'avant il y avait un mince filet de glace dans lequel il pouvait la voir. Elle avait mis une robe plus foncée et une toque légère d'où tombait un voile assez épais qui lui enveloppait toute la tête. Elle le dénoua et tira d'un vide-poches placé au-dessous du filet de glace un petit sac en cuir qui contenait un vieux miroir à manche et à monture d'or, et des objets de toilette, bâton de rouge, brosses…

Ayant pris le miroir, elle y contempla longuement son visage fatigué et vieilli.

Puis elle y versa quelques gouttes d'une mince fiole et frotta la surface mouillée avec un chiffon de soie. Et de nouveau elle se regarda.

Raoul ne comprit pas d'abord et ne remarqua que l'expression sévère des yeux et cette mélancolie de la femme devant son image abîmée.

Dix minutes, quinze minutes se passèrent ainsi dans le silence et dans l'effort visible d'un regard où toute la pensée et toute la volonté se concentraient. Ce fut le sourire qui le premier apparut, hésitant, timide comme un rayon de soleil hivernal. Au bout d'un instant, il devint plus hardi et révéla son action par de petits détails qui surgissaient aux yeux étonnés de Raoul. Le coin de la bouche remonta davantage. La peau s'imprégna de couleur. La chair sembla se raffermir. Les joues et le menton retrouvèrent leur pur dessin, et toute la grâce illumina la belle et tendre figure de Joséphine Balsamo.

Le miracle était accompli.

« Miracle? se dit Raoul. Non. Ou, tout au plus, miracle de volonté. Influence d'une pensée claire et tenace qui n'accepte pas la déchéance, et qui rétablit la discipline là où il y avait désordre et fléchissement. Pour le reste, flacon, élixir merveilleux, simple comédie. »

Il prit le miroir qu'elle avait reposé et l'examina. C'était évidemment l'objet décrit au cours de la réunion d'Étigues, celui dont la comtesse de Cagliostro se servait devant l'impératrice Eugénie. Les bords en étaient guillochés, la plaque d'or par-derrière toute meurtrie de coups.

Sur la poignée, une couronne de comte, une date (1783), et la liste des quatre énigmes. Raoul, qui éprouvait le besoin de la blesser, ricana :

« Votre père vous a légué un miroir précieux. Grâce à ce talisman on se remet des émotions les plus désagréables.

— Il est de fait, dit-elle, que j'ai perdu la tête. Cela m'arrive rarement, et j'ai tenu bon dans des circonstances plus graves que celle-ci.

— Oh! oh! plus graves… », dit-il avec un doute ironique.

Ils n'échangèrent plus une seule parole. Les chevaux continuaient à trotter d'un même rythme égal. Les grandes plaines de Caux, toujours semblables et toujours diverses, déroulaient de vastes horizons plantés de fermes et de bosquets.

La comtesse de Cagliostro avait baissé son voile. Raoul sentit que cette femme, qui était si proche de lui deux heures plus tôt et à laquelle il offrait si joyeusement son amour, s'éloignait tout à coup, jusqu'à devenir une étrangère. Plus de contact entre eux. L'âme mystérieuse s'entourait de ténèbres épaisses et ce qu'il en pouvait apercevoir était si différent de ce qu'il avait imaginé !

Âme de voleuse… âme furtive et inquiète, ennemie du grand jour… était-ce possible ! Comment admettre que ce visage naïf comme celui d'une vierge ignorante, que ce regard aussi limpide que l'eau d'une source, ne fussent qu'une apparence mensongère ?

Il était déçu au point que, en traversant la petite ville d'Yvetot, il ne songeait qu'à s'enfuir. Il manqua de décision, ce qui redoubla sa colère. Le souvenir de Clarisse d'Étigues lui vint à l'esprit, et, par revanche, il évoqua un moment la douce et tendre jeune fille qui s'était abandonnée si noblement.

Mais Joséphine Balsamo ne lâchait pas sa proie. Si flétrie qu'elle lui parût, si déformée que fût l'idole, elle était là ! Une odeur enivrante se dégageait d'elle. Il frôlait ses vêtements. D'un geste il pouvait prendre sa main et baiser cette chair parfumée. Elle était toute la passion, tout le désir, toute la volupté, tout le mystère troublant de la femme. Et de nouveau le souvenir de Clarisse d'Étigues s'évanouit.

« Josine ! Josine ! » murmura-t-il, si bas qu'elle ne l'entendit point.

À quoi bon d'ailleurs crier son amour et sa peine ? Pouvait-elle lui rendre la confiance perdue et retrouver à ses yeux le prestige qu'elle n'avait plus ?

On approchait de la Seine. Au haut de la côte qui descend à Caudebec, ils tournèrent à gauche, parmi les collines boisées qui dominent la vallée de Saint-Wandrille. Ils longèrent les ruines de la célèbre abbaye, suivirent le cours d'eau qui la baigne, parvinrent en vue du fleuve, et prirent la route de Rouen.

Un instant plus tard, la voiture stoppait, et Léonard repartait aussitôt, après avoir déposé les deux voyageurs sur la lisière d'un petit bois d'où l'on découvrait la Seine. Une prairie toute frissonnante de roseaux les en séparait.

Joséphine Balsamo offrit la main à son compagnon et lui dit :

« Adieu, Raoul. Un peu plus loin, vous trouverez la station de La Mailleraie.

— Et vous ? demanda-t-il.

— Oh ! moi, mon domicile est tout proche.

— Je ne vois pas…

— Si. Cette péniche que l'on devine là-bas, entre les branches.

— Je vous conduis. »

Une digue étroite coupait la prairie au milieu des roseaux. La comtesse s'y engagea, suivie de Raoul.

Ils arrivèrent ainsi sur un terre-plein, et tout près de la péniche que masquait encore un rideau de saules. Personne ne pouvait les voir ni les entendre. Ils étaient seuls sous le grand ciel bleu. Là s'écoulèrent entre eux quelques-unes de ces minutes dont on garde toujours le souvenir et qui influent sur toute la destinée.

« Adieu, dit encore Joséphine Balsamo. Adieu… »

Il hésitait devant cette main tendue pour l'adieu suprême.

« Vous ne voulez pas me serrer la main ? demanda-t-elle.

— Oui… oui… murmura-t-il. Mais pourquoi se quitter ?

— Parce que nous n'avons plus rien à nous dire.

— Plus rien, en effet, et cependant nous n'avons rien dit. »

Il finit par prendre entre ses mains la main tiède et souple, et il prononça :

« Les paroles de ces hommes… leurs accusations dans l'auberge, est-ce donc la vérité ? »

Il souhaitait une explication, même mensongère, qui lui eût permis de conserver un doute, mais elle parut surprise et riposta :

« Qu'est-ce que cela peut vous faire ?

— Comment ?

— Oui, on croirait vraiment que ces révélations peuvent influer sur votre conduite.

— Que voulez-vous dire ?

— Mon Dieu, rien que de très simple. Je veux dire que j'aurais compris votre émoi devant la confirmation des crimes monstrueux dont Beaumagnan et le baron d'Étigues m'ont accusée faussement et bêtement, mais il n'en est pas question aujourd'hui.

— Tout de même, je me souviens de leurs accusations.

— De leurs accusations contre celle dont je leur ai donné le nom, contre la marquise de Belmonte. Mais il ne s'agit pas de crimes, et ce que le hasard vous a divulgué tantôt, que vous importe ? »

Il fut interloqué par cette demande inattendue. Elle souriait en face de lui, très à l'aise, et elle reprit, un peu ironique à son tour :

« Sans doute est-ce le vicomte Raoul d'Andrésy qui est choqué dans ses idées ? Le vicomte Raoul d'Andrésy doit avoir évidemment des conceptions morales, la délicatesse d'un gentilhomme…

— Et quand cela serait ? dit-il, quand j'éprouverais quelque désillusion…

— À la bonne heure ! fit-elle. Voilà le grand mot lâché ! Vous êtes déçu. Vous couriez après un beau rêve et tout s'évanouit. La femme vous apparaît telle qu'elle est. Répondez franchement puisque nous en sommes aux explications loyales. Vous êtes déçu, hein ? »

Il dit le mot, d'un ton sec :

« Oui. »

Il y eut un silence. Elle le regardait profondément, et elle chuchota :

« Je suis une voleuse, n'est-ce pas ? Voilà ce que vous voulez dire. Une voleuse ?

— Oui. »

Elle sourit et prononça :

« Et vous ? »

Et, comme il se rebiffait, elle le saisit rudement à l'épaule, et lui jeta avec un tutoiement impérieux :

« Et toi, mon petit ? Qu'est-ce que tu es ? Car enfin, il faudrait bien étaler ton jeu aussi. Qui es-tu ?

— Je m'appelle Raoul d'Andrésy.

— Des blagues ! Tu t'appelles Arsène Lupin. Ton père, Théophraste Lupin, qui cumulait le métier de professeur de boxe et de savate avec la profession plus lucrative d'escroc, fut condamné et emprisonné aux États-Unis où il mourut. Ta mère reprit son nom de jeune fille et vécut en parente pauvre chez un cousin éloigné, le duc de Dreux-Soubise. Un jour, la duchesse constata la disparition d'un joyau de la plus grande valeur historique, qui n'était autre que le fameux Collier de la Reine Marie-Antoinette. Malgré toutes les recherches on ne sut jamais qui était l'auteur de ce vol, exécuté avec une hardiesse et une habileté diaboliques. Moi, je le sais. C'était toi. Tu avais six ans. »

Raoul écoutait, pâle de fureur et la mâchoire contractée. Il murmura :

« Ma mère était malheureuse, humiliée, j'ai voulu l'affranchir.

— En volant ?

— J'avais six ans.

— Aujourd'hui, tu en as vingt, ta mère est morte, tu es solide, intelligent, plein d'énergie. Comment vis-tu ?

— Je travaille.

— Oui, dans la poche des autres. »

Elle ne lui laissa pas le temps de protester.

« Ne dis rien, Raoul. Je connais ta vie jusqu'en ses moindres détails et je pourrais te raconter sur toi des choses de cette année, et d'autres plus anciennes, car je te suis depuis bien longtemps, et tout ce que je te dirais ne serait certainement pas plus beau que ce que tu as entendu tout à l'heure, dans l'auberge. Policiers ? Gendarmes ? Perquisitions ? Poursuites ?... tu as passé par tout cela, toi aussi, et n'as pas vingt ans ! Alors est-ce bien la peine de se le reprocher ? Non, Raoul. Puisque je connais ta vie, et puisque le hasard te montre un coin de la mienne, jetons tous deux un voile là-dessus. L'acte de voler n'est pas beau : détournons les yeux et taisons-nous. »

Il demeura silencieux. Une grande lassitude l'envahissait. Il voyait tout à coup l'existence sous un jour de brume et de détresse où plus rien n'avait de couleur, plus rien de beauté ni de grâce. Il avait envie de pleurer.

« Pour la dernière fois, Raoul, adieu, dit-elle.

— Non... non... balbutia-t-il.

— Il le faut, mon petit. Je ne te ferais que du mal. Ne cherche pas à mêler ta vie à la mienne. Tu as de l'ambition, de l'énergie, et de telles qualités que tu peux choisir ta route. »

Elle dit plus bas :

« Celle que je suis n'est pas la bonne, Raoul.

— Pourquoi la suivez-vous, Josine ? Voilà justement ce qui m'effraie.

— Il est trop tard.

— Pour moi aussi, alors !

— Non, tu es jeune. Sauve-toi. Échappe au destin qui te menace.

— Mais vous, vous, Josine ?...

— Moi, c'est ma vie.

— Vie affreuse, dont vous souffrez.

— Si tu le crois, pourquoi veux-tu la partager ?

— Parce que je vous aime.

— Raison de plus pour me fuir, mon petit. Tout amour est condamné d'avance entre nous. Tu rougirais de moi, et je me défierais de toi.

— Je vous aime.

— Aujourd'hui. Mais demain ? Raoul, obéis à l'ordre que je t'ai donné sur ma photographie, dès la première nuit de notre rencontre : "Ne cherchez pas à me revoir." Va-t'en.

— Oui, oui, dit Raoul d'Andrésy, d'une voix lente. Vous avez raison. Mais c'est terrible de penser que tout sera fini entre nous avant même que j'aie eu le temps d'espérer... et que vous ne vous souviendrez pas de moi.

— On n'oublie pas celui qui vous a sauvé deux fois.

— Non, mais vous oublierez que je vous aime. »

Elle hocha la tête.

« Je ne l'oublierai pas », dit-elle. Et, cessant de le tutoyer, elle ajouta avec émotion :

« Votre enthousiasme, votre élan... tout ce qu'il y a en vous de sincère et de spontané... et d'autres choses que je ne démêle pas encore... tout cela me touche infiniment. »

Ils gardaient leurs deux mains l'une dans l'autre, et leurs yeux ne se quittaient pas. Raoul frémissait de tendresse. Elle lui dit doucement :

« Quand on se sépare pour toujours, on doit se rendre ce que l'on s'est donné. Rendez-moi mon portrait, Raoul ?

— Non, non, jamais, fit-il.

— Alors, moi, dit-elle avec un sourire qui le grisa, je serai plus honnête et je vous rendrai loyalement ce que vous m'avez donné.

— Quelle chose, Josine ?

— La première nuit… dans la grange… tandis que je dormais, Raoul, vous vous êtes penché sur moi et j'ai senti vos lèvres sur les miennes. »

De ses mains croisées derrière le cou de Raoul, elle attirait la tête du jeune homme, et leurs bouches s'unirent.

« Ah ! Josine, dit-il éperdu… faites de moi ce que vous voulez, je vous aime… je vous aime… »

Ils marchèrent du côté de la Seine. Les roseaux se balançaient au-dessus d'eux. Leurs vêtements froissaient les longues feuilles minces que la brise agitait. Ils allaient vers le bonheur, sans autres pensées que celles qui font tressaillir les amants dont les mains se croisent.

« Un mot encore, Raoul, lui dit-elle en l'arrêtant. Un mot. Je sens qu'avec vous je serai violente, exclusive. Il n'y a pas d'autre femme dans votre vie ?

— Aucune.

— Ah ! dit-elle, amèrement, un mensonge déjà !

— Un mensonge ?

— Et Clarisse d'Étigues ? Oui, vous aviez des rendez-vous dans la campagne. On vous a vus. »

Il s'irrita.

« Vieille histoire… un flirt sans importance.

— Vous le jurez ?

— Je le jure.

— Tant mieux, dit-elle d'une voix sombre. Tant mieux pour elle. Et que jamais elle ne se glisse entre nous ! Sans quoi… »

Il l'entraîna.

« Je n'aime que vous, Josine, je n'ai jamais aimé que vous. Ma vie commence aujourd'hui. »

VII

Les délices de Capoue

La Nonchalante était une péniche semblable à toutes les autres, assez vieille, de peinture défraîchie, mais bien astiquée et bien entretenue par un ménage de mariniers qu'on appelait M. et Mme Delâtre. À l'extérieur, on ne voyait pas grand-chose de ce que pouvait transporter *La Nonchalante*, quelques caisses, de vieux paniers, des barriques, voilà tout. Mais si l'on se glissait sous le pont à l'aide de l'échelle, il était facile de constater qu'elle ne transportait absolument rien.

Tout l'intérieur était distribué en trois menues pièces confortables et reluisantes, deux cabines séparées par un salon. C'est là que Raoul et Joséphine Balsamo vécurent pendant un mois. Les époux Delâtre, personnages muets et hargneux, avec qui, plusieurs fois, Raoul essaya vainement de lier conversation, s'occupaient du ménage et de la cuisine. De temps à autre un petit remorqueur venait chercher *La Nonchalante* et lui faisait remonter une boucle de la Seine.

Toute l'histoire du joli fleuve se déroulait ainsi en paysages charmants où ils allaient se promener en se tenant par la taille... La forêt de Brotonne, les ruines de Jumièges, l'abbaye de Saint-Georges, les collines de la Bouille, Rouen, Pont-de-l'Arche...

Semaines de bonheur intense ! Raoul y dépensa des trésors de gaieté et d'enthousiasme. Les spectacles merveilleux, les belles églises gothiques, les couchers de soleil et les clairs de lune, tout lui était prétexte à déclarations enflammées.

Josine, plus silencieuse, souriait comme dans un rêve heureux. Chaque jour la rapprochait davantage de son amant. Si elle avait obéi d'abord à un caprice, elle subissait maintenant la loi d'un amour qui lui faisait battre le cœur et lui apprenait la souffrance de trop aimer.

Du passé, de sa vie secrète, jamais un mot. Une fois cependant, il y eut, à ce sujet, quelques propos échangés. Comme Raoul la plaisantait sur ce qu'il appelait le miracle de son éternelle jeunesse, elle répondit :

« Un miracle, c'est ce qu'on ne comprend pas. Exemple : Nous parcourons vingt lieues en un jour… tu cries au miracle. Mais, avec un peu d'attention, tu te serais rendu compte que la distance a été couverte, non par deux, mais par quatre chevaux, Léonard ayant dételé et changé de bêtes à Doudeville dans la cour de la ferme, où un relais était préparé.

— Bien joué, s'écria le jeune homme ravi.

— Autre exemple. Personne au monde ne sait que tu te nommes Lupin. Or te dirai-je que, la nuit même où tu m'as sauvée de la mort, je te connaissais sous ton vrai nom ?… Miracle ? Nullement. Tu comprends bien que tout ce qui touche au comte de Cagliostro m'intéresse, et qu'il y a quatorze ans, quand j'ai entendu parler de la disparition du Collier de la Reine, chez la duchesse de Dreux-Soubise, j'ai fait une enquête minutieuse, qui me permit d'abord de remonter jusqu'au jeune Raoul d'Andrésy, ensuite jusqu'au jeune Lupin, fils de Théophraste Lupin. Plus tard, je retrouvai ta trace dans plusieurs affaires. J'étais fixée. »

Raoul réfléchit quelques secondes, puis prononça très sérieusement :

« À cette époque, ma Josine, ou bien tu avais une dizaine d'années, et il est prodigieux qu'une enfant de cet âge réussisse une enquête où tout le monde échoua ; ou bien tu avais le même âge qu'aujourd'hui, ce qui est encore plus prodigieux, ô fille de Cagliostro ! »

Elle fronça le sourcil. La plaisanterie semblait lui être désagréable.

« Ne parlons jamais de cela, veux-tu, Raoul ?

— Regrettable ! dit Raoul un peu vexé d'avoir été découvert en tant qu'Arsène Lupin, et qui désirait une revanche. Rien au monde ne me passionne plus que le problème de ton âge et de tes divers exploits depuis un siècle. J'ai là-dessus quelques idées personnelles qui ne manquent pas d'intérêt. »

Elle l'observa, curieuse malgré tout. Raoul profita de son hésitation, et il reprit aussitôt d'un ton légèrement gouailleur :

« Mon argumentation s'appuie sur deux axiomes : 1° comme tu l'as dit, il n'y a pas de miracle ; 2° tu es la fille de ta mère. »

Elle sourit :

« Cela débute bien.

— Tu es la fille de ta mère, répéta Raoul, ce qui signifie qu'il y a d'abord eu une comtesse de Cagliostro. À vingt-cinq ou trente ans, celle-là éblouit de sa beauté le Paris de la fin du Second Empire, et intrigua la cour de Napoléon III. Avec l'aide de son soi-disant frère qui l'accompagnait (frère, ami ou amant, n'importe !), elle avait machiné toute l'histoire de la filiation Cagliostro, et préparé les faux documents dont la police se servit pour renseigner Napoléon III sur la fille de Joséphine de Beauharnais et de Cagliostro. Expulsée, elle passa en Italie, en Allemagne, puis disparut... pour ressusciter vingt-quatre ans plus tard, sous les traits identiques de son adorable fille, deuxième comtesse de Cagliostro, ici présente. Nous sommes bien d'accord ? »

Josine ne répondit point, impassible. Il continua :

« Entre la mère et la fille, ressemblance parfaite... si parfaite que l'aventure recommence tout naturellement. Pourquoi deux comtesses ? Il n'y en aura qu'une seule, l'unique, la vraie, celle qui a hérité des secrets de son père Joseph Balsamo, comte de Cagliostro. Et lorsque Beaumagnan fait son enquête, il en arrive inévitablement à retrouver les documents qui ont déjà égaré la police de Napoléon, et la série des portraits et miniatures, qui attestent l'unité de la toujours jeune femme, et qui font remonter son origine jusqu'à la Vierge de Bernardino Luini à qui le hasard l'a si étrangement assimilée.

« D'ailleurs, il y a un témoin : le prince d'Arcole. Le prince d'Arcole a vu jadis la comtesse de Cagliostro. Il l'a conduite à Modane. Il la revoit à Versailles. Quand il l'aperçoit, un cri lui échappe : "C'est elle ! Et elle a le même âge !"

« Sur quoi tu l'accables sous un monde de preuves : le récit des quelques mots échangés à Modane entre ta mère et lui, récit que tu as lu dans le journal très minutieux que ta mère tenait de ses moindres actions. Ouf! Voilà le fonds et le tréfonds de l'aventure. Et c'est très simple. Une mère et une fille qui se ressemblent, et dont la beauté évoque une image de Luini. Un point, c'est tout. Il y a bien la marquise de Belmonte. Mais je suppose que la ressemblance de cette dame avec toi est assez vague, et qu'il a fallu la bonne volonté et le cerveau détraqué du sieur Beaumagnan pour vous confondre toutes deux. En résumé, rien de dramatique, une intrigue amusante et bien menée. J'ai dit. »

Raoul se tut. Il lui sembla que Joséphine Balsamo avait un peu pâli et que sa figure se contractait. À son tour, elle devait être vexée, et cela le fit rire.

« J'ai touché juste, hein ? » dit-il.

Elle se déroba.

« Mon passé m'appartient, dit-elle, et mon âge n'importe à personne. Tu peux croire ce qui te plaît à ce propos. »

Il se jeta sur elle et l'embrassa furieusement.

« Je crois que tu as cent quatre ans, Joséphine Balsamo, et rien n'est plus délicieux que le baiser d'une centenaire. Quand je pense que tu as peut-être connu Robespierre, et peut-être Louis XVI. »

L'incident ne se renouvela pas. Raoul d'Andrésy sentait si nettement l'irritation de Joséphine Balsamo à la moindre tentative indiscrète qu'il n'osa plus la questionner. D'ailleurs ne savait-il pas la vérité exacte ?

Certes, il la savait, et aucun doute ne demeurait en son esprit. Néanmoins, la jeune femme conservait tout un prestige mystérieux qu'il subissait malgré lui et dont il éprouvait quelque rancune.

À la fin de la troisième semaine, Léonard refit son apparition. Un matin, Raoul avisa la berline aux deux petits chevaux efflanqués de la comtesse qui s'en allait.

Elle ne revint que le soir. Léonard transporta sur *La Nonchalante* des ballots ficelés dans des serviettes, qu'il laissa glisser par une trappe dont Raoul ignorait l'existence.

La nuit, Raoul, ayant réussi à ouvrir la trappe, visita les ballots. Ils contenaient d'admirables dentelles et des chasubles précieuses.

Le surlendemain, nouvelle expédition. Résultat : une magnifique tapisserie du XVIe siècle.

Ces jours-là Raoul s'ennuyait fort. Aussi, à Mantes, se trouvant encore seul, il loua une bicyclette et roula quelque temps à travers la campagne. Après avoir déjeuné, il aperçut, au sortir d'une petite ville, une vaste maison dont le jardin était rempli de gens. Il s'approcha. On vendait aux enchères de beaux meubles et des pièces d'argenterie.

Désœuvré, il fit le tour de la maison. Un des pignons se dressait dans une partie déserte du jardin, et au-dessus d'un bosquet feuillu. Sans trop savoir à quelle impulsion il obéissait, Raoul, avisant une échelle, la dressa, monta et enjamba le rebord d'une fenêtre ouverte.

Il y eut un léger cri à l'intérieur. Raoul aperçut Joséphine Balsamo, qui se reprit aussitôt et lui dit d'un ton très naturel :

« Tiens, c'est vous, Raoul ? Je suis en train d'admirer une collection de petits livres reliés... Des merveilles ! Et d'une rareté ! »

Ce fut tout. Raoul examina les livres et empocha trois elzévirs, tandis que la comtesse, à l'insu de Raoul, faisait main basse sur les médailles d'une vitrine.

Ils redescendirent l'escalier. Dans le tumulte de la foule, personne ne remarqua leur départ.

À trois cents mètres de distance la voiture attendait.

Dès lors, à Pontoise, à Saint-Germain, à Paris, où *La Nonchalante*, amarrée en face même de la préfecture de police, continuait à leur servir de logis, ils « opérèrent » ensemble.

Si le caractère renfermé et l'âme énigmatique de la Cagliostro ne se démentaient pas dans l'accomplissement de ces besognes, la nature primesautière de Raoul reprenait peu à peu le dessus, et chaque fois l'opération finissait en éclats de rire.

« Tant qu'à faire, disait-il, puisque j'ai tourné le dos au sentier de la vertu, prenons les choses allégrement, et non pas sur le mode funèbre... comme toi, ma Josine. »

À chaque épreuve, il se découvrait des talents imprévus et des ressources qu'il ignorait. Parfois, dans un magasin, aux courses, au théâtre, sa compagne entendait un petit claquement de langue joyeux, et elle voyait alors aux mains de son amant une montre, à sa cravate une épingle nouvelle. Et toujours le même sang-froid, toujours la sérénité de l'innocent que nul danger ne menace.

Ce qui ne l'empêchait pas d'obéir aux multiples précautions exigées par Joséphine Balsamo. Ils ne sortaient de la péniche qu'habillés en gens du peuple. Dans une rue proche, la vieille berline, attelée d'un seul cheval, les recueillait. Ils y changeaient de vêtements. La Cagliostro ne quittait jamais une dentelle à larges fleurs brodées qui lui servait de voilette.

Tous ces détails, et combien d'autres! renseignaient Raoul sur la vie réelle de sa maîtresse. Il ne doutait pas maintenant qu'elle ne fût à la tête d'une bande organisée de complices avec qui elle correspondait par l'intermédiaire de Léonard, et il ne doutait pas non plus qu'elle ne poursuivît l'affaire du chandelier aux sept branches, et qu'elle ne surveillât les manœuvres de Beaumagnan et de ses amis.

Existence double, qui, très souvent, indisposait Raoul contre Joséphine Balsamo, ainsi qu'elle-même l'avait prévu. Oubliant ses propres actes, il lui en voulait d'en accomplir qui n'étaient pas conformes aux idées qu'il gardait, malgré tout, sur l'honnêteté. Une maîtresse voleuse et chef de bande, cela l'offusquait. Il y eut des chocs entre eux, à propos de questions insignifiantes. Leurs deux personnalités, si fortes et si marquées, se heurtaient.

Aussi, lorsqu'un incident les jeta tout à coup en pleine bataille, bien que dressés contre des ennemis communs, ils apprirent tout ce qu'un amour comme le leur peut, à certaines minutes, contenir de rancune, d'orgueil et d'hostilité.

Cet incident, qui mit fin à ce que Raoul appelait les délices de Capoue, ce fut la rencontre inopinée qu'ils firent un soir de Beaumagnan, du baron d'Étigues et de Bennetot. Les trois amis entraient au théâtre des Variétés.

« Suivons-les », dit Raoul.

La comtesse hésitait. Il insista.

« Comment! une pareille occasion s'offre à nous, et nous n'en profiterions pas! »

Ils entrèrent tous deux et s'installèrent dans une baignoire obscure. À ce moment, au fond d'une autre baignoire située près de la scène, ils eurent le temps d'apercevoir, avant que l'ouvreuse relevât le grillage, la silhouette de Beaumagnan et de ses deux acolytes.

Un problème s'offrait. Pourquoi Beaumagnan, homme d'église et d'habitudes en apparence rigides, se fourvoyait-il dans un théâtre des boulevards, où, précisément, on jouait une revue très décolletée et sans le moindre intérêt pour lui ?

Raoul posa la question à Joséphine Balsamo qui ne répondit point, et cette indifférence affectée montra bien à Raoul que la jeune femme se séparait de lui en l'occurrence, et qu'elle ne voulait décidément pas de sa collaboration pour tout ce qui concernait l'inexplicable affaire.

« Soit, lui dit-il, d'un ton net, où il y avait du défi ; soit, chacun de son côté et chacun pour soi. On verra qui s'adjugera le gros lot. »

Sur la scène, des théories de femmes levaient la jambe en cadence, tandis que défilaient les actualités. La commère, une belle fille peu habillée, qui représentait « la Cascadeuse », justifiait son sobriquet par des cascades de faux bijoux qui ruisselaient tout autour d'elle. Un bandeau de pierres multicolores lui ceignait le front. Des lampes électriques s'allumaient dans ses cheveux.

Deux actes furent joués. La baignoire d'avant-scène gardait son treillage hermétiquement clos, sans qu'on pût même deviner la présence des trois amis. Mais, au dernier entracte, Raoul, se promenant du côté de cette baignoire, constata que la porte en était légèrement entrouverte. Il regarda. Personne. S'étant informé, il apprit que les trois messieurs avaient quitté le théâtre au bout d'une demi-heure !

« Plus rien à faire ici, dit-il en rejoignant la comtesse, ils ont filé. »

À ce moment, le rideau se relevait. La commère parut de nouveau sur la scène. Sa coiffure plus dégagée permit de mieux voir le bandeau qu'elle portait au front depuis le début. C'était un ruban de tissu d'or où de gros cabochons, tous différents de couleur, se trouvaient fixés. Il y en avait sept.

« Sept ! pensa Raoul. Voilà qui explique la venue de Beaumagnan. »

Tandis que Joséphine Balsamo s'apprêtait, il apprit par une ouvreuse que la commère de la revue, Brigitte Rousselin, habitait une ancienne maison de Montmartre, d'où chaque jour, avec une vieille femme de chambre très dévouée, du nom de Valentine, elle descendait pour assister aux répétitions de la prochaine pièce.

Le lendemain matin, à onze heures, Raoul émergeait de *La Nonchalante.* Il déjeunait dans un restaurant de Montmartre et, à midi, enfilant une rue escarpée et tortueuse, il passait devant une petite maison étroite, précédée d'une cour que clôturait un mur, et appuyée à un immeuble de rapport dont le dernier étage – les fenêtres sans rideaux suffisaient à l'indiquer – n'avait pas de locataire.

Raoul bâtit aussitôt, avec son habituelle rapidité de conception, un de ces plans qu'il exécutait ensuite presque mécaniquement.

Il flâna de long en large, comme un homme qui a un rendez-vous. Soudain, voyant que la concierge de l'immeuble balayait le trottoir, il se glissa derrière cette femme, grimpa les étages, fractura la porte de l'appartement vide, ouvrit sur le côté une des fenêtres qui dominait le toit de la maison voisine, s'assura que personne ne pouvait l'apercevoir, et sauta.

Tout près, une lucarne bâillait. Il se laissa tomber dans un grenier encombré d'objets hors d'usage, et d'où l'on ne descendait que par une trappe, qui fonctionnait mal et qu'il put tout juste soulever pour passer la tête. De là il dominait le palier du second étage et, en partie, la cage de l'escalier. Il n'y avait pas d'échelle.

Au-dessous, c'est-à-dire au premier étage, deux voix de femmes échangeaient des paroles. Se penchant le plus possible, Raoul écouta, et se rendit compte, d'après certains propos, que la jeune commère de la revue était en train de déjeuner dans son boudoir, et que sa compagne, seule domestique de la maison, rangeait, tout en la servant, la chambre et le cabinet de toilette.

« Fini, s'écria Brigitte Rousselin, en regagnant sa chambre. Ah ! ma bonne Valentine, quelle joie ! Pas de répétition aujourd'hui ! Je me recouche jusqu'au moment de sortir... »

Cette journée de repos gênait un peu les calculs de Raoul, qui espérait, en l'absence de Brigitte Rousselin, effectuer tranquillement une visite domiciliaire. Il patienta néanmoins, comptant sur le hasard.

Quelques minutes s'écoulèrent. Brigitte fredonnait des airs de la revue lorsqu'un coup de timbre retentit dans la cour.

« Bizarre, dit-elle. Je n'attends pourtant personne aujourd'hui. Cours donc voir, Valentine. »

La servante descendit. On perçut le claquement de la porte refermée, et elle remonta en disant :

« C'est du théâtre... un secrétaire du directeur qui apporte cette lettre.

— Donne. Tu as fait entrer dans le salon ?

— Oui. »

Raoul apercevait au premier étage la jupe de la jeune actrice. La servante tendit l'enveloppe qui fut aussitôt déchirée, et Brigitte lut à demi-voix :

« *Ma petite Rousselin, confiez donc à mon secrétaire le bandeau de pierres que vous mettez sur le front. J'en ai besoin pour en faire prendre le modèle. C'est urgent. Vous le retrouverez ce soir au théâtre.* »

En entendant ces quelques phrases, Raoul avait tressailli :

« Tiens ! tiens ! pensait-il, le bandeau de pierres ! les sept cabochons. Est-ce que le directeur est aussi sur la piste ? Et Brigitte Rousselin va-t-elle obéir ? »

Il fut rassuré. La jeune femme murmurait :

« Pas possible. J'ai promis déjà ces pierres.

— C'est ennuyeux, objecta la servante, le directeur ne sera pas content.

— Que veux-tu ? J'ai promis, et l'on doit me les payer fort cher.

— Alors que répondre ?

— Je vais lui écrire », décida Brigitte Rousselin.

Elle retourna dans son boudoir et, un instant après, remettait une enveloppe à la servante.

« Tu le connais, ce secrétaire ? Tu l'as vu au théâtre ?

— Ma foi non, c'est un nouveau.

— Qu'il dise bien au directeur que je suis au regret, et que je lui expliquerai la chose ce soir à lui-même. »

Valentine repartit. De nouveau, il se passa un temps assez long. Brigitte s'était mise au piano et faisait des exercices de chant, qui couvrirent sans doute le bruit de la porte principale, car Raoul ne l'entendit point.

Il éprouvait, de son côté, une certaine gêne, troublé par l'incident qui ne lui semblait pas très clair. Ce secrétaire qu'on ne connaissait pas, cette demande de bijoux, tout cela sentait le piège et la combinaison louche.

Cependant il se rassura. Une ombre avait franchi la portière, se dirigeant vers le boudoir.

« Valentine qui remonte, se dit Raoul. Mon impression était fausse. L'homme a filé. »

Mais tout à coup, au milieu d'une ritournelle, le piano s'arrêta net, le tabouret sur lequel la chanteuse était assise fut repoussé brusquement et tomba, et elle articula avec une certaine inquiétude :

« Qui êtes-vous ?… Ah ! le secrétaire, n'est-ce pas ? Le nouveau secrétaire… Mais que voulez-vous donc, monsieur ?…

— M. le directeur, fit la voix de l'homme, m'a ordonné de rapporter les bijoux. Il faut que j'insiste…

— Mais je lui ai répondu… balbutia Brigitte de plus en plus anxieuse. La femme de chambre a dû vous remettre la lettre… Pourquoi n'est-elle pas remontée avec vous ? Valentine ! »

Elle appela plusieurs fois, d'un ton de détresse.

« Valentine !… Ah ! vous me faites peur, monsieur… Vos yeux… »

La porte fut fermée brutalement. Raoul perçut un bruit de chaises, le fracas d'une lutte, puis un grand cri :

« Au secours ! »

Ce fut tout. D'ailleurs, à la seconde précise où il avait eu l'intuition du danger que courait Brigitte Rousselin, il s'était efforcé de soulever la trappe un peu plus et de se frayer un passage. Il lui fallut pour cela perdre un temps précieux. Après quoi il se laissa tomber, dégringola le second étage et se trouva en face de trois portes closes.

Au hasard, il se rua sur l'une d'elles, et pénétra dans une pièce où il y avait le plus grand désordre. N'y voyant personne, il courut à travers la pièce jusqu'au cabinet de toilette, puis jusqu'à la chambre où il pensait bien que la lutte s'était poursuivie.

Aussitôt, en effet, il avisa dans la demi-obscurité, car les rideaux de la fenêtre étaient presque fermés, un homme à genoux, et, gisant sur le tapis, une femme que cet homme tenait à la gorge des deux mains. Des râles de douleur se mêlaient à d'abominables jurons.

« Dieu de Dieu, te tairas-tu. Ah! cré bon sang, tu refuses les bijoux! Eh bien, ma petite… »

L'attaque de Raoul qui se jeta sur lui avec une violence irrésistible, lui fit lâcher prise. Tous deux ils roulèrent contre la cheminée, où Raoul se heurta le front assez fort pour en éprouver quelques secondes de défaillance.

L'assassin du reste était plus lourd que lui, et le duel ne pouvait pas être long entre ce mince adolescent et cet homme, que l'on devinait massif et de musculature puissante. De fait, au bout d'un instant, l'un des deux se dégagea, tandis que l'autre demeurait étendu et poussait de faibles soupirs. Mais celui qui se relevait n'était autre que Raoul.

« Un joli coup, hein, monsieur? ricana-t-il. Il me vient des instructions posthumes d'un sieur Théophraste Lupin, chapitre des méthodes japonaises. Ça vous expédie une bonne minute dans un monde meilleur et rend inoffensif comme un petit mouton. »

Il se pencha sur la jeune actrice, et, l'ayant saisie dans ses bras, la coucha sur le lit. Il vit tout de suite que l'effroyable étreinte du meurtrier n'avait pas eu les conséquences que l'on pouvait craindre. Brigitte Rousselin respirait à son aise. Aucune blessure n'était visible. Mais elle tremblait de tous ses membres et regardait avec des yeux de folle.

« Vous ne souffrez pas, mademoiselle? fit-il doucement. Non, n'est-ce pas? Ce ne sera rien. Et surtout n'ayez pas peur. Vous n'avez plus rien à redouter de lui et, pour plus de sûreté… »

Vivement, il écarta les rideaux, arracha les cordons de tirage et lia les poignets inertes de l'homme. Mais, un peu de jour ayant pénétré dans la pièce, il tourna l'assassin vers la fenêtre afin d'examiner son visage.

Un cri lui échappa. Il était confondu. Et il murmura avec stupeur :

« Léonard… Léonard… »

Jamais il n'avait eu l'occasion de voir bien en face cet homme, en général courbé sur le siège de la voiture, enfouissant sa tête entre les épaules, et dissimulant sa taille au point que Raoul le croyait presque bossu et malingre.

Mais il connaissait son profil osseux qu'allongeait une barbe grisonnante, et il n'eut pas le moindre doute : c'était Léonard, le factotum et le bras droit de Joséphine Balsamo.

Il acheva de le ligoter, le bâillonna solidement, lui enveloppa la tête d'une serviette et le traîna ensuite dans le boudoir, où il l'attacha aux pieds d'un lourd divan. Puis il s'en revint vers la jeune femme qui continuait à gémir.

« C'est fini, dit-il. Vous ne le verrez plus. Reposez-vous. Moi, je vais m'occuper de votre servante et savoir ce qu'elle est devenue. »

De ce côté, il n'était pas inquiet, et, comme il le supposait, il découvrit Valentine au rez-de-chaussée, en un coin du salon, exactement dans le même état où il venait de laisser Léonard, c'est-à-dire réduite à l'impuissance et au silence. C'était une femme de tête. Une fois délivrée et sachant son agresseur incapable de nuire, elle ne s'affola pas et se conforma aux ordres de Raoul qui lui disait :

« Je suis un agent de la police secrète. J'ai sauvé votre maîtresse. Allez la rejoindre et soignez-la. Pour moi, je vais interroger cet homme et me rendre compte s'il n'a pas de complices. »

Raoul la poussa dans l'escalier, avec la hâte de demeurer seul et de réfléchir aux idées confuses qui le harcelaient. Idées si pénibles que, par moments, il essayait presque de s'y soustraire et que, s'il avait écouté son instinct, laissant au hasard le soin de débrouiller la situation, il eût abandonné le champ de bataille et se serait enfui par la maison voisine.

Mais une vision trop nette des choses qu'il fallait faire s'établissait en lui pour qu'il n'y dût pas obéir. Toute sa volonté croissante de chef, qui sait se résoudre et garder son sang-froid dans les circonstances les plus tragiques, l'obligeait à l'action. Il traversa la cour, et d'un geste très lent manœuvra la serrure de la porte principale qu'il put ainsi entrebâiller légèrement.

Par la fente, il risqua un coup d'œil : de l'autre côté de la rue, un peu plus bas, la vieille berline stationnait.

Sur le siège, un domestique tout jeune, qu'il avait vu plusieurs fois avec Léonard et qui s'appelait Dominique, gardait le cheval.

Mais, à l'intérieur de la voiture, n'y avait-il pas un autre complice ? Et quel était ce complice ?

Raoul ne referma pas la porte. Ses soupçons se confirmaient, et maintenant rien au monde ne l'eût empêché d'aller jusqu'au bout. Il remonta donc au premier étage et s'inclina sur le prisonnier.

Un détail l'avait frappé, durant la lutte : un gros sifflet de bois retenu par une chaînette s'était échappé de l'une des poches de Léonard, et celui-ci, malgré le péril, l'avait rattrapé d'un mouvement machinal comme s'il eût craint de perdre cet instrument. Et la question se posait ainsi dans l'esprit de Raoul : le sifflet devait-il servir en cas de péril pour éloigner le complice ? ou bien, au contraire, était-ce un signal pour appeler le complice lorsque toute la besogne serait faite ?

Raoul adopta cette hypothèse, plus peut-être par intuition que par raisonnement. Il ouvrit donc la fenêtre, juste le temps nécessaire pour donner un coup de sifflet.

Et, posté derrière les rideaux de tulle, il attendit.

Son cœur sautait dans sa poitrine. Jamais encore il n'avait souffert de cette âpre et mauvaise souffrance. Au fond il ne doutait pas de ce qui était sur le point d'advenir, et il connaissait la silhouette qui allait apparaître au cadre de la porte. Mais il voulait espérer quand même, contre toute évidence. Il n'admettait pas, il ne consentait pas à admettre que dans cette affaire ténébreuse, l'assassin Léonard eût comme complice…

Le lourd battant fut poussé.

« Ah ! » fit Raoul avec désespoir.

Joséphine Balsamo entrait.

Elle entra paisiblement, avec autant de désinvolture que si elle rendait visite à une amie. Dès l'instant où Léonard avait sifflé, la voie était libre, et elle n'avait qu'à se présenter. Enveloppée de sa voilette, elle traversa légèrement la cour et pénétra dans la maison.

Du coup Raoul avait reconquis toute sa tranquillité. Son cœur se calma. Il était prêt à combattre ce deuxième adversaire, comme il avait combattu le premier, avec des armes différentes, mais tout aussi efficaces. Il appela Valentine à mi-voix et lui dit :

« Quoi qu'il arrive, pas un mot. Il y a contre Brigitte Rousselin un complot que je veux déjouer. Voici l'un des complices. Le silence absolu, n'est-ce pas ? »

La servante proposa :

« Je peux aider, monsieur… courir chez le commissaire…

— À aucun prix. L'affaire, si elle était connue, risquerait de tourner mal pour votre maîtresse. Je réponds de tout, mais à condition qu'aucun bruit ne vienne de cette chambre, aucun !

— Bien, monsieur. »

Raoul ferma les deux portes de communication. Ainsi la pièce où se trouvait Brigitte Rousselin et celle où la partie allait se jouer entre Josine et lui étaient nettement séparées. Comme il le désirait, aucun bruit ne pouvait passer de l'une à l'autre.

À ce moment, Joséphine Balsamo débouchait du palier. Elle le vit.

Et elle reconnut aux vêtements le corps ficelé de Léonard.

Raoul immédiatement eut la notion exacte de ce que Joséphine Balsamo pouvait, à certaines minutes graves, avoir d'empire sur elle-même. Loin de s'effarer en constatant la présence inattendue de Raoul et le désordre d'une pièce où Léonard était captif, elle commença par réfléchir, dominant ses nerfs de femme et l'agitation qui la secouait, et il était facile de comprendre qu'elle se demandait :

« Qu'est-ce que cela veut dire ? Que fait Raoul ici ? Qui donc a ligoté Léonard ? »

À la fin, retirant sa voilette, elle demanda simplement, car c'était là, en toute certitude, ce qui la tourmentait le plus :

« Pourquoi me regardes-tu ainsi, Raoul ? »

Il mit un certain temps à lui répondre. Les mots qu'il allait prononcer étaient effrayants et il la dévisageait pour ne pas perdre un seul tressaillement de ses muscles ni un seul clignotement de ses yeux. Il murmura :

« Brigitte Rousselin a été assassinée.

— Brigitte Rousselin ?

— Oui, l'actrice d'hier soir, celle au bandeau de pierreries, et tu n'oseras pas dire que tu ne sais pas qui est cette femme, *puisque tu es ici, chez elle*, et puisque tu as chargé Léonard de t'avertir, aussitôt la besogne faite. »

Elle parut bouleversée.

« Léonard ? Ce serait Léonard ?

— Oui, affirma-t-il. C'est lui qui a tué Brigitte. Je l'ai surpris qui la tenait au cou de ses deux mains. »

Il la vit qui tremblait, et elle tomba assise en balbutiant :

« Ah ! le misérable !... le misérable... est-il possible qu'il ait fait cela ? »

Et, plus bas encore, avec une épouvante qui croissait à chaque mot :

« Il a tué... il a tué... Est-ce possible ! Il m'avait pourtant juré que jamais il ne tuerait !... il me l'avait juré... Oh ! je ne veux pas croire... »

Était-elle sincère, ou jouait-elle la comédie ? Léonard avait-il agi sous le coup d'une folie subite, ou d'après les instructions qui lui ordonnaient le crime quand la ruse échouait ? Questions redoutables que Raoul se posait sans pouvoir y répondre.

Joséphine Balsamo releva la tête, observa Raoul de ses yeux pleins de larmes, puis brusquement se jeta vers lui, les mains jointes.

« Raoul... Raoul... pourquoi me regardes-tu ainsi ? Non... non... n'est-ce pas ? tu ne m'accuses pas ? Ah ! ce serait terrible... Tu pourrais croire que je savais ?... que j'ai commandé ou permis ce crime abominable ?... Non... Jure-moi que tu ne crois pas. Oh ! Raoul... mon Raoul... »

Un peu brutalement, il la contraignit à s'asseoir. Ensuite il repoussa Léonard dans l'ombre. Et, après avoir fait quelques pas de long en large, il revint vers la Cagliostro et la saisit à l'épaule :

« Écoute-moi, Josine, prononça-t-il lentement, d'une voix qui était celle d'un accusateur, et même d'un adversaire beaucoup plus que d'un amant, écoute-moi. Si, d'ici une demi-heure, tu n'as pas fait la pleine clarté sur toute cette affaire, et sur les machinations secrètes qui la compliquent, j'agis envers toi comme envers une ennemie mortelle, de gré ou de force je t'éloigne de cette maison, et sans la moindre hésitation je vais dénoncer au plus proche commissariat de police le crime que ton complice Léonard vient de commettre sur la personne de Brigitte Rousselin... Après quoi, tu te débrouilleras. Veux-tu parler ? »

VIII

Deux volontés

La guerre était déclarée, et elle l'était au moment choisi par Raoul, alors qu'il avait toutes les chances pour lui, et que Joséphine Balsamo, prise au dépourvu, faiblissait sous une attaque qu'elle n'aurait jamais supposée aussi violente et aussi implacable.

Bien entendu une femme de sa trempe ne pouvait consentir à la défaite. Elle voulut résister. Elle n'admit pas que le tendre et délicieux amant qu'était Raoul d'Andrésy pût ainsi du premier coup s'ériger en maître et lui imposer la rude étreinte de sa volonté. Elle recourut aux câlineries, aux pleurs, aux promesses, à tous les artifices de la femme. Raoul se montra sans pitié.

« Tu parleras ! J'en ai assez, des ténèbres. Tu peux t'y complaire, moi pas. Il me faut la grande clarté...

— Mais sur quoi ? s'écria-t-elle, exaspérée. Sur ma vie ?

— Ta vie t'appartient, dit Raoul, cache ton passé si tu as peur de l'étaler sous mes yeux. Je sais bien que tu resteras toujours une énigme pour moi et pour tout le monde, et que jamais ton pur visage ne me renseignera sur ce qui s'agite au fond de ton âme. Mais ce que je veux connaître c'est le côté de ta vie qui touche à la mienne. Nous avons un but commun. Montre-moi le chemin que tu suis. Sinon, je risque de me heurter au crime, et je ne veux pas ! »

Il frappa du poing.

« Tu entends, Josine. Je ne veux pas tuer ! Voler, oui. Cambrioler, soit ! Mais tuer, non, mille fois non !

— Je ne le veux pas non plus, dit-elle.

— Peut-être, mais tu fais tuer.

— Mensonge !

— Alors parle. Explique-toi. »

Elle se tordait les mains. Elle protestait et gémissait :

« Je ne peux pas… je ne peux pas…

— Pourquoi ? Qui t'empêche de m'apprendre ce que tu sais de l'affaire, ce que t'a révélé Beaumagnan ?

— J'aimerais mieux ne pas te mêler à tout cela, murmura-t-elle, ne pas t'opposer à cet homme. »

Il éclata de rire.

« Tu as peur pour moi, peut-être ? Ah ! le bon prétexte ! Rassure-toi, Josine. Je ne crains pas Beaumagnan. Il y a un autre adversaire que je redoute bien plus que lui.

— Qui ?

— Toi, Josine. »

Il répéta durement :

« Toi, Josine. Et c'est pour cette raison que je veux la lumière. Quand je te verrai bien en face, je n'aurai plus peur. Es-tu décidée ? »

Elle secoua la tête.

« Non, dit-elle, non. »

Raoul s'emporta.

« C'est-à-dire que tu te défies de moi. L'affaire est belle : tu veux la garder tout entière. Soit. Partons. Dehors tu jugeras mieux la situation. »

Il la prit dans ses bras et la jeta sur son épaule, comme il l'avait fait, le premier soir, au pied de la falaise. Et, ainsi chargé, il se dirigea vers la porte.

« Arrête », dit-elle.

Ce coup de force, accompli avec une aisance incroyable, acheva de la dompter. Elle sentit qu'il ne fallait pas le provoquer davantage.

« Que veux-tu savoir ? dit-elle, une fois qu'il l'eut assise de nouveau.

— Tout, répliqua-t-il, et d'abord le motif de ta présence ici, et la raison pour laquelle ce misérable a tué Brigitte Rousselin. »

Elle déclara :

« Le bandeau de pierreries…

— Elles n'ont pas de valeur ! Ce sont des pierres quelconques, faux grenats, fausses topazes, béryls, opales…

— Oui, mais il y en a sept.

— Et après ? devait-il la tuer ? C'était si simple d'attendre et de fouiller les chambres à la première occasion.

— Évidemment, mais il paraît que d'autres étaient sur la piste.

— D'autres ?

— Oui, ce matin, à la première heure, sur mes ordres, Léonard s'est enquis de cette Brigitte Rousselin dont j'avais remarqué le diadème hier soir, et il est venu me dire que des gens rôdaient autour de cette maison.

— Des gens ? Qui serait-ce ?

— Des émissaires de la Belmonte.

— Cette femme qui est mêlée à l'affaire ?

— Oui, on la retrouve partout.

— Et après ? répéta Raoul, était-ce une raison pour tuer ?

— Il aura perdu la tête. J'avais eu tort de lui dire : "Il me faut ce bandeau à tout prix."

— Tu vois, tu vois, s'écria Raoul, nous sommes à la merci d'une brute qui perd la tête et qui tue bêtement, stupidement. Allons, il faut en finir. Je pense plutôt que les gens qui rôdaient ce matin avaient été envoyés par Beaumagnan. Or, tu n'es pas de taille à te mesurer avec Beaumagnan. Laisse-moi prendre la direction. Si tu veux réussir, c'est par moi, par moi seul que tu réussiras. »

Josine faiblit. Raoul affirmait sa supériorité d'un ton de telle conviction qu'elle en eut, pour ainsi dire, l'impression physique. Elle le vit plus grand qu'il n'était et plus puissant, mieux doué que tous les hommes qu'elle avait connus, armé d'un esprit plus subtil, d'un regard plus aigu, de moyens d'action plus divers. Elle s'inclina devant cette volonté implacable et devant cette énergie qu'aucune considération ne pouvait fléchir.

« Soit, prononça-t-elle. Je parlerai. Mais pourquoi parler ici ?

— Ici, et pas ailleurs, articula Raoul, sachant bien que si la Cagliostro se ressaisissait, il n'obtiendrait rien.

— Soit, dit-elle encore, accablée, soit, je cède, puisque notre amour est en jeu, et que tu sembles en faire si peu de cas. »

Raoul éprouva un sentiment profond d'orgueil. Pour la première fois, il prit conscience de l'ascendant qu'il exerçait sur les autres, et de la puissance vraiment extraordinaire avec laquelle il imposait ses décisions.

Certes la Cagliostro n'était pas en possession de toutes ses ressources. Le meurtre supposé de Brigitte Rousselin avait en quelque sorte désagrégé son pouvoir de résistance, et le spectacle de Léonard enchaîné ajoutait à sa détresse nerveuse. Mais, comme il avait, lui, saisi rapidement l'occasion qui se présentait, et profité de tous ses avantages pour établir, par la menace et par la peur, par la force et par la ruse, sa victoire définitive!

Maintenant, il était le maître. Il avait contraint Joséphine Balsamo à se rendre, et discipliné en même temps son propre amour. Baisers, caresses, manœuvres de séduction, ensorcellement de la passion, envoûtement du désir, il ne craignait plus rien, puisqu'il avait été jusqu'à la limite même de la rupture.

Il enleva le tapis qui recouvrait le guéridon et le jeta sur Léonard, puis il revint et prit place auprès de Josine.

« J'écoute. »

Elle lui jeta un coup d'œil où se révélaient de la rancune et de la colère impuissante et elle murmura :

« Tu as tort. Tu profites d'une défaillance passagère pour exiger de moi un récit que je t'aurais fait un jour ou l'autre de plein gré. C'est une humiliation inutile, Raoul. »

Il répéta durement :

« J'écoute. »

Alors elle dit :

« Tu l'auras voulu. Finissons-en, et le plus vite possible. Je te fais grâce de tous les détails pour aller droit au but. Ce ne sera ni long ni compliqué. Un simple rapport. Donc, il y a vingt-quatre ans, durant les mois qui ont précédé la guerre de 1870 entre la France et la Prusse, le cardinal de Bonnechose, archevêque de Rouen et sénateur, en tournée de confirmation dans le pays de Caux, fut surpris par un orage effroyable et dut se réfugier au château de Gueures, qu'habitait alors son dernier propriétaire, le chevalier des Aubes. Il y dîna. Le soir, comme il se retirait dans la chambre qu'on lui avait préparée, le chevalier des Aubes, un vieillard de près de quatre-vingt-dix ans, tout cassé, mais ayant encore bien sa tête, sollicita de lui une audience particulière qui fut immédiatement accordée, et qui dura fort longtemps. Voici le résumé des étranges révélations qu'entendit alors le cardinal de Bonnechose, résumé qu'il écrivit plus tard, et auquel je ne changerai pas un seul mot.

« Le voici. Je le sais par cœur :

« Monseigneur, expliqua le vieux chevalier, je ne vous étonnerai point si je vous dis que mes premières années s'écoulèrent au milieu de la grande tourmente révolutionnaire. À l'époque de la Terreur, j'avais douze ans, j'étais orphelin et j'accompagnais chaque jour ma tante des Aubes à la prison voisine, où elle distribuait des menus secours et soignait les malades. On y avait enfermé toutes sortes de pauvres gens que l'on jugeait et condamnait au petit bonheur, et c'est ainsi, pour ma part, que j'eus l'occasion de fréquenter un brave homme dont personne ne connaissait le nom, et dont personne ne savait pourquoi ni sur quelle dénonciation il avait été arrêté. Les politesses que je lui rendis et ma piété lui inspiraient confiance. Je gagnai son affection, et, le soir du jour où il avait été jugé à son tour, et condamné, il me dit :

« "Mon enfant, demain, dès l'aurore, les gendarmes me conduiront à l'échafaud, et je mourrai sans qu'on sache qui je suis. Ainsi l'ai-je voulu. À toi-même, je ne le dirai pas. Mais les événements exigent que je te fasse certaines confidences, et que je te demande de les écouter comme un homme et, plus tard, d'en tenir compte avec la loyauté et le sang-froid d'un homme. La mission dont je te charge est d'une importance considérable. Je suis convaincu, mon enfant, que tu sauras te mettre à la hauteur d'une pareille tâche, et garder, quoi qu'il arrive, un secret d'où dépendent les intérêts les plus graves."

« Il m'apprit ensuite, continua le chevalier des Aubes, qu'il était prêtre, et, comme tel, dépositaire de richesses incalculables transformées en pierres précieuses d'une si grande pureté que la plus haute valeur se trouvait atteinte, pour chacune d'elles, sous le volume le plus réduit. Au fur et à mesure de leur acquisition, ces pierres avaient été mises de côté au fond de la cachette la plus originale qui soit. En un coin du pays de Caux, dans un espace libre, où tout le monde pouvait se promener, émergeait un de ces énormes cailloux qui servaient et qui servent encore à marquer la limite de certains domaines, champs, vergers, prairies, bois, etc. Cette borne de granit enfoncée presque entièrement dans le sol, et environnée de broussailles, était percée à son extrémité supérieure de deux ou trois ouvertures naturelles, bouchées par de la terre, où poussaient de menues plantes et des fleurs sauvages.

« C'est là, par une quelconque de ces ouvertures dont on enlevait chaque fois la motte de terre pour la remettre soigneusement en place, c'est là, dans cette tirelire en plein air, que l'on glissait les magnifiques pierres précieuses. Actuellement les cavités étant remplies et aucune cachette n'ayant été choisie, on enfermait depuis quelques années les pierres nouvellement acquises dans un coffret en bois des Îles, que le prêtre avait lui-même enterré au pied de la borne, quelques jours avant son arrestation.

« Il m'indiqua fort exactement l'endroit et me communiqua une formule composée d'un mot unique, lequel, en cas d'oubli, désignait l'emplacement d'une façon rigoureuse.

« Je dus alors promettre que, aussitôt le retour de temps plus paisibles, c'est-à-dire à une date qu'il estima très justement éloignée de vingt ans, j'irais d'abord m'assurer que tout était bien en place, et qu'à partir de cette date j'assisterais chaque année à la grand-messe célébrée le dimanche de Pâques dans l'église du village de Gueures.

« Un dimanche de Pâques, en effet, j'apercevrais à côté du bénitier un homme vêtu de noir. Dès que j'aurais dit mon nom à cet homme, il devait me conduire non loin d'un chandelier en cuivre à sept branches qu'on n'allumait qu'aux jours de fête. Je devais, moi, répondre aussitôt à son geste en lui confiant la formule d'emplacement.

« C'étaient là entre nous les deux signes de reconnaissance. Après quoi je le guiderais jusqu'à la borne de granit.

« Je promis sur mon salut éternel que je me conformerais aveuglément aux instructions données ! Le lendemain, le digne prêtre montait sur l'échafaud.

« Monseigneur, bien que très jeune, je tins religieusement mon serment de discrétion. Ma tante des Aubes étant morte, je fus enrôlé comme enfant de troupe et fis, par la suite, toutes les guerres du Directoire et de l'Empire. À la chute de Napoléon, âgé de trente-trois ans, cassé de mon grade de colonel, je me rendis d'abord à la cachette où j'aperçus facilement la borne de granit, puis, le dimanche de Pâques 1816, à l'église de Gueures où je vis, sur l'autel, le chandelier de cuivre. Ce dimanche-là l'homme vêtu de noir n'était pas devant le bénitier.

« Je m'y rendis le dimanche de Pâques suivant, et chaque dimanche du reste, car, entre-temps, j'avais acheté le château de Gueures qui se trouvait en vente et, de la sorte, comme un soldat scrupuleux, je montais la garde auprès du poste que l'on m'avait assigné. Et j'attendais.

« Monseigneur, voilà cinquante-cinq ans que j'attends. Personne n'est venu, et jamais je n'ai entendu parler de quoi que ce fût qui ait le moindre rapport avec cette histoire. La borne n'a pas bougé. Le chandelier est allumé aux jours prescrits par le sacristain de Gueures. Mais l'homme vêtu de noir n'est pas venu au rendez-vous.

« Que devais-je faire ? À qui m'adresser ? Tenter une démarche auprès de l'autorité ecclésiastique ? Demander une audience au roi de France ? Non, ma mission était strictement définie. Je n'avais pas le droit de l'interpréter à ma façon.

« Je me tus. Mais quels débats de conscience ! Quels scrupules douloureux ! Quelle angoisse à l'idée que je pouvais mourir et emporter dans la tombe un secret aussi formidable !

« Monseigneur, depuis ce soir, tous mes doutes et tous mes scrupules se sont dissipés. Votre venue fortuite dans ce château me semble une manifestation indéniable de la volonté divine. Vous êtes, à la fois, le pouvoir religieux et le pouvoir temporel. Comme archevêque, vous représentez l'Église. Comme sénateur, vous représentez la France. Je ne risque pas de me tromper en vous faisant des révélations qui intéressent l'une et l'autre. Désormais, c'est à vous de choisir, Monseigneur ! Agissez. Négociez. Et lorsque vous m'aurez dit entre les mains de qui doit être remis le dépôt sacré, je vous donnerai toutes les indications nécessaires. »

« Le cardinal de Bonnechose avait écouté sans interrompre. Il ne put se retenir d'avouer au chevalier des Aubes que l'histoire le laissait un peu incrédule. Sur quoi, le chevalier sortit et revint au bout d'un instant avec un petit coffret en bois des Îles.

« “Voici le coffret dont il me fut parlé, et que j'ai trouvé là-bas. Il m'a paru plus sage de le prendre chez moi. Emportez-le, Monseigneur, et faites estimer les quelque cent pierres précieuses qu'il renferme. Vous croirez alors que mon histoire est véridique et que le digne prêtre n'a pas eu tort de faire allusion à des richesses incalculables puisque la borne de granit contient, selon son affirmation, dix mille pierres aussi belles que celles-ci.”

« L'insistance du chevalier et les preuves qu'il avançait décidèrent le cardinal, qui s'engagea dès lors à poursuivre l'affaire et à mander le vieillard auprès de lui aussitôt qu'une solution pourrait intervenir.

« L'entretien prit fin sur cette promesse, que l'archevêque avait le ferme propos de tenir, mais dont les événements retardèrent l'exécution. Ces événements, tu les connais, ce fut d'abord la déclaration de guerre entre la France et la Prusse et les désastres qui s'ensuivirent. Les lourdes charges de son poste l'absorbèrent. L'Empire s'écroula. La France fut envahie. Et les mois passèrent.

« Lorsque Rouen fut menacé, le cardinal, désireux d'expédier en Angleterre certains documents auxquels il attachait de l'importance, eut l'idée de joindre à l'envoi le coffret du chevalier. Le 4 décembre, veille du jour où les Allemands allaient entrer dans la ville, un domestique de confiance, le sieur Jaubert, conduisit lui-même un cabriolet qui fila par la route du Havre où Jaubert devait s'embarquer.

« Deux jours plus tard, le cardinal apprenait que le cadavre de Jaubert avait été trouvé dans un ravin de la forêt de Rouvray, à dix kilomètres de Rouen. On rapportait au cardinal la valise des documents. Quant au cabriolet et au cheval, disparus, ainsi que le coffret en bois des Îles. Les renseignements recueillis établissaient que l'infortuné domestique avait dû tomber dans une reconnaissance de cavalerie allemande, qui s'était aventurée au-delà de Rouen pour piller les voitures des riches bourgeois en fuite vers Le Havre.

« La malchance continua. Au début de janvier, le cardinal reçut un émissaire du chevalier des Aubes. Le vieillard n'avait pu survivre à la défaite de son pays. Avant de mourir, il avait griffonné ces deux phrases, presque illisibles :

« *Le mot de la formule qui désigne l'emplacement est gravé au fond du coffret… J'ai caché le chandelier de cuivre dans mon jardin.* »

« Ainsi, il ne restait plus rien de l'aventure. Le coffret étant volé, aucune preuve ne permettrait d'affirmer que le récit du chevalier des Aubes contenait la moindre parcelle de vérité. Personne n'avait même vu les pierres. Étaient-elles vraies ? Mieux que cela : existaient-elles autrement que dans l'imagination du chevalier ? Et le coffret ne servait-il pas simplement d'écrin à quelques bijoux de théâtre et à quelques cailloux de couleur ?

« Le doute envahit peu à peu l'esprit du cardinal, un doute assez tenace pour qu'il se résolût, en fin de compte, à garder le silence. Le récit du chevalier des Aubes devait être considéré comme une divagation de vieillard. Il eût été dangereux de répandre de telles billevesées. Donc il se tut. Mais…

— Mais…, répéta Raoul d'Andrésy que de telles billevesées semblaient intéresser prodigieusement.

— Mais, répondit Joséphine Balsamo, avant de prendre une résolution définitive il avait écrit ces quelques pages, ce mémoire relatif à son entretien du château de Gueures et aux incidents qui suivirent, mémoire qu'il oublia de brûler ou qu'on égara, et qui, quelques années après sa mort, fut trouvé dans un de ses livres de théologie, quand on vendit sa bibliothèque aux enchères.

— Trouvé par qui ?

— Par Beaumagnan. »

Joséphine Balsamo avait raconté cette histoire en tenant la tête baissée, et d'une voix un peu monotone, comme une leçon qu'on récite. En relevant les yeux, elle fut frappée par l'expression de Raoul.

« Qu'est-ce que tu as ? dit-elle.

— Cela me passionne. Pense donc, Josine, pense donc que, de proche en proche, par les confidences de trois vieillards qui se sont transmis le flambeau, nous remontons à plus d'un siècle, et que, de là, nous nous rattachons à une légende, que dis-je, à un secret formidable qui date du Moyen Âge. La chaîne ne s'est pas rompue. Tous les maillons sont en place. Et, dernier anneau de cette chaîne, voilà que Beaumagnan apparaît. Qu'a-t-il fait,

Beaumagnan ? Faut-il le déclarer digne de son rôle, ou l'en déposséder ? Dois-je m'associer à lui ou lui arracher le flambeau ? »

L'exaltation de Raoul convainquit la Cagliostro qu'il ne lui permettrait pas de s'interrompre. Elle hésitait cependant, car les paroles les plus importantes peut-être, en tout cas les plus graves, puisqu'il s'agissait de son rôle, n'avaient pas été prononcées. Mais il lui dit :

« Continue, Josine. Nous sommes sur une route magnifique. Marchons ensemble, et nous toucherons ensemble la récompense qui est à portée de nos mains. »

Elle continua :

« Beaumagnan s'explique d'un mot : c'est un ambitieux. Dès le début, il a mis sa vocation religieuse, qui est réelle, au service de son ambition, qui est démesurée, et l'une et l'autre l'ont conduit à se glisser dans la Compagnie de Jésus où il occupe un poste considérable. La découverte du mémoire le grisa. Les vastes horizons s'ouvraient devant lui. Il parvint à convaincre certains de ses supérieurs, les enflamma pour la conquête des richesses, et il obtint qu'on fît jouer en faveur de son entreprise toutes les influences dont les jésuites disposent.

« Aussitôt il groupa autour de lui une douzaine de hobereaux plus ou moins honorables et plus ou moins endettés, auxquels il ne dévoila qu'une partie de l'affaire, et qu'il organisa en une véritable association de conspirateurs prêts à toutes les besognes. Chacun eut son champ d'action, chacun sa sphère d'investigations. Beaumagnan les tenait par l'argent dont il est prodigue.

« Deux années de recherches minutieuses aboutirent à ces résultats qui ne sont pas négligeables. Tout d'abord on sut que le prêtre décapité s'appelait le frère Nicolas, trésorier de l'abbaye de Fécamp. Ensuite, à force de fouiller les archives secrètes et les vieux cartulaires, on découvrit des correspondances curieuses échangées jadis entre tous les monastères de France, et il parut établi que, depuis un temps très reculé, il y avait une circulation d'argent qui était comme une dîme payée bénévolement par toutes les institutions religieuses, et recueillie par les seuls monastères du pays de Caux. Cela semblait constituer un trésor commun, une réserve inépuisable en vue d'assauts possibles à soutenir ou de croisades à entreprendre. Un conseil de trésorerie, composé de sept membres, gérait ces richesses, mais seul l'un d'eux en connaissait l'emplacement.

« La Révolution avait détruit tous ces monastères. Mais les richesses existaient. Le frère Nicolas en avait été le dernier gardien. »

Un grand silence prolongea les paroles de Joséphine Balsamo. La curiosité de Raoul n'avait pas été déçue, et il éprouvait une vive émotion.

Il murmura avec un enthousiasme contenu :

« Que tout cela est beau ! Quelle magnifique aventure ! J'ai toujours eu la certitude que le passé avait légué au présent de ces trésors fabuleux dont la recherche prend inévitablement la forme d'un insoluble problème. Comment en serait-il autrement ? Nos ancêtres ne disposaient pas comme nous des coffres-forts et des caves de la Banque de France. Ils étaient obligés de choisir des cachettes naturelles où ils entassaient l'or et les bijoux, et dont ils transmettaient le secret par quelque formule mnémotechnique qui était comme le chiffre de la serrure. Qu'un cataclysme survînt, le secret était perdu, et perdu le trésor si péniblement accumulé. »

Son effervescence croissait et il scanda joyeusement :

« Celui-là ne le sera pas, Joséphine Balsamo, et c'est l'un des plus fantastiques. Si le frère Nicolas a dit vrai, et tout l'atteste, si les dix mille pierres précieuses ont été glissées dans l'étrange tirelire, c'est à quelque chose comme un milliard de francs qu'il faudrait évaluer ces biens de mainmorte légués par le Moyen Âge[1], tout cet effort de millions et de millions de moines, cette gigantesque offrande de tout le peuple chrétien et des grandes époques de fanatisme, tout cela qui est dans les flancs de la borne de granit, au milieu d'un verger normand ! Est-ce admirable ?

« Et ton rôle dans l'aventure, Joséphine Balsamo ? Qu'as-tu donc apporté ? Tiens-tu de Cagliostro quelque indication spéciale ?

1. Il est hors de doute que la fameuse légende du Milliard des Congrégations trouve ici son origine.

— Quelques mots seulement, dit-elle. Sur la liste que je possède des quatre énigmes révélées par lui, il a écrit, en face de celle-ci et de "La fortune des rois de France[1]", cette note : "*Entre Rouen, Le Havre et Dieppe. (Aveux de Marie-Antoinette.)*"

— Oui, oui, reprit Raoul sourdement, le pays de Caux... l'estuaire du vieux fleuve au bord duquel ont prospéré les rois de France et les moines... C'est bien là que sont cachées les économies de dix siècles de religion... Les deux coffres sont là, non loin l'un de l'autre, naturellement, et c'est là que je les trouverai. »

Puis, se tournant vers Josine :

« Alors tu cherchais aussi ?

— Oui, mais sans données précises...

— Et une autre femme cherchait comme toi ? dit-il en la regardant au fond des yeux, celle qui a tué les deux amis de Beaumagnan ?

— Oui, dit-elle, la marquise de Belmonte qui est, je le suppose, une descendante de Cagliostro.

— Et tu n'as rien découvert ?

— Rien, jusqu'au jour où j'ai rencontré Beaumagnan.

— Lequel voulait venger le meurtre de ses amis ?

— Oui, dit-elle.

— Et Beaumagnan, peu à peu, t'a confié ce qu'il savait ?

— Oui.

— De lui-même ?

— De lui-même...

— C'est-à-dire que tu as deviné qu'il poursuivait le même but que toi, et tu as profité de l'amour que tu lui inspirais pour l'amener aux confidences.

— Oui, dit-elle franchement.

— C'était jouer gros jeu.

— C'était jouer ma vie. En décidant de me tuer, il a voulu certes s'affranchir de l'amour dont il souffrait, puisque je n'y répondais pas, mais aussi et surtout il a eu peur des révélations qu'il m'avait faites. Je suis devenue soudain, pour lui, l'ennemie qui pouvait atteindre le but avant lui.

1. Voir *L'Aiguille creuse*, p. 423.

« Le jour où il s'est aperçu de la faute commise, j'étais condamnée.

— Cependant ses découvertes se réduisaient à quelques données historiques, assez vagues somme toute ?

— À cela seulement.

— Et la branche du chandelier que j'ai sortie du pilastre fut le premier élément de vérité positive.

— Le premier.

— Du moins je le suppose. Car, depuis votre rupture, rien ne prouve qu'il n'ait avancé, lui, de quelques pas.

— De quelques pas ?

— Oui, d'un pas tout au moins. Hier soir Beaumagnan est venu au théâtre. Pourquoi ? Sinon pour cette raison que Brigitte Rousselin portait sur son front un bandeau composé de *sept pierres*. Il a voulu se rendre compte de ce que cela signifiait, et sans doute est-ce lui, ce matin, qui a fait surveiller la maison de Brigitte.

— En admettant qu'il en soit ainsi, nous ne pouvons rien savoir.

— Nous pouvons le savoir, Josine.

— Comment ? Par qui ?

— Par Brigitte Rousselin. »

Elle tressaillit.

« Brigitte Rousselin…

— Certes, dit-il tranquillement, il suffit de l'interroger.

— Interroger cette femme ?

— Je parle d'elle et non d'une autre.

— Mais alors… mais alors… elle vit donc ?

— Parbleu ! » dit-il.

Il se leva de nouveau et pivota deux ou trois fois sur ses talons, petit tournoiement qu'il fit suivre d'une esquisse de danse qui tenait du cancan et de la gigue.

« Je t'en supplie, comtesse de Cagliostro, ne me lance pas des regards furieux. Si je n'avais pas provoqué en toi une secousse nerveuse assez forte pour démolir ta résistance, tu ne soufflais pas mot de l'aventure, et où en serions-nous ? Un jour ou l'autre Beaumagnan étouffait le milliard, et Joséphine se mordait les pouces. Allons, un joli sourire au lieu de cet œil chargé de haine. »

Elle chuchota :

« Tu as eu l'audace!... tu as osé!... Et toutes ces menaces, tout ce chantage pour me contraindre à parler, c'était de la comédie? Ah! Raoul, je ne te pardonnerai jamais.

— Mais si, mais si, dit-il d'un ton badin, tu pardonneras. Simple petite blessure d'amour-propre, qui n'a rien à voir avec notre amour, ma chérie! Entre gens qui s'aiment comme nous, cela n'existe pas. Un jour c'est l'un qui égratigne, le lendemain c'est l'autre... jusqu'à l'instant où l'accord est parfait sur tous les points.

— À moins qu'on ne rompe auparavant, fit-elle entre ses dents.

— Rompre? parce que je t'ai soulagée de quelques confidences? Rompre?... »

Mais Joséphine gardait un air si déconcerté que, soudain, Raoul, pris d'un fou rire, dut interrompre ses explications. Il sautait d'un pied sur l'autre, et tout en gambadant, gémissait :

« Dieu! que c'est drôle! Madame est fâchée!... Alors, quoi? plus moyen de se jouer des petits tours?... Pour un rien, la moutarde vous monte au nez!... Ah! ma bonne Joséphine, ce que tu m'auras fait rire! »

Elle ne l'écoutait plus. Sans s'occuper de lui, elle enleva la serviette qui encapuchonnait Léonard et coupa les liens.

Léonard bondit vers Raoul, avec une allure de bête déchaînée.

« N'y touche pas! » ordonna-t-elle.

Il s'arrêta net, les poings tendus contre le visage de Raoul, qui murmura les larmes aux yeux :

« Allons bon, voilà le sbire... un diable qui sort de sa boîte... »

Hors de lui, l'homme frémissait :

« On se retrouvera, mon petit monsieur... On se retrouvera... mon petit monsieur... fût-ce dans cent ans...

— Tu comptes donc par siècles aussi, toi! ricana Raoul, comme ta patronne...

— Va-t'en, exigea la Cagliostro en poussant Léonard jusqu'à la porte... Va-t'en... Tu emmèneras la voiture... »

Ils échangèrent quelques mots rapides en une langue que Raoul ne comprenait pas. Puis, quand elle fut seule avec le jeune homme, elle se rapprocha et lui dit d'une voix âpre :

« Et maintenant ?

— Maintenant ?

— Oui, tes intentions ?

— Mais tout à fait pures, Joséphine, des intentions angéliques.

— Assez de blagues. Que veux-tu faire ? Comment comptes-tu agir ? »

Devenu sérieux, il répondit :

« J'agirai différemment de toi, Josine, qui t'es toujours défiée. Je serai ce que tu n'as pas été, un ami loyal qui rougirait de te porter préjudice.

— C'est-à-dire ?

— C'est-à-dire que je vais poser à Brigitte Rousselin les quelques questions indispensables, et les poser de manière que tu entendes. Cela te convient ?

— Oui, dit-elle, toujours irritée.

— En ce cas, reste ici. Ce ne sera pas long. Le temps presse.

— Le temps presse ?

— Oui, tu vas comprendre, Josine. Ne bouge pas. »

Aussitôt Raoul ouvrit les deux portes de communication et les laissa entrebâillées afin que le moindre mot pût être perçu par elle, et se dirigea vers le lit où Brigitte Rousselin reposait sous la garde de Valentine.

La jeune actrice lui sourit. Malgré tout son effroi, et bien qu'elle ne saisît rien de ce qui se passait, elle avait, en voyant son sauveur, une impression de sécurité et de confiance qui la détendait.

« Je ne vous fatiguerai pas…, dit-il. Une minute ou deux seulement. Vous êtes en état de répondre ?

— Oh ! certes.

— Eh bien ! voilà. Vous avez été victime d'une sorte de fou que la police surveillait et que l'on va interner. Donc, plus le moindre péril. Mais je voudrais éclaircir un point.

— Interrogez.

— Qu'est-ce que c'est que ce bandeau de pierreries ? De qui le tenez-vous ? »

Il sentit qu'elle hésitait. Cependant, elle avoua :

« Ce sont des pierres… que j'ai trouvées dans un vieux coffret.

— Un vieux coffret de bois ?

— Oui, tout fendu et qui n'était pas même fermé. Il était caché sous de la paille, dans le grenier de la petite maison que ma mère habite en province.

— Où ?

— À Lillebonne, entre Rouen et Le Havre.

— Je sais. Et ce coffret provenait ?…

— Je l'ignore. Je ne l'ai pas demandé à maman.

— Vous avez trouvé les pierres comme elles sont maintenant ?

— Non, elles étaient montées en bagues sur de gros anneaux d'argent.

— Et ces anneaux ?

— Je les avais encore hier dans ma boîte de maquillage au théâtre.

— Vous ne les avez donc plus ?

— Non, je les ai cédés à un monsieur qui est venu me féliciter dans ma loge et qui les a vus par hasard.

— Il était seul ?

— Avec deux messieurs. C'est un collectionneur. Je lui ai promis de lui rapporter les sept pierres aujourd'hui à trois heures afin qu'il reconstitue les bagues. Il doit me les racheter un bon prix.

— Ces anneaux portent des inscriptions à l'intérieur ?

— Oui… des mots en caractères anciens, auxquels je n'ai pas fait attention. »

Raoul réfléchit et conclut d'une voix un peu grave :

« Je vous conseille de garder le secret le plus absolu sur tous ces événements. Sinon, l'affaire pourrait avoir des conséquences fâcheuses, non pas pour vous, mais pour votre mère. Il est assez étonnant qu'elle dissimule chez elle des bagues, sans valeur évidemment, mais d'un grand intérêt historique. »

Brigitte Rousselin s'effara :

« Je suis toute prête à les rendre.

— Inutile. Conservez les pierres. Moi, je vais exiger en votre nom la restitution des anneaux. Où demeure ce monsieur ?

— Rue de Vaugirard.

— Son nom ?

— Beaumagnan.

— Bien. Un dernier conseil, mademoiselle. Quittez cette maison. Elle est trop isolée. Et pendant quelque temps (mettons un mois), allez vivre à l'hôtel avec votre femme de chambre. Vous n'y recevrez personne. C'est convenu ?

— Oui, monsieur. »

Dehors, Joséphine Balsamo s'accrocha au bras de Raoul d'Andrésy. Elle semblait très agitée et bien loin de toute idée de vengeance et de rancune. À la fin, elle lui dit :

« J'ai compris, n'est-ce pas ? Tu vas chez lui ?

— Chez Beaumagnan.

— C'est de la démence.

— Pourquoi ?

— Chez Beaumagnan ! Et à une heure où tu sais qu'il est chez lui, avec les deux autres.

— Deux plus un égale trois.

— N'y va pas, je t'en prie.

— Et après ? Crois-tu qu'ils me mangeront ?

— Beaumagnan est capable de tout.

— C'est donc un anthropophage ?

— Oh ! ne ris pas, Raoul !

— Ne pleure pas, Josine. »

Il sentit qu'elle était sincère et que, par un retour de tendresse féminine, elle oubliait leur désaccord, et tremblait pour lui.

« N'y va pas, Raoul, répéta-t-elle. Je connais le logis de Beaumagnan. Les trois bandits se jetteraient sur toi, que personne ne pourrait te secourir.

— Tant mieux, dit-il, car personne ne pourrait les secourir non plus, eux.

— Raoul, Raoul, tu plaisantes, et cependant… »

Il la pressa contre lui.

« Écoute, Josine, j'arrive bon dernier au milieu d'une affaire colossale où je me trouve en présence de deux organisations puissantes, la tienne et celle de Beaumagnan qui, toutes les deux, naturellement, se refusent à m'accueillir, moi, troisième larron… de sorte que si je n'emploie pas les grands moyens, je risque de demeurer Gros-Jean comme devant. Laisse-moi donc m'arranger avec notre ennemi, Beaumagnan, de la même manière que je me suis arrangé avec mon amie Joséphine Balsamo. Je ne me suis pas trop mal pris, n'est-ce pas, et tu ne peux pas nier que j'aie quelques cordes à mon arc ?... »

C'était la blesser de nouveau. Elle dégagea son bras, et ils marchèrent l'un près de l'autre, en silence.

Au fond de lui, Raoul se demandait si son adversaire le plus implacable n'était pas cette femme au doux visage qu'il aimait si ardemment et de qui il était si ardemment aimé.

IX

La roche tarpéienne

« Monsieur Beaumagnan, c'est ici ? »

À l'intérieur, le battant d'un judas avait été tiré, et le visage d'un vieux domestique se collait à la grille.

« C'est ici. Mais Monsieur ne reçoit pas.

— Allez lui dire que c'est de la part de Mlle Brigitte Rousselin. »

Le logis de Beaumagnan, qui occupait le rez-de-chaussée, formait hôtel avec le premier étage. Pas de concierge. Pas de sonnette. Un marteau de fer qu'on heurtait contre une porte massive munie d'un guichet de prison.

Raoul attendit plus de cinq minutes. La visite d'un jeune homme, alors qu'on prévoyait celle de la jeune actrice, devait intriguer les trois personnages.

« On demande à Monsieur de donner sa carte », revint dire le domestique.

Raoul donna sa carte.

Nouvelle attente. Puis un bruit de verrous tirés et de chaîne décrochée, et Raoul fut conduit à travers un large vestibule bien ciré, semblable à un parloir de couvent, et dont les murs suintaient.

On passa devant plusieurs portes. La dernière était doublée d'un vantail capitonné de cuir.

Le vieux serviteur ouvrit et referma derrière le jeune homme, qui se trouva seul en face de ses trois ennemis, car pouvait-il appeler autrement ces trois hommes dont deux, tout au moins, guettaient son entrée, debout, dans des postures de boxeurs qui vont déclencher leur attaque ?

« C'est lui ! c'est bien lui ! cria Godefroy d'Étigues, soulevé de rage. Beaumagnan, c'est lui, notre homme de Gueures, celui qui a volé la branche du chandelier. Ah ! il en a de l'aplomb ! Que venez-vous faire aujourd'hui ? Si c'est pour la main de ma fille… »

Raoul répondit en riant :

« Mais enfin, monsieur, vous ne pensez donc qu'à cela ? J'éprouve pour Mlle Clarisse les mêmes sentiments profonds, je garde au fond de moi le même espoir respectueux. Mais, pas plus aujourd'hui que le jour de Gueures, le but de ma visite n'est matrimonial.

— Alors, votre but ?… mâchonna le baron.

— Le jour de Gueures, c'était de vous enfermer dans une cave. Aujourd'hui… »

Beaumagnan dut intervenir, sans quoi Godefroy d'Étigues s'élançait sur l'intrus.

« Restons-en là, Godefroy. Asseyez-vous, et que Monsieur veuille bien nous dire la raison de sa visite. »

Lui-même, il s'assit devant son bureau. Raoul s'installa.

Avant de parler, il prit le temps d'examiner ses interlocuteurs dont les visages lui semblaient changés depuis la réunion de la Haie d'Étigues. En particulier, le baron avait vieilli. Ses joues s'étaient creusées et l'expression de ses yeux avait, à certaines minutes, quelque chose de hagard qui frappa le jeune homme. L'idée fixe, le remords donnent cette fièvre et cette inquiétude que Raoul crut discerner également sur le visage tourmenté de Beaumagnan.

Cependant celui-ci restait plus maître de lui. Si le souvenir de Josine morte le hantait, cela devait être plutôt à la manière d'un débat de conscience où l'on juge ses actes et où l'on se confirme dans son droit. Drame tout intérieur qui n'affectait pas l'apparence même de l'homme et ne pouvait compromettre son équilibre que par saccades et aux minutes de crise.

« Ces minutes-là, se dit Raoul, c'est à moi de les créer si je veux réussir. Lui ou moi, il faut que l'un des deux flanche. »

Et, comme Beaumagnan reprenait :

« Que désirez-vous ? Le nom de Mlle Rousselin vous a servi pour pénétrer chez moi. Dans quelle intention ?… »

Il répondit hardiment :

« Dans l'intention, monsieur, de poursuivre l'entretien que vous avez commencé hier soir, avec elle, au théâtre des Variétés. »

L'attaque était directe. Mais Beaumagnan ne se déroba pas.

« J'estime, dit-il, que cet entretien ne pouvait se continuer qu'avec elle, et c'est elle seule que j'attendais.

— Une raison sérieuse a retenu Mlle Rousselin, dit Raoul.

— Une raison très sérieuse ?

— Oui. Elle a été victime d'une tentative de meurtre.

— Hein ? Que dites-vous ? On a essayé de la tuer ? Et pourquoi ?

— Pour lui prendre les sept pierres, de même que vous et ces messieurs lui aviez pris les sept anneaux. »

Godefroy et Oscar de Bennetot s'agitèrent sur leurs chaises. Beaumagnan se contint, mais il observait avec étonnement ce tout jeune homme, dont l'intervention inexplicable prenait cette allure de défi et d'arrogance. En tout cas, l'adversaire lui semblait d'étoffe un peu mince, et on le sentit au ton négligent de sa riposte :

« Voilà deux fois, monsieur, que vous vous mêlez de ce qui ne vous regarde pas, et d'une manière qui nous obligera sans doute à vous donner la leçon que vous méritez. Une première fois, à Gueures, après avoir attiré mes amis dans un guet-apens, vous vous êtes emparé d'un objet qui nous appartenait, ce qui, en langage ordinaire, s'appelle tout uniment un vol qualifié. Aujourd'hui, votre agression est encore plus choquante, puisque vous venez nous insulter en face, sans le moindre prétexte, et tout en sachant fort bien que nous n'avons pas volé ces bagues, mais qu'elles nous ont été cédées. Pouvez-vous nous dire les motifs de votre conduite ?

— Vous savez fort bien également, répondit Raoul, qu'il n'y a eu de mon côté ni vol ni agression, mais simplement l'effort de quelqu'un qui poursuit le même but que vous.

— Ah ! vous poursuivez le même but que nous ? interrogea Beaumagnan avec quelque moquerie. Et quel est ce but, s'il vous plaît ?

— La découverte des dix mille pierres précieuses cachées au creux d'une borne de granit. »

Du coup, Beaumagnan fut démonté, et, par son attitude et son silence gêné, il le laissa voir assez maladroitement. Sur quoi, Raoul renforça son attaque :

« Alors, n'est-ce pas, comme nous cherchons tous deux le trésor fabuleux des anciens monastères, il arrive que nos chemins se croisent, ce qui produit un choc entre nous. Toute l'affaire est là. »

Le trésor des monastères ! La borne de granit ! Les dix mille pierres précieuses ! Chacun de ces mots frappait Beaumagnan comme une massue. Ainsi donc on devait encore compter avec ce rival ! La Cagliostro disparue, il surgissait un autre compétiteur dans la course aux millions !

Godefroy d'Étigues et Bennetot roulaient des regards féroces et bombaient leurs bustes d'athlètes prêts à la lutte. Beaumagnan, lui, se raidissait pour recouvrer un sang-froid dont il sentait l'impérieuse nécessité.

« Légendes ! dit-il, tout en essayant d'assurer sa voix et de retrouver le fil de ses idées. Commérages de bonne femme ! Contes à dormir debout ! Et c'est à cela que vous perdez votre temps ?

— Je ne le perds pas plus que vous, répliqua Raoul, qui ne voulait point que Beaumagnan se remît d'aplomb et qui ne manquait pas une occasion de l'étourdir. Pas plus que vous dont tous les actes tournent autour de ce trésor… pas plus que ne le perdait le cardinal de Bonnechose dont la relation n'était pourtant pas un commérage de bonne femme. Pas plus que la douzaine d'amis dont vous êtes le chef et l'inspirateur.

— Seigneur Dieu, fit Beaumagnan qui affecta l'ironie, ce que vous êtes bien renseigné !

— Beaucoup mieux que vous ne pouvez le croire !

— Et de qui tenez-vous ces renseignements ?

— D'une femme !

— Une femme ?

— Joséphine Balsamo, comtesse de Cagliostro.

— La comtesse de Cagliostro ! s'écria Beaumagnan, bouleversé. Vous l'avez donc connue ! »

Le plan de Raoul se réalisait soudain. Il lui avait suffi de jeter dans le débat le nom de Cagliostro pour mettre l'adversaire en désarroi, et ce désarroi était tel que Beaumagnan, imprudence inexplicable, parlait de la Cagliostro comme d'une personne qui n'était plus vivante.

« Vous l'avez connue ? Où ? Quand ? Que vous a-t-elle dit ?

— Je l'ai connue au début de l'hiver dernier, comme vous, monsieur, répondit Raoul, aggravant son offensive. Et, tout cet hiver, jusqu'au moment où j'ai eu la joie de rencontrer la fille du baron d'Étigues, je l'ai vue à peu près chaque jour.

— Vous mentez, monsieur, proféra Beaumagnan. Elle n'a pu vous voir chaque jour. Elle aurait prononcé votre nom devant moi ! J'étais assez de ses amis pour qu'elle ne gardât pas un secret de ce genre !

— Elle gardait celui-là.

— Infamie ! Vous voulez faire croire qu'il y a eu entre elle et vous une intimité impossible ! C'est faux, monsieur. On peut reprocher à Joséphine Balsamo bien des choses : sa coquetterie, sa fourberie, mais pas cela, pas un acte de débauche.

— L'amour n'est pas la débauche, fit Raoul, tranquillement.

— Que dites-vous ? de l'amour ? Joséphine Balsamo vous aimait ?

— Oui, monsieur. »

Beaumagnan était hors de lui. Il brandissait son poing devant le visage de Raoul. À son tour on dut le calmer, mais il tremblait de fureur et la sueur lui coulait du front.

« Je le tiens, pensa Raoul tout joyeux. Sur la question du crime et des remords, il ne bronche pas. Mais il est encore rongé par l'amour et je le conduirai où je voudrai. »

Une ou deux minutes s'écoulèrent. Beaumagnan s'épongeait la figure. Il avala un verre d'eau, et, se rendant compte que l'ennemi, si mince qu'il fût, n'était pas de ceux dont on se débarrasse en un tournemain, il reprit :

« Nous nous égarons, monsieur. Vos sentiments personnels pour la comtesse de Cagliostro n'ont rien à voir avec ce qui nous occupe aujourd'hui. Je reviens donc à ma première question : que venez-vous faire ici ?

— Rien que de très simple, répondit Raoul, et une brève explication suffira. À l'égard des richesses religieuses du Moyen Âge, richesses que, personnellement, vous voulez faire entrer dans les caisses de la Société de Jésus – voici où nous en sommes : ces offrandes, canalisées à travers toutes les provinces, étaient envoyées aux sept principales abbayes de Caux et constituaient une masse commune gérée par ce qu'on pourrait appeler sept administrateurs délégués, dont un seul connaissait l'emplacement du coffre-fort et le chiffre de la serrure. Chaque abbaye possédait une bague épiscopale ou pastorale qu'elle transmettait, de génération en génération, à son propre délégué. Comme symbole de sa mission, le comité des sept était représenté par un chandelier à sept branches, dont chaque branche portait, souvenir de la liturgie hébraïque et du temple de Moïse, une pierre de la même couleur et de la même matière que la bague à laquelle elle correspondait. Ainsi la branche que j'ai trouvée à Gueures porte une pierre rouge, un faux grenat, qui était la pierre représentative de telle abbaye, et d'autre part nous savons que le frère Nicolas, dernier administrateur en chef des monastères cauchois, était un moine de l'abbaye de Fécamp. Nous sommes d'accord ?

— Oui.

— Donc, il suffit de connaître le nom des sept abbayes pour connaître sept emplacements où des recherches aient des chances d'aboutir. Or, sept noms sont inscrits à l'intérieur des sept anneaux que Brigitte Rousselin vous a cédés hier soir au théâtre. Ce sont ces sept anneaux que je vous demande d'examiner.

— C'est-à-dire, scanda Beaumagnan, que nous avons cherché pendant des années et des années, et que vous, du premier coup, vous prétendez parvenir au même but que nous ?

— C'est exactement cela.

— Et si je refuse ?

— Pardon, refusez-vous ? Je ne répondrai qu'à une réponse formelle.

— Évidemment, je refuse. Votre demande est absolument insensée, et, de la façon la plus catégorique, je refuse.

— Alors je vous dénonce. »

Beaumagnan parut abasourdi. Il observa Raoul comme s'il eût affaire à un fou.

« Vous me dénoncez… Qu'est-ce que c'est que cette nouvelle histoire ?

— Je vous dénonce tous les trois.

— Tous les trois ? ricana-t-il. Mais à quel propos, mon petit monsieur ?

— Je vous dénonce tous les trois comme les assassins de Joséphine Balsamo, comtesse de Cagliostro. »

Il n'y eut pas la moindre protestation. Pas un geste de révolte. Godefroy d'Étigues et son cousin Bennetot s'effondrèrent un peu plus sur leurs chaises. Beaumagnan était livide et son ricanement s'achevait en une grimace affreuse.

Il se leva, donna un tour de clef à la serrure et mit la clef dans sa poche, ce qui eut pour effet de rendre quelque ressort à ses deux acolytes. Le coup de force que semblait annoncer l'acte de leur chef les ranimait.

Raoul eut l'audace de plaisanter :

« Monsieur, dit-il, quand un conscrit arrive au régiment, on le plante à cheval sans étriers, jusqu'à ce qu'il tienne d'aplomb.

— Ce qui signifie ?...

— Ceci : je me suis juré de ne jamais porter de revolver sur moi, jusqu'au jour où je saurais faire face à toutes les situations avec le seul secours de mon cerveau. Donc, vous êtes avertis : je n'ai pas d'étriers... ou plutôt, je n'ai pas de revolver. Vous êtes trois, tous trois armés, et je suis seul. Donc...

— Donc, assez de mots, déclara Beaumagnan, d'une voix menaçante. Des faits. Vous nous accusez d'avoir assassiné la Cagliostro ?

— Oui.

— Vous avez des preuves pour soutenir cette accusation ahurissante ?

— J'en ai.

— J'écoute.

— Voici. Il y a quelques semaines, j'errais autour du domaine de la Haie d'Étigues, espérant que le hasard me permettrait de voir Mlle d'Étigues, quand j'ai aperçu une voiture conduite par un de vos amis. Cette voiture est entrée dans le domaine. Moi également. Une femme, Joséphine Balsamo, a été transportée dans la salle de l'ancienne tour, où vous étiez tous réunis en soi-disant tribunal. Son procès a été instruit de la façon la plus déloyale et la plus perfide. Vous étiez l'accusateur public, monsieur, et vous avez poussé la fourberie et la vanité jusqu'à laisser croire que cette femme avait été votre maîtresse. Quant à ces deux messieurs, ils ont joué le rôle de bourreaux.

— La preuve ! La preuve ! grinça Beaumagnan, dont la figure devenait méconnaissable.

— J'étais là, couché dans l'embrasure d'une ancienne fenêtre, au-dessus de votre tête, monsieur.

— Impossible ! balbutia Beaumagnan. Si c'était vrai, vous auriez tenté d'intervenir et de la sauver.

— La sauver de quoi ? demanda Raoul qui ne voulait justement rien révéler du sauvetage de la Cagliostro. J'ai cru, comme vos autres amis, que vous la condamniez à la claustration dans une maison de fous anglaise. Je suis donc parti en même temps que les autres. J'ai couru jusqu'à Étretat. J'ai loué une barque, et, le soir, j'ai ramé au-devant de ce yacht anglais que vous aviez annoncé et dont j'avais l'intention d'effrayer le capitaine.

« Fausse manœuvre, et qui a coûté la vie à la malheureuse. Ce n'est que plus tard que j'ai compris votre ruse ignoble et que j'ai pu reconstituer votre crime dans toute son horreur, la descente de vos deux complices par l'Escalier du Curé, la barque trouée et la noyade. »

Tout en écoutant avec une frayeur visible, les trois hommes avaient rapproché leurs chaises peu à peu. Bennetot écarta la table qui faisait comme un rempart au jeune homme. Raoul avisa la face atroce de Godefroy d'Étigues et le rictus qui lui tordait la bouche.

Un signe de Beaumagnan, et le baron braquait un revolver et brûlait la cervelle de l'imprudent…

Et peut-être fut-ce précisément cette imprudence inexplicable qui retardait l'ordre de Beaumagnan. Il chuchota, l'air redoutable :

« Je vous répéterai, monsieur, que vous n'aviez pas le droit d'agir comme vous l'avez fait et de vous mêler de ce qui ne vous concerne pas. Mais je me refuse à mentir et à nier ce qui fut. Seulement… seulement je me demande, puisque vous avez surpris un tel secret, comment vous osez être là et nous provoquer ? C'est de la démence !

— Pourquoi donc, monsieur ? fit Raoul avec candeur.

— Parce que votre existence est entre nos mains. »

Il haussa les épaules.

« Mon existence est à l'abri de tout danger.

— Nous sommes trois cependant et d'humeur peu accommodante sur un point qui touche d'aussi près notre sécurité.

— Je ne cours pas plus de risques entre vous trois, affirma Raoul, que si vous étiez mes défenseurs.

— En êtes-vous absolument certain ?

— Oui, puisque vous ne m'avez pas encore tué après tout ce que j'ai dit.

— Et si je m'y décidais ?

— Une heure plus tard, vous seriez arrêtés tous les trois.

— Allons donc !

— Comme j'ai l'honneur de vous le dire. Il est quatre heures cinq. Un de mes amis se promène aux environs de la Préfecture de police. Si, à quatre heures trois quarts, je ne l'ai pas rejoint, il avertit le chef de la Sûreté.

— Des blagues ! Des balivernes ! s'écria Beaumagnan qui semblait reprendre espoir. Je suis connu. Dès qu'il aura prononcé mon nom, on lui rira au nez, à votre ami.

— On l'écoutera.

— En attendant... », murmura Beaumagnan qui se tourna vers Godefroy d'Étigues.

L'ordre de mort allait être donné. Raoul éprouva la volupté du péril. Quelques secondes encore, et le geste dont il avait retardé l'exécution par son extraordinaire sang-froid, serait accompli.

« Un mot encore, dit-il.

— Parlez, gronda Beaumagnan, mais à la condition que ce mot soit une preuve contre nous. Je ne veux plus d'accusations. De cela et de ce que la justice peut penser, je m'en charge. Mais je veux une preuve, qui me montre que je ne perds pas mon temps en discutant avec vous. Une preuve immédiate, sinon... »

Il s'était levé de nouveau. Raoul se dressa devant lui, et, les yeux dans les yeux, tenace, autoritaire, il articula :

« Une preuve... Sinon, c'est la mort, n'est-ce pas ?

— Oui.

— Voici ma réponse. Les sept anneaux, tout de suite. Sans quoi…

— Sans quoi ?

— Mon ami remet à la police la lettre que vous avez écrite au baron d'Étigues pour lui indiquer le moyen de s'emparer de Joséphine Balsamo, et pour le contraindre à l'assassinat. »

Beaumagnan joua la surprise.

« Une lettre ? Des conseils d'assassinat ?

— Oui, précisa Raoul… une lettre en quelque sorte déguisée, et dont il suffisait de négliger les phrases inutiles. »

Beaumagnan éclata de rire.

« Ah ! oui, je sais… je me rappelle… un griffonnage…

— Un griffonnage qui constitue contre vous la preuve irrécusable que vous réclamiez.

— En effet… en effet, je l'avoue, dit Beaumagnan, toujours ironique. Seulement je ne suis pas un collégien, et je prends mes précautions. Or cette lettre me fut rendue par le baron d'Étigues dès le début de la réunion.

— La copie vous fut rendue, mais j'ai gardé l'original que j'ai trouvé dans une rainure du bureau à cylindre dont se sert le baron. C'est cet original que mon ami remettra à la police. »

Le cercle formé autour de Raoul se desserra. Les visages féroces des deux cousins n'avaient plus d'autre expression que celle de la peur et de l'angoisse. Raoul pensa que le duel était fini, et fini sans qu'il y eût réellement combat. Quelques froissements d'épée, quelques feintes. Pas de corps à corps. L'affaire avait été si bien menée, il avait par des manœuvres adroites si bien acculé Beaumagnan à une situation si tragique que, dans l'état d'esprit où il se trouvait, Beaumagnan ne pouvait plus juger sainement les choses et discerner les points faibles de l'adversaire.

Car enfin, cette lettre, Raoul affirmait bien qu'il en possédait l'original. Mais sur quoi s'appuyait-il pour l'affirmer ? Sur rien. De sorte que Beaumagnan qui exigeait une preuve irréfutable et palpable avant de céder, tout à coup, par une anomalie singulière, mais à quoi les manœuvres de Raoul avaient abouti, se contentait de l'unique affirmation de Raoul.

De fait, il lâcha pied brusquement, sans marchandage et sans tergiversation. Il ouvrit le tiroir, prit les sept anneaux, et dit simplement :

« Qui m'assure que vous ne vous servirez plus de cette lettre contre nous ?

— Vous avez ma parole, monsieur, et d'ailleurs, entre nous, les circonstances ne se représentent jamais de la même façon. La prochaine fois, vous saurez prendre l'avantage.

— N'en doutez pas, monsieur », dit Beaumagnan avec une rage contenue.

Raoul saisit les anneaux d'une main fébrile. Chacun d'eux, en effet, portait à l'intérieur un nom. Sur un bout de papier, rapidement, il inscrivit les sept noms d'abbayes :

Fécamp,
Saint-Wandrille,
Jumièges,
Valmont,
Cruchet-le-Valasse,
Montivilliers,
Saint-Georges-de-Boscherville.

Beaumagnan avait sonné, mais il retint le domestique dans le couloir, et s'approchant de Raoul :

« À tout hasard, une proposition… Vous connaissez nos efforts. Vous savez exactement où nous en sommes et que le but, en définitive, n'est pas éloigné.

— C'est mon avis, dit Raoul.

— Eh bien ! seriez-vous disposé – je parle sans ambages – à prendre place au milieu de nous ?

— Au même titre que vos amis ?

— Non. Au même titre que moi. »

L'offre était loyale, Raoul le sentit et fut flatté de l'hommage qu'on lui rendait. Peut-être eût-il accepté s'il n'y avait pas eu Joséphine Balsamo. Mais tout accord était impossible entre elle et Beaumagnan.

« Je vous remercie, dit Raoul, mais pour des raisons particulières, je dois refuser.

— Donc ennemi ?

— Non, monsieur, concurrent.

— Ennemi, insista Beaumagnan, et comme tel, exposé à…

— À être traité comme la comtesse de Cagliostro, interrompit Raoul.

— Vous l'avez dit, monsieur. Vous savez que la grandeur de notre but excuse les moyens que nous sommes parfois contraints d'adopter. Si ces moyens se retournent un jour ou l'autre contre vous, vous l'aurez voulu.

— Je l'aurai voulu. »

Beaumagnan rappela le domestique.

« Reconduisez Monsieur. »

Raoul fit trois salutations profondes, et s'en alla le long du couloir, jusqu'à la porte au judas qui fut ouverte. Là il dit au vieux serviteur :

« Une seconde, mon ami, veuillez m'attendre. »

Il revint alors vivement vers le bureau où les trois hommes conféraient, et, se plantant sur le seuil, le bouton de la serrure dans la main, sa retraite assurée, il leur jeta d'une voix aimable :

« À propos de cette fameuse lettre si compromettante je dois vous faire un aveu qui vous donnera toute tranquillité, c'est que je n'en ai jamais pris copie, et, par conséquent, que mon ami n'en peut pas posséder l'original. Du reste ne croyez-vous pas que toute cette histoire d'ami qui se promène aux environs de la Préfecture et qui guette les trois quarts de quatre heures, est bien invraisemblable ? Dormez en paix, messieurs, et au plaisir de vous revoir. »

Il ferma la porte au nez de Beaumagnan et gagna la sortie avant que celui-ci eût le temps d'avertir son domestique.

La seconde bataille était gagnée.

Au bout de la rue, Joséphine Balsamo, qui l'avait conduit chez Beaumagnan, attendait, la tête penchée hors de la portière d'un fiacre.

« Cocher, dit Raoul, gare Saint-Lazare, au départ des grandes lignes. »

Il sauta dans la voiture et s'écria aussitôt, tout frissonnant de joie, l'intonation conquérante :

« Tiens, chérie, voilà les sept noms indispensables. Voici la liste ! Prends-la.

— Alors ? dit-elle.

— Alors, ça y est. Deuxième victoire en un jour, et quelle victoire, celle-là ! Mon Dieu ! que c'est facile de rouler les gens ! Un peu d'audace, des idées claires, de la logique, la volonté absolue de filer comme une flèche vers le but. Et les obstacles s'abolissent d'eux-mêmes. Beaumagnan est un malin, n'est-ce pas ? Eh bien ! il a flanché comme toi, ma bonne Josine. Hein ? ton élève te fait-il honneur ? Deux maîtres de première classe, Beaumagnan et la fille de Cagliostro, écrasés, pulvérisés par un collégien ! Qu'en dis-tu, Joséphine ? »

Il s'interrompit :

« Tu ne m'en veux pas, chérie, de parler ainsi ?

— Mais non, mais non, dit-elle en souriant.

— Tu n'es plus vexée pour l'histoire de tout à l'heure ?

— Ah ! fit-elle, ne m'en demande pas trop ! Vois-tu, il ne faut pas me blesser dans mon orgueil. J'en ai beaucoup et je suis rancunière. Mais, avec toi, on ne peut pas t'en vouloir bien longtemps. Tu as quelque chose de spécial qui désarme.

— Beaumagnan n'est pas désarmé, lui, fichtre, non !

— Beaumagnan est un homme.

— Eh bien ! je ferai la guerre aux hommes ! Et je crois vraiment que je suis fait pour cela, Josine ! oui, pour l'aventure, pour la conquête, pour l'extraordinaire et le fabuleux. Je sens qu'il n'est point de situation d'où je ne puisse sortir à mon avantage. Alors, n'est-ce pas, Josine, c'est tentant de lutter quand on est sûr de vaincre ? »

Par les rues étroites de la rive gauche, la voiture courait bon train. On franchit la Seine.

« Et je vaincrai, Josine, dès aujourd'hui. J'ai tous les atouts en main. Dans quelques heures, je débarque à Lillebonne. Je déniche la veuve Rousselin, et, qu'elle veuille ou non, j'examine le coffret en bois des Îles, sur lequel est gravé le mot de l'énigme. Et ça y est ! Avec ce mot-là, et avec le nom des sept abbayes, c'est bien le diable si je ne décroche pas la timbale ! »

Josine riait de son enthousiasme. Il exultait. Il racontait son duel avec Beaumagnan. Il embrassait la jeune femme, faisait des pieds de nez aux passants, ouvrait la glace, insultait le cocher dont le cheval trottait « comme une limace ».

« Au galop donc, vieux bougre ! Comment ! tu as l'honneur de traîner dans ton char le dieu de la Fortune et la reine de la Beauté, et ton coursier ne galope pas ! »

La voiture suivait l'avenue de l'Opéra. Elle coupa par la rue des Petits-Champs et la rue des Capucines. Dans la rue Caumartin le cheval prit le galop.

« Parfait ! cria Raoul. Cinq heures moins douze. Nous arriverons. Bien entendu, tu m'accompagnes à Lillebonne ?

— Pourquoi ? C'est inutile. Que l'un de nous deux y aille, c'est suffisant.

— À la bonne heure, dit Raoul, tu as confiance en moi, et tu sais que je ne trahirai pas, et que la partie est liée entre nous. La victoire de l'un est la victoire de l'autre. »

Mais comme on approchait de la rue Auber, une porte cochère s'ouvrit brusquement sur la gauche, la voiture tourna sans que le train fût ralenti, et pénétra dans une cour.

Trois hommes se présentèrent de chaque côté, Raoul fut happé brutalement et enlevé avant même d'esquisser un geste de résistance.

Il eut juste le temps de distinguer la voix de Joséphine Balsamo qui, restée dans la voiture, commandait :

« Gare Saint-Lazare, et vivement ! »

Déjà les hommes se précipitaient à l'intérieur d'une maison et le jetaient dans une pièce à moitié obscure dont la porte massive fut barricadée derrière lui.

L'allégresse qui bouillonnait en Raoul était si forte qu'elle ne retomba pas aussitôt. Il continua de rire et de plaisanter, mais avec une rage croissante qui altérait le timbre de sa voix.

« À mon tour !... Bravo, Joséphine... Ah ! quel coup de maître ! Voilà qui est envoyé ! En pleine cible !... Et, vrai, je ne m'y attendais pas. Non, mais ce que ça devait t'amuser, mes chants de triomphe : "Je suis fait pour la conquête ! pour l'extraordinaire et le fabuleux !" Idiot, va ! Quand on est capable de pareilles boulettes, on ferme la bouche. Quelle dégringolade ! »

Il se rua sur la porte. À quoi bon ! une porte de prison. Il essaya de grimper vers un petit vasistas qui laissait filtrer une lumière jaunâtre. Mais comment l'atteindre ? D'ailleurs, un léger bruit attira son attention, et, dans la pénombre, il s'aperçut qu'un des murs, à l'angle même du plafond, était percé d'une sorte de meurtrière par où jaillissait le canon d'un fusil braqué en plein sur lui, se déplaçant et s'immobilisant dès que lui-même se déplaçait ou restait immobile.

Toute sa colère se tourna vers le tireur invisible qu'il accabla généreusement d'invectives :

« Canaille ! Misérable ! Descends donc de ton trou pour voir comment je m'appelle. Quel métier tu fais ! Et puis, va dire à ta maîtresse qu'elle ne l'emportera pas en paradis et qu'avant peu… »

Il s'arrêta soudain. Tout ce verbiage lui semblait stupide et, passant de la colère à une résignation subite, il s'étendit sur un lit de fer dressé dans une alcôve qui formait aussi cabinet de toilette.

« Après tout, dit-il, tue-moi si ça te plaît, mais laisse-moi dormir… »

Dormir, Raoul n'y songeait pas. Il s'agissait d'abord d'envisager la situation et d'en tirer les conclusions désagréables qu'elle comportait. Et c'était là chose facile qui se résumait en une phrase : Joséphine Balsamo se substituait à lui pour recueillir les fruits de la victoire qu'il avait préparée.

Mais quels moyens d'action fallait-il qu'elle eût à sa disposition pour avoir réussi en si peu de temps ! Raoul ne doutait pas que Léonard, accompagné d'un autre complice et d'une autre voiture, ne les eût suivis jusque chez Beaumagnan et ne se fût aussitôt concerté avec elle. Sur quoi, Léonard allait tendre le piège de la rue Caumartin, dans un logis spécialement affecté à cet usage, tandis que Joséphine Balsamo attendait.

Que pouvait-il faire, lui, à son âge, et seul, contre de tels ennemis ? D'une part Beaumagnan avec tout un monde de correspondants et d'affidés derrière lui. D'autre part Joséphine Balsamo et toute sa bande si puissamment organisée !

Raoul prit une résolution :

« Que je rentre plus tard dans le bon chemin, comme je l'espère, se dit-il, ou que je m'engage définitivement sur la route des aventures, ce qui est plus probable, je jure que, moi aussi, je disposerai des moyens d'action indispensables. Malheur aux solitaires ! Il n'y a que les chefs qui atteignent le but. J'ai dominé Joséphine, et cependant, c'est elle qui, ce soir, mettra la main sur le coffret précieux, tandis que Raoul gémit sur la paille humide. »

Il en était là de ses réflexions lorsqu'il se sentit envahi d'une torpeur inexplicable qui s'accompagnait d'un malaise général. Il lutta contre ce sommeil insolite. Mais, très rapidement, son cerveau s'emplissait de brume. En même temps il avait des nausées et une impression de pesanteur à l'estomac.

Secouant sa faiblesse, il réussit à marcher. Cela dura peu, l'engourdissement croissant, et tout à coup, il se rejeta sur son matelas, étreint par une pensée effroyable : il se souvenait que, dans la voiture, Joséphine Balsamo avait tiré de sa poche une petite bonbonnière en or dont elle se servait habituellement, et, tout en prenant deux ou trois dragées qu'elle avalait aussitôt, lui en avait offert une, d'un geste machinal.

« Ah ! murmura-t-il, tout couvert de sueur, elle m'a empoisonné… les dragées qui restaient contenaient du poison… »

Ce fut une pensée dont il n'eut pas le loisir de vérifier la justesse. Saisi de vertige, il lui semblait tournoyer au-dessus d'un grand trou dans lequel il finit par tomber en sanglotant.

L'idée de la mort envahit Raoul assez profondément pour qu'il ne fût pas très sûr d'être vivant quand il rouvrit les yeux. Il fit péniblement quelques exercices de respiration, se pinça, parla tout haut. Il vivait ! Les bruits lointains de la rue achevèrent de le renseigner.

« Décidément, se dit-il, je ne suis pas mort. Mais quelle haute opinion j'ai de la femme que j'aime ! Pour un pauvre narcotique qu'elle m'a administré, comme c'était son droit, je l'accuse aussitôt d'être une empoisonneuse. »

Il n'aurait pu dire exactement combien de temps il avait dormi. Un jour ? Deux jours ? Davantage ? Sa tête était lourde, sa raison vacillait et une courbature infinie lui liait les membres.

Le long du mur, il avisa un panier de provisions que l'on avait dû descendre par la meurtrière. Aucun fusil ne paraissait là-haut.

Il avait faim et soif. Il mangea et but. Sa lassitude était telle qu'il ne réagissait plus à l'idée des conséquences que ce repas pouvait entraîner. Narcotique ? Poison ? Qu'importait ! Sommeil passager, sommeil éternel, tout lui était indifférent. Il se coucha de nouveau et, de nouveau, s'endormit pour des heures, pour des nuits et des jours…

À la fin, si accablant que fût son sommeil, Raoul d'Andrésy parvint à prendre conscience de certaines sensations, de même qu'on devine le terme d'un tunnel aux bouffées de lumière qui blanchissent les parois ténébreuses. Sensations plutôt agréables. C'était, sans aucun doute, des rêves, rêves de balancement très doux, que rythmait un bruit égal et continu. Il lui arriva de soulever ses paupières, et alors il apercevait le cadre rectangulaire d'un tableau dont la toile peinte bougeait et se déroulait en paysages constamment renouvelés, éclatants ou sombres, inondés de soleil ou flottant dans un crépuscule doré.

Maintenant il n'avait plus qu'à étendre le bras pour saisir les aliments. Il en goûtait peu à peu et davantage la saveur. Un vin parfumé les accompagnait. Il lui semblait, en le buvant, que de l'énergie coulait en lui. Ses yeux s'emplissaient de clarté. Le cadre du tableau devenait le châssis d'une fenêtre ouverte qui laissait voir une succession de collines, de prairies et de clochers de villages.

Il se trouvait dans une autre pièce, toute petite, qu'il reconnut pour l'avoir habitée déjà. À quelle époque ? Il y avait ses vêtements, son linge, et des livres à lui.

Un escalier en échelle s'y dressait. Pourquoi ne monterait-il pas, puisqu'il en avait la force ? Il lui suffisait de vouloir. Il voulut et il monta. Sa tête souleva une trappe et surgit dans l'espace infini. Un fleuve à droite et à gauche. Il chuchota : « Le pont de *La Nonchalante*… La Seine… La côte des Deux-Amants… »

Il avança de quelques pas.

Josine était là, assise dans un fauteuil d'osier.

Il n'y eut réellement point de transition entre les sentiments de rancune combative et de révolte qu'il éprouvait contre elle, et le sursaut d'amour et de désir qui le secoua des pieds à la tête. Et, même, avait-il jamais ressenti la moindre rancune et la moindre révolte ? Tout se confondit en un immense besoin de la presser dans ses bras.

Ennemie ? Voleuse ? Criminelle, peut-être ? Non. Femme seulement, femme avant tout. Et quelle femme !

Habillée très simplement comme à l'ordinaire, elle portait ce voile impalpable qui tamisait les reflets de ses cheveux et lui donnait une telle ressemblance avec la Vierge de Bernardino Luini. Le cou était nu, d'une teinte chaude et tiède. Ses mains fines s'allongeaient l'une près de l'autre sur ses genoux. Elle contemplait la pente abrupte des Deux-Amants. Et rien ne pouvait paraître plus doux et plus pur que ce visage empreint de l'immobile sourire qui en était l'expression profonde et mystérieuse.

Raoul la touchait presque, au moment où elle l'aperçut. Elle rougit un peu et baissa les paupières, laissant filtrer entre ses longs cils bruns un regard qui n'osait pas se fixer. Jamais adolescente ne montra plus de pudeur et de crainte ingénue, jamais moins d'apprêt et de coquetterie.

Il en fut tout ému. Elle redoutait ce premier contact entre eux. N'allait-il pas l'outrager ? Se jeter sur elle, la frapper, lui dire d'abominables choses ? Ou bien s'enfuir avec ce mépris qui est pire que tout ? Raoul tremblait comme un enfant. Rien ne comptait pour lui, à la minute actuelle, que ce qui compte éternellement pour les amants, le baiser, l'union des mains et des souffles, la folie des regards qui s'étreignent et des lèvres qui défaillent de volupté.

Il tomba à genoux devant elle.

X

La main mutilée

La rançon de telles amours, c'est le silence auquel elles sont condamnées. Alors même que les bouches parlent, le bruit des mots échangés n'anime pas le morne silence des pensées solitaires. Chacun poursuit sa propre méditation, sans jamais pénétrer dans la vie même de l'autre. Dialogue désespérant dont Raoul, toujours prêt à s'épancher, souffrait de plus en plus.

Elle aussi, Josine, devait en souffrir, à en juger par certains moments de lassitude extrême, où elle semblait sur le bord même de ces confidences qui rapprochent les amants plus encore que les caresses. Une fois elle se mit à pleurer entre les bras de Raoul, avec tant de détresse qu'il attendit la crise d'abandon. Mais elle se reprit aussitôt, et il la sentit plus lointaine que jamais.

« Elle ne peut pas se confier, pensa-t-il. Elle est de ces êtres qui vivent à part, dans une solitude sans fin. Elle est captive de la sorte d'image qu'elle veut donner d'elle-même, captive de l'énigme qu'elle a élaborée et qui la tient dans ses mailles invisibles. Comme fille de Cagliostro, elle s'est habituée aux ténèbres, aux complications, aux trames, aux intrigues, aux travaux souterrains. Raconter à quelqu'un l'une de ces machinations, c'est lui donner le fil qui le guiderait dans le labyrinthe. Et elle a peur et elle se replie sur elle-même. »

Par contrecoup il se taisait également et se gardait de faire allusion à l'aventure où ils s'étaient engagés et au problème dont ils cherchaient la solution. S'était-elle emparée du coffret ? Connaissait-elle les lettres qui ouvraient la serrure ? Avait-elle plongé sa main au creux de la borne légendaire et puisé à même les mille et mille pierres précieuses ?

Sur cela, sur tout, le silence.

D'ailleurs, dès qu'ils eurent dépassé Rouen, leur intimité se relâcha. Léonard, bien qu'évitant Raoul, reparut. Les conciliabules recommencèrent. La berline et les petits chevaux infatigables, chaque jour, emmenèrent Joséphine Balsamo. Où ? Pour quelles entreprises ? Raoul nota que trois des abbayes se trouvaient à proximité du fleuve : Saint-Georges-de-Boscherville, Jumièges, Saint-Wandrille. Mais alors, si elle s'enquérait de ce côté, c'est que rien n'était encore résolu, et qu'elle avait tout simplement échoué ?

Cette idée le rejeta brusquement vers l'action. De l'auberge où il l'avait laissée près de la Haie d'Étigues, il fit venir sa bicyclette et poussa jusqu'aux environs de Lillebonne qu'habitait la mère de Brigitte. Là il apprit que douze jours auparavant – ce qui correspondait au voyage de Joséphine Balsamo – la veuve Rousselin avait fermé sa maison pour rejoindre, disait-elle, sa fille à Paris. Le soir précédent, selon l'affirmation des voisines, une dame était entrée chez elle.

À dix heures du soir seulement, Raoul revint vers la péniche qui stationnait au sud-ouest de la première boucle après Rouen. Or, un peu avant d'arriver, il dépassa la berline de Josine que traînaient péniblement, comme des bêtes exténuées, les petits chevaux de Léonard. Au bord du fleuve, Léonard sauta, ouvrit la portière, se pencha et reparut avec le corps inerte de Josine, chargé sur son épaule. Raoul accourut. À eux deux ils installèrent la jeune femme dans sa cabine où le ménage des mariniers les rejoignit.

« Soignez-la, fit l'homme rudement. Elle n'est qu'évanouie. Mais "le torchon brûle". Que personne ne bouge d'ici ! »

Il regagna la voiture et partit.

Toute la nuit Joséphine Balsamo eut le délire, sans que Raoul pût saisir aucun des mots incohérents qui lui échappaient. Le lendemain, l'indisposition était finie. Mais, le soir, Raoul, ayant gagné le village voisin, se procura un journal de Rouen. Il lut, parmi les faits divers de la région :

Hier après-midi, la gendarmerie de Caudebec, avertie qu'un bûcheron avait entendu des cris de femme appelant au secours et qui sortaient d'un ancien four à chaux situé sur la lisière de la forêt de Maulévrier, mit en campagne un brigadier et un gendarme. Comme ces deux représentants de l'autorité approchaient du verger où se trouve le four à chaux, ils aperçurent, par-dessus le talus, deux hommes qui traînaient une femme vers une voiture fermée près de laquelle il y avait, debout, une autre femme.

Obligés de contourner le talus, les gendarmes n'arrivèrent à l'entrée du verger qu'après le départ de la voiture. Aussitôt la poursuite commença, poursuite qui aurait dû se terminer par la victoire facile de la maréchaussée. Mais la voiture était attelée de deux chevaux si rapides, et le conducteur devait si bien connaître le pays, qu'il réussit à s'échapper par le lacis de routes encaissées qui montent vers le nord, entre Caudebec et Motteville. D'ailleurs la nuit tombait, et l'on n'a pas encore réussi à établir par où tout ce joli monde s'est sauvé.

« Et on ne le saura pas, se dit Raoul en toute certitude. Personne autre que moi ne pourra reconstituer les faits, puisque moi seul connais le point de départ et le point d'arrivée. »

Et Raoul, ayant réfléchi, formula ses conclusions.

« Dans l'ancien four à chaux, un fait indéniable : la veuve Rousselin est là, sous la surveillance d'un complice. Joséphine Balsamo et Léonard, qui l'ont attirée hors de Lillebonne et enfermée, viennent la voir chaque jour et tentent de lui arracher le renseignement définitif. Hier, sans doute, l'interrogatoire fut un peu violent. La veuve Rousselin crie. Les gendarmes arrivent. Fuite éperdue. On s'échappe. Le long de la route on dépose la captive dans une autre prison préparée d'avance, et c'est une fois de plus le salut. Mais toutes ces émotions ont provoqué chez Joséphine Balsamo une de ces crises nerveuses dont elle est coutumière. Elle s'évanouit. »

Raoul déplia une carte d'état-major. De la forêt de Maulévrier à *La Nonchalante*, le chemin direct mesure une trentaine de kilomètres. C'est aux environs de ce chemin, plus ou moins à droite, plus ou moins à gauche, que la veuve Rousselin est emprisonnée.

« Allons, se dit Raoul, le terrain de la lutte est circonscrit, et l'heure d'entrer en scène ne tardera pas pour moi. »

Dès le lendemain il se mettait à l'ouvrage, flânant sur les routes normandes, interrogeant, et tâchant de relever les points de passage et les points d'arrêt « d'une vieille berline attelée de deux petits chevaux ». Logiquement, fatalement, l'enquête devait aboutir.

Ces journées-là furent peut-être celles où l'amour de Joséphine Balsamo et de Raoul prit son caractère le plus âpre et le plus passionné. La jeune femme qui se savait recherchée par la police, et qui n'avait pas oublié les incidents de l'auberge Vasseur, à Doudeville, n'osait quitter *La Nonchalante* et sillonner le pays de Caux. Aussi Raoul la retrouvait-il entre chacune de ses expéditions, et ils se jetaient aux bras l'un de l'autre avec le désir exaspéré de goûter les joies dont ils pressentaient la fin prochaine.

Joies douloureuses, comme en pourraient avoir deux amants que le destin a séparés. Joies suspectes que le doute empoisonnait. L'un et l'autre ils devinaient leurs desseins secrets, et, quand leurs lèvres étaient unies, chacun savait que l'autre, tout en l'aimant, se conduisait comme s'il l'eût détesté.

« Je t'aime, je t'aime », répétait Raoul éperdument, tandis qu'au fond de lui il cherchait les moyens d'arracher la mère de Brigitte Rousselin aux griffes de la Cagliostro.

Ils se serraient parfois l'un contre l'autre avec la violence de deux adversaires qui se battent. Il y avait de la brutalité dans leurs caresses, de la menace dans leurs yeux, de la haine dans leurs pensées, du désespoir dans leur tendresse. On eût dit qu'ils se guettaient comme pour trouver le point faible où la blessure serait la plus décisive.

Une nuit Raoul se réveilla, avec une sensation de gêne, Josine était venue jusqu'à son lit et le regardait à la lueur d'une lampe. Il frissonna. Non pas que le visage charmant de Josine eût une autre expression que son sourire ordinaire. Mais pourquoi ce sourire sembla-t-il à Raoul si méchant et si cruel ?

« Qu'est-ce que tu as ? dit-il, et que me veux-tu ?

— Rien… rien… », fit-elle d'un ton distrait et en s'éloignant.

Mais elle revint à Raoul et lui montra une photographie.

« J'ai trouvé ça dans ton portefeuille. Il est incroyable que tu gardes sur toi le portrait d'une femme. Qui est-ce ? »

Il avait reconnu Clarisse d'Étigues, et il répondait en hésitant :

« Je ne sais pas… un hasard…

— Allons, dit-elle brusquement, ne mens pas. C'est Clarisse d'Étigues. Penses-tu que je ne l'aie jamais vue et que j'ignore votre liaison ? Elle a été ta maîtresse, n'est-ce pas ?

— Non, non, jamais, fit-il vivement.

— Elle a été ta maîtresse, répéta-t-elle, j'en ai la conviction, et elle t'aime, et rien n'est rompu entre vous. »

Il haussa les épaules, mais, comme il voulait défendre la jeune fille, Josine l'interrompit.

« Assez là-dessus, Raoul. Tu es prévenu, ça vaut mieux. Je ne tenterai rien pour la rencontrer, mais si jamais les circonstances la mettent sur mon chemin, tant pis pour elle.

— Et tant pis pour toi, Josine, si tu touches à un seul de ses cheveux ! » s'écria Raoul imprudemment.

Elle pâlit. Son menton trembla légèrement, et, posant sa main sur le cou de Raoul, elle balbutia :

« Ainsi tu oses prendre son parti contre moi !... contre moi !... »

Sa main, toute froide, se crispait. Raoul eut l'impression qu'elle allait l'étrangler, et il se leva, d'un bond, hors du lit. À son tour elle s'effara, croyant à une attaque, et elle tira de son corsage un stylet dont la lame brilla.

Ils se contemplèrent ainsi, l'un en face de l'autre, dans cette posture agressive, et c'était si pénible que Raoul murmura :

« Oh ! Josine, quelle tristesse ! est-il croyable que nous en soyons arrivés à ce point ? »

Tout émue également, elle tomba assise, tandis qu'il se précipitait à ses pieds.

« Embrasse-moi, Raoul... embrasse-moi... et ne pensons plus à rien. »

Ils s'étreignirent passionnément, mais il remarqua qu'elle n'avait pas lâché le poignard, et qu'un simple geste eût suffi pour qu'elle le lui plantât dans la nuque.

Le jour même, à huit heures du matin, Raoul quittait *La Nonchalante.*

« Je ne dois rien espérer d'elle, se disait-il. De l'amour, oui, elle m'aime, et sincèrement, et elle voudrait comme moi que cet amour fût sans réserve. Mais cela ne peut pas être. Elle a une âme d'ennemie. Elle se défie de tout et de tous, et de moi tout le premier. »

Au fond, elle demeurait impénétrable pour lui. En dépit de tous les soupçons et de toutes les preuves, et bien que l'esprit du mal fût en elle, il se refusait à admettre qu'elle pût aller jusqu'au crime. L'idée du meurtre ne pouvait s'allier à ce doux visage que la haine ou la colère ne parvenait pas à rendre moins doux. Non, les mains de Josine étaient pures de sang.

Mais il songeait à Léonard, et il ne doutait pas que celui-là ne fût capable de soumettre la mère Rousselin aux plus affreuses tortures.

De Rouen à Duclair, et en avant de cette localité, la route court entre les vergers qui bordent la Seine et la blanche falaise qui domine le fleuve. Des trous sont creusés à même la craie et servent à des paysans ou à des ouvriers pour y abriter leurs instruments, quelquefois pour y loger eux-mêmes. C'est ainsi que Raoul avait enfin noté qu'une de ces grottes était occupée par trois hommes qui tressaient des paniers avec le jonc des rives voisines. Un bout de jardin potager sans clôture la précédait.

Une surveillance attentive et quelques détails suspects permirent à Raoul de supposer que le père Corbut et ses deux fils, tous trois braconniers, maraudeurs et de réputation détestable, étaient au nombre de ces affiliés que Joséphine Balsamo employait un peu partout, et de supposer également que leur grotte comptait parmi ces refuges, auberges, hangars, fours à chaux, etc., dont Joséphine Balsamo avait jalonné le pays.

Présomptions qu'il fallait changer en certitudes, et sans éveiller l'attention. Il chercha donc à tourner la position de l'ennemi, et, montant sur la falaise, s'en revint vers la Seine par un chemin forestier qui aboutissait à une légère dépression. Là, il se laissa glisser, au milieu des fourrés et des ronces, jusqu'au bas de la dépression, à un endroit qui surplombait la grotte de quatre ou cinq mètres.

Il y passa deux jours et deux nuits, se nourrissant de provisions qu'il avait apportées, et dormant à la belle étoile. Invisible parmi la végétation touffue des hautes herbes, il assistait à la vie des trois hommes. Le deuxième jour, une conversation entendue le renseigna : les Corbut avaient bien la garde de la veuve Rousselin que depuis l'alerte de Maulévrier ils tenaient captive au fond de leur repaire.

Comment la délivrer ? Ou comment, tout au moins, arriver près d'elle et obtenir de la malheureuse les indications qu'elle avait sans doute refusées à Joséphine Balsamo ? Se conformant aux habitudes des Corbut, Raoul échafauda et abandonna plusieurs plans. Mais, le matin du troisième jour, il aperçut, de son observatoire, *La Nonchalante* qui descendait la Seine et venait s'amarrer un kilomètre en amont des grottes.

Le soir, à cinq heures, deux personnes franchirent la passerelle et s'acheminèrent le long du fleuve. À sa marche, et malgré son habillement de femme du peuple, il reconnut Joséphine Balsamo. Léonard l'accompagnait.

Ils s'arrêtèrent devant la grotte des Corbut et s'entretinrent avec eux comme avec des gens qu'on rencontre par hasard. Puis, la route étant déserte, ils entrèrent vivement dans le potager. Léonard disparut, sans doute à l'intérieur de la grotte. Joséphine Balsamo resta dehors, assise sur une vieille chaise branlante et à l'abri d'un rideau d'arbustes.

Le vieux Corbut sarclait son jardin. Les fils tressaient leurs joncs au pied d'un arbre.

« L'interrogatoire recommence, pensa Raoul d'Andrésy. Quel dommage de n'y pas assister ! »

Il observait Josine, dont la figure était presque entièrement cachée sous les ailes rabattues d'un grand chapeau de paille vulgaire, comme en portent les paysannes aux jours de chaleur.

Elle ne bougeait pas, un peu courbée, les coudes sur les genoux.

Du temps s'écoula, et Raoul se demandait ce qu'il pourrait bien faire, quand il lui sembla entendre à côté de lui un gémissement, auquel succédèrent des cris étouffés. Oui, cela provenait bien *d'à côté de lui.* Cela frémissait au milieu des touffes d'herbe qui l'entouraient. Comment était-ce possible ?

Il rampa jusqu'au point exact où le bruit paraissait plus fort, et il n'eut pas besoin de longues recherches pour comprendre. Le ressaut de falaise qui terminait la dépression était encombré de pierres éboulées, et, parmi ces pierres, il y avait un petit tas de briques qui s'en distinguait à peine sous la couche uniforme d'humus et de racines. C'étaient les débris d'une cheminée.

Dès lors, le phénomène s'expliquait. La grotte des Corbut devait finir en un cul-de-sac assez enfoncé dans le roc et creusé d'un conduit qui servait jadis de cheminée. Par le conduit et à travers les éboulements, le son filtrait jusqu'en haut.

Il y eut deux cris plus déchirants. Raoul pensa à Joséphine Balsamo. Se retournant, il put l'apercevoir au bout du petit potager. Toujours assise, penchée, le buste immobile, elle arrachait distraitement les pétales d'une capucine. Raoul supposa, voulut supposer qu'elle n'avait pas entendu. Peut-être même ne savait-elle pas ?...

Malgré tout, Raoul frissonnait d'indignation. Qu'elle assistât ou non à l'effroyable interrogatoire que subissait la malheureuse, n'était-elle pas aussi criminelle ? Et les doutes opiniâtres dont elle bénéficiait jusqu'ici dans l'esprit de Raoul, ne devaient-ils pas céder devant l'implacable réalité ? Tout ce qu'il pressentait contre elle, tout ce qu'il ne voulait pas savoir, était vrai, puisqu'elle commandait, en définitive, la besogne dont se chargeait Léonard et dont elle n'aurait pas pu supporter l'affreux spectacle.

Avec précaution, Raoul écarta les briques et démolit la motte de terre. Quand il eut terminé, les plaintes avaient cessé, mais des bruits de paroles montaient, guère plus distincts que des chuchotements. Il lui fallut donc reprendre son travail et débarrasser l'orifice supérieur du conduit. Alors, s'étant penché, la tête en bas, accroché comme il pouvait aux rugosités des parois, il entendit.

Deux voix se mêlaient : celle de Léonard, et une voix de femme, celle de la veuve Rousselin, sans aucun doute. La malheureuse semblait exténuée, en proie à une épouvante indicible.

« Oui... oui... murmurait-elle... je continue, puisque j'ai promis, mais je suis si lasse !... il faut m'excuser, mon bon monsieur... Et puis ce sont des événements si vieux... vingt-quatre ans ont passé depuis...

— Assez bavardé, bougonna Léonard.

— Oui..., reprit-elle. Voilà... C'était donc au moment de la guerre avec la Prusse, il y a vingt-quatre ans... Et comme les Prussiens approchaient de Rouen, où nous habitions, mon pauvre mari, qui était camionneur, reçut la visite de deux messieurs...

des messieurs que nous n'avions jamais vus. Ils voulaient filer à la campagne, avec leurs malles, comme beaucoup d'autres, à cette époque, n'est-ce pas ? Alors on fit le prix, et sans plus tarder, car ils étaient pressés, mon mari partit avec eux sur un camion. Par malheur, à cause de la réquisition, on n'avait plus qu'un cheval, et pas bien solide. En outre, il neigeait par paquets... À dix kilomètres de Rouen, il tomba pour ne plus se relever...

« Les messieurs grelottaient de peur, car les Prussiens pouvaient survenir... C'est alors qu'un type de Rouen que mon mari connaissait bien, le domestique de confiance du cardinal de Bonnechose, un nommé M. Jaubert, passa avec sa voiture... Vous voyez ça d'ici... On cause... Les deux messieurs offrent une grosse somme pour lui acheter son cheval. Jaubert refuse. Ils le supplient, ils menacent... et puis voilà qu'ils se jettent sur lui, comme des fous, et qu'ils l'assomment, malgré les supplications de mon mari... Après quoi, ils visitent le cabriolet, y trouvent un coffret qu'ils prennent, attellent au camion le cheval de Jaubert, et l'on s'en va, laissant celui-ci à moitié mort.

— Mort tout à fait, précisa Léonard.

— Oui, mon mari l'a su des mois plus tard, quand il a pu rentrer à Rouen.

— Et, à ce moment, il ne les a pas dénoncés ?

— Oui... sans doute... il aurait peut-être dû, fit la veuve Rousselin avec embarras... seulement...

— Seulement, ricana Léonard, ils avaient acheté son silence, n'est-ce pas ? Le coffret, ouvert devant lui, contenait des bijoux... ils ont donné à votre mari sa part de butin...

— Oui... oui... dit-elle... les bagues... les sept bagues... Mais ce n'est pas pour cela qu'il a gardé le silence... Le pauvre homme était malade... Il est mort presque aussitôt son retour.

— Et ce coffret ?

— Il était resté dans le camion vide. De sorte que mon mari l'avait rapporté avec les bagues. Moi j'ai gardé le silence, comme lui. C'était déjà une vieille histoire, et puis j'ai craint le scandale... On aurait pu accuser mon mari. Autant se taire. Je me suis retirée à Lillebonne avec ma fille, et c'est seulement lorsque Brigitte m'a quittée pour le théâtre qu'elle a pris les bagues... auxquelles, moi, je n'avais jamais voulu toucher… Voilà toute l'affaire, mon bon monsieur, ne m'en demandez pas plus. »

Léonard ricana de nouveau :

« Comment ! toute l'affaire…

— Je n'en sais pas davantage…, dit la veuve Rousselin, craintivement.

— Mais ça n'a pas d'intérêt, votre histoire. Si nous bataillons tous deux, c'est pour autre chose… vous le savez bien, morbleu !…

— Quoi ?

— Les lettres gravées à l'intérieur du coffret, sous le couvercle, tout est là…

— Des lettres à moitié effacées, je vous le jure, mon bon monsieur, et que je n'ai jamais songé à lire.

— Soit, je veux bien le croire. Mais alors nous en revenons toujours au même point : ce coffret, qu'est-il devenu ?

— Je vous l'ai dit : on l'a pris chez moi, la veille même du soir où vous êtes venu à Lillebonne, avec une dame… cette dame qui a une grosse voilette.

— On l'a pris… qui ?

— Une personne…

— Une personne qui le cherchait ?

— Non, elle l'a vu par hasard dans un coin du grenier. Ça lui a plu, comme antiquité.

— Le nom de cette personne, voilà cent fois que je vous le demande.

— Je ne peux pas le dire. C'est quelqu'un qui m'a fait beaucoup de bien dans la vie, et ce serait lui faire du mal, beaucoup de mal, je ne parlerai pas…

— Ce quelqu'un serait le premier à vous dire de parler…

— Peut-être… peut-être… mais comment le savoir ? Je ne peux pas le savoir. Je ne peux pas lui écrire… On se voit de temps en temps… Tenez, on doit se voir jeudi prochain… à trois heures…

— Où ?

— Pas possible… je n'ai pas le droit…

— Quoi ! faut-il recommencer ? » marmotta Léonard, impatienté.

La veuve Rousselin s'effara.

« Non ! non ! Ah ! mon bon monsieur, non ! Je vous en supplie. »

Elle poussa un cri de douleur.

« Ah ! le bandit !... qu'est-ce qu'il me fait ?... Ah ! ma pauvre main...

— Parle donc, sacrebleu !

— Oui, oui... je vous promets... »

Mais la voix de la malheureuse s'éteignait. Elle était à bout de forces. Léonard insista cependant, et Raoul perçut quelques mots bégayés dans l'angoisse... « Oui... voilà... on doit se retrouver jeudi... au vieux phare... Et puis non... je n'ai pas le droit... j'aime mieux mourir... faites ce que vous voudrez... vrai... j'aime mieux mourir... »

Elle se tut. Léonard grogna :

« Eh bien ! quoi ? qu'est-ce qu'elle a, cette vieille entêtée ? Pas morte, j'espère ?... Ah ! bourrique, tu parleras !... Je te donne dix minutes pour en finir !... »

La porte fut ouverte, puis refermée. Sans doute allait-il mettre la Cagliostro au courant des aveux obtenus, et prendre des instructions sur la suite que l'on devait donner à l'interrogatoire. De fait Raoul, s'étant relevé, les vit tous deux au-dessous de lui, assis l'un près de l'autre. Léonard s'exprimait avec agitation. Josine écoutait.

Les misérables ! Raoul les exécrait tous deux, l'un autant que l'autre. Les gémissements de la veuve Rousselin l'avaient bouleversé, et il était tout frémissant de colère et de volonté agressive. Rien au monde ne pourrait l'empêcher de sauver cette femme.

Selon son habitude, il entra en action au même moment où la vision des choses qu'il fallait accomplir se déroulait devant lui dans leur ordre logique. En de pareils cas, l'hésitation risque de tout compromettre. La réussite dépend de l'audace avec laquelle on se précipite à travers des obstacles qu'on ne connaît même point.

Il jeta un coup d'œil sur ses adversaires. Tous les cinq se trouvaient éloignés de la grotte. Vivement il pénétra dans la cheminée, en se tenant debout cette fois. Son intention était de pratiquer aussi doucement que possible un passage au milieu des décombres :

mais, presque aussitôt, il fut entraîné par une avalanche, subitement provoquée, de tous les débris en équilibre, et d'un seul coup tomba du haut en bas, dans un fracas de pierres et de briques.

« Fichtre, se dit-il, pourvu qu'ils n'aient rien entendu, dehors ! »

Il prêta l'oreille. Personne ne venait.

L'obscurité était si grande qu'il se croyait encore dans l'âtre de la cheminée. Mais, en étendant les bras, il constata que le conduit aboutissait directement à la grotte, ou plutôt à une sorte de boyau creusé à l'arrière de la grotte, et si exigu que, tout de suite, sa main rencontra une autre main qui lui parut brûlante. Ses yeux s'accoutumant aux ténèbres, Raoul vit des prunelles étincelantes qui se fixaient sur lui, une figure blême et creuse que la peur convulsait.

Ni liens, ni bâillon. À quoi bon ? La faiblesse et l'effroi de la captive rendaient toute évasion impossible.

Il se pencha et lui dit :

« N'ayez aucune crainte. J'ai sauvé de la mort votre fille Brigitte, victime également de ceux qui vous persécutent à cause de ce coffret et des bagues. Je suis sur vos traces depuis votre départ de Lillebonne, et je viens vous sauver aussi, mais à condition que vous ne direz jamais rien de tout ce qui s'est passé. »

Mais pourquoi des explications que la malheureuse était incapable de comprendre ? Sans plus s'attarder, il la prit dans ses bras et la chargea sur son épaule. Puis, traversant la grotte, il poussa doucement la porte qui n'était que fermée, comme il le supposait.

Un peu plus loin, Léonard et Josine continuaient à s'entretenir. Derrière eux, en bas du potager, la route blanche s'allongeait jusqu'au gros bourg de Duclair, et, sur cette route, il y avait des charrettes de paysans qui s'en venaient ou qui s'éloignaient.

Alors, quand il jugea l'instant propice, il ouvrit la porte d'un coup, dégringola la pente du potager, et coucha la veuve Rousselin au revers du talus.

Tout de suite, autour de lui, des clameurs. Les Corbut se ruaient en avant ainsi que Léonard, tous les quatre dans un élan irréfléchi qui les poussait à la bataille. Mais que pouvaient-ils ? Une voiture approchait, dans un sens. Une autre en sens inverse. Attaquer

Raoul en présence de tous ces témoins et reprendre de haute lutte la veuve Rousselin, c'était se livrer et attirer contre soi l'inévitable enquête et les représailles de la justice. Ils ne bougèrent pas. C'est ce que Raoul avait prévu.

Le plus tranquillement du monde, il interpella deux religieuses aux larges cornettes dont l'une conduisait un petit break attelé d'un vieux cheval et il leur demanda de secourir une pauvre femme qu'il avait trouvée au bord de la route, évanouie, les doigts écrasés par une voiture.

Les bonnes sœurs, qui dirigeaient à Duclair un asile et une infirmerie, s'empressèrent. On installa la veuve Rousselin dans le break et on l'enveloppa de châles. Elle n'avait pas repris connaissance et délirait, agitant sa main mutilée dont le pouce et l'index étaient tuméfiés et sanguinolents.

Et le break partit au petit trot.

Raoul demeura immobile, tout à l'atroce vision de cette main torturée, et son émoi était tel qu'il ne remarqua pas le manège de Léonard et des trois Corbut qui commençaient un mouvement tournant, et se rabattaient sur lui. Quand il s'en aperçut les quatre hommes l'environnaient et cherchaient à l'acculer vers le potager… Aucun paysan n'était en vue, la situation semblait si favorable à Léonard qu'il sortit son couteau.

« Rentre cela, et laisse-nous, dit Josine. Vous aussi, les Corbut. Pas de bêtises, hein ? »

Elle n'avait pas quitté sa chaise durant toute la scène, et maintenant elle surgissait d'entre les arbustes.

Léonard protesta :

« Pas de bêtises ? La bêtise, c'est de le laisser. Pour une fois qu'on le tient !

— Va-t'en ! exigea-t-elle.

— Mais cette femme… cette femme nous dénoncera !…

— Non. La veuve Rousselin n'a pas d'intérêt à parler. Au contraire. »

Léonard s'éloignant, elle vint tout à côté de Raoul.

Il la regarda longuement, et d'un regard mauvais qui parut la gêner, au point qu'elle plaisanta aussitôt pour interrompre le silence.

« Chacun son tour, n'est-ce pas, Raoul ? Entre toi et moi, le succès passe de l'un à l'autre. Aujourd'hui, tu as le dessus. Demain… Mais qu'y a-t-il donc ? Tu as un air si drôle ! et des yeux si durs… »

Il dit nettement :

« Adieu, Josine. »

Elle pâlit un peu.

« Adieu ? fit-elle. Tu veux dire “au revoir”.

— Non, adieu.

— Alors… alors… cela signifie que tu ne veux plus me revoir ?

— Je ne veux plus te revoir. »

Elle baissa les yeux. Un frisson saccadé agitait ses paupières. Ses lèvres étaient souriantes et, à la fois, infiniment douloureuses.

À la fin elle chuchota :

« Pourquoi, Raoul ?

— Parce que j'ai vu une chose, dit-il, que je ne peux pas… que je ne pourrai jamais te pardonner.

— Quelle chose ?

— La main de cette femme. »

Elle sembla défaillir et murmura :

« Ah ! je comprends… Léonard lui a fait du mal… Je lui avais pourtant défendu… et je croyais qu'elle avait cédé sur de simples menaces.

— Tu mens, Josine. Tu entendais les cris de cette femme comme tu les entendais dans la forêt de Maulévrier. Léonard exécute, mais la volonté du mal, l'intention du meurtre, est en toi, Josine. C'est toi qui as dirigé ton complice vers la petite maison de Montmartre, avec l'ordre de tuer Brigitte Rousselin si elle résistait. C'est toi qui naguère mêlais du poison aux poudres que devait avaler Beaumagnan. C'est toi qui, les années précédentes, toi qui supprimais les deux amis de Beaumagnan, Denis Saint-Hébert et Georges d'Isneauval. »

Elle se révolta.

« Non, non, je ne te permets pas… ce n'est pas vrai, et tu le sais, Raoul. »

Il haussa les épaules.

« Oui, la légende de l'autre femme, créée pour les besoins de la cause… une autre femme qui te ressemble et qui commet des crimes, tandis que toi, Joséphine Balsamo, tu te contentes d'aventures moins brutales ! J'y ai cru, à cette légende. Je me suis laissé embrouiller dans toutes ces histoires de femmes identiques, fille, petite-fille, arrière-petite-fille de Cagliostro. Mais c'est fini, Josine. Si mes yeux se fermaient volontairement pour ne pas voir ce qui m'épouvantait, le spectacle de cette main torturée les a ouverts définitivement sur la vérité.

— Sur des mensonges, Raoul ! sur des interprétations fausses. Je n'ai pas connu les deux hommes dont tu parles. »

Il dit avec lassitude :

« Cela se peut. Il n'est pas tout à fait impossible que je me trompe, mais il est tout à fait impossible que je te voie désormais à travers ce brouillard de mystère qui te cachait. Tu m'apparais telle que tu es, c'est-à-dire comme une criminelle. »

Il ajouta plus bas :

« Comme une malade même. S'il y a un mensonge quelque part, c'est celui de ta beauté. »

Elle se taisait. L'ombre de son chapeau de paille adoucissait encore son doux visage. Les injures de son amant ne l'effleuraient point. Elle était toute séduction et tout enchantement.

Il fut troublé jusqu'au fond de son être. Jamais elle ne lui avait paru si belle et si désirable, et il se demanda si ce n'était pas une folie que de reprendre une liberté qu'il maudirait dès le lendemain. Elle affirma :

« Ma beauté n'est pas un mensonge, Raoul, et tu reviendras parce que c'est pour toi que je suis belle.

— Je ne reviendrai pas.

— Si, tu ne peux plus vivre sans moi, *La Nonchalante* est proche. Je t'y attends demain…

— Je n'y reviendrai pas, dit-il, prêt, une fois de plus, à plier le genou.

— En ce cas, pourquoi trembles-tu ? pourquoi es-tu si pâle ? »

Il comprit que son salut dépendait de son silence, qu'il fallait fuir sans répondre et sans tourner la tête.

Il repoussa les deux mains de Josine, qui s'accrochaient à lui, et s'en alla…

XI

Le vieux phare

Toute la nuit, prenant les chemins qui se présentaient à lui, Raoul pédala, autant pour dépister les recherches que pour s'infliger une fatigue salutaire. Le matin, exténué, il échouait dans un hôtel de Lillebonne.

Il défendit qu'on l'éveillât, ferma sa porte à double tour, et jeta la clef par la fenêtre. Il dormit plus de vingt-quatre heures.

Quand il fut habillé et restauré, il ne pensa plus qu'à se remettre sur sa machine et à retourner vers *La Nonchalante.* La lutte contre l'amour commençait.

Il était très malheureux, et, n'ayant jamais souffert, ayant toujours obéi à ses moindres caprices, il s'irritait contre un désespoir auquel il lui eût été si facile de mettre fin.

« Pourquoi ne pas céder ? se disait-il. En deux heures je suis là-bas. Et qui m'empêche alors de repartir quelques jours plus tard, quand je serai mieux préparé à la rupture ? »

Mais il ne pouvait pas. Vraiment la vision de cette main mutilée l'obsédait et commandait toute sa conduite, en l'obligeant à évoquer toutes les autres actions barbares et odieuses que laissait supposer cette action inconcevable.

Josine avait fait *cela* ; donc Josine avait tué, donc Josine ne reculait pas devant l'œuvre de mort et trouvait simple et naturel de tuer encore, lorsque le crime favorisait ses entreprises. Or Raoul avait peur du crime. C'était une répulsion physique, un soulèvement de tout son instinct. L'idée qu'il pouvait être entraîné, dans un accès d'aberration, à verser le sang lui faisait horreur. Et voilà que, à cette horreur, la plus tragique des réalités associait indissolublement l'image même de la femme qu'il aimait.

Il resta donc, mais au prix de quels efforts ! Que de sanglots il refoula ! Par quels gémissements s'exhala sa révolte impuissante ! Josine lui tendait ses beaux bras et lui offrait le baiser de sa bouche. Comment résister à l'appel de la voluptueuse créature ?

Touché au plus profond de son égoïsme, pour la première fois il eut conscience de la peine infinie qu'il avait dû faire à Clarisse d'Étigues. Il devina ses pleurs. Il imagina la détresse navrante de cette vie déçue. Secoué de remords il lui adressait des discours pleins de tendresse et où il rappelait les heures touchantes de leur amour.

Il fit plus. Sachant que la jeune fille recevait directement les lettres, il osa lui écrire.

Pardonnez-moi, chère Clarisse. J'ai agi avec vous comme un misérable. Espérons en un avenir meilleur, et pensez à moi avec toute l'indulgence de votre cœur généreux. Encore pardon, chère Clarisse, et pardon. – Raoul.

« Ah ! se disait-il, auprès d'elle comme j'oublierais vite toutes ces vilaines choses ! L'essentiel n'est pas d'avoir des yeux purs et des lèvres douces, mais une âme loyale et grave comme celle de Clarisse ! »

Seulement c'étaient les yeux et le sourire ambigu de Josine qu'il adorait, et, quand il songeait aux caresses de la jeune femme, il se souciait peu qu'elle eût une âme qui ne fût ni loyale ni grave.

Entre-temps, il s'occupait de chercher ce vieux phare auquel la veuve Rousselin avait fait allusion. Étant donné qu'elle habitait Lillebonne, il n'avait pas douté que l'endroit ne fût situé aux environs, et c'était la cause de la direction prise par lui dès le premier soir.

Il ne se trompait pas. Il lui suffit de s'informer pour savoir, d'abord, qu'il y avait un ancien phare désaffecté dans les bois qui ceignent le château de Tancarville, et, ensuite, que le propriétaire de ce phare en avait confié les clefs à la veuve Rousselin qui, chaque semaine et justement le jeudi, allait y mettre un peu d'ordre. Ces clefs, une simple expédition nocturne les lui procura.

Deux jours le séparaient maintenant de la date à laquelle, en toute certitude, la personne qui possédait le coffret devait se rencontrer avec la veuve Rousselin, et, comme celle-ci, captive ou malade, n'avait pu contremander le rendez-vous fixé, tout s'arrangeait pour que Raoul profitât d'une entrevue qu'il jugeait si importante.

Cette perspective l'apaisa. Il fut repris par le problème qui, depuis des semaines, s'imposait à lui, et dont il semblait que la solution devenait toute proche.

Pour ne rien laisser au hasard, la veille il visita le lieu du rendez-vous, et, le jeudi, lorsque, une heure auparavant, il traversa d'un pas alerte les bois de Tancarville, la réussite lui paraissait inévitable, et il en goûtait fortement la joie et l'orgueil.

Une partie de ces bois, indépendante du parc, s'étend jusqu'à la Seine et couvre les falaises.

Des chemins rayonnent d'un carrefour central, et l'un d'eux mène par des gorges et des pentes brusques vers un promontoire abrupt, où se dresse, à moitié visible, le phare abandonné. Dans la semaine, l'endroit est absolument désert. Le dimanche, parfois, des promeneurs passent.

Si l'on monte au belvédère, c'est la vue la plus grandiose sur le canal de Tancarville et sur l'estuaire du fleuve. Mais, en bas, on était, à cette époque, enfoui dans la verdure.

Une seule pièce, assez grande, trouée de deux fenêtres et meublée de deux chaises, composait le rez-de-chaussée, et ouvrait, du côté de la terre, sur un enclos d'orties et de plantes sauvages.

Aux approches, l'allure de Raoul se ralentit. Il avait l'impression, d'ailleurs tout à fait justifiée, que des événements importants se préparaient, qui n'étaient pas seulement la rencontre d'une personne et la conquête définitive d'un secret formidable, mais qui, somme toute, continuaient la bataille suprême où l'ennemi serait vaincu définitivement.

Et cet ennemi, c'était la Cagliostro – la Cagliostro qui connaissait comme lui les aveux arrachés à la veuve Rousselin, et qui, incapable de se résigner à la défaite, disposant de moyens d'investigation illimités, avait dû retrouver aisément ce vieux phare où il semblait que dût se jouer le dernier acte du drame.

« Et non seulement, dit-il à mi-voix, en se moquant de lui, je me demande si elle n'assistera pas au rendez-vous, mais, en réalité, j'espère bien qu'elle y sera, et que je la reverrai, et que, tous deux vainqueurs, nous tomberons dans les bras l'un de l'autre. »

Par une barrière, scellée tant bien que mal aux pierres d'un petit mur bas que hérissaient des tessons de bouteilles, Raoul pénétra dans le clos. Au milieu des plantes sauvages, aucune trace. Mais on avait pu franchir le mur à un autre endroit et enjamber une des fenêtres latérales.

Son cœur battait. Il serra les poings, prêt à la riposte si on l'avait attiré dans un piège.

« Que je suis bête! pensa-t-il. Pourquoi un piège? »

Il fit jouer la serrure d'une porte vermoulue et entra.

La sensation fut immédiate. Quelqu'un se dissimulait dans un renfoncement, aussitôt après la porte. Il n'eut pas le temps de se retourner contre l'assaillant. À peine averti, par son instinct plutôt que par ses yeux, il avait eu le cou sanglé d'une corde qui le tirait en arrière, tandis qu'un genou s'enfonçait brutalement dans ses reins.

Suffoqué, cassé en deux, il dut se soumettre à la volonté adverse, perdit l'équilibre, et fut renversé.

« Bien joué, Léonard! balbutia-t-il. Jolie revanche! »

Il se trompait. Ce n'était pas Léonard. L'homme lui apparaissant de profil, il reconnut Beaumagnan. Alors, tandis que Beaumagnan lui attachait les mains, il rectifia son erreur et avoua sa surprise par ces simples mots :

« Tiens, tiens, le défroqué! »

La corde qui l'agrippait se trouvait reliée à un anneau rivé dans le mur opposé et juste au-dessus d'une fenêtre. Beaumagnan, qui agissait avec des gestes saccadés et une sorte d'égarement, ouvrit cette fenêtre et entrebâilla des persiennes pourries. Puis, l'anneau servant de poulie, il tira sur la corde et contraignit Raoul à marcher. Raoul aperçut dans l'entrebâillement l'espace vide, qui, du haut de la roche verticale où le phare était juché, tombait parmi les éboulements de pierres et les grands fûts d'arbres dont les têtes feuillues bouchaient l'horizon.

Beaumagnan le retourna, lui appliqua le dos contre les persiennes, et lui ficela les poignets et les chevilles.

Les choses se présentaient donc ainsi : au cas où Raoul essaierait de se porter en avant, la corde serrée en nœud coulant l'étranglait.

Si, d'autre part, il prenait fantaisie à Beaumagnan de se débarrasser de sa victime, il lui suffisait de la pousser brusquement, les persiennes s'effondraient, et Raoul, basculant dans l'abîme, se trouvait pendu.

« Excellente position pour un entretien sérieux », ricana-t-il.

D'ailleurs il était résolu. Si l'intention de Beaumagnan consistait à lui donner le choix entre la mort et la divulgation des succès que lui, Raoul, avait pu obtenir dans la poursuite du grand secret, pas la moindre hésitation, il parlerait.

« À vos ordres, dit-il. Interrogez.

— Tais-toi », commanda l'autre toujours furieux.

Et Beaumagnan lui colla contre la bouche un paquet d'ouate qu'il fixa par un foulard passé derrière la nuque.

« Un seul grognement, dit-il, un seul geste, et, d'un coup de poing, je t'envoie dans le vide. »

Il le regarda une seconde, comme un homme qui se demande s'il ne doit pas sur-le-champ accomplir l'acte projeté. Mais il s'éloigna soudain, la démarche lourde et sinueuse, traversa la pièce en frappant du pied le carrelage, et s'accroupit au seuil de la porte, de manière qu'il lui fût possible de voir au dehors par l'entrebâillement.

« Ça va mal, pensa Raoul, fort inquiet. Ça va d'autant plus mal que je n'y comprends rien. Comment est-il ici ? Dois-je supposer que c'est lui le bienfaiteur de la veuve Rousselin, celui qu'elle n'a pas voulu compromettre ? »

Mais cette hypothèse ne le satisfaisait pas.

« Non, ce n'est pas cela. J'ai donné dans le panneau, mais d'une autre façon, par imprudence et naïveté. Il est évident qu'un type comme Beaumagnan connaît toute cette affaire Rousselin, qu'il connaît les rendez-vous, et l'heure de ces rendez-vous, et alors, sachant que la veuve a été enlevée, il surveille et fait surveiller les environs de Lillebonne et de Tancarville… Et alors, on remarque ma présence, mes allées et venues… et alors, piège… et alors… »

Cette fois la conviction de Raoul était entière. Vainqueur de Beaumagnan à Paris il venait de perdre la seconde manche. Victorieux à son tour, Beaumagnan l'étalait sur une persienne ainsi qu'une chauve-souris que l'on cloue au mur, et il guettait maintenant l'autre personne, afin de s'emparer d'elle et de lui arracher son secret.

Un point cependant demeurait obscur. Pourquoi cette attitude de bête fauve, prête à bondir sur une proie ? Cela ne s'accordait pas avec la rencontre probablement toute pacifique qui s'annonçait entre lui et cette personne. Beaumagnan n'avait qu'à sortir, à l'attendre tout simplement dehors, et à lui dire :

« Mme Rousselin est souffrante et m'envoie à sa place. Elle voudrait connaître l'inscription gravée au couvercle du coffret. »

« À moins que, pensa Raoul, à moins que Beaumagnan n'ait des raisons pour prévoir l'arrivée d'une troisième personne… et qu'il ne se défie… et qu'il ne prépare une attaque… »

Il suffisait qu'une telle question se posât à Raoul, pour qu'il en aperçût aussitôt l'exacte solution. Supposer que Beaumagnan lui avait tendu un piège, à lui, Raoul, ce n'était là que la moitié de la réalité. L'embûche était double, et qui donc Beaumagnan pouvait-il épier avec cette fièvre exaspérée ? Qui, sinon Joséphine Balsamo ?

« C'est cela ! c'est cela ! se dit Raoul illuminé par un éclair de vérité. C'est cela ! Il a deviné qu'elle était vivante. Oui, l'autre jour, à Paris, en face de moi, il a dû sentir cette chose effroyable, et c'est encore une boulette que j'ai commise… une faute d'expérience. Voyons ! aurais-je ainsi parlé, aurais-je agi de la sorte, si Joséphine Balsamo n'avait pas vécu ? Comment ! je viens dire à cet homme que j'avais lu entre les lignes de sa lettre au baron Godefroy, et que j'assistai à la fameuse séance de la Haie d'Étigues, et je n'aurais pas compris de quoi il retournait pour la Cagliostro ! Et un garçon comme moi, qui n'a pas froid aux yeux, aurait abandonné cette femme ! Allons donc ! Si j'étais à la réunion, j'étais aussi à l'escalier de la falaise ! Et j'étais sur la plage lors de l'embarquement ! Et j'ai sauvé Joséphine Balsamo ! Et nous nous sommes aimés… non pas d'un amour datant de l'hiver dernier, comme je le prétendais, mais d'un amour postérieur à la soi-disant mort de Josine !… Voilà ce qu'il s'est dit, le Beaumagnan. »

Les preuves s'ajoutaient aux preuves. Les événements se reliaient les uns aux autres comme les mailles d'une chaîne.

Empêtrée dans l'affaire Rousselin, et, par conséquent, recherchée par Beaumagnan, Josine n'avait pas manqué, elle aussi, de rôder aux environs du vieux phare. Aussitôt averti, Beaumagnan tentait son embuscade. Raoul y tombait. Au tour de Josine maintenant...

On eût dit que le destin voulait donner une confirmation à la suite des idées qui se succédaient dans l'esprit de Raoul. À la seconde même où il concluait, le bruit d'une voiture monta de la route qui longe le canal, au-dessous des falaises, et, instantanément, Raoul reconnut le pas précipité des petits chevaux de Léonard.

Beaumagnan, de son côté, devait savoir à quoi s'en tenir, car il se releva d'un mouvement et prêta l'oreille.

Le bruit des sabots cessa, puis reprit, moins rapide. La voiture escaladait un raidillon rocailleux qui grimpe vers le plateau, et d'où se détache la sente forestière, impraticable aux voitures, qui franchit les escarpements du vieux phare.

Dans cinq minutes, tout au plus, Joséphine Balsamo apparaîtrait.

Chaque seconde de chacune des minutes solennelles accrut l'agitation et le délire de Beaumagnan. Il bégayait des syllabes incohérentes. Son masque d'acteur romantique se déformait jusqu'à donner une impression de laideur bestiale. L'instinct, la volonté du meurtre tordait ses traits, et, tout à coup, il fut visible que cette volonté, que cet instinct de sauvage se portait contre Raoul, contre l'amant de Joséphine Balsamo.

De nouveau les jambes se levaient mécaniquement pour frapper le carrelage. Il marchait à son insu, et il allait tuer à son insu, comme un homme ivre. Ses bras se raidissaient. Ses poings crispés avançaient ainsi que deux béliers qu'une force lente, continue, irrésistible, eût poussés jusqu'à la poitrine du jeune homme.

Encore quelques pas, et Raoul basculait dans le vide.

Raoul ferma les yeux. Pourtant il ne se résignait point et cherchait à conserver quelque espoir.

« La corde cassera, pensait-il, et il y aura de la mousse sur les pierres qui me recevront. En vérité, la destinée du sieur Arsène Lupin d'Andrésy n'est pas d'être pendu. Si, à mon âge, je n'ai pas la chance de me tirer d'aventures de ce genre, c'est que les dieux, jusqu'ici favorables, n'ont plus l'intention de s'occuper de moi ! En ce cas, aucun regret ! »

Il songea à son père et à l'enseignement de gymnastique et de voltige qu'il tenait de Théophraste Lupin… Il murmura le nom de Clarisse…

Cependant le choc ne se produisait pas. Bien qu'il sentît contre lui la présence même de Beaumagnan, il semblait que l'élan de l'adversaire fût arrêté.

Raoul releva les paupières. Beaumagnan, tout droit, le dominait de sa haute taille. Mais il ne bougeait point, ses bras étaient repliés, et, sur son visage, où l'idée de meurtre imprimait une grimace abominable, la décision semblait comme suspendue.

Raoul écouta et n'entendit rien. Mais peut-être Beaumagnan, dont les sens étaient surexcités, entendait-il l'approche de Joséphine Balsamo ? De fait, il reculait pas à pas, et soudain, se précipitant, il reprit son poste dans le renfoncement, à droite de la porte.

Raoul le voyait en pleine face. Il était hideux. Un chasseur à l'affût épaule son fusil et recommence plusieurs fois ce geste pour être à même de l'exécuter à l'instant voulu. Ainsi, chez Beaumagnan, les mains s'apprêtaient convulsivement au crime. Elles s'ouvraient pour l'étranglement, se mettaient à distance convenable l'une de l'autre, crispaient leurs doigts recourbés comme des griffes.

Raoul fut épouvanté. Son impuissance était une chose terrible, dont il souffrait jusqu'au martyre.

Bien qu'il sût la vanité de tout effort, il se débattait pour rompre ses liens. Ah ! s'il avait pu crier ! Mais le bâillon étouffait ses cris, et les liens lui coupaient la chair.

Dehors, dans le grand silence, un bruit de pas. La barrière grinça. Une jupe froissa les feuilles. Des cailloux remuèrent.

Beaumagnan, aplati contre le mur, leva les coudes. Ses mains, qui tremblaient comme des mains de squelette qu'agite le vent, avaient l'air, déjà, de se fermer autour d'un cou et de le tenir, tout vivant, tout palpitant.

Raoul hurla derrière son bâillon.

Et puis la porte fut poussée, et le drame eut lieu.

Il eut lieu exactement de la façon que Beaumagnan l'avait conçu et que Raoul se l'était imaginé. Une silhouette de femme, qui était celle de Joséphine Balsamo, apparut et s'écrasa aussitôt sous la ruée de Beaumagnan. Une faible plainte, tout au plus, fut exhalée, que couvrit une sorte d'aboiement furieux qui haletait dans la gorge de l'assassin.

Raoul trépignait : jamais il n'avait autant aimé Josine qu'à la minute où il se la représentait agonisante. Ses fautes, ses crimes? Qu'importait! elle était la plus belle créature qui fût au monde, et toute cette beauté, ce sourire adorable, ce corps charmant fait pour les caresses, allaient être anéantis. Aucun secours possible. Aucune force contre la force irrésistible de cette brute.

Ce qui sauva Joséphine Balsamo, ce fut l'excès même d'un amour que la mort seule pouvait assouvir et qui, à la dernière seconde, ne put achever la sinistre besogne. À bout d'énergie, terrassé par un désespoir qui prenait tout à coup des allures de folie, Beaumagnan se roula sur le sol en s'arrachant les cheveux et en se cognant la tête au carrelage.

Raoul enfin respira. Quelles que fussent les apparences, et quoique Joséphine Balsamo ne remuât pas, il était certain qu'elle vivait. En effet, lentement, sortant de l'horrible cauchemar, elle se releva, avec des intermittences de détresse qui semblaient la briser, et enfin se dressa, bien d'aplomb et paisible.

Elle était vêtue d'un manteau à pèlerine qui l'enveloppait, et coiffée d'une toque d'où pendait un voile à grosses fleurs brodées. Elle laissa tomber son manteau, découvrant ainsi ses épaules dans l'échancrure du corsage que la lutte avait déchiré.

Quant à la toque et au voile, froissés également, elle les rejeta, et la chevelure, délivrée, s'épanouit de chaque côté du front en boucles lourdes et régulières où s'allumaient des reflets fauves. Ses joues étaient plus roses, ses yeux plus brillants.

Un long moment de silence s'ensuivit. Les deux hommes la contemplaient éperdument, non plus comme si elle était une ennemie, ou une maîtresse, ou une victime, mais simplement une femme radieuse dont ils subissaient la fascination et l'enchantement. Raoul tout ému, Beaumagnan immobile et prosterné, admiraient tous deux avec la même ferveur.

Elle porta d'abord à sa bouche un petit sifflet de métal que Raoul connaissait bien : Léonard devait veiller à quelque distance et accourrait aussitôt à son appel. Mais elle se ravisa. Pourquoi le faire venir alors qu'elle demeurait maîtresse absolue des événements ?

Elle se dirigea vers Raoul, dénoua le foulard qui le bâillonnait et lui dit :

« Tu n'es pas revenu, Raoul, comme je le croyais. Tu reviendras ? »

S'il avait été libre, il l'eût serrée ardemment contre lui. Mais pourquoi ne coupait-elle pas ses liens ? Quelle pensée secrète l'en empêchait ?

Il affirma :

« Non… C'est fini. »

Elle se haussa un peu sur la pointe des pieds et colla ses lèvres aux siennes en murmurant :

« Fini entre nous deux ? Tu es fou, mon Raoul ! »

Beaumagnan avait tressauté et s'avançait, mis hors de lui par cette caresse imprévue. Comme il essayait de lui saisir le bras, elle se retourna, et soudain le calme qu'elle avait conservé jusqu'ici fit place aux sentiments réels qui la secouaient, sentiments d'exécration et de rancune farouche contre Beaumagnan.

Elle éclata d'un coup, avec une véhémence dont Raoul ne la jugeait pas capable.

« Ne me touche pas, misérable. Et ne crois pas que j'aie peur de toi. Tu es seul aujourd'hui, et j'ai bien vu tout à l'heure que tu n'oserais jamais me tuer. Tu n'es qu'un lâche. Tes mains tremblaient. Mes mains ne trembleront pas, Beaumagnan, lorsque l'heure sera venue. »

Il reculait devant ses imprécations et ses menaces, et Joséphine Balsamo continuait, dans une crise de haine :

« Mais ton heure n'est pas venue. Tu n'as pas assez souffert… Tu ne souffrais même pas, puisque tu me croyais morte. Ton supplice maintenant, ce sera de savoir que je vis et que j'aime.

« Oui, tu entends, j'aime Raoul. Je l'ai aimé d'abord pour me venger de toi et te le dire plus tard, et je l'aime aujourd'hui sans raison, parce que c'est lui, et que je ne peux plus l'oublier. À peine s'il le sait, à peine si je le savais, moi. Mais depuis quelques jours, comme il me fuyait, j'ai senti qu'il était toute ma vie. J'ignorais l'amour, et l'amour c'est cela, c'est cette frénésie qui m'agite. »

Elle était la proie du délire, comme celui qu'elle torturait. Ses cris d'amoureuse semblaient lui faire autant de mal qu'à Beaumagnan. Raoul éprouvait, à la regarder ainsi, de l'éloignement plutôt que de la joie. La flamme de désir, d'admiration et d'amour, qui l'avait repris lors du danger, s'éteignit définitivement. La beauté et la séduction de Josine s'évanouissaient comme des mirages, et, sur sa figure, qui pourtant n'avait pas changé, il ne pouvait plus discerner que le vilain reflet d'une âme cruelle et malade.

Elle continuait son attaque furieuse contre Beaumagnan, lequel ripostait par soubresauts de colère jalouse. Et c'était vraiment une chose déconcertante de voir ces deux êtres, qui, au moment même où les circonstances allaient leur fournir le mot de la formidable énigme qu'ils cherchaient depuis si longtemps, oubliaient tout dans l'emportement de leur passion. Le grand secret des siècles précédents, la découverte des pierres précieuses, la borne légendaire, le coffret et l'inscription, la veuve Rousselin, la personne qui cheminait vers eux et leur donnerait la vérité… autant de balivernes dont ils se souciaient aussi peu l'un que l'autre. L'amour les entraînait tout comme un torrent tumultueux. Haine et passion se livraient l'éternel combat qui déchire les amants.

De nouveau les doigts de Beaumagnan se pliaient comme des griffes, et ses mains frémissantes se postaient pour étrangler. Elle s'acharnait cependant, aveugle et désordonnée, et lui jetait en pleine face l'injure de son amour !

« Je l'aime, Beaumagnan. Le feu qui te brûle et me dévore aussi, c'est un amour comme le tien où se mêle l'idée du meurtre et de la mort. Oui, je le tuerais plutôt que de le savoir à une autre, ou de savoir qu'il ne m'aime plus. Mais il m'aime, Beaumagnan, il m'aime, tu entends, il m'aime ! »

Un rire inattendu sortit de la bouche convulsée de Beaumagnan. Sa colère s'achevait en un accès d'hilarité sardonique.

« Il t'aime, Joséphine Balsamo ? Tu as raison, il t'aime ! il t'aime comme toutes les femmes. Tu es belle, et il te désire. Une autre passe, et il la veut aussi. Et toi également, Joséphine Balsamo, tu souffres l'enfer. Avoue-le donc !

— L'enfer, oui, dit-elle, l'enfer si je croyais à sa trahison. Mais cela n'est pas, et tu essaies stupidement de… »

Elle s'arrêta. Beaumagnan ricanait avec tant de joie et de méchanceté qu'elle avait peur. Très bas, d'un ton d'angoisse, elle reprit :

« Une preuve ?… Donne-moi une seule preuve… Même pas… une indication… quelque chose qui m'oblige à douter… Et je l'abats comme un chien. »

Elle avait tiré de son corsage un petit casse-tête fait d'un manche de baleine et d'une boule de plomb. Son regard se durcit.

Beaumagnan répliqua :

« Je ne t'apporte pas de quoi douter, mais de quoi être sûre.

— Parle… Cite un nom.

— Clarisse d'Étigues », dit-il.

Elle haussa les épaules.

« Je sais… une amourette sans importance.

— Assez importante pour lui, puisqu'il l'a demandée en mariage au père.

— Il l'a demandée ! Mais non, voyons, c'est impossible… Je me suis renseignée… Ils se sont rencontrés deux ou trois fois dans la campagne, pas davantage.

— Mieux que cela, dans la chambre de la petite.

— Tu mens ! tu mens ! s'écria-t-elle.

— Dis plutôt que c'est son père qui ment, car la chose m'a été confiée, avant-hier soir, par Godefroy d'Étigues.

— Et de qui la tenait-il ?

— De Clarisse elle-même.

— Mais c'est absurde ! Une fille ne fait pas un tel aveu. »

Beaumagnan plaisanta :

« Il y a des cas où elle est bien obligée de le faire.

— Hein ? Quoi ? Qu'est-ce que tu oses dire ?

— Je dis ce qui est… Ce n'est pas l'amante qui s'est confessée, c'est la mère… la mère qui veut assurer un nom à l'enfant qu'elle porte en elle, la mère qui réclame le mariage. »

Joséphine Balsamo semblait suffoquée, désemparée.

« Le mariage ! Le mariage avec Raoul ! Le baron d'Étigues accepterait ?…

— Dame !

— Mensonges ! s'exclama-t-elle. Commérages de bonne femme ! Ou plutôt non, invention de ta part. Il n'y a pas un mot de vrai dans tout cela. Ils ne se sont jamais revus.

— Ils s'écrivent.

— La preuve, Beaumagnan ! la preuve immédiate !

— Une lettre te suffirait-elle ?

— Une lettre ?

— Écrite par lui à Clarisse.

— Écrite il y a quatre mois ?

— Il y a quatre jours.

— Tu l'as ?

— La voici. »

Raoul, qui écoutait anxieusement, tressaillit. Il reconnaissait l'enveloppe et le papier de la lettre qu'il avait envoyée de Lillebonne à Clarisse d'Étigues.

Josine prit le document et lut tout bas, en articulant chaque syllabe :

« *Pardonnez-moi, chère Clarisse. J'ai agi avec vous comme un misérable. Espérons en un avenir meilleur, et pensez à moi avec toute l'indulgence de votre cœur généreux. Encore pardon, chère Clarisse, et pardon. – Raoul.* »

Elle eut à peine la force d'achever la lecture de cette lettre qui la reniait et qui la blessait au plus sensible de son amour-propre. Elle chancelait. Ses yeux cherchèrent ceux de Raoul. Il comprit que Clarisse était condamnée à mort, et, au fond de lui, il sut qu'il n'aurait plus que de la haine contre Joséphine Balsamo.

Beaumagnan expliquait :

« C'est Godefroy qui a intercepté cette lettre et qui me l'a remise en me demandant conseil. L'enveloppe étant timbrée de Lillebonne, c'est ainsi que j'ai retrouvé vos traces à tous deux. »

La Cagliostro se taisait. Son visage marquait une souffrance si profonde que l'on eût pu s'en émouvoir, et prendre aussi pitié des larmes lentes qui coulaient sur ses joues, si sa douleur n'avait été visiblement dominée par un âpre souci de vengeance. Elle combinait des plans. Elle établissait des embûches.

Hochant la tête, elle dit à Raoul :

« Je t'avais averti, Raoul.

— Un homme averti en vaut deux, fit-il d'un ton gouailleur.

— Ne plaisante pas! s'écria-t-elle impatientée. Tu sais ce que je t'ai dit, et qu'il était préférable de ne jamais la mettre en travers de notre amour.

— Et tu sais également ce que je t'ai dit, moi, riposta Raoul, de son même air agaçant. Si jamais tu touches un seul de ses cheveux... »

Elle tressaillit.

« Ah! comment peux-tu te moquer ainsi de ma souffrance et prendre le parti d'une autre femme contre moi?... Contre moi! Ah! Raoul, tant pis pour elle!

— T'effraie pas, dit-il. Elle est en sûreté, puisque je la protège. »

Beaumagnan les observait, heureux de leur discorde et de toute cette haine qui bouillonnait en eux. Mais Joséphine Balsamo se contint, jugeant sans doute que c'était perdre du temps que de parler d'une vengeance qui viendrait à son heure. Pour le moment d'autres soucis l'occupaient, et elle murmura, avouant sa pensée intime et prêtant l'oreille :

« On a sifflé, n'est-ce pas, Beaumagnan? C'est un de mes hommes qui surveillent les allées par où l'on peut arriver, qui me prévient... La personne que nous attendons doit être en vue... Car je suppose que, toi aussi, tu es là pour elle? »

De fait la présence de Beaumagnan et ses desseins secrets n'étaient pas très clairs. Comment avait-il pu savoir le jour et l'heure du rendez-vous? Quelles données spéciales possédait-il relativement à l'affaire Rousselin?

Elle jeta un coup d'œil sur Raoul. Celui-là, bien attaché, ne pouvait la gêner dans ses combinaisons et ne participerait pas à la dernière bataille. Mais Beaumagnan paraissait l'inquiéter, et elle l'entraînait vers la porte comme si elle avait voulu aller au-devant de la personne attendue, lorsque, à l'instant même où elle sortait, des pas se firent entendre. Elle revint donc en arrière, avec un geste qui repoussa Beaumagnan, et livra passage à Léonard.

Celui-ci examina vivement les deux hommes, puis prit à part la Cagliostro, et lui dit quelques mots à l'oreille.

Elle sembla stupéfaite et marmotta :

« Qu'est-ce que tu dis?... qu'est-ce que tu dis?... »

Elle détourna la tête pour qu'on ne pût connaître le sentiment qu'elle éprouvait, mais Raoul eut l'impression d'une grande joie.

« Ne bougeons pas..., fit-elle. On vient... Léonard, prends ton revolver. Quand on aura franchi le seuil, ajuste. »

Elle apostropha Beaumagnan qui essayait d'ouvrir la porte.

« Mais vous êtes fou ? Qu'y a-t-il ? Restez donc là. »

Comme Beaumagnan insistait, elle s'irrita.

« Pourquoi voulez-vous sortir ? Quelles raisons ? Vous connaissez donc cette personne, et vous voulez l'empêcher... ou bien l'emmener avec vous ?... Quoi ?... Répondez donc ?... »

Beaumagnan ne lâchait pas la poignée, tandis que Josine essayait de le retenir. Voyant qu'elle n'y parvenait pas, elle se tourna vers Léonard et, de sa main libre, lui montra l'épaule gauche de Beaumagnan avec un geste qui ordonnait à la fois de frapper et de frapper sans brusquerie. En une seconde Léonard tira de sa poche un stylet qu'il enfonça légèrement dans l'épaule de l'adversaire.

Celui-ci grogna : « Ah ! la gueuse... » et s'affaissa sur le dallage.

Elle dit tranquillement à Léonard :

« Aide-moi, et dépêchons-nous. »

À eux deux, coupant la corde trop longue qui attachait Raoul, ils lièrent les bras et les jambes de Beaumagnan. Puis, après l'avoir assis et appuyé contre le mur, elle examina la plaie, la recouvrit d'un mouchoir, et dit :

« Ce n'est rien... à peine deux ou trois heures d'engourdissement... Prenons notre poste. »

Ils se mirent à l'affût.

Tout cela elle l'exécuta sans hâte, la figure paisible, par gestes aussi mesurés que s'ils avaient été réglés d'avance. Quelques syllabes simplement pour donner des ordres. Mais sa voix, même assourdie, prenait un tel accent de triomphe que Raoul concevait une inquiétude croissante, et qu'il fut sur le point de crier et d'avertir celui ou celle qui, à son tour, allait tomber dans le guet-apens.

À quoi bon ? Rien ne pouvait s'opposer aux décisions redoutables de la Cagliostro. D'ailleurs il ne savait plus que faire. Son cerveau s'épuisait en idées absurdes. Et puis... et puis... il était trop tard. Un gémissement lui échappa : Clarisse d'Étigues entrait.

XII

Démence et génie

Jusqu'ici Raoul n'avait ressenti qu'une peur plutôt morale, le danger ne menaçant que lui et la Cagliostro ; pour lui, il se confiait à son adresse et à sa bonne étoile ; pour la Cagliostro, il la savait de taille à se défendre contre Beaumagnan.

Mais Clarisse ! En présence de Joséphine Balsamo, Clarisse était comme une proie livrée aux ruses et à la cruauté de l'ennemi. Et, dès lors, la peur de Raoul se compliqua d'une sorte d'horreur physique qui, *réellement*, dressait ses cheveux sur sa tête et lui donnait ce qu'on appelle vulgairement la chair de poule. La face implacable de Léonard ajoutait à cette épouvante. Il se souvenait de la veuve Rousselin et de ses doigts tuméfiés.

En vérité, il avait vu juste lorsque, une heure plus tôt, venant au rendez-vous, il devinait que la grande bataille se préparait et qu'elle le mettrait aux prises avec Joséphine Balsamo. Jusqu'ici, simples escarmouches, engagements d'avant-garde. Maintenant, c'était la lutte à mort entre toutes les forces qui s'étaient affrontées, et Raoul s'y présentait lui, les mains liées, la corde au cou, et avec ce surcroît d'affaiblissement que lui causait l'arrivée de Clarisse d'Étigues.

« Allons, se dit-il, j'ai encore beaucoup à apprendre. Cette situation affreuse, j'en suis à peu près responsable, et ma chère Clarisse une fois de plus est ma victime. »

La jeune fille demeurait interdite sous la menace du revolver que Léonard tenait braqué. Elle était venue allégrement, comme on vient un jour de vacances, à la rencontre de quelqu'un que l'on a plaisir à retrouver, et elle tombait au milieu de cette scène de violence et de crime, tandis que celui qu'elle aimait demeurait en face d'elle, immobile et captif.

Elle balbutia :

« Qu'y a-t-il, Raoul ? Pourquoi êtes-vous attaché ? »

Elle tendait ses mains vers lui, autant pour implorer son aide que pour lui offrir la sienne. Mais que pouvaient-ils l'un et l'autre !

Il remarqua ses traits tirés et l'extrême lassitude de tout son être, et il dut se retenir de pleurer en pensant à la douloureuse confession qu'elle avait faite à son père et aux conséquences de la faute commise. Malgré tout, il lui dit, avec une assurance imperturbable :

« Je n'ai rien à craindre, Clarisse, et vous non plus, absolument rien. Je réponds de tout. »

Elle jeta les yeux sur ceux qui l'entouraient, eut la stupeur de reconnaître Beaumagnan sous le masque qui l'étouffait, et interrogea timidement Léonard :

« Que me voulez-vous ? Tout cela est effrayant... Qui m'a fait venir ici ?

— Moi, mademoiselle », dit Joséphine Balsamo.

La beauté de Josine avait déjà frappé Clarisse. Un peu d'espoir la réconforta, comme s'il ne pouvait lui venir de cette femme admirable que de l'aide et de la protection.

« Qui êtes-vous, madame ? Je ne vous connais pas...

— Je vous connais, moi, affirma Joséphine Balsamo, que la grâce et la douceur de la jeune fille semblaient irriter, mais qui dominait sa colère. Vous êtes la fille du baron d'Étigues... et je sais aussi que vous aimez Raoul d'Andrésy. »

Clarisse rougit et ne protesta pas. Joséphine Balsamo dit à Léonard :

« Va fermer la barrière. Mets-y la chaîne et le cadenas que tu as apportés, et redresse le vieux poteau tombé, où il y a une pancarte : "Propriété privée."

— Dois-je rester dehors ? demanda Léonard.

— Oui, je n'ai pas besoin de toi pour l'instant, dit Josine d'un air qui terrifia Raoul. Reste dehors. il ne faut pas que nous soyons dérangés... À aucun prix, n'est-ce pas ? »

Léonard contraignit Clarisse à s'asseoir sur une des deux chaises, lui ramena les deux bras en arrière et voulut lier les poignets aux barreaux.

« Inutile, dit Joséphine Balsamo, laisse-nous. »

Il obéit.

Tour à tour, elle regarda ses trois victimes, toutes trois désarmées et réduites à l'impuissance. Elle était maîtresse du champ de bataille et, sous peine de mort, pouvait imposer ses arrêts inflexibles.

Raoul ne la quittait pas des yeux, tâchant de discerner son plan et ses intentions. Le calme de Josine l'impressionnait plus que tout. Elle n'avait point cette fièvre et cette agitation qui eussent, pour ainsi dire, désarticulé la conduite de toute autre femme à sa place. Aucune attitude de triomphe. Plutôt même un certain ennui, comme si elle eût agi sous l'impulsion de forces intérieures qu'elle n'était pas maîtresse de discipliner.

Pour la première fois, il devinait en elle cette sorte de fatalisme nonchalant que dissimulait d'ordinaire sa beauté souriante, et qui était peut-être l'essentiel même et l'explication de sa nature énigmatique.

Elle prit place à côté de Clarisse, sur l'autre chaise, et, les yeux fixes, la voix lente, avec de la sécheresse et de la monotonie dans l'accent, elle commença :

« Il y a trois mois, mademoiselle, une jeune femme était enlevée furtivement à sa descente du train, et transportée au château de la Haie d'Étigues, où se trouvaient réunis, dans une grande salle isolée, une dizaine de gentilshommes du pays de Caux, dont Beaumagnan, que vous voyez ici, et votre père. Je ne vous raconterai pas tout ce qui fut dit à cette réunion, et toutes les ignominies que cette femme eut à subir de la part de gens qui se prétendaient ses juges. Toujours est-il que, après un simulacre de débats, le soir, ses invités étant partis, votre père et son cousin Bennetot emmenèrent cette femme au bas des falaises, l'attachèrent au fond d'une barque trouée qu'alourdissait un énorme galet, et la conduisirent au large où ils l'abandonnèrent. »

Clarisse, suffoquée, balbutia :

« Ce n'est pas vrai ! Ce n'est pas vrai !… mon père n'aurait jamais fait cela… ce n'est pas vrai ! »

Sans se soucier de la protestation indignée de Clarisse, Joséphine Balsamo continua :

« Quelqu'un avait assisté, sans qu'aucun des conjurés s'en doutât, à la séance du château, quelqu'un qui épia les deux assassins – il n'y a pas d'autre terme, n'est-ce pas ? –, s'accrocha à la barque et sauva la victime dès qu'ils se furent éloignés. D'où venait-il, celui-là ? Tout porte à croire qu'il avait passé la nuit précédente et la matinée dans votre chambre, accueilli par vous, non pas comme un fiancé, puisque votre père lui avait refusé ce titre, mais comme un amant. »

Les accusations et les injures heurtaient Clarisse comme des coups de massue. Dès la première minute, elle avait été hors de combat, incapable de résister ni même de se défendre.

Toute pâle, défaillante, elle se courba sur sa chaise, en gémissant :

« Oh ! madame, que dites-vous ?

— Ce que vous avez dit vous-même à votre père, repartit la Cagliostro, les conséquences de votre faute rendant nécessaire l'aveu que vous lui avez fait avant-hier soir. Ai-je besoin de préciser davantage et de vous dire ce qu'il est advenu de votre amant ? Le jour même où il vous déshonorait, Raoul d'Andrésy vous abandonnait pour suivre la femme qu'il avait sauvée de la mort la plus affreuse, se dévouait à elle corps et âme, se faisait aimer d'elle, vivait de sa vie, et lui jurait de ne jamais vous revoir. Le serment fut fait de la façon la plus catégorique : “*Je ne l'aimais pas*, a-t-il dit. *C'était une amourette. C'est fini.*”

« Or, à la suite d'un malentendu passager… qui s'est élevé entre sa maîtresse et lui, cette femme vient de découvrir que Raoul correspondait avec vous et vous écrivait une lettre que voici, où il vous demandait pardon et vous donnait confiance en l'avenir. Comprenez-vous maintenant que j'ai quelque droit de vous traiter en ennemie… et même en ennemie mortelle ? » ajouta sourdement la Cagliostro.

Clarisse se taisait. La peur montait en elle, et elle considérait avec une appréhension croissante le doux et terrifiant visage de celle qui lui avait pris Raoul et qui se proclamait son ennemie.

Frissonnant de pitié, et sans redouter la colère de Joséphine Balsamo, Raoul répéta gravement :

« S'il y a eu de ma part un serment solennel, et que je suis résolu à tenir envers et contre tous, Clarisse, c'est celui par lequel j'ai juré que pas un cheveu de votre tête ne serait touché. Soyez sans crainte. Avant dix minutes, vous sortirez d'ici, saine et sauve. Dix minutes, Clarisse, pas davantage. »

Joséphine Balsamo ne releva pas l'apostrophe. Posément, elle reprit :

« Voilà donc notre situation réciproque bien établie. Passons aux faits et là, de même je serai très brève. Votre père, mademoiselle, son ami Beaumagnan et leurs complices poursuivent une entreprise commune, que je poursuis de mon côté, et après laquelle Raoul s'acharne également. D'où, entre nous, une guerre incessante. Or, les uns comme les autres, nous sommes entrés en relation avec une dame Rousselin, laquelle possédait un coffret ancien dont nous avons besoin pour réussir, et dont elle s'était dessaisie en faveur d'une autre personne.

« Nous l'avons interrogée de la manière la plus pressante, sans toutefois obtenir d'elle le nom de cette personne qui, paraît-il, l'avait comblée de bienfaits et qu'elle ne voulait pas compromettre par une indiscrétion. Tout ce qu'il nous fut possible d'apprendre, c'est une vieille histoire que je vais vous résumer, et dont vous suivrez tout l'intérêt à notre point de vue… et au vôtre, mademoiselle. »

Raoul commençait à discerner le chemin suivi par la Cagliostro et le but où elle devait inévitablement aboutir. C'était si effroyable qu'il lui dit avec un accent de colère :

« Non, non, pas cela, n'est-ce pas ? pas cela ! il y a des choses qui doivent rester cachées… »

Elle ne parut pas entendre et continua, inexorable :

« Voici. Il y a vingt-quatre ans, pendant la guerre entre la France et la Prusse, deux hommes qui fuyaient les envahisseurs et qui s'en allaient sous la conduite du sieur Rousselin, tuèrent aux environs de Rouen, pour lui voler son cheval, un domestique du nom de Jaubert.

« Avec le cheval, ils purent se sauver, emportant en plus un coffret qu'ils avaient dérobé à leur victime et qui contenait les bijoux les plus précieux.

« Plus tard, le sieur Rousselin qu'ils avaient emmené de force, et à qui ils avaient donné pour sa part quelques bagues sans valeur, revint à Rouen près de sa femme et y mourut presque aussitôt tellement ce meurtre et sa complicité involontaire l'avaient déprimé. Or, des relations s'établirent entre la veuve et les assassins, ceux-ci redoutant quelque bavardage, et il arriva.... Mais je suppose, mademoiselle, que vous comprenez exactement de qui il s'agit, n'est-ce pas ? »

Clarisse écoutait avec un effarement si douloureux que Raoul s'écria :

« Tais-toi, Josine, pas un mot de plus ! C'est l'action la plus vile et la plus absurde. À quoi bon ? »

Elle lui imposa silence.

« À quoi bon ? fit-elle. Parce que toute la vérité doit être dite. Tu nous as jetées, elle et moi, l'une contre l'autre. Qu'il y ait donc égalité entre elle et moi dans la souffrance.

— Ah ! sauvage », murmura-t-il avec désespoir.

Et Joséphine Balsamo, se retournant vers Clarisse, précisa :

« Votre père et votre cousin Bennetot suivirent donc de près la veuve Rousselin, et c'est évidemment au baron d'Étigues qu'elle dut son installation à Lillebonne, où il lui fut plus facile de la surveiller. Du reste, avec les années, il se trouva quelqu'un pour accomplir plus ou moins consciemment cette besogne : ce fut vous, mademoiselle. La veuve Rousselin vous prit en affection, à un tel point qu'il n'y avait plus à craindre de sa part le moindre acte d'hostilité. Pour rien au monde, elle n'eût trahi le père de la petite fille qui, de temps à autre, venait jouer chez elle. Visites clandestines évidemment, afin qu'aucun fil ne pût relier le présent au passé, visites qu'on remplaçait même quelquefois par des rendez-vous aux environs, au vieux phare ou ailleurs.

« C'est au cours d'une de ces visites que vous avez aperçu par hasard dans le grenier de Lillebonne le coffret que Raoul et moi cherchions, et par fantaisie que vous l'avez emporté chez vous, à la Haie d'Étigues. Aussi, lorsque Raoul et moi nous avons su, de la veuve Rousselin, que le coffret était en possession d'une personne qu'elle ne voulait pas nommer, que cette personne l'avait comblée de bienfaits, et qu'elles se rencontraient toutes deux à date fixe, nous en avons conclu sans hésitation qu'il nous suffisait de venir au vieux phare, à la place de la veuve Rousselin, pour découvrir une partie de la vérité.

« Et, en vous voyant apparaître, nous avons acquis la certitude immédiate que les deux assassins n'étaient autres que Bennetot et le baron d'Étigues, c'est-à-dire les deux hommes qui, depuis, m'ont jetée à la mer. »

Clarisse pleurait, les épaules secouées par ses sanglots. Raoul ne doutait pas que les crimes de son père ne lui fussent inconnus, mais il ne doutait pas non plus que l'accusation de l'ennemie ne lui montrât subitement sous leur véritable jour bien des choses dont elle ne s'était pas rendu compte jusqu'ici et ne l'obligeât aussi à considérer son père comme un assassin. Quel déchirement pour elle ! et comme Joséphine Balsamo avait frappé juste ! Avec quelle science effroyable du mal le bourreau torturait sa victime ! Avec quel raffinement, mille fois plus cruel que les tourments physiques infligés à la veuve Rousselin par Léonard, Joséphine Balsamo se vengeait de l'innocente Clarisse !

« Oui, disait-elle à voix basse, un assassin… Ses richesses, son château, ses chevaux, tout cela provient du crime. N'est-ce pas, Beaumagnan ? Tu pourrais, toi aussi, apporter ton témoignage, toi qui avais justement, et par cela même, pris sur lui une telle influence ? Maître d'un secret que tu avais dérobé, peu importe comment, tu le faisais marcher au doigt et à l'œil, et profitais du premier crime commis et des preuves que tu en avais pour l'obliger à te servir et à tuer encore ceux qui te gênaient, Beaumagnan… j'en sais quelque chose ! Ah ! bandits que vous êtes ! »

Ses yeux cherchaient les yeux de Raoul. Il eut l'impression qu'elle essayait d'excuser ses propres crimes en évoquant ceux de Beaumagnan et de ses complices. Mais il lui dit durement :

« Et après ? Est-ce fini ? Vas-tu t'acharner encore sur cette enfant ? Que veux-tu de plus ?

— Qu'elle parle, déclara Josine.

— Si elle parle, la laisseras-tu libre ?

— Oui.

— Alors, interroge-la. Que demandes-tu ? Le coffret ? La formule inscrite à l'intérieur du couvercle ? Est-ce cela ? »

Mais que Clarisse voulût répondre ou non, qu'elle sût la vérité ou l'ignorât, elle semblait incapable de prononcer une parole et même de comprendre la question posée.

Raoul insista.

« Surmontez votre douleur, Clarisse. C'est la dernière épreuve, et tout sera terminé. Je vous en prie, répondez… Il n'y a là, dans ce qu'on vous demande, rien qui doive blesser votre conscience. Vous n'avez fait aucun serment de discrétion. Vous ne trahissez personne… En ce cas… »

La voix insinuante de Raoul détendait la jeune fille. Il le sentit et interrogea :

« Qu'est devenu ce coffret ? Vous l'avez rapporté à la Haie d'Étigues ?

— Oui, souffla-t-elle, épuisée.

— Pourquoi ?

— Il me plaisait… un caprice…

— Votre père l'a vu ?

— Oui.

— Le jour même ?

— Non, il ne l'a vu que quelques jours plus tard.

— Il vous l'a repris ?

— Oui.

— Sous quel prétexte ?

— Aucun.

— Mais vous aviez eu le temps d'examiner l'objet ?

— Oui.

— Et vous avez vu une inscription à l'intérieur du couvercle, n'est-ce pas ?

— Oui.

— De vieux caractères, n'est-ce pas ? gravés grossièrement ?

— Oui.

— Vous avez pu les déchiffrer ?

— Oui.

— Facilement ?

— Non, mais j'y suis arrivée.

— Et vous vous rappelez cette inscription ?

— Peut-être... je ne sais pas... c'étaient des mots latins...

— Des mots latins ? Cherchez bien...

— Ai-je le droit ?... Si c'est un secret si grave, dois-je le révéler ?... »

Clarisse hésitait.

« Vous le pouvez, Clarisse, je vous l'assure... Vous le pouvez parce que ce secret n'appartient à personne. Nul au monde n'a aucun titre à le connaître plus spécialement que votre père, ou ses amis, ou moi. Il est à celui qui le découvrira, au premier passant venu qui saura en tirer parti. »

Elle céda. Ce que Raoul affirmait devait être juste.

« Oui... oui... sans doute avez-vous raison... Mais, n'est-ce pas ? j'y attachais si peu d'importance, à cette inscription, que je dois rassembler mes souvenirs... et en quelque sorte traduire ce que j'ai lu... Il était question d'une pierre... et d'une reine...

— Il faut vous rappeler, Clarisse, il le faut », supplia Raoul, que l'expression plus sombre de la Cagliostro inquiétait.

Lentement, la figure contractée par l'effort de mémoire qu'elle accomplissait, se reprenant et se contredisant, la jeune fille réussit à prononcer :

« Voilà... je me souviens... voilà exactement la phrase que j'ai déchiffrée... cinq mots latins... dans cet ordre...

« *Ad lapidem currebat olim regina...* »

C'est tout au plus si elle eut le loisir d'articuler la dernière syllabe. Joséphine Balsamo, qui semblait plus agressive et s'était rapprochée de la jeune fille, lui criait :

« Mensonge ! Cette formule, nous la connaissons depuis longtemps ! Beaumagnan peut le certifier. N'est-ce pas, Beaumagnan, nous la connaissons ?... Elle ment, Raoul, elle ment. Ces cinq mots-là, le cardinal de Bonnechose y fait allusion dans son résumé, et il leur accorde si peu d'attention, et leur refuse si nettement le moindre sens que je ne t'en ai même pas parlé !... *Vers la pierre jadis courait la reine.* Mais où se trouve-t-elle, cette pierre, et de quelle reine s'agit-il ? Voilà vingt ans qu'on cherche. Non, non, il y a autre chose. »

De nouveau elle était reprise de cette colère terrible qui ne se manifestait ni par éclats de voix ni par mouvements désordonnés, mais par une agitation tout intérieure, que l'on devinait à certains signes, et surtout à la cruauté anormale et inusitée des paroles.

Penchée contre la jeune fille, et la tutoyant, elle scandait :

« Tu mens !... tu mens !... Il y a un mot qui résume ces cinq-là... Lequel ? Il y a une formule... une seule... laquelle ? Réponds. »

Terrorisée, Clarisse se taisait. Raoul implora :

« Réfléchissez, Clarisse... Rappelez-vous... En dehors de ces cinq mots, vous n'avez pas vu ?...

— Je ne sais pas... je ne crois pas... gémit la jeune fille.

— Souvenez-vous... Il faut vous souvenir... Votre salut est à ce prix... »

Mais le ton même que Raoul employait et son affection frémissante pour Clarisse exaspéraient Joséphine Balsamo.

Elle empoigna le bras de la jeune fille et ordonna :

« Parle, sinon... »

Clarisse balbutia, mais sans répondre. La Cagliostro donna un coup de sifflet strident.

Presque aussitôt Léonard surgit dans l'embrasure de la porte.

Elle commanda entre ses dents, d'une voix dont le timbre ne résonnait pas :

« Emmène-la, Léonard... et commence à l'interroger. »

Raoul bondit dans ses liens.

« Ah ! lâche ! misérable ! cria-t-il. Qu'est-ce qu'on va lui faire ? Mais tu es donc la dernière des femmes ? Léonard, si tu touches à cette enfant, je te jure Dieu qu'un jour ou l'autre...

— Ce que tu as peur pour elle ! ricana Joséphine Balsamo. Hein ! l'idée qu'elle puisse souffrir te bouleverse ! Parbleu ! vous êtes faits pour vous entendre, tous les deux. La fille d'un assassin, et un voleur !

« Hé oui, un voleur, grinça-t-elle, en revenant à Clarisse. Un voleur, ton amant, pas autre chose ! Il n'a jamais vécu que de vols. Tout enfant il volait. Pour te donner des fleurs, pour te donner la petite bague de fiançailles que tu portes au doigt, il a volé. C'est un cambrioleur, un escroc. Tiens, son nom même, son joli nom d'Andrésy, une escroquerie tout simplement. Raoul d'Andrésy ?

Allons donc ! Arsène Lupin, le voilà son nom véritable. Retiens-le, Clarisse, il sera célèbre.

« Ah ! c'est que je l'ai vu à l'œuvre, ton amant ! Un maître ! Un prodige d'adresse ! Quel joli couple vous feriez si je n'y mettais bon ordre, et quel enfant prédestiné sera le vôtre, fils d'Arsène Lupin et petit-fils du baron Godefroy. »

Cette idée de l'enfant donna de nouveau un coup de fouet à sa fureur. La folie du mal se déchaînait.

« Léonard…

— Ah ! sauvage, lui jeta Raoul éperdu. Quelle ignominie !… Hein ! tu te démasques, Joséphine Balsamo ? Plus la peine de jouer la comédie, n'est-ce pas ? C'est bien toi, le bourreau ?… »

Mais elle était intraitable, butée dans son désir barbare de faire le mal et de martyriser la jeune fille. Elle-même poussa Clarisse que Léonard entraînait vers la porte.

« Lâche ! monstre ! hurlait Raoul. Un seul de ses cheveux, tu entends… un seul ! et c'est la mort pour vous deux. Ah ! les monstres ! Mais laissez-la donc ! »

Il s'était tendu si violemment contre ses liens que tout le mécanisme imaginé par Beaumagnan pour le retenir se démolit, et que la persienne vermoulue fut arrachée de ses gonds et tomba dans la pièce, derrière lui.

Il y eut un instant d'inquiétude dans le camp adverse. Mais les cordes, quoique relâchées, étaient solides et entravaient suffisamment le captif pour qu'il ne fût pas à craindre. Léonard sortit son revolver et l'appliqua sur la tempe de Clarisse.

« S'il fait un pas de plus, un seul mouvement, tire », commanda la Cagliostro.

Raoul ne bougea pas. Il ne doutait pas que Léonard n'exécutât l'ordre à la seconde même, et que le moindre geste ne fût la condamnation immédiate de Clarisse. Alors ?… Alors devait-il se résigner ? N'y avait-il aucun moyen de la sauver ?

Joséphine Balsamo ne le perdait pas de vue.

« Allons, dit-elle, tu comprends la situation, et te voilà plus sage.

— Non, répondit-il, très maître de lui… non, mais je réfléchis.

— À quoi ?

— Je lui ai promis qu'elle serait libre et qu'elle n'avait rien à redouter. Je veux tenir ma promesse.

— Un peu plus tard, peut-être, dit-elle.

— Non, Josine, tu vas la délivrer. »

Elle se retourna vers son complice.

« Tu es prêt, Léonard ? Va, et que ce soit rapide.

— Arrête, exigea Raoul, d'un ton où il y avait une telle certitude d'être obéi qu'elle eut une hésitation. Arrête, répéta-t-il, et délivre-la… Tu entends, Josine, je veux que tu la délivres… Il ne s'agit pas de différer l'ignoble chose qui allait se faire ou d'y renoncer. Il s'agit de délivrer sur-le-champ Clarisse d'Étigues et de lui ouvrir cette porte toute grande. »

Il fallait qu'il fût bien sûr de lui, et que sa volonté fût soutenue par des motifs bien extraordinaires pour qu'il la formulât avec tant d'impérieuse solennité.

Lui-même impressionné, Léonard demeurait indécis ; Clarisse, qui n'avait pas saisi cependant toute l'horreur de la scène, parut réconfortée.

La Cagliostro, interdite, murmura :

« Des mots, n'est-ce pas ? Quelque ruse nouvelle…

— Des faits, affirma-t-il… ou plutôt un fait qui domine tout et devant lequel tu t'inclineras.

— Qu'est-ce que cela signifie ? demanda la Cagliostro, de plus en plus troublée. Que désires-tu ?

— Je ne désire pas… J'exige.

— Quoi ?

— La liberté immédiate de Clarisse, la liberté de partir d'ici, sans que Léonard ni toi remuiez d'un seul pas. »

Elle se mit à rire et demanda :

« Rien que cela ?

— Rien que cela.

— Et en échange, tu m'offres ?…

— Le mot de l'énigme. »

Elle tressaillit.

« Tu le connais donc ?

— Oui. »

Le drame changeait soudain. De tout l'antagonisme furieux qui les jetait les uns contre les autres dans la haine et dans l'exécration de l'amour et de la jalousie il semblait que se dégageât le seul souci de la grande entreprise. L'obsession de la vengeance chez la Cagliostro passait au second plan. Les mille et mille pierres précieuses des moines avaient scintillé devant ses yeux, selon la volonté de Raoul.

Beaumagnan à demi dressé écoutait avidement.

Laissant Clarisse sous la garde de son complice, Josine s'avança et dit :

« Suffit-il de connaître le mot de l'énigme ?

— Non, dit Raoul. Il faut encore l'interpréter. Le sens même de la formule est caché sous un voile dont il faut d'abord s'affranchir.

— Et tu as pu, toi ?…

— Oui, j'avais déjà certaines idées à ce propos. Tout à coup la vérité m'a illuminé. »

Elle savait que Raoul n'était pas homme à plaisanter en pareille occurrence.

« Explique-toi, dit-elle, et Clarisse s'en ira d'ici.

— Qu'elle s'en aille, d'abord, répliqua-t-il, et je m'expliquerai. Je m'expliquerai, bien entendu, non pas la corde au cou et les mains liées, mais librement, sans la moindre entrave.

— C'est absurde. Tu retournes la situation, je suis maîtresse absolue des événements.

— Plus maintenant, affirma-t-il. Tu dépends de moi. C'est à moi de dicter mes conditions. »

Elle haussa les épaules et, cependant, ne put s'empêcher de dire :

« Jure que tu parles selon l'exacte vérité. Jure-le sur la tombe de ta mère. »

Il prononça posément :

« Sur la tombe de ma mère, je te jure que vingt minutes après que Clarisse aura franchi ce seuil, je t'indiquerai l'endroit précis où se trouve la borne, c'est-à-dire où se trouvent les richesses accumulées par les moines des abbayes de France. »

Elle voulut s'affranchir de la fascination incroyable que Raoul exerçait tout à coup sur elle avec son offre fabuleuse, et, s'insurgeant :

« Non, non, c'est un piège… tu ne sais rien…

— Non seulement je sais, dit-il, mais je ne suis pas seul à savoir.

— Qui encore ?

— Beaumagnan et le baron.

— Impossible.

— Réfléchis. Beaumagnan était avant-hier à la Haie d'Étigues. Pourquoi ? Parce que le baron a recouvré le coffret et qu'ils étudient ensemble l'inscription. Or, s'il n'y a pas que les cinq mots révélés par le cardinal, s'il y a le mot, le mot magique qui les résume et qui donne la clef du mystère, ils l'ont vu, eux, et ils savent.

— Que m'importe ! fit-elle, en observant Beaumagnan, je le tiens, lui.

— Mais tu ne tiens pas Godefroy d'Étigues, et peut-être, à l'heure actuelle, est-il là-bas, avec son cousin, tous deux envoyés d'avance par Beaumagnan pour explorer les lieux et préparer l'enlèvement du coffre-fort. Comprends-tu le danger ? Comprends-tu qu'une minute perdue, c'est toute la partie que tu perds ? »

Elle s'obstina rageusement.

« Je la gagne si Clarisse parle.

— Elle ne parlera pas pour cette bonne raison qu'elle n'en sait pas davantage.

— Soit, mais alors parle, toi, puisque tu as eu l'imprudence de me faire un tel aveu. Pourquoi la délivrer ? Pourquoi t'obéir ? Tant que Clarisse est entre les mains de Léonard, je n'ai qu'à vouloir pour t'arracher ce que tu sais. »

Il hocha la tête.

« Non, dit-il, le danger est écarté, l'orage est loin. Peut-être, en effet, n'aurais-tu qu'à vouloir, mais justement tu ne peux plus vouloir *cela*. Tu n'en as plus la force. »

Et c'était vrai, Raoul en avait la conviction. Dure, cruelle, « infernale », comme disait Beaumagnan, mais tout de même femme et sujette à des défaillances nerveuses, la Cagliostro faisait le mal par crise plutôt que par volonté – crise de démence où il y avait de l'hystérie et que suivait une sorte de lassitude, de courbature aussi bien morale que physique. Raoul ne doutait pas qu'elle n'en fût là, en cet instant.

« Allons, Joséphine Balsamo, dit-il, sois logique avec toi-même. Tu as joué ta vie sur cette carte : la conquête de richesses illimitées. Veux-tu renier tous tes efforts au moment où je te les offre, ces richesses ? »

La résistance faiblissait. Joséphine Balsamo objecta :

« Je me défie de toi.

— Ce n'est pas vrai. Tu sais parfaitement que je tiendrai mes promesses. Si tu hésites… Mais tu n'hésites pas. Au fond de toi, ta décision est prise, et c'est la bonne. »

Elle demeura songeuse une ou deux minutes, puis elle eut un geste qui signifiait : « Après tout, je la retrouverai, la petite, et ma vengeance n'est que différée. »

« Sur le souvenir de ta mère, n'est-ce pas ? dit-elle.

— Sur le souvenir de ma mère, sur tout ce qui me reste d'honneur et de propreté, je ferai pour toi toute la lumière.

— Soit, accepta-t-elle. Mais Clarisse et toi, vous n'échangerez pas un seul mot à part.

— Pas un seul mot. D'ailleurs, je n'ai rien de secret à lui dire. Qu'elle soit libre, je n'ai pas d'autre but. »

Elle ordonna :

« Léonard, laisse la petite. Quant à lui, détache-le. »

Léonard eut un air de désapprobation. Mais il était trop asservi pour regimber. Il s'éloigna de Clarisse, puis il acheva de couper les liens qui retenaient encore Raoul.

L'attitude de Raoul ne fut pas du tout conforme à la gravité des circonstances. Il se déraidit les jambes, fit faire deux à trois exercices à ses bras, et respira profondément.

« Ouf ! J'aime mieux ça ! Je n'ai aucune vocation pour jouer les captifs. Délivrer les bons et punir les méchants, voilà ce qui m'intéresse. Tremble, Léonard. »

Il s'approcha de Clarisse et lui dit :

« Je vous demande pardon de tout ce qui vient de se passer. Cela ne se représentera plus jamais, soyez-en sûre. Désormais, vous êtes sous ma protection. Êtes-vous de force à partir ?

— Oui… oui… dit-elle. Mais vous ?

— Oh ! moi, je ne cours aucun risque. L'essentiel, c'est votre salut. Or, j'ai peur que vous ne puissiez pas marcher longtemps.

— Je n'ai pas à marcher longtemps. Hier mon père m'a conduite chez une de mes amies où il doit me reprendre demain.

— Près d'ici?
— Oui.
— N'en dites pas davantage, Clarisse. Tout renseignement se retournerait contre vous. »

Il la mena jusqu'à la porte et fit signe à Léonard d'aller ouvrir le cadenas de la barrière. Quand Léonard eut obéi, il reprit :

« Soyez prudente et ne craignez rien, absolument rien, ni pour vous ni pour moi. Nous nous retrouverons lorsque l'heure aura sonné, et elle ne tardera pas à sonner, quels que soient les obstacles qui nous séparent. »

Il referma la porte derrière elle. Clarisse était sauvée.

Alors il eut l'aplomb de dire :

« Quelle adorable créature! »

Par la suite, quand Arsène Lupin racontait cet épisode de sa grande aventure avec Joséphine Balsamo, il ne pouvait s'empêcher de rire :

« Eh! oui. Je ris comme je riais à ce moment-là, et je me souviens que, pour la première fois, j'exécutai sur place un de ces petits entrechats qui me servirent bien souvent depuis à illustrer mes victoires les plus difficiles… et celle-ci l'était bigrement, difficile.

« En vérité, j'exultais. Clarisse libre, tout me semblait fini. J'allumai une cigarette, et comme Joséphine Balsamo se planta devant moi pour me rappeler notre pacte, j'eus l'incorrection de lui souffler ma fumée en plein visage. “Voyou!” mâchonna-t-elle.

« L'épithète que je lui relançai comme une balle fut tout simplement ignoble. Mon excuse, c'est que j'y mis beaucoup plus d'espièglerie que de grossièreté. Et puis… et puis… ai-je besoin d'analyser les sentiments excessifs et contradictoires que m'inspira cette femme? Je ne me pique pas de faire de la psychologie à son propos, et de m'être conduit comme un gentleman avec elle. Je l'aimais et je la détestais *férocement* à la fois. Mais depuis qu'elle s'était attaquée à Clarisse, mon dégoût et mon mépris n'avaient plus de limites. Je ne voyais même plus le masque admirable de sa beauté, mais ce qui était en dessous, et c'est à la sorte de bête carnassière, qui m'apparut soudain, que je jetai en pirouettant une abominable injure. »

Arsène Lupin pouvait rire, *après*. Tout de même l'instant fut tragique, et il s'en fallut sans doute de peu que la Cagliostro ou Léonard ne l'abattissent d'un coup de feu.

Elle fit entre ses dents :

« Ah ! comme je te hais !

— Pas plus que moi, ricana-t-il.

— Et tu sais que ce n'est pas fini entre Clarisse et Joséphine Balsamo ?

— Pas plus qu'entre Clarisse et Raoul d'Andrésy, dit-il, indomptable.

— Gredin ! murmura-t-elle… tu mériterais…

— Une balle de revolver… Impossible, ma chérie !

— Ne me défie pas trop, Raoul !

— Impossible, te dis-je. Je suis sacré pour toi, actuellement. Je suis le monsieur qui représente un milliard. Supprime-moi, et le milliard passe sous ton joli nez, ô fille de Cagliostro ! C'est dire à quel point tu me respectes ! Chaque cellule de mon cerveau correspond à une pierre précieuse…

« Une petite balle là-dedans, et tu auras beau implorer les mânes de ton père… bernique ! pas un sou pour la Josette ! Je te le répète, ma petite Joséphine, je suis "tabou" comme on dit en Polynésie. Tabou des pieds à la tête ! Mets-toi à genoux et baise-moi la main, c'est ce que tu as de mieux à faire. »

Il ouvrit une fenêtre latérale qui donnait sur le clos et soupira :

« On étouffe ici. Décidément, Léonard sent le renfermé. Tu tiens beaucoup, Joséphine, à ce que ton bourreau garde sa main au fond de sa poche revolver ? »

Elle frappa du pied.

« Assez de bêtises ! déclara-t-elle. Tu as posé tes conditions, tu connais les miennes.

— La bourse ou la vie.

— Parle, et tout de suite, Raoul.

— Comme tu es pressée ! D'abord, j'ai fixé un délai de vingt minutes pour être bien sûr que Clarisse soit à l'abri de tes griffes, et nous sommes loin des vingt minutes. En outre…

— Quoi encore ?

— En outre comment veux-tu que je déchiffre en cinq sec un problème que l'on s'évertue vainement à résoudre depuis des années et des années ? »

Elle fut abasourdie.

« Que veux-tu dire?

— Rien que de très simple. Je demande un peu de répit.

— Du répit ? Mais pourquoi ?

— Pour déchiffrer…

— Hein ? Tu ne savais donc pas ?…

— Le mot de l'énigme ? Ma foi, non.

— Ah ! tu as menti !

— Pas de gros mots, Joséphine.

— Tu as menti, puisque tu as juré…

— Sur la tombe de ma pauvre maman oui, et je ne me dérobe pas. Mais il ne faut pas confondre autour avec alentour. Je n'ai pas juré que je savais la vérité. J'ai juré que je te dirais la vérité.

— Pour dire, il faut savoir.

— Pour savoir, il faut réfléchir, et tu ne m'en laisses pas le temps ! Sacrebleu ! un peu de silence… et puis, que Léonard lâche la crosse de son revolver : ça me dérange. »

Plus encore que ses plaisanteries, le ton de persiflage et d'insolence avec lequel il les débitait avait quelque chose d'horripilant pour la Cagliostro.

Excédée, sentant la vanité de toute menace, elle lui dit :

« À ton aise ! Je te connais, tu tiendras ton engagement. »

Il s'écria :

« Ah ! si tu me prends par la douceur… je n'ai jamais pu résister à la douceur… Garçon, de quoi écrire ! Du papier de paille fine, une plume de colibri, le sang d'une mûre noire, et, comme écritoire, l'écorce d'un cédrat, ainsi qu'a dit le poète. »

Il tira de son portefeuille un crayon et une carte de visite sur laquelle quelques mots étaient déjà disposés d'une façon spéciale. Il traça quelques barres pour relier ces mots les uns aux autres. Puis, au verso, il inscrivit la formule latine :

Ad lapidem currebat olim regina.

« Quel latin de cuisine ! dit-il à mi-voix. Il me semble qu'à la place des bons moines, j'aurais trouvé mieux, tout en obtenant le même résultat. Enfin, acceptons ce qui est. Donc la reine piquait un galop vers la borne... Regarde ta montre, Joséphine. »

Il ne riait plus. Durant une ou deux minutes peut-être, sa figure fut empreinte de gravité, et ses yeux, comme fixés sur le vide, disaient l'effort de la méditation. Il s'aperçut cependant que Josine l'observait d'un regard où il y avait une admiration et une confiance illimitées, et il lui sourit distraitement sans rompre le fil de ses idées.

« Tu *vois* la vérité, n'est-ce pas ? » dit-elle.

Immobile sous ses liens, le visage tendu par l'anxiété, Beaumagnan écoutait. Est-ce que vraiment le formidable secret allait être divulgué ?

Il se passa encore une ou deux minutes, tout au plus, dans un silence infini.

Joséphine Balsamo prononça :

« Qu'est-ce que tu as, Raoul ? tu sembles tout ému.

— Oui, oui, très ému, dit-il. Toute cette histoire, ces richesses dissimulées dans une borne, en plein champ, cela déjà ne manque pas d'être assez curieux. Mais ce n'est rien, Josine, ce n'est rien à côté de l'idée même qui domine cette histoire. Tu ne peux pas t'imaginer comme c'est étrange... et comme c'est beau !... Quelle poésie et quelle naïveté ! »

Il se tut ; puis, au bout d'un instant, il affirma sentencieusement :

« Josine, les moines du Moyen Âge étaient des gourdes. »

Et, se levant :

« Mon Dieu ! oui, de pieux personnages, mais, je le répète au risque de te blesser dans tes convictions, des gourdes ! Voyons, quoi ! si un grand financier s'avisait de protéger son coffre-fort en écrivant dessus : “Défense d'ouvrir” on le traiterait de gourde, n'est-ce pas ? Eh bien ! le procédé qu'ils ont choisi pour garantir leurs richesses est à peu près aussi ingénu. »

Elle chuchota :

« Non... non... ce n'est pas croyable !... tu n'as pas deviné !... tu te trompes !...

— Des gourdes aussi, tous ceux qui ont cherché depuis et qui n'ont rien trouvé. Des gens aveugles ! Des esprits bornés ! Comment ! toi, Léonard, Godefroy d'Étigues, Beaumagnan, ses amis, toute la Société de Jésus, l'archevêque de Rouen, vous aviez sous les yeux ces cinq mots, et cela n'a pas suffi ! Sapristi ! un enfant de l'école primaire résout des problèmes autrement difficiles. »

Elle objecta :

« D'abord il s'agissait d'un mot et non de cinq.

— Mais il y est, le mot, sacrebleu ! Quand je t'ai dit tout à l'heure que la possession du coffret avait dû révéler ce mot indispensable à Beaumagnan et au baron, c'était pour t'effrayer et pour te faire lâcher prise ! Car ces messieurs n'y ont vu que du feu. Mais le mot indispensable, il y est ! Il est là, mêlé aux cinq mots latins ! Au lieu de pâlir comme vous l'avez tous fait sur cette vague formule, il fallait tout bêtement la lire, assembler les cinq premières lettres, et s'occuper du mot composé par ces cinq initiales. »

Elle dit à voix basse :

« Nous y avons pensé… le mot *Alcor*, n'est-ce pas ?

— Oui, le mot *Alcor.*

— Eh bien ! quoi ?

— Comment quoi ? Mais il contient tout, ce mot ! Sais-tu ce qu'il signifie ?

— C'est un mot arabe qui signifie “épreuve”.

— Et dont les Arabes et dont tous les peuples se servent pour désigner quoi ?

— Une étoile.

— Quelle étoile ?

— Une étoile qui fait partie de la constellation de la Grande Ourse. Mais cela n'a pas d'importance. Quelle relation peut-il y avoir ?… »

Raoul eut un sourire de pitié.

« Évidemment, n'est-ce pas ? le nom d'une étoile ne peut avoir aucun rapport avec l'emplacement d'une borne champêtre. On se tient ce raisonnement stupide, et l'effort s'arrête de ce côté. Malheureuse ! Mais c'est justement cela qui m'a frappé, moi, quand j'ai tiré le mot *Alcor* des cinq initiales de l'inscription latine ! Maître du mot-talisman, du mot magique, et, d'autre part, ayant remarqué que toute l'aventure tournait autour du nombre *sept* (*sept* abbayes, *sept* moines, *sept* branches au chandelier, *sept* pierres de couleur enchâssées dans *sept* bagues), aussitôt, tu entends, aussitôt, par une sorte de mouvement réflexe de mon esprit, j'ai noté que l'étoile *Alcor* appartenait à la constellation de la Grande Ourse. Et le problème était résolu.

— Résolu?... Comment!

— Mais nom d'un chien! parce que la constellation de la Grande Ourse est justement formée par *sept* étoiles principales! Sept! toujours le nombre sept! Commences-tu à voir la relation? Et dois-je te rappeler que si les Arabes ont choisi, et si les astronomes, depuis, ont accepté cette désignation d'*Alcor*, c'est parce que cette toute petite étoile, étant à peine visible, sert comme *épreuve*, tu entends? comme *épreuve*, pour spécifier que telle personne a bonne vue puisqu'elle peut la distinguer à l'œil nu. *Alcor*, c'est ce qu'il faut voir, ce qu'on cherche, la chose dissimulée, le trésor caché, la borne invisible où l'on glisse les pierres précieuses, c'est le coffre-fort. »

Josine murmura, toute fiévreuse à l'approche de la grande révélation :

« Je ne comprends pas... »

Raoul avait tourné sa chaise de façon à se poster entre Léonard et la fenêtre qu'il avait ouverte avec l'intention bien nette de s'enfuir à la seconde même où il faudrait et, tout en parlant, il surveillait attentivement Léonard qui, lui, gardait sa main obstinément enfouie dans sa poche.

« Tu vas comprendre, dit-il. C'est tellement clair. De l'eau de roche. Regarde. »

Il montra la carte de visite qu'il tenait entre ses doigts.

« Regarde. Elle ne me quitte pas depuis des semaines. Dès le début de nos recherches, j'avais relevé sur un atlas la position exacte des sept abbayes dont j'avais inscrit les sept noms sur cette carte. Les voilà, toutes les sept, aux emplacements qu'elles occupent les unes à l'égard des autres. Or il m'a suffi, tout à l'heure, dès que j'ai connu le mot, de réunir les sept points par des lignes pour aboutir à cette constatation inouïe, Josine, miraculeuse, colossale, et pourtant très naturelle, que *la figure ainsi formée représente exactement la Grande Ourse.* Saisis-tu bien l'étonnante réalité ? Les sept abbayes du pays de Caux, les sept abbayes primordiales où convergeaient les richesses de la France chrétienne, étaient disposées comme les sept étoiles principales de la Grande Ourse ! Aucune erreur à ce propos. Qu'on prenne un atlas et qu'on fasse le décalque : c'est le dessin cabalistique de la Grande Ourse.

« Dès lors la vérité s'imposait aussitôt. À l'endroit même où Alcor se trouve sur la figure céleste, la borne doit fatalement se trouver sur la ligne terrestre. Et puisque Alcor se trouve, dans le ciel, un peu à droite et au-dessous de l'étoile située au milieu de la queue de la Grande Ourse, la borne doit fatalement se trouver un peu à droite et au-dessous de l'abbaye qui correspond à cette étoile, c'est-à-dire un peu à droite et au-dessous de l'abbaye de Jumièges, jadis la plus puissante et la plus riche des abbayes normandes. C'est inévitable, mathématique. La borne est là et pas ailleurs.

« Et tout de suite, comment ne pas songer : 1° que justement, un peu au sud et un peu à l'est de Jumièges, à une petite lieue de distance, il existe, au hameau du Mesnil-sous-Jumièges, tout près de la Seine, les vestiges du manoir d'Agnès Sorel, maîtresse du roi Charles VII ; 2° que l'abbaye communiquait avec le manoir par un souterrain dont on aperçoit encore l'orifice ? Conclusion : la borne légendaire se trouve près du manoir d'Agnès Sorel, à côté de la Seine, et la légende veut sans doute que la maîtresse du roi, sa *reine* d'amour, courût vers cette borne, dont elle ignorait le précieux contenu, pour s'y asseoir et pour regarder la barque royale glisser sur le vieux fleuve normand.

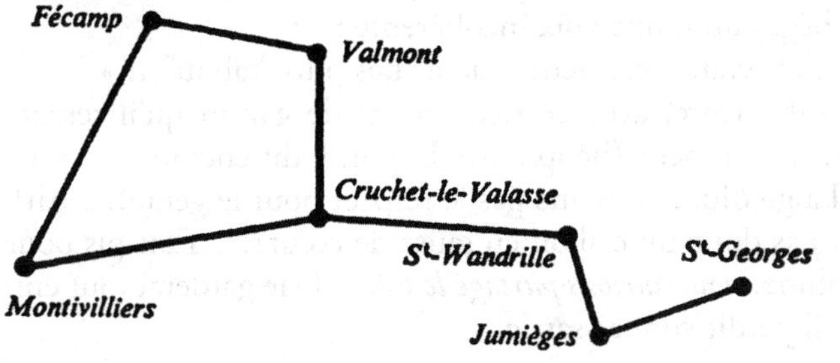

« *Ad lapidem currebat olim regina.* »

Un grand silence unissait Raoul d'Andrésy et Joséphine Balsamo. Le voile était levé. La lumière chassait les ténèbres. Entre eux, il semblait que toute haine fût apaisée. Il y avait trêve aux conflits implacables qui les divisaient, et plus rien ne demeurait que l'étonnement de pénétrer ainsi dans les régions interdites du passé mystérieux que le temps et l'espace défendaient contre la curiosité des hommes.

Assis près de Josine, les yeux fixés à l'image qu'il avait dessinée, Raoul continua sourdement, avec une exaltation contenue :

« Oui, très imprudents, ces moines qui confiaient un tel secret à la garde d'un mot si transparent ! Mais quels poètes, ingénus et charmants ! Quelle jolie pensée d'associer à leurs biens terrestres le ciel lui-même ! Grands contemplateurs, grands astronomes comme leurs ancêtres de Chaldée, ils prenaient leurs inspirations là-haut ; le cours des astres réglait leur existence, et c'était aux constellations qu'ils demandaient précisément de veiller à leurs trésors. Qui sait même si le lieu de leurs sept abbayes ne fut pas choisi au préalable pour reproduire sur le sol normand la figure gigantesque de la Grande Ourse ?... Qui sait... »

L'effusion lyrique de Raoul était évidemment fort justifiée, mais il ne put la pousser jusqu'au bout. S'il se défiait de Léonard, il avait oublié Joséphine Balsamo. Brusquement, celle-ci lui frappa le crâne d'un coup de son casse-tête.

C'était bien la dernière chose à laquelle il s'attendait, quoique la Cagliostro fût coutumière de ces sortes d'attaques sournoises. Étourdi, il se plia en deux sur sa chaise, puis tomba à genoux, puis se coucha tout de son long.

Il bégayait, d'une voix incohérente :

« C'est vrai... parbleu !... je n'étais plus "tabou"... »

Il dit encore, avec ce ricanement de gamin qu'il tenait sans doute de son père Théophraste Lupin, il dit encore :

« La gredine !... même pas le respect pour le génie !... Ah ! sauvage, t'as donc un caillou en guise de cœur ?... Tant pis pour toi, Joséphine, *nous aurions partagé le trésor.* Je le garderai tout entier. »

Et il perdit connaissance.

XIII

Le coffre-fort des moines

Simple engourdissement, pareil à celui que peut éprouver un boxeur atteint en quelque endroit sensible. Mais lorsque Raoul en sortit, il constata, sans la moindre surprise d'ailleurs, qu'il se trouvait dans la même situation que Beaumagnan, captif comme lui et, comme lui, adossé au bas du mur.

Et il n'eut guère plus de surprise à voir, devant la porte, étendue sur les deux chaises, Joséphine Balsamo, en proie à l'une de ces dépressions nerveuses que provoquaient chez elle les émotions trop violentes et trop prolongées. Le coup dont elle avait frappé Raoul avait déterminé la crise. Son complice Léonard la soignait et lui faisait respirer des sels.

Il avait dû appeler l'un de ses complices, car Raoul vit entrer l'adolescent qu'il connaissait sous le nom de Dominique, et qui gardait la berline devant la maison de Brigitte Rousselin.

« Diable! dit le nouveau venu en apercevant les deux captifs, il y a eu du grabuge. Beaumagnan! d'Andrésy! la patronne n'y va pas de main morte. Résultat, une syncope, hein?

— Oui. Mais c'est presque fini.

— Qu'est-ce qu'on va faire?

— La porter dans la voiture, et je la conduirai à *La Nonchalante.*

— Et moi?

— Toi, tu vas veiller ces deux-là, dit Léonard en désignant les captifs.

— Bigre! des clients peu commodes. J'aime pas ça. »

Ils se mirent en devoir de soulever la Cagliostro. Mais, ouvrant les yeux, elle leur dit, d'une voix si basse qu'elle ne pouvait certes pas soupçonner que Raoul eût l'oreille assez fine pour saisir la moindre bribe de l'entretien :

« Non. Je marcherai seule. Tu resteras ici, Léonard. Il est préférable que ce soit toi qui gardes Raoul.

— Laisse-moi donc en finir avec lui ! souffla Léonard, tutoyant la Cagliostro. Il nous portera malheur, ce gamin-là.

— Je l'aime.

— Il ne t'aime plus.

— Si. Il me reviendra. Et puis, quoi qu'il en soit, je ne le lâche pas.

— Alors que décides-tu ?

— *La Nonchalante* doit être à Caudebec. Je vais m'y reposer jusqu'aux premières heures du jour. J'en ai besoin.

— Et le trésor ? Il faut du monde pour manœuvrer une pierre de ce calibre.

— Je ferai prévenir ce soir les frères Corbut afin qu'ils me retrouvent demain matin à Jumièges. Ensuite je m'occuperai de Raoul… à moins que… Ah ! ne m'en demande pas plus pour l'instant… Je suis brisée…

— Et Beaumagnan ?

— On le délivrera quand j'aurai le trésor.

— Tu ne crains pas que Clarisse nous dénonce ? La gendarmerie aurait beau jeu de cerner le vieux phare.

— Absurde ! Crois-tu qu'elle va mettre les gendarmes aux trousses de son père et de Raoul ? »

Elle se souleva sur sa chaise et retomba aussitôt, en gémissant. Quelques minutes s'écoulèrent. Enfin, avec des efforts qui semblaient l'épuiser, elle réussit à se tenir debout, et, appuyée sur Dominique, s'approcha de Raoul.

« Il est comme étourdi, murmura-t-elle. Garde-le bien, Léonard, et l'autre aussi. Que l'un d'eux se sauve, et tout est compromis. »

Elle s'en alla lentement. Léonard l'accompagna jusqu'à la vieille berline, et, un peu après, ayant cadenassé la barrière, revint avec un paquet de provisions. Puis on entendit le sabot des chevaux sur la route pierreuse.

Raoul déjà vérifiait la solidité de ses liens, tout en se disant :

« Un peu faiblarde, en effet, la patronne ! 1° raconter, si bas que ce soit, ses petites affaires devant témoins ; 2° confier des gaillards comme Beaumagnan et moi à la surveillance d'un seul homme… voilà des fautes qui prouvent un mauvais état physique. »

Il est vrai que l'expérience de Léonard en pareille matière rendait malaisée toute tentative d'évasion.

« Laisse tes cordes, lui dit Léonard en entrant. Sinon, je cogne… »

Le redoutable geôlier multiplia d'ailleurs les précautions qui devaient lui faciliter sa tâche. Il avait réuni les extrémités des deux cordes qui attachaient les captifs, et les avait enroulées toutes deux au dossier d'une chaise placée par lui en équilibre instable, et sur laquelle il déposa le poignard que lui avait donné Joséphine Balsamo. Que l'un des captifs bougeât et la chaise tombait.

« Tu es moins bête que tu n'en as l'air », lui dit Raoul.

Léonard grogna :

« Un seul mot et je cogne. »

Il se mit à manger et à boire, et Raoul risqua :

« Bon appétit ! S'il en reste, ne m'oublie pas. »

Léonard se leva, les poings tendus.

« Suffit, vieux camarade, promit Raoul. J'ai un bœuf sur la langue. C'est moins nourrissant que ta charcuterie, mais je m'en contenterai. »

Des heures passèrent. L'ombre vint.

Beaumagnan semblait dormir. Léonard fumait des pipes. Raoul monologuait et se gourmandait lui-même d'avoir été si imprudent avec Josine.

« J'aurais dû me défier d'elle… Que de progrès à faire encore ! La Cagliostro est loin de me valoir, mais quelle décision ! Quelle vision claire de la réalité, et quelle absence de scrupules ! Une seule tare, qui empêche le monstre d'être complet : son système nerveux de dégénérée. Et c'est heureux pour moi aujourd'hui puisque cela me permettra d'arriver avant elle au Mesnil-sous-Jumièges. »

Car il ne mettait pas en doute la possibilité d'échapper à Léonard. Il avait remarqué que les liens de ses chevilles se relâchaient sous l'influence de certains mouvements, et, comptant bien libérer sa jambe droite, il imaginait avec satisfaction l'effet d'un bon coup de chaussure sur le menton de Léonard. Dès lors, c'était la course éperdue vers le trésor.

Les ténèbres s'accumulaient dans la salle. Léonard alluma une bougie, fuma une dernière pipe et but un dernier verre de vin. Après quoi, il fut pris d'une somnolence qui lui fit faire quelques saluts de droite et de gauche. Par précaution, il tenait la bougie dans sa main, de sorte que la brûlure de la cire qui coulait le réveillait de temps à autre. Un coup d'œil à ses prisonniers, un autre à la double corde utilisée comme sonnette d'alarme, et il se rendormait.

Raoul continuait insensiblement, et non sans résultat, son petit travail de délivrance. Il devait être environ neuf heures du soir.

« Si je puis partir à onze heures, se disait-il, vers minuit je passe à Lillebonne où je soupe ; vers trois heures du matin je débouche au lieu sacré, et, dès les premières heures de l'aube, je mets dans ma poche le coffre-fort des moines. Oui, dans ma poche ! pas besoin des frères Corbut ni de personne. »

Mais, à dix heures et demie, il en était au même point. Si lâches que fussent les nœuds, ils ne cédaient pas et Raoul commençait à désespérer, lorsque soudain il lui sembla entendre un bruit léger qui différait de tous ces frémissements dont se compose le grand silence nocturne, feuilles qui voltigent, oiseaux qui remuent sur les branches, caprices du vent.

Cela se renouvela deux fois, et il eut la certitude que *cela* entrait par la fenêtre latérale qu'il avait ouverte, et que Léonard avait repoussée avec négligence.

De fait, l'un des battants parut glisser en avant.

Raoul observa Beaumagnan. Il avait entendu et regardait aussi.

En face d'eux, Léonard s'éveilla, les doigts brûlés, reprit son petit manège de surveillance, et s'assoupit de nouveau. Là-bas le bruit, un instant suspendu, recommença ; ce qui prouvait bien que chacun des mouvements du geôlier était attentivement suivi.

Quel événement se préparait donc ? La barrière étant close, il fallait qu'on eût franchi le mur que hérissaient des tessons de bouteilles, escalade qui n'était possible que pour un familier des lieux et par quelque brèche dégarnie de tessons. Qui ? un paysan ? un braconnier ? Était-ce du secours ? Un ami de Beaumagnan ? ou quelque rôdeur ?

Une tête surgit, indistincte dans les ténèbres. Le rebord de la fenêtre, peu élevé, fut franchi aisément.

Tout de suite, Raoul discerna une silhouette de femme, et, aussitôt, avant même de voir, il sut que cette femme n'était autre que Clarisse.

Quelle émotion l'envahit ! Joséphine Balsamo s'était donc trompée, en supposant que Clarisse ne pourrait réagir ! Inquiète, retenue par la crainte des dangers qui le menaçaient, surmontant sa lassitude et sa peur, la jeune fille avait dû se poster aux environs du vieux phare et attendre la nuit.

Et maintenant, elle tentait l'impossible pour sauver celui qui l'avait trahie si cruellement.

Elle fit trois pas. Nouveau réveil de Léonard qui, heureusement, lui tournait le dos. Elle s'arrêta, puis reprit sa marche dès qu'il se rendormit. Ainsi parvint-elle à son côté.

Le poignard de Joséphine Balsamo se trouvait sur la chaise. Elle l'y prit. Allait-elle frapper ?

Raoul s'effraya. Le visage de la jeune fille, mieux éclairé, lui semblait contracté par une volonté farouche. Mais, leurs regards s'étant rencontrés, elle subit les ordres silencieux qu'il lui imposait, et elle ne frappa point. Raoul se pencha un peu pour que la corde qui le reliait à la chaise se détendît. Beaumagnan l'imita.

Alors, lentement, sans trembler, soulevant la corde avec une main, elle y entra le fil de la lame.

La chance voulut que l'ennemi ne se réveillât pas. Clarisse l'eût tué infailliblement. Sans le quitter des yeux, obstinée dans sa menace de mort, elle se baissa jusqu'à Raoul, et, à tâtons, chercha ses liens. Les poignets furent délivrés.

Il souffla :

« Donne-moi le couteau. »

Elle obéit. Mais une main fut plus rapide que celle de Raoul. Beaumagnan qui, lui aussi de son côté, patiemment, depuis des heures, avait attaqué ses cordes, saisit l'arme au passage.

Furieux, Raoul lui empoigna le bras. Si Beaumagnan achevait de se délier avant lui et prenait la fuite, Raoul perdait tout espoir de conquérir le trésor. La lutte fut acharnée, lutte *immobile*, où chacun employait toute sa force en se disant qu'au moindre bruit Léonard se réveillerait.

Clarisse, qui tremblait de peur, se mit à genoux, autant pour les supplier tous deux, que pour ne pas tomber à terre.

Mais la blessure de Beaumagnan, si légère qu'elle fût, ne lui permit pas de résister aussi longtemps. Il lâcha prise.

À ce moment, Léonard remua la tête, ouvrit un œil, et regarda le tableau qui s'offrait à lui, les deux hommes à moitié dressés, rapprochés l'un de l'autre et en posture de combat, et Clarisse d'Étigues à genoux.

Cela dura quelques secondes, quelques secondes effroyables, car il n'y avait point de doute que Léonard, voyant cette scène, n'abattît ses ennemis à coups de revolver. Mais il ne la *vit* pas. Son regard, fixé sur eux, ne parvint pas à les *voir*. La paupière se referma sans que la conscience pût s'éveiller.

Alors Raoul coupa ses derniers liens. Debout, le poignard à la main, il était libre. Il chuchota, pendant que Clarisse se relevait :

« Va… Sauve-toi…

— Non », fit-elle, d'un signe de tête.

Et elle lui montra Beaumagnan, comme si elle n'eût pas consenti à laisser derrière elle, exposé à la vengeance de Léonard, cet autre captif.

Raoul insista. Elle fut inébranlable.

De guerre lasse, il tendit le couteau à son adversaire.

« Elle a raison…, souffla-t-il. Soyons beau joueur. Tiens, débrouille-toi… Et désormais, chacun son jeu, hein ? »

Il suivit Clarisse. L'un après l'autre, ils enjambèrent la fenêtre. Une fois dans le clos, elle lui prit la main et le conduisit jusqu'au mur, à un endroit où le faîte étant démoli, il y avait une brèche.

Aidée par lui, Clarisse passa.

Mais, quand il eut franchi le mur, il ne vit plus personne.

« Clarisse, appela-t-il, où êtes-vous donc ? »

Une nuit sans étoiles pesait sur les bois. Ayant écouté, il entendit une course légère parmi les fourrés voisins. Il y pénétra, heurta des branches et des ronces qui lui barrèrent la route, et dut revenir au sentier.

« Elle me fuit, pensa-t-il. Prisonnier, elle risque tout pour me délivrer. Libre, elle ne consent plus à me voir. Ma trahison, la monstrueuse Joséphine Balsamo, l'abominable aventure, tout cela lui fait horreur. »

Mais, comme il regagnait son point de départ, quelqu'un dégringola du mur qu'il avait franchi. C'était Beaumagnan qui s'enfuyait à son tour. Et tout de suite des coups de feu jaillirent qui venaient de la même direction. Raoul n'eut que le temps de se mettre à l'abri. Léonard, perché sur la brèche, tirait dans les ténèbres.

Ainsi, à onze heures du soir environ, les trois adversaires s'élançaient en même temps vers la pierre de la Reine, située à onze lieues de distance. Quels étaient leurs moyens individuels d'y parvenir ? Tout dépendait de cela.

D'une part il y avait Beaumagnan et Léonard, tous deux pourvus de complices et à la tête d'organisations puissantes. Que Beaumagnan fût attendu par ses amis, que Léonard pût rejoindre la Cagliostro, et le butin appartenait au plus rapide. Mais Raoul était plus jeune et plus vif. S'il n'avait pas commis la bêtise de laisser sa bicyclette à Lillebonne, toutes les chances étaient pour lui.

Il faut avouer qu'il renonça instantanément à trouver Clarisse et que la recherche du trésor devint son unique souci. En une heure, il franchit les dix kilomètres qui le séparaient de Lillebonne. À minuit, il réveillait le garçon de son hôtel, se restaurait en hâte, et, après avoir pris dans une valise deux petites cartouches de dynamite qu'il s'était procurées quelques jours auparavant, il enfourcha sa machine. Sur le guidon, il avait enroulé un sac de toile destiné à recueillir les pierres précieuses !

Son calcul était celui-ci :

« De Lillebonne au Mesnil-sous-Jumièges, huit lieues et demie… J'y serai donc avant le lever du jour. Aux premières lueurs, je trouve la borne et la fais éclater à la dynamite. Il est possible que la Cagliostro ou Beaumagnan me surprennent au milieu de l'opération. En ce cas partage. Tant pis pour le troisième. »

Ayant dépassé Caudebec-en-Caux, il suivit à pied la levée de terre qui, parmi les prairies et les roseaux, menait à la Seine. De même qu'en cette fin de journée où il avait déclaré son amour à Joséphine Balsamo, *La Nonchalante* était là, silhouette massive dans l'ombre épaisse.

Il vit un peu de lumière à la fenêtre voilée de la cabine que la jeune femme y occupait.

« Elle doit s'habiller, se dit-il. Ses chevaux viendront la chercher… Peut-être Léonard hâtera-t-il l'expédition… Trop tard, madame ! »

Il repartit à toute allure. Mais, une demi-heure après, comme il descendait une côte très dure, il eut l'impression que la roue de sa bicyclette s'empêtrait dans un obstacle, et il fut projeté violemment contre un tas de cailloux.

Aussitôt deux hommes surgirent, une lanterne fut braquée sur le talus derrière lequel il se blottit, et une voix cria :

« C'est lui ! ce ne peut être que lui !… je l'avais bien dit : "Une corde tendue, et nous l'aurons quand il passera." »

C'était Godefroy d'Étigues, et, tout de suite, Bennetot rectifia :

« Nous l'aurons… s'il y consent, le brigand ! »

Comme une bête traquée, Raoul avait piqué une tête dans un buisson de ronces et d'épines où il déchira ses vêtements, et il s'était mis hors de portée. Les autres jurèrent et sacrèrent en vain. Il était introuvable.

« Assez cherché, dit une voix défaillante qui venait de la voiture et qui était celle de Beaumagnan. L'essentiel, c'est de démolir sa machine. Occupe-toi de cela, Godefroy, et filons. Le cheval a suffisamment soufflé.

— Mais vous, Beaumagnan, êtes-vous en état ?…

— En état ou non, il faut arriver… Mais, pour Dieu ! je perds tout mon sang par cette damnée blessure… Le pansement ne tient pas. »

Raoul entendit qu'on cassait les roues de sa bicyclette à coups de talon. Bennetot défit les voiles qui encapuchonnaient les deux lanternes, et le cheval, cinglé d'un coup de fouet, partit au grand trot.

Raoul fila derrière la voiture.

Il enrageait. Pour rien au monde, il n'eût abandonné la lutte. Il ne s'agissait plus seulement de millions et de millions, et d'une chose qui donnerait à toute sa vie un sens magnifique ; il s'obstinait aussi par amour-propre. Ayant déchiffré l'énigme indéchiffrable, il devait arriver le premier au but. N'être pas là, ne pas prendre et laisser prendre, c'eût été, jusqu'au dernier de ses jours, une humiliation intolérable.

Aussi, sans tenir compte de sa fatigue, il courait à cent mètres en arrière de la voiture, encouragé par cette idée que tout le problème n'était pas résolu, que ses adversaires seraient, au même titre que lui, contraints de chercher l'emplacement de cette borne, et que, dans ces investigations, il reprendrait l'avantage.

D'ailleurs, la chance le favorisa. En approchant de Jumièges, il avisa un falot qui se balançait devant lui et perçut le bruit aigre d'une sonnette, et, tandis que les autres avaient passé droit, s'arrêta.

C'était le curé de Jumièges qui, accompagné d'un enfant, s'en revenait d'administrer l'extrême-onction. Raoul fit route avec lui, s'enquit d'une auberge, et, au cours de la conversation, se donnant pour un amateur d'archéologie, parla d'une pierre bizarre qu'on lui avait indiquée.

« Le dolmen de la Reine… quelque chose comme cela… m'a-t-on dit. Il est impossible que vous ne connaissiez pas cette curiosité, monsieur l'abbé ?

— Ma foi, monsieur, lui fut-il répondu, ça m'a tout l'air d'être ce que nous appelons par ici la pierre d'Agnès Sorel.

— Au Mesnil-sous-Jumièges, n'est-ce pas ?

— Justement, à une petite lieue d'ici. Mais ce n'est nullement une curiosité… tout au plus un amas de petites roches engagées dans le sol, et dont la plus haute domine la Seine d'un mètre ou deux.

— Un terrain communal, si je ne me trompe ?

— Il y a quelques années, oui, mais la commune l'a vendu à un de mes paroissiens, le sieur Simon Thuilard, qui voulait arrondir sa prairie. »

Tout frissonnant de joie, Raoul faussa compagnie au brave curé. Il était pourvu de renseignements minutieux qui lui furent d'autant plus utiles qu'il put éviter le gros bourg de Jumièges, et s'engager dans le lacis de chemins sinueux qui conduisent au Mesnil. De la sorte, ses adversaires étaient distancés.

« S'ils n'ont pas la précaution de se munir d'un guide, pas de doute qu'ils ne s'égarent. Impossible de conduire une voiture dans la nuit, au milieu de ce fouillis. Et puis, où se diriger ? Où trouver la pierre ? Beaumagnan est à bout de forces et ce n'est pas Godefroy qui résoudra l'équation. Allons, j'ai gagné la partie. »

De fait, un peu avant trois heures, il passait sous une perche qui fermait la propriété du sieur Simon Thuilard.

La lueur de quelques allumettes lui montra une prairie qu'il traversa en hâte. Une digue qui lui sembla récente longeait le fleuve. Il l'atteignit par l'extrémité droite et revint vers la gauche. Mais, ne voulant pas épuiser sa provision d'allumettes, il ne voyait plus rien.

Une bande plus blanche cependant rayait le ciel à l'horizon.

Il attendit, plein d'un émoi qui le pénétrait de douceur et le faisait sourire. La borne était près de lui, à quelques pas. Durant des siècles, à cette heure de nuit peut-être, des moines étaient venus furtivement vers ce point de la vaste terre, pour y enfouir leurs richesses. Un à un, les prieurs et les trésoriers avaient suivi le souterrain qui conduisait de l'Abbaye au Manoir. D'autres, sans doute, étaient arrivés sur des barques, par le vieux fleuve normand qui passait à Paris, qui passait à Rouen, et qui baignait de ses flots trois ou quatre des sept Abbayes sacrées.

Et voilà que lui, Raoul d'Andrésy, allait participer au grand secret ! Il héritait des mille et mille moines qui avaient travaillé jadis, semé par toute la France, et récolté sans relâche ! Quel miracle ! Réaliser à son âge un pareil rêve ! Être l'égal des plus puissants et régner parmi les dominateurs !

Au ciel pâlissant, la Grande Ourse s'effaçait. On devinait, plutôt qu'on ne voyait, le point lumineux d'Alcor, l'étoile fatidique qui correspondait dans l'immensité de l'espace au petit bloc de granit sur lequel Raoul d'Andrésy allait poser sa main de conquérant. L'eau clapotait contre la berge en vagues paisibles. La surface du fleuve sortait des ténèbres et luisait par plaques sombres.

Il remonta la digue. On commençait à discerner le contour et la couleur des choses. Instant solennel ! Son cœur battait violemment. Et soudain, à trente pas de lui, il aperçut un tertre qui bossuait à peine le plan égal de la prairie, et d'où émergeaient, dans l'herbe qui les recouvrait, quelques têtes de roche grise.

« C'est là… murmura-t-il, troublé jusqu'au fond de l'âme… c'est là… je touche au but… »

Ses mains palpaient au fond de sa poche les deux cartouches de dynamite, et ses yeux cherchaient éperdument la pierre la plus haute dont le curé de Jumièges lui avait parlé. Était-ce celle-ci ? ou celle-là ? Quelques secondes lui suffiraient pour introduire les cartouches par les fissures que les plantes bouchaient. Trois minutes plus tard, il enfouirait les diamants et les rubis dans le sac qu'il avait détaché de son guidon. S'il en restait des miettes parmi les décombres, tant mieux pour ses ennemis !

Il avançait cependant, pas à pas, et, à mesure qu'il avançait, le même tertre prenait une apparence qui n'était point conforme à ce qu'attendait Raoul. Nulle pierre plus haute… Nul sommet qui pût jadis permettre à celle qu'on appelait la Dame de Beauté de venir s'asseoir et de guetter au tournant du fleuve l'arrivée des barques royales. Rien de saillant. Au contraire… Que s'était-il donc produit ? Quelque crue subite du fleuve, ou quelque orage avait-il récemment modifié ce que les intempéries séculaires avaient respecté ? Ou bien…

En deux bonds, Raoul franchit les dix pas qui le séparaient de la butte.

Un juron lui échappa. L'affreuse vérité s'offrait à ses regards. La partie centrale du monticule était éventrée. La borne, la borne légendaire était bien là, mais disjointe, brisée, morcelée, ses débris rejetés aux pentes d'une fosse béante où se voyaient des cailloux noircis et des mottes d'herbe brûlée qui fumaient encore. Pas une pierre précieuse. Pas une parcelle d'or et d'argent. L'ennemi avait passé…

En face de l'effroyable spectacle, Raoul ne demeura certes pas plus d'une minute. Immobile, sans une parole, il avisa distraitement, et releva machinalement tous les vestiges et toutes les preuves du travail effectué quelques heures auparavant, aperçut des empreintes de talons féminins, mais refusa d'en tirer une conclusion logique. Il s'éloigna de quelques mètres, alluma une cigarette et s'assit au revers de la digue.

Il ne voulait plus penser. La défaite, et surtout la façon dont elle lui avait été infligée, était trop pénible pour qu'il consentît à en étudier les effets et les causes. En ces cas-là, on doit s'exercer à l'indifférence et au sang-froid.

Mais les événements de la veille et de la soirée précédente, malgré tout, s'imposaient à lui. Qu'il le voulût ou non, les actes de Joséphine Balsamo se déroulaient dans son esprit. Il la voyait se raidissant contre le mal et recouvrant toute l'énergie nécessaire en un pareil moment. Se reposer, quand l'heure du destin sonnait ? Allons donc ! Est-ce qu'il s'était reposé, lui ? Et Beaumagnan, si meurtri qu'il fût, s'était-il accordé le moindre répit ? Non, une Joséphine Balsamo ne pouvait commettre une telle faute. Avant que la nuit fût tombée, elle arrivait dans cette même prairie avec ses acolytes, et, en plein jour, puis à la lueur de lanternes, elle dirigeait les travaux.

Et quand, lui, Raoul, il l'avait devinée, derrière les vitres voilées de sa cabine, elle ne se préparait pas à l'expédition suprême, mais elle en revenait, une fois de plus victorieuse, parce qu'elle ne permettait jamais aux petits hasards, aux vaines hésitations et aux scrupules superflus, de faire obstacle entre elle et l'accomplissement immédiat de ses projets.

Plus de vingt minutes, se délassant de sa fatigue au soleil qui surgissait des collines opposées, Raoul examina l'âpre réalité où sombraient ses rêves de domination ; et il fallait qu'il fût bien absorbé pour ne pas entendre le bruit d'une voiture qui s'arrêta dans le chemin, et pour ne voir les trois hommes qui en descendirent, qui soulevèrent la perche et traversèrent la prairie, qu'au moment où l'un d'eux, arrivé devant la butte, poussait un cri de détresse.

C'était Beaumagnan. Ses deux amis, d'Étigues et Bennetot, le soutenaient.

Si la déception de Raoul avait été profonde, quel ne fut pas l'accablement de l'homme qui avait joué toute sa vie sur cette affaire du trésor mystérieux ! Livide, les yeux hagards, du sang sur le linge qui bandait sa blessure, il regardait stupidement comme le plus affreux des spectacles le terrain dévasté où la pierre miraculeuse avait été violée.

On eût dit que le monde s'effondrait devant lui et qu'il contemplait un gouffre plein d'épouvante et d'horreur.

Raoul s'avança et murmura :

« *C'est elle.* »

Beaumagnan ne répondit pas. Pouvait-on douter que ce fût *elle* ? Est-ce que l'image de cette femme ne se confondait pas avec tout ce qui était ici-bas désastre, bouleversement, cataclysme, souffrance infernale ? Avait-il besoin, comme le firent ses compagnons, de se jeter à terre et de fouiller dans le chaos pour y découvrir une parcelle oubliée du trésor ? Non ! non ! après le passage de la sorcière, il n'y avait plus que poussière et que cendre ! Elle était le grand fléau qui dévaste et qui tue. Elle était l'incarnation même de Satan. Elle était le néant et la mort !

Il se dressa, toujours théâtral et romantique en ses attitudes les plus naturelles, promena autour de lui des yeux douloureux, puis, subitement, ayant fait un signe de croix, il se frappa la poitrine d'un grand coup de poignard, de ce poignard qui appartenait à Joséphine Balsamo.

Le geste fut si brusque et si inattendu que rien n'eût pu le prévenir. Avant même que ses amis et que Raoul eussent compris, Beaumagnan s'écroulait dans la fosse, parmi les débris de ce qui avait été le coffre-fort des moines. Ses amis se précipitèrent sur lui. Il respirait encore, et il balbutia :

« Un prêtre… un prêtre… »

Bennetot s'éloigna en hâte. Des paysans accouraient. Il les interrogea et sauta dans la voiture.

À genoux, près de la fosse, Godefroy d'Étigues priait et se frappait la poitrine… Sans doute Beaumagnan lui avait-il révélé que Joséphine Balsamo vivait encore et connaissait tous ses crimes. Cela, et le suicide de Beaumagnan le rendaient fou. La terreur creusait son visage.

Raoul se pencha sur Beaumagnan et lui dit :

« Je vous jure que je *la* retrouverai. Je vous jure que je *lui* reprendrai les richesses. »

La haine et l'amour persistaient au cœur du moribond. Seules de telles paroles pouvaient prolonger son existence de quelques minutes. À l'heure de l'agonie, dans l'effondrement de tous ses rêves, il se rattachait désespérément à tout ce qui était représailles et vengeance.

Ses yeux appelaient Raoul qui s'inclina davantage et entendit ce bégaiement :

« Clarisse… Clarisse d'Étigues… il faut l'épouser… Écoute… Clarisse n'est pas la fille du baron… Il me l'a avoué… c'est la fille d'un autre qu'elle aimait… »

Raoul prononça gravement :

« Je vous jure de l'épouser… je vous le jure…

— Godefroy… », appela Beaumagnan.

Le baron continuait à prier. Raoul lui frappa l'épaule et le courba au-dessus de Beaumagnan qui bredouilla :

« Clarisse épousera d'Andrésy… je le veux…

— Oui… oui…, fit le baron, incapable de résistance.

— Jure-le.

— Je le jure.

— Sur ton salut éternel ?

— Sur mon salut éternel.

— Tu lui donneras ton argent pour qu'il nous venge… toutes les richesses que tu as volées… Tu le jures ?

— Sur mon salut éternel.

— Il connaît tous tes crimes. Il en a les preuves. Si tu n'obéis pas, il te dénoncera.

— J'obéirai.

— Sois maudit, si tu mens. »

La voix de Beaumagnan s'exhalait en souffles rauques où les mots devenaient de plus en plus indistincts. Couché près de lui, Raoul les recueillait avec peine.

« Raoul, tu la poursuivras… il faut *lui* arracher les bijoux… C'est le démon… Écoute… J'ai découvert… au Havre… *elle* a un bateau… *Le Ver-Luisant*… Écoute… »

Il n'avait plus la force de parler. Cependant, Raoul entendit encore :

« Va-t'en… tout de suite… cherche-la… dès aujourd'hui… »

Les yeux se fermèrent.

Le râle commençait.

Godefroy d'Étigues ne cessait de se marteler la poitrine, à genoux au creux de la fosse.

Raoul s'en alla.

Le soir, un journal de Paris publiait en dernière heure :

M. Beaumagnan, avocat bien connu dans les cercles militants royalistes, et dont on avait déjà, par erreur, annoncé la mort en Espagne, s'est tué ce matin au village normand du Mesnil-sous-Jumièges, sur les bords de la Seine.

Les raisons de ce suicide sont absolument mystérieuses. Deux de ses amis, MM. Godefroy d'Étigues et Oscar de Bennetot, qui l'accompagnaient, racontent que cette nuit ils couchaient au château de Tancarville où ils étaient invités pour quelques jours, lorsque M. Beaumagnan les réveilla. Il était blessé et dans un état d'agitation extrême. Il exigea de ses amis qu'on attelât et qu'on se rendît aussitôt à Jumièges, et de là au Mesnil-sous-Jumièges. Pourquoi ? Pourquoi cette expédition dans une prairie isolée ? Pourquoi ce suicide ? Autant de questions auxquelles il leur est impossible de rien comprendre.

Le surlendemain, les journaux du Havre inséraient une série de nouvelles que cet article résume assez fidèlement :

L'autre nuit, le prince Lavorneff, venu au Havre pour mettre à l'essai un yacht de plaisance qu'il avait récemment acheté, a été le témoin d'un drame terrifiant. Il revenait vers les côtes françaises, lorsque des flammes s'élevèrent, et qu'une explosion se fit entendre à un demi-mille de distance tout au plus. Notons en passant que cette explosion fut entendue de plusieurs endroits de la côte.

Aussitôt le prince Lavorneff dirigea son yacht vers le lieu du sinistre, où il finit par découvrir quelques épaves qui surnageaient. L'une d'elles portait un matelot que l'on put recueillir. Mais on eut à peine le temps de l'interroger et d'apprendre de lui que le bateau s'appelait Le Ver-Luisant *et appartenait à la comtesse de Cagliostro. Tout de suite, il plongea de nouveau, en criant : « C'est elle… c'est elle. »*

De fait, à la lueur des lanternes, on aperçut une autre épave à laquelle se cramponnait une femme dont la tête flottait sur l'eau.

L'homme réussit à la rejoindre et à la soulever, mais elle s'accrocha si désespérément à lui qu'elle paralysa ses mouvements et qu'on les vit disparaître. Toutes les recherches furent inutiles.

De retour au Havre, le prince Lavorneff a fait sa déposition que confirmèrent les quatre hommes de son équipage…

Et le journal ajoutait :

Les derniers renseignements portent à croire que la comtesse de Cagliostro était une aventurière bien connue sous le nom de la Pellegrini, et qui portait aussi à l'occasion le nom de Balsamo. Traquée par la police qui a failli deux ou trois fois la capturer dans des localités du pays de Caux où elle opérait en ces derniers temps, elle aura résolu de passer à l'étranger, et c'est ainsi qu'elle aura péri avec tous ses complices dans le naufrage de son yacht, Le Ver-Luisant.

Nous mentionnerons, en outre, sous toutes réserves, un bruit d'après lequel il y aurait corrélation étroite entre certaines aventures de la comtesse de Cagliostro et le drame mystérieux du Mesnil-sous-Jumièges. On parle de trésor déterré et volé, de conspiration, de documents séculaires.

Mais ici nous entrons dans le domaine de la fable. Arrêtons-nous et laissons la justice éclaircir cette affaire.

L'après-midi du jour où ces lignes paraissaient, c'est-à-dire exactement soixante heures après le drame du Mesnil-sous-Jumièges, Raoul entrait dans le bureau du baron Godefroy, à la Haie d'Étigues, dans ce même bureau où, quatre mois auparavant, une nuit, il avait pénétré. Que de chemin parcouru depuis et de combien d'années l'adolescent qu'il était alors avait vieilli !

Devant un guéridon, les deux cousins fumaient et buvaient de grands verres de cognac.

Sans préambule, Raoul expliqua :

« Je viens réclamer la main de Mlle d'Étigues et je suppose… »

Il n'était guère en tenue pour une demande en mariage. Pas de chapeau ni de casquette. Sur le dos, une vieille vareuse de matelot. Aux jambes un pantalon trop court qui laissait voir ses pieds nus dans des espadrilles sans rubans.

Mais la tenue de Raoul pas plus que l'objet de sa démarche n'intéressaient Godefroy d'Étigues. Les yeux caves, le visage encore plus tourmenté, il allongea vers Raoul un paquet de journaux en gémissant :

« Vous avez lu ? La Cagliostro ?

— Oui, je sais… », dit Raoul.

Il exécrait cet homme, et il ne put s'empêcher de lui dire :

« Tant mieux pour vous, hein ? La mort *définitive* de Joséphine Balsamo, c'est une chose qui doit vous délivrer d'un rude poids !

— Mais la suite ?… les conséquences ? balbutia le baron.

— Quelles conséquences ?

— La justice ? Elle essaiera de débrouiller l'affaire. Déjà, à propos du suicide de Beaumagnan, on parla de la Cagliostro. Si la justice renoue tous les fils de l'affaire, elle ira plus loin, jusqu'au bout.

— Oui, plaisanta Raoul, jusqu'à la veuve Rousselin, jusqu'à l'assassinat du sieur Jaubert, c'est-à-dire jusqu'à vous et jusqu'au cousin Bennetot. »

Les deux hommes frissonnèrent. Raoul les apaisa :

« Soyez tranquilles, tous les deux. La justice n'éclaircira pas toutes ces sombres histoires, pour cette bonne raison qu'elle tâchera, au contraire, de les enterrer. Beaumagnan était protégé par des puissances qui n'aiment ni le scandale ni le grand jour. L'affaire sera étouffée. Ce qui m'inquiète beaucoup plus, ce n'est pas l'œuvre de la justice…

— Quoi ? fit le baron.

— C'est la vengeance de Joséphine Balsamo.

— Puisqu'elle est morte…

— Même morte, elle est à redouter. Et c'est pourquoi je suis venu. Il y a, au fond du verger, un petit pavillon de garde inhabité. Je m'y installe… jusqu'au mariage. Avertissez Clarisse de ma présence et dites-lui de ne recevoir personne… pas même moi. Elle voudra bien cependant accepter ce cadeau de fiançailles que je vous prie de lui offrir de ma part. »

Et Raoul tendit au baron stupéfait un énorme saphir, d'une pureté incomparable et taillé comme on taillait jadis les pierres précieuses…

XIV

L'INFERNALE CRÉATURE

« Qu'on jette l'ancre, chuchota Joséphine Balsamo, et qu'on amène la barque par ici. »

Il traînait sur la mer une brume lourde qui, s'ajoutant à l'obscurité de la nuit, empêchait qu'on discernât même les lumières d'Étretat. Le phare d'Antifer ne trouait d'aucune lueur le nuage impénétrable où le yacht du prince Lavorneff naviguait à tâtons.

« Qu'est-ce qui te prouve qu'on est en vue des côtes ? objecta Léonard.

— Mon désir qu'on y soit », prononça la Cagliostro.

Il s'irrita.

« C'est de la folie, cette expédition, de la pure folie ! Comment ! Voilà quinze jours que nous avons réussi et que, grâce à toi, je le reconnais, nous avons remporté la victoire la plus extraordinaire. Toute la masse des pierres précieuses est enfermée dans un coffre, à Londres. Tout danger a disparu. Cagliostro, Pellegrini, Balsamo, marquise de Belmonte, tout cela est au fond de l'eau par suite de ce naufrage du *Ver-Luisant* que tu as eu l'idée admirable d'organiser, et auquel tu as présidé avec tant d'énergie. Vingt témoins ont vu de la côte l'explosion. Pour tout le monde, tu es morte, cent fois morte, et moi aussi, et tous tes complices. Si l'on arrivait à mettre debout l'histoire du trésor des moines, on arriverait par là même à constater qu'il a coulé au fond de l'eau avec *Le Ver-Luisant*, à un endroit impossible à définir, à déterminer exactement, et que les pierres se sont répandues dans la mer. Et de ce naufrage et de cette mort, crois bien que la justice est enchantée, et qu'elle n'y regardera pas de trop près, tellement on la presse, en haut lieu, d'étouffer l'affaire Beaumagnan-Cagliostro.

« Donc, tout va bien. Tu es maîtresse des événements et victorieuse de tous tes ennemis. Et c'est le moment où la prudence la plus élémentaire nous ordonne de quitter la France et de filer aussi loin que possible de l'Europe, c'est ce moment-là que tu choisis pour revenir au lieu même qui t'a porté malheur, et pour affronter le seul adversaire qui te reste. Et quel adversaire, Josine ! Une sorte de génie si exceptionnel que, sans lui, tu n'aurais jamais découvert le trésor. Avoue que c'est de la folie. »

Elle murmura :

« L'amour est une folie.

— Alors, renonce.

— Je ne peux pas, je ne peux pas. Je l'aime. »

Elle avait appuyé ses coudes sur le bastingage et, la tête entre ses mains, elle chuchotait avec désespoir :

« J'aime… c'est la première fois… Les autres hommes, ça ne compte pas… Tandis que Raoul… Ah ! je ne veux pas parler de lui… C'est par lui que j'ai connu la seule joie de ma vie… mais aussi ma plus grande peine… Avant lui, j'ignorais le bonheur… mais aussi la douleur… et puis… et puis le bonheur est fini… et il n'y a plus que ma souffrance… Elle est horrible, Léonard… L'idée qu'il va se marier… qu'une autre vivra de sa vie… et qu'un enfant va naître de leur amour… non, c'est au-dessus de mes forces. Tout plutôt que cela !… J'aime mieux tout risquer, Léonard. J'aime mieux mourir. »

Il dit à voix basse :

« Ma pauvre Josine… »

Ils se turent assez longtemps, elle, toujours courbée et défaillante.

Puis, comme la barque approchait, elle se redressa et, tout à coup impérieuse et dure :

« Mais je ne risque rien, Léonard… pas plus de mourir que d'échouer.

— Enfin quoi ! Que veux-tu faire ?

— L'enlever.

— Oh ! oh ! tu espères…

— Tout est prêt. Les moindres détails sont réglés.

— Comment ?

— Par l'intermédiaire de Dominique.

— Dominique ?

— Oui, dès le premier jour, avant même que Raoul arrivât à la Haie d'Étigues, Dominique s'y faisait engager comme palefrenier.

— Mais Raoul le connaît…

— Raoul l'a peut-être aperçu une fois ou deux, mais tu sais à quel point Dominique est habile pour se grimer. Il est absolument impossible qu'on le distingue parmi tout le personnel du château et des écuries. Donc, Dominique m'a tenue au courant jour par jour et s'est conformé à mes instructions. Je sais les heures où Raoul se lève et se couche, comment il vit, et tout ce qu'il fait. Je sais qu'il n'a pas encore revu Clarisse, mais qu'on est en train de réunir les papiers nécessaires au mariage.

— Se défie-t-il ?

— De moi, non. Dominique a entendu les bribes d'une conversation que Raoul a eue avec Godefroy d'Étigues le jour où il s'est présenté au château. Ma mort ne faisait pas de doute pour eux. Mais Raoul n'en voulait pas moins que l'on prît contre moi, morte, toutes les précautions possibles. Donc, il observe, il guette, il monte la garde autour du château, il interroge les paysans.

— Et Dominique te laisse quand même venir ?

— Oui, mais durant une heure seulement. Un coup de main hardi, rapide, la nuit, et aussitôt la fuite.

— Et c'est ce soir ?

— Ce soir de dix à onze. Raoul occupe un pavillon de garde, isolé, non loin de la vieille tour où Beaumagnan m'avait fait conduire. Ce pavillon, à cheval sur le mur d'enceinte, n'a du côté de la campagne qu'une fenêtre au rez-de-chaussée, et pas de porte. Pour y pénétrer, si les volets sont clos, il faut franchir le grand portail du verger et rejoindre la façade intérieure. Les deux clefs seront, ce soir, sous une grosse pierre, près du portail. Raoul étant couché, on le roulera dans son matelas et dans ses couvertures qui sont larges, et on l'emportera jusqu'ici. À l'instant même, départ.

— C'est tout ? »

Joséphine Balsamo hésita, puis répondit nettement :

« C'est tout.

— Mais Dominique ?
— Il partira avec nous.
— Tu ne lui as pas donné d'ordre spécial ?
— À quel propos ?
— À propos de Clarisse ? Tu la hais, cette petite. Alors, je crains bien que tu n'aies chargé Dominique de quelque besogne… »
Josine hésita de nouveau avant de répondre :
« Cela ne te regarde pas.
— Cependant… »
La barque glissait au flanc du bateau. Josine déclara, d'un ton de plaisanterie :
« Écoute, Léonard, depuis que je t'ai créé prince Lavorneff et doté d'un yacht splendidement aménagé, tu deviens tout à fait indiscret. Ne sortons pas de nos conventions, veux-tu ? Moi, je commande, et, toi, tu obéis. Tout au plus as-tu droit à quelques explications. Je te les ai données. Fais comme si elles te suffisaient.
— Elles me suffisent, dit Léonard, et je reconnais que ton affaire est fort bien combinée.
— Tant mieux. Descendons. »
Elle descendit la première dans la barque et s'installa.
Léonard et quatre de leurs complices l'accompagnèrent. Deux d'entre eux saisirent les rames, tandis qu'elle se mettait à l'arrière et donnait ses ordres, aussi bas que possible.
« Nous doublons la porte d'Amont », dit-elle au bout d'un quart d'heure, bien que ses acolytes eussent l'impression d'avancer comme des aveugles.
Elle signalait à temps les roches à fleur d'eau et redressait la direction d'après des points de repère invisibles pour les autres. Seul le grincement des galets sous la quille les avertit qu'on abordait.
Ils la prirent dans leurs bras et la portèrent jusqu'au rivage où ils tirèrent ensuite l'embarcation.
« Tu es bien certaine, souffla Léonard, que nous ne rencontrerons pas de douaniers ?
— Certes. Le dernier télégramme de Dominique est catégorique.
— Il ne vient pas au-devant de nous ?

— Non. Je lui ai écrit de rester au château, parmi les gens du baron. À onze heures, il nous rejoindra.

— Où ?

— Près du pavillon de Raoul. Assez parlé. »

Tous ils s'engouffrèrent dans l'Escalier du Curé et montèrent silencieusement.

Bien qu'ils fussent au nombre de six, nul bruit, depuis la première minute jusqu'à la dernière, n'eût signalé leur ascension à l'oreille la plus attentive.

En haut la brume flottait plus légère, et se déplaçait avec des intervalles et des déchirures qui permettaient de voir le scintillement de quelques étoiles. Ainsi la Cagliostro put-elle désigner le château d'Étigues dont brillaient les fenêtres de la façade. L'église de Bénouville sonna dix heures.

Josine frissonna.

« Oh ! le tintement de cette cloche !... Je le reconnais... Dix coups comme l'autre fois... Dix coups ! Un par un, je les comptais en allant vers la mort.

— Tu t'es bien vengée, fit Léonard.

— De Beaumagnan, oui, mais des autres ?...

— Des autres aussi. Les deux cousins sont à moitié fous.

— C'est vrai, dit-elle. Mais je ne me sentirai tout à fait vengée que dans une heure. Alors, ce sera le repos. »

Ils attendirent un retour du brouillard afin qu'aucune de leurs silhouettes ne se détachât sur la plaine nue qu'il leur fallait traverser. Puis Joséphine Balsamo s'engagea dans le sentier où l'avaient menée Godefroy et ses amis, et les autres la suivirent en file indienne, sans prononcer une seule parole. Les moissons avaient été coupées. De grosses meules arrondissaient le dos çà et là.

Au voisinage du domaine, le sentier se creusait, bordé de ronces entre lesquelles ils marchèrent avec des précautions croissantes.

La haute silhouette des murs se dressa. Quelques pas encore et le pavillon de garde, qui s'y trouvait encastré, apparut sur la droite.

D'un geste, la Cagliostro barra le chemin.

« Attendez-moi.

— Je te suis ? demanda Léonard.

— Non. Je reviens vous chercher et nous entrerons ensemble par le portail du verger qui est à l'opposé sur la gauche. »

Elle s'avança donc seule, en posant chacun de ses pieds si lentement que nulle pierre ne pouvait rouler sous ses bottines, et nulle plante se froisser au contact de sa jupe. Le pavillon grandissait. Elle y parvint.

Elle toucha de la main les volets clos. La fermeture ne tenait pas, truquée par Dominique. Joséphine Balsamo écarta les battants de façon qu'une fissure se produisît. Un peu de clarté filtra.

Elle colla son front et vit l'intérieur d'une chambre avec une alcôve qu'un lit remplissait.

Raoul y était couché. Une lampe à toupie de cristal, surmontée d'un abat-jour de carton, couvrait d'un disque éclatant son visage, ses épaules, le livre qu'il lisait, et ses vêtements pliés sur une chaise voisine. Il avait un air extrêmement jeune, un air d'enfant qui apprend un devoir avec attention, mais qui lutte contre le sommeil. Plusieurs fois, sa tête pencha. Il se réveillait, se forçait à lire et, de nouveau, s'endormait.

À la fin, fermant son livre, il éteignit la lampe.

Ayant vu ce qu'elle voulait voir, Joséphine Balsamo quitta son poste et retourna près de ses complices. Elle leur avait déjà donné ses instructions, mais, par prudence, elle recommença et, durant dix minutes, insista :

« Surtout, pas de brutalité inutile. Tu entends, Léonard ?... Comme il n'a rien à sa portée pour se défendre, vous n'aurez pas besoin de vous servir de vos armes. Vous êtes cinq, cela suffit.

— S'il résiste ? fit Léonard.

— C'est à vous d'agir de telle manière qu'il ne puisse pas résister. »

Elle connaissait si bien les lieux par les croquis que lui avait envoyés Dominique qu'elle marcha sans hésitation jusqu'à l'entrée principale du verger. Les clefs se trouvèrent à l'endroit convenu. Elle ouvrit et se dirigea vers la façade intérieure du pavillon.

La porte fut ouverte aisément. Elle entra, suivie de ses complices. Un vestibule dallé les conduisit au seuil de la chambre à coucher, dont elle poussa la porte avec une lenteur infinie.

C'était le moment décisif. Si l'attention de Raoul n'avait pas été mise en éveil, s'il dormait encore, le plan de Joséphine Balsamo se trouvait réalisé. Elle écouta. Rien ne bougeait.

Alors elle s'effaça pour livrer passage aux cinq hommes, et, d'un coup, lâcha sa meute, en lançant sur le lit le jet d'une lampe de poche.

L'assaut fut si rapide que le dormeur ne dut se réveiller que lorsque toute résistance était vaine.

Les hommes l'avaient roulé dans ses couvertures et rabattaient sur lui les deux côtés du matelas, formant comme un long paquet de linge qu'ils ficelèrent en un tournemain. La scène ne dura certes pas une minute. Il n'y eut pas un cri. Aucun meuble n'avait été dérangé.

Une fois de plus la Cagliostro triomphait.

« Bien…, dit-elle, avec un émoi qui décelait l'importance qu'elle attachait à ce triomphe. Bien… Nous le tenons… et cette fois toutes les précautions seront prises.

— Que devrons-nous faire ? demanda Léonard.

— Qu'on le porte sur le bateau.

— S'il appelle au secours ?

— Un bâillon. Mais il se taira… Allez. »

Léonard s'approcha d'elle, tandis que ses acolytes chargeaient le captif.

« Tu ne viens donc pas avec nous ?

— Non.

— Pourquoi ?

— Je te l'ai dit, j'attends Dominique. »

Elle ralluma la lampe et enleva l'abat-jour.

« Comme tu es pâle ! lui dit Léonard à voix basse.

— Peut-être, fit-elle.

— C'est à cause de la petite, n'est-ce pas ?

— Oui.

— Dominique agit en ce moment ? Qui sait ! il serait encore temps d'empêcher…

— Même s'il en était encore temps, dit-elle, ma volonté ne changerait pas. Ce qui doit être sera. D'ailleurs, c'est chose faite. Va-t'en.

— Pourquoi nous en aller avant toi ?

— Le seul péril vient de Raoul. Une fois Raoul en sûreté, dans le bateau, plus rien à craindre. File, et laisse-moi. »

Elle leur ouvrit la fenêtre, qu'ils enjambèrent et par laquelle ils passèrent le prisonnier.

Elle attira les volets, puis ferma la fenêtre.

Après un instant, l'église sonna. Elle compta les onze coups. Au onzième, elle gagna l'autre façade sur le verger, et prêta l'oreille. Il y eut un léger sifflement, à quoi elle répondit en tapant du pied sur la dalle du vestibule.

Dominique accourut. Ils rentrèrent dans la chambre, et, tout de suite, avant même qu'elle eût posé la question redoutable, il murmura :

« C'est fait.

— Ah ! » dit-elle faiblement, si troublée qu'elle chancela et s'assit.

Ils se turent longtemps. Dominique reprit :

« Elle n'a pas souffert.

— Elle n'a pas souffert ? répéta-t-elle.

— Non, elle dormait.

— Et tu es bien sûr ?...

— Qu'elle est morte ? Parbleu ! J'ai frappé au cœur, à trois reprises. Ensuite j'ai eu le courage de rester... pour voir... Mais ce n'était pas la peine... elle ne respirait plus... les mains devenaient toutes froides.

— Et si on s'en aperçoit ?

— Pas possible. On n'entre dans sa chambre qu'au matin. Alors, seulement... on verra. »

Ils n'osaient pas se regarder. Dominique tendit la main. De son corsage, elle sortit dix billets de banque qu'elle lui remit.

« Merci, dit-il. Mais ce serait à recommencer que je refuserais. Que dois-je faire ?

— T'en aller. En courant, tu rattraperas les autres avant qu'ils aient rejoint la barque.

— Ils sont avec Raoul d'Andrésy ?

— Oui.

— Tant mieux, il m'en a donné du mal, celui-là, depuis quinze jours ! Il se défiait. Ah !... un mot encore... les pierres précieuses ?

— On les a.

— Plus de danger ?

— Elles sont dans le coffre d'une banque, à Londres.

— Il y en a beaucoup ?

— Une valise pleine.

— Bigre ! Plus de cent mille francs pour moi, hein ?

— Davantage. Mais dépêche-toi... À moins que tu n'aimes mieux attendre...

— Non, non, dit-il vivement. J'ai hâte d'être loin... le plus loin possible... Mais vous ?...

— Je cherche s'il n'y a pas ici des papiers dangereux pour nous et je vous rejoins. »

Il s'en alla. Aussitôt elle fouilla dans les tiroirs de la table et d'un petit secrétaire et, ne trouvant rien, explora les poches des vêtements pliés au chevet du lit.

Le portefeuille surtout attira son attention. Il contenait de l'argent, des cartes de visite, et une photographie.

C'était celle de Clarisse d'Étigues.

Joséphine Balsamo la contempla longuement, avec une expression où il n'y avait pas de haine, mais qui était dure et qui ne pardonnait pas.

Ensuite, elle demeura immobile, en une de ces attitudes absorbées, où ses yeux se fixaient sur on ne sait quel spectacle douloureux, tandis que les lèvres conservaient leur doux sourire.

Il y avait une glace en face d'elle où son image se reflétait. Elle s'y regarda en posant ses deux coudes sur le marbre de la cheminée. Son sourire s'accentua, comme si elle eût eu conscience de sa beauté et s'en fût réjouie. Elle portait un capuchon de bure marron qu'elle rabattit sur ses épaules et elle avança sur son front le voile impalpable qui ne quittait jamais ses cheveux, et qu'elle arrangeait comme la Vierge de Bernardino Luini.

Elle se regarda ainsi durant quelques minutes. Puis elle retomba dans sa rêverie. Et le quart après onze heures sonna. Elle ne remuait plus. On eût dit qu'elle dormait, qu'elle dormait avec des yeux grands ouverts et immobiles.

À la longue, cependant, ils prirent, ces yeux, une expression moins vague, qui se fixait peu à peu. Il en est de même dans certains songes où toutes les idées, tumultueuses et incohérentes, se transforment en une idée de plus en plus précise, en une image de plus en plus exacte. Quelle était cette image déconcertante qu'il lui semblait apercevoir, et à laquelle vainement elle essayait de s'habituer ? Cela provenait de l'alcôve où s'enfermait le lit, et que les rideaux d'étoffe garnissaient tout autour. Or, derrière ces rideaux, il devait y avoir un espace libre, un couloir de dégagement, car on eût vraiment dit qu'une main les agitait.

Et cette main prenait des contours de plus en plus réels. Un bras la suivit, et, au-dessus de ce bras, bientôt surgit une tête.

Joséphine Balsamo, accoutumée aux séances spirites où l'ombre dessine des fantômes, donna un nom à celui que son imagination terrifiée faisait sortir des ténèbres. Celui-là était vêtu de blanc, et elle ne savait si la contraction de sa bouche était un sourire affectueux ou un rictus de colère.

Elle balbutia :

« Raoul… Raoul… Que me veux-tu ? »

Le fantôme écarta l'un des rideaux et longea le lit.

Josine baissa les paupières en gémissant, puis les releva aussitôt. L'hallucination continuait, et l'être s'approchait avec des mouvements qui dérangeaient les choses et qui troublaient le silence. Elle voulut fuir. Mais tout de suite elle sentit sur son épaule l'étreinte d'une main qui n'était certes pas celle d'un fantôme. Et une voix joyeuse s'exclama :

« Dis donc, ma bonne Joséphine, si j'ai un conseil à te donner, c'est de demander au prince Lavorneff de t'offrir une petite croisière de repos. Tu en as besoin, ma bonne Joséphine. Comment ! Tu me prends pour un fantôme, moi, Raoul d'Andrésy ! J'ai beau être en chemise de nuit et en caleçon, je ne suis cependant pas un inconnu pour toi. »

Tandis qu'il enfilait son costume et qu'il renouait sa cravate, elle répétait :

« Toi ! Toi !…

— Mon Dieu, oui, moi ! »

Et, s'asseyant à ses côtés, vivement il lui dit :

« Surtout, chère amie, ne gronde pas le prince Lavorneff, et ne crois pas qu'il m'ait laissé échapper une fois encore. Mais non, mais non, ce qu'ils ont emporté, ses amis et lui, c'est tout simplement un matelas et un mannequin de son, le tout roulé dans des couvertures. Quant à moi, je n'ai pas quitté cette ruelle où je m'étais réfugié, dès que tu avais abandonné ton poste derrière les volets. »

Joséphine Balsamo demeurait inerte et aussi incapable de faire un geste que si on l'avait rouée de coups.

« Fichtre ! dit-il, tu n'es pas dans ton assiette. Veux-tu un petit verre de liqueur pour te remonter ? Je t'avoue d'ailleurs, Joséphine, que je comprends ton effondrement et je ne voudrais pas être à ta place. Tous les petits camarades partis… pas de secours possible avant une heure… et en face de toi, dans une chambre close, le dénommé Raoul. Il y a de quoi voir les choses en noir ! Infortunée Joséphine… Quelle culbute ! »

Il se baissa et ramassa la photographie de Clarisse.

« Comme elle est jolie, ma fiancée, n'est-ce pas ? J'ai remarqué avec plaisir que tu l'admirais tout à l'heure. Tu sais qu'on se marie dans quelques jours ? »

La Cagliostro murmura :

« Elle est morte.

— En effet, dit-il, j'ai entendu parler de cela. Le petit jeune homme de tout à l'heure l'a frappée dans son lit, n'est-ce pas ?

— Oui.

— Un coup de poignard ?

— Trois coups de poignard, en plein cœur, dit-elle.

— Oh ! un seul suffisait », observa Raoul.

Elle répéta lentement, comme en elle-même :

« Elle est morte, elle est morte. »

Il ricana.

« Que veux-tu ? Cela arrive tous les jours. Et ce n'est pas pour si peu que je vais changer mes projets. Morte ou vivante, je l'épouse. On s'arrangera comme on pourra… Tu t'es bien arrangée, toi.

— Que veux-tu dire ? demanda Joséphine Balsamo, qui commençait à s'inquiéter de ce persiflage.

— Oui, n'est-ce pas ? Le baron t'a noyée une première fois. Une seconde fois tu as sauté avec ton bateau, *Le Ver-Luisant.* Eh bien ! cela ne t'empêche pas d'être ici. De même ce n'est pas une raison parce que Clarisse a reçu trois coups de poignard dans le cœur pour que je ne l'épouse pas. D'abord es-tu bien sûre de ce que tu avances ?

— C'est un de mes hommes qui a frappé.

— Ou du moins qui t'a dit avoir frappé. »

Elle l'observa.

« Pourquoi aurait-il menti ?

— Dame ! pour toucher les dix billets de mille que tu lui as remis.

— Dominique est incapable de me trahir. Pour cent mille francs, il ne me trahirait pas. En outre il sait bien que je vais le retrouver. Il m'attend avec les autres.

— Es-tu bien sûre qu'il t'attende, Josine ? »

Elle tressaillit. Elle avait l'impression de se débattre dans un cercle de plus en plus étroit.

Raoul hocha la tête.

« C'est curieux comme nous avons fait, toi et moi, des boulettes vis-à-vis l'un de l'autre. Ainsi toi, ma bonne Joséphine, faut-il que tu sois naïve pour croire que j'aie pu couper une minute dans l'explosion du *Ver-Luisant*, dans le naufrage Pellegrini-Cagliostro, et dans les bourdes racontées par le prince Lavorneff ! Comment n'as-tu pas deviné qu'un garçon qui n'est pas un imbécile, que tu as formé à ton école – et quelle école, Vierge Marie ! –, lirait dans ton jeu comme dans une Bible ouverte ?

« Trop commode, en vérité, le naufrage ! On est chargé de crimes, on a les mains rouges de sang, la police court après vous. Alors on fait couler un vieux bateau, et tout le passé de crimes, le trésor volé, les richesses, tout cela fait naufrage. On passe pour mort. On fait peau neuve. Et on recommence un peu plus loin sous un autre nom, à tuer, à torturer et à se tremper les mains dans le sang. À d'autres, ma vieille ! Pour moi, quand j'ai lu ton naufrage, je me suis dit : "Ouvrons l'œil, et le bon !" Et je suis venu ici ! »

Après un silence, Raoul reprit :

« Voyons, Joséphine, mais ta visite était inévitable ! Et fatalement tu devais la préparer avec l'aide de quelque complice. Fatalement le yacht du prince Lavorneff devait voguer un soir par ici ! Fatalement tu devais escalader l'échelle de perroquet par où l'on t'avait descendue sur un brancard ! Alors, quoi ! j'ai pris mes précautions, et mon premier soin fut de regarder, autour de moi, s'il n'y avait pas quelque figure de connaissance. Un compère, c'est l'enfance de l'art.

« Et, du premier coup, j'ai reconnu le sieur Dominique pour l'avoir vu, ce que tu ignorais, sur le siège de ta berline, à la porte de Brigitte Rousselin. Dominique est un loyal serviteur, mais que la peur des gendarmes et une volée de coups de bâton administrée par moi, ont assoupli au point que toute sa loyauté est désormais à mon service, et qu'il l'a prouvé en t'envoyant de faux rapports et de fausses clefs et en ouvrant sous tes pas, de concert avec moi, le traquenard où tu as trébuché. Bénéfice pour lui : les dix billets sortis de ta poche et que tu ne reverras jamais, car ton loyal serviteur est retourné au château, sous ma protection.

« Voilà où nous en sommes, ma bonne Joséphine. J'aurais, certes, pu t'épargner cette petite comédie et t'accueillir ici, directement, pour le simple plaisir de te serrer la main. Mais j'ai voulu voir comment tu dirigeais l'opération et, tout en restant dans la coulisse, j'ai voulu voir aussi comment tu apprendrais le soi-disant assassinat de Clarisse d'Étigues. »

Josine recula. Raoul ne plaisantait plus. Penché sur elle, il lui disait d'une voix contenue :

« Un peu d'émotion... à peine... c'est tout ce que tu as éprouvé. Tu as cru que cette enfant était morte, morte par ton ordre, et cela ne t'a rien fait ! La mort des autres ne compte pas pour toi. On a vingt ans, toute la vie devant soi... de la fraîcheur, de la beauté... Tu supprimes tout cela, comme si tu écrasais une noisette ! Aucun débat de conscience. Tu n'en ris certes pas... mais tu ne pleures pas non plus. En réalité tu n'y penses pas. Je me souviens que Beaumagnan t'appelait l'infernale créature ; désignation qui me révoltait. Pourtant le mot est juste. Il y a de l'enfer en toi. Tu es une sorte de monstre auquel je ne puis plus penser sans épouvante. Mais toi-même, Joséphine Balsamo, n'es-tu pas épouvantée par moments ? »

Elle gardait la tête baissée, ses deux poings collés aux tempes, ainsi qu'elle faisait souvent. Les paroles impitoyables de Raoul ne provoquaient pas ce sursaut de rage et d'indignation qu'il attendait. Raoul sentit qu'elle était à l'un de ces moments de l'existence où l'on aperçoit le fond de son âme, où l'on ne peut pas se détourner de sa vision redoutable, et où les mots d'aveu s'échappent à votre insu.

Il n'en fut pas surpris outre mesure. Sans être fréquentes ces minutes-là ne devaient pas être très rares chez cet être déséquilibré, dont la nature, impassible à la surface, s'abîmait dans de telles crises nerveuses. Les événements se présentaient à elle d'une façon si contraire à ses prévisions, et l'apparition de Raoul était si déconcertante, qu'elle ne pouvait pas se redresser en face de l'ennemi qui l'outrageait si cruellement.

Il en profita, serré contre elle, et la voix insinuante :

« N'est-ce pas, Josine, tu es effrayée toi aussi, par moments? N'est-ce pas, il arrive que tu te fais horreur ? »

La détresse de Josine était si profonde qu'elle murmura :

« Oui… oui… quelquefois… mais il ne faut pas m'en parler… je ne veux pas savoir… Tais-toi… tais-toi…

— Mais au contraire, dit Raoul, il faut que tu saches… Si tu as l'horreur de tels actes, pourquoi les commettre?

— Je ne peux pas faire autrement, dit-elle avec une lassitude extrême.

— Tu essaies donc?

— Oui, j'essaie, je lutte, mais c'est toujours la défaite. On m'a appris le mal… je fais le mal comme d'autres font le bien… Je fais le mal comme on respire… On a voulu cela…

— Qui? »

Il entendit confusément ces deux mots : « Ma mère » et reprit aussitôt :

« Ta mère? l'espionne? celle qui a combiné toute cette histoire Cagliostro?…

— Oui… Mais ne l'accuse pas… Elle m'aimait bien… Seulement elle n'avait pas réussi… elle était devenue pauvre, misérable, et elle voulait que je réussisse… et que je sois riche…

— Mais tu étais belle, cependant. La beauté, pour une femme, c'est la plus grande richesse. La beauté suffit.

— Ma mère était belle aussi, Raoul, et pourtant sa beauté ne lui avait servi à rien.

— Tu lui ressemblais ?

— À s'y méprendre. Et c'est cela qui fut ma perte. Elle a voulu que je continue ce qui avait été sa grande idée… l'héritage Cagliostro…

— Elle avait des documents ?

— Un bout de papier… le papier des quatre énigmes qu'une de ses amies avait trouvé dans un vieux livre… et qui semblait réellement de l'écriture de Cagliostro… Ça l'avait grisée… ainsi que son succès auprès de l'impératrice Eugénie. Alors j'ai dû continuer. Tout enfant, elle m'a entré ça dans la tête. On m'a formé un cerveau avec cette idée-là seulement. Ça devait être mon gagne-pain… ma destinée… J'étais la fille de Cagliostro… Je reprenais sa vie à elle, et sa vie à lui… une vie brillante comme celle qu'il avait eue dans les romans… la vie d'une aventurière adorée de tous, et dominant le monde. Pas de scrupules… Pas de conscience… Je devais la venger de tout ce qu'elle avait souffert elle-même. Quand elle est morte, c'est le mot qu'elle m'a dit : "Venge-moi." »

Raoul réfléchissait. Il prononça :

« Soit. Mais les crimes ?… ce besoin de tuer ?… »

Il ne put saisir sa réponse, et pas davantage ce qu'elle répliqua lorsqu'il lui dit :

« Ta mère n'était pas seule à t'élever, Josine, à te dresser au mal. Qui était ton père ? »

Il crut entendre le nom de Léonard. Mais voulait-elle dire que Léonard était son père, que Léonard était l'homme qui avait été expulsé de France en même temps que l'espionne (et cela semblait assez plausible) ? ou bien que Léonard l'avait dressée au crime ?

Raoul n'en sut pas davantage, et ne put pénétrer dans ces régions obscures où s'élaborent les mauvais instincts et où fermentent tout ce qui est déséquilibre, tout ce qui détraque et désagrège, tous les vices, toutes les vanités, tous les appétits sanguinaires, toutes les passions inexorables et cruelles qui échappent à notre contrôle.

Il ne l'interrogea plus.

Elle pleurait silencieusement, et il sentait des larmes et des baisers sur ses mains qu'elle tenait éperdument et qu'il avait la faiblesse de lui abandonner. Une pitié sournoise s'infiltrait en lui. La mauvaise créature devenait une créature humaine, une femme livrée à l'instinct malade, qui subissait la loi des forces irrésistibles, et qu'il fallait peut-être juger avec un peu d'indulgence.

« Ne me repousse pas, disait-elle. Tu es le seul être au monde qui aurait pu me sauver du mal. Je l'ai senti tout de suite. Il y a en toi quelque chose de sain, de bien portant... Ah ! l'amour... l'amour... il n'y a que lui qui m'ait apaisée... et je n'ai jamais aimé que toi... Alors, si tu me rejettes... »

Les lèvres douces pénétraient Raoul d'une langueur infinie. Toute la volupté et tout le désir embellissaient cette compassion dangereuse qui amollit la volonté des hommes.

Et peut-être, si la Cagliostro se fût contentée de cette humble caresse, eût-il succombé de lui-même à la tentation de se pencher et de goûter une fois encore la saveur de cette bouche qui s'offrait à lui. Mais elle releva la tête, elle glissa ses bras le long des épaules, elle lui entoura le cou, elle le regarda, et ce regard suffit pour que Raoul ne vît plus en elle la femme qui implore, mais celle qui veut séduire et qui se sert de la tendresse de ses yeux et de la grâce de ses lèvres.

Le regard lie les amants. Mais Raoul savait tellement ce qu'il y avait derrière cette expression charmante, ingénue et douloureuse ! La pureté du miroir ne rachetait pas toutes les laideurs et toutes les ignominies qu'il voyait avec tant de lucidité.

Il se reprit peu à peu. Il se dégagea de la tentation, et, repoussant la sirène qui l'enlaçait, il lui dit :

« Tu te rappelles... un jour... sur la péniche... nous avons eu peur l'un de l'autre comme si nous cherchions à nous étrangler. Il en est de même aujourd'hui. Si je retombe dans tes bras, je suis perdu. Demain, après-demain, c'est la mort... »

Elle se redressa, tout de suite hostile et méchante. L'orgueil l'envahissait de nouveau, et la tempête s'éleva brusquement entre eux, les faisant passer sans transition de l'espèce de torpeur où les attardait le souvenir de l'amour à un âpre besoin de haine et de provocation.

« Mais oui, reprit Raoul, au fond, dès le premier jour, nous avons été des ennemis féroces. L'un et l'autre, nous ne pensions qu'à la défaite de l'autre. Toi surtout ! J'étais le rival, l'intrus… Dans ton cerveau, mon image se mêlait à l'idée de la mort. Volontairement ou non, tu m'avais condamné. »

Elle secoua la tête, et d'un ton agressif :

« Jusqu'ici, non.

— Mais maintenant, oui, n'est-ce pas ? Seulement, s'écria-t-il, un fait nouveau se présente. C'est que, maintenant, je me moque de toi, Joséphine. L'élève est devenu le maître, et c'est cela que j'ai voulu te prouver en te laissant venir ici et en acceptant la bataille. Je me suis offert, seul, à tes coups et aux coups de ta bande. Et voilà que nous sommes l'un en face de l'autre et que tu ne peux rien contre moi. Déroute sur toute la ligne, hein ? Clarisse vivante. Moi, libre. Allons, ma belle, décampe de ma vie, tu es battue à plate couture, et je te méprise. »

Il lui jetait en pleine face les mots injurieux qui la cinglaient comme des coups de cravache. Elle était blême. Son visage se décomposait et, pour la première fois, son inaltérable beauté accusait certains signes de déchéance et de flétrissure.

Elle grinça :

« Je me vengerai.

— Impossible, ricana Raoul, je t'ai coupé les ongles. Tu as peur de moi. Voilà ce qui est merveilleux, et qui est mon œuvre d'aujourd'hui : tu as peur de moi.

— Toute ma vie sera consacrée à cela, murmura-t-elle.

— Rien à faire. Tous tes trucs sont connus. Tu as échoué. C'est fini. »

Elle hocha la tête.

« J'ai d'autres moyens.

— Lesquels ?

— Cette fortune incalculable… ces richesses que j'ai conquises.

— Grâce à qui ? demanda Raoul allégrement. S'il y a un coup d'aile dans l'étrange aventure, n'est-ce pas moi qui l'ai donné ?

— Peut-être. Mais c'est moi qui ai su agir et prendre. Et tout est là. Comme paroles, tu n'es jamais en reste. Mais il fallait un acte, en cette occasion, et cet acte je l'ai accompli. Parce que Clarisse est vivante, que tu es libre, tu cries victoire. Mais la vie de Clarisse et ta liberté, Raoul, ce sont de petites choses auprès de la grande chose qui était l'enjeu de notre duel, c'est-à-dire les milliers et les milliers de pierres précieuses. La vraie bataille était là, Raoul, et je l'ai gagnée, puisque le trésor m'appartient.

— Sait-on jamais ! dit-il d'un ton gouailleur.

— Mais si, il m'appartient. Moi-même j'ai enfoui les pierres innombrables dans une valise qui a été ficelée et cachetée devant moi, que j'ai portée jusqu'au Havre, que j'ai mise à fond de cale dans *Le Ver-Luisant*, et que j'ai retirée avant que l'on fasse sauter ce bateau. Elle est à Londres maintenant, dans le coffre d'une banque, ficelée et cachetée comme à la première heure…

— Oui, oui, approuva Raoul d'un petit air entendu, la corde est toute neuve, encore raide et propre… les cachets sont au nombre de cinq, en cire violette, aux initiales J.B… Joséphine Balsamo. Quant à la valise, c'est de l'osier tressé, elle est munie de courroies et de poignées en cuir… quelque chose de simple, qui n'attire pas l'attention… »

La Cagliostro leva sur lui des yeux effarés.

« Tu sais donc ?… Comment sais-tu ?…

— Nous sommes restés ensemble, elle et moi, durant quelques heures », dit-il en riant.

Elle articula :

« Mensonges ! Tu parles au hasard… La valise ne m'a pas quittée d'une seconde, depuis la prairie du Mesnil-sous-Jumièges jusqu'au coffre-fort.

— Si, puisque tu l'as descendue dans la cale du *Ver-Luisant.*

— Je me suis assise sur le battant de fer qui recouvre cette cale, et un homme à moi veillait au-dessus du hublot par où tu aurais pu entrer, et cela pendant tout le temps que nous étions en rade du Havre.

— Je le sais.

— Comment le saurais-tu ?

— J'étais dans la cale. »

Phrase effrayante ! Il la répéta, puis à la stupeur de Joséphine Balsamo, s'amusant lui-même de son récit, il raconta :

« Mon raisonnement, au Mesnil-sous-Jumièges, devant la borne détruite, fut celui-ci : Si je cherche cette bonne Joséphine, je ne la retrouverai pas. Ce qu'il faut, c'est deviner l'endroit où elle sera à la fin de cette journée, m'y rendre avant elle, être là quand elle y arrivera, et profiter de la première occasion pour barboter les pierres précieuses. Or, traquée par la police, poursuivie par moi, avide de mettre le trésor à l'abri, inévitablement tu devais fuir, c'est-à-dire passer à l'étranger. Comment ? Grâce à ton bateau, *Le Ver-Luisant.*

« À midi, j'étais au Havre. À une heure, les trois hommes de ton équipage s'en allaient prendre leur café au bar, je franchissais le pont et plongeais à fond de cale, derrière un amoncellement de caisses, de tonneaux et de sacs de provisions. À six heures, tu arrivais et tu descendais ta valise au moyen d'une corde, la mettant ainsi sous ma protection…

— Tu mens… tu mens… », balbutia la Cagliostro, d'une voix rageuse.

Il continua :

« À dix heures, Léonard te rejoint. Il a lu les journaux du soir et connaît le suicide de Beaumagnan. À onze heures, on lève l'ancre. À minuit, en pleine mer, on est abordés par un autre bateau. Léonard, qui devient prince Lavorneff, préside au déménagement. Tous les matelots, tous les colis ayant de la valeur, tout cela passe d'un pont à l'autre et, en particulier, bien entendu, la valise que tu remontes du fond de la cale. Et puis, au diable, *Le Ver-Luisant* !

« Je t'avoue qu'il y a eu là, pour moi, quelques vilaines minutes. J'étais seul. Plus d'équipage. Pas de direction. *Le Ver-Luisant* semblait dirigé par un homme ivre, qui se cramponne à son gouvernail. On eût dit un jouet d'enfant, que l'on a remonté, et qui tourne, qui tourne… Et puis, je devinais ton plan, la bombe placée quelque part, le mécanisme se déclenchant, l'explosion…

« J'étais couvert de sueur. Me jeter à l'eau ? J'allais m'y décider, lorsque, au moment d'enlever mes chaussures, je me rendis compte, avec une joie qui me fit défaillir, qu'il y avait, dans le sillage du *Ver-Luisant*, attaché par une amarre, un canot qui bondissait sur l'écume. C'était le salut. Dix minutes plus tard, assis tranquillement, je voyais une flamme jaillir dans l'ombre, à quelques centaines de mètres, et j'entendais une détonation rouler à la surface de l'eau comme les échos du tonnerre. *Le Ver-Luisant* sautait…

« La nuit suivante, après avoir été quelque peu ballotté, j'étais poussé en vue des côtes, non loin du cap d'Antifer. Je me mettais à l'eau, j'atterrissais… et le jour même je me présentais ici… pour me préparer à ta bonne visite, ma chère Joséphine. »

La Cagliostro avait écouté, sans interrompre, et l'air assez rassuré. Autant de paroles inutiles, avait-elle l'air de dire. L'essentiel, c'était la valise. Que Raoul se fût caché dans le bateau, et qu'ensuite il eût évité le naufrage, cela n'avait point d'importance.

Elle hésitait cependant à oser la question définitive, sachant bien, tout de même, que Raoul n'était pas homme à tant risquer pour ne point obtenir d'autre résultat que de se sauver lui-même. Elle était toute pâle.

« Eh bien ! fit Raoul, tu ne me demandes rien ?

— Qu'ai-je à te demander ? Tu l'as dit toi-même. J'ai repris la valise. Depuis, je l'ai mise en lieu sûr.

— Et tu n'as pas vérifié ?

— Ma foi, non. L'ouvrir, à quoi bon ? Les cordes et les cachets sont intacts.

— Tu n'as pas remarqué les traces d'un trou, sur le côté, une fissure pratiquée entre les mailles de l'osier ?

— Une fissure ?

— Dame ! crois-tu que je sois resté deux heures en face de l'objet sans agir ? Voyons, Joséphine, je ne suis pourtant pas si bête.

— Alors ? fit-elle, d'une voix faible.

— Alors, ma pauvre amie, peu à peu, patiemment, j'ai extrait tout le contenu de la valise, de sorte que…

— De sorte que ?…

— De sorte que, quand tu l'ouvriras, tu n'y trouveras guère qu'un poids équivalent de denrées pas très précieuses… ce que j'avais sous la main… ce que j'ai pu prendre dans les sacs de provisions… quelques livres de haricots et de lentilles… enfin des marchandises qui ne valent peut-être pas la peine que tu paies la location d'un coffre-fort dans une banque de Londres. »

Elle essaya de protester et murmura :

« Ce n'est pas vrai… il est impossible que tu aies pu… »

Du haut d'un placard, il descendit une petite sébile d'où il versa dans le creux de sa main deux ou trois douzaines de diamants, de rubis et de saphirs et, d'un air négligent, il les fit danser, miroiter et s'entrechoquer.

« Et il y en a d'autres, dit-il. Certes, l'explosion imminente m'a empêché de prendre tout, et les richesses des moines se sont éparpillées au sein des eaux. Mais, tout de même, n'est-ce pas, pour un jeune homme, il y a de quoi s'amuser et patienter… Qu'en dis-tu, Josine ? Tu ne réponds pas ?… Mais sapristi ! qu'y a-t-il donc ? Hein ! j'espère que tu ne vas pas t'évanouir. Ah ! ces sacrées femmes, ça ne peut pas perdre un milliard sans tourner de l'œil. Quelles mazettes ! »

Joséphine Balsamo ne tournait pas de l'œil, selon l'expression de Raoul. Elle s'était dressée, livide et le bras tendu. Elle voulait insulter l'ennemi. Elle voulait le frapper. Mais elle suffoquait. Ses mains battirent l'air, comme des mains de naufragé qui s'agitent à la surface, et elle s'abattit contre le lit avec des gémissements rauques.

Raoul, sans s'émouvoir, attendit la fin de la crise. Mais il avait encore quelques paroles à placer et il ricana :

« Eh bien ! t'ai-je battue à plate couture ? Les épaules de madame ont-elles touché ? Es-tu knock-out ? Débâcle sur toute la ligne, hein ? C'est ce que j'ai voulu te faire sentir, Joséphine. Tu partiras d'ici convaincue que tu ne peux rien contre moi, et que le mieux est de renoncer à toutes tes petites machinations. Je serai heureux malgré toi, et Clarisse aussi, et nous aurons beaucoup d'enfants. Autant de vérités auxquelles il te faut consentir. »

Il se mit à marcher et il continuait de plus en plus gaiement :

« Aussi, que veux-tu, il y a de la malchance dans ton cas. Tu t'es mise en guerre contre un gaillard qui est mille fois plus fort et plus malin que toi, ma pauvre fille. Je suis ahuri moi-même de ma force et de ma malice. Tudieu ! Quel phénomène d'habileté, de ruse, d'intuition, d'énergie, de clairvoyance ! Un vrai génie ! Rien ne m'échappe. Je lis à livre ouvert dans le cerveau de mes ennemis.

Leurs moindres pensées me sont connues. Ainsi, en ce moment, tu me tournes le dos, n'est-ce pas ? tu es aplatie sur le lit, et je ne vois pas ton charmant visage ? Eh bien ! je me rends parfaitement compte que tu es en train de glisser ta main dans ton corsage, et d'en tirer un revolver, et que tu vas… »

La phrase ne fut pas achevée. Brusquement la Cagliostro avait fait volte-face, un revolver à la main.

Le coup partit. Mais Raoul, qui s'y préparait, avait eu le temps de saisir le bras, de le tordre, et de le replier dans la direction même de Joséphine Balsamo. Elle tomba, atteinte à la poitrine.

La scène avait été si brutale et le dénouement si imprévu qu'il demeura interdit devant ce corps inerte soudain, et qui gisait, la face toute blanche.

Pourtant aucune inquiétude ne le tourmentait. Il ne pensait point qu'elle fût morte et, de fait, s'étant penché, il constata que le cœur battait régulièrement. Avec des ciseaux, il échancra le corsage. La balle, jaillie de biais, avait glissé, labourant la chair un peu au-dessus du signe noir qui marquait le sein droit.

« Blessure sans gravité », dit-il, tout en pensant que la mort d'une pareille créature eût été chose juste et souhaitable.

Il gardait ses ciseaux à la main, la pointe en avant, et il se demandait si son devoir n'était pas d'abîmer cette beauté trop parfaite, de taillader en pleine chair, et de mettre ainsi la sirène dans l'impossibilité de nuire. Une balafre en croix profonde, au travers du visage, et dont la cicatrice indélébile soulèverait la peau boursouflée, quel équitable châtiment et quelle utile précaution ! Que de malheurs évités et de crimes prévenus !

Il n'en eut pas le courage et ne voulut pas s'en arroger le droit. Et puis il l'avait trop aimée…

Il resta longtemps à la considérer, sans faire un mouvement, et avec une tristesse infinie. La lutte l'avait épuisé. Il se sentait plein d'amertume et de dégoût. Elle était son premier grand amour, et ce sentiment, où le cœur ingénu apporte tant de fraîcheur et dont il garde un souvenir si doux, ne lui laisserait, à lui, que rancune et que haine. Toute sa vie, il aurait aux lèvres un pli de désenchantement et dans l'âme une impression de flétrissure.

Elle respira plus fort et souleva ses paupières.

Alors il éprouva le besoin irrésistible de ne plus la voir et de ne plus même penser à elle.

Ouvrant la fenêtre, il écouta. Des pas, lui sembla-t-il, arrivaient de la falaise. Léonard avait dû constater, en atteignant le rivage, que l'expédition se réduisait à la capture d'un mannequin, et, sans doute, inquiet de Joséphine Balsamo, venait-il à son secours.

« Qu'il la trouve ici, qu'il l'emporte ! se dit-il. Qu'elle meure ou qu'elle vive ! Qu'elle soit heureuse ou malheureuse ! Je m'en moque... Je ne veux plus rien savoir d'elle. Assez ! Assez de cet enfer ! »

Et, sans une parole, sans un regard à la femme qui lui tendait les bras et le suppliait, il partit...

Le lendemain matin, Raoul se faisait annoncer chez Clarisse d'Étigues.

Pour ne pas toucher trop tôt à des blessures qu'il devinait si sensibles, il n'avait pas revu la jeune fille. Mais elle savait qu'il était là, et, tout de suite, il comprit que le temps accomplissait déjà son œuvre. Les joues étaient plus roses. Les yeux brillaient d'espoir.

« Clarisse, lui dit-il, dès le premier jour vous avez promis de tout me pardonner...

— Je n'ai rien à vous pardonner, Raoul, affirma la jeune fille, qui pensait à son père.

— Si, Clarisse, je vous ai fait beaucoup de mal. Je m'en suis fait beaucoup à moi, et ce n'est pas seulement votre amour que je demande, ce sont vos soins et votre protection. J'ai besoin de vous, Clarisse, pour oublier d'affreux souvenirs, pour reprendre confiance dans la vie, et pour combattre d'assez vilaines choses qui sont en moi et qui m'entraînent... où je ne voudrais pas aller. Si vous m'aidez, je suis sûr d'être un honnête homme, je m'y engage sincèrement, et je vous promets que vous serez heureuse. Voulez-vous être ma femme, Clarisse ? »

Elle lui tendit la main.

Épilogue

Comme le supposait bien Raoul, tout le vaste système d'intrigues, tendu pour la capture du trésor fabuleux, resta dans l'ombre. Le suicide de Beaumagnan, les aventures de la Pellegrini, la personnalité mystérieuse de la comtesse de Cagliostro, sa fuite, le naufrage du *Ver-Luisant*, autant de faits divers que la justice ne put pas ou ne voulut pas relier les uns aux autres. Le mémoire du cardinal-archevêque fut détruit ou disparut. Les associés de Beaumagnan se désunirent et ne parlèrent pas. On ne sut rien.

À plus forte raison, le rôle de Raoul, dans toute cette affaire, ne pouvait être soupçonné et son mariage passa inaperçu. Par quel prodige réussit-il à se marier sous le nom de vicomte d'Andrésy ? Sans doute doit-on attribuer ce tour de force aux moyens d'action formidables que lui donnaient les deux poignées de pierres précieuses prélevées sur le trésor. Avec cela, on achète bien des complicités.

Et c'est de même ainsi évidemment que le nom de Lupin se trouva un jour escamoté. Sur aucun registre d'état civil, sur aucune pièce authentique, il ne fut plus question d'Arsène Lupin, ni de son père Théophraste Lupin. Légalement, il n'y eut plus que le vicomte Raoul d'Andrésy, lequel vicomte partit en voyage à travers l'Europe avec la vicomtesse, née Clarisse d'Étigues.

Deux événements marquèrent cette époque. Clarisse mit au monde une fille qui ne vécut point. Et, quelques semaines plus tard, elle apprenait la mort de son père.

Godefroy d'Étigues, en effet, et son cousin Bennetot périrent au cours d'une promenade en barque. Accident ? Suicide ? Les deux cousins, dans les derniers temps de leur vie, passaient pour fous, et l'on admit généralement qu'ils s'étaient tués. Il y eut aussi la version du crime, et l'on s'entretint d'un yacht de plaisance qui aurait coulé la barque et se serait enfui. Mais point de preuve.

En tout état de cause, Clarisse ne voulut pas toucher à la fortune de son père. Elle en fit don à des institutions de charité.

Des années encore s'écoulèrent, années charmantes et insouciantes.

Raoul tenait l'une des promesses qu'il avait faites à Clarisse : elle fut profondément heureuse.

L'autre promesse, il ne la tint pas : il ne fut pas honnête.

Cela, il ne le pouvait pas. Il avait dans le sang le besoin de prendre, de combiner, de mystifier, de duper, de s'amuser aux dépens d'autrui. Il était, d'instinct, contrebandier, flibustier, maraudeur, pirate, conspirateur, et surtout chef de bande. En outre, à l'école de la Cagliostro, il s'était rendu compte, avec un certain orgueil, des qualités vraiment exceptionnelles qui le mettaient hors de pair. Il croyait à son génie. Il s'attribuait des droits à une destinée fantastique, en opposition avec la destinée de tous les hommes qui vivaient en même temps que lui. Il serait au-dessus de tous. Il serait le maître.

À l'insu donc de Clarisse, et sans que jamais la jeune femme eût le moindre soupçon, il monta des entreprises et réussit des affaires où, de plus en plus, s'affirma son autorité et se développèrent ses dons réellement surhumains[1].

Mais avant tout, se disait-il, le repos et la félicité de Clarisse ! Il respectait sa femme. Qu'elle fût et qu'elle se sût l'épouse d'un voleur, cela il ne l'admit pas.

Leur bonheur dura cinq ans. Au début de la sixième année, Clarisse mourut des suites d'une couche. Elle laissait un fils appelé Jean.

Or, le surlendemain, ce fils disparut, sans que le moindre indice permît à Raoul de découvrir qui avait pu pénétrer dans la petite maison d'Auteuil qu'il habitait ni comment on avait pu y pénétrer.

---

1. La conquête du trésor de la maison de France, deuxième secret de Cagliostro, et la découverte de cette retraite impénétrable d'où, quinze ans plus tard, on ne put le déloger qu'à l'aide d'une flottille de torpilleurs, datent de cette époque (voir *L'Aiguille creuse*, p. 423).

Quant à savoir d'où le coup provenait, là-dessus aucune hésitation. Raoul, qui ne doutait pas que le naufrage des deux cousins n'eût été provoqué par la Cagliostro, Raoul qui, depuis, avait appris en outre que Dominique était mort empoisonné, Raoul considéra comme établi que la Cagliostro avait organisé l'enlèvement.

Son chagrin le transforma. N'ayant plus ni femme ni fils pour le retenir, il se jeta résolument dans la voie où l'entraînaient tant de forces. Du jour au lendemain, il fut Arsène Lupin. Plus de réserve. Plus de ménagements. Au contraire. Du scandale, des provocations, de l'arrogance, un étalage de vanité et de gouaillerie, son nom sur les murs, sa carte de visite dans les coffres-forts : Arsène Lupin, quoi !

Mais, que ce fût sous ce nom ou sous les noms divers qu'il s'amusait à prendre, qu'il se fît appeler comte Bernard d'Andrésy (il avait dérobé les papiers d'un cousin de sa famille, mort à l'étranger) ou Horace Velmont, ou colonel Sparmiento, ou duc de Charmerace, ou prince Sernine, ou don Luis Perenna, toujours et partout, au milieu de tous ses avatars et sous tous les masques il cherchait la Cagliostro, et il cherchait son fils Jean.

Il ne retrouva pas son fils. Il ne revit jamais Joséphine Balsamo.

Vivait-elle encore ? Osait-elle se risquer en France ? Continuait-elle à persécuter et à tuer ? Devait-il admettre, en ce qui le concernait, que la menace éternellement dirigée contre lui, depuis la minute même de la rupture, aboutirait à quelque vengeance plus cruelle que l'enlèvement de son enfant ?

Toute la vie d'Arsène Lupin, folles entreprises, épreuves surhumaines, triomphes inouïs, passions démesurées, ambitions extravagantes, tout cela devait se dérouler avant que les événements lui permissent de répondre à ces questions redoutables.

Et ainsi se fait-il que sa première aventure se renoua, plus d'un quart de siècle après, à ce qu'il lui plaît de considérer aujourd'hui comme sa dernière aventure.

Table

Préface *de Michel Zink* 7

Arsène Lupin, gentleman cambrioleur 21
L'arrestation d'Arsène Lupin 23
Arsène Lupin en prison 39
L'évasion d'Arsène Lupin 61
Le mystérieux voyageur 85
Le Collier de la Reine 103
Le sept de cœur 123
Le coffre-fort de Madame Imbert 161
La perle noire 175
Herlock Sholmès arrive trop tard 191

Arsène Lupin contre Herlock Sholmès 219
Premier épisode : *La Dame blonde* 223
Deuxième épisode : *La lampe juive* 365

L'Aiguille creuse 423

Le Bouchon de cristal 613

LES CONFIDENCES D'ARSÈNE LUPIN 841
Les jeux du soleil 843
L'anneau nuptial 867
Le signe de l'ombre 889
Le piège infernal 911
L'écharpe de soie rouge 935
La mort qui rôde 959
Édith au Cou de Cygne 981
Le fétu de paille 1005
Le mariage d'Arsène Lupin 1023

L'ÎLE AUX TRENTE CERCUEILS 1049

LA COMTESSE DE CAGLIOSTRO 1325

PAPIER À BASE DE FIBRES CERTIFIÉES

Le Livre de Poche s'engage pour l'environnement en réduisant l'empreinte carbone de ses livres. Celle de cet exemplaire est de :
2,8 kg éq. CO_2
Rendez-vous sur www.livredepoche-durable.fr

Composition réalisée par Belle Page

Achevé d'imprimer en octobre 2021 en Italie sur les presses de
La Tipografica Varese – Varese
Dépôt légal 1re publication : octobre 2013
Édition 02 – octobre 2021
LIBRAIRIE GÉNÉRALE FRANÇAISE
21, rue du Montparnasse – 75298 Paris Cedex 06

31/0903/0